第十一届
广西剧展作品集

广西壮族自治区党委宣传部
广西壮族自治区文化和旅游厅　编

广西科学技术出版社

图书在版编目（CIP）数据

第十一届广西剧展作品集 / 广西壮族自治区党委宣传部，广西壮族自治区文化和旅游厅编. —南宁：广西科学技术出版社，2023.12

ISBN 978-7-5551-2053-7

Ⅰ.①第… Ⅱ.①广… ②广… Ⅲ.①剧本—作品综合集—中国—当代 Ⅳ.①I230

中国国家版本馆CIP数据核字（2023）第181425号

DI SHIYI JIE GUANGXI JUZHAN ZUOPIN JI

第十一届广西剧展作品集

广西壮族自治区党委宣传部
广西壮族自治区文化和旅游厅 编

责任编辑：赖铭洪　　　　　　　　　　助理编辑：谢艺文
封面设计：阳玳玮［广大迅风艺术］　　版式设计：韦宇星
责任印制：韦文印　　　　　　　　　　责任校对：夏晓雯

出 版 人：梁　志　　　　　　　　　　出版发行：广西科学技术出版社
社　　址：广西南宁市东葛路66号　　　邮政编码：530023
网　　址：http://www.gxkjs.com　　　　编 辑 部：0771-5864716
印　　刷：广西壮族自治区地质印刷厂
开　　本：787 mm×1092 mm　1/16
字　　数：878千字　　　　　　　　　　印　　张：42.5
版　　次：2023 年 12 月第 1 版　　　　印　　次：2023 年 12 月第 1 次印刷
书　　号：ISBN 978-7-5551-2053-7
定　　价：198.00 元

编委会

目录

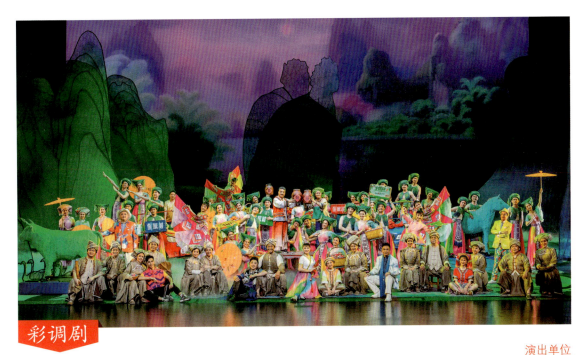

演出单位

广西戏剧院

彩调剧

新刘三姐

内容简介

　　该彩调剧在传承发展刘三姐文化的基础上，用新的主题、新的语境、新的人物、新的演绎、新的舞台反映新农村建设的火热生活！塑造了善良、美丽、坚强的新时代刘三姐的形象，演绎出当代壮乡人对山歌的坚守，对家乡青山绿水的热爱和对美好生活的追求。

主创团队

编　　剧：常剑钧（执笔）　裴志勇

总 导 演：宫晓东

导　　演：龙　倩

副 导 演：周　瑾　徐小晶

作　　曲：杜　鸣　傅　滔

唱腔设计：沈桂芳　罗　江

指　　挥：蔡　央

打击乐设计：石　震

舞美设计指导：张　武

多媒体设计指导：王之纲

灯光设计指导：周正平

舞美设计：廖师捷

灯光设计：黄海洋

化妆造型设计：黄海丽

服装设计：阳晓青

道具设计：韦卫皇

音响设计：玉海明

形体设计：李　军　李　理　庞成珊

唱腔指导：蒋　剑　吴似梅

身段指导：杨步云

声乐指导：唐佩珠

合唱指导：华　山

导演助理：蒋金波

服装设计指导：丁冀燕

主要演员

姐　美——陈　慧　赵华湘　　　　　花　妍——李昕妍　李金蓉
阿　朗——吴勇志　莫丰华　　　　　胖老板——石　磊
莫　非——王　朔　赵　迪　　　　　瘦老板——王　蕴
阿　奶——杨丹华　　　　　　　　　童年姐美——黄思莹
侬　二——蒋　剑　　　　　　　　　童年阿朗、狗弟——谢　明
阿　叠——李奇良　彭　浩

时　间　当代。

地　点　桂西北壮乡。红水河畔。月亮坡下
　　　　我家村，太阳岭上你家村。

人　物

姐　美　我家村种桑养蚕女，刘三姐山歌
　　　　传人，20多岁。

阿　朗　你家村到城里打拼的流行歌手，
　　　　20多岁。

莫　非　城里来乡下开网店的电商达人，

　　　　28～29岁。

阿　奶　阿朗的奶奶，80多岁。

侬　二　姐美之父，60岁。

阿　叠　阿朗的歌伴，20多岁。

花　妍　姐美的歌伴，18～19岁。

胖老板　城中老板，求婚人，30多岁。

瘦老板　城中老板，求婚人，30多岁。

众乡亲、众先人及若干人等。

序

〔壮家山歌深情悠远，穿越时空。

众姑娘　（唱）藤缠树，树缠藤，
　　　　　　　生缠死缠又一春；

众后生　（唱）云伴雨，雨伴云，
　　　　　　　山歌悠悠一世情……

第一场

〔太阳岭上你家村。阿奶家中。

〔红日悬挂山巅，四处张灯结彩。

〔山歌幻化为酣畅淋漓、动人心魄
的彩调长锣。

〔众后生扭着"中桩""矮桩"，踏
歌而来。

众后生　（唱）哥是云中一条龙，

〔众姑娘舞着彩巾、彩扇，声声应
和。

众姑娘　（唱）妹是岭上花一蓬；

〔青年男女且歌且舞。

众　人　（唱）龙不翻身不落雨，
　　　　　　　雨不浇花花不红！
　　　　　　　吧子哪嗬了嗨，
　　　　　　　吧子哪嗬了嗨！

〔壮歌哼鸣悠悠袭来，不绝于耳……

先人男　（领）咿呀……嘀哎……

阿　奶　咿呀……嘀哎……

花　妍　（兴奋不已）六十年前的承诺，今
　　　　天终于兑现了！你家村、我家村，
　　　　两个歌王阿公对歌打赌，太阳岭
　　　　的歌王赢了月亮坡的歌王，给阿

朗和姐美定下了隔代姻缘。

青年甲　都什么年代了，如今还能算数？

花　妍　错！壮家人一诺千金！百年千年不变！听好了！（课子）故事一个好精彩，两家歌王摆擂台，输赢难分三昼夜，四方齐赞好歌才。

阿　叠　五更打赌定契约，
　　　　六赢七输赌后代。

花　妍　（唱）若是输家生了女，
　　　　　　　嫁给赢家过门来；

阿　叠　（唱）若是输家生了崽，
　　　　　　　隔代也要等花开！

众乡亲　（唱）八面来风歌不断，
　　　　　　　九曲河湾龙头抬。
　　　　〔天边外，干栏错落，鸡鸣狗吠。

花　妍　（唱）十月怀胎转眼过，
　　　　〔壮歌，夹杂着婴儿脆亮的啼哭……

阿　叠　（唱）谁知输家生男孩……

花妍、阿叠　这才有隔代姻缘又一代，

众乡亲　（唱）这才有今宵喜庆摆歌台！
　　　　〔壮歌哼鸣渐远，先人场景远去……

阿　奶　（回过神来，拉着侬二的手）亲家叔，我们总算等到这一天了！
　　　　（唱）老天慈悲开了眼，
　　　　　　　隔代姻缘六十年；
　　　　　　　你家守诺情义重，
　　　　　　　两家歌王笑九泉……

侬　二　亲家！（唱）前人酿了重阳酒，
　　　　　　　窖在后园六十年；
　　　　　　　好酒开坛香百里，
　　　　　　　敬天敬地敬祖先！
　　　　〔姑娘们簇拥着姐美款款而上。阿叠焦急万分，四处张望，悄然而下。
　　　　〔阿奶将一件五彩斑斓的嫁衣递到姐美手中，姐美缓缓披上嫁衣。

众乡亲　（唱）当今三姐嫁小牛，

百年好合歌悠悠；
五色蚕丝作嫁衣，
扯朵彩云当盖头！

阿　奶　这件嫁衣，我织了六十年，今天，终于穿到你身上了……

姐　美　（唱）多谢了，
　　　　　　　多谢阿奶情意深；
　　　　　　　千针万线六十年，
　　　　　　　它比凤帔美十分……

花　妍　阿朗，快出来拜师啊！

男青年　拜什么师啊？

花　妍　女输男，嫁为妻；男输女，拜为师。三年前，阿朗对歌输给了姐美，按规矩，是要先拜师才能定亲的啵！
　　　　〔众人四下寻找，阿奶的眼神焦灼不安。

花　妍　阿朗，你躲在哪里？摆什么谱？

青年甲　人家是当今城里走红的摇滚王子，粉丝万千，名头大得很啵！

花　妍　他不拜师，这个亲，就不能定！阿朗……

众　人　阿朗？
　　　　〔众人翘首企盼，阿奶急得跺脚。

花　妍　（从幕后拧耳拖出唱歌的阿叠）阿朗呢？

阿　叠　阿朗他……来、来、来不了了！

众　人　（一惊）啊？

阿　奶　他昨夜回家，刚刚还在换衣服呀！

阿　叠　阿朗……跑了！
　　　　〔姐美身体一震，身上嫁衣缓缓脱落。
　　　　〔众先人无字哼鸣的壮歌动人心魄。

先人男　咿呀……嘀哎……

青年甲　新郎跑了，哪样定亲？

阿　叠　阿朗讲，这个亲，他不能定！

〔姐美呆立当场，珠泪滚滚。

众　人　（大惊）啊？

阿　奶　（悲呼）造孽啊！

（昏厥跌坐竹椅上）

〔众人一片忙乱，花妍忙着给阿奶推揉、喂水。

侬　二　（悲愤不已，拉住姐美）走！祖宗那块，阿爸去告罪！

姐　美　（挣脱）阿爸，我不能走！

侬　二　为什么不能走？你就不怕人家笑话，我没有脸去见老祖宗啊！（朝我家村村民挥手）走！（愤愤而下）

〔我家村村民议论纷纷，随侬二下。

姐　美　阿爸……

〔姐美来到阿奶跟前，将嫁衣放在一旁。阿奶悠悠醒来。

阿　奶　（拉着姐美的手）都怪我，都怪我啊……

姐　美　老人家的心，我懂……

〔姐美轻轻捶着阿奶的背，轻哼山歌——

木棉叶落还有根，

等到六月又成荫；

云过山头风吹散，

今天落雨明天晴……

阿　奶　（叹气）唉！这些年，哪个不讲你们是天生的一对？哪晓得，阿朗……会变成这个样子！

姐　美　阿奶啊！（唱）管它天旋地又转，

总有不变立人间；

山歌在心情不改，

地老天荒唱万年！

〔壮歌哼鸣悠悠袭来——

先人男　（领）咿呀……嘀哎……

阿　奶　妹呀，回家去吧！（递上嫁衣）这件嫁衣你收下，就算是个念想！

姐　美　（接过嫁衣，拿定主意）阿奶，今天我也像六十年前两个阿公一样，和你打个赌。

阿　奶　（一怔）啊……赌哪样？

姐　美　（唱）山歌伴我去找人，

嫁衣催我脚不停，

阿朗还家嫁衣还，

物归原主你家门！

阿　奶　要是找不回呢？

姐　美　（接唱）他不归家我不走，

一世唱歌给你听！

阿　奶　（激动得浑身颤抖）真的？

姐　美　（斩钉截铁）真的！

（唱）口水落地变根钉，

斗转星移未了情；

不信东风唤不回，

山歌能把海填平！

〔切光。

第二场

〔紧接前场。

〔傍晚时分，太阳岭上，你家村后相思林。

〔夕阳缕缕，射入林中；藤缠树绕，光影斑驳；溪流潺潺，鸟啾虫鸣。

〔阿朗坐在古藤上拨弄吉他。

阿　朗　（唱）相思林中惆怅添，

　　　　　　　酸甜苦辣涌心田；

　　　　　　　三年前，太阳岭上摆歌台，

　　　　　　　输姐美，心中酸楚脸无颜。

　　　　　　　发誓离乡远离山歌，

　　　　　　　城中拼出一片天！

　　　　　　　好有缘，鲜花簇簇在眼前，

　　　　　　　纵然是颠沛流离心也甜；

　　　　　　　天有眼，歌迷粉丝叫声尖，

　　　　　　　呼唤我红遍八桂半边天。

　　　　　　　谁料想，逃脱了拜师定亲宴，

　　　　　　　逃不脱愧对亲人苦难言……

〔清亮的童谣，回荡在相思林中，一对小儿女绕树追逐。

小姐美　（唱）红豆红，晶晶亮，

　　　　　　　阿妹穿件花衣裳；

小阿朗　（唱）太阳哥哥月亮妹，

　　　　　　　相思林里拜花堂……

〔当年情景历历在目，阿朗思绪万千。

阿　朗　（唱）要奔向远方的召唤，

　　　　　　　难抛舍亲情的熬煎。

〔阿朗站起身来，踌躇再三。

阿　朗　（唱）走与留，两头难，

　　　　　　　挥利剑，斩俗缘。

　　　　　　　为了热血男儿的尊严，

　　　　　　　为了远方炫目的瞬间，

　　　　　　　忍痛擦干思乡泪，

　　　　　　　义无反顾别故园……

〔阿叠探头探脑上。

阿　朗　等你半天了，我们该走了！

阿　叠　朗哥，姐美这么好，你不该……

阿　朗　（岔开）兄弟呀！

　　　　（唱）大单合同催人返，

　　　　　　　时运冲天谁能拦？

　　　　　　　待到衣锦荣归时，

　　　　　　　阿朗我赔礼道歉把情还！

阿　叠　（手舞足蹈）有搞，有搞啦！

〔姐美的歌声隐隐传来，由远而近——

姐　美　唱山歌，

　　　　　　这边唱来那边和。

　　　　　　山歌好比春江水，

　　　　　　不怕滩险湾又多……

〔阿朗和阿叠隐入林中。

〔姐美人随歌至。

姐　美　（呼唤）阿朗！

〔溪水潺潺鸟啼鸣，不闻林间回歌声。

〔树后的阿朗欲答不能。

姐　美　（接唱）上天入地把你寻，

　　　　　　　林中阿哥侧耳听；

　　　　　　　纵然不认隔代缘，

　　　　　　　该念儿时红豆情！

〔相思林中，阿朗绕树逃遁，姐美缘藤追赶。

〔姐美捡起阿朗掉落林中的吉他，几声弹拨，儿时林中嬉戏的情景似在眼前……

〔姐美轻哼，幕后童声伴唱：

红豆红，晶晶亮，

阿妹穿件花衣裳；

太阳哥哥月亮妹，

相思林里拜花堂……

姐　美　（凝视着掌中红豆，珠泪滴落）

　　　　（唱）童谣萦耳声声近，

　　　　　　　掌中红豆颗颗真；

　　　　　　　聚散有缘终要见，

　　　　　　　只因同是唱歌人……

　　〔阿朗无奈从树后挪出，一米斜阳洒在二人身上，光斑耀动，溪水鸣溅，鸟语惊心……一对三年不见的儿时玩伴、两个刚刚退婚的前世冤家四目相对，一时无语。

　　〔幕后伴唱：

　　　　哥变妹变十八变，红豆不变亮眼前；

　　　　儿时几回拜花堂，如今对面难开言。

阿　朗　（无地自容）（唱）

　　　　你是千年不改山歌情，

　　　　我是离家背井唱红尘；

　　　　高速公路走牛车，

　　　　远近难得一路行。

姐　美　（唱）流行调，山歌韵，

　　　　　　　千曲百艺皆天成，

　　　　　　　一方水土一方歌，

　　　　　　　都有大美天籁音！

姐　美　（粲然一笑）你在城里大红大紫，我这个月亮坡下的养蚕女高攀不起了，是吗？

阿　朗　（笑）这……六十年前的事、三年前的事、今天的事……谁能讲得清楚啊……

　　　　（唱）欲说还休理更乱，

　　　　　　　旧事如麻缠一团；

　　　　　　　要买火星游览票，

　　　　　　　谁收古旧老铜钱？

姐　美　（唱）哥莫癫，

　　　　　　　东西越老越值钱；

　　　　　　　不信你到博物馆，

　　　　　　　千金难买一古砖！

　　〔相思林里流水鸣溅，鸟语啁啾，渐化为哼鸣的壮歌。

　　〔遥远的干栏，众乡亲围着火塘，捂嘴而歌。歌声伴着眼前的潺潺流水，感人肺腑……

众先人　（唱）难了难，

　　　　　　　一筒白米煮九餐；

　　　　　　　长颈葫芦装糯饭，

　　　　　　　装进容易倒出难……

姐　美　（唱）喝酒莫忘老酒饼，老酒饼（伴）

　　　　　　　吃饭莫忘晒谷坪；晒谷坪（伴）

　　　　　　　过河莫要丢拐棍，丢拐棍（伴）

　　　　　　　做人莫忘老祖宗！老祖宗（伴）

　　〔阿朗手机响，接手机。

阿　朗　是我，没有没有，真的没有……

　　　　我明天就赶回去！

姐　美　阿朗，你要走了？

　　〔阿朗点点头。

姐　美　阿朗啊！

　　　　（唱）哥的脚下是远方，

　　　　　　　莫忘身后是故乡；

　　　　　　　任你天涯千里远，

　　　　　　　一样明月照西窗！

阿　朗　（唱）家乡只能在梦中遥望，

　　　　　　　远方在脚下越走越长。

　　　　　　　你曾是我心中的月亮，

　　　　　　　我未必是你梦中的太阳……

阿　朗　（点点头）我总不能跟着牛屁股唱一辈子山歌吧？

姐　美　我天天跟着牛屁股唱山歌，我天天都能见到梦中的太阳。

　　〔阿朗手机再响，再接来电。

阿　朗　哦，马上，我马上就回去……

　　〔幕后伴唱：

　　　　船在江心路在岸，

　　　　留心更比留人难；

分手也许是永别，
诺言落空心怎安？

姐　美　这一别，不知几时才能相见？

阿　朗　欠你的太多了，我……会还的……
　　　　（唱）我愧对家乡的月亮，
　　　　　　　我愧对儿时的新娘，
　　　　　　　我难挡远方的诱惑，
　　　　　　　我且把他乡作故乡。

姐　美　好，看在太阳和月亮的份上，我
　　　　送你一程！
　　　　（唱）送哥送过十八滩，
　　　　　　　山外青山天外天；
　　　　　　　盼哥拨云展望眼，
　　　　　　　江海风正一帆悬。

〔姐美、阿朗各怀心事，且行且远。
〔光渐暗。

❦ 第三场 ❦

〔数月之后。正午。
〔太阳岭下你家村。
〔梯田层层绿，碧水绕桑园。姐美
领众姐妹边唱山歌边采桑：
绿水青山金银山，
风月无边天地宽；
壮家姑娘采桑忙，
山歌飞上白云端。
〔太阳岭上劳作的众后生跃跃欲试。

众后生　（唱）山对山来崖对崖，
　　　　　　　太阳岭上起歌台；
　　　　　　　有心邀姐唱几句，
　　　　　　　不知金口开不开？

姐　美　（唱）心想唱歌就唱歌，
　　　　　　　心想撑船就下河；
　　　　　　　只要心中山歌在，
　　　　　　　哪怕人间忧愁多！

〔戴着眼镜的莫非衣着时尚，踌躇
满志上。

花　妍　小莫老板，你不在我家村开网店，
　　　　跑到这里来做哪样？

莫　非　从我家村找到你家村，从月亮坡
　　　　爬上太阳岭，我是来拜师的。

姐　美　拜师？

莫　非　你的"三姐歌台"一上网，就粉

丝如云，点赞万千。这个师，我
是非拜不可了！（欲单膝下跪）

花　妍　（一把拉起）想拜师呀？要先试一
　　　　下才懂的啵！

莫　非　好，试就试！
　　　　（唱）什么方方又扁扁？

众后生　（唱）什么时时不得闲？

莫　非　（唱）什么店铺无柜台？
　　　　　　　什么网开罩天边？

众后生　（唱）什么店铺无柜台？
　　　　　　　什么网开罩天边？

姐　美　（唱）手机方方又扁扁，

众姑娘　（唱）时时在手不得闲；

姐　美　（唱）微信开店无柜台，
　　　　　　　网络一张罩天边！

众姑娘　（唱）微信开店无柜台，
　　　　　　　网络一张罩天边！

姐　美　（唱）什么天天也不变？
　　　　　　　什么重重重如山？
　　　　　　　什么刀割割不断？
　　　　　　　什么天天在嘴边？

莫　非　（答不上来，喃喃不停）什么刀割
　　　　割不断？什么天天在嘴边？

众　人　（合）真心千年永不变，
　　　　　　　诺言重重重如山；

　　　　　情义刀割割不断，
　　　　　山歌天天在嘴边！

莫　非　壮家山歌之博大精深，令我心旌
　　　　摇荡！（欲拜）我……

姐　美　你……等到你家村、我家村的网
　　　　店连成一片，等到太阳岭和月亮
　　　　坡同登"三姐歌台"，等到那个时
　　　　候……

莫　非　（又欲拜）再拜不迟。

　　　　〔侬二怒气冲冲上，一把拉过姐美。

侬　二　拜什么拜？莫拜啦！阿朗早都跑
　　　　得鬼影都不见了，你还留在你家
　　　　村做哪样？（急得直跳脚）

姐　美　阿爸，我家富了，不能忘了你家
　　　　和他家呀……

侬　二　净想着人家了，你惹了一大堆麻
　　　　烦事，哪个帮你挡？

花　妍　什么麻烦事呀？

侬　二　（唱）听闻姐美解婚约，
　　　　　　　小车挤满月亮坡；
　　　　　　　家中门槛都踩断，
　　　　　　　泡茶喝干一条河！

花　妍　阿伯，来的都是什么人呀？

侬　二　人人有头有脸，个个牛气冲天！

花　妍　哟，都是高富帅啵！

莫　非　这还了得？我去教教他们，先学
　　　　做人，再做生意！阿叔，走！（拉
　　　　侬二下）

花　妍　嘻嘻，我也去看看，有没有走了
　　　　眼相中我的！（欲下）

姐　美　（拉住）闹什么闹，姐妹们，采桑
　　　　去！

胖老板　（气喘如牛）谁……谁是姐美？

瘦老板　（两眼发直）姐……姐美是谁？

众姐妹　（唱）姐妹采桑白云边，
　　　　　　　汗水浇得春满园；

　　　　　巧手织成锦绣图，
　　　　　天上人间庆丰年！

　　　　〔胖、瘦两老板夺路而上，捧着各
　　　　色彩礼的跟班紧随其后，穿行在
　　　　采桑的姐妹之中。

胖老板　（拉过一采桑女）你是姐美？

采桑女　（甩开）嘻嘻，下辈子先！

瘦老板　（拉过花妍）你是姐美？

花　妍　（逗）你看像咩？嘻嘻……

众姐妹　（唱）想吃米粉去三街，
　　　　　　　要喝洋酒进吧台；
　　　　　　　老板定是走错路，
　　　　　　　太阳岭上桑园来。

姐　美　二位先生，我是姐美，你们找我？

胖老板　（呆立当场，如痴如醉）啊？

瘦老板　（目不转睛，呆若木鸡）哦？

胖老板　（唱）神光闪过青山外，

瘦老板　（唱）九天歌仙下凡来！

胖老板、瘦老板　（唱）百闻不如见一面，
　　　　　　　　　　当代三姐好人才！

胖老板　（凑到姐美身旁）听到你解除婚约
　　　　的消息，我一天都不能再等了！

众跟班　一天都不能再等了！

瘦老板　（推开胖老板）一听你有了爱情的
　　　　自由，我的心都要跳出来了！

众跟班　跳出来了！

胖老板　我先来！
　　　　（唱）连云商号一排排，

跟　班　（唱）连云商号一排排，

胖老板　（唱）半城店铺我家开，

跟　班　（唱）半城店铺老板开；

胖老板　（唱）歌仙随我进城去，

跟　班　（唱）歌仙随他进城去，

胖老板　（唱）立马让你当总裁！

跟　班　立马让她……啊？

　　　　〔众跟班学舌喝彩。

姐　美　（唱）鸟有翅膀雀有毛，

　　　　　　　黄瓜茄子赤条条；

　　　　　　　姐我没有总裁命，

　　　　　　　哥家钥匙莫乱交。

瘦老板　（将胖老板推过一边）庸俗！

众跟班　庸俗！

瘦老板　（唱）我家搭好山歌台，山歌台（伴）

　　　　　　　歌台只等歌仙来；歌仙来（伴）

　　　　　　　哪天山歌唱腻了，唱腻了（伴）

　　　　　　　天上月亮摘下来！

　　　　　　　天上月亮摘下来！（伴）

　　　　〔众跟班喝彩学舌。

姐　美　（唱）燕子飞高不到天，

　　　　　　　飞去飞回绕屋檐；

　　　　　　　风流世界妹不去，

　　　　　　　在家喝水心也甜！

　　　　〔胖、瘦老板应答不上，目瞪口
　　　　呆，众跟班汗雨纷飞翻看手机，
　　　　寻找对答山歌。

姐　美　（盈盈一笑）

　　　　（唱）罢了罢，

　　　　　　　石板栽花花不发；

　　　　　　　今生情缘姐已定，

　　　　　　　山歌悠悠伴桑麻！

胖老板、瘦老板　妙啊、妙啊……（面面
　　　　相觑，自惭）惭愧、惭愧啊……

胖老板　难道就没有商量的余地了吗？

众跟班　没有了吗？

瘦老板　今天能听到你的山歌，我也就不
　　　　枉此生了！

姐　美　（唱）柴在青山砍不完，

　　　　　　　水在龙潭挑不干；

　　　　　　　二位真把山歌爱，

　　　　　　　待到来年三月三。

众　人　待到来年三月三。

花　妍　二位老板，山高路远，你们慢慢
　　　　走啵！

　　　　〔跟班们搀着胖、瘦二老板下。莫
　　　　非鼻青脸肿摸索上。

花　妍　小莫老板，怎么如此狼狈？

莫　非　刚才的阻击战十分惨烈，打退一
　　　　批又一批，眼镜也不晓得飞到哪
　　　　边天去了……

姐　美　小莫老板，刚才我和你讲的事……

莫　非　对你家村的网店和"三姐歌台"，
　　　　我又有了新的想法。

姐　美　这么快呀！

莫　非　急着拜师呀！

　　　　〔阿叠气急败坏跑上。

阿　叠　惨……惨……惨了！

花　妍　（递过一记粉拳）哪个惨了？

阿　叠　阿朗他……惨了！

姐　美　（大惊）阿朗怎么了？

阿　叠　（课子）原以为，天上落个大粽粑，

花　妍　（捧哏）大粽粑！

阿　叠　哪晓得，跌进泥坑好邋遢，

花　妍　（捧哏）好邋遢！

阿　叠　江湖险恶难预料，

　　　　　　处处陷阱等着他，

花　妍　（捧哏）等着他！

阿　叠　阿朗有理无处论，喝彩转眼成叫
　　　　骂。张张合同变废纸，反倒欠债
　　　　一大把。当红组合散了伙，粉丝
　　　　哭得泪哗哗。封条贴在家门口，
　　　　债主天天来追杀。叫天不应无路
　　　　走，阿朗梦里喊回家，回家回家
　　　　回不了家！

姐　美　（大惊）啊？怎么会是这样？

　　　　〔姐美转身欲下，被花妍拦住。

花　妍　姐美莫要可怜他，当初害你就是
　　　　他，就该哭得两眼肿，就该梦里
　　　　难回家！

姐　美　（看着莫非，拿定主意）小莫老板，
　　　　　我跟你商量个事。
　　　　〔莫非忙不迭来到姐美身边，姐美
　　　　　与他耳语一番。
莫　非　（目瞪口呆）啊？
　　　　〔切光。
　　　　〔无字的壮歌哼鸣，伴随着老水牛
　　　　　的哞哞欢叫，茅舍土屋炊烟缕缕，
　　　　　竹篱笆上晾晒着张张渔网，戴斗

笠披蓑衣的乡亲们荷锄而歌……
先人男　（唱）一块大田水汪汪，
　　　　　　　哪个插田不撒秧？
　　　　　　　哪个扯秧不下水？
　　　　　　　哪家阿妹不想郎？
先人女　（唱）哥讲成双就成双，
　　　　　　　三心二意薄情郎；
　　　　　　　不信你看芭蕉树，
　　　　　　　火烧不死一根肠！

第四场

　　　　〔数日之后。
　　　　〔月亮坡下我家村。
　　　　〔浮云遮月影朦胧，江畔依稀乌篷
　　　　　船。
　　　　〔阿朗竹笠遮脸，撑船而上。
阿　朗　（唱）旧地重回我家村，
　　　　　　　悔愧交加暗伤神；
　　　　　　　城中危局虽解困，
　　　　　　　如何面对解困人？
　　　　〔姐美的歌声隐隐传来。
姐　美　夜了天，月亮躲进云中间……
　　　　〔阿朗闻声躲进船舱，姐美撑船上。
姐　美　（接唱）月儿如钩钩旧事，
　　　　　　　别梦依稀乌篷船。
　　　　〔不远处，另一只小舟荡来，披蓑
　　　　　戴笠的莫非隐约可见。
姐　美　（唱）夜了天，
　　　　　　　鸟儿归林虫儿眠；
　　　　　　　月摇竹影影朦胧，
　　　　　　　歌声落在哪条船？
莫　非　（唱）夜了天，
　　　　　　　月在江心歌在船；
　　　　　　　地球也成流浪汉，
　　　　　　　我荡小舟找家园……

姐　美　（扑哧一笑）原来是小莫老板呀，
　　　　　怎么追到这里来了？
莫　非　（脱帽鞠躬，复又戴上）拜师未成，
　　　　　你走到哪块，我就跟到哪块！
　　　　（唱）初学山歌我家村，
　　　　　　　虔诚拜倒石榴裙；
　　　　　　　眼前都是姐身影，
　　　　　　　耳边都是姐歌声。
姐　美　（唱）冬瓜西瓜瓜是瓜，
　　　　　　　牡丹芙蓉花非花；
　　　　　　　山歌如诗细品味，
　　　　　　　像水像酒更像茶。
莫　非　（唱）一棵大树枝繁茂，
　　　　　　　老枝败了新枝抽；
　　　　　　　自从听了姐的歌，
　　　　　　　马鹿夜夜撞心头。
姐　美　哎，唱拐了！
　　　　（唱）酿了新酒窖老酒，
　　　　　　　两股醇香心中留；
　　　　　　　谢你助人热心肠，
　　　　　　　共把城中危局收。
　　　　〔另一边，阿朗撑船靠近。
阿　朗　（唱）谢恩愧见恩人面，
　　　　　　　高手邀歌乌篷船。

莫　非　（唱）水缸做胆帽遮脸，
　　　　　　　心急拜师找机缘。

姐　美　（唱）恩怨难解是非缠，
　　　　　　　红水河畔不夜天。

莫　非　（探头一看）哦，那边戴斗笠的阿
　　　　　哥，不就是红透半边天的摇滚王
　　　　　子吗？

阿　朗　惭愧，惭愧呀！

姐　美　（看了看眼前两个男人）小莫老板，
　　　　　你明天不是要拜师吗？不妨和阿
　　　　　朗先试几招。

莫　非　（对阿朗）请！

阿　朗　（唱）人衰无颜才戴帽，
　　　　　　　哥你莫学这一招；
　　　　　　　有心捉蛇挨蛇咬，
　　　　　　　云雀断翅恨天高。

莫　非　（唱）山高难爬莫怨坳，
　　　　　　　河宽难过莫怨桥；
　　　　　　　你唱摇滚我经商，
　　　　　　　客走他乡叹路遥。

　　　　　〔莫非的歌撩回了阿朗久违的情愫。

阿　朗　（唱）矮马不怨骆驼高，
　　　　　　　乌鸦不插孔雀毛；
　　　　　　　家有老秤十六两，
　　　　　　　分量自知不用教！

　　　　　〔莫非应答不上，求助地看着姐美。

姐　美　（唱）高高山上一凉亭，
　　　　　　　你挡雨来我遮阴；
　　　　　　　有缘同在亭中歇，
　　　　　　　莫做无情陌路人！

莫　非　姐美老师，我晓得，你今晚等的
　　　　　不是我，告退了！（欲下）

阿　朗　小莫老板，请！

莫　非　（想入非非）姐美老师，明天太阳
　　　　　岭你家村网店就要开张了，我拜
　　　　　师的梦想就要实现了！

阿　朗　明天，你拜师之前，我们再来比
　　　　　过！不见不散，不分输赢不散！

莫　非　耶！（绅士般鞠躬，下）

　　　　　〔姐美、阿朗四目相对，阿朗惭愧
　　　　　地避开。

姐　美　我晓得，你一定会回来的。回家
　　　　　看阿奶了吗？

阿　朗　（低头）无脸见她老人家啊！
　　　　　（唱）想养狮子变成狗，
　　　　　　　想熬甜酒饭又馊；
　　　　　　　江河难洗一身污，
　　　　　　　面对亲人满面羞。

姐　美　（唱）哥莫忧，
　　　　　　　红薯收了有芋头；
　　　　　　　秧苗遇着倒春寒，
　　　　　　　秋来南瓜堆满楼！

阿　朗　（唱）火烧竹筒炭一堆，

姐　美　（唱）劝哥莫要把心灰，

阿　朗　（唱）我是家传老铜鼓，

姐　美　（唱）敲了千年还要擂！

阿　朗　我……我不该呀！
　　　　　（唱）我心无敬畏忘根本，
　　　　　　　我丢了山歌丢了魂！
　　　　　　　我忘了壮家诺言重，
　　　　　　　我愧对日月红豆情……

　　　　　〔远处飘来熟悉的童谣——
　　　　　　　红豆红，晶晶亮，
　　　　　　　阿妹穿件花衣裳；
　　　　　　　太阳哥哥月亮妹，
　　　　　　　相思林里拜花堂……

　　　　　〔阿朗从思绪中抬起泪眼。

阿　朗　（唱）风吹云动天也动，
　　　　　　　水推船移岸难寻；
　　　　　　　山变水变日月变，
　　　　　　　世上真有不变人？

姐　美　（唱）风吹云动天不动，

　　　　水推船移岸在心；

　　　　任它沧海变桑田，

　　　　不变壮家唱歌人！

〔切光。

〔壮歌哼鸣中，遥远的天际，传来
　先人们的歌声。

先人男　（唱）实难变，

　　　　　　沙洲变成好良田；

　　　　　　几时变只燕子鸟，

　　　　　　早晚出进妹屋檐……

先人女　（领）咿呀……嘀哎……

众先人女　（唱）连就连，

　　　　　　我俩结交定百年，

　　　　　　哪个九十七岁死，

　　　　　　奈何桥上等三年。

先人男　（领）咿呀……嘀哎……

第五场

〔翌日。

〔太阳岭上，你家村头，朝霞满天。

〔网店门前，莫非和乡亲们正与快
　递小哥发货。

莫非　（唱）电商网络天下通，

众姑娘　（唱）"三姐歌台"更火红；

莫非　（唱）货发四海千万户，

　　　　　　歌飞东西南北中！

花妍　乡亲们，你家村的网店开张了！
　　　往后的生意，火得不得了啰！

莫非　（喜不自禁）发货咯！

　　　（唱）山村美景胜画卷，

众姑娘　（唱）一步又是一层天；

莫非　（唱）日新月异新时代，

　　　　　　一天胜过一百年。

众人　（唱）日新月异新时代，

　　　　　　一天胜过一百年。

阿叠　朗哥回来了！

　　　〔清亮激越的山歌由远渐近。

阿朗　未曾下雨先打雷，未曾喝酒先摆
　　　杯……

　　　〔阿朗人随歌到，阿叠和两位伙伴
　　　接踵而至。

阿朗　（接唱）山歌如火浇不灭，

　　　　　　　不怕雨打狂风吹。

花妍　小莫老板，歌王的后代来找莫老
　　　爷的后代对歌了啵！

莫非　（有点怯场）莫扯！财主莫老爷那
　　　个莫，跟我这个莫，一毛钱关系
　　　都没有！

花妍　小莫老板，上，我们来帮你！

阿朗　小莫老板，你听好了！

　　　（唱）摇船过海卖灯芯，

　　　　　　正好撞见挑油人；

　　　　　　灯草遇着桐油桶，

　　　　　　你倒油来我点灯！

莫非　（唱）你的山歌有点旧，

　　　　　　哪家点灯还用油？

　　　　　　网络时代日月新，

　　　　　　赶紧上网搜一搜！

　　　〔花妍率众姑娘舞动着手机为莫非
　　　助威。

众姑娘　（唱）天南地北在哥手，

　　　　　　电商老板雄赳赳；

　　　　　　刚把快递小哥送，

　　　　　　手机又把订单收！

阿朗　（唱）唱歌要讲情意稠，

　　　　　　煮菜要放盐和油；

　　　　　　山歌无情味寡淡，

　　　　　　菜无油盐怎入喉？

众伙伴　（唱）歌无真情莫开口，
　　　　　　　菜无油盐一边丢；
　　　　　　　山歌最讲打比方，
　　　　　　　没得高招莫忽悠！

莫　非　（唱）高高山上药一蔸，
　　　　　　　今早挖来润歌喉；
　　　　　　　三年练成金嗓子，
　　　　　　　任你从春唱到秋！

阿　朗　（唱）山歌用心不用药，
　　　　　　　情到深处歌成河；
　　　　　　　莫学老枪二十响，
　　　　　　　想扣扳机又卡壳！

众　人　好！
　　　　〔莫非难以应接，摇头叹息。姐美
　　　　人随歌至。

姐　美　（唱）吃水就吃滩头水，
　　　　　　　莫吃滩尾水推沙；
　　　　　　　姐纺纱线不纺麻，
　　　　　　　莫把朋友当冤家。

阿　朗　（急切打断）姐美，我……有话要
　　　　和你讲！

莫　非　（见势不妙，冲了过来）我……也
　　　　有话要和你讲！

姐　美　（一笑，唱）高山打鼓哥有名，
　　　　　　　十月芥菜哥有心；
　　　　　　　阿妹只有一张嘴，
　　　　　　　先会哪路唱歌人？

莫　非　我先讲！

阿　朗　我先来！

莫　非　我先讲！

阿　朗　请！

阿　叠　朗哥，让……让不得的啵！

姐　美　（笑笑）阿朗，人家是客，该让就
　　　　让吧！

花　妍　请！
　　　　〔阿朗闪过一旁。

姐　美　小莫老板，讲啊！

花　妍　讲吧！

莫　非　（四顾）这……这么多人，商业秘
　　　　密，怎么好讲呢？

姐　美　小莫老板，有时候，你真的很可
　　　　爱。

莫　非　（惊喜）啊？什么时候？

姐　美　开网店、忙生意、兑现合同的时
　　　　候，学唱山歌、共同探讨"三姐歌
　　　　台"的时候，是你最可爱的时候。

莫　非　（急切地）那……别的时候呢？
　　　　（唱）想妹想成一身痧，
　　　　　　　三魂七魄落你家；
　　　　　　　夜夜床上睡不着，
　　　　　　　好比心头挨猫抓！

姐　美　（淡然一笑，唱）
　　　　　　　成痧赶紧找人刮，
　　　　　　　落魄招魂引回家；
　　　　　　　夜晚莫想烦心事，
　　　　　　　鼾声响过吹喇叭！

莫　非　我、我……真的对不上了。

姐　美　（悠悠长叹）你呀，如果能和阿朗
　　　　合成一个人，（充满期待地）该有
　　　　多好！
　　　　（唱）樟木楠木都是材，
　　　　　　　千年檀香云中栽；
　　　　　　　斧砍刀凿成栋梁，
　　　　　　　鲁班先师几时来！

莫　非　这回我听懂了，这样讲来，我还
　　　　有机会，是吗？

阿　朗　（鼓起勇气，冲到姐美面前，单膝
　　　　跪下）姐美，今天我要拜你为师！
　　　　（唱）竹子不舍向阳坡，
　　　　　　　鲤鱼难离清水河。
　　　　　　　天涯回首家何在？
　　　　　　　今生难舍是山歌！

姐　美　阿朗，太阳岭和月亮坡等的就是你！"三姐歌台"缺的更是你！

莫　非　（从袋中摸出合同）阿朗，签约吧！

阿　朗　（迫不及待地）拜师，是要唱的！
　　　　兄弟们，唱起来！
　　　　（唱）唱山歌咧，
　　　　　　　　这边唱来那边和；
　　　　　　　　山歌好比春江水，
　　　　　　　　不怕险滩湾又多！

阿　朗　（唱）酒歌盘歌拦路歌，
　　　　　　　　喜歌苦歌哭嫁歌，
　　　　　　　　三天赶墟歌，十月怀胎歌，
　　　　　　　　打鱼浪花歌，种田插秧歌，
　　　　　　　　春歌秋歌，四季歌，
　　　　　　　　壮家天天都是歌！
　　　　〔姐美击节和韵，莫非情不自禁加入RAP（说唱）行列。

众　人　（唱）山歌千年情为本，
　　　　　　　　山歌传我壮家魂！
　　　　　　　　唱得山青水也绿，
　　　　　　　　唱得天蓝地也新！
　　　　　　　　唱得日月倒转走，
　　　　　　　　唱飞九霄万里云。
　　　　〔阿朗和众伙伴歌酣舞劲。
　　　　　　　　天荒地老日月老，
　　　　　　　　不老壮家唱歌人！

莫　非　天呐！壮家RAP，真正的天籁之

声！（再递合同给阿朗）真正的网红！
　　　　〔阿朗一愣，闪过一旁。

姐　美　（笑）阿朗，小莫老板是可以合作的！

莫　非　（冲上前紧握阿朗的手）阿朗兄弟呀！
　　　　（唱）我家村，你家村，
　　　　　　　　客在异乡他家村；

阿　朗　（唱）别前村，奔后村，
　　　　　　　　处处无村处处村；

姐　美　（唱）云遮村，雾罩村，
　　　　　　　　柳暗花明又一村！

众　人　（唱）歌的村，梦的村，
　　　　　　　　人人心中有个村！

姐美、阿朗、莫非
　　　　（唱）千家村，万户村，
　　　　　　　　同在一个地球村！

众　人　（唱）千家村，万户村，
　　　　　　　　同在一个地球村。

姐　美　（万分感慨地）回来了，都回来了，我的誓约兑现了。嫁衣，该还给阿奶了，我，也该回家了。
　　　　〔姐美飘然而去。阿朗、莫非呆立当场，侬二喊狗弟追姐美。

阿　奶　咿呀……嘀哎……

先人男女　咿呀……嘀哎……
　　　　〔收光。

第六场

〔紧接前场。

〔村前江畔渡口，红水河湾。

〔雾霭氤氲，阿朗扶着颤巍巍的阿奶，阿奶手捧嫁衣，老泪纵横。

阿　奶　（唱）几时见，

　　　　　　几时再会小歌仙？

　　　　　　无你龙肉也无味，

　　　　　　有你无蜜水也甜！

〔江上，姐美回眸深情答歌。

姐　美　（唱）天天见，

　　　　　　歌声留在你屋檐；

　　　　　　屋檐滴水水滴沙，

　　　　　　姐美就在你面前。

阿　奶　（猛推阿朗）哈崽，还不快追？

众先人　哈崽，还不快追……

〔阿朗急切冲下。

〔景转江中，红水河蜿蜒盘旋，两岸奇峰耸立，两块奇石犹如牛郎织女，遥遥相望。姐美划着竹排在江上穿行，阿朗撑排奋力追赶。

阿　朗　（唱）七月初七人断肠，

　　　　　　何处鹊桥渡牛郎？

　　　　　　韭菜割了叶更密，

　　　　　　莲藕拗断丝更长！

姐　美　（唱）隔代姻缘随风荡，

　　　　　　故事另讲又一章；

　　　　　　妹劝阿哥重抖擞，

　　　　　　壮家男儿当自强！

众　人　（唱）妹劝阿哥重抖擞，

　　　　　　壮家男儿当自强！

〔江流缓处，江岸上的奇石渐渐拢近，两只竹排近在咫尺，却无法靠拢。江岸上的奇石神奇拢近，酷似一对情人深情对视。

〔莫非、花妍撑排追来，试图拦住姐美，浪阻湾隔，无法拢边。

阿　朗　（唱）红豆放在枕头旁，

　　　　　　今早飙芽三寸长；

　　　　　　相思泪水落江中，

　　　　　　随浪打湿妹衣裳。

姐　美　（唱）你歌我歌不同嗓，

　　　　　　世间百曲不同腔；

　　　　　　哥到远方把诗找，

　　　　　　妹在诗中找远方！

〔悠远的伴唱在河谷回荡。

众　人　（唱）哥到远方把诗找，

　　　　　　妹在诗中找远方！

阿朗、莫非　诗在故乡，何必远方？

〔姐美的竹排又一次悄悄荡开。

〔波回湾转，水推排移，江岸上的奇石几乎贴在一处。

姐　美　（唱）槟榔越嚼味越香，

　　　　　　人生如诗细品尝；

　　　　　　远远近近都有诗，

　　　　　　莫负追梦好时光！

〔江流回转，岸上两块奇石竟绝妙地贴在一起，恰似一对历经磨难的恋人深情拥吻。

〔歌声未落，姐美撑排飘然而去。

阿　朗　（朝远去的姐美深情呼唤）明年三月三，我在歌台等你！在山歌中丢掉的一切，我一定从山歌中把它找回来！找——回——来！

莫　非　（捂嘴远呼）找回来……

〔"找回来"的呼唤，在云水间飘荡。

〔幕后伴唱：

　　千江水，万里云，浪卷云飞总是情；天荒地老日月老，不老壮家唱歌人……

尾　声

〔众先人的无字哼鸣铺天盖地。
〔剧中的各色人等，款款朝观众走
　　去。

阿　奶　（唱）阿哥见妹远远来，
　　　　　　　不高不矮好人才；
先人男　（领）不高不矮人才好，
　　　　　　　十分伶俐九分乖。
众先人　为人来世一枝花，
　　　　　不讲风流讲什么？
先人男　（领）讲什么，
　　　　　　　只有塘干出嫩草，
　　　　　　　哪有年老转十八。
先人男　（领）哪有年老转十八，
众先人男　阿哥见妹远远来，
众先人女　不高不矮好人才，

先人男　（领）好人才，
众先人男　不高不矮人才好，
众先人女　十分伶俐九分乖，
先人男　（领）十分伶俐九分乖，
众先人男　为人来世一枝花，
众先人女　不讲风流讲什么？
先人男　（领）讲什么，
众先人男　只有塘干出嫩草，
众先人女　哪有年老转十八，
先人男　（领）哪有年老转十八。
　　　　〔光渐暗。
　　　　〔谢幕：千江水，万里云，浪卷云
　　　　飞总是情；天荒地老日月老，不
　　　　老壮家唱歌人。

音乐剧

演出单位
广西演艺集团有限责任公司

血色湘江

内容简介

　　该音乐剧以 1934 年发生在广西桂北地区的湘江战役为背景，艺术地再现了当时执行后卫任务的部队在师长陈湘的带领下浴血奋战，掩护中央机关和兄弟部队强渡湘江，最终全部壮烈牺牲的感人故事。在这场血与火的考验中，革命英烈以对党和革命事业的无限忠诚，以勇于胜利、勇于突破、勇于牺牲的精神力量，以巨大的牺牲为代价成功突破军事重围，杀出了一条走向新生、走向胜利的革命道路。

主创团队

总 导 演：陈　蔚
视觉总监/舞美设计：刘科栋
编剧/作词：钱晓天
作　　曲：张　巍
指　　挥：朱　曼
合唱指挥：周　君
执行导演：李大海
舞蹈编导：梁克虎
灯光设计：王　琦
多媒体设计：胡天骥
服装设计：彭丁煌
化妆造型设计：申　淼
道具设计：李红超

音响设计：敖　元
钢琴艺术指导：张佳佳
舞台技术总监：黄志高
执行制作人：李百宁
舞美设计助理：马　超
灯光设计助理：张超君
多媒体设计助理：王　鑫
化妆造型设计助理：甘玉婷
服装监制：李　磊
音响设计助理：田　野
音效制作：孙　华
导演助理：郑凯歌　魏　巍
剧照拍摄：粟国光

主要演员

陈　湘——王　良　　　　　　　　赖老石头——袁　露
凤　鸣——于添琪　　　　　　　　红米饭——田宏伟
韦　江——冯　冲　　　　　　　　副　官——王吉超
黄复生——庄　政　　　　　　　　宽　叔——陆正龙
朱大姐——杨春梅　　　　　　　　小湘江——李馨瑶　顾紫萱
程　林——李　越

时　间　1934 年 12 月。

地　点　广西，桂北地区，湘江战役发生地。

人　物

陈　湘　男，29 岁。红军师长，早年就读
　　　　于黄埔军校。曾参加秋收起义并
　　　　带领部队随毛泽东上井冈山。红
　　　　军长征，他率部担任中央纵队和
　　　　所有红军的总后卫。在湘江战役
　　　　中，他带领部队殿后阻击，拼尽
　　　　一兵一卒，流尽最后一滴血，在
　　　　被俘后宁死不屈"断肠取义"，用
　　　　自己的壮烈牺牲践行着"誓死保
　　　　卫党中央"的誓言。

凤　鸣　女，22 岁。广西桂北地区瑶族姑
　　　　娘，她的父亲曾领导过 1932—
　　　　1933 年反抗当地军阀政府的"瑶
　　　　民起义"。起义失败后，父亲被桂
　　　　系军阀杀害，她带领族人躲进大
　　　　山。她的性格泼辣爽直，略有霸
　　　　道，俨然一个少数民族女性首领
　　　　的形象。

韦　江　男，26 岁。中央二纵的机关干部。
　　　　广西壮族人，早年参加过邓小平
　　　　领导的百色起义。在湘江战役中，
　　　　他与大部队失散。

黄复生　男，国民党某师师长。奉命追赶、
　　　　围剿红军，与他对垒的便是陈湘

的部队。他们两人曾是黄埔军校
的同学，在东征时期，陈湘还为
黄复生挡过子弹。湘江战场成了
两个曾经有过"过命情谊"的同
窗好友的生死决战。

程　林　男，陈湘的后卫师政委，在顺利
　　　　完成掩护中央纵队过湘江的任务
　　　　后壮烈牺牲。

朱大姐　女，红军医院的大夫。她的丈夫
　　　　在湘江战役中壮烈牺牲，当时她
　　　　已经怀孕 8 个月。

赖老石头　男，红军战士。闽西客家子弟，
　　　　他和自家兄弟赖大石头、赖二石
　　　　头一起参加了红军，在这支部队
　　　　中担任侦察连连长。

红米饭　男，14 岁。江西人，本来是井冈
　　　　山的山民，从小孤苦无依，被红
　　　　军所救，进而加入红军成了"红
　　　　小鬼"。因他有一双灵敏的耳朵，
　　　　被红军培养成了电报员。

副　官　男，黄复生的副官。

宽　叔　男，40～50 岁，瑶族山寨凤鸣的
　　　　族中叔长，类似于凤鸣的"师爷"。

卫生员　男，红军卫生员。

小湘江　6 岁。朱大姐的遗孤，陈湘牺牲
　　　　前为她起了"湘江"这个名字，
　　　　凤鸣与当地乡亲共同抚养她长大。

第一幕

第一场

〔序曲。

〔音效：江水声。

〔正投加湘江战役文字介绍的字幕：（音乐加四小节）。

〔字幕：原创音乐剧《血色湘江》取材于1934年发生在广西桂北的湘江战役的史实，以艺术的形式展现了湘江战役中红军将士勇于胜利、勇于突破、勇于牺牲，誓死保卫党中央的革命英雄气概。湘江战役是中央红军长征历史上最壮烈的一战，中央红军从长征出发时的8.6万人，到突破湘江后锐减至3万余人，红军将士用生命和热血践行了中国共产党人的初心和使命。湘江战役是决定中央红军生死存亡的关键一战，红军长征突破湘江及其经验教训，为遵义会议的召开，实现中国革命伟大转折奠定了坚实的基础。巍巍群山，滔滔江水，让我们一起走进那段历史永远铭记的峥嵘岁月，去触摸信仰的温度，汲取奋进的力量！

〔场景：湘江战役战场。

〔起光。

陈　湘　（白）打！

〔起乐：《誓死保卫党中央》（曲1）。

（合唱）五天四夜，激战湘江，
　　　　前赴后继，血染沙场，
　　　　刀头舔血，枪管发烫，

弹尽粮绝，以命相抗，
以命相抗。

红米饭　（白）报告师长，中央一纵已经渡过湘江！

陈　湘　（白）中央二纵呢？

红米饭　（白）还在赶往界首渡口的路上！

陈　湘　（白）同志们！

众红军　（白）师长！

陈　湘　（白）继续顶住！毛主席在二纵！
　　　　用血肉之躯筑起屏障。
　　　　（合唱）五天四夜，激战湘江，
　　　　啊……

陈　湘　掩护中央渡过湘江。
　　　　（合唱）前赴后继，血染沙场，
　　　　啊……

陈　湘　星星之火再度燎原，
　　　　（合唱）刀头舔血，枪管发烫。

陈　湘　凤凰涅槃共产党。
　　　　（合唱）弹尽粮绝，以命相抗，
　　　　以命相抗。
　　　　共产党，渡湘江。
　　　　涅槃重生共产党，
　　　　涅槃重生共产党。

陈　湘　我们是最后的屏障，
　　　　容不得有半步的退让。
　　　　不惧牺牲鲜血流淌，
　　　　誓死保卫党中央。
　　　　（合唱）筑屏障，鲜血淌，
　　　　誓死保卫党中央，
　　　　啊……啊……

红米饭　（白）师长，中央二纵开始渡江！

陈　湘　（白）司号员，吹冲锋号！保卫苏

维埃！保卫党中央！

〔舞蹈起。

〔音效：炮弹爆炸一声。

（合唱）五天四夜，激战湘江，

　　　　前赴后继，血染沙场，

　　　　刀头舔血，枪管发烫，

　　　　弹尽粮绝，以命相抗，

　　　　以命相抗。

陈　湘　绝命在硝烟的战场，

　　　　（合唱）五天四夜，激战湘江，

　　　　啊……

陈　湘　抛洒着热血衷肠，

　　　　（合唱）前赴后继，血染沙场，

　　　　啊……

陈　湘　高举起啊男儿臂膀，

　　　　（合唱）刀头舔血，枪管发烫，

陈　湘　红军旗帜高高飘扬，

　　　　（合唱）弹尽粮绝，以命相抗，

　　　　啊……

　　　　（合唱）最后屏障绝不能退让，

　　　　　　　　红军战士不惧怕牺牲，

　　　　　　　　红军旗帜高高地飘扬。

所有人　誓死保卫党中央！

〔音效：炮弹爆炸三声。

〔转台，换景。

〔场景：国军阵地。

副　官　（白）师座，这帮共产党真是不惜
　　　　一切代价跟我们日夜鏖战。就今
　　　　天已经打退我们8次冲锋了。

黄复生　（唱）不奇怪，这个师的师长是
　　　　　　　陈湘。

副　官　（白）师座您认识他？

黄复生　（唱）何止是认识啊！

　　　　（白）命令部队，半个小时之内必
　　　　须突破防线。要是让共产党中央
　　　　过了湘江，

（唱）我们都提着脑袋去见校长吧！

副　官　（白）是！

黄复生　（白）警卫连跟我上前线！

黄复生　（白）陈湘！我是黄复生！

〔起乐：《钢刀对钢刀》（曲2）。

陈　湘　（白）班长！我们真的在战场上见
　　　　面了！

黄复生　（白）老同学，既然狭路相逢了……

陈湘、黄复生　（白）那就打吧！狭路刀要
　　　　　出鞘，钢刀要对钢刀。

陈　湘　广州城边黄埔军校，

　　　　一口铁锅里抢过马勺，

　　　　同窗情深肝胆相照，

　　　　走上陌路，要亮剑拔刀。

黄复生　惠州城下冲锋的军号，

　　　　枪林弹雨相互依靠。

　　　　亲如兄弟过命之交，

　　　　如今相见亮剑拔刀，

　　　　如今相见亮剑拔刀。

陈　湘　牺牲倒下的战士们，

黄复生　职业军人不谈政治，

陈　湘　世代务农老实巴交，

黄复生　令行禁止分毫不差，

陈　湘　白色恐怖劣绅土豪，

黄复生　命我剿灭共产党，

陈　湘　逼得他们发出怒号，

黄复生　纵然百死为国报效！

陈　湘　（白）为国报效？谁的国？为谁效？

黄复生　（白）多说无益！不投机！亮战刀！

陈　湘　我为千百万劳苦大众，

黄复生　我是正规军王牌师长，

陈　湘　不为反革命某家的王朝，

黄复生　只争战场上水短山高，

陈　湘　话不投机亮战刀。

陈　湘　生死情谊放一边，

黄复生　手足感情且勾销，

陈　湘　不同路，

黄复生　不同路莫谈情，

陈　湘　莫谈情，

黄复生　狭路逢亮战刀，

陈　湘　狭路逢，

黄复生　不同路莫谈情，

陈　湘　亮战刀，

黄复生　狭路逢亮战刀，

陈湘、黄复生　狭路刀出鞘，钢刀对钢刀，
　　　　　　狭路刀出鞘，钢刀对钢刀！

〔音效：炮弹爆炸一声。

黄复生　（唱）谁在吹号？是谁在吹集结号？

副　官　（白）是共军。他们正在撤出阻击
　　　　阵地——

黄复生　（唱）他们为什么要撤？

副　官　（白）共产党中央的两个纵队刚刚
　　　　已经全部强渡了湘江。

黄复生　（唱）败了！我们败了！
　　　　（白）陈湘啊，你我的这场较量，
　　　　你被我打得这么惨，

（唱）居然还是让你赢了！

〔黄复生下。

〔起乐：《红军就是离离原上草》
（曲3）。

陈　湘　硝烟弥漫，遍野尸骸。
　　　　白日灼心，惨胜如败。
　　　　生死的兄弟，已赴泉台，
　　　　红军战士，谁人掩埋？
　　　　井冈山上手挽手，同仇敌忾，
　　　　反围剿并肩，保卫苏维埃，
　　　　胜利中的一起欢笑，
　　　　挫折后的共尝悲哀，
　　　　而如今，任务已经完成，
　　　　可战友，却全都不在，
　　　　全都不在。
　　　　红军就是那离离原上草，
　　　　岁月枯荣不惧大火焚烧，
　　　　前赴后继死做春泥肥料，
　　　　等待着惊雷，刺破黑暗，
　　　　迎来拂晓。

❧ 第二场 ❧

〔场景：桂北密林。

〔音乐中转台，换景。

〔音效：电报声。

陈　湘　（白）中央联系上了吗？

红米饭　（白）报告师长，一直在呼叫，没有
　　　　应答。

陈　湘　（白）程政委？

程　林　（白）刚刚清点完，牺牲了一千多
　　　　名战士。

〔音效：步枪一声。

陈　湘　（白）准备战斗！

赖老石头　（白）师长，我们抓到了逃兵！

韦　江　（白）我们不是逃兵！报告！我叫

韦江，是中央二纵的机关干部。

程　林　（白）她这是——

韦　江　（白）这位是朱大姐，是我们红军
　　　　医院的大夫。

陈　湘　（白）中央二纵？你们不是已经过
　　　　湘江了吗？

韦　江　（白）是过去了——可是……

〔起乐：《血染的湘江》（曲4）。

韦　江　倒下的战友，
　　　　有很多和我一样，
　　　　从百色出发，
　　　　为了理想挥别家乡。
　　　　那滚滚的湘江，

曾经是游子们回眸的凝望，
可到如今却成了，
返乡人埋骨的坟场，坟场。
（合唱）男儿立志出山关，
　　　　不平天下誓不还。
　　　　埋骨何须桑梓地，
　　　　人生无处不青山。
　　　　埋骨何须桑梓地，
　　　　人生无处不青山。

韦　江　我们的母亲正在倚门而望，
　　　　家中的织机嘎嘎地作响。
　　　　盼望着儿子能够平安归来，
　　　　守着老母亲共叙天伦家常。
　　　　我们的亲人正在倚间而望，
　　　　家酿的米酒饭菜正香，
　　　　盼望着孩子能够回家乡，
　　　　回到那父老乡亲的身旁，
　　　　而孩子已化作软泥青荇——伴湘江。

朱大姐　青青子衿，悠悠我心。
　　　　（男高合）慈母针线，寸草之心。
朱大姐　送君一别，杳无音信。
　　　　（男高合）三春日晖，眷恋亲情。
朱大姐　青青子衿，悠悠我心。
　　　　（男高合）家乡的土地，奔流的江水。
朱大姐　君已远去，带走我心。
　　　　（男高合）埋骨的地方，故乡寄情。
　　　　（男中合）红军信仰坚如磐，
朱大姐　青青子衿，悠悠我心。
　　　　（男中合）何须马革裹尸还，
朱大姐　送君一别，杳无音信。
　　　　（男中合）要问忠魂去何处，
朱大姐　青青子衿，悠悠我心。

　　　　（男中合）湘江水畔有青山。
朱大姐　君已远去，带走我心。
　　　　（男合）红军信仰坚如磐，
韦　江　青青子衿，悠悠我心。
朱大姐　青青子衿，悠悠我心。
　　　　（男合）何须马革裹尸还。
韦　江　送君一别，杳无音信。
朱大姐　送君一别，杳无音信。
　　　　（男合）要问忠魂去何处，
韦　江　君已远去，带走我心。
朱大姐　君已远去，带走我心。
　　　　（男合）湘江水畔有青山。
韦　江　青青子衿，悠悠我心。
朱大姐　青青子衿，悠悠我心。
韦　江　青青子衿，悠悠我心。
　　　　〔音效：电报声。
红米饭　（白）中央联系上了！中央联系上了！正在给我们发最新的指示！
陈　湘　（白）赶快抄报！
　　　　〔起乐：《曲4—5间插段》。
程　林　（白）同志们，党中央已经渡过湘江了！现在中央命令我部赶往灌阳新圩接防，掩护兄弟部队过湘江。
韦　江　（白）陈师长！我们不能再掉队了！带上我们吧！
陈　湘　（白）我们是要去打硬仗的。朱大姐的身体——
朱大姐　（白）带我一起走！我保证不给部队添麻烦！
陈　湘　（白）出发！
　　　　〔切光。

❧ 第三场 ❧

〔场景：瑶寨吊脚楼。

〔换景。

〔音效：原生态演唱，起光。

〔起乐：《蝴蝶与雄鹰歌》（曲5）（舞蹈修排）。

原生态　yi ya la di ei ei a

yi ya la di ei ei a

yi ya la di lie en di lie

hu di die liu di xi la di en di ei ei a

hu di die liu di xi en di lei hu di en di lie

hu di lie liu di xi la di en di ei ei a

hu di die liu di xi en di lie hu di en di lie

hu di die liu di xi la di en di ei ei a

yi ya la di ei ei a ①

〔音效：飞刀投中木靶声。

凤　鸣　莫道山花朵朵开，

莫念春意小情怀。

盼那雄鹰展翅开，

扶摇直上起惊雷，

才能追随彼此不分开。

瑶　女　山上茶花朵朵开，

一对蝴蝶飞扰来。

蝴蝶花，蝴蝶来。

雌的蝴蝶前面飞，

雄的在后分呀不分开。

凤　鸣　鸾凤和鸣才畅快，

瑶　女　蝴蝶花，蝴蝶来，

雌雄蝴蝶不分开，

蝴蝶花，蝴蝶来，

雌雄蝴蝶不分开。

凤　鸣　展翅大鹏才能爱，

瑶　女　蝴蝶花，蝴蝶来，

雌雄蝴蝶不分开，

蝴蝶花，蝴蝶来，

雌雄蝴蝶不分开。

凤　鸣　鸾凤和鸣才畅快，

瑶　女　蝴蝶花，蝴蝶来，

雌雄蝴蝶不分开，

蝴蝶花，蝴蝶来，

雌雄蝴蝶不分开。

凤　鸣　展翅大鹏才能爱，

瑶　女　蝴蝶花，蝴蝶来，

雌雄蝴蝶不分开，

蝴蝶花，蝴蝶来，

雌雄蝴蝶不分开。

瑶　女　蝴蝶花，

凤　鸣　雄鹰来，

瑶　女　蝴蝶花，

凤　鸣　雄鹰来，

（合唱）我与雄鹰（蝴蝶）不分开。

瑶　女　蝴蝶花，蝴蝶来，

雌雄蝴蝶不分开，

蝴蝶花，蝴蝶来，

雌雄蝴蝶不分开。

宽　叔　（白）敲锣，敲锣，当兵的来了！

〔起乐：《怎么办》（曲6）。

陈　湘　时间紧迫进入了深山，

地理位置明显误判，

地图几公里的距离，

忽略了高海拔的山峦，

---

① 歌词大意：《蝴蝶歌》流传于瑶族地区的古老二声部民歌，以二度音程碰撞模拟蝴蝶翅膀振动，全曲以《蝴蝶歌》的"蝴的蝶""溜的西"等经典衬词，呈现瑶族山寨静谧美好的生活情景。

　　　　　高海拔的山峦。

韦　江　崇山峻岭迷途难返，

程　林　长途奔袭筋疲力尽，

陈　湘　时间紧迫进入了深山，

韦　江　不知还有多少的路要赶。

程　林　部队已经疲惫不堪，

陈　湘　地理位置明显，明显误判。

韦　江　瑶寨户户大门紧闭，

程　林　眼看已经无法到达战场。

陈　湘　地图几公里，几公里的距离，

韦　江　人地两生没有基础，

程　林　战斗也没办法按时打响，打响。

陈　湘　忽略了高海拔的山峦，山峦。

韦　江　怎么办？

程　林　怎么办？

陈　湘　怎么办？

韦　江　怎么办？

程　林　怎么办？

陈　湘　怎么办？

韦江、程林、陈湘　事到如今，怎么办？

韦　江　怎么办？

程　林　怎么办？

陈　湘　怎么办？

韦　江　怎么办？

程　林　怎么办？

陈　湘　怎么办？

韦江、程林、陈湘　怎么办？

韦　江　多希望能有老乡出手相助，

程　林　指明出路不再兜兜转转。

陈　湘　恨不得长出翅膀飞过山川，

程　林　眼看敌人就要把战场切断，

陈　湘　眼看战机一去再也不复返，

韦　江　想要拼命使不上劲，使不上劲。

韦江、程林、陈湘　怎么办？怎么办？
　　　　　怎么办？怎么办？
　　　　　快想出办法，快想出办法！

程　林　求助老乡，

陈　湘　解决困难。

韦　江　（白）（瑶语）乡亲们！乡亲们！
　　　　〔起乐：《曲6—7间插曲》。

韦　江　（白）住在这里的瑶族兄弟们，我
　　　　们是红军！要去和国民党反动派
　　　　作战，现在迷路了。有没有人能
　　　　帮我们指个路啊？

程　林　（白）怎么了？

赖老石头　（白）师长，政委。红米饭这小
　　　　子吃了老百姓的酸笋——

程　林　（白）你怎么可以这样？红军的纪
　　　　律你忘了吗？

红米饭　（白）政委，我真的饿得不行了！

陈　湘　（白）你这个小子除了耳朵灵，就
　　　　剩吃得多！要不怎么叫你"红米
　　　　饭"呢。怎么？现在要改名叫"酸
　　　　笋"了？

程　林　（白）把这两个银圆放在老乡的酸
　　　　笋坛子上，就当我们买的，还有，
　　　　去给人家老乡写个纸条郑重道
　　　　歉！写完先给我看！

程　林　（白）你这字写得不对！瑶族兄弟
　　　　的"瑶"不能沿用反犬旁，一律
　　　　改用单人旁！

陈　湘　（白）瑶族兄弟也是人！对人家要
　　　　尊重！

凤　鸣　（白）好！
　　　　〔起乐：独唱《我是瑶山的女儿》
　　　　（曲7）。

凤　鸣　（唱）红军还真是百闻不如一见。

陈　湘　（唱）这位姑娘——我们红军……

凤　鸣　（白）你是他们的头？

陈　湘　（唱）算是吧。

凤　鸣　（唱）刚才你们说，要跟反动派打
　　　　仗？

陈　湘　（白）是的！

凤　鸣　（唱）只要你们打赢敌人，

　　　　　　　这里的东西你们都可以吃，

　　　　　　　还可以给你们当向导。

　　　　　　　连我都可以是你的！

陈　湘　（唱）姑娘，你的话我有些听不懂。

凤　鸣　我们的祖先哟威震八方，

　　　　上古的战神哟万夫不当。

　　　　桑弓射箭，世代纯良，

　　　　力战到死哟，

　　　　也猛志常在，胸怀坦荡。

　　　　我的父亲是啊，瑶家的族长，

　　　　只愿乱世避祸呀，苟全一方。

　　　　军阀政府视我如猪狗，

　　　　官逼民反，

　　　　举战神之名，以命相抗。

　　　　起义失败，父亲饮恨而亡，

　　　　族仇家恨，时时挂在心上。

　　　　只怨我缺兵少枪，

　　　　难以雪耻快意恩仇。

　　　　只恨我势单力孤，

　　　　无法报仇血债血偿，血债血偿。

　　　　我是瑶山的女儿，

　　　　我的祖先威震八方。

　　　　我是瑶山的女儿，

　　　　云海密林是梳妆的闺房。

　　　　我曾经发下重誓，

　　　　为了报仇，我可以牺牲一切。

　　　　我曾经歃血祭祖，

为了报仇，我可以以身相偿。

陈　湘　（白）姑娘，你的意思，我——

凤　鸣　（白）我的意思很明白。只要你带着队伍为我父亲报仇，打垮国民党反动派，我凤鸣从今天开始就是你的女人！

陈　湘　（白）为什么是我？

凤　鸣　（白）我们有共同的敌人！最重要的是，你们红军把我们瑶民当人看！

凤　鸣　（白）你是觉得我凤鸣配不上你，还是我们瑶民配不上你们红军？

陈　湘　（白）我不是这个意思——

凤　鸣　（白）我管你是什么意思！

　　　　〔起乐：《曲7—8间插曲》。

程　林　（白）住手！

凤　鸣　（白）你不是我的男人，就是我的仇人。你们红军不是我们的兄弟，就是我们的仇敌——

陈　湘　（白）把枪放下……把枪放下！红军的枪从来不会对着受压迫的人。打仗不是过家家——

凤　鸣　（白）那就先打仗，再说过家家——

程　林　（白）姑娘，你知道从这里还有多久才能赶到新圩吗？

凤　鸣　（白）有一条近路。我们可以带你们去。宽叔，走吧！

　　　　〔收光。

第四场

〔场景：密林战场。

〔起乐：《重创》（曲8）。

〔起光。

〔舞蹈中音效：炮弹爆炸三声。

〔转台，换景。

（合唱）硝烟洒满战场，

　　　　血腥弥漫在那山冈。

　　　　以一敌十的战斗，

　　　　前所未有的重创。

赖老石头　战斗了一个昼夜，

　　　　奋战到倒下阵亡，

　　　　我们的团长和营长，

　　　　壮烈牺牲在身旁。

红米饭　电台已全部被摧毁，

　　　　中央再联系不上，

　　　　政委已昏迷不醒，

　　　　前路我感到迷茫。

（男合）前所未有的重创，

　　　　身陷绝境到了生死存亡。

　　　　前所未有的重创，

　　　　险些全军覆没再无希望。

〔陈湘上场，走到韦江身边。

〔起乐：《告诉我》（曲9）

陈　湘　告诉我，部队怎么样？

韦　江　清点了人数，两千多名战士阵亡。

　　　　活下来不足四百人，

　　　　半数以上受伤。

陈　湘　告诉我，政委怎么样？

韦　江　昏迷不醒，身负重伤。

　　　　情况不是很好，

　　　　炮弹炸破了他的内脏。

赖老石头　告诉我，告诉我，

　　　　为什么会变成这样？

　　　　打仗打得这样窝囊，

一路长征一路打仗，

　　　　没有像这次这样损兵折将。

韦　江（白）注意你的态度，红军战士就

　　　　应该勇于牺牲！不怕死亡！

赖老石头　我们不是没有打过胜仗，

　　　　四次反围剿打得多么漂亮。

　　　　现在这种教条指挥，

　　　　我们才屡吃败仗。

　　　　从闽西到瑞金再到湘江，

　　　　多少兄弟就倒在我的身旁。

　　　　都说崽卖爷田心不疼，

　　　　老子就是要骂娘。

　　　　就说刚刚的那一仗，

　　　　我已从班长一路升到营长，

　　　　这种伤亡是多么恐怖，

　　　　师团的领导几乎全部牺牲。

韦　江　你的问题我无法回答，

　　　　我只是想说越是挫折越是要坚定

　　　　信仰。

赖老石头　大道理的空话我不想再听，

　　　　我真的是不想糊里糊涂地死亡。

三名战士（白）报告师长，红米饭要当逃

　　　　兵，我们把他抓回来了。

红米饭　师长，我害怕。师长，

　　　　电台已被打坏，

　　　　再也联系不到中央，

　　　　我们成了断线的风筝，

　　　　从此没有了方向。

　　　　我想我就算要死，

　　　　也能够在临死之前回到故乡。

韦　江　你承认要脱离队伍，你该知道战

　　　　场的纪律，军法无情。

韦　江　赖老石头，你要怎么样？

赖老石头　你扣动扳机，我的子弹也会出膛。

陈　湘　（白）住手！若是开枪，就先射穿我的胸膛！

韦　江　师长！

赖老石头　师长！

红米饭　师长！

〔起乐：《信任》（曲10）。

陈　湘　是我把你带出了闽西家乡，
　　　　客家三兄弟同时穿上军装。
　　　　你是赖家最小的那块石头，
　　　　你的哥哥们已经牺牲在路上。
　　　　那天我陪你把哥哥埋葬，
　　　　你扑在我怀里哭得痛断肝肠。
　　　　从此我是赖家另一块大石头，
　　　　从此你有了新哥哥，名字叫陈湘，
　　　　叫作陈湘。

赖老石头　（白）哥哥！

陈　湘　你家本是井冈山下的篾匠，
　　　　家人诚实本分勤恳善良，
　　　　只是地主恶霸不给你活路，
　　　　你才举家跟红军，上井冈。
　　　　你十岁就追着部队到处跑，
　　　　求着毛主席让你穿军装，
　　　　你说跟着毛主席红米饭管够，
　　　　你想让更多的人都闻到饭香。

陈　湘　还有你，壮族汉子韦江，
　　　　为革命辗转江西最后回到家乡。
　　　　我们来自四面八方，
　　　　是什么让我们手挽手肩并肩走向战场？
　　　　因为信任，
　　　　信任毛主席，我们信任党中央。
　　　　战友间的后背不用设防，
　　　　不会让敌人在背后开枪。
　　　　做好后卫，我们保卫党中央，
　　　　不会让敌人能追过湘江，
　　　　这就是信任，这就是力量，

党中央信任我们，我们信任党中央！

众　人　（白）师长！

陈　湘　（白）我知道有些同志对现在的战局很失望，思想上想不通。假如有同志想要脱离队伍回家，只要把武器和军帽军装留下，我陈湘绝不阻拦。红米饭，你还不满十四岁，我同意你回家。

红米饭　（白）师长，我不走！我死也要跟着党！

众　人　（白）保卫苏维埃，信任党中央！保卫苏维埃，信任党中央！

卫生员　（白）师长，政委他——

程　林　（白）师长，我有话要说——

陈　湘　（白）你说吧政委！

程　林　（白）我建议执行党中央、朱老总在战前给我们的指示，向东突围，去湘南地区打游击。

〔起乐。

程　林　（白）要活下去，干革命！部队要活下去！

〔起乐：《活下去》（曲11）。

程　林　湘江一战我们损兵折将，
　　　　苦仗硬仗，部队元气大伤，
　　　　唯有掉头向东死地求生，
　　　　才能留下火种，再寻希望。

陈　湘　向西走，强敌封江，
　　　　可是江对岸是党中央，
　　　　我们和党就像孩子和爹娘，
　　　　难下决心走向不同方向。

程　林　（白）陈湘！

程　林　我们已和中央断了联系，

韦　江　向东走又谈何容易？

程　林　战场分割就快陷入绝地，

韦　江　崇山峻岭道路崎岖，

程　林　保住这支队伍这群兄弟，

韦　江	没有后方没有根据地，
程　林	才对得起朱老总和毛主席，
韦　江	四周又环伺着强敌。
程　林	活下去，竭尽所能活下去，
	走出广西去湘南打游击，
	为部队留下血脉一口气，
	阵亡的兄弟才能够安息。
韦　江	生死是短暂的别离，
众战士	活下去，想尽办法活下去。
陈　湘	虽已转身不忍离去，
众战士	活下去，竭尽所能活下去。
程　林	他日重逢故乡里，
众战士	活下去，想尽办法活下去。
韦江、陈湘、程林	竭尽所能活下去，
众战士	活下去，竭尽所能活下去。
韦　江	再别故土等相聚，
众战士	敬军礼，远望中央敬军礼。
程　林	理想世界再相聚，
众战士	敬军礼，湘江东去且别离。
陈　湘	胜利之后再相聚，
众战士	敬军礼，远望中央敬军礼。

韦江、陈湘、程林	湘江东去且别离，
众战士	湘江东去且别离。
卫生员	（白）政委！政委牺牲了！
陈　湘	（白）政委！
	（合唱）活下去，活下去，
	革命胜利再相聚。
	活下去，活下去，
	天下遍地是红旗。
	活下去，活下去，
	革命胜利再相聚。
	活下去，活下去，
	天下遍地是红旗。
	活下去，活下去，
	革命胜利再相聚。
	活下去，活下去，
	天下遍地是红旗。
	天下遍地是红旗，
	天下遍地是红旗。

〔落纱幕，收光。

〔中场休息。

第二幕

❧ 第一场 ❧

〔场景：国民党军师部。

〔起乐：《这到底打的是什么仗》（曲12）。

〔起台口纱，起光。

副　官	（白）师座，上峰拒绝了我们渡过湘江追击共产党中央的请求？这不是明摆的吗！大家都等着别人拼光了老本坐收渔翁之利，巴不得祸水往人家地盘上引……
黄复生	（白）这他妈打的是什么仗！

黄复生	有些话是忌讳，谁都不敢讲。
	话不出口，每个人却都这么想。
	几十万的大军，都是精兵强将，
	却无法阻挡，
	共产党的红军渡过湘江。
	这到底打的算是什么仗？
	身为军人没有勇气和担当！
	这到底打的算是什么仗，
	算是什么仗？
	将星闪耀却全都没有肩膀和脊梁！

吹破牛皮说要封侯拜相，
说什么防线可靠固若金汤。
眼高手低吹要全歼共产党，
铁桶包围到最后漏水洒汤。
各自的算盘打得震天响，
都想着保存实力割据一方。
山海关外东北已经沦陷，
国难将临还这样小肚鸡肠。
外敌入侵我们不去抵抗，
执意攘外安内先荡平地方。
军不同心，把仗打成这样，
这军队怎能扛得起民族危亡？
这到底打的是什么仗！
这到底打的是什么仗！
这到底打的是什么仗！

副　官（白）师座，这种牢骚还是少发为妙！

黄复生（白）怕什么！当着校长的面我都敢这么说！

国民党警卫（白）报告！

副　官（白）师座，最新命令！已判明共产党陈湘部没有渡过湘江，命我部向西转进，全歼此股顽敌，务必活捉陈湘，并悬赏钢洋四十万。

黄复生（白）价格不菲啊！

副　官（白）师座，有句话卑职不知当讲不当讲——您与陈湘是黄埔同窗，这时候万不可顾念昔日之情啊！

黄复生（白）老子是军人！

副　官（白）卑职明白！

黄复生（白）命令部队，开拔！

〔切光，换景。

❧ 第二场 ❧

〔场景：瑶寨。
〔起乐：《红色的军旗》（曲13）。
〔起纱幕，起光。

（合唱）红旗红旗红色的军旗，
　　　　红色的军旗插满大地。
　　　　镰刀锤头工农的子弟，
　　　　红色的军旗指引着你。
　　　　红旗红旗红色的军旗，
　　　　我们的红军所向披靡。
　　　　坚定的信仰领导有力，
　　　　看我们红军有谁能敌？

陈　湘　大战将至突围在即，
　　　　四处都有恶仗强敌，
　　　　亲如家人生死兄弟，
　　　　也许是最后的别离。

陈　湘　就要战斗到最后的那一刻，

众红军　最后一刻，啊……

陈　湘　就要流尽最后的一滴鲜血，

众红军　最后一滴鲜血，啊……

陈　湘　我若战死就算履行了承诺，

众红军　履行了承诺，啊……

陈　湘　我若战死这就是我的遗言，
　　　　突围就在明天，
　　　　鼓起勇气一往无前，
　　　　让我们手挽手肩并着肩，
　　　　将红军的战歌再高唱一遍。

（合唱）红旗，红色的军旗，
　　　　红色的军旗插满大地。
　　　　镰刀锤头工农的子弟，
　　　　红色的军旗指引着你。
　　　　红旗红旗红色的军旗，
　　　　我们的红军所向披靡。
　　　　坚定的信仰领导有力，
　　　　看我们红军有谁能敌？

陈　湘　（白）同志们，我们工农红军是打
　　　　不散、攻不垮的队伍！现在我们
　　　　一定要把敌人主力牵制在湘江以
　　　　东，为中央转移争取时间！

韦　江　（白）师长，我们的军旗要留下来，
　　　　拼死突围也许全部阵亡，我们把
　　　　战士的名字都写上，证明热血洒
　　　　在了这片土地上！

〔起乐：韦江的独唱《名字》
（曲 14）。

韦　江　点横撇捺，竖折弯画，
　　　　寥寥几笔，名字被庄严写下。
　　　　两三个汉字，鲜活的脸颊，
　　　　是人活一世的痕迹和芳华。
　　　　赵钱孙李，百家诸姓。
　　　　一个姓氏，代表着一个家。
　　　　千百个姓氏组成一个国家。
　　　　是父老乡亲和守望的妈妈，
　　　　以历史的名义都记下。
　　　　记下牺牲，不被时间沉沙，
　　　　以红军的名义都记下。
　　　　记下信仰，为真理而出发。
　　　　记下记下，把名字全都记下，
　　　　就算我们在冲锋的路上倒下。
　　　　记下记下，把名字记下，
　　　　就算我们的尸骸被埋进黄沙，
　　　　红军战士，英雄的名字啊，
　　　　会被人民记下。

陈　湘　（白）全体都有！各排带回做最后
　　　　准备，明天清晨准时突围！

众红军　（白）是！

〔众红军下场，陈湘摘下帽子起乐，
开唱转台。

〔起乐：《那么远，那么近》（曲 15）。

〔曲 15 修改调度。

陈　湘　仰望夜空四处追寻，

夜空中那颗最亮的星星，
远在天涯挂在天际，
黑暗中对我眨眼睛。
是不是你看到了我的迷茫？
正在鼓舞着我的心灵。
是不是你感到了我的疲惫？
正在为我加油鼓劲。
你就是那颗最亮的星，
我的信仰，我的革命。

凤　鸣　竖起耳朵静听鸟鸣，
　　　　山峦中那只最美的雄鹰，
　　　　振翅飞起冲上天际，
　　　　苍穹中对我惊人一鸣。
　　　　是不是你看不到我的倾心，
　　　　始终无视我的眼睛？
　　　　是不是你读不懂我的真情，
　　　　始终忽略我的声音？
　　　　你就是那只最美的鹰，
　　　　我的英雄，我的宿命。

陈　湘　啊，最美的星。

凤　鸣　啊，最美的鹰。

陈　湘　远在天边，却离我这么近。

凤　鸣　近在眼前，却离我那么远。

陈　湘　千言万语，不用说出，
　　　　直达我的心灵，我的心灵。

凤　鸣　千言万语，说不出口，
　　　　直达我的心灵，我的心灵。

陈　湘　我那最坚定的信念，

凤　鸣　我那最真挚的感情，

陈湘、凤鸣　两人，即便离你那么近（远），
　　　　也有那么远（近）的心与心，
　　　　那么远（近）的心与心。

〔转台停。

凤　鸣　（白）陈师长，我要报名参加红军。

陈　湘　（白）凤鸣姑娘，我们将要面临的
　　　　战斗是极端残酷的，也许没有人

能活下来……

凤　鸣　（白）我不怕死！

陈　湘　（白）凤鸣姑娘！

韦　江　（白）师长——师长！生了！生了！

陈　湘　（白）什么生了？

韦　江　（白）朱大姐给我们生了一个小红
　　　　军！是个姑娘，长得可好看了！

陈　湘　（白）太好了！快带我去看看！

凤　鸣　（白）陈湘！我一定要当红军，一
　　　　定要跟红军走！

　　　　〔凤鸣下，换景。

　　　　〔场景：瑶寨内景。

　　　　〔起乐：《不要救我》（曲16A）。

朱大姐　不要救我，不要救我，
　　　　别把药品浪费在我身上。
　　　　不要救我，不要救我，
　　　　突出重围，部队要减负轻装。

卫生员　朱大姐啊，你听我讲，
　　　　不要放弃活下去的希望。
　　　　产后出血，危及生命，
　　　　我的天职就是救死扶伤！（这四个
　　　　字音区是男高音的G以上。）

朱大姐　命若游丝，（音乐变化，慢下来）
　　　　别再为我浪费药品和给养。

卫生员　让我救你，

朱大姐　不要救我，

卫生员　让我救你，

朱大姐　不要救我！（这四句是二声部重唱）

卫生员　不要放弃活下去的希望。

朱大姐　（音乐回到《不要救我》的旋律，
　　　　紧张激动的节奏）危急关头，绝
　　　　不能再拖累部队，白色恐怖，也
　　　　不能让乡亲们冒险把我隐藏。

韦　江　朱大姐，别激动，
　　　　看看我，我是韦江。
　　　　请你心平气和地听我说一说，

请你冷静理智地想一想，
你的丈夫，英勇善战的兄长，
已经壮烈牺牲在湘江边上，
他是我亲如兄弟的战友，
他把你托付在我的身上。
你的孩子已经失去了父亲，
你怎么忍心再让她失去亲娘？

朱大姐　我已经深思熟虑反复掂量，
　　　　突围在即部队要减负轻装。
　　　　我虚弱的身体，
　　　　一定会拖累部队，
　　　　让战友们人情两伤。
　　　　至于孩子啊，
　　　　吃我一口母乳，
　　　　也算是认了亲娘，
　　　　若是双亲不在，
　　　　就只能托付乡亲，天生天养。

韦　江　请你再听我跟你讲，

朱大姐　不用再说了，
　　　　看在多年战友的份上，
　　　　请你们尊重我献身的渴望。

朱大姐　请你们退出门外，
　　　　不然我就马上开枪。

韦　江　不要开枪，不要开枪，不要开枪！

凤　鸣　不要开枪，不要开枪，不要开枪！

陈　湘　啊——啊——啊——

　　　　〔朱大姐的小咏叹调《请你们轻装
　　　　往前走》（曲16B）。

朱大姐　枪口本该指向敌人，
　　　　可我对准了自己的额头，
　　　　我的抉择不是懦弱逃避，
　　　　而是用最后的方式战斗。
　　　　穿上军装的时候，
　　　　就已把生死抛在脑后，
　　　　戴上红军的军帽的时候，
　　　　就已把信仰注入血肉。

不要悲伤，不要哀愁，
请你们轻装往前走。
不要悲伤，不要哀愁，
请你们轻装往前走，
往那胜利的方向走——
〔音效：手枪声一声，孩子大哭声。

凤　鸣　为什么你一言不发，
　　　　就这样看着朱大姐牺牲？
　　　　难道红军都是铁石心肠，
　　　　忍心抛下刚出生的孩子？
　　　　难道革命就是这样牺牲，
　　　　狠心把挚爱的亲人抛下？
　　　　为什么？为什么？
　　　　你回答我的话！

陈　湘　这就是红军，这就是战士！
　　　　这就是红军，这就是战士！
　　　　为了革命一切可以放弃，
　　　　为了信仰一切都可以牺牲。
　　　　抛下亲生骨肉，把感情放下。
　　　　这就是红军，这就是战士，
　　　　这就是我，一个红军战士的回答！

凤　鸣　（白）朱大姐！
　　　　（唱）孩子啊，不要哭。
　　　　　　　孩子啊，不要哭。
　　　　〔音效：孩子痛哭。
　　　　〔陈湘接过孩子，婴儿哭声渐弱收。
　　　　〔起乐：《红军的孩子》（曲17）。

陈　湘　孩子啊孩子啊，我可爱的孩子啊，
　　　　你是不是认出了我身上，
　　　　我身上的军装？
　　　　红色的五角星，闪闪地发光，
　　　　跟你啊亲生的父母，穿得一样。
　　　　孩子啊，可怜的孩子啊，
　　　　你是不是感觉就要别离？
　　　　奋力地啼哭，像要刺穿心房，
　　　　怕是再也见不到，亲人模样。

孩子啊，红军的孩子啊，
别哭泣莫悲伤，想亲人抬头望，
红色的朝霞，
就是红军用牺牲换来的曙光，曙光。
你的爸爸妈妈在天上挥手，
亲爱的孩子啊，
虽然出生在黑暗中，
但是你的未来充满希望，
充满希望。

（合唱）啊曙光，红色的曙光，
　　　　就像鲜红的血液在流淌。
　　　　啊朝阳，初升的朝阳，
　　　　就像激动的红心在激荡。

陈　湘　啊曙光，红色的曙光，
　　　　就像鲜红的血液在流淌。
　　　　啊朝阳，初升的朝阳，
　　　　就像激动的红心在激荡。

陈　湘　从今天起，红军的朋友，
　　　　勇敢的瑶家姑娘，
　　　　你就是红军孩子的亲娘。

凤　鸣　你不让我跟你走，
　　　　让我留下把孩子带大。
　　　　陈湘啊，我的雄鹰。
　　　　瑶山女儿的心啊，
　　　　永远追随红军不分开。

陈　湘　我若战死——

凤　鸣　我们把红军的故事代代传扬，
　　　　你若不死——

陈　湘　一定回来！
　　　　〔两人的领唱与合唱。

陈湘、凤鸣　回来，回来，
　　　　（合唱）我们团聚在桂北湘江，湘江，

凤　鸣　（白）金刀为证！

众瑶民　（白）金刀为证！

陈　湘　（白）红旗为证！

众红军　（白）红旗为证！

陈　湘　（白）出发！

〔起乐：《湘江》（曲18）。

凤　鸣　（白）陈湘，这孩子还没有名字，
　　　　你给起一个吧。

陈　湘　（白）指地为名，就叫湘江！

凤　鸣　（白）湘江……

凤　鸣　（白）湘江，我——妈妈给你唱一
　　　　支歌，哄你睡觉。

　　　　（唱）湘江啊湘江，波浪儿滔滔，
　　　　　　　小小的船儿，轻轻地摇。
　　　　　　　要问小船去到哪里，
　　　　　　　走遍天涯寻到芳草。
　　　　　　　沿着湘江逆流而上呀，
　　　　　　　所谓伊人，在水一方，
　　　　　　　兜兜转转，道阻且长。

　　　　　　　牵挂的人儿，宛在水中央。

〔凤鸣脸贴向孩子，音效：孩子的
　喃喃的声音。

凤　鸣　湘江啊湘江，浪花儿跳跳，
　　　　小小的花儿，盛开在树梢。
　　　　要问落花飘去哪里，
　　　　青山绿水不再烦恼。
　　　　沿着湘江顺流而下呀，
　　　　所谓伊人，梦回故乡，
　　　　辗转反侧，心中感伤。
　　　　远去的人儿宛在水中央，
　　　　远去的人儿宛在水中央，
　　　　远去的人儿啊宛在水中央。

〔收光，演员下，换景。

第三场

〔场景：战场。

〔音效：炮声三声（长），转台。

〔起乐：《誓言兑现》（曲19）。

〔舞蹈场面修排。

〔等舞台提示起光。

　　　　（合唱）枪炮隆隆，擦掌摩拳。
　　　　　　　殊死战斗，心比金坚。
　　　　　　　纵然不敌，也要亮剑。
　　　　　　　我以我血，誓言兑现，
　　　　　　　誓言兑现。

韦　江　军人有幸能战死在沙场，
　　　　化作忠魂也荡气回肠。
　　　　盼望着革命能早日胜利，
　　　　让红军旗帜能高高飘扬，
　　　　到那时我们也含笑九泉，心欢畅。

赖老石头　客家子弟，提刀亮剑。
　　　　若是战死，血祭祖先。
　　　　闽西男儿，撑起蓝天。
　　　　男儿鲜血，浇灌家园。

红米饭　虽然年少，也是红军。
　　　　穿上军装，敢于向前。
　　　　巍巍井冈，魂系梦牵。
　　　　革命的胜利，战斗实现。

陈　湘　啊战友，一起肩并肩冲啊，
　　　　冲上前，流尽最后一滴血！
　　　　庄严许下的诺言，
　　　　振聋发聩在耳边，
　　　　男儿一言金不换，
　　　　就是死也要兑现。

红米饭　冲上前，冲上前，

赖老石头　冲上前，冲上前，

韦　江　冲上前，冲上前，

三　人　再见了故土家园。

红米饭　冲上前，冲上前，

赖老石头　冲上前，冲上前，

韦　江　冲上前，冲上前，

三　人　流尽最后一滴血。

　　　　（合唱）誓死保卫党中央，

忠诚誓言来兑现，
粉身碎骨全不怕，
留得信仰在人间。

〔转台。

（合唱）誓死保卫党中央，
勇于牺牲冲上前，
粉身碎骨全不怕，
留得信仰在人间，
在人间！

〔转台停。

陈　湘　（白）上刺刀！

众红军　（白）冲啊！

〔转台。

〔音效：炮声两声（长）。

〔转台转正，陈湘与卫生员在台阶
上。

〔音效：炮弹爆炸一声（长）。

〔转台继续转，转到位前。

〔音效：多声炮弹爆炸（长）。

〔红军战士、红米饭出密林，起音
效：机枪扫射声。

副　官　（白）抓活的！抓活的！

〔音效：手枪声三声。

黄复生　（白）都给我滚开！

〔起乐：《钢刀再对钢刀》（曲20）

黄复生　你的伤怎么样了？

陈　湘　肠穿烂肚，怕是活不成了。

黄复生　我以为凭你的本事，你能跑掉。

陈　湘　竭尽全力，还是班长手段高。

黄复生　都什么时候了，你还在说笑？
战场相遇狭路拔刀，
同窗好友以命相搏，
身在炼狱中啊，
会始终灼烧，
铁石心肠也会动摇。
我多么希望你能逃掉，

哪怕是因我无能被耻笑，
现在结局已经很明了，
这道难题没人回答——没人教。

陈　湘　（白）这不难——
子弹上膛扣动扳机。

黄复生　将出同门黄埔军校，

陈　湘　亲手让我魂飞湮灭，

黄复生　我豁出性命将你保，
现在回头既往不咎啊。

陈　湘　你我情分恩怨一笔勾销啊，
谁胜谁负历史明了。

黄复生　校长要求并不高，

陈　湘　他的价还不高？
我的信仰比生命还重要，还重要，

黄复生　你觉得你信仰崇高，
顽抗的下场你可知道？
枭首示众死无全尸，
乱臣贼子污名洗不掉。

陈　湘　我这身皮囊不重要，
身后的名声更可笑，
崭新的历史，人民来创造，
成仁取义我愿效。

黄复生　（白）话不投机！

陈　湘　（白）多说无益！

〔音效：手枪声一声。

副　官　（白）师座，这个人不能杀，上峰
严令要活捉陈湘。

黄复生　（唱）你对你的长官开枪——

副　官　（白）上峰特授予卑职事急专断之
权！

黄复生　（唱）我决意要杀他。

副　官　（白）那就别怪卑职得罪了——

〔音效：手枪声一声。

两　人　今生恩怨消，钢刀对钢刀。
今生恩怨消，钢刀对钢刀。
今生恩怨消，钢刀对钢刀。

今生恩怨消，钢刀对钢刀。
今生恩怨消，钢刀对钢刀。

陈　湘　（白）啊！

黄复生　（白）陈湘！陈湘！你居然断肠取义！

〔收光，转台，落纱幕。

❧ 尾　声 ❧

〔数年之后，湘江边。
〔音效：江水声。
〔舞台提示起光。
〔起乐：《桂北民谣》（曲21）。
〔女声原生态：
英雄血染湘江渡，
江底尽埋英烈骨。
三年不饮湘江水，
十年不食湘江鱼。
桂北古道红军路，
寸土千滴红军血。
一草一木一英魂，
一山一石一丰碑。

凤　鸣　（白）湘江，这面红军的军旗上，
　　　　有你爸爸妈妈的名字。在这——
　　　　李天晓、朱蔚然。

小湘江　（白）妈妈，你才是我的妈妈呀！

凤　鸣　（白）是的，我也是你的妈妈。你
　　　　还有一个爸爸呢，他的名字叫陈
　　　　湘。你的大名湘江，就是你陈湘
　　　　爸爸给起的。

小湘江　（白）爸爸——妈妈——我是湘
　　　　江——

〔字幕：1934年11月25日至12月
1日，中央红军与国民党军苦战
数昼夜，最终强渡湘江，粉碎了
蒋介石围歼中央红军于湘江以东
的企图。数万红军将士用热血和
生命谱写了感天动地、气壮山河
的英雄史诗，创造了"勇于胜利、
勇于突破、勇于牺牲"的湘江战
役精神。
习近平总书记高度评价湘江战役，
始终牵挂在湘江战役中流血牺牲
的革命先烈。2021年4月习近平
总书记在广西考察时指出，红军
将士视死如归、向死而生、一往
无前、敢于压倒一切困难而不被
任何困难所压倒的崇高精神，永
远值得我们铭记和发扬。

〔起后区光。
〔曲终，谢幕。

演出单位
广西戏剧院

瑶山春

内容简介

　　京剧《瑶山春》讲述了广西解放初期我军某部营教导员覃世强奉命率领先遣部队进入瑶山，解放瑶山的故事。全剧通过"粉碎石牌会阴谋"的故事情节再现了党的民族政策的正确性和共产党人的远见卓识。

主创团队

原主创名单

总 策 划：韦国清（时任广西壮族自治区政
　　　　　府主席）
编　　剧：广西京剧团集体创作
　　　　　周民震（执笔）王增亮（执笔）
导　　演：广西京剧团导演组
　　　　　江 滨 续正泰 陈通才 任 道
唱腔设计：广西京剧团音乐创作组
　　　　　续正泰 张荣藻
音乐设计：冼志雄 李忆庆
音乐配器：杨晓辉 李杰枝 潘汉标 杨仁义
技导设计：广西京剧团技导组
　　　　　伍全心 万荣宝 张云彤 林 燕
舞美设计：郑捷克 包荣官 邱启图
服装、造型设计：张忠安

复排主创名单

艺术总监：龙 倩

总 统 筹：陈国禄
协　　调：颜 明 谢 谢 吴华英
统　　筹：刘国英 石 震 谢德兴
　　　　　王 京 唐德辉
导　　演：赵雪君
副 导 演：谢德兴 蒋金波
音乐配器：王小旭 王 铮
指　　挥：朱 麟
打击乐设计：郭京锐
舞美设计：吕挺军
灯光设计：黄海洋 李文生
化妆造型设计：黄海丽 张 艺 唐久媚
服装设计：阳晓青
道具设计：陈 峰
技　　导：谢德兴 蒋金波 黄学财
　　　　　陈 慧 赵宏强
编　　舞：刘倍贝 秦 玉

主要演员

覃世强——罗意伟
凤大嫂——白　雯
蒙九公——李　森
陶金保——黄　毅
蒋祖轩——蒋金波
阿　丹——陈　慧
盘广叔——黄学财

黄文标——朱广仪
郭小宝——罗家茂
陶猴子——唐源进
赖营长——罗大智
阿　隆——谢德兴
邓大娘——张　莉
王连长——李松浩

人　物

覃世强　壮族，中国人民解放军某部营教
　　　　导员。

王连长　汉族，中国人民解放军某部连长。

郭小宝　壮族，中国人民解放军某部通信
　　　　员。

盘广叔　瑶族，游击队员，大军向导。

凤大嫂　瑶族，原起义首领之一，后为民
　　　　兵队长。

阿　隆　瑶族，民兵。

蒙九公　瑶族老人。

阿　丹　瑶族，民兵，蒙九公之孙女。

邓大娘　瑶族，陶府佣人。

陶金保　瑶族，瑶山总头人，国民党残匪
　　　　副司令。

蒋祖轩　汉族，国民党残匪司令。

黄文标　瑶族，打入民兵队的奸细。

陶猴子　瑶族，陶金保的管家。

赖营长　匪兵营长。

解放军卫生员、解放军战士、瑶族民兵、
匪副官、匪兵、陶府家丁若干人。

❧ 序　幕　挺进大瑶山 ❧

〔广西解放初期某瑶山地区。

〔雄壮有力的进军乐曲中幕启。红
日耀目，霞光灿烂。巨幅五星红
旗迎风飞卷，猎猎有声。

〔由瑶山游击队员盘广叔引路，中
国人民解放军某部营教导员覃世强
率先行连及各族民兵作进军舞蹈
上。他们紧握钢枪，英气勃勃，奋
勇当先追穷寇，满怀豪情奔瑶山。

〔覃世强与盘广叔跃上高岩，盘广
叔手指隐现在云雾弥漫中的巍峨
瑶山，覃世强以望远镜瞭望。

〔在《三大纪律八项注意》的音乐
声中，覃世强挥臂命令部队、民
兵迅速向瑶山挺进！

〔一束红光映照着覃世强雕塑般的
雄姿。

❧ 第一场　烽火逢战友 ❧

〔瑶山外山地区，青竹寨外。

〔云山万重，林海无际。舞台上，木棉巨树，光秃凋零，一块阴森的石碑斜立树前。透过几丛树叶稀疏的瘦竹，可以看见依山叠砌的青竹寨。

〔幕启：枪声激烈，火光冲天。

〔阿隆身背砍刀掩护群众撤退进深山。

〔一青年从寨内带群众撤退。

青年甲　阿隆，一股土匪绕到寨子后边了！

阿　隆　快把乡亲们转移上山。

青年甲　好！（急与群众奔下）

〔青年乙、丙等急上。

青年乙　阿隆！土匪冲上来了！

青年丙　乡亲们来不及撤走怎么办？

阿　隆　（沉着地）盘广叔已经出山迎接解放大军了。坚持战斗，救护乡亲，牵制敌人！

〔土匪喊杀声起。阿隆指挥青年乙、丙等隐蔽下。

〔匪赖营长带匪兵冲上，指挥匪兵烧杀抢劫。匪兵冲进寨子，青竹寨起火，枪声响处传来瑶胞惨叫声。

〔蒋祖轩与匪副官上。

匪副官　赖营长，司令到！

蒋祖轩　（对赖营长）赖营长，把扛不走的粮食统统烧光，一粒也不留给共产党。

赖营长　是。一切都办妥当，共产党进山，让他们去喝盘龙河的泥汤。

蒋祖轩　（向匪副官）把她给我带上来！

匪副官　是！（向内）带凤大嫂！

〔蒋祖轩观察寨内。

凤大嫂　（内唱）松杉敢把风雪傲，

〔众匪兵押凤大嫂上。

凤大嫂　（接唱）

何惧那，毒刑狠，镣铐重，

面对虎狼我满腔怒火对屠刀！

看瑶山惨状斑斑心如刀绞，

不报此仇恨难消。

〔赖营长押寨内群众上。

众　　　凤大嫂！

凤大嫂　乡亲们！

蒋祖轩　你们好大的胆子，（冷笑）哼哼哼哼，十五年前，你的丈夫凤老大伙同山外壮家人就在这儿举起了造反的刀枪，一命呜呼，如今也轮到你命丧黄泉。

凤大嫂　可你别忘了，还有我们的壮家兄弟覃世强！

蒋祖轩　覃世强一去十五年，早已音信渺茫。

凤大嫂　不！覃世强和我们穷山丁永远一条心，他总有一天会回来消灭你们这些狗豺狼！

蒋祖轩　（对匪兵）把她给我开膛挖心！

众　　　凤大嫂！

〔众匪兵正要一拥而上，忽然幕内射出一箭，正中蒋祖轩左肩。

匪　兵　不好，共军已过前面小山冈。

蒋祖轩　把人带走，寨子烧光。

〔匪兵大乱，阿隆带几位青年持木棒、砍刀杀出。群众奋起与匪搏斗，蒋祖轩等乘机将凤大嫂推下。阿隆与数匪开打，正危急时，忽听枪声骤响，军号嘹亮。

覃世强　（内唱）青竹寨火熊熊如烧心上。

〔覃世强率先行部队急上，击毙数匪，余匪溃逃。

覃世强　（白）一二排追击，三排救火！
〔战士、民兵过场。

覃世强　（接唱）恨敌人垂死挣扎逞疯狂，
　　　　　　　　灭残匪救乡亲斗志高昂。
〔土匪拉凤大嫂上，盘广叔上前营救。

盘广叔　凤大嫂！
〔群众呼喊"凤大嫂"，上。

凤大嫂　乡亲们，盘广叔！

盘广叔　你知道谁回来了？

凤大嫂　谁？

盘广叔　雄鹰飞得再高也离不开山冈，同患难的战友走得再远也惦记着瑶乡，你们看——
〔覃世强等上。

覃世强　（亲切地）凤大嫂！

凤大嫂　（辨认）你是？

覃世强　（用电影版山歌相认）
　　　瑶家黑沉沉哟，瑶家苦难深哟，
　　　掀开青石板哟，奴隶要翻身哪！
　　　（银圆交给凤大嫂，唤"大嫂"）

凤大嫂　（不敢相信）世强？（终于认出，惊喜万分）世强兄弟！
　　　（唱）血泊中分离，烽火里重见。
　　　　　惊喜交集，我不知从何言。
　　　（白）世强兄弟，你离开瑶山奔何处，一去十五年？

覃世强　大嫂！
　　　（唱）离瑶山，我找到救星共产党。
　　　　　拿起枪，南北转战把敌歼，
　　　　　征途上，心中常把乡亲来惦念。
　　　　　归来时，
　　　　　喜见战友坚持斗争胜当年。
　　　　　不忍看，满目疮痍山色黯。
　　　（白）大嫂，这些年来瑶山的乡亲们又受了不少的苦啊！

凤大嫂　（唱）官家山霸欺压百姓更凶残。

受苦难，穷山丁血泪流不断，
不报仇未雪恨我纵死不心甘！

覃世强　（唱）长夜已破晓，
　　　　　红日映照山河变，
　　　　　岂容那残云污染艳阳天，
　　　　　为人民求解放进山灭匪患，
　　　　　誓把红旗插遍这锦绣山川。
〔突然内喊"凤大嫂"，蒙九公、阿丹、黄文标等上。

阿　丹　凤大嫂！

凤大嫂　阿丹！九公，这就是十五年前曾在瑶山举旗造反的覃世强，覃教导员。

覃世强　（亲切地）蒙九公。

蒙九公　哦！覃世强。（观察战士们，警惕地）怎么？当年造反的英雄好汉，如今却要带着官家军队进瑶山？

覃世强　解放军是人民的军队，和瑶家人民亲同手足一般。

蒙九公　（拉凤大嫂到一旁）凤大嫂，刚赶跑了一帮官家军，又来了一帮官家军，这岂不是洪水刚过又遭旱？

凤大嫂　九公，他们是亲人解放军，是来解放我们瑶山的。

黄文标　九公，现今这个军那个军，牌号多，名目繁……（转）不过，对于大军，我们应当相信，理所当然。

蒙九公　不！自古总是汉欺瑶，哪有外族官兵不祸害瑶山！

凤大嫂　九公！全国解放，外面已经大变！

阿　丹　阿公！

蒙九公　千变万变，瑶家祖传规矩不能变。凤大嫂，你看——（指石牌）

凤大嫂　石牌。

群　众　石牌！

蒙九公　石牌祖辈传，牌文刻上面"勾外

吃瑶"要问斩，罪名难承担！

凤大嫂 九公！
（唱）说什么"勾外吃瑶"要问斩，
提起石牌我怒火燃。
受苦的奴隶要造反，
定把这旧枷锁彻底砸烂！

蒙九公 不能砸！砸烂石牌老规矩，瑶山会招来大灾难！

凤大嫂 那是鬼话妖言，头人的欺骗！

蒙九公 凤大嫂，陶金保已经放出话来，要召开石牌大会起石牌团抗外保瑶。

众 啊？起石牌团？

蒙九公 你若砸烂石牌，岂不是火上浇油，血染瑶山！

覃世强 九公！陶金保要在什么时候召开石牌大会起石牌团？

蒙九公 瑶家的事用不着外人管！

凤大嫂 九公！

蒙九公 （对凤大嫂）你要是瑶家人，当心别受外人欺骗！
〔蒙九公跺脚气愤下，数群众跟下。

众 九公！

黄文标 （蛊惑地）凤大嫂，我黄文标和你们一块砸石牌，死也心甘！

凤大嫂 好，砸石牌，天大的罪名我承担！

覃世强 等一等。

凤大嫂 世强兄弟！

黄文标 覃教导员，砸石牌可是大伙儿的心愿哪！

覃世强 陶金保马上就要召开石牌大会，若砸了石牌岂不是帮助他们制造口实起石牌团吗？

凤大嫂 哼！我这把复仇刀正等着他们起石牌团报仇呢！

覃世强 大嫂，为了团结大多数群众，我们不能这样对待石牌团。

凤大嫂 什么？十五年前，他们拉起石牌团镇压起义，杀害了我多少结盟的兄弟，世强难道你今天回来，不是为死去的凤大哥报仇的吗？

覃世强 报，可我们不能只报个人的仇和怨哪！

凤大嫂 （震惊）啊？你！你！你竟忘了死去的凤大哥！

覃世强 不……

凤大嫂 你竟忘了过去的誓言？

覃世强 大嫂……

凤大嫂 这些年来，我们瑶家山丁，天天把你盼哪盼……（悲怆地）可盼来的不是当年共患难的战友。你、你、你变了！

覃世强 凤大嫂，世强和瑶家山丁永远心心相连。

凤大嫂 （决断地）世强！你到底让不让砸石牌？

覃世强 可现在砸石牌，就是蛮干！

凤大嫂 好！那从此我们就是陌路人，各不相干！
〔凤大嫂极度失望痛苦地奔下，阿丹呼下。

覃世强 凤大嫂——

众 凤大嫂——
〔部分群众跟下。

众战士 教导员！

覃世强 （抑制着内心的激动，深情地）凤大嫂和蒙九公他们都是我们的亲人，我们要用党的民族政策和他们以心换心。同志们，带上粮食盐巴，走村访寨，发动群众，打开局面！把瑶山的一切旧制度打它个地覆天翻！

众 地覆天翻！（众亮相）

第二场　匪霸设阴谋

〔接前场，内山镇。

〔总头人陶金保府内后厅。

〔陶府家丁川流不息地将箱笼、细软搬抬过场，主家上来一片慌乱。

陶金保　（对家丁甲）送进黑风弄，马上就回来。

〔家丁甲应下。

〔家丁乙匆匆上。

家丁乙　（悄声地）陶爷，司令到。

陶金保　司令到？请到这儿，快！司令……

〔家丁乙应下。

〔蒋祖轩从后门溜上。

蒋祖轩　共军已进青竹寨。

陶金保　（大惊）啊？这么快？那，三五天不就打进内山来了？

蒋祖轩　这只是一支小部队。

陶金保　小部队（松了口气），想必是先来外山探探虚实摸摸势态。

蒋祖轩　不，他们是来"发动群众"。你哪里知道共产党的厉害！

陶金保　那干脆把你的几千兄弟从黑风弄里拉出来，和他们拼个痛快！

蒋祖轩　我一出面，那就更坏，瑶民要是知道你这个总头人也"勾外吃瑶"，那谁还听信那块石牌？老弟！
（唱）煽起那民族仇恨最重要，
　　　"抗外保瑶"的旗号要举得高。
　　　对共军我自有神机妙算，
（白）共产党有民族政策这一条，只要能把内山穷瑶民的枪口引向共军，他们就会束手无策，这就叫：
（唱）石板上砍鱼——他难下刀！

陶金保　哦！

〔陶猴子上。

陶猴子　总爷，司令。

陶金保　和黄文标取得联系了？

陶猴子　据黄文标报告，覃世强回来了。

陶金保　覃世强？

蒋祖轩　是不是当年领头造反的那个壮家人？

陶猴子　正是他，如今当了解放军的教导员。

陶金保　（惊恐）啊？

蒋祖轩　（惊恐）啊？

陶猴子　（讨好地）不过，这次覃世强回来并不那么顺心如意。

陶金保　（转忧为喜）哦！

蒋祖轩　（转忧为喜）哦！

陶猴子　他们还没进青竹寨就发生了争吵。（递上竹筒密信）看，这是黄文标的情报。

〔蒋祖轩、陶金保连忙看信。

陶金保　（得意忘形）妙！

蒋祖轩　（奸笑）哼哼，这就是你那块石牌的功劳。陶猴子，你快去把蒙九公叫来，就说总头人有事要找。

陶猴子　是。（下）

陶金保　你叫这穷老头子有什么诀窍？

蒋祖轩　召开石牌大会，让蒙九公替你跑腿，在穷瑶民里，他的威望比你高。

陶金保　咳！你烧香也不看准庙，这倔老头子会跟我们走一条道？

蒋祖轩　这……

〔陶猴子上。

陶猴子　司令、总爷，蒙九公到。

陶金保　快请。

〔蒋祖轩退入屏风后。

陶猴子 请蒙九公。

〔蒙九公上。

蒙九公 （唱）阿丹未回心烦闷，
陶金保呼唤我所为何情？

陶金保 九公来啦？

蒙九公 总头人，这次唤我来是催租讨债，还是……

陶金保 哦！找你来，不为别事，如今瑶山来了外人，灾难又要降临。听说阿丹跟着解放军跑，违反石牌条文，内山的瑶民可大有议论呢。

蒙九公 （焦虑地）阿丹……

陶金保 阿丹姑娘也是年幼无知，邪气迷心。

蒙九公 船破偏遇顶头风，瑶山何日得安宁？

陶金保 说来也叫人伤心，当年你儿子儿媳遭外人残害，如今阿丹又遇不幸……

蒙九公 （怒从心起）瑶家再不能受外人的欺凌！

陶金保 对！要想瑶山得太平，就得托老祖老辈的神灵。

蒙九公 你是说……

陶金保 只有拉起石牌团，把外人赶出瑶山，阿丹姑娘方能脱身。

蒙九公 拉起石牌团？（思考后）那瑶家的鲜血，岂不又要染山林？

陶金保 我们绝不能受外人的欺凌！

蒙九公 抗外保瑶是每个瑶人的责任，我去找找众乡亲。（下）

陶金保 好，九公，这事还要您多费心。

〔蒋祖轩从屏风后出。

陶金保 你看下一步怎么办？

蒋祖轩 你马上下达石牌令，让覃世强、凤大嫂和蒙九公他们去相互火拼，石牌大会就可以顺利进行。

陶金保 嗯。不过，这老头子有股倔劲，不一定会死心塌地地跟着我们。

蒋祖轩 那好办，只要让阿丹……（做抓人的手势）

陶金保 行，行。

〔二人奸笑。

☙ 第三场　阳光驱迷雾 ❧

〔青竹林。十五年前起义盟誓的地方，旧旗座上还插着一根旗杆。

〔凤大嫂在徘徊，沉思，思绪万端。

凤大嫂 （唱）风过青竹林，翠叶沙沙响，
好似凤大哥临终遗言在耳旁。
十五年岁月常把兄弟盼望，
却不想一瓢冷水心头凉。

〔阿丹上，给凤大嫂倒水，凤大嫂无心饮水。

阿　丹 大嫂，大嫂，世强哥真的不和我们瑶家人一条心啦？

凤大嫂 （半自语地）那他为什么还惦记着咱瑶山，带着队伍来打土匪蒋祖轩？

阿　丹 这么说，他的心还没有变？

凤大嫂 （犹豫地摇摇头）可为什么又不让我们砸石牌？为什么不把凤大哥的冤仇记心间？

阿　丹 那他到底是……

凤大嫂 （难以回答）十五年了，就像一碗浑水，叫人看不透啊。阿丹，这两天寨子里的情形……

〔群众甲、乙、丙，老人，黄文标

等急上。

群众甲　（手执石牌令）凤大嫂，陶金保下达石牌令了！他们打起"抗外保瑶"的旗号，还说有勾外吃瑶者也要斩尽杀绝！

群众乙　凤大嫂，石牌团一拉起，就会像十五年前那样刀枪无情啊！

群众丙　我们要主动出击！

群众甲　可不能坐以待毙。

黄文标　凤大嫂，我倒有个主意，只要你打出当年的义旗，组织瑶民起义队，外山的乡亲就会跟着拿起武器，打进内山去！

凤大嫂　组织瑶民起义队？

黄文标　（挑动地）报仇雪恨，出口窝囊气！

众　凤大嫂！

黄文标　凤大嫂，你可别忘了，这青竹林里还有凤大哥的血迹！

凤大嫂　（心如刀绞，毅然折断石牌令）组织瑶民起义队，打进内山去，活捉陶金保！

众　是！

〔群众甲、乙、丙下。

阿　丹　（不安地）大嫂，我们阿公……

黄文标　九公性情刚直，容易受人蒙蔽。大嫂，让阿丹回去劝劝他吧。难道他甘愿和自己的亲孙女势不两立？

阿　丹　（期望地）大嫂！

凤大嫂　好。你把这折断的石牌令也带回去，让他们看看，谁要敢参加石牌团，就和他拼到底！

阿　丹　对！（急下，黄文标暗跟下。）

凤大嫂　（激奋地）青竹林啊青竹林！你记下了多少瑶家的血和恨，今天我不和石牌团决一死战，怎对得起凤大哥留下的这把复仇刀！（舞刀）

覃世强　小宝，快跟上。

〔凤大嫂舞刀时发现有人来，急下。

〔覃世强、王连长、盘广叔、郭小宝、阿隆背背篓上。

覃世强　（唱）十五年重回旧地心潮涌，
　　　　　翠竹林激起我满腔深情。

（白）同志们，要耐心做好群众工作，顺便把救济物资送给乡亲们！

众　是！

〔盘广叔、王连长分头下。

覃世强　（发现旗杆，触景生情）起义的旗杆！

〔幕后隐约传来山歌声。

（唱）风吹竹叶舞婆娑，
　　　枪上栓来刀在磨，
　　　胸膛燃起复仇火，
　　　杀遍九州十八河。

覃世强　（听歌声，感慨地念）风吹竹林舞婆娑，东方霞光照山坡，手抚起义旧旗杆，战友情谊似长河……

〔凤大嫂暗上。

凤大嫂　世强，你还记得这旗杆？

覃世强　这是我和凤大哥起义盟誓的地方，我谨记心上。

凤大嫂　（悲痛地）凤大哥临终时留下了这把复仇刀。（双手捧刀，慢步上前，哭泣地）他说："交给世强兄弟，见刀如见心！"

覃世强　（接刀，心情沉痛）凤大哥！

（唱）青竹林中手捧刀，
　　　大哥的叮咛我明了。
　　　为死难同胞心哀悼，
　　　千仇万恨永记牢。

凤大嫂　（唱）齐心协力把仇报，
　　　　　出征内山在今朝。

覃世强　（唱）恨要雪，仇要报，
　　　　　报仇雪恨为哪条？

凤大嫂　（唱）只为瑶家脱苦海，
　　　　　　　刀砍仇敌恨方消。

覃世强　（唱）杀仇敌，脱苦海，
　　　　　　　瑶家要把谁来靠？

凤大嫂　（唱）就靠这把复仇刀。

覃世强　（唱）革命要靠党领导，
　　　　　　　刀锋所向认目标。

凤大嫂　（唱）目标认准石牌团，
　　　　　　　斩尽杀绝不动摇。

覃世强　（唱）分清敌友免中圈套，
　　　　　　　决不能把党的教导一边抛！

凤大嫂　（赌气地）既然如此，你走你的平坦路，我过我的风雨桥！
　　　　（唱）山歌同声不同调，
　　　　　　　唇枪舌剑恨未消。
　　　　　　　今日决心把仇报——
　　　　（白）瑶民起义队集合！
　　　　〔吹牛角"呜——呜——呜——"，群众纷纷上场，阿隆及民兵上。

凤大嫂　出发！

覃世强　慢着！
　　　　（唱）难道你甘当敌人手中刀？

阿　隆　瑶家跟大军，同走一条道。

民兵甲　鲁莽行动必把险冒。

群众甲　怕死鬼躲开，不准挡道。

阿　隆　干革命绝不许瞎胡闹。

凤大嫂　（大怒）什么？擒龙敢把龙宫闹，伏虎敢把虎穴掏！打石牌团的跟我走，绝不动摇！
　　　　〔凤大嫂与部分群众转身欲走。

阿　隆　（举刀挡住去路，大吼）谁敢！
　　　　〔凤大嫂等愕然止步。

群众甲　你敢？看刀！
　　　　〔群众甲持刀冲向前与阿隆格斗。群众乙、丙拔刀相助，民兵甲、乙奋起迎战。全场顿时分成两边，

刀枪对峙。

覃世强　（严肃而又痛心地）把刀放下！

阿　隆　（满眼热泪，固执地）不！绝不能让他们去和受骗的群众打冤架！

覃世强　（深切地，一字一顿地）可你举起这把锋利的砍刀不也是向着自己的同志吗？
　　　　〔阿隆猛震，"当啷"一声，手松刀落。众震撼心弦，静场。

覃世强　（心情沉重地拾起砍刀，走向凤大嫂，回忆地）这多么像十五年前惨痛的情景。凤大嫂，如果凤大哥还活着，他会忍心让这往事重现吗？
　　　　〔凤大嫂一震，陷入沉思。
　　　　〔幕后合唱：
　　　　忆往昔，惨事历历。
　　　　青竹林，血火纷飞硝烟起……

覃世强　（唱）忆往事，按不住满腔激愤，
　　　　　　　乡亲们哪，
　　　　　　　莫忘了十五年前血的教训。
　　　　　　　反压迫，
　　　　　　　瑶山上曾燃起过熊熊烈焰，
　　　　　　　求解放，
　　　　　　　多少壮士抛头颅饮恨捐身。
　　　　　　　盘龙河涛声呜咽鲜血滚，
　　　　　　　青竹林腥风恶雨好悲鸣。
　　　　　　　凤大哥牺牲时满怀痛恨，
　　　　　　　仰天长叹愤不平，愤不平啊。
　　　　　　　为什么没有团结乡亲同心干，
　　　　　　　为什么中敌奸计刀枪指向自己人！
　　　　　　　方向辨不明，路也看不清，
　　　　　　　恰似那乌云盖山顶，
　　　　　　　迷路入丛林。
　　　　　　　大嫂啊，仔细思来想一想，

先烈的鲜血要谨记在心。
若是举起刀枪去打石牌会，
群众闹分裂，冤家打不停，
敌人暗中笑，鲜血染瑶岭，
岂不是惨事重现青竹林！

〔众深受感染，凤大嫂感触极深，心情沉重。

群众甲　教导员说得对呀。不怕敌人耍阴险，就怕咱们不齐心。

老　人　我们这一带，过去叫做大藤峡，几百年了，壮瑶人民闹了多少次起义，可到头来，都是野火烧山岭。

凤大嫂　（沉痛地）提起从前事，真叫人痛心。

覃世强　（亲切地）大嫂，对待一时不了解我们的乡亲，要怀着一颗友爱的心哪！天下穷人团结一心，好似那涓涓细流汇江河万里奔腾。只有团结一心，才能战胜敌人！

凤大嫂　（豁然开朗，昂首）只有团结一心，才能战胜敌人！
（唱）世强的话字字句句暖心中，
好似那东风送暖化严冰。

只怪我眼不明敌友含混，
只顾得报私仇轻重不分。
如今是迈出密林登山顶，
展望千里远，胸中热血滚。
从此后，擦亮眼，方向明，
跟着救星共产党，
永做革命人！

阿　隆　凤大嫂，咱们一块参加民兵！

凤大嫂　好，咱们瑶民起义队都参加民兵！

众　参加民兵！

覃世强　乡亲们，团结起来，共同对敌。凤大嫂，陶金保正利用阿丹留外山之事，挑动九公。

凤大嫂　阿丹方才已经回内山去了。

覃世强　（警惕地）不好！要是阿丹发生意外，他们就更会大肆制造事端，王连长、盘广叔，立即飞马追踪。

王连长、盘广叔　是！（急下）

覃世强　同志们，做好准备，进入内山，发动群众，破敌阴谋，要叫那东风吹遍瑶山红！

〔众分两组亮相。

🙞 第四场　阿丹遭劫持 🙜

〔黄昏，通往内山的路。
〔阿丹急匆匆上。

阿　丹　（唱）暮色沉沉，昏鸦乱叫，
回内山哪顾得山陡路遥。
恨只恨陶金保又设圈套，
更担心阿公他听信奸谣。
心中焦急似火燎……

〔阿丹赶路，摔倒，爬起，再向前奔。
〔黄文标内呼上。

阿　丹　（诧异地）黄文标？你来干什么？

黄文标　我怕你天黑走错了路，特来送你一段。

阿　丹　用不着，你看一条大路通内山。

黄文标　大路走不得，有土匪霸占。

阿　丹　哦？你怎么知道？

黄文标　我……也是听人说的。（用手电筒向内打暗号）

阿　丹　干什么？

黄文标　（掩饰地）我在帮你寻找小路一条。

阿　丹　（怀疑地）小路我自己知道，何用你找？（发现远处人影，惊疑）

啊？有人来了，不好！（欲跑）

黄文标　站住！（拦住阿丹）

阿　丹　你？

黄文标　（凶相毕露）哼！阿丹姑娘，今晚你再也别想跑！（欲抓阿丹）

阿　丹　（鄙视地）黄文标原来你……

〔啪的一声，阿丹狠打了黄文标一记耳光，回头便走。

〔黄文标拖住她，二人搏斗，黄文标终以手枪把击晕阿丹。

〔赖营长带土匪上。

黄文标　（埋怨地）你们行动迟缓，差一点让她跑了。

赖营长　一只小鸟，还能飞出我的金丝套？（对匪兵）快把她架走！

匪　兵　是！（数名匪兵将阿丹架下）

黄文标　报告司令、总爷，（拿出一支竹管交与赖营长）这是最新的情报。

〔赖营长接过，二人分手隐下。

〔少顷。王连长、盘广叔等急上。

战士甲　王连长，刚才的电筒亮光，好像是在这里出现的。

王连长　搜索！

〔战士仔细搜索。

盘广叔　连长？发现一支折断的石牌令。

〔王连长接过，正疑惑不解。

〔急闻马蹄声响，战士甲向内观望。

战士乙　连长，凤大嫂赶上来了。

〔凤大嫂匆忙上。

凤大嫂　王连长，（焦急地）看见阿丹了吗？

王连长　阿丹？（送上折断的石牌令）

凤大嫂　不好，（沉痛地）阿丹被土匪劫走了……

郭小宝　连长，我们跟踪追击，一定要把阿丹营救回来。

王连长　且慢，天黑路险，盲目追踪，会遭到敌人伏击。

郭小宝　那……

凤大嫂　王连长，陶府里的老佣人邓大娘是我们的人，我立即进山。

王连长　你要小心谨慎，带上武器。

〔王连长将自己的手枪交与凤大嫂。

凤大嫂　好！

〔凤大嫂与王连长握手告别。

❧ 第五场　风雨急行军 ❧

〔几天后，巍巍峻岭，峭峭尖峰，云笼雾锁，月暗星稀。

〔覃世强率王连长、盘广叔、阿隆等部队、民兵急行军舞蹈上。

众　（唱）踏奇峰，涉险水，

　　　　　如履平地道，一路上，

　　　　　茫茫林海滚滚山涛，

　　　　　心潮逐浪高。

覃世强　（唱）斗顽敌周全计策安排好，

　　　　　凤大嫂摸情况先入敌巢。

　　　　　进内山争取群众任务紧要，

众　（唱）定叫那敌人诡计雪化冰消。

覃世强　同志们，老鹰咀就在前面石山坳，趁敌不备，过卡进山——

众　就在今宵！

覃世强　同志们，隐蔽休息，等候命令！

众　是。（纷下）

〔战士甲上。

战士甲　报告教导员，尖兵发现凤大嫂从内山派出来联系的邓大娘。

覃世强　邓大娘？

盘广叔　她是陶府的老佣人，和我们游击队有过联系。

〔阿隆扶邓大娘上。

阿　隆　邓大娘，这就是覃教导员。

覃世强　邓大娘。

邓大娘　覃教导员！

（唱）陶金保老奸巨猾耍阴险，

造谣说大军拦路劫阿丹。

乡亲们不明真相受蒙骗，

石牌会提前召开就在明天。

覃世强　明天？

众　　　明天？

邓大娘　嗯！我亲眼看见阿丹被关在陶府
后院地牢里。

覃世强　（看表）同志们，马上翻越老鹰咀，
分秒必争。

众　　　是！

〔战士甲急上。

战士甲　教导员，老鹰咀发现敌人伏兵。

覃世强　王连长，监视敌人，把情况摸清。

王连长　是！（下）

盘广叔　教导员，是否迅速绕道剪刀岗？

覃世强　山遥路长，时间紧迫赶不上。

阿　隆　那就强攻老鹰咀。

盘广叔　老鹰咀地势奇险，天然屏障，强
攻必遭伤亡。

邓大娘　（焦急地）今晚过不了老鹰咀，明
天的石牌会就赶不上啦。

覃世强　且慢，老鹰咀情况反常，我们必
定有内奸暗藏。

盘广叔　对。

覃世强　小宝，把我们的情况向团首长汇
报。

郭小宝　是。

〔郭小宝下。

覃世强　大娘，你可认识内山人黄文标？

邓大娘　黄文标？

覃世强　外号"黄鼠狼"。

邓大娘　哦，黄鼠狼，有这个人。他曾当
过陶府的家丁，前些日子，我还
看见他进过陶府的大门。

盘广叔　哦？（与覃世强交换眼色）敌人埋
伏老鹰咀，是不是他……（发现）
他来了。

〔覃世强示意盘广叔、邓大娘隐下。

〔雷声隐隐。黄文标上。

黄文标　覃教导员，队伍为何停滞不前？

覃世强　你看这山风乍起，暴雨将临，（双
关地）风雨过关，恐有险情。

黄文标　千难万险也挡不住我们前进。再
说，如不趁夜过关，天亮以后，
恐怕情况会有变更。

覃世强　（突然地）你是担心敌人会有伏兵？

黄文标　（一顿）嗯……这也很难料定。

覃世强　（有所指地）那除非有人通风报信。

黄文标　（一惊）嗯……我看不会有这样的
坏人……不过，人心隔肚皮，也
难摸得清啊！

覃世强　雁过有影，树摇有声，走夜路的
人也会留下脚印。

黄文标　（心虚地）对，对。（见势不妙，心
生一计）教导员，为了安全起见，
还是让我先去探察敌情，如遇伏
兵，枪声示警，以便掩护大军安
全啊。

覃世强　那，也好。我们在这儿等待你的
音讯。

黄文标　我一定把任务完成！（下）

〔盘广叔急上。

盘广叔　教导员，你怎么让他去探察敌情？

覃世强　关在笼里的野兽看不出它的本性，
只有放它出笼才能显其原形。

〔覃世强作手势，盘广叔拔枪紧跟下。

〔狂风呼啸，山雨欲来，电光闪闪，惊雷震耳。

覃世强　敌情突变，石牌会提前，时间紧迫，重任在肩。

（唱）山风吼，惊雷震，

群峰摇撼，瑶山狂风激，

征途遇阻险，成败就在顷刻间，

军情紧急不胜寒，

乡亲们受蒙骗方向不辨，

要扫除那民族隔阂石牌旧观念，争夺群众，

靠的是以心换心情相连，

休看这霜冷夜寒风雨弥漫，

心中自有万丈光芒照云天。

〔盘广叔、王连长、阿隆、赵班长等上。

盘广叔　教导员，黄文标是敌人的奸细。（拿出一支竹管）这是在他身上搜出来的联络证物——竹管密信。

阿隆　（抽刀欲下）黄文标这条毒蛇。

覃世强　慢。毒蛇虽毒，也可以利用它以毒攻毒。

〔郭小宝上。

郭小宝　教导员，团首长回电。

覃世强　（接过电文念）宜智取，不宜强攻，按原计划参加石牌会，我带大部队紧随前往。

众　（兴奋）好！

覃世强　（唱）任敌人狡黠疯狂百丈凶焰，

我定要团结群众，破敌阴谋，

出敌不意，勇闯险关，

钢刀直插敌心间，

誓把那瑶山匪霸一举歼。

第六场　智夺老鹰咀

〔紧接前场，老鹰咀险峻的山势形成了天然隘口。

〔幕启：瑶装打扮的匪营长正在焦急地等待，旁有数匪。

赖营长　（对匪兵）看没看见黄文标的信号火花？

匪兵　四野茫茫，没见火光也没听见声响。

赖营长　滚。

〔陶猴子上。

陶猴子　赖营长，情况怎么样？

赖营长　（没好气地）你叫我们白等了半夜，哪儿见什么共产党。

〔匪兵甲上。

匪兵甲　报告营长，有两个壮家猎人往这儿闯。

赖营长　把他们给我绑上。

陶猴子　不，让他们上来，正好摸摸情况。

赖营长　说不定是共军的密探。

陶猴子　不过两个人，谅他们也不敢怎么样。伏兵不准有声响，继续隐蔽在两旁。

〔众匪应下。陶猴子、赖营长隐下。

〔壮家猎人打扮的覃世强与郭小宝上。

覃世强　（唱）老鹰咀杀机四伏无动静，

我这里引蛇出洞神色从容。

郭小宝　（四面观察）大哥，怎么没个人影？

覃世强　咱们就在这儿等等。鹧鸪相伴，必有回声。（稍等，四周仍无动静，故意大声地）夜深寒重，风冷刺人，阿宝咱们拾点柴草，烤火暖身。

郭小宝　好。

〔二人拾柴草，堆起。

覃世强 哎！（欲点火）

〔陶猴子、赖营长慌忙奔上。

赖营长 不能点火，不能点火！

陶猴子 （狡猾地）火趁风势，易烧山林。

覃世强 你们是？

陶猴子 这一带林区的看林人。你们是？

覃世强 山外打猎人。

赖营长 打猎人？

陶猴子 打猎人，我倒要向你请教高明。

覃世强 打猎没窍门，胆大心细耳目灵。

陶猴子 听说猎人都懂得野兽的习性。

覃世强 老虎草里蹲，狗熊钻树林，麂子满山跑，山猪爱成群。

陶猴子 请问山猪怎么打？

覃世强 正打老虎头，侧打山猪胸。

陶猴子 为什么？

覃世强 有道是："带伤的山猪比虎凶，见人直追不放松。"

赖营长 出口打猎经，果然是内行人。

陶猴子 （对郭小宝）小兄弟，你知道瑶山雪鸟怎么擒？

郭小宝 雪鸟？

陶猴子 雪鸟飞成群哟，三只有一斤啰。怎么你连这个都不知道？

郭小宝 这、这还用问？一枪打一群，何用手来擒！

陶猴子 哼！用枪打雪鸟，真是个好猎人！（突然厉声地）快说！你们到底是什么人？

覃世强 （唱瑶家山歌）
瑶家擒鸟用鸟盆哎，
谁家不捡几十斤，

覃世强、郭小宝 （唱）腌成鸟酢香喷喷哎，
过年过节待客人。

陶猴子 刚才为何明知乱答？

郭小宝 你又何必明知故问？

覃世强 你问得有意，我答得有心啊！你分明不是看林的，却在此拦路行劫，刨根问底，是何用意？

赖营长 这……（发作）我告诉你们，我们是奉命守关的，你们要是不老实，我把你们都抓起来。

〔赖亮出手枪，覃世强一把夺了过来。

覃世强 老总，枪炮火药咱熟悉，何必摆弄这东西。（把手枪扔到地上）

〔赖营长把枪拾起，欲发火，陶猴子拦住。

陶猴子 （打圆场）不要发火，何必斗气？我来问你，既是打猎，何需深夜进山里？

覃世强 （双关地）此次进山打猎，与以往不同，除了打飞禽走兽，还要……（突然加重语气）抓猴儿。

陶猴子 抓猴？（阴险地）哼哼！你别跟我来这一套。俗话说："扎头巾的不一定是男子，披花带的不一定是女人。"我早就看出来你是打扮成猎人的共军。

〔数匪兵从四面冲上。

覃世强 （敞怀大笑）哈哈哈……

赖营长 弟兄们，抓活的！

〔数匪围上欲抓覃世强、郭小宝，反被踢翻。覃世强跳上高坎，取出小竹管。

覃世强 我这次进山打猎，顺便受人之托，传送十万火急书信，不想遇到你们这些无情无义的畜生，今天大不了拼个信毁人亡。（伴欲将竹管向山下扔去）

陶猴子 （急）等等！是谁托你送这竹筒密信？

郭小宝 黄文标！

〔覃世强将竹管中的信抽出，然后

把竹筒扔给陶猴子。

陶猴子 （喜出望外）这果然是黄文标联络的证物。

赖营长 他的话不能信。刚才说是进山抓猴，现在又说是送信的？

陶猴子 （着急地）咳！抓猴，抓猴不就是找我陶猴子嘛，你光长耳朵不会听啊？

赖营长 （恍然大悟）哦！

陶猴子 （满面笑容）嘿嘿嘿，（挥手，众匪下）俗话说"不打不相识"，既然有人托你送急信，不知由谁收信呢？

覃世强 你听着！
（唱）黄文标紧急中交我一信，
　　　他说是一字值千金，
　　　切莫误军情。

陶猴子 是啊！军情急如火啊！

覃世强 （唱）事关重大我不敢不答应。

陶猴子 哎！急事相求，怎么不答应？

覃世强 （唱）他又说，陶府领重赏，
　　　好过打猎奔山林。

陶猴子 是啊！少不了你的赏金。

覃世强 （唱）临行时又说了重要口信。

陶猴子 哦？还有口信？

覃世强 （唱）不见陶猴子啊，不能露真情。

陶猴子 我就是陶猴子。

覃世强 你就是陶猴子？

陶猴子 千真万确，万确千真。

覃世强 那么我来问你，若有半句不符，休想要信。

陶猴子 行，行！

覃世强 家住哪里？

陶猴子 内山镇。

覃世强 做何营生？

陶猴子 当管家，跟随总头人。

覃世强 他是何人？（指赖营长）

陶猴子 他是……

赖营长 鄙人姓赖，手下弟兄有一营。

覃世强 在此何干？

赖营长 埋伏老鹰咀，消灭进山的共军。

覃世强 石牌会何时召开？

赖营长 就在……

陶猴子 （装糊涂）什么石牌会？

覃世强 什么？连石牌会都不知情，原来你是冒名顶替，以假乱真。

郭小宝 大哥，咱们走！

陶猴子 等等！石牌会召开就在明天早晨。

覃世强 什么地方？

陶猴子 陶府门前石牌坪。

覃世强 看来你真是陶猴子本人。（交信与陶猴子）

陶猴子 （念信）覃世强临时改道剪刀岗。啊？改道剪刀岗？

赖营长 覃世强啊覃世强，若让你闯进内山，我可怎么向司令交账？

陶猴子 （着急地）错过了时机罪难当！

覃世强 黄文标尚有口信一句，要你们赶到剪刀岗，联络讯号照往常。

陶猴子 赖营长，你带领弟兄拦截剪刀岗，打他一个冷不防。

赖营长 有赖某人，决不放过覃世强。全营集合，跑步前往。

〔赖营长集合匪兵们跑步下。

陶猴子 哈哈哈，刚才差点儿把你当成了共军，没想到，你真帮了我们的大忙。

覃世强 过奖，过奖！

陶猴子 后会有期，嘿嘿……（下）

〔王连长上。

覃世强 王连长，按计划行动！

王连长 是！

〔王连长向内招手，盘广叔、赵班长、阿隆及部队民兵鱼贯而上，分两路下。

第七场　英勇斗石牌

〔黎明，紧接前场。

〔陶府大门外，一侧是高大的门楼石阶，一侧是宽阔的石牌坪。

〔幕启，在一束阴森的聚光下，陶金保与蒋祖轩从陶府出，一瑶丁手举灯笼与匪副官随出。

陶猴子　司令、总爷，覃世强已带人往内山闯。

陶金保　啊？他过了老鹰咀？

陶猴子　不！他走剪刀岗。赖营长已带人去截击，说不定覃世强已被袭身亡啦。

蒋祖轩　那好。我先回黑风弄等你的喜讯。镇外松树林有我的弟兄布防。（下）

陶金保　老兄安排真周详。

（唱）起石牌好比一把刀在手，

　　　这瑶山我称霸谁敢不低头。

　　　今日里石牌会同饮同心酒，

（白）共产党虽然厉害，在我的石牌面前他也不得不——

（唱）把兵收！

〔暗场中，陶猴子高声呼叫"开石牌会咯"。

〔长号声、铜鼓声起。

〔群众跟着呼叫："开石牌会咯。"

〔灯光渐亮，瑶丁们将香炉、香案等搬上。

〔各寨头人、蒙九公及群众佩带刀枪上。

〔陶金保身着头人礼服上。

陶猴子　起石牌团——

头　人　起石牌团——！

陶金保　喝同心酒！

〔瑶丁抬酒缸上。

陶金保　各位瑶胞，我以总石牌头之身份宣告，瑶家出了不肖子孙勾外吃瑶。（众议论）

老头人　按石牌条律，杀头绝不轻饶！

头人乙　祭奠石牌，血洗枪刀！

陶金保　血祭石牌，出师必胜！共饮血酒，同心记牢。把罪人押上，架起铡刀！

〔瑶丁们剑拔弩张，石牌前架起铡刀。长号呜咽，气氛肃穆紧张。

〔盘广叔被数瑶丁架出，众惊。

盘广叔　（唱）云杉敢把风雪傲，

　　　共产党员大义凛然对屠刀。

　　　砍头不过风吹帽，

　　　革命豪气冲云霄。

　　　笑穷寇，死到临头逞凶暴，

　　　起石牌不过是玩火自烧。

部分群众　盘广叔！

部分群众　总头人！

陶金保　开刀！

蒙九公　刀下留情！

〔静场。

盘广叔　衣冠禽兽笑面虎，肚里奸藏杀人刀！

陶金保　哼！杀身之祸你自找。（装模作样）瑶家出了不幸，我心如刀绞。可是石牌条律是老祖老辈的规矩，刀刻石雕，不容抹掉。即使我将他死罪免掉，石牌条律对我也不能饶。唉！

〔蒙九公等低头叹息。

陶金保　（装抹泪状）石牌无情开刀。

〔瑶丁甲急奔上。

瑶丁甲　报——有几个共军往这儿闯！

陶金保　胡说！难道他们长了翅膀？挡住他们，不准进会场！

瑶丁甲　是！

〔瑶丁甲尚未下，瑶丁乙急奔上。

瑶丁乙　报——他们闯进了会场！

陶金保　啊！（指盘广叔）快把他打入地牢。（对瑶丁）瑶丁们，架起刀枪！

〔盘广叔被架下，瑶丁架起刀枪。

覃世强　（内唱）迎风雷，闯狂澜，心红胆壮。

〔覃世强、阿隆、郭小宝上，邓大娘与群众跟上。

覃世强　（唱）石牌会也是激烈战场。

刀枪林立何所惧，

笑敌人引火烧身自取灭亡。

陶金保　你是？

郭小宝　中国人民解放军覃教导员。

陶金保　（大惊）覃世强？

陶猴子　（呆若木鸡）啊？（几乎瘫痪）

陶金保　（惊魂稍定）覃教导员，你曾到过瑶山，应该懂得瑶家的规矩，瑶家石牌大会历来不准外人进入会场。

瑶　丁　走。

覃世强　乡亲们，过去我来过瑶山，替山主打猎伐木种云杉。我看见的是财主家喝酒吃肉，身穿绸缎，穷山丁肝肠寸断，万家凄凉。我听到的是山霸催租逼债皮鞭响，穷瑶胞啼饥号寒暗悲叹，在那凄风苦雨之夜，揪心的山歌声至今还在我耳边回旋。

（低声吟唱）租税债利重如山，

穷人血泪全榨干，

〔群众受引动，情不自禁地跟着低吟起来。

群　众　（唱）两捆茅草当衣被，

一把碎米煮九餐。

阿　隆　（痛心疾首）（唱）

听山歌，声声凄楚，伤心难耐，

悲惨事，一桩桩，齐涌心怀。

我九岁被抓进陶府来抵债，

十载为奴，瘦如柴。

不堪忍受我逃出山外，

触犯石牌，

把我阿妈活活扔下石山崖。

娘啊——娘啊——

邓大娘　（接唱）

他唤娘来我想儿，

我思儿思得泪哭干来两鬓白。

只为他在陶府后山挖野菜，

陶金保他硬说是倒了龙脉要降灾，

一道石牌令，赶他出山外，

母子俩抱头痛哭怎忍分开。

一去不见回瑶寨，

饿死深山可怜尸骨无人埋。

群　众　（唱）瑶山的血啊，穷人的泪。

旧社会何处诉悲哀……

覃世强　山霸剥削手段狠，只因为欺世害人的旧石牌！

〔群众激愤，许多群众起而控诉。

群众甲　一年辛苦汗涟涟，糠皮半年菜半年。

群众乙　我们当牛做马，陶金保独享安然。

群众丙　陶金保用石牌逼我儿媳寻短见。

群众丁　我男人犯石牌被你抓进牢监。

陶金保　（慌乱起来）瑶民们，常言道："死生有命，富贵在天。"

群　众　呸！

覃世强　（唱）你花言巧语把人骗，

掩不住刀光剑影照眼前。

你一人称霸千家惨，

你一家富贵万户受饥寒。

笑脸杀人不眨眼，

心毒手狠口中甜，

双手沾满穷人血，

桩桩罪行铁证如山。

陶金保　（惊恐万状，哭丧着脸）各位瑶胞，父老兄弟们，自古同族一家亲，好赖都是自家人。可是他，覃世强，身穿官衣，腰系洋枪，口出妖言，愚弄百姓，难道把老祖老辈都忘干净？（众被问住）

老头人　一树不开两样花，一族不分两样人。

陶金保　（狂吠）对，覃世强不是瑶家的朋友，他是官家，是外族人，是我们的仇人！

〔一声怒吼"住口！"凤大嫂领群众冲上。

凤大嫂　世强他是咱穷山丁的贴心人，他出身赤贫水里长，与瑶家山丁苦枝叶一条根。

陶金保　百灵鸟嘴巧也不能把星星说成月亮，覃世强再好却抢了我们瑶家的姑娘。

蒙九公　好话说千句，不如好事做一桩！你们为什么把阿丹抢？

凤大嫂　九公，不要听信谣言，上敌人的当！

蒙九公　黄文标亲口对我讲。

众　黄文标？

陶金保　（得意地）黄文标是我瑶家人，他决不会说谎。

陶猴子　报仇雪恨举刀枪！（煽动地）快把阿丹交出来！

众　（不明真相）交出来！

覃世强　蝙蝠虽有翅膀，但不能在阳光里飞翔。带黄文标！

〔民兵带黄文标上。

陶金保　（先发制人）黄文标，你是见证，在石牌面前，你可不要乱讲。

凤大嫂　坦白从宽，抗拒从严。

黄文标　是，我说。陶金保勾结蒋匪，暗中绑架阿丹姑娘逼我散布谣言，往解放军身上栽赃。

陶金保　你？

〔一瑶丁急上。

瑶丁　总爷，不好了，地牢被砸开了！

陶金保　啊？（瘫软）

老头人　啊？

〔王连长与盘广叔上。覃世强与盘广叔握手。

盘广叔　覃教导员，你看——

众　阿丹……

〔阿丹手拿刑具上。众震惊。覃世强迎上，阿丹奔向覃世强。

阿丹　（激动难抑）覃教导员！

蒙九公　阿丹——

阿丹　阿公——（扑向九公）

蒙九公　阿丹……你……

凤大嫂　阿丹，小宝同志呢？

阿丹　（转身向覃世强，悲痛欲绝）小宝同志……他……（泣不成声）

〔静场。阿丹拿出郭小宝带血的军帽，九公接过。

阿丹　（唱）见五星军帽血斑斑，心如箭穿。

亲人的血啊染瑶山。

遭匪劫，郭小宝临危不惧英勇战斗，

掩护我，子弹穿透他心田。

为浇瑶山百花艳，

他献青春化甘泉。

血肉情谊千秋照，

万年青松立山巅。

〔感动不已的蒙九公，接过阿丹手中的军帽，老泪纵横。

蒙九公　（唱）心刺痛眼花天摇地动，

手抚军帽悔恨交加我痛难言。
救你的恩人啊，我当仇敌看，
害你的仇人啊，
我有眼无珠看不穿。
对不起解放军爱我瑶胞心一
片，
错怪了亲人啊，叫我怎心安？
叫我怎心安……

〔蒙九公欲向覃世强下跪，覃世强
忙扶住。

覃世强　九公！
（唱）青竹笋来青竹林，
青竹靠笋笋靠林。
各族弟兄连肝胆，

阶级姐妹骨肉亲。

〔蒙九公、阿丹怒冲过去，将蜷缩
在一角的陶金保揪出来。

蒙九公　毒蛇牙，马蜂针，
最毒不过头人心！

众　打死你这吃人狼！

陶金保　（假意求饶）我有罪，我自新……

〔忽然枪声大作，陶金保凶相毕露。

陶金保　覃世强，你听，我们的人已围住
这内山镇，瑶丁们，给我开枪！

〔陶金保正欲开枪，被军民缴械押下。

凤大嫂　乡亲们！天下穷人是一家，砸烂
石牌闹翻身！

众　砸烂石牌闹翻身！

第八场　一举歼顽敌

〔黎明前，黑风弄，险峰危崖，野
树杂丛，陡峭的悬崖上有一个岩
洞口。
〔天幕上，远山处无数条火龙在翻腾，
我军民正向黑风弄实行铁壁合围。
〔蒋祖轩立于岩洞口，惊慌而绝望
地张望。
〔陶猴子急上。

陶猴子　（气喘吁吁）司令，司令。

蒋祖轩　陶猴子。

陶猴子　司令，石牌会完蛋了，快派弟兄
搭救总爷的性命！

蒋祖轩　现在四面都是共军，我自身难保，
寸步难行！

匪副官　（呼上）司令！共军和民兵冲上来
了！

蒋祖轩　快给我顶住！

〔蒋祖轩逃进洞内。
〔王连长、盘广叔率战士、民兵冲
上，与匪搏斗。

〔阿隆手执板斧冲上，力战数匪。
〔凤大嫂挥舞"复仇刀"冲入匪阵，
锐不可当，脚踏匪兵，刀砍匪官，
杀得匪众望风而逃。
〔土匪在岩洞内用机枪向我军扫
射。王连长跃上洞口夺枪，阿隆
举起陶猴子扔下山崖。王连长向
洞内投手榴弹。

王连长　（高呼）同志们！冲啊！

〔军号齐鸣，战士、民兵翻崖进洞。
〔红旗前引，覃世强率战士、民兵
上，亮相。
〔暗转，山洞内。
〔众匪心惊胆战，乱作一团。蒋祖
轩带匪众四处逃窜。
〔覃世强跃上石岩，威震群匪，弹无
虚发击毙数匪，夺下步枪，与匪刺
杀，终于全歼匪众，活捉蒋祖轩。
〔战士、民兵齐上。逼视蒋祖轩，
威武亮相。

❧· 尾　声　春到瑶山来 ·❧

〔春天，漫山遍野的木棉花灿烂怒放，犹如千万盏红灯凌空高照。

〔舞台上立着一块披盖红绸的新石牌。

〔蒙九公、邓大娘、阿隆等盛装的瑶家群众沉浸在欢乐之中。

〔阿丹兴高采烈奔上。

阿　丹　哎！覃教导员和凤县长他们来了。

〔覃世强、凤大嫂、盘广叔、王连长等上。

凤大嫂　乡亲们！在党的领导下，瑶山自治县成立了！千年苦瑶家，今日翻身了！

蒙九公　覃书记，你看！

〔蒙九公揭开石牌上的红绸。上书：各族人民团结起来，万里征途朝前迈。

〔歌声起：

山舞人欢笑，瑶家喜心怀，

英雄花开放光彩，春到瑶山来。

〔在歌声中，众翩翩起舞。

音乐剧

致青春

内容简介

　　音乐剧《致青春》讲述了 20 世纪 50 年代，上海青年技术工人耿大可告别了恋人佟家玲，离开了条件优越的上海，与南迁驰援的上海工人们奔赴千里之外的广西柳州的故事。面对基础薄弱的柳州工业状况，他们扎根柳州与当地工人一道克服了重重困难，以忘我的热情和冲天的干劲，为"工业柳州"的建设发展付出了全部的青春热血。故事高度歌颂了以柳州为代表的新中国的工人们"献了青春献终身，献了终身献子孙"的崇高精神境界，满怀感慨地书写了他们激情澎湃的一生。

主创团队

剧本策划：张继钢　任卫新　张　华
　　　　　王建军　刘超宇
编剧/导演：张继钢
编剧/作词：任卫新
作　曲：董乐弦
副导演：王建军　谷亮亮　张　华
舞美设计：郭　昕

灯光设计：杨卫东　陈　磊
服装设计：宋　立
道具设计：曾宪坤
音响设计：李　君
视频设计：钟永刚
化妆造型设计：代美惠

主要演员

耿大可——王　凯
佟家玲——常思思

柳飞燕——陈　莹

时　间　1958 年至今。

地　点　广西柳州。

人　物

耿大可　上海援建柳州技术工人，英俊干练。

佟家玲　耿大可的恋人，工程师，出身于上海高知家庭。

柳飞燕　耿大可的妻子，苗族。

二两油　上海援建柳州的技术工人。

车间支部书记　柳州老工人。

车间主任　上海南迁援建基层领导。

佟家玲的母亲、柳飞燕的女儿、柳飞燕的女婿、柳飞燕的外孙女、柳州市某领导、上海援建柳州工人若干、柳州工人若干、朗诵者、文艺骨干、列车信号员、车夫、群众若干。

✁·序　幕　表彰大会·✁

〔场灯暗，只留下大幕光。在《没有共产党就没有新中国》的合唱声中出现字幕。

〔字幕毕，合唱音乐结束，华丽的剧院大幕缓缓升起。

〔映入观众眼帘的是 20 世纪 50 年代的大礼堂台口。台上摆放着一张质朴的讲台，台下坐着老年的二两油、车间支部书记、车间主任等。

〔一位如今模样的领导走上讲台讲话：

同志们，现在开会。今天是 2021 年 6 月 30 日，在举国上下隆重庆祝中国共产党成立 100 周年之际，我们特意选在柳州联合机械修造厂的第一个大礼堂召开大会。

柳州工业在党的领导下，自力更生，艰苦奋斗，从无到有、从小到大、从弱到强，走过了极不平凡的道路。如今的柳州，作为中国西部的工业重镇，工业结构跨汽车、钢铁、机械、化工等行业，工业总产值超过 5000 亿，是新中国成立初期的 5000 多倍。

历史不会忘记，一代又一代工人为了工业柳州"献了青春献终身、献了终身献子孙"。今天大会的主要内容是，表彰为柳州工业发展做出巨大贡献的功臣们，特别是柳州工业的第一代开拓者。他们是——全国劳动模范、柳州骨粉厂技术员尹绩成同志；全国劳动模范、柳州铁路局机务段职工张万兴同志；（舞台灯光渐暗）全国劳动模范、柳州欧维姆机械股份有限公司黄祥全同志；全国劳动模范、上海援建柳州技术工人耿大可同志。

✁·第一场　老车间的回忆·✁

〔寂静中，开门锁的声音传来。

〔"嘎吱"，老车间大门裂开一道缝隙，一束月光投射进来，一位老人的身影颤颤巍巍地进入车间。

〔一台老旧的机床从乐池升起。

〔老人走到机床前打开台灯，俯下身躯，用力吹去尘土，尘土飞扬。

第二场　上海站送别

〔夜。上海火车站，老火车头的车灯分外刺眼，蒸汽升腾。

〔在充满年代感的《我们年轻人有颗火热的心》音乐中，"好儿女志在四方""支援柳州工业，建设祖国南疆！""鼓足干劲、力争上游，多快好省建设社会主义！"的横幅格外醒目，南迁驰援的上海技术人员与送行人员告别的场景——

1. 援建队伍列队报数。

2. 二两油气喘吁吁地赶来。

3. 耿大可和佟家玲依依惜别，佟家玲拿着一件棉衣为耿大可试穿。

佟家玲　来，穿上试试。

耿大可　你又买衣服。

佟家玲　边疆冷，这件棉袄厚。

耿大可　你傻呀，柳州热！

佟家玲　（帮耿大可试穿衣服，在原来衣服的口袋里摸出一粒扣子）这怎么有粒扣子？

耿大可　噢，曾经我丢了一粒扣子，等找回来时，我已经换了衣服。

〔两个人哈哈大笑。

〔佟家玲一边笑着一边抛接着扣子，而后认真地将扣子揣进自己的口袋里。

〔站台发车铃骤响，列车员催促耿大可上车，耿大可与佟家玲依依惜别。

援建者　再见了，上海！上海，再见！

〔站台信号员挥动手中的信号灯。

〔汽笛长鸣，火车开动，佟家玲跟着火车慢跑。

佟家玲　（喊）你什么时候回来？

耿大可　（喊）很快！

〔火车远去。

〔夜空中回荡着一对恋人的呼喊。呼喊声由强渐弱，由近及远。

〔一束特写光渐亮，机床前的那位老人陷入沉思，凝望着远方。

第三场　柳州来信

〔上海火车站的情景犹在。

〔空旷的站台，佟家玲孤寂地掏出那粒纽扣。

〔时隐时现的老火车行进的节奏转换为马车颠簸的声音。

家玲：

　　火车开了两天两夜，我们终于到了广西，这地方可真艰苦啊，又坐着马车翻山越岭才来到了柳州……

第四场　我们来了，柳州

车　夫　吁——到啦，下车吧。

援建者　到啦？这是啥地方？

车　夫　这就是——柳州！

〔援建工人们拎着脸盆、暖瓶、提箱、行李等上场，欣喜地望着满天的星斗。

〔男声小合唱：

我们来了，柳州！

我们来了，柳州！
虽然没有，上海滩的高楼，
但没见过，这么大的星斗。
我们来了，柳州！
我们来了，柳州！
虽然没有，南京路的人流，
但没见过，这么多的江柳。
我们来了，柳州！
我们来了，柳州！
虽然也有，茫然的感受，
但是更有，惊喜在心头。
我们来了，柳州！
我们来了，柳州！
要让那机床轰鸣的节奏，
就在这里出现，响彻柳州！
我们来了，柳州！
我们来了，柳州！①

〔歌声中，视频投射画面：援建者初来乍到的兴奋和面对四野茫茫的困惑；援建者从马车上取行李；援建者进入帐篷；远处密密麻麻的脚手架；大雪茫茫的建设工地的建设场面；北风呼号的篝火旁的朗朗笑声……

〔先期到达的车间主任与支部书记一起带着几个柳州工人前来迎接。

支部书记　欢迎！欢迎！热烈欢迎！同志们一路上辛苦了！

车间主任　（大笑）来，咱们认识一下，我也是从上海来的，我是来这里为同志们打前站的。（指着车间支部书记）这位是我们车间的支部书记，他可是我们柳州的老师傅了！请问，你们哪位是耿大可同志啊？

耿大可　我是！

车间主任　欢迎你啊！感谢你来帮助我们组装机床、培训工人。

耿大可　（指着二两油）他也是我们援建的技术员，我们都管他叫"二两油"。

支部书记　（握着二两油的手）二两油，你好！你好！你们看，这里地势最高，是我们柳州的龙脊背。你们从大上海来的青年，可要做好吃苦的思想准备啊！

车间主任　同志们，这是一批多么好的设备啊！你们看，这是上海支援柳州的第一台机床，从今天起，它的名称叫"柳州一号"！从此以后，这儿就是我们的工厂，我们的车间，我们的家！

〔所有工人满怀憧憬，热烈地欢呼着。

---

①歌曲《我们来了，柳州》。

第五场 车间拜师礼

〔五号车间载歌载舞。

群　体　（唱）喜开怀，乐开怀！
　　　　　　　新厂房，建起来。
　　　　　　　到处披红又挂彩，
　　　　　　　崭新的厂牌也挂起来。
　　　　　　　好气派，真气派！
　　　　　　　铣床来，刨床来，
　　　　　　　柳州一号往前摆，
　　　　　　　所有的机床都安起来！

群　　　　（白）哈哈哈哈！

〔随后，各工种工人唱起自己的
　歌。

群　体　（唱）紧车工，慢钳工，
　　　　　　　吊儿郎当是电工，
　　　　　　　黑脸汉子是锻工，
　　　　　　　不要脸的是焊工！

一　人　（白）焊工不要脸，为啥啊？

群　体　（唱）电焊弧光刺眼睛，
　　　　　　　辐射面部皮肤痛，
　　　　　　　防护工具遮住脸，
　　　　　　　操作规程讲得清！

群　　　　（白）哈哈哈哈！

耿大可　（唱）柳州一号亮堂堂，
　　　　　　　今天试车不寻常。
　　　　　　　主轴箱，给进箱，
　　　　　　　白钢车刀放豪光。
　　　　　　　马达一响卡盘转，
　　　　　　　五号车间就开张！
　　　　　　　国庆十年献厚礼，
　　　　　　　拍胸脯，包在咱身上！

群　体　（唱）柳州一号亮堂堂，
　　　　　　　喜庆工厂新开张。
　　　　　　　有铣床，有钻床，
　　　　　　　龙门刨床气势壮。

　　　　　　　各种车床齐运转，
　　　　　　　汇成一曲大合唱。
　　　　　　　国庆十年献厚礼，
　　　　　　　没问题，包在咱身上！

群　　　　（白）哈哈哈哈！

〔这时，二两油领着十名青年工人
　上场。

二两油　（唱）车间开张喜成双，
　　　　　　　新招工人又进厂。
　　　　　　　学徒拜师整十个，
　　　　　　　有小伙子有姑娘！

群　体　（唱）欢迎！欢迎！欢迎！
　　　　　　　今天真的是不寻常！

耿大可　（唱）车间增添新力量，
　　　　　　　一个一个都很棒！
　　　　　　　现在就来分工种，
　　　　　　　各种机床不一样！
　　　　　　　你开钻床，你开铣床，
　　　　　　　你开磨床，你开镗床，
　　　　　　　你开插床，你开冲床。
　　　　　　　你开立式车床，
　　　　　　　你开卧式车床，
　　　　　　　好一个标准大个子，
　　　　　　　你就去开龙门刨床！

耿大可　一二三四五六七八九。还有一个
　　　　　呢？

二两油　哎，明明十个人，还有个姑娘嘛！

〔不知道什么时候，柳飞燕已经爬
　到天车上。

柳飞燕　还有一位。我在这里！

〔柳飞燕开始用《唱山歌》的曲调
　演唱。

柳飞燕　（唱）唱山歌哎！
　　　　　　　山歌一唱心情爽，

苗家走进了大工厂，

柳飞燕就是本姑娘，本姑娘。

二两油 好大胆！快下来！这是工厂，不是农田，一切都要严格遵守操作规程的！赶快下来，接受工种分配。

柳飞燕 （唱）唱山歌咪！

山歌一唱听我讲，

各种机床我不选，

喜欢在这里开车床，开车床！

二两油 那可不是车床，那是天车！再不下来，就要被处分了！

耿大可 （拉着柳飞燕）等等，她叫柳飞燕？

二两油 是的。

耿大可 那就让她像燕子一样飞起来，开天车吧！

车间主任 好！现在，发新工装喽！

❧ 第六场　穿上新工装 ❧

〔柳飞燕听到发新工装之后，欢天喜地跑下了天车，和其他新工人一起换上了背带裤新工装，载歌载舞。

〔歌舞《穿上新工装》：

换上了新工装，就是不一样！

劳动布背带裤，真的好漂亮！

穿上了新工装，意义不一样！

机床边新工人，浑身有力量！

你把我打量，我把你端详，

打量，端详，端详，打量，

就好像，就好像——

电影里的明星完全一样！

柳飞燕 （唱）当上了天车工心情舒畅，

飞燕我真的要凌空飞翔。

群　体 （唱）你就是咱车间飞天形象，

苗家女变成了天车姑娘！

车间主任 拜师仪式，现在开始！古来拜师有老礼，如今咱们不讲究那一套了，就来个三鞠躬行拜师礼吧！

二两油 （唱）三鞠躬，拜三拜，

师徒搞好传帮带！

青出于蓝胜于蓝，

名师高徒有期待！

众新工人 （唱）三鞠躬，拜三拜，

尊师传统新一代，

钻研技术不懈怠，

又红又专早成才！

车间主任 （唱）各组展开大竞赛，

今天正式摆擂台！

你追我赶看谁快，

最先上榜夺金牌！

群　体 （唱）各组展开大竞赛，

生龙活虎摆擂台！

你追我赶看谁快，

勇夺金牌我们来！

支部书记 好，所有机床，全部启动！五号车间，正式投产！

全　体 （唱）车钳铆电焊，一起来参战！

马达响，机床转！

弧光闪，焊花溅！

创优产，争优先，

为国庆，十周年，

加油干，把礼献！

·✿· 第七场　两地书① ·✿·

〔上海某研究所。矩阵灯构成房屋轮廓，佟家玲把脱下的工作服挂在衣架上，围上围巾注视远方。

佟家玲　（唱）大可，火车一开，
　　　　　　我在站台停留很久，
　　　　　　我的心，
　　　　　　我的心被你的心带走。

〔耿大可坐在工具箱上读信，每读完一封，都放在柳州一号机床的工具箱里。

耿大可　（唱）家玲，时间过得飞快，
　　　　　　就像柳江的水流，
　　　　　　转眼分别已过了大半年。

佟家玲　（唱）那件棉衣，
　　　　　　是否适合柳州的气候？
　　　　　　工作是否顺利？
　　　　　　机床试车是否顺手？

耿大可　（唱）一切正常，
　　　　　　想进一步改装提高效率，
　　　　　　我申请下车间当工人为技术攻关奋斗。

佟家玲　（唱）你知道吗？
　　　　　　每次读你的信都是最大的享受！
　　　　　　我爱你，我在看你的努力在为你加油！

耿大可　（唱）我已经收了徒弟，
　　　　　　还有许多优秀帮手。
　　　　　　原计划半年回上海，
　　　　　　现在说不准什么时候。

〔佟家玲与耿大可二重唱。

佟家玲　（唱）大可，我爱你，

别让我等候太久！

耿大可　（唱）家玲，我爱你！
　　　　　　一定要把我等候！

〔视频投射：

· 一只手撕去一页又一页日历。

· 佟家玲走到了自家信箱，取信，读信。

· 车间主任在车间黑板写几月几日工作安排，擦去再写，不断更换。

〔耿大可、二两油和车间主任等穿着带有工厂标志的跨栏背心，围着机床思考、研究、谈论。

佟家玲　（唱）大可，一年都已经过去，
　　　　　　上海又是一个深秋，
　　　　　　归期未有期，
　　　　　　我想你，你听见了没有？

〔佟家玲将一封信交给出门买菜的母亲，母亲离去，她转身拭泪。

耿大可　（唱）家玲，柳州的工业基础，
　　　　　　目前比较落后，
　　　　　　眼下一天当三天用，
　　　　　　还觉得时间不够用。

佟家玲　（唱）我经常梦见你，
　　　　　　看你身体已经消瘦，

耿大可　（唱）有徒弟柳飞燕和助手，
　　　　　　他们都很优秀。

佟家玲　（唱）大可，我爱你，
　　　　　　别让我等候太久！

耿大可　（唱）家玲，我爱你！
　　　　　　一定要把我等候！

〔佟家玲在家中读信，母亲在她背后默默注视。

①《两地书》是一个完整贯通的男女声二重唱的大型唱段，其中有较长的间奏与合唱。每段歌词需对应角色和信的内容，由视频投射。

佟家玲　大可，上海的梧桐树叶子又落了，你什么时候才能回来啊？每天下班，我总是身不由己要骑车绕那条很远的路，从外白渡桥到外滩，从外滩到延安路，再从延安路到新华路。那是你第一次用自行车带着我在上海穿行的路！那天，我把脸贴在你的后背，满脸都是你的汗水，满耳都是你的心跳。从那天起，我就知道，这辈子家玲就只属于你了。

〔视频投射信件内容，同时叠映以下情景：

佟家玲孤独地远眺着黄浦江。

5 号车间所有工人都在忙碌，所有机床都在运转。耿大可查看着一台又一台机床，不时与技术人员交谈和指导青年工人。

与 5 号车间繁忙景象形成鲜明对比，佟家玲骑着自行车孤独地穿行在上海的大街小巷。

〔天车上，耿大可教柳飞燕操作。

耿大可　（唱）一批一批厂房已经建成，
　　　　　　　一批一批机床发出轰鸣，
　　　　　　　一批一批工人走进车间，
　　　　　　　新改装的机床试车成功。
　　　　　　　这一切都让我心潮澎湃，
　　　　　　　这一切都让我热血沸腾！
　　　　　　　是你鼓舞着我：钢铁是怎样炼成。

〔车间全体工人坐在板凳上开大会，车间支部书记和主任等坐在台上，合唱声中耿大可演讲——

耿大可　人最宝贵的东西是生命，生命对于我们只有一次。

〔佟家玲和一批上海科研青年瞻仰

上海中共一大会址。佟家玲正在演讲：一个人的生命应当这样度过，当他回首往事的时候，

耿大可现场朗诵：他不因虚度年华而悔恨，

佟家玲朗诵：也不因碌碌无为而羞愧。——这样，在临死的时候，他能够说：

耿大可现场朗诵：我整个的生命和全部的精力，都已献给世界上最壮丽的事业——

佟家玲与耿大可的现场合诵：为人类的解放而斗争！

〔车间所有视频投射：耿大可在车间党旗下入党。

耿大可　（唱）我将发出誓言，留在柳州，
　　　　　　　建设南疆！

佟家玲　（唱）我心生出翅膀，飞向柳州，
　　　　　　　到你的身旁！

耿大可　（唱）家玲，你快来吧！
　　　　　　　你的爱会给我更多力量！

佟家玲　（唱）大可，我要来！
　　　　　　　你所在就是我爱的地方！

耿大可　（唱）家玲，我需要你！
　　　　　　　帮我实现更高的理想！

佟家玲　（唱）大可，我离不开你！
　　　　　　　我的心为你而滚烫！

耿大可　（唱）家玲！

佟家玲　（唱）大可！

耿大可　（唱）家玲！

佟家玲　（唱）大可！

耿大可、佟家玲　（唱）让我们的青春在一起闪光！

〔在雄浑的《国际歌》旋律中结束。

〔刚入党的耿大可激动不已，与工友们握手、拥抱。

第八场　佟家玲母亲来信

〔耿大可的特写，他仔细端详着一封带有红框的挂号信，信封上工整的毛笔字"耿大可同志亲启"分外刺眼。

〔寂静中，佟家玲母亲的画外音陡然插入。

〔佟家玲母亲画外音：

耿大可同志，你好！

我是佟家玲的母亲，知道你已经决定扎根广西，很好！但是，我想郑重告诉你——我们全家不同意家玲随你在边疆安家落户！要么你回到上海，要么你留在边疆，请你选择！我想，你既然已经选择了边疆，这段感情就应该结束了。

大可同志，你是一位很优秀的青年，相信你一定会找到比家玲更好的姑娘。以后不要再纠缠家玲给她写信了！也不要把我给你写信这件事告诉家玲！

此致，敬礼！

佟家玲的母亲。

〔在佟家玲母亲的画外音中，视频投射：佟家玲在写给耿大可的信件上贴好邮票，交给阿姨。佟家玲母亲截获信件，与阿姨耳语。

〔耿大可现场表演与视频投射同步进行：耿大可坐在"柳州一号"旁，神情凝重，万分痛苦。他魂不守舍地将信叠好，插回信封。反复写信，揉搓、扔掉。取出工具箱打开，看着里边满满的佟家玲的信，把佟家玲母亲的信件放入，合上工具箱，端起来重重摔在了桌子上，舞台灯光同时熄灭。

〔耿大可呆若木鸡，痛苦地趴在桌子上哭泣。

〔恍惚中，手持鲜花的佟家玲飘然而至。

佟家玲　（唱）女人本是花，风来才发芽。
　　　　　　　清气阵阵来，暗香缕缕发。
　　　　　　　花蕊总含情，风儿无牵挂。
　　　　　　　落红香如故，何堪风信花。
　　　　　　　你是我的风，我是你的花。
　　　　　　　你是我的风，我是你的花。①

第九场　我要回上海

耿大可　（唱）我要回上海！
耿大可　（唱）我一边看山，一边想你，
　　　　　　　漫山遍野都是你的呼吸。
　　　　　　　我一边听雨，一边想你，
　　　　　　　曾经的约定也遥遥无期。
　　　　　　　千言万语，是你，

翻来覆去，是你，
日出日落，春去秋来，
是你，是你，全部都是你。
炽热的太阳就是我们的爱，
拥抱了你就是拥抱了我的天地。
我要把心带给你，把我的爱，

---

① 歌曲《我是你的花》。

找回来。

我要让你说明白，我们的爱，还在不在。

我要回上海，我要回上海，要把心带给你，把我的爱找回来。

为什么，你没有一封信对我坦言表白，

为什么，你的心变得如此之快。

我要回上海，我要回上海。

把我的心带给你，把我的爱，找回来。

告诉她，我一刻也不能等待，告诉她，我一刻也不能等待。

我一边听雨，一边想你，满眼的泪水打湿所有记忆。

我要回上海，

把我的心带给她，把我的爱，找回来。①

耿大可　我要回上海！

柳飞燕　耿师傅，二两油不见了！

第十场　谁回上海

〔灯光亮，车间。

〔视频投射："大干一百天，勇闯技术关！""鼓足干劲，力争上游，多快好省地建设社会主义！"等劳动竞赛的标语。

〔人们在寻找、呼叫着二两油："二两油！二两油！二两油不见啦！"

〔二两油拎着皮箱向车间门口走去，人们把他团团围住。

〔耿大可拎着皮箱上，正好堵住二两油的路。

耿大可　二两油，你这是……

二两油　我要回上海！

工人们　（分别喊"二两油""师父"）你不能走！

二两油　（固执地）我要回上海！

耿大可　你走了，车间怎么办？

二两油　我不管，我要回上海！

工人们　5号车间的所有机器离不开你。

耿大可　"柳州一号"技术攻关更离不开

你，你不能走。

二两油　这里不是还有你么！

工人们　你不能走！（夺下二两油的皮箱）

二两油　（抢回皮箱，错拿成了耿大可的皮箱）耿大可同志，这里最离不开的不是我，是你！

耿大可　（苦口难言）这，我……可我需要回上海。

二两油　你回上海干什么？是我要回上海！咦，怎么这么多信？（发现错拿了皮箱，旋即从工人手中夺回自己的皮箱，取出母亲的病危通知书递给耿大可。）

耿大可　（接过通知书，惊讶并同情地）什么？你妈妈——病危？

〔二两油擦去眼泪，收回通知书放回皮箱，拎着皮箱走出车间，众人目送着二两油，车间里一片寂静。

耿大可　（无奈）好，我留下。（抬头看见醒目的大标语，喃喃自语）是的，

①歌曲《找回我的爱》。

我不应该离开！我留下！

〔车间主任、支部书记和柳飞燕关切地走向耿大可。

支部书记 大可同志，你家里有什么事

吗？如果需要回上海，我看——

耿大可 不！我是一名党员，在这个时候，我知道自己该怎么做！

🎔 第十一场　耿大可留下了 🎔

〔工厂喇叭播放着《我们要和时间赛跑》。

〔在车间的一个区域，文艺骨干正在给车间女工排练舞蹈《我们要和时间赛跑》。

车间女工 （合唱）火车在飞奔，车轮在歌唱，
　　　　　　装载着木材和食粮，
　　　　　　运来了地下的矿藏。
　　　　　　多装快跑，跑快多装，

把原料送到工厂，
把机器带给农庄。
我们的力量移山倒海，
劳动的热情无比高涨。
我们要和时间赛跑，
走向工业化的光明大道。
我们要和时间赛跑，
迎接伟大的建设高潮①。

🎔 第十二场　师徒之恋 🎔

〔空旷的车间，车间主任收拾工具。

车间主任 还有人吗？锁门啦！

〔"咔嚓"！车间大门上锁。

〔蟋蟀、青蛙的叫声此起彼伏。

〔人去楼空，皎洁的月光下，车间外传来阵阵电焊声，车间里的电焊光影投射出巨大的"柳州一号"和隐隐约约的人影。机床后边站起一人，是柳飞燕。她环顾四周，走到窗前张望着，而后回到桌前，整理图纸、游标卡尺等，并把一大杯水放到桌上。忽然，她听到了窗外的动静，心慌意乱不知所措地藏了起来。

〔一个身影出现在车间窗外，他推开玻璃窗跳了进来。身影悄悄地走到机床前打开台灯，是耿大可。面对桌上整齐摊开的图纸和一大杯开水，耿大可正在疑惑时，突然，在车间的一个角落咣当一声！

耿大可 谁？

〔无人回应。耿大可拿起手电筒在车间搜寻，一个绣球砸到他头上，天车上传来柳飞燕的笑声。

〔柳飞燕咏叹调《我要飞》音乐响起，天车前后自由滑翔，柳飞燕与耿大可上下追逐，一段浪漫而优美的双人歌舞表演在月光映照的空荡荡的车间里上演。

---

① 歌曲《我们要和时间赛跑》。

柳飞燕　（唱）我要飞！我要飞！

我真的像燕子一样飞！

我要快乐地飞！我要幸福地飞！

我要在这美好的时光里飞！

我是苗家妹，种田是祖辈。

如今我驾着天车在飞，

我好美！我陶醉！

我会飞！我会飞！

我真的像燕子一样飞！

我带着爱在飞，我带着梦在飞，

我向着一个人的心里在飞！①

〔歌唱结束时，柳飞燕将绣球抛给了耿大可，耿大可把绣球还给柳飞燕，柳飞燕为了爱勇敢地拥抱耿大可。

〔灯光收在抱着绣球的耿大可身上。

🍃· 第十三场　大可，你究竟怎么了！ ·🍃

佟家玲　大可，你究竟怎么了？

〔车间主任画外音：大可同志，你年龄也不小了。

佟家玲　两年了，我怎么再也收不到你的来信了？

〔车间主任画外音：飞燕，可是个好姑娘啊！

佟家玲　你那边究竟发生了什么？

〔视频投射：佟家玲失望地猛然关上私家信箱，身旁的自行车突然倒地。

🍃· 第十四场　车间婚礼 ·🍃

〔芦笙阵阵，耿大可在车间主任、车间支部书记和工人们的陪同下，在5号车间等候新娘的到来。

〔身着苗族盛装的柳飞燕，在隆重的苗族送亲队伍簇拥下款款步入车间，迎亲队的红伞像一片红云格外醒目。红伞舞《苗女出嫁》。

〔红伞组成巨大的红绣球分开，从中走出新娘柳飞燕和为她举伞送亲的苗妹。耿大可上前接过伞，牵着柳飞燕的手，两个人幸福地依偎一起。

〔舞罢收光。隐隐传来雷声。

🍃· 第十五场　她来了 ·🍃

〔伴随着淅淅沥沥的雨声，一双高跟鞋发出的声音回荡在车间。一位穿着雨衣拎着大小皮箱的女子神秘地走了进来。

〔她环顾四周，5号车间空无一人，大红喜字赫然醒目。

〔身后传来车间主任的声音："车间婚礼！你是来参加婚礼的吧？

---

① 歌曲《我要飞》。

同志，你来晚了！”

〔视频投射：一声惊雷，电闪雷鸣，暴雨倾盆。

大水冲破门窗涌入车间。

〔《抗洪舞》。人们头戴斗笠身穿蓑衣冲进车间，穿雨衣的女人也加入了抗洪队伍。

〔《抗洪舞》结束，在穿着蓑衣的抗洪人群中，有两个焦点十分突出：一个焦点是，耿大可脱去了蓑衣，也为新娘柳飞燕脱去蓑衣，并为她整理妆容，他们亲密地依偎在一起。另一个焦点是，在蓑衣群中十分扎眼的女子，她慢慢地摘下雨帽，她是佟家玲！

〔佟家玲急切寻找耿大可。当看到久别的耿大可时兴奋地飞奔过去，可耿大可全然没有注意到佟家玲。突然，佟家玲看到了身着婚装的柳飞燕和耿大可，她惊呆了。

耿大可　（吃惊地）家玲？

〔佟家玲注视着耿大可与柳飞燕，手中的皮箱骤然落地。刹那间，悲伤、孤独、无助、绝望一起向佟家玲袭来，咏叹调《我在哪里》兀然而起，如泣如诉。

佟家玲　（唱）这是哪里？我怎么站在水里？
　　　　　在这遥远的他乡我看见了陌生的她，
　　　　　在这陌生的天地我看见了遥远的你。
　　　　　在天各一方的日子里，

至少我还有梦的慰藉。
失去你音信的日子，
思念彻底躲进梦里。
在梦里，你的怀抱我的归依；
在梦里，你的温暖我的甜蜜；
在梦里，你的心跳我的呼吸；
在梦里，反反复复背诵你滚烫的话语。
此刻啊，为什么近在咫尺我却要隐藏自己？
为什么近在咫尺我不能伸手触摸你？
为什么近在咫尺我喊不出声音？
为什么梦醒时分我孤孤单单站在风雨里？①

〔耿大可画外音：曾经我丢了一粒扣子，等找回来时，我已经换了衣服。

佟家玲　（唱）这是哪里？我怎么站在水里？
　　　　　梦的碎片四散漂流，
　　　　　我的心再也无处归去。

〔歌声中，舞台上出现了一张长椅，佟家玲眼前出现了耿大可，重温在一起的美好时光。

〔她打开皮箱，取出一个信封，抽出信件，展开，阅读，耳边响起了耿大可的画外音。

〔与此同时，视频投射如下信件内容："家玲，那些握过的手，拥抱过的心，那些在一个又一个深夜里写给信中的话，都在表明：我

---

① 歌曲《我在哪里》。

有你，你也有我。

"家玲，你知道吗，每一段爱的记忆，都有一个密码。时间，地点，只要看到你的字迹，那人那景都立即浮现。

"家玲，虽然，我们有着不得不面对的相思的痛苦，有着相爱不能相见的无奈。可是，我们的心却越贴越紧。

"家玲，我要说，那些你给我的，还有我给你的，都是我们之间的爱。只要是你的，或者是我的，都是属于我们的。"

〔她读完一封信，撕碎一封信。

〔她挣扎着站了起来，推倒长椅，使足全力举起一盆凉水从头浇下。

〔光渐暗。

∽ 第十六场　佟家玲留下了 ∽

〔高音喇叭播放着20世纪60年代的广播体操音乐，舞台上工人们一部分在做广播体操，一部分在机床旁默默清理着。

〔车间支部书记一边扫地一边独白。

支部书记　可怜的上海姑娘啊！来得可真不是时候，那天以后佟家玲大病一场。要说吧，她来得也还真是时候，为啥呢？（手指着"柳州一号"）因为它！

〔"柳州一号"前，耿大可满面愁容地看着图纸，充满焦虑。所有工人向着耿大可急速围拢，合唱《怎么办》。

工人们　（合唱）问题在哪里？

怎么办，怎么办？

问题在哪里？

怎么办，怎么办？

时间这么紧？

机器总不转？

问题在哪里？

怎么办，怎么办？

问题在哪里？

怎么办，怎么办？

心急似火焚？

谁能破难关？①

〔歌声结束，佟家玲从容地径直走向"柳州一号"，专注地看着图纸。

〔灯光聚焦在"柳州一号"上，围拢的人们渐渐退出光圈，只留下聚精会神看着图纸的佟家玲和耿大可。

---

① 歌曲《怎么办》。

第十七场　技术攻关

〔一片宁静。佟家玲和耿大可同时凝视着图纸上的一个点，头慢慢地靠近，再靠近。忽然，他们似乎都意识到了什么，双方抬起头来，目光触碰在了一起。

〔《我丢了一粒扣子》(A) 的音乐主题缓缓传来，如泣如诉、如梦如幻。

〔耿大可与佟家玲先后扭过头去，把目光躲开了对方，暗自落泪。

〔佟家玲掩饰着内心极度的痛苦，冷静地走向"柳州一号"旁满是图纸的桌子，继续查看图纸。

〔耿大可默默地走过去站在一旁，不知如何是好。

〔柳飞燕出现了。她上前关切地为佟家玲披上了棉衣（此物正是当初佟家玲送给耿大可的棉衣），佟家玲抚摸着棉衣，隐忍着内心的痛苦把棉衣折叠好，并从兜里掏出一粒扣子放在棉衣上，微笑着还给柳飞燕。

耿大可　（触景生情地拿起扣子）家玲！

〔佟家玲阻止耿大可继续说下去，示意他们先走。

〔佟家玲目送着他们的背影远去。

〔佟家玲铺看图纸，仔细端详寻找问题。

〔"矩阵"灯在佟家玲头顶上闪烁。

〔一阵困意袭来，她渐渐睡去。

第十八场　我是你的花

〔《我是你的花》音乐起，在"矩阵"灯中出现一支支玫瑰花，"玫瑰花矩阵"展示。

〔花海下，佟家玲孤独地歌唱。

佟家玲　（唱）女人本是花，
　　　　　风来才发芽。
　　　　　清气阵阵来，
　　　　　暗香缕缕发。
　　　　　花蕊总含情，

　　　　　风儿无牵挂。
　　　　　落红香如故，
　　　　　何堪风信花。
　　　　　你是我的风，
　　　　　我是你的花。
　　　　　你是我的风，
　　　　　我是你的花。①

〔歌声中，身怀六甲的柳飞燕幸福地向着前方缓缓走去。

第十九场　佟家玲不容易

支部书记　（吹口哨，用柳州方言喊）开会嘤！（走向观众）唉，家玲啊真不容易。这样耗着，还给我们"柳州一号"的改造帮了大忙。讲要

自己把核心部件拿去上海换，其实啊，我看她是想回上海了。也是，该走，留在这块，这个阿妹太苦了！

———————————

① 歌曲《我是你的花》。

❧ 第二十场　送别的路上 ❧

〔一辆马车踽踽而行，马车上坐着佟家玲和送行的耿大可。

〔《听妈妈讲那过去的事情》音乐响起。

耿大可　请原谅。

〔佟家玲目视着夜的远方，无语。

耿大可　请原谅，原谅我最终选择了柳州。

〔佟家玲似乎不解，欲言又止。

耿大可　你的前途在上海，我不能，不能拖累你。

〔佟家玲瞥了他一眼，沉默。

耿大可　（擦了擦眼泪）其实，在我的心里每天都在给你写信。

〔佟家玲拭泪。耿大可从自己兜里掏出佟家玲母亲的信件，用手揉搓着。

耿大可　只是。唉。伯父、伯母他们都好吧?

〔耿大可把信件又装回兜里。

〔沉默。马蹄声。

佟家玲　（自言自语）路遥知马力，日久——

耿大可　家玲，我没变!

〔二人猛然对视，良久，耿大可无奈地把头低了下去。

耿大可　（强忍着泪水）是，现在，情况不一样了。

〔长时间沉默，马蹄声继续。忽然，马车停了。

耿大可　到了。

〔汽笛声长鸣。两个人谁也不动，似乎都在等待着发生些什么，然而什么都没有发生，只有车灯不时地扫过。

〔佟家玲跳下马车，背着脸伸手取走自己的皮箱，迎着车灯走去。

〔火车缓缓启动的声音传来。马车上只留下孤独的耿大可，他从兜里再次掏出佟家玲母亲的信件，双手用尽了力气将信件握成一团，终于，他如同火山岩浆的喷发，号啕大哭。

耿大可　（站在马车上向着远方呼喊）家玲，原谅我。

❧ 第二十一场　阿拉柳州人 ❧

〔婴儿的啼哭声回荡在整个车间，所有女工围拢着怀抱着婴儿的柳飞燕。

〔欢快的女声表演唱《阿拉柳州人》:

你来到了世界，
你睁开了眼睛，
你止住了哭声，
你绽开了笑容，

每一颗泪珠都快乐地为你滚动，
你成了这里的一道最美的风景。
所有钢的交响，
都是为你庆生。
你是一个精灵，
是浦江与柳江的结晶。

〔耿大可上前从柳飞燕手中接过婴儿，幸福地搂在怀里。

🎵 第二十二场 "核心部件"上海归来 🎵

〔喊声：二两油回来了！

耿大可 （惊喜）二两油！

二两油 （掏出一个零件）这是佟家玲带给你的。

耿大可 （紧紧地握着零件）是，我很孤单，这里需要人，这里缺少能一起研究、一起技术攻关的人。

二两油 （接过零件）我这不是回来了嘛。

耿大可 你？

二两油 （看着零件）和它一样，在这里安家落户了。

〔众人欢呼，喜极而泣。

〔耿大可穿过众人走到"柳州一号"旁，郑重地按下电钮。机器轰鸣，隆隆作响，车间再次沸腾。

〔众人欢呼，耿大可躲在一旁陷入思念。

🎵 第二十三场 你就在我身旁 🎵

〔沸腾声远去，灯光缓缓聚焦在耿大可身上。耿大可咏叹调《你就在我身旁》。

耿大可 （唱）轻轻地，你抚摸着我的脸庞，
静静地，把温暖洒在我身上，
虽然我看不到你的身影，
可是我知道，你就在我的身旁。
轻轻地，树叶在微风中歌唱，
静静地，远处飘来阵阵花香，
虽然我看不到你美丽的容颜，
可是我知道，你就在我的身旁，
我的身旁。
歌声里，白云在蓝天上飘过，
歌声里，鲜花在草丛中开放，

歌声里，我看到了美丽的姑娘，
歌声里，我走进广阔的天域。
轻轻地，树叶在微风中歌唱，
静静地，远处飘来阵阵花香，
虽然我看不到你美丽的容颜，
可是我知道，你就在我的身旁，
我的身旁。
歌声里，白云在蓝天上飘过，
歌声里，鲜花在草丛中开放，
歌声里，我看到了美丽的姑娘，
歌声里，我走进广阔的天域。

〔当年的那张长椅上，恍惚出现两个人一次又一次甜蜜欢聚的幸福情景。

🎵 第二十四场 车间失火 🎵

〔黑黑的车间，静静的车间，空空的车间。

〔山火引来的几处火苗"嘶嘶"作响，浓烟滚滚。有人在呼喊："有山火！快，阻断山火，保护工厂！"

众 人 （惊呼）着火了！着火了！5号车间

着火了！

〔突然，随着一声巨响，车间外火光冲天，烈焰翻腾，一些工人闻讯赶来，他们为了保护车床，在紧张的灭火中，被浓烈的烟呛倒在地。

车间主任 （冲进车间高呼）抢救人员，保

护设备!

〔在车间主任和支部书记的带领下,工人们冲进车间,急忙扶起昏厥的人们,走出车间门外。车间窗户外燃起熊熊烈火,车间的车床就要被烧。这时,二两油顶着烟火冲了进来,他来到"柳州一号"前,急忙收起核心部件和图纸,终因烟呛而昏倒。

〔此时,车间大大小小的窗户边密密麻麻地挤满了许多工人们,他们心急火燎焦躁不安,车间大门口,一大群工人要往里面冲,被车间主任和支部书记死死拦住。

〔耿大可冲了进来,在烟雾中搜寻着。他找到昏倒的二两油,把他背了出去。

〔突然,"柳州一号"旁燃起了烈焰,耿大可焦急万分破窗而入,冲到"柳州一号"前,用湿棉被奋力扑打着。

〔火熄灭了,耿大可却晕倒在"柳州一号"旁。

〔5号车间一片黑暗,众人冲进车间。

众　人　(在车间里四处寻找)耿师傅!耿大可!

〔车间主任和支部书记带着人们在"柳州一号"旁找到了昏倒的耿大可,大家急切地呼唤着耿大可。

柳飞燕　(冲了出来,哭喊)耿大可!耿师傅!

〔车间主任和支部书记搀扶起了耿大可。

耿大可　(喃喃自语)柳州一号……

车间主任　"柳州一号"保住了!

〔耿大可苏醒过来,端详着车间主任、支部书记和众多工人。

耿大可　你们是谁?

柳飞燕　(焦急万分迎上前去哭喊)大可!

耿大可　(茫然)你是谁?

〔人们吃惊地望着耿大可。耿大可失忆了。

❧ 第二十五场　致青春 ❧

〔舞台上,二十世纪六十年代积极分子已经排好座位,摄影师拍照。

〔照片中的人开始圆舞曲《致青春》:
青春的血激荡着我们的青春力量,
青春的美展示着我们的青春力量。
如果你的青春没有梦想,
就不会燃烧,
如果你的青春没有渴望,
就不会绽放。
我们的青春就是这样!

走着,走着,岁月就留下珍藏。
我们的青春就是这样!
说着,说着,回忆总保持滚烫。
我们的青春就是这样!
笑着,笑着,泪水会流下脸庞。
我们的青春就是这样!
想着,想着,遗憾就让它遗忘。
我们的青春啊,永远没有皱纹,
我们的青春,它就是这样!①

〔歌唱中陆续出现以下场景:另

---

① 歌曲《致青春》。

一区域，二两油和当年的车间主任等技术能手围拢"柳州一号"，二十世纪七八十年代状态，摄影师拍照。另一区域，中年模样的柳飞燕从当年的支部书记手中接过"先进车间"的锦旗，二十世

纪九十年代初状态，摄影师拍照。〔最中心的区域，显出老态的耿大可拄着拐杖，佩戴红花，身披"全国劳模"绶带，新世纪初状态，摄影师拍照。

❦ 第二十六场　唤醒记忆 ❦

〔蝉鸣声声。

〔一束金色的阳光铺洒在"柳州一号"上，耿大可围着"柳州一号"机床上上下下寻找着什么，上了年纪的柳飞燕在一旁注视着他。

柳飞燕　（把手伸向耿大可并摊开）你是在找它吧？

耿大可　（欣喜地）扣子！找到了！（接过扣子，茫然地）同志，你是谁？

〔柳飞燕无奈地摇摇头，从摆满桌面的信件中取出其中一封，在《我丢了一粒扣子》的旋律中，柳飞燕读着佟家玲当初写给耿大可的情书。

柳飞燕　（读信）大可，离开柳州时你问我什么时候回来、我还能回来吗？那粒纽扣已经彻底丢掉了。未来会怎样，我已经看得很清楚。那个场景里，不会再有你。飞燕很好，你要善待她！

〔耿大可听着佟家玲的来信，茫然远眺，两行泪水默默流出。柳飞燕一边读着来信一边为耿大可拭去眼泪。

耿大可　飞燕，你，怎么哭了？

〔他的女儿、女婿牵着抱着她们的女儿来到了老人跟前。耿大可认

出了外孙，伸手抱起外孙。

耿大可　来，宝贝，叫姥爷。（转身对柳飞燕）飞燕，咱回家。

〔耿大可在女儿、女婿的搀扶下缓缓走出车间，柳飞燕望着他们的背影，突然，一阵剧烈的咳嗽。她挣扎着坐在桌前开始写信《我丢失了一粒扣子》。

〔柳飞燕空旷的画外音："家玲姐，当你收到这封信的时候，我可能就不在人世了。他们谁也不知道我得了重病。

"我想告诉你，你走后的一场大火，为保护咱们'柳州一号'，差一点要了老耿的命。从那之后，他就谁也不认识了。偶然间我发现了你写给他的信，奇怪，在我轻声读信的时候，他竟清醒了并认出了我。

"有一天，我在你的信件堆里，发现了一封你母亲写给耿大可的信，我才恍然大悟。

"家玲姐，请你千万不要错怪耿大可！他绝不是一个见异思迁的人，此时此刻，我能理解你的母亲，也更能理解你所承受的痛苦。"

〔视频投射：医院病床上躺着全身

裹满纱布的耿大可和趴在床边睡着了的柳飞燕。

〔老年佟家玲伏案写信，无限感慨。

〔夜空中，只留下柳飞燕的画外音："顺便告诉你，咱们厂要搬了。5号车间那些老机床要淘汰了，'柳州一号'也保不住了。唉！虽然是老机床，但那是我们的青春啊！那是我们的一辈子啊！"

〔合唱，《再见啦，我的老伙计》响起。

❧ 第二十七场　告别与重逢 ❧

〔合唱《再见啦，我的老伙计》：

我叫你一声老伙计，
你叫我一声老东西；
你我这一对儿老伴侣，
一个"老"字几十年好亲密。
风风雨雨，朝朝夕夕，
丝丝缕缕，点点滴滴，
知己知彼，知根知底，
知音知心，知情知理。
老伙计！
我的痴迷就是你！
我的默契就是你！
老伙计！
我的青春就是你！
我的一生就是你！
再见啦！我的老伙计！
真不舍得你和我、我和你就这样分离！

〔视频投射：

· 工厂的斜坡上拥挤着成千上万的老中青三代工人和家属们。

· 一台台废旧机床排起长队被拖出车间。

· 大吊车高高抓起一台老机床向运输车移动。

· 运输车上已经摆放着三四台老机床。

· 二两油注视着吊车老泪纵横。

· 三四名年轻女工兴高采烈地指指点点交头接耳。

· 一名老工人痛哭。

〔视频投射的同时，一台一台老机床被搬运工人推出车间。许多工人不约而同地默默走向这些老车床，心情沉重无限伤感为它们送行。一名女工难过地趴在机床上泣不成声。一群老工人把自己"劳动模范"的荣誉绶带郑重地盖在老车床上。

〔这时，合唱宏大而悲壮，人们看见此时的5号车间出现了全剧中人数最多、场面最壮观的景象。他们高低错落密密麻麻地挤在一起，关切地注视着耿大可和"柳州一号"。

〔舞台灯光渐暗，特写光下耿大可极其专注地擦拭着"柳州一号"，支部书记和几名搬运工围看着耿大可，支部书记上前劝说。

支部书记　老耿啊，这是好事啊！我们的新工厂建好了，从这里坐轻轨就能去，那些数控机床都连上了网，要建成智慧工厂啦。你和我都退休多年了，我们啊，献了青春

献终身，献了终身献子孙。光荣
啊！

〔火车汽笛气贯长虹，当年告别上海
的一束强光横扫过来，一片寂静。

〔年迈的佟家玲拎着皮箱进入光
圈，她环顾四周，目光落在了耿
大可的身上。她一步一步走近耿
大可，四目相对，仔细端详。

耿大可　（老泪纵横）你。

佟家玲　（泪流满面）我。

〔佟家玲手中的皮箱猝然落地。在
充满怀旧感的音乐中，耿大可望
着一地洒落的信。

耿大可　这是。

佟家玲　这是，三十多年来我每天对你说
的每一句话！

〔音乐声中，耿大可与佟家玲两双
苍老的手紧紧握在一起。

〔舞台上所有人凝固为雕像。

✿ 尾　声　致青春 ✿

〔在字幕滚动的同时，朗诵者走出
人群，朗诵《致青春》：

人生有一首诗，

当我们拥有它的时候，

往往并没有读懂它。

而当我们能够读懂它的时候，

它却早已远去，

这首诗的名字就叫青春。

青春是那么美好，

在这段不可复制的旅途当中，

我们拥有独一无二的记忆，

不管是迷茫的、孤独的、不安的，

还是欢腾的、炽热的、理想的，

它都是最闪亮的日子。

是的，青春是用来奋斗的，

不是用来挥霍的。

只有这样，当有一天，

我们回首来时路，

和那个站在最绚烂的骄阳下，

曾经青春的自己告别的时候，

我们才能说："谢谢你，再见。"

〔视频：出现一幅幅当年的老照片。

那时的他们风华正茂、斗志昂扬，

怀揣理想忘我地工作着。

〔播放以下字幕："2012年5月1
日柳州工业博物馆开馆藏品捐赠
者名单：佟家玲捐赠'柳州一号'
机床；梁霁捐赠"老八吥"车床；
唐超俊捐赠1958年的柳州炸药厂
选址报告书原件；潘宏忠捐赠柳
州工业老照片200多张；柳州第
三机床厂老职工捐赠1973年生产
的B-650型牛头刨床；柳钢集团
捐赠退役钢水包；五菱柳机公司
捐赠木炭机3D模型。"

〔字幕继续滚动：1958年始，中
央援助柳州十大企业拓荒建厂。

七十多年的筚路蓝缕，一代又一
代柳州工人在党的领导下，无私
奉献，创造辉煌。

改革开放特别是进入新时代以来，
以"共筑美好家园"为愿景，被
誉为国家民族工业典范的"世界
柳工"、以"人民需要什么，五
菱就生产什么"为宗旨，被誉为
中国五大整车汽车城之一的上汽

通用五菱、"以小见大走遍天下"，被誉为世界"网红状元"的柳州螺蛳粉等已享誉全国，部分企业已经走向世界。

历史不会忘记：1953 年柳州机械厂试制成功中国第一台 4 马力 1101 型汽油机，该型汽油机入选"新中国 150 个第一"，参加了 2019 年在北京举办的"伟大历程 辉煌成就——庆祝中华人民共和国成立 70 周年大型成就展"。

1957 年，柳州机械厂试制成功中国第一台 051 型单人油锯。

1966 年，柳州工程机械厂研制成功中国第一台 Z435 型轮式装载机。

1976 年，柳州工程机械厂研制成功中国第一台 DZL50 型井下装载机。

1982 年，柳州第二空压机厂试制中国首批 Z 系列无油润滑压缩机。

1982 年，柳州机械厂试制成功中国第一台海鸥 127 型大马力操舟机。

2008 年，柳工股份有限公司研制成功中国最大的 CLG899 型轮式装载机。

这些是柳州的光荣与骄傲！

〔辉煌的音乐声中，背对观众的所有工人缓缓转过身来，无限深情地凝望着这个世界。

杂技剧

英雄虎胆

演出单位

广西演艺集团有限责任公司

内容简介

　　该剧取材、改编自 1958 年的经典影片《英雄虎胆》，运用杂技剧的形式进行创新编排，讲述了解放初期，坚定忠诚、沉着冷静、机智勇敢的解放军侦察科长曾泰潜伏到国民党残匪藏身的老巢，协助大部队将匪徒一网打尽的故事。该剧在红色电影的基础上，融入现代手法、红色记忆、谍战谋略等艺术元素，通过杂技剧所独有的表现形式，结合广西多彩的民族元素，对红色经典进行全新演绎。

主创团队

总 导 演：邢时苗　　　　　　　　灯光设计：刘文豪　刘曦远
音乐设计/作曲：方　鸣　　　　　执行灯光设计：蔡耀宝
执行导演：王　迪　　　　　　　视频设计：冯晓宇
编　　剧：何继青　闫　兵　　　化妆造型设计：贾　雷
作　　曲：方伟鹏　李凤仙　　　服装设计：余泽龙
编　　导：刘　虹　游韶南　季　楠　洪　林　　　魔术指导：曾　辉
　　　　　庞峰功　付鑫浩　蔡　妮　　　杂技道具设计：崔江伟　黄德帮
戏剧导演：董志强　　　　　　　制 作 人：蒙明高
主题歌作词：瞿　琮　朱　海　　执行制作人：覃冬霞
舞美设计：沈庆平

主要演员

曾　泰——崔　焱　　　　　　　　土匪司令——韦尚福
耿　浩——林泊强　刘韦君　李　宇　　土匪金刚——林泊强　侯必鑫　赖雨鑫
叶　荔（卫生员）——杨晴萌　　　　　　　　　　　李新凯　凌祖荣　庞　翔
少年的"我"——张荣婷　　　　　　　　　　　　　翟会会　苏秦洲
老年的"我"——王余昌（特邀）任亚兵　　节日花伞姑娘——黎秋钰
阿　兰——张嘉恩

时间　1950—1951 年。
地点　广西大山。
人物
曾　泰　解放军侦察科长，智勇双全、坚
　　　　定忠诚、临危不惧、多谋善断。
耿　浩　解放军侦察员，青春洋溢、朝气
　　　　蓬勃、英武干练。
叶　荔　解放军粮食工作队队员，年轻、

　　　　美丽，与耿浩相恋。
壮族少年　少年的"我"。
老军人　老年的"我"。
阿　兰　国民党女特务，狡诈、美艳。
土匪司令　国民党溃军，专横暴虐，匪首。
解放军战士，壮族、瑶族等广西百姓，土
匪等若干。

❧ 序 ❧

〔夜色如墨，大雨滂沱。
〔十万大山密林深处，一辆美式吉
普车疾驰在蜿蜒崎岖的山道上。
〔（字幕）1950 年 11 月 14 日电：
必须提前肃清广西匪患，限期剿
灭土匪，加速进行土改，加快发

展地方武装和坚决镇压反革命活
动……希望广西全省主要匪患六
个月内能够肃清。——毛泽东
〔（字幕）广西剿匪指挥部电：命
你部剿匪先遣分队，务必于明日
拂晓前到达溪寨地区，解救被土

匪围困的粮食工作队和当地群众，并为大部队挺进大山剿匪做好必要准备。

〔合唱《大军进山进行曲》：

丛林里，闪亮着我们的目光，

山岭间，跳跃着我们的身影，

溪水旁，回荡着我们的歌声，

峭崖上，刻下了我们的脚印。

军号响，青春谱写挺进乐章，

战旗扬，生命化作大地吟唱，

风雨路，苦难是甜艰险为乐，

长歌行，军旅岁月壮怀豪放。

啊，大山，十万大山，

我们是转战南北一支枪，

无惧纷飞的战火，

只为祖国百姓和平安康。

夜色愈重。雨势更猛。

〔侦察科长曾泰驾驶吉普车急速穿行在丛林中。溪寨已近在眼前，山势愈加险峻陡峭，敌情越发复杂危急，正在这时，躲藏在山野夜幕下的土匪对侦察小分队发起了攻击。曾泰、耿浩有备而来，随即率领小分队战士击退土匪，解救出壮家少年"我"和粮食工作队队员叶荔等人。

〔杂技《车技》。

〔场景定格。

〔老军人从岁月深处向我们走来，在小号音乐中打量眼前所发生的一切。

老军人　这事儿发生在七十年前，那时候国民党军队的残兵败将躲进广西十万大山，与刚刚建立的新中国对抗。深秋的那个雨夜，是解放军从土匪的残杀中救出了我。这是我第一次见到侦察科长曾泰，第一次见到侦察员耿浩哥哥，还有叶荔姐姐。

〔定格场景渐变。

〔曾泰消失在光区中。

〔耿浩消失在光区中。

〔叶荔消失在光区中。

〔舞台上只剩下被他们救出来的壮族少年"我"。

老军人　（指着壮族少年）哦，那就是我，一个大山的孩子。是曾科长他们给了我新的生命，从此，他们就是我最亲的亲人，不管到哪儿我都要跟着他们。我知道，跟着他们就是跟着红五星、跟着共产党。那时大山里土匪真是猖獗，土匪杀人、抢粮、烧寨子，就是不想让老百姓过上安生的新生活。

〔七十年前的曾泰向老军人走过来。

〔老军人惊讶地望着熟悉亲切的曾泰。

〔七十年前的曾泰与老军人擦肩而过。

〔老军人蓦然回首，追着曾泰的背影大声喊。

老军人　曾科长！曾科长……那天，曾科长又接受了新的任务，为全歼这股土匪，假扮成土匪副司令，潜入匪巢。

⋙ 第一场 ⋘

〔天际微亮，曙光初染。

〔竹楼高脚。古树参天。

〔曾泰正做着出发前的准备，壮族少年拦住曾泰。壮族少年舍不得亲人曾泰离去，他猜到曾泰要去的地方一定很危险。曾泰看懂了壮族少年的心事，温柔地抚摸着壮族少年的头。少顷，曾泰摘下自己的军帽戴在少年头上，并且帮少年正了正军帽，后退两步愉快地打量着少年。

〔耿浩和叶荔拿着假扮南洋富商所需要的装束走过来。他俩把装束递给曾泰。曾泰披上风衣，戴上礼帽，坚定地走向大山深处。

〔壮族少年和耿浩、叶荔目送曾泰远去。

〔杂技《对手顶》。

〔匪窟。

〔火把斜插在洞壁上，阴森的光影摇晃跳动。

〔女匪阿兰收到来自台湾的电报，她扫一眼电报内容，台湾给他们空投的副司令即将到来。阿兰把电报随手递给土匪司令。

〔土匪司令看完电报交代手下，一定要好好试探这个新来的副司令的真伪，摸清楚副司令的底细。

〔曾泰带着副司令的气度和受台湾派遣的威仪，泰然自若地走进匪窟。土匪们乱纷纷围拢过去，接连对曾泰放招，以土匪常用的招式试探曾泰。曾泰见招拆招，从容应对，一一化解。

〔女匪阿兰不甘心，借着敬酒亲自出马再次试探曾泰。曾泰坦然处之，依旧没有露出破绽。阿兰和众土匪终于相信曾泰的身份不假，于是炫耀地拉开地图，向曾泰展示粤桂反共救国军防御图。

〔曾泰扫视挂图，默记于心。

〔片刻后，曾泰不经意地走到众土匪视线之外，迅速在纸片上记下防御图要点，然后熟练地藏进烟盒中。

〔影像特技：藏着情报的烟盒逐渐放大，化作强烈的视觉冲击画面。

〔杂技《较量　桌技》《诱惑　吊环》。

老军人　经过三番五次考验，曾科长取得了土匪的信任。他知道，匪窟的位置和防御部署早一天传递出去，就能早一天剿灭这股土匪。曾泰假借考察解放军动向，向土匪司令提出趁着大山节日下山打探。

第二场

〔歌声飞扬，彩带飘舞。

〔这是大山的节日。各族百姓身着盛装，起舞对歌，捧出山果好酒招待四里八乡的客人、友人、过路人。

〔合唱《大山的节日》。

〔合唱一：

（合）八桂大地祥云开，
　　　红水河畔起歌台；
　　　各族兄弟齐欢聚，
　　　三月初三歌成海！

（女）妹织锦绣梭对梭，

（男）哥打油茶锅连锅；

（合）日子裹着蜜糖过，
　　　做梦也唱快乐歌！

〔合唱二：

（女）哪样红红红透天？
　　　哪样红红亮眼前？

（男）军旗杆杆红透天，
　　　红星颗颗亮眼前。

（男）哪个开得幸福泉？
　　　哪个享得太平年？

（女）幸福全靠共产党，
　　　百姓享得太平年！

（合）幸福全靠共产党，
　　　百姓享得太平年！

〔解放军的到来更加增添了节日的喜庆气氛，相识和不相识的人们，熟悉和不熟悉的乡邻，只要来到了寨子里就是客人，众人纷纷加入欢乐的队伍中。

〔杂技《中幡》《蹬鼓》《打油茶》《变伞》。

〔正值欢乐时刻，曾泰和阿兰及数名土匪也悄悄混了进来。在一片熙熙攘攘中曾泰看见了接应他的耿浩，在热闹气氛的掩护下，曾泰机智地把情报传递出去，然后迅速与耿浩分开。

〔影像特技：传递情报的局部特写，画面呈现舞台死角，放大表演细节，增强故事感染力。

〔耿浩打开曾泰传来的烟盒，正是曾泰默记的匪巢防御图要点。耿浩立即召集剿匪小分队布置任务。

〔壮族少年不由分说地闯到耿浩面前，要求给剿匪小分队带路。耿浩信任地点头同意了壮族少年的请求。

〔场景定格。

老军人　耿浩哥哥顺利地拿到了曾科长递出的情报，他决定带几名战士进山，他们要把情报中土匪的岗哨、联络点一一摸清楚。我知道，这是一次非常危险的任务。虽然有曾科长画的图，但是在深如大海的山里摸清进山路上关键位置的一棵树、一座岭、一道石缝，不是常年跑山的人做不到。我熟悉这片大山，我能为他们带路，我要成为像他们那样的解放军。那天夜里，叶荔姐姐来送我们，来和她的恋人、我们的队长耿浩告别……

〔一首古老的念词由远而近渐渐响起：
送哥送到百丈坡，
哥有虎胆降妖魔。
七月初七哥回转，
花轿抬上向阳坡。

第三场

〔耿浩带领小分队战士在夜幕下行进。小分队战士翻山、过河、爬杆、摸哨，午夜时分耿浩带领小分队终于靠近匪巢。

〔正当小分队准备进一步深入匪巢，壮族少年不慎踩断一根树枝，树枝断裂的声音在寂静的夜里格外引人注意。放哨的土匪寻着异响，发现了小分队战士。

〔匪巢里的土匪闻声而来，与小分队战士展开激烈的枪战。耿浩带领小分队且战且撤，在激烈的交火追逐中，耿浩把做了标注的地图交给壮族少年，他自己引开敌人，掩护小分队撤退。

〔耿浩朝土匪打了一排点射，引着土匪朝相反方向跑去。激战中耿浩中弹，倒在高高的山顶。众土匪一拥而上包围了耿浩。

〔杂技《摸哨 爬杆》《追逐 跑酷》。

〔场景转换。

〔村寨。

〔阳光照耀着一块木板。木板上画着天安门和国旗，旁边写着"共产党""新中国""解放军"。叶荔对着木板教村寨里的孩子们识字。教课结束的那一刻，叶荔忽然有一种不祥的预感。她让孩子们散去，自己则不安地朝寨子外面张望。

〔壮族少年从寨子外气喘吁吁地跑回来。

〔叶荔看见壮族少年马上紧张地迎上去。壮族少年见到了叶荔当即瘫倒在地上。叶荔惊住了，忙慌乱地问出了什么事。壮族少年未待开口，先放声大哭起来。

〔终于，少年止住哭声，向叶荔讲述了摸哨探敌、交火撤退、耿浩受伤被俘虏的情况。

〔叶荔悲痛万分，却强忍着心中巨大的悲痛问耿浩有没有东西让他带回来。

〔壮族少年这才记起耿浩让他一定要带回来的那份情报。他拿出情报交给叶荔。叶荔始终含着的眼泪流了出来，少年看见叶荔的泪光中充满了前所未有的坚强。

〔匪窟。

〔粗长的皮鞭带着刺耳的尖利声响，一下接一下狠狠抽打在耿浩的身上。耿浩强忍着剧烈的疼痛紧闭双唇，沉默地怒视土匪。

〔土匪司令奸笑着把曾泰拉过来，让曾泰亲眼看着耿浩被粗长的皮鞭抽打。

〔杂技《拷打 皮吊》。

〔面对着眼前受尽折磨的战友，曾泰努力表现得不动声色、镇定坦然。土匪司令让手下把耿浩的头慢慢抬起来，让耿浩看着曾泰，当耿浩与曾泰面对面的那一刻，土匪司令阴险地奸笑着将一把手枪递给曾泰。

〔所有的土匪都围在旁边狞笑着。所有的土匪都紧盯着曾泰的动作。所有的土匪都注视着曾泰手里的

〔那把枪。

〔曾泰紧握着枪，一步一步走向耿浩，他慢慢举起枪对准耿浩。

〔影像特技：（闪回）曾泰和耿浩并肩战斗的镜头。

〔所有的土匪都举起枪对准了耿浩……

〔心跳声犹如响雷般猛烈地敲击着大地。突然，雷声戛然而止，撕心裂肺的音乐轰然袭来，一抹血红色从天穹倾泻而下。依然只是在刹那之间，音乐以及世间所有的声响均消失了，世界仿佛凝固一般静止了……

〔在这个瞬间耿浩恍然自由了，原本捆绑在他身上的绳索脱落在地，粗长笨重的皮鞭无力地垂吊在一旁，阳光明媚绚烂，并且有歌声从远处飘来。

〔耿浩微笑着向我们走来，从黑暗走向光明，从残酷走向幸福，从痛苦走向快乐……

〔他绕过面前的曾泰，甚至让含笑的目光留在了曾泰脸上。

〔他绕过壮族少年，把满是欣慰的目光送给了壮族少年。

〔他一直走到叶荔面前，抬起双手伸向叶荔，伸向他心爱的恋人。

〔叶荔握住了耿浩的双手，握得很紧很紧。

〔终于，大红色的绸子飘扬在他俩周围，一圈又一圈把他俩缠绕在一起。终于，他俩翩然起飞，飞向苍穹。那时繁星满天，灿若瀚海，浩渺悠远，耿浩和叶荔相拥相偎着，美好而幸福地荡漾在繁星灿烂的苍穹。

〔杂技《向往　绸吊》。

〔一切皆渐渐消失了，空旷的世界只留下耿浩。耿浩庄严地举起右手向我们敬了最后的军礼！

〔老军人再次走进一束追光下。

老军人　（追上，冲着消失的耿浩喊）耿浩——耿浩牺牲了，倒在土匪的枪口之下。那年我的耿浩哥哥才刚满十九岁啊，多好的年华！要不是因为我，他不会倒在十九岁！那天我看见他负伤倒下，我应该回去和他在一起！我不该那么听话，让他把土匪引开……我的父亲、我的母亲、我的耿浩哥哥，都是被土匪杀害的。那一年的我，只有一个念头——报仇，消灭土匪，替耿浩哥哥报仇！

❧ 第四场 ❧

〔匪巢。

〔嘀嘀嗒嗒，秒表发出沉重焦灼的声响，秒表的每一次响动都牵动着曾泰极度敏感的神经。曾泰强忍着心中的痛苦和激愤，往枪膛里一发一发装填子弹。

〔影像特技：土匪杀百姓、烧寨子、抢粮食的画面不断浮现。

〔曾泰终于在枪膛里装满了子弹。当他站起身的时候，东方天际渐渐露出了鱼肚白，群山已经在云海中醒来，那连绵起伏的轮廓隐约可见。

〔总攻开始。

〔三发红色的信号弹升上天空照亮群山。冲锋号响起，队伍冲向山顶的匪巢。

〔杂技《剿匪　浪桥》《剿匪　钻圈》。

〔在战斗达到最高潮时，老军人从战火硝烟中向我们走来。

〔激烈的战斗场面在老军人身后渐渐远去。

〔激烈的枪声炮声在老军人身后渐渐消失。

〔弥漫的战火硝烟在老军人身后渐渐飘散。

老军人　远去了，七十年前那场艰苦卓绝的战斗。远去了，我亲爱的战友！后来我像你们一样参加了解放军，离开了这片大山。可我最想念的地方就是这里。头几年，无论再忙，我年年要回来，住上十天半月，看看你们，守着你们，和你们说说话。现在我老了，我天天梦见你们，梦见曾科长给我讲打仗的故事，梦见耿浩哥哥带着我打枪爬山，梦见叶荔姐姐教我读书认字……我一闭上眼睛，你们都来了，我呀就舍不得睁开眼，舍不得和你们分开！这次我回到这片大山，我要在这里陪着你们，再也不离开。我还要告诉今天的年轻人，当年，有一群和他们一样年轻的人，为了老百姓，为了我们，为了今天的幸福生活，把生命和青春永远留在了这里，留在了这片翠绿的大山中！

尾　声

〔故事中当年的曾泰、耿浩、叶荔，以及那些千千万万的英勇的解放军战士，他们矗立在大山顶上，他们像一群雕像永驻我们心间。

〔老军人拿出当年曾泰给他的解放军军帽，戴上，敬礼。

〔《我多想你还活着》歌起：

我多想你还活着，
像那金花茶，一朵一朵，
绽放在十万大山，
从峰峦直到绵延沟壑。
我多想你还活着，
像那红棉树一棵一棵，
屹立在十万大山，
依然那么年轻，朝气蓬勃。
多想你还活着，看烂漫春风，
多想你还活着，听婉转莺啼，
多想你还活着，畅怀饮酒，
多想你还活着，和姑娘热情对歌。
你们流干了青春的血，
你们燃尽了生命的火，
为了人间开满花朵，
历史天空永远记得，
用青春换来这阳光山河。

壮剧

苍梧之约

演出单位

广西戏剧院
梧州市演艺有限责任公司

内容简介

　　壮剧《苍梧之约》是以周恩来同志在梧州建立广西第一个中国共产党支部的革命历史为素材，以其中部分革命先烈为人物原型而进行的艺术再创作。该剧展现了林茗、叶洲、梁宿庭等一群热血青年党员，在敌友难分的第一次国共合作时期以及蒋介石发动"四一二"政变的白色恐怖时期，历经磨难与离散、牺牲与背叛，甚至在隐蔽战线"失去身份"的险恶绝境下，不改初衷，不怕牺牲，依旧至死不渝地追寻革命理想，为民族解放战斗终生的动人故事。

主创团队

编　　剧：冯柏铭　冯必烈
总 导 演：宫晓东
导　　演：龙倩
作　　曲：傅滔
唱腔设计：李勉新　刘艺
指　　挥：蔡央
形体导演：李理　李军　庞成珊
副 导 演：蒋金波
舞美设计指导：张武
灯光设计指导：王琦
服装设计指导：彭丁煌
多媒体设计指导：王之纲

音效设计指导：李来红
舞美设计：廖师捷
灯光设计：黄海洋
服装设计：阳晓青
化妆造型设计：黄海丽
道具设计：韦卫皇
音效设计：玉海明　杨乐
打击乐设计：陆明
表演指导：李林　赵雪君
声乐唱腔指导：唐佩珠　刘慧琦
合唱指导：华山　吴似梅　杨丹华
技　　导：谢德兴　赵宏强

主要演员

林　茗——哈　丹　杨丹华
叶　洲——吴勇志　莫丰华
梁宿庭——李　森　彭　浩
舒　云——赵华湘　龚湘玉
龙　飞——赵　迪　罗意伟
白砚琴——陈　慧　李金蓉

高　芒——莫丰华　王　朔
船老大——蒋　剑　霍雄光　杨　俊
云游僧——唐红友　薛　艺　隆　海
粤剧《胡不归》片段：
文萍生——元　军　李俊逸
赵颦娘——苏凤冰　龚湘玉

人　物

林　茗　女，22岁，广西第一个中国共产党支部执委。为本地印刷大亨的独生女，叶洲的恋人，曾与梁宿庭假扮夫妻，后为中学校长。

叶　洲　男，25岁，广西第一个中国共产党支部副书记。曾以茶商的身份游走于各地，林茗的恋人。

梁宿庭　男，24岁，中共党员。对外身份为《三江日报》主编，曾与林茗假扮夫妻执行任务。

舒　云　女，21岁，中共党员。对外身份为苍梧女子中学教师，与梁宿庭为恋人关系。

龙　飞　男，25岁，广西第一个中国共产党支部首任书记。

白砚琴　女，21岁，对外是新闻记者，实为国民党秘密情报人员。

高　芒　男，24岁，曾为中共党员。后叛变，成为国民党的特务头目。

歌　队　船老大、云游僧、船民、市民、士农工商学、特务若干。

❧ 序　幕 ❧

〔西江上，渔火点点。江对岸，隐隐可见骑楼交叠的河街下樯桅林立。

〔江这边的牛杂摊旁围坐着一群听众，在听船老大和一名云游僧讲古。

听　众　（合唱）苍梧之野，西江畔，明月清风，阅尽沧桑两老友，今夜相约论古今。

船老大　今天要讲的是汉朝时范巨卿和张劭的故事。二人本为过命的交情，曾约好某年重阳相会。但范巨卿因家中大事不断，竟然忘记了。

云游僧　范巨卿心急如焚，连忙请教高人。当他得知人的魂魄跑得最快，于是便当场自刎，让自己的魂魄及时赶至张家践约，以全信义！

听　众　（感慨地合唱）一诺千金，国族古风，信义真是比命还要紧。

〔此时，一个清亮而柔美的女声响起：

风啊，吹着你的帆，
月亮啊，照着你的船。
你从西江来，来自大革命的摇篮。
要在苍梧之野，把星星之火点燃。

〔歌声中，一条帆船从泛着波光的

江面上驶来……

〔顿时，整个舞台都被波光覆盖，然后从粼粼波光中涌现出几个大字：1925 年。

〔歌声中，波光消失，呈现出一座洋楼（大同旅社）的天台。

〔月光映照出几个青年人的剪影，他们在对着中国共产党党旗宣誓。

〔歌声毕，响起周恩来的声音：让我们相会于中华腾飞于世界之时！

众青年　（合唱）这是无悔的生死之约，
　　　　　　要用青春热血去实现，
　　　　　　我们广西第一个党支部，
　　　　　　是由恩来同志一手创建。

〔在众青年激昂的歌声后，复又响起那个清亮柔美的女声：
　　风啊，吹着你的帆，
　　月亮啊，照着你的船。

〔灯光渐暗。

·第一场·

〔苍梧之地，三江汇流处。

〔士农工商学各界、各族民众纷纷在此聚集，举行盛大的歌会。

所有人　（合唱）二七年的歌会胜往年，
　　　　　　只因国共两党大合作。
　　　　　　二七年的歌会好新鲜，
　　　　　　只因唱的都是革命歌。

〔以下为一问一答的对歌。

白砚琴　（唱）借问你，天下什么人最多？

高　芒　（唱）报知你，天下工农人最多。

舒　云　（唱）借问你，天下什么人最苦？

梁宿庭　（唱）报知你，天下工农人最苦。

白砚琴　（唱）借问你，天下什么人最恶？

龙　飞　（唱）报知你，天下列强最丑恶。

舒　云　（唱）借问你，天下什么人最狠？

高　芒　（唱）报知你，天下军阀最凶狠。

所有人　（激愤地合唱）
　　打倒列强，打倒列强，
　　除军阀，除军阀！
　　努力国民革命，努力国民革命，
　　齐奋斗，齐奋斗！

〔林茗风尘仆仆地走来，翘首以盼的叶洲连忙迎上。

叶　洲　快说说，你的电讯技术学得怎样？

林　茗　小女子不才，只考了个全班第二。

叶　洲　（高兴地）你了不起呀！

林　茗　你们才了不起呐！
　　（唱）我离开苍梧才仅仅半年，
　　　　　革命形势已是一派大好。

叶　洲　（唱）主要是两年来同志们努力，
　　　　　支部工作才有今天的成效。

林　茗　（唱）这场面犹如滚滚洪流不可挡，
　　　　　直奔人民当家做主的大目标。

高　芒　（猛然跃上高处，极富鼓动性地号召民众）我们上街！我们游行！打倒列强！打倒军阀！打倒欺压乡民的土豪劣绅！打倒那些洋奴买办资本家！

〔此言一出，本来就情绪亢奋的民众纷纷往城里涌去。

所有人　（激愤地合唱）
　　打倒列强！打倒列强！
　　除军阀！除军阀！
　　努力国民革命！努力国民革命！
　　齐奋斗！齐奋斗！

〔突然，一阵刺耳的枪声响起，许

多人当即倒在了血泊之中。

〔灯光骤暗。

〔只有惨白的月光照着凝结在地上像溪流一样的大片血迹。

〔高芒蹑手蹑脚地走来。

高　芒　（看着地上的血迹）血，血，血，凝结在地上的血，原来并不殷红，在月光下，有点黑……

〔高芒打了个寒战，紧紧地闭上了双眼。

〔高芒隐去，龙飞和叶洲出现在另一束光圈下。

叶　洲　（唱）四一二，四一二，
　　　　　蒋介石将革命背叛。
　　　　　苍梧地区也开始清党，
　　　　　行事毒辣，手段凶残。

龙　飞　（唱）无耻高芒已经投敌，
　　　　　而且他曾是你的下线，
　　　　　你必须立刻去广东，
　　　　　为请示上级，亦为避险。

〔交给叶洲一张纸条。

（白）这是联系方式，记住后马上销毁。

（接唱）虽说党组织已转入地下，
　　　　还必须得有个联络点。

叶　洲　（唱）我建议梁主编与舒云建立家庭，恰好他们既是同窗又在热恋。

龙　飞　（想了想，摇头）不妥！

（唱）他们两人都来自外地，
　　　会引人注目不太安全。
　　　而林茗出自本地豪门，
　　　与梁主编似可喜结良缘。

叶　洲　（一怔）这个……

龙　飞　（一笑）你不要紧张！

（唱）我说的是为工作假扮夫妻，

早晓得你与林茗倾心相恋。

叶　洲　（释然，唱）我没问题，服从组织安排。

龙　飞　你放心！

（唱）我已经征求过林茗的意见。

叶　洲　龙书记，你还有什么要吩咐的？

龙　飞　从今天起，所有党员之间，只可单线联系！

叶　洲　是！

〔切光。

〔渐渐地，天空中下起了丝丝小雨。

〔夜晚的西江边，野渡舟横。

〔身着旗袍的林茗撑着一把油纸伞，静静地守候在江岸上。

〔身着长衫的叶洲也撑着一把油纸伞走来。

〔两人四目相对，长久无语。只有马骨胡的弦音十分凄婉。

林　茗　（含着泪）你真的要走？

叶　洲　（也压抑着自己）要走。

林　茗　（快要哭出来了）我真的要嫁？

叶　洲　（努力保持平静）要嫁。

林　茗　（扭过头去）那你走吧！

〔叶洲无言以对，只好默默转身，向孤舟走去。

林　茗　（突然扔开雨伞，大喊一声）叶洲！
（追过去，扑在他的怀中，唱）
　　我不想，不愿，不肯你走。

叶　洲　（唱）我不可，不能，不得不走。

林　茗　（唱）此一别，也许是天长地久。

叶　洲　（唱）常言道，黑夜再长有尽头。

林　茗　（唱）我不想，不愿，不肯你走。

叶　洲　（唱）我不可，不能，不得不走。

林　茗　（唱）此一别，只怕是江湖路远。

叶　洲　（唱）再遥远，你也在我的胸口。

林　茗　（唱）西江的风啊，吹来一阵阵的忧。

叶　洲　（唱）苍梧的雨啊，点点滴滴都是愁。

林　茗　（重唱）叶洲，

　　　　　　　你走吧，我走了。

　　　　　　　你走吧，我走了。

　　　　　　　把你（我）的爱深埋在心底，

　　　　　　　牢记背约者的血海深仇。

　　　　　　　你走吧，我走了。

　　　　　　　你走吧，我走了。

　　　　　　　莫忘了那些牺牲的战友，

　　　　　　　莫忘了苍梧之约永不朽。

　　　　　　〔两人依依惜别。

叶　洲　（临登船前将一张纸条塞到林茗手中）如果你实在遇到无法解决的困难，在这些地方也许可以找到我。

林　茗　（眼含热泪）叶洲……

叶　洲　（郑重嘱咐）看完了销毁。

　　　　　〔林茗点头。

　　　　　〔叶洲乘舟远去……

林　茗　（目送着，唱）

　　　　　　　风啊，吹着你的帆，

　　　　　　　月亮啊，照着你的船。

　　　　　　　你从西江去，带走了我的思念，

　　　　　　　哥啊哥，我会等你到海枯石烂。

　　　　　〔灯光渐暗。

　　　　　〔突然，在一阵唢呐和喜庆的锣鼓声中，灯光大亮。

　　　　　〔原来，是一支迎亲的队伍簇拥着一顶花轿，沿着两旁都是骑楼的街道，欢天喜地、载歌载舞而来。

迎亲者　（两部合唱）

　　　　　　　树上的喜鹊叫呀叫不停，

　　　　　　　叫不停那个叫不停。

　　　　　　　一对璧人要呀么要成亲，

　　　　　　　要成亲那个要成亲。

　　　　　　　一个是《三江日报》大主编，

　　　　　　　大主编那个大主编。

　　　　　　　一个是印刷大亨小千金，

　　　　　　　小千金那个小千金。

　　　　　　　这真是门当户对结良缘，

　　　　　　　结良缘那个结良缘。

　　　　　　　还成了当地的最大新闻，

　　　　　　　大新闻那个大新闻。

　　　　　〔切光，一切归于沉寂。

　　　　　〔舒云出现在一束光圈下。

舒　云　（愁容满面地，唱）

　　　　　　　听说了一场轰动全城的婚礼，

　　　　　　　但新娘不是我，新郎却是你。

　　　　　〔随即，身着新郎礼服的梁宿庭出现在另一束光圈下。

梁宿庭　（安慰她，唱）

　　　　　　　如今特殊时期也是迫不得已，

　　　　　　　为了工作方便一切都是做戏。

舒　云　（担心地，唱）

　　　　　　　可是你的新娘那么美丽，

　　　　　　　切莫弄假成真将婚约背弃。

梁宿庭　（笑了笑，唱）

　　　　　　　傻姑娘，原来还是个醋坛子。

　　　　　　　我决不辜负你我的山盟海誓。

舒　云　（重唱）梁宿庭，

　　　　　　　忘不了当年留学相识东瀛，

　　　　　　　樱花树下撒下了爱的种，

　　　　　　　忘不了一同归来报效祖国。

　　　　　　　你立志办报，你热衷教育，

　　　　　　　盼只盼，白色恐怖赶紧过去。

　　　　　　　盼只盼，红色中国早日崛起。

　　　　　　　到那时，我俩方可相偎相依。

　　　　　　　再举行一场更加盛大的婚礼。

　　　　　〔两人慢慢地走向对方。突然，凄厉的警笛声响起。

　　　　　〔切光。

✦ 第二场 ✦

〔一幢临江的二层小洋楼——这是梁宿庭和林茗的"新居"。

〔薄暮时分，林茗正在二楼的书房摆弄一部发报机。

〔梁宿庭跑上楼来。

梁宿庭　（兴致勃勃地）林茗同志——

林　茗　（立马打断他）先生！你应该叫我太太！

梁宿庭　是！太太同——（忽然打了一下自己的嘴巴）瞧我这嘴！

林　茗　（唱）虽然你我只是名义夫妻，
　　　　　　却不能让外人看出破绽。
　　　　　　无论举止还是言谈，
　　　　　　都要养成良好习惯。

梁宿庭　对对对！

林　茗　刚才……你好像有什么事情要找我？

梁宿庭　啊！我找到了你要的发报机零件。

林　茗　（连忙接过）谢谢！

〔这时楼下传来女佣人的声音：先生，太太！有个姓舒的小姐要找你们！

梁宿庭　（一惊）她怎么来了？

林　茗　（冷静地对楼下）请她进来吧！

梁宿庭　（有些慌乱）这、这……这怎么可以？

林　茗　（笑了笑）你们分别得太久，我也正好有事要回娘家一趟，明晚回来。

〔林茗忙将发报机藏于隐秘处，然后下楼。

〔不一会儿，舒云就怯怯地来到楼上。

舒　云　（见梁宿庭满脸寒霜，不禁声音颤抖）宿庭……

梁宿庭　（疾言厉色地，唱）
　　　　　　曾说好了不要私下见面，
　　　　　　你怎么就敢将纪律违反？
　　　　　　如今特殊时期最忌盲动，
　　　　　　若出了事情你说怎么办？

舒　云　（马上就哭了）宿庭……
　　　　　　（唱）我想你想得不思茶饭，
　　　　　　　　　我想你想得肝肠寸断。
　　　　　　　　　原谅我吧，宿庭，
　　　　　　　　　我只想仔细看你一眼，
　　　　　　　　　看完了，这就走，
　　　　　　　　　哪怕此生再也不相见。

〔舒云说完就走，却被梁宿庭一把拉过，紧紧地抱在怀里。

梁宿庭　（不禁热泪盈眶）舒云啊！
　　　　　　（唱）日日夜夜，我何尝不想你，
　　　　　　　　　望穿秋水，望断云舒云展。
　　　　　　　　　心上人啊，今日短暂的分离，
　　　　　　　　　正是你我对未来的长久奉献。

〔这时又传来楼下女佣人的声音：先生！有人送来一束鲜花！

梁宿庭　好，你送上来！

〔梁宿庭迎到楼梯口接过鲜花，辨认了一下花的搭配和朵数，然后从花丛中找出一小卷纸条。他摊开纸卷，见上面无字，便拿出显影剂抹上。

梁宿庭　（看到纸条上的字，不禁轻呼一声）龙书记！
　　　　　　（随即，龙飞的画外音（亦可出现形象）响起：明日上午九时，在你处成立广西特委，以重振和壮大党的组织。

梁宿庭　（看完纸条，高兴得几乎跳了起来）

太好了！太好了！

〔舒云不知所以，也不敢问，只是跟着笑。

〔就在这时，只听得楼下传来似乎是破门而入的声音和女佣的尖叫。

〔机警的梁宿庭连忙将纸条塞进嘴里，嚼碎、生生咽下，拉起舒云就走。

〔但是高芒突然出现，并挡住了他们的去路。

高　芒　哈哈！想走后门？来不及了！

梁宿庭　（愤怒地，唱）你是何人？敢将民宅私闯！

高　芒　（微微欠身，唱）敝人高芒，本地清党组长。

梁宿庭　（唱）何谓清党？能否解释一二？

舒　云　（唱）快快出去，你找错了方向。

高　芒　舒小姐！
　　　　（唱）可还记得，两年前的歌会上，
　　　　你我曾经，充满激情地对唱。

舒　云　（唱）那时节革命的潮流浩浩荡荡，
　　　　莫非所有对歌人都是共产党？

高　芒　（唱）舒小姐没必要这样惊慌，
　　　　难道我说过你是共产党？
　　　　你这样急于辩解实在幼稚，
　　　　似可视为此地无银三百两。

舒　云　（唱）你简直就是血口喷人，
　　　　一派胡言，满嘴荒唐！

高　芒　（唱）你为人师表，婉约斯文模样，
　　　　何必如此刚烈，恶语把人伤？
　　　　其实只要能说清你俩的关系，
　　　　我也懒纠缠，从此各走一方。
　　　　比如说，他是你上线或下线，
　　　　组织间联络的方式又是怎样。
　　　　否则，
　　　　竹签会钉进你的纤纤玉指，

烙铁会印上你好看的面庞。
叹只叹我从来就怜香惜玉，
不愿看到如此血腥的惨相。

舒　云　（确实有些慌了）你……你在威胁我？！

梁宿庭　（连忙站出来）高长官！（唱）
　　　　请不要恐吓一个涉世未深的姑娘，
　　　　她只是我的学妹，前来把我探望。

高　芒　（唱）新婚燕尔，学妹来访，
　　　　确实有趣。我只想问，
　　　　你的新娘，现在何方？

梁宿庭　回娘家了。

高　芒　（唱）趁女主人不在，
　　　　小学妹前来暗访。
　　　　难道，难道，
　　　　你们是一对野鸳鸯？

舒　云　你放屁！

高　芒　（咧嘴一笑）这么说，你们仍然是同志关系了？

梁宿庭　高长官莫要开玩笑。

高　芒　（唱）我这人生来就缺乏幽默感，
　　　　只觉得这个故事极不寻常。
　　　　要不我们就等，等女主人归来，
　　　　来一出三堂会审，同把大戏唱。

梁宿庭　你莫等了，我太太今天不回来！

高　芒　你太太？
　　　　（唱）我仿佛记得她曾与叶洲相恋，
　　　　怎么突然间就成了你的新娘？
　　　　这一切巧合都应该有个答案，
　　　　她今天不回就等到明天晚上。
　　　　就这样，我和兄弟们在楼下等，
　　　　二位在楼上可以玩个痛快舒畅。

〔说罢高芒就要下楼，却被梁宿庭一把拽住，掏出几张银票塞到他手里。

高　芒　（一看）银票，什么意思？

梁宿庭　（唱）这种事情，闹出去实在脸上
　　　　　　无光，这些钱你先收下，以
　　　　　　后我再补偿。

高　芒　补偿？

梁宿庭　补偿补偿，一定补偿！

高　芒　那这些钱……我就先收下了。

梁宿庭　收下收下！

高　芒　那你的要求是……

梁宿庭　希望高长官高抬贵手，让舒小姐
　　　　及时回家！

高　芒　（哈哈大笑）梁大主编！
　　　　（唱）你终于肯承认，
　　　　　　确实在搞破鞋。

舒　云　（大怒，唱）
　　　　　住嘴！这是对包办婚姻的反抗，

高　芒　（唱）
　　　　　我就佩服你们这些有文化的人，
　　　　　这种烂事也能描绘得冠冕堂皇。
　　　　　好好好，今天我就做一个老好人，
　　　　　让你们共度良宵，并且不事张扬。
　　　　　（突然变脸）
　　　　　不过梁主编，你如此襟怀坦荡，
　　　　　倒让我有了更多的推测和想象。
　　　　　况且我上楼时看到你在吞咽什么，
　　　　　不知是上级指示还是组织的密档。
　　　　　不不，我还是要等它个水落石出。
　　　　　既收了银票，还须搞好后勤保障。
　　　　　你们吃喝不用愁，更可及时行乐，
　　　　　也许明天，会有一个惊喜的收场。
　　　　〔此时，黑夜已降临。
　　　　〔高芒哈哈大笑着下楼而去，梁宿
　　　　庭却如遭雷击般呆立原地。

舒　云　（冲上去猛捶着他的胸膛）你这个
　　　　书呆子！
　　　　（唱）为什么要承认我俩的关系？

　　　　　就应该坚持打死也不认账！

梁宿庭　（仿佛喃喃自语）没那么简单，没
　　　　那么简单……
　　　　（唱）我感觉高芒早知你的身份，
　　　　　难道是你的下线已经叛党？

舒　云　（唱）可我还没来得及发展下线。
　　　　　但这家伙嗅觉比猎犬还强。

梁宿庭　（唱）有可能他闻出这是联络点，
　　　　　似乎已为明天张开了大网。

舒　云　（意识到问题的严重性，不免声音
　　　　颤抖，小心翼翼地）事已至此，
　　　　你可不可以告诉我，上级的密件
　　　　里都说了些什么？

梁宿庭　（声音很轻，却是一字一句）明日
　　　　上午九时，在你处成立广西特委。

舒　云　（一听，先是怔住，然后猛抽了自
　　　　己两个耳光，唱）
　　　　　我该死，我该死，我该死！
　　　　　竟为了一己之私引来豺狼，
　　　　　犯下了不可饶恕的弥天大罪，
　　　　　将给党组织带来致命的祸殃。
　　　　　深深的悔恨啊　就像一把利刃，
　　　　　在一刀刀一寸寸割裂我的五脏。
　　　　〔舒云大哭，但又不敢放声，只好
　　　　压抑地继续抽自己耳光。

梁宿庭　（连忙一把捉住她的手，并将她搂
　　　　进自己的怀中，唱）
　　　　　云啊我的云，你只是一时任性，
　　　　　不要如此自残自责让我也心伤。
　　　　　想一想如何阻止特委前来赴约，
　　　　　危急时刻，更需要理性的光芒。

舒　云　对对对！
　　　　（唱）我们有办法通知赴约的同志，
　　　　　在窗台上将示警的鲜花摆放。
　　　　〔舒云想到此，便疯了一般扑向洋
　　　　楼的钢窗。但她很快发现，每一

扇窗户无论你如何使劲，都打不
开了。

〔这时传来高芒的哈哈大笑声：别
费劲了！

高　芒　（随后就出现在楼梯口，唱）
　　　　这幢洋楼，设计得实在是太安全。
　　　　一块铁片，就能从外面闩住钢窗。
　　　　而且砸碎玻璃，贼人也无法出进。
　　　　如果敢喊，就莫怪我手段太疯狂。
　　　　好好珍惜吧，春宵一刻值千金。
　　　　明天过去，一定又是灿烂阳光。

〔大笑着下楼而去。

舒　云　（唱）这帮畜生，
　　　　　　　已算计了所有的后路。

梁宿庭　（唱）这是软禁，
　　　　　　　让我们走不出这楼房。

舒　云　（唱）这个赌徒，
　　　　　　　他是赌我们明天有约。

梁宿庭　（唱）必须破局，
　　　　　　　绝不能让他如愿以偿。

舒云、梁宿庭　（重唱）
　　　　至暗时刻夜已深沉，
　　　　且离天亮不远。
　　　　不可让赴约的同志一步步踏近死亡。

梁宿庭　（突然想到，唱）
　　　　你留在这里，我冲出去。

舒　云　（唱）那他们一定会开枪，

梁宿庭　（唱）枪声正好可以报警。

舒　云　（唱）让我们一起面对死亡

〔舒云说干就干，拉着梁宿庭往楼
梯口冲去。

〔但谁知，两处楼梯口都有特务堵
住，而且都人手一根粗大的木棒。

众特务　（合唱）杀人有很多的方法，
　　　　　　　杀人不一定要用枪。
　　　　　　　还是好好活着吧，

活着比什么都强。

〔特务退下，舒云却被逼入了一种
疯狂的状态。她在屋子里到处转
悠，不一会儿，便右手拎着一桶
煤油，左手擎着一支红烛出现在
仍在急速踱步的梁宿庭面前。

梁宿庭　你这是干什么？

舒　云　（神经质地笑着）我们结婚吧！

梁宿庭　结婚？

〔舒云将煤油浇在前后楼梯口，然
后将红烛点燃。

舒　云　（双手捧着红烛，单膝跪到梁宿庭
的面前）你愿意娶我吗？

梁宿庭　你的意思……

舒　云　你不是要给我一场最盛大的婚礼
吗？

梁宿庭　（忽然明白过来，连忙也单膝跪
下，握住舒云的双手）
　　　　愿意，我愿意！

〔梁宿庭从舒云的手中郑重地接
过燃烧的红烛，镇定地一步步走
向楼梯口，微笑着将前后楼梯口
一一点着。

〔火苗"轰"的一声便蹿得老高……

〔楼下立刻有人惊叫：着火了！着
火了！

〔高芒马上斥责：什么着火？他们
这是在放火！

高　芒　（冲到楼梯口，却只能隔着火焰狂
喊）疯子！疯子！

舒云、梁宿庭　（哈哈大笑，重唱）
　　　　让流泪的红烛做我们的伴娘，
　　　　让冲天的烈焰做我们的伴郎，
　　　　这是全天下最盛大的婚礼，
　　　　可称前无古人，举世无双。
　　　　欢快地舞蹈，热情地歌唱，

我们要做一对涅槃的凤凰。
烧吧烧吧，烧掉一个旧世界，
新的世界，一定会灿烂辉煌！
〔隔着冲天的烈焰和滚滚的浓烟，
我们隐约可以看见，舒云和梁宿
庭在跳着欢快的华尔兹……
〔切光。
〔电话铃声。
〔黑暗中，白砚琴在打电话。

白砚琴 社长！
（唱）这绝对是本埠最大的新闻，
一对痴心的恋人殉情自焚。
（旁唱）舒云啊，我的闺中密友。
怎么会，干出这种事情。
没想到，你还是个烈女。
你让我羞愧，让我伤心。
〔忽然，许多市民人手一份报纸奔
走在街道上……

众市民 （合唱）桃色新闻，桃色新闻，
三角恋竟使惨剧发生。
〔又有许多赴约者匆匆而来，看着
远处仍在燃烧的洋楼。

赴约者 （合唱）这一场大火来得实在蹊跷，
本次特委会看来已开不成。
〔这时，神色张皇的林茗跑来。

众市民 （驻足，合唱）
就是她，就是她，这个妒妇，
逼死了一对追求自由的爱人！

林　茗 （突然大哭，唱）
宿庭啊，你这个死鬼，
为何要如此辱没斯文！
舒云啊，你这个妖精，
为何要勾引我的夫君！

赴约者 （驻足，合唱）
就是她，就是她，这个叛徒，
为私情她出卖了自己的灵魂！

〔一切隐去，舞台上只剩下孤独、
委屈、泪眼蒙眬的林茗。

林　茗 （唱）
凄凄惨惨，悲悲切切，孤苦伶仃，
千夫所指，万人唾骂，何以安身？
舆论的嘲言讽语，尚可一忍再忍，
但同志们的怀疑，让我五内如焚。
我要顺流而下，找遍每一座茶庄，
哪怕道阻且长，也要寻觅你身影。
〔灯光渐暗。
〔晨曦渐渐勾勒出一座茶棚的轮廓。
〔茶棚上，有"六堡茶"的字样。
茶棚下，龙飞正在密会叶洲。
〔但两人长久地相对无言，只有马
骨胡的弦音暗哑而沉郁。

龙　飞 （心情无比沉重地，唱）
一定是出了内鬼，才导致二人牺牲。
而梁宿庭唯一的上线，就只有林茗。
而出事的那晚，她恰巧离开了现场，
这其中的谜团，一时间谁也说不清。

叶　洲 （唱）
梁宿庭的下线舒云，已经无法作证。
如今的怀疑对象，只剩下一个林茗。
盲目接头，势必会暴露更多的同志。
我一定会严守纪律，还请书记放心。

龙　飞 （唱）
按照上级布置，还须重建广西特委。
但这次的会议的选址，要加倍谨慎。
〔两人正说着，林茗突然出现在他
们面前。

林　茗 （气喘吁吁地）叶洲啊叶洲，你让
我找得好苦啊！

叶　洲 （却猛地站起）你是谁？我怎么不
认识你？

林　茗 （惨笑，唱）是啊，你是不该认识我，
我已是一个被唾弃的人。

　　　　　　但你总得给我一点时间，
　　　　　　让我把那天的事情说清。

叶　洲　（摇摇头，叹息一声）说不清了，
　　　　说不清……
　　　　〔突然一个声音传来：怎么说不清？！
　　　　接着只见高芒带着几名特务，从
　　　　林茗上场的方向走来。

叶　洲　（惊呼一声）高芒！

高　芒　（得意扬扬地）叶副书记，你可是
　　　　我曾经的上级，应该不会否认自
　　　　己的共产党身份了吧？

叶　洲　（怒喝）你这个叛徒！（掏出枪来就打）
　　　　〔一场枪战旋即在茶棚前爆发。龙
　　　　飞为保护叶洲不幸中弹。危急时
　　　　刻，从茶庄里冲出几名伙计，帮助
　　　　龙飞等人将特务击退。但龙飞却因
　　　　流血过多而昏迷过去。

叶　洲　（悲呼）龙书记……
　　　　〔切光。
　　　　〔黑暗中，满身是血的叶洲在前面猛
　　　　走，跌跌撞撞的林茗在后面紧跟。

林　茗　（一个前扑，终于抱住了叶洲的一
　　　　条腿，唱）你不要走，不要走，你
　　　　听我说。

叶　洲　（唱）说什么？
　　　　　　说你是怎样引来敌人？

林　茗　（唱）没有，没有，
　　　　　　我是被他们跟踪。

叶　洲　（唱）为什么？
　　　　　　难道你已经向他招认？

林　茗　（唱）或许他，
　　　　　　早查明我俩曾经相恋，
　　　　　　那天我离家，
　　　　　　只为了成全舒云。

叶　洲　（越来越生气，唱）
　　　　　　你不要说了，

　　　　　　越说越让我起疑心。
　　　　　　你可知晓，
　　　　　　龙书记是因你而牺牲？

林　茗　（唱）
　　　　　　是的，我有错，我不该擅离职守。
　　　　　　可是关心同志，算不算人之常情？

叶　洲　（唱）
　　　　　　问世间情为何物，直叫生死相许。
　　　　　　我也有错，不该告诉你我的行踪。

林　茗　（唱）
　　　　　　事已至此，我不会轻易原谅自己。
　　　　　　可我们，毕竟是有血有肉的凡人。

叶　洲　（唱）
　　　　　　但非常时期，凡心一动便血雨腥风。
　　　　　　况且你这一面之词，目前无人作证。
　　　　　　你走吧，我们就此别过，各自江湖。
　　　　　　我还是我，你还是做你的豪门千金。
　　　　〔叶洲愤然离去，只剩下林茗呆立
　　　　原地。
　　　　〔舞台背景渐渐显现出蜿蜒的西江
　　　　和满眼荒凉的苍梧之野。

林　茗　（唱）
　　　　　　你走了，带着一腔怒气和怨恨。
　　　　　　我不走，我有满腹冤屈无处申。
　　　　　　我想死，我要投入这滚滚波涛，
　　　　　　让西江水把我身上的污垢洗清。
　　　　〔林茗慢慢地向着波光中走去，但
　　　　冷水的刺激使得她猛然清醒。
　　　　（接唱）
　　　　　　不，我不能就这样白白地死去，
　　　　　　我要用余生去寻找暗藏的敌人。
　　　　　　只叹我已经被组织和亲人抛弃，
　　　　　　我的清白和忠诚又有谁来作证？
　　　　〔恰在此刻，一只孤雁的哀鸣声从
　　　　夜空中传来。

林　茗　（闻之，泪流满面，接唱）

哀哀雁鸣，声声不绝，
缭绕萦回，苍梧之野。
此刻我何尝不是失群孤雁，
仿佛迷路的孤儿面对黑夜，
从此后就如同断线的风筝。
飘荡在茫茫天宇何其凄切，
可是我，忘不了苍梧之约，
忘不了风吹帆影西江的月。

忘不了那激情张扬的歌会，
忘不了战友们流淌的鲜血。
我要背负起烈士们的遗愿，
孤身涉险也要勇敢地面对，
我的理想和信念无须作证，
逆风而行恰好让旌旗猎猎。
〔在悲壮而激昂的音乐中，切光。

第三场

〔西江上，渔火点点。江对岸，隐隐
可见骑楼交叠的河街下檐桅林立。
〔江这边的牛杂摊旁围坐着一群听
众，在听船老大和一名云游僧讲古。

听　众　（合唱）
　　苍梧之野，西江畔，明月清风，
　　阅尽沧桑两老友，
　　今夜相约论古今。

船老大　话说十年前国共合作，大革命那
　　是闹得轰轰烈烈。可是，国民党
　　翻脸竟如同翻书。一时间，共产
　　党人的鲜血染红了西江之水。

云游僧　谁又知，世事无常。这十年刚过，
　　国民党又与共产党谈起了合作。
　　这真是：渡尽劫波兄弟在，相逢
　　一笑泯恩仇。

听　众　（感慨地合唱）
　　倭寇猖狂，全面侵华，
　　再打内战，中国要亡。
〔随着歌声，整个舞台都被波光覆
盖，然后从波光中涌现出几个大
字：1937年。
〔波光消失，随之响起《抗日军政
大学校歌》（男女声合唱）：
　　黄河之滨，集合着一群，

中华民族的优秀子孙。
人类解放，救国的责任，
全靠我们自己来承担。
〔林茗指挥着一群中学生高唱《抗
日军政大学校歌》，排列着整齐的
队伍走进了八路军驻桂林办事处
的院子里。
〔几名坐在办公桌前负责接待的八路
军男女军官连忙微笑着站了起来。

男军官　林校长，您为我们延安输送了好
　　几批学生。我们八路军驻桂林办
　　事处应该好好感谢您啊！

林　茗　这是我应该做的。

女军官　（招呼众学生）同学们，你们跟我
　　来登记！
〔众同学排着队、唱着歌，跟着女
军官走了。男女声合唱：
　　同学们，努力学习，
　　团结紧张，严肃活泼，
　　我们的作风。
〔歌声渐渐远去：同学们，积极工
作，艰苦奋斗，英勇牺牲，我们
的传统。

男军官　（目送着同学们的背影）林校长，
　　听说您刚刚就任苍梧中学校长时，

就曾多次带领学生上街游行，呼吁团结抗日，是我党真正的朋友。

林　茗　方主任，我跟您说过多次了，我不是什么朋友，我就是党的人！

男军官　（嘿嘿笑着）林校长，至于您说的这个党籍问题嘛，因为当时广西特委蒙难的情况不明，您的上级龙飞又已牺牲，实在无人证明……

林　茗　（连忙）有人有人，有人证明！

男军官　谁？

林　茗　（兴奋地，唱）
　　　　他创建广西第一支部，
　　　　还亲自带领我们宣誓。
　　　　他字翔宇大名叫恩来，
　　　　我是执委他一定认识。

男军官　您是说周副主席？

林　茗　就是他，就是他！

男军官　（不禁笑了）如今国共合作刚刚起步，周副主席正在四处奔忙。别说您了，就是我们也没法找到他，又怎么让他来证明您的身份呢？

林　茗　（无限失落）那我怎么办？

男军官　（叹息一声）十年了，您与上级党组织的联络实在是中断得太久。像这种情况，即便是周副主席在……依我看，您也只能算被动脱党了。

　　　　〔此言一出，犹如一记重锤，重重地砸在林茗的头上。

　　　　〔这时像是一对情侣的两个青年男女手拉着手走到男军官面前。

情　侣　（异口同声）长官！我们也想去延安，我们也要当八路军！

　　　　〔郁闷的林茗低头转身，却突然看到一双熟悉的眼睛——竟是叶洲。

林　茗　（看到叶洲，不禁扑上去抱住他号

陶大哭）叶洲啊叶洲……

　　　　（唱）你，你当年曾经是我的上级，
　　　　　　　你可以作证，可以为我作证。

叶　洲　（唱）你刚才的对话，我听得分明，
　　　　　　　你没有放弃，仍在坚持斗争。

林　茗　（唱）那你去，你去跟他们说清楚。

叶　洲　（唱）我也曾来过这里，亦无定论。

林　茗　（唱）这么说，你也成了被动脱党？

叶　洲　（唱）失去龙飞，我也是断线风筝。

　　　　〔这时，身着国民党军服的高芒走进院子。

高　芒　（一见叶洲，便热情地打招呼）哎呀叶副书记，你也从香港回来了？

林　茗　（立刻打断他）高处长，你想干什么？

高　芒　干什么？我到这里，当然是商谈两党合作的事宜了。

林　茗　合作？只怕没安什么好心吧？

高　芒　哎呀林校长，您也太记仇了！
　　　　（唱）当前国共合作，精诚团结最吃香。
　　　　　　　从前的老皇历，可以扔到太平洋。
　　　　　　　您沐浴欧风美雨，又是破译专家。
　　　　　　　只需加入本党，远胜当个教书匠。

林　茗　（暗讽，唱）
　　　　经历过某些人的失约与背叛，
　　　　我对贵党承诺早已不抱幻想。

高　芒　（大恼，唱）
　　　　你不过是个被共产党抛弃的人，
　　　　又何必惺惺作态，自我膨胀？

叶　洲　（回敬，唱）
　　　　如今全民抗战，召唤铁血儿郎，
　　　　望尔莫再朝秦暮楚，挺直脊梁！

　　　　〔叶洲怼罢，便拉着林茗扬长而去。

高　芒　（大怒，冲着他们的背影）什么东
　　　　西？不识抬举！

〔切光。

〔在优美而舒缓的音乐中，灯光变
　幻，渐显出美丽的漓江。

〔林茗和叶洲站在一架长长的竹排
　上，正顺流而下（景走人不动）。

〔但两人心情压抑，无心观赏沿途
　的美景。

林茗、叶洲　（重唱）

　　　　江山如画卷，两岸飞绿烟。

　　　　身似南归雁，心比秋水寒。

　　　　失却了，曾经的苍梧之约，

　　　　竟如同飘荡的游魂一般，

　　　　寂寞，孤单，惆怅，茫然，

　　　　但心中仍然有燃烧的火焰。

林　茗　（唱）这些年，凄风苦雨你如何挨？

叶　洲　（唱）流亡香港，在努力为红军募捐。

林　茗　（唱）你是否，仍在怀疑我的清白？

叶　洲　（唱）是我当时冲动，让你受屈含冤。

林　茗　（唱）等你这句话，已经等了十年。

叶　洲　（唱）有缘之人，经得起时光的磨难。

林　茗　（唱）无论多委屈，而今随风消散。

叶　洲　（唱）唯愿与你结伴，一路走到永远。

林茗、叶洲　（重唱）即便天地间从此无人
　　　　　　　　作证，也决不放弃那
　　　　　　　　无悔的信念。

林　茗　（唱）忘不了，忘不了苍梧之约，

　　　　　　忘不了啊，忘不了。

　　　　　　忘不了风吹帆影西江的月，

　　　　　　忘不了啊，忘不了。

　　　　　　忘不了那激情张扬的歌会，

　　　　　　忘不了啊，忘不了。

　　　　　　忘不了战友们流淌的鲜血，

　　　　　　忘不了啊，忘不了。

叶　洲　（唱）龙书记的遗言仍飘荡耳边，

　　　　　　一定要寻找出当年的内鬼。

林　茗　（唱）据我所知，有个记者叫白砚琴，
　　　　　　是舒云的闺中好友，交往密切。

叶　洲　（唱）既有此线索，回到苍梧莫迟疑。
　　　　　　须穷追到底，为舒梁二人昭雪。

林　茗　（唱）绝不让纯洁的生命枉受摧残，
　　　　　　哪怕前路坎坷悲壮而惨烈。

　　　　　　忘不了，忘不了苍梧之约，

　　　　　　忘不了啊，忘不了。

　　　　　　忘不了风吹帆影西江的月，

　　　　　　忘不了啊，忘不了。

　　　　　　忘不了那激情张扬的歌会，

　　　　　　忘不了啊，忘不了。

　　　　　　忘不了战友们流淌的鲜血，

　　　　　　忘不了啊，忘不了。

〔灯光渐暗。

〔随着旖旎的音乐，一间悬挂着巨
　大水晶吊灯的欧式大厅赫然显现。

〔这里正在举行舞会，几乎所有当
　地有头有脸的人物都聚集于此。

〔打扮得时髦得体的林茗挽着西装
　革履的叶洲走进大厅，恰好看到
　高芒在与白砚琴共舞。林茗与叶
　洲迅速地交换了一下眼神，然后
　也步入舞池，用曼妙的舞步慢慢
　地向他们靠拢，以便就近观察。

高　芒　（一边跳舞一边对白砚琴谄媚地，唱）

　　　　白小姐莫非吃了仙丹？

　　　　十年过去一点也没变！

白砚琴　（揶揄地，唱）

　　　　不像你拼着命往上爬，

　　　　却让岁月沧桑爬上脸。

高　芒　（企图勾引，唱）

　　　　谁像大记者优哉优哉，

　　　　连个恋爱都不跟我谈。

白砚琴　（有些不悦，唱）

我是独身主义自由派，
奉劝你不要一厢情愿。

高　芒　（干脆明言，唱）
是不是舒云刺激了你，
才将花容月貌付流年？

白砚琴　（有些着恼，唱）
我只是不愿为情所困，
还请你休要信口胡言！

高　芒　（也急了，唱）
我如今已经为你离婚，
请不要让我如此难堪。

〔白砚琴甩开高芒，走向了自己的座位。

林　茗　（随即跟了过去）白小姐，你好！

白砚琴　（诧异地）你认识我吗？

林　茗　听舒云说过，你是她最好的朋友。

白砚琴　你认识舒云？那你是——

林　茗　十年前，我是梁宿庭的妻子。（拉过叶洲）而现在，叶洲是我的丈夫。

白砚琴　叶洲？（不禁倒吸一口凉气，唱）
来了来了，该来的终究要来。

林　茗　（唱）为什么，她的脸色这样苍白？

叶　洲　（唱）舒云当年，并没有发展下线，
她如此慌乱，按理说不应该。

白砚琴　（三重唱）来了，来了，来了，

该来的终究要来。

林　茗　（三重唱）为什么，为什么，
她的脸色这样苍白？

叶　洲　（三重唱）她如此慌乱，
按理说不应该。

〔突然，高芒冲了过来，一副挺仗义的样子，开口就大声嚷嚷。

高　芒　（唱）舒云的死，与白小姐无关。
若要寻仇，只管冲着我来。

〔场上的人立刻就停下了舞步，用诧异的目光看着他们。

场上所有人　（合唱）
说什么死，说什么仇，
难道又有哪个想不开？
如今国共合作刚起步，
就要团结一心向前迈。

林茗、叶洲　（重唱）
高芒显然是欲盖弥彰，
白砚琴却是诡谲难猜。
无铁证岂可贸然出手，
为大局宁将疑虑深埋。

〔舞曲重新响起，舞步依然曼妙，但一瞬间所有人都成了剪影。
〔在晦涩而怪异的音乐中，灯光渐暗。

第四场

〔在滴滴答答的电报声里，从粼粼波光中涌现出一行大字：1940年。
〔在舞台一角的书桌旁，叶洲专注地看着正在监听电台发报的林茗。
〔听了一会，林茗放下耳机，在笔记本上快速地记录着……

叶　洲　（关切地）你发现了什么？

林　茗　（唱）

我发现本地的国民党情报部门，
在与日本驻港特高科频繁联系。

叶　洲　（唱）
抗战相持阶段居然还有人通敌，
我看情报处长高芒最值得怀疑。

林　茗　（点头，唱）
此人从来就只爱喝酒，逛窑子，
没想到近来却突然迷上了桂剧。

叶　洲　（笑了，唱）

是不是我们也得变成一名戏迷，
只要天天去说不定会发现奇迹。

林　茗　（站起来）好，我们天天去看戏！

〔在"急急风"的锣鼓声中，灯光
变幻。

〔只见舞台后部的戏台上，正在上
演一出武打戏。

〔叶洲和林茗来到观众席的后面，但
没看戏，只关注观众的一举一动。

〔不一会儿，就见高芒摇摇晃晃地
走了进来，在中间靠近过道的位置
上坐下。

叶　洲　（悄声地）这是第三天，他又来了，
还坐在老地方。

林　茗　（对着叶洲的耳朵）盯住他！看他
今天会不会有异常举动。

〔高芒看了一会儿戏，然后便将一
样东西偷偷地递向他身边的一个
中年男子。

〔此刻，叶洲早已悄悄地靠近高芒
的身后，见时机成熟，便冲上前
去，劈手夺过那东西，再展开一
看，竟是一幅地图。

叶　洲　好哇高芒！身为情报处长，你竟
然向日军提供苍梧地区的守军部
署图。

高　芒　（只稍稍一愣，便反应极快地一
把抓住叶洲的手）快说，你这份
地图是从哪里偷来的？（掏枪）来
人！把这个汉奸给我抓起来！

〔谁知这时从旁边伸出一只女人的
手，一把夺过地图。

叶洲、高芒　（几乎同时）白小姐？！

〔白砚琴不慌不忙地掏出一支打火
机，先将地图点着，然后再用燃

烧的地图点上一支香烟。

叶洲、高芒　（目瞪口呆地看着）你……

白砚琴　（笑了笑，唱）

这不过是一张普通的地图，
二位又何必为此伤了和气？
再说闹出去对谁也没好处。

（对围观的观众）

散了吧散了，今天没好戏。

〔但是，仍有许多不识趣的观众在
伸长脖子等着看好戏。

〔高芒大怒，当即便冲天连开两
枪。观众及台上的演员顿时作鸟
兽散。

高　芒　（冲白砚琴一拱手）佩服！（便冲出
了剧场）

叶　洲　（对白砚琴，唱）

白小姐，你这是在和稀泥。

白砚琴　（唱）我只是怕他将你当场击毙。

林　茗　（唱）可是你明明看到高芒通敌。

白砚琴　（唱）但一时的冲动只能是送死。

叶　洲　（唱）那你的意思还是为了救我？

白砚琴　（唱）因为我还欠一份姐妹情谊。

林　茗　你是说舒云？

白砚琴　对！

林　茗　（唱）我早就怀疑，是你出卖了舒云。

白砚琴　（唱）谈不上出卖，只能算职责所致。

林　茗　那你……

白砚琴　（唱）那是一九二五年的歌会上。

我结识了温柔善良的舒云。
我们意气相投，向往革命，
交往中也揣摩到她的身份，
但纯洁的她做梦也没想到，
我却是国民党的秘密特工。
两年后，国共两党起纷争，
职责所致，我上报了实情。
没想到高芒急于邀功请赏，

竟活生生逼出了两条人命。
虽然我当即就发了新闻稿，
客观上替舒云传递了警信。
但多年来，我的良心不安，
痛苦在日夜煎熬我的灵魂，
而且，随着岁月无情消逝，
背负的罪恶感也越来越沉。

林　茗（唱）

当年各为其主，如今合作共赢，
你应该将负罪感化作报国之情。
国民党投降派已露出丑恶嘴脸，
他们缔约是假，"毁约"是真。

叶　洲（唱）高芒一直都在勾结日本人，
　　　　　　看来欲将情报网拱手相送。

白砚琴（唱）他什么都卖，绝不会白送，
　　　　　　毫无信念，一肚子生意经。
　　　　　　我曾暗地里查过他的账户，
　　　　　　发现有许多的钱来路不明。
　　　　　　这家伙简直就是厚颜无耻，
　　　　　　竟然还敢对我纠缠个不停。

叶　洲（唱）你是否可以利用这一点，
　　　　　　约他到僻静无人的江滨？

林　茗（唱）如今事态紧急刻不容缓，
　　　　　　为国除奸是我们的责任。

白砚琴（毫不犹豫地）好！
　　　〔白砚琴向林茗和叶洲伸出手来，
　　　　三人的手终于又握在了一起。

林茗、叶洲、白砚琴（三重唱）
　　　　　　十五年后，再度同唱一支歌，
　　　　　　河山依旧，我们都是中国人。
　　　〔灯暗。
　　　〔当灯光再度亮起，已是西江边的
　　　　僻静无人之处。高芒在引颈张望。

高　芒（心中窃喜，唱）常说水滴石亦穿，
　　　　　　　　　　好女也怕赖汉缠。
　　　　　　　　　　此处无人真方便，

　　　　　　　　　定将生米变熟饭。
　　〔白砚琴嘴里叼着一枝野花悠然而来。

高　芒（连忙迎上去）白小姐！

白砚琴　哈，你还真来了！

高　芒（唱）那天相逢在戏园，
　　　　　　你施巧计把场圆。
　　　　　　从此知晓妹有意，
　　　　　　哥哥爱你敢花钱。
　　〔高芒说着就要送上一摞钞票，却
　　　被白砚琴伸手挡住。

白砚琴　慢着！
　　（唱）我心中始终有个疑团，
　　　　　挥之不去总让我失眠。
　　　　　你究竟用了什么手段，
　　　　　让舒云死得如此凄惨。

高　芒（唱）这事儿可真的不怪我，
　　　　　　就怪你那朋友死心眼。
　　　　　　我发誓没碰她一根指头，
　　　　　　但我怀疑那是个联络点。
　　　　　　我只想张网以待捉大鱼，
　　　　　　为党国情报事业作贡献。
　　〔这时，叶洲和林茗出现。

叶　洲（唱）看来你这个无耻的叛徒。
　　　　　　还真是死心塌地当鹰犬。

高　芒（一看，慌了）呃、呃！（对白砚
　　　琴）你该不会约了他们，来为你
　　　的朋友寻仇吧？

白砚琴、叶洲、林茗（同唱）
　　　　　　有旧恨，也有新仇，
　　　　　　今天一起做个了断。
　　　　　　我们代表中国人民，
　　　　　　来处决你这个汉奸。
　　〔叶洲和林茗掏出枪来。高芒一
　　　看，连忙闪电般搂过白砚琴挡在
　　　身前，并迅速地从靴筒里抽出一把
　　　匕首，将其架在白砚琴的脖子上。

高　芒　（狞笑着，唱）

　　　　开枪啊开枪，赶紧开枪，
　　　　别欺我高芒没见过世面，
　　　　竟然还跟我玩起了美人计，
　　　　难道就不怕美人血花四溅？

白砚琴　（也在喊）开枪啊，开枪！

　　　　〔叶洲和林茗却左右为难，唯恐伤
　　　　着白砚琴。

　　　　〔这时，不远处传来嘈杂的人声：
　　　　那边！那边！

　　　　〔危急关头，白砚琴抓住高芒的
　　　　手，奋力将匕首往自己的脖子上

抹去。

　　　　〔白砚琴倒下的同时，叶洲和林茗
　　　　的枪声响了。

　　　　〔高芒惨叫一声，倒在了血泊中。
　　　　但很快，几名特务就冲了过来。

　　　　〔叶洲和林茗连连开枪，特务们纷
　　　　纷倒地。

　　　　〔可是在最后一名特务倒地前，叶
　　　　洲为掩护林茗也不幸中弹。

林　茗　（抱着满身是血的叶洲，悲呼）叶
　　　　洲——！

　　　　〔在悲壮的音乐中，切光。

❧ 尾　声 ❧

　　　　〔西江上，渔火点点。江对岸，隐隐
　　　　可见骑楼交叠的河街上樯桅林立。

　　　　〔江这边的牛杂摊旁围坐着一群听
　　　　众，在听船老大和一名云游僧讲古。

听　众　（合唱）

　　　　苍梧之野，西江畔，明月清风，
　　　　阅尽沧桑两老友，今夜相约论古今。

船老大　话说抗战胜利没过多久，国民党
　　　　就挑起内战。但只不过三年多，
　　　　解放军就所向披靡，击溃了号称
　　　　有八百万军队的国民党军，各位
　　　　可知为何？

云游僧　常言道，得民心者得天下。抗战
　　　　胜利，国民党接收大员只管敛财。
　　　　后来，又强发金圆券，这简直是
　　　　在抢苍生百姓的钱哪！

听　众　（感慨地合唱）

　　　　蒋家王朝，逆天而行，
　　　　毫无信义，腐朽透顶。

　　　　〔随着歌声，整个舞台都被波光覆
　　　　盖，然后从波光中涌现出几个大

字：1949 年。

　　　　〔众人隐去，灯光大亮。

　　　　〔只见骑楼交错的街市上，到处红
　　　　旗飘扬，人们在敲锣打鼓地欢庆
　　　　解放。

　　　　〔士农工商学各界、各族民众纷纷
　　　　在此聚集，举行盛大的歌会。

　　　　〔以下为一问一答的对歌。

女　声　（合唱）借问你，什么人今天最开心？

男　声　（合唱）报知你，老百姓今天最开心。

女　声　（合唱）借问你，什么人今天最伤心？

男　声　（合唱）报知你，昔日的列强最伤心。

女　声　（合唱）借问你，什么人才是大英雄？

男　声　（合唱）报知你，解放军才是大英雄。

女　声　（合唱）借问你，什么人才是大救星？

男　声　（合唱）报知你，共产党才是大救星。

　　　　〔林茗走在欢庆胜利的人群中，满
　　　　含热泪地追忆着牺牲的战友。

林　茗　（唱）苍茫大地，苍凉百年，
　　　　　　　苍天有眼，换了人间。
　　　　　　　怆然涕下，沧海桑田，

苍梧之约，犹在眼前。
魂兮归来呀，我牺牲的战友，
快来践约吧，重温往日誓言。
相会于中华腾飞于世界之时，
这是我们共同的使命和信念。
魂兮归来呀，我牺牲的战友，
第一支部的星火，已经燎原。
心是共产党人，担当没有变，
虽然无人作证，初衷却依然。
看八桂大地，处处红旗招展，
永远辉映着你们的青春笑脸。

〔在林茗的呼唤下，龙飞、舒云、
梁宿庭等人，以及那些牺牲的战
友和工农大众——出现。

林茗（领唱）、**众英魂**（合唱）

忘不了，忘不了苍梧之约，
忘不了啊，忘不了。
忘不了风吹帆影西江的月，
忘不了啊，忘不了。
忘不了那激情张扬的歌会，
忘不了啊，忘不了。
忘不了战友们流淌的鲜血，
忘不了啊，忘不了。
风啊，吹着你的帆，
这是最后的斗争，
月亮啊，照着你的船，
团结起来到明天。

场上所有人（合唱）英特纳雄耐尔，
就一定要实现！

〔谢幕音乐：《国际歌》。

话剧

漓水烽烟

演出单位

广西群众艺术馆

内容简介

　　话剧《漓水烽烟》以中国著名戏剧家、教育家、广西省立艺术馆（现广西壮族自治区群众艺术馆）首任馆长欧阳予倩先生于 1938 年至 1946 年期间，在桂林筹建广西省立艺术馆及发起组织西南剧展的非凡历史为故事主线，通过话剧塑造了"中国话剧的奠基人之一"欧阳予倩鲜明的人物形象，彰显了欧阳予倩"戏剧抗战"的家国情怀及挺身救国的高尚品格。

主创团队

编　　剧：蔺永钧　李　晟　　　　　音响设计：黄方俊
导　　演：李伯男　刘　昊　　　　　服装设计：胡晓辉
作　　曲：于　力　　　　　　　　　化妆设计：刘　娜
舞美设计：陈继远　　　　　　　　　道具设计：黄俊添
灯光设计：孔庆潮

主要演员

欧阳予倩——张　帅　　　　　　如意珠——吴冬妮
刘韵秋——黄海璐　　　　　　　露凝香——刘　爽　李香君
马君武——何　毅　　　　　　　花木兰——沈　玥
尹　义——王萨霓　　　　　　　船　工——唐　维
中山装甲——左高军　　　　　　欧阳敬如——何　彬
中山装乙——李　超　　　　　　副　官——何俊秀
田　汉——郑志雄　　　　　　　合唱领队——高　慧
黄旭初——宾　震　　　　　　　美术领队——钟君言
张复初——罗　云　　　　　　　化妆师——吕林林
小飞燕——韦蕴尹

时　间　1938—1946 年。

地　点　桂林、上海。

人　物

欧阳予倩　男，1889 年生人，剧中 49～57
　　　　　岁，戏剧家，广西省立艺术馆馆
　　　　　长。

刘韵秋　女，50 多岁，欧阳予倩的妻子。

马君武　男，1881 年生人，剧中 57～60 岁，
　　　　　广西大学校长。

尹　义　女，1920 年生人，剧中 18～26 岁，
　　　　　桂剧演员，欧阳予倩的学生，艺
　　　　　名"小金凤"，原名尹素贞。

田　汉　男，1898 年生人，剧中 42～47 岁，
　　　　　戏剧家，国民政府军事委员会政
　　　　　治部第三厅文艺宣传处负责人。

黄旭初　男，1892 年生人，剧中 46～54 岁，
　　　　　广西省主席。

副　官　男，黄旭初的副官。

张复初　男，40 多岁，中建公司老板。

小飞燕　女，剧中 18～26 岁，桂剧演员，
　　　　　欧阳予倩的学生。

如意珠　女，剧中 18～26 岁，桂剧演员，
　　　　　欧阳予倩的学生。

露凝香　女，剧中 18～26 岁，桂剧演员，
　　　　　欧阳予倩的学生。

李香君、花木兰　女，戏曲尹义扮相。

欧阳敬如　女，剧中 19 岁，欧阳予倩的
　　　　　女儿。

船　工　男，50 岁。

中山装甲　剧中万能人。

中山装乙　剧中万能人。

合唱领队　男，广西省立艺术馆一员。

美术领队　女，广西省立艺术馆一员。

化妆师　女，现代化妆师。

众戏曲演员。

❧· 序　幕·❧

〔化妆师推衣架上，化妆师示意起音乐。

〔中山装乙上，拿自己的服装穿上，其他演员三三两两上台穿好服装，站好。

中山装甲　2020 年 9 月 30 日，

露凝香　广西，南宁，

马君武　民主路 11 号，

尹　羲　明星剧场，

〔所有演员轮流说名字。

中山装乙　广西群众艺术馆，广西话剧团，全体演员，

众　　　上台鞠躬！（演员抬头，音乐渐收）

〔船工走到鼓边，一个鼓点，欧阳予倩上，所有人回头。

船　工　（唱）云飞天不动，

　　　　　　　　船动岸不移哩岸不移。

　　　　　　　人离心不离，

　　　　　　　　情谊永不断哩永不断。

〔歌声中，欧阳予倩往前。化妆师推着椅子上，欧阳予倩坐下，化妆。

中山装乙　这是欧阳予倩。那是抗日战争的时候，很多地方诸如上海、南京都沦陷了，搞教育的都去了昆明，玩政治的都去了重庆，而文化文艺圈的大多来了桂林。欧阳先生也是这个时候来的，那是哪一年呢？

欧阳予倩　那是 1939 年。

❧· 第一场·❧

〔尹羲、若干桂剧演员迈着戏曲的步伐上。

〔欧阳予倩拿出一沓剧本上。

欧阳予倩　诸位伶工，大家好！

众演员　（行大礼）欧阳先生好！

欧阳予倩　哎呀，我早说过，别对我行这么大的礼！我是导演，你们是演员，我们大家都是平等的。

尹　羲　您不一样，您是我们的恩师。

小飞燕　小金凤说得对，有哪一个班主会教戏子们识字的？

如意珠　你又说错了！什么班主？什么戏子？我们这儿是桂剧实验剧团，欧阳先生是团长，我们是表演艺术工作者。

众演员　就是就是！

尹　羲　（吞吞吐吐、试探地问）欧阳先生，

我们的《梁红玉》什么时候再演出啊？

欧阳予倩　一时半会儿恐怕还不行。

〔众人失望。

欧阳予倩　但是我们要先排一出新戏。（扬了扬手里的剧本）

尹　羲　（欣喜）是您新写的吗？

欧阳予倩　热乎着呢！

〔欧阳予倩把剧本发给演员们。

露凝香　（念）桃花扇。

小飞燕　这个故事我知道。秦淮名妓李香君和风流书生侯朝宗嘛！

欧阳予倩　那具体讲了什么呢？

小飞燕　具体讲的什么，我怎么知道？

尹　羲　我知道。是说那李香君和侯朝宗互相爱慕，却因得罪了当权的奸人阮大铖，被棒打了鸳鸯。

如意珠　侯朝宗逃出金陵城，香君只得继续流落风尘。

尹　羲　那阮大铖尤不解恨，还逼迫李香君嫁给一个糟老头子。香君宁死不从，血溅定情折扇。

露凝香　啊！那死了吗？

尹　羲　没死。后来……

小飞燕　后来怎么了？

尹　羲　后来……

欧阳予倩　后来，清军过了江。

　　　　〔众人默然。

欧阳予倩　你们都忽略了这个故事所发生的时代背景。那是在明朝末年，国家失掉了半壁江山，退守金陵，成立了一个小朝廷。所谓当权的奸人阮大铖，他所当的权便是那小朝廷的权。清军过江，小朝廷毫无抵抗之力，溃散而逃。香君是自由了，侯朝宗也回来了，可国已不国，家何以安？

尹　羲　我记得了，小时候听街上说书的讲过，扬州十日、嘉定三屠，连孩子也不放过。

小飞燕　那不就和现在的南京一样？

尹　羲　欧阳先生，我知道您为什么要排这出戏了，便是要我们记得国破家亡的耻辱。

欧阳予倩　不仅是我们要记住，所有中国人都要记住！

　　　　〔众人点头。

欧阳予倩　你们谁想扮演李香君？

尹　羲　先生，我想试一试。

小飞燕　小金凤，你还小吧？

尹　羲　我不小了！上回我还演了梁红玉呢！

小飞燕　你是替补的。

尹　羲　那我也能演！

欧阳予倩　好了好了，不必争执。我们先读一遍剧本，谁合适谁来演。

众演员　是！

　　　　〔鼓点起。

　　　　〔戏曲配乐声起。桂剧演员走圆场，停下练习身段。

　　　　〔欧阳予倩在他们中间穿梭，手把手地指导。

　　　　〔《白蛇》音乐起，桂剧演员下场。

　　　　〔然后拿出一块牌子，放在舞台前区，上面写着：桂剧桃花扇今日满场。

尹　羲　（扮李香君上）（唱）我一生受折磨吞声饮恨，我必定拼万死把恨海填平！

　　　　〔尹羲转身慢慢退场，众演员下。

　　　　〔马君武上，中山装甲、乙上。

马君武　欧阳兄。（音乐收）

中山装乙　来的这个人，名叫马君武，是国民政府广西省原省长。

中山装甲　现任国立广西大学校长，他和欧阳予倩的关系可不一般啊。

　　　　〔两人看到马君武，朝马君武走去。

马君武　欧阳兄，一曲《桃花扇》连演三十个满场，比去年的《梁红玉》还要叫座，恭喜恭喜啊！

欧阳予倩　马校长啊，您今天又来看戏了？

马君武　这是我看的第三遍了。

欧阳予倩　《梁红玉》您也看了三遍，然后就禁演了。

马君武　不是禁演，是停演修改。

欧阳予倩　您那不是让我修改，那是让我放弃一大半桂戏改革的思路。借鉴话剧、西洋歌剧的调度不可以，借鉴京剧、昆曲的唱腔也不可以，那叫我怎么改？

马君武　这些都是小问题，只是我个人的顾虑。

欧阳予倩　我还听说，白崇禧的老丈人马曼卿，看戏看到一半，气得跑了？

马君武　原来你知道这个事儿啊！

欧阳予倩　不然怎么叫我改台词呢？

马君武　这些官僚的亲戚借着军队发战争财，是可恶。可你也不用在人家眼皮子底下骂人吧？

欧阳予倩　我又没有指名道姓。

马君武　人家又不是傻子！还有这次的《桃花扇》。

欧阳予倩　《桃花扇》也有问题吗？

马君武　"武将们也没有丝毫的忠肝义胆，他们拥兵自守，只会各保地盘。"这是骂谁呢？"他们对百姓重重的苛捐杂税，只逼得农与工生计困难。"这又是骂谁呢？这些台词，我听一句，胃都要疼一下。我敢肯定，省政府那群人正在脸红呢！

欧阳予倩　他们若会脸红，那就修正自己的行为。

马君武　欧阳兄，你莫天真了！他们只会修正你的戏！

欧阳予倩　那我就只好道不同不相为谋了。

马君武　那可不行。这一次摊子都铺开了，广西戏剧改进会会长我都给你做了，你可不能撂挑子！唉，说实话，自从田汉带着他们共产党的平剧宣传队来桂林交流，我看了他们的戏，再看看我们的戏，我就知道你的路子是对的。桂剧要想进步，就得大刀阔斧，只要别太激进。

欧阳予倩　那不是自相矛盾吗？

马君武　中庸！中庸不懂吗？

欧阳予倩　马校长，您也是参加过辛亥革命的人，同盟会的章程都是您一手起草的，怎么如今却在大谈"中庸"了呢？

马君武　我是为你好！你只需把那几句词稍作调整，把矛头都指向清兵即可。咱们最终目的还是要宣传抗日嘛！

欧阳予倩　改是不可能改的。倘若，他桂系军政府黄旭初黄主席还想请我在这里干下去的话，那也请他尊重我们艺术创作者做事的原则。

马君武　你可真是……顽固透顶！

〔马君武下。

〔鼓点起。

〔中山装甲、乙往欧阳予倩身边走去。

中山装甲　欧阳先生，有几个问题要和您谈谈。

欧阳予倩　请说。

中山装乙　您这戏的主要矛盾不太对呀，当务之急是抵御外辱，阮大铖的戏份是不是可以减去一些呀？不妨加一个清兵将领？

欧阳予倩　这不符合时代背景。

中山装甲　您这戏的结尾也不太对，男主角怎么能投降呢？影响太不好了！

欧阳予倩　这是提醒文人不可软弱。

中山装乙　您这戏的基调也太悲情了，女主角竟然死了，她应该和男主角一起继续抵抗啊！

欧阳予倩　女主角的死就是最决绝的抵抗。

中山装甲　欧阳先生，您这样让我们很难办呐。

欧阳予倩　可以禁演，不可乱改。

中山装甲　既如此，得罪了。（把《桃花扇》的牌子拿起来）还望您，体谅！

〔中山装甲、乙下。

❧ 第二场 ❧

中山装甲　《桃花扇》被禁演了。

中山装乙　《桃花扇》被禁演之前《梁红玉》就被禁演了。

中山装甲　这戏是演一出禁一出，排一出禁一出。

中山装乙　这样下去，对欧阳先生的打击是够大的。

中山装甲　对刚刚成立的桂剧实验剧团打击也是够大的。

中山装乙　欧阳先生，有些心灰意冷。

中山装甲　欧阳先生，有些自暴自弃。

中山装乙　欧阳先生，开始反思审视，自己在桂林的努力和付出到底有什么意义。

中山装甲　如果没有意义，那留在桂林还有什么价值？

中山装乙　如果离开桂林，那刚刚成立的桂剧实验剧团和这些可爱的演员们，又该怎么去寻找自己生命的价值呢？

〔音乐起，欧阳予倩在桌子上翻找，刘韵秋拿着茶上。

刘韵秋　翻什么呢？

欧阳予倩　我想抽根烟。

刘韵秋　不是都戒了吗？

欧阳予倩　戒了。

刘韵秋　要写稿子？

欧阳予倩　不写。

刘韵秋　这烟，能不抽就不抽。（把茶递给欧阳予倩）

欧阳予倩　好，不抽。

〔刘韵秋下。

〔左边光暗，右边光起。

〔尹羲和桂剧演员们跑上，在欧阳家门口停下。

尹　羲　欧阳先生现在一定很难过。

小飞燕　欧阳先生都要走了。

尹　羲　不会的！他走了，实验剧团怎么办？

露凝香　可这戏演一出禁一出，换谁谁受得了？

露凝香　你就去问问吧。（看着尹羲）

尹　羲　可我怎么问啊？

小飞燕　你就直接问嘛。

如意珠　你就问我们下一个戏排什么。

露凝香　对，就这么问！去吧去吧！

〔左边收光，右边起光。

〔小金凤被推上前，她紧张地开口。

尹　羲　欧阳先生……

欧阳予倩　小尹啊，有什么事吗？

尹　羲　您还记得我的姓呀？

欧阳予倩　当然了！你们每一个人的姓名我都记得。其实，我是希望大家都能用自己的真名去演戏。小金凤、小飞燕这些艺名，感觉像是……唉，总是不太好。

尹　羲　像是只鸟儿，我知道。那您帮我改个名字吧！

欧阳予倩　你的真名呢？

尹　羲　我不喜欢我的真名，我喜欢像田汉、金山那样硬朗的单字名。

欧阳予倩　好啊，我帮你想想。噢，你来

有什么事吗?

尹羲　我想着……我们的戏又不能演了,您可不要太失望啊。

欧阳予倩　是我让你们失望了。

尹羲　我们没事!我们都是支持您的!那些当官的,自己不干人事,还不让人说了。老百姓心里可明白得很,那三十多个满场就是证明。

欧阳予倩　谢谢。

尹羲　那,那我们下一个戏演什么呀?

欧阳予倩　你们自己有什么想法吗?

尹羲　我们自己?我们就只会些旧剧,能有什么想法呀?

欧阳予倩　可别小瞧了旧剧,《桃花扇》《梁红玉》都是旧剧,但只要善加利用,也可以有新的价值。前段时间我把一些传统剧目整理出了剧本,你们……可以自己看看。(把手里的剧本递给尹羲)

尹羲　您会帮我们重排这些戏吗?

欧阳予倩　……你们也可以试着自己排。

尹羲　我们自己?那您呢?

欧阳予倩　你们总要学会独当一面的。

尹羲　……您果然还是要走了。

〔欧阳予倩点点头。

尹羲　我,我……我去把剧本拿给大家!

尹羲　先生再见!

欧阳予倩　再见。

〔刘韵秋上。

〔尹羲跑出门,撞见刘韵秋,给刘韵秋鞠了一躬,刘韵秋把她送到门口。

刘韵秋　抽吧,想抽就抽吧。行李我在准备了。

欧阳予倩　好。

刘韵秋　你要是舍不得她们,咱们就不走。

欧阳予倩　戏还是没法演,留在这里干什么呢?

刘韵秋　那我们去哪儿呢?

欧阳予倩　上海沦陷,广州沦陷,老家湖南也在打仗,还能去哪儿?

刘韵秋　这年头,即便是身在国土,心也是在流浪。

欧阳予倩　韵秋,真是对不住,连累你和女儿跟我颠沛流离。

刘韵秋　这倒不算什么,就是可惜了桂林这么好的山水。

欧阳予倩　是啊,桂林这么好的山水,这次都没来得及好好看看……

刘韵秋　想去看看吗?

欧阳予倩　现在吗?这都晚上了。

刘韵秋　晚上才好呢!(起音乐)你还记得二十多年前,我们划着小船去寻月亮吗?

欧阳予倩　记得。那天我们泊在一个滩上,两边都是高山,月亮被山峰遮住了,许久都上不来。我便拉着你,划一只小船绕到山后面去。

刘韵秋　可我们越走越远,山始终绕不过去,月亮也始终没看见,却被滩水急流阻了归路。船上的人不放心,才把我们接了回来。

欧阳予倩　结果一回到船上,团圆的月亮,恰好就在峰头露出一半来了!

刘韵秋　你兴冲冲地在船里翻找,没有别的,只有喝酒!明月几时有,把酒问青天!

欧阳予倩　那是我胡乱唱一通,并不能表现当时的情绪。

刘韵秋　当时是什么情绪?

欧阳予倩　是一种……终于达成了的欢喜。月亮啊月亮,终于叫我寻着了!

刘韵秋　那你心里的月亮呢？寻着了吗？

欧阳予倩　（摇头）如今是漫天的乌云，月亮又怎么会出来呢？

刘韵秋　是啊，漫天的乌云，大地是一片灰暗。大家都想要拨开云雾见月圆，可倘若乌云散不去，就只能去找人间的月亮了。

欧阳予倩　人间的月亮……

刘韵秋　就好比，书本，是我的月亮，一出好戏，是观众的月亮，还有你——（收音乐）

欧阳予倩　我？

刘韵秋　你有没有想过，对别人来说，你就是月亮？

欧阳予倩　可能对咱们的女儿来说是的吧。

刘韵秋　你知道我说的不是女儿。

　　　　〔一阵沉默。

尹　羲　（画外音）快点。

刘韵秋　她们又回来了。

　　　　〔欧阳予倩也望过去。尹羲和演员们上，这回她们一齐来到欧阳予倩面前。

欧阳予倩　你们……

小飞燕　欧阳先生，我们明白您的难处。我们本想给您跪下，但是想来想去，您一定不喜欢我们那样。您教导过，我们是舞台艺术家，我们有我们的使命、我们的尊严。我们不敢忘！所以今天，我们站着恳求您，恳求您别走，别走！

　　　　〔众演员一齐鞠躬。

欧阳予倩　你们这是……快起身！快起身！

　　　　〔众人不动。

欧阳予倩　你们对我欧阳予倩太厚爱了。

小飞燕　先生，遇见您之前，我大字不识一个，现在我能读下半本剧本，可我还有好多字不认识呢！

如意珠　我们以前在科班，只会唱些下流的戏逗观众笑，现在我们能演爱国戏，能带着观众一起哭一起呐喊一起赞叹。这可都是您的本事，我们还没学会呢！

露凝香　您还给我们票房分红，这要是换了别人，谁愿意给戏子这种好处？更重要的是——

尹　羲　更重要的是，您让我们相信，戏子也是人，也有尊严、有地位。可您要是走了，谁还会这样对我们呢？您还没有帮我改名字呢！

欧阳予倩　可你们要想清楚，如果下一个戏又禁演了呢？这对你们可不是好事！

尹　羲　我们不怕！只要是对国家、对社会有益的戏，我们拼了命也要演出来！

众演员　（七嘴八舌）对！只要是您的戏，我们都演！

　　　　〔欧阳予倩看向刘韵秋，刘韵秋鼓励地点点头。

刘韵秋　傻孩子，他是不会走的。他舍不得你们。

　　　　〔众人看向欧阳予倩。

　　　　〔欧阳予倩也终于放松地笑了，点了点头，众人高兴。

尹　羲　欧阳先生，我们还有一个请求，求您答应！

欧阳予倩　你说！

尹　羲　我们想正式拜您为师！

欧阳予倩　我们本来就是师生啊，在桂剧学校，你们都上过我的课。小尹，你的名字我想好了，就叫尹羲，伏羲的羲。（起音乐）

尹　羲　尹羲。我有名字了，我叫尹羲，我不要做别人眼里的小金凤，我要做自己的尹羲，伏羲的曦。

露凝香　那个不够正式，要正正经经行过拜师礼的那种。

小飞燕　师娘也要参加！

欧阳予倩　孩子们，我对你们只有三点总的要求：自尊、自爱、自强。从今往后，咱们一起为中国的戏剧事业努力吧！

众　人　好！

〔马君武上，中山装甲、乙上。

马君武　欧阳兄，你知道省政府之前办过一个美术学院吧？

欧阳予倩　嗯，是徐悲鸿先生在负责。

马君武　徐先生去重庆了，美术学院最近是群龙无首。另外呢，省政府还想开一个音乐戏剧馆，为抗战做一些艺术培训的事。所以大家一商量，艺术不分家，不如把戏剧、音乐、美术合在一起，办一个广西省立艺术馆。

欧阳予倩　听着不错。而且戏剧本身就是一门多学科协作的艺术，音乐、美术都应该懂一些。大家常在一起交流，确实是好事。

马君武　艺术馆馆长的人选，我力荐了你。

欧阳予倩　我？我才来桂林多久，担得了这个重任吗？

马君武　欧阳兄，时不我待啊！既然此事对戏剧改革有利，就应当抓住不是？你只有站在高位，方能做些事情啊！

欧阳予倩　只有站在高位，方能做些事情……好吧！

〔鼓点起。

中山装甲　即日起，兹聘欧阳予倩为广西省立艺术馆馆长，望不负希冀，率全馆同仁勠力同心，为民族之抗战作出贡献。

中山装乙　恭喜欧阳馆长。

中山装甲　贺喜欧阳馆长。

中山装乙　贺喜欧阳馆长。

〔收光。收音乐。鼓点停。

◦◦ 第三场 ◦◦

中山装甲　1940 年，广西省立艺术馆正式成立，分设音乐、美术、戏剧三个部门，音乐部的名誉主任是马思聪，不过他本人在重庆，日常代为负责的是胡彦久。美术部的名誉主任是徐悲鸿，他也去了重庆，日常代为负责的是张安治，也是当时艺术界的知名人士。

中山装乙　至于欧阳予倩，担任戏剧部负责人及艺术馆馆长。他本想借着艺术馆的资源，带着文艺界的朋友大干一场。可没想到，政府只在三多路后面的一条小巷子里租了一间狭小的马背房，给他们用作所谓的办公场所，怎么够用呢？

〔画画人撑着雨伞上来画画。

〔欧阳予倩上。

欧阳予倩　小钟老师，你怎么在这儿画画？

画画人　你听听，里面太吵了，我都没办法画画了。画画也是讲究意境的嘛。

欧阳予倩　好好好，我来想办法。

小飞燕　呜呜呜……师父，你看看，她把我打成这样了。

尹　曦　我不是故意的，那里面实在太小了，我们练不开啊。

欧阳予倩　我想办法。

合唱队队员　欧阳馆长，里面那么吵，我连和声都听不到了。

如意珠　馆长，您去看看吧，我们练台词需要意境的。现在那么吵，我怎么找感觉啊？生存还是毁灭？到底该怎么念？

〔大家七嘴八舌地议论起来。

欧阳予倩　好好，我来想办法，要不今天先练到这儿，大家先回去休息。

〔大家散开，下场。

〔马君武上。身后中山装甲撑着伞，扛着一块硕大的"广西省立艺术馆"牌子。

马君武　欧阳兄，恭喜恭喜！

欧阳予倩　马校长，何喜之有啊？

马君武　看看！广西省立艺术馆！我帮你把牌子做出来了！如何？

欧阳予倩　做工甚是精美。就是太大了！

马君武　哪还有嫌大之理？快找地方挂起来！

马君武　这地方，确实小了点。

欧阳予倩　我看还是先把牌子收起来吧，等什么时候有了大场地再说。

马君武　（失落）好吧！那就先拿回去吧。

马君武　理想永远如此丰满，现实永远如此逼仄。做事真难呐！

欧阳予倩　难就想想办法！

马君武　要不附近再租一间？能宽敞点。

欧阳予倩　不是长久之计啊。

马君武　你有什么想法？

欧阳予倩　我想建一座艺术馆，一座真真正正的艺术馆。有剧场、排练厅、画廊、咖啡馆、办公室，还有员工宿舍。

马君武　不过要是真能建成，的确是美事一桩啊。

欧阳予倩　马校长，我来桂林这么久，还没求过您吧？

马君武　你的意思是说，一直以来都是我热脸贴你冷屁股咯？

欧阳予倩　不敢不敢。

马君武　你说！

欧阳予倩　我想请您陪我去一趟省政府，拜会一下黄旭初黄主席。

马君武　你想叫黄旭初出钱来建这个艺术馆？

欧阳予倩　这是他桂系政府的事啊。艺术馆建成了，桂林的文艺事业是直接受益的！

马君武　欧阳啊，你太天真了，这件事，难度很大的。

欧阳予倩　要不然，怎么能请您马老亲自出马呢？

马君武　行，为了你欧阳予倩，我就去卖卖我这张老脸。

欧阳予倩　事不宜迟，我们现在就去。

马君武　好。

〔马君武、欧阳予倩下。

〔转场。省政府，黄旭初办公室。

中山装甲　这二位提到的这个黄旭初啊，那可是当年新桂系里响当当的一号人物。所谓的"广西三杰"，除了李宗仁、白崇禧，还有一位就是黄旭初。

中山装乙　这个黄旭初看上去还挺斯文的，但是传说他打仗的时候，会亲自审问犯了军法的士兵，不管是多严重的罪，他也永远是很可爱的样子。等问完了，眼睛也不眨一下，立即用笔批示——

黄旭初　枪毙。

〔黄旭初在办公桌前睡着了。

〔副官上。

副　官　主席，主席！

〔黄旭初不醒。

副　官　（大声地）报告！

〔黄旭初吓醒。

黄旭初　喊什么喊！

副　官　主席，马君武和欧阳予倩到了。

黄旭初　不见。等等，让他们进来吧。

副　官　是。

〔副官下。欧阳予倩、马君武上。

〔黄旭初起身相迎。

黄旭初　马校长，好久不见呐！欧阳馆长更是稀客！请进请进！

马君武　黄主席，打扰你办公啦。

黄旭初　哪里哪里！马校长近来身体可好？胃还会疼吗？

马君武　那是老毛病，时不时地疼一下，不用管它。要是重庆的教育部别总是插手我大学里的事情，我会更健康。

黄旭初　哈哈，身体是自己的，您老还是要自己注意的好。欧阳馆长，最近有排什么新戏吗？

欧阳予倩　噢，最近在创作一个剧本《木兰从军》。

黄旭初　花木兰，孝烈将军！这个好啊！多多展现战争场面，鼓舞抗日热情！

欧阳予倩　这是一定的。

黄旭初　之前《桃花扇》的事，别往心里去。您应该知道，广西的文化氛围还是很宽松的，就连共产党的演剧队我都非常欢迎。可是，广西上头还有一个重庆压着呢，您呀，多多包涵！

马君武　黄主席，这件事早就翻过去了，我们今天是来谈艺术馆的，这才是未来嘛！

黄旭初　对对对！二位请坐！副官，看茶。

副　官　是。

〔黄旭初从办公桌上拿起一份文件。

黄旭初　欧阳馆长，您的计划书我已经看过了。个人觉得，想法非常好！我一早就在想，省政府有自己的办公楼，军队有自己的操练场，学校有自己的校园，凭什么艺术馆那么大个机构，却没有自己的工作场所呢？你们现在租的那个民房，确实是太委屈了！

欧阳予倩　黄主席您能理解真是太好了！其实我们倒没觉得委屈，主要是客观上面临两个困难：一来呢，普通民房确实无法承载三个部门同时开展活动；二来，我们艺术馆的首要任务是要推行抗战艺术教育，那么就必然要面向公众开展各类演出，但我们现在都是在外面租剧场甚至是电影院，非常不方便，演出效果也不好。所以，建一座专门的艺术馆馆厦，还是非常必要的。

马君武　就是！他们之前在电影院办的音乐会我去看了，内容是很好的，可是场地的声场太差了，后排观众根本听不清，场租还贵得不行。要是能有自己的剧场就不会这样了嘛！

黄旭初　建，要建，得建，而且最好是能一步到位，开全国艺术馆之先河！等抗战结束之后，还能继续发挥作用。无论怎么讲都是功在当代、利在千秋的好事！要建，得建！（停顿）现在的问题是，怎么建？两位有什么想法吗？

欧阳予倩　一是要钱，二是要地。

黄旭初　这我当然也知道，问题是，钱从哪来？地你看中哪块呢？

马君武　艺术馆是下属于省政府的机构，这么大的事当然也需要政府的支持。

黄旭初　实不相瞒，我这个人，军队出身，让我管军事管政治可能还行，经济方面就差得远了。年年财政都是吃紧的，抗战以来就更不用提了。老百姓说我苛捐杂税、贪污腐败，真的冤枉我了！钱都拿去装备前线了，我也不容易啊。

欧阳予倩　可是……

马君武　（打断）是这样啊，我们都理解政府的难处。但是艺术馆毕竟是广西省立艺术馆，省政府不可能把责任全丢给欧阳他们这些个人吧？

黄旭初　当然不会！我们每年拨给艺术馆十万国币经费，可见有多重视了。这样，钱的事呢容后再议，我们先看看地怎么办。我记得上个月刚刚空出来一块地，就在榕荫路上。
　　　　〔黄旭初在办公桌上翻找文件。

欧阳予倩　榕荫路？那离我们很近啊。

黄旭初　怎么找不到了？（对门外）副官！
　　　　〔副官上。

黄旭初　榕荫路那块地的土地出让书呢？

副　官　170师的人昨天来拿走了。

黄旭初　开什么玩笑？他申请了吗？

副　官　您忘了，上周军备会议决定，这块地给170师做军需库的。

黄旭初　是这块地吗？

副　官　是的。我拿会议记录给您看。

黄旭初　不用了。你让170师师长过来一趟。

副　官　啊？这……城防工程，不好改吧？

黄旭初　你不用管，让你去你就去！

副　官　是！
　　　　〔副官下。

欧阳予倩　黄主席，您这是什么意思？

黄旭初　不要着急，给我一点时间，谈好了立刻通知你们。

欧阳予倩　那是做军需库的地？

黄旭初　我早说了，我是有诚心的。艺术馆一定要建！

欧阳予倩　可那是军需库啊！桂林城这么大，哪块地不行？非要占军需库？

马君武　额，黄主席，就没有别的地吗？

黄旭初　马校长啊，城市规划不是说有地就有地的。你看到哪块地好像空着，其实都有主人，都要拿钱买的。你们放心，这个骂名我来背，我去跟170师谈，你们就在家等着。

欧阳予倩　黄主席，于公，军需库是为抵抗日寇所部署，艺术馆就是再重要也重要不过抗日；于私，我是艺术馆馆长，馆厦要是建在军需库的土地上，日后这件事传出去了，人家也只会骂我、骂艺术馆，我们担不起这个骂名。黄主席，你的好意我心领了，这艺术馆就不劳你费心了！

黄旭初　哎呀，欧阳馆长不愧是爱国艺术家！大家风范！黄某人是自愧不如啊！噢，我这里有张名片。（从办公桌上拿出一张名片）中建公司的老板张复初。此人是一位爱国实业家，他们公司的工程质量也挺不错的。之后艺术馆要开工，你可以找他。（把名片塞给欧阳予倩）

欧阳予倩　马校长，咱们走吧！

马君武　欧阳，欧阳兄！（想拦没拦住）
〔欧阳予倩下场。

马君武　（对黄旭初）黄主席，你这有点过分吧？

黄旭初　马老，您也是党国元老，怎么最近总是为赤色分子说话呢？

马君武　你什么意思？欧阳是赤色分子吗？

黄旭初　他跟田汉、夏衍这些人走得很近，您不知道吗？

马君武　我跟田汉走得也不远。

黄旭初　马老您怎么能一样呢？

马君武　这都什么时期了，还搞党派分裂吗？

黄旭初　正因为是抗战时期，我们才能放开国统区，请他们进来活动，但也不能完全放开吧？重庆的眼睛看着呢！

马君武　那你完全可以跟他说，这个馆不建。

黄旭初　怎么能不建呢？要建，得建！我相信，欧阳馆长有这个决心，更有这个能力。

马君武　呵，你们这些人！

黄旭初　您体谅！

马君武　你可知道，当年我还在党内工作的时候，是出了名的一言不合就动手的人？

黄旭初　呵呵，略有耳闻。

马君武　我老啦，手是动不起来了，嘴还能动。

黄旭初　洗耳恭听。

马君武　黄主席你啊，尽放狗屁！

黄旭初　哈哈哈哈……
〔马君武下。收光。

❧ 第四场 ❧

尹羲　师父，我们也去义演吧！

欧阳予倩　你们？

尹羲　不只是我们桂剧团，还有话剧团、合唱队、美术部，都可以去义演或者义卖。

欧阳予倩　这恐怕还是杯水车薪啊。

尹羲　总比干等着强吧？今年筹不够，明年接着来呗！

欧阳予倩　我让你背诵的《木兰辞》背下了吗？

尹羲　嗯，背过了，但是有的地方还是不太懂什么意思。

欧阳予倩　哈哈哈哈哈。那是古文，有些地方的确是生僻晦涩，哪里看不懂可以问我。但是你要明白，作为一名演员最终决定他艺术成就的不仅仅是技能，更重要的是文化，我们要排演《木兰从军》，你就要了解这个故事的历史背景，和其中所蕴含出的精神力量和情感价值。

尹羲　嗯师父，我明白。我背一遍给您听，唧唧复唧唧……

刘韵秋　你们看，怎么样？

尹　羲　师娘的手艺真巧。我就缝不出这么平整的针脚。

刘韵秋　你啊只要把戏唱好就行啦。欧阳你看看如何？

欧阳予倩　嗯，不错！不过啊，小尹，你还得瘦点。韵秋辛苦你了。

刘韵秋　没事儿，你们先练着，我去准备晚饭。

〔刘韵秋下，尹羲继续背诗。

刘韵秋　欧阳，欧阳，你看看谁来了？

田　汉　欧阳。（起音乐）

欧阳予倩　老田。（拥抱，收音乐）

田　汉　好久不见，甚是想念。你真是够敬业了，这排戏排到家里来了？

欧阳予倩　忘了介绍了，这位是大名鼎鼎的田汉老师。

尹　羲　您是田汉先生？先生你好，我看过您的戏。

欧阳予倩　这是我的学生尹羲，别看她年纪轻轻，已经演过不少戏了，《桃花扇》里的李香君就是她演的。

田　汉　哦，自古英雄出少年啊。

欧阳予倩　老田，来请坐。

刘韵秋　你们先聊着，我到集市上买一只三黄鸡。

欧阳予倩　别忘了……

刘韵秋　三花酒，我知道。

田　汉　韵秋快别忙了，我一会儿就走。

欧阳予倩　啊？你要去哪儿？

田　汉　重庆。我是特意取道桂林来见你一面，一会儿还要赶路呢。

刘韵秋　尹羲跟我来，我们再把戏服改改。

尹　羲　田先生，再见。

欧阳予倩　老田，你特意来桂不单单是探访旧友吧。（田汉欲言又止）出什么事了？

田　汉　何应钦、白崇禧以国民党政府军事委员会正、副参谋总长的名义，强令黄河以南的八路军、新四军于1个月内开赴黄河以北。[①]可是，黄河天险，如此贸然转移，必然遭遇日军阻击。你说，国民党想干什么？

欧阳予倩　真是岂有此理！

田　汉　近半年来，国民党已经不止一次对新四军发动袭击，还处处造谣污蔑共产党消极抗战，再这样下去，好不容易建立的国共合作又要被破坏，最终得利的是日本人！

欧阳予倩　国民党此举，实在是损人不利己，可恨至极！

田　汉　我们戏剧工作者能做的，就是用戏剧的方式，引导和号召民众！我这次去重庆，是去动员身在国统区的爱国艺术家们，动员他们用艺术作品来号召和影响民众，维护抗日民族统一战线，全国人民同心协力，共同抵抗日寇。

欧阳予倩　老田，如今你去重庆，其危险不逊于在战场上直面日寇的刀枪，你可要加倍小心啊。

---

①11月9日，朱德、彭德怀、叶挺、项英复电何应钦、白崇禧据理驳斥国民党的无理要求，但为顾全大局仍答应，将皖南新四军部队开赴长江以北。当部队到达皖南泾县茂林地区时，遭到国民党七个师约八万人的突然袭击。新四军奋勇抗击激战七昼夜，终因众寡悬殊弹尽粮绝除傅秋涛率2000余人分散突围外，大部壮烈牺牲。军长叶挺被俘，副军长项英遇难。

田　汉　放心吧，我会注意安全的。但若为民族之大义舍生取义倒也是件幸事。

欧阳予倩　你快别胡说，你田汉得好好活着。中国的观众还等着你给排演一出出好戏呢！

田　汉　欧阳，虽然我们不能常见面，但我们做的事是一样的。把舞台当作炮台，把剧场当作战场！战斗吧，欧阳！

欧阳予倩　我明白了，我会在新剧《木兰从军》中加入相关情节，我会和你一起战斗。

田　汉　好！欧阳啊，你的艺术馆筹建得怎么样了？进展如何？

欧阳予倩　这国民政府愈发地让人失望透顶，我们纵然努力，奈何当局处处设限，干什么事情都不痛快。修建艺术馆之事举步维艰。战火虽然还未曾烧到桂林，但在这桂系政府统治之下的天地也是叫人难以呼吸啊。

田　汉　欧阳，切勿气馁啊！咱们投身戏剧事业，可不是为了他国民政府，是为了祖国、为了人民！能让多一个人看到你的戏，就让抗日多积蓄了一份力量。

欧阳予倩　老田，你的思想总是那么的先进，你的话总是那么富有力量。你让我感觉到自己的步伐越来越缓慢了。

田　汉　你快别这么说，时候不早了我得走了。

欧阳予倩　知己相逢的欢愉就像除夕之夜的烟火，绚烂却又如此短暂。你还有重任在，我就不留你了。

田　汉　还有最后一件事，听说你在桂林不仅搞桂剧改革，还要建一座包含专业剧场的艺术馆。我们这些戏剧同行都特别激动，这是一万国币，这是我们新中国剧社近期在湖南义演所得，钱虽然不多，算是聊表寸心吧。

欧阳予倩　不，老田。我怎么能要你们的钱呢！

田　汉　这座艺术馆要是建成了，对整个西南的戏剧事业都有很好的振奋作用，也能让日寇看看中国人民的精神是永远也打不倒的。要想获取抗战的最终胜利，最重要的就是团结。（起音乐）

田　汉　中国不灭，我们还会再见。

尹　羲　师父，刚刚有一个人说他是马君武校长的学生。马校长邀您有空去他家中见面。

欧阳予倩　去他家里？

尹　羲　对，他特意留了地址，然后人就走了。

欧阳予倩　好，我知道了。

〔欧阳予倩、尹羲下。

中山装甲　快去吧。

中山装乙　抓紧时间吧。

中山装甲　马君武病倒了。

中山装乙　身体不行了。

中山装甲　怕是好不了了。

中山装乙　要是去晚了，可能就见不到了。

第五场

〔场景变化。马君武家。

〔学生领着欧阳予倩上。马君武在睡觉。

学　生　老师……（欧阳予倩打断，示意不要打扰马君武休息）

马君武　欧阳，来啦？小李，欧阳先生来了多久了？

学　生　欧阳先生来了好一会儿了。

马君武　你怎么不叫醒我！拐杖呢？去，帮我把拐杖拿来，我要跟欧阳出去转转。

学　生　老师，医生说你现在需要多休息，还是待在屋里吧，外面风大，容易着凉。

马君武　今天我无论如何也要跟欧阳出去走走。去，帮我把拐杖拿来。

学　生　好吧。

〔学生下。

欧阳予倩　既然大夫不让出去，我们就在房间里。

〔马君武打断。

马君武　我都在屋里躺了好几天了，可把我憋坏了，终于把你盼来了。

〔学生上。

学　生　老师，给。

马君武　行，你去忙吧。

学　生　老师，您去哪儿？还是我陪着您吧，我不放心。

马君武　不用了，去吧，这不是还有欧阳先生吗？

〔学生走几步，回头。

马君武　去吧！

〔学生下。

马君武　（拿着拐杖）我的腿不行了，没有这根拐杖，我是寸步难行咯。今天啊，我就不用它了！

〔把拐杖丢给欧阳，欧阳赶紧上前扶住马君武。

欧阳予倩　马老……

马君武　这不还有你嘛！就算没有它，咱们俩想去哪儿就去哪儿。（起音乐）

马君武　我若没记错，你家也曾是钟鸣鼎食之家？

欧阳予倩　我是个不肖子孙，不当官，也不好好读书，跑出来演戏了。

马君武　不好好读书我是不信的。不当官，那是极为正确的选择。

欧阳予倩　今天叫我来，您不会又想跟我谈中庸之道吧？

马君武　去他娘的中庸之道！

马君武　你最近在排新戏了？

欧阳予倩　剧名叫作《越打越肥》。

马君武　你是铁了心要跟当局某些人过不去了。

欧阳予倩　我并不想针对谁。

马君武　但你可能一不小心就针对了一群人。

欧阳予倩　我不是政治家。

马君武　可你在跟政治家玩火。（音乐收）你的戏，就像一颗定时炸弹，会炸伤你自己的！

欧阳予倩　那什么样的戏安全？《游龙戏凤》？《醉打金枝》？什么绮罗香泽雪月风花？若换在别的时代可能很好，但在这个时代，国家受着帝国主义剥削蹂躏，人民一天到晚都在挣扎呻吟，还演这些虚无缥缈不痛不痒的东西，有用吗？

马君武　戏剧用于宣传抗战是很好的……

欧阳予倩　抗战要的不仅仅是一腔热血，更需要清醒的头脑，去审视我们民族内部的问题。马校长，您刚才说，我的戏像定时炸弹，您说的不错。

马君武　你要干什么？

欧阳予倩　我想战斗，像一名战士一样地战斗。我们的剧场就是战场，战壕就是我们的舞台。

马君武　这话说的！你还真是"左"得很。

欧阳予倩　什么意思？

马君武　一个艺术家称自己为战士，听上去像是共产党的路数。

欧阳予倩　您知道我没有党派倾向。

马君武　可你的行为让人怀疑。也许，你的心里已经有了倾向。

欧阳予倩　我不否认，我所认识的几个共产党人确实给我留下了很好的印象。

马君武　你是说田汉吧？

欧阳予倩　是的。

马君武　他前段时间悄悄来过桂林，我知道。他现在干什么呢？

欧阳予倩　他总是来去匆匆，和他的新中国剧社一起。

马君武　新中国？他们是有野心的。

欧阳予倩　您难道不渴望一个新中国吗？

马君武　我渴望的新中国，和他们渴望的，恐怕不是一个样子。

欧阳予倩　大家最朴素的愿望总是一样的。

马君武　哦？

欧阳予倩　民族复兴。

马君武　民族复兴，是啊，民族复兴！
　　　　〔停顿。

马君武　我恐怕是劝不动你了，我也不想跟你争论什么左和右的。但我必须提醒你，人在屋檐下，不得不低头。

欧阳予倩　马老……

马君武　就算不为自己，也想想妻子、孩子。

欧阳予倩　我晓得了。

马君武　小李啊，把东西拿来。
　　　　〔学生拿着地契上。

学　生　老师……
　　　　〔马君武示意交给欧阳予倩。学生把地契给欧阳予倩。

欧阳予倩　这是……

马君武　桂西路 15 号的地契，拿去建艺术馆吧！希望你不要放弃。

欧阳予倩　这地是哪儿来的？

马君武　我买的。你刚才散步的这个院子，还有这所宅子，以及我所有的积蓄，都换了这张纸了。

欧阳予倩　不不不，我不能要。

马君武　拿着！这张地契不是给你的，甚至不只是给艺术馆的，你能理解我吗？（起音乐）

马君武　六十年前，我出生在广西桂林恭城县，（后区剪影：摇啊摇，摇到外婆桥，鸡仔吃白米，鸭仔吃浮漂，大人吃了有工做，小人吃了又来摇。）1902 年结识孙中山，1905 年参与组建同盟会。辛亥革命以后，担任过临时政府实业部次长、广州护法军政府秘书长、交通总长，甚至广西省的省长。后来我退出政坛，创办了广西大学，我把我的后半生都奉献给了教育事业。三年前，我筹建广西戏剧改进会，只是想着别让桂剧这门艺术死了。而现在，桂剧一票难求、话剧也遍地开花，广西戏剧这样的局面，倒真叫我看到了一些文化复兴的希望。欧阳兄，虽然你我在很多事情上见解不同，但有一点你说得对，大家最朴素的愿望是一样的——民族复兴！

欧阳予倩 谢谢！

马君武 我期待着！

欧阳予倩 我也一样。

〔后区剪影继续：摇啊摇，摇到外婆桥，鸡仔吃白米，鸭仔吃浮漂，大人吃了有工做，小人吃了又来摇。

〔欧阳予倩、马君武慢动作。

学　生 在与欧阳予倩这次会面之后没多久，马君武因胃穿孔症，医治无效，在广西大学桂林雁山校区病逝。他最终也没有见到艺术馆的落成，但是对于戏剧，这门他喜爱却并不精通的艺术，他已竭尽了全力。

第六场

中山装甲 修建艺术馆，一是要钱，二是要地。这地嘛，在马君武的帮助下算是有了，可是这钱也不是个小数目。从那以后，欧阳予倩就一直奔波在银行、钱庄甚至当铺之间。但是想凑上这笔钱谈何容易啊。不作为的黄旭初算是指望不上了，不过，他所推荐的中建公司老板张复初，还是应该会上一会的。

〔欧阳予倩向张复初走去。

张复初 欧阳先生，久仰久仰！

欧阳予倩 张老板你好。

张复初 难得和艺术家打交道，我特意把会面地点选在咖啡馆，比较有艺术气息。不知道对您胃口不？

欧阳予倩 您破费了！

张复初 哪里的话！能和欧阳先生共进下午茶，这是我的荣幸啊！请坐请坐！

〔两人就座。

张复初 您尝尝这儿的咖啡！

欧阳予倩 好好好。

〔两人喝咖啡。

张复初 怎么样？

欧阳予倩 不错。我先说明一下来意吧……

张复初 您不必说，我都知道。黄主席早就跟我提起过欧阳先生您，说您要建一座艺术馆馆厦。我当时啊孤陋寡闻，欧阳先生您的名字我也没听说过，艺术馆我也不懂。但是我回去让人一问，原来《桃花扇》就是您的作品啊！这个戏我是看过的，好戏啊！

欧阳予倩 您看过《桃花扇》？

张复初 是啊。你们最近在演什么？

欧阳予倩 《木兰从军》。

张复初 噢，这个戏啊……

欧阳予倩 怎么了？

张复初 没什么，一些闲话而已，不足为虑。

欧阳予倩 您说说嘛！

张复初 听说这个戏有影射皖南事变的嫌疑。不过民间风评还是很好的，我也很想看一看呢。

〔后区舞台启光，花木兰上，花木兰表演两分钟，音乐减小，表演继续。

欧阳予倩 现在，地已经有了，在桂西路15号。

张复初 好位置！

欧阳予倩 我初步的构想，这座艺术馆要包含剧场、画廊、排练厅、办公室、咖啡馆和员工宿舍。

张复初 我就知道，你们爱喝咖啡！

欧阳予倩 其实咖啡倒还好，最主要是要有剧场。

张复初 没问题！我们的工程您放心！

欧阳予倩 嗯，想先问问，您报价多少？

张复初 这可不好说啊，还不知道设计方案呢。

欧阳予倩 您就报个大概吧。

张复初 六十万。

欧阳予倩 六十万？太多了！

张复初 战争的原因，国币现在贬值了，这个价真的不高。

欧阳予倩 不能低一点吗？

张复初 那您开价。

欧阳予倩 三十万。

张复初 欧阳先生，我要是这个价答应了你，要么只能粗制滥造，要么连工人的工钱也发不出。

〔后区舞台启光，花木兰上，花木兰表演两分钟，音乐减小，表演继续。

欧阳予倩 张老板，您看能不能这样，我们先付三十万，等艺术馆建成，我把整个建筑抵押给你，之后的几年内，我们再把剩余款项结清？

张复初 您这是要赊账？

欧阳予倩 这不是把建筑抵押给你吗？相当于民间借贷。

〔后区舞台启光，花木兰上，花木兰表演两分钟，音乐减小，表演继续。

张复初 哦？（想了想，又摇头）说实话，战争年月，我不敢做这种投资。

欧阳予倩 我们演出的票房一直不错，还有音乐部和美术部都可以盈利，您可以放心！今晚您跟我去看戏，我带您好好了解一下我们艺术馆。

张复初 额，这……

欧阳予倩 就算买卖一时不成，情谊还在嘛！

张复初 好吧，那就去看看。《木兰从军》，早就想看的。

欧阳予倩 走！

〔欧阳予倩拉着张复初离开。
〔枪响，收光。

张复初 啊！

〔舞台上一片狼藉，欧阳予倩扶起椅子。

欧阳予倩 （对观众）各位观众朋友们，对不起，让大家受惊了。

刚刚演出的时候，有人放了黑枪。在这样一群可爱的演员，用自己的一腔热忱在舞台上挥汗演绎，想要把美好传递给观众的时刻，有人放了黑枪！我想找一个词语来形容此时的心境，却一时间语拙了。愤怒？痛心？鄙视？可耻？下流？……最终我找到了这个词，我想它是最准确的——可笑。是谁开的这一枪？是日本人吗？桂林尚未沦陷，日寇却可以在城中肆意妄为，不可笑吗？如果不是日本人，那是中国人吗？我们都是中国人哪！台上的演员是中国人，台下的观众是中国人，中国人演戏给中国人看，却被中国人放了黑枪，这难道不可笑吗？！

好吧，那就让我们再说些更可笑的事情。有人说《木兰从军》这个戏有影射皖南事变之嫌，还有人说我欧阳予倩亲共，甚至还有人说我欧阳予倩就是共产党！听到这些话，我甚感惭愧呀，你们未免过于抬举我欧阳予倩啦。我哪里配得上这样的褒奖啊！我欧阳予倩就只有两个身份。第一，我是个中国人，是个不愿也不忍成为亡国奴的中国人！

〔所有演员缓缓地从后区上场，看着欧阳予倩。

第二，我是个写戏的排戏的演戏的，我只能用一支笔，一出戏，为民族之抗战尽此薄力。若是一出戏就能让某些人胆战心惊怒不可遏，倒是成全了一番，我未曾预料的功绩了……

今天，我欧阳予倩就站在这，心怀恨意之人不必冷枪暗箭，自可大大方方走上台来，将我毙于当场就是。同为男儿身，恨未埋沙场。若能葬身于舞台之上，也真算是戏剧之人死得其所啦！不多占用大家的时间了，今天的演出没有完成，我们给大家安排退票。我跟大家道歉了。

中山装乙　欧阳先生，我不退票，我就是要支持您的戏，无论是谁放的黑枪，他就是汉奸，无耻。

中山装甲　我不退票。欧阳先生，我们支持您，支持艺术馆，我不退票。

中山装乙　我们不退票。

所有观众　我不退票。

中山装乙　打倒日本帝国主义！

众　　　打倒日本帝国主义！

中山装甲　打倒汉奸！

众　　　打倒汉奸！

中山装乙　山河不倒。

众　　　山河不倒，护我中华，中国万岁，

中国万岁！

张复初　欧阳先生，你太不容易了！真没想到，戏台上下能有这样的凝聚力。这样，你们艺术馆的工程，我接了。（集体鼓掌）另外，利息也免了吧。

欧阳予倩　那怎么行？要不，咖啡馆就不建了。

张复初　不不不，咖啡馆必须建，你们艺术家爱喝咖啡嘛。

欧阳予倩　……我真不知如何感谢！

张复初　不用谢，我也是中国人啊。

〔欧阳予倩与张复初握手。切光。

〔众人下。

中山装甲　张老板，这个艺术馆的工程，您可是接了啊？

中山装乙　那这工期，得要多长时间啊？

张复初　三年完工。

中山装甲　三年，太长了！

中山装乙　缩短点儿。

中山装甲　太长了。

中山装乙　缩短一点儿。

张复初　我让工人们加班加点，起码也得两年吧？

中山装甲　好！还是长啦！

中山装乙　缩短点儿！

中山装甲　太长了！

中山装乙　缩短点儿！

张复初　行，行，行，一年完工！不能再少了！

中山装乙　保质保量！

张复初　保质保量！

中山装甲　说话算数！

张复初　我张复初言出必行！

中山装甲、乙　走，喝咖啡去！

中山装甲　一年过去了！

·❦· 第七场 ·❦·

欧阳予倩　看！（拉着刘韵秋跑）这是画廊，以后美术部有了新作品，都可以在这里展出。这是咖啡馆，我本来说不用这么奢侈了，可中建公司的张老板还是帮我们建了，以后开创作会议就不用出去找地方了。这是排练厅，排戏、排音乐都可以用。那是办公室，后面还有员工宿舍。

刘韵秋　这些我都不在意。

欧阳予倩　那你想看什么？

刘韵秋　我当然想看你最重视的。

欧阳予倩　剧场还是等揭幕那天再看吧。保留一些神秘感。

刘韵秋　不，我就要现在看。我还想让你在新建成的剧场里为我一个人演出呢。

欧阳予倩　你太任性了。

刘韵秋　任性一次不行吗？

欧阳予倩　好吧。看，这就是我们的剧场。

〔起音乐，舞台上的灯光亮。

刘韵秋　欧阳，这就是你用了五年的时间，心心念念的剧场。你终于成功了，真是太漂亮了。这剧场能坐多少人？

欧阳予倩　八百余人！你看舞台！我们有两个舞台台面，台上装了轨道，台面可以灵活推动，换景的速度特别快！

刘韵秋　我看这台面也比一般剧场要高？

欧阳予倩　高了二十五尺，再大的布景也能做。这是我在中国见过的最专业的剧场了！就是放在欧美，也是一流水平！怎么样，想不想来这里看戏？

刘韵秋　当然想了！

欧阳予倩　韵秋，谢谢你。

刘韵秋　谢我什么？

欧阳予倩　谢谢你这些年跟着我四处漂泊，谢谢你当年帮我下定决心留在桂林。这个剧场也是送给你的，你就是我的月亮。

刘韵秋　你也是我的月亮，是我和女儿的月亮。这个剧场也是我们所有人的月亮。

欧阳予倩　对了，我打算邀请几个剧社，连演几台好戏，庆祝艺术馆启用。老田的新中国剧社已经报名了。另外，我们通信的时候一商量，干脆我们就把它往大了做！搞一个西南戏剧展览会出来。

刘韵秋　越是黑暗的时刻，越需要团结起来，尤其在精神上要打个胜仗！我们都孤军奋战太久了！

欧阳敬如　有人吗？

欧阳予倩　谁？

〔女儿上。

欧阳敬如　爸爸。

刘韵秋　你怎么跑来了？

欧阳敬如　哪有你们这样的？偷偷跑出来浪漫，把我自己丢在家。

欧阳予倩　哎哟，对不起。爸爸妈妈错了，跟你赔礼道歉。

欧阳敬如　这个剧场真是太漂亮了。以后能在这里看演出，比那些露天搭的台子和老旧的电影院强多了。爸爸，这是什么灯啊？怎么这么亮？

欧阳予倩　这是从美国购置的设备，现在我们的国家还在打仗，在很多方面我们还是很落后，但是我相信总有一天，我们会追赶上的，那将是一个崭新的时代。

欧阳敬如 在这么漂亮的舞台上，真是让人忍不住想要表演，让人忍不住地想要放声歌唱。

欧阳予倩 你想唱什么？爸爸陪你唱，让你妈妈当观众。

欧阳敬如 1，2，3——起来，饥寒交迫的奴隶。

欧阳予倩、欧阳敬如 （唱）起来，全世界受苦的人，满腔热血已经沸腾，要为真理而斗争。

〔后区欧阳予倩灯光收。

刘韵秋 那天晚上，我看到欧阳难得的笑容，他笑得像个孩子。伴随着广西省立艺术馆的落成，西南第一届戏剧展览会及西南戏剧工作者大会正式开幕！西南剧展共持续了3个多月，来自8个省的28个单位1000多名戏剧工作者共演出179场，观众达十多万人次。

中山装乙 那时看戏的人特别多，外地参展的人也特别热情。

中山装甲 桂林有十几个剧场，十几个剧场都不够用，就在学校的礼堂里演，礼堂里满了，就在十字街搭台子。

中山装乙 街头巷尾，走到哪里都有演戏的，走到哪里都挤满了观众。

刘韵秋 他们以戏剧为武器，为抗日救亡大声呐喊！

中山装甲 祖国啊，你的人民永远不会退缩！

中山装乙 我们宣传、奔走、呼号、演唱。

中山装甲 为被侵略者呐喊，为战士们颂扬。

中山装乙 在那一刻，是戏剧让我们看到了胜利的曙光。

〔音乐收，轰炸声起。

中山装乙 让人没想到的是，辉煌是如此的短暂。就在西南剧展结束之后不到一百天，日军的炸弹如冰雹般地掉落到桂林城，桂林紧急疏散。国民党政府，推行焦土抗战政策。驻扎在桂林城的170师，几乎未做任何抵抗就撤离了桂林。伫立于漓水之畔几千年被誉为山水甲天下的桂林，瞬间变成了一片火海，而那座费尽欧阳予倩多年心血才建成半年的艺术馆，轰然倒塌！

〔欧阳敬如跑上。

欧阳敬如 爸爸，快走吧。

尹　羲 师父，快走吧。

〔众人上：快走啊，快走啊。

刘韵秋 欧阳，走吧，中国不灭，我们还会回来的。

中山装乙 欧阳先生，快走吧，留得青山在，不怕没柴烧。

尹　羲 师父，快走吧，再不走，就来不及了。

众 快走吧，快走吧。

〔欧阳予倩甩开众人，往后区跑去，众人追上去，欧阳予倩从废墟中捧起"广西省立艺术馆"的牌子，往前走。

欧阳予倩 桂林啊桂林，中国不灭，我们还会再见的！

⚭·尾　声·⚭

船　工　（唱）云飞天不动，船动岸不移。
　　　　　　　人离心不离，情义永不断。
　　　　　〔欧阳予倩提篮携匾上。

船　工　先生，您回来啦？

欧阳予倩　老哥，您是……

船　工　您忘了？当年您就是坐着我的船
　　　　到的桂林。那是哪一年来着？

欧阳予倩　那是抗战刚刚爆发，八年了。

船　工　是啊，八年了，小鬼子总算是打
　　　　跑了，不容易啊。

欧阳予倩　老哥，您是老桂林吗？

船　工　我啊，生在象鼻山下，长在漓水
　　　　岸边，我是地地道道的老桂林！

欧阳予倩　老哥，您帮我看看，这里是桂
　　　　西路吗？

船　工　没错，桂西路。想当年啊这条路
　　　　是何等的繁华，现在呢，都成一
　　　　片焦土了。先生您还记得吗？当
　　　　年就在这条路上，有一栋特别气
　　　　派的大楼，里面都是唱戏的，这
　　　　来看戏的人啊，那可真是多了去
　　　　了！可惜啊，这楼盖好了没几天，
　　　　就让小日本给炸了，小鬼子是真
　　　　他妈的可恨啊！

欧阳予倩　那是桂西路15号。

船　工　对，对对对，15号。欸？好像就
　　　　是这！没错，是这，那还有红色
　　　　的砖头呢！

欧阳予倩　老哥能帮我搭把手吗？

船　工　行啊！
　　　　　〔欧阳予倩把牌匾从包袱中取出，
　　　　　　与船工一道把牌匾立起来。

欧阳予倩　老哥，谢谢啊。

船　工　不谢不谢，要是没有什么事我就

先走了。回头见，欧阳先生。

欧阳予倩　您……您认识我？

船　工　我不认识，但是这楼没了，还能
　　　　把这块牌子保留下来的，只能是
　　　　当年享誉桂林城的大导演，欧阳
　　　　予倩。
　　　　　〔船工下。
　　　　　〔欧阳予倩倒酒。

欧阳予倩　白日放歌须纵酒，青春做伴好
　　　　还乡。我欧阳予倩是个庸才，没
　　　　有诗仙李白斗酒作诗的气度，平
　　　　日里也是一个喜茶厌酒之人。但
　　　　是今天，我得跟你喝上几杯。虽
　　　　说你已经变成了一片残砖碎瓦，
　　　　但我还是得陪你喝上这几杯啊。
　　　　来吧，这第一杯呢，咱们庆祝抗
　　　　战的胜利，算是一杯喜酒。自
　　　　1840年鸦片战争算起，帝国主义
　　　　列强轮番羞辱我中华已逾百年，
　　　　如今终于扫清敌寇还我河山，但
　　　　愿我中华从此不再受此屈辱，发
　　　　愤图强，迎来一个崭新的时代。
　　　　举杯，咱俩干了！这第二杯，是
　　　　杯谢罪酒。日军轰炸桂林，全馆
　　　　上下共有九十人离开桂林。这两
　　　　年，有的人在途中病逝了，有的
　　　　人走失了，还有的人脱下了戏服
　　　　穿上了戎装投身抗战，最终战死
　　　　沙场。今天回到桂林的只剩下我
　　　　们三十五人。有五十五个兄弟姐
　　　　妹，我没能把他们平安地带回来。
　　　　你别怨我，这杯我就自罚了！这
　　　　第三杯酒，是杯感谢酒，也是杯
　　　　承诺酒。我得感谢你。正是因为

有你，我们这些文艺工作者在桂林才有了魂，才有了家，才有了为之奋斗的拼劲。我永远也忘不了啊，忘不了你落成的那天。那是每一个戏剧人，也是每一个艺术工作者的节日。大伙看见你揭幕就跟过年一样，由心里往外地高兴。我忘不了，西南剧展开幕，《梁红玉》《桃花扇》《花木兰》在你的舞台上上演。台下是密密麻麻的观众，灯光一亮，掌声雷动，整个民族迸发着呐喊，作为戏剧人我们是何等的光荣。难忘啊，那是中国戏剧史上未曾有过的高峰啊。今天，你虽然安静地躺在这，但是我欧阳予倩承诺，不管多难，我都会让你重新站起来。哪怕只剩下我欧阳予倩一个人，我也会一块砖头一块砖头地垒，一担黄土一担黄土地挑。我一定会让你再次闪耀于桂林城，再次伫立在桂西路上。你第一次

拔地而起是中国戏剧的圣殿，当你再次拔地而起你就是中国戏剧的丰碑。中国的戏剧人会让你再一次花团锦簇，中国的人民会抹去你身上的疮痍。到时候，我们再现《梁红玉》，再演《花木兰》。你新生的腔体里终会爆发出沙场点兵、磨刀霍霍、振聋发聩的那一声鼓！

〔船工一声大鼓。花木兰上。

花木兰　听谯楼打罢了初更时分，（众人一声鼓）恼恨那强寇侵我国境。（众人两声鼓）为保家乡去从军，行来不觉战场近。（众人击鼓）黄河流水潺潺响，听不见爹娘唤儿声。（击鼓）

〔女生继续击鼓。

众男生　听谯楼打罢了初更时分，恼恨那强寇侵我国境。为保家乡去从军，行来不觉战场近。黄河流水潺潺响，听不见爹娘唤儿声。

木偶剧

鸡毛信

演出单位
广西演艺集团有限责任公司

内容简介

　　木偶剧《鸡毛信》是一部被重新刻画、加工、提炼，少年儿童喜闻乐见、具有新时代审美特色的红色木偶剧。该剧以耳熟能详的动人故事为蓝本，用栩栩如生的小英雄形象，将革命先辈的英雄故事，绘声绘色地讲给广大少年儿童们听，让英雄事迹永不褪色，为革命精神树碑立传。

主创团队

艺术总监：王　迪　叶　青
编剧 / 总导演：胡红一
木偶造型设计：胡万峰
音乐作曲 / 指挥：颜　宾（小苹果）
舞美设计：曾昭茂
灯光设计：蔡文辉
执行导演：聂　力　文　君
木偶导演：梁　竞　田　园　罗苑萍　陈华勇
服装 / 造型设计：余泽龙
音乐编曲制作：曾令荣　邓　鹏
音响设计：玉海明
舞蹈编导：蒋剑锋　全宝霞　刘　欣
木偶造型制作：戴荣华　罗福林　陈泓达

　　　　　　　　王立桥等
木偶安装制作：于加泉　周勤生　罗　勇
　　　　　　　　卢　笋等
皮影安装制作：穆建朝　窦晓宇　王艳毅
木偶服装 / 道具：邓小惠　贺　玲　黄燕山
　　　　　　　　黄国庆　韦佳宁等
执行负责人：王　豫
执行制作人：韦兆杰
导演助理：梁珊珊
演出监督：覃青梅
乐团演奏：广西演艺集团歌舞剧院民乐团
合　　唱：广西大学艺术学院

主要演员

海　娃——赵丹丹　黄兰惠
海娃（偶）——凌　莉　韦明珠
爸　爸——梁　竞
妈　妈——刘　欣　余雨露
柳子睿——谭剑莹　黄启惠
高千玺——章小伟　梁珊珊
赵铁锤——田　园
张连长——夏正威　黄兴新

二郎神（领头羊）——周小彭　王菁辉
哮天犬（大公羊）——邓作凯　韦俊宇
七仙女（小母羊）——苏　珊　杨茜惠
仁丹胡——陈华勇　杨建宏
马精辟——李坤阳　黄　炜
哨兵、众乡亲、战士们、鬼子兵、群羊、雁阵等由蒋楷桓、潘胜仁、李小特等扮演

时　间　现在、过去。
地　点　客厅、战场。
人　物
海　娃　小学生。
海娃（偶）　小英雄。
爸　爸　电脑制作人。
妈　妈　木偶剧团演员。
柳子睿　女同学。
高千玺　男同学。
赵铁锤　小英雄海娃（偶）的爸爸。
张连长　八路军干部。

通信员　八路军战士。
二郎神　领头羊。
哮天犬　大公羊。
七仙女　小母羊。
小不点　母羊羔。
小淘气　公羊娃。
仁丹胡　瘦日本军官。
马精辟　胖中国翻译。
哨　兵　斗鸡眼日本鬼子。
众乡亲、战士们、鬼子兵、群羊、雁阵等。

❧ 第一场　我要改名字 ❧

〔客厅，当下摆设。
〔桌上摆满美食和蛋糕，正中悬挂时钟。
〔海娃直奔餐桌，他刚把手伸向食物，被一旁闪出的柳子睿和高千玺打断，二人语速快过机关枪。

柳子睿、高千玺　生日快乐！

柳子睿　海娃，祝你生日快乐哦……

高千玺　海娃，我们给你带来了礼物……

柳子睿　海娃，这可是全班同学的一片心意哦……

高千玺　海娃，这礼物呀你绝对想不到……

柳子睿　海娃，还记得语文老师说的吗……

高千玺　海娃，情理之外意料之中哦……

柳子睿　海娃，你要先把眼睛闭上……

海　娃　好啦好啦……（不高兴地挥手打断，背景音乐骤收）你们能不能不要一句一个"海娃"？

柳子睿、高千玺　怎么啦？海娃——

海　娃　听起来，就像在叫"蛤蟆蛤蟆"。

柳子睿、高千玺　你生气啦？

海　娃　没有生气……（掩饰地笑）

〔客厅气氛有些尴尬，妈妈端果盘上。

妈　妈　孩子们，都洗过手了吧？

柳子睿、高千玺　洗过啦，阿姨。

妈　妈　海娃你呢？

海　娃　洗啦洗啦……（有些不耐烦）都快
　　　　洗秃噜皮啦。

妈　妈　勤洗手，是好习惯……（大声问
　　　　台下）大家记住了吗？

柳子睿、高千玺　大家……（模仿妈妈追问）
　　　　记住了吗？

小观众　记住啦。

海　娃　今天的果盘……（伸手去拿）真好
　　　　看。

妈　妈　一点规矩都没有……（拨开海娃
　　　　的手）你看人家子睿和千玺，多
　　　　有礼貌呀。

海　娃　柳子睿、高千玺，你们俩是讲礼
　　　　貌呢，还是先解嘴馋？

　　　　〔三个孩子对视一眼，迅速拿起水
　　　　果丢进嘴巴。

柳子睿　阿姨，水果真好吃。

高千玺　阿姨，我们仨可是全班公认的"馋
　　　　嘴猫组合"哦。

妈　妈　馋嘴猫……（忍住不笑）组合？

　　　　〔三个孩子嬉戏说唱，动作夸张默
　　　　契。

　　　　〔歌曲之一：《馋嘴猫》。

海娃、柳子睿、高千玺　（唱）馋嘴猫呀馋
　　　　嘴猫，

　　　　打开冰箱把鱼叼。

　　　　鱼儿冻得冰冰翘，

　　　　正好解馋当雪糕。

妈　妈　三个馋嘴猫……（被逗笑了，拿
　　　　手机拍照）一帮淘气包。

海　娃　老妈你过来……（见妈妈迟疑，
　　　　命令般挥手）你快过来！

妈　妈　哎……（冲子睿和千玺自我解嘲
　　　　地笑了）你看这孩子。

海　娃　爸爸怎么还没回来，我找他有急
　　　　事呢。

妈　妈　你爸肯定还在忙着，一会儿就到
　　　　家了。

海　娃　哼，我这个老爸，当初连你们的
　　　　婚礼都敢迟到……（不满意地撇嘴）
　　　　我过生日算什么。

妈　妈　他怎么什么都给你说？这对父子，
　　　　没大没小。

　　　　〔三个孩子捂嘴笑，眼望美食咽口水。

　　　　〔歌曲之二：《爸爸去哪儿了》。

海　娃　（唱）老爸老爸，爸爸去哪儿啦？

柳子睿、高千玺　（唱）满桌子美食，好香
　　　　啊。

海　娃　（唱）老爸老爸，爸爸去哪儿啦？

柳子睿、高千玺　（唱）强忍住口水，不掉
　　　　下。

海　娃　（唱）老爸老爸，爸爸去哪儿啦？

妈　妈　（唱）海娃他今天，过生日呢。

海　娃　（唱）老爸老爸，爸爸去哪儿啦？

所有人　（唱）爸爸他究竟去哪儿了？

妈　妈　要不我们……（打开蛋糕）先开始
　　　　吧。

柳子睿　我来插蜡烛！

高千玺　我来点蜡烛！

妈　妈　你来吹蜡烛！

海　娃　可是我还有个重要决定，等爸爸
　　　　回来宣布呢。

妈　妈　这个老顽童……（拿手机拨号）肯
　　　　定又泡在游戏里出不来啦。

柳子睿　海娃真有福气，老爸带头玩游戏。

高千玺　怪不得我一直输，原来你家打游
　　　　戏是祖传！

海　娃　才不是你们想的那样，我爸爸是
　　　　游戏公司的制作人，每天忙得连
　　　　吃饭的时间都没有。

妈　妈　孩子们，要不……（转移话题）先
　　　　分享生日礼物？

柳子睿、高千玺　好啊好啊……（忙不迭
　　　　地拿礼物）

海　娃　好。

柳子睿、高千玺　礼物来啦……（夸张造型）
　　　　当当当当……（高举旧书）

海　娃　连环画小人书《鸡毛信》……（接
　　　　过礼物，颇感意外）我从来没有
　　　　见过这东西哎。

　　　　〔海娃为了掩饰嫌弃的表情，翻书
　　　　走到一边。

　　　　〔柳子睿和高千玺交叉换位，追着
　　　　他解释。

柳子睿　网上淘来的……

高千玺　人民美术出版社 1962 年 3 月出
　　　　版。

柳子睿　1962 年，就连我们班主任升哥，
　　　　都还没有出生耶。

高千玺　网上说它当年的影响力，超过今
　　　　天的美国漫威动画呢。

海　娃　可是……（突然转身）这些破书跟
　　　　我过生日，有一毛钱的关系吗？

柳子睿、高千玺　太有关系啦。

柳子睿　小说《鸡毛信》的作者华山老爷
　　　　爷，可是我们广西人哦。

高千玺　最最重要的是，小说、电影和连
　　　　环画中的小主人公——

柳子睿、高千玺　都叫海娃!

妈　妈　这么一说，真有关系哎，还不赶
　　　　紧谢谢人家?

柳子睿、高千玺　不用了吧……（假装谦
　　　　虚，实则渴望）

海　娃　谢谢子睿……（敷衍地笑着）还有
　　　　千玺。

柳子睿、高千玺　不客气……（得意扬扬）

妈　妈　那接下来，轮到妈妈的礼物啦。

海　娃　老妈的礼物，肯定不一样……（拆
　　　　开愣住）遥控器?

妈　妈　只要摁一下，就能看到妈妈专门
　　　　为你表演的皮影戏。

海　娃　老妈专门为我表演节目……（兴
　　　　奋地摁下遥控器，纱幕浮现"皮
　　　　影戏《鸡毛信》"字样）又是鸡毛
　　　　信……（急忙摁下暂停键）平时
　　　　只知道手机短信和微信，鸡毛信
　　　　到底是什么?

妈　妈　既然有疑问，不妨看一看?

柳子睿、高千玺　我们想看皮影戏。

海　娃　你们俩真老土，都进入 5G 新时
　　　　代啦，居然想看……（被动地播放）
　　　　这些老掉牙的东西。

妈　妈　千万不要小看中国皮影戏，它还
　　　　被联合国教科文组织列入人类非
　　　　物质文化遗产代表作名录呢。

柳子睿、高千玺　我们想要学习皮影戏。

　　　　〔柳子睿和高千玺配合妈妈，表演
　　　　皮影。

　　　　〔歌曲之三：《你的名字真响亮》。

　　　　〔伴唱：

　　　　海娃跟其他娃娃不一样，

　　　　他是龙门村的儿童团长。

　　　　海娃手里拿着红缨枪，

　　　　每天在山顶放哨站岗。

　　　　鬼子进山扫荡，

　　　　就像饿狼一样。

　　　　海娃赶紧放倒消息树，

　　　　告诉乡亲快躲藏。

　　　　带上鸡毛信赶着一群羊，

　　　　克服困难送给八路军的张连长。

　　　　炸了鬼子炮楼，

　　　　连打两个胜仗。

　　　　海娃是个小英雄，

　　　　是大家崇拜学习的榜样。

海娃……
你的名字真响亮。

〔皮影戏表演完毕，柳子睿和高千玺对海娃另眼相看。

柳子睿 海娃……（拍手点赞）原来这名字大有来头。

高千玺 海娃……（双手抱拳）大名鼎鼎的抗日小英雄。

海　娃 他是他，我是我啦……（有些尴尬）

柳子睿、高千玺 海娃，海娃……

海　娃 你们俩又来了，一句一个海娃的真烦死人，等爸爸回来，我要宣布一个重大决定：从今天起，我再也不叫海娃啦！

所有人 为什么？

〔前场灯暗。

〔后场定位光启，同学甲乙丙丁，嬉笑浮现。

〔歌曲之四：《改一个新名字阳光时尚》。

同学甲 （唱）海字连着洋，
　　　　　读起来才响亮。

同学乙 （唱）娃字女在旁，
　　　　　看上去有点娘。

同学丙 （唱）海娃配村庄，
　　　　　天生的放牛郎。

同学丁 （唱）海娃太平常，
　　　　　一辈子不灵光。

〔甲乙丙丁，嘻哈隐去。

〔前场光启，海娃愤愤不平。

海　娃 大家评评理，有他们这么……（抓狂地）恶搞名字的吗？

所有人 同学开玩笑，不要放心上。

海　娃 （唱）名叫海娃，实在冤枉。
　　　　　感到委屈，自尊受伤。
　　　　　我要改一个新名字阳光时尚，

无论如何要比海娃强。

柳子睿 你不会起个外国洋名吧？

高千玺 比如叫什么大卫呀、皮特啦、托尼啊，还有萨瓦迪卡……

海　娃 什么萨瓦迪卡，那是泰国语你好的意思。别瞎猜啦，反正我的新名字，不比你两个差。

柳子睿、高千玺 吹牛谁不会……（为听新名字，使用激将法）反正不上税。

海　娃 不相信是吧？你们听好喽，从今天起我的新名字就叫——

〔爸爸拖着时尚拉杆箱，跑上打断。

爸　爸 儿子对不起，爸爸又迟到啦……（看见二位同学一愣）

柳子睿、高千玺 赵叔叔好！

爸　爸 子睿和千玺都在呢，欢迎你们来我家做客。

妈　妈 哎呀，你要是再晚回三秒钟……（嗔怪）你儿子可就改姓啦。

海　娃 老妈，不是改姓，是改名字。

爸　爸 长本事啦儿子，只要你不让我改口……（刮海娃鼻子）管你叫爸爸就行。

柳子睿 叔叔真是……（被逗笑）太逗啦。

高千玺 你爸爸平时跟你相处……（吃惊悄问）都这么哥们儿吗？

海　娃 没错，我爸常挂嘴边的口头禅，就是——

爸　爸 多年父子成兄弟。

柳子睿、高千玺 都是亲爸爸……（对视，叹气）差距可真大。

爸　爸 在决定改不改名字之前呢……（突然打开拉杆箱，射灯骤然烟雾缭绕）先过来体验一下，爸爸专门为你研发的生日礼物……（拿出

酷炫的 VR 眼镜）

海　娃　你们看见了吧？这才叫作生日礼物……（接过戴上，失望惊叫）怎么还是鸡毛信？我又上当啦。

爸　爸　儿子，这款游戏可是专门为你量身定做的，保证让你"回回都上当"，可是"当当不一样"。

海　娃　真的？

爸　爸　戴上这款 VR 眼镜，不仅可以让你一个人穿越到过去年代，我们大家也能身临其境……（给每个人分发眼镜）陪着你一起玩耍嗨皮。

海　娃　真的？

爸　爸　嗯。

海　娃　那还等什么……（迫不及待地戴好眼镜）让我们——

所有人　一起出发！

〔五副 VR 眼镜，熠熠发光。

〔随着穿越时空的重金属音效，刹那间客厅氛围骤变。

〔收光。

❧ 第二场　鬼子进村啦 ❧

〔景转 1941 年秋天，晋察冀边区抗日根据地。

〔远处山头，伫立着一棵孤零零的消息树。

〔杖头穿戴木偶装扮的众乡亲，在井台取水、田间劳作、溪边洗衣、树下纺织之余，忍不住发自心底地血泪控诉。

〔歌曲之五：《在 1941 年的晋察冀边区》。

众乡亲　（唱）在 1941 年的晋察冀边区，
　　　　　　有一个红色抗日根据地。
　　　　　　在 1941 年的晋察冀边区，
　　　　　　枪口下乡亲们挣扎喘息。
　　　　　　在 1941 年的晋察冀边区，
　　　　　　中国人不屈服侵略者铁蹄。
　　　　　　在 1941 年的晋察冀边区，
　　　　　　鸡毛信跟海娃紧紧连在一起。

〔消息树，随着转台移至前景。

〔穿戴木偶装扮的海娃，头戴八路军军帽、手握红缨枪，树下警惕瞭望。

〔木偶领头羊二郎神跟大公羊哮天犬对峙，小母羊七仙女劝架无果，急得冲海娃咩咩求助。

海娃（偶）　立正，什么情况？二郎神……（首长训话般）你作为领头羊，要有当领导的觉悟和姿态嘛，可不能去跟群众打架哦。

〔二郎神点头，惭愧后退。

海娃（偶）　我说哮天犬……（谆谆教诲地）给你讲了多少遍"封神榜"的故事，你是要跟三尖两刃刀一起，来保护二郎神的。

〔哮天犬点头，举蹄认错。

海娃（偶）　七仙女，作为羊群里的头号大美女……（低头亲近着）你要充分发挥颜值优势，搞好二郎神和哮天犬之间的团结啊。

〔七仙女点头，羞赧咩叫。

海娃（偶）　哎，这就对啦……（颇为满意）按照民兵中队长赵铁锤同志……（忍不住笑）也就是我爸爸的话说，你们之间的小摩擦，都属于人民内部矛盾，当下最大的敌人就是日本鬼子，都明白了吗？

〔羊群咩咩叫，不住地点头。

海娃（偶）　不好，远处的消息树倒了……（警觉地眺望）莫非是小鬼子来了？二郎神带好羊群，我去看个清楚明白。

二郎神　咩。

〔歌曲之六：《山顶有棵消息树》。

（合唱）山顶有棵消息树，
　　　　不长叶子光秃秃。
　　　　鬼子来了推倒它，
　　　　通风报信打招呼。
　　　　乡亲不见消息树，
　　　　赶紧躲到安全处。
　　　　鬼子走了扶起它，
　　　　挺立山顶最高处。

〔远方天际线，隐约可见杖头木偶鬼子形象。

海娃（偶）　鬼子真的来了，我马上推倒消息树，去给乡亲们通风报信。

〔山顶上的消息树，被海娃用力推倒。

〔山下的乡亲们大呼小叫，相互提醒撤离避难。

〔歌曲之七：《鬼子来了》。

乡亲们　（唱）快看呐，消息树倒啦！

孩　子　（唱）鬼子来了——

老　人　（唱）鬼子来了——

女　人　（唱）鬼子来了——

男　人　（唱）鬼子来了——

所有人　（唱）快跑吧，再晚就来不及啦。

〔急促的铜锣声中，爸爸穿戴木偶装扮，身背大刀，腰插手枪，指挥乡亲们撤离。

赵铁锤　乡亲们不要慌，收拾好东西赶快撤去隐蔽地点，除了埋在村口的地雷阵，一根鸡毛都不给小鬼子留下。

〔随着大雁惊飞，杖头木偶装扮的众乡亲拖儿带女、牵牛赶驴、背包袱驮粮食，赶去深山处避难。

〔远远望着逃难乡亲，海娃忍不住瞪眼咒骂。

海娃（偶）　该死的小鬼子，偏偏赶在收获的时候来扫荡，还搞起烧光、杀光、抢光的"三光"政策，一点人性都没有。

赵铁锤　海娃……（匆上）我有急事找你。

海娃（偶）　爸爸，是什么急事呀？

赵铁锤　你要马上赶去三王庄……（往外掏东西）把这封鸡毛信，送给八路军指挥部的张连长。

海娃（偶）　爸爸……（好奇地端详着）插着三根鸡毛的信，我还是头一回送呢。

赵铁锤　海娃，你明白这是啥意思吗？

海娃（偶）　嗯，一根鸡毛代表一般紧急，两根鸡毛代表非常紧急，三根鸡毛嘛……（接信揣好）就是特别特别紧急呗。

赵铁锤　明日天黑之前，一定要亲手交给张连长。

海娃（偶）　放心吧……（紧紧腰带）三王庄我都去过两回啦。

赵铁锤　这只烤红薯……（放进海娃口袋）带着路上吃。

海娃（偶）　好嘞……（转身就走）

赵铁锤　海娃，你就这么大大咧咧走啦……（嗔怪地比画）红缨枪，还有帽子。

海娃（偶）　嘿嘿，差点暴露身份，要是让鬼子发现我是小八路儿童团长……（交出军帽和红缨枪）那可就糟啦！二郎神，咱们送信去喽。

赵铁锤　海娃，你给我回来。

〔海娃驻足转身，有些不耐烦。

〔歌曲之八：《鸡毛信是什么》。

海娃（偶）　（唱）爸爸呀爸爸，

你到底想说啥？

我赶着去三王庄送信呢，

你偏要婆婆妈妈。

赵铁锤　（唱）海娃呀海娃，我还是不放心呐。

我问你鸡毛信是什么？

一定要如实回答。

海娃（偶）　鸡毛信它……（挠头）就是鸡
毛信呗。

赵铁锤　你这等于……（担忧）啥也没说呀。

海娃（偶）　（唱）虽然说不出是什么，

可我知道送信为了啥。

为了狠狠地打鬼子，

把敌人赶出我们的家。

赵铁锤　信比天大……（点头满意）千万不
能粗心大意啊。

海娃（偶）　都记住啦……（打个呼哨）二郎
神、哮天犬、七仙女，我们出发。

〔爸爸远远地冲海娃招手。

〔海娃赶着羊群，在山沟里兜兜转
转，掏出毛巾擦汗。

〔羊群摩肩接踵，懒散惬意。

〔随着一阵枪声，山体骤然裂开。

〔杖头和穿戴木偶装扮的日本鬼
子，手持闪光的刺刀，大皮靴踢
踏着尘土，高举刺目的膏药旗，
由远及近逆光而来。

海娃（偶）　是小鬼子。羊娃们别怕，有海
娃保护你们……（突然想起什么，
急忙掏出鸡毛信）等会儿小鬼子
肯定会搜身，鸡毛信怎么办？

〔定位光启，一旁闪出头戴 VR 眼
镜的真人海娃。

海　娃　海娃……（害怕地提醒）赶快跑吧。

海娃（偶）　不……（感到很奇怪）为什么
要逃跑？

海　娃　日本兵来者不善，太危险啦。

海娃（偶）　过去也遇见过小鬼子，可我从
来没有害怕过。

海　娃　就算你不怕，要是被鬼子发现鸡
毛信，可怎么办呐？

海娃（偶）　怎么办？我爸爸说……（端详
信件）办法总比困难多。

海　娃　不要嘴硬啦，敌军压境，危机四
伏，你心里其实连一点办法都没
有……

海娃（偶）　别说啦！怎么回事，今天有
点不对劲儿，哪来那么多私心
杂念？真丢人……（撵苍蝇般挥
手驱赶）鸡毛信，到底藏哪儿好
呢？

〔真人海娃惭愧地隐去，木偶海娃
急得抓耳挠腮。

〔二郎神转身，摇动蒲扇般的大尾巴。

二郎神　咩……

海娃（偶）　有啦……（眼睛骤亮）我把这
封鸡毛信，藏在二郎神的大尾巴
底下……（将信绑好，得意地笑了）
别说小鬼子，就是神仙也找不到，
谁会掀开尾巴去看你的臭屁屁
呢？是不是呀二郎神……（二郎
神点头晃屁股）羊娃们出发喽！

〔二郎神重任在臀，愈发卓尔不
群。哮天犬和七仙女左右护驾，
三羊鼎立群羊紧随。

〔海娃一甩鞭子，只听"啪"的一
响，前面的鬼子兵，吓得呼啦卧
倒一片。

〔仁丹胡用戴白手套的手，掏出王
八盒子恶狠狠地断喝。

仁丹胡　八嘎，你的什么的干活？

海娃（偶）　放羊的干活呗。

仁丹胡　八路军的打枪?

海娃（偶）　没有人打枪，这是放羊鞭子。

仁丹胡　鞭子会响? 你的……（满脸狐疑）撒谎的干活。

海娃（偶）　不相信是吧? 你再听听……（啪啪啪连甩三鞭）

〔仁丹胡见状，恼羞成怒地斥骂鬼子兵。

仁丹胡　八嘎，身为帝国军人，居然被一个中国小孩吓破胆，一群懦夫……（挥手示意）翻译官。

翻译官　太君……（小跑上前，鞠躬附耳）有何吩咐?

仁丹胡　你的……（耳语）明白?

翻译官　嗨，大大的明白……（转身逼问海娃）小兔崽子，太君怀疑你，是八路军的密探。

海娃（偶）　冤枉啊，我就是给东家放羊的……（乖乖举手）不信你搜。

翻译官　你可不要给老子耍花样……（搜出火柴）你带洋火干什么?

海娃（偶）　放羊饿了，就去地里挖几个红薯，再捡几根干柴，烤着吃呗。

翻译官　还真有烤红薯……（顺手拿走）

海娃（偶）　我就这一个烤红薯……（追讨）你拿走我吃啥?

翻译官　真是个死心眼儿……（归还火柴）还你洋火接着烤嘛。

翻译官　太君，这烤红薯……（掰开捧上）那叫一个香喷喷。

仁丹胡　大大的好……（突然噎住）呃……

海娃（偶）　抢我的烤红薯……（脱口而出）噎死你才好。

仁丹胡　敢骂皇军……（声音嘶哑，拔出手枪）枪毙的干活!

海娃（偶）　我……（闭上眼睛）

翻译官　太君，他没有骂您……（帮海娃开脱）刚才他是说呀……（轻拍仁丹胡后背）噎住你不好。

仁丹胡　哟西，他很关心我的健康，大大的良民……（放下手枪，伸大拇指）我的喜欢。

翻译官　小兔崽子，烤红薯没白吃吧? 太君说喜欢你呢。

海娃（偶）　既然这样……（轰羊群）那就放我们走吧。

日本兵　站住。

仁丹胡　跟红薯相比……（阴险地）我更加喜欢你的羊。

翻译官　一路扫荡全落空……（压低声）太君想吃羊肉啦。

群　羊　咩……（惊恐不安）

海娃（偶）　这都是东家的羊，少一根毛我都赔不起。

翻译官　什么东家羊西家羊，等烤成羊肉串，吃着都是一样香。

海娃（偶）　我真想不通，他不是刚吃过我的烤红薯吗? 怎么……（委屈地）又要吃我的羊呢?

翻译官　小兔崽子，你放羊不就给人吃肉的吗?

海娃（偶）　那也不能给小鬼子吃。

翻译官　不要命啦……（低声威胁）这世道你想不明白的事情多了，快上路吧。

海娃（偶）　我不去。

仁丹胡　八嘎——

翻译官　走啊……（央求地）

〔哨兵拉响枪栓，鬼子们纷纷举枪。

〔海娃吓得捂头蹲下，继而慢慢站起，挺胸昂首。

海娃（偶）　反正伸头一刀，缩头也是一刀，走就走。

仁丹胡　伸头一刀，缩头也是一刀……（伸大拇指）中国小孩说起话来，像个哲学家。

翻译官　小孩，开路。

〔收光。

〔羊群和人群的脚步声，渐行渐远。黑暗中，传出噼噼啪啪的火苗燃烧声响。

〔光启，景转山村打谷场，篝火熊熊，谷堆高耸。

〔翻译官试图制服二郎神，经过一番斗智斗勇，反被二郎神一犄角顶得四脚朝天。

哨　兵　东亚病夫！你居然……（斜视讥讽）打不过一只羊。

仁丹胡　你俩再比，哪个失败……（手指篝火）烤肉的干活。

翻译官　太君真会说笑话，我是大活人，总不能跟畜牲……（指羊尴笑）相提并论吧？

仁丹胡　在我眼里，你们没有任何区别。

翻译官　都听见了吧……（先是后退两步，继而疯狂前扑）有它没我，有我没它。

海娃（偶）　不许伤害二郎神……（挺身护羊）要杀先杀我吧。

翻译官　滚！不杀它……（声嘶力竭）我就变烤肉啦。

〔海娃不管不顾，跟翻译官瞪眼喘气对峙着。

〔篝火噼啪燃烧，仁丹胡跟哨兵的冷血讨论，形同火上浇油。

仁丹胡　人和羊嘛……（睥睨翻译官和头羊）哪个烤出来更香？

哨　兵　长官，这可是个严谨的学术问题，只有吃过之后，才能作出公允评判。

众鬼子　哈哈哈哈……

翻译官　你听见了吧……（死盯着海娃）不给太君吃羊肉，他们会吃人的。

海娃（偶）　就算给他们吃羊……（妥协中透着坚持）也不是二郎神。

仁丹胡　为什么？

海娃（偶）　因为二郎神是领头羊……（灵机一动来到仁丹胡跟前，在他和二郎神之间比画着）要是把它杀了，所有的羊都会炸群跑光的。

仁丹胡　明白！领头羊就是本太君……（自信地拍胸脯）最高指挥官……（转身逼问翻译官）难道你要杀我？

翻译官　不不不……（吓得不轻，点头哈腰）不敢不敢。

仁丹胡　懦夫的统统闪开……（推开翻译官，抽出指挥刀）皇军要大开杀戒。

众鬼子　嘿！

〔篝火熄灭，灯光幽暗。

〔打谷场瞬间形同地狱，鬼子兵化身"鬼子狼"，凶残地围猎群羊。

〔歌曲之九：《羊遇见狼》。

群　羊　（唱）一群饿狼，眼放绿光。
　　　　　　狼牙锋利狼心肮脏，
　　　　　　充满邪恶欲望。

鬼子狼　（唱）一群小羊，温柔善良。
　　　　　　羊毛柔软羊肉真香，
　　　　　　全都吃个精光。

群　羊　（唱）狼的借口，冠冕堂皇。

鬼子狼　（唱）帮扶你们，更加强壮。

群　羊　（唱）狼的逻辑，可笑荒唐。

鬼子狼　（唱）谁叫你们，可爱漂亮。

群　羊　（唱）狼的野心，无限膨胀。

鬼子狼　（唱）霸占你们，所有的羊。

群　羊　（唱）狼的兽行，霸蛮嚣张。

鬼子狼　（唱）吃光你们，不用商量。

羊和狼　（合）当狼遇见羊，

　　　　　　　还有什么道理可讲？

　　　　　　　当羊遇见狼，

　　　　　　　任宰割还是反抗？

〔在鬼子狼的围剿之下，群羊奔逃哀号，无法突围。

〔海娃试图保护羊群，被鬼子狼控制拖下。

〔哮天犬、七仙女、小不点和小淘气遭到屠杀，剥皮烤熟。

海娃（偶）　放开我……（挣扎跑上）你们放开……

众鬼子　哟西！哈哈哈哈……（用刺刀挑起四张血淋淋的羊皮）

海娃（偶）　哮天犬、七仙女……（望羊皮戛然止步）小不点、小淘气……（痛苦地跌坐流泪）

〔鬼子兵捧上烤肉，仁丹胡狼吞虎咽。

〔海娃手捂二郎神眼睛，不忍直视。

仁丹胡　味道大大滴香……（拿起羊排，递给海娃）你的咪西。

〔海娃眼中噙泪，扭头不接。

〔翻译官见状上前，赶紧打圆场。

翻译官　小兔崽子，这可是太君……（替海娃接过）赏给你的烤羊肉，还不赶快拿着？

海娃（偶）　放羊六年，我从来不让它们饿一回肚子。

仁丹胡　哟西……（欣赏着海娃的痛苦）感情深一口吞。

海娃（偶）　放羊六年，我从来不舍得打它们一下，可你们……（怒目而视）

仁丹胡　八嘎！吃羊肉……（抽刀威胁）还是掉脑袋？

翻译官　太君息怒！吃羊肉很香，掉脑袋很疼……（赔笑）他又不是傻子。

仁丹胡　识时务者……（插刀入鞘）聪明仔。

翻译官　小兔崽子……（近乎哀求）赶紧吃羊肉啊。

海娃（偶）　哼……（瞪翻译官一眼，走向一旁）

翻译官　我可是对你好，咱们都是……（追着海娃，悄悄规劝）都是一样的中国人。

海娃（偶）　咱们不一样。

翻译官　嗯？

海娃（偶）　我是放羊的，你是吃羊的。

翻译官　你嘴硬顶个屁用？我亲眼见过皇军刀劈活人……（低声耳语）要是脑袋搬家没了命，啥事你都干不成。

海娃（偶）　我还不能死……（突然想起什么）我还有更重要的事要做呢，我爸爸说过……（不禁说出声来）信比天大！

翻译官　命比天大……（顺势递过羊肉）这就对了，快拿着吧。

海娃（偶）　我……（发觉失言，赶紧捂嘴）

〔此举激怒仁丹胡，冲哨兵使个眼色。

〔哨兵哗啦抖枪，用刺刀顶住二郎神的脖颈。

哨　兵　咪西……（子弹上膛）还是不咪西？

二郎神　咩……（摇着尾巴，哀求海娃）咩……

海娃（偶）　不要开枪……（接过羊肉）我吃我吃……（咬一小口）

仁丹胡　羊肉……（眼盯海娃，得意狞笑）

难道它不香吗?

海娃（偶） 我吃……（轻轻嚼着，哭出声来）

哨　兵 大口地吃。

仁丹胡 嗯……（眼望被迫大口吃肉的海娃，点头表示满意）明天继续扫荡的干活……（伸着懒腰，打个呵欠）统统的睡觉。

翻译官 嗨，太君好梦。

〔海娃赶紧抱住二郎神，无声地带领羊群往外走。

仁丹胡 小孩……（叫住海娃，手指脚边）在这里睡觉。

海娃（偶） 可我喜欢跟羊一起睡……（寸步不离二郎神）我不能离开我的羊。

仁丹胡 嘿嘿，你是嫌羊……（狞笑着威胁）杀得不够多吗?

海娃（偶） 我……（看了看身边的羊，不情愿地走到仁丹胡身边）

仁丹胡 逃跑的不要……（仿佛看穿海娃，将他拎到正中间）乖乖的睡觉。

〔海娃躺在横七竖八的鬼子兵中间，假装睡觉。

〔仁丹胡倚靠在碾盘上，怀抱着指挥刀，顿时鼾声如雷。

〔海娃偷眼望向刺刀挑挂的羊皮，难过地抽泣起来。四张带血的羊皮，瞬间化为四只可爱的小羊娃。

〔歌曲之十:《羊娃更爱小海娃》。

〔小羊娃合唱:

海娃最疼小羊娃，

就像宝贝金疙瘩。

不让羊娃饿肚皮，

从不舍得打和骂。

同吃同喝同睡觉，

羊娃更爱小海娃。

亲亲热热像一家……

〔羊娃们依依不舍隐去，还原为挑挂在刺刀上的羊皮。

海娃（偶） 哮天犬、七仙女、小不点儿还有小淘气，你们死得好惨呐……（触景生情，悲从中来）都怪海娃不好，我不但没有保护好你们，居然还吃了你们的肉……（哭出声来，赶紧捂嘴）你们不能待在狼窝里，再这样下去所有的羊，都会被凶残的小鬼子吃光的，我得赶紧去送鸡毛信，只有三王庄的八路军叔叔，才能搭救你们脱离狼窝，二郎神……（蹑手蹑脚来到头羊身边，从大尾巴底下取出信）多谢你帮我保管鸡毛信。

〔木偶海娃将鸡毛信揣进口袋，小心翼翼跨过熟睡的鬼子兵，悄悄向外挪步。

〔一束定位光下，真人海娃出现，他在亦步亦趋地模仿跟随木偶海娃。

〔眼看着木偶海娃就要离开打谷场，身后突然传出惊雷般的当头棒喝。

仁丹胡 八嘎牙路……（突然坐起，面目狰狞）死啦死啦滴!

海　娃 我的妈呀……（驻足一怔，惊慌失措）吓死人啦……

〔真人海娃突然晕倒，连累木偶海娃断网倒地。

〔仁丹胡直挺挺躺下，继续磨牙打呼噜。

〔收光。

第三场　鸡毛信是啥

〔黑暗中，传来声声呼唤。

爸　爸　海娃……

妈　妈　海娃……

柳子睿、高千玺　海娃……

所有人　海娃，你快醒醒。

〔客厅光启，大人和小孩都围着海娃。

〔海娃摘下 VR 眼镜，睁开眼睛，惊魂未定。

海　娃　太可怕啦！老爸，人家的游戏要钱，你的游戏要命啊……（将眼镜丢到爸爸怀里）我再也不玩游戏啦。

妈　妈　海娃，你就这么放弃啦？

爸　爸　游戏嘛……（跟妈妈使眼色）不想玩就不玩了。

柳子睿　真可惜呀，海娃眼看就要摆脱鬼子狼窝……（遗憾摊手）就差那么一小步。

高千玺　是啊，那个凶恶的日本军官仁丹胡，压根就没有看见海娃……（哭笑不得）他居然是在发癔症说梦话。

海　娃　发癔症说梦话？不可能……（极力辩解）当时他就在我的背后，大喊大叫着要杀人，我才终止游戏半途而废的。

柳子睿　是真的，你刚刚被吓晕，他就接着倒下，呼呼大睡啦。

高千玺　那呼噜打的……（跟子睿一起模仿仁丹胡）比割草机的声音还响，不信你问叔叔阿姨。

爸　爸　他们俩说的没错。

妈　妈　我们透过 VR 眼镜，都看见了。

海　娃　太丢人啦，居然在虚拟的游戏里，被小鬼子说的梦话吓晕，这要传出去……（无地自容）我还怎么混呐。

柳子睿、高千玺　你放心，我们绝对保密。

海　娃　越想越没面子，就算你们俩不说……（惭愧自责）我也无法原谅自己。

爸　爸　那是必须的，儿子你平时在家里，啊……（冲妈妈挤眼睛）怕过谁呀？

妈　妈　可怎么一遭遇小鬼子，居然在最关键的时刻……（跟爸爸一唱一和）当了小逃兵呢？

海　娃　爸爸妈妈，我是不是让你们很失望呀？

爸　爸　失望不失望的，现在谈还为时尚早，送鸡毛信的游戏嘛，毕竟才进行了一半。

妈　妈　我也很好奇，今天我们的小海娃，在送信半路上被小鬼子吓跑了，那当年的小海娃完成任务了吗？

柳子睿　那个海娃在出发的时候，连鸡毛信是什么都不明白，现在你这个海娃呢？

海　娃　我明白……（似懂非懂地）好像也不明白。

柳子睿、高千玺　快说给我们听听吧。

〔眼看着木偶海娃就要离开打谷场，身后突然传出惊雷般的当头棒喝。

〔歌曲之十一：《鸡毛信是希望，鸡毛信是重担》。

海　娃　（唱）那封鸡毛信，虽然送一半。
　　　　　　已经感到十分危险，

特别特别的艰难。

那些鬼子兵，狡猾又阴险。

杀羊吃肉令人胆寒，

非常非常的凶残。

高千玺　明知道有生命危险，还是要坚持去送信……

柳子睿　那个海娃……（崇拜地）可真勇敢！

高千玺　刚才透过 VR 眼镜，看见鬼子狼杀羊，还逼着海娃吃羊肉……

柳子睿　我都忍不住……（伤心地）哭了。

海　娃　那些羊好可怜啊，只有鸡毛信才能救它们。

海娃、柳子睿、高千玺　（唱）

鸡毛信是希望，鸡毛信是期盼。

鸡毛信是受压迫者，生命的呐喊。

爸、妈　（唱）鸡毛信是责任，鸡毛信是重担。

是八路军打鬼子，

胜利的最关键。

海　娃　那封鸡毛信，如果不赶快送到八路军叔叔手里，小鬼子肯定还会……（心疼不忍）还吃我的羊。

妈　妈　你的羊？哈哈哈哈……（故意轻描淡写）那可是八十年前，龙门村儿童团团长赵海娃的羊，他是个勇敢聪明的孩子，一定会想出好办法，去救它们的。

海　娃　年龄都是十二岁，名字都叫海娃，可我们俩的差距……（顿感羞愧）怎么这么大呀？

柳子睿、高千玺　你问我们……（含笑对视）我们问谁呀？

爸　爸　儿子，难道你不想知道，当年的那个海娃，是怎么完成任务的吗？

海　娃　当然想……（心有余悸）可是小鬼子实在……

柳子睿、高千玺　实在……（模仿海娃胆怯的口吻）太可怕啦！

爸　爸　当年那个海娃，他怎么就不怕小鬼子呢？真令人佩服啊。

海　娃　爸爸，你既然那么喜欢《鸡毛信》，你自己为什么不叫海娃？

妈　妈　还真说对了，你爸小时候呀，就叫海娃。

柳子睿、高千玺　真的？

海　娃　绝对不可能……

爸　爸　海娃这个名字，是你爷爷奶奶给我起的，对了……（转身捧来精致木匣，打开拿出一摞旧书）这些不同时期的语文课本，也都是他们珍藏的，每一本都有《鸡毛信》这篇课文。

〔孩子们拿起旧课本，好奇地翻看着。

〔歌曲之十二：《海娃的故事天下流传》。

妈　妈　（唱）在你爸爸出生的那一年，

小英雄海娃的故事天下流传。

爷爷奶奶也为他取名海娃，

希望儿子像小英雄那样勇敢。

爸　爸　（唱）海娃从此成为我的标签，

小英雄的高大形象逐渐变成负担。

这种逆反爆发在留学之前，

自己偷偷改名字辜负了父辈的期盼。

爸、妈　（唱）父母去世后，懊悔很多年。

直到儿子你出生，

取名海娃来弥补遗憾。

海　娃　爸爸，你自己都做不到的事情，为什么要我替你做呢？

爸　爸　儿子，这正是我们这一代人，最值得反思的地方，总把自己无法完成的愿望，寄托到子女身上。

海　娃　爸爸，当初你不愿意叫海娃，也是因为有人说你的名字……（感同身受地）很土吗？

爸　爸　恰恰相反，海娃是新中国第一个抗日小英雄，电影《鸡毛信》还第一个荣获国际大奖呢，用今天的话说就是潮流爆款，是我在蹭他的流量。

海　娃　他能有多大流量，不就是送了一封信吗？

爸　爸　儿子，在每个孩子手中，都有一封重要的鸡毛信，人家海娃不懈努力克服困难送到了，你的呢？

海　娃　我的……（空摊两手）鸡毛信……

柳子睿　要是我呀，一定会把信送出去。

高千玺　对，我更不会轻易放弃，半途而废。

妈　妈　儿子，你呢？

海　娃　我……（难以启齿地）当了逃兵。

柳子睿　你不是逃兵……

高千玺　只是按下了暂停键。

海　娃　暂停键……（眼睛一亮）爸爸，突然遭遇失败，难道不是归零重启、前功尽弃吗？

爸　爸　当然不是，你从哪里跌倒，可以再从那里爬起来。

海　娃　太好啦，我要回到当年的海娃身边去……（振奋而又激动）去吃他吃过的苦，去受他受过的罪，去送他送过的……（拿起 VR 眼镜）那封鸡毛信。

爸、妈　儿子加油。

柳子睿、高千玺　我们做你的坚强后盾。

海　娃　让我们——

所有人　再出发！

〔海娃备受鼓舞，众人戴上 VR 眼镜。

〔音乐骤变，收光。

❧ 第四场　虎口去拔牙 ❧

〔景转 1941 年秋天，晋察冀边区抗日根据地。

〔打谷场上，熟睡的鬼子兵像柴捆一般，横七竖八。

〔月牙游弋，群羊围观晕倒的海娃，无助祈祷。

〔伴随二郎神的演唱，已经死去的七仙女和哮天犬，依次浮现在定位光下。

〔歌曲之十三：《千万不要再睡啦》。

二郎神　（唱）房顶上的大公鸡，

　　　　　千万不要打鸣呀。

　　　　　公鸡只要一打鸣，

　　　　　天马上就会亮啦。

七仙女　（唱）睡地上的小鬼子，

　　　　　千万不要醒来呀。

　　　　　鬼子只要一醒来，

　　　　　扫荡队伍要出发。

哮天犬　（唱）吓晕倒的小海娃，

　　　　　千万不要再睡啦。

　　　　　海娃赶紧去送信，

　　　　　才能搬兵救大家。

群　羊　（唱）摆摆耳朵咬咬牙，

　　　　　敲破脑袋没办法。

　　　　　眼看鸡叫天快亮了，

　　　　　羊群又要被屠杀。

〔月牙似乎听懂群羊的祈求，仿佛时间刻度，凝固不动。

〔羊群于是看到希望，激起求生勇气。

二郎神　（不甘屈服，率先出列）咩……

公羊们　（不假思索，跟随头羊）咩……

母羊们　（不愿落后，鼓舞同伴）咩……

群　羊　（不再害怕，形成合力）咩……

〔羊咩声引来成群结队的鬼子狼，面对着淫威和压迫，羊群开始抱团取暖牵手抵抗。

〔眼看着群羊不敌鬼子狼，哮天犬、七仙女、小不点和小淘气的羊皮飞升起来，连成巨大的羊魂矩阵，舞龙舞狮一般激励群羊逐渐强壮。

〔嚣张的鬼子狼面对弱小积累的强大，反倒害怕退缩起来，终被天罗地网般的羊魂吞没。

〔二郎神率领群羊，以或轻或重、或高或低的咩叫声，汇成震撼视听的羊咩交响曲，终于唤醒木偶海娃。

海娃（偶）　嘘……（示意羊群，不要咩叫）

仁丹胡　羊肉喷喷香……（吧嗒着嘴巴说梦话）把它们全吃光。

〔木偶海娃站起身，环视身泛绿光的鬼子兵，咬牙切齿。

〔歌曲之十四：《快把鬼子赶回老家》。

海娃（偶）　（唱）你们杀死慈祥的老人，

难道自己没有爹妈？

你们祸害无辜的孩子，

难道自己不生娃娃？

你们有手有脚不种地，

凭什么抢别人庄稼？

你们无情无义黑心肝，

难道就不怕天雷惩罚？

骂你们不是人吧，

也会咬牙放屁说梦话。

把你们当成人吧，

干起坏事比恶魔更可怕。

我要把鸡毛信送给八路军，

快把鬼子赶回老家。

〔羊群点头，似在鼓励木偶海娃。

〔木偶海娃信心倍增，伸手摸到口袋里的火柴，咧嘴笑了。

海娃（偶）　二郎神……（掏出火柴，悄悄耳语）你快带大伙躲进角落里，离草垛越远越好。

二郎神　咩。

〔心领神会的二郎神，带领群羊离开草垛。

〔木偶海娃划着一根火柴，刹那间浓烟弥漫。

〔睡梦中的鬼子兵，开始剧烈咳嗽。

哨　兵　大事不好……（惊叫蹦跳）着火啦！

仁丹胡　八路军放火的干活……（爬起拔枪）集合队伍不要中计。

〔鬼子兵慌作一团，木偶海娃趁乱逃离打谷场。

〔鸡叫天亮，晨雾中木偶海娃一路奔跑。随着枪栓一响，半山腰闪出哨兵的身影。

哨　兵　站住……（挥舞白毛巾）暗号的干活。

海娃（偶）　暗号……（赶紧捂嘴，不敢吭声）

哨　兵　对不上暗号……（放下毛巾，端枪瞄准）开枪的干活。

海娃（偶）　噢……（突然脱掉上衣，模仿对方挥舞比画）

哨　兵　暗号对上了……（放下枪摆手）开

路开路。

〔哨兵转身离去，木偶海娃长吁一口气，赶紧穿衣跑开。他跳过沟坎爬上山梁，坐在石头上喘气擦汗。

海娃（偶）　爸爸，不用等到天黑，我就能赶到三王庄啦……（兴奋地自语）张连长见到鸡毛信，不表扬我才怪呢……（下意识伸手摸信，突然间惊叫起来）鸡毛信不见啦！

〔木偶海娃摸遍全身，懊悔地抱头蹲下。

〔真海娃蓦然出现，笼罩在定位光中。

海　娃　你把鸡毛信丢哪啦？

海娃（偶）　我不知道……

海　娃　你怎么那么不小心呐？

海娃（偶）　张连长收不到鸡毛信，会误大事的……

海　娃　怎么办呢？

〔随着几束定位光，爸爸妈妈和柳子睿、高千玺，分别出现在木偶海娃的周围。

妈　妈　海娃，千万不要着急，好好想一想信是怎么丢的？

爸　爸　海娃，认真梳理刚才的行进路线，一定会发现问题出在哪里。

柳子睿　海娃，就像平时做作业那样，从头到尾再检查一遍。

高千玺　海娃，老师常说，小差错往往因为粗心大意。

海　娃　海娃要冷静，千万别着急。

海娃（偶）　对，冷静，好好想一想……

〔歌曲之十五：《我们相信你，定能创造奇迹》。

海　娃　（唱）鸡毛信掉在哪里，

瞪大眼四下寻觅。

柳子睿、高千玺　（唱）静下心从头回忆，
　　　　　　　　　　　一路上要看仔细。

海娃（偶）（唱）怕落到鬼子手里，
　　　　　　　　怪自己粗心大意。

爸、妈　（唱）自责不解决问题，
　　　　　　　把这个教训铭记。

所有人　（唱）在哪里跌倒，
　　　　　　　就从哪里爬起。
　　　　　　　我们相信你，
　　　　　　　定能创造奇迹。

海　娃　海娃，你的时间不多啦，赶紧回头去找鸡毛信吧。

海娃（偶）　回头去找？

海　娃　鸡毛信要是被鬼子发现，你就前功尽弃啦。

海娃（偶）　不！鸡毛信绝不能落到鬼子手里。

海　娃　海娃，别着急。

所有人　海娃，加油啊！

海娃（偶）　嗯……（重重地点头）

〔真人隐去，舞台反向旋转，水复山重。

〔随着雁群倒飞，木偶海娃也倒退着跑下山梁、跳过沟坎，返身寻找鸡毛信。

〔如同录影带倒放一般，木偶海娃寻觅到遇见哨兵的地方。

海娃（偶）　只要沉着冷静，定能创造奇迹……（瞪大眼睛）我的鸡毛信……（扑在地上，捧信打滚）可找到你啦。

翻译官　我可找到你啦……（随着画外音，翻译官跑上）

海娃（偶）　翻译官……（赶紧揣好鸡毛信）你怎么……

翻译官　小兔崽子……（气喘吁吁）找得我好苦。

海娃（偶）　翻译官，咱们都是中国人，你就放我走吧。

翻译官　哼，你不是说，咱俩不一样吗……（模仿海娃方才的口吻）我是吃羊的，你是放羊的。

海娃（偶）　翻译官，你可是大人，咋还跟小孩子记仇？我现在承认你是中国人，这下行了吧？

翻译官　你就算承认我是玉皇大帝也不行，皇军来啦。

海娃（偶）　没有……（台上张望）小鬼子呀。

翻译官　都在那儿呢……（手指台下）

〔顺着翻译官的手一看，木偶海娃惊得手捂嘴巴。

〔木偶装扮的鬼子兵，赶着羊群从观众席涌上舞台。

仁丹胡　竟敢偷跑……（打木偶海娃一个耳光）良心大大的坏。

海娃（偶）　我在找羊，昨晚失火跑丢一只……（做委屈状）要是东家知道了，又要打我啦。

仁丹胡　撒谎！所有羊……（举手又要打）都在这里。

翻译官　太君……（赔笑劝阻）我证明他是在找羊。

仁丹胡　我再相信你最后一次……（顿时消气）三王庄的开拔，开路以马斯。

众鬼子　嘿！

翻译官　小兔崽子……（轻推木偶海娃）赶快带路吧。

〔木偶海娃来到二郎神跟前，仰望山顶上的消息树，咧嘴乐了。

海娃（偶）　二郎神你看，还记得爸爸说过

的话吗？

二郎神　咩。

赵铁锤　（画外音）乡亲们不要慌，收拾好东西赶快撤离，除了埋在村口的地雷阵，啥都不给小鬼子留下！

海娃（偶）　二郎神……（蹲身耳语）每个村口都有消息树，每棵消息树村下面，一定都埋着地雷阵呢……（起身笑着大声说）你说对吧二郎神？

二郎神　咩……（点头）

〔海娃有些兴奋，举起鞭子刚要甩，被仁丹胡喝止。

仁丹胡　小孩，不许它响。

海娃（偶）　哦，行啊……（忍不住笑）不响就不响。

仁丹胡　小孩……（满脸狐疑）你在笑我？

海娃（偶）　哪敢笑你呀，我笑畜牲呢，对吧二郎神？

二郎神　咩咩……（摇头晃脑）

海娃（偶）　二郎神，我们走喽……（赶着羊群，爬上山坡）

仁丹胡　小孩站住，为何道路，越走越难走？

海娃（偶）　最难走的路，往往最近嘛。

仁丹胡　胆敢使诈……（拔枪威胁）脑袋搬家。

海娃（偶）　要我带路……（故作委屈）你就得相信我。

仁丹胡　我相信……（挥舞手枪）你没有子弹跑得快。

海娃（偶）　不光是你……（摸羊脑袋）二郎神也信。

仁丹胡　哟西，偷偷地进村……（吩咐左右）打枪的不要。

〔木偶海娃赶羊越走越快，越爬越高。

〔鬼子兵开始跟不上，仁丹胡顿时警觉起来。

仁丹胡　小孩……（举枪）站住。

翻译官　太君别开枪，你打死他……（按下仁丹胡的手枪）就没人带路啦。

仁丹胡　嗯，你的……（手指木偶海娃）把他追回来。

翻译官　没问题……（立正鞠躬）

〔鬼子兵停在山脚下，翻译官艰难地追上去。

翻译官　小兔崽子……（追上喘气）千万别要花招，会没命的。

海娃（偶）　翻译官……（口气骤变）既然你在鬼子跟前救过我，我也救你一命。

翻译官　怎么跟老子说话呢？小兔崽子……（佯装发怒）厕所里头打灯笼，找屎（死）啊你。

海娃（偶）　翻译官，我说小鬼子脚下埋着地雷阵，你相信不相信？

翻译官　当我是三岁孩子？老子信你才怪。

海娃（偶）　我说山头那棵树，马上会倒下来，你更加不信喽。

翻译官　小兔崽子，故意耍我是吧？我的忍耐，可是有限度滴。

海娃（偶）　不信你看……（手搭喇叭高喊）鬼子来啦，快放倒消息树！

翻译官　真后悔帮你，太君听见非枪毙你……（看见高处的消息树，真的摇摇晃晃倒下）什么情况？

海娃（偶）　这下你相信了吧？

翻译官　喂，它到底是……（使劲揉眼睛）什么情况？

海娃（偶）　别再为小鬼子卖命当炮灰啦，他们根本没有把你当成人，跟我去找八路军吧……（使足力气，

冲山上喊）八路军叔叔，我是海娃……

〔山头人影晃动，果然穿着八路军服装。

翻译官　这下死定啦，皇军和八路都不好惹，我还是跑回家吧。

海娃（偶）　翻译官，你还有家吗？

翻译官　我的家……（黯然神伤）早就沦陷啦。

海娃（偶）　翻译官，其实我发现，你不是个十恶不赦的坏人。

翻译官　是吗……（忽然有些感动）你怎么看出来的？

海娃（偶）　我知道你在鬼子面前，一直在帮我说好话呢。你放心吧，我会告诉八路军叔叔，你救过我的命。

翻译官　多谢小兔……（赶紧改口咽下"崽子"）多谢小英雄，我马精辟指天发誓，绝对没有祸害过中国人。

〔仁丹胡抬手一枪，木偶海娃手捂胳膊。

海娃（偶）　哎哟……

翻译官　小英雄，你流血啦……（撕下衣角）我给你包扎。

海娃（偶）　不用……（不顾疼痛，继续上爬）还有更要紧的事情。

〔见木偶海娃攀爬困难，翻译官用力将他推上去。

〔仁丹胡勃然大怒，指挥山下的鬼子兵发起进攻。

仁丹胡　中国小孩，竟敢耍我，良心大大的坏……（歇斯底里）死啦死啦的。

翻译官　连孩子也要杀……（拔枪冲山下怒吼）狗日的小鬼子，老子不伺候啦……（刚举起枪，中弹跪地）

海娃（偶）　翻译官，你怎么流那么多血？

翻译官　孩子，现在你觉得我们……
　　　　　（气若游丝）是一样的人吗？

海娃（偶）　是！咱们都是中国人。

翻译官　孩子快走……（用力一推，滚落
　　　　　山崖）

海娃（偶）　翻译官——

　　〔木偶海娃大喊一声，昏了过去。

　　〔张连长带领八路军战士迅速赶来。

张连长　同志们，马上投入战斗。

战士们　是。

通信员　孩子，你醒醒……

海娃（偶）　是八路军叔叔……（看清来人
　　　　　伸手掏口袋）信……

通信员　把信交给我吧。

海娃（偶）　不行，爸爸说了，让我亲手交
　　　　　给张连长。

通信员　连长……（转身呼唤）这孩子找你。

张连长　来啦。

海娃（偶）　张连长，信……（举信）鸡毛
　　　　　信。

张连长　这不是龙门村赵队长的儿子海娃
　　　　　吗……（接过鸡毛信）卫生员，快
　　　　　救孩子……（海娃被卫生员背下
　　　　　包扎）大家不要着急，等敌人全
　　　　　部进入地雷阵，大家一定要切记，
　　　　　不见鬼子不拉弦。

战士们　是！不见鬼子不拉弦。

　　〔硝烟弥漫，舞台旋转。

　　〔仁丹胡驾驶巨型木偶装甲车，轰
　　　　隆隆迎面驶来，密集发射着子弹
　　　　状光束。

仁丹胡　消灭八路主力……（凶相毕露）"夹
　　　　　击给给"。

张连长　日本鬼子来啦……（拔出手枪）拉
　　　　　弦引爆地雷阵。

　　〔地雷接连爆炸，鬼子兵像镰刀下

的杂草纷纷倒伏。

　　〔装甲车瞬间瘫痪，车头膏药旗摇
　　　　摆坠地，大灯脱落。

　　〔仁丹胡爬出来仓皇逃命，被张连
　　　　长持枪拦住。

张连长　小鬼子……（举枪瞄准）看你往哪
　　　　　跑。

仁丹胡　土八路……（垂死挣扎）死啦死啦
　　　　　的……

　　〔张连长一枪击毙仁丹胡，战士们
　　　　涌上来打扫战场。

　　〔通信员兴高采烈跑来，向张连长
　　　　汇报战况。

　　〔歌曲之十六：《这一仗打得真漂亮》。

通信员　（唱）报告张连长，
　　　　　　　　这一仗打得真漂亮。
　　　　　　　　扫荡鬼子消灭光，
　　　　　　　　送信的海娃挂了彩手臂受轻伤。

张连长　同志们，（拿出鸡毛信，两眼放光
　　　　　芒）打得好啊！
　　　　　（唱）鸡毛信上讲，
　　　　　　　　据点鬼子大扫荡。
　　　　　　　　主要兵力去抢粮，
　　　　　　　　炮楼里只剩十几条枪。

通信员　连长，这封鸡毛信，来得太及时啦。

张连长　根据可靠情报，敌人倾巢扫荡，
　　　　　据点形同虚设，带足炸药土炮，
　　　　　连夜去端掉鬼子炮楼。

通信员　真是太好了……

战士们　又要打硬仗啦。

张连长　出发！

　　〔战士们抬出土炮，带上所有战利品。

　　〔张连长驾驶修好的木偶装甲车，
　　　　车头插着鲜艳的八路军旗，转头
　　　　冲向鬼子炮楼。

　　〔战士们不怕牺牲，追随军旗，形

同下山猛虎。

战士们　（唱）炸药土炮轰隆响，
　　　　　　敌人炮楼飞天上。
　　　　　　没死的鬼子缴枪投降，
　　　　　　这一仗打得真漂亮。

〔激越的冲锋号，响彻天地。

〔喊杀声中，景转三王庄八路军指挥部。

〔凯旋的八路军将士，将臂吊绷带的海娃，团团围住。

张连长　海娃，伤口还疼吗？

海娃（偶）　张连长，早就不疼啦……（故作轻松地举手，疼得倒吸凉气）像被蚂蚁咬了一下。

张连长　海娃，你可真了不起，不光把扫荡的鬼子引进地雷阵，还及时送来那封鸡毛信，让我们接连打了两个大胜仗。

海娃（偶）　哈哈哈哈……（高兴得蹦起来）真是太好啦……（继而匆匆往外走）

张连长　海娃，你要去哪儿？

海娃（偶）　我去找我的羊……

张连长　你的羊呀，我们已经从小鬼子手里夺回来啦。现在都吃饱喝足，在羊圈里歇着呢。

海娃（偶）　真的？

张连长　不相信？（手指屋外）你听听……

〔海娃凝神静听，传来二郎神的叫声。

二郎神　咩……（画外音里透着惬意）

海娃（偶）　听见啦，二郎神在跟我说话呢，说它们都很好……（转念想起什么，有些明知故问）既然打了大胜仗，缴枪了吗？

张连长　那还用说，缴了几大捆呢，都是崭新油亮的三八式快枪。

海娃（偶）　张连长，那你……（嬉笑央求）发给我一支枪呗。

张连长　给你一支？没问题。等你呀……（在海娃头上比画）比枪高的时候就给你。

海娃（偶）　哼，一听就是……（不满意地）在哄小孩儿。

张连长　哄小孩儿？大家说说，（笑问战士们）我们的海娃，是小孩儿吗？

通信员　海娃是小英雄。

战士们　海娃是大功臣。

张连长　敬礼。

海娃（偶）　啊？八路正规军……（感到不可思议）居然给小孩子敬礼。

张连长　敬礼！

海娃（偶）　还礼……

〔木偶海娃模仿行军礼，先是激动地哭了，接着又自豪地笑了。

尾　声　请叫我海娃

〔客厅里，众人含笑望着海娃。

〔海娃依依不舍地摘下 VR 眼镜，手持鸡毛信的他，跟先前判若两人。

海娃　感谢爸爸妈妈，感谢子睿千玺……（阳光而又自信）感谢你们，一直为我加油鼓劲。

爸爸　祝贺海娃，终于将人生中最重要的鸡毛信，成功送给收信人。

妈妈　好儿子，你永远都是爸爸妈妈的骄傲。

柳子睿、高千玺　也是我们的骄傲，祝贺海娃。

柳子睿　太棒啦，我要为你点赞打 call。

高千玺　对了，你到底要给自己，改个什么名字呀？

海　娃　今天是我的十二岁生日，我要自己当家做主，向全世界大声宣布，请叫我一声"海娃"。

爸爸、妈妈　（欣慰地）海娃……

柳子睿、高千玺　（羡慕地）海娃……

所有人　（响亮地）海——娃——

海　娃　（自豪地）哎！

柳子睿　该吹生日蜡烛啦。

高千玺　快许个心愿吧。

海　娃　爸爸妈妈，能把我的心愿说出来吗？

爸爸、妈妈　好啊。

海　娃　我的愿望是，把这封鸡毛信变成和平鸽，带着所有美好和祝福，飞向明天，飞向未来。

爸爸、妈妈　大家说，海娃的愿望……（问台下观众）会不会实现？

所有人　一定会实现。

柳子睿　让我们远离战争……

高千玺　让我们珍爱和平……

海　娃　让我们不懈努力克服困难……（深情而又自信）把人生中最重要的那封鸡毛信，送出去！

　　　　〔歌曲之十七：《鸡毛信》。

海　娃　（唱）在每个小朋友的手心，
　　　　　　　都有一封最重要的鸡毛信。
　　　　　　　它是希望，它是责任。
　　　　　　　它是敢于担当，它是使命初心。

所有人　（唱）只有克服困难不懈努力，
　　　　　　　才能成功送给收信人。

　　　　〔海娃将鸡毛信折叠成和平鸽，放飞到观众席。

　　　　〔刹那之间，舞台上都是洁白的和平鸽，层层叠叠构筑成一个镂空的心形。

　　　　〔远处浮现天际线，一棵长满叶子的消息树，树下站着手持红缨枪站岗放哨的木偶海娃。

　　　　〔歌曲之十八：《心中梦想都发芽》。

所有人　（唱）想起你的英雄故事，
　　　　　　　多大困难都不怕。
　　　　　　　看到你的坚强背影，
　　　　　　　脚下前程更远大。
　　　　　　　叫出你的响亮名字，
　　　　　　　心中梦想都发芽。
　　　　　　　你的故事成佳话，
　　　　　　　勇敢精神人人夸。
　　　　　　　你的精神传天下，
　　　　　　　鞭策激励你我他。

　　　　〔消息树旋转台前，真人海娃手拿和平鸽，充满景仰地来到木偶海娃跟前。

　　　　〔木偶海娃接过真人海娃的和平鸽，将手中红缨枪交给对方。

　　　　〔真人海娃手持红缨枪站在消息树下，模仿木偶海娃站岗放哨。

　　　　〔木偶海娃手中高举和平鸽，随旋转轨道消失岁月深处。

　　　　〔音乐暖心，如沐春风……

粤剧

演出单位
梧州市演艺有限责任公司

抉择

内容简介

　　粤剧《抉择》讲述了著名的爱国民主人士、梧州历史名人李济深先生在中国新民主主义革命关键的历史时刻，响应中共中央邀请，为共商建立新中国伟业而排除万难，从香港毅然北上，奔赴东北解放区的故事。

　　该剧通过富有感染力的艺术表现形式，展现了李济深先生以卓越的政治智慧、无畏的斗争精神，与威逼利诱阻挠其北上的国民党特务斗智斗勇，在共产党人的帮助下，摆脱险境，成功北上的扣人心弦的场面。

主创团队

编　　剧：尹洪波　陈　强　钟海清
导　　演：童薇薇　张　磊
艺术总监：张丽华
作曲（唱腔设计）：邹裕伟　黎嘉飞
舞美设计：韩　生　左兆齐
灯光设计：朱　丹
音响设计：苏文军　邓小龙
道具设计：谢晓东　王　蕙

服装化妆设计：石　磊
音乐制作：谭健韬　庞　海
音效制作：余卓林
击乐设计：吴学明
音乐指挥：黄新钊
剧　　务：黄英杰
舞台总监：梁向光
演出监督：李小玲　霍雄光

主要演员

李济深——欧凯明　梁永棋　　　　辛李白——梁军鸣
双秀清——黄颖嫦　　　　　　　　李　明——梁熙武
何香凝——苏凤冰　　　　　　　　好　姐——刘彩凤
黄翠维——元　军　霍雄光　　　　桐　桐——张芯宁
杨　奇——梁向光　　　　　　　　特务甲——李杰峰
麦斯宋——罗醒宇

时　间　1948 年。
地　点　香港。
人　物
李济深（字任潮）、双秀清、桐桐、黄翠维、何香凝、杨奇、李明、好姐、辛李白、麦斯宋、特务若干人、假香港警察若干。

✥ 序　幕 ✥

〔舞台一角。
〔黄翠维带着几个特务给"黄记米店"挂牌开张。

黄翠维　（读牌子上的字）黄记米店——（向部下发问）做何营生？

特务甲　（立正）我们是：军统香港地下工作站——

众　（配合）开张经营！

黄翠维　（启发）我们的任务——

众　监视此人——（一起指向对面）的一举一动。
〔空中，桐桐读诗声音：客路青山外，行舟绿水前。潮平两岸阔，风正一帆悬。（声音渐弱）

黄翠维　（课子）防备此人——

众　偷偷逃出香港。

黄翠维　制止此人——

众　北平投奔共党。

黄翠维　必要时——

众　绑架、枪崩、车撞！（展示身上暗藏的武器）

黄翠维　记住了，民革大佬李济深——

众　此人大名，心中藏！
〔众特务围起黄翠维，气氛肃杀，灯暗。
〔三轮车上坐着李济深，车夫拉上，停，车退下。

第一场

〔在桐桐朗读诗的声音中幕启：……
海日生残夜，江春入旧年……乡书
何处达……

〔灯亮，李济深的客厅。

李济深　（神往地）归雁洛阳边！

桐　桐　（指着行李箱）爹地，妈咪说，今
天，您就要雁归洛阳！

李济深　（慈爱地）桐桐乖女聪明。乖女，
爸爸不在家的日子，你可一定要
听话，不惹妈咪生气哦。

桐　桐　（靠近父亲，依依不舍，很乖巧）
嗯，桐桐听妈咪的话，不惹妈咪
生气。

〔李明持信上。

李　明　将军，喜报！冯玉祥将军胜利号
大船，已经进入公海。（递信，下）

李济深　（接信，看）哈哈，冯将军，真乃
风正一帆悬，逆水向北闯！
（唱散板）
欣闻战友，凛然北上，
不禁神思，逐浪飞扬。
（直转爽十字中板）
祝战友，风正帆悬破浊浪，
愿同志，早迎朝暾沐日光。
（直七字中板）
遥念北国心神往，
厉兵秣马整行装。
（抚摸自己的行李箱，唱滚花）
心随战友碾巨浪——
共谋大业聚一堂。

〔双秀清引杨奇上。

双秀清　济深，杨奇先生接你来了！

李济深　（上前热情握手）麻烦您了，杨先生。

杨　奇　任公，能够保护您，是我杨奇的

光荣。（上前拎起李济深的行李箱）

桐　桐　（难过）爹地！

双秀清　（强忍心酸）济深——

〔一家人拥抱告别，恋恋不舍。

李济深　（有些难过）秀清啊——
（唱二黄）迢递关山人北往，
　　　　弱妻幼女在心房。
　　　　临别依依执手望，
　　　　万千絮语泪两行。

双秀清　（接唱）心随夫君朝北往，
　　　　犹似妻女伴身旁。
　　　　天若有情唯只望，
　　　　高飞鸿雁归洛阳。

〔双秀清取下衣架上李济深的大衣
和礼帽。

李济深　（深受鼓舞）有妻如是，济深夫复
何求！（穿衣戴帽，欲走）

李　明　（上）将军，（低声）李宗仁、白崇
禧的使者辛李白师长来访！

李济深　（略一沉吟）秀清，陪杨先生暂且
回避。（对李明）有请辛先生！

〔双秀清和女儿陪同提着行李箱的
杨奇暂避下。

〔李济深急忙把大衣、帽子挂上衣
帽架，恢复平时家居的样子。

〔李明引辛李白上。复下。

辛李白　（虽然便装，行标准军礼）将军，
标下辛李白——

李济深　（示意他坐下）辛师长，我的两位
好朋友还好吧？

辛李白　（坐下，复站起）报告将军，李代
总统和白将军都很好，这是他们
给您的信——（递过信件给李济深）
李代总统和白将军要踢开蒋介石，

跟共产党划江而治。命令标下，
一定要迎接李将军前往南京，共
襄大业！

李济深　请我去南京，与共产党划江而治？

辛李白　是的。标下此来，是迎接和护送
负责您去南京的！

李济深　唔——

李　明　（上）将军，有一位美国记者——
（压低声音）宋子文先生的特使——
麦斯宋拜访！

李济深　（收起信件，气度雍容地）请。
〔李明引麦斯宋上来，复下。

麦斯宋　（美国人，美国派头）Hello，Mr.
Li！

李济深　（抱拳）麦斯宋先生，老朋友又见
面了，子文兄他还好吧？
〔麦斯宋迟疑地看着辛李白。

李济深　（坦然介绍）辛先生，我的朋友。
无妨，无妨。
〔麦斯宋和辛李白互相点头示意。

麦斯宋　（放心）先生，我带来了宋子文先
生的一封信。（掏出信件，递给李
济深）将军，蒋介石已经失去了
意义，我们有强大的美国当后台，
请您以第三种力量，在广州另立
中央。我专程而来，负责迎接护
送您前往广州。

李济深　哦，子文兄和美国，支持我另立
中央？

麦斯宋　是的。

李济深　您迎接我去广州？

麦斯宋　Yes，先生！我，负责迎接和保护
您去广州。

李济深　（诙谐地）哈哈哈！南京，划江而
治；广州，另立中央。我李济深
的生意越做越大了。

李　明　（上）将军，对面新开张的黄记米
店老板黄先生来拜访。

李济深　嗯？

辛李白、麦斯宋　小小米店老板，不见，
不见。

李济深　（断然地）不，这个米老板不能不
见！

辛李白、麦斯宋　难道，先生要买他的米
吃？

李济深　（手势做"手枪"造型，诙谐地）
他的米，最好不吃。

辛李白、麦斯宋　（理解"米"其实是子弹）
哇，他是谁？

李济深　国民党军统毛人凤的特务，手里
有枪，背后有大佬！

辛李白　（彪悍地）将军，标下这次也带来
了一些兄弟，我们也有家伙。

麦斯宋　No，香港是法治之地，不可明火
执仗。（掏出一叠支票）宋子文先
生送给您一些支票，您可以随便
填写两张，让他们安静下来。

李济深　（持重地谢绝两人）二位少安毋躁。
（他引导二人避开杨奇躲避的方向
而下场。然后，回头端坐看书）
〔李明引黄翠维上。

黄翠维　（敬礼）恩师，学生有礼！

李济深　口呼恩师，尊驾何人？

黄翠维　看来恩师真是贵人多忘，我是您
黄埔军校的学生黄翠维啊！

李济深　（打量）哦，原来是你啊！无非半
载校友之谊，呼唤恩师，黄先生，
有些夸张了吧？

黄翠维　不，恩师——
（唱减字芙蓉）学生当年确无知，
　　　　　　　年少轻狂太孟浪。
　　　　　　　酗酒使性闹学府，

　　　　　　无端惹事好逞强。

李济深　（楔白）黄同学……

黄翠维　（楔白）恩师，请听我再讲——

　　　　　　可恨那个周恩来，
　　　　　　开除学籍将我赶。
　　　　　　多亏仁慈副校长，
　　　　　　只关禁闭避祸殃。

　　　　（白）恩师乃大人物，"全国陆军皆后学，两粤名将尽门生"！黄翠维本来不敢高攀，但是，恩师之恩，永生不敢忘记啊！（下跪）

李济深　（急忙搀扶）无乃太过，无乃太过——李明，上茶！

　　　　〔双秀清和桐桐潜上，躲在屏风后面听。

　　　　〔李明上茶。

黄翠维　谢过恩师。

李济深　怎说黄同学现在经营米店？

黄翠维　恩师，实不相瞒，米店本是掩人耳目，学生现在是毛人凤局长的部下。

李济深　哎呀，原来是毛局长部下，失敬，失敬！

黄翠维　恩师，学生无事不登三宝殿。此次拜访，乃是替毛局长——给恩师送礼来了！（说着掏出一个信袋）

李济深　（坚辞）我与毛局长过去无交情，现在无关系，不敢，不敢！

黄翠维　（只好放在桌子上）恩师——

李济深　万万不敢啊！

　　　　（唱快中板）某虽无权非寒士，
　　　　　　　　　　便做寒士不攀枝。
　　　　　　　　　　人格清白是祖懿，
　　　　　　　　　　守住纯粹心自颐。

　　　　（把黄翠维的信袋推回去，唱滚花）

　　　　　　还君宝珠谢美意，

　　　　　　淡淡交往最适宜。

黄翠维　恩师真的不收？

李济深　此乃李济深做人的原则。

黄翠维　恩师今日不收，只怕来日后悔。

李济深　我曾经三次被蒋总统永远开除出党，从来也未曾后悔。

黄翠维　（退而求其次）恩师可以不接受，不妨打开看看。

李济深　（油盐不进）哈哈哈，担心弄伤了这双老眼，不看也罢！

黄翠维　（单刀直入）恩师可以不收这个礼物，学生有一句话，请务必收下。

李济深　请讲。

黄翠维　请恩师一年之内，不要离开香港。

李济深　香港是英国人的租界，就像我不接受任何一方的"礼物"一样，我也不接受任何一方"限制自由"的胁迫。

黄翠维　恩师是否记得，王若飞、叶挺以为天上自由，他们的飞机不也是撞上大山，粉身碎骨了？

李济深　飞机可以撞上大山，海鸥却可以穿透风浪。

黄翠维　未必，未必。海上风浪，更加凶险莫测——（掏出报纸）恩师请看今天的新闻——（趁李济深看报纸，他故意大声宣布）冯玉祥父女，北上参加共产党的所谓政协会，不幸，一场大火，葬身在茫茫大海上了！

李济深　啊！（悲愤交集，将报纸拍在桌上）

　　　　〔屏风之后，双秀清因为惊吓而休克。

桐　桐　（惊呼）妈妈——

　　　　〔灯暗。

　　　　〔救护车鸣叫声声，非常凄厉。

第二场

〔双秀清的病房内。

〔桐桐帮助李济深照顾双秀清。

好　姐　（上）小姐，该上学去了。

双秀清　（斜倚在病榻上，虚弱地）桐桐，上学去吧！

桐　桐　（欲走，回头）妈咪，我要把爹地新教的一首诗背给您听。

双秀清　好的，好的。

桐　桐　（背诵）客路青山外，行舟绿水前。潮平两岸阔，风正一帆悬。海日生残夜，江春入旧年。乡书何处达，归雁洛阳边。

〔双秀清深沉地看了丈夫一眼，然后配合李济深一起鼓掌。

李济深　好了，桐桐，跟好姐上学去吧！

桐　桐　（拥抱爸爸妈妈）爹地，妈咪，再见！（跟随好姐下）

〔双秀清目送女儿下，取出枕头下一条新织成的围巾。

双秀清　济深，我不能陪着你"客路青山外"，就让它陪着你"雁归洛阳"，体贴寒暖吧！

（唱祭塔腔）

难难难，两相对，

喁喁语，痴痴醉，

心暗摧。

强忍相思，喟然落泪。

怕山压青云随梦碎，

一生抱负如云坠。

君去逐波化逝水，

只有恨绕与愁随。

怕前路逐春归，

只把忧思带去。

（直转反线二黄）

此一去，生别离，

围巾寄意，

代妻伴君逐浪去。

〔幕后女声合唱（唱新曲）：

围巾渗透心和意，

一针一线惹相思，

如蔓如藤情所倚，

缠缠绕绕万重丝。

李济深　（手捧围巾，唱反线二黄）

捧围巾，对贤妻。

虽有冲天志，

（缓缓提起行李箱，终究不忍）

病榻跟前意踌躇。

（直转教子腔）

悠悠魂梦里，离别盼重聚。

满腹相思泪，倾出向离人坠。

双秀清　（接唱）山鹰高飞云里追，

君应横跨千里驹。

李济深　（接唱）七尺躯，挥别泪，

凛然前路去，

凯歌声中再共醉。

〔两个人缱绻缠绵，难分难舍。

〔幕后合唱：

柔情似水，

四目相觑，

莫道英雄也垂泪，

只因生死难相随。

〔化装成医生的杨奇上。

杨　奇　任公——

李济深　啊，杨奇先生！

杨　奇　任公，有人求见！

李济深　（执妻之手，犹豫不决地）此时此刻，心烦意乱，恕我无意见客。

杨　奇　（意味深长地）任公，此人，最好

一见。

双秀清　杨先生，亲人重病，战友牺牲，济深此时，心情欠佳，即便重要客人，恐怕也不便接见。

李济深　正是，正是。

杨　奇　任公，此非他人，乃您之至亲好友啊！

李济深　至亲好友？莫非——她是何香凝大姐？

〔幕后传来何香凝大笑声：任潮，正是你的何大姐啊！（上）

〔夫妻急忙迎接何香凝。

李济深、双秀清　大姐！

何香凝　任潮，秀清——（何香凝把双秀清安排坐下，唱快中板）

大姐此行有二事，

一探弟妹聚亲谊，

二携任潮北平至，

共商国是莫推辞。

李济深　大姐原来代表中国共产党！

何香凝　是的！

（续唱）七百万银表心意，

虽是区区小意思，

一分一钱情真挚，

胜却华丽的辞藻。

李济深　不，不，大姐知道，济深从来不接受馈赠。何况共产党非常时期，经济也是紧张。我已经卖掉了南京的房产，可资开展工作。

何香凝　还是当年的李济深啊！馈赠之外，还要敦促大驾过去北平。

李济深　中共五一之倡议，踊跃支持。可是，（望着妻子迟疑地）大姐——您看！

何香凝　任潮，我来前不知道弟妹如此情况，非常抱歉。不过，如果不亲来邀请，也很遗憾啊！这是我中华开天辟地第一次真正的政治协商会议，今后之中国，如何大步走向光明，此举重大呢！

李济深　（对双秀清）大姐之言，确乎有理啊！

何香凝　对，中共如此尊重，且事关国家命运，咱们不可轻视哇！

李济深　（征求意见）秀清——

何香凝　弟妹……

双秀清　大姐，我们已经联系了旧部，策反了四川、云南、西康、贵州、广东、广西、福建、浙江的武装，还有多名国民党中央大员，一起响应共产党。我们的家产，就是因此花掉的啊！

何香凝　（对双秀清）正是因为他的这个功劳，所以董必武先生才从紧张的资金中挤出来七百万元，支持任潮。还有——对你来说，也许非常重要，所以，我必须告诉你——

李济深　大姐，请讲。

何香凝　公海中来迎接您和诸位的那只大船，是周恩来先生亲自寻找和安排的呢！

李济深　（浑身大震）大姐，您说那迎接我们的阿尔丹号，是周恩来先生亲自派来的？

何香凝　正是！

李济深　（对双秀清，激动地）周恩来先生！

双秀清　（似乎不敢相信）周恩来先生？

何香凝　对！（唱爽十字中板）

众精英，携手而坐商国事，

为中华，开天辟地谱新诗。

周先生，敬重贤弟是志士，

亲借来，苏联舰艇向北驰。

李济深　（对妻子）秀清，你知道吗？周恩来
　　　　先生——（续唱）
　　　　他是我，人生路上一旗帜，
　　　　他是我，解惑释疑一导师。

双秀清　（续唱）多少年，你曾讲述无数次，
　　　　　　　休再想，周公呼唤莫迟疑。
　　　　（直转七字中板）
　　　　请君放下家中事，
　　　　家事自有妻主持，
　　　　收拾行装明心志，
　　　　乘风破浪北国驰。
　　　　（白）济深，你走吧。

李济深　我走？

双秀清　你快走！

何香凝　任潮，不论你如何决定，我负责
　　　　向中共中央报告你的情况，向周
　　　　恩来先生解释。

李济深　大姐，我在周恩来先生面前一站，
　　　　就是最好的解释。
　　　　〔大家如释重负，一起欢笑。
　　　　〔李济深毅然提起行李箱，交给杨奇。
　　　　〔双秀清把围巾深情地给丈夫围上。
　　　　〔幕后，好姐：将军——

　　　　〔李明挽扶着气急败坏、跌跌撞撞
　　　　　的好姐上。

好　姐　（高举一封信）将军，不好了，
　　　　不好了——
　　　　〔李济深急忙看信，突然浑身一
　　　　　震，但是立刻恢复平静。他不想
　　　　　让妻子知道信件内容。

双秀清　（紧张，急切）怎么了？

李济深　（掩饰）没有什么大不了的事……

好　姐　太太，桐桐小姐，被坏人绑架了！

双秀清　啊——（天旋地转，眼看昏厥）
　　　　〔李济深撂下信件，急忙挽扶妻子。
　　　　〔杨奇捡起信件，递给何香凝。

何香凝　（迅速看信）杨奇先生，在大船离
　　　　开香港之前，咱们一定要把桐桐
　　　　找回来！

杨　奇　请何先生放心——只是，此事必
　　　　须任公配合。

李济深　（稳重地）请问杨先生，如何配合？
　　　　（杨奇向李济深耳语）

李济深　（连连点头，果断地）好，兵贵神
　　　　速，咱们立刻行动！
　　　　〔灯暗。

❧ 第三场 ❧

　　　　〔海岸边，香港某码头。
　　　　〔黄翠维跟特务甲正在讨论。

特务甲　我就不明白，李济深为什么喜欢
　　　　在游船上吟风赏月？

黄翠维　军人壮夫不得志，就冒充文人雅
　　　　士呗！

特务甲　我还不明白，他为什么偏偏邀请
　　　　您跟他一起上游船？

黄翠维　寻找他的女儿，不找我找谁？

特务甲　是——不过，我们这样做是否有

些冒险呢？万一失策……

黄翠维　失策？哈哈，废物！
　　　　（唱孔雀开屏中段）
　　　　未出计先慌失策，
　　　　就一世都无发达，
　　　　天晦或晴也莫测，
　　　　失手再换招，
　　　　不会乱章法。

特务甲　（接唱）你快出奇招兼妙法，
　　　　　　　免做无辜鬼门客……

黄翠维　（接唱）达人俗人，

　　　　　　　　千里之隔，

　　　　　　　　只能期望它挡煞。（亮出毛
　　　　　　　　人凤的信袋）

特务甲　这是护身符？

黄翠维　是紧箍咒！有了它，我保证李济
　　　　深不敢乱说乱动！

特务甲　大佬，李济深来了。

　　　　〔李济深（幕后唱首板）：施妙计，
　　　　巧周旋，杨奇神算。（偕提着食盒
　　　　的李明上）

黄翠维　迎接恩师！

　　　　（唱滚花）恩师的确风采依然。

李济深　（接唱）姗姗来迟礼数亏欠。

黄翠维　不敢，不敢！

李　明　（向内招呼）船来——

　　　　〔杨奇化装掌船人上。

杨　奇　（接唱半句滚花）杨奇巧变掌舵汉，

李济深　（接唱半句滚花）将军又再上战船。

　　　　（对黄翠维白）请——

黄翠维　恩师请！

　　　　〔众人上船，特务甲帮助李明布置
　　　　酒菜。之后，二人潜下。

黄翠维　恩师喜欢水上风景，真乃雅兴！

李济深　失意之人充雅士啊！

黄翠维　恩师过谦了。

李济深　（唱合字二黄序）

　　　　闲来棹舟过日神，

　　　　领略江中神和韵，

　　　　当世已昏昏，

　　　　恍惚没了魂，

　　　　醒世待贤能。

　　　　只好权为脱俗人，

　　　　省却陷纷争，

　　　　烦白了双鬓。

　　　　（吟诗）日出江花红胜火，

　　　　　　　月照江水思绿蚁。

黄翠维　恩师，绿蚁是哪个？

李济深　殊不知绿蚁新醅酒乎？绿蚁，就
　　　　是新酒啊。来，干一杯。

黄翠维　惭愧，惭愧——（旁白）我还以为
　　　　是他女儿桐桐的别名呢！（跟李济
　　　　深搭讪）恩师，白天，我喜欢城
　　　　里晒太阳！

李济深　如此日暖波微，清风徐来，岂是
　　　　喧嚣城市之中可比啊！

黄翠维　晚上，我喜欢城中赏月！

李济深　城中夜晚，灯火辉煌，不见月光啊。

　　　　（唱流水南音）

　　　　我爱江中波光阵阵，

　　　　更爱欢聚挚友亲朋。

　　　　水光山色新酒合衬，

　　　　三篙两桨（直转快二黄）

　　　　摆脱凡尘。

黄翠维　恩师喜欢在船上玩耍，原来是为
　　　　了化解心事。

李济深　不错。

黄翠维　今天恩师，有何心事？

李济深　你想知道？

黄翠维　师父有事，弟子服其劳。

李济深　没有大事，有个小事，要跟你商量。

黄翠维　恩师请讲。

李济深　你曾安排我，一年之内，不要离
　　　　开香港。

黄翠维　弟子为恩师安全考虑。

李济深　可是，毛人凤要赶我走了。

黄翠维　不可能。

李济深　他绑架了我的女儿。

黄翠维　恩师怎么知道桐桐是毛局长绑架？

李济深　他留下一封信，威胁我，不许北
　　　　上，参加中共的政治协商会议。

黄翠维　原来如此。恩师，为了桐桐小妹

的安全，恩师不去北边也就是了。

李济深　你错了。

黄翠维　学生错了？

李济深　错了。

黄翠维　错在哪里？

李济深　你不了解毛人凤。我若不去北方，桐桐危险；我若去了北方，桐桐反而保险。

黄翠维　学生不懂！

李济深　我去北方，同时把毛人凤的信公开发表，让他绑架李济深小女儿之事，大白于天下。如果我真的去了北方，女儿平安，毛人凤还可以人前做人。如果女儿真的因此有个三长两短，他毛人凤出手低劣，人格卑鄙，行为龌龊，人类不齿，从今而后，无面目做人，哈哈哈！

黄翠维　恩师，不妥，不妥——

李济深　何处不妥？

黄翠维　恩师这是拿小妹生命做赌注啊！恩师须知，毛局长手下，人员众多，并且心思不一，良莠不齐，万一有人误解局长，或者为了搪塞责任，抑或为了巴结上司，失手害了小妹妹，恩师，对你们老夫妻两个，岂不是天大恨事！

李济深　哼哼，我何尝不知道这个。只是，我不拿女儿当赌注，又有什么办法？实不相瞒，毛人凤此人，我

知之甚深，我的女儿，现在还在不在人世……（失声而哽咽）也很难说了哇！

黄翠维　恩师啊！

（唱快中板）

恩师有难心何忍，

弟子恃胆表寸心。

北上之念从此泯，

桐桐安危——

系我一人！

李济深　不敢欺师？

黄翠维　学生可以对天盟誓。

李济深　那好。今天晚上，如果看到女儿桐桐的亲笔信，老师答应你的要求；看不到桐桐的亲笔信，老师只有与那毛人凤拼死一决了！

黄翠维　如此说好便好！

黄翠维　恩师，（掏出毛人凤的信袋）毛局长的礼物，您还是收下为好。

李济深　不——

黄翠维　拿回家去，认真看看，再做定夺。

李济深　不——

黄翠维　（话中有话）学生以为，恩师可以暂时收下，看过之后再处理，这样，对桐桐妹妹的搭救，不无好处啊！

李济深　啊？

〔黄翠维把"礼物"信袋塞进李济深手中。

〔灯暗。

❧ 第四场 ❧

〔香港某处。

〔黄翠维警惕地走来。

〔杨奇率行动队员跟踪。

〔黄翠维似乎察觉，杨奇等急忙隐蔽。

〔一密室门前。

黄翠维　（警惕地四顾，确定没有人跟踪，然后暗号敲门，听到门内有人问话，暗语）柴鱼花生粥。

〔这一切，都被后面悄悄跟踪的杨奇看到。

〔室内小特务开门，黄翠维进门。

小特务　老大！

〔黄翠维取出纸笔，放在小桌子上。

桐　桐　我要妈咪！

黄翠维　桐桐，小妹妹，只要你听话，两天之内，就可以回家，见到妈妈！

桐　桐　桐桐不听坏人的话。

黄翠维　大哥哥不是坏人。大哥哥是你爸爸的学生。

桐　桐　骗人。

黄翠维　小妹妹啊！

（唱爽十字中板）

大哥哥，是黄埔莘莘学子，

你爸爸，与我有师生之谊。

桐　桐　那为什么还要绑架我？

黄翠维　（接唱）谁知他，要北上更换旗帜，

委员长，心愤恨恶气难抒。

（直转七字中板）

不是绑架是暂住，

防你爸爸步步输。

桐桐妈妈医院住，

日夜流泪饭不思。

桐　桐　我要妈咪——

黄翠维　（唱滚花）因为你——

老师他也生了病，

头痛欲裂近失理智。

桐　桐　我要爹地。

黄翠维　真想爸爸妈妈？

桐　桐　才不想爸爸妈妈呢！

黄翠维　好！

（接唱滚花）你给爸爸妈妈写封家书。

（白）告诉他们，你现在很好，很安全，很想念他们，让他们不要再担心，再痛苦了！

桐　桐　你不会骗我吧？

黄翠维　骗你我是小狗，行不行？

桐　桐　不行，如果你本来就是狗呢？

黄翠维　胡扯，我本来就是个人啊！

桐　桐　爹地说，有很多人，就是人模狗样。

黄翠维　算了，你不愿意写信就算了，让你爸爸妈妈去伤心难过痛哭流泪吧！

桐　桐　好，我写，我愿意写。

黄翠维　这不就好了嘛！（布置纸笔）

〔桐桐写信。

〔桐桐思索，空中响起她读诗的声音：客路青山外，行舟绿水前。潮平两岸阔，风正一帆悬。海日生残夜，江春入旧年。乡书何处达，归雁洛阳边。

〔桐桐在读诗的声音中，写好了信。

黄翠维　（看信）这是嘛玩意儿啊！

桐　桐　这就是我的信。

黄翠维　这很像一首诗，不能说明任何问题啊！

桐　桐　我妈咪知道，我爹地也知道。

黄翠维　嗯，那好吧！（示意特务把桐桐拉下去）

桐　桐　我要妈咪！我要爹地——（被推下）

黄翠维　（认真地审查信件）嗯，确实是一首古诗，不可能是什么暗号！

〔黄翠维收起信件，出门，反手关门，下。

〔杨奇的部下冲出。

杨　奇　（命令）按计划行事。（上前，学习黄翠维的暗号敲门，听到门内有人答应）柴鱼花生粥。

〔门内小特务听到暗号，打开门。

小特务　老大——（突然发现不对）警察！

〔杨奇的人冲进来。门内也有特务冲出。

〔双方开打，一个特务被打死。小特务被绑上了。桐桐被救出。

杨　奇　走！

〔灯暗。

第五场

〔李济深家，景同第一场。

〔行装已经准备好，亟待出发，李济深在焦急地等待女儿归来。

李　明　（几乎冲进来）将军，小姐回来了。

〔幕后桐桐：爹地——

杨奇领着桐桐上。桐桐像小鸟一样飞过来，扑进李济深怀中。

李济深　乖女，告诉爹地，你挨打没有？

桐　桐　（摇头）没有！

李济深　你挨骂没有？

桐　桐　（摇头）没有！

李济深　让爹地看看你身上有没有伤痕！

桐　桐　没有——爹地，杨叔叔受伤了！

李济深　（闻言大惊）杨先生——

杨　奇　（坚强地）嗨，小意思，先生不要在意。只是，（看手表，意思时间紧急）先生！

李济深　（明白）杨先生，大恩不言谢。（回头对女儿）乖女，爹地要——

桐　桐　（聪明地）桐桐知道，爹地要雁归洛阳！

李济深　对，乖女，爹地要雁归洛阳！

桐　桐　爹地放心，桐桐乖乖在家，桐桐听妈咪的话，爹地——（上前拥抱爸爸，然后，到衣架上取下大衣、礼帽交给爸爸）杨叔叔，你还好吗？

杨　奇　谢谢桐桐，没问题。（提起行李箱）桐桐，再见！

〔两个人正欲出门，李明拿着毛人凤的信袋，走进来。

李　明　将军，临走之前，您是不是看看毛人凤送您的礼物——一张报纸？

李济深　什么，你说报纸？什么报纸？

李　明　1927年的旧报纸，上有报道你主政广东，对共产党实施四·一五大屠杀的新闻。

李济深　（浑身一震）啊，1927年，在广州的大屠杀？

李　明　这张报纸上说，您杀害了很多共产党员，其中，还有鼎鼎大名的萧楚女！

〔李济深思索，慢慢坐下来。

李　明　还有，一封毛人凤给您的信。（把报纸和信件放在李济深面前）

〔静场。

〔杨奇想说什么，被李明阻拦，李明引杨奇、桐桐一起下。

〔李济深艰难地去拿报纸，突然，爆炸声——继而，似乎当年的场景在他的眼前、耳边重新出现：
口号声、喊杀声、枪声……

李济深　（抬起头）当年，四·一五，信仰坚定，判断错误，奉命清党，确实伤害了很多共产党员。

（唱昭君怨）

骤降惊雷，前尘梦里，
又见断壁乱废墟，
硝烟昼夜吹，饿骨遍通衢。
忠奸错对，得失进退，
顷刻乱似风抛絮。
今天过去，恩德怨怼，
恨爱尽葬枪声里，去者没法追。

李济深　（淡淡一笑，白）哼哼，毛人凤，你这一招，不出意料，出乎我意料的是，你如此不了解李济深。当时，我确实误解共产党；后来，我是真心拥护共产党。就是因为四·一五，痛定思痛，幡然醒悟：原来共产党跟我是同路之人，我们都是一个目标，一样追求——祖国强大，人民幸福！

（唱反线二黄板面）

数十年往事，恍似影追随，
山河晾火堆，鲜血遍通衢，
苍生惨遭罪，孺妇变孤踽，
试问谁之罪？

（直转唱反线二黄）

想我济深，矢志报国，
投笔从戎，逆旅坦途未后退。
拥护民主共和，信奉三民主义，
追随总理，东征北讨军阀除。

（直转反线二黄尺字序）

闪闪旌旗号角吹，雄师战鼓催，
腐朽永荡除，威震珠水，
万众盱睢，亲驭雄师两粤踞，

喜看废墟，从今摆脱苦难随，
污气尽遣驱，还万众清悠岁。

（白）四·一五，四·一五……

（唱反线二黄）

恨裂肝胆，悔不当初，
听信佞言，挥舞屠刀施暴戾。
联俄联共，总理遗训，
振国主张，歧途路上亲手摧。

（直转唱梅花高腔拖腔）

心似撞千锤，更似疫相随，
天天颔首泪暗垂，误入歧途恨已趋，
丹心一片再梦追。

（直转流水南音）

夜来扪心幡然醒悟，
再上征途横跨战驹，
与蒋决裂不共独夫，
心怀宏愿再起风雷。

（直转快二黄）

伸张正义高擎火炬，
三除出党矢志未颓。

（转唱打扫街）

日寇魔爪伸至，抗击凶夷，
国共丹心热血铸，共补疮痍。
撇仇与恨，福祸共依，
国族志士，杀敌取义，
血脉连枝，凯歌班师。
蒋匪却心生歹意，又挑起战事！

（白）抗战胜利，蒋贼燃起内战，我也曾极力反对，奈何蒋贼一意孤行，唯有转战香港，重组民革联盟。现在想来，我乃当时有过后来有功，此一时彼一时，此之谓也。即便惩罚，又当如何？总不会三次永远开除我出党。（一笑，豪壮地）看在他们真心实意使祖国强大、人民幸福的份儿上，即便惩治于我，我也甘心舍命追随。

〔毛人凤画外音：说什么当时有错后来有功，说什么此一时也彼一时，我看你是自作多情！四·一五之中，那些死难的共产党家属，会忘记仇恨吗，会原谅你吗？只怕他们会想尽办法除掉你！

李济深　共产党若不体谅于我，不会多年来与我联手革命；共产党若不信任于我，不会尊我嘉宾贵客；共产党若不倚重我，不会邀请我北上共商国是。（拿起毛人凤的信）毛人凤，如此挑拨离间，枉费心机，愚蠢至极！

〔毛人凤的画外音：请问，毛泽东如何面对那些绝对不原谅你的人，给你明确承诺了吗？

〔雷声。

〔一阵秋风吹来，李济深不免犹疑。

〔男声独唱：（新曲）暮来秋风送，苍梧晚霭浓。花寒颜色朽，相对发咽声。

〔李济深慢慢坐在椅子上。

李　明　（上）将军，辛李白和麦斯宋求见。

李济深　心烦意乱，无意见客。

〔辛李白、麦斯宋径直上来。

辛李白、麦斯宋　将军拒不见客，我们只好做不速之客。

李济深　（只好迎接）二位，如此急迫，有何见教？

辛李白　将军，去南京，大权在握！

麦斯宋　先生，去广州，自立中央！

辛李白、麦斯宋　（合唱快中板）
天下大势乱哄哄，
风云变幻建奇功。

何去何从择轻重，
风从老虎云从龙！

辛李白　将军，咱们走——

麦斯宋　先生，咱们走——

李济深　二位友情，李济深感激不尽。思前想后，心潮翻涌，行止难定，二位且到偏室稍等！

辛李白、麦斯宋　（二人对视一眼）敢不从命。（再劝）机不可失，时不我待，一步走错，遗恨终生，祈盼您早做决断啊！

〔辛李白和麦斯宋下。

杨　奇　（上）先生，何香凝先生和太太从医院回来了。

李济深　啊——

〔何香凝偕双秀清上。

何香凝　（唱七字清中板）闻道任潮行动慢。

双秀清　（接唱）不惜抱病把家还。

何香凝　任潮。

双秀清　济深——

李济深　大姐，秀清！
（接另场唱）面对亲人怎么办？
　　　　　前瞻后顾我赧颜。

双秀清　济深，为何还不快走，阿尔丹大船在公海耽误日久，只怕有变啊！

何香凝　是呀，事不宜迟呢！

李济深　（嗫嚅）大姐，事起突然，我——

何香凝　任潮老弟，莫非你想到南京去，配合老朋友李宗仁、白崇禧，跟共产党搞划江而治？

李济深　哼，对抗共产党，划江而治，倒行逆施，痴人说梦！

何香凝　莫非你要听命宋子文，到广州另立中央，跟共产党谈判，共谋中华？

李济深　大姐知我，李济深终身追求我华夏民富国强，无论如何，绝不做分裂祖国之败类！

何香凝　好，在民富国强这个问题上，咱们绝对是共产党的同志。

李济深　祖国强大，人民幸福，是济深与中共统一的终极追求，毫无疑问。

何香凝　那么，还有什么顾虑，不能对大姐说呢？

李济深　我——

双秀清　你只管说。

〔李济深总是感觉到难以启齿。

何香凝　（猛然醒悟）我想起来了，你是顾虑当年的广州之事！

李济深　（发自肺腑地）大姐，就算毫无顾虑，我也深感无颜面对啊！（把报纸和毛人凤的信递给了何香凝）

〔何香凝看信。

李济深　（静起唱长句滚花）

说前尘，话前尘，
噬脐莫及心欲焚，
伤害兄弟何残忍，
屠刀戮向自己人。

何香凝　不错，当初是曾经有过四·一五。但是，我们明白，当时，你的初衷是民富国强，并非为了个人权力。天下混乱，杀成一团，掌握生杀大权，而真心为国为民者，唯你而已！你的心肠，你的初衷，共产党看得清清楚楚。请相信共产党是真正的历史唯物主义者。

李济深　（接唱长句滚花）纵是共党不记恨，

也难面对未亡人，
血迹斑斑地上印，
似在控诉似摄魂。

双秀清　大姐，济深是个重感情、敢承担、有尊严的人啊！

何香凝　任潮兄弟，你如此态度，让我肃然起敬。但是，你错了。中共不仅看到了你的当时，更看到了你的后来。后来，你曾经为了支持共产党人邓演达，到处筹款；你曾经无数次从国内、国外用战略物资支持革命根据地；你曾经多次与中共签订联合反蒋抗日宣言；你曾经因为反对蒋介石三次被永远开除出党，全国通缉；你曾经在皖南事变之后，冒险救出李克农、邹韬奋、夏衍；你曾经挽救了数千个即将被国民党反动派杀害的所谓"异党分子"革命青年；你不仅保护中国共产党，将被枪杀的越南胡志明也因你拯救而保全——

（唱爽十字中板）

你曾经，提倡民主浩然凛，
你曾有，联共抗日赤子心。
你曾经，三次反蒋朝野震，
你曾是，共产党的大恩人。

（直转唱七字中板）

民主人士凭君引，
民主首领天下闻。
过去你能添国运，
更望来日誉乾坤！

（直转唱三字经）

政协有您，万民之幸，
望献绵力，惠泽民生。

（直转唱滚花）

你的功劳、能力，
共产党会牢紧记，
为了新中国，
你是邀约嘉宾第一人。

双秀清　济深，大姐说得有道理啊。

李济深　大姐是我的朋友，是我的同志，却不是共产党的全权代表啊！

何香凝　（掏出一封信）任潮，你来看！

李济深、双秀清　这是什么？

何香凝　刚刚收到的，一封信，一封亲笔信！

李济深、双秀清　亲笔信？

何香凝　对，亲笔信！

李济深　董必武，董老的信？

何香凝　不。

双秀清　周恩来，周公的信？

何香凝　不。

李济深　（不敢相信地）难道是——他？

双秀清　（也很激动，亦不敢相信）真的是——他？

何香凝　对，就是他——毛泽东主席的亲笔信！

李济深、双秀清　（不敢相信）大姐——

何香凝　（递信给李济深，唱新曲）
　　　　（建议有陕西民歌的韵味）
　　　　毛泽东胸襟旷古今，
　　　　四海嘉宾沐甘霖，
　　　　民主人士国事勘，
　　　　史无前例第一人，
　　　　邀请书函你亲觐，
　　　　济深名字冠同仁。

李济深　（恭敬地）是的，是毛泽东主席的信，我的名字果然排在第一。

双秀清　难怪大姐说名列第一。

李济深　（再看信，激动不已，眼前一片阳光灿烂）呀——
　　　　（唱霸腔快中板）
　　　　转眼乌云全尽褪，阳光照耀李济深。
　　　　小肚鸡肠真愧甚，（唱散板）
　　　　从今后——
　　　　跃马执戈，紧跟共产党人！

（白）我深信，中国的革命在共产党的领导之下是必然成功的，民主的中国是必然实现的。（把行李箱提起，交给杨奇）杨奇先生，咱们走。

〔李济深戴上帽子，拿起大衣，准备出发。

李　明　将军，米店老板黄翠维堵在门口，说有要事见您！

李济深　（放下大衣，摘下帽子，挂上窗前衣架）你在前门与之周旋，我们从后门悄悄出走。

李　明　将军，他们的人已经把后门堵住了。不仅把后门堵住了，我们整个院子都已在他们的监视之中。

李济深　（对杨奇，豪气地）来，听我命令，咱们组织力量，冲出。

杨　奇　不能，先生。对您，他们是孤注一掷的。据悉他们已经准备了冲撞的大车，妄图用车祸的借口把您杀害。

李济深　避开所谓车祸，有何难哉！

杨　奇　如果车祸失败，他们就会孤注一掷，开枪射击！

李济深　哦！

双秀清　那就推迟行动？

杨　奇　（看墙上大钟）大船在公海时间太长了，已经引起英国警察注意。船上那些等候您一起出发的很多民主人士将全部陷入险境！

李济深　这——

〔大家焦急无奈。

〔辛李白、麦斯宋上。

辛李白　将军，何去何从，考虑好了没有？

麦斯宋　先生，何去何从，一定有了成算！

李济深　（计上心来）二位，我现在很难回

答你们，因为，我没有自由之身。

辛李白、麦斯宋　（一惊之后）请指示。

李济深　李济深到底何去何从，必须取得自由之身之后，才能有自由的选择。二位，愿意帮助我取得自由之身吗？

麦斯宋　先生，我们责无旁贷，对此，我们是有所预料的。

辛李白　标下责无旁贷，所以带来一些兄弟，请将军您下命令吧！

李济深　（胸有成竹地）来，听我安排。

〔辛李白和麦斯宋靠近李济深。

〔灯暗。

·❧ 第六场 ❧·

〔景同第三场，唯时间已是晚上。

特务甲　看来，这个李济深真是喜欢把事情放在水面上交谈了。

黄翠维　无非附庸风雅罢了。

特务甲　那就不要跟他上船嘛！

黄翠维　不，此时此刻，他不在我的眼前，我不放心。

特务甲　老大英明。

〔李济深（幕后唱首板）：巧布置，乱方寸，设下连环阵。黄翠维他来了！

〔李济深带提着食盒的李明上场。

李济深　（接唱滚花）咱家原是大将军。

黄翠维　恩师——

（接唱滚花）

见恩师，学生如沐春风精神振，

李济深　（接唱滚花）

原谅我，姗姗来迟怠慢客人。

黄翠维　恩师太客气了。

李济深　（招呼）船来——

〔杨奇化装成掌船人上。

〔大家上船。李明跟特务甲布置酒菜，潜下。

黄翠维　恩师，请！绿蚁新醅酒——

李济深　（精神焕发）能饮一杯无？（饮酒）好酒，好夜，好水，好惬意，哈哈哈！

黄翠维　恩师，如此潇洒，如此快意，难道不担心桐桐小妹妹吗？

李济深　有你从中周旋，何担心之有？

黄翠维　恩师不想问问小妹妹亲笔书信之事？

李济深　（难抑兴奋）你说亲笔书信嘛——

黄翠维　正是亲笔书信。

李济深　（借题发挥自己的兴奋之情）亲笔书信，哈哈哈，自然是天大地大的大事喽！

（唱士工慢板）

你说亲笔信，我谈亲笔信，

全凭这封亲笔信，把麻木的心震撼。

数十年，懵懂寻方向，

全因为亲笔信，唤醒迷路糊涂人。

（直转唱七中板）

为觅光明霜添鬓，

上下左右八方找寻。

蓦得鸿雁破黑暗，

漫天彩霞现朝暾。

（直转唱新曲）

亲笔信，见大义，

亲笔信，表赤心。

亲笔信，明肝胆，

亲笔信，现巨人。

亲笔信啊，亲笔信！

　　　　　　成就了前所未有的李济深!

　　　　　　(大笑不止)哈哈哈!

黄翠维　恩师,您不是还没有看到亲笔信
　　　　吗?怎么就如此疯狂颠倒了哇——

　　　　　　(一边递信,一边自作聪明地旁白)
　　　　　　真是父女连心,看来,我绑架桐桐
　　　　　　一招,太巧妙了,太高明了!

　　　　　　〔两个人一起笑。渐渐,李济深的
　　　　　　大笑,让黄翠维有些迷糊了。

李济深　你看过了这信?

黄翠维　学生拜读了。

李济深　看明白没有?

黄翠维　原来,似乎还有点儿明白;现在,
　　　　似乎就有些迷迷糊糊了。

李济深　少时你就会明白的。

黄翠维　学生恭听恩师解释。

　　　　　　〔幕后大船鸣笛,一束光照射过来。

　　　　　　高音喇叭:小船停下,接受检查。

李　明　(上)将军,香港警察检查!

　　　　　　〔化装成香港警察的麦斯宋率领辛
　　　　　　李白等上。

麦斯宋　(英语)举起手来,转过身去,接
　　　　受检查!

辛李白　(翻译)警长命令,游船上诸人,
　　　　举起手来,转过身去,接受检查!

　　　　　　〔小船上李济深、黄翠维等人站成

一排,转过身去,举起手,等候
检查。

　　　　〔麦斯宋带人来到小船,把黄翠维
　　　　和特务甲缴械逮捕。

黄翠维　抗议,我抗议!

麦斯宋　嗯!

　　　　〔辛李白把小特务押上来辨认。

小特务　(看到黄翠维)老大!

黄翠维　啊!

李济深　军统香港工作站黄翠维站长,现
　　　　在,你总该明白这封信的意思了
　　　　吧?

黄翠维　(疑惑)嘿——

麦斯宋　绑架嫌疑犯,带走!

　　　　〔众人押解黄翠维和特务甲上大
　　　　船,下。

李济深　(不无得意地)杨先生,现在赶去周
　　　　公的阿尔丹号大船,还来得及吗?

杨　奇　(朝气蓬勃地)没有问题。

李济深　(发布命令)方向公海,全速前
　　　　进——

　　　　〔幕后合唱:

　　　　客路青山外,行舟绿水前。

　　　　潮平两岸阔,风正一帆悬。

　　　　海日生残夜,江春入旧年。

　　　　乡书何处达,归雁洛阳边。

大型桂剧

燕歌行

西南长城长
家山北望远

编剧 谨演
艺术总监 李卓群
张树萍

主演 张树萍
刘淑婧
伍思亭
熊丹丹
文蒙

出品单位
桂林市戏剧创作研究中心

THE VOICE
OF
VICTORY
II

桂剧

燕歌行

演出单位
桂林市戏剧创作研究中心

内容简介

　　《燕歌行》以全民抗战大潮中的五位女性为代表：近代妇女解放运动先驱郭德洁心怀故土，情系家国，清朗如月；八桂英雄母亲靳永芳舐犊情深，深明大义，如雨滋壤；进步电影明星王莹投身抗敌，乱世知己，如雪晶莹；归国舞蹈家戴爱莲奔走中西，以舞明志，如风环宇；桂剧名伶方昭媛艺海翱翔，以戏壮志，如花绽放。她们因抗日救国、统一战线、妇幼救助事业相携相聚，为前线募捐，在后方奔走，发起了声势浩大的"红旗献金"大游行。

主创团队

艺术总监：张树萍　　　　　　　　　灯光设计：何沂林

编　　剧：李卓群　　　　　　　　　舞蹈编导：过　节

导　　演：李卓群　　　　　　　　　多媒体制作：黄清野

副 导 演：张旭冉　索明芳　　　　　道具设计：周泽伟

作曲、配器：谢振强　韩　光　　　　音响设计：龚迎春　文　冬

舞美设计：任思远　　　　　　　　　打击乐设计：王　春

服装、造型设计：蓝　玲　张　颖

主要演员

郭德洁——张树萍
靳永芳——刘淑娟
王　莹——伍思亭
戴爱莲——龙丹丹
方昭媛——文　梨
何　信——何　旭
谢和赓——邓　菲
李克农——李　忠
胡志明——毛双亮
莲　玉——郭　君

桃　芳——莫燕娟
凤　儿——王培琳
阿　婆——唐　晞
香　姐——秦昕怡
老　汉——秦志平
侍　卫——陈振坤
男青年——张佳曦
检场人——以　政　唐国文　范　俊　黄俊朱
群众演员——本院演员

人　物

王　莹　著名话剧及电影表演艺术家、作家，中国共产党优秀的文艺工作者，在近代影坛及文坛享有盛誉。17岁入党，积极参与左翼戏剧运动和革命活动，参加组织救亡演剧二队，巡回演出抗战戏剧。与同为共产党员的谢和赓相知相识，结为革命伴侣。1943年，受邀成为中国第一个在美国白宫演出的演员。代表作有《放下你的鞭子》《赛金花》等，文学作品有《宝姑》《两种美国人》等。剧中时年约25岁，花衫。

谢和赓　中国共产党情报人员，作家。1933年秘密加入中国共产党，曾先后任冯玉祥和吉鸿昌的秘书，后成为白崇禧的机要秘书，替中国共产党从事情报和统一战线工作。1942年赴美，宣传中国共产党的抗日救国方针政策。与同为共产党员的电影明星、作家王莹结为革命伴侣。代表作有长篇小说《永远在初恋》，专著《国共关系中的我》等。剧中时年约26

岁，小生。

李克农　无产阶级革命家，杰出的社会活动家、外交家，中国人民解放军高级将领，我党我军隐蔽战线的卓越领导者和组织者。抗日战争时期，在国民党统治区协助周恩来、叶剑英开展抗日民族统一战线工作。1938年11月中旬，李克农根据周恩来的指示，赴桂林建立八路军驻桂办事处，并任主任。剧中时年约39岁，花脸。

胡志明　越南无产阶级革命领袖，越南民主共和国的缔造者，越南社会主义共和国第一任主席、总理，越南劳动党（今越南共产党）中央委员会第一任主席。抗日战争时期，胡志明曾多次来到桂林活动，1938年底至1940年12月下旬任八路军驻桂林办事处救亡室荣誉主任，一边从事越南革命工作，一边援助中国抗日，参加世界反法西斯斗争。剧中时年约48岁，文丑。

戴爱莲　中国现代舞蹈运动早期发起者与实践者，舞蹈表演艺术家、编导、教育家，新中国舞蹈艺术先驱者和奠基人之一，英籍第二代华裔移民。15岁由英属特立尼达岛赴伦敦学习舞蹈，1939年坐船历尽艰险，绕道香港，经左翼组织协助回到祖国后即刻投身支援抗战募捐演出，创作多部抗日救国题材的舞蹈作品，同时还从事各民族民间舞蹈的采集和整理、演出和研究工作。战时与画家叶浅予结为伉俪。新中国成立后，作为北京舞蹈学校校长、中央芭蕾舞团团长、全国舞协主席等诸多开创性工作的首任领导，为中国舞蹈事业的发展作出杰出贡献。代表作有《飞天》《荷花舞》等。剧中时年约22岁，花旦。

小飞燕　艺名，本名方昭媛，著名桂剧表演艺术家，桂剧"四大名旦"之一，战时进步文艺人士。长于做工戏和苦情戏，擅演《晴雯补裘》《晴雯归天》《哑子背疯》《黛玉葬花》等剧目，以细腻入微的舞台风采名震一时，为桂剧近代服饰与妆容改革作出贡献。剧中时年约21岁，花旦。

靳永芳　近代妇女解放运动先驱，思想家，革命家，中国同盟会元老。一生经历清朝、民国、北伐大革命、土地革命战争、抗日战争、解放战争和新中国成立等各个时期，以不屈品格与坚定信念谱写了抗战壮举与民族大义。一门忠烈，八桂侠女。剧中时年约62岁，老旦。

何　信　人民英雄，革命烈士，靳永芳之子。1938年台儿庄空战，时任中央空军第8队上尉副队长。在油弹两缺的情况下，率队多次冲入敌机群中，以寡敌众，进行殊死搏斗，与敌机同归于尽。剧中时年约25岁，小生或老生。

郭德洁　近代妇女解放运动先驱，儿童慈善事业先导者，教育家。李宗仁的夫人，曾任"国民革命军第七军广西妇女工作队"队长，戎装参加北伐。立足广西开展抗日动员、募捐、救孤等工作，创办桂林难童教养院和德智中学，支持国民教育与前线抗战。晚年为李宗仁归国、民族统一作出卓越贡献。剧中时年约32岁，青衣。

莲　玉　桂林烟花女子，温柔沉静，约25岁，花衫。

桃　芳　桂林烟花女子，花魁，秀美多情，约20岁，青衣。

凤　儿　桂林烟花女子，不谙世事，活泼开朗，约16岁，花旦。

阿　婆　莲玉在贫民窟的邻居，约70岁，老旦。

老汉、香姐、侍卫、特务、群众、飞天神女等若干。

❧·序　幕·❧

〔入场音乐周璇《四季歌》。

〔纱幕剧名《燕歌行》。

〔入场钟声响，影印徐悲鸿同名油画《放下你的鞭子》，高台叠影独幕剧《放下你的鞭子》剧院演出。

〔纱幕启，香姐悲怆又凄婉地接唱《四季歌》，突然咳嗽不停，观众骚动。

香　姐　春季到来绿满窗，大姑娘窗下绣鸳鸯，突然一阵无情棒……（咳嗽）

看客甲　嗓子不够用就别出来卖艺！

香　姐　打得鸳鸯各一方……（咳嗽）

看客甲　怎么唱着唱着就停了？

看客乙　走啦走啦，骗钱的东西，有什么好看！（鼓动观众，观众起哄）

老　汉　诸位留步，诸位留步，初来贵宝地，挣点活命钱。这俗话说，在家靠父母，出门靠朋友。

香　姐　这战乱年月，哪有什么故土家园，与诸位萍水相逢，说不定也就是，就是一面之缘……（老汉黯然，人群渐安静回身）

香　姐　爹爹……（猛烈咳嗽）

老　汉　香姐，你瞧大家都来给你捧场，你快站起来走几个鹞子翻身，快……

（敲锣）

香　姐　（勉强起身，不支跌倒）哎哟……

老　汉　（鞭子抽打）要你有什么用！

看客甲、乙　哎哟，这也太狠心了。

男青年　住手！

老　汉　（稍顿，继续）我打死你！

男青年　放下你的鞭子！（人群骚动）

老　汉　这是我的女儿，用不着旁人多管闲事。（复打）

男青年　（冲上阻拦）这就是你打人的理由吗？我们都是穷苦人，怎么还能人吃人骨肉相残呢！（众人相和）

老　汉　什么"人吃人"，我只知道鬼子才吃人不吐骨头！你这丫头，歌唱不了，路行不动，要你有什么用！

香　姐　（唱）小燕子，无家依，
　　　　　歌儿难唱折羽翼……

老　汉　谁让你唱这些……（举鞭打）

〔众人渐次高喊"放下你的鞭子"，声渐远，人群渐暗。

〔投影：侧幕黑白值班4镜头，《四季歌》声中，谢和赓演员戴军帽、系斗篷、叠银票，逆光从侧台走向舞台。

❧·第一场　燕歌　画堂春燕·❧

〔雨夜。剧场门口谢和赓手捧鲜花，掏出怀表等待。

〔人群熙熙攘攘议论涌出，避雨四散。王莹最后出现在门口，与谢和赓四目相对，惊喜上前。

王　莹　谢先生，你怎么到这里来了？

谢和赓　王莹小姐你好，你演的《放下你

的鞭子》真是太震撼人心了。我代表李宗仁司令及夫人郭德洁，欢迎抗敌演剧二队来桂。

王　莹　响应大后方所需，愿为前方协力募款。不过，我们已经改名叫中国救亡剧团了。

谢和赓　那我就代表桂林的进步人士，欢

迎大明星王莹小姐。

王　莹　（狡黠）在抗战大后方哪有什么大
明星呢？

谢和赓　我代表……

王　莹　还代表谁？

谢和赓　还代表我自己……欢迎你来我的
家乡……

王　莹　南京一别，别来无恙？

谢和赓　与君一别，如隔三秋。

〔淅淅沥沥的桂林小雨洒在两个年
轻人心头，温馨暧昧，短暂静场。
突然行车铃响。

谢和赓　（同时）看夜雨未停。

王　莹　（同时）看天时不早。

谢和赓　（同时）你……

王　莹　（同时）我……

谢和赓　你先讲，你先讲……

王　莹　（掩嘴笑）看天时不早，我还要去
城北绸缎庄看看剧装。

谢和赓　巧了，我也要上城北的万祥糟坊
去置些家用。

王　莹　万祥糟坊？
（唱）此处绝非寻常地，
　　　中共八办暗隐藏。

谢和赓　（唱）我明处国党实共党，

王莹、谢和赓　（合唱）周旋义演赴南洋。
　　　　　　义演文件（款项）属机密，

谢和赓　这样大的雨，怕小姐的手袋禁不
住雨淋呀。

王　莹　倒不碍事的，只是些身量尺码。

王莹、谢和赓　（合唱）她（我）只身空手
路途长。

王　莹　这桂林的雨，下起来好不留情面
哟。

谢和赓　所以桂林人一到南风天，出门准
带伞。

王　莹　（唱）躲他避他非本愿，

谢和赓　（唱）怜她护她口难张。

王　莹　谢先生，我还是在这里多等等吧，
也许雨就停了，倒是糟坊晚了怕
就要关门，你要是有急事，你先
走……

谢和赓　桂林春雨一时半会哪里会停？我
们同行一段，倒也省时又便利。

王　莹　（唱）眼看时间迫眉睫，
　　　　且行且观把他防。
（白）那就有劳谢先生了。
〔景随人移，穿街过巷。不时有车
灯来往，特务穿行。

谢和赓　（唱）风习习，雨潇潇，风雨同路，

王　莹　（唱）云蒙蒙，雾重重，云雾苍茫。

谢和赓　（唱）走街巷，渡江岸，车马退避，

王　莹　（唱）踏浮桥，过骑楼，来人相藏。
〔王莹滑倒，谢和赓搭肩接住。伞
下情思萦绕。

谢和赓　（唱）可叹相逢难相知，
　　　　　伞下难做许仙郎。

王　莹　（唱）可怜相识难相守，
　　　　　羽燕难出王谢堂。

王　莹　他什么都好，只可惜，是个国民
党高官。

谢和赓　她可能这辈子，都不会知道我是
一名中共秘密地下党员。
〔两人失落并肩前行，不忍多言，
各有心事。

谢和赓　（唱）不觉行至中山路口，

王　莹　（唱）八办小楼灯影摇晃。

谢和赓　（唱）万祥糟坊近在咫尺，

王　莹　（唱）城北绸庄咫尺行将。

王莹、谢和赓　（合唱）眼前之人需先瞒过，
〔两人同看表，王莹惊叹"过点
了"，谢和赓惊叹"到点了"。碍

于需瞒过对方，都不敢擅自上楼。

王莹、谢和赓　罢，

（唱）就此别过，来日方长。

〔两人不舍分离，分道扬镳，想回头却极力克制。

伴　唱　（唱）且住相思免露痕迹，

咽下情愫大局首当。

〔李克农楼上看表，胡志明楼下点灯。

〔时钟响起。八办二楼小窗突然传来李克农焦急而惊喜的声音："和赓！"却又向王莹招手。

〔两人同时惊觉回望二楼，转而相向对视，李克农自觉失语掩口。胡志明擎灯开门，向两人微笑致意，引领上楼。

〔音乐诙谐生动，王莹与谢和赓不可置信地彼此走近，却有意保持距离地上楼。

〔三人见面，略显尴尬。胡志明沏茶。

李克农　（朗笑，张罗）呃……来，坐，坐呀！老胡，沏茶沏茶！外面乍暖还寒，这桂林的南风天，怕你这个北方来的"小燕子"也不习惯吧？

王　莹　李处长，今天演出非常精彩，是我出门延误了时间，我检讨……

谢和赓　李处长，是我刚才在窗下没有立刻回避，我检讨……

李克农　好啦，今天该检讨的是我李克农，我推开窗子一见故人心里激动，就喊了和赓的名字，犯了地下工作只能单线联系的大忌，这下恩来兄有得训我了。

胡志明　那我也检讨下，我开门开得太快

了……

〔四人哈哈大笑。

胡志明　你们慢聊，我去守门。

〔三人送下胡志明，各捧茶杯相视而笑。

王　莹　原来绸缎庄老板和糟坊掌柜是一个人呀？

李克农　瞧我，都没有来得及正式做介绍……

（唱）大明星无人不晓，

演新剧当属王莹。

率剧团辗转南下，

筹军款奔走西东。

谢和赓　从上海初登舞台开始，王莹小姐饰演过的进步女性，已经在抗战大后方妇孺皆知了。

李克农　（唱）国党才俊出八桂，

文武全才谢和赓。

积极抗日勤斡旋，

军中谁人不识卿。

王　莹　谢先生所撰写的万字抗日要文《全民性全国军事总动员纲要》，也已经在全国范围内产生了不小的震动。

李克农　看来，你们是老相识了，那我也一家人不说两家话，今天分别约请二位，其实为的是一件事。

王莹、谢和赓　一件事？

李克农　（唱）为筹战款演新剧，

四方支持众志诚。

谢和赓　（唱）省府拨款来资助，

护送批文保此行。

李克农　（唱）剧团声望冠后方，

南洋筹款播新声。

王　莹　（唱）服从委派应当先，

人员剧目安排定。

谢和赓　这么说，王莹小姐是来商议南洋
　　　　演出事宜？

王　莹　这么说，谢先生是专程来护送批
　　　　文和拨款？

〔王莹、谢和赓两人释然大笑。

李克农　（唱）将错就错殊途归，

王　莹　（唱）误打误撞并肩行。

李克农　（唱）明线暗线做红线，

谢和赓　（唱）同路同往前缘定。

王　莹　（起身，深情笃定）原来是，和赓
　　　　同志！

谢和赓　（起身，释然欣慰）是我，王莹同
　　　　志！

王莹、谢和赓　（唱）一声同志两心融，（两
　　　　人互换文件）

李克农　（唱）权作月老牵红绳。
　　　　　　不想我阴差阳错地做了件好
　　　　事，只是你们彼此要牢记共
　　　　产党员的地下工作原则，一
　　　　生谨慎。

王莹、谢和赓　记下了。

李克农　如今时局多艰风吹浪涌，我党八
　　　　办当如砥柱，深扎在桂林土地。
　　　　抵御外敌攻势，就当巩固和发展
　　　　统一战线，才能精诚所至，共克
　　　　时艰。

〔李克农与两人握手。

李克农　宋庆龄夫人已派舞蹈家戴爱莲来
　　　　桂，支援后方文化抗战。她只身
　　　　一人，海外归来，望你们替我和
　　　　郭德洁夫人热情迎接，好好照应。

王莹、谢和赓　请组织放心。

李克农　和赓，雨冷风寒，护送好王莹。

〔两人向李克农深鞠一躬，撑伞
下，李克农与胡志明送出，八办
灯火照向两人归路。

〔李克农、胡志明对视，行弦起。

胡志明　金童玉女，革命伴侣，好呀。

李克农　老胡，我刚才喊了和赓？

胡志明　喊了，我就点了灯。

李克农　也跟王莹招了手？

胡志明　招了，我又开了门。

李克农　（捂脸）哎哟……

胡志明　你还像这样，半个身子都探出去
　　　　了，我才把他们带上去……

李克农　（眼前一黑）晓得了晓得了，拿纸
　　　　和笔来。

胡志明　不用写画，我记得清清楚楚。

李克农　我犯了错，给恩来兄写检讨。

胡志明　你这是成人之美，月老牵红线是
　　　　善事嘛……

李克农　这么说你还是红娘呢！

胡志明　红娘？我要是红娘也没有人看到
　　　　啊！

李克农　你不是人？（两人对视，胡志明改
　　　　口）

胡志明　没有旁人看到了嘛！

李克农　还被你这外国人看到了。

胡志明　外国人也是我党同志啊……

李克农　再加一张纸来，你给我把证词写
　　　　上！

胡志明　情可谅……

李克农　理难恕！我这辈子百密一疏啊！

胡志明　克农，要不我和恩来兄说明说明
　　　　……

〔两人聊下。

〔一二场换景，轮船汽笛声中，戴爱
莲演员走到舞台正中，驻足投影。

〔投影：侧幕黑白值班镜头，音乐
《四季歌》第一段。王莹、谢和赓
演员逆光下场，众人在侧幕为他
们叫好，谢和赓演员为王莹演员

递过水杯。

王　莹　（笑）谢谢，和赓同志！

谢和赓　这种被信任、被需要、被依靠的感觉，在战争年代更可贵。

王　莹　穿过战火，还能遇到的知己和爱人，一定是刻骨铭心的。就像王莹、谢和赓两位都是鼎鼎有名的明星与高官，都在踏踏实实地实现自己的理想。

谢和赓　旧时王谢堂前燕，

　　　　飞入寻常百姓家。

王　莹　是的。

　　　　〔投影叠印小飞燕上台。

·꒰ 第二场　燕舞　双飞云燕 ꒱·

〔老桂剧曲牌，小飞燕表演传统桂剧。

〔戴爱莲深深被台上桂剧名伶小飞燕的风采陶醉和折服，曲终叫好，音效和声。她默默写下字条，递给检场人，同时台上落下纱幕，检场人递给小飞燕字条。

〔《四季歌》主旋律。读信旁白："尊敬的小飞燕方昭媛小姐你好！我是受郭德洁夫人邀约、宋庆龄夫人委派，为与众文化人士组成爱国统一战线，从香港来到桂林，支援大后方抗战演剧的舞蹈演员戴爱莲。我出生在西印度群岛，在英国伦敦学习芭蕾舞与现代舞。我久闻你的大名，今天亲眼得见你表演的桂剧，为之惊艳。很冒昧约你西山见面，希望你能同意我的邀约。戴爱莲。"

〔读信声中，两人在岩洞提灯互相寻找，被墙上的摩崖石刻吸引，顺着壁画看到对方，打量。

戴爱莲　你是……小飞燕？

小飞燕　你是……戴爱莲？

　　　　〔两人凑近打量。

戴爱莲　（唱）云雾间影影绰出水芙蓉，

小飞燕　（唱）灯影中袅袅娜翩若惊鸿。

戴爱莲、小飞燕　你是……

戴爱莲　小飞燕？

小飞燕　戴爱莲？

　　　　〔两人凑近打量。

戴爱莲　真的是你！我在来桂林前，郭德洁夫人专门给我介绍了你。

小飞燕　我也听永芳伯娘讲，桂林来了好多的文化人和艺术家，实在不好意思，卸妆来晚了，让你久等了。

戴爱莲　不不不，不好意思的是我，是我冒昧邀约。

　　　　（唱）本以为造诣深尊长样貌，我以为中国的戏曲家都是像梅兰芳、欧阳予倩这样的大先生，今日得见真人，竟是位姑娘！

小飞燕　（唱）声名远才学高舞界先锋。

　　　　一听说你是闻名世界的舞蹈家原以为你也是师长岁数和模样……

戴爱莲、小飞燕　哈哈哈，

　　　　（唱）眼前的竟是位妙龄女儿，

戴爱莲　我今年22岁。

小飞燕　我今年21岁。

戴爱莲　哎呀，我还虚长一岁，很高兴认

识你！（拉手）

小飞燕　（拉手）我也一样，爱莲姐姐。

戴爱莲　不对不对，我本来是想找你拜师学艺的，怎么倒占起便宜来了……
（唱）尊一声方老师学生深躬。

小飞燕　哎呀，千万别这样，你对西方的舞蹈是行家，又懂得借鉴东方的戏剧，我一个桂剧女伶，除了唱戏，什么都不会……

戴爱莲　一门艺术，要想被世界认可，首先得是民族瑰宝，方老师，不要妄自菲薄，你就是瑰宝上最闪耀的一颗明珠。

小飞燕　宝贝不宝贝的我也不懂，倒是你一口一个老师，叫得我好生惭愧，你叫我妹妹好了。

戴爱莲　妹妹……离家近十载，漂洋又过海，这么多年，我第一次听到像家人一样的称呼。

小飞燕　羡慕你还有家人在异乡，我连自己姓甚名谁都不知道，被人收养时起了个小名"捡儿"。

戴爱莲　捡儿……
（唱）一声乳名蕴凄凉，
　　　　流落天涯同命牵。

小飞燕　（唱）弃子女子臭戏子，
　　　　台上风光台下嫌。

戴爱莲　（唱）求学受尽讽与辱，
　　　　黄肤黑发低人肩。

小飞燕　（唱）乱世学艺多熬煎，
　　　　知你异国苦与酸。

戴爱莲　（唱）一样的无家归，
　　　　一样的学艺难。

小飞燕　（唱）一样的受屈辱，
　　　　一样的好华年。

戴爱莲　（唱）她音容沉静性情烈，

小飞燕　（唱）她言语炽热心志坚。

戴爱莲、小飞燕　（合唱）她是另一个我，
　　　　　　　　活在这人世间。

戴爱莲　从今以后，我们在这个世界上，就多了一个亲人。
〔《四季歌》主题音乐。两人拥抱互相擦泪，破涕为笑。
〔戴爱莲抬起头，看到岩壁上被火光照映的飞天与玄女。

戴爱莲　你快看！壁画亮起来了！

小飞燕　是云开月明，山岚出岫。
（伴唱）灵犀一点心意通，
　　　　山涧水畔双飞燕。
〔群舞幻化作仙女环绕氤氲，两人随云雾起舞。

小飞燕　（唱）云手翻腕揉轻雾，
　　　　圆场莲步拂月华。

戴爱莲　（唱）手位收转拨云岚，
　　　　足尖起落点新芽。

小飞燕　（唱）曲倾圆拧太极鱼游，

戴爱莲　（唱）开绷直立鹤舞云崖。

小飞燕　（唱）闪转腾挪袖展江海，

戴爱莲　（唱）轻高快稳裙飞彩霞。
〔清风徐来，云雾渐散，群舞慢下。

小飞燕　晨雾散去了。

戴爱莲　东边天亮了。

小飞燕　那边有只小船，我带姐姐去看看桂林的岩洞。
〔水波桨影，晨光熹微，小飞燕轻灵跳上，拉戴爱莲上。两人一起划船。

小飞燕　（唱）西南地孕育出八桂灵秀，

戴爱莲　（唱）山水间铭刻下千年风流。
　　　　你看这书法碑拓，

小飞燕　（唱）颜筋肃穆柳骨俊，
　　　　欧书险绝赵体蛟。

戴爱莲 你看那壁画真是精美绝伦，
（唱）观音庄严笔法妙，
　　　飞天流丽衣带飘。
这就是东方的天仙玄女，游走在天堂之中，飘逸温柔，悲天悯人。被妹妹演来像极了留白的水墨，是山水神女。

小飞燕 爱莲姐姐的古典芭蕾，是西方的精灵吉赛尔，奔跑在黄泉的魂灵，浓烈刚烈，爱而自由。像是油画，真实饱满，呼之欲出。

〔两人携手上岸。

戴爱莲 这次众文化人士八方来桂，为的就是后方文化抗战、筹集前线战款。这次的义演，我有个建议……

小飞燕 我也有个建议……

戴爱莲 我们姐妹俩……

戴爱莲、小飞燕 互换角色！（说罢兴奋击掌）

戴爱莲 （唱）芭蕾戏曲相碰撞，

小飞燕 （唱）地上精灵天上仙。

戴爱莲 （唱）编新剧凌波洛神，

小飞燕 （唱）创新舞仙界飞天。

戴爱莲 （唱）驱散战火祛苦难，

小飞燕 （唱）祈福苍生唤新天。

〔两人心照不宣，拉钩。小飞燕面对岩壁上的观音，拉戴爱莲，两人一起跪下。戴爱莲做基督徒祈祷状，被小飞燕提醒，学样盟誓。

小飞燕 观音大士作证，我方昭媛，

戴爱莲 观音大士作证，我戴爱莲，

小飞燕 愿与戴爱莲，

戴爱莲 愿与方昭媛，

戴爱莲、小飞燕 跨越重洋，结为金兰，永以为好。

〔远处日出天光，战机归航。隐隐抗战歌曲，游行队伍经过山下。

小飞燕 看，是前线空军将士胜利归来了！（发现，呼喊）喂，永芳伯娘！我们一起去追上永芳伯娘！

戴爱莲 就是你刚才提起的老人家？

小飞燕 是啊，伯娘一家人最爱看我的戏，她的小儿子何信加入了空军，这是他们的军队凯旋了！

戴爱莲 走！我们跟上队伍！

〔两人招手欢呼雀跃下。

〔投影：侧幕黑白值班镜头，音乐《四季歌》第二段。两姐妹被舞台监督引领牵手走向后台。

戴爱莲：我们也是来自广西不同的城市，因为艺术和缘分相遇在桂林。

小飞燕：但是她们被战火分开了，那之后再也没有见面。小飞燕很早就过世了。

戴爱莲：但是希望我们俩白发苍苍那天还能同台。

小飞燕：我觉得这世上最美好的词，就是重逢。

戴爱莲：所以，珍惜眼前人。

ᘒᘛ 第三场　燕归　旧巢归燕 ᘚᘒ

〔《四季歌》主题音乐，凝重，空灵。

〔天幕洞开，两列手捧何信遗物的空军战士逆光正步向前。靳永芳在正中央悲恸忍泪送灵。战士打白色横幅"沉痛送别抗日英雄何信"。

〔群众舞台两侧夹道逆行。

〔靳永芳呼喊何信乳名，疾走向前晕倒。

〔队尾群众上前扶起靳永芳，唤醒。

靳永芳　二冬他是走了……

群众甲　二冬他是回来了！

靳永芳　回来了？

群　众　（交口传递）回来了！

〔靳永芳苏醒。主题音乐转向热烈欢快，时空冷暖逆转，横幅翻转红色"热烈欢迎空军将士凯旋"。人群交错向后围观欢迎。空军战士竖排夹道致意。

靳永芳　（唱）回来了，
　　　　　　　为娘那从军杀敌的好儿郎。

〔靳永芳在战士中急切寻找何信，未果。眼看着战士们纷纷被群众亲人簇拥接走，靳永芳失落往家走。

　　　　（接唱）二冬他参军七载少归家，
　　　　　　　年复年风餐露宿娘牵肠。
　　　　　　　嫁儿父满门忠义家风秉，
　　　　　　　嘱子女小家大国勿念娘。
　　　　　　　书信少，咱不怪，
　　　　　　　妻与孩，娘料养。
　　　　　　　盼只盼平安归来，
　　　　　　　免我们提心吊胆望断肠。

　　　　　　　行走到家巷口怪味飘来，
　　　　　　　循味走蹊跷见净扫檐廊。
　　　　　　　院门外柴堆齐整，
　　　　　　　院门里擦洗亮堂。
　　　　　　　非年非节，
　　　　　　　哪个这样做家务？
　　　　　　　待我进屋看个究竟，
　　　　　　　一阵油烟呛个趔趄。
　　　　　　　哪个在屋里生火炒辣椒？
　　　　　　　把人呛得睁不开眼！

〔何信擦手出。

何　信　妈！

〔主题音乐轻快柔和。

靳永芳　（惊喜）二冬！（揪耳朵）哎哟，这个臭小子，你回家好好的，怎么干起这些活来了？

何　信　一见面就训我，就说活干得怎么样嘛？

靳永芳　屋顶要着火了。

何　信　这辣椒才入味嘛。

靳永芳　等等，你怎么没跟着队伍？

何　信　我是前一拨回来的。

靳永芳　前一拨……我怎么会不知道？

何　信　前一拨队伍天刚亮就进城了，我们都急着赶回来，悄悄给家里个惊喜。

靳永芳　（戳何信）神出鬼没，长本事了。

〔检场人或舞台装置变换到室内。一桌二椅，煤油灯，衣柜。何信把靳永芳按在椅子上，自己也坐下。

何　信　妈，你趁热吃啊！没想到，我回家你们一个人没在。

靳永芳　我天没亮就送你媳妇和儿子回娘家探亲去了，只是你要回家也没来个信儿。我那干闺女郭德洁，不不不，是你们的司令夫人，昨天捐款在街头碰着，都没有跟我言讲。我早知道就不叫他们两个回去……

何　信　下次回来见就是了，军机不可泄露，组织临时安排，哪来得及电报写信。

靳永芳　你多住两天，他们就回来了。

何　信　我明天一早就走了。

〔靳永芳收手停筷，半晌无言。

何　信　妈，你们……还好吗？

靳永芳　除了挂念你挂念得辛苦，都挺好的。

何　信　我是欠家里的太多了，都不知道球球长得多高多大了，会不会开口叫人了……

靳永芳　你那媳妇，每天拿着你的照片，教他喊爸爸。

何　信　妈，你们辛苦了，（掏纸包）回来得匆忙，给你们在街市上买了一红一粉一对绒花，过年要是我回不来，你们戴着喜庆喜庆。

靳永芳　你不在，我们婆媳两个，戴给哪个看？还喜庆喜庆……我也有样东西给你。

〔靳永芳从衣柜下取出红木妆盒。何信警觉，与母亲周旋争抢。

何　信　妈，你拿妆盒做什么？

靳永芳　咦？你抢它做什么？（打手）怎么那么重啊？（打开）手枪？哪个藏在这儿的？

何　信　妈，这是我买给球球的礼物。要是他长大了仗还没打完，就送他去前线当兵！要是和平解放了，还送他去部队当兵！

靳永芳　你怎么不亲手给他呀？还藏起来。

何　信　我怕……怕……他那么小不懂事，以后妈来告诉他。

靳永芳　你怕看不到他长大，你就不怕妈等不到你回来？

何　信　妈……

靳永芳　知儿莫过亲娘哪，你过来。（唱）你道这红柳木盒是何用？

何　信　这不是妈一直珍爱的压在柜底的妆盒？

靳永芳　（唱）却为何多少年来未曾用？

何　信　妈的金银嫁妆都变卖养家了，知它空置不曾打开，我才把枪藏在里面。

靳永芳　（唱）这妆盒非寻常内有文章，
　　　　　布机关巧镶藏还有一重。

何　信　这么说来，它绝不是个普通的妆盒？

靳永芳　（唱）杀奸臣秉忠心报国雪耻，
　　　　　上贡药下炸药盒中两层。

何　信　后来呢？

靳永芳　（唱）一双脚三寸莲路途辗转，
　　　　　时日过机会错计谋落空。
　　　　（释然，苦笑）瞧，耽误在这一双小脚上了。

何　信　（出神）怪不得我从小听人称你"八桂女侠"，这段故事我竟然是第一次听说。

靳永芳　从小习文武，随夫位列同盟会元老，追随中山先生北伐革命，没想到旧社会还没有推翻，日本军又卷土侵略……而我，是老了……

何　信　侵略者一日不被打败，我何家儿男一日不下战场。

靳永芳　（拍肩）妈等的就是你这一句话！你把这妆盒的机关打开看看。

何　信　（欣喜、顽皮）妈，那炸药还在不?

靳永芳　你这个哈仔!

何　信　（唱）缓缓揭开木隔层，
　　　　　　　　柔柔芳香扑面来。
　　　　　　　　小小囊儿盒中放，
　　　　　　　　软软布面似婴孩。
　　　　　　　　细细针脚密密缝，
　　　　　　　　精忠报国字字排。

靳永芳　这是我采来了八月中山路最香的桂花，拿你儿子球球的褓褓和你媳妇搓好的丝线，一针一针缝好的。想家时就拿来闻闻，把精忠报国记在心头。

何　信　（唱）妈妈亲手来戴上，
　　　　　　　　嘱托期许系心怀。
　　　　〔天色渐亮，集合号吹。母子惜别，靳永芳送何信出门上路。

何　信　妈，一会儿我们的飞机会经过桂林城，如果你看到那个带头的飞机机翼上下抖动，就是我在向你们告别。
　　　　〔主题音乐起，靳永芳与群众送别空军将士们。
　　　　〔天幕闭，飞机轰鸣。
　　　　〔众人仰望、追赶、挥手。
　　　　〔靳永芳小脚落后，跌倒。
　　　　（伴唱）雏翅凌空入云天，
　　　　　　　　　老燕衔泥筑旧巢。

靳永芳　儿子长大了，就要远走高飞，我这一双小脚，追不上了。
　　　　〔天边一声爆炸巨响，天地变色。靳永芳似有心电感应。

靳永芳　我这一双小脚，追不上了……

群众甲　午时抗战英烈起灵尧山。
　　　　〔主题音乐似摇篮曲，男声哼唱。

众人暗下。地上白月光铺满花瓣。
　　　　〔靳永芳含泪轻轻走近。歌声中天门洞开，何信灵魂亦走近。

靳永芳　二冬啊，妈来了，比哪个都想见你，又比哪个都怕见你。
　　　　（唱）儿身静静睡，娘泪行行垂。

何　信　（唱）娘泪行行垂，儿魂久久徊。

靳永芳　（唱）一转眼儿长成人，
　　　　　　　　一转眼娘鬓成灰。

何　信　（唱）一转眼儿报国去，
　　　　　　　　一转眼娘盼不归。
　　　　〔音乐中，靳永芳俯身抚摸何信，何信灵魂身后拥抱母亲。

靳永芳　（唱）手绢儿擦去满面尘，

何　信　（唱）火光起枪林弹雨摧。

靳永芳　（唱）舒指尖暖开拳紧握，

何　信　（唱）中三弹油尽敌机追。

靳永芳　（唱）双手茧揉平血浆衣，

何　信　（唱）拼性命撞机残骸飞。

靳永芳　（唱）小香囊血肉融一体，

何　信　（唱）娘教诲早入儿骨髓。

何信、靳永芳　（合唱）娘亲啊，二冬啊，

何　信　（唱）原谅忠孝难两全，
　　　　　　　　白发人送黑发回。

靳永芳　（唱）堪慰长空破敌阵，
　　　　　　　　只求我儿梦中归。
　　　　〔主题音乐起，画外音：起灵——

何　信　妈，来世我还是您的儿子。
　　　　〔人群逆流送行。何信转身向母亲敬军礼，天幕合。靳永芳被天幕挡回，缓缓回身。

靳永芳　把政府送来的军烈抚恤金全部捐给前线。发电报，叫我的大冬回来——
　　　　〔众人回身。靳永芳强忍悲痛拼尽最后力气。

靳永芳　把我何家最后一个儿子，送去参
　　　　军！

〔靳永芳晕倒，众人呼唤，切光。

〔投影：侧幕黑白值班镜头，音乐
《四季歌》第三段。侧幕何信的演
员迎面拥抱靳永芳饰演者，久久

而立。

靳永芳　如果生在那个年代，我也一定会
　　　　这么做。母子一场，不后悔。

何　信　在战火中永生，不后悔。

〔靳永芳欣慰摸何信头。

第四场　燕行　精卫填海

〔冬雨缠绵。主题曲轻灵悠长，渐
转急促热烈，众人捐款。

〔画外音："婊子婆也配来捐
款？""这样的脏钱我们不能
收！""小小年纪不学好！""烂
货！""滚！"

〔桃芳与凤儿从侧幕跌撞出，连人
并包裹被一同抛出，桃芳为保护
凤儿，挤丢一只鞋，被人咒骂着
将鞋扔出。桃芳气急，欲拿鞋回
扔，被凤儿拦下。

凤　儿　姐姐，算了，怎么说别人还是不
　　　　收，我们走吧。

桃　芳　我们捐的钱是干净的。

凤　儿　是啊，可有哪一个会为妓女说话
　　　　呢……

〔桃芳和凤儿无语，委屈拭泪。莲玉
寻找上，发现二人低落，心中一沉。

莲　玉　还是不肯收吗？

凤　儿　嗯……又被丢出来了，莲玉姐，
　　　　永芳伯娘她收了吗？

莲　玉　她说家里还宽裕，我们的心意收
　　　　下了。

桃　芳　她肯定是看出了你的身份，才不
　　　　收。

凤　儿　不会的，我说明来处，她握着我
　　　　的手都哭了，连声道谢。听人说
　　　　她连儿子何信的抚恤金都捐回给

政府了。

桃　芳　真是个好妈妈呀。

〔汽车鸣笛，车灯骤亮而熄。三女
瑟缩肃立。

〔月色渐明，侍卫开道，撑伞提灯。

〔三女紧张，窸窸窣窣左右躲藏。
侍卫们警觉，强光照灯，三人吓
作一团。

侍　卫　什么人？

桃　芳　我们……

侍　卫　（举枪）讲！

郭德洁　（内）讲过多少次，哪能这样问话？

侍　卫　夫人……

〔郭德洁身后车灯逆光上。

郭德洁　（内）沿途尽观募捐情，
　　　　（唱）但见伶仃瑟瑟惊。
　　　　　　　纤弱依偎无寸铁，
　　　　　　　三个弱女子，
　　　　　　　怎么经得起你这样盘问？

侍　卫　下属愚钝。（示意灯光灯筒全收灭）

〔侍卫退后。郭德洁轻轻走近三女。

郭德洁　（唱）请把缘由细说明。
　　　　　　　你们不要怕，我叫郭德洁，
　　　　　　　是李宗仁司令的……

〔三女认出，惊，齐鞠躬："夫人！"

郭德洁　你们怎么冒雨站在街口？是不是遇
　　　　到了什么困难？有什么我能做的？

三人合　我们……（惊恐地望向侍卫）

侍　卫　你们有什么可以对夫人说。

郭德洁　把伞给我。（示意侍卫退下，伸手为凤儿撑伞）过来，到廊道来，避避风雨。

〔凤儿迟疑伸手，反复在衣角擦拭。

〔主题音乐起，轻柔温馨。郭德洁拉起凤儿，提裙引三女踏水走到廊下。凤儿抬头偷看郭德洁，露出幸福甜笑。

郭德洁　（收伞）傻姑娘，笑什么呀？

凤　儿　夫人，您心好，长得也好看。

〔郭德洁听罢一愣，与桃芳、莲玉掩口同笑。郭德洁打量三人。

郭德洁　（唱）青葱甲蔻丹红凤仙新染，
　　　　　胧月眉粉开面隐隐芷香。
　　　　　柔声语惯低眉风姿难掩，
　　　　　你们是哪家女儿抱绣囊？

桃　芳　（唱）夫人慧眼来识辨，
　　　　　青楼烟花难伪装。

莲　玉　（唱）花名捐汇遭拒收，
　　　　　道我不洁钱肮脏。

凤　儿　（唱）走投无路风尘坠，

桃芳、莲玉、凤儿　（合唱）
　　　　　谁人生来愿做娼。

郭德洁　感叹你们身在风尘，还心系前线。

桃　芳　夫人哪，

桃芳、莲玉、凤儿　（合唱）
　　　　　分文皆是清白银，
　　　　　从良无望求自强。

郭德洁　这包裹里的，是你们攒下的体己钱？

莲　玉　（唱）鸨儿地痞两重山，

桃　芳　（唱）私藏体己难见光。

郭德洁　为什么不拿着去赎身？

凤　儿　（唱）契银频涨无底洞，

莲　玉　（唱）华年犹在心早亡。

郭德洁　赎身无望，就去募捐？

桃　红　（唱）行善反被人欺辱，

凤　儿　（唱）秋红姐遗金自沉江。

郭德洁　秋红？这包裹里……

凤　儿　（唱）囊中不止三人愿，
　　　　　（吟）还有一女含冤亡。

〔三女抚摸包裹相拥垂泪，郭德洁痛心失言。滂沱雨下。

郭德洁　（唱）原只道雨中相遇有隐情，
　　　　　却原来盛白骨，裹芳魂，
　　　　　度生望，了遗愿，
　　　　　小小的包裹千斤重，
　　　　　胭脂水粉浸砒霜。
　　　　　人言如刀绞，讥讽剜肝肠。
　　　　　冷眼噬骨侵，世风似虎狼。
　　　　　斜梅覆雪悄凋零，
　　　　　化作春泥犹带香。

凤　儿　夫人，风寒雨冷，您陪我们站了这么久，我们的心意请您收下吧。

郭德洁　姑娘们，多谢风雨情意，只是你们的募捐，恕我不能收。

〔三人失望紧张，接连后退。

桃　芳　夫人，是我们不好，污了您的眼，秽了您的耳，我们这就拿着脏钱走……

莲　玉　您大人不计小人过，千万莫生气，莫生气……

凤　儿　我们不是故意打扰您的，您千万别把我们关进牢里……

桃　芳　（拉凤儿走）夫人您早点休息！

〔三人欠身惊慌后退，郭德洁拭泪回神。

郭德洁　等等！

〔主题曲起，温暖轻柔，雨声敲伞。

〔郭德洁举伞追上，卸下钗环塞给三女。

郭德洁　你们的赎身钱我不能收，这几样首饰是我的陪嫁，虽不是价值连城，应该也够你们填补赎身了。

莲　玉　（惊）夫人，这怎么行，这样贵重的物件我们万万不能收……

郭德洁　细软有价，情义无价，你们当得。

桃　芳　夫人，谢谢您看得起我们，残花污泥，血印烙面，便是赎身从良，怕也只能浪费了您的情意与期许，您还是收回吧……

郭德洁　一己力，终微薄，救得出三姐妹，难救出三千万，愿你们能做暗夜中的星火。（塞给凤儿，推走）去吧，跟姐姐们一起逃出来，我等着你们回来！

〔郭德洁回身欲走，凤儿雨中冲上跪地，桃芳与莲玉跪地。

凤　儿　谢谢夫人！

桃　芳　谢谢夫人！

莲　玉　谢谢夫人！

〔主题曲起。郭德洁疾步撑伞扶起三人，一阵雷声，四人亲密挤在伞下，郭德洁伸手替三人拭泪整发。

（伴唱）兰因善果心相印，
　　　　身作精卫沧海倾。

〔风雨渐停，远处明明灭灭河灯闪烁，人群三三两两地祈福放灯，天灯鬼火相映。

凤　儿　你们看榕湖那边在放河灯。

桃　芳　今天是寒衣节，风雨也为我们的亲人停了。

莲　玉　听啊，那是田汉先生的《四季歌》……

（伴唱）冬季到来雪茫茫，
　　　　寒衣做好送情郎。
　　　　血肉筑出长城长，

　　　　侬愿做当年小孟姜。

凤　儿　我今天特地带了油纸，我们一起折水灯祈福吧。

〔凤儿掏出油纸，四人席地折灯，放灯。

郭德洁　（唱）年年冬岁十月朝，
　　　　　　寒衣家书寄冥亲。

桃　芳　（唱）一愿良人沙场归，
　　　　　　生死未卜求来生。

莲　玉　（唱）二愿遗子少灾病，
　　　　　　我夫九泉把目暝。

凤　儿　（唱）三愿爹娘两心应，
　　　　　　幸遇观音赎儿命。

郭德洁　（唱）小小船光祭秋红，
　　　　　（合唱）祈愿战胜得太平。

〔四人与众人目送河灯远去。

桃　芳　夫人，听您募捐演讲时，那么优雅漂亮，温婉可亲，怪不得全桂林城的人，都翘首争看您戎装烈马，随夫出征。

莲　玉　是啊，夫人推进妇女解放、收育遗孤，组织文化抗战，号召为前线募款，件件都是鼓舞后方人心的大善事。

凤　儿　夫人，是您让我们觉得自己像个人！

郭德洁　（握手）姑娘们，我等你们回来，学医务，同劳动，一起加入大后方妇幼工作。

〔三人难掩雀跃，仿佛新生。

〔一年迈阿婆怀抱襁褓焦急穿行，毫无头绪，人群涌动。

郭德洁　伯娘莫慌，出了什么事？

阿　婆　司令夫人，我家孙儿染了寒病，几天几夜高烧不退，快要撑不住了。

郭德洁　侍卫，快叫医务来！

侍　卫 （上）夫人，医务全被司令带上前线了……

阿　婆 夫人，日军围城，断粮断药，几天几夜只有一口吃食……

郭德洁 赶快去弄些吃的来，你的家中还有什么人？

阿　婆 家中只有我们一老一小，他爸爸妈妈都牺牲在前线了。

莲　玉 伯娘为了这个孙子，在我们花街里头打杂，不容易啊……

阿　婆 小孙子现在都会叫妈妈了，可是他的妈妈……

婴　儿 妈妈，妈妈……（哭）

〔郭德洁擦泪，强装微笑哄孩子。

郭德洁 妈妈在，宝宝不哭。

阿　婆 你看，妈妈回来了，妈妈回来了。

〔孩子渐止哭，郭德洁缓缓抱过孩子。

〔郭德洁吟唱《摇篮曲》，众女跟随哼唱，孩子渐起微弱笑声，女子们开心围看。

郭德洁 你们看他，

（唱）细细眼儿手软软，

　　　瘦瘦人儿眉弯弯。

　　　哭完叫完就睡着，

　　　怀里梦里笑得甜。

　　　小小宝贝长长路，

　　　远远挂念团团圆。

　　　愿你此生无苦痛，

　　　快快成才平平安。

郭德洁 （歉意，轻声）我这辈子还没做过母亲，没有给人唱过《摇篮曲》，没有抱过小宝宝，瞧我这慌手忙脚的……

阿　婆 夫人，今天能得您照顾，是这孩子的福分，他爸爸妈妈一定会九泉欣慰。

郭德洁 老人家，您一个人照顾孩子，实在是不容易。

阿　婆 这年月，哪一家不是白发人送黑发人，老奶奶带宝宝仔啊。

〔侍卫跑上，送来糕饼，郭德洁轻轻递给阿婆喂食。阿婆呼唤，孩子不应。

阿　婆 小宝……

郭德洁 小宝……

群　众 小宝！

郭德洁 婆婆，小宝去找妈妈了……

阿　婆 小宝，去找妈妈了……

〔郭德洁试探，发现孩子已经在怀中死去，忍痛含泪接唱《摇篮曲》，为孩子擦拭泪痕，众人痛哭。

（伴唱）战火霾瘴望乡台，

　　　　神州万里祈生天。

〔主题曲起，凄厉沉重，郭德洁为孩子盖上脸。众人簇拥阿婆与孩子消失在天光深处。

〔郭德洁目送人群倒退回身，抽泣喟叹。

郭德洁 （唱）忍看这山川秀美桂林城，

　　　　今变作人间地狱遍体伤。

　　　　妻别夫君娘送儿，

　　　　孤儿寡母守后方。

　　　　身陷囹圄求生望，

　　　　春心犹系关山郎。

　　　　沙场白骨遗腹子，

　　　　红尘万劫对阎王。

　　　　旧世屠尽灵与肉，

　　　　妇女解救当图强。

　　　　战乱离散与国，

　　　　怎忍稚儿再罹殇。

　　　　夫君临行细叮嘱，

　　　　三千雄兵阵，

难比一千孤与媚。
漓江水生养我柔心韧骨，
兴妇救育遗孤源水流长。
愿抚千万流离苦，
烽火桂林作故乡。

〔群众上，携手前行。

〔众女亲密簇拥郭德洁，宛如丽人图。

众　女　（唱）安抚千万流离苦，
　　　　（合唱）烽火桂林作故乡。

〔投影：黑白值班镜头，音乐《四季歌》第四段。郭德洁饰演者坚定地望着舞台，沉静而自信："生于斯，长于斯，换作是我，我一样会化进家乡的泥土里，为它开花再结果。"

❧ 尾　声 ❧

〔主题音乐春意盎然，烟波画船，光影倒映，水声桨声悠然。

〔众女剪影高低错落，裁剪缝制红旗。

〔一只雨燕飞进船舱，女孩停下针线，吟唱着"小燕子，穿花衣，年年春天来这里"，开窗放飞，众女凭窗远眺。

甲　　（唱）又到桂林春三月，

乙　　（唱）北燕南归喜相逢。

丙　　（唱）新妇会搭乘舟一叶，

丁　　（唱）募捐功臣来接迎。

〔众女上岸，分为四面。

甲　　（唱）艺术馆桂中路口迎双燕，

乙　　（唱）中山路万祥糟坊藏明星。

丙　　（唱）王城根东西巷里接伯娘，

〔郭德洁手托红旗，众女簇拥上。

靳永芳　这都是我们广西省妇女委员会的成员。

王　莹　今天我特地邀请各位妇女界募捐功臣，共同参加献金大游行。

戴爱莲、小飞燕　我们就盼着今天了。

郭德洁、靳永芳、王莹、戴爱莲、小飞燕
　　　　我们走！

〔五人亲昵挽手。

郭德洁、靳永芳、王莹、戴爱莲、小飞燕
　　　　（唱）众志诚挽手成阵，

众　　（合唱）挽手成阵并肩行。

〔众人红旗献金舞蹈，八方群众汇入人流。

王　莹　（唱）愿比春雪川涧化，
　　　　　　　以剧润心催民声。

戴爱莲　（唱）愿变长风散狼烟，
　　　　　　　以舞驱霾迎光明。

小飞燕　（唱）愿为夏花盛时绽，
　　　　　　　以戏疗伤引明灯。

靳永芳　（唱）愿作秋雨洒焦土，
　　　　　　　以情燃志铸英雄。

郭德洁　（唱）愿化冬月照八桂，
　　　　　　　以爱抗敌耀长空。

〔众人舞动红旗。

〔投影多媒体一架战机飞向观众席。

郭德洁　这是我们广西桂林大后方的妇女组织，统一战线，联合抗敌，以己之力，筹集战款，向中国军队捐献出的第一架滑翔机，"桂林妇女号"！

郭德洁、靳永芳、王莹、戴爱莲、小飞燕
　　　　（唱）山水桂林幸遇卿，

众　　（合唱）烽火桂林燕歌行。

〔投影浮现五人原型黑白照片。

〔切光。全剧终。

〔谢幕。

拔哥

演出单位

中共东兰县委员会　东兰县人民政府
河池市东兰县文化广电体育和旅游局
广西艺术学院
广西演艺集团有限责任公司

内容简介

　　民族歌剧《拔哥》通过对韦拔群革命生涯大事记的讲述，再现了那个新旧时代更替之时的激情昂扬与暗潮汹涌，既演绎了普通民众像小草般的坚韧，又演绎了韦拔群如火炬般的炽热信念。

主创团队

总导演：曾　诚
剧本创作：曾　诚　何述强　莫　蔚　林起明
音乐创作：莫军生　曾令荣
执行导演：龚　坚　马兴智　林起明　张　维
舞美设计：林　燕

服装设计：陈　天
合唱指导：仵　威
灯光设计：廖真锋
LED 设计：苏超敏
音响设计：陆军桂　赖麒元

主要演员

韦拔群——仵　威
张云逸——谢　斌
秀　梅——刘　璐
蓝老爹——马兴智
陈洪涛——刘畅瑞

韦妈妈——危　瑛
蓝小勇——张云龙　李思寰
春　妹——刘海嘉
韦龙虎——汤则铭
刘　三——沈明春

时　　间　二十世纪二三十年代。

地　　点　广西西北东兰、河池一带。

人　　物

拔　　哥　韦拔群，农民运动领导人，红军
　　　　　将领

秀　　梅　韦拔群妻子

张云逸　红七军军长

蓝老爹　瑶族歌师

韦妈妈　韦拔群母亲

陈洪涛　红七军二十一师政委

蓝小勇　农军战士，蓝老爹之三子

春　　妹　壮族姑娘，农军宣传员

韦龙虎　东兰团总，后为桂军团长

刘　　三　乡村土豪、恶霸

众男女红军战士，民众

❧ 序　幕 ❧

〔大幕徐徐拉开。灯光微暗。

〔巨幅纱幕上是桂西北莽莽群山，红水河从天边蜿蜒而下。

〔舞台左侧靠前是一堆篝火，火势随音乐高低起伏；右侧靠前是一株高大的木棉树，枝条延展大半个舞台，满树火红的鲜花。

〔序曲音乐起，纱幕上依次呈现拔哥、张云逸等主要人物（参与事件）的老照片，以及导演、作曲、主演等的名字。

〔下红绸。（灯光打到红绸上）

〔起音乐，两边投影介绍韦拔群的事迹，纱幕上《燎原之火》出习近平、毛泽东的话，话出完之后，出拔哥的照片、简介，之后红水河出现把拔哥照片冲淡。纱幕后面红绸下面站着一个女孩轻轻唱《天上有颗北斗星》，可重复唱，第一遍开始纱幕前面出现火堆，拔哥蹲下去慢慢点燃火堆，火堆慢慢亮起来，拔哥举起火把。拔哥后面的屏幕一笔一画出现"拔哥"两个字（红字黑底竖着写），"原创大型音乐剧"这几个字小些挂在边上。

〔女孩领唱结束，火把、火堆慢慢暗掉。

〔投影字幕：

习近平指出，广西红色资源丰富，在党史学习教育中要用好这些红色资源，做到学史增信。学史增信，就是要增强信仰、信念、信心，这是我们战胜一切强敌、克服一切困难、夺取一切胜利的强大精神力量。

"韦拔群是广州农讲所最好的学生！""韦拔群是个好同志，我过去搞农运，有些东西还是从他那里学来的。""东兰是个革命根据地，过去韦拔群同志就在那里领导人民闹革命，后来为革命牺牲了。他是壮族人民的好儿子，农民的好领袖，党的好干部！"——毛泽东

〔纱幕后，原生态女声领唱与女声合唱。

〔播放曲1：《天上有颗北斗星》。

春妹领唱与女声小组唱：

天上有颗北斗星，

东兰有个韦拔群；

启明星子带福兆，

革命带来好福音。

〔LED 屏字幕：韦拔群（1894—1932），广西东兰人，壮族。是中国早期农民运动三大领袖（毛泽东、彭湃、韦拔群）之一，广西农民运动的先驱，百色起义领导者之一，中国工农红军高级将领，中国工农红军第七军和广西右江革命根据地领导者之一。由于深受各族人民的敬爱，群众亲切地称他为"拔哥"。

❧ 第一幕　愤世不平 ❧

〔幕起：乌云密布，群峰奔涌，村子被烧毁，浓烟滚滚，乡民们衣衫褴褛，双眼惊恐，像雕塑一样静止地站着。

〔播放曲 2：混声合唱《受苦受难》。

众　人　（唱）火光冲天映红山寨，（群众抬头看，家被烧了）

　　　　　壮家人啊受苦受难。

　　　　　哪个知道我们的痛，

　　　　　哪个晓得我们的惨。

群众女　孩子，我的孩子啊！

〔群众女拍两下孩子，表情惊恐悲痛，然后冲到台阶中间，踉跄后退。再冲到台前跪下哭泣，孩子的父亲站在那里不能呼吸瘫倒。

〔群众围过去，静场。

蓝老爹　（上前抱起孩子）妹仔哟！我可怜的妹仔哟！（两个女孩过去扶群众女起来，向后走）

〔男低音领唱与合唱曲 3：《不屈的呐喊》。

蓝老爹　（弯腰、头抬起唱，一边唱一边挺起胸膛）

　　　　　来不及看一眼这世界，

　　　　　你就告别了人世，

　　　　　可恨的土豪，可恨的劣绅，

　　　　　榨干了我们的血，

　　　　　还要敲骨吸髓不停歇！

众　人　（唱）奔腾不息的红水河哟，

　　　　　养育着壮家千千万。

　　　　　苦难流淌在我们的血脉，

　　　　　也流淌出我们不屈的呐喊。

〔韦拔群在群众的呼声中上场。

群众男　拔哥，拔哥回来了！

秀　梅　（深情关爱）拔群你回来了！

韦妈妈　回来就好，回来就好。

拔　哥　（眼望秀梅、韦妈妈）阿妈我回来了，这是怎么回事？

秀　梅　可恶的地主恶霸刘三，带着民团一年到头强收数不尽的租税。村民交不起，他就抢牛、打人还烧房子。

蓝老爹　家里的米缸，早就被他们刮得一干二净了，哪还有钱，交这租税啊！

众　人　是啊！

群众女　牛没得了，房子也烧了，就连小娃仔都不放过，拔哥，我们该怎么活哦？

众　人　是啊，我们该怎么活呀！

拔　哥　（上前看看衣衫褴褛的村民，看着死去的孩子）乡亲们，我回来晚啦！

〔男高音领唱与合唱曲 4：《为何苦？》。

拔　哥　（唱）军阀土豪逞顽凶，

　　　　　狼狈为奸害工农。

　　　　　劳苦大众快起来，

齐心砸碎旧牢笼！
打倒军阀与土豪，
才能翻身不受穷。

韦妈妈　（唱）右江清清，红河红，
　　　　　　劳苦大众为何苦，为何苦？
　　　　　　是贪官污吏、土豪劣绅，
　　　　　　剥削我们工和农。

〔拔哥抬起头眼含泪水地看着每一
个人，声音颤抖低沉。

〔男高音领唱与合唱曲5：《敬告同胞》。

拔　哥　（唱）各位同胞请听聆，
　　　　　　群愤世事之不平，
　　　　　　所见军阀争地盘，
　　　　　　所闻弱肉被侵凌。
　　　　　　救我同胞于水火，

〔唱到这里，拔哥走下来与群众互
动，群众第一遍合唱。
　　　　　　唯有团结闹革命。

〔拔哥走到群众中。

众　人　（合唱）工和农，快起来，
　　　　　　闹起革命把头抬。
　　　　　　抗租抗税齐斗争，
　　　　　　誓要那恶人还血债！

拔　哥　农友们，我们团结起来，去找刘
　　　　三，让他血债血还。

〔切光、转景。

〔韦龙虎端坐在家中。

刘　三　（拄着拐杖，头上缠着带血的纱布）
　　　　韦团总啊，韦团总！您要给我做
　　　　主啊。

韦龙虎　刘三，你怎么搞成这副德性？

刘　三　韦拔群带着一群死穷鬼，三更半
　　　　夜摸进寨。兄弟们酒都还没醒，
　　　　他们就来砸破我家的门，打伤了
　　　　我的人，连给虎爷您备好的钱粮，
　　　　都一扫光……（跪在地上）您可
　　　　要给兄弟做主啊。

韦龙虎　韦拔群他吃了豹子胆，敢抢虎爷
　　　　我的税捐？

〔男中音独唱曲6：《虎爷发飙》。

韦龙虎　（唱）老子盘踞在东兰几十年，
　　　　　　虎掌一拍地要动，山也摇，
　　　　　　张嘴一吼水停流。
　　　　　　手有洋枪与洋炮，都是真家伙，
　　　　　　谁敢来叫板、哪个不想活！
　　　　　　老子杀、杀、杀，
　　　　　　杀他个人头落地滚下坡，
　　　　　　让你喊天不应、喊地不灵！

刘　三　（唱）杀他个人头落地滚下坡，
　　　　　　让他喊天不应、喊地不灵！

〔收光。

❧ 第二幕　星火东兰 ❧

〔字幕：三年后，韦拔群从广州接
受共产主义学习归来，舞台上是
巨大的山洞——列宁岩。石门边
是一副对联：要革命的站拢来，
不革命的走开去。

〔领唱、小组唱、合唱曲7：《马
列传到东兰城》。

女声小组　（唱）是谁借来火种、牵来星光，

　　　　　　装点这不平凡的列宁岩。
　　　　　　摸索在黑暗中的农友啊，
　　　　　　从此亮了心房、亮了心房。

春　妹　（领唱）跟着拔哥闹革命，
　　　　　　再造山河志气扬。

女声小组　（唱）跟着拔哥闹革命，
　　　　　　再造山河志气扬。

〔新学员三三两两来报到。

男声小组　（唱）是谁吹响号角、飞越关山，
　　　　　　　　激荡这雄伟的列宁岩。
　　　　　　　　挣扎在困苦里的兄弟啊，
　　　　　　　　从此挺起胸膛、挺起胸膛！
　　　　　　（合唱）马列传到东兰城，
　　　　　　　　壮乡瑶寨心亮堂。
　　　　　　　　跟着拔哥闹革命，
　　　　　　　　光大中华英雄胆。
　　　　　　　　一岩蕴大千，革命天地宽。

春　妹　今天农讲所开班仪式，大家要一起加把劲！

众　人　好！
　　　　〔拔哥上场。

春　妹　拔哥来了！

拔　哥　农友们好，今天好热闹呀！

众　人　拔哥，拔哥来了！

拔　哥　农讲所开班大家都准备好了吗？

众　人　准备好了！

拔　哥　好，我来讲几句。
　　　　〔男高音独唱曲 8：《愤世不平》。

拔　哥　（唱）游历山河三年整，
　　　　　　　军阀混战民遭困。
　　　　　　　十月革命炮声响，
　　　　　　　马列光芒破云层。
　　　　　　　劳苦大众团结起，
　　　　　　　斩断锁链要翻身。
　　　　　　　消除腐朽不平世，
　　　　　　　唤来朗朗新乾坤！
　　　　　（白）我们开办农讲所，不仅要学习革命理论，还要搞军事训练，组建农民自卫军，拥有我们自己的武装！

群众甲　拔哥，咱们的武装队伍还缺个响亮的革命口号，您给我们起一个吧。

众　人　对，您给我们起一个吧！

拔　哥　好，那就叫"快乐事业，莫如革命"。

众　人　好！"快乐事业，莫如革命"。
　　　　〔男高音领唱与合唱曲 9：《快乐事业，莫如革命》。

众　人　（唱）气壮山河一声喊，
　　　　　　　顶天立地是豪杰。
　　　　　　　火焰焚烧旧时代，
　　　　　　　群英齐聚列宁岩。

拔　哥　（唱）不信神仙与皇帝，
　　　　　　　光大世界仗群英。
　　　　　　　打倒土豪与劣绅，
　　　　　　　大家团结闹革命。
　　　　　　　消灭剥削与压迫，
　　　　　　　没有豺狼霸横行。
　　　　　　　获得解放新花开，
　　　　　　　挣脱枷锁享太平！
　　　　　　　邪恶势力荡涤尽，
　　　　　　　乌云散去见光明，
　　　　　　　有田有地好日子，
　　　　　　　人人平等一家亲。
　　　　　　　上天赶得乌云走，
　　　　　　　下地催得五谷生，
　　　　　　　若问谁个能做到，
　　　　　　　它的名字叫革命。

众　人　（唱）上天赶得乌云走，
　　　　　　　下地催得五谷生，
　　　　　　　若问谁个能做到，
　　　　　　　它的名字叫革命。
　　　　　　　若问天下何事最快乐，
　　　　　　　快乐事业莫如革命！
　　　　　〔蓝小勇背着鸟枪，腰插弹弓从人群中跑出来，春妹试图拦他一下。

蓝小勇　（拨开人群，冲到桌前）还有我，我也要参军！我也要闹革命！
　　　　〔男女声对唱曲 10：《我是村里弹

弓王》。

蓝小勇　（唱）我是村里弹弓王，
　　　　　　　脚步一响鸟都慌！
　　　　　　　我要参军闹革命，
　　　　　　　还要成为神枪手。
　　　　　　　上了战场枪一瞄，
　　　　　〔枪瞄到了春妹，春妹生气了。

蓝小勇　（接唱）打得敌人屁滚、尿流。

春　妹　从来没见过这么能吹牛的瑶族仔！

春　妹　（唱）看你双手麻秆细白嫩，
　　　　　（唱完，蓝小勇看看自己的手臂）

春　妹　（接唱）走两步山路就喘气。
　　　　　　　革命不是上山打鸟耍游戏，
　　　　　　　面对敌人要拼命有勇气。
　　　　　　　这些你能做到吗？

蓝小勇　（唱）小小春妹嘴巴利，
　　　　　　　牙齿尖尖会咬人。
　　　　　　　我的弹弓一瞄打过去，
　　　　　　　要你嘴巴流血牙落地。
　　　　　　　看你以后怎嫁人？

众　人　哈哈哈哈哈哈！

蓝老爹　小勇，你这长不大的娃仔。拔哥，
　　　　这是我的小儿子小勇，使得起枪，
　　　　舞得动刀。既然他自告奋勇要参
　　　　加农军闹革命，那我今天就把他
　　　　交给你。

拔　哥　蓝老爹，您为革命操碎心，大勇、
　　　　二勇都已经参军了，小勇我们无
　　　　论如何不能再收了，还得给您留
　　　　根苗啊！
　　　　〔男低音独唱曲11：《瑶人生来就
　　　　命苦》。

蓝老爹　（唱）拔哥啊，拔哥！
　　　　　　　瑶人生来就苦命，
　　　　　　　受尽苦难和欺凌。
　　　　　　　冬日单衣打哆嗦，

　　　　　　　一碗粥水刮肠肚。
　　　　　　　全凭拔哥看得起，
　　　　　　　送衣送粮最暖心。
　　　　　　　联合瑶人闹革命，
　　　　　　　苦海苍茫见光明。

拔　哥　好，都听您的。小勇，报名参军！
　　　　〔男高音独唱曲12：《众人拾柴火
　　　　焰高》。

拔　哥　（唱）星星之火可以燎原，
　　　　　　　众人拾柴火焰高。
　　　　　　　劳苦大众团结起来，
　　　　　　　让革命的火种传遍广西，
　　　　　　　燃烧起来革命的烈火！
　　　　　　　燃烧吧东兰，燃烧吧广西，
　　　　　　　燃烧！燃烧起来革命的烈火！
　　　　　　　东兰不得了，是团结的力量，
　　　　　　　团结的力量，广西不得了。
　　　　　　　让革命的烈火燃烧起来。

众　人　燃烧起来革命的烈火！
　　　　　　　燃烧吧东兰，燃烧吧广西，
　　　　　　　燃烧！燃烧起来革命的烈火！
　　　　　　　东兰不得了，是团结的力量
　　　　　　　团结的力量，广西不得了。
　　　　　　　让革命的烈火燃烧起来。
　　　　〔混声合唱曲13：《身居岩洞学马
　　　　列》。

众　人　（合唱）
　　　　　　　志在高山火样热，
　　　　　　　身居岩洞学马列。
　　　　　　　任凭白狗疯狂吠，
　　　　　　　不动岿然等明月。
　　　　　　　头断血流是平常，
　　　　　　　伟业宏志哪能忘。
　　　　　　　刀山火海何所惧，
　　　　　　　奋不顾身灭豺狼。
　　　　〔关幕。

第三幕　再造山河

〔攻打东兰的战争场面。

〔男声合唱曲 14：《战斗曲》。

冲、冲、冲，

拔哥率军奋勇向前，

枪炮齐鸣奋勇向前，

农军战士奋勇杀敌，

打倒军阀土豪奋勇杀敌，

冲、冲、冲，

各路英雄奋勇向前，

手举大刀奋勇杀敌，

为了自由平等奋勇向前。

为了天地换新颜，奋勇杀敌，

冲啊！冲啊！冲啊！

〔韦龙虎、刘三和几个匪军狼狈地逃到此处，气喘吁吁。

〔刘三先跑出来，看到韦龙虎没跟上，再回去招呼韦龙虎（跑回到石头旁边），看到韦龙虎出来了，刘三刚要跑被韦龙虎叫住，韦龙虎坐在石头上跑不动了。

刘　三　虎爷，虎爷，快，快，快点！

韦龙虎　我实在跑不动了。

〔刘三上前给韦龙虎扇风、捶腿。

刘　三　（小声紧张地）韦拔群……

韦龙虎　（暴躁）滚滚滚！别给我提他，提他老子就来气！（趔趄着起身）

〔男中音独唱曲 15：《阴沟里翻了船》。

韦龙虎　（唱）好一个农匪韦拔群，

三番五次攻打我东兰，

没想到老子阴沟里翻了船。

老子不怕你们这群死穷鬼，

等我重整旗鼓，召集部队，

回头再跟你们算总账。

扒你们的皮，抽你们的筋。

〔砰、砰、砰三声枪响。

刘　三　虎爷快跑，韦……韦拔群追上来了。（先一溜烟跑了）

韦龙虎　（指着刘三跑的方向）你你你你……

韦龙虎　（再指着韦拔群追来的方向，喘着气）韦拔群，你给老子等着！

〔两个匪兵拉着韦龙虎跑。

〔收光。

〔切光，台上月光下竹楼旁，秀梅抱着孩子在台斜后面和韦妈妈织布。

〔女声二重唱曲 16：《心爱的人》。

秀　梅　（唱）风儿轻轻拂发梢，

树叶沙沙扰心头。

阿哥啊阿哥你在哪？

你是我最心爱的人。

你是壮乡一坛酒，

辣口辣喉暖心头。

你是壮乡热糍粑，

黏口黏喉甜心头。

韦妈妈　（唱）溪水潺潺蛙儿鸣，

月儿圆圆挂枝头。

孩子啊孩子你在哪？

你是我最牵挂的人。

你是壮乡领头羊，

山路崎岖寻光明。

你是壮家山歌王，

歌声嘹亮敞心怀。

〔韦妈妈、秀梅二重唱。

秀　梅　（唱）阿哥啊阿哥，你在哪里？

韦妈妈　（唱）孩子啊孩子，你在哪里？

你是壮乡领头羊，

山路崎岖寻光明。

山歌伴你闯天涯，

蛙神护你胜利归。

盼你早日把家还，
欢歌笑语满心怀。

〔切光。

〔拔哥与队伍凯旋，有的人受伤，
但大家兴高采烈。

蓝小勇 （先出来喊）胜利了！我们胜利了！

〔士兵们打完仗回来找自己的家人。

〔男声小组唱曲17：《四面农军齐
出动》。

四面农军齐出动，
攻打东兰虎下山。
军阀劣绅、衙门贪官魂落地，
吓得逃命裤跑掉。

众 人 哈哈哈哈……

韦拔群 阿妈，秀梅，我们回来了！

韦妈妈 拔群，东兰城打下来了？

韦拔群 打下来了！

秀 梅 那我们以后就有好日子过了？

拔 哥 是的，有好日子过了！

〔蓝老爹寻大勇、二勇。

拔 哥 乡亲们，我宣布，取消一切苛捐
杂税，废除各种债务契约，没收
土豪劣绅的财产，从今天起，劳
苦大众翻身做主人。

众 人 呀呼，呀呼！

蓝老爹 拔哥，大勇和二勇呢？

〔音乐音调转向低沉。

〔男高音独唱曲18。（宣叙调的感觉）

拔 哥 （唱）蓝老爹我对不起你老人家！
没有保护好他两兄弟，
打东兰他们很英勇，
炸开城门壮烈牺牲了！

蓝老爹 大勇、二勇，我的儿啊！

〔男低音独唱曲19：《黄土埋骨志
不朽》。

蓝老爹 （唱）男儿出征愤不平，

多少英雄抛头颅。
黄土埋骨志不朽，
红棉花开满山坡。
男儿舍生战疆场，
救国为民洒热血。
壮志未酬身先死，
唤醒春光照人间。

蓝老爹 拔哥，革命不怕死，怕死不革命！

众 人 对！革命不怕死，怕死不革命！

〔男高音独唱与合唱曲20：《革命
不怕死》。

拔 哥 （唱）从来忠孝两难全，
人生自古谁无死。
与鸡犬争食，不如为国为民，
革命不怕死，怕死不革命。
热烈而生，热烈而死！

众 人 （合唱）殉难的同胞，视死如归；
革命的战士，前仆后继；
奋勇上战场，奔向光明。
殉难的同胞，我们缅怀；
烈士的遗志，我们继承。
热血在沸腾，
踏着烈士血迹，前进！

〔收光，换景。

〔秀梅和韦妈妈在亲切交谈，陈洪
涛回来，手中提墨米酒。

陈洪涛 （悄悄喊）拔群，拔群。

秀 梅 洪涛？拔群，你的好兄弟洪涛回
来了。

拔 哥 洪涛，我的好兄弟！（握手相拥）

陈洪涛 祝贺你们拿下东兰城，我们在广
州都听到了你们胜利的好消息，
特意带回了墨米酒给你们庆功。

拔 哥 好，那我们就趁着高兴喝一杯。
阿妈、秀梅，你们去看看家里还
有没有菜。

韦妈妈、秀梅　好好好，你们两兄弟聊。

拔　哥　洪涛，来，坐。

〔男中音独唱曲 21：《领路人》。

陈洪涛　（唱）举杯畅饮诉衷肠，

拔哥听我把话讲。

俄国革命炮声响，

中国成立了共产党。

他为人民谋幸福，

他是我们领路人。

拔　哥　是的，这些年我一直都在追寻着救国救民的方法，我个人认为只有共产党才是人民的大救星，誓推翻这个腐朽的社会，还人民一个朗朗的乾坤！

陈洪涛　讲得好，你的理想信念是为人民谋幸福，这也是中国共产党的信念。

拔　哥　那日在广州农讲所有幸聆听了马列主义，受益匪浅，心潮澎湃，这才回到东兰闹革命。

陈洪涛　你们武装闹革命的事迹早已传遍全国各地，这回党组织派我联系你，就是要在右江成立红色革命根据地。

拔　哥　好！我们两兄弟一起跟着共产党闹革命。

〔韦拔群、陈洪涛肩并肩紧紧握住手，端起酒碗昂首望着远方。

〔男高音独唱曲 22：《拔哥入党誓词》。

拔　哥　（唱）一盏明灯照亮前进的方向，

一缕春风唤醒了壮乡山寨，

一个响亮的名字激荡着八桂山河。

"起来，饥寒交迫的奴隶，

起来，全世界受苦的人！"

一字一句激荡着我的胸膛，

点燃了我再造山河的燎原之火。

吾拔群，愿把五尺之躯交给党，

跟党铲除天下不平，

建立一个平等的新社会。

热烈而生，热烈而死！

〔韦拔群、陈洪涛二重唱：

吾拔群（陈洪涛）愿把五尺之躯交给党，跟党铲除天下不平，

建立一个平等的新社会。

热烈而生，热烈而死！

〔一饮而尽，收光。

第四幕　共耕为民

〔幕间曲《百色起义》纯音乐，字幕机播放百色起义历史。

〔道具准备：红七军大旗、右江苏维埃大旗、红领巾、舞台上贴着"热烈庆祝百色起义胜利""热烈庆祝右江苏维埃政府成立"等标语。

〔人山人海，百色起义胜利在即，仿佛一场庆祝大会。

〔战士一拨，老乡一拨，欢呼着上场。

〔乐队与混声合唱曲 23：《八方豪杰聚百色》。

今朝百色聚群雄，

揭竿而起风云涌。

军号齐鸣震山谷，

奋勇杀敌是工农。

硝烟弥漫鼓角鸣，

叱咤风云啸长空。

豺狼虎豹我敢阻，

冲锋陷阵我为雄！

〔男、女声领唱与合唱曲 24：《喜鹊枝头叫喳喳》。

春妹（领唱）、女声（合唱）

春风拂面精神爽（里莲花莲花啰），
喜鹊枝头叫喳喳（里莲花莲花啰）。
红军哥哥进壮乡，
唱首山歌把客迎。
春风化雨万物生（里莲花莲花啰），
青蛙田里叫呱呱（里莲花莲花啰）。
翻身当家共耕地，
敲响铜鼓开新花。

〔红军队伍走进山寨，其中，蓝小勇已经成长为红军战士，蓝老爹见到儿子欣喜异常。

拔　哥　同志们，我们请红七军张云逸军长传达中共中央指示。

众　人　鼓掌！

张云逸　同志们，百色起义胜利啦！

众　人　（庆祝欢呼）百色起义胜利啦！

张云逸　我宣布，中国工农红军第七军成立啦！

众　人　（庆祝欢呼）中国工农红军第七军成立啦！

张云逸　右江苏维埃政府成立啦！

众　人　（庆祝欢呼）右江苏维埃政府成立啦！

张云逸　邓委员号召我们成立"共耕社"，建立我们自己的红色根据地。

〔男声领唱、众人合唱曲25：《翻身做主人》。

韦拔群、张云逸、陈洪涛：

（领唱）壮人跟党闹革命，
翻身当家做主人。
不再担惊受苦穷，
男女老少齐欢唱。

众　人　（合唱）农民翻身做主人，
废除租税和清赋。
人人平等共耕田，
个个娃仔有书读。

一年到头饭饱肚，
衣裳暖身好幸福。

拔　哥　秀梅，把咱家的地契拿来。

蓝老爹　这是我们瑶家的地契。

众　人　这是我家的，这是我家的，还有我的……

秀　梅　拔群，这是咱家全部的地契，咱妈说了全部交给共耕社！

拔　哥　好，我们这就回去登记造册，平均分配土地！

〔欢庆的音乐响起，锣鼓喧天、载歌载舞。

〔合唱曲26：《东兰有田共同耕》。
东兰成立共耕社，
土地共有把田耕。
同耕同收同温饱，
敢叫沧海变桑田。

〔男高音领唱、众人合唱曲27：《敬酒歌》。

蓝小勇　（唱）今日喜迎贵客来，
壮家唱起敬酒歌，
一碗米酒敬亲人，
情在酒中全要喝。
啵啰嗦，啵啰嗦，全要喝。
工农红军爱民多，
溪水奔流乐山雀。
山歌回荡满坡岭，
捧起大碗任你喝。
啵啰嗦，啵啰嗦，任你喝。

众　人　（唱）东兰成立共耕社，
人人平等把田分。
同耕同收同温饱，
沧海桑田日月明。

〔众人撤场，两盏定点光缓慢亮起，拔哥与张云逸对话。

张云逸　拔哥，大家的热情这么高，我相信共耕社一定能够壮大起来。

拔　哥　是啊，全靠党的正确领导。

张云逸　韦龙虎上次逃跑，一定不会善罢甘休。据可靠消息，这次他勾结了桂系军阀卷土重来，我们可要对敌人的围剿做好万全的应对。

拔　哥　是的，我们一定会提高警惕，加紧训练，定让军阀有来就无回。

张云逸　好！我们分头回去准备，痛击来犯之敌。

〔收光。

第五幕　大义皓月

〔反围剿胜利音乐响起，红军三五成群陆陆续续上，有磨刀的，有擦枪的，有准备弹药的。

〔男声小组唱曲28：《神出鬼没反围剿》。

红军甲　这一仗打得过瘾又解恨，拔哥率军智多星。

红军乙　粉碎三路敌人来围剿，粉碎三路敌人来围剿。

红军丙　敌少我打，敌多我旋，神出鬼没游击战。

红军丁　打得军阀民团昏头又转向，抱头就鼠窜。

男声小组　（合唱）毒签扎、滚石砸、地雷炸，步枪、鸟枪、土炮齐开火。

打得敌人鬼哭狼嚎，

丢盔弃甲，溃不成军，

让他不敢再来逞凶狂。

〔韦拔群、张云逸、陈洪涛出场。

张云逸　同志们，（士兵听到快速立正站好）这次反围剿胜利，我们有效地打击了敌人的嚣张气焰，收缴了大批武器弹药和物资，扩大了革命队伍，巩固了革命根据地。

众　人　呀呼，呀呼！

张云逸　告诉大家一个好消息，刚刚接到党中央的命令，红七军将到河池整编统一番号。

拔　哥　太好了，感谢党中央的信任，我们坚决执行。

陈洪涛　云逸，你给大伙讲一讲整编的方案。

张云逸　同志们，我们的部队将整编为红七军十九、二十、二十一3个师。十九、二十师，将离开根据地北上去攻打柳州、桂林，进而"会师武汉，饮马长江"。（话锋一转，略作停顿）二十一师只留下番号，由韦拔群同志任师长，回东兰重建革命根据地。

〔战士们开始议论，表示不理解。

战士甲　这怎么能行，这支队伍是拔哥费尽心血组建起来的，怎么能说拆散就拆散呢？

〔男声对唱曲29：《舍不得离开家》。

鱼儿离不开水，鸟儿离不开窝。

我们离不开你，舍不得离开家。

家里还有没出生的孩子，

我们能不能跟你回去，

一起闹革命，拔哥啊！

〔男声对唱曲30：《激励战士的歌》。

张云逸　（唱）离家是为了更多的家，

溪水奔向江河作浪花。

伟大的革命勇往直前，
听党召唤是战士的生涯！

蓝小勇　（唱）拔哥，拔哥！
　　　　我跟你一起闹革命，
　　　　经过多少风和雨。
　　　　我们有枪有炮有地盘，
　　　　有田有地有饭吃。
　　　　妻儿老小暖被窝，
　　　　地里的庄稼长得齐。
　　　　为什么还要舍家北上去出征？

陈洪涛　（唱）山河大地依然满目疮痍，
　　　　多少同胞还在受苦挨欺。
　　　　群雄奋起消灭豺狼虎豹，
　　　　红日东升光明破云而出。

战　士　（唱）拔哥带领我们闹革命，
　　　　砸碎身上的枷锁获新生，
　　　　爹亲娘亲，拔哥亲，
　　　　离开拔哥我们怎么行？

众战士　是啊，离开拔哥我们怎么行！兄
　　　　弟们，我们继续跟拔哥回东兰闹
　　　　革命。

众战士　对！回东兰，闹革命！
　　　　〔话音未落就有战士要走。

拔　哥　农军兄弟们听我说！我们是共产
　　　　党领导的革命队伍，不是私人武
　　　　装。没有国家哪有小家，没有
　　　　全国的胜利，哪有我们右江的安
　　　　宁？一切行动听指挥，如何整编
　　　　由党决定。
　　　　〔众战士继续争论，有同意拔哥
　　　　的，有不同意拔哥的。
　　　　〔男高音领唱、男声小组合唱曲
　　　　31：《革命者处处是家乡》。

拔　哥　（唱）海阔天空把歌唱，
　　　　越唱心中越亮堂。
　　　　千江有水千江月，

花朵绽放处处香。
哪里还有不平事，
哪里就有英雄胆。
哪里还有受苦难，
哪里就有壮乡郎。

男声小组　（合唱）哪里还有不平事，
　　　　哪里就有英雄胆。
　　　　哪里还有受苦难，
　　　　哪里就有壮乡郎。
　　　　我们是热血的好儿郎，
　　　　我们是钢铸的山脊梁。
　　　　好男儿志在四方，
　　　　革命者处处是家乡。
　　　　好男儿胸怀天下，
　　　　革命者处处是家乡。

蓝小勇　拔哥讲得对！我们明白了，跟红
　　　　七军整编出征。

众战士　对！拔哥，我们明白了，跟红七
　　　　军整编出征。
　　　　〔男声小组唱曲32：《出征曲》。
　　　　军歌嘹亮向前方，
　　　　阿妈嘱咐记心上。
　　　　河池整编凝聚力，
　　　　铲除不平势更强。
　　　　阔步向前除山门，
　　　　阿妹绣球伴征程。
　　　　待到红日照世界，
　　　　胜利归来踏歌声。

张云逸　（紧紧地握着韦拔群的手）拔哥，
　　　　这些队伍我带走，你回东兰战斗
　　　　形势可能会更加严峻。

拔　哥　张军长您放心，我一定会完成党
　　　　交给我的任务。
　　　　〔男声二重唱曲33：《握别》。

张云逸　（唱）今夜皓月当空，
　　　　秋风嗖嗖沁人寒。

拔哥深明大义令我敬佩，
与君惜别知心话语说不完。
明日部队要出征，
你回东兰征途崎岖更艰难。
革命不能讲私情，
发动群众依靠党，
才能巩固根据地。

拔　哥　（唱）你的嘱托记心上，（握手）
　　　　　　革命征途不惧难。

发动群众依靠党，
驱散乌云壮东兰。

张云逸、拔哥　（合唱）雄心壮志改山河，
　　　　　　　　　　惊涛骇浪只等闲。
　　　　　　　　　　乘风破浪扬帆起，
　　　　　　　　　　敢换日月造桑田。

〔张云逸、拔哥敬礼。
〔收光。

·✿· 第六幕　碧血忠魂 ·✿·

〔韦龙虎带领桂系军阀进山围剿农
军。

韦龙虎　哈哈哈，桂系大军"血洗政策"
　　　　来围剿，虎爷我又回来了。

〔男中音独唱曲34：《茅草要过火，
石头要过刀》。

韦龙虎　（唱）韦拔群你这个共匪头，
　　　　　　　煽动穷鬼起来闹革命。
　　　　　　　破我的城，占我的房，
　　　　　　　分我的田，放我的粮。
　　　　　　　害我像个丧门狗，
　　　　　　　如今老子杀回来，
　　　　　　　要让你人头落地，
　　　　　　　大卸八块才解气。

刘　三　虎爷，虎爷，别别别开枪，是我，
　　　　我回来了。（陪笑脸）

韦龙虎　怎么又是你这该死的刘三？你来
　　　　干什么？

刘　三　帮虎爷你呀！

韦龙虎　你是想要来分老子的赏钱吧？

刘　三　虎爷！嘻嘻嘻嘻！

韦龙虎　韦拔群这个共匪头。农匪部队北
　　　　上，短短几个月他又拉起了队伍。
　　　　老子奉命进山剿匪，这大半年，

费尽周折不知死了多少兄弟，连
韦拔群的毛都没有抓到。怎么，
你有办法？

刘　三　虎爷，您消消气啊，听我给您说，
　　　　这一次您一定能抓住韦拔群，嘿
　　　　嘿！您看我给您带来个人，（走到
　　　　上场口附近招呼手下把秀梅押上
　　　　来）给我带上来！（转身跟韦龙虎
　　　　说）这是韦拔群的老婆，我们可
　　　　以拿她来要挟韦拔群，逼他出来，
　　　　哈哈！

〔刘三凑近韦龙虎耳边，这时正好
秀梅被押上来听到两人的密谋。

韦龙虎　噢？如果他不上钩呢？

刘　三　不上钩？嘿嘿！我还买通了韦拔
　　　　群身边的警卫员，他会找准时机
　　　　把韦拔群给……（用手势做一个
　　　　杀人的动作）哈哈哈……

韦龙虎　好你个刘三，够狠，哈哈哈！

刘　三　（唱）茅草要过火，石头要过刀。
　　　　　　　一万大洋悬赏韦拔群的头，
　　　　　　　人为财死，鸟为食亡，
　　　　　　　老子搞不死他。

秀　梅　你们这群卑鄙的财狼，想要抓住

我拔哥，白日做梦。

刘 三　　来人！把她给我绑到那最高的山顶上，我倒要看看韦拔群，来不来救他的老婆。

〔众匪徒带着秀梅上山，正准备绑秀梅时，秀梅机智地喊"拔哥"，忽然挣脱束缚，冲上山顶……

〔女高音独唱曲 35：《化雁随风去》。

秀 梅　　（唱）阿哥阿哥你在哪？
　　　　　　声声呼唤刺我心。
　　　　　　冬雨飘落浸湿衣，
　　　　　　夜幕低垂路泥泞。
　　　　　　军阀劣绅毒蝎肠，
　　　　　　以死威逼进山林。
　　　　　　一步一唤一泪流，
　　　　　　魂牵梦断路难寻。
　　　　　　阿哥阿哥你在哪？
　　　　　　我多么渴望，
　　　　　　有你宽阔的臂膀来温暖，
　　　　　　就像村口高大的木棉树，
　　　　　　遮风挡雨指引回家的路。
　　　　　　我渴望我多么渴望，
　　　　　　竹楼飘出的袅袅炊烟，
　　　　　　一家老小其乐融融围在火塘边。
　　　　　　我多么渴望，
　　　　　　我不能让我的阿哥，
　　　　　　陷入圈套折翅哀鸣。
　　　　　　我欲化雁随风去，
　　　　　　伴阿哥雄鹰展翅万里行。

秀 梅　　拔哥，小心叛徒。

〔秀梅跳下山崖，众匪徒冲上去欲阻拦未成功。切光。

〔起光，拔哥斜靠在石头边上，虚弱无力。

〔男女声二重唱曲 36：《我多么渴望》。

拔 哥　　（唱）秀梅啊秀梅，

我似乎听到你在呼唤！
你和家人还好吗？
今夜寒气逼人透心凉，
头发热、眼发花、四肢无力受风寒。

〔秀梅灵魂出现，与拔哥隔时空对话。

拔哥、秀梅　　（二重唱）
　　　　　　我多么渴望，
　　　　　　春天溪水潺潺、鸟语花香，
　　　　　　秋日瓜果挂满枝、稻穗金黄。
　　　　　　我多么渴望，
　　　　　　清晨携手共耕山水间，
　　　　　　傍晚并肩门前看斜阳。
　　　　　　我多么渴望，
　　　　　　化作一缕清风伴在你身旁，
　　　　　　三月歌圩欢歌笑语满山冈。

〔屏幕上出现一个人影拿着枪，音效三声枪响后，拔哥中弹。

〔男高音独唱曲 37：《仰天长啸裂苍穹》。

拔 哥　　（宣叙调，唱）
　　　　　　为什么，为什么，
　　　　　　为什么同根亲人自相残？
　　　　　　是什么让你变成了鬼？
　　　　　　是什么把你变成了魔？
　　　　　　（咏叹调）
　　　　　　奔腾不息的红河水哟！
　　　　　　请不要为我哭泣。
　　　　　　家门前木棉树下阿妈的嘱咐，
　　　　　　仍在耳旁萦绕。
　　　　　　啊，秀梅啊，爱人啊！
　　　　　　啊，兄弟啊，战友啊！
　　　　　　前方的道路越艰险，
　　　　　　越要向前。
　　　　　　我将展翅飞翔在壮乡的蓝天，

守望父老乡亲。
壮乡自古出英雄，
披荆斩棘砥砺行。
一片丹心随风去，
仰天长啸裂苍穹。
热烈而生！
热烈而死！
愿把五尺之躯交给党！

〔莽莽群山乌云笼罩，风雨交加电闪雷鸣。蓝老爹悲痛欲绝背着背篓上台，蓑衣遮住装着拔哥身躯的背篓，在风雨中浑身湿透步履蹒跚。

〔男低音独唱曲38：《唤君还》。

蓝老爹　拔哥呗嘹喽，拔哥呗嘹喽。①

蓝老爹　（唱）阴云笼罩满山崖，
　　　　　　　冷风刺骨冬雨寒。
　　　　　　　壮志未酬魂飞去，
　　　　　　　常使人间泪两行。
　　　　　　　竹篓背君猿鸣哀，
　　　　　　　杜鹃啼血恸心怀。
　　　　　　　苍发苦泪共冷月，
　　　　　　　长啸千山唤君还！

〔陈洪涛和村民怀着悲痛的心情，迈着沉重的脚步走上台。

陈洪涛　（领唱）、众人　（合唱）
　　　　　铲除腐朽愤不平，
　　　　　舍家取义为黎民。
　　　　　英雄名声九州传，
　　　　　碧血忠魂照汗青。

·尾　声·

〔夜幕中，北斗七星闪烁光芒，魁星楼依然耸立。

〔幕后合唱：《天上有颗北斗星》。
天上有颗北斗星，
地上有个韦拔群；
启明星子带福兆，
革命带来好福音。

〔乐队与混声合唱曲39：《燃烧吧，燎原之火！》。
燃烧吧燎原之火！
烧尽冬日的枯黄，
孕育春天的绿叶。
火红的木棉守护家园，
雄鹰翱翔蓝天。
热烈而生，热烈而死，

点燃再造山河的豪情，
高唱改天换地的壮歌，
点燃豪情，高唱壮歌！

〔LED屏字幕：
韦拔群同志将他的一生献给了党和人民解放的事业，最后献出了他的生命。他不愧是无产阶级和劳动人民的英雄，他不愧是名副其实的人民群众的领袖，他不愧是一个模范的共产党员。韦拔群同志永远活在我们的心中，他永远是我们和我们的子孙后代学习的榜样，我们永远纪念他！——邓小平

〔字幕：谨以此剧献给伟大的中国共产党成立100周年。

---

① 壮语，意为"拔哥牺牲了"。

大山壮歌

演出单位

南宁市文化广电和旅游局
南宁市艺术剧院有限责任公司

内容简介

　　话剧《大山壮歌》讲述了驻村第一书记王佳年到壮族山村龙古寨开展扶贫工作，以真心真情感动村民们，以发展金银花合作社为突破口，带领大家脱贫致富的故事。作品在回忆与现实之间穿梭，展现了基层人民的坚强意志，反映了滚石上山的精神和力量，表达了他们对美好新生活的期待。

主创团队

编　　剧：徐志和　　　　　　　　作　　曲：刘长武
导　　演：胡筱平　　　　　　　　音响设计：林绍宁
执行导演：潘春竹　　　　　　　　服装设计：金　炜
舞美设计：朱洪恩　　　　　　　　化妆设计：姚　钥
灯光设计：曹志伟　　　　　　　　道具设计：荀毅彬　陈虹启

主要演员

王佳年——张　笑　李　超　　　　阿　古——陈生乐
兰爷爷——齐德亮　　　　　　　　大嘴巴——赵海峰
阿　磊——李桢毅　　　　　　　　达　丽——徐艺瑷
苗　苗——肖朝琼　　　　　　　　达　花——李　桑
唐老三——陆永红　　　　　　　　苗　妈——黄　莹
晓　慧——郭玉倩　　　　　　　　豆　豆——罗李佳潼

时　间　当下。

地　点　广西大山深处的壮族村寨——龙古寨。

人　物

王佳年　男，30岁，扶贫干部，村党支部第一书记。

兰爷爷　男，65岁左右，前任村长。

阿　磊　男，31岁，兰爷爷的孙子。

苗　苗　女，23岁，村小教师，阿磊的恋人。

阿　古　男，40岁，现任村长。

大嘴巴　男，40岁，单身。

唐老三　男，60岁，农民。

达　丽　女，40岁。

晓　慧　女，25岁。

苗　妈　女，45岁。

达　花　女，30岁，村会计。

豆豆等小学生五人，村民若干。

<h2 style="text-align:center">序</h2>

〔壮族歌谣，无伴奏，低沉略带沙哑的男声，歌声如泣如诉：

山叠山，崖对崖，

山道弯弯上天台。

山里娃仔有个梦，

金花银花满山开。

〔灯光起。

〔鹰嘴崖下。

〔兰爷爷吸着烟，望着石碑。阿古提着一些供品上。

阿　古　兰叔！

兰爷爷　来了？

阿　古　来了。

兰爷爷　阿古，你现在是村长了，事多，以后要是忙就不用来了。

阿　古　兰叔，我能不来吗？二十年前，我们在这开路，遇上了大滑坡，要不是兰振大哥……埋在这鹰嘴崖下的，就是我阿古了……

兰爷爷　二十年前的事了，都过去了。

阿　古　虽然现在路是通了，可怎么我们龙古寨的日子却越过越难了呢？每次在镇上、县里的大会小会上，我们龙古寨都少不了被点名，我都没脸见人了。

兰爷爷　阿古，听说龙古寨要来一位第一书记？

阿　古　嗯，今天就到。

〔大嘴巴上。

大嘴巴　阿古，我那老屋漏雨翻修的事，还有达丽家厨房那堵墙都要倒了……

阿　古　行了！行了！大嘴巴！你这些事我已经打报告到镇上去了，等着吧！

大嘴巴　这么大的事情怎么能等？好好好！我等，我是可以等，可达丽家的那堵墙等不等你，那只有山神爷才知道了。我的山神爷啊！你别让达丽吃这么多的苦了，让她赶快嫁给我吧！

〔达丽上。

达　丽　大嘴巴！你又在胡说什么？

大嘴巴　达丽！达丽！我在帮你反映你家厨房的那堵墙呢。

达　丽　我都不着急你急什么？

大嘴巴　你……

达　丽　阿古，我接到电话通知，说来扶贫的第一书记马上就要到我们龙古寨了。

阿　古　我叫达花在村口等着了。

〔唐老三急上。

唐老三　老兰头！老兰头！你们都在啊？

兰爷爷　唐老三，什么事？看把你急的。

唐老三　是苗苗！

阿　古　苗苗怎么了？

唐老三　苗苗她要走了。

达　丽　苗苗要走？我没听说啊。

唐老三　你们都别坐着啦，快去劝劝吧！豆豆那些孩子们可离不开这苗苗啊。

达　丽　兰叔……

阿　古　兰叔……

兰爷爷　这龙古寨要散架了……

第一场

〔村口。

〔身背背包、腰系攀岩绳索的王佳年和提着箱子的晓慧来到村口，晓慧来回四处观望。

晓　慧　我的天啊！佳年，会不会是我们走错路了？

王佳年　应该没错！

晓　慧　这就是龙古寨啊？这大山里的环境也太吓人了吧？

王佳年　听说这儿九分石头一分地。

晓　慧　（望着他）啊？王佳年，这些事你怎么没告诉我？

王佳年　（回避她的目光）这里的状况跟我想象的出入很大啊……

晓　慧　王佳年！这就是你说的想干一番事业的地方？

王佳年　原来……我是这么想的。

晓　慧　那现在呢？

王佳年　晓慧，我是想……

晓　慧　你好好看看吧！这儿除了石头还是石头，你们单位有经验有能力的人多，人家怎么都不来呀？

王佳年　可我……

晓　慧　佳年！没有人比我更了解你了，精准扶贫是国策，那可是天大的事情，你这书呆子根本就做不来。

〔达花上。

达　花　你们好！二位是？

王佳年　我是……

晓　慧　我们是路过，路过。

达　花　你们是来大山里攀岩的吧？

晓　慧　啊……对！对！这你都看出来了呀？

达　花　经常有你们这样的人来我们这一带爬山，可我要告诉你们啊，千万不要去爬那边的鹰嘴崖。

王佳年　为什么？

达　花　那上面的岩石很松，容易出事故。

王佳年　老乡，我想问你一个问题。

达　花　你说。

王佳年　我看你们这龙古寨怎么这么……

达　花　穷？来过这的人都是这样说我们的。

王佳年　可这样的环境你们怎么生活啊？

达　花　我们山里人没那么讲究，有饭吃就行了。

王佳年　那……难道你们就不想生活得更好一点？

达　花　好日子谁不想过？只是我们没福气。你们慢慢玩吧！我要接我们的第一书记去了。

〔达花下。

王佳年　晓慧，她是来接我的。

晓　慧　你什么都别说了。这的情况你都看到了，听到了吧？

王佳年　的确，在这扶贫……够呛！

晓　慧　佳年，你帮不了他们，我们也别给他们添乱了。趁你还没在村里出现，我们向后转马上回南宁，你们单位那我去说。走！你倒是快点啊！

〔王佳年犹豫了一下，伸手去拿背包，晓慧发现有人来，赶紧拉着王佳年坐下，苗苗提着包上来。阿磊上。

阿　磊　苗苗，你还是要走？

苗　苗　阿磊哥，这是我命里注定。

阿　磊　苗苗，你听我说，政府为我们做的农村大病医疗保险，手续我已经办完了，你阿妈以后的治疗就有保障了。

苗　苗　县医院的周主任跟我说，阿妈的尿毒症已经开始出现并发症了，单靠透析他担心阿妈的病会……（摇头）

阿　磊　那他怎么说？

苗　苗　周主任建议我们用进口药来试试。

阿　磊　那就用啊。

苗　苗　可那是自费药，就我那点工资根本不够呀。

阿　磊　不是还有我吗？

苗　苗　没用的，这病就是一个无底洞。我不能眼睁睁地看着你跟兰爷爷也掉进来。

阿　磊　可你去南宁打工也赚不了几个钱呀！

苗　苗　我可以多打几份工，我去打两份工、去打三份工。

阿　磊　苗苗！

苗　苗　阿磊哥，我已经没有阿爸了，不能再没了阿妈。

〔王佳年望着二人，晓慧把他的头扭回去。

阿　磊　那你还回来吗？

苗　苗　不知道。

〔王佳年又转头看，晓慧又把他的头扭回去。

阿　磊　那你去吧！我会照顾好你阿妈还有你家的地的。

苗　苗　阿磊哥！可我舍不得离开你，我们两个从小都没了阿爸，小时候都是你护着我，长大了又是你护着我跟我阿妈，我心里什么都记着。可现在阿妈她更需要我。

阿　磊　苗苗，我没怪你……

苗　苗　阿磊哥，要不我们一起走吧？我们一起离开这个穷地方。我们靠着自己的双手一定能过上好日子的。

阿　磊　可现在爷爷、你阿妈他们身边都需要人。

苗　苗　那就把他们一起接出去。

阿　磊　你走吧！如果有一天你累了不想干了，你就回来，我等你。

〔兰爷爷、阿古和达丽等人上。

阿　古　苗苗！

苗　苗　村长！

阿　古　苗苗，你怎么说走就走了呢？

苗　苗　阿妈等着钱治病，孩子们就拜托大家了。兰爷爷，对不起！

〔兰爷爷摆摆手。

达　丽　苗苗，豆豆那些孩子们能舍得你走吗？

苗　苗　我也舍不得他们。

〔豆豆等五个孩子上。豆豆跑过来拉着苗苗的手。

豆　豆　苗苗老师，别离开我们。

苗　苗　豆豆！

豆　豆　阿爸阿妈他们都出去打工了，你

要是再走了，我们怎么办啊？

〔其他孩子开始哭。

豆　豆　你们不许哭！老师说过的，我们这些阿爸阿妈不在身边的孩子要学会坚强。可苗苗老师，（哭了）你不要离开我们……好吗？

苗　苗　不哭，豆豆不哭。

豆　豆　老师，你走了以后就没人管我们了。

苗　苗　不会的，学校还会有新的老师，你们还有爷爷奶奶……

豆　豆　不，我们只要你。

苗　苗　豆豆，你别这么说……

豆　豆　苗苗老师，你别走！以前都是我们不好，你教我们的第一首诗我一直都背不下来，我知道错了，我现在背给你听好吗？

苗　苗　对不起，我现在什么都不想听。我走了。

〔苗苗拿起行李转身走。

豆　豆　离离原上草，一岁一枯荣……（大声地）野火烧不尽，春风吹又生！

〔苗苗的脚步走不动了。

孩子们　离离原上草，一岁一枯荣。野火烧不尽，春风吹又生！

〔苗苗泪流满面……大家都背过身去。王佳年一直看着。

苗　苗　别念了。

豆　豆　老师，别丢下我们，求你了……

〔苗苗跑回来紧紧地把孩子搂在怀里，跟孩子们哭成一片。

〔王佳年站了出来。

王佳年　对不起！我、我能说句话吗？

达　花　爬你的山去，这没你的事。

阿　古　你是？

王佳年　我叫王佳年。

达　丽　你是新来的王书记？

王佳年　是我，刚才、刚才这……我都看到了。苗苗老师，孩子们需要你，龙古寨的明天也需要你，留下来吧！

苗　苗　可我阿妈……

王佳年　你阿妈的事就是龙古寨的事，我马上向县里打报告请求帮助……

阿　磊　苗苗！

苗　苗　王书记，谢谢你！

大嘴巴　王书记，龙古寨的贫你打算怎么脱啊？

阿　古　大嘴巴，人家王书记刚到龙古寨，让他先熟悉一下情况。

唐老三　王书记，脱贫这事儿可不是光嘴上说说就能办到的。

达　丽　王书记，这次真的能让我们脱贫吗？

王佳年　乡亲们，我相信……众人同心，其利断金！

〔兰爷爷走了，老三跟着，大家散去。

王佳年　这……这怎么……

阿　古　（拿起背包）王书记，我是村长阿古。走！先进村吧。

〔王佳年转身望着晓慧。

王佳年　晓慧，我……

晓　慧　（叹气）佳年，我先回去了。你可别忘了，我妈还在忙着布置我们的新房呐……

〔幕后歌声：

山叠山，崖对崖，

山道弯弯上天台。

山里娃仔有个梦，

金花银花满山开。

〔过场戏。

〔苗苗家。

苗　妈　苗苗，新来的王书记不让你走？

〔苗苗点头。

苗　妈　是阿妈拖累了你呀……

苗　苗　阿妈，别这样说……

苗　妈　唉！都说有什么别有病，没什么别没钱。偏偏这两样全让我们母女给碰上了。

〔王佳年上。

王佳年　苗苗老师在家吗？

苗　苗　王书记！

王佳年　你好！

苗　妈　王书记！阿妈，这位就是我跟你说的王书记。

王佳年　阿姨好！我叫王佳年。

苗　妈　快请坐吧……我们苗苗还小，不懂事……

王佳年　苗苗妈，你的病情现在怎么样了？

苗　妈　我的病也就这样了……唉，挨一天算一天吧。

王佳年　苗苗老师，这是两千块钱，你先拿着，其他的我来想办法。

苗　苗　王书记，我们不能要你的钱。

苗　妈　王书记，这钱我们还不起的。

王佳年　我们先不说这个。苗苗老师，让你阿妈的病情稳定下来，你能安心地给豆豆他们上课，这才是重要的。

苗　妈　王书记，是我拖累了苗苗，这样下去倒不如我死了算了。

苗　苗　阿妈……

苗　妈　阿妈舍不得你呀……

〔二人相拥而泣。王佳年望着母女，手机响了。

王佳年　晓慧！

晓　慧　（画外音）佳年，你什么时候回来？

王佳年　我……回不去了……

〔对方挂断电话后的忙音。

∾ 第二场 ∾

〔村委会。

〔桌上摆着碗，兰爷爷抽着烟，达花跟唐老三在看大嘴巴倒酒。

达　花　行了！行了！大嘴巴，你这什么意思？

大嘴巴　见面三碗酒，朋友感情全都有！干了再来三碗酒，兄弟天长又地久。达花，这是我们龙古寨的规矩你不知道？

达　花　可你这碗也太大了吧？别说王书记一个外人了……

大嘴巴　这个新来的书记一看就是个只会喝墨水的城里崽，让他喝点我们龙古寨的酒挺好。你个女人家一边待着去。

达　花　你！

唐老三　达花啊，你别怪大嘴巴，我们龙古寨也不是没见过那些个打着搞调查、做调研的旗号，吃完喝完就拍拍屁股走人的家伙。

达　花　三叔，王书记他不像是那样的人。兰叔，您说句话呀。

兰爷爷　客人进了我们龙古寨，这酒我们总是要敬的，这是规矩。至于是人醉了还是心醉了，一会儿看了不就知道了？

〔门外王佳年跟阿古上。

王佳年　（望着手中一沓问卷）村长，这次

国家的精准扶贫政策已经很给力了，要资金给资金，要技术给技术，怎么乡亲们对这些扶贫的具体方案反应都这么冷淡啊？

阿　古　王书记……这事一两句话说不清楚。

王佳年　这个问题不解决，这扶贫工作根本就无法开展。不行！我再到各家去走走。

阿　古　王书记，你是想多了解了解龙古寨的情况？

王佳年　对啊。

阿　古　里面请！

〔二人入内。

〔灯光起。

达　花　王书记！

王佳年　兰爷爷！大家都在啊，你们这是？

阿　古　王书记！是我把他们请来的，你不是想了解龙古寨的情况吗？他们就有你想要的答案。

大嘴巴　对！对！对！王书记！来！请坐。

王佳年　（望着桌上的碗）这……这是酒？

大嘴巴　聪明！哎呀，我大嘴巴头一回遇到这么聪明的书记。来，欢迎你来我们龙古寨指导工作，我大嘴巴先干为敬。

王佳年　你等一等，这次下来工作，上级是有纪律的，我是来做扶贫工作的，不是来喝酒的。

唐老三　王书记，其他的地方我们就不知道了，但你到了我们龙古寨不喝酒，这事传出去我们是会被别人笑话的。

大嘴巴　对对对！这就是我们自己酿的米酒，很淡的，就跟喝水一样……来，干了！

王佳年　这酒我不喝，再说我也不会喝酒。

〔其他人望着兰爷爷，兰爷爷起身就走，其他人都跟着。

王佳年　哎，哎，别走啊，我们谈谈工作不可以吗？

大嘴巴　没有酒我舌头发硬。

王佳年　唐伯……

〔唐老三叹气。

王佳年　兰爷爷……

阿　古　王书记，要不你就意思意思？

王佳年　明白了……那好吧，这酒我只能喝了。

大嘴巴　哎，这就对了。

王佳年　可各位，我们就这样干喝啊？

大嘴巴　（低声）尾巴露出来了。

唐老三　王书记，照你的意思要不再弄只土鸡、山货什么的来下酒？

王佳年　我不是这个意思！我想，这既然是龙古寨的米酒，那我们就喝出龙古寨的内容来。

阿　古　王书记，你这话是什么意思？

王佳年　今天这酒啊，由我来敬你们各位，但我每喝一碗，请你们回答我一个关于龙古寨的问题。

大嘴巴　哪里有这样的喝法？我们龙古寨的酒都是……

兰爷爷　大嘴巴！阿古！

阿　古　（端起酒）王书记，请！

王佳年　龙古寨有六十一户共三百零一人，全寨百分之六十二是属于贫困户，剩余的百分之三十八也就是勉强过了贫困线而已。我想知道以前龙古寨就是这样吗？

阿　古　（愣了一下）以前不是这样的……

王佳年　那就是逐渐贫困下来的了？

阿　古　年轻人都进城打工了，寨子里的人也老了，这地也就慢慢地荒掉了。

王佳年　明白了。来，我敬你！

〔两人一口干了，王佳年有些勉强，他又拿起酒来。

王佳年　唐伯，按这次政策所讲，三百人以下的村寨如确实不适合居住的，是可以享受集体易地搬迁待遇的，为什么大家不愿意搬迁？

唐老三　龙古寨是我们祖辈传下来的，这周围的大山上都是我们的祖坟，你说我们能离开它吗？

王佳年　明白了，我敬你！（喝了酒开始大喘气）

达　花　王书记，要不你先缓缓吧？

王佳年　没关系。大嘴巴，我带来的那些家禽养殖脱贫补助方案为什么大家都没兴趣？

大嘴巴　王书记，你真以为我们山里人傻呀？全寨子一起养鸡养鸭那有多大一群啊？收购的价钱谁说了算？碰到瘟疫全死了怎么办？就算不死我们卖给谁？

王佳年　原来是这样。来，我敬你！

〔两人喝完酒，王佳年看了看手里的那些扶贫计划书，把计划书都撕掉，坐下——头垂在了桌子上。

大嘴巴　哎，王书记，别傻坐着啊，你这个喝酒的玩法有意思！我们继续喝酒。

兰爷爷　没看出来他喝不了了吗？

大嘴巴　无所谓啦！等他明天醒来，我看他也就是以前的老三样，调查调查情况，登记登记困难户，然后写个报告向上面一递，完事走人了。

〔王佳年抬起头看着他。

大嘴巴　呀，你还没醉？王书记，那我们接着喝。再来三碗酒，兄弟天长

和地久。

〔王佳年点点头站了起来，端起酒。

王佳年　兰爷爷，我敬您！

兰爷爷　王书记，像你这样的喝酒方式我还是头一次见到。

王佳年　让您见笑了，我先干为敬！

兰爷爷　算了吧！你不会喝酒……

王佳年　今天这酒我必须喝。（喝酒）

兰爷爷　王书记，其实你完全可以像大嘴巴说的那样，调查调查，登记登记，然后写个报告，完事你就回去吧。

王佳年　本来我是想走的，可现在……不走了。

大嘴巴　开始说酒话了。

阿　古　我看像是真话。达花，你去泡一杯我们的茶来给王书记解解酒。

达　花　好的！

〔达花进里屋，达丽上。

达　丽　你们这是在干什么？大嘴巴，又是你干的好事吧？

大嘴巴　兰叔、阿古都在这，怎么就怪我了呢？

王佳年　我没醉。

唐老三　王书记，我们这条件实在是不行，不过这样的日子大家也习惯了，穷就穷点过吧。

大嘴巴　是啊。王书记，你是城里人不懂我们山里人的，我们简单，有酒喝就很开心了。

阿　古　我们也想奔小康，可我们龙古寨九分石头一分地，找不到脱贫的办法啊。

〔达花端着茶上来。

达　丽　（接过来）王书记，你快把它喝下去，你会舒服一点的。

王佳年	这是什么？
达 丽	这是金银花茶。
王佳年	金银花？
达 丽	它清热解毒，凉散风热。
王佳年	龙古寨有金银花？
达 花	我们这漫山遍野都是野生的金银花。
王佳年	我要是没记错，它是药材啊。
大嘴巴	停停停！你赶快喝完它，再多看它一眼我心口又疼了。
王佳年	为什么？
达 丽	你别理他。王书记，以前我们也想过把金银花这个项目做起来，花了很大力气没成功。大嘴巴在经济上有点损失，所以一提金银花他就心疼。
大嘴巴	达丽，我那还不都是为了……
达 丽	（眼睛一瞪）嗯？
大嘴巴	为大家嘛！
兰爷爷	闹"非典"那会儿，金银花的价格炒到了上百元一斤，大家就一哄而上漫山遍野地采摘金银花，可结果……
阿 古	我们没技术，各家晾晒的金银花在干湿程度上不同，收购价格自然也就天上一脚，地下一脚的，那个乱啊……
达 花	大家跟那些收购的吵架，大嘴巴嗓子天天都是哑的。
达 丽	这还不是最麻烦的，这金银花在晾晒的过程中还容易生虫，一生虫人家就不收了，所以后来就开始有人用硫磺来熏烤它……
王佳年	用硫磺熏烤？
阿 古	这样它就不生虫。
王佳年	那也就没人来收购你们的金银花了。守着一个宝贝却一直在过着穷日子，这跟捧着金饭碗去要饭是一样一样的嘛，这没道理嘛……来！我们一起想办法，看看应该怎样做。
	〔王佳年站起身。大家都摇头。
阿 古	王书记，我们这些人只会干活，但干什么、怎么干，说实话连我这个村长自己也没明白。
兰爷爷	你对它有什么想法？
王佳年	我回去一趟，咨询一下有关专家，了解一下金银花的生长特点跟药用价值，再确定它的开发价值。
唐老三	然后呢？
王佳年	我们用半年的时间去了解它、掌握它，最后拿下它！这应该不是什么问题。你们看，这就是人多力量大，我们一下子就找到扶贫工作的突破口了。村长，明天我们就去县里做这个汇报。
阿 古	王书记，别激动……刚才可能是我们没说清楚。
王佳年	怎么了？
达 丽	王书记，能给你的时间没有半年那么多。
王佳年	那……三个月？
	〔大家摇头。
王佳年	两个月？
	〔大家摇头。
王佳年	那是多少时间啊？
达 花	个把月。
王佳年	为什么？
兰爷爷	金银花开花的日子就快到了。
大嘴巴	我的书记大人，错过了金银花开花的日子，那就要等到明年的这个时候了。
达 丽	这野生的金银花每年就开一次花。
	〔王佳年坐下。兰爷爷起身。

兰爷爷 王书记，这事我们想了好些年了，没用。你也别为难自己。（转身走了，达丽、达花、唐老三跟下）

大嘴巴 达丽，（一回头）这些可都是粮食啊。

〔大嘴巴抱起酒坛想走，想想又给王佳年和阿古的碗里添满，然后抱着酒坛跟达丽下。

阿 古 王书记，你先休息一会儿吧。这事吧，可能根本就不成个事，别自己想多了。（下）

〔王佳年站起来，端起金银花看着又放下了。他烦躁地来回走着，端起一碗酒喝完……醉意涌上，他掏出手机拨号……电话没人接，王佳年按下手机语音聊天键。

〔豆豆走上来，在门口望着他的背影。

王佳年 晓慧，你还在生我的气吗？你为什么不接我电话……我是什么事情都做不好，做不好……我没用啊。不是我不想做好，可这里的人不想脱贫，他们不帮我……我该怎么办呐……

〔王佳年把头深深地埋在胳膊里，肩膀在抽动……豆豆轻轻地走到他跟前，犹豫着伸出小手摇了摇他。

豆 豆 （轻轻地）叔叔、叔叔……你不要走……

〔王佳年抬起头，擦了把泪……

王佳年 是豆豆啊。我走？我走去哪？

豆 豆 你能留下来不走吗？

王佳年 豆豆，告诉我，为什么要我留下来？

豆 豆 我怕你走了，苗苗老师也会走的。

王佳年 苗苗老师不会走的。

豆 豆 会的，她会的，我知道的。

王佳年 为什么？

豆 豆 因为我们穷。叔叔，我怕穷……

〔王佳年一把把豆豆搂进怀里。

王佳年 （更像是对自己说）豆豆……叔叔既然来了是不会轻易走的……叔叔从小是个没爹没妈的孩子……长大后也做不成什么事。但这件事，叔叔一定要做成……与其说龙古寨需要扶贫，不如说叔叔更需要扶贫……

〔豆豆吓着了。

豆 豆 叔叔，你说什么，我听不懂……你是不是喝醉了？

王佳年 （一笑）来，豆豆！叔叔也教你一首诗：咬定青山不放松，立根原在破岩中。千磨万击还坚劲，任尔东西南北风。

〔豆豆一句一句地跟着。声音被放大，回响在山间……

〔过场戏。

〔苗苗家。

〔灯光下，苗妈坐着，兰爷爷蹲着抽烟。

兰爷爷 苗苗妈，我给你拿了点白花蛇舌草，别忘了让苗苗给你熬来喝。

苗 妈 兰叔，这老是麻烦你……

兰爷爷 今天王书记找我们了。

苗 妈 怎么样？

兰爷爷 人不坏，挺老实的。可一看就是个城里的读书人……现在趁着一腔热情地折腾一阵子，到最后也就那样了。

苗 妈 兰叔，我们龙古寨真的没希望了？

兰爷爷 唉！我今天来想跟你商量件事。

苗 妈 你说。

兰爷爷 （犹豫了会儿）我想还是让阿磊带着苗苗去南宁吧！他俩年轻又能

吃苦，打工挣钱过日子没问题。你呀，跟孩子们一起走吧。

苗　妈　那兰叔你呢？

兰爷爷　我老了。

苗　妈　我这副今天不知道明天事的样子，就别拖累孩子们了。

兰爷爷　龙古寨的路到底在哪啊？

第三场

〔大榕树下。

〔大嘴巴端着碗正在吃饭。晓慧上。

大嘴巴　你好！

晓　慧　你好！

大嘴巴　你是？

晓　慧　哦，你们这不是龙古寨吗？我就是想进去参观参观。

大嘴巴　哦，那你随便看吧。

晓　慧　谢谢你！

大嘴巴　阿妹！不要说我不告诉你，虽然我们龙古寨家家户户都很热情，但也有不好的地方。

晓　慧　什么不好？

大嘴巴　就是寨子里狗多，你要小心一点。

晓　慧　知道了，谢谢你！

大嘴巴　不客气。

〔晓慧下。兰爷爷、唐老三提着木桶和锄头上来坐在石凳上。苗苗提着篮子上来。

苗　苗　爷爷！三爷爷也在呢？

兰爷爷　苗苗！

苗　苗　（从篮子里捧出一大海碗）爷爷饿了吧？给！赶快吃吧。

兰爷爷　你的呢？

苗　苗　我不急，我等阿磊哥回来一起吃。

唐老三　老兰头，有苗苗这么孝顺的孙媳妇是你的福气啊！

〔阿古跟达丽上。

达　丽　大嘴巴，今天吃什么好吃的？

大嘴巴　（哭丧着脸）还能有什么吃的？达丽，跟我去南宁吧？在这太没意思了。

达　丽　又在瞎说什么呢？

阿　古　达丽，王书记的电话还没打通吗？

达　丽　还没有，急死人了。

唐老三　大嘴巴，去南宁你又能干什么？

大嘴巴　三叔，去南宁我再怎么不能干，一个月两三千总能赚得到吧？在龙古寨都快把人给穷死了。精准扶贫政策是下来了，可我们第一书记呢，人都不见了！难道你没看见？

兰爷爷　阿古，王书记还没消息吗？

阿　古　都十来天了，他手机一直关机。

〔阿磊背柴上。

苗　苗　爷爷，阿磊哥回来了。

阿　磊　爷爷！

苗　苗　阿磊，你累了吧？

〔苗苗帮忙把柴卸下来。

阿　磊　我不累！

苗　苗　你快吃饭吧。

〔拿出一大碗递过去，自己捧着一小碗，还不时地从自己碗里往阿磊碗里夹菜。

大嘴巴　哎哟！看着阿磊跟苗苗把我羡慕得，达丽！

阿　古　哎呀！你好啦！喊得像只老猫叫

春一样。

〔达花边喊边上。

达　花　　村长！村长！正好大家都在这，省得我一户一户地通知了。村长，王书记来电话了。

阿　古　　他说什么了？

达　花　　说他马上就到了，让我们大家都在这等等他。

大嘴巴　　哼！我先放个屁在这，他准是当逃兵跑回去挨了处分，回来戴罪立功的。

唐老三　　大嘴巴，你早晚得把自己的屁吃回去一次。

达　丽　　他还少吃啊？

〔大伙乐了。

兰爷爷　　唉！到我们这地方来扶贫，也实在难为他了。

唐老三　　命不好啊……

〔王佳年上。

王佳年　　乡亲们！我回来了！你好！你好！

〔很兴奋地跟大家一一握手，众人面面相觑。

大嘴巴　　王书记！哎呀！你就别搞得像外国元首检阅部队那样的，有话你就直说。

达　花　　唉！要还是养鸡什么的就不用说了。

王佳年　　鸡要养！

达　花　　还养鸡？

王佳年　　我们还要养鸭、养猪、养牛、养羊……

大嘴巴　　哈哈！怎么样？我放的屁又响了吧？

王佳年　　可这次我们不卖了。

达　丽　　什么？不卖？留着我们自己看？

王佳年　　是养着我们自己吃。只要我们拧

成一股绳干事，吃烤猪那也是可能的。我们这里景色这么好，将来再把生态旅游搞起来，还怕没人吃？

大嘴巴　　（上前摸了摸王佳年的额头）完喀！完喀！敢说这样话的人他不是个神仙就肯定是个神经病哦。

〔达丽打了他一下。

阿　古　　大嘴巴，正经点。王书记，你有什么想法就快说出来让我们听听。

王佳年　　六个字：老一套，新玩法！

兰爷爷　　你是说金银花？

王佳年　　对！

大嘴巴　　得了！我吃完了就不陪各位了，该回去睡觉去啰，达丽！

〔达丽用力掐他一下。

王佳年　　疼吧？大嘴巴，告诉你，今天你要是走了那你的心可能会更疼哟。

大嘴巴　　不可能。我先放个……

阿　古　　大嘴巴，你让王书记把话说完嘛。

王佳年　　十几天前我上网查了，现在国内最大的金银花生产基地是在山东省平邑县九间棚村。

阿　古　　然后你就去了山东？

王佳年　　是的。

达　丽　　那边情况怎么样？

王佳年　　人家那是个金银花生产基地，那规模真是让我大开眼界。兰爷爷，他们九间棚村以前啊也是个贫困村，可如今人家早就过上小康生活了。

苗　苗　　王书记，他们是怎么做金银花的？

王佳年　　他们依靠的是科技创新，人家设计出金银花专用的烘干机，实现了金银花从采摘、烘干到包装销售一条龙的产业链。而且从得到的信息看，目前高品质的金银花产品社会需求量远远没有饱和，产品供不应求，前景非常好……

苗　苗　那你把那些技术带回来了？

王佳年　不光是技术，我连机器都已经定好了，很快就可以运到我们龙古寨了。

〔大家都有些激动。晓慧在一边静静地望着……

达　花　我不是在做梦吧？我们这里漫山遍野的金银花，原料多了去了。

大嘴巴　别激动，都别激动。王书记，就算你有了技术和机器，我想问，我们的产品出来怎么卖？

王佳年　我已经向上级打报告了，政府计划帮我们牵线搭桥联系收购金银花的企业。只要我们质量稳定，就可以争取让企业在我们镇上设一个收购点，明码标价。以后我们负责生产，他们负责收购。

苗　苗　那就是把生产跟销售环节都连接起来了……

王佳年　我打算再把网络销售也做起来，我们可以不通过中间商，实现产品直销市场。

达　丽　这是天上要掉大饼了吗？

〔兰爷爷走到王佳年跟前，赞许地拍了拍他的肩膀。

达　丽　王书记，现在已经是三月份了，离金银花开花的时间不远了，我们可要抓紧啊。

阿　古　王书记，你说，接下来我们应该怎么做？

王佳年　我一刻不停地赶回来，就是想跟大家好好商量这事怎么办。

大嘴巴　简单！办个金银花销售公司。

王佳年　（摇头）这只能解决销售……

阿　古　我们也搞个金银花种植基地。

王佳年　单凭我们龙古寨这规模上不去。

达　丽　那就联合附近的村屯大家一起来做。

大嘴巴　达丽，连我们自己都没搞清楚，谁会跟我们联合呢？

唐老三　怎么干？怎么干？哎呀！这媳妇生孩子都生出来一半了，老兰头，你倒是说句话呀！

〔大家望着兰爷爷。

阿　磊　爷爷！

兰爷爷　以前我们单打独斗地干过，不行！后来结帮抱团地干还是不行！这一回……要不我们也成立个合作社吧？

王佳年　兰爷爷，你跟我想到一起去了。

阿　磊　合作社？

苗　苗　合作社？

唐老三　哎呀！老兰头，办合作社能行吗？

王佳年　能行，只要能让大伙挣着钱。

大嘴巴　哎！哎！这话我爱听，我们大家都爱听。王书记，你继续说。

王佳年　我们成立金银花种植合作社，大家用自己的土地入股，然后由合作社统一规划用地，统一安排用工。这样就可以充分地发挥集体的力量，我们慢慢地，慢慢地……（发现大家都在看着自己）怎么了？我说错什么了吗？

兰爷爷　你刚才是说用土地入股？

王佳年　对啊。

大嘴巴　土地入股？我的老天啊！你是要拿我们龙古寨来赌一把呀？王书记，你这一把玩得也太大了吧？

达　花	这样做肯定没人会干的。
大嘴巴	我第一个不干！这扶贫扶贫，怎么还扶到要我们自己来担风险了嘛？我还真以为这天上会掉大饼呢，没劲！（下）
兰爷爷	阿磊，把柴先给苗苗家送过去。
阿　磊	嗯！苗苗，我们走。（下）
兰爷爷	老三，走！
唐老三	回去喝两杯吧。（欲下）
晓　慧	等一等……
王佳年	晓慧？你什么时候来的？来！我给你介绍介绍，这位是……
晓　慧	（冷冷地）不用介绍了。刚才你们说的我都听见了。佳年，你就不想跟我说点什么吗？
王佳年	有的，有的。晓慧，等我安排完工作，到我的住处我再跟你解释。
晓　慧	就在这说，我想也许他们也想听听。
王佳年	晓慧……
兰爷爷	（站起来）都散了吧！
晓　慧	等一等！我跟佳年说的事跟龙古寨有关，大家应该听听。
唐老三	哦，这样的话应该听，应该听。
晓　慧	王佳年！（一直克制）我要你当着大家的面说一句，你对得起我吗？
王佳年	对不起！
晓　慧	你就是个混蛋……你这样做值得吗？
王佳年	不值得的事，我是不会去做的。在这件事上我是经过了慎重的考虑的。
晓　慧	（情绪激动）这么大的事，你居然都不跟我说一声，你……
	〔达丽冲上去急拦晓慧，拉住后撤。
达　丽	姑娘，再大的事，你慢慢说。冷

静，冷静……

晓　慧	我冷静得了吗？王佳年，你告诉我，我做错了什么，你要这么对我？你说，你说呀！你哑巴了吗？
王佳年	我……我不是有意伤害你的。我只是担心万一你反对，也许、也许龙古寨就要再等上一年的时间了。
晓　慧	所以你就选择了让我等？
王佳年	时间来不及了，申请扶贫专项资金是需要走程序的。可生产设备的厂家要我先付定金他们才肯开工生产设备。我、我没办法了……
晓　慧	所以你就去办了那个该死的房产抵押？所以你就选择让我来承受你工作上的压力？可今天我也没看见他们谁领你的情嘛！
唐老三	我怎么没听明白？
晓　慧	你们还没听清楚吗？王佳年瞒着我拿我们准备结婚的婚房去做了抵押，帮你们龙古寨买了设备！
阿　古	啊？
	〔兰爷爷抬起头。众人目瞪口呆……
王佳年	没事！没事！她叫晓慧，是我的未婚妻。
晓　慧	曾经是……
王佳年	（一愣）晓慧！你说什么？
晓　慧	佳年，你买这房子多不容易啊，你是舍不得吃舍不得穿。是，房子是你买的，你有权处置。可你把我们的婚房都卖了，那我们还结个什么婚啊？（哭起来）我真傻，这几年在你身上投入了那么多的感情……（擦眼泪）也好，今天我总算看清你了，你就早日升官发财吧……
王佳年	晓慧，你冷静点……冷静点……

晓　慧　什么都别说了……我只是心疼我的妈妈，她对你那么好，你对得起她吗？

〔王佳年尽力阻拦，晓慧哭着冲开王佳年跑下。

王佳年　晓慧！晓慧！（追下）

兰爷爷　达丽！快、快看看去……

达　丽　好！（跑下）

达　花　王书记这么做……这、这怎么可能？我看他不傻呀。

唐老三　现在城里人讨个老婆不容易啊。

阿　古　你们还不明白吗？王书记这是把我们龙古寨人当成他自己的家人了，他把心都掏出来了。

兰爷爷　这些年，我心里一直有个问题想不明白，今天我想明白了。我们龙古寨要想脱贫，重要的不是要找什么好的项目，而是要找到好的带头人……这个年轻人，我信得过……阿古，我愿意把地拿出来，加入金银花合作社！

阿　古　对！这金银花合作社非搞不可，我也加入！

达　花　我也加入！

〔身边的几个村民也纷纷加入。

达　花　三叔，你呢？

唐老三　我？我想喝酒……

〔幕后歌声：

山叠山，崖对崖，

山道弯弯上天台。

山里娃仔有个梦，

金花银花满山开。

〔过场戏。

〔苗苗家。

〔苗妈靠在竹椅上。苗苗端着汤碗上。

苗　苗　阿妈，药熬好了，趁热喝吧。

苗　妈　苗苗，王书记的女朋友就这么走了？

苗　苗　嗯……王书记很伤心，说她再也不会回头了。

苗　妈　唉，王书记真冤啊，他这是为了我们龙古寨啊。

苗　苗　阿妈，兰爷爷跟阿古叔他们已经加入合作社了，我们也加入吧？

苗　妈　乡亲们会干啊？这地可是我们的命根子。事情哪会那么简单？

苗　苗　乡亲们也是顾虑重重的。

苗　妈　统一规划用地用工，那我们家的地倒不用总是累阿磊一个人了。

苗　苗　我想这应该也是龙古寨的一个机会。

苗　妈　苗苗，那我们家也加入合作社。

苗　妈　我们家没有劳力，入了合作社兴许是一条出路……就怕人家不收。

苗　苗　不会的。我明天就去找王书记。阿妈，我也说不上来是为什么，我就是感觉这次我们龙古寨是该换个样了。

﹏ 第四场 ﹏

〔合作社门外。

〔屋里不时传出欢笑声。大嘴巴上来在门外朝里面窥探，有人出来大嘴巴马上装作若无其事的样子，人一走他又继续偷听。

〔画外音甲：兰叔，你要请喝酒了。

〔画外音乙：对！搞两斤猪肉呀！

〔画外音女：给你吃猪头肉……（众人笑声）

〔唐老三上来走到大嘴巴身后。

唐老三　大嘴巴，里面热闹吧？

大嘴巴　哼！热闹有什么用？就这么些个人，就这么十来亩地，这样就真能让龙古寨富裕起来？我先放个……

唐老三　等等，你先等等！你看，（掏出一张地契）我这又有三亩。你那臭屁啊留着自己闻吧。

〔唐老三进门，达丽上。

大嘴巴　回来，你个没良心的。到时候有你后悔的。

达　丽　大嘴巴，是你后悔了吧？

大嘴巴　是达丽啊，吓了我一跳，我有什么好后悔的？

达　丽　那你在这看什么呢？

大嘴巴　我……我这不是来看看你吗？

达　丽　得了吧！大嘴巴，别人不知道，我还不知道你心里那小算盘？我就是看不惯你这种见着好处就上，遇到难处就躲的样子。

大嘴巴　哦，那你是喜欢我见着好处就让，遇到难处就上？那我不是找死呀？

达　丽　没错！我达丽就是喜欢我们壮族那种宁可站着死、不愿跪着生的

汉子。大嘴巴，现在可是龙古寨最好的机会，别让我瞧不起你。

大嘴巴　天啊！祖宗啊！为什么我偏偏会爱上眼前这个女人！（从口袋里拿出地契递过去）达丽，我听你的。

达　丽　哼！原来你在跟我演戏？（举手要打）

大嘴巴　别打！别打！这不是你刚说的吗？

达　丽　我说什么了？

大嘴巴　你不是说我见着好处就上吗？那这种既有钱赚还能让你开心的事，你说我大嘴巴会不去做吗？

达　丽　看你那死样！快进去吧！

〔两人正欲进去，达花从内出。大嘴巴一人进内。

达　花　达丽姐来了。

〔达丽进门。王佳年打电话上，不通，重拨，再重拨。他失望地坐了下来。一抬头看见"金银花合作社"的牌子，他走上前凝视着它，然后转身按下了手机的语音聊天键。

〔音乐起。

王佳年　晓慧！我又在跟你说话了……你知道家对我来说意味着什么……

〔苗苗从屋里出来。

王佳年　说实话，刚到龙古寨的时候我确实是想回去的，可看见发生在眼前的事，我的心告诉我自己，我走不了了。我不想升什么官发什么财，你知道我不是这样的人。晓慧，我不期盼你原谅，但我希望你能理解……龙古寨的乡亲们

他们穷不起了……

〔兰爷爷、阿磊、阿古、达丽、唐老三、大嘴巴等人都走出门来，王佳年发现后连忙收了手机，转身抹去脸颊上的泪水。

兰爷爷　王书记！

王佳年　兰爷爷！

兰爷爷　这段时间你瘦了，王书记，我这辈子敬佩的人不多，可你是一个……

王佳年　兰爷爷言重了。王佳年真不敢当。

苗　苗　王书记，今天这一天又有十六户入股合作社了。

阿　古　连大嘴巴也入股了。

王佳年　这只是个开始，我相信只要我们合作社把工作扎扎实实地干好，乡亲们会信任我们的。阿磊，你那边情况怎么样？

阿　磊　厂房已经完工了，现在正在安装排风设备。

王佳年　这通风很重要。山东那边用的是无烟煤，为了尽量降低成本，我请教了专家，专家说用柴火也行，但一定要确保通风，同时要保证安全第一。

阿　磊　王书记，你放心吧。

王佳年　阿古，拉电的事怎么样了？

阿　古　师傅们说了，明天就可以通电。

王佳年　这事可不能马虎，盯紧点啊。

阿　古　王书记，大家心齐着呢，你放心吧！

达　丽　对了，王书记，那些没入合作社的乡亲们托我问，能不能让他们参加我们采摘金银花的劳动，他们想挣点工钱。

王佳年　当然可以！我们办合作社的目的

就是让龙古寨所有的人都共同富裕起来。

〔达花急匆匆跑上。

达　花　出问题了！出大问题了！

阿　古　你大喊大叫的什么情况？

达　花　运机器的大货车在村公路旁停下不走了。

阿　磊　为什么不开进来？

达　花　司机说鹰嘴崖那条路太窄了，弯太急，他的货车根本转不过那个弯。

王佳年　（一拍头）该死！千算万算，我竟然把这个问题给漏了。

阿　古　那司机是个新手吧？我去看看。

大嘴巴　你就不用去看了，我以前经常开车拉碎石子的，鹰嘴崖的那个弯我最清楚。达花，那货车多长？

达　花　长度不知道，只知道是四吨半的大货车。

大嘴巴　那这是最少有六米长的大货车，鹰嘴崖那个弯最多只能过两吨的小货车。

阿　磊　那怎么办？

大嘴巴　（得意地一笑）小菜一碟。

阿　古　大嘴巴，你行不行啊？

大嘴巴　（得意地）行吗？我今天先放个屁在这……

达　丽　（急了）大嘴巴！

大嘴巴　行！行！那我就先不放了。达花，来，听我的，你赶快叫些人带着工具上大货车那去。

阿　古　你这是要干什么？

大嘴巴　就地把那机器能拆的全拆了。

兰爷爷　大嘴巴！

大嘴巴　兰叔，你别急啊，拆完了机器，我用小货车一车一车地拉进寨里来，我们在厂房里再把它重新安装起来不就完事了嘛。

苗　苗　好主意！这叫化整为零。

大嘴巴　达丽，我这主意可以吧？

达　丽　这还差不多。

唐老三　嗯！这回大嘴巴算是放了一好屁。

兰爷爷　大嘴巴这下算是立了一功了。

阿　古　那大家赶快动手吧！

〔众人转身。

王佳年　等一等！大家等一下……

〔王佳年从包里拿出一本资料来紧张地翻看，最后他停住了。苗苗走过来拿起说明书。

苗　苗　新星 YT 型烘干机说明书？王书记，你这是……

王佳年　我在山东看见过这个机器。其实它并不复杂，机电马达那些加一起也就一个办公桌那么大。可它那个烘干筒……

苗　苗　烘干圆筒，直径三米宽，六点八米长。

达　丽　这什么意思嘛？

王佳年　这个圆筒是一次冲压成型，根本无法拆卸。

阿　磊　那怎么办？

〔达丽看大嘴巴，大嘴巴摇头。

唐老三　那就在周围找个地方，机器在哪，哪就是厂房。

达　花　可我们这周围都是石头。

达　丽　建厂房那也需要材料和时间，可金银花就要开了。

阿　古　重新拉电也是要时间的。

〔兰爷爷坐了下来。

大嘴巴　那就到镇上去租个现成的房子做厂房，电也好解决。

苗　苗　那仓库要租，再加上金银花送去镇上的费用，成本上去了呀。

达　丽　没错，我们要卖到什么价才能不亏本啊？

王佳年　撇开经营这块不说，现在龙古寨加入合作社的农户还不到一半，其他人都在观望，所以厂房必须建在龙古寨。只有让大家都亲眼看见了他们才会放心。谁还有什么别的办法让机器进寨吗？

〔大家沉默。

王佳年　那我们只有一个办法了。

众　人　什么办法？

王佳年　扩宽鹰嘴崖的弯道。

〔大家一听都不出声了。

王佳年　这有什么问题吗？

唐老三　王书记！那个、那个我们这可是石山。

王佳年　我知道，但鹰嘴崖那个弯道不长，我去县里请一台挖掘机来，一天应该就可以搞定了。

阿　古　只怕没那么容易。

王佳年　这事我来办。事不宜迟，我马上去县里请求支援，你们等我的电话。（急下）

〔大家沉默。

兰爷爷　你们都知道鹰嘴崖的情况，为什么不拦着他？

〔大家沉默。

兰爷爷　为什么？龙古寨什么事情转来转去，转来转去最后都要转到鹰嘴崖上去啊？

〔大家还是沉默。

兰爷爷　你们倒是说话呀！

唐老三　老兰头！这也许就是我们龙古寨的命……

兰爷爷　（摇头）不对！千百年来，我们身上流淌着的是祖先的血液，我们勇敢、勤劳、善良。这样的人是没道理吃苦受穷的。阿古!

阿　古　兰叔!

兰爷爷　你也都看到了,王书记为龙古寨那是操尽了心,你这个村长是怎么想的?

阿　古　这事、这事我想……

达　丽　阿古,你要还想在龙古寨待下去你就别说话。

　　　　〔阿古低下头。

兰爷爷　大嘴巴,你说!

大嘴巴　兰叔,我不敢说。

达　丽　兰叔,这事还是等王书记回来吧,也许县里会有办法。

兰爷爷　(停了一下)好吧!那都散了吧。

　　　　〔大家开始散去。

兰爷爷　老三!

唐老三　(叹口气)老兰头!我们都六十好几的人了,你就不能……

兰爷爷　今晚我想喝酒!

唐老三　我说你这老家伙怎么就不能……

兰爷爷　喝酒!

唐老三　好!喝!喝死了什么都朝天!

兰爷爷　鹰嘴崖……

　　　　〔过场戏。
　　　　〔苗苗家。

苗　妈　鹰嘴崖?

苗　苗　现在机器进不来,大家都急坏了,王书记立马跑县城找挖掘机来帮助扩路去了。

苗　妈　没用,鹰嘴崖上那些石缝里都夹着沙土的,在那点个大鞭炮上面的石头都会被震下来,何况是挖掘机?

苗　苗　那怎么办?

苗　妈　二十年前兰爷爷当村长的时候,决定把这条山道修成一条可以通车的路,结果在鹰嘴崖那出现了滑坡,阿磊的阿爸推开了阿古,他自己却被埋在了乱石下……

苗　苗　这我知道。

苗　妈　后来政府搞村村通公路那会儿,因为鹰嘴崖的特殊情况,那个弯也只能修成现在这样了……

苗　苗　那就是说这个弯是没办法扩了?

苗　妈　……

苗　苗　可这次我们龙古寨能有这么好的机会太不容易了。(忽然紧张起来)阿妈……

苗　妈　苗苗,你这是……怎么了?

苗　苗　阿妈,我预感这次有人会上鹰嘴崖……

苗　妈　谁?

苗　苗　王佳年!

苗　妈　他是疯了吧?

苗　苗　他是一个真正把心交给了龙古寨的好书记,还有阿磊哥……阿妈!我去找阿磊。(跑下)

苗　妈　苗苗!鹰嘴崖……

第五场

〔夜晚。合作社门外。

〔兰爷爷、唐老三二人互相搀扶着唱着山歌上。

兰爷爷　老三，怎么我们说着说着就走到这来了？

唐老三　哈哈！以前我们喝了酒就喜欢来这。

兰爷爷　想当年我们打着赤膊唱着山歌，那是多带劲的事啊……

唐老三　当年的龙古寨是何等的热闹啊！白天我们上山砍柴，到处都可以听到阿妹们的山歌声，到了晚上，我们龙古寨周围的山上、树下、石头旁，那是什么在闪闪亮啊？

兰爷爷　手电筒！那情景就好像是在昨天一样……可今天的龙古寨衰老得跟我们差不多了。

唐老三　老兰头，这酒也喝了，当年也忆了，来吧，把你心窝子里的话都说出来吧。

兰爷爷　唉……儿女情长，英雄气短啊！

唐老三　（发现有人过来）那是谁过来了？

兰爷爷　是阿磊他们，快走！

〔唐老三跟着兰爷爷躲下。阿磊跟苗苗上。

阿　磊　苗苗，我刚才明明看见这儿有人的。

苗　苗　有人也不会是王书记。

阿　磊　达花说看见他回来了。

〔突然响起电话铃声，苗苗吓了一跳。王佳年一边接电话一边从石墩里面爬出来。

王佳年　喂？是谁？什么事？我不懂！我不知道！（想吐）

〔阿磊过去扶住他。

阿　磊　王书记，你怎么喝这么多酒？

王佳年　你谁啊？哦，是阿磊啊，还有苗苗老师。

苗　苗　王书记，谁把你灌成这样子的？

王佳年　没人灌，是……我……自己想喝酒。

阿　磊　为什么？

王佳年　今天在县里，我听说了鹰嘴崖的故事，知道了你阿爸的事情，也知道了鹰嘴崖那个弯挖掘机也解决不了……

阿　磊　王书记……

王佳年　我心里难受啊……（音乐起）说实话，当我第一次来到龙古寨的时候，我内心是害怕的。我害怕这里的贫困，害怕自己完不成扶贫工作……当时我心里真的是想着赶快、马上离开这里……可偏偏就在我要转身的那个时候，你们俩出现在我的面前……"离离原上草，一岁一枯荣，野火烧不尽，春风吹又生"，碎了……我的心碎了一地……

苗　苗　王书记，对不起！

王佳年　（摆摆手）然后我就留下来了，然后我知道了金银花，然后我去了山东，然后我跟你们一起干到了今天……可就在我们渐渐看到希望的时候，鹰嘴崖却挡在了我们面前。

苗　苗　王书记，县里打算如何帮我们把机器运进寨子？

王佳年　（摇头）用爆破技术炸掉鹰嘴崖，

　　再把挖掘机开进来。

苗　苗　这么大的动静？可时间不等人，金银花马上就要开了。

王佳年　所以说这个办法等于是没办法……我真的没办法了，假如误了金银花采摘期，好不容易建起来的合作社就完了，乡亲们刚刚聚起来的心就会散了。

〔他转身望着合作社。

王佳年　虽然我们的合作社现在只有二十来户，但在这片大山中它就是一个红点！

阿　磊　红点？

苗　苗　红点？

王佳年　对！只要这个红点亮起来，它就能聚拢人心，只要这个红点亮起来，大家就会心往一处想，劲往一处使！可现在……现在我怕这红点亮不起来了。

苗　苗　别难过了，王书记！

阿　磊　不会的，王书记！你为我们龙古寨做得够多的了，接下来该是我们龙古寨人拯救自己的时候了，我们一定会让这红点亮起来的！

苗　苗　阿磊哥！

阿　磊　王书记，你喝多了，该回去休息了。回去吧！

王佳年　哦……明天我们再想办法，再想办法。（下）

阿　磊　红点……合作社……

〔苗苗紧张地望着他。

阿　磊　合作社……红点……苗苗！

〔苗苗扑上来捂住他的嘴。

苗　苗　阿磊哥，我求你了，你别再去想了好吗？你不要再想了好吗？事情总会解决的。你跟我，我们只

要守着爷爷跟我阿妈就够了。你明白吗？我们可以等。

阿　磊　可我已经等了二十年了。我等到的是爷爷的满头白发，等到的是自己的一无所有。以前我一直以为自己很强悍、很能干，可那天，当你要离开这里的那一刻，我忽然发现自己什么都做不了，这个穷太可怕了。苗苗，我们不能再等了。

苗　苗　可阿磊哥，我害怕……

阿　磊　我也怕，但今天我们不能再害怕什么了。

苗　苗　阿磊哥，你想到什么了？你要干什么？

阿　磊　重上鹰嘴崖！

苗　苗　你疯了吗？鹰嘴崖的危险谁都知道，你不能上去。

〔苗苗哭泣，兰爷爷跟唐老三上。

苗　苗　爷爷！

阿　磊　爷爷，我有话想跟你说。

兰爷爷　（停了一下）好！我们回家说去。

阿　磊　我现在就想把它说出来。

唐老三　阿磊啊，现在都什么时候啦？有什么话明天再说吧！苗苗，快回去吧。

苗　苗　阿磊哥，我们走。

〔阿磊走到爷爷跟前。

阿　磊　爷爷，我们重上鹰嘴崖吧！

〔兰爷爷一巴掌打过去，阿磊跟跄退后。再次走到爷爷跟前。

阿　磊　爷爷！我们重上鹰嘴崖吧！

〔兰爷爷又一巴掌打过去。阿磊被打得直退，望着爷爷跪下。

苗　苗　阿磊哥！

阿　磊　别过来！（他一步步跪着走到爷爷跟前）爷爷，我们重上鹰嘴崖！

〔兰爷爷大喊着举起手，苗苗拦住他。

苗　苗　爷爷！求求你了，别再打他了……

〔兰爷爷慢慢放下了手。

阿　磊　二十年了，我怕你伤心，从来就不敢在你面前提这三个字。

兰爷爷　可你今天说了。

阿　磊　现在我不得不说。我就是个种地的，我什么都不懂，但我知道心疼。阿爸的死、苗苗的出走，还有今天的龙古寨，这些都让我心疼。我原以为生活就是这样的，直到王书记出现在龙古寨……

兰爷爷　你小子说够了吗？

阿　磊　爷爷，你是龙古寨的老村长，在你的心里不是一样也有一个梦吗？

兰爷爷　你给我住嘴！

阿　磊　没错，我阿爸是在鹰嘴崖牺牲的，但他是为了龙古寨而死的，我是他的儿子，我没有理由在龙古寨最需要我的时候不站出来。

兰爷爷　难道你忘了当年你阿爸最后跟你说的话了吗？

阿　磊　我没忘……那一年我六岁，乡亲们把阿爸抬上来的时候我就站在他旁边，当时阿爸嘴里在不停地吐血，眼睛直直地看着我，最后他说了四个字"守好爷爷"……

唐老三　他那是要你替他尽孝。百善孝为先！

兰爷爷　可你这个混蛋今天却在这里跟我讲什么忠啊义的，你懂什么？你什么都不懂！你就懂个屁！

阿　磊　可我刚才说了……

———————————
① 壮语，意为兄弟。

兰爷爷　滚！滚回家去。听好了，你要是胆敢私自上鹰嘴崖的话，我就不让你进兰家的门。

阿　磊　（伤心地）爷爷！爷爷！

苗　苗　阿磊哥！

唐老三　阿磊，听你爷爷的话！苗苗，快拉走，走啊！

苗　苗　阿磊哥，我们走吧！走啊！

〔苗苗把阿磊拉了下去。

唐老三　老兰头，看你把孩子给伤的。

兰爷爷　伤就伤了吧。二十年前我的儿子上去了，今天我怎么能让孙子……

唐老三　老兰头，要不我们明天跟王书记再商量商量？

兰爷爷　你刚才没看见他喝醉成那个样子？他那是伤透心了。

唐老三　可我们……

兰爷爷　老三，要动真格了，你就别扭扭捏捏的像个婆娘似的了。

唐老三　（叹口气）看来你是下定决心了。

兰爷爷　你想反悔？

唐老三　瞎说什么？四十多年了，只要你老兰头挥挥手，我唐老三什么时候都是站在你身后的第一个人，这明天也一样。

兰爷爷　贝侬①！

〔俩老头抱在一起。

〔过场戏。

〔夜晚。苗苗家。

苗　妈　爷爷真这么骂阿磊的？

苗　苗　嗯！我第一次看见爷爷发这么大的火。

苗　妈　你应该安慰安慰阿磊。

苗　苗　我什么好话都说了，可不管用。

苗　妈	就因为他阿爸当年的一句话"守好爷爷"，他二十年没离开过龙古寨一天，今天爷爷这样骂他，他怎能不伤心？
苗　苗	这爷爷今晚也是的，他平时喝了酒都不是这样的。
苗　妈	苗苗，别怪爷爷。他也有他自己的苦衷。
苗　苗	爷爷有苦衷？

苗　妈	今天下午他到家里来了。
苗　苗	爷爷来家里了？他跟你说什么了？
苗　妈	他拿了一点钱过来，让我明天就到县医院住院去。
苗　苗	他要你去住院？
苗　妈	（点点头）他还说要你叫上阿磊，一起陪我去县医院住些日子。
苗　苗	爷爷这是要干什么？阿妈，我怕！

〔母女俩抱在一起。

❧ 第六场 ❧

〔村口。

〔兰爷爷焦急地来回走着，大嘴巴在一旁。

兰爷爷	大嘴巴，时间差不多了，怎么连个人影都没有？
大嘴巴	兰叔，不着急。
兰爷爷	唐老三呢？这个老家伙办点事真是要人的命。

〔达花打着电话上。

达　花	喂！王书记！王书记！我是达花啊，你在哪呢……啊？你在山上？这龙古寨前后左右的都是山，你在哪座山上啊？喂？喂？（电话断了）
兰爷爷	达花，这王书记又去哪了？
达　花	他刚才说在山上。
兰爷爷	王书记上山了？
大嘴巴	兰叔，难道王书记他跟我们一样，也是要上……

〔兰爷爷暗示大嘴巴闭嘴，但已经晚了。

达　花	大嘴巴，你们这是要上哪？
大嘴巴	上什么上？你耳朵有问题啦？我们说的是去镇上。
达　花	去镇上还拿着镐头？

大嘴巴	我们是去跳广场舞，镐头是道具。我们是这样跳，然后又这样跳。
达　花	你骗鬼啊？得了，我走了！（下）
兰爷爷	大嘴巴呀大嘴巴！你说你这张嘴啊。
大嘴巴	除了喝酒还会放炮。
兰爷爷	今天你的嘴最好紧一点。
大嘴巴	兰叔，唐老三他来了。（唐老三上）
兰爷爷	老三！怎么样了？阿磊他们出村了？
唐老三	（喘着气）……你、你这个老东西啊！阿磊那孩子是一路流着眼泪走的，让人看着都心酸啊。
兰爷爷	好孙子，爷爷对不住你了。大嘴巴！

〔大嘴巴打个呼哨，十来个中老年人拿着镐头、撬杠从四周走了出来。

大嘴巴	兰叔，人都到齐了。
兰爷爷	走，上鹰嘴崖。

〔阿古内喊："等一等！"阿古、达丽、达花上。

大嘴巴	你们怎么来了？
达　花	是我告诉他们的。你骗不了我。
大嘴巴	你……

阿　古　兰叔，每次龙古寨有困难的时候，你都会出手，我这个村长真不知道该怎么感谢你。

兰爷爷　阿古，我们都是龙古寨人。走了！

阿　古　兰叔……

兰爷爷　有什么话等我们回来再说。走！

阿　古　等等……兰叔，鹰嘴崖你们不能去。

兰爷爷　阿古，你这是要拦着我们吗？

阿　古　是的。

〔兰爷爷突然冲向阿古。大嘴巴跟唐老三抱住他，那边达丽跟达花也挡在阿古身前。

达　丽　兰叔，你这是要干什么？

阿　古　你们都闪开。兰叔，今天要打要骂随你，但鹰嘴崖你们不能去，这可是人命关天的大事啊。

兰爷爷　阿古，你睁开眼睛好好看看我们的龙古寨吧！这些年我们过的都是什么日子？再这样下去，以后寨子里的孩子谁来养？死了的人谁来埋？龙古寨它还会存在吗？

阿　古　兰叔，你说的我心里都明白，其实我心里又何尝不想跟着你们一起上去？

兰爷爷　那你就把路让开。

阿　古　兰叔，现在已经不是当年了。安全生产是政府再三强调要求的，安全生产这条红线谁也不许踩。

兰爷爷　合作社办起来了，大家的心气也上来了，难道就让我们眼巴巴地看着机器进不了寨子，看着金银花过季？难道还要我们再等到下一年吗？

阿　古　上级已经说了，鉴于鹰嘴崖这样复杂的地质情况，要帮我们请专业的工程队来扩路。

唐老三　可时间来不及了呀。

阿　古　那也不能拿你们这些老人的命去拼。我看这事还是再说吧！

兰爷爷　阿古，要是我们不答应呢？

众　人　对！我们不答应。

兰爷爷　阿古，你听见了吗？

阿　古　我听见了！我阿古又何尝不盼着龙古寨能早日过上好日子？我也是龙古寨人，我也有老婆孩子，我也怕穷。但是，但是这事真的不能操之过急。精准扶贫是个好政策，金银花合作社是个好事，可如果一旦出了事那不是好事变坏事了吗？

达　丽　是啊，上级一再强调不能出任何安全问题。

阿　古　兰叔，我阿古是个什么样的人你清楚。二十年前修路，我能从鹰嘴崖上走下来，我阿古的命就已经是你兰叔的了，你让我上鹰嘴崖，我眉头决不会皱一下。但我们要想一想，这万一出了人命，金银花合作社还能办下去吗？

兰爷爷　没时间了，真的没时间了……龙古寨已经无路可退了。阿古你听好了，这次上鹰嘴崖如果我们死了，你们上！你们也死了，叫阿磊他们上！不管付出什么样的代价，机器必须进村。金银花合作社这个红点一定要在龙古寨亮起来。走！上山！

〔众人要走，阿古、达丽、达花拦住大家。

兰爷爷　都给我让开了。

阿　古　（急了）现在我是村长，不是你。

兰爷爷　你……

〔背景音乐起。兰爷爷从众人面前一一走过……

兰爷爷　好吧！既然如此，这等生死之事我们就按祖宗留下来的老规矩办吧！唐老三！

唐老三　在！

兰爷爷　生死状！

唐老三　是！

〔唐老三拿出写好的状纸。

唐老三　生死状！今有我等族人，为了龙古寨脱贫之事，自愿上鹰嘴岩扩路。如发生任何伤亡及伤残后果，与他人无关，全由本人负责。特此为证！

〔他将生死状放在石桌上，打开印油的盖子。

兰爷爷　为了龙古寨，生死由命吧！

〔幕后阿磊的声音："爷爷！"阿磊跟苗苗、苗妈上。

兰爷爷　阿磊！你怎么回来了？

阿　磊　爷爷，这手印让我第一个来吧！

兰爷爷　阿磊……你跟你阿爸当年一模一样。

阿　磊　（走到阿古面前）阿古叔，让我们一起再战鹰嘴崖。

〔阿古低下头。苗苗走到苗妈面前。

苗　苗　阿妈，我要跟阿磊哥一起上鹰嘴崖。

苗　妈　孩子，去吧！

〔二人走上前去按下了自己的指印。接着，唐老三上前，村民陆续上前，达丽跟大嘴巴上前，达花上前，阿古上前，兰爷爷上前……

〔王佳年内喊："乡亲们！乡亲们……"

王佳年一身攀岩装备上。

兰爷爷　王书记！

王佳年　兰爷爷，我刚从鹰嘴崖上下来。我们攀岩爱好者一般对山上的石块结构是否会松动还是能有一个大概的判断的，所以我上去对鹰嘴岩周围的土石结构做了个调查。

达　花　王书记，你有办法了？

王佳年　我们这次扩路要先从上而下动手，先清除掉上方所有可能松动的石块，这样就可以避免突然大面积滑坡的可能。

〔兰爷爷激动地走到王佳年面前，郑重地拍了拍他的肩膀。音乐起，二人走到生死状前按下手印，王佳年拿着生死状。

王佳年　这上面虽然只有十几个人的手印，但它在告诉世人，龙古寨人的观念已经从"要我脱贫"转变到"我要脱贫"上来了。世上没有比人更高的山，也没有比脚更长的路。兰爷爷！乡亲们！这份生死状就是龙古寨人向贫困发出的宣战书！

〔众人聚拢到王佳年周围。

〔过场戏。

〔苗苗家。

〔苗妈盖好箱子，苗苗上。

苗　苗　阿妈！

苗　妈　回来了？

苗　苗　阿妈，你怎么还没睡？

苗　妈　我在等你。

苗　苗　等我？

苗　妈　苗苗！来，你坐下。晚上是去看阿磊了吧？

苗　苗　嗯，山上的施工进度挺快的，阿

磊说明天鹰嘴崖的弯道扩宽工程就可以结束了，金银花的烘干设备就可以运进寨子里了。

苗　妈　真好啊，这几天金银花都采摘得差不多了，达丽正带着我们在按质量分类，按照王书记的要求，我们做得十分细致。苗苗啊，你说怪不怪，这些日子精神一好吧，我的身体都感觉好了多了。

苗　苗　太好了！阿妈，自从王书记带着我们把金银花合作社办起来以后，大家都变得关心村子里的事了。王书记还说，县里已经批复了他的报告，等机器正常运转了，就送你去治病，去南宁的大医院！阿妈，你赶紧治好病吧，好日子就要来了。

苗　妈　王书记给我们龙古寨人带来了福气啊！

苗　苗　对啊！王书记说，是国家的精准扶贫政策好，我们把贫困的帽子彻底摘掉后，还要马不停蹄奔小康。

〔苗妈打开箱子。

苗　妈　苗苗，看阿妈给你准备了什么？

〔苗妈拿出一套精美的壮族女盛装。

苗　苗　阿妈！

苗　妈　我想趁着这好日子，给你和阿磊把亲事定了，明天等机器进了龙古寨，你就穿着它去叫爷爷吧！

苗　苗　（羞涩）阿妈！

〔雷声起。

苗　妈　这山里的天气，真是说变就变。

〔一声炸雷，大雨倾盆而下。

苗　苗　阿妈，我怕。

苗　妈　别怕、别怕，这是雷阵雨，很快就会过去的……

·ᴥ· 第七场 ·ᴥ·

〔村口。

〔雨过天晴。阿磊跟王佳年站在大树下。

阿　磊　王书记，这货车怎么还不下来？

王佳年　沉住气。大嘴巴是个有经验的司机，有他在鹰嘴崖接车，放心吧！

阿　磊　王书记，你到我们龙古寨这段时间，发现我们龙古寨人变样了吗？

王佳年　变成什么样了？

阿　磊　龙古寨人会笑了。

〔二人大笑。

王佳年　那你变了吗？

阿　磊　变了，跟你在鹰嘴崖上撬岩石的时候，我的心就好像飞起来了一样。

王佳年　其实改变最大的是我。

阿　磊　你？

王佳年　是的。我变得不再像以前那样夜郎自大、那样孤独了。越走近你们，就越能感受到你们的纯朴和善良，越走近你们，我就越能真正体会到这次下来担任第一书记的意义。精准扶贫不单单是在改变着我们的生活，更重要的是它改变了我们的观念和思想。

阿　磊　王书记，跟我说说你的家吧。

王佳年　我没有家，我是个孤儿。

阿　磊　孤儿？

王佳年　我来到这个世界上的时候就没有

家，我就像一棵无根的草。

阿　磊　王书记！

王佳年　后来是靠着爱心捐助和奖学金，我完成了学业，幸运地有了现在这份工作。来这里之前，刚买了房子准备建一个小家，可现在……（苦笑）

阿　磊　王书记！

王佳年　没事，阿磊！我们可以失去爱，但我们不能失去爱的能力。

阿　磊　不能失去爱的能力……王书记！不！佳年，从今天开始，龙古寨就是你的家，兰家就是你的家，我就是你的大哥！

王佳年　大哥！

阿　磊　贝侬！

〔兰爷爷、阿古和唐老三带着几个扛着撬杠和粗缆绳的青年上。

阿　古　王书记。

王佳年　兰爷爷，阿古，卸机器的准备工作都做好了吗？

阿　古　你看，都准备好了。

兰爷爷　安装机器的准备工作也做好了。

〔达丽和达花上。

达　丽　王书记，金银花的分拣工作已经做完了，只要装好机器，就能开工。

达　花　这机器怎么还没运进来呀？

达　丽　这个大嘴巴，怎么搞的……

唐老三　你们看，他回来了……

〔大嘴巴内喊："王书记！王书记！"跑上。

王佳年　大嘴巴，怎么了？

大嘴巴　昨晚一场暴雨，鹰嘴崖上又有石头往下掉，刚才司机一紧张，货车的一个后轮突然滑出了路面，

完全悬空了。

〔大伙望着王佳年。

阿　古　王书记！

达　丽　王书记！

王佳年　我上去看看。

达　丽　王书记，太危险了。

阿　古　王书记！

阿　磊　王书记！

众　人　王书记！

王佳年　乡亲们，虽然我王佳年不是龙古寨人，但我向你们保证：金银花一定会在龙古寨绽放出美丽的花朵。

阿　磊　等等！

〔大家望着他，阿磊走到爷爷面前。

阿　磊　爷爷，我跟佳年做兄弟了。

〔爷爷点点头。

阿　磊　佳年，打虎还需亲兄弟，我跟你一起上。

大嘴巴　我来开车。

王佳年　我们来给你引路。走！

〔王佳年、阿磊、大嘴巴下。

〔豆豆上。

豆　豆　兰爷爷，你们看，那是谁？

〔一身壮族盛装的苗苗在阿妈跟几个学生的陪伴下朝大家走来。苗苗走到兰爷爷面前。

苗　苗　兰爷爷。

兰爷爷　哎！

豆　豆　苗苗老师，你真好看。

达　丽　苗苗妈，苗苗终于可以出嫁了。

苗　妈　兰叔，今天是个好日子，就给孩子们订婚吧！

兰爷爷　好！好！

苗　妈　阿磊呢？怎么也没见王书记呀？

达　丽　车子在鹰嘴崖出了点问题，王书

记跟阿磊还有大嘴巴去处理了。

〔雷声。突然传来一阵大石滚落的巨响……之后什么声音都没了。寨子里的乡亲们陆续走出来，大家屏住呼吸倾听着鹰嘴崖的动静。

唐老三 山神爷保佑啊！

苗 妈 保佑我们！

达 丽 保佑龙古寨！

〔渐渐地传来汽车发动机的声音，声音由远而近。

阿 古 我看见了，来了！货车下来了。

苗 妈 谢天谢地！

唐老三 山神爷……

〔大嘴巴狼狈地上。

大嘴巴 兰叔！兰叔！

阿 古 大嘴巴，王书记呢？

大嘴巴 （抱头蹲下）……

兰爷爷 阿磊呢？

苗 苗 我阿磊哥呢？

阿 古 你倒是说话呀！

达 丽 你个大嘴巴，哑巴了？

兰爷爷 大嘴巴，起来……出了什么事，你说！

大嘴巴 车刚过弯道，我就听到动静了，我连忙下车一看……

达 丽 看见什么？

大嘴巴 弯道上全是石头，他们两个人……找不到了。

阿 古 （冲过去）一定是乱石把他们一起冲下了鹰嘴崖。

〔大嘴巴点头。

苗 苗 （撕心裂肺）阿磊哥……

〔苗苗冲下，苗妈及达丽、达花追下。

兰爷爷 阿磊——佳年——（音乐起。众人跪下……兰爷爷慢慢转身环顾周围的大山）龙古寨的列祖列宗们！我们的两个好孩子……走了。佳年、阿磊！我的孙子，我们为你们送行了……

众 人 （呼喊）阿磊……王书记……

〔音乐突转，远处隐隐约约地传来山歌声（男声）：

山叠山，崖对崖，

山道弯弯通天台……

〔音乐中，两个身影相互搀扶着慢慢起身站定，是王佳年和阿磊。

王佳年 阿磊！

阿 磊 兄弟！看！货车进寨子了。

王佳年 看！太阳出来了……

〔童声接唱：

山里娃仔有个梦，

金花银花满山开。

·尾 声·

〔字幕：两年后。

〔音乐中：龙古寨英雄碑前，四周的金银花开了。一旁竖立着自然旅游度假村的指示牌，兰爷爷坐在碑前抽烟。

兰爷爷 又到了金银花开花的日子了，今年的金银花开得真好。

〔三个度假的游人过场，阿磊打着电话上。

阿 磊 你们旅游团才六十人？放心吧！我保证你们吃好喝好玩好。明天见！爷爷。

兰爷爷 来了？

阿 磊 大嘴巴他们也到了。

大嘴巴　　兰叔，兰叔，我们也到了。

兰爷爷　　好，好啊。

大嘴巴　　精准扶贫真是好！让我大嘴巴终于也可以当阿爸了。

〔达丽拍他，阿古上。

阿　古　　那你们就安排车队到附近的古道屯、石门寨那几个村去上货。

兰爷爷　　阿古，看来金银花种植基地还要继续扩大才行啊。

阿　古　　对！现在全国各地都有来订货的。

达　丽　　我们龙古寨的好日子真的来了。

阿　古　　是因为有了精准扶贫的好政策。

达　丽　　还有了王佳年这样的好书记。

阿　磊　　我们龙古寨人这回脱贫了。

大嘴巴　　（摸着达丽的肚子）孩子！快出来陪你阿爸喝酒。

〔众人笑。

兰爷爷　　两年，就两年的时间，王佳年带着我们脱贫了。龙古寨人人脸上都笑开了花……

〔王佳年上，其他人跟在后面。

王佳年　　爷爷！

兰爷爷　　佳年，大伙都要送送你。

苗　妈　　王书记，你是我们龙古寨的大恩人啊！

王佳年　　苗苗妈，你说错了，是龙古寨人教育了我、培养了我。这次的扶贫工作经历使我受益终身啊……

兰爷爷　　佳年，你说得好啊！

王佳年　　接下去我们还有好多事情要做，我们要坚决落实国务院要求的"摘帽不摘帮扶"的工作要求，切实做

到驻村队伍不撤，驻村队员不减。

阿　古　　佳年，你放心。我们会按照你带着我们制定的龙古寨致富奔小康规划，一步步坚定地走下去的。

〔唐老三、达丽等众人上。大嘴巴接过酒坛。

〔众人礼貌地呼"王书记"。

达　丽　　你还回来吗？

王佳年　　心留下了人还能走远吗？

兰爷爷　　大嘴巴，倒酒！

〔幕内：轿车鸣笛、刹车声。

〔晓慧奔上，迟疑不前。

王佳年　　晓慧……

晓　慧　　佳年，阿磊哥给我电话，说你今天回市里述职，我……是来接你的。

〔王佳年微笑着伸出手，二人相拥……

王佳年　　爷爷，乡亲们，我一定会回来的。

兰爷爷　　佳年，龙古寨等着你们回家！

王佳年　　（走上前）爷爷！乡亲们！为了龙古寨，干！

众　人　　干！

〔高亢激昂的男高音：
山叠山哟，崖对崖，
山道弯弯通天台哟。

〔主题歌《那山花开》起：
走进了那座大山，贫瘠苍凉，
走进了这座村庄，心系故乡，
走进了你的梦里，魂牵梦萦，
走进了满山花开，
这是梦归的地方……

壮剧

演出单位

广西壮族自治区戏剧院
广西民族大学

黄文秀

内容简介

　　壮剧《黄文秀》讲述了广西优秀选调生、百坭村第一书记黄文秀的扶贫事迹。全剧通过讲述黄文秀与孤儿泥泥、种橘能手田疙瘩、留守老人石爷爷、因穷辞官的村主任等人物的故事，描绘出一幅当代有志扶贫干部的精神谱系和新时代农村的未来蓝图。

主创团队

编　　剧：袁连成
第六场编剧：常剑钧
导　　演：李　莎　李　军
唱腔设计、音乐作曲：李勉新　刘　艺
音效设计：杨　乐
打击乐设计：陆　明
编曲 / 配器 /MIDI 制作：农余彬　农紫毫
录音 / 混音：农紫毫
舞美设计：廖师捷
灯光设计：刘　海
化妆造型设计：田　竞
服装设计：阳晓青
道具设计：韦卫皇
编　　舞：李　军
原生态山歌：韦晴晴

主要演员

黄文秀——哈　丹　唐一芳
韦主任——莫丰华
泥　泥——彭　浩
田疙瘩——隆　海
石　爷——黄　宪
青　儿——张　宇
春　儿——赵梓辰
张小三——黄诗淇
张　贵——范东海
李　富——麦鑫泽
农　妇——班山萃　戈心悦　刘　蕾　尹伊婷
闺　蜜——韦呈霞　赵桂熔　姜雅婧　李晓燕
　　　　　黎晓枝

人 物

黄文秀 女，30岁，硕士研究生毕业，回
到山里扶贫。

泥 泥 男，14岁，曾经失学的山村孩子。

田疙瘩 男，50多岁，贫困户。

石 爷 男，80岁，村民。

韦主任 男，40多岁，村委会主任。

青 儿 男，20多岁，大学生。

春 儿 女，20多岁，大学生。

张小三 女，10多岁，学生。

张 贵 男，10多岁，学生。

李 富 男，10多岁，学生。

〔天幕上，苍山如墨，向远方绵
延，山与山之间，有一条羊肠小
路逶迤而来；舞台上，小路的台
阶蜿蜒曲折，路边生长着一簇簇
野草。

〔字幕：当代，广西山区。

〔山风呼啸，松涛长唱。

〔女独伴唱：

你说那山路有多多凉呦，

你说那山路有多多长哟。

你说那山路有多多弯呀，

哥哥哎，

山路那头，住着我的兄妹爹娘……

〔电闪雷鸣，暴雨倾盆。

〔半山腰上，窄窄小路——

〔舞台左后侧，露出白色轿车一
角，黄文秀撑着一把小红伞，站
立在风雨中。

黄文秀 （打电话）喂，我是黄文秀啊，韦
主任，你赶快带领村干部挨家挨
户查看，一定要把危房里的村民
接出来！……我还在回村的山路
上，喂，喂，喂……

〔一声炸雷，雨水如泼。

黄文秀 （唱）惊雷声，打得手机信号断，
一道闪电，一丝恐怖，一阵

风卷，一片雨魔，
这红伞如波里浪里乌篷船。
头上冷水倾盆泼，
脚下路径淹成河。
左侧山岭树木断，
右侧悬崖似撒锅？
不见人路过，
无有车穿梭……
茫然，慌乱，孤独，踌躇，
轰隆隆，滚石奔腾道上布，
原来是，山体松脱又滑坡。
我，断了进村路，
断了回家途。
雨还在下，风还在舞。

（伴唱）休考虑，休悲观。

黄文秀 （唱）倘若是，死亡真的选择了我，
挨不过午夜，看不到日出。
倘若是，生命还有一小段，
我，此时此刻，
想些什么，牵挂什么？
留下什么，嘱托什么？
掏手机录语音理出思绪，
回乡奋斗，是我选择的人生
旅途！
想起了毕业前夕那天上午——

〔光渐切。

第一场

〔上午，北京师范大学校园。

〔林荫道上，青儿与春儿携手奔上。

青　儿　（接唱）熬过了研究生毕业，终于不用锁愁眉了。

春　儿　你高兴什么？我们还要读博呢，这真是书山有路路漫漫，学海无涯涯茫茫。

青　儿　哎，春儿，我、你还有黄文秀，我们三个就是书痴，相约读研，还要相约读博。

春　儿　我可没兴趣读博。

青　儿　我也没兴趣读博。

春　儿　是黄文秀提议的！

青　儿　我能理解她——一个广西大山里的女孩，如果不饱读诗书、学历傍身，她就很难有一个美好的未来。

春　儿　算了算了，提到上班我就头疼，还是继续在校园里吧！

青　儿　我也是。读吧读吧，读读读，讲不定书中自有黄金屋；读读读，讲不定书中还有颜如玉。

春　儿　不要朝我望，我不是你的颜如玉。

青　儿　哪个是我的颜如玉呢？

春　儿　明知故问，你暗恋的是——

〔黄文秀歉意地跑上。

黄文秀　对不起二位，我来迟了，来迟了。

青　儿　守时如钟的黄文秀，今日怎么迟到啊？

黄文秀　我——

春　儿　讲。

黄文秀　我——

青　儿　讲。

黄文秀　（岔开）今天我请你们吃桂林米粉，牛肉、鸡蛋随便加！

青　儿　（唱）奇了，

春　儿　（唱）怪了，

青　儿　（唱）你过去，省钱疼钱花钱少，

春　儿　（唱）今日为何掏腰包？

青　儿　（唱）同窗多载我爆料，

春　儿　（唱）遇到聚餐你就逃。

青　儿　（唱）小气鬼突然变大方了，

春　儿　（唱）主动请客头一遭。

　　　　（合唱）你是拾到银元宝，

　　　　　　　还是捡到黄金条？

黄文秀　（唱）心思未讲歉意到，

　　　　　　　唯有边吃边细聊……

青　儿　你有心思？什么事？讲！

春　儿　文秀，你是不是读博差钱？

青　儿　我支持你！

〔黄文秀摇头。

春　儿　文秀，听讲你父亲生病住院，是不是缺钱治病？

青　儿　我支持你！

〔黄文秀摇头。

青　儿　黄文秀，你不要死要面子活受罪啊。

黄文秀　（摇头）青儿、春儿，我要食言了。

春　儿　你，食什么言？

黄文秀　我不能和你们一起读博了。

青　儿　为什么？

黄文秀　我要回家乡参加工作了。

春　儿　哦，这几天广西组织部到我们校园内招选调生，你报名了？

黄文秀　嗯！

春　儿　你决定了？

黄文秀　嗯！

青　儿　（发火地）黄文秀，先提读博的是

你，退出读博的也是你……你从来一诺千金，这件事为什么出尔反尔？

黄文秀 我接受你的批评。

青　儿 接受有什么用？这些年，我和春儿一直关心你支持你……你不应该忘记我和春儿。

黄文秀 黄文秀更不能忘记另一个人！

青　儿 哪个？

黄文秀 家乡！

青　儿 家乡是一个地名。

黄文秀 不，在我的心中，家乡就是一个人！

（唱）家乡的山峦，是我的根。
闭上眼，
看到了乡亲们盼望的眼神，
不吭声，
听到了铜鼓召唤一声声。
过去常常在梦里，
醒来半怜半心疼。
这一次，
广西组织部到校园内，
殷殷期盼选调生。
昨一晚，
我拿着表格难入寝，
翻来覆去到五更。
家乡选调我岂无视，
家乡选调我岂无声？
家乡选调我岂无应，
家乡选调我岂无情？

青　儿 （唱）你是一时冲动。

春　儿 （唱）你是乡愁陡生。

青　儿 （唱）你缺少谨慎。

春　儿 （唱）你没有权衡。

黄文秀 不。

（唱）家乡一直想着我——

十多年，点点滴滴记心窝。
读小学，只因家贫学险断，
老师们垫钱怨声无。
读中学，难以住校难交款，
东拼西凑亏村官。
读大学，希望工程一路资助。
家乡情，政府恩，
我今生难以报答完。
现如今，党的需要选择我，
胸中燃起火一团！
我唤广西，广西唤我。
我的青春我做主，
我的家乡我绘图。
为了故土能致富，
广西学子踏归途！

春　儿 文秀，你真的要放弃大城市的工作机会，回家乡去到扶贫攻坚第一线？

黄文秀 家乡不贫困，要我们回去干什么呢？我本来就是山里妹仔，吃苦耐劳是强项！

青　儿 黄文秀……

黄文秀 好了好了，讲不定今后我还有事求助你们呢！走，吃桂林米粉去，我先去订位置！

〔黄文秀欢快地下。

青　儿 我们是不是也一起报名广西选调生？

春　儿 你这富二代，不一定够格。

青　儿 为什么？

春　儿 黄文秀是党员、学生会干部！

青　儿 那我们今后经常去广西看望她？

春　儿 必须的！

青　儿 （自语地）不知文秀会到一个什么样的地方。

〔光渐切。

第二场

〔上午，百坭村头。

〔一片竹林，小路弯弯，泥泥拿着射鸟的弹弓上。

泥　泥　（学古装戏韵白）鄙人家住百坭村，姓倪名泥，年方一十四岁，只因父亲病故，母亲改嫁，故而失学在家……

（接唱）我不上学无拘无束小快活！

〔三个学生背书包跳跳蹦蹦地上。

〔泥泥吹口哨。

张小三　（停步）泥泥？

泥　泥　哎呀，这到手的鸟都被你吓跑了，老子名字也是你叫的？

张　贵　班长。

泥　泥　我失学了，不当班长了，你敢讽刺我？

李　富　泥、泥、泥菩萨！

泥　泥　泥菩萨过河——自身难保？滚！

张小三　你是村里的孩子王，我们叫你——倪司令！

泥　泥　这还差不多。今天有什么新鲜事？向本司令汇报汇报！

张小三　没有。

张　贵　有！

李　富　讲。

学生丙　今天我们三个比试了一番——

泥　泥　比什么？

张　贵　比爸爸！

张贵、李富　（指张小三）他输了，他输了。

泥　泥　什么比爸爸？比给我看看，预备，开始——

张　贵　（唱）我爸爸一厂之长威风有，穿的西装住豪楼。

平日里，有人送烟又送酒，

过年时，有人送钱还磕头。

到饭店，山珍海味任我点，

吃饱饱，我拿笔签名，

歪歪扭扭。

字儿虽丑，老板点头。

我的爸爸牛不牛？

泥　泥　牛。

李　富　（唱）我阿爸虽是屠夫显身手，

我每晚，喝进肚汤啃骨头。

我阿爸，买回病猪也卖肉，

我帮他，涂血上色来骗多少村妇和老奶，我阿妈，

每晚在灯下数钱笑不够，

我阿爸，牛不牛，牛不牛？

泥　泥　牛、牛。

张贵、李富　张小三，你爸爸呢？

张小三　（唱）我爸爸，

背着那瓦刀灰桶城里走，

砌多少别墅与高楼。

墙缝抹灰不起皱，

砖排一线望到头。

晚上干活，不借灯光全凭手，

我爸爸是瓦匠中的工匠真正牛！

张　贵　工匠家老屋已破旧，

李　富　墙倒壁歪没得钱修。

张　贵　工匠家儿子如饿马瘦，

李　富　身上缺衣胃缺油。

张贵、李富　你穷鬼老子算什么牛？

丑丑丑，羞羞羞，羞羞羞。

泥　泥　张小三输了？

张贵、李富　输了，输得屁股光光，丢死人了。

泥　泥　你们赢了？

张贵、李富　赢了，赢得风风光光，腰杆子笔直！

泥　泥　那我再给你们发奖。

张贵、李富　奖什么？

泥　泥　奖你张贵一拳头！

张　贵　泥司令，你错了。

泥　泥　没错。

张　贵　奖励怎么打我？

泥　泥　打的就是你！

（唱）书上说，哪有代代是王侯？

你子凭父贵来享受。

龇牙咧嘴对众乡亲嘲笑挖苦嘴巴臭，

喊声李富你莫走，

左拳打你右拳勾。

你老子常卖死猪肉，

哼，你们不知羞耻还昂头？

张　贵　李富，我俩一起上，打他个泥司令！

李　富　对，双拳难敌四手。

〔张贵、李富与泥泥纠缠打斗在一起。

张小三　你们不要再打了，我认输，我认输。

〔韦主任领黄文秀跑上。

韦主任　住手，都住手！

黄文秀　（急拉）学生怎么能打架呢？

张　贵　我们是学生，他——（指泥泥）

李　富　是没读书的烂仔头！

泥　泥　又找打？

张　贵　我们回家吃饭了——（拉张小三与李富下）

韦主任　这个，我来介绍一下，这个娃仔叫——

黄文秀　泥泥！

泥　泥　你怎么认识我？

黄文秀　（调皮地）我会神机妙算啊，你——爱看书，讲义气，脑瓜灵，而且还写得一手好字，对不对？

泥　泥　你是谁啊？

黄文秀　（含笑地）黄文秀。

韦主任　泥泥，她是新来的第一书记！

泥　泥　（冷冷地）又是来扶贫的？

黄文秀　你怎么知道的？

泥　泥　不扶贫，你跑到这穷山沟里找男朋友吗？

黄文秀　这……

泥　泥　讲，要我签字还是按手印？

黄文秀　（不解地）干吗？

泥　泥　让你回去好交差啊。

韦主任　这娃仔，才不正用，油嘴滑舌。

黄文秀　泥泥，我真是来扶贫的！

泥　泥　镀金的。

黄文秀　扶贫的！

泥　泥　镀金的。

黄文秀　你词汇挺多的，今年多大了？

泥　泥　差八十六岁——一百岁。

黄文秀　你才十四岁？

泥　泥　访贫问苦，开始！黄书记——

黄文秀　（语塞）……喊我阿姐，好吗？

泥　泥　你不是我阿姐。

黄文秀　今后，我就是你的阿姐！

泥　泥　书上讲，假做真时真亦假，真真假假，假假真真。

韦主任　这孩子就是个话痨。

黄文秀　（看手表）都十二点了，你先回家吃饭吧！

泥　泥　（低下头）没有人给我做饭。

黄文秀　这……

韦主任　他三岁时父亲就走了，他母亲因穷改嫁，这些年一直都没有下落。

黄文秀　那他住在哪里，吃在哪里？

韦主任　他父亲留下了两间草房，吃饭嘛，东家半碗西家一口……

黄文秀　泥泥，跟阿姐到村部吃饭！（紧拉）

泥　泥　（挣脱）我不要你同情，不要你施舍。

黄文秀　泥泥，你总要填饱肚子呀！

泥　泥　嘿，大山不是堆的，牛皮不是吹的，看我的——（掏出弹弓射鸟）

黄文秀　你怎么能打鸟？

泥　泥　（开心地）射下一只"八哥"！

黄文秀　（阻拦）不能打鸟。

泥　泥　射下一只"绿豆鸟"！

黄文秀　（阻拦）你住手。

泥　泥　射下一只"珍珠鸟"！

黄文秀　（生气，急挡）停。

泥　泥　嘿，你手压，我手滑，误射下一只小麻雀。

黄文秀　你，为什么打鸟？泥泥，鸟在竹林里，惹你了，伤你了？

韦主任　他经常打些鸟，卖给镇上的钱老板。

泥　泥　对了，老板有钱我有鸟，鸟儿换钱混日朝。我这是不等不靠，不麻烦政府领导，自强自立，快乐逍遥，哈哈！快乐逍遥。

黄文秀　……从今往后，百坭村不准打鸟！

泥　泥　为什么？

韦主任　是啊，为什么？

黄文秀　这些鸟都是国家保护动物！

泥　泥　不保护人，保护鸟？

韦主任　还是先保护人吧。

黄文秀　韦主任，打鸟会破坏生态环境。

泥　泥　哈哈哈哈，我爷爷打鸟，我阿爸打鸟，我也打鸟，山里人都打鸟，这就是靠山吃山，靠鸟吃鸟！

韦主任　（小声地）黄书记，你到山里扶贫要接地气。

黄文秀　道理，我会慢慢跟你们讲。我是百坭村第一书记，今天立下第一条村规，不准打鸟！

韦主任　嘿，你这第一书记是扶贫，不是护鸟。再讲村里人打鸟，我也禁止不了啊。

泥　泥　就是。不打鸟，我拿什么换钱，去买方便面？

黄文秀　泥泥，听说你字写得很好。

泥　泥　过去学校的黑板报，每期都是我的字！

黄文秀　村部会议室，有十块木牌，你找韦主任要些油漆和笔，在每块牌子上都写上字——

泥　泥　什么字？

黄文秀　"爱鸟护鸟，人人有责"！

泥　泥　这几个字好写，O得K，有辛苦费吗？

黄文秀　有，写一块牌子十元钱！

泥　泥　一百块？

韦主任　这么多，村里没有这项开支。

黄文秀　这钱我出，呶——（掏出两张五十元）泥泥，要是现在学校收你，还愿去上学吗？

泥　泥　你，人也是O得K！（拿钱）走了。

〔泥泥吹着口哨，扬长而去。

韦主任　黄书记，百坭村有472户人家，有103户未脱贫，贫困发生率为22.88%。

黄文秀　这么多？

韦主任　要不是村组干部带头脱贫，百坭村家家都是贫困户。

黄文秀　这，是什么原因？

〔光渐切。

第三场

〔村中。

〔田疙瘩家门前，四个农妇在拉家常。

农妇甲　是什么原因？

农妇乙　是什么原因？

农妇丙　是什么原因？

农妇丁　哈哈，连鸟孙子都晓得哩！
　　　　（合唱）村里偏僻良田少，
　　　　　　　　山土不肥难长苗。
　　　　　　　　橘子未熟小鸟咬，
　　　　　　　　秋冬缺晒春夏涝。

农妇甲　（唱）外出打工，男女厕所难分晓。

农妇乙　（唱）山里人，认的字不足半水瓢。

农妇丙　（唱）留在村上，九个月挨饿三个月饱。

农妇丁　（唱）山里人，无聊只有多养仔……
　　　　（合唱）新书记，问什么原因发什么躁，百坭村，要想脱贫，莫走弯道，印钱机器，抬进山坳，日夜不停出钞票，家家笃定把穷根刨！

〔田疙瘩懒洋洋地开门。

田疙瘩　你们四个碎嘴婆娘，在这里说短道长，把我疙瘩爹爹懒觉搅黄。

农妇甲　田疙瘩，太阳都把你屁股晒烫了。

田疙瘩　嘿，早起床，晚起床，反正等着政府扶贫发钱粮，早起不如晚起，晚起不如压床！

农妇乙　疙瘩呀，听讲山外的橘子今年涨价了。

田疙瘩　你不要和我再谈橘子，再谈橘子我和你急！

农妇丙　哎哎哎，橘子伤到你什么心？

田疙瘩　你是明知还是故问？（挥手）滚滚滚……

农妇丁　（故意地）瘩啦，瘩哩——

田疙瘩　小辣椒，你不要勾引我，告诉你，我这个人立场还有点不大坚定。

农妇丁　呸，我是问你这个老酒鬼，怎么三天不到我家店里买酒了？

田疙瘩　（快快地）腰里无铜，不能充雄。

农妇甲　又没钱啦？

田疙瘩　身上五个口袋——布靠布。

农妇乙　你三天不喝酒，怎么受得了？

田疙瘩　嗓子里天天小虫子爬。

农妇丙　小辣椒，你就再赊一瓶酒给田疙瘩吧，大男人不能被酒憋死。

田疙瘩　是的是的，赊二两让我中午混一顿。

农妇丁　不赊。

田疙瘩　（恳求地）酒精也行。

农妇丁　酒瓶子也不赊。

田疙瘩　小辣椒，我从小和你光屁股长大的——

农妇丁　你脱我没脱。

田疙瘩　（无奈地）辣椒、辣椒姐……

农妇丁　你喊我辣椒娘也没用，我也是小本经营……（又同情地）呐，村里新来了第一书记，姓黄，叫什么黄、黄文秀，戴个眼镜，斯斯文文，看上去蛮善良的，你去找她批个条子，提前要点扶贫款子，就可以又端小酒杯了！

田疙瘩　（开心地）还真是的！

农妇甲　呐——

农妇乙　咦——

农妇丙　哇——

田疙瘩　怎么了？

四农妇　讲到她，她就到。

田疙瘩　她是——

四农妇　百坭村第一书记黄文秀！

田疙瘩　晓得了。

〔四农妇耳语着下。

〔黄文秀拎一布袋子上。

黄文秀　（唱）屋后竹林门前柳，

　　　　　　报纸补窗吊脚楼。

　　　　　　篱笆漏洞能钻狗——

田疙瘩　（唱）院子里，站着一个干干瘪瘪

　　　　　　黑黑黝黝瘦瘦弱弱的小老头。

黄文秀　老哥，请问你就是——

田疙瘩　等等。

黄文秀　你知道我是谁吗？

田疙瘩　晓得啦！

黄文秀　我是——

田疙瘩　（唱）你就是，上天指派，下凡尘

　　　　　　世，普度众生，救难救苦一

　　　　　　仙姑！

黄文秀　老哥，你讲错了吧？

田疙瘩　没错，扶贫干部比仙姑还管用！

黄文秀　老哥，你真会说话！

田疙瘩　（旁白）哄你开心给我钱。

黄文秀　你就是田大哥吧？

田疙瘩　我大名田疙瘩，小名田疙瘩，你

　　　　就喊我田疙瘩！

黄文秀　田大哥……

田疙瘩　阿妹，你今天来——

黄文秀　专门找你的呀！

田疙瘩　送钱？（黄文秀摇头）送粮？（黄文

　　　　秀摇头）哎，你既不送钱又不送

　　　　粮，你找我什么事哦？

黄文秀　听讲你过去是种砂糖橘的高手，

　　　　我想请老哥拾起荒田（地），带领

　　　　大家，重种砂糖橘！

田疙瘩　砂糖橘？

黄文秀　（点头）嗯！

田疙瘩　回你两个字——

黄文秀　种橘？

田疙瘩　不送！

黄文秀　你撵我走？听我讲嘛！

田疙瘩　（冷冷地）你早走早好，我关门睡

　　　　觉！

〔田疙瘩转身进屋，急关门。

黄文秀　哎，老哥，老哥！

　　　　（唱）问老哥，种田人为何不种田。

　　　　（伴）啊——

田疙瘩　（唱）不怕苦来，不怕贱；

　　　　　　只因为，成本高，卖价低，

　　　　　　难出手，村子偏，

　　　　　　种田人缸里无米，袋缺钱。

黄文秀　（唱）泪凝，心颤，沉默，无言。

田疙瘩　（唱）种田人，屋难建，

　　　　　　种田人，肚难圆。

　　　　　　种田人，书难念，

　　　　　　种田人，衣难添。

　　　　　　种田人成了贫困户，

　　　　　　种田人还种什么倒头田？

黄文秀　（唱）不种田，荒了祖上留下的地，

　　　　　　不种田，难熬灾月与荒年。

　　　　　　不种田，贫穷日子何时改变？

田疙瘩　（唱）书记妹仔，

　　　　　　你莫操心，莫担心，

　　　　　　莫灰心，莫伤心，

　　　　　　我不种田快活似神仙！

黄文秀　这怎么可能？

田疙瘩　（唱）我，头不顶霜，脚不踩田，

　　　　　　手不拿锄，肩不拉纤，吃喝

　　　　　　玩乐胜过国家干部公务员！

黄文秀　老哥，今年是全面脱贫年，政府

　　　　不能养活你一辈子啊。

田疙瘩　嗨，我裤头带撂屋梁上睡觉——

　　　　放心。

黄文秀　要是你勤劳致富，岂不更好？

田疙瘩　勤劳还能致富？切——

黄文秀　种砂糖橘就能致富！

田疙瘩　不种。

黄文秀　老哥……

田疙瘩　你喊我老太爷也没用，我田疙瘩
　　　　遇上事情疙瘩着呢！

黄文秀　老哥，我们今天不谈种橘好吗？

田疙瘩　谈什么？

黄文秀　谈喝酒！

田疙瘩　酒？空口谈酒，没得谈头。

黄文秀　我带来了呀——（从包里拿出一
　　　　瓶酒）

田疙瘩　你一个书记女娃，也好这口？

黄文秀　（摇头）我滴酒不沾。

田疙瘩　那你带酒——

黄文秀　请你喝！

田疙瘩　你怎么知道我……

黄文秀　你是酒仙！

田疙瘩　这话我爱听……

黄文秀　开门？

田疙瘩　谈种橘关门，谈喝酒开门——（转
　　　　身一想）

黄文秀　怎么了？

田疙瘩　俗话说无功不受禄，我馋我忍着。

黄文秀　（唱）一瓶酒，拿在手，
　　　　　　　对着门缝拧盖头！

田疙瘩　（唱）一瓶酒，香味厚，
　　　　　　　穿过门缝入咽喉！

黄文秀　（唱）问老哥，你能闻出是何酒？

田疙瘩　（唱）桂林"三花"，酒中王侯，
　　　　　　　不辣不冲不上头！

黄文秀　（唱）哎呦呦，闻香辨出本土酒，
　　　　　　　这就是，挥不去的乡情与乡愁。

田疙瘩　（唱）水是那个酒中血，
　　　　　　　米是那个酒中肉，

曲是那个酒中骨，
　　　　　　　人是那个酒码头……

黄文秀　（唱）原来喝酒有讲究，
　　　　　　　老哥悟酒第一流！

田疙瘩　（唱）我啊，手是这酒的桨，
　　　　　　　肚子是装酒的舟。

黄文秀　幽默，

田疙瘩　胡诌。

黄文秀　童心，

田疙瘩　老朽。

　　　　（合唱）哎呀呀，越说话越近，
　　　　　　　　越聊趣越投！

黄文秀　（唱）问老哥借上碗两个——

田疙瘩　借碗？

黄文秀　借碗！

田疙瘩　做什么？

黄文秀　用完就还！

田疙瘩　哎，碗又不是什么贵重物，你书
　　　　记女娃开口，我还能不借？

　　　　〔田疙瘩门开一缝，递出粗碗两个。

黄文秀　（唱）酒斟双碗，举到眉头！
　　　　　　　我敬老哥一碗酒——
　　　　　　　你当年，种植砂糖橘是能手，
　　　　　　　曾育出全乡橘王似拳头。
　　　　　　　一棵树能摘八九篓，
　　　　　　　县长为你系红绸！

田疙瘩　确有这事。

黄文秀　敬酒！

田疙瘩　喝酒？

黄文秀　我陪你，抿一口——

田疙瘩　哎，山里风俗，先干为敬！

黄文秀　好，干！

田疙瘩　干！

　　　　〔黄文秀碗递门内，田疙瘩仰头喝酒。

黄文秀　老哥，酒碗给我！

田疙瘩　还、还喝？（还碗）

黄文秀　老哥，我们坐下来慢慢喝，我今天见到了一个人。

田疙瘩　哪个？

黄文秀　我嫂子。

田疙瘩　她？

黄文秀　嫂子在娘家还未改嫁，一直都在等着你。

田疙瘩　等我？

黄文秀　对啊。

田疙瘩　唉，阿妹啊，你不懂。我当年一心要种砂糖橘，家都顾不上，结果橘卖不出去，全烂在山头，你嫂子一气之下跑回娘家，她不会回头咯！

黄文秀　老哥，你要真想和嫂子重归于好，我去劝劝嫂子，为你担保。

田疙瘩　你担保——

黄文秀　我担保你脱贫致富啊！

田疙瘩　嘿，我怎么脱贫，怎么致富啊？

黄文秀　想听？

田疙瘩　想听！

黄文秀　喝酒！

田疙瘩　喝酒？

黄文秀　你喝完我讲！干！

田疙瘩　干！

田疙瘩　你讲！

黄文秀　种橘子。

田疙瘩　种橘子？

黄文秀　走橘路。

田疙瘩　走橘路？

黄文秀　发橘财。

田疙瘩　发橘财？唉，发什么绝头财？！

黄文秀　为什么？

田疙瘩　砂糖橘我会种，大山里头难卖呢。

黄文秀　老哥，村里公路马上就要通了，你担心什么？我还可以做你的电商，把橘子卖向四面八方、全国各地！

田疙瘩　（摇头）我不懂！

黄文秀　有我呢！

田疙瘩　可橘子价格就像这山里的风，一阵高，一阵低。

黄文秀　帮你再办一个橘子酒厂啊！

田疙瘩　我过去酿过橘子酒，那都是老方法土方子。

黄文秀　老方法土方子酿的酒，就是现在的生态酒，最好卖！

田疙瘩　好是好，可我哪有钱办酒厂啊？

黄文秀　乡里有扶贫贷款！

田疙瘩　（摇头）不认识银行人。

黄文秀　办手续和担保，有我呢！

田疙瘩　要是亏了呢？

黄文秀　我做了周密的市场调研，亏不了。亏了我赔！

田疙瘩　你赔？

黄文秀　我是百坭村第一书记，又是这扶贫项目的第一负责人，我不赔谁赔？

田疙瘩　这……

黄文秀　这是我的个人信息卡片——"黄文秀，女，30岁，壮族，中共党员，广西组织部选调生，现任百色市宣传部副科长，家住田阳县巴别乡德爱村多柳屯……"我有单位有工资有偿还能力，有家庭地址，老哥我跑不了，赖不掉！

（黄文秀摇晃着，砰然倒地）

田疙瘩　（惊呼）黄书记。傻阿妹啊！

〔田疙瘩颤抖着开门。

〔伴唱：

打开了柴门，敞开了心门。

你家门连着我家门，

田疙瘩脱贫有路有门。

啊——

〔光渐切。

〔光圈内依旧是暴风骤雨，黄文秀
持红伞握手机……

黄文秀　（唱）寂寞中是谁喊妹子，

　　　　　一句句，一字字，

　　　　　一声声，一次次，

　　　　　如忧如愁如呼如唤如焦如急
　　　　　如悲啼。

　　　　　莫非是，

　　　　　疙瘩大哥惦念我在风雨中，

　　　　　问我为何归村迟？

　　　　　大哥啊，我被困在山腰里，

　　　　　前堵后塌车难驰。

　　　　　暴风骤雨难停止，

　　　　　怕只怕，此时化作诀别时。

　　　　　我若赴黄泉路，

未尽事，语音留在手机里。

大哥呀，

你今年砂糖橘子好长势，

网页上，客户预订一批批。

大哥啊，忙归忙，

赶快去邻村找嫂子，

丈夫脱贫迎回妻！

我帮泥泥，

联系在县城学校把读寄，

这孩子，虽然聪明却无依。

他今后放假回村里，

拜托大哥，收留在厂，

关怀备至，

莫让泥泥再四处漂流路走歧。

（伴唱）啊——

黄文秀　（唱）还惦记石爷爷一生住在破屋
　　　　　里——

〔光渐切。

❧ 第四场 ❧

〔百坭村锅底屯。

〔一座孤零零的草屋，又旧又破，
韦主任几乎在央求着石爷搬迁。

石　爷　（唱）屋又破，人又老，

　　　　　屋破人老正相宜。

韦主任　石爷，锅底屯人家都搬出去了，
只有你这一人一户在大山沟里。

石　爷　狼不会叨我，不怕。

韦主任　你不怕，我怕。

石　爷　（冷冷地）你怕什么呢？

韦主任　自从黄文秀来我们村当第一书记，
实施破危房搬迁工程，乡政府非
常支持，这完不成搬迁任务，我
是要被批评问责的。

石　爷　那个黄毛丫头能把你怎么样？

韦主任　还有乡长书记呢！

石　爷　乡长书记是你娘老子？

韦主任　石爷哎，你现在就是我的亲老子，
搬吧！

石　爷　不搬。

韦主任　我这个村主任，各项工作难完
成，已经连续三年被乡政府问责
了……石爷哎，你不搬我还不干
哩！（气哼哼转身就走）

〔远处传来闷雷声。

〔石爷无语默立。

〔伴唱：

　是什么让你守着老屋，

　四十多年，化作无语与迷惑……

〔黄文秀背着双肩包上。

黄文秀　（轻声地）石爷爷！

石　爷　村主任走了，又来第一书记，这是磨盘轮流转吗？

黄文秀　韦主任讲是被你气走的？

石　爷　我没气他，他气我。

黄文秀　啊？

石　爷　搞不懂了，我住这旧房子关你们什么事了？

黄文秀　石爷爷，这房子漏风漏雨是危房，真的不能再住了。

石　爷　砸死与你们无关。

黄文秀　有关！

石　爷　什么关系？

黄文秀　那就是村干部的失职。

石　爷　以前，失职的事情还少吗？

黄文秀　石爷爷，以前是以前，现在我们不是在努力改进吗？习总书记和党中央做出决定，今年全面脱贫，一户一人也不能落下呀！

石　爷　（叹息）我是例外。

黄文秀　这？
　　　　（唱）问爷爷，是不是住惯了朝夕相处老屋子，常言道，贱土难移？

石　爷　（唱）我也想，搬进砖墙瓦盖新房子，俗话说，人往高处水往低。（摇头）

黄文秀　（唱）问爷爷，是不是担心拆迁钱难借，贫困户，免费入住不收一分一厘！

石　爷　（唱）韦主任上门解释多少次，我赖着，不是为了钱迟疑。
　　　　（摇头）

黄文秀　（唱）问爷爷，是不是怕新居生僻难惬意，那里有，诊所、超市、舞台、花池；那里能，看

书、写字、散步、下棋……

石　爷　（唱）老人不是老傻子，

黄文秀　搬？

石　爷　我——

黄文秀　走？

石　爷　（唱）我还是，守在这里步不移！

黄文秀　（唱）哎呀呀，石爷爷固执倔脾气，我新手难以下绝棋。
　　　　〔外面传来风雨声。

黄文秀　石爷爷，天晚了，你吃饭了吗？

石　爷　（欲说又止）人老经饿。

黄文秀　我煮给你吃。（揭锅盖，看灶口）这几天连续下雨，是没柴烧了吗？

石　爷　人老糊涂，忘记备干柴火。

黄文秀　（打开双肩包）石爷爷，这是面包、矿泉水！

石　爷　面包？矿泉水？

黄文秀　我陪爷爷应付一餐。

石　爷　你这是专门买给我的？

黄文秀　（摇头）不是，我从进村的第一天起，就给自己立下了规矩，不到村民家里吃喝。上午有时下屯，回不到村部，就在半路上随便吃几口。

石　爷　（心疼地）你这个妹仔受苦了。

黄文秀　爷爷，等百坭村家家脱贫了，我就完成任务了！

石　爷　（点点头）嗯。

黄文秀　爷爷，吃吧！

石　爷　（迟疑地）这面包，是生的还是熟的？

黄文秀　熟的呀！

石　爷　就这么吃？

黄文秀　就这么吃！

石　爷　那这瓶子里的水，不要烧开吗？

黄文秀　爷爷，这是矿泉水，拧开盖子就喝！

石　爷　黄书记，你别笑话我呀，我活到
　　　　八十岁，还是第一次吃面包，第
　　　　一次喝这瓶子里的水呢……
　　　　〔黄文秀惊呆、无语，继而捂脸哭泣。
石　爷　哎，你怎么啦？
黄文秀　爷爷，我难受。
石　爷　是不是因为你的东西被我吃了
　　　　呀？那我不吃、不吃。
黄文秀　（转身哭泣）爷爷，你吃呀！
石　爷　你这是怎么了，黄书记？
黄文秀　（唱）八十岁，才吃到面包和矿泉
　　　　　　　水，黄文秀难抑酸楚与伤
　　　　　　　悲。爷爷啊，我生在田阳县
　　　　　　　巴别乡多柳屯里——
石　爷　你们那里，穷吗？
黄文秀　（唱）贫困户，如石磨，
　　　　　　　爷爷背过父亲背。
石　爷　你也是贫困户的娃仔？听村里人
　　　　讲，你是在京城念的书？
黄文秀　石爷爷，我是北京师范大学哲学
　　　　系硕士研究生！
石　爷　山里妹仔，好不容易跳出农门，
　　　　你怎么又回来了？
黄文秀　爷爷，
　　　　（唱）我是广西山里人，
　　　　　　　我是广西农家妹。
　　　　　　　忘不了山里儿女穷出泪，
　　　　　　　忘不了山里父母雨夜悲。
　　　　　　　忘不了山里村庄半荒废，
　　　　　　　忘不了山里小路野草遮。
　　　　　　　十多年，山里五谷将我喂，
　　　　　　　山里月光将我陪。
　　　　　　　在大学入党立誓挺直背，
　　　　　　　今生只将党追随。
　　　　　　　党号召，小康路上谁也不能
　　　　　　　掉下队，脱贫攻坚春鼓擂！

　　　　　　　因此我，硕士毕业服从选调
　　　　　　　返故里，
　　　　　　　奉献青春，奉献智慧，
　　　　　　　帮助父老乡亲解困围！
石　爷　不容易，不容易，你这么小。
黄文秀　我都三十岁了，我是长着一张娃
　　　　娃脸，装嫩。
石　爷　你，结婚了？
黄文秀　嘿，我还没谈对象呢。我们家去
　　　　年才脱贫，我想再上几年班，然
　　　　后再谈一个"白马王子"！
石　爷　懂事的妹仔哦，你一定会找个好
　　　　婆家！
黄文秀　到时候请爷爷吃喜糖！
石　爷　那我等着呢！哎，你爸爸妈妈身
　　　　体好吗？
黄文秀　（摇头）妈妈还好，爸爸肝癌前几
　　　　个月才动了手术……
石　爷　那你可要多照顾呐！
黄文秀　（从包里拿出药）这是我帮爸爸买
　　　　的药，还没送回去呢。
石　爷　赶快送回去！
黄文秀　爷爷，你不搬迁，我就完不成扶贫
　　　　任务，完不成任务我哪能回去呀？
石　爷　（叹息）唉，黄书记——
黄文秀　喊我文秀！
石　爷　（点头）文秀，不是我不肯搬，是
　　　　我在陪着一个人呐！
黄文秀　陪哪个？
石　爷　我老伴！
黄文秀　听讲奶奶很多年前就病逝了。
石　爷　我们成家后，家里穷啊，一年四
　　　　季揭不开锅。
黄文秀　总有收成的时候啊？
石　爷　没到收成借粮，有了收成还粮……
　　　　那年冬天，她咳个不停，生了病。

家里没有钱治病，山上的草药治不了，我想卖掉这个房子，送她到山外去治病……当天夜里，她就吊死在屋后的那棵老树上。她不想我卖房子，她晓得卖了房子，一家人就住露水地里了。她想让活着的人还有个家……我把她埋在屋后，发誓一辈子不娶别人，一辈子陪着她……

黄文秀　爷爷，如果奶奶九泉下有灵，一定催你搬走！

石　爷　为什么？

黄文秀　（掏出本子）爷爷，这房子是危房，住在这里危险，因此县里规划把这一片老屋拆了，建成油茶树林和山花苗圃，把锅底屯发展成生态观光景区……到那时，生活好了，常来向奶奶报喜，讲讲晚年的幸福日子！

石　爷　这个——

〔一声惊雷。

黄文秀　你听，奶奶发话了，让你走！

石　爷　这是雷声。

黄文秀　这是奶奶在天堂的催促声！

〔屋外，大雨倾盆。

石　爷　下雨了。

黄文秀　这是奶奶的热泪，爷爷走啊！

石　爷　让我再想想……

黄文秀　这房子太危险，爷爷，快走。

石　爷　好！

〔黄文秀脱下外套，披在石爷身上，不由分说背起——

石　爷　（发出感动的一声）文秀！

〔黄文秀吃力地背着石爷，一步步走在大雨里。

〔伴唱：

你的肩哟，是一棵树，

你的肩哟，是一条船，

你的肩哟，是遮风避雨的墙，

你的肩哟，是山里人家的梦窝窝！

肩儿细，肩儿软，肩儿窄，

却扛起，百坭村百户人家百座峦。

〔光渐切。

❀ 第五场 ❀

〔村外，山涧。

〔独木桥头，韦主任默立。

韦主任　（接唱）黄书记啊，

你志愿进村大半年，

风里雨里常穿梭。

扶贫笔记写一摞，

扶贫规划改一箩。

扶贫汗水洒一路，

扶贫之火燃一团！

桂柳方言你会说，

割禾镰刀你会磨。

农家簸箕你会播，

扶墙烂泥你会和。

喜只喜，村屯脱贫已起步，

我却要，

无奈辞去这小村官……

进城打工求致富。

〔黄文秀在独木桥的另一侧上。

黄文秀　（唱）在乡里，听说韦主任辞职务，

为何偏偏将我瞒？

心急火燎把他堵，

问一问原因解谜团。

〔韦主任与黄文秀，分别从两边走上独木桥。

黄文秀　韦主任。

韦主任　（低下头）韦超群。

黄文秀　哦，我忘了，乡政府已经同意你辞职。

韦主任　（叹息）我也是无奈，黄书记！

黄文秀　（气愤地）莫喊我书记。

韦主任　你是百坭村第一书记啊！

黄文秀　你把我当作第一书记了吗？辞职为什么不告诉我？

韦主任　告诉你，你不会同意的。

黄文秀　在百坭村脱贫攻坚的节骨眼上，一村之长甩手不干，你讲我能同意吗？我不同意。

韦主任　黄书记，你负责扶贫，不负责人事……

黄文秀　是的，我这第一书记，只负责扶贫。但是，作为同事，我有发言权，我有建议权，我也有反对权。

韦主任　我要过桥。

黄文秀　我要拦桥！

韦主任　你退。

黄文秀　你退！

　　　　（唱）韦大哥哎，
　　　　　　　常言好事做到底，
　　　　　　　不能临阵换将军。
　　　　　　　百坭村，脱贫攻坚才捋顺，
　　　　　　　上下拧成了一股绳。
　　　　　　　你无风陡起三尺浪，
　　　　　　　甩手不干，究竟为何因？

韦主任　我——

黄文秀　讲。

韦主任　我——

黄文秀　讲。

韦主任　（唱）难出口，难启唇，
　　　　　　　热血耗尽寒了心。
　　　　　　　我村官当了二十五年整，

　　　　　　　家里因贫乱纷纷。
　　　　　　　我儿子，打光棍，
　　　　　　　女方说，不盖新房不成婚。
　　　　　　　老母求我，
　　　　　　　莫再当这个穷主任。
　　　　　　　悍妻逼我，赶快滚蛋离开屯。
　　　　　　　儿子拉我，一起打工建新房。
　　　　　　　黄书记，饶过我吧。

黄文秀　韦大哥！

　　　　（唱）一番话讲得我肠断心痛。
　　　　　　　为什么，穷了村长，
　　　　　　　穷了百姓，穷了村屯，
　　　　　　　穷在这里发了疯？
　　　　　　　几十年，不言苦涩和悲痛，
　　　　　　　几十年，天天眺望东方红。
　　　　　　　中国农民常善良，
　　　　　　　山里人家最宽容。
　　　　　　　更觉得，
　　　　　　　脱贫攻坚刻不容缓意义深重，
　　　　　　　哪怕是热血染透党旗红！
　　　　　　　韦大哥——你，走吧，强行截留你，我不近人情，你也要过日子啊。

韦主任　嗯。

黄文秀　韦大哥，迟几天走，好吗？

韦主任　迟几天？

黄文秀　你村主任的工作，总得交接吧？

韦主任　我交给哪个？村委班子中，不是老就是弱……

黄文秀　交给我！

韦主任　交给你？黄书记，你扶贫工作已经够忙的了，再加上村务的事情……

黄文秀　韦大哥，百坭村扶贫工作已到了节骨眼上，怎能没有一村之长呢？我不干，又有谁干呢？

韦主任　黄书记，你为什么这样子？

黄文秀　我讲过的话，不敢食言。

韦主任　你对哪个，讲了什么话？

黄文秀　对党旗啊！

韦主任　入党誓言？

黄文秀　你还记得吗？

韦主任　记不全了。其实……常背入党誓言，就是个形式。

黄文秀　没有形式，哪来实质？

韦主任　黄书记，你还记得？

黄文秀　一时一刻，也不敢忘记——我志愿加入中国共产党，拥护党的纲领，遵守党的章程，履行党员义务，执行党的决定，严守党的纪律，保守党的秘密，对党忠诚，积极工作，为共产主义奋斗终身，随时准备为党和人民牺牲一切，永不叛党。

韦主任　这？

黄文秀　其实，我们从立誓的那天起，就选择了吃苦、吃亏……包括贫穷。

韦主任　不是讲让一部分人先富起来吗？

黄文秀　党员干部排除在外。

韦主任　为什么？

黄文秀　如果党员不吃亏，干部不吃苦，老百姓跟着共产党干什么？

韦主任　黄书记，党员干部也是人，也要生活啊。

黄文秀　那就带领老百姓，一起脱贫致富！

韦主任　可是，百坭村能脱贫吗？

黄文秀　怎么不能？2020年全面脱贫，这是习总书记和党中央对全国人民做出的承诺，也包括百坭村！

韦主任　这……

黄文秀　你不信，我信！我深信，我坚信！

韦主任　黄书记，让我想想。

黄文秀　韦大哥，你看——进村的水泥路正在铺，通屯的电线杆正在竖，砂糖橘园、油茶树林，还有农耕田、农家乐、新村部、幼儿园……都已经立项待建！等村民脱贫了，等村级经济富裕了，村屯干部的收入也会增加……韦大哥，听讲你儿子是旅游学校毕业的，叫他回来组建"百坭村旅游中心"，在家拿三千，好过在外拿五千，到时候四方美女来旅游，还怕没有妹仔看上你家小帅哥？

韦主任　黄书记，经你这么一讲，我……

黄文秀　留下呀！

韦主任　你让一让——

黄文秀　还要走？

韦主任　去乡里收回辞职报告。

黄文秀　给你带回来了，我对乡长讲，让我试着劝劝你——（递纸）

〔韦主任接过纸，撕碎，抛下桥。

韦主任　黄书记，走，今晚到我家吃饭！

黄文秀　你忘了，我这第一书记给自己立下的"八字规定"？

韦主任　请客不到，送礼不要？嘻，你进村这么久，还没摸过我家碗呢。

黄文秀　等乡亲们甩掉了穷帽子，我们再一起庆祝！

韦主任　好！

黄文秀　韦主任，我走了。

韦主任　天晚了，你去哪？

黄文秀　今天是父亲节，我回家给老头子送礼物！

韦主任　黄书记，广播里讲，这两天有暴风雨，你开车当心呐！

黄文秀　放心！

〔光渐切。

第六场

〔县城。

黄文秀 （唱）散会后急忙把路赶，
　　　　　　今晚定要把村还，
　　　　　　村后水库有隐患，
　　　　　　防洪堤坝待加宽，
　　　　　　三叔老屋多漏雨，
　　　　　　阿婆孤单眼望穿。

众闺蜜　文秀——
　　　　（唱）说好姐妹相聚会，
　　　　　　怎么突然把村还？
　　　　　　天气预报不断喊，
　　　　　　山洪暴发一瞬间。

黄文秀 （唱）回村排险不容缓，
　　　　　　姐妹切莫再阻拦。

众闺蜜　文秀——
　　　　（唱）你父住院两月半，

黄文秀 （唱）我该陪伴他身边。

众闺蜜 （唱）父盼女归女不归，

黄文秀 （唱）心中更把愧疚添。
　　　　　　明天是爸生日，
　　　　　　求姐妹代我送画爸床前。
　　　　　　画中的小姑娘不会偷懒，

陪伴阿爸瞪大眼，
天凉唤爸添衣衫，
服药催爸守时间，
夜来给爸唱山歌，
让爸梦中笑意甜。
自古忠孝难两全，
文秀我，
党旗下的誓言刻心田。
脱贫攻坚不容缓，
心中的长征万里远。
待来年，层峦叠嶂瓜果香，
绿水青山金银山。
待来年，
女儿我真真切切爱一场，
带一个憨女婿，
风风光光回到你身边。

〔伴唱：
青春无悔情无限，
大山的女儿回大山。
千山万弄风雨后，
壮乡处处艳阳天。

〔一声惊雷，一片轰隆。光切。

尾　声

〔早晨。
〔淡淡的霞光，人们从四面八方缓
缓走上。
〔众人一片呼喊，"阿姐、文秀、
黄书记……"

泥　泥 （哭泣地）阿姐，文秀阿姐，你讲
要看我的第一张奖状，喏，我带
回来了，你怎么走了呢？……文
秀阿姐，你在哪里呀？

田疙瘩 （悲痛地）文秀阿妹，你讲等我砂
糖橘酒厂试产，你要品尝第一碗
酒，喏，这是新酒，酸酸的、甜甜
的，你人呢？妹子，你怎么讲话不
算数，你怎么欺骗疙瘩哥啊……

石　爷 （颤抖地）文秀妹仔，山里有个风
俗，长辈不能给小辈上香……我
今天偏要给你上三炷香。文秀妹
仔，老石头给你上香来了……

韦主任　（流泪地）黄书记，百坭村扶贫攻坚
　　　　没有中断……等明年乡亲们甩掉了
　　　　穷帽子，你一定要回来看看呀……
　　　　〔山风轻拂，山泉涓涓。
　　　　〔黄文秀在远处缓缓出现。

黄文秀　（唱）乡亲们莫要日夜声声唤，
　　　　　　　我没走，
　　　　　　　我的心，永远留在百坭村口山
　　　　　　　窝窝！
　　　　　　　看着你们把贫脱，
　　　　　　　听到你们笑开颜。
　　　　　　　我无憾，我圆满，
　　　　　　　三十岁人生，
　　　　　　　化作了脱贫攻坚一音符！
　　　　　　　啊，我，春风里来，春风里去。
　　　　　　　春风是我的话语，
　　　　　　　春风是我的轻抚。
　　　　　　　春风是我的笑声一串，
　　　　　　　春风是我的青春之歌！
　　　　　〔定格，字幕：黄文秀同志研究生
　　　　毕业后，放弃大城市的工作机会，
　　　　毅然回到家乡，在脱贫攻坚第一线
　　　　倾情投入、奉献自我，用美好青春
　　　　诠释了共产党人的初心使命，谱写
　　　　了新时代的青春之歌。——习近平
　　　　〔所有人物在主题歌声中谢幕。
　　　　〔女独伴唱：
　　　　　　你说那山路有多多凉，
　　　　　　你说那山路有多多长。
　　　　　　你说那山路有多多弯，
　　　　　　哥哥哎，
　　　　　　山路那头，住着我的兄妹爹娘……

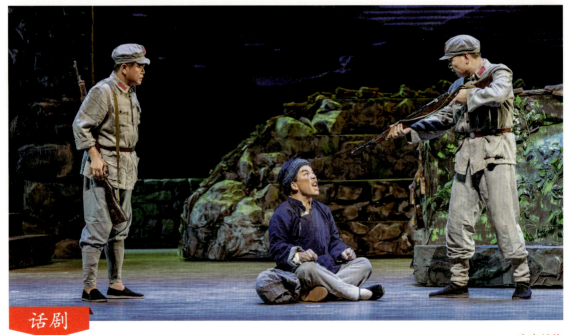

演出单位

广西艺术创作中心老友剧社　广西艺术学校

父亲的革命生涯

内容简介

　　话剧《父亲的革命生涯》塑造了一个个鲜活丰满且独具个性的人物形象，故事笑中有泪。该剧以百色革命老区韦宝根、兰德亮两位年轻人参加红军北上长征为故事线索，讲述了韦宝根之父韦金生革命成长历程，深刻地诠释了那些留在历史皱褶中的向真、向善、向上的力量。

主创团队

艺术顾问：常剑钧　林燕飞

监　　制：包晓泉　罗　征　隋德平　杨学文

统　　筹：廖小珊　罗宇婷

总 协 调：杨建伟

编　　剧：杨建伟

导　　演：杨建伟

副 导 演：吕媛宁　张　帅

音　　乐：傅　滔　小苹果

音响设计：黄方俊

音　　效：刘　威

灯光设计：王　昭

灯　　光：郑任辛　韦永昌

多媒体视频制作：廖师捷

视　　频：周　翔　李维华

舞美设计：廖师捷

化妆造型：温琪妮　凌华标　胡丹丽　黄海燕

道　　具：王之胜

演出监督：张　清　韦芊羽

舞台监督：张永兰

字　　幕：李剑思

宣　　传：田　原　饶秋芸　韦素兰　黄露瑶　崔振蕾

主要演员

韦金生——杨建伟
马艳芳——王萨霓
兰峰满——陈生乐
廖进财——赵海峰
兰德亮——李桢毅
韦宝根——郑志雄
妈　良——高小英
赵桂珍——潘春竹
玉　娟——郭玉倩

冬　妹——黄海璐
达　莲——何　彬
阿贵婶——张永兰
日本兵——谭必成
姐　栏——张苗苗
阿　良——韦品良
壮家叔——李志勇
女战士——李剑思
八路军——何万飞

人　物

韦金生　壮族，40 多岁，农民。

兰峰满　兰德亮父亲。

马艳芳　红七军某连指导员。

廖进财　40 多岁，原来是地主。

赵桂珍　40 多岁，廖进财老婆。

韦宝根　韦金生儿子，20 岁左右。

兰德亮　瑶族，20 岁左右。

妈　良　壮族，50 多岁。

玉　娟　40 多岁，妇女主任，丈夫是牺牲的地下党员。

达　莲　阿良妹妹。

冬　妹　玉娟侄女。

红军战士和群众数人。

日本兵数人。

◈ 第一场　宝根参军 ◈

〔连绵的石山，典型的喀斯特地貌，一小块平地，旁边一蔸红木棉，一侧残破的石头围墙一米来高，墙缝中杂草丛生。石墙上平整处贴有"打倒土豪劣绅！""中国工农红军万岁！"等标语。

〔远处不时传来广西当地山歌、红军歌谣。

〔来来回回的红军战士和壮族、瑶族群众。

〔韦金生和大家都在看着很多年轻人报名参加红军。

韦金生　年轻人参加红军，不错，有出息，觉悟高，有前途。

村民甲　金生叔啊，那怎么不把你儿子宝根也喊回来当红军啊？

韦金生　他在县城学堂念书，哎，有什么用？觉悟不高，我韦金生就不一样了，百色起义让我们翻过来了。

村民乙　煎鱼啊？还翻过来倒过去，那叫翻身！让我们穷人翻身做主人！

韦金生　一样一样，反正就是让我们有了田地，看，还给我发糖，甜啊！这个、这个父老乡亲们啊，我们要提高我们的这个、这个思想觉悟。

〔乡亲们悄悄走掉。

韦金生　红军是我们自己的队伍，支持红军就是支持我们自己。（发现人跑完了，只看见一帮小孩还在看着）哎，年轻人，嘴上无毛办事不牢啊！（转身要走，发现小孩还呆呆地看着自己。看看自己手上的糖，拿出来分给小孩）来，一人一小块。

〔小孩得了糖高兴地跑下场。

〔韦宝根拿着包裹上场。

韦金生　哎，什么时候天天都有糖吃就好了！（转身，发现韦宝根）宝根！

韦宝根　爸！

韦金生　你怎么回来了？

韦宝根　我回来是想参加红军的！

韦金生　好……什么？参加红军？

韦宝根　对，（看到远处许多人在报名参加红军）就是在那报名参军的吧？（欲走）

韦金生　站住……你给我回来！

韦宝根　干什么？

韦金生　回去。

韦宝根　我，我就是要参加红军！

韦金生　你癫，我不给你参加这种乱七八糟的！

韦宝根　什么叫乱七八糟啊？红军是我们穷人自己的队伍！

韦金生　伍你个头！你妈死得早，我守"寡"这么多年把你养大，你就要听我的！

韦宝根　你不讲理！

韦金生　好啊，学会跟老子讲理了？

韦宝根　红军哪点不好？你为什么不给我参加？

韦金生　没说红军不好，我们种地的，种好地就行了，不要乱参加这些。

韦宝根　不一样，这是信仰！你不懂！

韦金生　什么我不懂，当年你妈在世时，我跟你妈也信过，我们就信后山那个庙里的和尚，后来那和尚不是跟尼姑跑了吗？还骗了我们好

多钱呢！

韦宝根　那是假和尚，骗钱的，你们那是迷信，跟我说的信仰不一样！

韦金生　不管一不一样，说上天我也不让你去！回去，走！

〔韦宝根要跑。

〔韦金生拿鞋底要打韦宝根。

〔兰德亮上场。

兰德亮　不能打人！

韦宝根　德亮！

韦金生　你是谁？

兰德亮　我是前面瑶家寨的，我叫兰德亮。

韦宝根　这是我县城学堂的同学。

兰德亮　我们现在回来要一起当红军。

韦金生　哦，我明白了，是你鼓动我仔去当什么红军的，是吗？

兰德亮　我们这是要求进步！

韦金生　进个鸟！我说他怎么回来就闹着要当红军，原来根源在这……

韦宝根　爸，不管是不是他鼓动的，我觉得我们年轻人就应该有追求！人家红军说了，那叫……

兰德亮　人人平等！

韦金生　死肥仔，我今天连你一起打！

〔韦金生追着韦宝根和兰德亮打。

〔妈良和达莲拿着一面锣出来敲。

韦金生　妈良，你干什么？耍猴啊？

妈　良　我见你们跑得那么高兴，给你们助威啊！

韦金生　威什么鬼？这癫仔要去当红军！

妈　良　当红军啊？好啊！我仔阿良也刚刚去报名呢！

韦宝根　看看人家的觉悟……

韦金生　闭嘴！

妈　良　让他们出去跟着队伍闯荡，总比在家受苦强啊！宝根妈不是因为

穷，看不起病才……人家红军讲要让我们穷人过上好日子的哦！

韦金生　你信吗？

韦宝根　信，这是我们要去追求的，这是信仰！

韦金生　问你了吗？

兰德亮　对啊，大人讲话我们不要乱插嘴，先生说这样不礼貌，让大人把话讲完，有什么呢。

韦金生　闭嘴！

妈　良　他金生叔啊，我们做父母的劳累奔波还不是为了孩子吗？

韦宝根　阿爸，你，你要是不答应，我，我就跳下山崖——（欲跳）
　　　　〔众人拦住韦宝根。

韦金生　哎！

韦宝根　爸，你答应了？

兰德亮　阿叔，你放心，我既然发动宝根参加红军，就一定会好好照顾他的。

韦金生　别给我惹祸就行了！你叫什么鬼？

兰德亮　兰德亮，前面瑶家寨的，我爸妈……

韦金生　得了，你还想把族谱都念完啊？滚！
　　　　〔韦宝根和兰德亮高兴跑下。

韦金生　我就这么个独苗。

妈　良　没事的，他们就在我们这当红军，不跑远，再说了我们小孩当了红军，看他们那些地主老财哪个还敢欺负我们！

韦金生　也对！

妈　良　听说他们还成立了个我们自己的县衙呢！

达　莲　那叫政府，右江苏维埃政府！

妈　良　埃——政府吗？不久前我们的队伍在百色搞了个起义，这下坏人就慌了。看来这红军真是帮我们穷人的。

韦金生　你怎么也受他们传染了？

妈　良　这怎么是传染啊？你见过有这样帮老百姓的队伍吗？听说他们的长官是共产党！

韦金生　共产党？

妈　良　就是帮我们挡灾难，给我们造福的菩萨党！

韦金生　什么跟什么啊？

妈　良　反正我们的好日子来了，我去帮他们敲锣，你去吗？

韦金生　也不知道你这是哪来的锣啊？自从有了这锣你就满世界敲！

妈　良　这是原来后山那个庙里的。那个癫子和尚不是骗了我的钱跑了吗？庙门口的石狮子重多我扛不回来，看见有面锣就拿回来了。

韦金生　这你也要？

妈　良　这都不够我被他骗的零头哦。声音还不错，当当响！

韦金生　得了，你去敲你的锣吧。

妈　良　达莲，走，去给你哥敲锣去！
　　　　〔妈良和达莲下场。
　　　　〔暗场。

第二场　金生随军

〔两个月后。

〔场景与前场一样，石墙上已经没有杂草，墙上有用灰刷的标语"建立苏维埃政权！"木棉树叶子郁郁葱葱。

〔韦宝根拿着一个包裹上场。

〔兰德亮跑上场。

兰德亮　宝根！

韦宝根　德亮！

兰德亮　你爸知道了？

韦宝根　没有，我没告诉他。

兰德亮　这样也好，你爸要是知道肯定不让你走的。

韦宝根　不管他让不让，我现在是红军战士了，我是要听从指挥的。你呢？

兰德亮　我没事啊，怕父母担心我也没跟他们说，我哥哥早年就死了，就我一个了，父母肯定也舍不得，不过没事，我有办法。

韦宝根　你就是点子多，走！

〔韦金生气冲冲上场。

韦金生　回来！（抢过韦宝根的包裹）你跟我说实话，你要去哪？

韦宝根　我不是跟你说了吗，我们去执行个任务，十天半个月就回来！

兰德亮　哦，对对对！

韦金生　闭嘴！你还以为我不知道，你们要走了，北上江西，是不是？

韦宝根　那也是执行任务啊！

韦金生　那是十天半个月吗？那什么时候才能回来啊？

韦宝根　我们会回来，等到革命胜利的那天！

韦金生　那是哪天？一年？十年？在家门

口当兵打打闹闹一下就算了，我也没说什么了。是，我承认，红军的确好，为我们做了不少事。但难道队伍缺了你，他们就不走了？缺了你他们就不叫红军了？

韦宝根　如果都这样，谁来替老百姓打天下？我们靠的就是天下劳苦大众联合起来才能推翻这黑暗的世界！

韦金生　你这当兵两个多月还一套一套的！

韦宝根　虽然我才参加红军几个月，可是让我知道很多道理。人为什么活着？

兰德亮　为了过好日子！

韦宝根　为了让大家都过上好日子！

兰德亮　对，大家都过上……

韦金生　行了，你们就这样，说不定把命搭上都看不到那天！

韦宝根　只要我们奋斗，我们看不到不要紧，以后我们的孩子孙子能看到的，这是我们的信仰，懂吗？韦金生同志！

韦金生　喊我什么？韦金生同志？爸都不喊了？韦宝根同志！你要是走，我马上给你找个后妈。

韦宝根　是给我找个后妈还是给你找个老婆啊？你找啊！

韦金生　我明天马上找一个，后天再生一个儿子你信不信？

韦宝根　那……祝贺了！

韦金生　谢谢！

韦宝根　不客气！

韦金生　你走，保证回来一屋子弟弟妹妹！到时候别怪我不认你。

韦宝根　就是一村子弟弟妹妹都不关我的事。

韦金生　你，你铁了心要走？

韦宝根　是的!

韦金生　好,你要走,你要走我就……我
　　　　就跳山崖!

兰德亮　不愧是一家人,招数都一样!

韦宝根　来,这高,从这往下跳。
　　　　〔韦宝根扭头走。

兰德亮　宝根!

韦金生　你……(跑过去抢韦宝根的包裹)

韦宝根　(拿起枪对准韦金生)

兰德亮　宝根!

韦金生　什么?你还要打死你老子?你开
　　　　枪啊,来!

兰德亮　宝根,你干什么?

韦金生　打死我了,你没牵挂了,来啊!

韦宝根　你不要逼我!
　　　　〔妈良带马艳芳急急忙忙上场,达
　　　　莲跟上。

妈　良　就在那!(敲了一声锣)

马艳芳　住手!
　　　　〔韦金生吓得倒下。

马艳芳　宝根,你这是干什么?

兰德亮　指导员,他们……

马艳芳　知道了,你先下去吧。

兰德亮　是!
　　　　〔兰德亮下场。
　　　　〔妈良和达莲过去扶起韦金生。

妈　良　金生啊,你没事吧?

韦金生　本来没事的,你这乱敲锣吓得我
　　　　……指导员啊,你看,你看……

马艳芳　宝根啊,你怎么能把枪口对准老
　　　　百姓呢?

韦宝根　他是我爸!

韦金生　你爸就不是老百姓了?好在我刚才
　　　　机智聪明,假装倒下,要不然……

妈　良　是我"当"一声把你吓倒的吧?

韦金生　总之,红军战士这样欺负老百姓

就不对。指导员,我建议把他开
除出红军!

韦宝根　你……

马艳芳　好了,我都知道了。金生叔啊,
　　　　您是不想让宝根走吧?

韦金生　我……

马艳芳　宝根,那你的意思呢?

韦宝根　我们是党领导的队伍,我坚决服
　　　　从组织安排,跟部队北上!

韦金生　你一个小孩去那么远干什么?人
　　　　家那边也有他们自己的人,我们
　　　　只管好自己家的事就行了,对吧
　　　　指导员?

马艳芳　对!

韦金生　看见了吗?指导员都说对了!

韦宝根　指导员……

马艳芳　那金生叔,什么才是家啊?仑圩
　　　　村是我们的家,恩隆县是我们的
　　　　家,百色也是我们的家吧?广西
　　　　是我们的家吗?那么大的一个中
　　　　国是我们的家吗?我们北上千里
　　　　为了什么?我一个桂林的姑娘跑
　　　　到这里为了什么?邓政委是四川
　　　　的,也大老远跑来这里为了什么?
　　　　还不是为了千千万万像我们一样
　　　　贫苦的人都能过上好日子吗?

妈　良　你看人家指导员女孩子都能吃苦,
　　　　你还怕我们小孩吃不了苦吗?

韦宝根　我们壮家儿女是不怕吃苦的!

韦金生　指导员,那你出来你爸妈也同意?

马艳芳　我爸妈……我出来读书后就再也
　　　　没有回去!

韦金生　哦。

马艳芳　不过我相信我这样选择是没有错的。

韦金生　这也是你的信……

韦宝根　信仰!

马艳芳　对！

〔远处传来集合号。

马艳芳　部队集合准备出发了。宝根，再
　　　　跟你爸爸多聊几句。

〔指导员下场。

〔韦金生拿出烟要点上，韦宝根急
　　忙上前帮点火，韦金生吹灭火柴。

〔集合号又一次吹响。

〔韦宝根走了几步，回头，放下枪
　　跪在地上给韦金生磕头，然后起
　　身跑下场。

妈　良　你倒是说句话啊。

达　莲　阿妈，你看，哥哥他们走了。

〔妈良敲锣。

妈　良　阿良啊，早点回来！

〔妈良继续敲锣。

韦金生　不要敲了，乱！

妈　良　我这是欢送。

韦金生　我现在终于想明白儿子为什么要
　　　　走了。

妈　良　为什么？

韦金生　祖坟埋错了！（说完跑下）

妈　良　哎！

达　莲　阿妈，哥哥他们出村口了，我们
　　　　要不要过去送他们？

妈　良　不要去，免得你哥哥老挂念我们，
　　　　站这地方高，远远看看就行了！

〔达莲哭。

妈　良　不哭，阿妈都不哭。

〔韦金生挑着一对箩筐上场。

妈　良　金生啊，你是要去哪啊？

韦金生　跟部队，他们去到哪我就跟到哪！

妈　良　那，那你什么时候回来啊？

韦金生　等到革命胜利的那天！妈良同志！

妈　良　你也革命了？

韦金生　革了！（说完，急忙跑下）

妈　良　——这，（看见达莲拿着锣）看我
　　　　干什么，敲锣啊！

〔达莲敲起锣。

〔暗场。

∽ 第三场　德亮叛变 ∽

〔两年后。

〔刚刚惨战一轮，壕沟里，韦宝
　　根、兰德亮和战士们在休息。

〔声音传来"注意敌情"，大家忙
　　警戒起来。发现没有情况，继续
　　休息。

兰德亮　这都打了两天了，敌人越来越多，
　　　　我们连没剩下几个人了！

韦宝根　听说国民党调了不少人过来。

兰德亮　那，我们怎么办？

韦宝根　什么怎么办？听指挥！

兰德亮　我现在真有点想我爸妈！

韦宝根　想家了？

兰德亮　其实我爸妈也不怎么愿意我出来
　　　　的。

韦宝根　后悔了？

兰德亮　你看，还是你爸好，跟出来，结
　　　　果还安排在炊事班了，这两年你
　　　　们两个多少都还能在一起呢！

韦宝根　他那是来看着我的，哪是来参加
　　　　红军的啊？其实我爸挺好的，我
　　　　小时候也有不少人给他介绍过女
　　　　的，他怕那些"后妈"对我不好，
　　　　就没答应，一个人把我养大，别
　　　　看他嘴巴这样，其实啊，有时候
　　　　比女人还婆婆妈妈！

兰德亮　不管怎么样，你们还能在一起啊！

〔韦金生挑着一桶野菜汤上场。

韦金生　开饭了！同志们开饭了！

兰德亮　金生叔。

韦宝根　爸！

韦金生　你们两个也赶紧吃饭！宝根，来，这有一个红薯，拿着！

韦宝根　爸，我现在是个党员又是班长，你不要搞这种特殊化！

韦金生　我怎么就特殊化了，这是部队早上发的，我没吃，留给你的！

韦宝根　那也不行，你也是部队的同志，我不能拿你的东西。

韦金生　这是老子给小子的，有错吗？

韦宝根　你自己不吃，留给我，你说错吗？

韦金生　我不饿！好了，赶紧吃吧，我还要到那边送饭呢！

〔韦金生下场。

兰德亮　身在福中不知福哦！

韦宝根　少讲风凉话，赶紧吃饭！

兰德亮　这是饭吗？又是野菜汤，屙泡尿都没了！我正是长身体的时候，这营养都跟不上。

韦宝根　我们出来革命不是来享受的。

〔战士甲上场。

战士甲　班长，连长和指导员找你！

〔韦宝根跟战士甲下场。

〔远处传来喊话："共军的弟兄们，你们已经被包围了，只有缴枪投降到我们这边来，保证大家吃香的喝辣的，升官发财！"

〔韦宝根上场。

兰德亮　怎么样？

韦宝根　连长和指导员说，让我们再坚持，我们的援军快到了，我们只要拖住敌人就是胜利！

兰德亮　援军在哪？我看到的都是国民党的援军！

战士乙　班长，敌人上来了！

韦宝根　准备战斗！

〔大家备战。

韦宝根　打！

〔战火纷飞，枪声不断。

〔暗场。

〔红军战士牺牲不少。

〔远处又传来国民党喊话："共军的各位老表，只要你们投靠国军，我们保证，让你们升官发财，最后给你们一点时间考虑！不要再顽固了！"

〔两个战士抬着阿良上场。

兰德亮　阿良，阿良——

〔两个战士没说话，擦擦眼泪。韦宝根拿起阿良的壮锦巾。

韦宝根　阿良——你是我们壮家好样的！

〔两个战士把阿良抬下场。

韦宝根　你怎么了？

兰德亮　我们走吧！

韦宝根　去哪？你要当叛徒？

兰德亮　宝根，我们出来不就是为了过好日子吗？可现在这样……

韦宝根　你忘了我们的初心了吗？当初我们参加红军是怎么说的？

兰德亮　可、可我不想年纪轻轻就死啊！

韦宝根　你说出这样的话其实已经死了！

兰德亮　宝根，现在没人，我们过去没人知道的。

韦宝根　看看这些跟我们出生入死的壮家弟兄，看看这些尸骨未寒的瑶家兄弟，那么多双眼睛在看着我们，你知道吗？

〔远处又传来国民党喊话："共军

的各位弟兄，你们再不投降，我
们就将山头炸为平地！"

兰德亮　你听，我们再不走，就会死在这
　　　　里的！

〔韦宝根拿枪

兰德亮　来啊，你打死我，我死在一个亲
　　　　兄弟手里我也愿意啊！（趁韦宝根
　　　　不注意跑下）

韦宝根　兰德亮！

〔韦金生上场。

韦金生　怎么了？

韦宝根　兰德亮叛变了！

韦金生　丢你公龟，我就说这野仔不是什
　　　　么好东西！

韦宝根　爸，你又说脏话了！现在你也是
　　　　红军了，说话要注意点。

韦金生　当初就是他发动你参加红军的，
　　　　现在自己吃不了苦跑了！

韦宝根　当初参加红军是我自愿的。

韦金生　跟这野小子也有关系！要不然你
　　　　就不会跑来这里吃苦！

韦宝根　你怎么也说这种话？

〔战士甲上场。

战士甲　班长，连长说准备突围！

韦宝根　好！爸，我准备战斗了，你也赶
　　　　紧准备突围吧。

韦金生　我要跟你在一起，你去哪我去哪！

韦宝根　爸，我知道你心疼我，我既然选

择了这条道路我就不会放弃。

韦金生　我知道这是你的信仰。

韦宝根　这是……（把壮锦巾给韦金生）

韦金生　阿良的？

韦宝根　如果……你能回去一定要交给妈
　　　　良，就说阿良是我们壮家……好
　　　　样的！爸……

韦金生　得了，不要讲了，搞得跟生离死
　　　　别一样。你要突围出去，我也要
　　　　突围出去。

韦宝根　（把帽子脱给韦金生）爸，你现在
　　　　是个军人了，军人要有军人的样子。

韦金生　我就那鸟样！样子！样子！

韦宝根　准备突围！

〔韦金生捡扁担水桶。

〔枪声开始密集。

〔韦宝根带头突围，刚爬上高处，
几声枪响。

〔战士："班长，班长——"

〔韦金生回头发现韦宝根倒下，刚
要冲过去，一颗弹药在前方爆炸，
又冲过去。

〔兰峰满背着行李包裹上场。

韦金生　宝根……（应声倒下）

兰峰满　小心……（背起韦金生下场）

〔暗场。

〔冲锋号响起，枪声不断。

❧ 第四场　都入炊事班 ❧

〔几年后。

〔简陋的小厨房里，门口的墙上写着"打倒日本帝国主义！""全民抗战一致对外！"

〔廖进财和赵桂珍正在厨房干活。

赵桂珍　这些，我们哪里会做啊？给他们八路军做饭做菜，这不是下等人干的吗？

廖进财　你少说几句吧，没被打死就算不错了。

赵桂珍　要不我们还是走吧！

廖进财　走？往哪走？到处都是日本人，听说都快打到桂林了，要不我们能跑出来吗？

赵桂珍　可我们是……

廖进财　别乱讲！

赵桂珍　我乱讲？廖进财你看你，现在连你小孩都不认你了，当然，也不是我亲生的，是你大老婆生的，可谁叫你大老婆没这福气啊！

廖进财　行了，就你这张嘴，迟早要出事！

赵桂珍　要不，我们投靠日本人？

廖进财　赵桂珍，你疯了！

赵桂珍　起码比在这强啊，这，你看吃的是什么……

廖进财　姑奶奶，你不怕死就大声点说，外面就是八路，不远就是国军，你用不用到上头去喊啊？

赵桂珍　那在这里，万一他们知道我们的身份，会不会也枪毙我们啊？我可不想死啊！

廖进财　应该不会吧！

赵桂珍　你是舍不得离开你那……

〔兰峰满拿着一堆柴火上场。

兰峰满　你们两个嘀嘀咕咕什么啊，老廖啊，还不赶紧烧火煮饭。

廖进财　兰长官。

兰峰满　我不是跟你们说了吗？我不是什么长官，我老兰只是炊事班的一名普通的八路军。

廖进财　那，那个韦……

兰峰满　韦金生？

廖进财　对，韦长官。

兰峰满　他是我们炊事班班长。

廖进财　哦。

兰峰满　那天要不是他帮你们求情，让你们留在炊事班帮忙啊，估计你们早被赶走了！

赵桂珍　你们那个马艳芳也太凶了吧？

兰峰满　你说我们马政委啊，那天她确实脾气急，可平时也不是这样的啊！

赵桂珍　女的也能当官？

兰峰满　我们这啊，男女平等！

廖进财　听到没有，男女平等，你不要老欺负我！

赵桂珍　哎，我说廖进财……同志，我什么时候欺负你了？

兰峰满　得了，你们来的这几天老爱嘀嘀咕咕的，有什么事吗？

廖进财　没有没有。

赵桂珍　没有没有。

兰峰满　那就赶紧烧火做饭吧！

廖进财　好！

〔大家忙烧火做饭，廖进财和赵桂珍不会干活，有点手忙脚乱，到处烟熏弥漫。

〔韦金生挑着一桶水回来。

韦金生　喂，你们是在做饭还是在炼丹啊！

兰峰满　他们两个啊，笨手笨脚的！

韦金生　在家没做过？

廖进财　啊！

韦金生　问你做没做过你"啊"什么鬼啊？

赵桂珍　"啊"的意思就是……做过一点点。

韦金生　看来你们是对这个工作不满意啊。来，开个会学习一下。

兰峰满　老韦……哦，韦班长，这、还做着饭呢！

韦金生　磨刀不耽误劈柴。

兰峰满　那叫磨刀不误砍柴工！

韦金生　意思就是那个意思，太深了怕他们听不懂。我们不要认为给同志们做饭就是低人一等了，革命分工不一样，我们不管干什么都是为了抗战，现在我们还要联合国民党一起把小日本赶到外国去！

兰峰满　不是赶到外国，是赶回老家去！韦金生就这个意思，所以我们出一份力也是支持抗日！

赵桂珍　这日本那么厉害，我们能行吗？

韦金生　廖进财！

廖进财　唉！老婆！

韦金生　你不要有这种思想，要相信我们一定会打败小日本的！这也是信仰！

赵桂珍　就我们，就这几支烂枪？听说人家武器都比我们好。

韦金生　你什么意思？

廖进财　韦班长，她不懂事乱说的。

韦金生　我告诉你，我们的武器再差也是用来保护自己人的，外国的武器再好也他妈是拿来打你的。

兰峰满　班长你说脏话了。

韦金生　我说了吗？

兰峰满　你说……他妈……

韦金生　是，我说他妈了，错了吗？（对廖进财和赵桂珍）你们有妈吗？你们妈是中国人吗？你们是中国人吗？是中国人就不要说出这种话！我他妈最恨叛徒！

〔战士甲上场。

战士甲　韦班长，团长喊你！

韦金生　来了！肯定催我们做饭了，你们赶紧！

〔韦金生和战士甲下场。

赵桂珍　这韦班长脾气也不小啊。

廖进财　你就少说几句吧。

兰峰满　老韦啊，也不容易啊。

廖进财　听你们说话好像是一个村的？你们是一起出来参军的？

兰峰满　我们不是一个村的，但是离得还比较近，他参军比我早，我认识他是两年前了，是我在战场上把他背下来的，后来我也跟着部队做饭了。

廖进财　那你是他的救命恩人。

兰峰满　不是，其实他现在就想报仇。

赵桂珍　报仇？是不是财主害死他家人啊？

兰峰满　不是，他老婆早没了，跟儿子相依为命，后来儿子参加了红军，他就跟着出来了，部队就安排他在炊事班干。

廖进财　那他为谁报仇啊？

兰峰满　儿子，他儿子！

廖进财　你是说他儿子……

兰峰满　他认为儿子是因为当时听了一个叫——哦，一个朋友介绍才参加红军，才会牺牲的，而且他儿子那个朋友当时叛变跑到国民党那里去了。

廖进财　难怪他那么恨叛徒。

兰峰满　哎，救他醒来的时候他天天喊着

要找人报仇。这做父母的，谁不希望自己孩子好啊。

廖进财　是啊！是啊！

赵桂珍　那你是不是也是替儿子报仇啊？

廖进财　闭上你那臭嘴！

兰峰满　我倒不是，我家里也没人了，救了他以后我也留在炊事班了。

赵桂珍　哦，他们家也死光了。

〔廖进财欲打赵桂珍。

兰峰满　好了，不讲这些了，赶紧干活吧。

〔韦金生急匆匆上场，进厨房拿起柴刀要往外冲。

赵桂珍　啊？杀人了！

〔兰峰满和廖进财拦住韦金生。

兰峰满　老韦，你要干什么？

韦金生　我要杀死他！

兰峰满　谁啊？

韦金生　兰德亮！

兰峰满　兰德亮？

韦金生　就是我说的，发动我儿子参加红军，后来跑到国民党那野仔，我今天非杀死他不可！

兰峰满　他被抓来了？是不是团长叫你去告诉你这个消息的？

韦金生　团长叫我去说今晚多做几个菜，还要请国民党那几个吃饭，我发现兰德亮就站在那国民党军官旁边做警卫，老子一巴掌扇过去，刚要拿警卫员的枪一枪打死他，团长和政委就把我拦住了！

兰峰满　现在不是国共合作吗？你、你这样不是破坏民族统一战线吗？

韦金生　我不管，那我儿子呢？我儿子就白白死了吗？

兰峰满　你儿子也不是兰德亮杀死的啊！

韦金生　如果当初不是他，我儿子会当红军吗？

廖进财　会，就你儿子那脾气肯定会！

韦金生　你怎么知道。

廖进财　看你的脾气我就知道了！

韦金生　关你屁事啊！

赵桂珍　人家家里的事。

廖进财　闭嘴！

〔韦金生拿刀要冲出门，廖进财和兰峰满拦住。

〔马艳芳上场。

〔马艳芳看着韦金生不说话。

兰峰满　政委，你看？

马艳芳　金生叔，你的心情我可以理解，可现在是关键时期，你杀了兰德亮又能怎么样？他也曾经是我的兵啊！

韦金生　我杀了他为我儿子报仇。

马艳芳　我们革命是为了报私仇的吗？宝根参军是为了什么？难道是兰德亮几句话他就参军了吗？我看不是，是因为宝根想让像您这样的父老乡亲都能有好日子过，他要去追求人人平等的社会，他坚信自己选择的道路是正确的，所以他参加红军，所以他加入中国共产党，所以无论多么艰苦也毅然决然地跟党走！如果今天宝根站在这，让他重新选择，我坚信，他还会毫不动摇地选择跟着共产党！

韦金生　难道这就是信仰？

马艳芳　金生叔，您也算是老兵了，我相信您能想通的。

兰峰满　政委。

〔马艳芳走出门口，廖进财跟出。

廖进财　廖……马政委！

马艳芳　你们还有什么事吗？

廖进财　……没有……

马艳芳　希望你们好好干，也为抗日救国出点力！

廖进财　好。

〔马艳芳下场。

〔韦金生跑到案桌前疯狂地砍菜。

〔暗场。

〔深夜，屋内光线微弱。

〔几个士兵走过。

〔不远处兰峰满和兰德亮好像在诉说什么，兰峰满狠狠地扇了兰德亮一巴掌，兰德亮跪下，两人继续诉说。

〔韦金生披着衣服拿着马灯从里屋走出。韦金生把马灯放在案桌上，走出门口，发现有人。

韦金生　谁啊？

〔兰德亮急匆匆跑下。

韦金生　谁？

兰峰满　我！

韦金生　哦，老满啊！那是谁啊？

兰峰满　哦，一个多年不见的老乡。

韦金生　我们那的？

兰峰满　对！

韦金生　那怎么不喊过来啊？我也认识认识啊，虽然我们两个村离得有点距离，很少来往，可出门在外这就算老乡了。

兰峰满　可不是吗，我也很久没见到他了。

韦金生　那把他叫来我们喝点。

兰峰满　不，他有任务，我也不好打扰太久。

韦金生　那下回再说了。

兰峰满　好的。

韦金生　你们村的人身材怎么都跟你一样，肥肥圆圆的。

兰峰满　哦，一方水土养一方人。

韦金生　是啊，我的命也是你给捡回来的，要不然……

兰峰满　不说这些了，活着就好，活着就好……

韦金生　是啊，活着就好！（拿出韦宝根的红军帽）

兰峰满　又在想宝根了？

韦金生　老满啊，你有孩子吗？

兰峰满　算有吧！

韦金生　老婆呢？

兰峰满　没有老婆，哪里有孩子啊？

〔两个人憨笑。

韦金生　孩子在的时候，孩子就是我活着的希望，后来孩子走了，给孩子报仇就是我活着的希望，可今天马政委这一番话啊……

兰峰满　马政委说得对啊，道路是孩子选择的，如果他选择的道路能让他感到幸福，这就知足了，可一旦选错，就会毁了一生啊！

韦金生　你孩子……

兰峰满　死了，晚上出门看不到路，掉到悬崖，死了！老婆难产，孩子刚生下来就……

韦金生　我们啊，都命苦！

兰峰满　世道，没赶上好世道啊！

韦金生　会有好世道的，我们现在不是在努力吗？

兰峰满　对！

〔里屋传出廖进财的呼噜声。

韦金生　得，不知道还以为我们炊事班养了猪呢！

〔暗场。

❧ 第五场　急送情报 ❧

〔上一场景。

〔枪声不断。

〔韦金生、兰峰满在收拾炊事班的行李，廖进财、赵桂珍在收拾自己的衣物。

赵桂珍　这回日本人真打过来了，我可不想白白送死。

韦金生　你信不信我先一刀劈死你？

兰峰满　不死的话我再补一刀！

廖进财　她不是这个意思。

韦金生　得了，赶紧收拾！

〔马艳芳急匆匆上场。

马艳芳　金生叔！

韦金生　政委！

马艳芳　鬼子现在大批人马向我们这来。

赵桂珍　啊？

马艳芳　上级让我们将计就计，先拖住敌人。现在我们的电台被鬼子破坏了，情报发不出去，（拿出情报）考虑到你们对这一带比较熟，组织决定让你跟阿满叔想办法从后山出去，把情报送到县里给覃团长。

韦金生　覃团长？

马艳芳　对。

韦金生　那你们？

马艳芳　我们跟乡亲们先退到江边，拖住敌人。

韦金生　那……

马艳芳　我们把作战的计划都写在里面了，天快黑了，趁天黑你赶紧走！

兰峰满　好！

〔女战士跑上场。

女战士　政委，大家已经按计划到位了，三连长请你过去！

马艳芳　好！（转身要走，又回头）你们也要小心，这情报很重要，一定要小心保管。

韦金生　放心吧！

〔马艳芳出门，廖进财追出门。

廖进财　政委，我……

马艳芳　你跟他们一起撤吧！同志，保重！

〔马艳芳转身跟女战士下场。

韦金生　大家赶紧，东西都不要拿了！大家赶紧换上衣服。阿满，你把情报收好。

〔兰峰满把情报塞进衣角里。

赵桂珍　去哪？我可不愿意跟你们走！

兰峰满　那你就在这里慢慢喝茶。

韦金生　等死！

赵桂珍　啊？

韦金生　干脆你们两个自己走吧。

廖进财　我们去哪？

韦金生　爱去哪就去哪！

兰峰满　对，反正你们也不是我们八路军。

廖进财　不行，我、我，刚才你们政委不是说了吗？让我跟你们走！

兰峰满　我们是执行任务，你跟着算怎么回事了？要不然你跟老百姓一起先跟队伍到江边吧！

赵桂珍　这样好，这样好，有他们保护多少都安全点。

韦金生　不嫌我们只有几支烂枪了？

赵桂珍　……

兰峰满　好了，我们赶紧走吧。

韦金生　走！

〔出门，韦金生和兰峰满走一边，廖进财和赵桂珍走一边。

〔暗场。

〔一小坡下，韦金生、兰峰满、廖进财、赵桂珍又碰到一起。

韦金生　你们怎么又跟来了？

廖进财　怎么是我们跟来，我们刚要出村口就遇见鬼子了！

兰峰满　不是叫你们到江边吗？

赵桂珍　这黑麻麻的，我们转落落的找不到路，又碰到太君。

韦金生　什么太君，鬼子！

廖进财　对，我们碰到鬼子，我们转来转去又碰到你们了。哎，你们不是从后山走了？

兰峰满　你没看到，后山那也有几个鬼子看住啊？

赵桂珍　要不你们把情报给他们，他们肯定会放过我们的！

韦金生　当叛徒？

兰峰满　卖国？

韦金生　呸！

赵桂珍　呸我有什么用？总不能在这等死吧？

廖进财　你就少说几句吧！

赵桂珍　要不然我们把金条给他们让他们放过我——（从包裹里拿出金条）

韦金生　你们哪来那么多金条？

廖进财　啊！

赵桂珍　好了，实话跟你们说了吧，其实我们两个不是什么落难人士，（指廖进财）他是财主，为了躲日本人，才跑到这里的，也多亏你们八路好心收留我们在这，不过我受够了天天给你们烧菜做饭。

廖进财　好了！

韦金生　你他妈的财主？

〔廖进财点头。

赵桂珍　他妈也是，祖传财主！

兰峰满　难怪烧火都不会！

韦金生　你！

廖进财　我、我是你们的同志啊！

韦金生　呸！

赵桂珍　（问兰峰满）他怎么老爱呸人呢？

兰峰满　关你鸟事。

韦金生　这算对你们客气的了！

赵桂珍　你们这是人过的日子吗？

韦金生　你说的是人话吗？想投靠日本人。要脸吗？要祖宗吗？

赵桂珍　可我不想死啊！

兰峰满　谁想死啊？可这世道不让我们活啊！

廖进财　我……

韦金生　你住口，你看你娶的什么老婆啊？你瞎了？

兰峰满　你们还是中国人吗？

韦金生　少跟他们废话，我们看看想什么办法把山后那几个鬼子引开。

兰峰满　要不，我去引开他们，你趁机过去。

韦金生　不行，还是我去吧。

〔赵桂珍把金条包起来想走。

廖进财　你想干什么？

赵桂珍　干什么？分道扬镳！你们走你们的，我走我的，我到日本人那里总得有点见面礼吧？

廖进财　你要投靠日本人？

赵桂珍　总比你们这样强吧？我小时候家里穷，被父亲卖了，买我的人霸占了我又把我卖到妓院，老了以后又被妓院老板卖给杀猪佬，原本以为能有肉吃，谁知道都是吃下水，没碰过肉。杀猪佬见我不会干活又卖给了卖大力丸的刘老三，结果刘老三吃自己的壮阳药

死了，他小孩就赶我出来，我自
己嫁给财主就想好好活下去，日
本人打过来又他妈的逃难……我
就想好好活着怎么就这么难啊？我
倒是想爱国啊，可就这家不像家，
国不像国，她值得我爱吗？

兰峰满　为了让这个家像家，国像国，所
以我们不怕死。

韦金生　为了以后不再有像你这样的事发
生。这民族乱了，国家没了，还
谈什么好日子呢？

赵桂珍　我、我没有你们这么伟大！就你
们这样的，什么时候是个头啊？

廖进财　你闭嘴！

赵桂珍　我也看出来了，你舍不得走，可
有什么用呢，就你这种窝囊废，
小孩都不认你！

〔廖进财扇了赵桂珍一巴掌。

赵桂珍　好，你打我，今天谁也别想走，
我把你们送情报的事，跟日本人
这么一说，我也算立功！

韦金生　你真他妈不是中国人！

赵桂珍　是中国人！

兰峰满　你就不配做中国人！

赵桂珍　不配做中国人的多了，我算老几
啊？

〔廖进财又扇了赵桂珍一巴掌。

廖进财　滚！

〔赵桂珍想抢过廖进财手里装金条
的包裹，廖进财不给。

赵桂珍　好。（转身要走，突然喊起来）送
情报的在这。

〔廖进财把赵桂珍拉过来，拿包裹
捂住她的嘴巴。

〔几声枪响。

〔两个日本人走过，没发现有人。

〔廖进财头发凌乱，赵桂珍没有了
动静。

兰峰满　她？

廖进财　死了，活着也没有意义的人还是
死了吧！祖宗都不要了还是死了
吧！死了好！活着她难受，我们
也难受！

〔静场。

廖进财　我把那些王八蛋引开，你们赶紧
走吧！

兰峰满　这……

廖进财　都别说了，虽然我不是队伍里的
人，可这段时间我也看出来了，
你们这样，活得值！（将包裹给韦
金生）这算一个有点良心的财主
为抗日尽点心吧！

韦金生　老廖。

廖进财　金生兄弟，有件事我想拜托你。

韦金生　你说。

〔廖进财递一条围巾给韦金生，悄
悄跟韦金生说了几句。

韦金生　什么？老廖……

廖进财　拜托了！走吧！（说完冲出去）小
日本，我在这呢！

〔几声枪响，两个日本人追廖进财。

〔韦金生和兰峰满趁机跑走。

〔两个日本人追上廖进财，用刺刀
刺死廖进财。

廖进财　（高喊着）我是中国人！

〔暗场。

〔一日本兵押着韦金生和兰峰满上
场。

〔日本兵叽里呱啦说着。

韦金生　听不懂！

兰峰满　你讲什么？我们听不懂啊！

韦金生　你讲什么了？

〔日本兵还是叽里呱啦。

韦金生　我屙屎得吗？屙屎啊！嘘嘘……那种！

兰峰满　他说他屙屎！

韦金生　我说他都听不懂，你说他能听得懂啊？

兰峰满　那你什么意思？

韦金生　我说我们两个说得都差不多，你这不是多此一举吗？

兰峰满　什么就多此一举，说不定我说多一次他听出来呢？

韦金生　放屁！

兰峰满　说谁放屁？

韦金生　说你了，怎么样？

兰峰满　好，既然这样就不要说我不够兄弟！

韦金生　谁跟你是兄弟？走狗！

兰峰满　太君，他骂人！

〔日本兵不知所措。

韦金生　骂人，老子还要打人呢！

兰峰满　来啊，我怕你吗？

韦金生　来！

〔韦金生和兰峰满厮打在一起。

〔日本兵过去劝架。

〔趁日本兵不注意，韦金生拿起一块石头砸到日本兵头上。

韦金生　快，快走！

兰峰满　走！

〔两人刚走不远，远处来个日本兵，开枪。

兰峰满　小心！（扑在韦金生身上）

韦金生　你没事吧？

兰峰满　没事，从这边走！

〔韦金生、兰峰满刚要走过去。被石头砸倒的日本兵爬起来，从后面开了一枪。

〔兰峰满中枪，韦金生快速冲过去抢过刺刀将日本兵刺死，踢到山崖下。

〔韦金生背起兰峰满走。

韦金生　阿满，阿满兄弟！

兰峰满　我不行了，你赶快走吧！（将衣服脱下）赶紧把情报送出去。

韦金生　阿满兄弟！

兰峰满　老哥，我对不起你！

韦金生　不要这样说！

兰峰满　这些年，我一直瞒着你。其实，我姓兰，兰德亮就是我仔！他也是背着我们出来参军的，出来没多久他老妈就走了，我也是出来找他的，没想到，没想到……我知道你恨他，他意志不坚定，这些年我也是想到他就觉得抬不起头。可老哥啊，那天你在团部见到他，那晚，也是我那么多年第一次见到他啊，他也知道错了！我求求你先别杀他，就让他多打几个日本鬼子吧！这样我心里好受点！路过我寨子，人家问起我的时候你就说，我做生意去了，让他们忘了我吧，忘了我吧……（头轻轻一歪，微笑着离去）

韦金生　不，我要让你们寨子的人都知道你是他们的英雄，你是全寨的英雄，是子孙后代的榜样！阿满兄弟，我走了，你好好休息吧！

〔看着兰峰满微笑着闭上眼睛，韦金生穿起兰峰满的衣服，一路奔跑。

〔暗场。

❦ 第六场　婚变 ❦

〔一束灯光打在山坡的一角。

〔马艳芳拿着一条围巾。

〔韦金生看看马艳芳。

韦金生　我的任务是完成了，可是……这是你爸走之前托我给你的，那是你爸，你亲爸啊！你为什么就不能认他呢？他也是中国人，真正的中国人！

〔音乐起。

〔暗场。

〔几年后，解放战争。

〔玉娟家院子里。

〔冬妹在院子晒衣服。

〔玉娟挎一包从家里出来。

玉　娟　还没弄完呢，冬妹？

冬　妹　快了！

玉　娟　弄完帮我把这件洗好的衣服拿给韦班长。

冬　妹　你这个妇女主任老帮他洗衣服，怎么不帮我洗啊？

玉　娟　人家韦班长一天做饭很辛苦，哪有时间洗衣服，你自己有手有脚的也让我帮你洗啊？

冬　妹　是，我有手有脚，我哪有人家韦班长忙啊！

玉　娟　呀，你这丫头，就你这张利嘴看你怎么找到婆家！

冬　妹　我要找也要找个当兵的，跟你一样。

玉　娟　我怎么就找个当兵的了？

冬　妹　得了，姑，我都看出来了，你跟韦班长……

玉　娟　你看出什么了？你看出什么了？

冬　妹　傻子都看得出来！

玉　娟　傻子才看得出来呢！

冬　妹　姑，其实我觉得金生叔也是不错的，听说他是从广西一路跟着部队过来的，他儿子跟姑父一样，也是在战斗中牺牲的，你们两个真能在一起也是好的。

玉　娟　傻丫头，你真是个傻丫头！

冬　妹　我看得出，金生叔也是喜欢你的。

玉　娟　这事啊，等革命胜利了再说吧！

冬　妹　那快了，听说部队就要打过长江了。

玉　娟　是啊，我们支前物资也要赶紧准备好啊！

〔几声狗叫。

〔韦金生拿着一包东西上场。

冬　妹　说曹操曹操到！

玉　娟　韦班长，你这是？

韦金生　哦，我正好路过，进来看看。

冬　妹　金生叔，你是正好路过还是专程来的？

韦金生　啊，差不多，差不多。

玉　娟　这丫头，说话没个正经的。韦班长，来，坐！

韦金生　好，谢谢你们。（为了显示和他们说的普通话一样刻意卷舌）

玉　娟　韦班长，你好好说话，我们听得懂！

韦金生　好！哦，这有三个红薯，送给你们吃。本来是四个的，刚才门口狗追得紧，就扔给它一个，不要紧，你们一起吃！不是，你们吃你们的，它吃它的。

冬　妹　（笑）金生叔你真幽默。

韦金生　（不好意思地）默……

玉　娟　好了，冬妹赶紧去拿水来给韦班
　　　　长喝啊！

冬　妹　好！
　　　　〔冬妹下场。

韦金生　谢谢啊！

玉　娟　你紧张什么？

韦金生　没有。

玉　娟　（看远处）这云彩真漂亮啊！

韦金生　这云彩真漂亮啊！

玉　娟　你是不是有什么话跟我说啊？

韦金生　是的，我想说"这云彩真漂亮啊！"

玉　娟　韦……金生哥，有什么话你就说
　　　　吧，这也没外人！

韦金生　玉娟，我，我，想说，我想说，
　　　　我喜欢你……
　　　　〔冬妹拿茶水上场。

韦金生　……的头发，真好，怎么保养的？

冬　妹　金生叔来，喝水！

韦金生　好。

玉　娟　冬妹啊，你去看桂花婶她们鞋子
　　　　都做好了没有，晚点我们还要送
　　　　到前线呢！

冬　妹　好！
　　　　〔冬妹下场。

韦金生　玉娟，我嘴笨，不会说话。

玉　娟　有些话是不需要说的。

韦金生　对，我们广西有句山歌唱的"铜
　　　　鼓不打千年响，明镜不照万年
　　　　光"，好铜鼓也不需要天天打，它
　　　　声音一样响亮，人啊也不需要什
　　　　么都讲才明白，对吧？

玉　娟　你们广西美吗？

韦金生　美，我们那里山是山水是水，好
　　　　田地都让那些有钱财主占了，饿
　　　　得不行我还带我儿子去河边摸田
　　　　螺，那时候他才这么高，（比划一

米左右）出来这么久了，我也没
回去过，现在……

玉　娟　现在应该更美了，大家分到了土
　　　　地，有了粮食了。

韦金生　对，更美了！更美了！当时我活着
　　　　就是因为孩子，后来我活着就是为
　　　　了报仇，再后来我活着是为了……

玉　娟　为了追求幸福！

韦金生　对，为了追求幸福！

玉　娟　我们共产党就是带领大家去寻找
　　　　去创造幸福生活的！

韦金生　到那时人人都平等，个个有饭吃。

玉　娟　到那时候我跟你回广西，去你家
　　　　乡看看！
　　　　〔灯光渐暗，一束光打在韦金生身
　　　　上。

韦金生　好，一言为定！我带你去吃我家
　　　　乡的芒果，还有五色糯米饭，还
　　　　有糍粑，让你看看我们壮家人的
　　　　热情，还要喝酒哦，玉娟，玉娟，
　　　　你怎么不说话啊？
　　　　〔舞台一侧，一束光打在冬妹身上。

冬　妹　金生叔，你不要这样，我姑她真
　　　　的……走了！

韦金生　你骗我！明明是送粮到前线还没
　　　　回来！冬妹，你姑快回来了，你
　　　　说是不是？你姑怎么可能遇到敌
　　　　机轰炸呢？她还要跟我回广西看
　　　　看，她还有很多话要跟我说呢！

冬　妹　金生叔！

韦金生　我明白了！

冬　妹　你明白什么？

韦金生　宝根为什么牺牲，阿满兄弟为什
　　　　么不怕死，老廖为什么说自己是
　　　　中国人，玉娟为什么冒着枪林弹
　　　　雨送物资到前线？这一切的一切，

这一切的一切都是为了让我们不再受欺负，让我们不再贫困，让我们每天都能高高兴兴啊！

〔韦金生身上的光暗去。

〔冬妹整理衣服，挎上玉娟的挎包。灯光暗去。

〔传出毛泽东主席宣布新中国成立的讲话。

〔舞台一角定位光，灯光亮起。

〔马艳芳和韦金生都看着远方。

韦金生　政委，我们四野解放广西了，我该回家看看了！

马艳芳　是该回家看看了！

韦金生　你爸……

马艳芳　我会想办法把他和我亲生母亲葬在一起的。其实我爸还是蛮疼我的，我们原来信仰不同，后来我出来读书就改姓马，跟我妈姓，没想到会在那样的情况下遇到他。

韦金生　其实我蛮佩服你的，这些年我也看到了，只有跟着你们我们才会真正有好日子过！

马艳芳　为了这天我们失去了多少亲人，付出了多少啊！

韦金生　会不会有一天我们的后人笑我们傻啊？

马艳芳　真有那么一天那我们的民族就完了！但我相信不会有那天的，因为……我们的信仰始终不变！

韦金生　对！政委，还有件事想让你帮忙。（拿出《入党申请书》递给马艳芳）

马艳芳　入党申请书？

韦金生　想让你做我的入党介绍人。

马艳芳　好啊！

韦金生　我也要向组织靠拢，我也要做个有信仰的人，要不然……到了那边宝根、玉娟他们又该说我落后了！

〔舞台另一侧，一束红光照到一面党旗上。

〔韦金生缓缓走到党旗前面，举起右手。

韦金生　我志愿加入中国共产党！

〔《没有共产党就没有新中国》音乐起。

〔暗场。

❧ 第七场　回乡 ❧

〔第一场景，连绵的石山，典型喀斯特地貌，一小块平地，旁边一兜红木棉，石头围墙整洁了许多，石墙上写着醒目的大标语"中国共产党万岁！"

〔韦金生拿着包裹上场。仿佛听到当年的歌谣。

韦金生　我回来了！回来了！（呆呆地看着木棉树）你又开花了？今年的花真红啊！木棉，你把花开得高高的，一朵两朵……你把树都染红了，把我们村寨都染红了。

〔舞台变得梦幻起来。

〔妈良上场。

妈　良　金生啊，你们回来了？

韦金生　妈良，我们回来了！

妈　良　走的时候我问你，什么时候回来，你说等到革命胜利的那天，那天……现在我们革命胜利了！

韦金生　对，我们可以过上好日子了！

妈　良　我阿良呢？

韦金生　阿良……

妈　良　阿良最爱吃我包的粽子，我得赶紧回去包粽子等阿良回来了，回来吃粽子啰！

韦金生　妈良！

〔兰峰满上场。

兰峰满　老哥！

韦金生　阿满兄弟！

兰峰满　老哥！

韦金生　阿满兄弟，你也回来了？

兰峰满　回来了，人走出去，总是要回来的，根在这啊！

韦金生　回来就好，回来就好！兄弟你看……

〔兰德亮穿着解放军衣服上场。

韦金生　兰德亮，这？

兰峰满　我儿子打完小日本就参加了解放军了！

兰德亮　叔，我走了些弯路，但是通过这次经历，我看到了谁是真正为我们老百姓办事的，谁是我们的领路人！

兰峰满　你就原谅他吧！他在打过长江的时候……

兰德亮　没事，我没给我们瑶家人丢脸！

兰峰满　我们走了，我还要跟我儿子喝几杯呢！

兰德亮　叔，我们走了。

〔兰峰满和兰德亮高高兴兴下场。

〔廖进财上场。

廖进财　金生兄弟！

韦金生　老廖。

廖进财　金生兄弟啊！

韦金生　老廖，你怎么来了？

廖进财　我女儿把我接回来了，跟她妈妈安葬在一起，我来告诉你一声。

韦金生　好啊，好啊！

廖进财　那得谢谢你啊！我们相处那段时间，你改变了我很多！那活得才叫个人啊！好了，我走了。对了，告诉你，我女儿喊我爸爸了！喊我爸爸了……

〔廖进财下场。

〔玉娟从木棉树后面走出来。

玉　娟　这是什么树？花开在顶上，就像那云彩，真漂亮！

韦金生　玉娟。

玉　娟　金生哥，这就是你的家乡吧？

韦金生　对！对！对！

玉　娟　真美！

韦金生　真美！你好好看看吧！就像你说的，现在家家都有了田地，个个都能吃饱饭！

玉　娟　以后会越来越好的。

韦金生　那肯定！对了，我给你做五色糯米饭，打糍粑。

玉　娟　不了，我要走了，大家都等着我，还要送粮到前线呢。

韦金生　玉娟，玉娟……

玉　娟　金生哥，你那山歌怎么唱来着？

韦金生　铜鼓不打千年响，明镜不照万年光。

〔灯光回到现实。

〔韦宝根拿着行李上场。

韦宝根　爸！

韦金生　宝根！

韦宝根　爸！

韦金生　宝根，你？

韦宝根　我没事，那场战斗我负伤了，是支援部队赶来救了我，因为我伤势很重，他们就把我安排在老乡家养伤，伤好后安排我到了一军，这些年东征西战我也没时间联系你们。

韦金生　太好了！你回来了！可多少人没能活着回来啊！

韦宝根　他们都是我们的好兄弟好姐妹！

韦金生　他们都是为了我们今天能过上好日子啊！

〔达莲拿着一面锣上场，站在木棉树下，敲起锣。

韦金生　达莲！

达　莲　你？

韦金生　我是金生叔啊！

达　莲　金生叔！

韦宝根　达莲！

达　莲　宝根哥！

韦金生　妈良呢？

达　莲　我妈前年走了，走之前她跟我说，让我每天都到村口敲锣，说这锣声传得远，大家出去这么久，要是回来了，顺着这锣声准能找到家。

韦金生　妈良说得对，听到这锣声就能找到家。（拿出阿良的壮锦巾）

达　莲　哥！（抢过壮锦巾）

韦金生　来，敲起锣迎亲人回家！乡亲们，快来，迎亲人回家了！（拿起锣槌敲起锣）

〔众乡亲上场。

韦金生　（从包裹里拿出一沓"光荣烈士证书"）黄冕昌，党员，红七军五十五团团长；陈鼓涛，党员，思林、向都县委书记；刘伟谋，党员，右江苏维埃政府委员；关崇和，党员，百色苏维埃政府主席；杨金梅，党员，右江苏维埃政府妇女主任；韦汉超，党员，红七军二十一师营长；陈伯民，党员，河池县县长；兰茂才，党员，营长……

〔一面党旗缓缓升起。

〔传来党员们洪亮的声音："我志愿加入中国共产党！"

〔灯光渐暗。

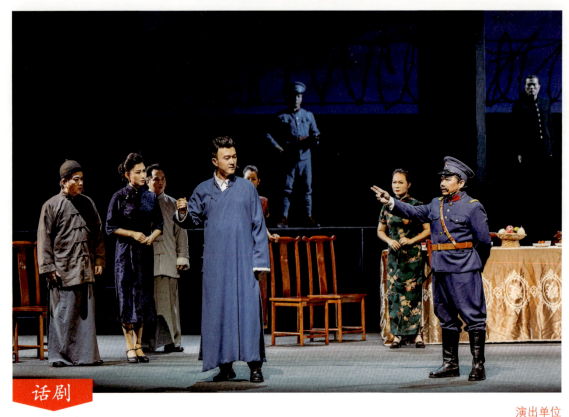

谭寿林

演出单位

中共贵港市港南区委员会宣传部

贵港市广播电视台

内容简介

　　话剧《谭寿林》讲述了出生于贵港市港南区桥圩镇三塘乡谭岭村的中国共产党革命英烈、"贵港好儿子"——谭寿林同志的革命斗争故事。该剧从谭寿林同志敢于向恶势力发起战斗的学生时代开始，到考上北大，加入中国共产党，受党指派到梧州成立广西第一个党支部，再到入狱、生还、转战上海，领导工人运动，直至最后为了保护上海地下党组织不幸被捕牺牲，期间还穿插了谭寿林同志与钱瑛同志浪漫的革命爱情故事，塑造了一个有血有肉、鲜活生动、信仰高于一切的革命英雄形象。

主创团队

总 导 演：冯 佳　　　　　　　　灯光设计：王科明

编 　 剧：李 晟　　　　　　　　视频设计：周晓刚

表演/台词指导：贾建立　　　　　服装/造型设计：师 野

作曲/音乐总监：黄 磊　　　　　舞蹈编导：黄奕达　黄俊宁　杨子辉

视觉总设计：蒙 秦　　　　　　　音效设计：黄奕达

舞美设计：张海峰

主要演员

谭寿林——李　超
钱　瑛——罗雅馨
郑闻道——贾建立
覃义生——黄奕达
谭寿林 / 阿曼——刘奕疆
谭寿林奶奶——胡文芯
高耀光——李如辉

黄日葵——黄　南
韦小兰——韩玉莹
王应榆——廖　健
李组长——李　媛
周恩来——孟令尹
陈居玺——梁　演

人　物

谭寿林　25岁至35岁，男，中共党员，历任中共梧州地委支部书记和上海中共地下党领导人。

钱　瑛　25至30岁，女，中共党员，谭寿林妻子，新中国成立后监察部第一任女部长，是歌剧《洪湖赤卫队》女主角韩英的原型。

郑闻道　50岁至60岁之间，男，原为谭寿林老师，是谭寿林人生的启蒙者，立志教育救国，后受到谭寿林的影响，走上革命道路，成为谭寿林的亲密战友。

覃义生　25岁至35岁，男，谭寿林从小一起长大的同学、玩伴，家里是当地名门望族，典型的地主阶级大少爷，曾与谭寿林一起工作，后来叛变。

李组长　40岁左右，女，上海地下党组织工作人员，营救谭寿林的主要成员之一。

老　赵　40岁左右，男，上海地下党组织工作人员，营救谭寿林的主要成员之一。

韦小兰　25岁左右，女，是谭寿林从广西带出来的革命者，上海地下党组织工作人员，营救谭寿林的主要成员之一。

高耀光　25岁左右，男，谭寿林中学同学，贵县学生联合会日货调查组主任。

蔡会长　50岁左右，男，贵县商会会长。

徐知事　50岁左右，男，贵县国民政府知事。

谭奶奶　70岁左右，慈祥仁爱，是谭寿林最尊敬的长辈。

黄日葵　27岁，男，广西桂平人，中共党员，是中共广西党组织的创始人之一，谭寿林的入党介绍人。

陈居玺　27岁左右，男，广西平南人，中共党员，是中共广西南宁地委党组织的创始人之一，谭寿林的入党介绍人。

周恩来　30余岁，男，中共党员，中共中央的重要成员，曾在黄埔军校政治部供职，谭寿林和钱瑛婚礼的证婚人。

王应榆　40余岁，男，国民党员，梧州警备司令部司令。

路人甲　30余岁，女，普通群众。
路人乙　20余岁，女，普通群众。
特务甲　20余岁，男，国民党特务。
特务乙　20余岁，男，国民党特务。
学生、教师、警察、警卫、群众等。

序

〔起光，纱幕《丈夫当以功济四海论》。

〔郑闻道、谭寿林/阿曼、覃义生上。郑闻道给众学生讲课。

〔钱瑛上。

钱　瑛　我是钱瑛，又名适谭，是谭寿林的革命伴侣。或许冥冥之中我跟寿林就是要相遇、相知、相爱、结合，就如同父母为我取名钱适谭一样，茫茫人海中让我遇见了寿林。他是我的领导、我的偶像、我的革命同志，他是新中国编号001号烈士，是我永远的爱侣。

〔切光。

郑闻道　同学们！今日之中国，正当多事之秋也，外有强邻之逼，内有巨寇之萌，使无人支柱其间，吾恐难保无陆沉之祸也。

高耀光　郑老师，那我们该怎么办呀？

众学生　是啊！郑老师，怎么办呀？

老　赵　郑老师，谁能救中国？

众学生　对呀，郑老师，您告诉我们吧！

〔谭寿林走出来，阿曼在其身后。

谭寿林　郑老师，您能告诉我们，为什么人生而不平等？为什么列强逞豪强？为什么中国不强盛吗？

郑闻道　同学们问得好！

谭寿林　我想，我们要找到一条救国之道！

众学生　救国之道？

谭寿林　对！救国之道！

谭寿林/阿曼　我叫谭寿林，1896年4月29日生于广西贵县一个普通农民家庭。因为家贫，开蒙上学晚，对于知识对于世界抱有一颗探索的心。我在寻找，一直在寻找，寻找通往新世界的道路！

〔切光。

〔郑闻道伫立舞台，光起。

郑闻道　我是郑闻道，谭寿林的开蒙老师。我曾以为教育可以开民智、救中国，可是偌大的中国竟放不下一张安静的书桌。是我的学生谭寿林告诉我中国强国之路，从此我便义无反顾地走上革命生涯。

〔客家儿歌起：

　　月光光　　秀才郎

　　骑白马　　过莲塘

〔飞机轰炸，群众、学生四散而去。

群众与学生们　飞机来了！快跑呀！飞机来了！

谭寿林　此时的中国风雨飘摇，列强入侵，军阀混战，人民饱受压迫，谁能带领中国走出困境？我一直在寻找。在寻找的路途中，我在恍惚迷离的梦境里，仿佛看见似阿曼这样一个青年，他有些像我很久很久以前见过一面，但直到如今都没有见面机会的朋友。哈哈哈哈！或许这个世界并不会有这样一个人，不过是我自己的幻觉，他的幻象深深印在我的脑海，或许他就是我心中的另一个自己！

〔谭寿林/阿曼上。

谭寿林/阿曼　寿林，我就是另一个你，与你一起在党旗下宣誓，一起在梧州建立广西第一个党支部，一起入狱受折磨，一起热血革命，一起遇见适谭。多少个日夜，我们在心里喝最猛烈的酒，杀最残酷的敌人。我们的人生以战斗为快乐，寻找救国之道是我们人生重大的责任！寿林，你在《丈夫当以功济四海论》中写道：昔马燧有言曰——

谭寿林　天下有事，丈夫当以功济四海。

谭寿林/阿曼　哈哈哈哈！壮哉斯言语！

谭寿林　以丈夫自任，当多事之秋，即宜毅然出而任事，勿畏难。

谭寿林/阿曼　勿事徘徊。

谭寿林/阿曼　勿相推诿，热诚以保国家。
〔收光。序结束。
〔幕间曲。

❧ 第一幕　诀别 ❧

〔1931年5月30日，南京集庆门，押送谭寿林的队伍将要经过集庆门。
〔闷雷声中，音乐响起，集庆门旁民众往来，便衣警察在紧张地布置工作。便衣警察下。

卖报甲　卖报卖报！重大新闻！

卖报乙　今天在雨花台处决共党分子谭寿林！

卖报甲　卖报啦！卖报啦！

卖报乙　今天在雨花台处决共党分子谭寿林！

路人甲　听说，他们要路过这里！

众　人　在哪呢？在哪呢？

路人甲　不知道呀！

众　人　（到处张望）在哪呀？

卖报乙　在那呢！
〔满天星舞蹈。

特　务　站住！
〔茶摊店主打扮的韦小兰和警察打扮的共产党员用形体表演躲避便衣、看地图、商议、对表。

老　赵　凉茶！

老　赵　押送谭寿林同志的队伍15分钟后经过集庆门，这是我们援救的唯一机会！

韦小兰　这是唯一也是最后的机会。

李组长　这里人流如织，地形复杂，周围有多所学校，是救援的最好地点。

老　赵　我和李组长混到队伍里找机会干掉寿林身边的警察，你们趁乱救人！
〔钱瑛与两个学生装扮的共产党员上。
〔"砰"，巨大的声响，让原本嘈杂的集庆门瞬间安静下来。

韦小兰　警车爆胎了！

教师乙　怎么回事？

教师甲　听说他们抓了个共产党头头，说今天就要……（用手做杀头状）

教师乙　哎哟，听说他们押送的犯人将要路过这里。

教师甲　难怪来那么多警察。

教师乙　走，我们去看看。

钱　瑛　小心！小心呀！

李组长　长官，找您的钱。等会儿你向左，我向右，包抄他们，救出谭书记！

老　赵　好！
〔音乐中，雷声起。李组长被便衣警察盯上。

便衣警察　站住！（特务走到李组长身旁审

视着她）干什么的？

老　赵　（拿出证件在他面前快速晃动）干
　　　　什么？！滚！
　　　　〔便衣下。

高耀光　（用枪顶着韦小兰，示意李组长、
　　　　老赵跟他们走）别动！

韦小兰　长官，是不是有什么误会？您抓
　　　　错人了。

李组长　误会！

高耀光　嗯？！
　　　　〔钱瑛撑着油纸伞上。

钱　瑛　我知道你们是谁。你们是上海地
　　　　下党联络站的韦小兰、李组长和
　　　　老赵。你们计划要营救谭寿林。

韦小兰　你是？（钱瑛收起油纸伞）

韦小兰　钱瑛同志！（钱瑛手指放在嘴巴前，
　　　　以表噤声。便衣上，老赵快速迎
　　　　上前）

李组长　长官，喝茶。

老　赵　（示意便衣）看看什么情况！（便衣
　　　　下）

教师甲　老板，来碗油茶！

韦小兰　来啦！
　　　　〔众人来到茶摊。

钱　瑛　都是自己人！

李组长　钱瑛同志，你不是在洪湖苏区开
　　　　展武装斗争吗？

韦小兰　钱瑛姐是谭寿林同志的爱人，收
　　　　到消息自然会来营救谭书记呀。

老　赵　是啊！
　　　　〔韦小兰警惕地看看四周，拉钱瑛
　　　　等人到茶摊假装喝茶，他们分坐
　　　　两桌，以此掩护。

钱　瑛　同志们，我今天，不是来营救谭同
　　　　志的。我是来阻止大家营救的！

韦小兰　什么？钱瑛姐，你……

老　赵　为什么？钱瑛，难道你就看着自
　　　　己的同志、自己的爱人被国民党
　　　　反动派押赴刑场吗？

李组长　钱瑛同志！我们的党不会放弃任
　　　　何一位同志，我们的同志也不会
　　　　放弃任何一位革命战友！

众　人　对呀！

钱　瑛　终止营救行动是谭寿林同志亲自
　　　　下达的命令！

李组长　老虎桥监狱重兵把守，寿林同志
　　　　怎么把命令传递出来？

众　人　对呀！

钱　瑛　覃义生的叛变让上海地下党组织
　　　　受到严重破坏，但是，我们也在
　　　　敌人内部埋下了一颗钉子，是钉
　　　　子同志把情报传出来的。

老　赵　这帮狗娘养的，不打外敌列强，
　　　　专对同胞下狠手！

钱　瑛　他们拿寿林作为诱饵，撒网抓人。
　　　　你们可千万不能上当呀！

李组长　那怎么办？

韦小兰　那我们就眼睁睁地看着谭书记赴
　　　　死？

李组长　要不是书记，我与其他工友早就
　　　　死在了梧州的“三工人惨案”里
　　　　了！

韦小兰　（哽咽着）我不能眼睁睁地看着他
　　　　去送死啊！

钱　瑛　小兰，这不是哭的地方！寿林料
　　　　定你们不相信这是他亲自下达的
　　　　命令，所以一定要我到南京阻止
　　　　大家！寿林是希望你们作为星星
　　　　之火留下来，坚持斗争，坚持革
　　　　命！小兰，你们赶紧撤，等覃义
　　　　生认出你来就晚了。快走！

老　赵　可是……

韦小兰　我不走!

钱　瑛　快走!

韦小兰　我不走,钱瑛姐……

钱　瑛　这是命令!

高耀光　同志! 快走!

钱　瑛　走!

教　师　(拉着韦小兰等人下)走!

〔卖烟小姑娘上,覃义生上。

卖烟姑娘　卖烟啦! 卖烟啦!

覃义生　站住!(搜查卖烟箱子没发现什么)走!(卖烟姑娘慌忙离开)

〔郑闻道上。

郑闻道　覃队长,都搜了,没有啊!

覃义生　没有?

郑闻道　嗯!

覃义生　郑老师,你做梦也想不到今天吧? 你的得意门生谭寿林马上就要踏上奈何桥了。

郑闻道　覃队长,你莫再叫我郑老师了,我是迷了双眼,站错了队伍,是你看在以往的情谊上拉了老朽一把,把我从共产主义泥潭里面救了出来。您才是我的传道授业的恩师啊!

覃义生　我才是恩师? 哈哈哈! 郑老师,识时务者为俊杰!

郑闻道　郑某人哪敢称俊杰? 覃队长您才是俊杰啊!

〔一个身着警察服装的人上,走近覃义生,耳语几句,下。

郑闻道　鱼儿上钩了?

覃义生　就抓住了几个穷学生,不过总比什么都没捞着的好啊。

郑闻道　那是! 几个穷学生? 不对呀,您不是说看见了韦小兰了吗?

覃义生　是好像看见了韦小兰,怎么会转眼之间就不见了呢? 哼,警车此时爆胎大有蹊跷啊。

郑闻道　会不会是党务调查科? 他们对我们军统抓住了谭寿林这条大鱼一直都妒火高涨!

覃义生　哼,党务调查科,这帮狗娘养的,他们就是信不过我! 把人给我押上来!

〔谭寿林戴着镣铐被押上来。

路人甲　呀,这共产党好年轻啊,看着也不过 30 多岁! 太可惜了啊!

路人乙　你有几个脑袋,敢同情共产党,不要命了啊!

路人甲　对,对,莫谈政治,莫谈政治!

狱　警　走!(踹谭寿林)跪下!

〔谭寿林跪倒在地。

覃义生　哎呀,可悲啊! 寿林兄为了共产主义去赴死,临了,没一个共产党人来救你!

谭寿林　杀头不过风吹帽,坐监也要闯上天! 今天我谭寿林要以血荐轩辕。谢谢! 谢谢各位来给我送行!

覃义生　谭寿林,你死到临头了还在这里蛊惑人心?

谭寿林　你以为人民是可以被你们蒙蔽欺骗的吗? 覃义生,覃队长! 我在雨花台上等你!

〔狱警用枪托欲打谭寿林。

郑闻道　住手! 寿林,你都是要走的人了,何必逞一时口舌之快呢!

谭寿林　呸! 你这万人唾弃的叛徒,你有什么资格教训我,你枉为人师! 闻道闻道,不闻正道,专营邪道! 你小心点,背后好多双眼睛都盯着你呢!

郑闻道　谭寿林,你……

覃义生　少废话！

谭寿林　这是我给钱瑛写的信。不过我想，你见不着她。（把信扔在地上，覃义生捡起信看了一眼）

覃义生　废话连篇！（撕信）把谭寿林给我押下去！

〔一阵雷声后，雨说下就下。

〔覃义生等人押解着谭寿林下。

〔钱瑛与战友背过身去擦眼泪。

〔光渐暗，众人隐去。

〔钱瑛捡起地上的碎片。

谭寿林　瑛，谢谢你帮我完成了最后的愿望。亲爱的，我们未竟的事业，满怀憧憬的未来，还有我们的孩子，只有靠你一个人去奋斗，等到革命胜利的那一天，替我看看我们的新中国，那个美好的新世界！但且相信，在看得见你的地方，我的眼睛和你在一起，在看不见你的地方，我的心和你在一起。对不起，我很愧疚没能实现和你"执子之手，与子偕老"的盟誓……

钱　瑛　寿林，寿林……

〔音乐响，闪回，两人的婚礼。阿曼饰谭寿林上。

郑闻道　好！好啊！

谭寿林/阿曼　老师，您请坐！郑老师，您是我的开蒙老师，是您带我认字，是您带我读书，是您告诉我人人"生而平等"，是您教育我大丈夫"向死而荣生"。您是寿林的老师，一日为师，终身为父！（谭寿林转身看披着红盖头的新娘子）钱瑛！真好看！（谭寿林牵着钱瑛，来到郑闻道跟前）郑老师，请受我们夫妻俩一拜！

〔夫妇俩给郑闻道鞠躬。

郑闻道　快，快请起，快请起！寿林、瑛儿，我郑闻道本是一介平凡的教书先生，何德何能能够教出你们这样的好孩子。我自以为教育可以救国，可年逾花甲才发现，光靠教育是救不了国的，是寿林你把为师带上了革命的道路，让吾认清了一生奋斗的方向！所谓师生，教学相长。若论起这些，寿林你才是我传道授业的恩师啊！

谭寿林　不，您永远是寿林的恩师！（与钱瑛跪在郑闻道面前磕了个头）

郑闻道　好！老师祝你们百年好合，永结同心！

谭寿林、钱瑛　谢谢老师！

谭寿林　（拉起钱瑛的手）钱瑛，执子之手，与子偕老！

〔音乐中，谭寿林夫妇紧握双手。

〔灯光渐弱，收光。第一幕结束。

第二幕　成长

〔荷花舞。

〔起光，1921 年 9 月的一个晚上，广西贵县桥圩镇震华村谭岭屯覃义生家中摆下宴席，庆祝覃义生考上北京大学。

〔覃义生家是贵县桥圩镇名门望族，广有田地，富甲一方。覃家的府邸是典型的桂南民居风格，高高的碉楼俯瞰着整个谭岭屯，门头上挂着的大红灯笼和门口的两只大石狮子彰显着覃家的尊贵地位。

〔覃义生与客人甲、乙上。

覃义生　哈哈哈，我要亲自带你们进京去看看！

〔蔡会长与客人丙带着礼物上。

客人丙　覃少爷！

覃义生　蔡会长！

蔡会长、客人丙　恭喜恭喜！

覃义生　有请、有请！

〔郑闻道提着礼物上。

众　人　郑老师！郑老师！

郑闻道　高朋满座呀！

覃义生　郑老师，来，您请坐！

〔徐知事上。

覃义生　徐知事，来，这边请！

〔谭寿林与高耀光带着礼物上。

高耀光　哇！大红灯笼！

谭寿林　是啊，真气派！

高耀光　气派！

谭寿林、高耀光　郑老师好！

郑闻道　耀光，寿林。

覃义生　耀光兄！

高耀光　义生兄，你们家今天真是高朋满座呀！

覃义生　是，来，这边坐！

谭寿林　义生兄，恭喜恭喜！

覃义生　同喜同喜！（接过礼物递给侍女）客气客气了！寿林兄不也是考上了北京大学嘛！你放心！今后有我覃义生罩着你，少不了你吃的喝的。你啊，青云直上九万里，彻底洗脚上田，做人上人啦，哈哈……

谭寿林　义生兄，谢谢你的照拂，寿林我打小吃惯了农家饭，喝惯了冷山泉，我啊，攀不上那青云，做不来人上人！

高耀光　寿林兄，你不要妄自菲薄，你也考上了北京大学，你是我们谭岭屯飞出的金凤凰！

谭寿林　耀光，凤凰那是神鸟，翱翔上九天，我愿化作杜鹃，人间把春报。我就希望找到一条崭新的道路，创造一个人人生而平等的新世界！

高耀光　都是考上北京大学，有的人只想着扶摇直上九万里，有的人却想着躬身为民把春报！

客人甲　耀光兄说得对！

客人乙　寿林兄心怀天下！

客人丙　前程不可限量啊！

众　人　对对对，好好好啊！

覃义生　（听到这里，心生怨恨，站到宴会厅正中）大家听我说，人生有两大美妙时刻，一是洞房花烛夜，一是金榜题名时。想我覃家万顷良田，诗书传家。多得祖上护佑，成为这贵县桥圩的名门望族，我考上北京大学更是得以光宗耀祖！

高耀光　义生兄，那寿林全家世代务农，祖上连秀才都没出过，那他怎么也能考上北京大学呢？

众　人　是啊！

覃义生　他谭家与我覃家紧邻，就隔着一汪池塘！我覃家门前一脉水，家后一座山，藏龙卧虎，他谭家还不是沾了我覃家好风水才能高中！

高耀光　覃义生，你！

郑闻道　好啦，好啦！今天是个高兴的日子，我们大家聚在这里是叙情谊，谈抱负，你们何必要起口舌纷争啊？

谭寿林　郑老师说得对！耀光兄、义生兄，来！现在国难当头，风雨飘摇，我们窝里斗不如全对外，打倒封建主义、帝国主义，建立崭新的中国才是我辈的责任！

覃义生　谭寿林，你少在这唱高调！燕雀安知鸿鹄之志，你们怎会知道我的志向！

郑闻道　义生！人之于天地，俯首站立，不过两手两脚，你凭着祖上的荣光看高伏低，他日焉知谁是鸿鹄，谁是燕雀？哼！

谭寿林　郑老师别生气，义生兄年轻气盛，我跟他同时考上北京大学，就证明这世界上还是有"生而平等"的！

覃义生　哈哈，生而平等？那为何有人生下来就锦衣玉食？为何有人生下来就饥寒交迫？这个世界从来就是弱肉强食，以大欺小，哪有什么"生而平等"？

高耀光　覃义生，你太狂妄了！

覃义生　寿林兄，考上北京大学，正是你脱离你的世界最好的机会，不要

误了明天的轮船，我们老码头见！

谭寿林　好。

覃义生　（看了一眼高耀光）我跟你没什么话好说的。

高耀光　你！

覃义生　（转身招呼客人）走！跟本少爷赏荷花去！

众客人　好嘞！

〔覃义生抬头离去。

仆　人　给少爷把乳泉酒、木格叉烧、大安点心和绿豆糕送去前院！

侍　女　是！

〔众人下。郑闻道走向前开解谭寿林。

郑闻道　耀光，寿林！你们别跟义生一般见识，他就是这大少爷脾气。今天寿林抢了他风头，他受不了。

高耀光　哼！我们今天就不该吃这受气宴！

谭寿林　耀光！郑老师，为什么我们对义生兄他们再好，他们还是把我们当作下等人？难道这个世界真的没有"生而平等"吗？

郑闻道　我也在思考这个问题呀，可能真的跟老师教给你们的不一样啊。有时候，我们得认命啊！

高耀光　我们不认命？我们要抗争！

郑闻道　那……

高耀光　郑老师，当年我和寿林兄赶圩归来路过桥圩公局的时候，发现公局大门上贴了一副对联。呃……

谭寿林　公是公非行正道，局中局外结同心。

高耀光　对对对！

谭寿林　那真是掩耳盗铃、颠倒黑白。

高耀光　寿林兄一支妙笔添了两个标点，

就变成了"公是公，非行正道；局中局，外结同心"，把公局老爷给气得半死。（众笑）

郑闻道　顽皮！

谭寿林　我才不信什么"生而不等"，那都是那些官家、老爷们骗人的鬼话！

高耀光　当年，五四运动的浪潮席卷全国，寿林兄，你作为我们贵县学生联合会的会长带领我们大家积极投身那场革命运动，我们的学生运动那是震惊贵县耀八桂啊！

谭寿林　耀光，国之不存，家将安在！我想，我们要抗争！要改变这个不平等的世界！

郑闻道　抗争？抗争就可以改变吗？这个……我也说不清楚。

谭寿林、高耀光　（齐声）那……那谁能说得清楚？

郑闻道　寿林啊，我听说北京大学有一位教授叫李大钊，你到北京大学以后可以请李大钊先生来解答你提出的这个问题。

谭寿林　李大钊先生？

高耀光　李大钊先生？

谭寿林　谢谢郑老师！

郑闻道　等你找到了答案，为师还要拜你为师，要你传道授业解惑啊！

谭寿林　郑老师，一日为师终身为父，您这一辈子都是寿林的恩师！

高耀光　您永远是我们的恩师！

郑闻道　闻道有先后，学海无止境！到时候，我一定要到北京大学去找你！

谭寿林　待到来日相逢时，畅饮西山乳泉酒，前路风雨同砥砺，

缔造平等——

高耀光、郑闻道、谭寿林　（齐声）写春秋！

〔收光。

〔次日，清晨。谭寿林家门前，谭寿林奶奶坐在家门口整理孙子出行的物品。

〔谭寿林家是一个典型的岭南小合院，青砖砌成的一溜平房，围绕着天井住着谭家三房人。门前是一汪澄碧的水塘，水塘边是一望无际的田野。

〔谭寿林上。

谭寿林　奶奶！奶奶！

谭奶奶　哎哟！一大早上哪去啦？

谭寿林　奶奶，我这次离家不知道什么时候才能回来，我去郁江边走了走。

谭奶奶　寿林呀，去北京路途遥远，在路上要多加小心。

谭寿林　知道了，奶奶。

谭奶奶　寿林啊，你考上北京大学，不仅是我们家也是我们全村的骄傲呢。对了，奶奶做了你最爱吃的糍粑和糯米藕块。

谭寿林　真的？

谭奶奶　你拿着，带在路上吃。

谭寿林　好烫！

谭奶奶　你慢一点。

谭寿林　真香啊。奶奶，孙儿舍不得您。

谭奶奶　（脱下手里的玉镯塞到谭寿林手里）寿林，奶奶呀一辈子受穷，没什么钱，这个镯子是你曾奶奶传给我的，你拿着！

谭寿林　（坚决地拒绝）奶奶，我不能要！

谭奶奶　你拿着！

谭寿林　（绕着凳子跑）奶奶，我不能要！

谭奶奶　你站住！过来！（把镯子塞到谭寿

林的手里）你拿着，或许呀，在关键时候用得上。奶奶没出过桥圩，没什么见识，但你那些到家里的同学们和你谈的都是什么救国、救民的大事。奶奶知道你想为乡亲们、老百姓做点事。你看，你这次去上学都是大伙儿给你凑的学费，你在外面好好学、好好干，别辜负了乡亲们。

谭寿林　（感动，带点哭腔）知道了，奶奶。

谭奶奶　去吧！

谭寿林　（郑重跪下）奶奶，保重！

谭奶奶　寿林，快起来！孩子，好好的，去吧。

谭寿林　再见！

谭奶奶　再见！

〔奶奶轻轻哼唱起客家山歌，谭寿林拿上行李依依不舍地离开了家。

谭奶奶　（轻声地唱）
好乖好乖的小郎官，
好美好美的小娇娘，
好甜好甜的九节蔗，
好醇好醇的乳泉酒，
青梅竹马绕竹床跑啊跑，
花前月下背仙女笑啊笑……
〔收光。

第三幕　投身

〔起光，1922年早春，北京大学未名湖畔，谭寿林、覃义生上。

谭寿林　人生百年白驹过，
莫负光阴莫负君。
未名湖畔乡梓聚，
笑谈古今定乾坤。

覃义生　好诗呀！寿林兄，你这出口成章的才华真让我羡慕！不过，你这四句打油诗可是狂妄得很啊，小心被当局听到了，说你是赤色分子！

谭寿林　赤色分子？那不就是红人吗？我啊，倒真想成为赤色分子！只可惜我空有一腔热血却不懂主义，我希望能见到李大钊先生，向他请教一直困惑我的问题！

〔黄日葵拿着网球上。

黄日葵　李大钊先生？我来给你引荐！

覃义生　日葵兄，刚打球回来呀？

黄日葵　是啊！

覃义生　寿林，这位是黄日葵，是我们的桂平老乡，也是我们北京大学的学长。

谭寿林　你就是黄日葵吗？

黄日葵　我早就知道你了。你是那个带着学生抵制日货、烧了蔡会长500箱洋货的谭寿林。（众笑）

覃义生　来，日葵兄，这边请。

黄日葵　当年就是因为烧毁了那500箱洋货，把蔡会长、徐知事他们给急的呀！
〔闪回。
〔舞台一角，1919年五四运动，老码头前摆放了500箱日本洋货。众学生、谭寿林/阿曼、蔡会长、徐知事上。

高耀光　打倒日本帝国主义！

众学生　（齐声、高声地）打倒日本帝国主义，保家卫国，抵制日货！打倒日本帝国主义，保家卫国，抵制日货！

〔谭寿林 / 阿曼从人群中走出。

谭寿林 / 阿曼　同学们！同学们！国家不存家将安在？！唯望革命成功打倒帝国主义，取消不平等条约，国家才能独立自主，个人才有前途！

众学生　说得对！

蔡会长　谭会长，过来！（蔡会长塞给谭寿林 / 阿曼一个钱袋）

谭寿林 / 阿曼　拿开你的脏钱！

众学生　好！好！

蔡会长　谭寿林！你！谭会长，我知道你家里世代务农，家境清贫，这100元东毫聊做谭会长读书补助之用，你就不要为难我了。

谭寿林 / 阿曼　你把我谭寿林看成什么人了？现在全国上下都在反抗列强抵制日货，你还从广州偷运500箱日本洋货发国难财！蔡会长，我们贵县学生联合会绝对不会与你同流合污的！

众学生　对！我们绝不同流合污！

徐知事　谭会长，我们好话说尽你还是冥顽不灵，哼，今天这500箱日本洋货要是不放行……

谭寿林 / 阿曼　怎么样啊？

徐知事　你！你！你！都别想走出这安澜塔！

谭寿林 / 阿曼　哈哈！蔡会长、徐知事，你们也太小看我们这些穷学生了！

众学生　对！你们太小看我们了！

谭寿林 / 阿曼　早就知道你们不会善罢甘休的。（示意开始焚烧洋货）开始！

众学生　烧！烧！烧！（一个学生转身冲去点火）

谭寿林 / 阿曼　你们看老码头！500箱日本洋货正在销毁！

徐知事　反了，反了！谭寿林你真是胆大包天！

蔡会长　完了，完了！我的钱啊！

谭寿林 / 阿曼　打倒日本帝国主义！

众学生　（齐声高声地）打倒日本帝国主义，保家卫国，抵制日货！

〔收光，众人下。

黄日葵　（笑）寿林兄，你这个学生领导者在我们贵县，可是无人不知无人不晓啊！

谭寿林　过奖了日葵兄！刚才你说，要介绍我认识李大钊先生？

黄日葵　对呀！

谭寿林　太好了！我有好多问题要请教李大钊先生呢！

黄日葵　寿林兄，见大钊先生我早就安排好了，今天我来这，就是要转交他送给你们的礼物！（拿出两本红色的译本《共产党宣言》递给谭寿林和覃义生，两人接过《共产党宣言》，兴奋地看了起来）

谭寿林　《共产党宣言》！

覃义生　英特纳雄耐尔！

谭寿林　英特纳雄耐尔！

谭寿林、覃义生、黄日葵　《共产党宣言》，英特纳雄耐尔！

〔收光，三人下。

〔起光，谭寿林 / 阿曼上。

谭寿林 / 阿曼　从1922年开始，我阿曼就在谭寿林心里诞生了，我与谭寿林开始共同经历了风雨兼程的革命岁月。在北京大学读书期间，谭寿林一边读书一边革命，半工半读，1924年秋，谭寿林由黄日葵、陈居玺介绍，加入了中国共产党。

〔起光，1924 年秋，北京一间民房里，房间里面有一张八仙桌和四张凳子，影壁上挂着一面斧头镰刀的党旗。谭寿林、覃义生、陈居玺三人在商量事情。

〔黄日葵兴冲冲地上。

陈居玺　李大钊同志说，这是马克思和恩格斯为共产主义者起草的建党纲领。

黄日葵　居玺！你们都在呀，我正到处找你们呢。今天有件大喜事！

陈居玺　大喜事？快说来听听。

黄日葵　我要代表党组织宣布一个重要决定！

覃义生　什么重要决定？

黄日葵　因为在学生运动中表现突出、勇敢，党组织研究决定接受谭寿林同志的入党申请！

谭寿林　我？

黄日葵　是的！正式批准你为中国共产党党员。

谭寿林　（吃惊）我被批准入党了？

黄日葵　对！祝贺你，谭寿林同志。

覃义生　陈居玺同志，你是我们的平南老乡，对我与寿林的情况非常了解，为什么你做他入党介绍人，推荐他入党，那我呢？

陈居玺　覃义生同志，你不要误会。

黄日葵　覃义生同志，你不要有思想包袱，虽然这次寿林比你先入党，但是，只要你提高思想觉悟，党组织还是会考虑嘛！

陈居玺　是啊！

覃义生　（生气得说不出话）唉！（扭头出门）

黄日葵、陈居玺、谭寿林　义生、义生！

陈居玺　唉，他啊，还是大少爷脾气。

黄日葵　让他冷静冷静，我想他会明白党组织的苦心。寿林、居玺！来，我们宣誓！

〔谭寿林、黄日葵、陈居玺整理仪表，立正站直面对庄严的党旗，手腕握紧做拳头状举起。

〔国际歌响起，三人面向党旗宣誓。

黄日葵　我志愿加入中国共产党。

谭寿林、陈居玺　我志愿加入中国共产党。

黄日葵　拥护党的纲领。

谭寿林、陈居玺　拥护党的纲领。

黄日葵　遵守党的章程。

谭寿林、陈居玺　遵守党的章程。

黄日葵　履行党员义务。

谭寿林、陈居玺　履行党员义务。

黄日葵　时刻准备为党和人民牺牲一切。

谭寿林、陈居玺　时刻准备为党和人民牺牲一切。

黄日葵　永不叛党！

谭寿林、陈居玺　永不叛党！

〔收光，众人下。

〔门外，覃义生。

覃义生　凭什么？凭什么同时递交入党申请书，谭寿林那穷小子就通过了组织审批，而我的申请却延后，连预备党员资格都没有通过？你们这些老革命总说我放不下封建大少爷的身份，总说我高高在上，不能跟工农群众打成一片，可哪次运动我不参加，哪次工作我不是又出钱又出力？今天说我不符合一个共产党员的标准，明天我要让你们刮目相看！

〔切光，覃义生下。

〔起光，蓝衣社劳作舞。

〔贵县谭寿林家，郑闻道掏出一封信上。

郑闻道 寿林奶奶，寿林奶奶！

谭奶奶 诶！郑老师！

郑闻道 寿林奶奶，寿林来信了，他让我把信念给您听。

谭奶奶 郑老师您坐！

郑闻道 奶奶，见信好！转眼又是秋风起，我来北京已经一年了。

〔谭寿林/阿曼舞台一角上。

谭寿林/阿曼 我身体好、学习好、一切都好，就是想您做的糍粑和甜酒，您年纪大了，就不要再下田收割劳作了。您要保重身体，孙儿一放假就回贵县看您！

谭奶奶 寿林这孩子，隔那么远，还老是挂念着我……

郑闻道 寿林奶奶，您有这么个好孙子，您老有福啊！

谭奶奶 （止住哭声）有福，有福，我啊一定好好地等他回来！郑老师，我给你盛碗莲藕汤去！（郑闻道点头致谢，谭奶奶下。郑闻道继续读信）

谭寿林/阿曼 郑老师，经年一别，你我两宽。我见到了李大钊先生，我问他这个世界是不是"生而平等"？"生而平等"的世界又应该怎么建立？大钊先生说一切都在《共产党宣言》这本小册子里……

郑闻道 （拿起随信寄来的红色小册子仔细看）你是说，这本小册子里，有新世界！

谭寿林/阿曼 嗯！

〔收光，郑闻道下。
〔起光，谭寿林/阿曼上。

谭寿林/阿曼 时光如梭，入党后的谭寿林迅速成长，他参加了李大钊领导的中共北方区委和中国劳动组合书记部北方分部的工作，负责编辑北方分部机关刊物《工人周刊》。他经常与其他几位革命同志到工人子弟学校去授课，进行革命活动，为独立领导革命开展工作打下了扎实的理论和实践基础。我阿曼看见谭寿林正在成长为一名坚定的共产主义战士。

〔收光，谭寿林/阿曼下。
〔起光，1925年秋，广州莲香楼酒店里，周恩来、谭寿林上。

周恩来 中华民族上下五千年，历史悠久，幅员辽阔，土地富饶，物产丰富。我们中国的每一寸土地都是中华儿女的珍宝啊！

谭寿林 恩来同志说得真好，中国的每一寸土地都是中华儿女的心头珍宝！

周恩来 坐坐坐。想我中国本是世界翘楚，可是你看看现在，外有帝国主义虎视眈眈，内则军阀混战、民生凋敝，多少工农百姓流离失所，饥不果腹啊。

谭寿林 是啊！我们共产党人就应该拯救人民于水火之中！

周恩来 对，我们中国共产党人就是要做那开天辟地的盘古！

谭寿林 开疆，创世纪，革命，新纪元，壮哉，大中国，努力，我辈人！

周恩来 好！好！早听说寿林同志干起革命来是"拼命三郎"，想不到你抒发胸臆也是"白日放歌须纵酒，青春作伴好还乡！"来！我们以茶代酒，敬我们脚下的这片土地！

（两人起身以茶代酒）

周恩来 广西与广东为邻，文化交融，交通阡陌。广东是国民革命大本营，广西紧邻广东，革命形势不断发展，如果我们党能在广西扎下根来，发展壮大，那对广东、对国民革命都是巨大的支持啊！

谭寿林 看来恩来同志对我们广西很了解啊！

周恩来 也谈不上了解。不瞒你说，我是广西女婿，我夫人邓颖超同志是广西南宁人，来见寿林同志，当然要提前做功课嘛！

谭寿林 做功课？看来今天这早茶颇有深意啊。

周恩来 对，这早茶确实不简单！但这不是我的深意，是广东省委党组织的意思，党组织想派寿林同志回广西工作，在广西建立地方党支部。

谭寿林 回广西工作？

周恩来 是的，但关于广西的第一个党支部要建在哪里，我想听听你的意见。

谭寿林 从个人感情来讲，我当然希望广西的第一个党支部建立在我的家乡贵县，但是无论从地域上、文化上，还是辐射上，我认为……

周恩来 哎，寿林，你看这样好不好？我们用茶水在桌上写出来，如何？

谭寿林 好！（两人在桌上分别用茶水写了"梧州"）

周恩来 哈哈，果然是英雄所见略同啊！

谭寿林 恩来同志你看！梧州是桂江、浔江、西江三江汇合之地，进可与广州连成一线，退可辐射整个广西，是两广革命联系和发展的关键枢纽。

周恩来 说得好！梧州一城的得失关乎两广革命发展之关键，关乎国民革命的持续深入，梧州的成败就看寿林你们了！

谭寿林 你们？

周恩来 是的，你们！寿林，我给你介绍两位同志。

〔郑闻道、覃义生推开包厢门走了进来，谭寿林看见两位老相识进来，一脸惊喜。

谭寿林 郑……

〔郑闻道示意他不要声张，谭寿林会意。

谭寿林 早茶广州叹，六堡梧州香！敢问两位，郁江边上安澜塔安澜否，秦驰道中谁人来了谁人去？

郑闻道 安澜塔下若不安澜，我辈中人勠力同心自安澜。

覃义生 秦驰道中迎来送往，我辈中人初心不改定从容！

周恩来 好！

郑闻道 梧州这三江汇流之处甚是绝妙，一流清澈见底，鱼翔长空；一流黄沙滚滚，昏黄不明。

周恩来 鸳鸯江一条清一条浊，不正对应着现在的中国吗？

谭寿林 恩来同志说得对！国民党的三民主义、共产党的共产主义，到底谁能拯救中国，最终还是要看这定江石呀！

覃义生 寿林兄，那谁是清流谁是浊流，谁又能拯救中国？

郑闻道 那要看定江石会选择谁了！

周恩来 对！

覃义生　那这定江石又是谁呢？

周恩来、谭寿林、郑闻道　（坚定地）
　　　　人民！人民就是定江石！

郑闻道　对，人民！

谭寿林　江上起风了！

郑闻道　我辈本在江上生，
　　　　何惧东南西北风！

周恩来　好！来来来，请请请！
　　　〔四个人回到茶桌坐下。
　　　〔收光。

❧ 第四幕　生还 ❧

〔起光，谭寿林/阿曼上。

谭寿林/阿曼　1925年10月，广西的第一个党支部在梧州成立了。梧州地委是中国共产党在广西建立的第一个党的领导机构。谭寿林任梧州地委书记。他到梧州后化名为曼殊，利用当时国共合作的有利形势和较好的群众基础，以报纸作为阵地，大力宣传革命思想，传播马克思主义。他在1926年梧州苍梧县农民骨干会议上，拿起一碗水，放入一把朱砂，慢慢搅动。
　　　〔谭寿林与农民骨干上。

谭寿林　同志们！我们要像朱砂这样，把水染红！李大钊先生曾在《布尔什维克主义的胜利》一文中写到："人道的警钟响了！自由的曙光初现了！试看将来的环球，必是赤旗的世界！"

众　人　太好了！
　　　〔切光，谭寿林和众人下。
　　　〔起光，1926年10月中旬，梧州警备司令王应榆邀请全市各团体负责人到警备司令部开会赴宴。王应榆、谭寿林、若干警察和全市各团体负责人上。
　　　〔粤曲名伶演唱《红烛泪》选段：
　　　身如柳絮随风摆，
　　　历劫沧桑无了赖。

　　　鸳鸯扣宜结不宜解，
　　　苦相思能买不能卖。
　　　……

众　人　好！好！不愧是名角啊！

王应榆　赏！
　　　〔侍从递上赏钱，名伶接过，下。

王应瑜　今天梧州警备司令部高朋满座，蓬荜生辉，我王某人在这里谢谢各位高贤的光临！来来来，一起和王某人喝完它！

众　人　（起身应和）喝！

王应榆　我王某人是中山先生的忠实信徒，革命军人，全力支持国民革命。但现在正值北伐，后方治安至为重要。自近段时间本市发生"三工人"事件以来，工农商学各界屡生事端，严重扰乱社会治安。本司令在此严重宣告，莫要辜负政府的好意，今后如再发生类似事件，我王某人有责任采取措施，维护治安，保梧州一方安宁，还民众朗朗青天！

谭寿林　（怒火中烧，轻蔑地冷笑一声，站起身来）王司令，您说您是一个中山先生的忠实信徒，全力支持国民革命的革命军人。我想请教一下王司令，中山先生的三民主义是什么？

王应榆　嗯，这个……

韦小兰　民族主义，民权主义，民生主义。

王应榆　讲得好！讲得好！

李组长　王司令既然这么恪守三民主义，又怎么会发生"三工人惨案"？又怎么会镇压工农群众？

王应榆　哼！依我看，"三工人"事件分明就是一些别有用心的反民在煽动民众，对抗政府！也是向我王某人的挑衅！

李组长　您话里话外都把为三位工人鸣冤叫屈的爱国民众说成一群刁民、反民，何曾给民众一句表达的自由？

韦小兰　又何曾倾听过民众对于政府的意见？

王应榆　你！你们一个个牙尖嘴俐伶！

李组长　哼！

谭寿林　王司令，中山先生制定了"联俄、联共、扶助农工"的新三民主义，想必王司令必能很好执行，以保障工农运动。

　　　　〔群众示威游行画外音：严惩凶手，血债血偿！严惩凶手，补偿无辜死难者家属！

王应榆　反了，反了！

谭寿林　王司令，如果不是你们残忍杀害三位工人，外面怎么会有几万群众在游行示威？王司令，人民的武装应当保护人民！

众　人　对，说得对！

王应榆　敢问先生的大名？

谭寿林　我是《梧州民国日报》的社长曼殊，王司令可以叫我阿曼。

王应榆　阿曼？我每天都看《梧州民国日报》，经常拜读曼殊先生的高论，很早就想去拜访曼殊先生，想不到今天在这里相见了，幸会，幸会，哈哈……

谭寿林　想必曼殊早就在警备司令部的黑名单上了吧？

王应榆　我们警备司令部向来是保护梧州治安和民众的安全，哪里有什么黑名单？

谭寿林　今天我《梧州民国日报》为民发声，希望司令严惩凶手，抚恤无辜死难者家属！

众　人　对！严惩凶手！抚恤家属！

王应榆　曼殊先生，不要嚣张，好自为之！

谭寿林　希望司令真的能牢记三民主义，全力支持国民革命！告辞！

王应榆　不送！

　　　　〔谭寿林、郑闻道、覃义生等离席。

　　　　〔光渐收，追光打在王应榆背上，王应榆摇晃的手突然变作刀状狠狠地砍了下去。追光收，王应榆下。

　　　　〔1926年12月19日，谭寿林、郑闻道在梧州《梧州民国日报》社，覃义生上。

覃义生　寿林兄、郑老师！不好了！王应榆带着警备司令部的警卫就要冲进来了！怎么办？

郑闻道　义生，你和我掩护寿林，让寿林赶快转移！

覃义生　（慌张地）我，郑老师我跟你掩护寿林，我、我怕……

郑闻道　（严厉地）义生，你这个软骨头！寿林是梧州的地委书记，肩负着整个梧州乃至广西的革命重任，孰重孰轻，你分不清楚吗？

覃义生　我……

郑闻道　你要是害怕，我一个人就是豁上

这条老命，也要保下寿林！（重重地甩开了覃义生，欲开门冲出去）

谭寿林　郑老师，你别去，我留下，你和义生兄带上重要的文件赶紧撤离！

郑闻道　寿林，你是梧州的地委书记，要撤也是你先撤呀！

谭寿林　郑老师，我现在是意气书生曼殊，不是地委书记谭寿林，我进去不过就是受些皮肉之苦，他们不会把我怎么样的。

郑闻道　寿林，谭书记……

谭寿林　郑闻道同志，中国共产党人要严格执行组织下达的命令，我现在命令你和覃义生同志带着重要文件赶紧撤离！

覃义生　（接过文件夹）郑老师，谭书记都命令我们撤退了，快走吧！我服从命令，我先撤了！（仓皇离开）

郑闻道　义生！义生！

谭寿林　郑老师，你也快撤！

郑闻道　寿林！

谭寿林　郑老师，我从入党第一天开始就做好了随时牺牲的准备。如果王应榆这次找不到我，肯定会把整个梧州搜个底朝天，到时候会严重地摧毁我们在梧州乃至广西的革命组织。郑老师，时间来不及了，你赶紧撤！

郑闻道　那王应榆……

谭寿林　快撤！这是命令！快！（送郑闻道离开，整了整衣衫，安静地坐在了书桌前）

〔王应榆带着警卫推开门，持枪冲了进来。

王应榆　曼殊先生，别来无恙啊！

〔切光。

〔覃义生等人被警卫追踪，纷纷被捕。

〔夜晚，梧州监狱。高耀光、韦小兰、李组长、老赵在牢房里；覃义生被绑在舞台一角。

韦小兰　水，水……

李组长　好烫！她发烧了。

高耀光　有人吗？来人啊，我们要水！

〔画外音：喊什么喊！没有。

韦小兰　好冷，好冷！

高耀光　他们把我们关进死牢，不准探监，不给水喝，天寒地冻不准送棉衣棉被，这分明是想弄死我们。

李组长　谭书记被他们带去问话到现在都没回来，我担心他……

〔谭寿林、王应榆、狱卒上。

〔画外音："啪！"狱卒扇谭寿林耳光。

王应榆　曼殊先生的骨头当真是硬得很啊，这一天三顿的皮开肉绽也撬不开先生的嘴，但是我王某人也是个倔脾气，皮开肉绽不行，我还有铁齿钉耙，铁齿钉耙不行，我还有烙铁烧肉，任先生就是铁打的罗汉，在我这里也要服服帖帖的！

谭寿林　我曼殊不过是一介书生，写一手文章，念几句诗词，王司令何须如此大费周章？

王应榆　好！我大把手段收拾你！（转去拷问覃义生）哎呀！惨啊，好惨！谁把我们的覃大少爷绑成这样呀？（解开覃义生的黑眼罩）来人！松绑。覃大少，你这身细皮嫩肉来到我王司令这里，到了晚上天寒地冻，睡在冰冷的水泥地板上，这种滋味，很难受吧……

〔狱卒把谭寿林推进监牢，谭寿林倒地。

〔众人围到谭寿林身边。

众　人　书记，谭书记！

覃义生　王司令，我只是报社编辑，不是什么共产党。你不能滥用私刑将我们屈打成招。

李组长　谭书记，你怎么样？

谭寿林　我没事。不要为我担心。韦小兰同志她怎么了？

李组长　她发烧了。

王应榆　我信你不是共产党。但是，不知他们信不信啊。（狱卒拿起烧红的烙铁吓唬覃义生）

覃义生　别动手！别动手！有话好好说。

谭寿林　同志们，马上就要天亮了，他们早上会给我们送米粥，我那份留给小兰同志。

李组长　可是书记……

谭寿林　你们要坚持住！为了革命不怕牺牲，必须保持住我们共产党员的气节。

众　人　（点头，谭寿林咳嗽）谭书记！谭书记！

王应榆　覃大少，你没有必要为了你那些共产党朋友卖命，流血不痛吗？牺牲？傻啊？只要你愿意合作，我们一起做点事情嘛。

覃义生　这？

王应榆　覃大少才智过人，气宇轩昂，是不可多得的人才啊！只要我向上面推荐你，到时谭寿林等人不都要跟在你屁股后面听你指挥吗？来人！上酒！（狱卒端上一杯酒，王应榆把酒递给覃义生）

谭寿林　同志们，要战胜恶势力，唯一的办法就是要团结起来战斗到底。

众　人　对！战斗到底。

谭寿林　战斗是我们一生中最快乐的事！（众点头）

〔覃义生接过酒，一饮而尽。

谭寿林　马上就要天亮了，都休息吧，保存体力。

〔众人休息，谭寿林开始写日记。

谭寿林／阿曼　已经是第78天了，你每天都皮开肉绽，你不痛吗？

谭寿林　人生就像皮鞋一样，加钉一口钉，就多坚实一分，我的肉体每多受一回痛苦，精神上也会多受一次创伤，但这不过是在增加我人生的经验罢了。

谭寿林／阿曼　他们那些刑罚都在你身上使过无数遍了，你不疼吗？

谭寿林　疼，当然疼。你是阿曼吗？那个我心里最熟悉的朋友，阿曼吗？

谭寿林／阿曼　是的，我就是你心里的阿曼！你身上受过的每一次鞭打我都能感受到那彻骨的疼痛，血干了再流，皮绽了再合！可纵然你是皮鞋也不能把钉子钉满鞋底啊？

谭寿林　把钉子钉满鞋底，那不是走路时也能叮当作响，威声赫赫嘛！残刑酷罚，苦了我的肉体，却不能伤害我的灵魂。枷锁重重，牢锁了我的肉体，却不能约束我的灵魂！

谭寿林／阿曼　寿林，要坚持住，为了新世界！

谭寿林　谢谢你，阿曼！每当我疼痛难熬的时候，都是你在安抚我，与我同在。我的心里信仰比天还大，皮肉之痛不是痛，那是我的勋章，是将来我震天动地的那根钉！阿曼，你看！太阳就要出来了，新世界在向我们招手。

谭寿林／阿曼　对！坚持下去！

阿曼、谭寿林　我们会看到胜利的那一天！

〔切光。第四幕结束，谭寿林／阿曼下。

❦ 第五幕　伴侣 ❧

画外音（众人合唱）

来！来！来！

打倒它反动派，

哪怕它国民党恶军阀，

杀！杀！杀！

国民党的军阀，

哪怕它国民党小奴才，

高举我们的红旗向前进，

高举我们的红旗向前进！

〔起光，1928年，上海，十里洋场，黄埔外滩，音乐起。

〔谭寿林／阿曼上。

谭寿林／阿曼　在狱中，谭寿林写下了《俘虏的生还》一书，书中主人公阿曼的故事就是谭寿林真实的经历，此时，我阿曼在谭寿林的心里越加清晰。1927年3月，谭寿林等五位同志在广州被释放。1927年4月12日，蒋介石公然撕毁国共合作，大肆搜捕中共党员，革命形势急转直下。谭寿林被调往上海，化名覃树立，从事工人运动，先后担任了全国海员总工会秘书长、全国总工会秘书长等重要职务。

〔切光，谭寿林／阿曼下。

〔1928年7月，上海百乐门。

〔谭寿林、覃义生上。谭寿林手上拿一份七月刊的《良友》。

覃义生　寿林，他们怎么还没到啊？

谭寿林　这里没有谭寿林，只有覃树立！

覃义生　覃老板！我去那边看看。（覃义生下）

〔百乐门舞蹈。

〔谭寿林欣赏舞蹈，远远地就看见人群中打扮得一身珠光宝气的金老板（郑闻道）和金小姐（钱瑛），金老板和金小姐并没有在人群中左顾右盼，而是边走边笑小心地打量着四周。

〔金老板看见拿着《良友》的谭寿林，覃义生走过来和金小姐说话。

覃义生　（对钱瑛）小姐，能请你喝杯酒吗？（覃义生和金小姐喝酒闲聊。两特务跟踪谭寿林）

郑闻道　（向谭寿林走去）先生，借个火。

〔谭寿林拿出打火机，给郑闻道点上。

郑闻道　谢谢！

谭寿林　不客气，举手之劳！

郑闻道　先生，您拿的可是七月刊的《良友》？

谭寿林　对，我喜欢看《良友》打发时间。

郑闻道　那巧了，我的小女也喜欢看《良友》，不过香港的《良友》总要比上海晚一个月，不知道先生介意不介意把这本《良友》转让给我？

谭寿林　千金虽难得，知音更难求，既然令爱喜欢，那就送给令爱了。

郑闻道　那我却之不恭了，谢谢！

谭寿林　良友相遇，前路同行，再见！

〔郑闻道转身回到了金小姐身边。

钱　瑛　爹地，你借个火时间这么久啊？

郑闻道　那位先生也在等人，我看他拿着一本七月刊的《良友》就多聊了几句，帮你要过来了。

钱　瑛　太好了，那位先生在哪里？我要跟他道个谢。

郑闻道　好像，好像已经走了。

〔钱瑛装作失望的样子，郑闻道趁人不注意打开书。

钱　瑛　霞飞路28号。

郑闻道　甲308室。

钱　瑛　爹地，妈咪说她身体不太舒服，想叫你早点回去。我还想在这再玩会儿。

郑闻道　好，那你就多玩会吧，你要注意安全。

钱　瑛　好！爹地拜拜！

郑闻道　拜拜！

〔郑闻道下。

覃义生　（带着谭寿林来与钱瑛打招呼）金小姐，这位是覃老板。

谭寿林　金小姐，这本7月的《良友》希望你喜欢。

钱　瑛　是您送的？谢谢覃老板赠书。

谭寿林　金小姐，我可以请您跳支舞吗？

钱　瑛　好！

〔两人进舞池，特务舞池外监视。

谭寿林　金小姐真是气质出众，让人一见难忘啊。

钱　瑛　覃老板，您不要取笑我了。谭书记，组织派我来协助您的工作。

谭寿林　金小姐，地下斗争工作异常艰险，你要做好心理准备呀。

钱　瑛　我参加革命就是为了创造美好的新世界，哪怕流血牺牲也在所不惜！（特务盯梢）

谭寿林　金小姐，欢迎你改日到我公司看看。我想请你到我的公司来上班。

钱　瑛　不胜荣幸！

〔特务唾骂地走开，下。

阿　曼　第一次见钱瑛，我已深深地被她吸引。当她那明亮的双眼看着我，说要创造美好的新世界时，我的心就像跌入深深的湖水，推不掉，躲不开，遇见她是命运的安排，而爱上她是我无法控制的意外。

〔收光。

〔起光，霞飞路28号甲308室，钱瑛在练字，谭寿林上。

谭寿林　蒹葭苍苍，白露为霜。所谓伊人，在水一方。好字！溯洄从之，道阻且长。溯游从之，宛在水中央。这字写得真不错。我能试试吗？（钱瑛把笔交给他，谭寿林写字，钱瑛起身泡茶）

钱　瑛　蒹葭萋萋，白露未晞。所谓伊人，在水之湄。

谭寿林　溯洄从之，道阻且跻。溯游从之，宛在水中坻。

钱　瑛　覃老板，这是我的家乡湖北咸宁的桂花茶，你尝尝。

谭寿林　谢谢！嗯……醇香甘甜！

钱　瑛　想不到覃老板也写得一手好书法，我看以后不做老板了可以去替人家写字，比如春联、门联什么的。

谭寿林　钱瑛同志，我们俩都在一起工作快三个月了，你还覃老板来覃老板去的！

钱　瑛　是你再三强调在人前一定要叫你

覃老板，我私下里也叫你覃老板，养成习惯更适应地下工作啊！

谭寿林　好，你伶牙俐齿我拗不过你，那你就叫覃老板吧！

钱　瑛　我可不愿意一直都叫你覃老板。

谭寿林　那你想叫我什么？

钱　瑛　我想……我想叫你……

谭寿林　什么？

钱　瑛　寿林！

谭寿林　寿林？

钱　瑛　嗯！

〔《蒹葭》音乐起。两个人慢慢靠近，两个人的手慢慢紧紧地握在了一起。

〔收光。

〔起光，谭寿林 / 阿曼上。

谭寿林 / 阿曼　1928 年底，我和寿林都分外喜悦，经组织批准，谭寿林、钱瑛这一对革命伴侣正式结合。周恩来同志亲自参加了他们简朴而隆重的婚礼。钱瑛父母为钱瑛取的本名叫作"适谭"，在这一刻成为现实。不久，由于奶奶病重，谭寿林赶回了老家贵县。

钱　瑛　寿林回乡后，奶奶喜出望外。在寿林与家人的细心照顾下，奶奶一天天好转。而寿林的心始终牵挂着革命工作，同时，又不舍年迈的奶奶、辛劳的父母、年幼的弟弟。在一个清风徐来的晨光熹微中，他提着一个白布衣包，拿着一把雨伞，身穿乡人的衣服，再次离开了家乡。

〔起光，谭寿林 / 阿曼上。

谭寿林　我不绝地回望我的家，我想到家中老而多病的祖母，想到了瘦弱

的母亲，想到一生操劳的父亲，想到亲人们一定站在村旁含着眼泪望我的影子。想到这，我泪流满面，一步一回头，直到看不见家的影子。我大步向前迈进，别了亲爱的家庭，别了亲爱的故乡，我将全身心向前，我要将我的生命献给我们的新时代！

〔收光，谭寿林 / 阿曼下。

〔起光，1931 年春天的一个下午，谭寿林与老赵、韦小兰在讨论学习。

谭寿林　（画外音）亲爱的，时间如白驹过隙，自党中央派你赴苏联深造已两年多了，你和女儿一切都好吗？我在这边工作很忙，现在上海特务密布，军警林立，控制森严。这是一场没有硝烟的战斗，但是同志们都充满了干劲儿，坚决与国民党反动派做斗争！

〔钱瑛提着藤箱上。

韦小兰　钱瑛姐！

谭寿林　钱瑛？

钱　瑛　寿林！

谭寿林　钱瑛！

老　赵　钱瑛回来了！

钱　瑛　小兰！老赵！

韦小兰　我们还有学生组织工作要做，我们先走了，你们聊。（韦小兰与老赵离开谭寿林家）

谭寿林　钱瑛！

钱　瑛　寿林！

谭寿林　钱瑛！两年了，两年多了，我终于把你给盼回来了！

钱　瑛　（激动地）两年了，我终于回到了你的身边！

〔两人一时间说不出话来，深情地
注视着对方，怎么看都不够，最
后抱住对方。

钱　瑛　你瘦了，瘦了。

谭寿林　钱瑛！

钱　瑛　我去苏联这两年，你是怎么过的，
快给我说说。

谭寿林　来！报告钱瑛同志，这两年多我
又忙又累，忙得累得都——

钱　瑛　忙得累得都想不起我了……

谭寿林　再忙再累我也忘不了你啊！钱瑛，
你笑起来真好看。

钱　瑛　可惜女儿太小，没有办法一起带
回来！

谭寿林　是啊，我们一家三口不能团圆，
但我想她将来会理解我们的。等
到革命胜利的那一天，我们一起
到莫斯科去接女儿！

钱　瑛　嗯！对了，寿林，中共中央华东
局领导派我们两个到洪湖苏区报
到，参与当地的武装斗争工作。
这是派遣函！

谭寿林　太好了，我们终于可以在一起工
作了。

钱　瑛　嗯！

〔钱瑛把头靠在谭寿林的肩膀上。
一阵急促的敲门声响起，钱瑛急
匆匆地起身去开门，气喘吁吁的
郑闻道冲了进来。

郑闻道　寿林！寿林！

谭寿林　郑老师！

郑闻道　不好了！出大事了！

钱　瑛　郑老师，出什么事儿了？

郑闻道　钱瑛同志，你回来了？！

钱　瑛　我刚回到上海，郑老师您先坐。
来，喝杯水！

谭寿林　郑老师，您慢慢说！

钱　瑛　老师，出什么事了？

郑闻道　覃义生！覃义生他叛变了！

谭寿林、钱瑛　（齐声地）什么？覃义生叛
变了！

郑闻道　是的，刚才他请我到饭店吃饭，
我们俩一边喝酒一边聊天，我发
现他的神色有点反常，果不其然，
他对我说，现在的上海白色恐怖
加剧，做共产党人太危险了，尤
其是那些被国民党抓获的共产党
员，不是酷刑就是牺牲，这让他
整日提心吊胆，如履薄冰。突然
他拔出手枪对着我，要我一起去
投靠国民党，否则明年的今日就
是我的忌日！我一下子吓蒙了，
他怎么会这样？他怎么敢这样！
我当时就想跟他拼命，可是我知
道我干不过他，于是，我只好
只好假装答应。他从怀里掏出一
张上海地下党的联络地点和人员
名单对我说，凭这个投名状一定
能飞黄腾达、光宗耀祖！我心想
我要赶快把这个情况报告给党组
织，于是我跟他说，寿林你这还
有一份他的上级的秘密联络地址和
人员名单，我去把它弄过来。我又
多灌了他几杯酒，才伺机赶到这来。

谭寿林　郑老师，覃义生的叛变必定会给
我地下党组织带来严重的破坏，
我们当务之急就是尽快通知同志
们转移！

郑闻道　对！寿林，覃义生是你的直属下
属，很多同志和联络点都是由他
或你直接联系的，可是如果是你
去的话，太危险了！这样！你把

那些同志和联络点的联系方式给我，我去通知他们。

谭寿林　不，郑老师，还是要按照党组织规定，我去！时间紧迫，我必须现在就出发。

钱　瑛　寿林，现在形势那么危险，你还是——

谭寿林　再危险我也要去！现在是党组织最危险的时候，我不能让同志们身陷险境，我必须站出来。郑老师，你把这里的重要文件尽快销毁，后天早上我们在听雨轩碰头。

郑闻道　好！我马上去！

钱　瑛　郑老师，你要小心！

〔郑闻道下。

谭寿林　钱瑛，你按照原定时间先去洪湖苏区报到，我跟党组织申请留下来。

钱　瑛　可是……

谭寿林　别担心，我会安全回来的！这是李大钊先生送给我的《共产党宣言》，是我最珍爱的礼物，我把它留给你。

钱　瑛　寿林！

谭寿林　钱瑛，我们是共产党员，党的事业高于一切。为了新中国！

钱　瑛　为了新中国！寿林，我在洪湖苏区等你！

谭寿林　我们洪湖苏区见！（走向钱瑛，紧紧握起钱瑛的手）

〔收光。

❧ 第六幕　钉子 ❧

〔1931年3月的一天早上，上海苏州河听雨轩茶楼包厢中，郑闻道上。

〔谭寿林上，先是观察了一下四周的环境，看见没有什么可疑人物，然后才靠近房门，吹着口哨。

〔屋里先到的郑闻道听见口哨声。

郑闻道　安澜塔下自安澜。

谭寿林　（推门而入）郑老师！

郑闻道　寿林！都通知到了吗？

谭寿林　所有联络站的同志都通知到了！

郑闻道　太好了！

谭寿林　郑老师，重要文件都销毁了吗？

郑闻道　你放心吧，我把现场伪装成被破门而入抢劫的样子迷惑敌人。

谭寿林　郑老师，您辛苦了！

郑闻道　不辛苦！坐！

〔突然窗外传来车声，一群身穿黑衣的特务在覃义生的带领下四处搜查。

覃义生　给我搜！挨家挨户地搜！

郑闻道　糟了！覃义生这个叛徒正带着特务挨家挨户地搜呢！看来，这次我们是走不掉了。

覃义生　没有？我们把这包围得严严实实的，他们肯定跑不掉，继续搜！

谭寿林　既然是这样，郑老师，我有一个主意！

郑闻道　主意？

〔谭寿林与郑闻道耳语。

郑闻道　（点头，突然又摇头）不，不行。

谭寿林　郑老师，学生我有一个问题想请教您。

郑闻道　都火烧眉毛了，你还请教什么？

谭寿林　到底是勇敢牺牲容易还是受尽唾骂，忍辱偷生容易？

郑闻道　一个是荆轲刺秦十步溅血，一个是卧薪尝胆忍辱负重，一个痛快

却失去性命，一个苦熬却心如滴
血，如果是我，我宁可……

谭寿林　您宁可选择十步溅血，来个痛快
　　　　是吗？

郑闻道　对！十步溅血，来个痛快！

谭寿林　郑老师，在这请允许我自私一回，
　　　　让我选择血溅十步痛快赴死。而
　　　　您呢，我要拜托您卧薪尝胆忍辱
　　　　负重！（对郑闻道郑重跪下）

郑闻道　寿林，寿林！

谭寿林　郑老师！

郑闻道　哎呀！寿林呀！我是一个六十多
　　　　岁的糟老头子，来日无多，我去
　　　　赴死并不可惜！你才三十有五，
　　　　正是青春年华意气风发，为什么
　　　　你要赴死，而让我一个糟老头子
　　　　去偷生啊？

谭寿林　郑老师！偷生要比赴死更难，你
　　　　就让一让我这个学生，让我选择
　　　　更容易地赴死吧！

郑闻道　我虽然是你的老师，但你更是我
　　　　的领导，你的身上担负着更多更
　　　　大的责任啊！

〔楼下传来喧哗声。

覃义生　到听雨轩去看看！

谭寿林　听到了吗，郑老师，我们已经逃
　　　　不出去了！覃义生太了解我了，
　　　　如果我去投诚，他绝对不会相信，
　　　　那样到头来我们谁都没有机会活
　　　　下去，谁都不能成为打入敌人内
　　　　部的那颗钉子！

郑闻道　寿林！

谭寿林　郑闻道！你活下去是背负着更加
　　　　重要的任务，是成为我们党组织
　　　　嵌入敌人内部的那颗钉子！

郑闻道　可是、可是，我怎么忍心，我怎

么忍心呐！

谭寿林　郑闻道同志！道阻且长，一切就
　　　　拜托您了，向您敬礼！

郑闻道　（拥抱谭寿林）寿林！寿林哪！

覃义生　谭寿林！郑老师！你们最好是乖
　　　　乖投降，不要再做无谓抵抗了，
　　　　我有的是办法让你们生不如死！

〔谭寿林拔出枪对准自己的左肩，
郑老师见状来抢。

郑闻道　寿林！寿林！你不能这样！

谭寿林　郑老师你不要拦我！（推开郑闻
　　　　道，扣动扳机）

〔枪声。

郑闻道　寿林！寿林！

谭寿林　（顺势把枪塞进郑闻道手里）你
　　　　这个叛徒！你居然向我开枪！

〔郑闻道颤抖着看着自己手里的
枪，恍然明白……

〔覃义生听见枪声后带着特务破门
而入。

郑闻道　谭寿林，你不要怨我，你不要怨
　　　　老师，我、我就是一介书生，一
　　　　个普普通通的教书先生，让我拔
　　　　出枪来跟覃义生拼命，我、我办
　　　　不到，我办不到啊！

谭寿林　你这个懦夫！

郑闻道　你不要逼我，你不要逼我！你要
　　　　再逼我，我就……

覃义生　哈哈哈哈！谭寿林，你以为每个
　　　　人都像你一样为了主义六亲不认、
　　　　生死不顾吗？郑老师，对！就是
　　　　这样用枪指着他！恭喜你，终于
　　　　站到了识时务的一方！现在不用
　　　　怕了，有我覃义生在，我不会让
　　　　谭寿林伤你一根汗毛的！

郑闻道　寿林，你不要怨我，不要怨老师……

谭寿林　郑闻道，你这个懦夫，你这个叛徒……

覃义生　谭寿林！是你看错了这个世界，是你走错了道路！你还敢说什么懦夫，什么叛徒？

谭寿林　（吐了一泡口水到覃义生的脸上）呸，你这个叛徒怎么有脸来评判我！

覃义生　（变态地笑着擦干脸上的口水）哈哈，我没有脸？我没有脸？我跟你同样考入北大，凭什么你可以成为李大钊的入室弟子？我们同时递交入党申请书，凭什么你比我先宣誓入党，又凭什么你是领导我是下属？我覃义生哪一点比你差？我早就憋了一肚子气，今天我终于可以得偿所愿了，风水轮流转，终于轮到我踩在你头上扶摇直上了！

谭寿林　义生，义生！你忘了我们的信仰和誓言。

〔画外音：

　　　　义生兄，我相信英特纳雄耐尔一定会实现！对！寿林兄，英特纳雄耐尔一定会实现！

谭寿林　义生，虽然你现在一时得势，但是国民党政府腐败黑暗，人民苦不堪言，人民是不会选择他们的！回头吧义生，现在回头还来得及。

覃义生　不，不！我回不了头了！

谭寿林　别忘了，人民！人民才是中国的定江石！

覃义生　你闭嘴！谭寿林，你休想蛊惑我！

谭寿林　覃义生，英特纳雄耐尔一定会实现！

覃义生　来人！把谭寿林给我绑起来！

谭寿林　哈哈哈哈！

覃义生　我倒要看看等他饱尝酷刑后还笑不笑得出来！给我押下去！

谭寿林　（骄傲地）哈哈，英特纳雄耐尔一定会实现！

覃义生　押下去！

〔覃义生和特务把谭寿林押了下去。

郑闻道　（扶着桌子不能平复）郑闻道啊郑闻道，你痴长一甲子啊，你怎么教出了覃义生这样一个贪生怕死、见利忘义的小人叛徒？你怎么配做谭寿林这样一个胸怀天下、舍生取义的英雄的老师啊？寿林，道阻且长。我要做一颗嵌入敌人内部的钉子，就算将来背负一辈子的委屈和后人的唾骂我也认了！寿林，我要把你的生命也活一遍，我要带你去看那美丽的新世界！哈哈哈，嘲笑吧，哈哈哈，让风雨再来得更猛烈些吧！从今天起，我是郑闻道，也是谭寿林，我是一颗隐秘而光荣的——钉子！

〔收光。郑闻道下。

尾　声

〔起光，1931 年 5 月 30 日早，南京，雨花台前，谭寿林、覃义生、郑闻道、众人上。

覃义生　谭寿林，再看看这个世界吧，枪声一响，你就是主义再真，丹心再红，也不过成为这雨花台上的孤魂野鬼，这里离贵县 2000 多里，你是回不了家的！

谭寿林　覃义生，一个真正的共产党员，从来都不怕流血牺牲，我为共产主义而死，你为私利偷生。杀头当作风吹帽，坐监也要闯上天！再见了我的朋友，再见了我的故乡！这不是告别，是重生，一个崭新的中国必将重生在最蓬勃的东方，一个平等的世界必将诞生在最灿烂的年代！

〔枪声起。

〔群众震惊、难过。

〔音乐起。

阿曼 / 钱瑛　在一个晨光熹微、清风徐来的清晨，我提着一个白布衣包，拿着一把雨伞，身穿乡人的衣服，在曲折的小道中走着。我不断地回望我的家，我想到家中老而多病的祖母，想到了瘦弱的母亲，想到一生操劳的父亲，想到亲人们一定站在村旁含着眼泪望我的影子。

谭寿林　想到这，我泪流满面，一步一回头，直到看不见家的影子。我大步向前迈进！别了亲爱的家庭！别了亲爱的故乡！我将全身心向前！

阿　曼　我将全身心向前！

钱　瑛　我将全身心向前！

周恩来　我将全身心向前！

李组长　我将全身心向前！

黄日葵　我将全身心向前！

韦小兰　我将全身心向前！

陈居玺　我将全身心向前！

高耀光　我将全身心向前！

郑闻道　我将全身心向前！

众　人　我要将我的生命，献给我们的新时代！

〔收光。全剧终。

邕剧

演出单位

广西艺术学校
南宁市民族文化艺术研究院

骄傲的画眉鸟

内容简介

　　春天来了。森林里的小鸟们在绚丽的阳光下举行迎春歌唱比赛，画眉鸟凭借嘹亮的声音，获得了第一名。得了冠军的画眉鸟骄傲了，一自满，身体里的大懒虫就趁机出来捣乱，他教唆画眉鸟好吃懒做。受大懒虫的影响，画眉鸟不筑窝，不觅食，整天玩耍，肚子饿了，还装病骗吃。冬天来了，画眉鸟在寒风暴雨中醒悟了，在众鸟的帮助下，打败了大懒虫。

　　邕剧《骄傲的画眉鸟》是一部具有童话色彩的戏曲作品，作品通过画眉鸟顿悟的故事告诉人们应该克服懒惰、勤奋进取。

主创团队

编　　剧：张传强　罗　征　齐福伟
总 导 演：郝　芸　方　宁
副 导 演：孙　磊　李新阳　叶　宁
作曲（唱腔设计）：刘潇媛　谭艳艳
打击乐设计：张铁峰
舞美设计：潘长山　韦　坚

灯光设计：陈汝俊
音响设计：莫立宁
道具设计：潘长山
服装设计：李迎丽
舞台监督：魏　华　孙　磊　陈晓钰

主要演员

画眉鸟——吴东梦　　　　　　　　布谷鸟——彭文婷
大懒虫——宁　静　　　　　　　　乌　鸦——胡安安
喜　鹊——农棹菲　　　　　　　　啄木鸟——吴斌起
精卫鸟——刘慧霞　苏　晴　　　　蜂　鸟——廖冬玲

第一幕　春

〔宁静的清晨，几声"布谷"的鸟叫声响起。

〔天渐渐亮起来，幕启。

布谷鸟　起床了！起床了！

〔众鸟儿被唤醒，随着歌声，扮成各种小鸟的杂技演员做跳入蹦床、溜旱冰、空中飞翔等动作。

〔开场曲：
清晨小鸟闹得欢，
叽叽喳喳忙锻炼。
花香鸟语春光好，
又是一个艳阳早。
那红红的花儿在对我笑，
那青青的草儿在长高，
那白茫茫的云雾在山腰，
那青葱的森林是我的家。

众鸟儿　喜鹊奶奶，早上好！

喜　鹊　好！好！啊！寒冷的冬天终于过去了，小伙伴们都好吗？

众鸟儿　我们都好！喜鹊奶奶，迎春歌唱比赛什么时候开始呀？我们都等了一个冬天了！

乌　鸦　是呀，等得我嗓子都哑了。

啄木鸟　你那嗓子本来就是哑的吧？

众鸟儿　哈哈……奶奶，快点开始吧！

喜　鹊　好好好，我宣布：迎春歌唱比赛现在开始！

〔众鸟儿边舞边唱，展示自己的优势和才艺。

众鸟儿　（唱）春天到，春天到，
蝶儿欢来花儿笑。
山青青，水蓝蓝，
袅袅歌声冲云霄。

蜂　鸟　（唱）我是森林最小鸟，
天天背诵记忆好。
翅膀敏捷动作快，
每秒能扇五十加。

啄木鸟　（唱）攀爬树干我擅长，
准确无误把害虫找。
救死扶伤不用刀，
森林医生我名号。

乌　鸦　（唱）我虽体健孝心大，
终身反哺我爸妈。
唱起歌来声音大，
喔啊！喔啊！
性格直爽人人夸！

布谷鸟　（唱）春的信使就是我，
欢乐歌声布谷叫。
春天正是播种时，
勤奋劳动才有收获。

精卫鸟　（唱）精卫填海人称赞，
叼石衔木我最能干，
坚韧不拔做到底，
管他海枯与石烂！

乌　鸦　（唱）叼石填海太荒谬，
怕是海没枯你魂已消。

众鸟儿　（唱）闭上你的乌鸦嘴，
　　　　　　有话你留在嘴里嚼！

喜　鹊　（唱）有话好好说，
　　　　　　有事慢慢聊。
　　　　　　春天到，春天到，
　　　　　　尽情摆来尽情摇！

〔远处传来了悠扬动听的歌声。

画眉鸟　（唱）嗨啰嗨啰，嗨啰嗨啰，
　　　　　　哈哈哈哈……
　　　　　　青春年华多快乐，
　　　　　　山清水秀欢乐多。
　　　　　　青春年华谁不乐，
　　　　　　无忧无虑尽情欢歌。
　　　　　　日子拌着蜜来过，
　　　　　　嗨啰嗨啰，嗨啰嗨啰，
　　　　　　哈哈哈哈……
　　　　　　快乐跳舞唱歌。

蜂　鸟　画眉鸟哥哥，你的歌声真好听啊！

乌　鸦　好听是好听，可比赛都要结束了
　　　　你才来，不算数，不算数！

画眉鸟　我、我住得远……

蜂　鸟　喜鹊奶奶，画眉鸟哥哥的歌声确
　　　　实比我们的好听！

布谷鸟　是呀！是呀！奶奶，再给他一次
　　　　机会吧！

众鸟儿　奶奶再给他一次机会吧！

喜　鹊　好！好！小朋友们，在森林里我
　　　　们鸟类都是一个大家庭的，要和
　　　　睦相处，我们再给画眉鸟一个机
　　　　会好不好？

众鸟儿　好！

喜　鹊　那就请画眉鸟再唱一次吧！

画眉鸟　（唱）嗨啰嗨啰，嗨啰嗨啰，
　　　　　　哈哈哈哈哈哈哈……

春风习习树叶绿，
百花盛开草儿密。
温暖阳光照大地，
采花酿蜜正当时。
今天的事今天做，
幸福生活齐努力。
春风习习树叶绿，
百花盛开草儿密。
温暖阳光照大地，
采花酿蜜正当时。
今天的事今天做，
幸福生活齐努力。

〔众鸟鼓掌，欢呼。

众鸟儿　好啊！

喜　鹊　唱得好不好呀？现在我宣布比赛
　　　　成绩。迎春歌唱比赛的冠军是：
　　　　画——眉——鸟！第二名，布谷
　　　　鸟。第三名，精卫鸟。同时，我
　　　　宣布，今年的"三月三"演唱会，
　　　　将邀请森林的全体伙伴参加，请
　　　　大家做好准备，做好准备！

众鸟儿　太好了！太好了！

蜂　鸟　喜鹊奶奶，那我们更要加强练习
　　　　啦！

画眉鸟　伙伴们，我们大家唱起来！跳起
　　　　来！

众鸟儿　（唱）
　　　　春风习习树叶绿，百花盛开草儿密。
　　　　温暖阳光照大地，采花酿蜜正当时。
　　　　今天的事今天做，幸福生活齐努力。

〔众鸟儿在画眉鸟的带领下欢快地
歌舞着。

〔灯光暗。

❧ 第二幕 夏 ❧

〔布谷鸟在练唱。

布谷鸟　（唱）布谷布谷，布谷布谷，
　　　　　　　春天不布谷，秋天没熟谷。

〔画眉鸟上。

画眉鸟　（学唱）布谷布谷，布谷布谷，
　　　　　　　　春天不布谷，秋天没熟谷。

〔画眉鸟故意引导布谷鸟唱跑调，
捉弄布谷鸟。

布谷鸟　画眉鸟！你不要打扰我，我要好
　　　　好练习，要在今年的演唱会上超
　　　　过你。

画眉鸟　超过我？就你？你这本事还想当
　　　　歌星？

布谷鸟　喜鹊奶奶说了，功夫不负有心人，
　　　　只要勤努力，就有机会。

画眉鸟　那也要看你天生是不是有唱歌的
　　　　好嗓子。你看，你除了"布谷布
　　　　谷，布谷布谷"还会唱什么？

布谷鸟　我还会布谷——布谷，布谷——
　　　　布谷，布——谷——

画眉鸟　唱不下去了吧？唱不下去了吧？
　　　　哪里像我，天生就有个好嗓子！
　　　　（唱）嗨啰嗨啰——哈哈哈哈——
　　　　　　　花儿绽放就美丽，
　　　　　　　画眉歌喉天生在。
　　　　　　　嘹亮歌声无人比，
　　　　　　　明年还把第一摘。
　　　　你听到了吗？这么好听的声音，
　　　　谁不爱听啊！你再练也练不出的。

布谷鸟　你——你看不起人！（生气地下）

画眉鸟　走了倒好，一天到晚"布谷布
　　　　谷"，烦死了，还想和我比！哼，
　　　　走了好！这下可清静了，我要舒
　　　　舒服服地睡一觉！

〔蝉鸣声，大懒虫在画眉鸟身后懒
洋洋地蠕动。

大懒虫　（唱）身体在蠕动，
　　　　　　　心情放轻松。
　　　　　　　性情有多种，
　　　　　　　懒在放松中。
　　　　你们知道我是谁吗？我是画眉鸟
　　　　身体里的懒惰思想，我叫大懒
　　　　虫！虫之初，性本懒。我什么都
　　　　不想干，早上起来被子也不愿叠，
　　　　不叠被子是有理由的。
　　　　（白榄）晚上身体在排毒，早起被
　　　　子要散毒。掀开被子放一放，轻
　　　　轻松松散毒物！（介）要是立马叠
　　　　被子，毒无法被散除，被散除。
　　　　懒出健康，懒出幸福！噢耶！
　　　　（对观众）你们说，我说得对吗？
　　　　（不对！）我有我的道理，你们看
　　　　现在的世界，人们懒得走路，就
　　　　发明了汽车；懒得扇扇子，就发
　　　　明了电风扇；懒得洗衣服，就发
　　　　明了洗衣机……这些科学成果不
　　　　都是因为懒惰吗？所以，我们要
　　　　聪明地利用这些人类的智慧，该
　　　　懒就懒……

〔画眉鸟醒来。

画眉鸟　（唱）嗨啰嗨啰，
　　　　　　　快乐谁似我？
　　　　　　　舒舒服服又一觉！

〔大懒虫在画眉鸟身后拍了一下，
吓了画眉鸟一大跳。

画眉鸟　你是谁？吓死我啦！

大懒虫　朋——友。

画眉鸟　看你像条讨厌的臭虫！信不信我

吃了你?

大懒虫　你——听——我——

画眉鸟　停! 磨磨叽叽的, 我要去玩耍!
（大懒虫做动作接触画眉鸟, 画眉鸟受感染, 语调变慢）好——吧——你——说——

大懒虫　（白榄）你我本是同命连,
　　　　也是冤家也有缘。
　　　　生命有限幸福短,
　　　　趁着年少享福先。
　　　　舒适大窝随你睡,
　　　　吃香喝辣随你选。
　　　　天生有个好声音,
　　　　学习劳动放一边。
　　　　饭来张口, 衣来伸手,
　　　　逍遥自在, 自在逍遥,
　　　　无忧无虑乐翻天、乐翻天。

画眉鸟　有这样的好事?（犹豫）不对! 我凭什么要听你的? 不劳动, 我怎么找到吃的? 不练唱, 比赛我怎么拿第一呀?

大懒虫　我亲爱的画眉鸟啊!
　　　　（唱）自然界里生物多,
　　　　　　不必整天瞎忙活。
　　　　　　四季轮回年年过,
　　　　　　何须劳累烦恼多。
　　　　至于唱歌练习嘛, 你有天生的好嗓子还用得着练吗? 你有色彩斑斓的羽毛, 他们根本就没法跟你比!

〔大懒虫边说, 画眉鸟边自我欣赏。

画眉鸟　说得有道理!
　　　　（唱）有个朋友从天降,
　　　　　　送来这清风无边。
　　　　　　我与你缘分不浅,
　　　　　　来来来歌舞蹁跹。

大懒虫　这就对了! 那我们就是好朋友了?

画眉鸟　好!

〔画眉鸟和大懒虫起舞, 唱着变奏的《找朋友》。

　　　　（唱）找找找, 找朋友,
　　　　　　找到一个好朋友。
　　　　　　敬个礼, 握握手,
　　　　　　你是我的好朋友。
　　　　　　找找找, 找朋友,
　　　　　　找到一个好朋友。
　　　　　　敬个礼, 握握手,
　　　　　　你是我的好朋友。好朋友!

〔画眉鸟和大懒虫在音乐中起舞,渐渐地虫鸟合一。

〔众鸟儿寻找画眉鸟上。

蜂　鸟　喜鹊奶奶, 画眉鸟哥哥在哪呀?
　　　　画眉鸟哥哥——画眉鸟哥哥, 你让我们找得好辛苦呀!

画眉鸟　找我干嘛? 我只是随便走走呀。

喜　鹊　大伙来找你学习一些唱歌的技巧,你练得怎么样了?

画眉鸟　我唱歌好是天生的, 还用练吗?
　　　　再说, 你们这条件也学不会呀!

啄木鸟　迎春歌唱比赛上有很多多才多艺的小伙伴, 不但唱得好, 还载歌载舞, 我们要好好练习才是。

乌　鸦　对呀, 要有好体力!

画眉鸟　请问, 我有唱差过吗? 我有唱得不好吗? 我有体力不支吗?

啄木鸟　嗯……好像还没有。

画眉鸟　那不就得了! 你们还担心什么?
　　　　不要杞人忧天。

画眉鸟　（唱）森林里, 我的歌声最悦耳,
　　　　　　我的眼睛最明亮。
　　　　　　我的羽毛金灿灿,
　　　　　　我是画眉鸟中王。

精卫鸟	吹牛！骄傲自满可不好！
画眉鸟	难道要像你一样，天天叼小石头填大海？
精卫鸟	我那是锻炼百折不挠的毅力，做事就应该坚持不懈。
画眉鸟	坚持不懈？你就是一个笨蛋！
乌　鸦	哦……自以为是，骄傲自满！演砸咯，演砸咯……
画眉鸟	闭上你的乌鸦嘴！一边凉快去！
喜　鹊	画眉鸟，有话好好说嘛，大家也

是为你好。

画眉鸟　喜鹊奶奶放心吧，演唱会这点小事，我不会让你失望的！我走啦！拜拜！

〔画眉鸟高傲不屑地下，大懒虫跟着他的尾巴下。

众鸟儿　他怎么变成这样了？

众鸟儿　（合唱）一点点夸赞，就骄傲自满。
他话语横蛮，预料后果难堪。预料后果呀定难堪！

🎵 第三幕　秋 🎵

〔黄昏，夕阳下一片金黄。
〔画眉鸟在梳理羽毛，大懒虫像诗人那样摇头晃脑。

大懒虫　（吟诵）秋天的阳光暖、暖、暖，
躺着看天蓝、蓝、蓝。
天边飘来云似饼，
掉下来吧，
让我解解馋。

哈哈哈！谁说虫虫没有文化？我也能吟诗作画！本虫虫可是有文化的虫虫，晓得吗？哎！先晒晒太阳！

〔大懒虫懒散地躺下。画眉鸟起。

画眉鸟　（唱）一声梧叶一声秋，
一点芭蕉一点愁。

〔大懒虫跟着起。

大懒虫　（唱）莫要逢秋悲寂寥，
我言秋日胜春朝。

画眉鸟　哎哟哟哟哟！还真把自己当诗人了！

大懒虫　哈哈！老朋友，你不要被乌鸦的几声呱呱乱叫乱了阵脚。我们可是天生聪慧，不用学习、不用搭

窝、享乐为上，无忧无虑的年度最佳虫鸟组合！来来来！乐起来！

〔画眉鸟又和大懒虫歌舞起来。

画眉鸟、大懒虫　（唱）
天天把福享，
快乐好榜样啊好榜样，
寻乐是家常啊是家常，
劳动把病装啊把病装。
懒虫自有懒虫样，
懒鸟配备懒主张。
鸟鸟虫虫齐欢唱，
逍遥自在好风光呀好风光！

〔精卫鸟内场唱。

精卫鸟　（唱）任凭东海翻恶浪，
誓要练就坚强意志！

〔精卫鸟携石头上，与画眉鸟相遇。

画眉鸟　哎呀，精卫鸟，你还在填海呀？你累不累？烦不烦？

精卫鸟　心中有信念，就不会感觉累；心中有追求，就不会觉得烦。已经到秋天了，你也该筑窝了。

画眉鸟　不就是一个窝嘛，急什么！你看这太阳，暖洋洋的，正好睡觉。

精卫鸟　画眉鸟，我们是好朋友，你还是趁天气好筑个窝吧，免得到冬天会冻死的。

画眉鸟　呸！呸！呸！呸！你这是在诅咒我？

精卫鸟　不不不，我是好言相劝，并没有半点诅咒你的意思。

画眉鸟　你分明就是妒忌我，妒忌我歌唱比你好，脑子比你聪明，活得比你逍遥自在！

精卫鸟　你、你这是……

〔这时，喜鹊、啄木鸟和其他鸟儿上。

喜　鹊　画眉鸟，有话好好说嘛，精卫鸟是一片好意。

画眉鸟　喜鹊奶奶，你每次都教导我有话好好说，有话慢慢讲，可我也没有恶意呀，我说话就是这个调！

喜　鹊　画眉鸟，你的嗓子是比别人好，但你成天睡懒觉，别人都在苦练，勤能补拙，如果你不思进取，会落在别人后面的。

〔众鸟点头。

啄木鸟　喜鹊奶奶，依我看，画眉鸟这是有病了！

画眉鸟　你才有病！你整天对着木头啄呀啄呀啄呀啄的！

啄木鸟　我那是给树木检查身体，也是我的理想，我要当救死扶伤的医生！

画眉鸟　你都快把自己的脑袋啄成榆木啦！

蜂　鸟　画眉鸟哥哥，你怎么变成这样了？看来真的是病了！

画眉鸟　哎哟！你个小不点，你懂个屁！就只知道扇动翅膀，说自己是世界上最小的鸟，最勤劳的动物！这是谁给你定的标准呀？

蜂　鸟　你有个好嗓子，我有好翅膀，我要用我的速度去实现我的目标！

画眉鸟　你这么小也来凑热闹，敢说我有病！不想活啦？

乌　鸦　你欺负她小？那我们（显示自己强壮）来比试比试！

画眉鸟　我知道你是个大孝子！可你看你这一身，黑不溜秋的，也想和我这光鲜亮丽的羽毛比吗！

乌　鸦　你！（欲和画眉鸟决斗，喜鹊拦住）

喜　鹊　画眉鸟，你越来越过分了！这明明就是有病，还强词夺理地说没病。啄木鸟，快给他看看病！

乌　鸦　哦，看病咯！看病咯！

啄木鸟　好！待我好好瞧一瞧！

画眉鸟　放开我！

〔画眉鸟挣扎着要走，大家按住他。

〔啄木鸟用嘴巴夸张地敲画眉鸟的脑袋、肩膀、腰部、屁股。

〔画眉鸟在大懒虫的配合下，一惊一乍地乱叫。

啄木鸟　（杀嫂白榄）不管你生什么病，尖嘴一敲就分明，就分明。（介）

〔啄木鸟逼大懒虫现形，大懒虫慌乱起来。

大懒虫　（接）啄木鸟，真要命，逼我现形，露实情，露实情。（介）

画眉鸟　（接）啄木鸟把风浪兴，说我生病没理也没凭！（介）

大懒虫　（接）画眉鸟，快救命，求助喜鹊快救命，快救命！

画眉鸟　（白）喜鹊奶奶，救命啊！你快制止他，我害怕！

喜　鹊　别怕别怕，他是在给你治病呢。

画眉鸟　你看他，在我身上乱敲乱啄，也没发现什么，是他在作乱！好奶奶，你快制止他！

喜　鹊　好好好，啄木鸟，查清楚了没有？

啄木鸟　等等，等等，再等等——

喜　鹊　我看画眉鸟可能是睡多了，有些懵懂胡言乱语，还是算了吧。

画眉鸟　就是呀！我就是睡多了，不太清醒而已！

啄木鸟　找到了！找到病根了！

众鸟儿　什么病？

啄木鸟　他脑子里长了一条虫！

〔大懒虫吓得崩溃地探出头来，画眉鸟急忙掩护住。

众鸟儿　什么虫？

啄木鸟　这条虫看似无形却有形，看似有形又无形……

众鸟儿　到底什么虫嘛？

啄木鸟　是一条我从来都没有捉过的怪虫！

画眉鸟　吥吥吥吥吥！！你在胡说八道！

美貌与智慧并存的我，脑子会长虫？奶奶，啄木鸟这是在诬陷我，不理你们了！啄木鸟，你等着，我跟你没完！

〔趁大家没反应过来，画眉鸟带着大懒虫一溜烟跑下了。

喜　鹊　啄木鸟，你要看仔细了。

啄木鸟　咦！奇怪！刚才我明明看见一条怪虫的呀！怎么就不见了呢？

喜　鹊　孩子呀，有病不及时治疗，不光要吃苦头，弄不好要丢掉性命的！

〔伴唱：

看看看，你看画眉鸟，

懒虫缠身不治疗。

懒根魂牵梦又绕，

雕虫小技被骗到。

糟糕，糟糕，

大懒虫逃之夭夭！

第四幕　冬

〔初冬时节，杂技演员饰演的众鸟儿在忙着搭窝。

喜　鹊　（唱）初冬天渐凉，众鸟忙得欢。
　　　　　　　万树多落叶，衔来避风寒。

众鸟儿　（唱）暖巢高高地搭起，
　　　　　　　寒冬好好来栖息。
　　　　　　　巢身密密无缝隙，
　　　　　　　风雪飘飘难侵袭。

喜　鹊　唉，不知画眉鸟又跑哪去了。

蜂　鸟　喜鹊奶奶，他还是整天就知道玩，好吃懒做。

乌　鸦　劝他垒窝，他就有一大箩筐的借口。

喜　鹊　对呀对呀，眼看就要过冬了，风雪一来，他怎能抵挡？唉！大家

先分头去搭窝吧！

〔众鸟儿下。

喜　鹊　（唱）冻雨淋漓寒风呼啸，
　　　　　　　没窝保暖性命难保。
　　　　　　　画眉鸟他性情高傲，
　　　　　　　我要把他拉回怀抱。

〔喜鹊下。画眉鸟和大懒虫上。

画眉鸟　（唱）嗨啰啰，嗨啰啰。
　　　　　　　玩得太累口又渴，
　　　　　　　肚子咕噜咕噜在唱歌。
　　　　　　　美味佳肴馋死我，
　　　　　　　没有吃来没有喝。

哎哟！饿死我啦！这个时候如果能饱餐一顿该多好呀！

大懒虫　朋友，你的胃口越来越大了。

画眉鸟	对呀！和你交朋友后，我就成了吃货，什么都想吃，越来越馋了！
大懒虫	馋是好事呀，那就是证明你胃口好，能多吃东西。
画眉鸟	可是喜鹊奶奶说过，当你懒了就会变馋。哎，我是不是成大懒虫了？
大懒虫	你怎么可能变成我？
画眉鸟	你是大懒虫？
大懒虫	不不不，我怎么可能是大懒虫呢！再说了，那不叫懒，那叫享受、会过日子！睡觉去，梦里有好多好吃的东西。
画眉鸟	不！才不呢！我梦里吃东西根本就不饱！
大懒虫	啊，好香呀！好像是从喜鹊家飘过来的。
画眉鸟	嗯，真的好香呀！我想吃。
大懒虫	想吃？那你得想办法！（突然有主意）装病！
画眉鸟	什么？要我装病？难道你不怕啄木鸟吗？
大懒虫	他不在，你尽管放心好了。只要你装病，喜鹊就会同情你，你再嗲嗲地叫上几声"喜鹊奶奶"，包你有得吃！
画眉鸟	这样不是骗人了吗？
大懒虫	你想不想吃？
画眉鸟	想！
大懒虫	骗吃不叫骗，再说骗一下又何妨？只要有得吃不就得了吗？听我的，快去，快去！
画眉鸟	好！好！我装，我装！喜鹊奶奶，快来救救我，哎哟哎哟！
	〔喜鹊上。大懒虫退下。
喜　鹊	怎么啦？哪里痛？
画眉鸟	我头痛！

喜　鹊	没发烧呀！
画眉鸟	我脚痛。
喜　鹊	也没肿呀。
画眉鸟	奶奶我肚子痛死了！
	〔画眉鸟的肚子在咕噜咕噜夸张地叫。
喜　鹊	你听，是饥肠辘辘，饿坏了！你呀，叫你去垒窝你不垒，叫你去觅食你说累！不饿死你才怪呢！
画眉鸟	奶奶说得对，我明天就去找食，明天就垒窝。奶奶，你快给我一点吃的吧！
喜　鹊	明天，明天，老是没完没了的明天。
画眉鸟	知道了，我明天真的去找食！奶奶，给我吃点吧！
喜　鹊	好好好，你等着。（喜鹊进屋拿吃的，用魔术表现）喏，吃吧！
画眉鸟	哇！这么多好吃的！
喜　鹊	天气就要冷了，你再不垒窝，冬天一到不饿死也冻死你！难道你不要命了吗？
	〔画眉鸟接过食盘准备吃。
画眉鸟	没事没事！吃到用到，老天爷送到！
喜　鹊	你说什么？
	〔喜鹊又拿回食盘。
画眉鸟	我没说什么呀。
喜　鹊	我眼睛花，可我耳朵不聋！
画眉鸟	我是说您老人家总是帮助我，像、像天上的及时雨一样！
喜　鹊	画眉鸟啊！ （唱）骄傲是奔跑的阻力， 　　　懒惰它更不是安逸。 　　　骄傲使人退步， 　　　懒惰使人沉迷。

你有天生的歌喉，
但你仍需要努力，
你有绚丽的羽毛，
不虚心也不会美丽。
活鱼会逆水而上，
死鱼才随波逐流。
你骄傲懒惰不上进，
会失去生活的意义。

画眉鸟　奶奶！
　　　　（唱）搭窝练唱太辛苦，
　　　　　　　累坏嗓子脏羽衣。

喜　鹊　（唱）羽衣脏了可以洗，
　　　　　　　勤劳才能出成绩。

画眉鸟　（唱）道理人人都会说，
　　　　　　　我现在饿了要充饥。

喜　鹊　（唱）你不转变不能吃，
　　　　　　　这也是劳动得来的！

画眉鸟　（耍赖）哎呀奶奶呀！你可怜可怜
　　　　我吧！我改我改！我明天一定去
　　　　搭窝，我再也不好吃懒做，我再
　　　　也不骄傲自满！奶奶我好饿！（边
　　　　哭边偷看喜鹊）奶奶！

喜　鹊　唉！真拿你没办法，吃吧！（喜鹊
　　　　无奈地递食盘给画眉鸟，画眉鸟
　　　　猛吃起来）别着急，慢慢吃，别
　　　　噎着！该说的我都说了，等寒冷
　　　　的暴风雨一来，奶奶我也管不了
　　　　你了，你就别想再耍赖了！

　　　　〔喜鹊隐去。

画眉鸟　吃得饱，睡得香，赛过活神仙！
　　　　吃饱了，我可要美美地睡上一觉。

　　　　〔过渡音乐，寒风声启，画眉鸟一
　　　　哆嗦，卷成一团……

　　　　〔伴唱：

哆嗦嗦，哆嗦嗦，寒风冻死我，
明天就搭窝。哆嗦嗦，哆嗦嗦，

寒风冻死我，明天就搭窝。

　　　　〔寒风声减弱，天亮了。画眉鸟伸
　　　　个懒腰。

画眉鸟　（唱）昨日里，肚子饿，
　　　　　　　喜鹊奶奶搭救我。
　　　　　　　语重心长叮嘱多。
　　　　　　　今天我要去找食，去垒窝！

　　　　〔大懒虫上。

大懒虫　（唱）笑死人咯！笑死人咯！
　　　　　　　堂堂冠军要筑窝？
　　　　　　　不如和我好好学，
　　　　　　　继续和我同享乐。

　　　　〔画眉鸟正在寻找树枝垒窝，大懒
　　　　虫拦住他。

大懒虫　画眉鸟！画眉鸟！

画眉鸟　你干嘛呀？弄得我天旋地转的！

大懒虫　错了！是天地倒转，太阳从西边
　　　　升起来了！

大懒虫　（白榄）错错错，错错错，
　　　　　　　这不是快乐的原则。
　　　　　　　聪明的你，不如我，
　　　　　　　专听他人来胡说。

画眉鸟　说说说，说说说，
　　　　　　　饥饿寒冷怎摆脱？
　　　　　　　没窝没粮有灾祸，
　　　　　　　寒冬一到没法活！没法活！

画眉鸟　去去去，别妨碍我垒窝！

大懒虫　你——垒——窝——

画眉鸟　是呀。

大懒虫　今天刮风了吗？

画眉鸟　没有呀！

大懒虫　今天下雨了吗？

画眉鸟　废话！这不正出着大太阳嘛！

大懒虫　这就是咯。
　　　　（白榄）年年寒冬年年过，
　　　　　　　你不照样还活着？

昨晚睡得稳妥妥，
今天艳阳更胜昨。
不要唯唯，诺诺，
更需乐乐，呵呵。
不受那些笨鸟来迷惑，
让大好时光虚度着。

画眉鸟　对呀！这么多年来，我就是这样
　　　　过的呀！

大懒虫　太阳正当好！哥们唱起来！跳起
　　　　来！
　　　　（唱）杞人忧天心太弱，
　　　　　　　大好岁月尽蹉跎。
　　　　　　　把脚跺一跺，莫要再啰唆，
　　　　　　　自由自在享生活。

画眉鸟、大懒虫　（合唱）把脚跺一跺，
　　　　　　　　　　　　莫要再啰唆。
　　　　　　　　　　　　自由自在享生活，
　　　　　　　　　　　　享生活！
　　　　　　　　　　　　把脚跺一跺，
　　　　　　　　　　　　莫要再啰唆。
　　　　　　　　　　　　自由自在享生活，
　　　　　　　　　　　　享生活！

〔唱着唱着，大懒虫和画眉鸟合体
睡着了。

〔天气突变，暴风雨来袭，画眉鸟
被狂风吹醒。

〔他和大懒虫惊慌失措地和暴风雨
搏斗。暴风雨稍停，画眉鸟转向
大懒虫。

画眉鸟　都是你，都是你害的我！

大懒虫　（凶相毕露）你怎么怪起我来了？
　　　　这不都是你自己干的吗？

画眉鸟　都是你出的坏主意！

大懒虫　我只不过是你大脑里的一个小小
　　　　细胞而已，没有你也就没有我。

画眉鸟　什么？

大懒虫　本来就是，啄木鸟说得对，我只
　　　　不过是你身体中的一条虫！

画眉鸟　你你你！你是大懒虫！大坏蛋！
　　　　（唱）你让我大事小事都不干，
　　　　　　　游手好闲天天玩。
　　　　　　　你让我变馋变懒变贪婪，
　　　　　　　假话连篇装可怜。
　　　　　　　你让我不练唱歌不劳动，
　　　　　　　不搭窝棚无处眠。
　　　　　　　我交友不慎信你胡言，
　　　　　　　痛改前非和你做决断！

大懒虫　哈哈哈！我就是大懒虫！我就是
　　　　你身上那个懒惰的坏蛋，我就是
　　　　你，你就是我！我在你的身体里，
　　　　你的大脑里，你的魂魄里！

画眉鸟　我，我和你拼了！

〔画眉鸟和大懒虫搏斗。在他俩筋
疲力尽时，狂风暴雨又来了。

〔大懒虫偷懒合并到画眉鸟身体
里。画眉鸟拉他拉不出来。

画眉鸟　大风，求求你不要再吹了！大雨，
　　　　求求你不要再下了！啄木鸟，你快
　　　　来给我看病吧，一条大懒虫害我病
　　　　得不轻啊！喜鹊奶奶，快来救我，
　　　　我错了！错了！我真的错了！

〔画眉鸟在狂风暴雨中挣扎着想冲
出大懒虫的魔掌，但却被大懒虫
牢牢控制住，呼救声渐渐地微弱。

〔众鸟儿上，啄木鸟把画眉鸟救
出，众鸟儿一起奋战暴风雨，渐
渐大懒虫被暴风雨淹没了。

大懒虫　救命啊！救命啊！救命！

〔暗光启，众鸟儿上。

画眉鸟　奶奶，奶奶我错了，我错了！（扑
　　　　到喜鹊怀中哭泣）

喜　鹊　好孩子，知道错了，改了就好！

懒惰思想是我们自身的敌人，我们很多时候由于懒惰，得过且过，无法战胜自我，这才遭遇灾难。孩子，你要记住这个教训啊！

画眉鸟 奶奶，我一定改！谢谢啄木鸟！谢谢大家！谢谢你们救了我！以后我一定珍惜时光勤学自勉，不懈怠，不懒惰。小朋友们，你们听到了吗？来跟着我一起说：珍惜时光，好好学习，今天的事情今天做！

〔音乐起，众幕后伴唱：

嗨啰嗨啰，
嗨啰嗨啰多快乐！
春去秋来花开花落，
岁月时光似水流淌。
抓住青春不放松，
勤劳才有好生活。
今天的事今天做，
才能幸福和快乐。
今天的事今天做，
才能幸福和快乐。
嗨啰嗨啰，多快乐！

粤剧

演出单位
柳州市艺术剧院

三国·小乔

内容简介

　　粤剧《三国·小乔》以东汉末年战火四起的时代为创作背景。通过小乔的视角解读三国的经典故事，弘扬爱好和平、勤劳勇敢、自强不息的民族精神和传统美德，表现中华民族对和平的期盼、对美好生活的强烈向往。

主创团队

导　　演：封奇敏
编　　剧：易　婷
剧本移植：陈　强
作曲（唱腔设计）：陈　强
舞美设计：陈　刚　韦　婕
灯光设计：麦智祥
音响设计：董　晖
服装设计：吴　昊
道具设计：陈　刚　钟业登
音效设计：董　晖
击乐设计：刘建宇

主要演员

小乔1——钟玉坚
周　瑜——韦　伟
小乔2——吴　茜
诸葛亮——袁俊广
曹　操——谢　琦
孙尚香——黄　丹
中军甲——李华尧
中军乙——张宗禄
箭　人——吴　浩

时　间　建安十三年。

地　点　赤壁，长江两岸。

人　物

小　乔　江东美女，周瑜妻子，32岁。

周　瑜　东吴水陆军大都督，36岁。

诸葛亮　刘备的军师，30多岁。

曹　操　东汉丞相，曹军统帅，50多岁。

孙尚香　吴侯孙权的妹妹，人称"郡主"，18岁。

第一场　箭祸

〔起光，隐约可见长江空碧水天一色，江水发出了呜咽般的哀鸣，似在倾诉着如梦如烟的往事，又仿佛在慨叹着战争留下的隐隐伤痛。风声中隐隐约约、悠悠远远地传来了富有原始气息的冲傩还愿的鼓声。

〔《晒骨歌》：

蝉入土，鸟上天，

龙入海，虎归山。

功名利禄随风散，

丈夫生死都笑谈。

〔歌声中，头戴威武坚毅的将士面具的男女，浑身赤裸，在雄浑古朴的鼓声中，一对对围绕生命之神，做夸张的相互杀戮动作。生命之神高擎刀剑，众人挣扎倒地死亡，生命之神复擎出血红的太阳，众人挣扎复苏，威武坚毅的蓝色面具变成了温和微笑的红色面具，众人簇拥着生命之神及血红的太阳，极度狂欢，双双携手走进辉煌而壮丽的人间天堂。

〔《晒骨歌》远去，舞台上的灯光慢慢地升了起来，显现出周府十分简单的布景，舞台后侧有一扇雕窗，右侧对着烟波浩渺，水天一色的长江，窗边左侧是一面绣着"周"字的帅旗，窗下右侧置一卧榻，舞台前方右侧有一只古筝。

〔小乔内唱：（首板）桐叶清鸟，唤起红日半窗。

〔小乔上。

小　乔　（白）暖风和煦，

（接唱）思君情深一往。

〔小乔一身红装，从歌队中脱颖而出，由舞台纵深处踏歌而来。

小　乔　（新曲）江水急似浪踏浪，

涌来铁马与金枪。

心潮牵挂我周郎，

盼他凯旋早还乡。

（念白）赤壁风清，江南水乡，都督府中，自多欢畅。淡扫蛾眉，细备宴席，待夫回转，夫妇情长。我，江东小乔。初嫁东吴周郎，即逢赤壁大战，火烧曹操八十三万大军，夫君都督尽领风骚，令天下震颤。今夫君乘胜攻打南郡，已有月余。夫言南郡一战，稳操胜券，即日天下太平，江东父老尽享宁安。闻夫君即日班师，好不欢心。人来，张灯结彩，迎接夫君凯旋！

〔欢快的鼓乐齐鸣，小乔轻盈如一蝴蝶在府第间穿行，指点安排，一盏盏红灯高挂，一道道彩幡高悬。

孙尚香　（舞枪上，唱七字清）

高挂红灯喜鹊唱，

凯旋将士多风光。

可惜未能沙场往，

空有本事梨花枪。

孙尚香　看枪！（佯刺小乔）

小　乔　（怪嗔）郡主来了，为什么又在这舞枪弄棒呀！

孙尚香　等一会姐夫回来，我定要与他理论，赤壁大战没让我去，攻打南郡也没让我去。若不然，这回与将士们一起凯旋，那该多荣耀啊。

小　乔　你呀！

　　　　（滚花）

　　　　自古男外女内两相交，妇随夫唱，

　　　　哪有女儿耍拳舞棒弄刀枪。

　　　　你呀，快点寻个横扫八方的英雄做郎君得了。

孙尚香　我呀，我就是要嫁姐夫这样的。

小　乔　好了，快帮姐姐张罗张罗，准备迎你姐夫回府！

孙尚香　（戏谑地）姐姐，你都等不及了？

小　乔　（含嗔）郡主你！

　　　　〔孙尚香舞枪飞下，与奔上的中军差点撞上。

中　军　报！夫人，周都督……

孙尚香　（惊喜地）都督回来了？

中　军　周都督他……

中　军　周都督他，他在攻打南郡城时，中了曹军的毒箭！

小　乔　你说什么？

中　军　中了毒箭。

小　乔　中了毒箭？

　　　　（《旧苑望帝魂》）

　　　　闻凶讯令我惊慌，

　　　　似雷轰又似雪骤降。

　　　　盼望夫君胜利回旋，

　　　　却被箭伤，惨遭殃。

　　　　〔窗外传来一声接一声的禀报：都督回府，都督回府！

中　军　都督回府！

　　　　〔周瑜内场：（唱倒板）英雄受创。

　　　　（滚花）血染征袍红似火，

　　　　　　　　惨遭毒箭在沙场。

　　　　　　　　饮泣忍痛见爱妻，

　　　　　　　　强作欢颜当无恙。

　　　　（"士"字腔）

　　　　〔威武英俊的周瑜身披白色战袍（左臂缠红布），腰挎宝剑，由众侍卫簇拥而上。周瑜推开侍卫，英气逼人，一点不像中箭之人。夫妻相见，百感交集，千恩万爱，涌上心头。

小　乔　都督！

周　瑜　夫人！

小　乔　周郎！

周　瑜　小乔！

小　乔　（千般恨）

　　　　望夫君，我内心血泪流淌。

　　　　你血迹斑斑染衣裳，

　　　　似利剑穿心我强欢笑模样。

周　瑜　（接唱）

　　　　望娇妻，貌变失色面带憔悴样。

　　　　实可哀，更可怜，

　　　　又似刀绞我心暗神伤。

小　乔　（接唱）妻为夫婿，妻为夫君，

　　　　　　　　小心抚伤，仔细凝望。

周　瑜　（接唱）夫为金钗，夫为娇妻，

　　　　　　　　抹去泪珠，笑容芬芳。

周瑜、小乔　（接唱）

　　　　聚散依稀语无双，

　　　　立马征战沙场上。

　　　　我愧疚不安，我暗中心焦，

　　　　愧对我妻房，暗中担心郎，

　　　　面对娇妻强装我无伤。

面对夫君强把笑容装。

小　乔　周郎！

周　瑜　夫人，不碍事，不用担心，你看！

〔周瑜拔出剑来刚舞几下，便因伤口剧烈疼痛宝剑落地。众人欲上前搀扶，周瑜推开众人，勉强拾起剑，正欲舞时，再一次剧痛。周瑜"哎呀"大叫一声，宝剑又一次落地，随即人也晕了过去。众人将周瑜抬到榻上，小乔心疼地望着周瑜泪如雨下。

小　乔　周郎！

中　军　报，诸葛先生求见。

小　乔　快有请先生！

〔诸葛亮急上。

诸葛亮　（引白）周郎刚愎不听劝，南郡一战遭箭伤。山人诸葛孔明是也。早料攻打南郡乃是鲁莽之举，想曹操又怎会甘心兵败赤壁呢？我曾好言相劝周公瑾要谨慎行事，他却反说我叵测心机，如今他中毒箭我心急啊！

〔诸葛亮看周瑜伤，沉默不语。

小　乔　先生，公瑾的箭伤……

诸葛亮　伤得不轻啊！

（唱滚花）毒箭封喉希望渺，
　　　　垂危旦夕袭周郎。
　　　　命在三日期限间，
　　　　治不及时一命丧。

小　乔　这便如何是好呀？

诸葛亮　非当今神医华佗不能治。

小乔、孙尚香　华佗？

小　乔　他与我父是世交，肯定会帮忙的。

孙尚香　好，找华佗去！

诸葛亮　且慢，华佗现在曹营！

众　人　曹营？

孙尚香　去曹营请华佗，谁去得了啊？

众　人　是啊，谁去得了啊？

孙尚香　（焦急万分）就算去得了曹营，那曹贼又怎会放华佗来救都督呢？

小　乔　（口鼓）我愿前往！

众　人　你去？！

小　乔　（接）我去请华佗，愿到曹营闯一闯。

孙尚香　（接）你去不如我去，你此入曹营，岂不是自投罗网？

诸葛亮　（接）不管谁去，都无疑是火中取栗，与虎谋皮，白走一场。

众　人　夫人，你可不能去冒险啊。

小　乔　生死都要去！就看天意了。

孙尚香　姐姐！（阻止小乔说）

诸葛亮　呀！起风了！

〔"风"从四面涌上，众人惊恐不安。

诸葛亮　月黑风高，水急浪湍，危险呀，夫人！

小　乔　时不我待，乘此风势，正好行船！走！

〔小乔旋即从侍卫身上夺过斗篷，操起一支船桨，奔下。

〔"风"鱼贯尾随，簇拥着小乔走圆场，小乔一叶扁舟在惊涛骇浪中颠簸而下。

第二场　夜江

〔夜晚。风高浪急的江面上，满天乌云，不见星光。

〔小乔内场：（唱银台上）救夫君，不惧浪急狼。

〔小乔独驾扁舟被风旋舞着，被浪颠簸而上。

小　乔　（唱二流）风萧萧，夜沉沉，
　　　　　　　　水急浪高难把稳。
　　　　　　　　江面上扁舟一叶，
　　　　　　　　小乔我苦撑独行。
　　　　　　　　闯虎穴，进龙潭，
　　　　　　　　吉少凶多拿不准。
　　　　　　　　风儿呀，你停一停，

风　众　（接唱）停一停，等一等。

小　乔　（接唱）风儿啊，你教我如何，
　　　　（唱二黄滚花）教我如何苦支撑。

〔瞬间风平浪静。

小　乔　我这是来到了什么地方啊？

风　众　到了你当年出嫁过江的地方啦。

小　乔　我出嫁过江的地方？

风　众　对，出嫁过江的地方。

〔迎亲的喜乐骤起，一队迎亲歌队簇拥新郎打扮的周瑜在音乐锣鼓声中上场，换下风的歌队，扬起红幡，舞起红绸，为小乔换上盛装，并摇动了船桨，英俊的周瑜和漂亮的小乔双双立于船头，喜气洋洋。

〔小乔陶醉在甜美幸福中。

小　乔　（唱小桃红）
　　　　　朝霞赤洒艳吐缤纷，
　　　　　鸟欢声歌舞频频。

周　瑜　（接唱）花红丽秀锦，
　　　　　　　　欢欣锦鲤水中游，

　　　　　　　　浪里翻飞实兴奋。

小　乔　（接唱）小乔能嫁郎君，
　　　　　　　　千家欢笑万民心。

周　瑜　（接唱）周公瑾与小乔女结婚盟，
　　　　　　　　万众赞许合相衬。

帮　腔　（接唱）公瑾幸娶小乔妻，
　　　　　　　　三生有幸。

周　瑜　（接唱）世间男儿多英俊，
　　　　　　　　她却独自对周公瑾垂青，
　　　　　　　　此生非嫁周公瑾。

小　乔　（接唱）世间女，
　　　　　　　　秋波频频为郎尽献身，
　　　　　　　　他独爱小乔情深一往，
　　　　　　　　相亲相爱誓鸳盟。

周　瑜　（接唱）怕听号角声声催我来挂印，
　　　　　　　　一朝别爱妻，哪日不知可
　　　　　　　　会我莺。

小　乔　（接唱）莫叹感，只盼望夫君快些
　　　　　　　　建立奇功，早封侯莫再争。

周　瑜　（接唱）天下尽太平，

小　乔　（接唱）福泽尽降临。

周　瑜　（接唱）天下众生织布又耕耘，

小　乔　（接唱）天下家家欢笑聚天伦。

周瑜、小乔　（接唱）
　　　　　莫负妻（君）心，共渡泛舟夫妻恩
　　　　　爱永恒在世间，石烂海枯不变心。

〔此时，《晒骨歌》悠悠远远地传来。

小　乔　周郎，这是什么歌啊？听起来如
　　　　此忧伤凄凉。

周　瑜　那是晒骨台传来的《晒骨歌》。

小　乔　《晒骨歌》？

周　瑜　将士们的尸骨晾晒后，灵魂就升
　　　　天了。

小　乔　（打了个寒战）周郎啊，什么时候

这征战能结束，江东父老能享康乐太平，我们也好早些回江东过安稳日子啊？

周　瑜　也就三年五载吧！待大功告成，我一定陪你回江东去！

小　乔　一言为定。

周　瑜　一言为定！

小　乔　周郎。

〔帮腔唱新曲：

织布养蚕，琴瑟和音。

生儿育女，共享天伦。

〔小乔和周瑜充满了对未来的憧憬，造型定格。

〔忽然间风起云涌，只剩下孤零零四顾茫然的小乔，忽然一阵大笑传来，小乔猛然抬头，曹操正横槊立于江上。

曹　操　好一个江东小乔呀！

（减字芙蓉）

沉鱼落雁天仙貌，

羞花闭月分外娇。

黛眉杏目嘴樱桃，

摆柳腰肢世间少。

但见粉红洗手水，

又似有花瓣浮漂。

（白）这样美人怎能不要？

（霸腔滚花）

督大军，振虎威，直指江表。

俺曹某此一战，定取小乔。

周　瑜　（旁出）大胆曹贼，欺人太甚！

（别姬）

我周郎乃江中龙，

岂让你发癫疯，

与曹贼子拼个胜负雌雄。

曹　操　（舞槊）那就快来吧！我都等得手痒痒啦！

诸葛亮　（旁出）都督，万万不可，以东吴三万水军抵御曹操八十三万人马，无异以卵击石啊。

曹　操　聪明！

周　瑜　你是何人？

诸葛亮　诸葛孔明是也，都督。

（爽慢板）

倒不如，献小乔，

来个顺水推舟，

避免风高浪涌。

还可避，天下乱，

太平安享，赶快收箭藏弓。

周　瑜　（气极，唱滚花）

小乔乃我妻房，

怎叫俺把小乔往虎口送。

诸葛亮　（假装不知）都督休怪，都督休怪，夫人休怪，孔明实在不知，实在不知，赔罪！赔罪！

曹　操　滑头！

小　乔　先生，如真能保国救民，小乔我决不贪生，万死不辞，但是牺牲小乔一个，曹操他就真能罢兵吗？

诸葛亮　（语塞）这个嘛——

曹　操　怎么可能？

小　乔　借小乔御敌恐怕并非先生的本意吧？

诸葛亮　这——

周瑜、曹操　狡诈！

小　乔　（二黄滚花）

兴兵是借口，曹操妄图独霸江东。

借口小乔，诸葛意在孙刘联动。

诸葛亮、曹操、周瑜　（叹服）夫人果然有超群智慧，遇险从容！

诸葛亮　（跺板）

愧我诸葛孔明，

不如江东小乔凤中凤。

曹　操　（接唱）江东富裕小乔美，
　　　　　　俺曹操江山美人紧握手中。

周　瑜　（接唱）亏夫人智对八面来风，
　　　　　　战必胜看我周郎来把控。

小　乔　（被触动，却百思不得其解，唱十字清）
　　　　　曹贼子叱咤风云来势汹，
　　　　　却为何把女人枉当兴兵来用。

曹　操　（白）宁我负天下人，不让天下人负我。

小　乔　（接唱）诸葛亮说为民为国为苍穹，
　　　　　　却为何女人作筹虎口送。

诸葛亮　（白）山人八卦早算就，
　　　　　一扇乾坤在吾手。

小　乔　（接唱）女儿心透明清澈水影玲珑，
　　　　　　男儿心深不可测琢磨不中。
　　　　　（仄）

〔小乔思索。

（续唱）幸周郎光明磊落坦荡心胸，
　　　　幸周郎儿女情长小乔得宠。

周　瑜　既是联合抗曹，我尚缺利箭十万，
　　　　敢请先生督造，三月为期，万勿推却。

小乔、曹操　三月为期？

诸葛亮　（笑）不用三月，三日即可。

小乔、曹操　三日？

曹　操　吹牛！

周　瑜　军中无戏言！

诸葛亮　愿立军令状！

小　乔　三日造箭十万，这怎么可能啊？！

诸葛亮、曹操、周瑜　（唱滚花）谋事在人，
　　　　　须谨慎，

诸葛亮、曹操、周瑜、小乔　（接唱）成事在天，是否成功？

◦⸙ 第三场　救孔 ⸙◦

〔小乔发愣之际，紧锣密鼓中，风急上场，将小乔圆场卷去。

风　众　小乔呀，你又走神了，快划桨呀！救你夫君周郎要紧。

〔小乔赶紧划船前行，却被风浪颠来颠去，忽然她感到四周大雾弥漫，她什么都看不清了，急得团团转了起来。

小　乔　（口白）走！我什么都看不清了，好大的雾啊！

〔话音未落，一阵密锣鼓，风突然退下，数个扎箭小人将小乔团团围住！

小　乔　你们怎么满身是箭呀？

箭　人　这是诸葛亮一夜之间向曹营借的十万支利箭！

小　乔　一夜之间，借箭十万？

〔诸葛亮羽扇纶巾，飘然而至。

诸葛亮　（唱中板）
　　　　　定算计三分，周郎哪知，
　　　　　诸葛孔明把曹贼诈骗。
　　　　　借箭成功，再借东风，
　　　　　遥看曹营烈火蔓延。

〔箭人随诸葛亮飘然而下。

小　乔　奇人！奇人孔明也！

周　瑜　（上场）妖人，妖人孔明也，此人不除定是我东吴之大患！

小　乔　周郎，此话何解？

周　瑜　原我当孔明是一介村夫，万料不到他如此智勇过人，日后他若来伐我东吴，十万大军也难以应敌呀！

小　乔　孔明怎会伐我东吴，与我为敌？

周　瑜　（锣鼓白）夫人哪，天下大丈夫，

谁不想成就功名，谁不想独霸天下，谁又不在你死我活中建功立业！今日你不杀他，明日他便要杀你！

小　乔　好一个"今日你不杀他，明日他便杀你"，如此杀来杀去，天下大地又将血流成河，人头落地。周郎啊，你可知征战牺牲的是将士，但伤心的是天下妇孺啊！

周　瑜　夫人哪！
　　　　（快中板）烽起群雄天下乱，
　　　　　　　　　你死我活争霸权。

小　乔　（七字清）争霸争权楚汉乱，
　　　　　　　　　黎民百姓遭祸端。

周　瑜　（快中板）立业建功非手软，
　　　　　　　　　遭祸端归遭祸端。

小　乔　（七字清）你立业建功世间显，
　　　　　　　　　但晒骨台上多冤魂。

周　瑜　（快中板）春秋本是鲜血染，

小　乔　（接唱）滴滴鲜血千古冤。

周　瑜　（接唱）江山自有清白算，

小　乔　（接唱）无辜千万泣杜鹃。

周　瑜　（接唱）手软心慈，女人见，

小　乔　（接唱）滥挥刀斧，非圣贤。

周　瑜　（接唱）手软心慈，女人见，

小　乔　（接唱）滥挥刀斧，非圣贤。

周　瑜　（滚花）不杀诸葛心不安。

小　乔　（接唱）屈杀英才英雄有损。

周　瑜　（语塞，矛盾重重）英雄有损！
　　　　英雄有损！
　　　　〔周瑜举杯，一饮而尽，微醉。

周　瑜　来，速随孔明去祭风坛，
　　　　待东风一到，将孔明格杀勿论！

小　乔　（大惊）周郎！

周　瑜　（似醉非醉中舞双剑）
　　　　（白）大丈夫兮立功名，

立功名兮慰生平。
慰生平兮吾将醉，
吾将醉兮发狂吟。
〔周瑜在酒醉亢奋中癫狂舞剑。
〔小乔似乎从来没有见过夫君如此这般模样，她惊恐地后退躲闪，避让着周瑜横劈竖刺来的剑锋，被深深触动。

小　乔　（乙反三脚凳）
　　　　周郎，周郎肺腑之言，
　　　　暗藏杀机有凶险。
　　　　小乔波涛心中起，劝君也枉然。
　　　　原来男人好斗意气显，
　　　　难怪沙场烽烟怨冲天。（腔）
　　　　（乙反七字清）
　　　　眼见长江有风险，
　　　　顷刻鲜血染连连。
　　　　（乙反滚花）
　　　　我岂能见死不救杀戮无辜，
　　　　我岂能无动于衷诈作不见。
　　　　〔周瑜仍癫狂舞剑。
　　　　〔小乔被逼得无路可退了，原来她退到了古琴边。她忽然想到了什么，于是她就势转身跌跪琴前，背对仍在癫狂舞剑的周瑜，把难以名状的悲哀和无人可诉的心曲，统统灌注到那曲《知音》之中。

周　瑜　（白）大丈夫兮立功名，
　　　　立功名兮慰生平。
　　　　慰生平兮吾将醉，
　　　　吾将醉兮发狂吟。
　　　　〔小乔弹琴的背影可歌可泣！
　　　　〔周瑜舞剑的醉态可叹可悲！
　　　　〔琴声转为《十面埋伏》，传达出阵阵迫近的危机……
　　　　〔诸葛亮在舞台另一空间出现。

诸葛亮 （十字清）

听琴声猛然觉得暗危机，

如所料周郎视我为异己。

谢小乔暗救诸葛琴韵催，

趁夜色乘东风速离去。

〔两军士急上。

中　军　报！诸葛孔明已从小路逃回夏口！

周　瑜　（大惊）他，竟又何以胜算？！保以逃脱！？

〔《十面埋伏》琴声仍在继续，通音律的周瑜忽然明白了，他缓缓走近小乔，小乔似乎竭尽生命之力仍在狂弹不已，全然无有察觉。小乔终于发现周瑜站在自己面前，琴声中断。

周　瑜　（终于怒不可遏）你用琴声放走了

诸葛孔明，你坏了我的大事！我真恨不得……（拔剑）

〔见一向温情的夫君如此大怒，小乔惊愕得跌坐在地上。

小　乔　（滚花）夫君狰狞拔利剑，

小乔不禁暗泪垂。

〔狂风骤起，周瑜隐去。

〔风将小乔卷去，走圆场。

〔帮腔（新曲）：

江风骤起刺骨锥，

小乔孤舟岌岌危。

何惧龙盘与虎踞，

小　乔　（接唱）为救周郎死如归。

〔紧锣密鼓中，小乔与黑风恶浪搏斗。

〔紧锣密鼓，风高浪急，小乔与风浪搏斗，忽然扁舟被巨浪掀翻，小乔被水淹没……

第四场　说曹

〔宴乐声中灯亮，曹营大帐内，曹操已酒至半酣，衣冠不整，他正边饮酒边挥毫赋诗。

曹　操　（吟唱）对酒当歌，人生几何。

譬如朝露，去日苦多。

慨当以慷，忧思难忘。

何以解忧，惟有杜康。

回想赤壁一战，老夫中了那周郎小儿的奸计，八十三万人马被烧得灰飞烟灭，谁料到这么快就有了报应，周郎小儿，你中了老夫的毒箭，你命休矣！你命休矣！你命……只可惜那绝色美人小乔就该守寡了，可惜！可惜呀！（口鼓）黛眉杏目樱桃嘴，不施胭脂也着迷。步步摇金腰摆柳，可怜可叹美人儿。

（忽感头晕）华佗快来！华佗快来！

〔中军急上。

中　军　启禀丞相，江边发现一落水女子。

曹　操　落水女子有何好启禀的？

中　军　丞相，她乃是江东小乔。

曹　操　信口胡言。

中　军　丞相，她的确是江东小乔。

曹　操　她果真是江东小乔？

中　军　她在江上漂了一夜，晕厥落水。

曹　操　她现在何处？

中　军　现在帐外求见。

曹　操　（大惊，手中的酒杯和笔落地）果真是江东小乔来见我？难道她为夫君之死来找我算账？（摇头）莫非她见夫君已亡，大势已去，投靠老夫来了……好哇！缘分，天意啊！快请快请！——慢！铜镜，拿铜镜!

中　军　铜镜! 铜镜伺候!

〔众侍女齐齐急举铜镜。

〔曹操在侍女中穿行,左顾右盼,照镜,整理衣襟。

曹　操　(看着铜镜里的自己,感慨地)老了,老了啊!

(反线中板)

多少年征战戎马来去匆忙。

多少天思念小乔心驰神往。

转瞬间两鬓斑白已挂雪霜。

(反线滚花)

起大军,伐东吴,损兵折将。

谁料想,今日里,如愿以偿。

〔曹操突然发现小乔已经站在眼前。

小　乔　(滚花)江东小乔拜见曹丞相。

曹　操　(一愣)你是江东小乔?

小　乔　丞相不便,小乔打扰了!

曹　操　慢! 这是专门为你准备的。(递过铜镜)

小　乔　专门为我准备的?

曹　操　看你一路风尘,容颜憔悴……

小　乔　丞相,女子未伴夫君身旁,要铜镜何用!

曹　操　(自我解嘲)女为悦己者容! 好,小乔一路辛劳,不知为何而来呀?

小　乔　丞相呀!

(滚花)恳求丞相准许,

让华佗施良药救我周郎。

曹　操　什么? 周郎未死?

小　乔　(滚花)中箭昏迷,神情晃荡。

曹　操　中箭昏迷,神情晃荡吗?

(垛板)阎王不要周郎命,

一场欢喜成悲哀。

小　乔　(接唱)不知是福还是灾,

曹操神情有点怪。

曹　操　(接唱)骇浪惊涛夜行快,

花容月貌仍似桃花开。

小　乔　(接唱)身入曹营心念君,

惦念夫君可安在。

曹　操　(七字清)

救夫冒死真壮哉,

艳福周郎实不赖。

小　乔　(接唱)但愿曹操心胸开,

神医华佗随我带。

曹　操　(快中班)

春花一叉为我开,

莫让铜雀台空设在。

小　乔　(接唱)人道曹操多疑猜,

刀断乱麻,

(滚花)刀断乱麻须要快。

(急上前)恳请丞相,准允华佗随我回府救治夫郎!

曹　操　夫人! 眼下两国交兵,妄谈救人,天下未必有这如此荒谬之事吧!

小　乔　两国交兵,攻城拔寨,乃是你们男人之事,成就的也是你们男人的英雄梦想,小乔只想为夫疗伤,别无他想! 依丞相的大度,不会不允吧?

曹　操　大度? (锣鼓白)夫人想那周郎,赤壁一战,烧得老夫丢盔卸甲,损兵折将,差点丢了性命,难道还要本相救他再来杀老夫不成? 天下竟有如此大度的男人吗?

小　乔　(接)曹丞相,小乔以为,丞相身为三军统帅,气吞山河,胸襟浩荡,定有仁者之心,勇者之气,想必您更愿意与我周郎在沙场上刀兵相见! 暗箭伤人不算仗义!

曹　操　好一个伶牙俐齿的小乔! 你就那么相信我会让华佗随你去?

小　乔　我相信一世英名的曹丞相!

曹　操　我曹某今天就什么都不给你!

小　乔　如此看来,曹丞相当真是怕了我的周郎了。周郎竟能令你如此胆寒,我深感欣慰! 虽然求不到良医,倒也不虚此行……丞相,告辞!

曹　操　且慢。(韵白)好一个江东小乔,小小周郎我看不上,倒是你令老夫心惊胆寒。我问你,一个女子只身来到我森严壁垒的营房,难道你就一点也不惧,你是自投罗网?

小　乔　(接)何惧之有? 夫君命在旦夕,为妻者一心想救夫郎。

曹　操　(接)难道你就不怕老夫将你留在铜雀台,美颜美色由我享?

小　乔　(接)世间确有厚颜无耻之豺狼,但我相信绝不是有大度之名的曹丞相,难道你真想乘人之危,臭名远扬?

曹　操　臭名远扬? 你可知道我的格言,宁教我负天下人,不教天下人负我!

小　乔　好一个天良丧尽的格言!

曹　操　陪我欢娱几日,弹琴作赋,总可以吧!

小　乔　(怒极)无耻!
　　　　(娱乐升平)你天良尽丧,
　　　　非是好汉,乃小人之相。
　　　　你乘人之危暗中把人伤。
　　　　(白)什么"宁教我负天下人,不教天下人负我"?

(接唱)错将你作君子看,
　　　　可怜我竟找你,
　　　　你是披人皮贼子相。

曹　操　痛快,痛快! 一身大汗,老夫的头痛病也好了几分! 小乔啊! 你生气的模样竟也是如此这般的可爱呀!
　　　　〔小乔冷若冰霜,终于,她下定了决心。
　　　　〔她默默撕下白色衣襟,缠在头上,走到琴边,凝神半晌,弹唱《晒骨歌》。
　　　　〔小乔神情肃穆,琴声悲壮苍凉,传达出对周郎忠贞不渝的情感和视死如归的决心。

曹　操　(通音律的曹操被触动)世间女子千千万,我曹孟德阅尽人间春色,也没见过如此忠贞侠义、智勇刚烈的女子! 周郎小儿,你好福气啊! 来人啊!

小　乔　(紧接)谢丞相!

曹　操　我还没叫人干什么,你怎么就谢了?

小　乔　丞相想必是答应小乔了!

曹　操　要是我叫刀斧手呢?

小　乔　丞相岂会为了一个小女子而毁了一世英名!

曹　操　(感慨万分)周郎小儿啊! 传华佗!

小　乔　谢丞相!

❧ 第五场 杀羞 ❧

〔周府，空中似乎仍飘荡着小乔在曹营弹奏的古琴声音，低回委婉。

〔周瑜在病榻上昏迷不醒，随着大限临近，孙尚香焦躁地不时向外张望，期盼小乔归来。

孙尚香 （祭塔腔）

长天低，浮云压，暗山高水险。

小乔姐夜闯曹营，

到今时还未见姐姐身影现，

未回转。

箭伤大都督，他呓语连连，

我陪伴病榻欲语无言。

（反线二黄）

都督他，英雄气，未必受人怜。

他命已危三天，还不见，

不见医人，不见医人望魂欲断。

〔周瑜昏昏沉沉醒来。

周 瑜 小乔！夫人！

孙尚香 都督，你醒了？

周 瑜 烦劳郡主挂念了，夫人在哪里？

孙尚香 （支吾）姐姐，她出去给你找药了。

周 瑜 去哪里找药？

孙尚香 去了很远的地方。

周 瑜 什么很远的地方？

孙尚香 是……

周 瑜 （暴跳如雷）是什么地方？快讲！

孙尚香 是曹营。

周 瑜 曹营？

孙尚香 （解释）去曹营请华佗帮您治箭伤。

周 瑜 去曹营请华佗？羞煞本都督矣！

（恨填胸）真真羞煞本都督，

不知羞耻胆包天。

（念白榄）女人心，见识短，

真糊涂，自谋算。

七尺男儿蒙羞煞，

快快把她叫回转，

叫回转！

（续唱）应自尊。

孙尚香 都督！

周 瑜 快呀，快叫她回来！

〔孙尚香无可奈何奔下。

〔周瑜挣扎站起，怒火中烧，进入意识流的幻觉。

〔宴乐起，周府变成了曹营大帐，在灯红酒绿的气氛中，曹营侍卫们做各种变形夸张的肢体动作，小乔紧张而恐惧地跑着，躲闪着，如同一只被围困的小兽，曹操得意地笑着追赶着，诸葛亮则在一旁夸张舞扇，击掌踏歌。

曹 操 （执酒杯）小乔，你等等老夫！

（新曲）立双台于左右兮，

有金凤与玉龙。

揽二乔于东南兮，

乐朝夕之与共。

诸葛亮 （羽扇纶巾，竭尽揶揄调笑之能事）

周都督，你看小乔——

（十殿芙蓉）

美美美，曹操喜暗涌。

都督他戴绿帽遭杀威勇。

曹 操 （接唱）实在是，我曹操心上宠。

我俩永爱，喜气无穷。

诸葛亮 他俩永爱，喜气无穷。

小 乔 （无助地躲闪着）丞相啊！

（滚花）不要把小女子紧逼，

曹丞相谨言自重。

请把神医华佗给我，

救公瑾速回转江东。

曹　操　好说！好说！

周　瑜　曹贼！贱人！看剑！孔明妖道！看剑！

小　乔　周郎——

　　　　〔小乔跑不动了，曹操追了上来，忽然，小乔一改神情，娇羞妩媚地讨好起曹操来，曹操欲搂小乔入怀，小乔半推半就……

　　　　〔周瑜勃然大怒，拔剑追杀二人，曹操和小乔惊恐躲闪着，隐去。

　　　　〔孙尚香奔上，昏头的周瑜直把孙尚香当作了小乔追杀。

　　　　〔与此同时，小乔风尘仆仆带药上场，周瑜一剑刺了过去。

周　瑜　贱人！看剑！

小　乔　周郎！

周　瑜　看剑！

小　乔　周郎！

周　瑜　看剑！

小　乔　周郎，我是小乔啊！

　　　　〔周瑜仗剑而立，凝视着小乔，四目相对，无言，静场。

帮　腔　（怀旧）夫妇历经生死，
　　　　　　　　泪珠眼蒙蒙。
　　　　　　　　短短相隔两日间，
　　　　　　　　陌生相对两不从容。

周　瑜　你去哪里了？

小　乔　我去为你请医求药去了。

周　瑜　你去哪里请医求药？

小　乔　周郎还是赶紧贴上这金疮解毒膏吧！

周　瑜　何处来的金疮解毒膏？

小　乔　是神医华佗亲手炮制。

周　瑜　华佗在曹营，你是向曹贼求来的？

小　乔　周郎，这贴膏药是华佗配制的，还是先用药要紧呀！

周　瑜　那曹贼害死我还来不及，怎会给你真药？！

小　乔　这确是真药啊！

周　瑜　真药？！

小　乔　真药。

周　瑜　你是如何如何怎样怎样向那曹贼求来的？

小　乔　周郎！时辰不多了，快！快！快用药救命要紧啊！

周　瑜　（爆发地，口鼓）贱人！你要救周郎，我不为所动；你不顾廉耻，把老贼迎逢；你委曲求全，秋波暗送；你丢人现眼，真真令我无地自容。

　　　　〔不容分说，满腔怒火的周瑜挥剑向小乔砍去，小乔惊叫着躲闪避让，孙尚香竭力劝阻，三人组成一幅幅灵魂搏杀、悲惨又美丽的画面！

孙尚香　都督，你在做什么呀？

周　瑜　贱人，看剑！

周　瑜　（气贯长虹，唱"萧萧班马鸣"）
　　　　　　我都督将军玉树临风，
　　　　　　统领三军盖世英雄。

小　乔　（接唱）小乔疼惜夫君还伤重，
　　　　　　独驾扁舟不怕浪急涌。

周　瑜　（接唱）到曹营到曹营竟颜羞搔弄，
　　　　　　可恨是可恨是阿瞒把兵拥。

小　乔　（接唱）真快慰真快慰他松口情重，
　　　　　　带归家药一包乃神医所送。

周　瑜　（接唱）脊梁应直，立天地之中，
　　　　　　名声紧要，世间称颂。

小　乔　（快慢板）
　　　　　　良家女，守名节，我知自重。

周　瑜　（接唱）你竟然，丧气节，
　　　　　　辱我家风。

小　乔　（接唱）我小乔，玉洁心，
　　　　　　　　不怕冷嘲热讽。

周　瑜　（接唱）此作为，胜毒箭，
　　　　　　　　对我不孝不恭。

小　乔　（七字清）
　　　　原只想药膏取回疗伤痛，
　　　　估不到伤痛竟在我心中。

周　瑜　（接唱）大丈夫宁抛死生也不用，
　　　　　　　　这东西肮脏龌龊属奸雄。
　　　　（白）看剑！

小　乔　（滚花）这毒液已浸夫君心，

周　瑜　（接唱）若用此药我命更早送。
　　　　〔周瑜怒不可遏，推开阻拦的孙尚
　　　　香，将小乔踢倒，举剑欲刺，突
　　　　然力竭倒地，小乔与孙尚香急忙
　　　　过去将周瑜扶到病榻上。

小　乔　周郎——
　　　　〔小乔和孙尚香赶紧给周瑜的箭伤
　　　　上药，无限柔情无限爱，无限委
　　　　屈无限怨，尽在不言的抢救中。
　　　　〔帮腔起，饱含情感，是小乔泣血
　　　　的呼唤！

帮　腔　（新曲）
　　　　救周郎，
　　　　还我一个春衫翩翩的好周郎，
　　　　救周郎，
　　　　我和周郎青春结伴好还乡。
　　　　〔许是药力作用，或是小乔深情的
　　　　呼唤，周瑜渐渐苏醒，他紧抓小
　　　　乔的手。

周　瑜　夫人！

小　乔　（泪涌出，欣喜地）周郎，你好点
　　　　了？
　　　　〔周瑜试了试伤臂，真觉得病痛减
　　　　轻了。忽然，他发现了臂上的伤
　　　　药，怒火重新点燃，他挣扎而起，

欲奋力将伤药撕去。

小　乔　周郎！你这样就没命了！

周　瑜　没命也不用它！（跌倒在地）
　　　　〔小乔死命地抓住周的手臂。

小　乔　周郎！
　　　　（乙反滚花）看在夫妻恩爱一场，
　　　　快用这救命药膏疗创伤。

周　瑜　（接唱）望小乔泪流满面我心如血
　　　　　　　　淌，真想遂夫妻柔肠。

小　乔　周郎！
　　　　〔二人相持不下，周瑜忽然想起了
　　　　难言的伤痛。

周　瑜　（念扑腾蛾子）
　　　　曹阿瞒横槊赋诗痴心想，
　　　　诸葛亮纶巾羽扇笑荒唐。
　　　　难咽这污秽气冲堵五脏，
　　　　难忍这羞惭火火烧胸膛。
　　　　大丈夫生当人杰一生好汉，
　　　　大丈夫死当鬼雄名美无双。
　　　　〔周瑜被羞怒之火燃烧得亢奋而不
　　　　能自持，边唱边挣脱小乔，腾挪
　　　　跌跃，终于从高台摔倒在地！

小　乔　（万念俱灰）周郎，你这是何必，
　　　　何必啊！
　　　　〔周瑜奄奄一息，知道自己时日不
　　　　多，其言也善，其音也哀。

周　瑜　（一息尚存，抓住小乔的手）夫人，
　　　　快把解药给我敷上吧……这下遂
　　　　你心愿了！

小　乔　（哭）周郎！

周　瑜　（呕血）夫人，我不能与你回江东
　　　　了！我平生所恋小乔，小乔平生
　　　　所好琴弦音律也，你就最后为我
　　　　弹奏一曲吧。
　　　　〔见小乔未动，周瑜挣扎，自己奔
　　　　到古琴边，弹响了几个琴音，小

乔泪如泉涌，拨动了琴弦。

小　乔　周郎！

小　乔　（乙反南音）

　　　　言未启，泪珠倾，

　　　　断肠琴韵为君鸣。

　　　　周郎夫君你是人中顶，

　　　　英才俊俏令小乔心倾。

　　　　本是夫唱妇随缘分天定，

　　　　如今你离妻别爱，（抛舟腔）

　　　　如今你离妻别爱我多凄零。

　　　　（乙反木鱼）

　　　　想当初，结鸾凰，

　　　　你到庐江郡来这情景，

　　　　一匹快马你风度翩翩。

　　　　过渡口你扶我指槐约定，

　　　　海不枯石不烂琴瑟和鸣。

　　　　（白）周郎，我的好周郎啊！

　　　　（沉醉东风）

　　　　你曾为妻我画眉柳，镜双影。

　　　　你梳理妻云鬓，尽把情倾，

　　　　你曾为我端水奉茶，

　　　　在老父床前孝堪称，

　　　　你为我祭母哭亡灵。

　　　　夫妻恩爱万人更高兴，

　　　　天下间谁家能及我俩相称，

　　　　天下间谁家能及我俩恩恩爱情。

　　　　谁料此刻变绝情，

　　　　难疗我心伤痛更难平。

周　瑜　（清唱散板）小乔妻！

（乙反长句花）

　　夺人命，夺人命，

　　断肠曲调凄凉境，

　　声声句句唤幽灵。

　　恩爱夫妻相辉映，

　　如今却是风雨飘零。

　　周郎枉为男儿，

　　却不能一言九鼎。（句）

　　辜负了小乔爱妻一片真诚。

　　（弹词）

　　谁让我不顾妻子只顾三军领，

　　谁让我朝思暮想急功求成。

　　谁让我耿耿难忘封侯令，

　　谁让我屡屡不禁傲视群英。

　　（散板）苍天啊！

　　快拂去我虚幻重重，

　　还我坦坦荡荡坦坦荡荡男儿身影！

　　（白）大江啊！快涤净我胸中块垒

　　阵阵野心吧！

　　（清唱）好与小乔妻白头偕老重续

　　　　　　那不了情。

　　〔小乔百感交集，如泣如诉，想到
　　　与周郎诀别，想到美好愿望不能
　　　最后实现，小乔悲愤痛惜地用琴
　　　声宣泄着自己的情感，如长江之
　　　水，一泻千里，浪涛掀天！忽然
　　　琴弦断，周瑜气绝。

小　乔　（失声痛哭）周郎——

　　　　〔切光。

第六场　晒骨

〔古朴而沉重的冲傩还愿的鼓声伴着悲凉的《晒骨歌》远远地传来，光启，浑身赤裸的头戴蓝色面具山人，围绕着生命之神作杀戮动作，倒地死亡。生命之神复擎出血红的太阳，众人复苏，戴着温和的红色面具，簇拥着生命之神及血红的太阳，达狂欢高潮。

〔小乔、孙尚香一身孝白，从冲傩还愿的队伍中缓缓走出。两位将士捧着装着装殓好的周瑜的遗骨来到小乔面前。

小　乔　周郎啊！燕约莺期，忽作鸾悲凤泣，陡成骨白泪干。

（悲秋）

悲火烧，往昔影，

一江秋水两岸景。

此刻何处觅知音听，

渺渺江水压愁情。

原想周郎归来共画憧憬，

谁曾料梦醒孤单女身只影。

原想晒骨台成花影衬，

怎料成了夫君晒骨幽灵。

〔小乔悲痛欲绝，孙尚香潸然泪下，起风了。

孙尚香　姐姐，起风了，我们送都督回江东吧！

诸葛亮　周都督，孔明为你送行来了。

（垛子乙反二黄滚花）

见灵台不由我泪如雨降，

哭周郎叹东吴断了栋梁。

（木兰从军）

想周公瑾，征战沙场上，

一生霸业主，确辉煌。

曹操虎狼大军，

君轻取过大江。

诸葛与你相惜成就天下双。

今你离去矣我泪洒暗迷惘，

未知今后知音哪方，

令我彷徨。

（白）夫人，可有需孔明相帮之事？

〔此时的小乔已进入无憎恨的超然境界。

小　乔　多谢诸葛先生，小乔一门新寡，已与世无争，与人无求。

〔帮腔唱新曲：

山河万里年年过雁阵，

冬雪一到此处已无痕。

小　乔　只愿这晒骨台上的将士们都能魂归故里，让他们的妻儿母亲别再伤心。（仰望苍天）苍天啊，你若见怜，就让公瑾的魂灵早些归来，随为妻回江东去吧！

周　瑜　夫人受苦了，公瑾知错了，向夫人赔罪！我们回江东去吧。

小　乔　周郎。

〔帮腔唱新曲：

织布养蚕，琴瑟和音，

生儿育女，共享天伦。

〔小乔喜极而泣，迎上前去，夫妻二人相拥，周瑜一改往日的严肃，在风中，扶着小乔上船远去。

诸葛亮、孙尚香　（深深施礼）公瑾，都督，夫人，姐姐，一路走好！

〔江水浩荡、红绫飘飞，周瑜和小乔消失在水天一色的江面。

〔在古朴雄浑的鼓声中，《晒骨歌》响起，越来越急促，越来越宏大！

桂剧

石鼓传奇

演出单位

贺州市富川瑶族自治县文体广电和旅游局
贺州市富川瑶族自治县民族艺术团

内容简介

　　桂剧《石鼓传奇》讲述的是明代清官毛德贞的抉择故事。主人公毛德贞是明嘉靖年间大理的一位官员，因为为官清廉，深受大理百姓的爱戴。在告老还乡之际，大理百姓赠送他一对石鼓以彰显其功德。回到秀水时，毛家举族相迎。按照秀水毛氏族人的家规祖训，凡族人外地为官者，须经查验，被证明是清官，才能放行回家，否则将被逐出村外，永不归家。勘验时，在毛德贞的官船上查出一对石鼓，而石鼓却又分文未付钱。毛德贞因此被挡在了秀水河上不了岸、回不了家。运送毛德贞还乡的官船，三天之后必须返回。一时间，毛德贞是进是退？是去是留？令这个自幼熟读祖训家规，一生自省自律的老人左右为难。毛德贞经过艰难的思想斗争，以砸碎石鼓的举动赢回了族人的信任，完成了自我救赎。

主创团队

编　　剧：易玉林
总 导 演：赵雪君
执行导演：李世军
副 导 演：蒋玉兰
作　　曲：谢　谢
配器、音乐制作：韦　庆

舞美设计：吕挺军
灯光设计：田和顺
服装设计：阳晓青
道具设计：梁栋国
造型设计：黄海丽
盔头设计：宋　翼

音效设计：林　伟　游吉平　　　　剧　　务：蒋瑞岚
打 击 乐：钟赤兵　　　　　　　　舞台总监：刘晓静
舞蹈编舞：谢德兴　蒋玉兰　　　　灯光操作：王　强　盘小东
表演指导：罗意伟　　　　　　　　字幕视频编辑：周　怡

主要演员

毛德贞——蒋联平　　　　　　　毛夫人——潘兰娟
李天明——宋润师　　　　　　　族　长——戴松顺
毛成杰——李高晓　　　　　　　族　丁——何金涛　黎　堂　陈士洋　陈建福
陈莲妹——张冬梅　　　　　　　　　　　　盘　联　彭飞阳　杨锦华
白小满——李世军　　　　　　　老　者——李孝友　卢玉姣

时　间　明嘉靖年间。
地　点　富川秀水。
人　物
毛德贞　男，70多岁，告老还乡的云南大理
　　　　知府。
李天明　男，50多岁，原云南巡抚，现富川
　　　　知县。
毛成杰　男，20多岁，毛德贞远侄，正欲上
　　　　京赶考的举子。

陈莲妹　女，18岁，毛德贞外甥女，毛成杰
　　　　未婚妻。
白小满　男，20多岁，大理小石匠，护送毛
　　　　德贞返乡之人。
毛文轩　男，70多岁，秀水毛氏族长，重病
　　　　在身。
毛夫人　女，已逝，毛德贞妻子。
船丁甲、村民甲、村民乙、众族丁、众村民等。

❀ 第一场 ❀

〔一条如诗如画的秀水河，薄雾笼罩中，显示出两岸的青山及隐藏于青山间的青砖灰瓦。
〔幕后童谣：
月光光，秀才郎，
挑着一对破书箱。
不梳头，不洗脸，
挑着书箱就过江。
水中照，吓一跳，
原来自己这么脏。
梳一梳，洗一洗，
个个都夸清白郎。
秀水河畔做学问，

做了学问坐大堂。
〔毛成杰内喊：大理知府毛德贞大人告老还乡回秀水了——
〔音乐起，一众村民在毛成杰率领下端酒而上，踏歌而舞。

众村民　（唱）君回秀水唱酒歌，
　　　　　　　酒满杯来歌满桌。
　　　　　　　山歌泡在酒杯里，
　　　　　　　连酒带歌一起喝。
毛成杰　恭迎毛老大人！
〔毛德贞内唱：告老还乡回秀水，回秀水。
〔一条官船缓缓驶出，毛德贞挺立

船头。

毛德贞　（唱）秀水如镜照归人。

去时尚是帅小伙，
回时白发透双鬓。
遥望家乡千里路，
德贞只当五里行。
双脚踩着儿时印，
双手捧着嬉闹泥。
家堂中间头叩响，
白发老儿回家门。

（白）哈哈哈哈，小满，泊岸。

白小满　是！

〔船泊岸。

毛成杰　（迎上）伯父……

陈莲妹　老舅……

毛德贞　哎呀呀！多年不见，你们两个都成了一对金童玉女了！

陈莲妹　（含羞）老舅……

毛成杰　伯父，你终于回家了……

毛德贞　回家了，回家了……哎，我的老大哥文轩呢？他可是秀水毛家的族长，我这个老弟回家了，他……

陈莲妹　老舅，族长他得了重病，不能来接你。

李天明　（上）老大人，老族长不能来接你，富川知县李天明来接你！

毛德贞　你？李天明……

李天明　下官富川为官已有十余载。

毛德贞　（淡然一笑）哈哈，原来是我的父母官，从今往后德贞在你的治下，你可要……

李天明　老大人放心，当年你是怎么做的，下官也会怎么做！啊？

毛德贞　啊？

李天明、毛德贞　哈哈哈哈……

毛德贞　看来我和他之间的恩怨还没有

了！

白小满　大人放心，他要敢搞你，我回去喊上大理的百姓，一个一脚踩死他！

毛德贞　哎！我们秀水毛家可是文明之家，从不打架滋事！（对李天明）哎呀李大人，既然你来接我，怎么不让我上岸回家？

李天明　好好好，马上就请老大人上岸回家。成杰。

毛成杰　在！

李天明　开始吧！

毛成杰　是！（举起族牌令）众人听了，族长大人疾病染身，命成杰打理族中所有事务。

众　人　谨遵族牌令！

毛成杰　伯父，来，喝了这碗回家酒！

毛德贞　好，喝了这碗回家酒！（深情一饮）上岸，回家——

毛成杰　且慢！

陈莲妹　阿哥……

毛成杰　莲妹……

陈莲妹　他可是我的老舅你的伯父，难道你连他老人家也不相信吗？

毛成杰　我……

李天明　莲妹！请你背诵毛氏家规第一条、第三条。

陈莲妹　第一条，不论贫富贵贱，须内外勤谨，守礼畏法；第三条，传家二字，读与耕，家二字，俭与勤，安家二字，让与忍……

毛成杰　查！

陈莲妹　阿哥……

毛德贞　莲妹，让成杰上船勘验！

毛成杰　是！众族丁，上船勘验！

众族丁　是！（上船勘验，复上）

族丁甲 成杰哥，这官船上除了几箱旧书，只有一对石鼓。

李天明 一对石鼓？

白小满 哎，一对石鼓怎么了？秀水的父老乡亲，我告诉你们，为了给毛大人送这对石鼓，大理的乡亲们可是操碎了心！

李天明 那你快与秀水的乡亲们讲讲！

白小满 那你们就给我好好听着！

(板)大理石雕名头响，
工艺堪称最精良。

(唱)我的师父石匠张，
他的技艺天下扬。
当年修建紫禁城，
他到京城见先皇。
先皇命他雕石鼓，
廊柱下面做座桩，
呐，做座桩。
听说大人要告老，
大理百姓着了慌。
这个要把金银送，
那个要把众多珠宝装行囊，
呐，装行囊。

(板)我的师父一声喊，
众人都听他主张。
大人一心为百姓，
从不贪占钱和粮。
亲手雕对好石鼓，
送与大人压船舱。
大家都赞主意好，
采集美石雕刻忙。
上刻百官楷模字，
要把大人来颂扬，
来颂扬，呐，来颂扬！

李天明 好！太好了！老大人，有了"百官楷模"这四个字，足以告慰平生！

毛成杰 这"百官楷模"可值千金？

白小满 这位小哥，我可对你讲，你也太小家子气了，在云南，只要是我师父出手做的石鼓，每只都值千金！更莫讲那"百官楷模"四个字了！

李天明 哎呀，这么算起来，这对石鼓可算得上是价值连城！

白小满 要不是价值连城，大理的乡亲们为什么还专门派我护送这对石鼓跟随大人回乡？

李天明 哦，老大人，没想到你告老还乡之后，还成了我们富川秀水的大富翁！可喜呀可贺！

毛德贞 这？

李天明 成杰，还不请你们秀水毛家的富翁上岸回家？

毛成杰 这……（急切地）伯父，这对石鼓你付过银两吗？

毛德贞 我……分文未付。

〔音乐起。

毛成杰 呀！

(唱)伯父他分文未付石鼓账，
就与那收受贿赂两相当。

李天明 (唱)只说是一生清廉为榜样，
没想到让我抓住这条缰。

毛德贞 (唱)看来是我疏忽了，
分文未付怎可让它进船舱？

毛成杰 (唱)祖训家规如山重，
伯父怎可来遗忘？

李天明 (唱)抓住缰绳不放手，
定要让这匹老马悬崖之上再挨枪。

毛德贞 (唱)看起来德贞我违了王法违祖训，定然难以回家乡。

李天明 老大人，想不到你也有犯错的时

候！按大明律，此罪当斩！

白小满　啊？李大人，这位小哥，乡亲们，我、我刚才那是放狗屁，胡说八道！这对石鼓根本就一文不值，你们让毛大人上岸回家吧，你们让毛大人上岸回家吧——

毛成杰　不行！（对毛德贞）伯父，对不起了！众族丁！

众族丁　在！

毛成杰　毛德贞告老还乡之际收受大理百姓价值连城的石鼓一对，那是背祖训毁家规的忤逆之举，尔等守住此船，以免毛德贞转移赃物……

众族丁　遵命！

毛德贞　成杰……众乡亲……李大人……

李天明　嘿嘿嘿，毛大人，这刀割在别人的身上不痛，割在自己的身上那

可是锥心之痛啊！

毛德贞、白小满　你！（白小满做掏万民折状，毛德贞拦住他）

白小满　毛大人，这条护送你回乡的官船，必须三天返回，三天之内，你如果上不了岸回不了家，你老人家该怎么办？

毛德贞　啊！

李天明　老大人，毛氏祖训第九条：后世仕宦，贪一文断子绝孙；害百姓，天打雷劈！

毛德贞　呀！呀！呀——（昏于船头）

〔音乐响起，幕后伴唱：

盼归家，家难进，

好比老树断了根。

本想河边饮口水，

口口落肚都是冰。

〔灯暗。

❧ 第二场 ❧

〔船上，波光激滟。毛德贞蹲在船头摸着一对石鼓，凝神远望。

毛德贞　祖训家规！从小受的是祖训家规，没想到老了却被这祖训家规挡在这官船之上回不了家……告老，却难还乡……德贞最后的归宿就是这条清澈透明的秀水河……秀水呀秀水，我能归宿于你，也是人生最大的幸事！哈哈哈哈……小满，拿酒来！

白小满　我要跳河，你莫拉我。（跪下，伸手打自己的嘴巴）就是这张臭嘴，我打烂它，我打瘪它，我打……

毛德贞　小满，你莫打了。

白小满　我打烂它，我打瘪它，我打……

毛德贞　小满，你要把我的心打碎吗？你老实告诉我，这对石鼓到底值好多钱？

白小满　听我师父讲，这对石鼓值五十两银子。大人，我对不起你，对不起大理父老乡亲的重托啊……

毛德贞　小满，你不要难过，大人我心里高兴啊！

白小满　你被拦在秀水河中回不了家，你还高兴？

毛德贞　高兴得很！你看我们毛家，不管你官多大，钱多少，只要你违反了祖训家规，你就回不了家！难道我不应该高兴吗？

白小满　这样讲来，确实应该高兴！

毛德贞　那我们从大理带来的酒还有吗？

白小满　毛大人，我看你真的是老了！上次遭遇水匪，水匪在船上没有搞到金银珠宝，要把你的石鼓丢进水里，你不是把一坛老酒送给水匪了吗？

毛德贞　哈哈哈，你看我这老糊涂。好！没有酒，你就在这秀水河中给我舀一碗水。

白小满　一碗秀水？

毛德贞　对！我要喝了它！

白小满　好！（端碗舀水）大人请！

毛德贞　（念）潇洒江梅，雪压霜欺，年年寒雁，伤心故人浊泪。轻云淡月，伴我豪饮，清香未减，傲雪不在人知！（将水仰天而饮）

白小满　此处不留爷，自有留爷处！

毛德贞　你是说？

白小满　走！

毛德贞　走？

白小满　回大理！秀水的毛家不要你，我们大理的老百姓要你！

白小满　船工，解缆！
　　　　〔陈莲妹与毛成杰冲上，一把拉住船缆。

陈莲妹　老舅——

毛成杰　伯父——

毛德贞　莲妹、成杰……

陈莲妹　老舅——
　　　　（唱）叫老舅，你莫走，
　　　　　　　你走让我痛心头。

白小满　（唱）让他走，让他走，
　　　　　　　走出秀水心不忧。

毛成杰　（唱）紧紧拉住不放手，
　　　　　　　死也要将伯父留。

白小满　（唱）求二位，快放手，

秀水再难将他留。
他要回到大理去，
苍山洱海度晚秋。

毛成杰　伯父，你真的要回大理？

毛德贞　我……

毛成杰　伯父，倘若你重回大理，难道你想让大理的百姓对你愧悔一辈子？

白小满　你乱说！

毛成杰　伯父，你今天上不了岸是因为什么？是因为大理百姓送给你的这对石鼓啊！你要是回到大理，让大理的百姓知道你是因为这对石鼓回不了家，他们难道不对你愧悔一辈子吗？

毛德贞　这个……

白小满　回不了大理，我们就进瑶山！

陈莲妹　老舅，你因为一对石鼓成了一个贪腐之官，不但瑶山的乡亲不能容你，就是这全天下的任何一个清廉之地都不能容你！

毛德贞　呀呀呀——

陈莲妹　（举起棉衣）老舅，你看！

毛德贞　棉衣？

陈莲妹　这是舅母在她生命最后的日子里用命给你做的，如果你离开秀水，你对得起九泉之下的舅母吗？

毛德贞　夫人……

陈莲妹　老舅呀！
　　　　（唱）你一生立下誓愿做清官，
　　　　　　　寄回的几两银仅够买盐。
　　　　　　　上有老下有小负担山重，
　　　　　　　舅母她勤劳作让家周全。
　　　　　　　年纪轻轻白发现，
　　　　　　　背也驼来腰也弯。
　　　　　　　千辛万苦万苦千辛她甘愿，
　　　　　　　只为了让老舅上不负国下不

负民龌龊官场守清廉!

毛德贞 夫人……

毛成杰 伯父,(唱)
丁酉之年祖母病,
天天唤你回家园。
伯母无奈把装换,
冒充伯父哄慈颜。
祖母一声德贞唤,
伯母男声跪床前。
整整熬了一年半,
(白)伯母她床头床尾洗脸擦背揉手烫脚端屎端尿再也没有茫茫黑夜黑夜茫茫与白天。

毛德贞 夫人,苦了你了……

阿莲妹 (唱)那年大雪纷纷降,
担心大理冰霜寒,
抱病为你做棉衣,
一针一线情万千。
手拿棉花掉落地,
紧好衣领袖做偏。
外婆逝世廿年后,
舅母她也入黄泉。
临终深情托付我,
要等老舅回故园。
棉衣穿在舅身上,
舅母她等郎归盼郎回执郎手安郎心九泉之下展笑颜。

毛德贞 (大恸)夫人……(披上棉衣)我这辈子最对不起的就是你啊!没有你,我做人不自在,没有你,我做官难安然……大理百姓送我百官楷模的称号,那全是你挣来的啊……

毛成杰 伯父息哀,族长用毛家最高的礼仪安葬了伯母,以彰显她的慈爱、厚道,以及她为人妻为人母的良好品德!

毛德贞 夫人!

毛成杰 今日我前去,族长拿出一坛他亲手酿造的秀水清,让我转赠于你。

毛德贞 一坛秀水清?老哥子,我的老哥子,还是你懂我,还是你懂我呀!小满。

白小满 哎!

毛德贞 我要喝一口秀水清!

白小满 好!(端碗上,莲妹接碗,毛德贞开坛倒酒欲饮)

李天明 (上)酒香飘秀水,格调自清高。老大人饮酒,难道又要饮出一片真境界?

毛德贞 一坛秀水清,本是真境界!

李天明 讲得好!老大人,天明也想讨一口酒喝!

(小满倒酒把碗递给李天明,毛德贞、李天明二人举碗而饮)

毛德贞、李天明 好酒!

毛德贞 人生如酒两个字:清与醇!

李天明 高哉!妙哉!高妙也!

毛德贞 李大人,高妙的是你啊!

李天明 我?

毛德贞 是啊!云南返乡,进入富川,看到的是民生兴旺,听到的是万众称赞!

李天明 老大人,这一切都是因为你!

毛德贞 我?

李天明 老大人啊!
(唱)那年被贬离滇境,
对你恨得痛碎心。
因此主动来请命,
要到富川刨你根。

毛德贞 原来如此。

李天明 (唱)你在任上极清正,

我不信秀水毛家水至清。
因此四处来查探，
只想着那缕缕蛛丝马迹能够
整垮老大人。
没想到，
越查越让我羞愧，
越整越让我震惊。
秀水毛家一代代，
却从来没出一个贪官害黎民。
长夜漫漫，漫漫想无限，
百思不解难安宁。

毛德贞 （唱）莫乱想，请安宁，
皆因家风正与清。
子孙从小受祖训，
祖训如天铭于心。
秀水作明镜，

李天明 （唱）照出人本真。

毛德贞 （唱）即使万般苦，

李天明 （唱）也要站直身。

毛德贞 （唱）即使好艰困，
也要骨铮铮。
德贞本是愚钝子，
谨遵祖训来做人。
决不贪腐污秀水，
只愿秀水万年清！

李天明 这就是我查找到的根源！我明白了老大人在云南为官三十多年不贪不腐、不骄不妄、不嗔不怒之根本，在富川施政爱民，才有了民生兴旺百姓安宁的这一天！

毛德贞 （突然地）李大人，我想和你做笔交易。

李天明 你说。

毛德贞 我手上有一本唐代诗仙李白的诗集孤本……

李天明 真的？

毛德贞 我毛德贞从不说假。李大人，我想把它转让与你。

李天明 多少钱？

毛德贞 纹银五十两。

李天明 哈哈哈哈，老大人，这交易你找错人了。

毛德贞 你不想要？

李天明 想，可是我没有钱！

毛德贞 你没有钱？

李天明 跟着你老大人学，能有银两吗？

毛德贞 啊？

李天明 哦！

毛德贞、李天明 哈哈哈哈……

〔白小满倒酒，毛德贞端碗喝酒。

李天明 慢！（抢酒）这碗酒只能我独饮！

毛德贞 为何？

李天明 你已污败了秀水河。

毛德贞 哈哈哈哈……

李天明 莫笑了，我告诉你，我好不容易找到你这对石鼓的污点，我是不会轻易放过你的。

毛德贞 你要怎样？

李天明 上折子参你，请皇上在秀水的状元楼前为你立一块贪官碑，将你逐出毛氏宗族，以警世人！

〔白小满冲上，想用酒坛砸李天明，被毛德贞拦住了。

〔急促的锣鼓声中，灯暗。

·৹﹏ 第三场 ﹏৹·

〔毛家祠堂，正中是天地君亲师之牌位，左侧的一块石碑上刻着"毛氏祖训"，右侧的一块石碑上刻着"毛氏家规"。

〔陈莲妹内唱：冲向祠堂来禀告，

〔陈莲妹手提竹篮冲上。

陈莲妹　（唱）列祖列宗听根苗，

老舅难把岸来靠，

困宥官船泪如涛。

拜请祖宗来饶恕，

你们恩德如舜尧。

让他回家来养老，

老树枯枝再发苗。

〔陈莲妹跪下，燃香，化纸。

陈莲妹　毛家的列祖列宗，莲妹求你们了，不要这毛家祖训家规好吗？让我的老舅回家吧，舅母早逝，他年纪那么大了，再也经不起折腾了啊……老祖宗，你讲话呀，你讲话呀！

毛成杰　（上）莲妹，你怎么跪在祠堂门口？

陈莲妹　阿哥，怎么办？怎么办呀？

毛成杰　家有家规，国有国法，伯父他……

陈莲妹　难道你就眼睁睁地看着我老舅回不了家？

毛成杰　莲妹！

（唱）你与我相知相恋多少年，

却不明白我的心与你一样如油煎。

非是我定要把伯父来查验，

皆因为祖训家规重如山，

如今族长托付我，

我要把住这道关！

陈莲妹　阿哥……

我相信老舅他一身清白可对地，

我相信老舅他一身正气可鉴天。

可怜他舅母早逝孤星伴，

可怜他常年在外犹如风筝无线牵。

可怜他为做清官几次断头台上站，

可怜他一头白发晚秋残。

阿哥啊，阿哥，

那对石鼓百姓送，

感念老舅是清官。

百姓情义成贪腐，

茫茫大地大地茫茫黑了天！

（白）我要砸碎这祖训家规——

（举锤冲向石碑）

毛成杰　（一把拉住）莲妹，不可！

陈莲妹　我不是毛家人，你们管不了我！

毛成杰　莲妹你若砸碎毛家的祖训家规，秀水毛氏子孙岂能容你？

陈莲妹　（跪）阿哥，我求你了，我求你了……（泣不成声）

毛成杰　莲妹——

（唱）莲妹跪，难决断，

陈莲妹　（唱）莲妹跪，心念断，

毛成杰　（唱）怎可怀私不把关？

陈莲妹　（唱）只想老舅过难关。

毛成杰　（唱）如果破了这把锁，

陈莲妹　（唱）赶快砸碎这把锁，

毛成杰　（唱）毛家从此翻了天。

陈莲妹　（唱）管它地黑与天翻。

毛成杰　（唱）不能够砸，

陈莲妹　（唱）快砸碎，

毛成杰、陈莲妹　（唱）事到临头怎这般难？

毛成杰　莲妹，对不起，我不能！

陈莲妹　那我们就断了这十多年的情义！我要为老舅养老送终！（冲下）

毛成杰　（急追）莲妹——（下）

李天明　（上，念）夜静风清愁烦，心事重
　　　　重难眠。低头辗转反侧，不觉自
　　　　行门前。

　　　　〔毛成杰、陈莲妹暗上，见了李天
　　　　明，毛成杰急拉陈莲妹躲于暗处。

李天明　（唱）孤身立于祠堂内，
　　　　　　　心中波澜起起伏伏跌跌宕宕
　　　　　　　犹如江海在翻飞。
　　　　　　　问列祖，天明此举错与对？
　　　　　　　问列宗，天明此举是与非？
　　　　　　　我也想让他立马把岸上，
　　　　　　　我也想让他即刻把家归。
　　　　　　　我也想清水染墨随他去，
　　　　　　　我也想玉石带瑕任他为。
　　　　（白）可是，我不能、我不能啊——
　　　　（唱）毛德贞是大明官场风清清，
　　　　　　　毛德贞是百官楷模日月晖。
　　　　　　　我要将他来勘验，
　　　　　　　是清是浊必两分。
　　　　　　　毛家列祖原谅我，
　　　　　　　只为了毛德贞一清二白三明
　　　　　　　四亮五公六正七纯八善九九
　　　　　　　归真十全十美百世典范千秋
　　　　　　　万代万代千秋受尊敬！
　　　　（白）毛家的列祖列宗，天明这样
　　　　做对吗？这样做对吗？

　　　　〔村民涌上。

陈莲妹　（与毛成杰冲上）李大人，你做得
　　　　对！

李天明　莲妹……你终于明白我的苦心了。

陈莲妹　明白了……

李天明　你知道我做的这一切有多难吗？

众　人　大人，你有何难？

李天明　我李天明从前就是一个贪官！

众　人　啊？

李天明　而且就是你们的毛德贞大人将我
　　　　参倒，让我一个堂堂四品巡抚成
　　　　了七品知县。

众　人　啊？

李天明　当我到了富川之后，却被秀水的
　　　　这一泓清水洗得干干净净，才明
　　　　白自己与毛德贞老大人的品行高
　　　　下。乡亲们，乡亲们呐，我想请
　　　　大家和我一起重温这毛家的祖训
　　　　家规好吗？

众　人　好！

李天明　看，文房四宝！

李天明　（唱）无论贫富与贵贱，

众　人　（唱）内外勤谨守礼法。

李天明　（唱）一粥一饭来不易，

众　人　（唱）人人都要珍爱它。

李天明　（唱）耕读二字可传代，

众　人　（唱）勤俭二字可兴家。

李天明　（唱）让忍二字可安定，

众　人　（唱）情义二字可旺家。

李天明　（唱）仕宦之人犯贪腐，

众　人　（唱）断子绝孙天打雷劈砸碎他。

陈莲妹　李大人，我明白了，老舅呀老舅，
　　　　你为什么告老还乡之际还要收受
　　　　那对该死的石鼓，让你永远也上
　　　　不了岸回不了家？

李天明　不！他能回家！

陈莲妹　（激动地）他能回家？

李天明　对！可他必须让这条明镜似的秀
　　　　水河再好好清洗一次！

　　　　〔音乐响起，幕后童谣声中，灯暗。

第四场

〔一勾弯月挂在天边，与秀水河交相辉映。

〔船头竖着一块牌子，上写：五十两纹银出售唐代诗仙李白诗集孤本。

〔毛德贞手捧秀水清酒坛，立于船头，一口一口地苦饮。

船丁甲　毛大人，明天就是第三天，官船该返程了。

毛德贞　（狂饮）第三天了、第三天了……

〔醉晕，船丁甲欲扶，毛德贞将其一把推下。

〔音乐轻起。

毛德贞　（唱）月光清清照秀水，
　　　　　　秀水如镜映孤魂。
　　　　　　一对石鼓相陪伴，
　　　　　　既无言来又无声。

〔舞台深处出现毛夫人。

毛夫人　夫君，夫君……
　　　　　　（唱）叫一声夫君莫伤悲，
　　　　　　妻在九泉伴君魂。
　　　　　　当初秀水结伴侣，
　　　　　　认定夫君清又醇。

毛德贞　（唱）夫人既认我清醇，
　　　　　　如何解得我艰危？
　　　　　　夫人呐，夫人呐，我问你，
　　　　　　我该怎样把家回？

〔舞台深处出现毛文轩。

毛文轩　德贞老弟，德贞老弟！

毛德贞　族长老哥，你快告诉我，你快告诉我呀！

毛文轩　（唱）你莫喊，你莫问，
　　　　　　祖训阻你把家回。
　　　　　　本来这是一小事，
　　　　　　睁眼闭眼也可为。

毛家执拗不放过，
只为子孙净灵魂。

毛德贞　（唱）灵魂秀水早洗净，
　　　　　　一丝污垢都不存。

毛夫人　（唱）为妻爱你灵魂净，
　　　　　　一生相伴比翼飞。
　　　　　　如果再把污迹染，
　　　　　　深入秀水洗尘灰。
　　　　　　洗尽尘灰灵魂净，
　　　　　　清清白白把家回。

毛文轩　（唱）把家回，家难回，
　　　　　　改过方能大作为。

毛夫人　（唱）上善若水，照照自己。
　　　　　　一日三省问灵魂。

毛文轩　（唱）一日三省问灵魂。

毛夫人　（唱）是清是污用刀砍，

毛文轩　（唱）是洁是净用铁锤。

毛德贞　（唱）用刀砍，用铁锤，
　　　　　　刀砍锤砸醒灵魂。

毛夫人　（唱）刀虽砍出血和泪，

毛文轩　（唱）锤会砸出骨和髓。

毛夫人　（唱）却能让你立天地，

毛文轩　（唱）却能让你立天地，

毛夫人　（唱）秀水河边万人尊，

毛文轩　（唱）秀水河边树丰碑。

毛德贞　（唱）那就将我融入火，
　　　　　　再受百炼呐，与千锤。

〔毛夫人、毛文轩隐去。

李天明　（上）老大人，我等你这句话等得太久了。

毛德贞　这话从何说起？

李天明　从你参我的那本奏折说起！

毛德贞　哦？

李天明　老大人呀，你可知当年我为什么要贪占那五十两官银吗？

毛德贞 为什么？

李天明 当年云南大旱，百姓流离失所，我把所有的积蓄都拿来救济了灾民，恰逢老父重病，万般无奈之际，只得挪用那五十两官银为父治病……

毛德贞 这个……既然如此，你为什么不申辩？

李天明 哎呀我的老大人呀！不管如何申辩，贪占官银就是违犯王法，我只得一言不发，任凭皇上贬责！

毛德贞 可被贬之时，你不是咬牙切齿对老夫讲，你一定要报此仇要雪此冤吗？

李天明 当年我是讲过，可是，当我来到富川，所有的心境都变了……

毛德贞 变了？

李天明 老大人呀！

（唱）当年被贬到富川，
　　　仇如大海恨如山。
　　　只想有朝雪仇怨，
　　　生生啃噬你心肝。
　　　不想被贬富川县，
　　　民风淳朴感心田。
　　　他们不把我当官，
　　　犹如亲人心相连。
　　　东家有酒喝三碗，
　　　西家有肉吃两餐。
　　　更有那毛家祖训如铁律，
　　　深深感动我心间。
　　　才明白大人
　　　你为何为官公与正，
　　　才明白大人
　　　你为何为官清与廉。
　　　天明要把清官做，

如何不解，为救天明将我参劾恩重如山？（跪）

毛德贞 李大人……

李天明 老大人……

〔两个男人的腿跪在一起，两双男人的手握在一起。

李天明 （扶起毛德贞）老大人，我俩再让这秀水河中的水照一照，看看身上哪里还有污点！

毛德贞 不用照了，我毛德贞除了还乡之时收受石鼓之外，还有一个大大的污点！

李天明 啊？

毛德贞 当年向皇上上奏参你不问缘由，落了一个大大的失察之过！（抚摸那对石鼓）百官楷模！我是什么百官楷模？

李天明 老大人……

毛德贞 我要把这对石鼓砸了！

李天明 乡亲们，乡亲们呐！

〔众涌上。毛大人要把石鼓砸了！

众　人 把石鼓砸了？

毛德贞 乡亲们，你们哪个把我这本李白诗集的孤本买下？这对石鼓的本金我要还给大理的乡亲。

〔众沉默。

毛文轩 （上）我捐十两。

毛德贞 族长大哥……这是你的棺材板钱，德贞万不敢收……

毛文轩 一副棺材板与我们毛家的祖训家规相比孰轻孰重？收下吧！

毛德贞 不……

毛成杰 伯父，我捐十两。

陈莲妹 阿哥，那是你明天上京赶考的盘缠，这钱不能捐！老舅，这是我的五两嫁银，你收下吧……

毛德贞	莲妹……
村民甲	我捐三两。
村民乙	我捐二两。
村民丙	我捐二两。

〔众村民人人捐银。

李天明	大家莫捐了，老大人的孤本我买下了！
毛德贞	李大人……
李天明	老大人，当年你虽有失察之过，可正是你的失察才让天明能够活到今天。要知道，贪了一次就有两次，贪了两次就会有无数次啊……今天我买下这孤本，对天明而言，也是一次赎罪，更是为了答谢老大人的救命之恩呀！（递银）
毛德贞	好！令老夫敬佩！成杰，你看到了吗？这才是真正的为人为官之道！
毛成杰	伯父，小侄看到了！若小侄上京高中，也定会做一个像伯父、李大人这样的好官、清官！
毛德贞	好！（对内）小满。
白小满	（上）大人。
毛德贞	这是那对石鼓的本金五十两。
白小满	大人，我不能收！李大人，这不是官银吧？
李天明	此乃本官多年积蓄。（转向毛德贞）大人？
毛德贞	回去告诉大理的父老乡亲，我要把这对石鼓砸了。
白小满	为什么？
毛德贞	这"百官楷模"四个字毛德贞不配！
白小满	不！不！你配、你配呀——这石鼓是大理百姓深情赠送，如今你要把它砸碎，岂不是要生生砸碎大理百姓的一片情义吗？

毛德贞	小满，不把石鼓砸碎，就是祖训家规让我回家我也回不了啊！
白小满	为什么？
毛德贞	清心为治本，直道是身谋！我想让秀水河把我洗得干干净净！
白小满	可大理百姓对你的一片深情你也想把它洗得干干净净吗？
毛德贞	我……
白小满	（取出一幅云锦）你们看——
众人	万民折？
李天明	（念）毛氏德贞，大理为官，三十余载，勤政廉明，痛恶贪腐，律己守法，扶贫济困，爱民如子，幕僚拥戴，耿介慈祥，今日告老，万民难舍，石匠张氏，亲刻石鼓，百官楷模，彰显功德，官民勿论，手模结切，万民具折，以昭日月。呜呼，好官清官，永世流芳！

〔随着李天明的诵念，舞台上空垂下一幅云锦，上面写满了一个个黑色的名字、按满了一个个红色的指印。

白小满	莫砸碎石鼓好吗？碎了石鼓那就是碎了大理百姓的一颗颗心啊……
毛德贞	（仰天长呼）天啊，我该怎么办？我该怎么办呀——

〔惊雷如炸，道道闪电映照着那幅万民折。

〔众隐去，舞台上只剩下毛德贞孤零零一个人。

毛德贞	（唱）惊雷震天秀水暗， 　　　　家门近，水翻滚， 　　　　石鼓重，人心痛， 　　　　万民折，上情万千。 　　　　秀水呀秀水，

从小喝着你长大，
又清又醇好甘甜。
把你当明镜，
映照着人生路上每时每刻与
每天。
莫让自己有污点，
身上却把污泥添。
告老还乡收石鼓，
分文未付搬上船。
以为为民做了事，
收下石鼓理应当。
天明为父把银占，
不问缘由想当然。
启奏皇上把他，把他告，
到如今想来愧万千，愧万千。
百官楷模刻石鼓，
只想清名留，留万年。

毛德贞啊，毛德贞，
你敬的什么祖？
你遵的什么范？
你为的什么民？
你做的什么官？
莫犹豫，莫悲叹，
德贞清清白白生，
定要清清白白还。
我随秀水去，随秀水去，
我任秀水淹。
待把石鼓来砸碎，
九天之上，
笑看这秀水河畔祖训家规万
代传。
（白）砸石鼓——

众　人　（涌上）毛大人……
　　　　〔音乐响起，灯暗。

第五场

〔铜鼓之声响彻整个剧场，舞台正中摆放着那对石鼓，众族丁举族旗分列两旁。
〔李天明、毛文轩、毛成杰、陈莲妹及一众村民站立石鼓之后的码头上。
〔铿锵的鼓声中，毛德贞走向秀水河边净手，然后走向石鼓，高高举起铁锤。

毛德贞　石鼓呀石鼓，大理百姓将你赠送于我，赞我百官楷模。返乡路遇水匪，是一坛老酒将你救下，如今却要被我生生砸碎……大理的父老乡亲，德贞对不起了……（跪）

白小满　大人，你是不是再想想？
毛德贞　小满！
　　　　（唱）盘古开天又辟地，

秀水涓涓万古悠。
我本秀水一赤子，
岂容浊身污清流。
（白）砸！

白小满　（死死拉住）大人——
毛德贞　小满，闪开！
　　　　（唱）手举铁锤第一砸，
砸得德贞灿如花。
涓涓秀水明如镜，
明镜照我走天涯。

众　人　（唱）亲人啊，放心砸，
即便砸碎花也发。
秀水已证你清白，
真金何惧铁锤砸。

毛德贞　好！我砸！（用力一砸）
白小满　（抓住毛德贞的手）大人……
毛德贞　小满，闪开！（举锤）

（唱）手举铁锤第二砸，
　　　砸得德贞好潇洒。
　　　祖训家规如天大，
　　　兴邦兴国更兴家。

众　人（唱）亲人啊，放心砸，
　　　你是水中青莲花。
　　　污泥不染更灿烂，
　　　开在秀水香天涯。

毛德贞　好！我砸！（用力一砸）
（白小满用身护鼓，毛德贞把他扯开）
（唱）手举铁锤第三砸，
　　　砸得德贞身如塔。
　　　人生清白比金贵，
　　　碎裂也能吐芳华。
〔白小满护住石鼓，李天明率众人护住白小满。

毛成杰　有请老族长！

李天明　老大人，不能砸！

白小满　大人，你砸吧，砸死了小满，我就再也不用向大理的父老乡亲交代了。

李天明　老大人，不能砸啊！

毛德贞　你、你们……砸不行，不砸不行，你们要逼德贞于绝路吗？（蹲地哭泣，从袖笼抽巾擦泪，却不料带出一封信来，毛德贞急捡，却被李天明一把抓过）

李天明　老大人，这是什么？

毛德贞　是、是……

李天明　我能看看吗？

毛德贞　这是我写给皇上的折子，你看吧！

李天明（看折子，念）大理告老收石鼓，愧对百姓负皇恩，恳请皇上治重罪，重振大明官场清！大人，我的老大人呀……

毛德贞　天明，你们让开，让我砸碎这对石鼓好吗？否则我毛德贞就是死，

那也是死不瞑目！

李天明　不，不不不……老大人，小满他以命护鼓，足以证明你的清白！你给皇上的这封折子，足以证明你的为官！你要砸碎石鼓足以证明你的为人！乡亲们呐，乡亲们呐，这老大人的石鼓还要砸吗？

众　人　不要！

毛德贞　石鼓不碎，此心难安！让我砸！

李天明（跪）老大人！

众　人（全跪）毛大人！

毛德贞　天明，乡亲们，起来，起来吧！

李天明　老大人，将这对石鼓留下来好吗？我想在富川秀水立一个敬鼓堂！让所有的富川人都敬鼓爱鼓惜鼓重鼓！更要让富川千秋万代的子孙明白，秀水毛家的祖训家规永远为他们把住这最后一道关！

毛德贞　可是……

毛文轩　德贞老弟，留下这对石鼓，建立敬鼓堂！

众　人　好！

李天明　呈上来！
〔衙役送对联上，众人展开。

众　人（念）一对石鼓传佳话，
　　　两袖清风律后人！
〔音乐响起，幕后伴唱：
　　一对石鼓传佳话，
　　两袖清风律后人。
　　敬鼓爱鼓更惜鼓，
　　毛氏祖训天地铭。
　　干干净净把人做，
　　清清白白把官当。
　　祖训家规永垂教，
　　秀水最出清白郎。
〔灯暗。剧终。

音乐剧

演出单位
北海市文艺交流中心

珠还合浦

内容简介

　　东汉时期，盛产珍珠的合浦郡发生了珠蚌大量消失的现象。新任太守孟尝和南海龙宫的珍珠公主为查明珠蚌失踪之谜，各自隐藏身份来到合浦郡，遇到了采珠能手海生。原来是老太守中饱私囊，借进贡之名疯狂采集珍珠。在老太守要血洗白龙村的时候，珍珠公主不顾个人安危交出自己的神识——夜明珠，解救乡亲于危难。查明真相的新任太守孟尝，大力惩治贪腐，安置乡民。作品以古喻今，既还原了合浦的著名传说，又颂扬了清廉爱民的思想。

主创团队

编　剧：冯　佳
导　演：冯　佳
作　曲：张　然
舞美设计：张海峰
灯光设计：蒙　秦
音响设计：玉海明
道具设计：夏　光
服装设计：利　尹

主要演员

珍　珠——罗雅馨
海　生——沈　珂
孟　尝——黄奕达
阿　晴——余瑾玥
高太守——曹剑峰
师　爷——林璐军
小　四——李国栋
冷护卫——王文权
贝　贝——张媛媛
秋　月——方小罗
蓝　蓝——陈泠玮
钦　差——钟　浩

时　间　东汉。

地　点　合浦郡。

人　物

珍　珠　18岁，南海龙王之女珍珠公主，南海珍珠之神。

海　生　22岁，白龙村的采珠人。朴实善良，照顾着家里的瞎眼妹妹。

孟　尝　42岁，合浦郡的新太守。字伯周，浙江人，祖上三代担任郡吏，都在祸乱中守节而死。少年时努力砥砺自己的节操品行，出仕后在郡中担任户曹史。

阿　晴　17岁，海生的妹妹。是海生捡回来的女孩，喜欢哥哥海生。

高太守　53岁，合浦郡太守。为升官发财

而疯狂敛财。

冷护卫　26岁，孟尝的护卫。

师　爷　55岁，合浦郡人。

御　役　25岁，高太守的手下。

贝　贝　30岁，南海龙宫珍珠公主的侍女。

秋　月　20岁，阿晴的好友、邻居，白龙村人。

李　婶　50岁，海生的邻居，白龙村人。

蓝　蓝　20岁，阿晴的好友、邻居，白龙村人。

孟　父　孟尝的父亲。

小　四　衙役。

虾兵虾将，众村民，众衙役，众珠贝女。

❧ 序　白龙湾 ❧

〔东汉，合浦郡白龙湾海底龙宫。

〔龙宫里巨大的贝壳散发着神秘而迷人的光芒。虾兵上。

〔一条小白龙在发光的贝壳里腾飞而出，幻化成一位美丽的女子。

〔起乐《寻珠》。

珍　珠　（唱）蓝天碧海浪翻涌，千帆迎南风。
　　　　朝阳初升如花红，船歌声声浓。
　　　　我叫珍珠，家住南海龙宫。
　　　　忧心忡忡，只为这怪事一种：
　　　　合浦的海底是那么郁郁葱葱，
　　　　水草，海带，鱼虾，贝壳，
　　　　众生乐在其中，可是，现在，
　　　　贝壳都消失无影无踪。

贝　贝　（白）公主，不好了，珠蚌都跑光了。

珍　珠　（白）珠蚌都跑了？

贝　贝　（白）对，龙王让你前去查找珠蚌失踪的原因。

珍　珠　（白）嗯。岸上有个年轻人叫海生，他是方圆百里最善良的采珠人，他常常帮助村里的人。我要去找他帮忙。

众珠贝女　（白）哦。

〔珍珠顽皮地与贝贝挥手再见，众珠贝女跟下。

〔海生和白龙村的村民们在海边忙碌，他们准备出海采珠。

〔清晨，朝阳初升。

〔白龙海滩，海生上。

海　生　（唱）
　　　　蓝天碧海浪翻涌，一路行色匆匆。
　　　　艳阳虽然正当空，心却如寒冬。
　　　　我叫海生，家住合浦白龙村。
　　　　忧心忡忡，只为这怪事一种：
　　　　合浦的海底曾经也还不错，
　　　　盛产美丽的珍珠，驰名南北西东，

可是，现在，珍珠都消失无影无踪。

海生、村民 （合唱）

我们的一切，全靠这珍珠。
有了她的恩赐，支撑微薄的生活。
没有珍珠，我们的日子该怎么过。

海生 （唱）

远离我们的家乡，向大海讨生活。
远方风高浪急，生死难寄托。
想问珍珠，何时能回到你的家乡
合浦。

〔村民们划船向深海前进。

海生 （白）这合浦郡的珠蚌都跑光了，
珠蚌跑了，珍珠就没了！

海生 （白）再这么下去，那太守肯定会
逼我们到更危险的海里去寻珠！

海生 （白）别泄气，大家都盯紧水里。
走！

村民 （白）好！

海生 （白）不好，风暴来了，大家把船
连在一起，抵挡风浪！把手给我，

小心，快进去，孩子，把手给我，
抓住我，孩子，别管我，走！

〔歌声中海生与众男子出海，行至
深处，突然狂风大作，海面涌起
巨浪，渔船摇摇晃晃，大浪打来
村民甲差点掉进海里，幸得海生
救起，众人刚松一口气，海生被
一个巨浪卷入海底。

海生、村民 （合唱）

惊涛怒吼暗流涌，
千帆迎狂风。
暗无天日如血红，
哀歌阵阵浓。
海生啊海生，
现在你漂向何处？
海生啊海生，
请你赶快回到，
你美丽的家乡合浦。

村民 （白）海生——海生——

第一幕

第一场　白龙滩

〔在暗如深夜的大海里，一道耀眼
的光芒中珍珠出现。
〔海生醒来看到美丽的珍珠公主。
〔在海浪声中再次出现强烈的心跳
声，海生与珍珠静静地对视着。

海生　你是？

珍珠　我……我叫珍珠，刚才是我从海里
将你救起。幸好我从小就跟随爹
娘出海打鱼，水性好得很，不然
那么大的风浪早就被卷入海底了。

海生　谢谢你的救命之恩。我叫海生，

方才在海里看到一束光，接着
就不省人事了。

珍珠　啊？或许是你撞到礁石出现幻
觉……我，要走了。再会。

珍珠　可是，我好像迷失了方向。不过
我爹爹会来找我的。

海生　这？这风暴只是暂时停歇，过不
了几个时辰又该起风了。我看，
要不姑娘先到我家里安顿下来，
如何？我家里还有一个妹妹……

珍珠　那好吧。

〔海生一愣，感到很开心。

海　生　我们走吧。

珍　珠　嗯。

〔收光。

〔衙役押着村民上，他们正在抢夺村民打捞回来的珠蚌。

〔新太守孟尝和冷护卫上，他们看到了这一幕。

孟　尝　太嚣张了。

冷护卫　这些衙役胆子太大了。

〔冷护卫欲追。

孟　尝　冷护卫，慢着，不要打草惊蛇。合浦郡盛产珍珠，自东汉以来便有商船往来进行贸易，这里也成为远近闻名的海商之地。可不知何故，近年来珠源渐渐枯竭，珍珠越来越少，商船也就不入合浦。靠采珠为生的百姓如今无珠可采，官差又仗势欺人，村民的日子就更艰难了。

冷护卫　大人，前面不远就是衙门，朝廷派您前来接任太守之职，耽误不得，快走吧。

孟　尝　为官之道是要造福百姓。合浦郡现在民不聊生，怨声载道，朝廷派我来查清珍珠失踪之谜！我已暗中为你疏通好关系，拿着这封信，你先到合浦郡谋个差事，看看这里面到底有什么名堂，伺机而动。

冷护卫　喏。

〔收光。

〔白龙村海生家。

〔阿晴在家门口等海生。

〔海生画外音：阿晴，阿晴。

阿　晴　哥哥？哥哥回来了。哥哥，你终于回来了。（拉着海生）你没事儿吧？他们说你被卷进海底了。

〔海生带着珍珠上。

海　生　我没事儿，幸亏一位叫珍珠的姑娘出手相救，我才捡回一条小命儿。来，我给你介绍一下。阿晴，这位是珍珠姑娘。

阿　晴　啊？谢谢珍珠姑娘救了我哥哥。

海　生　阿晴，珍珠姑娘为了救我迷失了方向，这几日暂住在我们家里。

阿　晴　太好了，珍珠姐姐，来！哎呀。
（阿晴摔倒）

珍　珠　你怎么了？

阿　晴　没事儿。

〔海生扶阿晴坐下。

海　生　珍珠姑娘，我妹妹阿晴的眼睛，不是很方便……这样，你们休息一会儿，我去砍些柴火给你们做饭。

〔海生下。

珍　珠　阿晴，你的眼睛一点儿都看不见吗？

阿　晴　我从小就看不见了，我爹娘把我扔在海边，是海生哥把我捡了回来。

〔起乐《第一眼》。

阿　晴　（唱）那年海生哥捡到我这个瞎娃娃，
　　　　　　给了阿晴我一个温暖的家，
　　　　　　虽然从没见过他，
　　　　　　心里却充满渴望，
　　　　　　如果有一天能重见阳光，
　　　　　　第一眼就想看到他的模样。

珍　珠　（白）我要不要帮帮她呢？父王说了，帮人就是帮己。

〔珍珠施法，一束光照到阿晴脸上，阿晴用手捂住了眼睛。

阿　晴　（白）我的眼睛，我的眼睛好疼啊！

珍　珠　阿晴，你勇敢点儿，来，睁开眼睛。

〔阿晴慢慢地睁开了眼睛。

阿　晴　（白）我看见了，我能看见了！海
　　　　生哥呢？

珍　珠　（唱）阿晴的眼里充满了明亮的希望，
　　　　　　　只因这时我会出现在她的身旁。

珍　珠　（唱）过去从没见过他，
　　　　　　　却像一个老朋友一样，
　　　　　　　虽然他其实那么平常，
　　　　　　　第一眼就难忘他的模样。

阿　晴　（唱）这第一眼，能看多远？
　　　　　　　难道只为看见幸福远在天边？
　　　　　　　眼前这位姑娘，美若天仙，
　　　　　　　连我都忍不住想多看她一眼。

珍　珠　（唱）因为这第一眼，人间让我留恋，
　　　　　　　幸福就在眼前。为何这位姑
　　　　　　　娘，泪水都挂在眼前？想多
　　　　　　　看她一眼。

珍　珠　（唱）过去从没见过他，

阿　晴　（唱）心里却充满渴望，

珍珠、阿晴　（唱）虽然他其实那么平常，
　　　　　　　　第一眼就难忘（想看）
　　　　　　　　他的模样，第一眼就难
　　　　　　　　忘（想看）他的模样。

阿　晴　你是珍珠姐？

珍　珠　是的。

阿　晴　是你治好了我的眼睛？谢谢你。
　　　　（阿晴跪下）

珍　珠　阿晴，你快起来。

〔海生和秋月、蓝蓝上。

海　生　阿晴，你这是怎么啦？

阿　晴　（摸哥哥的脸）哥哥，这是我第一
　　　　次看到你的样子。

海　生　阿晴？你的眼睛，你看见了？

阿　晴　嗯！

秋　月　阿晴的眼睛能看见了？

阿　晴　是珍珠姐姐把我的眼睛治好的。

〔看着吃惊的三个人，珍珠和阿晴
　相视而笑。

海　生　谢谢你，珍珠姑娘！

阿　晴　谢谢你，珍珠姐！

蓝　蓝　你们家真是来了一位女神医啊！

蓝　蓝　珍珠姑娘，我的堂妹常常头疼，
　　　　你能给她看一下吗？

珍　珠　我可以试试。

秋　月　我的弟弟出海采珠受了伤，你能
　　　　帮他医治一下吗？

珍　珠　我也可以试试。

秋　月　太好了，我这就把他带来。走！

蓝　蓝　走！

〔秋月、蓝蓝下。

海　生　阿晴，我们先带珍珠姑娘去看看
　　　　她的房间吧。

阿　晴　珍珠姐，我们走吧。

〔两人走上阁楼。

〔阿晴重见光明的事传遍了白龙
　村，村民们蜂拥而至，找珍珠姑
　娘治病。

〔孟尝上。

孟　尝　朝霞云海逐白浪，南海日日映霞
　　　　光。真是好地方啊！

〔冷护卫下，受伤衙役小四和村民上。

〔海生从楼上走下，李婶扶着受伤
　的儿子急匆匆上。

海　生　蓝蓝，快来！

蓝　蓝　哎，来啦！

海　生　秋月，来啦？

秋　月　海生哥，我们来了，珍珠姑娘在
　　　　吗？

海　生　在，李婶，慢点儿。

孟　尝　这位大婶，我看见人们都赶到这
　　　　里，请问这里有何稀奇事？

李　婶　我们来找珍珠姑娘看病。她可是个活神仙，她的珍珠粉包治百病！

孟　尝　哦？我倒想见识见识。

〔师爷和衙役上，衙役敲锣打断了他们的谈话。

衙　役　太守下令，合浦郡的村民要采集更多更好的珍珠献给朝廷，否则重罚！

众　人　太过分了！

孟　尝　难怪合浦郡的珍珠都消失了，原来是尔等所为！

师　爷　大胆，竟敢质疑官府。

衙　役　再不闭嘴，就把你抓进大牢。

〔一个看病的衙役小四跑来劝说。

小　四　师爷，师爷，别动气，别动气啊。

海　生　太守大人要珍珠，大伙明天下海采就是了嘛。

众　人　对啊，我们去采就是了。

师　爷　小四，给我看紧他们。

小　四　喏。

师　爷　我们走！

〔收光。

❦ 第二场　白龙滩采珠池 ❦

〔珍珠与村民一起采珠，男子们潜水打捞珠蚌，采到了一箩又一箩。

〔村民一边舞蹈一边欢庆，孟尝上。

众　人　采珍珠咯。

〔起乐《采珠歌》。

海生、珍珠、阿晴、村民　（合唱）

采珠苦，采珠险，

采珠的人永远命悬一线。

蛟鳄龙蛇快走远，

妻儿老小盼团圆。

海水冷，海水咸，

水底的珍珠连成片。

我一个猛子扎下去，

好像看见坟墓耸立在我面前。

阿　晴　（唱）采珠嘞，采珠嘞，盼回家，盼平安。

（白）哥哥，小心啊。

海　生　（唱）新来的，别哭丧着脸，

谁都握不住生死大权。

笑着扎进波涛里，

上不来跟老天两不欠。

早麻木，一天天，

庆幸我浮上来四肢健全。

珍珠在手里灿烂耀眼，

又是全家半天柴米油盐。

孟　尝　（唱）采珠嘞，采珠嘞，盼回家，盼平安。

（合唱）采珠嘞，采珠嘞，

盼明天，盼未来！

珍　珠　（唱）采珠嘞，盼快回来，求改变。

（合唱）采珠苦，采珠险，

采珠的人永远命悬一线。

〔采珠劳作中，海生和珍珠眉目传情，阿晴看到此景心里难受。

〔高太守、小四、冷护卫上。

冷护卫　大人。

〔冷护卫把伪造的密信交给高太守。

高太守　刘大人信里的意思我明白了！小四，以后他就跟着你了！

小　四　喏。

〔师爷上。

师　爷　慢着，（抢村民的珍珠）滚。

衙　役　拿上你们的珠蚌，交到衙门去。

师　爷　大人，你看。

〔高太守笑眯眯地收下最好的珍珠，剩下的越看越不顺眼。

高太守　这是今天新采的珠蚌？

师　爷　对。

高太守　这些珠蚌也太小了。（师爷为难）老夫为官半生，廉洁清正，克己奉公，累啊！真想告老还乡，早点享清福！

衙　役　大人！您告老还乡可是大汉的损失啊！

高太守　不过我最近听说朝廷想把我换走。等到新的太守一来，你们可就要自求多福啦。

师爷、衙役　大人，我们永远和您在一起！

〔高太守和师爷下。

〔冷护卫走到孟尝身边假装监督他劳作。

孟　尝　冷护卫，合浦郡珍珠失踪之谜跟官府的人脱不了干系。他们搜刮这么多珍珠到底要做什么？我看那个小四为人憨实，你去跟他打听打听。

〔冷护卫点头，随即离开。

〔师爷上，官差敲锣鼓上。

衙　役　各位乡亲，你们交来的珍珠太次了。限你们三日之内，找来更多更好的珍珠，否则绑石沉海！

师　爷　对，绑石沉海！

〔众人哗然。

海　生　这是不给我们百姓活路。

师　爷　闭嘴！

村　民　对。我们就要饿死了。

衙　役　闭嘴！

〔高太守上。

高太守　师爷，不许放肆。

珍　珠　大人，您手上的那箩珍珠圆润饱满、晶莹透亮，难道还不够好吗？

高太守　你，这些珍珠的确不错，但……

还不够美呀！

孟　尝　你们这股歪风邪气，难怪不仅珠蚌会远离此地，珍珠当然也消失无踪了。

师　爷　你是何人？

孟　尝　一介草民。

高太守　这珍珠不是我要的，是要进贡给皇上的。

孟　尝　给皇上？我相信皇上一定不会让百姓没日没夜地采珠！

村　民　对啊！皇上不会这样的。

孟　尝　高大人，做官不可图谋私利，不可图享清福，要为百姓、为社稷多做贡献，此乃为官之理啊。

高太守　你，你！轮不到你来教训我！

海　生　感谢您为我们这些百姓说话。

高太守　总之，拿不出珍珠就要你们的命！

孟　尝　你这是把百姓们往死里逼呀！

珍　珠　大人，说吧，你到底想要多少珍珠？

〔起乐《你不就是要珍珠吗》。

珍　珠　（唱）你不就是要珍珠吗？
　　　　　这一次你要多少？
　　　　　说个数字出来听一听，
　　　　　让我们知道知道。

高太守　（唱）你给我认真地听好，
　　　　　我一颗珍珠都不要，
　　　　　我拿这珍珠又没有用，
　　　　　可朝廷的任务我要完成好。

珍　珠　（唱）朝廷也好，社稷也好，
　　　　　皇上也好，你也好，
　　　　　拉起这个阵仗，架起这个刀枪，
　　　　　摆着这副嘴脸，敲着这堆锣鼓，
　　　　　你给谁看，你给谁瞧，
　　　　　我就问你一个最简单的问题。

海　生　（唱）珍珠，你要冷静，

珍珠，你别生气。

高太守　（白）好啊，你问吧。

珍　珠　（白）这珍珠，你要多少？

〔高太守与师爷摸不着头脑。

高太守　（白）她口气好大啊。

海　生　（唱）珍珠她是不是疯了，

　　　　　　　口气怎么这么大。

　　　　　　　难道她名字叫珍珠，

　　　　　　　她们家就是产珍珠的吗？

阿　晴　（唱）珍珠，她在想什么？

　　　　　　　难道她还有秘密？

海　生　（唱）珍珠你是不是病了？

　　　　　　　满嘴全都是胡话，

　　　　　　　你这么问，太守怎答。

阿　晴　（唱）珍珠，她在干什么？

　　　　　　　她太奇怪。

海生、孟尝　（合唱）他如果要一千颗珍珠，

　　　　　　　你拿得出来吗？拿得

　　　　　　　出来吗？

珍　珠　（唱）太守大人啊，你怎么不说一

　　　　　　　句话？

　　　　　　　紧锁的眉头怎搭得上这江山

　　　　　　　如画？

海　生　（唱）珍珠啊，你心里藏着什么？

海生、孟尝、阿晴　（合唱）

　　　　　　　珍珠姑娘啊，

　　　　　　　你到底在想什么啊？

　　　　　　　对着一张血盆大口，

　　　　　　　怎能填满他？

高太守　（白）一万颗。

珍　珠　（白）好。

高太守　（白）限时三日。

珍　珠　（白）好。

珍　珠　（唱）那我们来打一个赌，

　　　　　　　三天给你一万颗珍珠，

　　　　　　　从此不许你找百姓，

再要一颗珍珠。

　　　　　　　休养生息，自由采珠，

　　　　　　　四方买卖，养活自己。

海生、孟尝　（唱）采珠咧。

高太守　（唱）听你说着这些大话，

　　　　　　　不怕被天下人笑话。

珍　珠　（唱）找我要一万颗珍珠，

　　　　　　　哆哆嗦嗦不敢打赌。

村　民　（唱）不敢打赌！不敢打赌！

高太守　（白）既然是打赌，那你开个条件

　　　　　　　吧！我还怕你不成。

珍　珠　（唱）太守大人啊！太守大人啊！

高太守　（白）那你要是输了呢？

海　生　（白）珍珠，你要是输了怎么办？

师　爷　（唱）那就嫁给太守大人做小妾！

海　生　（唱）我的珍珠啊，你可千万别答

　　　　　　　应他，这场赌局你肯定会输

　　　　　　　得什么都不剩下。

　　　　　　　一万颗珍珠，这个玩笑也太

　　　　　　　大，也许你是为了救我们，

　　　　　　　才满嘴胡话。

珍珠、高太守　一万颗珍珠……

珍　珠　好！我如果输了就嫁给你！

〔众人哗然，暗转。众人下。

海　生　珍珠，你不应该答应他！要是你

　　　　拿不出一万颗珍珠，你就要嫁给

　　　　那个贪得无厌的高太守，难道你

　　　　想嫁给他吗？

珍　珠　我要是拿不出来，就愿赌服输！

〔珍珠下，众人下。海生懊悔不已，

看着深邃的大海说出了自己的心

里话。

海　生　珍珠！珍珠，我想，你嫁给我！

〔起乐《你的心藏着什么》。

海　生　（唱）我摇着一叶扁舟，从你身边过。

　　　　　　　你像旋涡，把我吞没。

我捧起一朵浪花，想要送给你，
浪花，却太淘气，从我的指
尖逃脱。
珍珠啊，你的心藏着什么？
会不会你心中，某个角落，
也碰巧有个我？

〔次日，夜。珍珠在礁石上对着星
夜发呆。

〔贝贝上，在远处看着他们。

海　生　（唱）珍珠，你真的一点不着急吗？
难道你的心里一点都没有我
吗？
还是那个太阳，彩云间匆匆过。
还是那个月亮，催着潮涨潮
又落。
还是焦虑的我，远远地看着你。

你，却静静坐在海边，一句
话都不说。
珍珠啊，你的心藏着什么？
猜来猜去猜不透，
让我全身着了火。
让百万颗繁星，
融化在你的双眼，
黑暗中光彩四射。
让千万句誓言，在我心中回旋，
期盼着，向你倾诉的那一刻。
嫁给我，珍珠啊，你的心藏着
什么？
猜来猜去，猜不透，
我的全身着了火。
你的心里藏着什么？藏着什么？

〔收光。

❧ 第三场　家里家外 ❧

〔音乐中，衙役小四、众衙役和冷
护卫醉醺醺地上。

冷护卫　四哥，酒，我还能喝，你心善。
对我百般照顾，以后就跟着四哥
干了。

小　四　别喝了。

冷护卫　四哥，酒，我还能喝。

小　四　拿来。

众衙役　给我酒，喝。

冷护卫　四哥，谢谢你带着我。敬你！

〔两人喝酒，冷护卫趁机灌酒，几
个回合下来小四喝得醉醺醺的。

小　四　唉，跟着我有什么好？我跟着太
守干了太多不想干的事儿！

冷护卫　什么是你不想干的？

小　四　抢珍珠！

冷护卫　那抢得来的珍珠呢？

小　四　都记账本上了。

冷护卫　账本？

〔暗转。

〔岸边，海生在晒网，李婶和秋月
在边上劳作。

秋　月　李婶，今天的收成真不错啊！

李　婶　是啊。

秋　月　来，我来帮你。

〔李婶两眼发黑，晕倒在地，众人
连忙过来搀扶。

孟　尝　李婶，怎么了？

秋　月　没有珍珠换不到粮食，她已经两
天没吃东西了。

孟　尝　我这有些银子，你给李婶买点吃
的。

秋　月　这，我们不能要。

孟　尝　李婶的身体要紧，拿着。

秋　月　谢谢。

〔李婶感激不已，秋月扶着李婶下。

海　生　孟大人，采来再多珠蚌也没用，
　　　　还不是被高太守他们夺走。

孟　尝　是啊，这样做就是断你们的活路。

海　生　他们根本不顾我们百姓的死活。

孟　尝　作为百姓的父母官应造福百姓。
　　　　自年幼起，我父亲就与我说，做
　　　　官并不是为了高高在上，不是为
　　　　了光耀门楣，而是要造福百姓，
　　　　这是为官之本。

海　生　造福百姓？

孟　尝　嗯。不图谋私利，不图享清福，
　　　　只图为百姓，为社稷多做贡献。
　　　　此乃为官之理。

海　生　为官之理？

孟　尝　我答应过他要成为这样的人。

海　生　要是合浦郡有这样的清官就好了。

孟　尝　一定会有的。我来到这儿，就是
　　　　要让你们过上更好的生活。海生，
　　　　你生活的地方真美。这片大海让
　　　　人感到宁静，心生力量。

海　生　每当我有困惑和烦恼的时候我就
　　　　会到海边来，大海就像母亲一样
　　　　宽阔，她就像我的保护神，像一
　　　　面明镜照亮我的心。
　　　　〔起乐《我知道你在看着我》。

海　生　（唱）海浪把贝壳打磨，
　　　　　　　刻下万千条沟壑。

孟　尝　（唱）漫卷而来的海风婆娑，
　　　　　　　撕扯岁月狂歌。

海　生　（唱）是谁吹响了海螺？

孟　尝　（唱）是谁扔掉了贝壳？

海　生　（唱）道不尽的兴衰胜败，

孟　尝　（唱）像珍珠天际滑落。

海　生　（唱）我知道你在看着我，
　　　　　　　千言万语对我说。
　　　　　　　满面的春风，

　　　　　　　也别丢下心中的淡泊。

孟　尝　（唱）我知道你在看着我，
　　　　　　　千言万语对我说。
　　　　　　　我知道你在保护我，
　　　　　　　生于忧患，死于安乐。
　　　　　　　永远要小心，
　　　　　　　不期而遇的诱惑。

孟　尝　（唱）四周熊熊烈火。

海　生　（白）孟尝先生，我也希望乡亲们
　　　　　　　能过上更好的生活。

孟　尝　（白）海生，相信我，朝廷会为百
　　　　　　　姓做主。只有风清气正的环境，
　　　　　　　珠蚌才会回到这片美丽的海域。

海　生　我以后也为乡亲们多做些事。
　　　　〔孟尝点头赞许。

海　生　（唱）也许我很笨拙，
　　　　　　　也许我更脆弱，

孟　尝　（唱）可是为了，那份承诺，
　　　　　　　我将上下求索。

海生、孟尝　（唱）我知道你在看着我，
　　　　　　　　每一刻都不敢懒惰。
　　　　　　　　让贫瘠的大地，
　　　　　　　　也要结满累累硕果。
　　　　　　　　我知道你在保护我，
　　　　　　　　别忘这一切是为什么。
　　　　　　　　陪我一起解开，
　　　　　　　　无处不在的疑惑。

孟尝、海生　（唱）我知道你在看着我。
　　　　　　〔收光。
　　　　　　〔海生家门前，珍珠拿着龙牙发
　　　　　　　呆，贝贝和虾兵虾将上。

虾兵虾将　公主喜欢那个采珠人。

珍　珠　你们怎么来了？

虾兵虾将　公主动了凡心。

珍　珠　胡说！

贝　贝　公主，你越来越像凡人了。（笑）

　　　　　公主，你是要把护身的龙牙送给
　　　　　他吗？

珍　珠　有了这龙牙，海生要是掉进海里，
　　　　　所有的鱼虾都会来救他的。

贝　贝　你别忘了他只是个凡人。

虾兵虾将　公主，人和仙不能在一起，不
　　　　　能在一起。

珍　珠　不，我不信！

贝　贝　这可是龙王定下的规矩！

珍　珠　人和仙为什么不能在一起？父王
　　　　　定下的规矩就破不得吗？

众　　　破不得！破不得！

珍　珠　不！我要和海生在一起！

虾兵虾将　公主，动了真情。

珍　珠　你们，你们竟然敢取笑我。一个
　　　　　个儿都吃了豹子胆，谁给你们
　　　　　的？都给我站住。

贝　贝　对了，我来是告诉你，龙王去修
　　　　　行了。

珍　珠　父王出远门了？

贝　贝　他说，你要珍珠，召唤我们就是
　　　　　了。千万不要使用夜明珠！
　　　　　〔贝贝下。

珍　珠　可是贝贝，哎……
　　　　　〔珍珠在屋子里来回踱步。

珍　珠　父王说夜明珠是我的神识，不能
　　　　　乱用。贝贝的珍珠不够大，成色
　　　　　也不好，那个高太守又不好糊弄。
　　　　　可我要是不救那些村民们，他们
　　　　　会被绑石沉海。不行，我得救救
　　　　　这些采珠人。
　　　　　〔夜明珠启动，千颗珍珠飞泻而
　　　　　来，整个屋子闪闪发光。
　　　　　〔阿晴被光亮吸引，寻光走到珍珠
　　　　　的窗边，发现了夜明珠的秘密。

阿　晴　啊！

　　　　　〔阿晴吓得惊慌失措，跑去找海
　　　　　生，刚跑出家门就碰到了捕鱼回
　　　　　来的海生。

海　生　阿晴，你怎么如此慌张？

阿　晴　嘘！
　　　　　〔阿晴拉海生进屋。

阿　晴　珍珠姐姐会法术。

海　生　你怎么疯言疯语的。

阿　晴　我看到房里在发光，有数不清的
　　　　　珍珠在她身边飞舞。

海　生　阿晴，你是不是发烧了？

阿　晴　哥哥！难道你不记得珍珠刚来我
　　　　　们家时，她走路的样子跟我们不一
　　　　　样吗？我想起来了，珍珠给我治眼
　　　　　睛的时候，我也看到这么一道光。

海　生　光？你真的看到一道光？

阿　晴　我没有看错。

海　生　你真的看到一道光？（阿晴点头）
　　　　　那分明是明月映窗。

阿　晴　不，那是夜明珠在发光。海生哥，
　　　　　她是个妖怪啊！
　　　　　〔珍珠出，看到兄妹吵架便没有打
　　　　　扰。

海　生　（怒斥）阿晴！这世间有那么善良
　　　　　的妖怪吗？像高太守这样的恶
　　　　　人比妖怪可恶多了！你想想，你身
　　　　　处黑暗是她让你重见光明，那太
　　　　　守伤我，也是她挺身而出。无论
　　　　　是谁，都不许中伤她！

阿　晴　海生哥，你为什么不相信我？无
　　　　　论她是人是妖，我都不允许她伤害
　　　　　你。我会证明我所说的都是真的。
　　　　　〔阿晴伤心地跑下，海生看到珍珠
　　　　　在阁楼上，他知道珍珠听到了他
　　　　　和妹妹的对话。

海　生　阿晴，阿晴。珍珠姑娘，我只有

<table>
<tr><td>　</td><td>阿晴这一个妹妹，她从小就被我惯坏了，你别怪她。</td></tr>
<tr><td>珍　珠</td><td>海生，我不是妖怪。</td></tr>
<tr><td>海　生</td><td>我知道。就算你是，也没什么大不了的。我相信我眼睛所看到的！珍珠，无论发生什么我都会护着你！</td></tr>
<tr><td colspan="2">〔孟尝和村民上。</td></tr>
<tr><td>秋　月</td><td>珍珠姐，你有没有采到珍珠啊？</td></tr>
<tr><td>众　人</td><td>对啊。</td></tr>
<tr><td>珍　珠</td><td>我……</td></tr>
<tr><td>海　生</td><td>珍珠，趁着官府的人没到，你跟我走，来，这边。</td></tr>
<tr><td colspan="2">〔高太守带着衙役们都来了。</td></tr>
<tr><td>衙　役</td><td>走？走去哪儿？</td></tr>
<tr><td>高太守</td><td>珍珠姑娘，三日已到，这赌约还算数？</td></tr>
<tr><td>珍　珠</td><td>嗯。（犹豫）</td></tr>
<tr><td>师　爷</td><td>交不出来就嫁给大人做小妾。</td></tr>
<tr><td colspan="2">〔衙役们大笑。</td></tr>
<tr><td>海　生</td><td>你们痴心妄想。</td></tr>
<tr><td>秋　月</td><td>你们癞蛤蟆想吃天鹅肉。</td></tr>
<tr><td>珍　珠</td><td>秋月，别着急。（转向太守）大人，您说话可算数？</td></tr>
<tr><td>高太守</td><td>当然。</td></tr>
<tr><td>珍　珠</td><td>赌约里说我要是赢了你就让我们自由采珠，自由买卖珍珠，是吗？</td></tr>
<tr><td>高太守</td><td>是。</td></tr>
<tr><td>珍　珠</td><td>好。</td></tr>
<tr><td colspan="2">〔珍珠拿出了一万颗珍珠。村民欢呼，太守惊讶。</td></tr>
<tr><td>师　爷</td><td>这，这是？（惊得说不出话）</td></tr>
<tr><td>高太守</td><td>这是上等珍珠。这珍珠哪儿来的？</td></tr>
<tr><td>海　生</td><td>这珍珠当然是采来的。</td></tr>
<tr><td>孟　尝</td><td>大人，不管这珍珠如何得来，这场赌局可是珍珠姑娘赢了？</td></tr>
</table>

<table>
<tr><td>高太守</td><td>是，是的。</td></tr>
<tr><td>孟　尝</td><td>大人，愿赌服输。</td></tr>
<tr><td>众　人</td><td>愿赌服输！</td></tr>
<tr><td>高太守</td><td>好，你们给我等着，我们走！</td></tr>
<tr><td>师　爷</td><td>刁民，一群刁民！</td></tr>
<tr><td colspan="2">〔太守等人下。</td></tr>
<tr><td>海　生</td><td>这简直是太不可思议了。珍珠，这几天我都愁死了。</td></tr>
<tr><td>珍　珠</td><td>海生，别担心，你看我不是赢了吗？</td></tr>
<tr><td>孟　尝</td><td>这可就奇了，白龙滩的珠蚌都消失了，你去哪采集的一万颗上好的珍珠？</td></tr>
<tr><td>海　生</td><td>这有什么好奇怪的，那是因为你们都没找对地方。</td></tr>
<tr><td colspan="2">〔众人笑。</td></tr>
<tr><td>珍　珠</td><td>海生，那你说说，在哪儿可以找到这么多、这么好的珍珠呢？</td></tr>
<tr><td>海　生</td><td>我这不是替你解围嘛，我也不知道啊。（灵机一动）这不是我和你之间的秘密吗？</td></tr>
<tr><td>众　人</td><td>秘密？</td></tr>
<tr><td>孟　尝</td><td>海生，你小子有一手啊。</td></tr>
<tr><td>秋　月</td><td>海生哥，你真行啊。</td></tr>
<tr><td colspan="2">〔海生傻笑，珍珠害羞地跑到一旁。</td></tr>
<tr><td colspan="2">〔众人下。</td></tr>
<tr><td colspan="2">〔起乐《珍珠恋》。</td></tr>
<tr><td>海　生</td><td>（唱）清风近，浪涛远，
美丽的珍珠光彩鲜艳。
采珠人来到你的身边，
可愿随我，一同畅游人间。</td></tr>
<tr><td>珍　珠</td><td>（唱）南流江近，银河远，
静静地等待着这份情缘。
采珠人来到我的身边，
我愿随你，一同畅游人间。</td></tr>
<tr><td>海　生</td><td>（唱）从此我有了无尽的挂牵，</td></tr>
</table>

珍　珠　（唱）从此我多了万般的思念，

海　生　（唱）酸甜苦辣，也都难免。

珍　珠　（唱）人间的滋味，全都尝遍。

珍　珠　（白）海生，谢谢你为我解围。

海　生　（白）珍珠，无论怎样我都相信你。

　　　　〔珍珠拿出挂在脖子上的龙牙。

珍　珠　（白）这是我出生的时候我爹爹送给
　　　　我的护身符，我现在把它送给你。

海　生　（白）这是，龙牙？

珍　珠　（白）嗯，希望它能保佑你下海采
　　　　珠时平平安安。

海　生　（白）珍珠，永远留下来，好吗？

　　　　〔珍珠点头，把龙牙挂在海生脖子上。

　　　　〔阿晴上，她刚劳作回来看到这一幕。

海生、珍珠　（合唱）珍珠恋，珍珠恋，
　　　　晶莹剔透，稳重，细腻浑圆，
　　　　温润典雅，胜过万语千言，
　　　　记住承诺，经久不变。
　　　　长路崎岖，不会止步不前，
　　　　巨浪阻隔，也一定会相见。
　　　　珍藏这每一个温暖的瞬间，
　　　　愿世间河清海晏。

珍　珠　（唱）珍珠恋，珍珠恋，

海生、珍珠　（合唱）
　　　　晶莹剔透，稳重，细腻浑圆，
　　　　温润典雅，胜过万语千言，
　　　　记住这承诺，经久不变。

　　　　〔暗转，舞台上只留下哭泣的阿晴。

　　　　〔音乐中，村民们上，一边劳作一
　　　　边说着最近村里的新鲜事。

　　　　〔起乐《晴空万里》。

村　民　（唱）
　　　　我们的白龙滩，从此晴空万里，
　　　　因为来了一位美丽的仙女，

她药到病除，她有求必应，
一传十，十传百，欢天喜地。
我们的大海，从此恢复了生机，
因为来了一位神奇的仙女，
和她去采珠，满载而归。
一传十，十传百，欢天喜地。
她像仙女慈悲地保护着我们，
风高浪急，帮我们化险为夷。

阿　晴　（唱）
天，晴空万里，
大海，波澜不兴，
只因为有了这一位神秘的仙女。
我，为何哭泣？
我也应该高兴，
何况我有了这双明亮的眼睛。
猛然看见，那一道刺眼的光，
我感觉到那简直可怕而又熟悉。
珍珠姑娘，你到底藏着什么？
你究竟是妖怪还是仙女？
你充满传奇，他为你痴迷。
我万般焦虑，
哪怕这天，晴空万里，
也许是我忘恩负义，
也许是我心中充满爱的妒忌，
可我不能，放任你横行，
不管你是妖怪还是仙女。

阿晴、众人　（合唱）我们的生活，
　　　　从此再没了忧郁，
　　　　因为来了一位善良的仙女，
　　　　她驱散天空密布的乌云，
　　　　未来晴空万里。

阿　晴　（唱）我充满恐惧，我忘恩负义，
　　　　不许伤害我的海生哥。

　　　　〔收光。

第二幕

❧ 第四场　白龙城·衙门 ❧

〔夜。

〔冷护卫身穿夜行装到衙门查找高太守记录送礼的账本。经过几番搜寻，终于在屋梁上找到，冷护卫下。

〔次日，衙门内，桌子上摆满了珍珠。高太守在算账，师爷、衙差们在盘算近日的收获。

〔起乐《算不完》。

高太守　（唱）算来算去我还在算，

　　　　　　算得老泪长流，腿发酸。

　　　　　　这场赌局我看上去很赚，

　　　　　　掐指一算我输得好惨，

　　　　　　都说我精于计算，

　　　　　　都说我聪明强悍，

　　　　　　都说我杀伐决断，

　　　　　　都说我临危不乱，

　　　　　　全扯淡。

师　爷　（唱）大人何出此言？

　　　　　　大人何出此言？

　　　　　　大人何出此言？

高太守　（唱）听我给你算，

　　　　　　乍一看我赢了珍珠一万，

　　　　　　她却让这消息到处流传，

　　　　　　搞得我这笔横财不敢独贪，

　　　　　　得拿出来我求平安。

　　　　　　进贡少傅大人，

师　爷　（唱）500 颗！

高太守　（唱）进贡太史大人，

衙　役　（唱）500 颗！

高太守　（唱）进贡廷尉大人，

师　爷　（唱）500 颗！

高太守　（唱）进贡尚书大人，

衙　役　（唱）500 颗！

高太守　（唱）左侍郎、右侍郎，

师　爷　（唱）1000 颗！

高太守　（唱）左中郎、右中郎，

衙　役　（唱）1000 颗！

高太守　（唱）司徒大人、司空大人，

师　爷　（唱）1000 颗！

高太守　（唱）太尉大人、太傅大人，

衙　役　（唱）1000 颗！一串一串……

师　爷　（唱）这就去了 8000 颗了。

衙　役　（唱）还剩 2000 颗……

高太守　（唱）乍一看我赢了珍珠一万，

　　　　　　能进我口袋的最多一小小半，

　　　　　　我一时粗心，遭了暗算，

　　　　　　我自信的心，都被撕烂。

　　　　　　为何天下人削尖脑袋要做官，

　　　　　　因为这笔买卖实在太划算，

　　　　　　忍气吞声沽名钓誉一番，

　　　　　　官服一穿地覆天翻。

众衙役　（唱）做官，要做官，做官，要做官。

高太守　（唱）正堂明镜高悬，厢房珠宝争艳，

　　　　　　义正言辞威严，惊堂木一拍，

　　　　　　图穷匕见。

众衙役　（唱）图穷匕见！

　　　　　　我们的大人神机妙算，

　　　　　　珍珠的诡计一眼看穿，

　　　　　　对这等刁民绝不手软，

　　　　　　让他们尝尝大人雷霆手段。

高太守　（唱）我需要一个完美的借口，

　　　　　　把这一切全部反转。

众衙役　（唱）别看这群刁民现在高兴，

最终还是大人说了算！

高太守 （唱）合浦南珠美名四方流传，
　　　　　怎能在我任上片刻中断。
　　　　　算呐算，榨干这帮刁民们的
　　　　　血汗。
　　　　　拿起算盘，高升之路，我勤
　　　　　登攀！

众衙役 （唱）算呐算，算不完，
　　　　　算不完，跟我好好算。

高太守 （唱）都说我精于计算，
　　　　　都说我聪明强悍，
　　　　　都说我杀伐决断，
　　　　　都说我临危不乱。

三人合 （唱）好好算！做官的账，算不完！

高太守 来人。

　　　〔高太守给众衙役珍珠，让他们送
　　　　出去，师爷、众人跟下。

　　　〔画外音：报，阿晴来信。

　　　〔师爷呈信上。

高太守 阿晴？阿晴说珍珠是妖女，她还
　　　　有一颗有法力的夜明珠，那一万
　　　　颗珍珠是她用法术变出来的，难
　　　　怪啊……

众衙役 啊？

高太守 我要得到它！我要把它献给皇上，
　　　　等到皇上一高兴，那我们可就什
　　　　么都有了！我要逼珍珠交出夜明
　　　　珠！不，我要让村民们逼珍珠交
　　　　出夜明珠！

高太守 来人。

　　　〔小四上。

小　四 大人。

高太守 阿晴刚才来报官，说珍珠是妖女，
　　　　她用妖术为人们治病，村民会为
　　　　此而送命。

小　四 大人？珍珠姑娘是救世神医啊，

她是不会害人的。

高太守 这是她亲眼所见、亲身经历，还
　　　　假得了吗？快去告诉村民们，小
　　　　心珍珠妖女。

小　四 这，不可能。

高太守 嗯？

小　四 喏。

　　　〔小四慌张下。

高太守 师爷，给我看紧他。

　　　〔师爷下。

　　　〔暗转。

　　　〔舞台一角，海边。孟尝和冷护卫上。

冷护卫 大人，老太守把收来的钱财都写
　　　　进了账本里，我把它偷了出来。

孟　尝 真是太触目惊心了！这就是证
　　　　据！好，赶紧把它送到州府大人
　　　　手上。

　　　〔出来散播谣言的小四和师爷刚好
　　　　看到这一幕。

冷护卫 喏！大人，小心呐！

　　　〔暗转。

　　　〔衙门内，师爷慌慌张张上。

师　爷 大人，大人，不好了，新太守，
　　　　新太守来了！

高太守 你个混蛋！我还在这儿，哪来的
　　　　新太守！

师　爷 冷护卫是他派来的奸细，他把我
　　　　们的账本偷走了。

高太守 糟了！估计他们还没走远，想办
　　　　法把他们给我抓回来。好啊，你
　　　　们……我告诉你们，我要是有什
　　　　么事，你们谁也跑不了。

众衙役 喏！

　　　〔收光。

　　　〔海边。孟尝在海边等海生。

　　　〔海生带着几个村民上。

海　生　孟大人，我们来了。

孟　尝　乡亲们，高太守欺骗了大家。他为了一己私欲，打着朝廷的旗号逼迫大家交出采来的珍珠。咱们白龙村的村民不能再这样任人宰割了。

海　生　是啊，我们不能再这样受压迫！

村　民　这位是？

海　生　这位是朝廷派来的新太守孟大人。

村　民　新太守？

孟　尝　朝廷派我来彻查珍珠失踪之谜，为了将恶势力一网打尽，我假扮成外乡人了解真相。最近我感觉高太守已经几近疯狂，大家要小心啊。

海　生　我们要抗争！

村　民　对！我们要抗争！

孟　尝　大家少安毋躁。我已经安排人去通知官府，在援兵到来之前，你们要做的是保护好乡亲们。

村　民　好。

〔衙役、太守上。

高太守　你们是等不到援兵的，这里山高水长，且等着吧。把账本交出来！

孟　尝　你休想！

高太守　你！来人，把他给我抓起来。

〔众衙役一步步向孟尝、海生走去。

〔收光。

第五场　采珠池

〔画外音：合浦郡白龙村近日出现妖女惑众，以致白龙村的珠母贝越来越少，朝廷最近需要一大笔军饷，要求合浦郡进贡十万颗上好珍珠。太守大人有令，所有珠民立刻出海捞贝，采珠进贡。违者，重罚！

〔白龙滩，孟尝、海生与村民们被衙役压迫着下海采珠。

〔起乐《采珠歌 reprise》。

孟　尝　（唱）

沉重的枷锁，摩擦着溃烂的伤口。
暴躁的皮鞭此起彼伏，真倒是威严。
珍珠的光彩灿烂耀眼，
贪得无厌的人早已为它彻底疯癫。
我听见了咒骂，我听见了哭泣，
我看见死神微笑着向我伸出双手，
我越来越喘不过气，
但我决不能死去，
我会完成属于我的那份，崇高使命！

采珠嘞，采珠嘞，盼回家，盼平安。
尽情折磨我吧，尽情诬陷我吧。
把你的阴谋，把你的诡计，
全都使出来吧。
我要看看这世间，还有多少黑暗，
乖乖等着我，
我要把这肮脏的一切，
全都砸烂！
采珠嘞，采珠嘞，
为社稷，为苍生。
我要忍耐，
眼前这片土地，
充满绝望和悲哀。
一定要让它，
重现生机，
让我的百姓们安居乐业。

孟尝、众村民　（合唱）采珠嘞，采珠嘞，
　　　　　　　　　盼回家，盼平安。
　　　　　　　　　采珠嘞！

〔衙役押着村民往深海里去。

〔海生发现了孟尝被衙役拖着下海。

海　生　孟大人，你怎么？

孟　尝　制造混乱逃出去，然后救乡亲们！

衙　役　拿上你们的珠蚌，交到衙门去。

衙　役　乡亲们，乡亲们，经太守查明，珍珠姑娘是一个会妖法的妖怪！你们看，经她施法能把石头变成上好的珍珠，她用妖术帮你们治病，等这妖法过了，你们会因此而丧命啊！

秋　月　这风平浪静、朗朗晴空的，哪来的妖怪啊？

海　生　高太守才是妖言惑众，我妹妹阿晴的眼睛就是珍珠姑娘医治的，现在毫无异样啊。

众　人　就是。

〔衙役拿出一筐珍珠般大小的石头。

衙　役　那你怎么解释这石头的形状和珍珠一模一样？

众　人　啊？还真是一模一样。

蓝　蓝　我不信，肯定是老太守在说谎。

衙　役　珍珠妖女手上还有一颗夜明珠，只有这颗夜明珠才能解你们的毒。

秋　月　乡亲们千万不要上当啊。

李　婶　对，大家不要相信他，太守只是想找借口逼我们而已。

衙　役　我说的都是真的，你们相信我。

〔人群里开始哗然，海生给孟尝松脚链，孟尝刚要逃跑被衙役发现。

衙　役　想跑？

〔众衙役打海生和孟尝，珍珠上。

〔众人推衙役，海生被衙役用刀指着。

衙　役　找死！（欲刺海生）

珍　珠　住手，住手！

〔珍珠施法，一道光束后，衙差的

刀落地。

衙　役　妖怪，妖怪，妖怪啊！

〔有的衙役押着孟尝，有的衙役被吓跑。孟尝和众衙役下。

蓝　蓝　珍珠姐姐会法术？

秋　月　珍珠是妖怪？

李　婶　珍珠，你真的会法术吗？

珍　珠　请相信我……

海　生　她不是妖怪！她如果是妖怪为什么要救大家？

秋　月　她如果不是妖怪为什么会法术？她施法后还会发光呢！

众　人　对啊。

〔阿晴突然摔倒，大喊起来。

海　生　阿晴，你怎么了？

阿　晴　我的眼睛，哥哥，我的眼睛好疼啊，我睁不开眼了。

海　生　珍珠，阿晴怎么了？

秋　月　师爷说，你的医术其实是妖术，真是这样吗？

珍　珠　不，不是的，你相信我。

〔阿晴疼得倒地。

海　生　阿晴，你怎么了？

蓝　蓝　珍珠姐姐，快把夜明珠拿出来救救阿晴啊。

珍　珠　阿晴，来。阿晴的眼睛没事儿啊，她，她是装的。

村民们　装的？怎么可能，阿晴从来不撒谎。

海　生　珍珠，阿晴为何疼得如此凄惨？

珍　珠　我，真的不知道。

秋　月　珍珠，把你的夜明珠交出来。

村民们　妖怪，把夜明珠交出来，把夜明珠交出来，交出来。

海　生　住手！你们说她会法术、是妖怪，我不在乎。我相信我眼睛看到的，她从来到白龙滩就没有伤害过任何一个人，就算她是妖，她也是一个好妖！

阿　晴　我的眼睛，好疼！

李　婶　难道你看不到阿晴现在因为珍珠的法术痛不欲生吗？

秋　月　海生，他一定是中了她的妖术！

村民们　海生中了妖术！

海　生　我没有！

珍　珠　海生，我终于明白爹爹为什么不让我来人间了，人和妖不能在一起，人和仙也不能在一起！

海　生　珍珠你听我说，我……

阿　晴　哥哥！

〔阿晴晕倒。

村民们　快，带阿晴去看大夫。

海　生　珍珠，你等我回来！

珍　珠　海生。

〔海生和众人下。

〔雨声、海浪声渐大。

〔起乐《宁静的红树林》。

珍　珠　（唱）

恶浪急，只带来一丝涟漪，
仿佛头顶依然风和日丽。
枝叶密，无声遮风挡雨，
世外桃源般的红树林，
把树根，扎进脚底的淤泥，
让疲惫的鸟儿，安静睡去，
守护着，身后的大地。
铜墙铁壁般的红树林，
树种，坠落，扎根波浪里。
生命，绽放，平凡的奇迹。

〔众珠贝女和贝贝上，她们心疼公主在人间的遭遇。

贝　贝　公主，走吧。

珍　珠　贝贝。

贝　贝　公主，走吧，他们不需要我们。

海生和阿晴也不需要你。

珍　珠　你先回去吧。

珍　珠　（唱）

我也许，太自作多情，
想要做你的红树林，
想让你，不再受委屈，
多可笑，我多么不自量力。
树叶，凋零，粉碎在浪花里。
鸟儿，飞走，无处避风雨。
小小，泪滴，回到大海里。
卷起，风暴，让我无立足之地。
没人相信，我孤独的心，
对我充满恶毒的怀疑。
茂盛的红树林，被连根拔起，
就像风雨再不会来临。
小小，泪滴，回到大海里。
卷起，风暴，让我无立足之地，
我也许，太自作多情，
想要做你的红树林，
想让你，不再受委屈，
多么可笑，我不自量力。

〔珍珠抹泪下。

〔众珠贝女拥珍珠下。

〔孟尝被衙役追，摔倒在地，混混沌沌中他仿佛回到了小时候与父亲相处的时光。

〔画外音。少年孟尝：父亲，您的乌纱帽真好看。他们都怕您，父亲好威风啊。

〔孟父上。

孟　父　孟尝，做官并不是为了高高在上，不是为了光耀门楣，而是要造福百姓，这是为官之本。

孟　尝　造福百姓？

孟　父　嗯。不图谋私利，不图享清福，只图为百姓，为社稷多做贡献。

此乃为官之理。

孟　尝　为官之理？

孟　父　为官之德在于清正廉洁，廉就是
　　　　不索取，不属于自己的东西不能
　　　　要。而为官之义在于明法。无明
　　　　法不足以正纪纲，无纪纲就不能

护公正，张道义。孟尝啊，我们
祖上三代都担任郡吏，他们都在
祸乱中守节而死，我希望你未来
能做一个为民办实事的好官。

孟　尝　父亲，父亲。

〔孟尝挣扎着爬起，下。

❧ 第六场　白龙滩·海生家 ❧

〔众人聚集在海生家院子里，阿晴
坐在椅子上。

海　生　阿晴，阿晴，你怎么样了？

阿　晴　哥哥，我的眼睛看不见了，头还
　　　　是很疼。

〔孟尝跑上。

孟　尝　海生！他们马上追来了。

海　生　大人，后边有条小路，快，往这
　　　　走。

〔师爷带众衙役上。

秋　月　你们要干什么？

〔众衙役搜人，孟尝已从后方下。

海　生　你们这是干什么？

衙　役　那个外乡人是朝廷重犯，你们要
　　　　是敢包庇他，就是与他同罪。

衙役甲　师爷，搜不到。

师　爷　废物。再搜！

海　生　师爷，他真的不在这里。

衙役甲　没有。

〔村民们到处找珍珠。

村　民　海生，你找到珍珠了吗？咱们找
　　　　遍了都找不到她。

村　民　采珠池没有。

村　民　白龙滩也找不到。

师　爷　不好，快回去禀报大人，我们走。

衙　役　你们都给我小心点！

〔师爷和衙役下。

村　民　阿晴怎么样了？

蓝　蓝　她眼睛看不见了，头还是很疼。

秋　月　一定要找到珍珠，我们才能拿到
　　　　夜明珠。

村　民　这样才能救阿晴。

村　民　快找珍珠去！

〔珍珠在海生家后远处的礁石上看
着他们，孟尝在舞台一角焦急地
等待着。

〔起乐《后悔》。

珍　珠　你们曾说我是你们的仙女。

〔村民们在舞台各处寻找珍珠公主。

秋　月　（白）海生哥，珍珠姐姐在哪儿？

珍　珠　（唱）我的心也滋滋甜美，
　　　　　　　现实像是一记耳光，
　　　　　　　打得响亮清脆，
　　　　　　　自作自受的我，
　　　　　　　要学着，去后悔。

高太守　（唱）好好算我的步步进退，
　　　　　　　才不管脚下尸骨累累，
　　　　　　　决不能心慈手软，
　　　　　　　戴上我的乌纱帽，
　　　　　　　抢到夜明珠，天高海阔任我飞。

珍　珠　（唱）爱在心中的余味，
　　　　　　　就像退去的潮水，
　　　　　　　拼命追，也追不回。
　　　　　　　远远看着你们，陷入重重包围。
　　　　　　　我想救你们，可我的心已碎，
　　　　　　　我已经彻底，后悔。

〔一个衙役跟高太守汇报。

高太守　（白）珍珠跑了？那夜明珠一定在
　　　　她身上！给我追！

海　生　（白）原来，你是想得到夜明珠！

海　生　（唱）你这个畜生！挑拨我们，
　　　　　　　错怪珍珠，让她心如死灰。

高太守　（唱）只要得到神奇的夜明珠，
　　　　　　　一切谎话一切阴谋，
　　　　　　　暗算、谣言、欺骗、杀戮全
　　　　　　　都无所谓。

高太守　（白）来人，把海生抓起来，脚上
　　　　也给我绑上石头，我就不信珍珠
　　　　她不回来！

〔众人惊呼，骚动。

阿　晴　（白）不，你们住手！我们不是说
　　　　好了的，你不会伤害海生哥！

高太守　（白）我跟你说什么了？我可什么
　　　　都不知道。

海　生　（白）阿晴，你的眼睛……阿晴，
　　　　怎么连你也骗我！

阿　晴　（白）我害怕！我怕她会伤害你。

〔雷声收，雨声持续。

阿　晴　（唱）爱在心中的滋味就像奔腾的
　　　　　　　潮水，关不住，也退不回。
　　　　　　　虽然我睁开了眼睛，却看不见
　　　　　　　错对，原谅我，我真的好后悔。

〔孟尝上。

孟　尝　（唱）白龙滩已岌岌可危，
　　　　　　　我现在该如何应对？
　　　　　　　我是该继续隐藏，
　　　　　　　还是孤独地呐喊？
　　　　　　　怎么做，我这一生才不会后
　　　　　　　悔？

高太守　（唱）再多一点残酷，
　　　　　　　拿到我的夜明珠，
　　　　　　　这一切，我绝不后悔！

孟　尝　（唱）再多一点迟疑，
　　　　　　　生命湮灭灰飞，
　　　　　　　这一切，我一定会后悔！

高太守　（白）来人，把村民都推到海里！

孟　尝　（白）住手！高太守，朝廷派我来
　　　　彻查你，你的账本已经送出去了，
　　　　你跑不了了。放了这些无辜的百
　　　　姓，我会减少你的皮肉之苦。

高太守　（白）账本？（冷笑）我早就做好对
　　　　应之策了。给我上！

〔冷护卫上，他拦住高太守。

冷护卫　（白）住手！

海生、阿晴　（合唱）让百万颗繁星，
　　　　　　　　　融化在你的双眼，
　　　　　　　　　融化在你的双眼。
　　　　　　　　　黑暗中，光彩四射，
　　　　　　　　　让千万句誓言，在我
　　　　　　　　　心中回旋，
　　　　　　　　　珍珠啊，你不要回来，
　　　　　　　　　答应我！

珍　珠　（唱）百万颗繁星，黑暗中光彩四射。

高太守　（白）拿下，都给我拿下！

〔冷护卫寡不敌众，海生被打倒在地。

阿　晴　（白）谁来救救我哥哥？

珍　珠　（唱）这一切因为我而起，
　　　　　　　如果我转身离去，
　　　　　　　今后我，一定会后悔。

海生、孟尝、阿晴　（唱）不要，不要回来！

高太守　（唱）我在这里等着你。

海生、孟尝、阿晴　（唱）不要自投罗网，
　　　　　　　　　　　回到你的家乡。

高太守　（唱）天罗地网。

珍　珠　（唱）生灵涂炭，我一定会后悔！

海生、孟尝、阿晴、珍珠　（唱）
　　　　　　　　这一刻，我一定会后悔！
　　　　　　　　一定会后悔！

〔高太守急红了眼。

高太守　把他们都给我推下去。

孟　尝　住手。

〔衙役把刀架在阿晴脖子上。

衙　役　阿晴在我手上，我的刀可不长眼睛！

〔珍珠在楼上出现，她手里拿着一个盒子。

珍　珠　住手！这里面装的就是夜明珠，如果你们再走近一步，我就把这颗夜明珠摔碎。

高太守　你敢。

珍　珠　你试试看我敢不敢？

〔盒子开了一条缝，盒子里的光照亮了夜空。

高太守、师爷　夜明珠！

高太守　等等，珍珠姑娘，有话好好说。

珍　珠　夜明珠可以给你，不过，你要放过这些无辜的村民，并且马上离开白龙村。

高太守　你先把夜明珠给我，我就放了他们！放！快点儿。

〔珍珠忍痛把珠宝盒交给高太守。

师　爷　夜明珠！

高太守　夜明珠，我得到夜明珠了！快！连夜去洛阳，进贡给皇上。

〔太守、师爷、众衙役下。

孟　尝　糟了，夜明珠被抢走了。

冷护卫　大人，我担心高太守对你不利，骑着快马连夜赶回，援兵已在路上。

孟　尝　可是，我担心来不及了。乡亲们，我们去追高太守！乡亲们，朝廷是不会放过像高太守这种以权谋私的人，相信我，朝廷一定会为百姓做主的。我们不能让他跑了。走，去追高太守。

村　民　走！

〔孟尝、冷护卫带几个村民下。

海　生　珍珠！

村　民　珍珠！

海　生　对不起，我没能保护好你。

珍　珠　海生，海生，我……

〔珍珠公主和海生相拥，她突然倒在海生的怀里。

〔村民向珍珠公主拥去。

海　生　珍珠，你怎么了？

阿　晴　珍珠姐……

珍　珠　我本就不属于这里。我是南海龙宫的珍珠公主。父王说，人和仙不能在一起，我不认命！可夜明珠是我的命，没有了它，我活不了。

〔珍珠公主努力地撑起身体。

海　生　那你为什么要交出夜明珠？

村　民　珍珠，珍珠姐！

珍　珠　我来这里本来是想让你们过上更好的生活，可是，我没能做到……海生，我不后悔！

〔珍珠伸出手想抚摸海生的龙牙，手举到一半就无力滑落下来。

村　民　珍珠姐！

海　生　珍珠！珍珠！

〔海生痛失所爱，跪在地上抱着珍珠公主泪流满面。

〔村民后悔不已。

阿　晴　珍珠姐，哥哥，秋月，乡亲们，是我错了，我太自私了。但是，我们不能让高太守就这么走了，我们要救活珍珠姐。

秋　月　对，我们找太守去。

村　民　夺回夜明珠！

〔阿晴与村民下。

〔海生回忆起两人相爱时自己的诺言。

〔画外音：珍珠，无论发生什么，我都相信你。珍珠，永远留下来，好吗？

〔海生痛哭。

〔贝贝和珠贝女上。

〔贝贝哭着施法为公主招魂。

贝　贝　公主，回来，快回来吧。公主，我们回家吧。

〔在轻烟中，众珠贝女带珍珠公主的魂魄返回大海。

〔海生拿着珍珠送给他的龙牙暗下决心。

海　生　珍珠，你等着我，我一定为你找回夜明珠。

〔暗转。

〔山路上，海生和村民们在赶路。

师　爷　夜明珠飞了，快追！

〔另一边，音乐声中，高太守一行在赶路。

〔高太守画外音：我的夜明珠飞了！

师　爷　夜明珠跑了！

〔光幕后，众人追跑着。师爷好不容易追到夜明珠，高太守将其抱着。

高太守　想不到这夜明珠还会自己飞。不行，这太不安全了，师爷。

〔高太守把师爷扯到身边，拿出匕首，刺了师爷一刀。

〔师爷惨叫。

高太守　把夜明珠藏进你的屁股，它就飞不走了。

衙　役　大人，他们追来了！

〔可是夜明珠还是飞走了，高太守拿着匕首追衙差。

海　生　我问你，夜明珠呢？

〔阿晴和众村民上。

阿　晴　太守在那儿，快，抓住他。

〔师爷连滚带爬跑出来，高太守举

着匕首要杀了他们。

师　爷　疯了，大人疯了。

〔冷护卫与朝廷派来的官兵赶到。

〔海生和村民们也追来了。

海　生　别跑。

〔高太守、师爷一看情形不对，赶紧逃跑，海生将他们拦下，众人把他们绑住。

师　爷　饶命，饶命。

海　生　我问你，夜明珠呢？

高太守　夜明珠，我的夜明珠飞回合浦了。

〔画外音：合浦郡新太守孟尝大人到！

〔一身官服的孟尝上。

〔众人下跪。

孟　尝　我奉皇帝之命，任合浦郡新太守，入合浦郡，查寻珍珠失踪之谜，依圣上言，清查贪官污吏！

〔师爷吓倒在地。

高太守　皇上救我，我给您送夜明珠啊。

孟　尝　为官之德在于清正廉洁，为官之义在于明法纪。这些你不该忘记！

高太守　皇上，臣有稀世珍宝夜明珠，我给您送夜明珠了。

〔高太守跪拜孟尝，乌纱帽掉在了地上。

阿　晴　太守大人疯了！

〔众人笑。

孟　尝　来人，将其押赴衙门，明日问斩！

衙　役　喏。

孟　尝　本官下令，即日起开通商道交易，不许过度捕鱼和采珠，每逢夏季休养生息，让百姓安居乐业。我孟尝，愿用自己的毕生精力来保护北海南珠，保护合浦郡。

〔众人欢呼。

〔收光。

尾　声　白龙村

〔在银波浩渺的海面上，海生乘着小船上。

海　生　珍珠，不知道夜明珠是否会回到你身边？我哪儿也不去了，就在这片海守着你。

〔起乐《珠还合浦》。

海　生　（唱）清风近，浪涛远，

　　　　　　美丽的珍珠光彩鲜艳，

　　　　　　回到了美丽的家乡合浦，

　　　　　　请你随我，一同畅游人间。

〔远处飘来一叶扁舟，珍珠公主坐在船上。

珍　珠　（唱）南流江近，银河远，

　　　　　　终于等到了这份情缘，

　　　　　　采珠人来到我的身边，

　　　　　　我愿随你，一同畅游人间。

〔两条小船相聚，海生终于看清了船上的来人。

海　生　（白）珍珠？真的是你？

珍　珠　（白）嗯。父王答应让我与你在一起，可我不再是龙宫的公主，而是一个没有法力的平凡女子。

海　生　（白）以后，我会用我的生命来保护你。否则，我……

珍　珠　（白）不许胡说。

〔礁石上，贝贝和虾兵虾将出，远远地抹泪。

〔海生牵起珍珠公主的手，拿出龙牙给她戴上。

〔孟尝、阿晴、秋月、蓝蓝与众人上。

（合唱）采珠嘞，采珠嘞，

　　　　盼回家，盼平安。

〔朝廷钦差上，孟尝接旨。

钦　差　（白）奉天承运，皇帝诏曰，孟尝心系百姓，刚正不阿，此为大汉一代忠臣。为嘉奖孟尝及补偿当地百姓，北海的南珠将继续沿着海路扬帆出航，送至千里之外的西洋各国，所得财富均回馈于民。钦此！

孟　尝　（唱）官风清，民心坚，

珍　珠　（唱）在身边才不会走远。

孟尝、阿晴　风清气正，珠还合浦，

珍珠、海生、孟尝、阿晴

　　　　　　动人故事流传千年！

（合唱）采珠嘞，采珠嘞，

　　　　盼回家，盼平安。

海　生　（唱）采珠嘞，采珠嘞，

　　　　　　赶快回家，一生平安。

（合唱）采珠嘞，采珠嘞，

　　　　盼明天，盼未来。

珍　珠　（唱）采珠嘞，采珠嘞，

　　　　　　风平浪静，求改变。

全　体　采珠嘞！

〔风清气正的白龙湾又恢复了往日的繁忙和美好，人们在这里幸福地生活着。

音乐剧

花山奇缘

演出单位
广西大学

内容简介

　　音乐剧《花山奇缘》讲述了一个壮族男孩英雄梦的故事。在遥远的过去，花山祖庭护佑先民的红人首领，突遭天雷蜕变成贪婪的花怪，他强令骆越部落定期送去美丽女童，否则便摧毁骆越家园。看着越来越多的人为铲除花怪而失去音信，阿呆知道这必将是一条用毅力和勇气才能走完的路……

主创团队

编剧/导演：胡红一
作　　曲：颜　宾
艺术总监：黄里云　王　豫
执行导演：张　帅　王萨霓
舞美设计：曾昭茂
服装造型：余泽龙
舞蹈总监：李　理
表演指导：苏俊华　宾　震　王吉超
动画指导：周卫炜　黄　之
灯光指导：刘北野
音响指导：玉海明
舞台总监：安　菲　梁　竟
舞台监督：潘睿杰　乌日娜　贺沐荣
　　　　　李　旭　高　洋　马铭岐

主要演员

阿　呆——张轶秋
阿　美——安　菲
阿　聪——王培玉
阿　公——武庭英
花　怪——王路宽
阿　妈——王宸宇
红　人——刘和昕
男　童——范雅洁
女　童——乌日娜
花　朵——潘婧妍

时　间　过去。

地　点　广西崇左花山。

人　物

阿　呆　笨拙的男孩。

阿　聪　聪明的男孩。

阿　美　勇敢的女孩。

阿　妈　慈爱的母亲。

阿　公　年迈的长者。

花　怪　变异的红人。

新花怪　阿聪变成的花怪。

父亲、母亲、男童、女童、花朵等。

序　蜕变

〔黑场。

〔纱幕投影：日出月落、万物生长、沧海桑田……歌似落叶，自远古飘来。

〔播放歌曲《是谁缔造了花山》。

歌　队　（唱）辟地开天，是谁缔造了花山？

　　　　　　沧海桑田，有谁读懂她容颜？

　　　　　　一段人神奇缘，温暖黑夜白天。

　　　　　　千古未解之谜，猜想天地之间。

〔纱幕投影：一个神秘世界，孤悬在花山岩壁，不知何人、何时、以何物涂画的神奇红人们，在纺织、捕鱼、狩猎、嬉戏……

〔阿公率众虔诚地供奉稻谷、瓜果，人神和睦。

〔LED影像：正中腰插环首刀的红人领袖，高大威武，卓尔不群，和蔼还礼。

〔阿公冲红人领袖抱拳，率众下场。

〔LED影像：阴霾弥漫，一声天雷挟裹几道闪电，红人世界顿遭冰封。被天雷击中的红人领袖，像一根点燃的蜡烛，挣扎奔跑中由红泛黑，蜕变成寻衅好斗的霸蛮花怪，咆哮着遁去。

〔祥和的村寨，千年榕树斜插入画。

〔突然黑云压顶，飞沙走石，阿公惊慌地敲打铜鼓，号召骆越成年男子抵抗外侵。无奈强敌不现首尾，男人们骤然蒸发。

〔LED影像：花怪做天地霸主状，不可一世，顾盼自雄，发出重金属画外音。

花　怪　在这个至暗时刻，快向夺走所有老人的儿子、所有女人的丈夫、所有儿女的父亲的花神大元帅磕头跪拜吧。从现在起，骆越部落再也不要挺胸抬头，因为你们的天……（狞笑）塌啦。

女儿们　我要阿爸……（嘤嘤啼哭）

母亲们　不许哭……（虽害怕，不屈服）

花　怪　嗯，这五个小女孩儿……就当是我们之间的见面礼啦。以后每到月初，必须再送一个礼物到花山来，雷打不动风雨无阻。

母亲们　你休想……（搂紧身边的女儿）

〔LED影像：花怪五官扭曲，狰狞可怖。

花　怪　敬酒不吃吃罚酒？花神生气啦，后果很可怕——

〔LED影像：花怪闭目念咒，口吐烈焰。舞台上空的大榕树，倏然着火，烧成枯枝。

〔母亲手拉女儿逃命，那五个先前被选中的女孩，奔跑着消失。

母亲们　我的孩子……（四下寻觅，痛不

欲生）你在哪儿？

〔LED影像：一阵乱码，花怪狂笑隐去。

花 怪 （画外音）这些小女孩儿，可真香啊！

五女童 （画外音）阿妈……救我。

女童们 （害怕地）阿妈……我怕。

母亲们 （无助地）孩子……别哭。

所有人 （绝望地）天塌啦……

男童们 我们来啦——

〔逆光跑上众男童，赳赳武夫一般，攥拳定格。

女童们 （惊喜）哥哥来啦!

母亲们 （担忧）你们还是孩子……

阿 聪 不，从此刻起，我们都是男子汉。

众男童 对! 男子汉。

〔演区收光，乐池升起，歌队悲怆苍凉。

〔播放歌曲《娃仔撑起一片天》。

歌 队 （唱）花怪来了真野蛮，
　　　　　骆越乡亲遭劫难。
　　　　　眼看家人活命难，
　　　　　娃仔撑起一片天。

〔收光。

❧ 第一场 比武 ❧

〔骆越村口。

〔被烧焦的枯枝，黢黑高悬。

〔阿公主持打擂，瘦小的阿呆跟高大的阿聪比赛射箭，众男童围观助威。

阿 公 阿聪，三箭四中。阿呆，三箭不中……

阿 聪 阿公，不对啊，每人三支箭，我怎么会有四中呢？

阿 呆 就是，阿公你肯定是眼睛花啦……（紧张地咽唾沫）刚才咚的一声，我分明射中一箭。

阿 公 阿呆呀，你确实射中了一箭，只不过……（苦笑摇头）射到人家阿聪的靶子上去啦。

众男童 哈哈哈哈，阿呆射箭是零蛋。

阿 呆 拉弓射箭多无聊，不如咱俩……（掏怀里弹弓，启发阿聪）比赛打弹弓？

阿 聪 就你这破弹弓，打得再好也没用。

阿 呆 为什么？

阿 聪 因为它不是规定的考试科目呗。

阿 呆 这不公平，弓箭和弹弓，不都有个"弓"吗？差别咋那么大呢？

阿 聪 阿公也有"公"呢……（冲阿呆做鬼脸）不服气，你找他说理去？

〔阿呆果然被激将，去找阿公评理。

〔播放歌曲：《毛病能改，就不是阿呆啦》。

阿 呆 （唱）阿公哎——

阿 公 （唱）阿呆呀——

阿 呆 （唱）我能问个问题吗？

阿 公 （唱）你有问题那就尽管问吧。

阿 呆 （唱）为什么比武不把弹弓打？

阿 公 （唱）因为打弹弓太随意就像在玩耍。

阿 呆 （唱）拉弓射箭太费劲，
　　　　　手脚都发麻。

阿 公 （唱）那可是老祖宗定的规矩呀。

阿 呆 （唱）老规矩就不能改一改吗？

阿 公 （唱）要能改那就不是规矩啦。
　　　　　阿呆哎——

阿 呆 （唱）阿公呀——

阿 公 （唱）我能问个问题吗？

阿　呆　（唱）你有问题尽管问吧。

阿　公　（唱）为什么喜欢把那弹弓打？

阿　呆　（唱）因为打弹弓太酷啦，
　　　　　　不比弓箭差。

阿　公　（唱）拉弓射箭数阿聪，
　　　　　　你要学习他。

阿　呆　（唱）他是他，我是我，
　　　　　　公鸡不能变成鸭。

阿　公　（唱）阿呆你就不能改一改吗？

阿　呆　（唱）要能改那就不是阿呆啦。

阿　公　人各有志，不可强求，比武打擂进入最后环节，摔跤定输赢。

阿　聪　阿呆……（展示臂力）干脆认输算啦。

阿　呆　"输"字……（挠头）怎么写呀？

阿　聪　居然连输都不会……（在阿呆手心写字）我教你。

阿　公　你们俩到底比输，还是比赢呢？

阿　呆　我真的……（老实承认）不会输。

阿　聪　我当然会输啦……（发觉上当，推倒阿呆）竟敢占我便宜，这下你知道什么是输了吧？

阿　呆　把我推倒，算什么本事？不是说好要摔跤吗？（笨拙爬起）我还没有找到感觉呢。

阿　聪　那好办……（再次轻松摔倒阿呆）感觉如何？

阿　呆　感觉我的屁股……（龇牙咧嘴）好疼哦。

阿　聪　疼了就认输，不然会更疼。

阿　呆　既然比赛……（艰难爬起）总要比到底嘛，我还想再向你讨教一下。

阿　公　阿呆，你这哪里是讨教，分明就是讨打。

阿　呆　连怎么摔倒的都搞不明白，屁股岂不是白疼啦？

众男童　哈哈哈哈，阿呆阿瓜，专门讨打。

阿　聪　这可是阿呆自找的，大家作证哦。

阿　呆　放心吧，摔坏了不让你赔。

　　　　〔阿聪一个漂亮的背摔，将阿呆重重摔倒。众男童捂眼，不忍直视。

阿　公　你这个阿呆，可真是一根筋。

阿　聪　一根筋……（友好伸手）我拉你起来。

阿　呆　不用，阿妈说在哪里跌倒，就从哪里爬起来，这才叫男子汉……（龇牙爬起）大丈夫。

阿　聪　还大丈夫呢，你是大豆腐吧。

众男童　哈哈哈哈，男子汉大豆腐！

　　　　〔播放歌曲《男子汉大豆腐》。

众男童　（唱）男子汉嘛，大豆腐。
　　　　　　屁股摔两瓣儿，到底服不服？
　　　　　　男子汉嘛，大豆腐。
　　　　　　以后长点心吧，少吃二遍苦。

阿　聪　阿呆，你干吗这么死心眼，打不过就跑嘛。

阿　呆　打不过，也得打。

众男童　打不过，怎么打？

阿　呆　不打到底，怎么知道打不打得过呢？

众男童　可真笨哪。

阿　公　一群聪明仔，说服不了一个笨小孩，到底是谁笨？没准笨人有笨福咧。

众男童　哈哈哈哈。笨人有笨福？母猪能爬树。

阿　呆　有什么好笑的？反正笨又不是我的错。

众男童　笨是谁的错？

阿　呆　笨肯定是笨的错喽，连这都不明白……（问台下观众）他们够笨吧？

众男童　我们笨？

阿　呆　承认了吧？真有自知之明。

阿　聪　都学会倒打一耙啦？阿呆你才是
　　　　笨小孩。

众男童　对！笨小孩——

　　　　〔播放歌曲《姥姥不疼舅舅不爱》。

阿　聪　（唱）大家都叫你笨小孩，
　　　　　　　　莫非长着一颗木头脑袋？

阿　呆　（唱）大家都叫我笨小孩，
　　　　　　　　因为平时总是慢半拍。

阿　公　（唱）大家都叫你笨小孩，
　　　　　　　　你的名字本来就叫阿呆。

阿　呆　（唱）大家都叫我笨小孩，
　　　　　　　　笨的感觉还真有点帅。

所有人　（合唱）小孩笨呀笨小孩，
　　　　　　　　笨嘴笨舌又笨腮。
　　　　　　　　吞吞吐吐说不清，
　　　　　　　　心里有话口难开。
　　　　　　　　小孩笨呀笨小孩，
　　　　　　　　笨手笨脚笨脑袋。
　　　　　　　　慢慢悠悠真磨叽，
　　　　　　　　姥姥不疼舅舅不爱。

　　　　〔面对讥笑，阿呆不羞不恼不在乎。

阿　公　嘘！（抬头望天）时辰已到——
　　　　（捧出神箭）

　　　　〔众男童戴傩面扮先祖，做英雄苏
　　　　醒出征状。阿聪接过弓箭，顿觉
　　　　重任在肩。

众男童　阿聪阿聪，打怪成功。

阿　公　有请——（高亢悲怆）礼物！

　　　　〔阿美盛装走出，身后簇拥着母亲们。

阿　妈　阿美……（踉跄）别哭。

阿　美　阿妈……（哭腔）我怕。

阿　呆　阿公求求你，快把我当礼物，送
　　　　给丑花怪吧。

阿　公　阿呆呀，你也不想想，那花怪若
　　　　肯要男人，第一个送去的，就是

我这个糟老头……（劝慰阿妈）礼
物轮流送，这次到你家，感谢你
们牺牲自家成全大家，给骆越族
群争取一线生机。

　　　　〔头顶上的枯树，又在涌动暗火，
　　　　隐约冒烟。

众乡亲　（仰望长叹）唉……

阿　呆　丑花怪……（冲枯枝怒吼）我恨你！

　　　　〔在阿呆情绪感染下，人们谈怪色变。
　　　　〔播放歌曲《花怪必须要打》。

阿　呆　（唱）花怪心肠毒辣，

女　人　（唱）花怪丑陋可怕。

阿　聪　（唱）花怪凶神恶煞，

老　人　（合）花怪青面獠牙。

女　孩　（唱）花怪先害阿爸，

男　孩　（唱）花怪又抢女娃。

女　人　（唱）花怪遭人唾骂，

阿　公　（唱）花怪要受惩罚。

所有人　（合唱）花怪必须要打，
　　　　　　　　不惜任何代价。
　　　　　　　　克服一切困难，
　　　　　　　　去救亲人回家。

　　　　〔老人面色凝重。女人眼含热泪。
　　　　孩童表情倔强。

阿　公　我们强忍心痛，把花一样的女
　　　　儿，一次又一次当成礼物送上花
　　　　山，并非贪生怕死屈服淫威，而
　　　　是要寻找机会铲除花怪。时至今
　　　　日，骆越已无成年男人，只能仰
　　　　仗……（哽咽）孩子们啦。

　　　　〔阿公欲行跪礼，孩子们急忙搀扶。

阿　聪　请阿公放心，我们长大啦。

众男童　对，长大啦！

阿　妈　唉，眼看着九九八十一天过去，
　　　　前去打怪的男孩子，跟那些当礼
　　　　物做诱饵的女孩子一样……（声

音喑哑）没有音信，无人生还。

〔女人暗自啜泣。老人垂首沉默。阿美瑟瑟发抖。

阿　呆　阿美，你要是感到害怕，就把眼睛闭上。

阿　美　闭上眼睛？

阿　呆　嗯，就当是在做游戏。

阿　美　蒙眼眼……（听话地闭眼）躲猫猫？

〔隐约传来《蒙眼眼，躲猫猫》音乐。

阿　呆　感觉好些了吗？

阿　美　嗯。

阿　公　孩子们……（加油鼓励）携手同心，其利断金，没有比脚更远的路，没有比人更高的山……

阿　呆　可万一……（打断阿公）还是打不过花怪呢？

阿　聪　呸呸呸，阿呆净说丧气话。

阿　呆　大实话，前面去打怪的，哪一个不比你阿聪勇敢？哪一个不比你阿聪强壮？

众男童　是啊……

所有人　唉——

〔播放歌曲《向前走吧》。

阿　妈　（唱）女儿又送又少啦，
　　　　　儿子屡战屡败下。
　　　　　老人愈老愈恋家，
　　　　　母亲越哭越想娃。

阿　呆　（唱）忽然有个好办法，
　　　　　我陪阿聪上山崖。
　　　　　众人拾柴火焰高，
　　　　　携手并肩把怪打。

阿　公　（唱）阿呆你又说傻话，
　　　　　跟踪偷看受惩罚。

　　　　　若被发现全完啦，
　　　　　引火烧身害大家。

母亲们　（合唱）女儿又送又少啦，
　　　　　儿子屡战屡败下。
　　　　　老人愈老愈恋家，
　　　　　母亲越哭越想娃。

阿　妈　（唱）都是阿妈的好孩子，
　　　　　都是孩子的亲阿妈。
　　　　　无论哭着笑着都要去，
　　　　　不如昂首挺胸向前走吧。

众乡亲　（合唱）向前走吧，
　　　　　为了女儿不害怕。
　　　　　向前走吧，
　　　　　为了儿子能长大。
　　　　　向前走吧，
　　　　　为了老人有个家。
　　　　　向前走吧，
　　　　　为了母亲少牵挂。
　　　　　向前走吧……

阿　妈　伸头一刀，缩头也是一刀。阿美，从此刻起，你要学会用微笑，去面对一切困难和挑战，因为害怕和眼泪……（努力微笑）永远属于胆小鬼。

阿　美　阿妈，我不要做胆小鬼。

阿　妈　那好，你们……（将阿美推到阿聪跟前）快走吧。

阿　呆　阿妈……（跑到阿妈跟前，试图讲情）阿美……

〔阿妈决绝地转身，众乡亲肃然鞠躬。

阿　美　阿妈……

〔阿聪将依依不舍的阿美一把拽住，走向生死未卜的花山。

〔收光。

∽ 第二场　打怪 ∽

〔LED影像：阿聪拉住阿美，跋山涉水……

〔舞台上，阿呆跌跌撞撞，偷偷跟踪尾随。

〔播放歌曲《天生有傲骨》。

歌　队　（唱）天塌舍身补，地陷拼命铺。
　　　　　　　面对恶势力，宁死不服输。
　　　　　　　明知山有虎，也要去征服。
　　　　　　　骆越好儿女，天生有傲骨。

〔花山洞窟，阴森诡谲。

〔阿聪带阿美蹑手蹑脚走进去，冷不防打了个喷嚏。

阿　聪　什么味道，这么香？

阿　美　我也是……（打喷嚏）头一回闻到。

阿　聪　喂……（颤抖地）有人吗？

花　怪　没有人……（从阴暗处闪出）只有天下无双的至尊花神大元帅！你们姓甚名谁……（诡异地翘起兰花指）做个自我介绍吧。

阿　聪　我是阿美她是阿聪……（语无伦次）我们是假装送礼来……（牙齿磕碰）打打打打花怪的。

花　怪　停！打什么玩意儿？

阿　聪　答、答、答……（赶紧纠正）答谢花怪的。

花　怪　花怪又是什么玩意儿？

阿　聪　花怪不是玩意儿。

花　怪　哦？

阿　聪　花怪是个玩意儿。

花　怪　一会儿是玩意儿，一会儿不是玩意儿，你到底在搞什么玩意儿……（不耐烦）行啦，滚吧。

阿　聪　你是说……（不敢相信）滚？

花　怪　可以滚了。

阿　聪　我这就……（竖滚一圈）滚。

花　怪　快点滚哪。

阿　聪　我马上……（横滚一圈）滚！

花　怪　听不懂我说的外语呢，还是故意调皮捣蛋？

阿　美　阿聪哥哥，花怪他……（悄悄耳语）让你回家呢。

阿　聪　回家？这不符合强盗逻辑呀，肯定故意在玩猫鼠游戏……（斗胆反问）喂，都大老远跑来了，你不打算把我吃掉？

花　怪　开什么国际玩笑？本大元帅崇尚低碳生活，从来不吃垃圾食品。

阿　聪　我居然是垃圾食品？

阿　美　前面那些小姐姐，难道不是送给你吃的？

花　怪　分明是被庸俗童话限制了想象力，像你这么好看的礼物，我可舍不得吃掉。

阿聪、阿美　她们还活着？

花　怪　用一种楚楚动人的方式……（字斟句酌）馥郁芬芳地活着。

阿聪、阿美　太好啦！没有被吞进肚子里……

花　怪　当然把她们……（揉肚皮）吞进肚子里啦。

阿　美　你这个骗人的丑花怪，刚才还说不吃小孩儿呢。

花　怪　我当然不吃小孩儿。

阿　聪　一会儿说在肚子里，一会儿又说没有吃，你的嘴巴简直就是撒谎机器。

花　怪　不要把天儿聊死好不好？吞进肚子里的方法除了吃，还可以闻嘛。

阿　美　闻进肚子里，阿聪哥哥他不会是有病吧？

花　怪　你们……居然……（大惊失色）

阿聪、阿美　我们……（惊恐后退）也没说什么呀。

花　怪　居然看出来啦？

阿聪、阿美　看出什么啦？

花　怪　久旱逢甘露，他乡遇知己啊！表面看来，我是那么的相貌堂堂威武雄壮，可在私下里我还真有病。

阿聪、阿美　莫非神经有毛病？

花　怪　讨厌，别闹！你们不知道……（撒娇式诉苦）我病得有多么严重。

阿聪、阿美　药不能停。

花　怪　什么……（瞪眼）

阿聪、阿美　说给我们听听——

〔播放歌曲《臭小子我不稀罕》。

花　怪　（唱）霹雳一声震天响，
　　　　　　红人变成黑金刚。
　　　　　　从此失眠睡不着，
　　　　　　生不如死像蟑螂。

阿　聪　这跟你抢小女孩有什么关系？

阿　美　是啊，你快回答。

花　怪　关系可大啦——（唱）
　　　　　　女孩子生就天使脸庞，
　　　　　　念咒语变成鲜花模样。
　　　　　　花丛中睡觉那才叫爽，
　　　　　　吃嘛嘛香睡味身体倍棒。

阿　聪　原来这些奇异香味，都是女孩子变的。

阿　美　女孩子变成了花，那我们的阿爸呢？

花　怪　那些个手下败将，都变成陪衬红花的绿叶啦。

阿　聪　啊，原来亲人们都还活着……

阿　美　（唱）自私自利不害羞，

贪得无厌脸皮厚。
为了能睡安稳觉，
哪管他人泪长流。

花　怪　我也是迫不得已啊。

阿　美　干坏事的，总有漂亮借口。

花　怪　你们听我解释——

阿聪、阿美　解释就是掩饰。

花　怪　（唱）失眠像头猛兽，
　　　　　　日夜撕咬狂吼。
　　　　　　两天睡不着觉，
　　　　　　脸上会长痘痘。

阿　聪　（唱）看你长得那么丑，
　　　　　　居然也怕长痘痘？
　　　　　　满脸痘痘像苦瓜，
　　　　　　苦瓜炒蛋最爽口。

花　怪　听出来了，你借用苦瓜嘲笑挖苦本大元帅……

阿　聪　不是嘲笑挖苦……（改口）是拍马屁。

花　怪　乱拍马屁！你有想过，马的感受吗？

阿　美　（唱）他在劝你莫发愁，
　　　　　　苦瓜也是满脸痘。
　　　　　　炒菜它是真君子，
　　　　　　不给对手吃苦头。

花　怪　小妹妹真会聊天，你可不可以……（央求）再多夸我几句……（陶醉）赞美和夸奖是我的最爱。

阿　美　时常被人"恭维"的人，会严重降低智商。

花　怪　既然不愿夸……（念咒）赶紧变成花。

阿　聪　让我代替阿美……（挡在阿美前面）变成花儿吧。

花　怪　你？就是一个花痴。

阿　聪　（唱）你不仅重女轻男，还充满偏见。

　　　　　男孩子若能变成花瓣，
　　　　　众香国里最壮观。

花　怪　（唱）你不仅邋遢脏乱，还满身大汗。
　　　　　就像是酸笋拥抱大蒜，
　　　　　臭小子我不稀罕。

花　怪　我宣布，从今天起……（嫌弃地）
　　　　凡是不讲个人卫生的小朋友，统
　　　　统都叫他臭小子。

阿　聪　我臭吗？（闻自己，皱眉头）只顾着
　　　　比武赶路，确实两天没有洗澡了。

花　怪　还算有点自知之明，快滚吧臭小子。

阿　聪　滚滚滚……（拉住阿美）我们俩这
　　　　就一起滚……

花　怪　臭小子想多啦……（挥袖阻止）她
　　　　要变成花儿，留在我这里享清福。
　　　　每天不用做作业，不用听家长唠
　　　　叨，更不受老师批评……（问台
　　　　下观众）你们都羡慕了吧？

阿　美　不用管我，你快回家……（压低
　　　　声音）报信去吧。

阿　聪　阿美，待会儿见到我妹妹阿莲，
　　　　还有我的阿爸，记得替我问候他
　　　　们……

花　怪　你们人类……（打呵欠）废话可真
　　　　多。

　　　〔阿聪瞅住时机，拉弓搭箭。

阿　聪　丑花怪，看箭——

花　怪　臭小子……（中箭摇晃）居然偷袭？

阿　聪　一箭穿心……（跟阿美击掌）成功
　　　　啦！

花　怪　你们……（挣扎冷笑）千万不要高
　　　　兴得太早，就算杀了我，也照样改
　　　　变不了故事结局，因为这是宿命。

阿　聪　才不管什么横命竖（宿）命，就要
　　　　丑花怪的命。

花　怪　你们等着，我会回来的——

　　　〔花怪倒地，四周金碧辉煌，遍布
　　　　奇珍异宝。

阿　美　阿聪哥哥，你真是好样的。

阿　聪　这种对手，真是太低级啦……（骄
　　　　傲自满）传说中不可一世的花怪，
　　　　竟是纸老虎。

阿　美　既然他这么不堪一击，那些前来
　　　　打怪的小哥哥们，到底是输是
　　　　赢……（疑惑不解）都去哪啦？

阿　聪　别想那么多，我们要在这里玩个
　　　　痛快。

　　　〔阿聪扔掉弓箭，东摸西瞅，流连
　　　　忘返。

　　　〔播放歌曲《管不住自己》。

歌　队　（唱）遇见古怪稀奇，
　　　　　　往往管不住自己。
　　　　　发现好玩有趣，
　　　　　常常管不住自己。
　　　　　失去约束自律，
　　　　　每每管不住自己。
　　　　　迷上冒险刺激，
　　　　　统统管不住自己。
　　　　　自己管不住自己，
　　　　　只好放纵自己，
　　　　　到头来吃亏的还是自己。

　　　〔阿呆气喘吁吁跑上，大吃一惊。

阿　呆　阿美，你居然还活着？

阿　美　看见我活着……（假装生气）你很
　　　　失望是吧。

阿　呆　呸呸呸……（自打嘴巴）我想说，
　　　　看见你还活着，我心里很不高
　　　　兴……（赶紧纠正）不是很不高
　　　　兴，是不很高兴……（又要打自己）
　　　　你看这张臭嘴巴，咋就不听我的
　　　　话呢？

阿　美　好啦哥哥……（拦住阿呆）我明白

你心里想说什么。

阿　聪　阿呆，你凭什么来了？

阿　呆　我一直跟在你们屁股后面，不知
　　　　道怎么搞的，跟着跟着就迷路了，
　　　　在花山上找呀转呀……（看见花
　　　　怪跳起来）哇——

阿　聪　阿呆，你踩到自己的尾巴啦？

阿　呆　难道这就是传说中的花怪？它是
　　　　在……（害怕地压低声音）睡午
　　　　觉吗？

阿　美　花怪被阿聪哥哥消灭啦。

阿　呆　阿聪，我好崇拜好崇拜你……（怕
　　　　对方不信）真的，我那被你摔成
　　　　两瓣的屁股，可以作证。

阿　聪　乱拍马屁……（戏仿花怪）你有想
　　　　过马的感受吗？

阿　呆　马肯定很舒服嘛，不然谁还敢拍
　　　　马屁。

阿　聪　哼，竟敢跟踪偷窥，这可是打破
　　　　了花怪规矩。

阿　呆　花怪都被你消灭了，哪里还有规
　　　　矩？

阿　聪　这话我爱听！可惜你不在场，没
　　　　看见什么叫一箭穿心……（浮夸
　　　　造型）帅呆酷毙牛大啦。

阿　呆　哎呀，花怪要是能活过来，该多
　　　　好？

阿　美　哥哥，你又胡说什么？

阿　呆　活过来，让阿聪再打一次呗，可
　　　　惜我来晚了，没能见证奇迹。

阿　美　阿聪哥哥，我们快去解救亲人吧。

阿　聪　急什么？反正他们当花花草草都
　　　　习惯了，也不在乎这一时半会
　　　　儿……（以胜者姿态脚踩花怪）这
　　　　里简直太好玩啦。

　　　　〔LED 影像：天地之间，划过一

道刺眼闪电……

　　　　〔花怪一凛，瞬间附体阿聪，化为
　　　　升级版新花怪。

阿　美　你、你……（大惊失色）还是阿聪
　　　　哥哥吗？

新花怪　阿聪……（花怪声音）是哪根葱哪
　　　　根蒜呀？

阿　呆　听声音看形象，他都不是阿聪……
　　　　（惊恐）花怪真的复活啦！

新花怪　（阿聪声音）阿呆又说傻话，我就
　　　　是把你屁股摔两瓣的那个阿聪呀。

阿　美　阿聪哥哥……（尝试接近）你怎么
　　　　变成花怪啦？

新花怪　让你们的阿聪……（花怪声音）见
　　　　鬼去吧。

阿　呆　阿美危险……（保护妹妹）阿聪真
　　　　的变成花怪啦。

新花怪　连笨小孩都看出来啦……（得意
　　　　狂笑）哈哈哈哈。

　　　　〔播放歌曲《谁是谁的傀儡》。

花　怪　（唱）骄傲自卑，贪玩颓废。
　　　　　　　懒惰拖累，放纵后悔。

阿呆、阿美　（唱）天使魔鬼，美丑错位。
　　　　　　　乐极生悲，生死轮回。

新花怪　（唱）世上无鬼，人心作祟。
　　　　　　　恶善丑美殊途同归。

阿呆、阿美、新花怪　（合唱）他（我）是谁？
　　　　　　　我（他）是谁？
　　　　　　　谁能真正辨别
　　　　　　　是与非？
　　　　　　　谁又是谁的傀
　　　　　　　儡？

阿呆、阿美　你到底是谁？

新花怪　（花怪声音）我是小英雄阿聪……
　　　　（阿聪声音）也是天下无双的至尊
　　　　花神大元帅。

阿　呆　阿美，我们快走。

阿　美　让我们……（拉着阿呆）再帮帮阿聪哥哥吧。

阿　呆　好吧……（硬着头皮接近）阿聪，你不认识我啦？我就是那个屁股被你摔成两瓣儿的笨小孩阿呆呀。

新花怪　少套近乎……（恢复花怪）已经说过许多遍了，无论将我杀死多少回，你们都改变不了故事的结局，因为这是宿命。

阿　呆　阿美你看，阿聪彻底没救了，我们快跑。

新花怪　已经晚了！只因看了不该看的，听了不该听的，说了不该说的，谁都走不了啦。

阿　美　为什么？你说过臭小子，不能变花朵的。

新花怪　不能变花朵，也可以废物利用，变成一个笨头笨脑的浇水花洒嘛。

阿　呆　在变成花洒之前……（灵机一动）我先给你变个魔术吧。

新花怪　魔术……（好奇地）是什么玩意儿？

阿　呆　魔术就是……（抓一把尘土举到花怪眼前，突然用力吹气）让你看不见的玩意儿。

〔五彩烟尘弥漫，阿呆手拉阿美，逃出洞窟。

〔花怪什么也看不见，无头苍蝇般乱冲乱撞。

新花怪　都给我听好喽……（愤怒咆哮）若不奉还礼物，骆越村寨将化为一片火海！

〔舞台骤然收光。

〔LED 影像：一片火海，肆意燃烧……

〔收光。

❦ 第三场　领悟 ❦

〔光渐起。

〔花山洞窟，女孩变成的花朵们，在窃窃私语。

〔播放歌曲《闯祸的后果很可怕》。

众花朵　（合唱）快听啊，花怪真的生气啦，
　　　　　　　　吹胡子瞪眼直咬牙。
　　　　　　　　快看呐，礼物到手又跑啦，
　　　　　　　　兄妹俩脱险逃回家。
　　　　　　　　不好了，最后通牒放狠话，
　　　　　　　　不服从将要受惩罚。
　　　　　　　　不妙啦，千钧重量牵一发，
　　　　　　　　闯祸的后果很可怕。

〔花朵隐去，景转骆越村寨。

〔阿妈手拉一双儿女，如听天书。

阿　妈　是阿聪杀死了花怪？

阿呆、阿美　千真万确。

阿　妈　那花怪又突然附体，变成了阿聪？

阿呆、阿美　亲眼所见。

阿　妈　那么阿聪……（惊愕地）就是新任花怪？

阿呆、阿美　绝对没错。

阿　妈　我明白了，所有小英雄在打败花怪之后，由于经不起骄傲和贪玩的考验，全都变成了花怪。

阿　呆　杀死丑花怪，又变丑花怪……（一拍脑袋）照这么推算，不断被打败被消灭的，就不是丑花怪啦。

阿妈、阿美　那又是谁？

阿　呆　是……（笨拙地左右手互搏）是……

阿　美　是自己打自己？

阿　呆　对，自相残杀！

阿　美　所以花怪总也打不死，打怪小英
　　　　雄一个也回不来。

阿　妈　天哪，根源终于找到啦。

阿　美　幸好，那些小姐妹还有所有的阿
　　　　爸，都还活着。

阿　妈　亲人们活着，是天大的喜事。那
　　　　些打怪的小英雄们，又都变成了
　　　　花怪，却是最不幸的噩耗。人打
　　　　怪，又变怪——

阿　呆　怪害人，又害己——

阿　美　没完没了，无穷无尽——

阿　妈　没有人能阻止悲剧的发生。

阿　呆　有一个人，既能打败花怪，又不
　　　　会变成花怪。

阿呆、阿美　谁？

阿　呆　一个不骄傲的人，一个不贪玩的
　　　　人，一个能够自己约束自己的人。

阿　美　天底下，根本没有这种人。

阿　妈　是啊，骄傲贪玩，是孩子们的本性。

阿　呆　我要是个盲人……（伸手闭眼，
　　　　摸索前行）那该多好。

阿　妈　傻孩子，又胡思乱想。

阿　呆　眼睛看不见，就感受不到诱惑。阿
　　　　美，还记得我们常做的游戏吗？

阿　美　蒙眼眼，躲猫猫——

　　　　〔阿呆点头，兄妹动作默契地做起
　　　　游戏。

　　　　〔播放歌曲《蒙眼眼，躲猫猫》。

阿　呆　（唱）蒙眼眼，躲猫猫。

阿　美　（唱）轻轻地出气，慢慢地迈脚。

阿呆、阿美　（唱）不许偷看，不要说。
　　　　　　　　你藏好了，我来捉。

阿　妈　孩子们，做游戏和打花怪，那可
　　　　是两回事。

阿　呆　一回事，打败花怪之后，就赶紧
把眼睛蒙上。

阿　妈　蒙上眼睛，你什么都看不见，什
　　　　么都做不成。

阿　呆　家里没有灯火，阿妈晚上怎么能
　　　　纺纱织布呢？

阿　妈　只要用心去听，用耳朵去看，晚
　　　　上跟白天，是一样的。

阿　呆　对，就是用心去听，用耳朵去看。

阿　美　我懂啦，哥哥是想用阿妈织锦的
　　　　方法，去打花怪。

阿　妈　不行，这太难啦。

阿　呆　如果阿妈答应借我一样东西，就
　　　　不难了。

阿　妈　什么东西？十样百样，阿妈都给你。

阿　呆　不用那么多，我只要阿美。

阿　美　我同意——

阿　妈　我不同意。

阿呆、阿美　阿妈……（撒娇央求）

阿　妈　你们俩一个是阿妈的心，一个是
　　　　阿妈的肝，少了哪一样，阿妈都
　　　　活不成。

阿　美　阿妈，要不是哥哥跟花怪假装变
　　　　魔术，我已经变成花朵啦。那些
　　　　变成花朵的小姐姐，还有变成花
　　　　怪的小哥哥们，好可怜啊。

阿　妈　唉，天下儿女，都是当妈的心头
　　　　肉啊。

　　　　〔光渐暗。

　　　　〔LED影像：一群孕妇轻抚肚子，
　　　　充满希冀……

　　　　〔播放歌曲《阿妈在哪儿哪儿是家》。

歌　队　（唱）怀胎五月五，仔未懂礼数。
　　　　　　　拳打又脚踢，肚里练功夫。

阿　妈　（唱）女儿美，女儿俏，
　　　　　　　女儿是妈妈的小棉袄。
　　　　　　　儿子乖，儿子好，

　　　　儿子是妈妈的心肝宝。
　　　　都是身上掉下的肉，
　　　　血肉相连割不掉。

歌　队　（唱）怀胎六月六，莫嫌样貌丑。
　　　　　　身坐火塘边，肚在大门口。

阿　呆　（唱）天下的儿子都想家，
　　　　　　想家就是想妈妈。

阿　美　（唱）世上的女儿都恋家，
　　　　　　恋家就是恋妈妈。

阿呆、阿美　（唱）
　　　　儿子是妈妈这根藤上结出的瓜，
　　　妈妈在哪家在哪。
　　　女儿是妈妈这棵树上开出的花，
　　　妈妈在哪儿哪儿是家。

歌　队　（唱）怀胎十月整，花婆来接生。
　　　　　　娃仔哭一声，骆越又添丁。

　　〔光启，孕妇隐去。
　　〔阿公手拄藤杖，恐慌急上。

阿　公　阿呆，你可是把天捅出一个大窟
　　　窿啊。

阿　美　阿公你忘了，我们的天早就塌啦。

阿　公　可那花怪气急败坏，
　　　若不赶紧交出阿美，
　　　骆越家园将要毁于一旦啊。

阿　呆　哪个捅破天，哪个来弥补，阿公
　　　你赶紧派我上花山，去打花怪吧。

阿　公　你……

阿　美　再算我一个。

阿　公　阿美……（不敢相信）你们居然都
　　　不害怕啦？

阿　美　花怪老底，被我们摸清啦……
　　　（跟阿公耳语）还有什么可怕的？

阿　公　天呐，阿聪他们居然都变成了花
　　　怪，这可怎么办？

阿　呆　好办，还有阿呆我呢，快派我去吧。

阿　公　就算我派你去，
　　　你阿妈她会同意吗？

阿　妈　我不——（被兄妹捂住嘴巴）

阿呆、阿美　阿妈说啦，她不反对。

阿　公　不反对，也不行……

阿呆、阿美　为什么？

阿　公　我们的骆越神箭，已经用完啦。

阿　呆　我有弹弓……（从怀里掏出耍弄）
　　　它可是神器。

阿　公　那好吧……（大喜过望）有请小英
　　　雄阿呆和阿美，上山打怪。

阿呆、阿美　我们走啦……（鞠躬告别）

阿　妈　回来——

阿呆、阿美　阿妈不许反悔。

阿　妈　千万记住……（撕下两块红布）蒙
　　　眼眼，躲猫猫。

阿呆、阿美　哎——

　　　　〔兄妹点头，跑下。

第四场　涅槃

　　〔花山洞窟，妖氛浓重。
　　〔花怪狂躁走动，花朵瑟瑟发抖。
　　〔播放歌曲《谁能力挽狂澜》。

歌　队　（唱）花怪彻底失眠，到了失控边缘。
　　　　　　猛兽就要出栏，悲剧即将上演。
　　　　　　故事往复循环，结局无法改变。
　　　　　　亲人命悬一线，谁能力挽狂澜？

　　〔阿呆手拉阿美，昂首挺胸走进洞窟。

阿　呆　哈喽——

新花怪　你们居然就这么大摇大摆地……
　　　（不敢相信地）闯进来啦？

阿　美　一回生，二回熟，三回当朋友嘛。

新花怪　当朋友，是在夸奖我吗……（笑
　　　嘻嘻央求）既然夸了就再多夸几

句嘛，我特别喜欢听……（自我陶醉地）别人的赞美和夸奖。

阿　美　上次我都提醒啦，时常被人恭维的人，会严重降低智商的。

新花怪　不怕，只要一时感觉爽，管它智商不智商……（突然意识到什么，用手敲打脑袋）教训太过沉痛，切忌重蹈覆辙，那谁谁……（手指阿呆）你快滚吧。

阿　呆　我……（模仿前场阿聪）这就滚。

新花怪　少玩这些个哩咯唧，我都懂！

阿　呆　那临走前……（故意磨蹭）我可不可以……

新花怪　不许变魔术……（本能捂眼）

阿　呆　我不会变魔术，只想问个问题。

新花怪　回回都上当，当当不一样，也不许提问。

阿　呆　我只想弱弱地问一句。

新花怪　半句也不行，本大元帅的逆商系统，已经全面改版升级，再耍花样追加礼物。

阿　呆　一言不合，就放狠话加关税，你……（突然摔倒，龇牙咧嘴）我的屁股哎。

新花怪　见过笨的，没见过你这么笨的。

阿　美　哥哥，你的屁股……（掩护阿呆取弹弓）又摔成两瓣了吧？

阿　呆　可怜我那……（趁机装弹丸）多灾多难的屁股。

新花怪　还是看你最顺眼……（逼近阿美）快变成芬芳花朵儿，让我做一个久违的美梦吧。

阿　呆　丑花怪……（拉开弹弓）看箭。

新花怪　箭在哪呢？连抄袭都不会，绝对差评。

阿　呆　说错台词重来一遍，丑花怪看弹弓……

新花怪　又来这套……（被弹弓击中，摇摇欲坠）你们觉得有意思吗？

阿　呆　太有意思啦……（跟阿美击掌）我们成功啦！

新花怪　你们——（挣扎冷笑）千万不要高兴得太早，就算杀了我，也照样改变不了故事结局，因为这是宿命。

阿　呆　才不管什么横命竖（宿）命，就要丑花怪的命。

新花怪　你们等着，我会回来的……（跟跄倒地）

〔LED影像：四周金碧辉煌，遍布奇珍异宝。

阿　美　哥哥，你是好样的！

阿　呆　这种对手，真是太LOW啦……（骄傲自满起来）传说中不可一世的花怪，竟是纸老虎。

〔阿呆意乱神迷，挪不动脚。

阿　美　哥哥，你像变了一个人。

阿　呆　我们要在这里……（扔掉弹弓）玩个痛快。

阿　美　哥哥，咱们快去救人吧。

阿　呆　急什么？反正他们当花花草草都习惯了，也不在乎这一时半会儿，这里简直太好玩啦。

阿　美　你怎么跟当初的阿聪，一模一样？

阿　呆　错！阿聪是阿聪，阿呆是阿呆。

阿　美　再这样下去，你会变成花怪的。

阿　呆　花怪那么丑……（粗暴打断）我才不变他。

阿　美　哥哥，快看看你的样子吧……

〔LED影像：光影飞旋，形成神奇魔镜……

〔阿呆志得意满的样子，浮现镜中。

〔播放歌曲《镜子从不撒谎》。

阿　美　（唱）偶尔打个胜仗，
　　　　　　　　开始骄傲张狂。
　　　　　　　　看见你的虚荣心了吗?
　　　　　　　　正在自大膨胀。

众花朵　（唱）你的虚荣心，正在自大膨胀。

阿　美　（唱）面对金碧辉煌，充满贪婪欲望。
　　　　　　　　看见你的约束力了吗?
　　　　　　　　已经举手投降。

众花朵　（唱）你的约束力，已经举手投降。

阿　美　（唱）因为丢失梦想，
　　　　　　　　所以感到迷茫。
　　　　　　　　不相信去问镜子吧，
　　　　　　　　它从来不会撒谎。

　　　　　〔阿美捡起弹弓，阿呆不服气。

阿　呆　亲爱的大朋友小朋友，刚才是谁
　　　　打败了花怪?

　　　　　〔观众：阿呆。

阿　呆　那你们说，阿呆我是不是英雄?

　　　　　〔观众：是。

阿　呆　既然是英雄，我可不可以在这里
　　　　玩一会儿?

　　　　　〔观众：可以。

阿　美　不可以的，大朋友小朋友们，这
　　　　里危险不危险?

　　　　　〔观众：危险。

阿　美　既然危险，就应该马上离开，
　　　　对不对?

　　　　　〔观众：对。

阿　美　在离开之前，要不要去救变成花
　　　　草的亲人?

　　　　　〔观众：要。

阿　美　哥哥……（掏出红布条）还记得阿
　　　　妈的话吗?

阿　呆　蒙眼眼，躲猫猫?

阿　美　眼不见，心不乱，不骄傲，不贪玩。

阿　呆　阿美，刚才我犯了错误，你能原

谅我吗?

阿　美　知错就改，还是我的好哥哥。

　　　　　〔花朵组成魅惑矩阵，摇曳多姿围上。

　　　　　〔阿呆和阿美蒙上红布，投入地做
　　　　　游戏。

　　　　　〔播放歌曲《谁想明白谁快乐》。

阿呆、阿美　（唱）蒙眼眼，躲猫猫。
　　　　　　　　　轻轻出气，慢慢迈脚。
　　　　　　　　　不许偷看不要说，
　　　　　　　　　你藏好了我来捉。

歌　队　（唱）这个游戏好独特，
　　　　　　　　人生道理化成歌。
　　　　　　　　眼不去看心不乱，
　　　　　　　　谁想明白谁快乐。

　　　　　〔阿呆和阿美战胜骄傲贪玩，扯下
　　　　　蒙眼红布。

　　　　　〔LED影像：洞窟魔性消失，顿
　　　　　时靓丽起来，五彩祥云间露出水
　　　　　晶花冠……

阿　美　哥哥快看，你只要击中水晶花冠，
　　　　就能让所有的亲人们，都恢复自
　　　　由啦。

阿　呆　好嘞……（掏弹弓瞄准）

　　　　　〔LED影像：花窟瞬变花海，花
　　　　　雨纷扬……

　　　　　〔花怪恢复红人面目，愧悔不已。

红　人　对不起，我犯下严重错误，你们
　　　　能原谅我吗?

阿　呆　这么重要的事，我们也做不了主
　　　　呀。

红　人　请问，我该怎么做呢?

阿　美　你去问问……（将红人引向观众）
　　　　他们吧。

红　人　大朋友小朋友们，如果我承认错
　　　　误，并且改邪归正，你们可以原
　　　　谅我所犯的错误吗?

〔观众：可以。

红　人　谢谢大家，我这就去释放所有的骆越族人。

〔打怪后变成花怪的男孩子，恢复自我本色。所有花草树木，还原成父亲和女儿。

阿　公　骆越幸福……（拄杖急上感慨）来之不易。

众孩童　笨小孩拯救世界……（伸手比心点赞）

〔大家汇聚欢呼，将阿呆英雄般抛向半空。

〔播放歌曲《笨鸟高飞》。

众　人　（唱）天生平凡不漂亮，
　　　　　　举手投足很寻常。
　　　　　　大家眼里笨小孩，
　　　　　　关键时刻放光芒。
　　　　　　努力奔跑追梦想，
　　　　　　张开双手成翅膀。
　　　　　　缺点也能变特点，
　　　　　　笨鸟高飞任翱翔。

〔收光。

〔电脑键盘敲击声。

〔LED字幕：2016年7月15日，在联合国教科文组织世界遗产委员会第四十届会议上，中国广西左江花山岩画文化景观入选《世界遗产名录》。

〔播放歌曲《花山天下流传》。

歌　队　（唱）辟地开天，是谁缔造了花山？
　　　　　　沧海桑田，有谁读懂她容颜？
　　　　　　一段人神奇缘，温暖黑夜白天。
　　　　　　千古未解之谜，永驻你我心间。
　　　　　　你用神仙读不懂的图案，
　　　　　　说出凡人都明白的箴言。
　　　　　　红人立地顶天，花山天下流传。

〔光启。

〔LED影像：广西左江花山岩画景观，大批壮族骆越先民绘制的赭红色形象，古朴神秘。

〔跑上一群少先队员，领头三位小朋友酷似阿呆、阿美和阿聪，凝视花山，庄重行礼。

〔LED影像：凝固岩画复活，不知何人、何时、以何物涂画的神奇红人，在纺织、捕鱼、狩猎、嬉戏……正中那位红人领袖，突然转身面向少先队员，调皮地眨眼。

〔孩子们眨眼还礼，开心地笑了……

桂剧

演出单位
广西戏剧院

花桥荣记

内容简介

　　本剧借台北一家"花桥荣记"米粉店的一碗桂林米粉，抒发老板娘荣蓉、李半城、覃癫子、卢先生、陈师傅等人浓郁的思乡之情。每个人的前半生故事都遗留在大陆广西，如今只能在台北的花桥荣记米粉店抒发着思念和追忆。最终在一个台风之夜，李半城、覃癫子、卢先生魂归故里，只留下仍旧怀着归乡期望的荣蓉。

主创团队

总 导 演：龙　倩
执行导演：杨毅云
改　　编：李　晟
作　　曲：谢谢　韦庆
MIDI 制作：王小旭　韦庆
打击乐设计：吴汶峰
舞美设计：吕挺军
灯光设计指导：黄海洋
灯光设计：田和顺
化妆造型设计：黄海丽
道具设计：梁栋国

主要演员

老板娘——阳雪香
卢先生——梁小曲
覃癫子——庞　勇
李半城——黄龙涛
陈师傅——杨　俊
顾太太——孙巧梅
张天长——赵　强
副　官——范　雨
年轻老板娘——张　凌
戏中戏（平贵别窑）：
王宝钏——龚湘玉
薛平贵——刘纲红

时　间　二十世纪五六十年代。

地　点　台湾省台北市长春路。

人　物

老板娘　荣蓉，女，40余岁，从桂林去台北的广西人，是桂林著名的荣记米粉店老爷子唯一的孙女，嫁给国民党团长张天长，后因战乱，丈夫失踪，荣蓉随国民党残部来台，以经营在台北长春路的荣记米粉店为生。

卢先生　男，35岁，从桂林去台北的广西人，是广西桂林大户人家卢家三代单传的公子，文质彬彬，到台湾后在小学担任教师，勤恳节俭，羞涩腼腆。

覃癫子　男，50岁，从桂林去台北的广西人，在去台湾前曾担任过容县县长，有三房太太，到台湾后，妻离子散，在政府区公所担任小科员，为人好色、爱吹牛。

李半城　男，71岁，从桂林去台北的广西人，在去台湾前是柳州首富，柳州城有一半的房子都属于他，因此号称"李半城"，来台后，没有收入，完全依靠儿子汇款生活。

陈师傅　男，50岁，从桂林去台北的广西人，在老板娘的荣记米粉店里做厨师。

顾太太　女，35岁，从大陆去台北的湖北人，在长春路附近有几间小房子，以收租为生的包租婆。

张天长　老板娘荣蓉的丈夫，30岁左右，为国民党军队团长，赴湘桂战役前线后失踪。

副　官　张天长的副官，20余岁。

食客、邻居、围观者、证婚人等若干。

❧ 第一场　中秋开业思团圆 ❧

〔二十世纪五十年代某年中秋，台北长春路，荣记米粉店。

〔幕前曲：

荣记台湾开粉店，

桂林始终心头牵，

台北哪得漓江水，

何日归家花桥边。

〔店门上"花桥荣记"的牌匾引人注目。老板娘在店门口招客，陈师傅在后厨忙碌。

老板娘　（高声喊着）桂林百年米粉店花桥荣记，香遍全城，保管你吃了一碗想两碗，吃了两碗想三碗，晚晚做梦都想再来一碗！今天中秋节，加菜加料啊！

覃癫子　（对李半城）哟！今天花桥荣记米粉店加菜加料啊！

李半城　想当年我柳州李半城，每半个月要去趟桂林，为的就是到荣记米粉店嗦碗粉，哎哟，那滋味……

覃癫子　不要在这里扯啦，快点去搞一碗！

李半城　也是也是，荣记啊就是还有家里的惦记啊！

老板娘　（热情地）哎哟，两位老主顾，快来快来，请！

覃癫子　（色眯眯地）老板娘，你越来越漂亮了啵，啊哈哈哈……老板娘，我问你啊，你真的是桂林花桥荣记米粉店的传人？

老板娘　（正色地）我爷爷就是桂林花桥荣

记米粉店的老板黄天荣。

李半城　（高兴地）哟嚯，你晓得黄老板的名字，那肯定是黄老板的传人喽，好好好。

覃癫子　（高喊）桂林花桥荣记米粉！广西佬都来捧场啊！

老板娘　（感叹地）唉，还是广西老乡亲啊！（唱）一声广西佬，喊得人心酸，
　　　　流落台北地，思念望断川。

〔卢先生上。

老板娘　（高兴地）卢公子，来了？今天中秋节，我们花桥荣记加菜加料，快请！

卢先生　（兴奋地）好好好，老板娘，我还记得以前荣记的马肉米粉哦，讲不得，一讲啊就恨不得来个十碗啊，嗦个底朝天啊！

老板娘　哦，卢公子，你是桂林哪里人呀？

卢先生　（斯文地）我是桂林卢家大院卢府台的孙子。

老板娘　（惊喜地）啊？你、你、你就是卢少爷啊？我小时候经常去你家送马肉米粉的，每次去都能遇见你下学啊！

卢先生　（惊喜地）哦，原来当真是花桥荣记的传人啊。我还记得，黄老板的孙女叫……叫荣……荣……荣……

老板娘　（激动地）荣蓉，我就是荣蓉啊！快，快，想不到你就是卢家少爷，快有请，快有请！陈师傅，多加几个菜，有我们桂林老乡来啦！

陈师傅　（远远地）晓得了，马上就加菜！

覃癫子　（生气地）老板娘，你这样就要不得了哦，大家都是广西佬，哪里有给桂林老乡加菜，不给玉林老乡加菜的？

李半城　（生气地）就是，老板娘，怎么不给我这柳州老乡加菜啊？

老板娘　（抱歉又开心地）加，加，加，今天是中秋节，我们几个流落到台北的广西佬难得聚在一起，加，加，一起加！来，来，我们几个广西老乡坐到一桌来。今天啊，中秋月明，家，我们是回不去啦，我们老乡在一起啊就当过个团圆节啦！

〔四人笑，进屋坐到了一张桌子旁，陈师傅端着四碗桂林米粉上。

覃癫子　（奇怪地）咦，老板娘，我记得你们桂林花桥荣记以前一直卖的是马肉米粉，怎么现在变成了卤菜粉了？

李半城　（附和地）对啊，以前是一小碟、一小碟的，现在变成一大碗一大碗了，看来你这个荣记还是不正宗啊！

卢先生　（不介意地）哎呀，在台北能吃到一碗卤菜粉也不错啦，毕竟还是有广西的味道啊！

覃癫子　（得理不饶人地）话不是这样讲的啊。桂林花桥荣记，好鬼响亮的牌子，差一点那都不是桂林花桥荣记，哼！

老板娘　（无奈地）唉，在台湾，马是军产，我一个平头老百姓去哪里找得到马肉啊？再说台湾人算计得很，那一小碟一小碟的，都不够他们塞牙缝。抱歉得很啊！各位乡亲，虽然这台北的荣记卖的不是马肉米粉，但是这卤菜粉是按照我爷爷留下的秘方熬制的卤水，不会偷一点懒，不会掺一点假的。再

讲，我们荣记米粉的秘方啊，那是好有板路的！

覃癫子、李半城 （齐声）快讲讲，快讲讲，有什么板路？

卢先生 （依旧是斯斯文文地）老板娘，你讲讲，我们啊，也好长长见识！

老板娘 （整整衣装，拢拢头发）各位老乡啊，你们听好了！

（唱）精选漓江边上十亩田，
　　　粒粒长腰玉立放经年，
　　　花桥古井淘米过三遍，
　　　漓江清水沁润似酒甜，
　　　十足手工石磨转得慢，
　　　玉色米浆恍若珍珠弹，
　　　只见那，白色米浆滚水穿，
　　　恰似那，银河飞瀑落九天。

覃癫子 （惊奇地）光做团米粉就这么复杂啊！

老板娘 （自豪地）这才是，西天取经出长安，函谷关是第一关呢！

（唱）再挑陆川五花肉，
　　　带皮滚水烫煮熟，
　　　油锅烧旺炸到浮，
　　　半肥半瘦扣扣酥，
　　　本地黄牛需牛犊，
　　　肉紧浓香老卤煮，
　　　片片切来片片铺，
　　　好似龙脊梯田矗。
　　　点睛还看卤水辅，
　　　八十三味香料沽，
　　　罗汉果肉清甜补，
　　　高汤调味慰脏腑，

　　　酸豆角替香米醋，
　　　全州辣椒像打鼓，
　　　香酥黄豆绿芫荽，
　　　碗中桂林是大补。

覃癫子 （唱）这才是荣记百年！

李半城 （唱）这才是百年荣记啊！

卢先生 （奇怪地）可是，可是，总觉得……总觉得差了点什么啊。

李半城 （奇怪地）是啊，是，总觉得……总觉得差了点什么啊。

覃癫子 （唱）差了点什么？

老板娘 （激动地）果然是广西老乡啊，差了点什么，差了点什么，差了点漓江的水啊！

众　人 （恍然大悟地）漓江水啊！

老板娘 （带哭腔地）在这台北，在这隔着海的台北啊！我，我，我去哪里寻得着这梦里的漓江水啊！……我去哪里寻得着这梦里的漓江水啊……

众　人 （失望地）是啊！我们去哪里寻得着梦里的漓江水啊……

〔画外音：
我们去哪里寻得着梦里的漓江水啊……我们去哪里寻得着梦里的漓江水啊……

〔画外音：
（桂林童谣）月亮粑粑，踩着瓦渣，一跤跌倒，怪我打他，我没打着他，回家告妈妈，妈妈不在屋，躲在门背哭……

〔切光落幕。

❧ 第二场　中秋月圆人不圆 ❧

〔启幕，第二年的中秋夜，台北长春路荣记米粉店，老板娘忙碌中。

覃癫子　（高声地）老板娘啊，都坐了半天了，什么时候开饭啊？

老板娘　（泼辣地）喊，喊，喊，喊什么喊，饿死鬼投胎啊？就你覃癫子喊得急！

卢先生　（斯文地）覃先生啊，莫急莫急，好饭不怕等啊。

李半城　（附和地）就是，急火煮不得好锅巴嘛！

覃癫子　（讽刺地）李半城，你当然不急，你也不敢急，你都三个月没有交饭钱了，你还敢催老板娘啊？哼！

李半城　（生气地）你讲什么？想当年，我也是柳州首富……

覃癫子　（不耐烦地）莫讲了，莫讲了，我们耳朵都听得起茧了，不就是站在鱼峰山上，从柳江这边到那边，一半房子都是你姓李的……

李半城　（赌气地）你晓得就好，哼！

覃癫子　（夸耀地）讲当年，那我覃癫子在玉林容县啊，也是一号人物咧！呵呵呵，想当年我是一方县太爷，抱着三房美太太，白天发号又施令，晚上酒色财气牌，哈哈哈……哎哟，老板娘我发现你越来越漂亮了啵……

老板娘　（泼辣地）你们两个鬼见愁就晓得打嘴仗，你们看看人家卢先生，高门大院卢家的，在桂林谁人不知，哪个不晓？卢家啊，桂林的大善人，卢老太爷还做过桂林的最后一任道台，水东门外的培道中学就是卢家建的，卢先生，是不是啊？

卢先生　（不好意思地）老板娘，那都是过去的事了，不值一提，不值一提啊。老板娘啊，见笑了，见笑了。

覃癫子　（八卦地）老板娘，讲当年，讲当年，我们都讲了自己的当年，你的当年是怎么样的啊？

老板娘　（怅然若失地）想当年，想当年，现在再怎么想也想不起当年了，当年啊，就是个梦啊！

〔陈师傅从后厨上，手里还拿着铁勺。

陈师傅　（责怪地）哎哎哎！你们这几个没脑壳的啊，老板娘这几年刚刚才好点，不怎么想起张团长了。你们啊，是哪壶不开提哪壶啊！

李半城　（惊异地）哟，老板娘，你原来是官太太啊？

老板娘　（生气地）官太太，官太太，你们见过我这样天天卖着笑扎着围裙的官太太吗？哈哈哈哈哈……

〔老板娘抓起桌上的一瓶酒猛灌，大家都来不及拦住她。

众　人　（不约而同地）老板娘，你这又是何苦呢？

老板娘　（有点喝高了）讲当年，好，我就讲讲我那死鬼张天长追我的当年……

〔切光换景，时间来到 1943 年抗战时期的桂林，一场婚礼正在桂林花桥畔举行。

〔乐队的结婚进行曲响起，一队国民党军队列队在列，荣蓉和张天长在亲友的簇拥下正在举办结婚典礼。

证婚人 （庄重地）荣蓉，你愿意嫁给你身边这位先生，无论生老病死，贫穷饥饿都永远在一起吗？

荣　蓉 （娇羞地）我愿意……

证婚人 （庄重地）张天长，你愿意迎娶你身边的这位女士，无论生老病死，贫穷饥饿都永远在一起吗？

张天长 （深情地）我愿意！

证婚人 （庄重地）好，我宣布张天长先生和荣蓉女士正式结为夫妻。

张天长 （唱）山如碧玉簪，人在画中游，
　　　　　幸遇桂林女，花桥俏荣蓉，
　　　　　家传好米粉，人住西施弄，
　　　　　今日入张门，恩爱天长颂。

荣　蓉 （唱）偷看夫君张天长，
　　　　　朗目剑眉好样貌，
　　　　　巍峨身量气质高，
　　　　　统帅三军建功劳，
　　　　　待得来年桃花开，
　　　　　诞下麟儿床头闹，
　　　　　千年修得做夫妻，
　　　　　花桥之畔把婿招。

张天长、荣蓉 （合）七星岩上心意定，
　　　　　花桥流水情不移，
　　　　　任是风打浮萍雨打林，
　　　　　也要鸳鸯同眠影共行。
　　　　　借由山水来见证，
　　　　　夫妻百年敬如宾！

众　人 （起哄地）新郎亲一个，新郎亲一个！

〔众人不断把新婚夫妇往一起推……

〔突然之间，警笛响起，日本人的飞机又来轰炸桂林城了，大家忙着去躲飞机，张天长和荣蓉夫妇躲进了花桥边的七星岩。一个副官打扮的人上，手里拿着一个文件夹。

副　官 （紧急地）团长，团长！报告团长，上峰来电。

张天长 （正色地）念！

副　官 （正色地）上峰有令，湘桂战役前线吃紧，我部已与日军在长沙前线缠斗多日，伤亡惨重，现特令你部马上整装开赴衡阳，在衡山脚下布下防线，即时开拔，不得有误，否则军法处置。

张天长 （正色地）好，李副官，马上通知各连级以上军官到团部开会，整个部队即刻准备，马上出发。

副　官 是！

荣　蓉 （不舍地）天长，你这就要走？

张天长 （为难地）荣蓉，军人以服从为天职，我必须马上开赴衡阳。

荣　蓉 （哽咽地）我懂，做一个军人的妻子，就是要面对随时可能发生的别离，但是，但是我们今天才……

张天长 （宽慰地）荣蓉，你放心，我是到前线阻击日本鬼子，保家卫国，为桂林守好最后一道防线，我保证一定平安回来，吃你做的荣记米粉，带你去看小金凤唱的《平贵回窑》。

副　官 （催促地）团长，队伍都准备好了，兄弟们都在等你。

张天长 （不舍地）好，好，好，我们马上出发！荣蓉……
　　　　　（唱）可恨日寇侵国土，
　　　　　烧杀掳掠人性无，
　　　　　但使龙城飞将在，
　　　　　不杀倭寇不丈夫。
　　　　　中华汉子好儿男，
　　　　　定斩敌寇血染斧。

可怜娇妻初入门。

提心吊胆牵肠肚。

罢，罢，罢，

念，念，念，

去，去，去，

驾……

〔张天长策马而去，荣蓉天天都在花桥畔七星岩下等待着丈夫的归来。

荣　蓉　（唱）自从天长离家园，

　　　　　　无信无字无片言，

　　　　　　望断春水花零落，

　　　　　　新嫁之妇苦无边，

　　　　　　心怨丈夫狠心肠，

　　　　　　没入洞房策马鞭，

　　　　　　但得早日驱贼寇，

　　　　　　夫妻重逢度华年。

〔切光，又一阵警笛响起，字幕打

出：湘桂战役，桂军大败，张天长所率团部全军覆没，张天长也不知所终，荣蓉这辈子再也没有见过自己的新婚丈夫张天长。

〔切光，灯光亮起，回到第二个中秋夜台北长春路的花桥荣记。老板娘、覃癫子、李半城、卢先生、陈师傅上。

老板娘　（控诉地）天长天长，你叫天长，我们却难得天长，但有来世，只愿你改名叫地久，我们能够真的长长久久！

　　　　　（唱）不羡鸳鸯不羡仙，

　　　　　　　　但愿地久在人间，

　　　　　　　　若能思君梦不醒，

　　　　　　　　宁受苦海没有边。

〔切光落幕。

🙰 第三场　桂音婉转伴乡愁 🙰

〔台北大榕树石桌旁。

〔启幕，台北，市政公园旁的大榕树大石桌旁，老板娘和顾太太一起逛街后，走进公园偶遇在大榕树下拉胡琴的卢先生。老板娘、顾太太上场。

老板娘　（闲聊地）顾太太啊，卢先生租你的房子怕是也有 10 年了吧？

顾太太　（很有感触地）是啊，是啊，整 10 年了，我还从来都没有见过他这么好的男人啊！

老板娘　（认同地）是啊，到我店里包饭 8 年来，从没有欠过一分钱，只吃饭，从来没有扯是拉非、吹牛扯淡。

顾太太　（好奇地）听讲卢先生原来是桂林的大户人家的公子啊？

老板娘　（很笃定地）是啊，以前我们荣记米

粉店每天都会给卢家送米粉，他们家那个房子大得啊，整个榕湖都快成他们家门前的池塘了，几百间宅院没人带啊都要迷路哦！

顾太太　（吃惊地）哎呀，那可不是一般的富啊，是富可敌国哦！

老板娘　（肯定地）就是啊，不是这样的大户人家出身，哪里走得出像卢先生这样一表人才、文质彬彬的人物啊！

顾太太　（八卦地）卢先生有 35 岁了吧，怎么还不找个老婆啊？

老板娘　（了然于胸地）这，你就不懂了吧？他有个青梅竹马的表妹，就是桂林城卖绸缎的罗家小姐，大名叫做罗锦善，听他们讲，说是在桂林就订了婚了。卢先生这么

好的男人，真是打着灯笼都找不到啰！

顾太太　（附和地）哦，我就说嘛，是个男人哪有不近女色的，原来是心中有人啊！

老板娘　（唱）想当年啊想当年，
　　　　　青春年少正美眷，
　　　　　表哥卢家大少爷，
　　　　　表妹罗家豆蔻年，
　　　　　花桥如拱月正圆，
　　　　　桥下流水意绵绵，
　　　　　郎情妾意订婚约，
　　　　　情意不绝不断缘。

顾太太　（追问地）那后面呢？怎么卢先生和罗小姐就天涯各一边了咧？

老板娘　（唱）世事无常负流年，
　　　　　声声炮弹催离散，
　　　　　罗家中落避乡野，
　　　　　卢家焦炭家业残，
　　　　　辗转逃难离家园，
　　　　　天涯两人各一端。

顾太太　（同情地）唉，我们这些身在台湾的外省人啊，哪一个提起故乡不是泪涟涟啊！

老板娘　（惊奇地）哎，顾太太，你看那边一个人坐在榕树下的不就是卢先生吗？

顾太太　（附和地）哎，可不是吗？他怎么一个人拿着把胡琴没精打采的？

老板娘　（高声地）卢先生，你怎么一个人坐在这里啊？

卢先生　（反应慢半拍地）哦，是老板娘啊，还有顾太太，两位好，两位好。

顾太太　（认真地）卢先生，你带的这把胡琴啊，看起来有点年头了哦。

卢先生　（不好意思地）哎呀，顾太太，你

也懂拉胡琴啊？

顾太太　哎哟，莫忘了，我喜欢桂剧，有空也经常哼几句桂剧咧。我是看这把胡琴油光锃亮的，想来也是你常常把玩的缘故吧？

卢先生　（恍然大悟地）哦，原来是这样。哎，这把胡琴啊，是我唯一一样从桂林带到台湾的老物件，想想也有十五年了吧，它还是，它还是……

老板娘　（抢话）它还是罗小姐送给你的定情信物吧？呵呵。

卢先生　（奇怪地）老板娘，你怎么知道？难道你认识我表妹，啊，你认识我表妹罗小姐吗？

老板娘　（有点被吓到地）我、我哪里认识你表妹罗小姐啊！呵呵，卢先生你看看你现在这张脸不就分明地写着"这把胡琴是罗小姐送的"吗？呵呵呵。

卢先生　（有点失望地）哎，我还以为老板娘你认识罗小姐啊。哎，不好意思，失礼了，失礼了。

顾太太　（打趣地）哎哟，卢先生，有什么失礼的，我啊，好羡慕你这位罗小姐啊，她是几世修来的福分有了你这位痴情郎啊，呵呵。

卢先生　（不好意思地）顾太太，看你说的，我哪里有那么好啊！

老板娘　（忧伤地）就是再好，唉，也不知道这辈子还见得上面没有，见得上面也不知道是在梦里还是枕边啊！

〔场面一下就冷了下来，尴尬的气氛让顾太太好不舒服。

顾太太　（故意打破气氛地）卢先生，你看，你这胡琴拿在手里啦，就给我们唱一段好吗？

卢先生　（不好意思地）我这三脚猫功夫就
　　　　是闲来拉一曲，解解闷罢了。

老板娘　（鼓励地）来嘛，来嘛，卢先生唱
　　　　一段嘛。以前在桂林啊，我跟我
　　　　先生张天长每天都要做的事情就
　　　　是吃一碗我们荣记的米粉，听一
　　　　段小金凤的桂剧啊！

卢先生　（惊喜地）老板娘，你也喜欢小金
　　　　凤唱的桂剧啊？

老板娘　（笃定地）当然了，那是当然了。
　　　　我们桂林人听桂剧当然是要听小
　　　　金凤的《平贵回窑》啦！

顾太太　（鼓掌）卢先生，来一段，我可是从
　　　　来没听过你们桂林的小金凤啊！
　　　　〔卢先生胡琴起，舞台灯光变暗，
　　　　在后台，两个桂剧演员开始演唱
　　　　《平贵回窑》。接传统桂剧《平贵
　　　　回窑》之"一马离了西凉界"片段。

薛平贵　（唱）一马离了西凉界，
　　　　　　　不由人一阵阵喜笑颜开。

王宝钏　（唱）实指望夫妻们永不离散，
　　　　　　　谁知你一马西凉川。
　　　　　　　后面好似薛平男，
　　　　　　　本待上前把夫唤，
　　　　　　　错认人夫礼不端，
　　　　　　　假意在此挖苦菜，
　　　　　　　问我一声我答一言。

老板娘、顾太太　（兴奋地）好，好，唱得
　　　　好！

老板娘　（兴奋地）卢先生，你唱得这么好，
　　　　我，我仿佛又回到当年我和天长
　　　　去乐群剧院看小金凤戏的时光了，
　　　　唉……

顾太太　（劝解地）老板娘，你别这样，我
　　　　们难得听卢先生唱段戏，这一下
　　　　把你唱哭了，你让卢先生可怎么

办啊？

卢先生　（忙不迭道歉）就是，都怪我，一
　　　　唱这《平贵回窑》就勾起了老板
　　　　娘的伤心事了，都是我的错，都
　　　　是我的错……

老板娘　（哽咽地）卢先生啊，这怎么能怪
　　　　你啊？刚刚你一开口啊，我真的
　　　　仿佛见到了我的天长啊！他啊，
　　　　穿着军装，站在荣记米粉店的门
　　　　口呆呆地望着我傻笑。呵呵，可
　　　　惜啊，这终究不过是个白日梦，
　　　　没等到天黑，这梦啊，这梦啊，
　　　　就醒了！

顾太太　（劝解地）醒了好，醒了好，醒了，
　　　　日子才过得下去啊！

老板娘　（怅然所失地）醒了好，醒了好，
　　　　醒了，日子才过得下去啊……

顾太太　（发问地）卢先生，你看你也30多
　　　　岁了，你真的要一直等着你的表
　　　　妹罗小姐啊？你看看现在台湾和
　　　　大陆隔山隔水又隔海，你哪里等
　　　　得到你的罗小姐啊？

卢先生　（激动地）我、我、我本来还不想
　　　　告诉你们的，我表妹下个月马上
　　　　就要来台湾了。

老板娘　（激动地）这可是天大的喜事啊，
　　　　不是说一直都没有消息吗？

卢先生　（激动地）我一起来台湾的表哥帮
　　　　我找的关系，我把我这15年来省
　　　　吃俭用、起早贪黑卖鸡卖菜攒的
　　　　所有钱啊换了六根金条，拿到了
　　　　一张通行证，我表妹现在已经到
　　　　了广州，下个月中秋的时候应该
　　　　就能到台北了。

老板娘、顾太太　（激动高兴地）太好了，
　　　　恭喜恭喜！卢先生啊，你和罗小

姐这杯隔山隔水又隔海的喜酒我们可是喝定了啊！

卢先生　（不好意思地）好的，好的，到时候一定要早点来啊，一定要早点来啊！

〔老板娘、顾太太相互聊着下。

卢先生　（唱）苦等十五年，堪比王宝钏，

浅浅台湾海，生隔鸳鸯伴，

犹记小表妹，玉面倚栏栅，

半发含春情，唇齿吐烂漫。

一夕两离散，人瘦宽衣衫，

思君十五载，中秋把君盼。

〔灯光渐隐，大幕徐徐落下，卢先生的背影无限憧憬，也无限寥落。

第四场　台风吹散中秋月

〔台北长春路，荣记米粉店。

〔启幕，风声大作，台风出其不意地在中秋月圆夜登陆台北，昏暗的烛光中一桌广西风味的酒菜在等待着客人的到来。

陈师傅　（劝解地）老板娘，李半城已经走了，我看还是莫等啦。今年这个中秋啊，老天爷也不会管我们漂泊在台湾的外乡人的。这风吹雨打的，我看他们几个人啊，是不会来啦。老板娘，莫等了……

老板娘　（还抱有一丝希望地）陈师傅，你看看门窗都关好了没有。我们啊，再等等，都是广西老乡啊，过个中秋节啊大家也回不了家，就盼着乡里乡亲的能聚聚啦。我们，我们再等等，再等等。

陈师傅　（摇了摇头）那好吧，那我下去再把菜热热。唉……

〔老板娘转过身来，偷偷地抹着眼泪，拿出一个铁桶，点燃火柴，拿出一份纸钱开始烧。

老板娘　（带着哭腔地）李半城啊李半城，你在我这里包饭十一年，欠下了我875块大洋，最后，最后还没有吃顿饱饭就走了，这一世你欠我的，我们就一笔勾销了。如有

来世你记得啊，宁可在老家有个一砖半瓦，也不要在台北想念你那半城啦！呜呜呜……

〔铃铃——一阵急促的电话铃声惊醒了还沉浸地给李半城烧纸的老板娘。

陈师傅　（紧张地）老板娘，老板娘，派出所电话找你！

老板娘　（紧张地）派出所？我、我、我惹上什么官司了啊？（强作镇定地）您好，警官先生，我是荣记米粉店的老板娘，您找我有什么事情啊？

警　察　（平常语调的画外音）老板娘，你认识一个叫做覃玉堂的广西人吗？

老板娘　（舒了一口气）覃玉堂，覃——玉——堂，不认识，不认识。我啊，就只认识一个叫覃癫子的老酒鬼！

警　察　（快速接话的画外音）对，对，对，就是那个叫做覃癫子的老酒鬼。这个老酒鬼啊，台风天喝醉酒到处乱跑，现在掉到河里淹死啦。你不是他的广西老乡嘛，你能不能来认下尸体啊？

〔老板娘受到了惊吓，丢掉了电话，一屁股坐在了地上。

警　察　（急切的画外音）喂喂，喂喂，老

板娘，老板娘，你能不能来下派出所认下尸体啊？喂，喂，喂，老板娘，老板娘，你还在吗？

〔电话断掉了，嘟——嘟——嘟——嘟——嘟……

老板娘　（唱）容县一个大县长，

台北一个小科员，

台风夜里喝醉酒，

淡水河边赴黄泉，

三房太太没踪影，

一个孩儿不挂牵，

终日饮酒黄连苦，

无魂无魄丧家犬，

终是酒中好称仙，

一缕孤魂还家园。

〔老板娘拿出纸钱来继续烧，把火烧得旺旺的。

老板娘　（带着哭腔地）覃癫子啊覃癫子，不，覃县长啊覃县长，我这里给你多烧点纸钱，你在回老家的路上多买点酒喝啊！呜呜呜呜呜呜……

〔此时，顾太太上场。

顾太太　（非常焦急地）老板娘，老板娘，老板娘你在家吗？

〔老板娘站起身挣扎着去卸门板开门，一开门，呼呼的风雨就灌进了门。陈师傅听到风声出来，跟老板娘、顾太太三人一起用尽全身力气才把门给关好。

老板娘　（非常吃惊地）顾太太，这风大雨大的台风天，你不好好在家待着，你，你怎么跑到我家里来了？

顾太太　（惊魂未定地）老板娘，老板娘，吓死我了，吓死我了，卢先生，卢先生，卢先生他……

老板娘　（急切地）卢先生？顾太太，卢先生怎么啦？

顾太太　（缓过一口气）啊，啊，卢先生出事啦！

老板娘　（急切地）什么？怎么回事？卢先生，卢先生出了什么事啊？

顾太太　（有点慌张地）老板娘，你还记得吧？卢先生不是说他的罗家表妹啊，就在这个中秋要来台北跟他团聚成亲吗？你还记得吧？

老板娘　（奇怪地）记得，记得，这不就是半个月前他亲自跟我们俩说的吗？怎么，怎么他的罗家表妹没有来啊？

顾太太　（愤怒地）卢先生那个天杀的表哥完全是骗他的。他表哥在外面欠了一屁股赌债被别人追杀得走投无路，于是就动起了卢先生那省吃俭用、起早贪黑攒下的积蓄的心思，编了个天大的谎言，说什么可以弄到张通行证，可以把卢先生的表妹罗小姐带到台湾来跟他成亲。卢先生一听，高兴得昏了头啊，也没有打听下，就把他积攒下的那六根金条给了他表哥。哪晓得，哪晓得……

老板娘　（急切地）哪晓得，哪晓得怎么样啊？顾太太，你快讲啊！

顾太太　（喘了一口大气）哪晓得那张通行证是假的，他表哥卷了他的所有积蓄跑了，跑得无影无踪了。哼，这个挨天杀的啊！

老板娘　（一口气差点没背过去）啊，啊，啊，老天爷啊，你，你，你，瞎了眼了吗？卢先生，这么好一个人，你，你太欺负人啦！后来，后来怎么样了？

顾太太　（紧接着）卢先生这一下没有想通，一口急痰啊涌上喉头，生生地憋过气去，再、再、再也没有醒过来，就这样，就这样，就这样年纪轻轻就走了……呜呜呜呜呜呜……

〔老板娘一阵眩晕，眼看马上就要晕了过去，陈师傅和顾太太一起扶住老板娘，用力掐老板娘的人中。老板娘好不容易醒了过来。摇摇晃晃地走向桌子。

陈师傅、顾太太　老板娘！

顾太太　老板娘，你要保重啊！

老板娘　（唱）天啊，你有眼不开枉称天啊，
　　　　　　　地啊，你地狱有门四处开啊。
　　　　　　　我恨，恨天不分良善愧称天，
　　　　　　　我哭，哭地不顾黑白枉做地。
　　　　　　　我，我，我，
　　　　　　　我一个弱女子不服啊。
　　　　　　　为何有家不能回？
　　　　　　　为何有伴不能陪？
　　　　　　　为何总是独自悲？
　　　　　　　为何流落受犬吠？
　　　　　　　为何郎君不见妹？
　　　　　　　为何离人一块碑？

老板娘　（高声地呐喊）家啊，我往哪里回？

〔顾太太和陈师傅向着老板娘走去，带着哭腔，想安慰下老板娘。老板娘摇摇手，示意她没事，走到烧纸钱的铁桶边。

老板娘　（唱）台风夜雨三霹雳，
　　　　　　　三位老乡中秋离。
　　　　　　　再难见那李半城，

手拿地契夸世界。
再难听那覃癫子，
油嘴滑舌装老鳖。
再难见那卢先生，
鸳梦相伴化成蝶。
从桂赴台五年半，
寂寞十五回忆灭，
天长无影守活寡，
梦里也怕伤别离，
花桥流水桃花落，
镜花水月花桥变。
唯有思乡度岁月，
岁月纵老心不竭。

〔画外音：
少小离家老大回，
乡音无改鬓毛衰。
儿童相见不相识，
笑问客从何处来。

〔画外音：（桂剧戏歌）
小时候，乡愁是一枚小小的邮票，
我在这头，母亲在那头。
长大后，乡愁是一张窄窄的船票，
我在这头，新娘在那头。
后来啊，乡愁是一方矮矮的坟墓，
我在外头，母亲在里头。
而现在，乡愁是一湾浅浅的海峡，
我在这头，大陆在那头。

〔窗外风停雨止，一轮明月正当空，从窗外传来街边一群小孩的台语道白：少小离家老大回，乡音无改鬓毛衰。儿童相见不相识，笑问客从何处来。大幕缓缓落下，灯光渐隐。

邕剧

顶蛳山人

演出单位

南宁市文化广电和旅游局

南宁市民族文化艺术研究院

内容简介

　　邕剧《顶蛳山人》讲述的是发生在远古时代邕州大地上的故事。作品以邕剧这一最富南宁本土特色的剧种，讲述了邕州大地上祖先们的生命传说。富有浓郁的传奇色彩和文化内涵。

主创团队

编　　剧：孙海云　韩剑光
导　　演：安凤英　韩剑光
作曲（唱腔设计）：李复斌　陈锦荣
舞美设计：谭韶远
灯光设计：陈侠吉
音响设计：莫立宁
道具设计：潘长山
服装设计：彭丁煌

主要演员

娅　达——梁素梅
卜　伯——何惠临
洲　眉——刘希瑛
郎　汉——李金峰
阿　哆——梁伟达
阿　嗦——陈盛铭

序歌　缅怀千载

〔在雄浑的音乐声中幕启。

〔史前骨笛声唤醒了黎明。

〔伴唱（新曲）：

邕江流，万古流。

骆越悠悠，

驻足望，顶蛳山头。

第一场　家园

〔古朴、浑厚的音乐响起。

〔天幕上呈现出远古时期的一片混
沌渐渐清澈。

〔在亦幻亦真的神鸟领引下，人群
缓缓而来。（屈身到直立的过程）

〔卜伯、娅达领着部落的人们，带
着火种，来到顶蛳山。

〔满目的飞禽走兽，丰饶的河流绿
坡。寻找的人们有了欣喜地发现。

众　人　螺蛳、河蚌、蛙！果实、蘑菇、
花！

娅　达　家！

郎汉、卜伯　家！

众　人　家！

〔美丽家园！发现后的狂欢……

众　人　岸边、河面、山上、山下，螺蛳、
虾、果实、花。

娅　达　（唱）（新曲）一片片青翠，

众　人　（唱）一片片花。

娅　达　（唱）这就是我们，

女　合　（唱）新，的，家。

郎　汉　（唱）拿鱼叉下水去——
捕，鱼，虾。

卜　伯　（唱）多多的禽与兽——
抓，抓，抓。

众　人　（唱）家啊——家啊——家啊——

〔尽情地狂欢，娅达近似于长调
的、极具仪式感的呼唤。

〔众人随之膜拜。

众　人　（唱）神鸟，通灵的神鸟，（神鸟出
现）
领引着，寻找，寻找，
神鸟、神鸟，飞得天高，
神鸟、神鸟，这里真好。

〔阿哆、阿嗦独白，夹杂在合唱之中。

郎　汉　阿爹、阿母，这里真好。

娅　达　这里真好。

众　人　这里真好。

阿　哆　（白榄）山上到处是斑鸠、山雀，
千种飞禽鸟，

阿　嗦　（白榄）山下蹦跳着兔子、野羊，
百样走兽跑。

阿　哆　（白榄）林中喧闹着鸟唱、蛇行，
虫鸣青蛙叫，

阿　嗦　（白榄）河面不时有鳖游、蟹爬，
虾蹦鱼也跳。

〔清水泉幽幽，古树藤盘缠，阿哆、
阿嗦攀高处放声唱。

阿哆、阿嗦　（唱）哦，来，哦来哦来哦来。
（二部和声）

卜　伯　男子们，

郎　汉　断竹，蓄竹，

卜　伯　飞土，逐肉。
提斧棒，围牛羊，
追野物，猎鳄狼。

〔男人们"呼呼"地呼应着。

〔卜伯、郎汉、男人们携器械。

娅　达　女子们，

编藤萝（嘿呀），堆篝火（嘿呀），
摸螺蛳（嘿呀），采野果（嘿呀）。
〔女人们"嘿呀嘿呀"答应着，
柔美的歌声。

女　合　（唱俺六国）古树枝绕藤萝，
　　　　　　　　　　女子是水哥是火，
　　　　　　　　　　男子是山妹是河。
　　　　　　　　　　哥是火暖烧水开，
　　　　　　　　　　流水出山岩注入河。
　　　　　　（转七字清）盖个家来摘花果，
　　　　　　　　　　与哥同卧多谐和。
　　　　　　（白）妹养的崽多，崽跑满山坡。
〔突然，人声鼎沸，神鸟惊飞。
〔女人们聚拢一团，紧盯着男人们
狩猎。

卜　伯　男子们，
　　　　（唱追贤二王）
　　　　追！追！追！
　　　　围！围！围！
　　　　抛起投石如冰雹坠，
　　　　丢出长矛满天飞。
　　　　女子们等我们尝美味，
　　　　崽儿们等我们带猎物回归。

女　合　（唱）追追啊追，围围呀围，
　　　　　　啊喽啊喽，带猎物归。
〔郎汉正欲宰杀，一声刺耳的嚎叫
喝止了全场。

洲　眉　啊——（洲眉冲上以身护住梅花鹿，
暴怒地对郎汉）呸！
〔洲眉向郎汉飞掷骨刀，被郎汉接
住，洲眉恼羞成怒。

众　人　（唱新曲）哪来的一个姑娘，
　　　　　　　　　光像石锥一样。
　　　　　　　　　眼睛瞪得像圆月亮，
　　　　　　　　　凶得像护食的小狼。

娅　达　（急上来安慰）姑娘，你是谁？你

从哪里来的？

郎　汉　你为何和野兽在一起？

洲　眉　它们不是野兽！我们是——

郎　汉　是什么？

洲　眉　是……一伙！

娅达、郎汉　一——伙？

卜　伯　一——伙？

众　人　一——伙？

阿　嗦　哈哈哈！你是说斑鸠、野兔、犀
牛、野鹿跟你是一伙？

阿　哆　别理她！杀！（众欲动手）

洲　眉　啊！不许杀！
　　　　（唱新曲）看一看，
　　　　　　　　看看它们的双眼，
　　　　　　　　每一双都清纯透明，
　　　　　　　　它们都是山间的精灵。
　　　　　　　　只要你去看，
　　　　　　　　只要你去听，
　　　　　　　　它们会对你诉真情。
　　　　　　　　听——
〔远处的雷声由远而近，动物渐渐
躁动起来，被围住的动物欲逃。

洲　眉　不好！灾难就要来了！

娅　达　姑娘，你是怎么知道的？
〔鸣叫着的神鸟穿行、翻腾，预示
着什么……

洲　眉　它们是在提醒我们！大水马上就
到，往上跑！
〔暴雨急下，神鸟急鸣。

阿哆、阿嗦　不许跑！有我们哆嗦兄弟，
谁也跑不了……
〔大水咆哮声，人与动物都奔向高
处，集中于一个点。大家都惊恐
地看着大水肆虐。
〔哆嗦兄弟真哆嗦了，连滚带爬地
脱离险境（舞水旋涡）。

众　人　（唱新曲）啊，啊——
　　　　（声浪的咆哮）
　　　　天地洪荒，水淹四方。
　　　　（深重的灾难）
　　　　拍山巨浪，云滚雨狂。
　　　　（远古的神秘仪式感）
　　　　万物皆殇，鸟坠兽亡，
　　　　求上苍保佑，保佑吉祥。
　　　　〔无数动物尸体漂流而去，一只梅
　　　　　花鹿举着幼崽，放到巨石上。
　　　　〔洲眉刹那间飞身而下，抱起了幼
　　　　　崽，一切静止，空气凝固了。
郎　汉　姑娘——
洲　眉　（唱新曲）
　　　　也是一次石滚泥流，
　　　　也是大水望不到头，
　　　　也是阿爹、阿母伸出双手，
　　　　把我举上了石头，举上了石头。
　　　　从此，山林是我家，
　　　　精灵陪我说话。
　　　　清晨一同去喊山，
　　　　傍晚陪我去采野花。
　　　　清晨一同去喊山，
　　　　这就是我的家！
娅　达　姑娘，你就留下吧！从今以后这
　　　　里就是你的家！
郎　汉　留下吧，这里就是我们的家……
众　人　留下吧。
郎　汉　留下吧……
　　　　〔洲眉迟疑地点点头。
娅　达　留下吧！
　　　　（唱长句二王）
　　　　总有天灾毁家乡，家破族亡心伤创。
　　　　都是天之子，地供养，
　　　　都有自己娘，都护自己儿郎，
　　　　活在世间都一样。

　　　　（教子腔）
　　　　一个为活命拼死抵抗，
　　　　一个为求存围捕杀伤。
　　　　怎能减少伤害，有什么办法想？
　　　　（秃带二王）
　　　　灾后饮食荒，寻食无所望，
　　　　若能有吃食，就能减少互伤。
　　　　愿能长久相安，万物相依共生长。
　　　　〔动物四散，娅达望着一片滩涂，
　　　　　一筹莫展。
　　　　〔神鸟鸣叫着盘旋于长空，娅达看
　　　　　到了希望。
娅　达　（唱新曲）
　　　　神鸟啊！神鸟你飞得天高，
　　　　天地间任你往来逍遥。
　　　　万事于你都难不倒，
　　　　这一次有什么喜讯捎？
　　　　〔神鸟落地，将衔着的野生稻插在
　　　　　地上。
神　鸟　咕咕，咕咕。
娅　达　"谷谷"？（拿过一支稻穗）这就叫
　　　　谷谷？（好奇地掰下一粒稻谷）
　　　　跟螺蛳一样也有壳壳？（将剥出的
　　　　米粒放在嘴里品味）鸟能吃，我
　　　　们也能吃。这谷谷哪里有？
神　鸟　（高兴地围绕着娅达舞蹈，将一
　　　　支稻穗放到她手中）咕咕。
　　　　〔伴唱（唱新曲）：
　　　　只要你去寻找，
　　　　就一定会找到，
　　　　有无数的宝贝，
　　　　等着你去寻找。
　　　　〔高高的神鸟鸣叫，众人仰头望去。
　　　　（以示神鸟的引领）
　　　　〔收光。

第二场　寻找

〔野藤垂崖，灌木丛生，人们随着神鸟的鸣叫声前行……

娅　达　（内唱，合尺首板）心随意往，神鸟召唤。

〔娅达与郎汉、洲眉、阿哆、阿嗦，步履艰难地上。

娅　达　（接唱，十字清）
　　　　寻找吃食"谷谷"望断云天。
　　　　追寻着神鸟声缥缈遥远，
　　　　终不见谷谷生长在哪边。

阿　哆　什么也看不见！

阿　嗦　到处都是泥滩！

阿　哆　（唱七字清）累得我腰酸两腿软。

阿　嗦　（唱）累得我头昏口也干。

阿　哆　（唱）还有多远？

阿　嗦　（唱）还要走多远？

娅　达　（唱）神鸟召唤，就在前边。

郎　汉　走嘛！跟着鸟走嘛！

阿哆、阿嗦　可我不是鸟啊！我要在地上跑啊！

阿　哆　（唱）一呀一步陷，一呀一深浅。

阿　嗦　（唱）一呀一迈抬，一呀一沾黏。

娅　达　（三字经）挣脱这纠缠如挣脱苦难，谁能让渴盼心里足不前。

〔终于出了沼泽地，一行人略作休整。

阿哆、阿嗦　哎呀！哎呀！可累死我了。

郎　汉　阿母，找不到，我们就回去吧。

娅　达　不！在前面，神鸟在召唤！

阿　哆　可神鸟又在哪里呀？

娅　达　（接唱反线归帆）在天上，在身边。在交谈，在心间不遥远。

阿　嗦　可它怎么不跟我交谈呢？

　　　　（伴唱）走过一片滩，还有一道湾！
　　　　　　　　翻过一重山，别是一片天！

〔神鸟盘旋于高山之巅。洲眉发现了什么。

娅　达　看！嫩芽。

〔娅达、郎汉围观，阿哆、阿嗦不以为意。

阿　哆　有什么用，又不能吃。

阿　嗦　让我看看这是什么草。（欲拔）

洲　眉　别动！不管它是什么草，让它发芽，让它长大，让它……

〔洲眉发现郎汉死盯着自己，僵住，似懂非懂的不自在。

阿　哆　看他们在做什么。

阿　嗦　眼睛在说话。

〔洲眉这下害羞了，娅达忙打圆场。

娅　达　让它们发芽，让它们长大！
　　　　（唱流水南音）红土露出嫩芽青，

郎　汉　少年萌生恋花情。

娅　达　再需翻山越高岭，

郎　娅　（合）又比此时近一层。

洲　眉　（唱双飞蝴蝶）芽已渐生成，

郎　汉　心中情已生。

娅　达　神鸟指引向西行，听声音向前走。
　　　　找踪影越过山岭，崎岖步险径。
　　　　上高峰，到山顶，天空万里晴。

〔艰难的过程，直到峰顶。

阿　哆　哎呀！可算爬到头了。

阿　嗦　累死我了！

娅　达　（唱士工慢板）云上峰头尽晴空。

阿哆、阿嗦　如同蝼蚁登天，在高山险岭。

洲　眉　那郎汉让人心动，

郎　汉　这洲眉怎么、怎么那么、那么怎么……

阿哆、阿嗦　怎么那么，那么怎么。

郎　汉　怎么让我心怦怦。

阿哆、阿嗦　怦怦怦怦心跳跳不停。

娅　达　此生初见这风景。

阿哆、阿嗦　此生头回累得不行。

洲　眉　此生初回心萌动。

郎　汉　（唱二王）此生初次这样心情。

娅　达　看四外，

阿哆、阿嗦　云雾蒙，

洲　眉　用心细听，

娅　达　（清唱）神鸟鸣，

　　　　〔吓坏了阿哆、阿嗦。

阿　嗦　可"谷谷"依然找不到。

阿　哆　那我们就下山去找吧。

娅　达　（唱减字芙蓉）携手下山行，

　　　　足底滑来走得慢。

阿哆、阿嗦　上山一步一喘，下山连滚带

　　　　爬，翻几翻！（二人下坡，跌仆翻

　　　　滚）

娅　达　上山容易下山难，

阿哆、阿嗦　哎呀！（摔跤）

娅　达　小心足下留个心眼。

阿哆、阿嗦　哎呀！（摔跤）

娅　达　一路坎坷到河岸，

阿哆、阿嗦　哎呀！（摔跤）

娅　达　这边河沿春发乐开颜。

阿哆、阿嗦　哎呀！（摔跤）

阿　哆　怎么平地也摔跤？

阿　嗦　我们这是摔习惯了！

娅　达　看！嫩芽都长成了青青的苗！多

　　　　壮啊！

阿　哆　是啊！牛见了就高兴咯！

阿　嗦　这草我们也吃不了啊！

　　　　〔娅达万般踌躇。这时，再次出现

　　　　神鸟的声音……

　　　　〔伴唱（唱新曲）：

　　　　你叫它青草，它自称秧苗。

　　　　别把它给小瞧，它可是一个宝。

阿哆、阿嗦　宝？

洲　郎　宝？

娅　达　宝……听！

　　　　〔伴唱（花香衬马蹄）：

　　　　那边两山之间，喜看有洞天。

　　　　勇者，去冒险，怯弱者，

　　　　转回还、转回还。

　　　　〔娅达、郎汉打破沉默。

娅　达　我们走！（一行人行进过程，一边

　　　　火急，一边慢处理）

　　　　（合唱）随召唤，心似箭。

　　　　赛风追，快如飞。

阿哆、阿嗦　（唱）找到了，

　　　　　　　　一片金黄映碧天，

　　　　　　　　光灿灿望不到边，

　　　　　　　　为寻你跋山涉水，

　　　　　　　　这期盼就在眼前。

　　　　〔音乐中，神鸟引领众人前行，眼

　　　　前出现大片金黄色的野生稻谷。

阿哆、阿嗦　总算找到了。

娅　达　寻——找——稻。

郎　汉　稻？

阿　哆　稻？

娅　达　我们就叫它"稻"！

阿　嗦　叫哆嗦不也很好吗？

娅　达　（唱新曲）

　　　　稻这个名字最为好，听我给你细

　　　　推敲。

　　　　进山我们寻山道，撑船我们顺水道。

　　　　搜寻我们求找到，猎取我们盼得到。

　　　　饿了我们想吃到，亲人我们梦得到。

　　　　我们把所有的好，汇聚叫作一个

　　　　"稻"。

娅　达　这草就叫"稻"，这稻就是宝啊！

阿哆、阿嗦　这稻就是个宝。

郎　汉　阿母……我也找到了一个宝！

（秃唱十字中板）

短短这几天，我中了魔一般。

心里有火苗，噌噌往上蹿。

她就像蜂蜜甜，她比花还惹眼。

我越看越喜欢，我想把她扛回家，

再生个小郎汉。

阿哆、阿嗦 阿嘹——找到了。稻——

宝——稻——好（双声部长调）

〔众人欣喜，跳收获舞。收获舞集

中到一个圆时发现郎汉、洲眉在

稻浪中的起伏，大家停顿。

〔合唱（新曲）：

啊……

花儿春季最娇，女子此时最好，

孕育着生命轮回，延续着生命不老。

女子好……女子好。

〔众女子围而曼舞，郎汉兴奋地喘

着粗气。

〔音乐中族人狂欢，收光。

·第三场·

〔一切吐露出生机，部落恢复了安宁。

〔花之舞，情之初（复苏的花之舞）。

花 语 （唱新曲）

水是春之灵，花是春之容，

歌是春之声，风是春之情。

水是春之灵，花是春之容，

歌是春之声，风是春之情，

春之灵，春之容，春之声，春之情。

〔怀孕的洲眉在郎汉的挽扶下缓慢

地腆着大肚子上。

洲 眉 （唱新曲）水盘着山来山恋着河，

郎 汉 哥挽着妹妹依着哥。

洲 眉 哥哥亲妹得果，

郎 汉 妹妹亲子孙多。

洲眉、郎汉 子孙多，盖窝窝，

养大一窝又一窝。

阿哥阿妹情如火，

养的子孙跑满坡。

子孙多，盖窝窝，

养大一窝又一窝。

阿哥阿妹情如火，

养的子孙跑满坡。

阿哆、阿嗦 阿哆、阿嗦上春火，

哥哥有种哪里播？

水呀快进我的锅，

花儿快落我棚窝。

见到花儿，我打哆嗦。

见到水呀，我也打哆嗦。

哆嗦哆嗦打哆嗦。

水盘着山，山恋着河，

哥挽着妹来，妹依着哥。

哥哥亲唻，妹得果。

妹妹亲唻，子孙多。

〔独自思索的娅达，跟随不解的卜伯。

娅 达 两生情，播下种，怀上羔。

埋下稻，抽出苗，熟成稻。

卜 伯 埋草籽，猫腰瞧，护秧苗。

又浇水，又护草，为哪条？

问娅达，为哪条？

〔神鸟鸣……

娅 达 （唱七字清）我的心思鸟知晓，

我要与稻广结交。

不用远处去寻找，

不愁吃食该多好。

卜 伯 那倒好！那倒好！

娅 达 （唱流水南音）渔猎经常捕获少，

偶有伤亡祸难消。

窝旁若有无穷稻，

少生灾祸减操劳。

〔人们都被吸引过来。

〔神鸟划空而过，撒下稻谷。

卜　伯　快来看，都来瞧。

〔伴唱（唱新曲）：

天地间真是奇妙，（神鸟飞翔于冥冥中）

只要你发现就好。

娅　达　种下一粒成熟稻，（进入缓慢的过程）

〔合唱：破土新芽尖尖苗。

娅　达　勤把水在苗上浇，

〔合唱：长成寸长青青草。

娅　达　等一等，细细瞧。

〔合唱：啊！啊……

它长得足有齐腰高。

娅　达　等一等，细细瞧。

〔合唱：啊！啊！

黄金成片的稻香飘。

（兴奋至极）

众　人　收获了！

〔嚎叫声忽然打破寂静。远处烟火冲天，杀声四起。

〔来了一群外族抢掠者，头戴面具，青面獠牙。

外　族　争食，如兽，糊口，逐肉。

卜　伯　族人们！提刀斧、挺长矛！

卜　伯　见惯了狮虎兽！何惧你刀斧矛！

俺一矛穿石透！一斧开山丘！

郎　汉　双刃斩虎豹！刀刀断喉头！

卜　伯　奋力驱贼寇！拼杀战贼酋！

众　人　杀！

〔交战，卜伯、郎汉最终先后死去，敌溃败。

〔洲眉疯了似的扑上来。娅达呆立，极度的悲痛失去思考。婴儿哭声……

洲　眉　郎汉，郎汉……

（唱）地倾天崩降灾殃，

石臼木杵春断肠。

如刀剖心热泪淌，

我的郎……

哭天喊地怎得返？

初生子刚降生，

阿爹身冰凉。

儿出生需抚养，

缘何父丧凄苦，

剩我与子孤单？

郎呀，不知今去哪一方。

（催快）暖春骤冷坠太阳，

何堪心伤似千刀万剐。

我的郎……（悲号）

娅　达　（唱怀旧）

卜伯躺沟中，（梦呓般的轻声）郎汉卧草丛，冷冷身躯无气息，头开血流红。

我的夫，我的崽，我的家，我的天啊……

（雨霖铃）

狂雷乍降若轰顶，头昏双耳鸣。

天地仿如空，裂肝痛痛断肠，

父子尸身在血腥中，痛心泪涌。

（乙反中板）

我如同，抽去了腰骨无力负重，

吹飞了魂灵，如风飘荡心空空。

好比砍去了双足寸步难行，

鸟断双翅哀号低鸣。

再难舞云中……

老天爷，何不取我两人性命？

阿哆、阿嗦　（霸腔中板）

杀他一个干干净净，

杀他一个遍地尸横。

（三字清）我们就算拼上性命，

要让死者心安宁。

阿哆、阿嗦　肢解蛮贼，断头陪葬。

〔幕内，突然响起一阵哀乐，渐行渐近。

〔举着草幡的族人，"屈肢葬"。

〔合唱（唱新曲）：

山也灵，水也灵，

山神、河伯收亡灵。

如同草木山上生，

如同鱼儿游水中。

〔合唱：山也灵，水也灵，

山神、河伯收亡灵。

长眠地下魂清静，

快快轮回求再生。

天也灵水也灵……

❧ 第四场 ❧

〔星空下，忧伤的娅达。

娅　达　（反线二王板面）

世上亡了一个生灵，

天上就多一颗星夜照明。

独对繁星空发愣，

星星懂我哀痛情。

夜来难寐几番醒，

怕朝起，醒来谁也叫不应。

为求生存舍命争，

部族劫掠互杀生。

见惯了狰狞野兽猛，

遇到过地裂火烧灾难降。

见过了洪水卷尸横，

再猛的野兽也没有人凶。

惨不过撕争夺命。

（新曲）

人啊！人！怎能共野兽同行径。

人啊！人！可知冤仇往复灭生灵。

人啊！人！莫非要杀到一个也不剩。

人啊！人！拼争到哪一辈才能停。

（伴唱）

双联星，相伴行，懂我心知我情。

（乙反七字清）

娅达思量心已定，此生首要止纷争。

稻谷不应独享用，

大勇惜生求个天下安宁。

〔众人持武器聚集。

〔娅达看似平静地穿行，按下人们举起的武器。

众　人　拿棍棒，听从号令，拼一死也要抗争。杀！

娅　达　（白）人若总要杀，人便是妖魔。

人心成恶果，必酿天地祸。

山赠果，水赠螺，唯有人贪心想独得。

天地万物养育我，我能馈赠它什么？

长矛是人打凿，刀斧是人打磨。

刀砍人头落，矛往心里戳。

天地间本来无杀器，

杀器件件是人做的，

争食为谋生，掠杀为求活，

饶人如饶己，息战如息祸。

我们血已经流得足够多，

不能让后代再起干戈。

愿舍得自家稻谷多，

求得个天下活。

众　人　那我们？

娅　达　我们、他们，都在天地间生存，曾与禽鸟无异，与走兽不分。如今，让我们、他们分享天下所有的稻，去寻找所有的好，让我们相亲相近、做天下一家人。

（唱新曲）

且让旧伤留作疤，

含泪浅笑谈筑家。

天是窝棚盖，地是安稳榻。

众生灵都在天棚下，

怎么不是一家。

众生灵都在天棚下，

怎么不是一家。

只要我们四方融洽，

这个家就不会倒塌。

不把仇留给崽，不把恨传给娃。

让他们像禾苗长大，

让他们慢慢地长大。

且把刀斧都放下，

我们手中只留花。

让所有的冲突都停下，

万物归天下，这是我们的家。

〔皈依的人心，纷纷把花（代表跟从）献给娅达。稻神祭。

〔合唱：神鸟、神鸟，你飞得天高。

　　　　神鸟啊！生命真好，

　　　　生命真好，神鸟。

　　　　邕江流，万古流。

　　　　骆越悠悠，魂兮在，顶蛳山头。

〔远古的人们消失于天际，留下历史、留下记忆、留下让我们追思的痕迹……

话剧

演出单位
广西艺术学院

邓小平与李明瑞

内容简介

　　话剧《邓小平与李明瑞》以百色起义为历史背景，讲述李明瑞与邓小平（化名邓斌）等共产党人的革命友谊。故事以李明瑞从一个旧军阀蜕变成为一名坚定的共产党员为主线，通过艺术化的创作，展现了革命先辈追求革命理想和共产主义信仰坚定的决心与毅力，历史时空与现实时空的交织，纪实性和艺术性的统一，给观众带来思想上的共鸣与思考。

主创团队

总 策 划：周　丽　何清新
监　　制：罗　奕　黄　钦　聂　玫
艺术总监：褚家设
编　　剧：林起明　刘精精
导　　演：林起明
副 导 演：孟繁壮　邬　伟　孟　晶
　　　　　陈玥伊
音乐设计：吕军辉
舞美设计：于　兰
灯光设计：林　燕　刘北野
音效设计：邓俊均
道具设计：于　兰
服装设计：陈　天

主要演员

宋佳霖——何炫毅
揭明桦——徐子琦
赵振威——付小雨
霍志恒——耿智豪
冯思远——范媛媛
陈健宇——黄丽美
李万里——苏　钰
李国斌——伊泽宇
李昊霖——梁陈淳颖

人 物

邓小平　化名邓斌，25岁，中共中央派到广西领导武装起义的特别代表。

李明瑞　33岁，担任国民革命军第十五师师长，当时广西军队的一号人物。

韦拔群　35岁，广西著名的农民运动领袖，中共党员，百色东兰左江革命根据地的创始人。

俞作柏　50岁左右，李明瑞的表哥，当时担任广西省政府主席，是广西省政府的一号人物。

俞作豫　俞作柏的亲弟弟，李明瑞的表弟，时任南宁第五警卫大队队长，中共地下党员。

张云逸　35岁，时任南宁第四警卫大队队长，中共地下党员，百色起义的主要领导人。

雷经天　30多岁，中国共产党当时在广西的主要领导人，广西特委的核心成员。

陈豪人　20多岁，中国共产党当时在广西的主要领导人，广西特委的核心成员。

覃 良　东兰人，李明瑞的副官，忠心耿耿。

覃小兰　15岁，百色东兰的贫苦百姓，覃良的妹妹。

韦先生　60岁左右，韦拔群的堂叔，把韦拔群养大，是个落榜秀才。

许廷杰　李明瑞的远房表弟，早先跟随黄绍竑，后被李明瑞收编，后叛变。

李副官　30岁，跟随许廷杰多年的副官，后随许廷杰叛变。

军官、士兵、群众等。

旁 白

　　1929年5月，蒋桂战争结束，国民党政府任命俞作柏为广西省政府主席，任命李明瑞为广西各部队编遣特派员。俞、李主政广西后对蒋介石存有戒心，为巩固其地位，主动要求与中国共产党合作。中共应邀派出以邓小平（化名邓斌）代表为首的60多名党员前往广西协助工作。同年9月，俞、李二人不顾邓小平劝告出兵反蒋，10月，广西情况急转直下，李明瑞手下的师长吕焕炎、杨腾辉被蒋介石收买，分别在梧州、柳州倒戈，在腹背受敌的情况下，南宁局势骤然紧张。

❦❧ 第一场 ❦❧

〔在黄权的作战指挥部，一张桌子，一部电话，一把椅子，桌上有一个热水壶和一个杯子。

〔黄权踱步。士兵一在旁。士兵二上场。

士兵二　报告，一团已经集合完毕，弟兄们问要不要打。

〔电话响，士兵一接起。

士兵一　营长，二团也集合完毕。兄弟们问，打不打？

黄 权　（踹凳子）他妈的，传老子命令，所有人原地待命！

众 人　是！

士兵一　（对电话）原地待命。

〔士兵一挂电话，将椅子扶起，为
黄权倒水。

〔黄权喝水时马蹄声从远方传来。

〔李明瑞、覃良等人上，士兵上场
站一排。

黄　权　裕公兄……

李明瑞　南宁的命令，你收到了吗？

黄　权　收到了。

李明瑞　那为什么不执行？

黄　权　裕公兄，我这就算是老虎头，也
不能往狮子嘴里送呀。

李明瑞　黄权，这飞机大炮，以前我们不
是没见过。面对那些强敌，我们
都能以少胜多，这次是怎么了？
嗯？你怕蒋介石了？

黄　权　裕公兄，眼下军心复杂，黄权恐
难负此重任……

李明瑞　难负重任？好，你现在就把连以
上的长官都叫过来！我亲自跟他
们讲！

士兵二　是！（走向门口）

黄　权　站住！没有我的命令，谁也不许
动！

〔紧张音效。

李明瑞　你敢抗命！（拍桌而起）

黄　权　裕公兄，要单为个人，你就是让
我往枪眼子上撞，我黄权要是眨
一下眼睛就不是人生的、爹妈养
的！裕公兄！这支队伍是你一手
带出来的，现在又把它交给了我，
我总不能眼睁睁看着它毁在我手
里吧！

李明瑞　呵呵，那你的意思是，你是为了
这支队伍？

黄　权　我是一片忠心！上可对天，下可
对地呀！

李明瑞　黄权，你还把我当兄弟吗？

黄　权　我一直视裕公兄如兄父呀！

李明瑞　哈哈哈哈哈哈哈哈！（回头）你是
收了别人的钱吧？

〔紧张音效。

黄　权　我……我……

李明瑞　我今天一枪崩了你！（将黄权推倒
在地，掏枪指着）

众　兵　（拔枪对峙）别动！别动！放下枪！

黄　权　司令！你们都要干吗？想造反啊？都
给我把枪放下！都给我滚！滚啊！
裕公兄，我是武行出身，我不懂
什么政治鼓动！我只知道当兵的
没有饭吃要乱，部队没有饷它要
垮呀！你这也不发饷，我只能带
着兄弟们另谋出路了！

李明瑞　可惜啊可惜。原来你和他们一样！
为了几个臭钱，就被收买了！

黄　权　（爬过去）裕公兄，我但凡有一点
儿办法，我能不听你的吗？眼下
十四师杨腾辉、十六师吕焕炎，
全部倒戈拥蒋，就剩下我们第
十五师了！这仗是没法打了！

李明瑞　（抓起黄权，扔在地上）那你就不
愿做人，愿做一条狗吗？！

黄　权　裕公兄，我同你征战沙场数十载，
今天落在你手上，要杀要剐悉听
尊便！

李明瑞　我他妈现在就崩了你！

〔紧张音效。

〔沉默。

李明瑞　滚！

〔黄权下场，李明瑞愣在原地，突
然一拳重重地砸在桌上，无力地
坐在凳子上。

〔覃良示意士兵出去。

覃　良　司令，就这么让他走了吗？

李明瑞　我们道不同不相为谋。

覃　良　（气愤）可桂平是广西最后一道防线，如果桂平失守的话……（李明瑞挥手制止）真该杀了黄权这个王八蛋！

〔门外枪战。

〔卫兵上场。

卫　兵　报告司令，黄权带人冲向指挥所，要活捉司令呢！事态紧急，我们快撤吧！

卫　兵　他们还说……

李明瑞　说什么？

卫　兵　他们还说，谁要是活捉李明瑞，就赏 2000 大洋……

卫　兵　司令……司令！

〔停顿。

李明瑞　呵呵呵，黄权啊黄权，你这个忘恩负义的东西！我现在就当面跟你算清楚！

〔覃良、卫兵拉住李明瑞。

李明瑞　你们放开我，你们放开我！

覃　良　司令，留得青山在，不怕没柴烧！我们快走吧！

李明瑞　我不能这么窝囊地走！（冲）放开我！

〔枪声起，众人开枪。李明瑞中弹，李明瑞、覃良边走边退，退上高台跳下悬崖。卫兵子弹打尽，抽出大刀，杀掉一个敌人后中枪倒地。

〔熄灯。

〔转场。

〔深山老林，李明瑞、覃良跑上场，两人喘气。

〔覃良给李明瑞包扎。

李明瑞　覃良……

覃　良　到！

李明瑞　你跟了我有三四年了吧？

覃　良　是！

李明瑞　坐下。

〔覃良点头。

李明瑞　时间过得真快呀。我记得你刚刚跟我的时候，又黑又小。我想，这孩子怎么能打仗呢，恐怕到战场上连枪都拿不稳。

覃　良　那您怎么还收下了我？

李明瑞　我在你身上看到了一股子劲，一股不服输的劲，特别像我年轻的时候。我果然没看错，这三四年的工夫你就成了能征善战的老兵啦。覃良，我有句话想问你。今天你能跟我说实话吗？

覃　良　师长，您问吧，我覃良绝不隐瞒。

李明瑞　你是，共产党吗？

覃　良　我……（往前走，犹豫）报告司令，是！

李明瑞　好……好，非常好。共产党人深明大义，我选择跟他们合作是正确的，我选择了你也是对的！我支持你。

覃　良　司令……

李明瑞　覃良，我听说你父母都死了，就剩下你跟妹妹了？

覃　良　是。（低头）很多年没有见过了……

李明瑞　（手扶覃良双肩）以后不管发生什么事，都要好好活着……

覃　良　司令……

李明瑞　（往回走，坐下）行了！你去看看还有什么路可以走。

覃　良　是！

〔悲壮音乐。

李明瑞　（看着覃良走远）我自幼勤奋读书，痛感国事生非，外患内忧，怀着救国之心，满腔热情，弃文从军，以报国家。追随孙中山先生北伐以来，讨伐陆荣廷、沈红英，驱逐唐继尧、龙云，大战吴佩孚，突破汨罗江，攻打汀泗桥，拿下咸宁，坚守贺胜桥，奋勇杀敌，攻无不克战无不胜，更是一举击败孙传芳，保卫南京城。虽战功显著，可国家纷乱，军阀之争，尔虞我诈，台上把酒言欢，称兄道弟，台下心狠手辣，欲置死地！作为一名军人，活着就得战！可是我为谁而战？哈哈哈哈……

李明瑞　怒发冲冠，凭栏处，潇潇雨歇。抬望眼，仰天长啸，壮怀激烈。三十功名尘与土，八千里路云和月。莫等闲，白了少年头，空悲切！

〔语毕，音乐渐收。李明瑞拔枪欲自尽，覃良上场。

覃　良　司令，司令！你这是干什么？放下……

〔两人拉扯。

李明瑞　你放开我！放开我！

覃　良　只要想办法，路总会有的！

李明瑞　他们要抓的人是我，我不想让你受到牵连。（推倒覃良）你快走！

覃　良　我不走！要死我也要和司令死在一起！

李明瑞　你快走！这是命令！（拔枪对着覃良）

〔身后传来激烈的枪声，李明瑞、覃良将枪口指向战场，远处传来俞作豫、张云逸的声音。

覃　良　司令，是张队长和俞队长！

〔俞作豫、张云逸上场。

覃　良　（敬礼）俞队长，张队长。

俞作豫　表哥，你怎么受伤了？

张云逸　裕公，你的伤没事吧？

李明瑞　你们怎么来了？

俞作豫　邓代表早就料到黄权会叛变，所以叫我们来接应你。

李明瑞　邓代表……

俞作豫　黄权这个吃里爬外的狗东西！表哥，我们回南宁吧。

李明瑞　我不回去了。我如今一败涂地，把好端端的广西革命局势给断送了……现在还有什么脸面面对广西百姓。

俞作豫　表哥，现在不是懊悔的时候，当务之急是先回南宁研究下一步该怎么办。

张云逸　作豫说得对啊！现在广西的形势非常危急，我们必须马上返回南宁，再做部署啊。

〔罗昭仪上场。

罗昭仪　裕生，裕生！（罗昭仪跑过来看见李明瑞狼狈的样子）你怎么受伤了啊？

〔俞作豫等人识相下场。

〔罗昭仪扶着李明瑞坐到台阶上。

李明瑞　我没事儿。别哭哭啼啼的了，你看，我这不是没事儿吗？

罗昭仪　你让我看看你的伤。

李明瑞　我没事儿。

罗昭仪　你让我看看！

李明瑞　我没事儿！

李明瑞　你一个女人莽莽撞撞地过来，多危险啊！

罗昭仪　（犹豫不决）我有个重要的事儿跟你说。

李明瑞　你说。

〔罗昭仪从口袋里掏出一封信，塞给李明瑞。

罗昭仪　这是郑介民派人送来的信。

〔李明瑞打开信看。

罗昭仪　他们说的也不是没有道理。今天黄权为了那些金钱出卖了你，差点就要了你的命。明天就会有下一个黄权为了金钱和名誉来背叛你。咱们生活在这个年代，谁都只是想让自己活下去，想让自己的一家人能够团聚在一起……

李明瑞　你什么意思？

罗昭仪　（回避目光）蒋介石都说了可以保证我们的安全，（握李明瑞一只手）只要我们……

李明瑞　你的意思是说，让我投靠蒋介石？

罗昭仪　（握住李明瑞两只手）我想你是不是也应该考虑一下……

李明瑞　行了！罗昭仪啊罗昭仪，你跟了我这么多年，难道你以为我李明瑞是为了钱而打仗的吗？！（往前走）难道你以为我李明瑞也会被钱收买吗？我李明瑞是一名军人，是军人！就算是战死沙场，也不会苟且偷生！

罗昭仪　（对前面）可我是个女人！！我是一个母亲，我想的是为了孩子！我不想让孩子失去家庭，（对李明瑞）更不想让他们失去父亲！裕生，我们在一起十八年了，你是什么样的人我很清楚。所以不管你做出什么样的选择，我都支持你，但是我希望你好好地想一想，（对前面）你这样出生入死，到底是为了什么？！（冲下场）

〔起悲壮音乐。

❧ 第二场 ❧

〔一张桌子，几把椅子，桌子上有水壶、杯子、煤油灯。

雷经天　同志们，俞、李二人反蒋失利，南宁的局势紧张，中央的指示很明确了，要我们尽快以南宁、梧州地区为中心发动群众，搞武装起义。大家有什么建议？

龚鹤村　我坚决拥护中央的决定！在梧州、南宁发动起义！

陈豪人　把南宁变成第二个南昌，轰轰烈烈震惊全国！

〔邓斌起身踱步。

雷经天　可是，南宁和南昌虽然只有一字之差，但是以南宁目前的局势，恐怕……

龚饮冰　目前这个地区敌强我弱，反动势力强大，我看不行。

龚鹤村　怎么不行？我党的张云逸同志和俞作豫同志已经掌握了第四、第五警卫大队和教导总队，总共几千人的队伍，再说我们控制的军械库里还有大量的武器弹药。

陈豪人　对，就武器装备来说，加上第四、第五警卫大队和教导总队现有的装备，配发给两个军也够了。我认为应该先用这些武器，把民众武装起来为南宁起义做准备。这刚好也是党中央的意思！

龚鹤村　对，我赞同豪人的想法。

邓　斌　不，我还有另一个想法。目前广

西的局势不像我们想象的那么简单，这一点我想大家都很清楚，并且我们队伍里还有很多"李白黄"的残余势力，战士们的思想还没有得到统一。如果就这样发动起义，那么后果不堪设想啊！

龚鹤村　那你说，该怎么办？

邓　斌　（若有所思）转移。

龚鹤村　转移？

邓　斌　对！放弃南宁，挺进左右江，往百色去。

陈豪人　我反对！在南宁我们好不容易打下了坚实的基础，况且我们手里还有很多军队。我觉得还是服从中央的安排，毕竟中央是不会错的。

邓　斌　我作为广西的党代表，比中央更了解这里的情况。现在我们兵力薄弱，蒋介石又大军压境，我们在南宁这样大张旗鼓地起义，不是引火上身吗？

陈豪人　邓斌同志，失败是常有的事，我们总不因为能害怕失败就放弃革命吧？

邓　斌　革命，我们肯定是要进行到底的。关键是，要选一条正确的道路。

陈豪人　那你说，什么是正确的道路？
〔邓斌缓慢站起。

邓　斌　那就是工农联合走向农村，在农村建立我们的革命根据地。

陈豪人　我坚决反对。共产国际已经为我们指出了正确方向，就是走城市路线。俄国的十月革命就是很好的例子。

邓　斌　俄国是俄国，中国是中国，把别国的革命经验照搬过来必定会水土不服。在我们这里，城市里的反动势力特别强大，而受压迫的农村人民有千千万万。我们不能总是听共产国际的，我们自己国家的事情还是要我们自己做主。

雷经天　邓代表，依你看，我们目前该怎么打算？

邓　斌　同志们，秋收起义就是一次很好的突破。毛泽东同志在井冈山建立了农村革命根据地成立了苏维埃政府，给我们指明了方向。

龚鹤村　可是，到百色去，也太偏远了吧？

邓　斌　远有远的好处嘛！那里背靠滇、黔，回旋余地大，而且韦拔群、陈洪涛在右江地区搞得那是风生水起啊。光农民武装，就有几千人。这还不算什么，要是算上协会会员，足足能有上万人呐！（大家被此震惊）既然蒋介石费尽心机地想要替我们看守南宁，那我们不妨就给他这个面子。

雷经天　嗯，我觉得邓代表说得很有道理，我们不妨静观其变，坐山观虎斗。

雷经天　可是俞作柏与李明瑞？

邓　斌　中央派我来，就是做这二人的统战工作的。

龚鹤村　好。那如果这次我们不照中央指示办，硬是放弃南宁，就怕再给我们甩过来一顶"与中央唱反调"的大帽子。这顶帽子谁戴上都受不了。

雷经天　帽子扣的倒不少咯，说广西工作陷入了机会主义的泥坑，不按共产国际中央路线执行，就要予以无情打击。这次恐怕是非同小可，帽子会扣得更大！我这个当特委书记的，只好接过来，扔是扔不掉的。

〔龚饮冰拍拍雷经天肩膀，表示安慰。

邓　斌　老雷，我是中央代表，要戴帽子应该是当仁不让嘛。我现在就住在所谓改组派新军阀的家里，这么说我算是个地地道道的机会主义小头子喽？

陈豪人　可是，邓代表，万一出了问题，谁负责？

邓　斌　我。我是中央代表，出了问题，我来负责。这是我写给中央的情况报告，饮冰同志，还麻烦您尽快交给中央。

龚饮冰　就交给我吧！

〔俞作豫敲门上场，其他人站起身，雷经天往前迎。

雷经天　作豫，你怎么来了？

俞作豫　我找邓代表。（往前找邓斌）邓代表！我表哥他们正在集结部队，准备和蒋介石决一死战呢！

雷经天　你怎么不劝劝他们呢？

俞作豫　我劝了，可是他们不听啊！

邓　斌　（叉腰）好！我正要去会会他们二人，作豫，我们走。

俞作豫　现在？

邓　斌　对！就是现在！

〔黑灯。

〔转场。

〔俞作柏在沙发上抽烟养神，李明瑞焦虑踱步。

李明瑞　混账！无耻！表哥，你看看这报纸，说你我背叛中央！我呸！一派胡言！老蒋他打着三民主义的旗号，争权夺利，自立中央，现在反倒打咱们一耙！

俞作柏　表弟，你先坐下。

李明瑞　（坐下又站起）表哥，还有这个，这是郑介民给我送的 60 万，还说，要是我投靠他，就让我做广西省省主席！

俞作柏　哼！（俞作柏站起，李明瑞坐下）蒋光头啊蒋光头，你是机关算尽啊，还给我来个离间计。

李明瑞　表哥，大不了鱼死网破，咱们和老蒋拼了。

俞作柏　不要冲动，现在南宁的局势复杂。杨腾辉、吕焕炎还有那个黄权都被老蒋收买了。咱们现在不能硬干，守住南宁才是当务之急。

李明瑞　守？南宁肯定是守不住了。咱们倒不如主动出击，省得别人骂咱们是缩头乌龟。

俞作柏　（冷笑）他们算个屁！现在的广西还是我做主！

李明瑞　（着急）表哥！唉……

〔李明瑞把皮带扔到地上。

〔邓小平、俞作豫上。

俞作豫　表哥，邓代表来啦。

俞作柏　（迎上去）哟，邓代表。

邓　斌　俞主席。

俞作柏　自嘲罢了，我这个俞主席，不过就是个摆设。邓代表此时来，不是想看我俞某人的笑话吧？

邓　斌　要看笑话，邓某就不到这来了。

俞作柏　邓代表，请！

〔两人大笑，入座。

李明瑞　邓代表，上次的救命之恩，李某人没齿难忘。

邓　斌　李司令哪里话？要是说这个就见外了。

李明瑞　邓代表就别取笑李某人了。

〔邓小平、俞作柏坐下。

俞作豫 　表哥，邓先生是来解燃眉之急的。

俞作柏 　哦？既然邓代表带有神丹妙药，那就快请拿出来吧！

邓　斌 　我邓斌又不是太上老君，哪里有什么神丹妙药啊！邓某此次前来，就是想看看二位对当下有何打算。

李明瑞 　邓代表！身为一名军人竟不战而败，不死而生，李某咽不下这口气，正打算集结部队和老蒋决一死战。（俞作豫要说话，邓斌打住）

邓　斌 　反蒋战争失利，李司令的心情我是理解的。但是李司令，你拿什么跟老蒋对抗？

李明瑞 　我们有第四、第五警卫大队，还有教导总队！

邓　斌 　虽然我们手上还掌握着第四、第五警卫大队和教导总队，可是这些士兵的成分十分复杂，大多是来自民团的散兵游勇，纪律涣散，虽然我们已经对其进行了一些改造，但也不是很彻底！到时候如果这些人枪口调转，那后果可是不堪设想啊！

　　〔大家互相对视。

俞作柏 　那我们就死守南宁！

邓　斌 　我再说这南宁城。此时的南宁，那是危机四伏，更是人心惶惶，各种反动势力早已渗透南宁，南宁也是危在旦夕啊！

俞作柏 　那……要不我们联手李宗仁、白崇禧？

邓　斌 　万万不可！李宗仁和白崇禧，他们主政广西多年，蒋桂战争被迫下野，他们就好比两个地头蛇，现在正寻找时机准备反扑回来。如果二位跟他们合作，局势一旦

转暖，他们就会狠狠地咬你一口，绝不会手下留情。

李明瑞 　唉！守城不行，联合也不行，邓代表你说，该怎么办？我们总不能就地乖乖投降，做蒋介石的阶下囚吧？（踱步）我决定了，现在打也得打，不打也得打！我现在就去集结队伍！作豫，马上给我集结队伍！

俞作豫 　（劝说）表哥！现在蒋介石大军压境，咱们这样去打不就是以卵击石么？

李明瑞 　以卵击石？我看你是怕了！你不去，我去！

俞作豫 　表哥，我俞作豫17岁参军，打过大大小小数百仗，何时怕过？可是咱们凭着手上这点兵力怎么和老蒋对抗？

李明瑞 　那我们怎么办？怎么办？！怎么办呐！！

邓　斌 　李司令，你先不要着急。邓某有些话想对李司令说。（走到李明瑞面前）李司令我想问问你，打这仗，到底是为了什么？

李明瑞 　身为一名军人竟不战而败，不死而生，我他妈的咽不下这口气。

邓　斌 　好。这么说，就是为了自己的脸面、自己的尊严？李司令，那你有考虑过广西的百姓么？想过那些和你出生入死的战士么？多年来，广西的战火连绵不断，可是有几场是为了百姓们打的？军阀混战就像一台绞肉机，多少无辜的百姓不分赵钱孙李、不分男女老幼，都被卷入了战争！因此有多少百姓无家可归，妻离子散，

苦不堪言。到现在了你还要他们去做这无谓的牺牲？李司令，少一个士兵对你来说不算什么，可是对于那些家庭，他们就失去了一个儿子、失去了一个丈夫、失去了一个父亲。邓某把话说到这儿，打还是不打，李司令好好想想。（欲出门）

俞作豫　（拦住邓斌）邓代表你先等等。

俞作豫　表哥！你就听听邓代表的话吧！邓代表的话句句诛心，难道反蒋失败的教训还不够吗？我们不能再重蹈覆辙啦！

俞作柏　是啊，表弟，先听听邓代表的建议，再做安排也不迟啊。
〔停顿。

俞作柏　邓代表，请。
〔众人坐下。

俞作柏　邓代表，从南宁现在的局势来看，我们到底该做何打算？

邓　斌　从目前局势来看，南宁现在已经失去了天时地利人和，我认为应该马上把部队及武器装备进行转移！

俞作柏、李明瑞　转移？

邓　斌　对！放弃南宁，挺进左右江，到百色和龙州去。

俞作柏　我堂堂广西省主席，跑到深山老林去？这岂不让蒋介石更加耻笑！我不去！

邓　斌　俞主席，你先听邓某把话说完。论天时，我们还有第四、第五警卫大队及教导总队，同时在左右江地区，在俞主席的支持下还建立了各级工会和农民协会，各方势力影响不大，局势不复杂。从地利上看，左右江地区，易守难攻，可以为我们整顿部队争取时间。在人和方面，左右江地区经韦拔群、陈洪涛多年的经营，群众基础好，可以快速地扩充我们的队伍，为日后反蒋做准备啊！

俞作豫　对啊，表哥。而且龙州地区靠近越南，还可以得到国际支援的。

俞作柏　那邓代表的意思是？

邓　斌　和共产党合作，我相信，我们在广西肯定可以打开新的局面。

俞作柏　合作？我凭什么相信你？

邓　斌　不是相信我个人，而是相信中国共产党。共产党人的信条就是解救天下劳苦大众于苦难，建立一个没有剥削、没有压迫，人民当家做主的新中国！俞主席、李司令，我相信你们作为广西人民的父母官，也不希望广西被一步一步地逼向深渊吧？

俞作豫　表哥，我们在广西主政以来，一直寻求共产党人的帮助，在这危难时刻，邓代表更是高瞻远瞩，真心真意地站在我们这边，表哥……

李明瑞　邓代表，您的肺腑之言，李某人心服口服！跟你们共产党合作，我很放心。只要能扩充部队、坚持反蒋，我李明瑞，同意合作！

俞作柏　好！我们以茶代酒，干了这一杯！

众　人　好！干！

❧ 第三场 ❧

〔北帝岩洞，舞台后方的讲台上挂着列宁、马克思的画像，讲台下面是长条凳，坐着农民群众，有妇女、老人，非常热闹。

〔覃小兰带着一群小孩演打土豪。

覃小兰　乡亲们，乡亲们！我们打土豪、斗乡绅，就是为了有一天能够自己当家做主人，为受苦受难的兄弟姐妹们报仇！把地主押上来！地主黄有财，你现在跪下！接受人民的审判！

〔众人起哄。

小伙伴一　我不跪！

覃小兰　（着急，小声）哎呀！你就跪一小会儿！演戏呢！

小伙伴一　再叫我跪我不演了。

覃小兰　那就把地主的田契、地契、卖身契统统拿上来！

〔小伙伴二拿道具上台时不小心绊倒了，众人笑。

覃小兰　严肃点儿，别笑！大家看呐！这就是地主黄有财欺压百姓的证据！今天，我们就要把田契、地契还给农民，把卖身契全部烧毁！

众　人　烧了它！烧了它！烧了它！

〔韦拔群、陈洪涛、黄松坚等人上。

众　人　拔哥，拔哥来了！

〔韦拔群走到中央。

韦拔群　乡亲们，你们到了根据地就是到了自己的家，有什么不习惯的，就告诉我韦拔群。

青年农民　习惯习惯，我长这么大，还是第一次吃饱饭。

农民一　我也是，我这辈子第一次穿新衣服。

农民二　我们在这里过的简直就是神仙的日子。

〔群众一片欢笑。

韦拔群　乡亲们，你们放心，我们共产党会一直与土豪劣绅抗争到底！为穷苦百姓争取自由，争取平等！

阿　婆　拔哥，我老太婆活了这么大岁数，头一回见到像你们这样打土豪除恶霸办农讲所的队伍。（捧出地契）你们还给我们老百姓分田分地，我今天也有自己家的地了！我给你跪下了！（跪下）

〔好多老百姓都跪下了。

〔韦拔群连忙搀扶。

阿　婆　啊——对了对了！（叫过来两个小伙子）拔哥，这是我的两个儿子，我想让他们跟你一起，干革命！

韦拔群　好！

阿　婆　还不谢谢拔哥！

阿婆两儿子　谢谢拔哥！

梁老伯　拔哥，我以前没想清楚，但是我现在想清楚了！就让我这儿子，跟你一起，干革命！傻小子，快给拔哥说两句好话！

梁老伯儿子　拔哥，你就收下我吧！我一定好好干！

韦拔群　梁老伯，您可真想好了？您家可就这一棵独苗。

梁老伯　他打的是土豪恶霸，我舍得！（众人笑）

覃小兰　拔叔拔叔，我想跟着你干革命！

农民三　你？你才多大呀？

覃小兰　（生气地）我都十四岁了！（众人笑）

韦拔群　好！等你再长高一些，拔叔给你报名，我们参加革命！

覃小兰　欸！嘿嘿嘿！

韦拔群　松坚，把小伙子们，带到队伍里去吧！

黄松坚　好！来，立正！跟我走！

〔黄松坚带着小伙子们下。

〔这时雷经天上，身后几位战士扛着武器。

雷经天　拔哥！

韦拔群　老雷，你怎么来了？

雷经天　我给你们送武器。

韦拔群　太好了！（握手）

雷经天　我这一路上来到处都在说，拔哥又打败地主恶霸、解放农民了，照这个速度，用不了多久，我们就能解放全广西的穷苦百姓了。

韦拔群　老雷，这次我们烧了30多张卖身契，没收田地数百亩，这仗打得过瘾。

雷经天　拔哥，我真是佩服你，才几年的工夫，把广西右江地区农民讲习所办得红红火火，远近闻名，大家的革命觉悟很高啊！

韦拔群　（憨笑）我这些革命理论也是从毛委员那学来的……

陈洪涛　老雷，你这次来，是党中央有什么指示吗？

雷经天　（点头，把信件给拔哥）这是邓代表给你的信。（拔哥看信）党中央已经决定，我们的起义地点从南宁转向百色、龙州地区。

〔韦先生在偷听，走了出来。

韦拔群　（高兴地）邓代表在信上说，让我们做好准备，随时配合起义。

陈洪涛　太好了！我现在就迫不及待了！

雷经天　别急，我还有一个更好的消息……

韦拔群　还有？你快说啊！

雷经天　广西第四、第五警卫大队，广西教导总队，还有很多军需装备这两天会陆续抵达右江地区……

韦拔群　真的？

雷经天　当然是真的啊！

陈洪涛　这么说，加上农民起义军，我们的武装队伍就更壮大了。

韦拔群　老雷啊，我们终于等到这一天了！

雷经天　拔哥，我们要干一番轰轰烈烈的革命事业！

韦拔群　请党中央放心，我韦拔群以性命担保，保证完成任务！

雷经天　好，拔哥，洪涛，我还要赶回去向邓代表汇报工作，先走了！

陈洪涛　我送你！

〔雷经天与韦拔群握手后下，韦拔群沉浸在喜悦中，韦先生上。

韦先生　秉乾啊！

韦拔群　韦先生，找我有什么事儿吗？

韦先生　（伤心地）昨夜你的父亲托梦于我，说我们韦家今年不得安宁，会有血光之灾。（韦拔群走，韦先生拦）我好歹是你堂叔，虽说不是近亲，但也是同祖同根。

韦拔群　韦先生，你有什么话就直说吧。

韦先生　（停顿）你们刚才说的话我都听到了，你万万不可和共产党同流合污参与起义！我们只是普通的老百姓，与政府作对必定是死路一条。

韦拔群　韦先生，现如今贪官污吏欺压百姓，土豪恶霸鱼肉乡亲，这样的政府，我们不反抗，老百姓还有出路吗？

韦先生　可是这些年你舞枪弄炮死了多少

人！你折腾得还不够吗？

韦拔群 可是不革命，老百姓就没有出头之日。

韦先生 革命，革命，你是革自己的命，革韦家祖宗的命……你把祖宗的基业全部变卖出去，购买了武器，成立了农民自卫军，还把土地分给百姓。你这是造孽啊！

韦拔群 韦先生，我叫你一声"先生"，是因为你读过书，应该明事理……现在的社会什么样，你应该清楚。现在国家内忧外患，饥荒死人到处都是，要挽救这种危局，就要推翻旧社会，为穷苦的百姓寻求光明之路。

韦先生 你这是逆道而行！你的父亲，就是被你活活气死的！不得乎亲，不可以为人；不顺乎亲，不可以为子……（痛苦地）秉乾，回头吧，还来得及。

韦拔群 回头？

韦先生 这是东兰县政府送来的信。他们说了，只要你不革命，他们愿意让出东兰县县长一职，让你做！

韦拔群 哈哈哈哈哈哈……

韦先生 你笑什么？

韦拔群 原来是为了这件事……

韦先生 他们已经非常有诚意了。你要抓住这个机会，趁机进入政界，这才是光宗耀祖啊！我也算对祖宗有个交代，对你的父亲有个交代！

韦拔群 真是天大的笑话，你这是让我背信弃义！

韦先生 这叫"识时务者为俊杰"。

韦拔群 我韦拔群的信条是快乐事业，莫如革命。你让我抛下百姓，独自去享乐，我办不到！

韦先生 物有本末，事有始终，那些农民他就是农民啊！种地干活、交租纳税是农民的本分，是天经地义的事儿！几千年来就是这样……

韦拔群 （打断）韦先生，你是我的长辈，我一直尊重你，可没想到，你还是这种旧思想。可悲！可笑！（撕信）

韦先生 你！你！

〔韦拔群撕信，韦先生阻拦。

韦先生 你能不能听我一次劝啊！

韦拔群 （坚决撕掉）你告诉他，这种高官厚禄，我韦拔群当不起！

韦先生 我就想不通，你为了什么？

韦拔群 为了让老百姓有地种，让老百姓有饭吃，让老百姓有好日子过……

韦先生 那就这么打下去？他们有权、有势、有军队，你们有什么？

韦拔群 我们有信仰！我们有精神！我们有意志！

韦先生 无稽之言勿听，弗询之谋勿庸，贸然起义，后果不堪设想。

韦拔群 我韦拔群革命之心不可动摇，不必多费口舌了。

韦先生 古人圣言："臣事君，子事父，妻事夫，三者顺，天下治；三者逆，天下乱。"你这是作乱啊！

〔静场。

韦拔群 我苦求革命真理就是想救国救民于水火，可你对封建社会竟还抱有幻想！我中华民族沦落至此，百孔千疮，就是因为有太多像你这样软弱的人，无能、委曲求全，如此下去，我中华必亡矣！请韦先生认清现实，不要和时代背道而驰！

〔韦拔群气愤地下。

韦先生　（生气）你！你……孽子啊！孽子！咳咳咳……

〔韦先生坐在长凳上，覃小兰唱着歌带着小伙伴一起上来贴标语，挂横幅。

韦先生　你们唱什么呢？谁让你们唱的！

覃小兰　我们唱我们的，关你什么事！

伙伴们　就是……

覃小兰　别理他，我们继续唱。

韦先生　我让你们唱，让你们唱！（抢标语、横幅，丢在地上）拿过来，拿过来！

覃小兰　你干什么！

韦先生　给我！给我！

小伙伴一　还给我！我们这是在做宣传！

韦先生　（一巴掌）你还敢顶嘴。

覃小兰　你怎么打人啊！这是拔叔让我们贴的！

韦先生　我打你怎么啦？我是韦拔群的堂叔，就算是韦拔群在这里，我也敢打！我让你们唱，让你们唱。（扯覃小兰）

覃小兰　你干什么！住手！你住手！（不小心推倒了韦先生）

韦先生　你们敢打我！简直无法无天，无法无天啦！

覃小兰　韦先生我不是故意的！（扶）

韦先生　你滚开！你个小瑶佬！（推开覃小兰）

覃小兰　你说什么！你再说一遍！

韦先生　我说你是瑶佬！瑶佬就是瑶佬！一辈子都是！

覃小兰　我要告诉拔叔去！

韦先生　（抓住覃小兰的手）你个有爹生没

娘养的东西，一辈子只能做牛马，做布努！

〔覃小兰气不过，一口咬在韦先生的手上。

韦先生　啊！你敢咬我！我……

〔韦先生准备打覃小兰时，韦拔群闻声而来。

韦拔群　干什么呢！

韦先生　哎呀，秉乾呐，她刚才咬我！

韦拔群　小兰，怎么回事儿？

覃小兰　拔叔！他……

韦先生　（抢话）哎哟哎哟！她刚才把我推倒了，我只是说了她两句，她就把我咬成这样了！

覃小兰　（委屈）拔叔，不是这样的……（众人吵闹）

韦拔群　好了！别吵啦！小兰，韦先生是长辈，他说你两句，你也不能伤他呀。

〔覃小兰哭着跑下。

韦先生　秉乾呐，这就是你所谓的共产主义？一个个不分尊卑，不守妇道，简直无可救药！你还是……

韦拔群　韦先生，如果你还想说刚才那件事，就请回吧！

韦先生　你……你们苏维埃政府也不过如此！

〔韦先生下。

小伙伴一　拔叔，刚才韦先生打我，小兰姐是为了保护我才不小心推倒他的，谁知道他骂小兰姐是瑶佬。

韦拔群　好的，我知道了，你们先回去吧。

〔小伙伴下场。

〔起温馨音乐。

〔覃小兰慢慢走到马缨花树下，韦

拔群追了过去。

韦拔群　小兰，小兰——

〔覃小兰不理。

韦拔群　哟，生拔叔气了？

〔覃小兰哭了，韦拔群拍拍她的肩膀。

韦拔群　没有？那怎么哭鼻子了？

覃小兰　我以为到了这儿就没有人再叫我瑶佬了，可是今天韦先生说，瑶佬就是瑶佬，一辈子都是。我们这一辈子就只能给人做奴隶，做牛马，做布努，一辈子都是。拔叔，我们瑶族人，就真的这么让人瞧不起吗？

韦拔群　小兰，不管是瑶族、壮族，还是汉族，我们都是一家人，我们要像兄弟姐妹一样互相关心，互相照顾。你放心，有拔叔在，以后不会再有人欺负你了。

覃小兰　拔叔。

韦拔群　你在想什么？

覃小兰　我在想，以前我阿哥也跟我说过同样的话，我就他这么一个亲人，他还不在我身边……（埋头）

韦拔群　等革命胜利了，你就能和你哥团聚了。

覃小兰　那革命什么时候才能胜利呀？

〔韦拔群从怀里掏出一顶红军帽。

韦拔群　小兰，你看！

覃小兰　这是什么？

韦拔群　这是红军帽！这上面绣的是五角星。

覃小兰　红军帽？五角星？拔叔，那红军，是一支什么样的军队呀？

韦拔群　红军，是属于我们劳苦大众的一支军队。在这支队伍里，全都是像我们一样的劳苦大众，他们为解放受苦的人民而战斗，他们并没有先进的武器，也没有钱，甚至连饭都吃不饱，但这并不能打击他们的斗志，因为他们有着共同的理想和信仰，他们自信、勇敢、坚强，为了革命的胜利不惜流尽自己的最后一滴血！就像这棵马缨花树一样，根扎得牢，经得起狂风暴雨，也熬得过烈日骄阳，就是花落了，也永不褪色！

覃小兰　红军帽……拔叔，这顶红军帽能送给我吗？

韦拔群　傻丫头，我本来就是要把它送给你的！

覃小兰　真的？（激动地戴上，在山坡上跑来跑去）拔叔，好看吗？

韦拔群　好看！小兰，拔叔相信你一定能成为一名优秀的红军战士！

第四场

〔夜，军械库。

覃　良　有没有情况？

士　兵　报告，没有！

覃　良　好，加强警备。（进军械库内）

士　兵　是！

李副官　都他妈动作快点。

士　兵　站住，什么人？

李副官　眼瞎了？！许大队长都不认识吗？

覃　良　（走出）什么人？哦，许队长。

许廷杰　把枪都放下吧。

李副官　覃良，现在由我们接管军械库，你们可以休息了。

覃　良　李司令有令，除非他亲自来，否则谁都不许靠近军械库。

李副官　你他妈……

〔许廷杰咳嗽。

许廷杰　覃副官，是这样的，最近南宁局势紧张，我刚刚收到消息，李司令命令我来接管军械库。

覃　良　许队长，请您出示一下手令。

许廷杰　哦，手令？我刚刚收到消息，没来得及给我手令。怎么，你还信不过我啊？

覃　良　不好意思，许队长，您还是回去，先取到手令，我们才能放行。

许廷杰　好，手令，手令。这就是手令！

（拔枪对准覃良）

覃　良　许廷杰，你要干什么？

李副官　看不出来我们要干什么吗？把枪给我放下！

覃　良　把枪举起来！

许廷杰　都给我听好了！覃良私通共匪，意图谋反！现在，要依法严办！把枪都给我放下！

〔许廷杰的士兵将覃良的士兵驱赶到一个小角落蹲着。

李副官　来人，把枪给我卸了，拿走！（指覃良）

许廷杰　弟兄们，我们出来当兵是为了什么？我们连军饷都拿不到。郑介民给军械库可是开了个大价钱，这些军火可都是真金白银！

李副官　对！老蒋跟汪精卫的人可都是带着成箱成箱的现大洋到南宁城招安。可是咱们的俞主席、李司令不同意啊，拖着咱们几个月的军饷不发。咱们吃什么喝什么？所以说啊，咱们还是要跟着许队长才能喝酒吃肉！

众　人　支持许队长！

覃　良　许廷杰，你知道你在干什么吗？你对得起李司令吗？

李副官　他妈的，他李明瑞算个屁。一个风烛残年，一个羽翼未丰，哪像我们许大队长，如日中天！

许廷杰　覃良，你们都知道黄权是跟着李明瑞出生入死的好兄弟吧？我刚刚收到电报，黄权已经通电全国反桂拥蒋。李明瑞前几天也是刚从黄权那死里逃生。他黄权跟李明瑞那么好的关系都能反了他，咱们凭什么不能？

李副官　（鼓动众人）是啊，凭什么不能！

许廷杰　兄弟们，你们出来当兵卖命不就是为了把军饷拿，回家娶媳妇过日子吗？他李明瑞一个败军之将，还欠着咱军饷不发，咱们凭什么拥护他？今天反了他，明天老蒋的钱就能送来，到时候欠你们的军饷双倍发下来。

〔众人议论。

李副官　荣华富贵！拥护许队长！

众　人　拥护许队长！

李副官　光宗耀祖！拥护许队长！

众　人　拥护许队长！

覃　良　大家不要上当，不要参与叛变。

李副官　他妈的，给我打他。

〔众士兵打覃良。

许廷杰　等等。覃良，我没猜错的话，你应该是共匪吧？

覃　良　没错，我是共产党员。跟共产党合作，可是俞主席、李司令决定的。

许廷杰　他们就是跟你们共产党合作才落得今天的局面。你们共军现在连军饷都发不出来，跟你们混没一个有好结果的。

李副官　对，还成立什么士兵委员会，我看那简直就是作乱！

覃　良　呸，不要听他们的一派胡言！自从有了士兵委员会，咱们才有了尊严啊！兄弟们，你们想想，在原来的旧军队，什么时候吃过饱饭，什么时候不是做牛做马？我们受尽了这些当官的欺压！张云逸大队长马上就来接管军械库，大家不要跟许廷杰叛变。

李副官　张云逸来了又怎么样？老子先毙了你。

许廷杰　等等，先不要杀他。留个活口卖给郑介民，现在共匪在国民党那可是能要个好价钱的。

李副官　这次先饶你一命。大家看到没有，谁要是敢包庇共匪，都没有好果子吃。长官，张云逸马上就来了，要不咱们先撤？

许廷杰　你他妈就知道撤！咱们撤了谁给咱们银子？都给我听好了，做好防御准备，胆敢怯战，就地枪决。

李副官　可是咱们这些人能守得住吗？

许廷杰　（端）守不住给我拿命守！我昨天已经给黄权发了电报，只要咱们守好军械库，到时候就是张云逸、李明瑞被围剿了。

李副官　许大队长神机妙算，他李明瑞、张云逸跟您一比就是个屁，只要他们敢来就让他们有来无回。

众　人　有来无回，有来无回！

覃　良　你们是不会得逞的！

李副官　把他给我拉下去。

张云逸　住手！

〔张云逸上，两支队伍举枪对峙。

李副官　谁他妈……张云逸？

李副官　许队长，张云逸！要不咱们撤吧？

许廷杰　张大队长来得够快的啊。老子早就知道你是共产党。我告诉你，张云逸，我平时就看不惯你。兄弟们出来当兵是为了什么，不就是为了钱。可你倒好，（许廷杰举枪，所有人举枪）刚来南宁就当大队长，我当副队长，你他妈还在我上面，凭什么？他李明瑞还让我跟你学习，天天搞训练，还不让我们收保护费，兄弟们吃什么？喝什么？啊？

〔张云逸环顾四周，明白发生了什么。

张云逸　各位兄弟，我张云逸当初和大伙一样，也是穷苦大众出身，是这世道逼得没法子，才到部队参军。可咱们现在当兵打仗的目的是什么？是为了和咱们一样吃苦的老百姓。我知道，兄弟们都是有血有肉、有感情的人，谁不想在家照顾爹娘，和老婆孩子过日子？你们想想，要是当兵的乱了，老百姓怎么办，你们的家人怎么办？

许廷杰　张云逸，你少说那些有的没的。兄弟们，只要咱们反了，都能带着大把的银子回家过日子。

张云逸　许廷杰！你看看你现在这副样子，对得起李司令吗？

许廷杰　少他妈提他，今天这军械库老子要定了。

张云逸　那你自己看看，你们这么一点人，守得住吗？

许廷杰　兄弟们，撑死胆大的，饿死胆小的，抄家伙，给我打！

〔李明瑞、俞作豫上。

李明瑞　都给我住手！

许廷杰　李明瑞……

〔李明瑞从人群中走出来。

李明瑞　都把枪放下！许廷杰啊许廷杰，兄弟们，我们现在不能内讧啊！你们都是我出生入死的兄弟，我知道你们吃了多少苦遭了多少罪。军饷发不下来是我李明瑞的过失，但是现在我们不能为这些不义之财昧了良心啊。到了今天这样的局面，是我李明瑞对不起诸位。谢谢你们这么多年一直跟着我。

许廷杰　李明瑞，你别他妈再假惺惺的了。

覃　良　住嘴！没有李司令，你能有今天吗！

李副官　给我打。（众士兵打覃良）

李明瑞　住手，许廷杰，有什么事咱们好商量。

〔许廷杰示意停手。

许廷杰　你想怎么商量？

李明瑞　事已至此，我只能再奉劝各位兄弟，你们可以离开我，离开我之后无论你们跟谁混，老蒋也好，老汪也好，白崇禧也好，这三股势力谁不是狼子野心，谁不是居心叵测？你们手里这几杆枪，跟谁合作，都无异于与虎谋皮。我们无论跟了谁，都会成为别人的棋子，为那样一群人卖命，不值得！

众　人　是啊，是啊。（众人议论纷纷）

许廷杰　兄弟们，你们可好好想想，如今这世道，我们管不了那么多了，谁给咱们银子，咱们就给谁卖命。

李明瑞　兄弟们，你们都是从北流跟我出来的子弟兵，我不忍心看着你们白白送命。来人，（一士兵拿着银圆上）这是前几天我变卖家产换来的钱，不多，但是这每一块银圆都是给各位兄弟的。愿意跟着我的，都跟我站这边！

〔陆陆续续有人走到李明瑞那里。

许廷杰　回来！都给我回来，别过去！

李明瑞　许廷杰，你到现在还执迷不悟，你知道我当初把你从黄绍竑那里收编过来，有多少人反对吗？但是我拿着性命担保许廷杰绝对不是一个为虎作伥的人。我知道你性子急，好冲动，我把你跟张云逸安排在一起也是怕你做错事。我一直都把你当亲弟弟看待，但是我没想到今天你竟然拿枪指着我。廷杰，放下枪，回头吧。

许廷杰　我已经没法回头了，就算你放过我，那群共产党也不会放过我的。

李明瑞　共产党不会这么做的。

许廷杰　都把枪给我放下，要不然老子一枪打死他。

李明瑞　别冲动！别冲动！

许廷杰　放下！

李明瑞　把枪放下！把枪放下！

张云逸　裕公！

李明瑞　放下！

〔众人缓缓把枪放下，但神经依旧紧绷。

李明瑞　许廷杰，你不要冲动。这样，我做你的人质，外面有汽车，你挟持我就能保证你安全出城。

覃　良　司令，不要！

许廷杰　好啊，走！

〔两人迎面缓慢前进，在两人就快接近时。

覃　良　司令，对不起了！（推开李明瑞）老子跟你拼了！（转身与许廷杰扭

打）

〔枪声，覃良闷声倒地。

〔全场安静，覃良逐渐瘫软。

李明瑞　覃良！覃良！！给我打！

〔许廷杰、覃良死。李明瑞抱着覃良。

〔李明瑞半蹲将覃良扶在腿上。

李明瑞　覃良！撑住啊覃良！

〔起音乐。

覃　良　（哽咽）司令，我想我妹妹……
（从怀里掏出手镯）把这个，交给
她！她叫——覃——小——兰。
（断气）

李明瑞　覃良……覃良！！覃良！！！

〔众人脱帽致意。

❧ 第五场 ❧

〔黄昏，码头上人来人往，汽笛声
在码头回荡。

〔一士兵上场打探情况，李明瑞和
妻子，孩子紧随其后，士兵发现
没问题后下场。

李明瑞　昭仪，我有件事要和你说。我已
经让他们安排好你和孩子在上海
那边的住处了，照顾好孩子，照
顾好自己。

罗昭仪　（为李明瑞整理衣帽）裕生，真的
决定和他们一起去右江了吗？

李明瑞　嗯，决定了。（罗昭仪继续为李明
瑞整理衣帽，若有所思）现在广
西的局势很复杂，这两天部队也
发生了兵变，你和孩子跟着我会
很危险的。

罗昭仪　我明白。可是现在广西形势不明，
前景凶险，万一这一步走错了，
可就没有退路了。

李明瑞　（认真地、真诚地）你放心，我一
定会去上海找你们的。到了那边，
你们一定要注意安全。记住我跟
你说的，一定要隐姓埋名，确保
自身的安全。你和孩子跟着我吃
了太多的苦，我对你们的关心都
不够，你们一定要照顾好自己。

李明瑞　阿钟，阿芬，你们一定要记住爸

爸说的话。到了那边对外千万不
要说你们的阿爸叫李明瑞，以后
你们的父亲就叫李越生。阿芬以
后你叫李秉元，阿钟你叫李培元。
记住了吗？（孩子点头）重复一遍。
（孩子重复）好！好！一定要记
住！阿芬，你是姐姐，要照顾好
妈妈和弟弟。还有你，阿钟你要
好好读书，不要惹妈妈生气，听
妈妈的话。

〔汽笛鸣响。

李明瑞　船要开了，你们注意安全。

〔罗昭仪掏出从庙里求来的平安符。

罗昭仪　来，这是前两天去庙里给你求的
平安符，你把它带着。平时一定
要注意保暖，着凉了你容易会头
疼，我收进箱子里的厚衣服你一
定要穿上，都给你叠整齐了。你
的胃不好，一定要按时吃饭……

李明瑞　好。

罗昭仪　那我走了。

〔邓斌上。

邓　斌　裕公兄，我这也是刚知道。嫂子，
你看这是给你带的广西特产，希
望你到上海了也能尝到家乡的味
道……

罗昭仪　邓代表费心了！

邓　斌　（俯下身对两个小孩）这是我给你们带的糖，你们在路上吃，到上海要照顾好妈妈，还有不要惹妈妈生气，听见了没有。裕公，一定要把嫂子送到安全的地方。

〔汽笛声。

邓　斌　裕公，船走远了。

李明瑞　是啊，走远了。

邓　斌　没想到这堂堂的广西司令也沦落到了妻离子散的地步啊。

李明瑞　你也莫笑我，我可是听说你为了来广西，把待产的妻儿也放在了上海。

邓　斌　是啊，你我二人还真成了一根藤上的苦瓜，苦命相连啊。哎，我这儿还有一瓶酒，你我二人借酒消愁如何啊？

李明瑞　桂林三花酒？这可是上好的米酒啊！

邓　斌　这桂林三花酒，酒香纯净，入口柔绵，颇有广西百姓的朴实纯正之风啊。

李明瑞　哦？邓代表果然是行家呀。

邓　斌　李司令，这里可不比家里舒服，你我二人就将就将就。（倒酒）这第一口酒，你先喝。

李明瑞　还是你先吧。

邓　斌　你先吧。

李明瑞　那我就，恭敬不如从命了！（喝一大口）好酒啊！

邓　斌　（也喝一大口）好酒！李司令，来之前我就听说过，你好像有一个"亚妹"的小名，"文胆转世"的别称啊。

李明瑞　哈哈，邓老弟莫要再取笑老兄了！这"亚妹"啊，是母亲取的，

这"文胆转世"却是宗族里的老人给安在我头上的，是想让我去考取功名，搏一个县长回来光宗耀祖！可是国难当头，真要这么做，哪里还是"文胆转世"，分明就是个"怂胆下凡"嘛！

邓　斌　哈哈，裕公兄概括得颇为准确啊！不过也是，如此国情还要以功名利禄为毕生追求，那未免看得太窄了。

李明瑞　所言极是！邓代表，要论这国情一事你可比我清楚啊，听说你曾去过法国和苏联？

邓　斌　没错，正是因为去过、看过、见识过，才知道我们自己的国家危急到了一种什么样的地步。帝国主义还传言我们绑着辫子，还想着出兵再抢走几块土地，还盼着赔款哗啦啦地流进他们的口袋！军阀的不义之争，更是把百姓推向万丈深渊！真正让我心痛的，是革命尚未成功，"二十一条"的耻辱还没抹去，反动派就要抓人、杀人！弃孙中山先生的三民主义于不顾，弃中华四万万百姓于不顾，弃中华之国运于不顾！

李明瑞　这个国家，被觊觎太久也弱得太久了，上海有租界，香港在英国佬手里，法国也在边界蠢蠢欲动。群狼环伺之下，谋一个自身强大才是重中之重啊。

邓　斌　在这种局势之下，但凡有点血性的中国人，肯定会挺身而出，去改变这个社会！

李明瑞　改变？

邓　斌　对，放眼世界，我们要从更加宏

观的角度，去看待人类的未来。在俄国有个叫列宁的人，他领导的布尔什维克革命已经成功，他所引进的思想就是德国的马克思主义。

李明瑞　马克思我倒是有所耳闻，但这布尔什维克……

邓　斌　布尔什维克是多数的意思。什么是多数？是农民、是工人，是千千万万被压迫被奴役的劳动人民。俄国革命的胜利，是庶民的胜利、是无产者的胜利，这是人类历史上的第一次，也是最最伟大的第一次。它所包含的思想，正是我们中国共产党人的信仰啊！

李明瑞　信仰？

邓　斌　对，共产党人的信仰！那是追求自由平等的信仰，是追求独立解放的信仰！它不是我们自我吹捧的产物，它真真切切地流淌在我

们的血液之中，邓某时时刻刻都能感受到它给予我的力量，无惧生死！

李明瑞　你说的这种力量，我见识过！"四·一二"之后，我带人解救过被抓的共产党员，我本以为会看到一群奄奄一息的囚犯，但我真的没想到，他们身受酷刑，竟然还能那么镇定自若、谈笑风生。想想自己满脑子都是精忠报国，在战场上杀个痛快，现在看来是渐行渐远，是我把"革命"这两个字想得太简单了。

邓　斌　裕公兄，你能看到这一步，邓某倍感欣慰啊。（掏出一本书）邓某愿把此书相赠，《共产党宣言》。

李明瑞　（郑重接过）共产党宣言。

〔熄灯。

〔换场。

第六场

〔农民讲习所锣鼓喧天，中间有人舞狮，百姓们围绕着叫好。

〔韦拔群和黄松坚拿着一块牌匾上场。

韦拔群　农友们！农友们！今天是个大喜的日子，是我们右江赤卫军成立的日子！

众　人　好！

韦拔群　各位农友，今天，我们终于成立了自己的革命武装队伍。未来还要建立苏维埃政府！咱们农民的命运，终于掌握在自己的手里了！

黄松坚　打倒土豪劣绅！

众　人　打倒土豪劣绅！

黄松坚　一切权力归农会！

众　人　一切权力归农会！

农民一　对了拔哥，我们指挥部门口还差一副对联呢！

黄松坚　拔哥，就给写写呗。

众　人　是啊，是啊，写写呗。

韦拔群　好！

黄松坚　（韦拔群写对联，跟着念）土豪劣绅……把劳苦大众当盘中餐。劳苦大众，把土豪劣绅，当枪口靶！

众　人　好！

农民一　拔哥，这横批呢？还有横批。

〔邓斌、雷经天、李明瑞上场。

邓　斌　这横批是，革命到底！

〔众人握手。

雷经天　拔哥，拔哥，你看谁来了？

韦拔群　（擦了擦汗）这位是？

雷经天　这位就是党中央派来的邓代表！

〔邓斌、韦拔群握手。

韦拔群　邓代表！

邓　斌　拔哥！

众　人　邓代表！

韦拔群　邓代表，我是盼星星盼月亮，终于把你给盼来了。

邓　斌　哪里哪里，早就听说广西有个"愤不平"，地主老财们闻风丧胆啊！今日一见，果然名不虚传啊！

李明瑞　拔哥。（上前握手）

韦拔群　李司令，您大驾光临，欢迎！欢迎！来，请。

〔众人向写对联的桌子走去。

韦拔群　农友们！农友们！这位，是中央派下来的代表，邓斌同志！大家欢迎！

〔众人鼓掌。

邓　斌　农友们！农友们！今日来到东兰，看到我们农民赤卫队搞得是红红火火，有声有色啊！而且，今天是我们队伍的成立之日，我就借着拔哥那句话，广西了不得！广西，了不得呀！

〔众人鼓掌。

韦拔群　小伙子们！去把牌子挂起来吧！

〔众人热热闹闹下场。

李明瑞　拔哥，我这一路走来，这革命热情高涨，气势如虹啊！这革命军更是训练有素啊！我李明瑞敬佩，敬佩啊！

韦拔群　李司令这是哪里的话，我们农军能有今天这般规模，多亏了李司令在武器装备上的大力支持啊。

李明瑞　哪里哪里，我能尽的都是绵薄之力，不足挂齿。

韦拔群　李司令，正是因为有了这些武器装备，我们农军的规模才得以壮大，这简直就是如虎添翼嘛！

邓　斌　拔哥，今日李司令还专门带了几位军事教员到我们的队伍里搞训练呀。

韦拔群　李司令，万分感谢！（与李明瑞握手）

李明瑞　应该的，应该的。

黄松坚　拔哥，我先带他们过去！走！

〔黄松坚带军事教员下场。

韦拔群　李司令，邓代表，请。

〔众人坐下后韦拔群为众人倒水。

韦拔群　这一路奔波，累坏了吧？喝口水，歇一歇。

〔众人喝水。

邓　斌　拔哥，在来之前我听说拔哥还制定了新的土地政策？

韦拔群　邓代表，是这样，我们在右江实行了新的土地革命政策和法规，根据农民自愿，分别采取分耕、共耕两种形式，得到了农友们的大力拥护啊。

邓　斌　好哇！这土地就是农民的根。我们一定要把土地真真正正地归还给农民，这样农民才能真正地过上好日子。

〔众人认同。

龚饮冰　（带着好消息从上海回来）邓斌同志！邓斌同志！哟！大家都在呢！

邓　斌　（兴奋至极）怎么样？中央对我的情况报告怎么批示？

龚饮冰　哎呀，两天一夜几百里山路，你

　　　　　　总得让我喝口水吧！

雷经天　你也太着急了吧？

邓　斌　哈哈，快快快，坐下说！

　　　　　〔龚饮冰喝水。

龚饮冰　中央决定，将……（意识到李明
　　　　　瑞在场，略显尴尬）

　　　　　〔场下传来"杀杀杀"的训练声。

李明瑞　（发现尴尬）这训练场还挺热闹，
　　　　　我去看看，你们聊。（起身离开）

邓　斌　怎么样？

龚饮冰　中央同意了你的报告，同意将南
　　　　　宁、梧州起义地点，改在百色！

邓　斌　太好了！

龚饮冰　中央正式任命左右江地区的部队为
　　　　　工农红七军、红八军，在两江地
　　　　　区，开展武装斗争！还正式任命邓
　　　　　斌同志为政委！张云逸、俞作豫同
　　　　　志为红七军、红八军的军长！

邓　斌　那中央关于任命李明瑞，怎么说？

龚饮冰　我向中央陈述了你的观点，可是
　　　　　中央反复强调，李明瑞是一介军
　　　　　阀，是国民党的改组派。至于是
　　　　　否让他作为总指挥，中央非常慎
　　　　　重，没有明确的答案。

邓　斌　（略有所思，走到前台）好！那我就
　　　　　再向中央申请，关于任命李明瑞为
　　　　　红七军、红八军总指挥的问题。

　　　　　〔熄灯。
　　　　　〔转场。
　　　　　〔农民讲习所内部。

李明瑞　（念黑板上的字）快乐事业，莫如
　　　　　革命。

　　　　　〔李明瑞拿起置于桌上的讲习材
　　　　　料。
　　　　　〔覃小兰带着两个小伙伴上场，发
　　　　　现李明瑞。

覃小兰　欸！你们看！那是谁？

小伙伴们　没见过，不知道。

覃小兰　住手！你是什么人，为什么要偷
　　　　　偷闯进讲习所？

　　　　　〔儿童团手持武器站成一排。

李明瑞　你这小女娃倒是挺有意思。我光
　　　　　明正大地走进来，怎么能叫偷偷
　　　　　摸摸的呢？

覃小兰　光明正大？那你为什么要偷东西？
　　　　　（指李明瑞手上的资料）

小伙伴们　为什么？（李明瑞看了看手上的
　　　　　宣传页）

李明瑞　这……好好好，我放下便是。小
　　　　　朋友，你们又是什么人啊？

小伙伴一　我们是儿童团团员，拔叔让我
　　　　　们在讲习所巡逻，抓坏人！

小伙伴二　对！拔叔说的，抓坏人！

覃小兰　你到底是什么人，我看你这个样
　　　　　子，肯定不是什么好人！

李明瑞　那你觉得，我像什么人呢？

覃小兰　（三人围作一团）这个人鬼鬼祟祟，
　　　　　难不成是反动派派来的奸细？！
　　　　　团员们，给我抓住他，送到拔叔
　　　　　那去！

　　　　　〔一拥而上团团围住李明瑞。

李明瑞　哎哎，小朋友们，你们冷静一下，
　　　　　冷静一下！你们想想看，这奸
　　　　　细怎么会光明正大地过来讲习所
　　　　　呢？他不得偷偷摸摸的呀？我是
　　　　　拔哥的朋友，好朋友！

覃小兰　（再次围作一团）他说他是拔叔的
　　　　　朋友，还是好朋友，你们觉得像
　　　　　吗？（二人摇头）那咱们考考他？

覃小兰　拔叔说过，我们不能随便相信别
　　　　　人，既然你说你是拔叔的朋友，
　　　　　那我考你两个问题！你要是答不

上来的话，可别怪我不客气了！

小伙伴们 不客气！（众人亮起兵器）

李明瑞 好，那就请你出题吧！

覃小兰 第一题，什么是革命？

李明瑞 哦？这可是个好问题啊，那你说说什么是革命呢？

覃小兰 革命，就是我们劳苦大众起来主宰自己的命运，推翻反动阶级的统治，打倒地主老财土豪劣绅！不再甘做布努，不再甘做奴隶，不再甘做反动派的阶下囚！

〔众人鼓掌。

覃小兰 嘿！怎么变成我来回答了？好啊你，你这么狡猾，一定不是好人！团员们，把他给我抓起来！

李明瑞 莫急莫急，不是还有第二题吗？

小伙伴们 对啊小兰姐，还有第二题呢。

覃小兰 哼，再给你一次机会！第二题，革命人要锻炼的三个习惯是什么？

小伙伴一 我知道！第一我们要有结实的身体，能跑能跳！

覃小兰 哎！

小伙伴二 第二，我们要立场坚定、意志刚强！

〔覃小兰从台上跳了下来。

覃小兰 哎呀！谁让你们回答啦？你，别想混过去，快说答案是什么！

李明瑞 （偷看讲习资料）这第三个，是要在对敌斗争的时候灵活勇敢，胆大心细。对不对啊？

覃小兰 （和小伙伴围作一团）他说得还对了，他真的是拔叔的朋友啊？怎么我看着，感觉长得不像好人呢！

李明瑞 哎，我不是都通过考验了吗，这下算是自己人了吧？

覃小兰 算你过关了吧！

小伙伴一 小兰姐，我们走。

〔众人准备下场。

李明瑞 小姑娘！（叫住三人）

李明瑞 你刚刚问了我两个问题，我能问你一个问题吗？

覃小兰 可以啊！那你们先去巡逻吧！

李明瑞 我刚才听他们叫你，小兰姐？

覃小兰 对啊，我叫小兰，覃小兰。

李明瑞 覃小兰，你是覃良的妹妹！

覃小兰 叔叔，你认识我阿哥？你到底是谁啊？

李明瑞 我叫李明瑞。

覃小兰 李明瑞，你就是李明瑞？我阿哥给我写信的时候说过你，说你是个大英雄呐！咦，那我阿哥他回来了没有？（四处寻找）

覃小兰 他没回来？

李明瑞 他没有……你阿哥他……正在执行重要的任务，这次就不回来了。

覃小兰 没回来啊……他写信说了要回来看我的……李叔叔，那我阿哥他怎么样了，有没有长高点，吃胖点？

李明瑞 他啊，长高了，长壮了，一顿饭能吃三大碗呢！

覃小兰 三大碗呢？

李明瑞 对！三大碗，可就是不长肉！哈哈哈哈。

覃小兰 那他在部队表现得怎么样？

李明瑞 你阿哥，是一员猛将！不仅战场上有勇有谋，不畏强敌，面对诱惑他也毫不动摇，比那些狼心狗肺之徒强了不知道多少倍。他一直是我的左膀右臂，跟我那是过命的兄弟！过命的……兄弟……

覃小兰 叔叔？

李明瑞　我没事，没事……小兰，你在这里过得好吗？

覃小兰　我过得可好啦！你看，我现在还是儿童团的团长呢！（骄傲）

李明瑞　（看见小兰手上的伤疤，突然紧张起来）你这伤疤是怎么回事？

覃小兰　四年前，地主老财们打着抓农民军的旗号，到处烧杀抢掠，我阿爸被他们关进了竹笼，沉在了湖底……阿妈也被他们逼得跳了崖。全村的人几乎都死光了，就剩下我们几个好不容易才逃了出来……

李明瑞　东兰的事我也听说了，这些败类真是丧心病狂。那后来呢？

覃小兰　后来我又和阿哥走散了，躲进了山洞才逃过一劫。再后来，多亏拔叔的帮助，我们才活了下来。就在去年，我听说我阿哥还活着，现在在南宁当兵……我都好多年没见到他了……我都想他了……

李明瑞　小兰，你阿哥他也很想你，他还经常在我面前提起你呢！（掏出镯子）你看，这是他托我带给你的。

覃小兰　小银镯！（开心得到处跑）真好看……呵呵呵呵。

李明瑞　他让我告诉你，他现在是一名共产党员了，还是士兵委员会的代表呢。

覃小兰　我阿哥是共产党员？

李明瑞　嗯，他让你好好学习，好好学习本领，将来也成为一名优秀的共产党员！

覃小兰　真的？

李明瑞　真的！

覃小兰　（边喊边跑）我阿哥是共产党员！

我阿哥是共产党员！明瑞叔叔，也请你转告我阿哥，就说拔叔说了，等我再长大一点，就让我当一名红军战士，到时候我就可以和他并肩战斗了！

李明瑞　你不怕吗？

覃小兰　我不怕！

覃小兰　（拿出红军帽）你看，这可是拔叔亲手送给我的红军帽！

李明瑞　红军帽？

覃小兰　嗯！你看，这上面绣的是五角星，它代表的是我们穷苦的人民，红军是一支属于我们自己的军队，他们为解放受苦的人民而战斗。他们自信、勇敢、坚强，为了革命的胜利，不惜流尽自己的最后一滴鲜血……你看，这红军帽好看吗？

李明瑞　好看……

覃小兰　拔叔说了，等革命胜利了，我就可以和我阿哥再见面喽！（期待）

李明瑞　对，一定会胜利的，一定会！（看着红军帽）

覃小兰　嗯！（坚定地）李叔叔，你来这里，是不是也想当一名红军战士？

李明瑞　你觉得我可以吗？

覃小兰　当然可以啦！（帮李明瑞戴上红军帽）

覃小兰　我阿哥跟我说过，他说这辈子最佩服的就是他的师长，他说你跟别的军官不一样，说你能文能武，说你心中有我们贫苦的人民，说你是个大好人！欸？你怎么哭了？

李明瑞　小兰……现在，我就是一名红军战士了？

覃小兰　嗯！（坚定）敬礼！

李明瑞	敬礼！

〔熄灯。

〔转场。

〔覃小兰拿着银镯子跑上场，两个小孩追上场。

覃小兰　好看吧？这可是我阿哥送给我的呢！（两人争着看手镯）告诉你们啊，我阿哥还是一名共产党员呢！

两小孩　共产党？

覃小兰　厉害吧！

两小孩　厉害！

〔覃阿婆上场。

覃阿婆　小兰！

覃小兰　阿婆！你怎么来啦？

覃阿婆　我来给你们送粮食来了！

覃小兰　（向里热情招手）大家快来啊！送粮食啦！

〔场上热闹，送粮食。

神秘人　（队伍最后）你们先去！我喝口水！

〔农民下场。神秘人在井口看了几眼，和韦先生碰头。

神秘人　现在什么情况？

韦先生　可靠消息，共匪要在百色、龙州举行起义，邓斌、张云逸、雷经天，这些共匪的头目都会过来。

神秘人　（使劲拍桌子）他妈的！该死的共匪！

韦先生　该死该死！

神秘人　韦先生，当初镇压东兰县暴动，可是多亏你告诉了我们消息。

韦先生　我也是以大局为重啊。

神秘人　我一直觉得你才是东兰县县长的最佳人选。

韦先生　我？

神秘人　只可惜啊，你是他韦拔群的堂叔。

韦先生　我已经和他断绝关系了！

神秘人　好，我认为你需要一个机会。

韦先生　什么机会？

神秘人　建功立业的机会。

韦先生　那我该怎么做？

神秘人　这是包毒药，你知道该怎么做了吧？

韦先生　（惊吓）我做不了！我做不了！

〔远处传来农军的声音。

神秘人　你已经没有退路了！（将毒药塞给韦先生，两人赶忙下场）

〔农军走后，韦先生鬼鬼祟祟探出，恐慌地、犹豫地、艰难地走向井口。覃小兰上场。

覃小兰　你在干什么！

韦先生　（慌张地将毒药丢到地上）没干什么！

〔覃小兰急忙走过去看井，看到了地上的毒药。

覃小兰　你……你在井里下毒？！

韦先生　不是我，不是我呀！

覃小兰　（抓住韦先生）走！你跟我去见拔叔！

〔韦先生跪下。

韦先生　小兰！小兰！我求求你了！以前说你是瑶佬，是我不对！以后我再也不这样了！求求你，你不能跟任何人讲啊！

覃小兰　你给我起来！你必须跟我去见拔叔！

〔覃小兰推韦先生。

韦先生　你个小瑶佬给我滚开！（甩开覃小兰）

覃小兰　（再次拉住韦先生）你往哪儿跑！你不许走！你必须跟我去见拔叔！

韦先生　你给我滚开！（再次甩开小兰）

覃小兰　来人呐！来人呐！韦先生他要跑

啦……

〔覃小兰再次抓住韦先生，嘴里一直喊人，韦先生慌乱中捂住覃小兰的嘴，掏出刀捅覃小兰。

覃小兰 啊——（慢慢倒在了地上）

〔韦先生朝一侧走，农民挡住，从另一侧走，韦拔群等人围住。

〔李明瑞、韦拔群上场，扶住覃小兰。

李明瑞 小兰，小兰！

覃小兰 （气弱）拔叔……我疼……我好疼……

韦拔群 你这个衣冠禽兽！你这个杀人凶手！

覃小兰 拔叔，井……井里有毒……是他，是他下的毒……（指韦先生）

韦拔群 （回头看着韦先生，起身，缓缓走向韦先生）你这个奸细！（缓缓举起枪）

韦先生 你要干什么！你要干什么！我可

是你堂叔！

韦拔群 你这个叛徒！

韦先生 （恶狠狠地）你毁了我的基业，你不让我过，我也不让你活了！啊！

〔韦先生举起刀要往前冲，韦拔群开枪，韦先生从悬崖掉落。

〔韦拔群、李明瑞围在覃小兰身边，叫她的名字。

覃小兰 明瑞叔叔……

李明瑞 叔叔在。

覃小兰 我……我好像看见我阿哥了……拔叔……拔叔……

韦拔群 拔叔在。

覃小兰 我……我真的，好想看见，革命胜利的……那一天……（断气）

韦拔群 小兰……小兰……小兰！！

〔韦拔群将覃小兰抱起，缓缓走向舞台中间，李明瑞为覃小兰戴上红军帽。

〔熄灯。

❧ 第七场 ❧

A （一处追光）关于任命李明瑞为红七军、红八军总指挥的问题，我反对！大革命时期我党和资产阶级就建立了统一战线，但对其革命性估计过高，警惕性不大，导致我党损失惨重，这是血的教训。必须坚决地反对资产阶级任何一派。

邓 斌 统一战线从本质上讲就是团结大多数，组织团结的革命力量，这是武装斗争的支持者和力量基础，我们要孤立打击敌人，这对党的建设和武装斗争有着极其重要的作用与影响。也是为了实现无产阶级的历史使命，实现各个时期

特定的战略目标和任务。

A （另一处追光）可是，俞、李是旧军阀，只是国民党的改组派。他们在思想上还是军阀思想、军阀作风，甚至很多都是虚假宣传。我们必须擦亮眼睛，我们要正确地认识到他们虚假的面目，稍有不慎就……

邓 斌 俞作柏和李明瑞都是大革命时期，广西国民党的左派领袖和北伐名将，他们一直反对反共，在"四一二"反革命政变后，还一直坚持革命的立场。与蒋、桂军阀有很大的矛盾，当初他们策划

　　倒戈反桂的时候，就把他们先倒桂后反蒋的意图，告诉了我党，并要求我们派同志来协助，党中央不正是应了俞作柏的邀请，才把我们这些同志派到广西工作的吗？如果我们不把俞、李二人当作同盟看待，硬是把他们看成国民党改组派和旧军阀，而且是最反动、最狡猾、最顽固的敌人，那我们还来广西干什么？我们之前所做的工作，那不就是徒劳的吗？蒋介石叛变革命后，俞、李能做到这一点，全国少有啊！

A　　　（另一处追光）他们那都是为自身利益考虑的！中央的要求是对俞、李的政权，在工作路线上总的要求是破坏，要我们对政府的一举一动，必须公开党的面目与之对抗，这是上面的文件！

邓　斌　　凡事都要具体问题具体分析！如果照信上说的办，只会葬送革命。过去的那些右倾，已经让我们流了很多的鲜血，不调查了解广西军事政治的实际情况，就说广西工作陷入了机会主义的泥坑，不把俞、李当作第三党的改组派，就是机会主义，就要予以无情打击，那我们还有什么好说的？

B　　　（另一处追光）看看这封信上，严厉地批评了广西的工作，说"重蹈国共合作时代机会主义的覆辙"，而且更加厉害。

邓　斌　　哼！那就过奖了，空喊革命口号容易，把自己的革命立场表现得越激进、越突出，也不难，但这对革命毫无好处。我这个人，没有翻天覆地、颠倒乾坤的本事，但是我只认识八个字，那就是"认清目标，实事求是"。俞、李的问题，特别是李明瑞，不是一个简单的是非问题。从事实来看，他们实行孙中山联俄、联共、扶助农工三大政策，开放、支持农民运动，并向农军发放枪支弹药，还把关在监狱里的共产党员放出来，还接受中共中央从各地派来的40余名军事干部在政府和军队工作。最近一段时间，在我和李明瑞的接触中发现，他的思想、情感发生了很大的改变，他接受共产主义思想，并愿意为之奋斗。（走向中间，有追光）同志们，我们共产党要想发展壮大，就要敞开胸襟，团结一切可以团结的力量，放下偏见，消除隔阂，不分地域，不分党派，建立一个统一的战线，为实现中华民族的独立和人民的解放而共同奋斗！

〔熄灯。

〔转场。

〔李明瑞、邓斌从两侧缓缓上台。

李明瑞　　这本《共产党宣言》我看了好几遍，它严密地阐述了马克思主义思想，阐述了无产阶级所追求的宏大的共产主义理想！它所包含的世界观、辩证法思想，让我仿佛已经触摸到，那个伟大而民主的世界！我在文字中，找到了革命的真理，正如上面所说的，（与邓斌一同说）推翻资产阶级统治，建立无产阶级政权！

〔李明瑞与邓斌两人面对面。

李明瑞　邓代表，我经常听你说，中国革命需要一个伟大的掌舵人，那就是中国共产党，这一点，我打心眼里是信服的。从大革命到现在，这么多年的风风雨雨，让我更加坚信了这一点。说实话，我也希望自己，也是组织里面的一员。（掏出一张纸）这是我的入党申请书。我郑重提出申请，加入中国共产党！接受党的考验！

邓　斌　（接过入党申请书）裕公兄，你放心，我一定把你的请求，转告给中央！并且，我愿意做你的入党介绍人。（两人握手）

李明瑞　太好了，太好了！

邓　斌　同时，我们已经决定，在十二月十一日，正式举行百色起义。

李明瑞　百色起义！

邓　斌　而且，中央已经同意，任命你为红七军、红八军总指挥，全面领导百色起义。

李明瑞　邓代表，这万万不可啊！我是旧军阀出身的人，我只想当一名共产党员，当一名战士，哪能挑得起这份重担呐！

邓　斌　裕公兄，这是集体通过的决议。论出身，你是讲武堂炮科毕业，论打仗，你当过司令，指挥过千军万马，论影响，你是北伐著名虎将，在士兵中有着很高的威望！党内会议已经反复讨论，认为只有你才能担起这份重任。

〔邓斌授予军旗。

〔两人缓缓面向前方，慢慢往前走，众人从旁边上场，韦拔群站在中间。

〔龚饮冰、张云逸、雷经天、陈豪人上场。

龚饮冰　同志们，今天是个光辉的日子，我们将要在这里，建立我们自己的革命武装和革命根据地。

张云逸　我宣布，中国工农红军第七军、第八军，正式成立！

雷经天　我宣布，右江苏维埃政府，正式成立！

陈豪人　同志们，我宣布，现在发动百色起义！

〔韦拔群走向前方。

韦拔群　广西的少数民族自古以来受尽了统治者的剥削与歧视。身为壮族的我四处游学，就是为了寻找一条让少数民族自强的道路。今天，我的理想实现了。在中国共产党的领导下，壮、汉、瑶、苗等各族人民空前地团结在一起，建立起中国首个少数民族工农武装革命根据地。各族人民用鲜血和生命铸就了百色起义精神，它犹如一面光辉的旗帜，激励着各族人民为实现国家独立解放、民族振兴发展的伟大事业而不停地奋斗！

〔韦拔群定位，李明瑞走向前方。

李明瑞　虽然在广西我身居要职，但我一直在问自己究竟想要什么。这个问题连我自己都无法回答。在百色，我实现了自己的人生价值，寻找到了自己的信仰，我这才明白自己究竟想要什么。1930年我加入中国共产党，这更加坚定了我的信仰。锤子和镰刀是一个标志，它代表了两个阶级的劳动者，锤子用来敲打，象征工人，镰刀用于收割，象征农民，两个工具结合于一体，代表我们工农团结在一起，共同反抗黑暗的社会！

〔李明瑞定位，邓斌走向前方。

邓　斌　我在百色成功完成了党中央交给我的光荣任务，同时这也是我军事生涯的开始。百色起义后，广西各民族人民的革命热情空前高涨，在百色及左右江地区先后建立了16个县苏维埃政府或革命委员会，管辖了3万平方公里100多万人口。同时成立的中国工农红军第七军、第八军为中国工农武装革命提供了新的力量。我们共产党员就是要经得起艰苦环境和战争的考验，在战争中锻炼自己，寻找到正确的道路。

〔音乐升华。剧终。

音乐剧

都市"老漂"

演出单位
广西玉林市演艺有限责任公司

内容简介

　　音乐剧《都市"老漂"》通过一对进城养老夫妇因城乡文化、生活方式的差异，在都市里闹出一系列啼笑皆非的故事，反映、揭示了城乡一体化不仅是政策措施的变化，也是思想观念的更新，不仅是发展思路和体制机制的创新，也是生活方式和人际关系的改进，释放出强烈的人文关怀精神。同时，作品突出了城乡不同特点，表达了城乡发挥各自特色优势，取长补短、互帮互助、和睦相处，最终实现城乡相互融合与共同进步的美好愿景。

主创团队

编　　剧：唐建华

导　　演：封奇敏

副 导 演：陆湘如

作曲（唱腔设计）：罗　江

音乐制作：钟朝阳

形体设计：庞成珊　涂洁山　唐　青

舞美设计：吕挺军

灯光设计：蒙永华

音响设计：曾宪林　林　霖

演出总监：王　刚

舞台总监：秦　飞

服装设计：胡忠海　蒋延玫　白　冰

道　　具：黎俊霖　陈棣昌　苏宝林

主要演员

何志发——冯靖洋　　　　　　何宝贵——谢金龙
方翠花——何熙倩　　　　　　陈杨琴——苏　丹
杨冬妮——凌秋菊　　　　　　张振铭——左宗文

时　间　当代。

地　点　南方某都市。

人　物

何志发　男，60多岁，进城养老的乡下老
人，外号"墩子"。

方翠花　女，60多岁，何志发老伴，外号
"花子"。

陈扬琴　女，50多岁，退休人员，离异女

性，外号"琴子"。

张振铭　男，60多岁，退休教师，鳏居，
外号"麻秆"。

何宝贵　男，40多岁，公司老板，何志发
儿子。

杨冬妮　女，40岁，何宝贵妻子。

老　太　女，近70岁，市民。

市民、村民若干人。

第一场　阳台养鸡

〔大幕在明快的音乐中徐徐拉开。
城市某高级小区，何家客厅。

〔时尚的现代舞音乐，伴有鸡叫的声
音，舞台两侧城市人忙碌的情景舞
蹈，何志发藏在其中，舞者定格。

〔方翠花拖地板。何志发提着一个
纸箱悄悄上。

方翠花　（唱）地板擦得亮锃锃，
　　　　　　　家什抹得不沾尘。
　　　　　　　城里日子千般好，

〔何志发蹑手蹑脚上前。

何志发　（唱）可惜过得不开心，不开心。

方翠花　（大惊）你属鬼的啊？

何志发　你不是整天叫我老鬼老鬼吗？老
鬼，老鬼。

方翠花　看看，看看，进门又不换鞋，什
么素质？

何志发　打击报复！（脱鞋）好好好，脱鞋，
总得了吧？不舍得了吧？哎呀，
痛啊……

方翠花　唉，（捶腰）背也痛，腰也酸。这
日子闲得……

何志发　这日子闲得啊，好像饭菜没油盐。
（捶背）来来来，我帮你按摩按摩。

方翠花　哎呀，天天猫在屋里，门都不敢
出，沤得快发霉了。

何志发　老婆子，那就找点开心的事情做啊！

方翠花　什么事啊？
　　　　（唱）硬起头皮壮起胆，
　　　　　　　农贸市场里面遛一圈，
　　　　　　　买了两只母鸡，
　　　　　　　你请看——（抓出母鸡）
　　　　　　　眼睛滴溜转，毛色多光鲜。

方翠花　（看鸡）哈，靓哦，正宗果园鸡，
老鬼，你是想清蒸、白斩，还是
桂圆煲汤……

何志发　吃，你就知道吃，我是想在阳台
搭个鸡笼……

〔舞台两侧舞者惊讶的表情，纷纷
在议论。

方翠花　哦，好啊……

（唱）阳台上面搭鸡笼，
　　　有了事做心不烦。
　　　垃圾桶里找剩饭，
　　　叽叽喳喳吃得欢。
　　　咯哒咯哒勤生蛋，
　　　天天煮来做早餐。
　　　你一只，我一只，

何志发、方翠花　（合唱）你一只，我一只，
　　　　　　　　　　　吃出健康又省钱，
　　　　　　　　　　　又省钱。

何志发　哈哈哈……老婆子，搭鸡窝去。（同下）

〔传来乒乒乓乓的响声。（舞者各种表情，被搭鸡窝的声音吵得各种不安，何宝贵和杨冬妮上，舞者纷纷反映情况）

〔何宝贵、杨冬妮生气地上，进门。

何宝贵　冬妮。

杨冬妮　老公。

杨冬妮　家里阿爸、阿妈……

何宝贵　别急，我们回家看看。

杨冬妮　哦，好的。

何宝贵、杨冬妮　（对内）阿爸，阿妈。

方翠花　宝贵回来了。

何志发、方翠花　哎，来啦，宝贵，你回来了。

杨冬妮　阿妈。

方翠花　哎，冬妮。

何宝贵　阿爸，你们在家干什么？

何志发　搭鸡笼。

何宝贵　搭鸡笼？怪不得搞得像地震一样，等下隔壁邻居会投诉我们的。

杨冬妮　是啊，阿爸，等下人家会投诉我们的。

方翠花　老鬼啊……

何志发　没事的，没事。

杨冬妮　嗯……（吸鼻子）什么味道？

何宝贵　什么味道？

杨冬妮　我去看看。

何宝贵　我也去看看。

方翠花　老鬼，你看这……

何志发　别慌，天掉不下来！

〔杨冬妮提鸡上。

杨冬妮　阿爸，阿妈，今晚杀鸡啊？

何宝贵　好啊，阿爸，今晚我们好好喝两杯。

何志发　杀鸡，你就想啊，这是我买回来生蛋的，你就知道杀鸡、杀鸡。

何宝贵　爸，你看阳台是透气采光的地方，哪能养鸡啊？

杨冬妮　是啊，阳台养鸡，传播细菌，万一染上了禽流感，整个小区……

方翠花　啊，有这么严重……

何志发　没事的，没事的。（推开方翠花）

（唱）母鸡是我买回家，
　　　阳台鸡笼是我搭。
　　　就想找点事情做，
　　　免得日子难打发。

杨冬妮　阿爸，日子无聊，可以找些开心的事做啊。

何宝贵　是啊，阿爸。

何志发　（唱）乡下老头蠢又傻，
　　　　　没有文化素质差。
　　　　　走到街上怕迷路，
　　　　　大门半步不敢跨。
　　　　　下楼认不得一个鬼，
　　　　　上楼没人把话搭。
　　　　　也想日子快活过，
　　　　　和尚摸头没得法（发）。

方翠花　（唱）憋得骨头生锈头皮麻，
　　　　　山珍海味好像吃木渣。

何志发　（唱）好像肥猪关在猪栏里，吃了
　　　　　　　睡，醒了吃，吃出肥膘等宰杀。

何宝贵　爸，莫要急，慢慢习惯了……

何志发　（唱）等到习惯那一天，
　　　　　　　名字早挨阎王打红叉。

何宝贵　阿爸，你听我说啊……

何志发　走开，老婆子，搭鸡笼去，走。

何宝贵、杨冬妮　阿爸，阿妈……

杨冬妮　老公，怎么办？

何宝贵　别急，我想想。

杨冬妮　哎，老公，我有办法！

何宝贵　你有办法？

杨冬妮　我们可以请家教，上门服务，专
　　　　门培训乡下老人学做城市人。

何宝贵　哎，你的意思是，教老爸老妈，
　　　　做个合格的城市人？

杨冬妮　是啊。

方翠花　哎，不，不……请家教要花好多
　　　　钱……

何志发　不理他……

杨冬妮　阿妈，只要你和老爸开心，钱的
　　　　事不用担心！

何宝贵　是啊，阿妈，钱的事不用担心。阿
　　　　爸，今晚我们好好喝两杯！

方翠花　（心疼地）又去饭店，真是浪费。

何志发　你懂什么？这叫做有钱就任性！
　　　　〔收光。
　　　　〔幕间音乐起。

❧ 第二场　巧遇故人 ❧

〔启光。景同前场。
〔何志发和方翠花踮起脚尖，急切
　地往楼下张望。

何志发　哎呀。

方翠花　哎，老鬼。

何志发　没事，没事。唉，等人啊难受过
　　　　守寡！
　　　　（唱）望穿双眼，伸痛脖颈，
　　　　　　　半天也不见人现身。
　　　　　　　不知道这老师——
　　　　　　　是高是矮、是肥是瘦、
　　　　　　　是男是女、是丑还是靓？
　　　　　　　到底是哪路菩萨哪路神？

方翠花　（唱）管他哪路菩萨哪路神，
　　　　　　　我们不能马虎要认真。
　　　　　　　儿子媳妇花钱行孝敬，
　　　　　　　不要辜负他们一片心。

何志发　老婆子，你说，两个狗屁老师，
　　　　会教些什么狗屁东西？

方翠花　你都不知道，我就更不明白了。

　　　　老鬼，要不，我们先准备准备。

何志发　准备？准备个屁啊！哈哈，这个
　　　　主意好！这个主意好！

方翠花　死老鬼。

何志发　老婆子，我们先去换身行头。来
　　　　咯，快，快点走咯。（拉方翠花下）

方翠花　吓死我了。
　　　　〔时尚舞蹈配合。
　　　　〔何志发戴墨镜，提着公文包，迈
　　　　方步上。方翠花戴太阳帽，挎小
　　　　坤包，走猫步上。

男舞者　（合唱）眼戴太阳镜，肚皮高高挺。
　　　　　　　　脚下八字步，土狗充斯文。

女舞者　（合唱）头上太阳帽，鞋跟像铁钉。
　　　　　　　　走路风摆柳，像个老妖精。

方翠花　（唱）挺胸翘肚黄毛怪，

何志发　（唱）妖里妖气白骨精。

方翠花　（唱）白骨精，黄毛怪，

何志发　（唱）黄毛怪，白骨精，

何志发、方翠花　（唱）穿上龙袍不像太子

爷，还是土得掉渣
乡下人，乡下人。

〔舞者笑，闪下。

何志发 老婆子，你看。

何志发、方翠花 黄毛怪，白骨精……白
骨精，黄毛怪。

方翠花 老鬼，快去换衣服，让老师看到，
印象不好。

何志发 对，第一印象非常重要。(二人同下)

何志发、方翠花 走走走，来来来，快快
快，白骨精，黄毛怪。

〔陈扬琴和张振铭自不同台口上。
同时举手，欲敲门。

陈扬琴 麻秆，麻秆……是你吗? 麻秆，
真的是你吗?

张振铭 琴子……

陈扬琴 麻秆，真的是你啊，我找了你三十
年。这三十年，你去哪里了? 我回
到了当年插队的地方，怎么都找
不到你，他们说你离开了，你到
底去哪里了?

张振铭 琴子……

方翠花 (急上) 老鬼，好像有人。

何志发 (追上) 我来开门。(欲开门)

方翠花 哎，猫眼，猫眼……

何志发 (从猫眼往外看) 一男一女，他们
还抱在一起的，应该是老师吧。

方翠花 老师? 老师就可以抱在一起? (开
门)

何志发、方翠花 老师好!

何志发 怎么抱得那么久?

方翠花 不知道，大声点啊。

何志发、方翠花 欢迎，欢迎，热烈欢迎!

〔陈扬琴、张振铭进门，看见何志
发、方翠花，同时一愣。

陈扬琴 麻秆，你看，是阿花姐和阿墩哥

他们……

何志发 亲爱的老师，弟子这厢有礼了。
(抱拳鞠躬)

方翠花 亲爱的老师，学生给你请安了。
(行万福礼)

张振铭、陈扬琴 平——身。

何志发、方翠花 这个声音……

张振铭、陈扬琴 抬起头来。

张振铭、陈扬琴 阿花姐，阿墩哥。

何志发、方翠花 (抬头，惊喜地) 琴子，
麻秆……

陈扬琴 阿花姐，想死我了!(拥抱方翠花)

张振铭 阿墩哥，想死我了!(拥抱何志发)

方翠花 坐，真是没想到，是你们。

何志发 我们有三十多年没见面了吧?

张振铭 是啊，自从知青返城之后，我们
就没见过。

陈扬琴 是啊，一眨眼工夫，一个个都老了。

何志发 老了，都老了。想当年你们插队，
我们当老师，教你们做乡下人。
现如今，我们进城，你们当老师，
教我们做城市人。这真是，三十
年河东，三十年河西!

陈扬琴 是啊，当年，要不是你们手把手
教，我哪学得会插田。

张振铭 阿墩哥，要不是你们帮我，我这
个黑五类子弟……

何志发 不说这些……请问两位老师，你
们打算如何教我们啊?

张振铭 阿墩哥……
(唱)城里生活并没那么难，
　　课程安排从简再到繁。
　　出门方向仔细辨，
　　公交路线默默记心间。

陈扬琴 (唱)横穿马路莫把红灯闯，
　　不要乱扔垃圾不要乱吐痰。

　　　　　购物买单要排队，
　　　　　公共场所切莫大声喊。

方翠花　老鬼啊。

何志发　（课子式）左邻右舍那个门莫串，
　　　　　莫打招呼那个莫闲谈，
　　　　　上楼下楼那个碰了面，
　　　　　脑袋一扭那个落一边。

方翠花　（课子式）进门就把鞋子换，
　　　　　剩饭不能留下餐，
　　　　　听见敲门猫眼看，
　　　　　莫放生人进门槛。

何志发、方翠花　（唱）一天到晚兢兢战，
　　　　　　　　　　脚不沾地半空悬。
　　　　　　　　　　快教我们好好学，
　　　　　　　　　　不学日子过不安，过
　　　　　　　　　　不安。

张振铭　阿墩哥，好好的叙旧怎么就变成

吐槽了？

陈扬琴　是啊，久别重逢，我们得好好庆
　　　　　祝庆祝。今天我请你们吃饭，就
　　　　　去……

方翠花　琴子，今晚别走了，我做一桌客
　　　　　家菜给你们吃。

张振铭、陈扬琴　客家菜？好啊，我们都
　　　　　　　　　好久没吃到客家菜了。

何志发、方翠花　捏捏捏，你们两个还是
　　　　　　　　　那么默契。

张振铭　听你们说，我都流口水了。

何志发　流口水？我还有一坛乡下米酒，麻
　　　　　秆，今晚我们一醉方休。

张振铭　一醉方休！

众　人　一醉方休！

〔收光。幕间音乐起。

第三场　大闹公园

〔清晨，公园。晨雾朦胧，人影绰绰。
〔何志发、方翠花上。

何志发　（唱）太阳出来一点红。

方翠花　（唱）照得身上暖融融。

何志发　（唱）可惜鸟声没有乡下脆，

方翠花　（唱）可惜晨雾没有乡下浓。

何志发、方翠花　（唱）暗把乡下城里比一
　　　　　　　　　　比，比得头晕脑涨、
　　　　　　　　　　脑涨头晕、头晕脑
　　　　　　　　　　涨、脑涨头晕，眼
　　　　　　　　　　呀眼发蒙。

何志发　（埋头朝前闯）要迟到了，快点过
　　　　　马路……

方翠花　（拉住）老师说，红灯停，绿灯行。

何志发　看，红灯，黄灯，绿了，快点走！
　　　　　（急下）

方翠花　死老鬼，急着去投胎啊！（追下）

何志发　哎呀，快点……

〔舞者在舞台中行走、穿梭，是早
　上锻炼的人群，上班的行人，各
　种群体，以走为主，直到张老师
　上，最后变成学习舞者。
〔张振铭、陈扬琴上。

张振铭、陈扬琴　好好好，不错，同学们
　　　　　　　　　今天表现不错，有进步。
　　　　　〔何志发、方翠花急上。

何志发　老师，我们来了……

张振铭　阿墩哥，阿花姐。

陈扬琴　又迟到，一点时间观念也没有。

何志发　对不起，只怪那些红灯多得要死，
　　　　　等得我的眼都凸了……

陈扬琴　好了，等下我和麻秆教拉丁舞，
　　　　　你们跟着一起学吧。（拍手掌）好
　　　　　好好，同学们，准备。

众舞者　好的，老师。

陈扬琴　来来来，同学们，音乐开始。

（唱）跳出音乐节奏感，

疾如狂风静如山。

跳出激情像井喷，

跳出感受像涌泉。

跳舞不是机器转，

要把内心世界化身段。

一要跳出音乐节奏感，

二要疾如狂风静如山，

三要跳出激情像井喷，

四要跳出感受像涌泉。

跳出音乐节奏感，

跳出感受像涌泉，

跳出激情像井喷，

跳出夕阳映红天。

〔何志发和方翠花踩不准节奏，洋相百出，大伙停下看笑话。

何志发　（生气地）你们这是干吗？像抽羊癫疯一样！

（唱）唱歌不是人发癫，

都是歌仙古人传。

哪个讲我唱歌丑，

牙齿打脱嘴打偏。

〔何志发看不懂，学不会，无聊地站在一旁大声地唱采茶调，把舞者的节奏、步伐全搞乱了，大伙一起围上来指责何志发。

方翠花　（尴尬地）好啊，献丑了……

舞者甲　你们这是干吗的啊，干吗要捣乱？

众　人　是啊。

张振铭　没事没事。

方翠花　你……（惊恐地后退）老鬼……

何志发　谁捣乱啊，想打架？（挺身护住方翠花）我从小练武功，不是好欺负的。

舞者甲　你，粗俗！

舞者乙　乡下人就是这样的。

何志发　乡下的怎么啦？乡下人缺胳膊，还是少腿了……

陈扬琴　好了，好了！阿墩哥，大家都是来学习的，要相互体谅，要相互关心。

张振铭　阿墩哥，你先去那边休息，等会再教你们。好好好，同学们，我们去那边继续。

〔跳舞，渐渐隐去。

〔何志发、方翠花出现在另一个光区。

何志发　哼，欺负我们乡下人。

方翠花　死老鬼，又犯牛脾气。注意素质！

何志发　谁瞧不起乡下人，我就跟谁急。没有乡下人面朝黄土背朝天，饿得城里人个个四脚朝天。

方翠花　来，他们抽风作乐，我们唱采茶消气。

何志发　唱采茶？

方翠花　唱采茶。

何志发、方翠花　好啊，那我们就唱采茶。

方翠花　（唱）正月采茶是新年，

大红灯笼挂茶园。

有心采茶难下手，

只因阿哥在眼前。

何志发　（唱）二月采茶茶爆芽，

哥妹相约采新茶。

哥采茶叶送给妹，

妹拿回去哄爹妈。

何志发、方翠花　（唱）三月采茶茶叶青，

茶叶树下绣手巾。

两边绣起茶花朵，

中间绣个梦中人，

梦中人。

方翠花　（温情地，情绪音乐）老鬼，你说在乡下，这个季节应该干什么了？

何志发　清明前后，种瓜种豆，谷雨到了，谷种该下水了。

方翠花　谷种下水阳春急！唉，好好的田地没人耕，丢荒了真是可惜。

何志发　丢荒了就丢荒了，哪个叫种田不赚钱。只不过久不做工，关节都生锈了……

方翠花　老鬼呀（捞裤脚），你看——
　　　　（唱）四肢无力脚腿肿，
　　　　　　　脚趾抽筋关节疼。
　　　　　　　天生就是劳碌命，
　　　　　　　不做农活骨头松。
　　　　　　　头顶太阳去干活，
　　　　　　　对着月亮喝两盅。
　　　　　　　想想还是乡下好，
　　　　　　　春播秋收乐融融。

何志发　（唱）日有所思夜有梦，
　　　　　　　城市哪点跟我乡下同？
　　　　　　　高楼挡光又挡风。
　　　　　　　不变呆傻也发疯。

何志发　老婆子，你还痛吗？

方翠花　老鬼，我有点想哭了……

何志发　我心里也空落落的，有点想家了……

方翠花　不是有点想，是想死了……

　　　　〔陈扬琴、张振铭上。

张振铭、陈扬琴　好好好，不错不错，同学们表现得不错……

张振铭　阿墩哥，轮到你们学了。

陈扬琴　是啊，阿墩哥，到你们学了。

何志发　乡下人笨，学不会抽风。

陈扬琴　真的不学？

何志发　不学，打死也不学！

陈扬琴　（假装生气）不学？你不学啊，我们就打电话给宝贵，是你们单方面违约，我是不退学费的。（欲下）

方翠花　不不不，琴子，（拉住）不要跟他一般见识，他不学我学。

陈扬琴　这样就对了，阿花姐，你学好了我请你吃西餐。

张振铭　对，吃西餐。

何志发　吃西餐？麻秆，西餐是个什么鬼？

张振铭　西餐洋酒，是难得的美味啊。

何志发　美味？

方翠花　吃货，一讲吃，命都不要了。

何志发　那你不想吃咩？

方翠花　想。

陈扬琴　想吃是吗？

何志发　是啊。

陈扬琴　想吃，等下你们就跟我和麻秆好好学。

张振铭　阿墩哥、阿花姐你们看好了哦，我和琴子示范一次。

　　　　〔音乐起，跳舞。

　　　　〔收光。幕间音乐起，转换。

❧ 第四场　助人遭讹 ❧

〔启光，西餐厅。一张餐桌，四把椅子。（利用桌椅，八人的舞蹈，吃西餐配合唱词演唱，舞蹈化）

〔何志发、方翠花、陈扬琴、张振铭分别站在桌子两边。

舞　者　（唱）绅士的派头学一学，

落座先把外套脱。

〔脱下外套挂到椅背上。何志发仿效。

（唱）身边椅子拖一拖，

叫声女士你请坐。

陈扬琴　谢谢。（坐下）

何志发　（拖椅子）请——

方翠花　哈哈哈……

（唱）猴子穿衣学人样，

当心黄狗牙笑脱。

陈扬琴　嘘——（节奏感强烈的）

（白）公共场所别乱喊，

细言细语把话说。

看我！（拿起刀叉）

（舞者：看我！看我！看我！）

右手刀子左手叉，

方翠花　（唱）两手怎么打哆嗦？

张振铭　（唱）按住牛排轻轻切，

何志发　（唱）好像水里把鱼捉。

陈扬琴　（又块牛排放进嘴里）就这样。

（放慢速度）

（唱）盘里牛排切小片，

细细品尝慢慢嚼。

〔何志发把碟子打落地上。

何志发　（唱）板路鲜来名堂多，

放屁还把裤子脱。

五爪金龙一把抓，

塞进嘴里乐呵呵。

〔何志发抓起地上牛排，大撕大嚼，

突然停下，所有舞者惊讶的造型。

舞　者　有人摔跤了……

方翠花　老鬼……

〔门外传来纷乱声，舞者们惊叫着涌上，围成一道人墙。

何志发　出什么事了？（扔刀叉）你们慢慢吃，我看热闹去了。

〔围观者有人掏出手机拍照，有人议论纷纷。

方翠花　老鬼，老鬼啊。

张振铭　阿墩哥……（拦住）

老　太　哎哟，我的腿断了，好痛啊……

何志发　（拨开众人，扶老太）老姐姐，你怎么啦？

老　太　你……你……哎哟……（指何志发）就是你……

何志发　老阿姐……你认得我？

老　太　你……就是你碰倒我！

何志发　我……我几时碰过你？不要讲冤枉话啊……

老　太　就是你碰倒我的，你不能走啊。（110 警车的声音）

方翠花　老鬼（拉何志发）……

何志发　（挣脱）我又没碰她，你们都要给我作证啊。（舞者放慢动作，边唱边退进舞台）你们，你们回来啊。

〔警笛响起来。音乐间奏起。

方翠花　哎，哎，哎……你们别走……你们要帮我们作证啊……

〔收光。警笛由近而远，渐渐消失。

何志发　真的不是我啊。

众　人　是你，是你，就是你。

何志发　（歇斯底里地）冤枉，冤枉，我真是冤枉啊……

〔音乐声中舞台定点光启，场上只有何志发一人抱着头，瑟瑟发抖地蹲在地上。

何志发 （唱）我去哪叫屈，我去哪喊冤？
我比六月飞雪窦娥还要冤。
派出所里问话丢尽颜面，
旁人指指点点背心戳穿。
全身长满嘴巴如何分辩？
跳进黄河洗不清一身冤。
我恨哪！（扇自己耳光）
恨自己，干嘛不听老师劝？
恨老太，冤枉好人心何安？
恨旁人，干嘛要作鸟兽散？
恨老天，黑白哪能颠倒颠？
行善反而遭恶报，
谁人碰上不心寒？
救死扶伤成罪过，
脑子如何能转弯？
是非善恶看不懂，
白活花甲几十年。

〔方翠花出现在光区，轻轻拥住何志发。

方翠花 老鬼，老鬼……
（唱）快转过来看老伴，
一直守在你跟前。
今天的事情你没错，
我坚决跟你站一边。
想哭陪你哭，想喊陪你喊，
莫把委屈肚里咽。
挺直腰杆，把泪擦干，
站稳脚跟，把心放宽，
天掉下来我们一起顶，
地陷进去我们一起填。

何志发 你们说，不是我的错，又是谁的错？

〔陈扬琴、张振铭、何宝贵、杨冬妮走进光区。

杨冬妮 阿爸，阿妈讲得对，你没有错！我们请律师打官司，一定讨回公道。

方翠花 宝贵，冬妮，又给你们添乱了……

何宝贵 阿爸，事情已经处理好了，有什么话我们回家慢慢说吧。

何志发 回家？

陈扬琴 吃一堑，长一智，就当是交了学费。

张振铭 阿墩哥，不要拿别人的错误折磨自己，不值得！

何志发 你们回去吧，我想静一静……

众 人 老鬼（阿爸、阿墩哥）

〔陈扬琴等四人同下。

何志发 我……我……我想回乡下……

方翠花 不，不能回去！当初进城，你请乡亲们喝过告别酒，这样子回去，哪有脸见人？跟琴子、麻秆好好学……

何志发 跟他们学，学坏啊？

方翠花 宝贵交了学费签了约，我们违约，不退学费的……

何志发 不退就不退！
（唱）自己的学费自己赚，
自己的损失自己填。
自己的包袱自己解，
自己欠的孽债自己还。

方翠花 老鬼……你想干嘛？

何志发 （高声地）老子向全世界庄严宣布，从明天开始，去拾荒捡垃圾，赚钱还债！（背手下）

方翠花 老硬犟。

〔收光。

第五场　逃学拾荒

〔启光。街头。舞台有一个垃圾桶。

〔陈扬琴、张振铭上。

张振铭　哎，琴子，快来，你说这两个老哥老姐跑哪去了？

陈扬琴　不管怎样，也要把他们找到！

张振铭　琴子，你去那边看看，我去这边。

陈扬琴　好的。（心痛地）麻秆，你怎么了？

张振铭　哦，没事，没事。

陈扬琴　麻秆，你是不是又去做兼职了？

张振铭　琴子，我，唉！

陈扬琴　你整天这样连夜加班做工，累倒了怎么办！你不能为了赚钱连命都不要了吧？

张振铭　琴子，我，唉！

陈扬琴　你这样是会病倒的，有些事情啊急是急不来的。

张振铭　（有些疑惑地看着陈扬琴）琴子。

陈扬琴　麻秆，你还记得当年我们和老哥老姐在一起的情景吗？

〔背景音乐起。

张振铭　在一起的情景？

陈扬琴　好像又回到当年插队当知青那段时光，流逝的青春又回来了……

张振铭　琴子（指前方）你看，那两个捡破烂的家伙，不是他们吗？

陈扬琴　是哦，就是他们。

张振铭　（刚想上前，突然灵机一动）琴子，来来来，我先拍个视频。

陈扬琴　你要做什么？不要乱来！

张振铭　没有乱来，我想给宝贵发条微信，把这头老犟牛拉回去。

陈扬琴　对，我给宝贵打个电话。好，走。

（打电话下）

〔何志发、方翠花各戴草帽，背一只编织袋上。

何志发　快，老婆子。

（唱）世间三百六十行，

　　　　金行、银行、布行、米行、

　　　　菜行、鱼行、屠宰行……

　　　　还有这垃圾破烂行，

方翠花　（唱）行行生财有诀窍，

　　　　　行行都为生计忙。

方翠花　老鬼，万一儿子和媳妇找到我们……

何志发　做梦去吧！小时候读书那时候，我就是逃学高手。

方翠花　还好意思讲。哎，老鬼，老鬼，那边还有两个桶，快点做工！哎，错了，错了。

何志发　什么错了？

方翠花　这个是我的。

何志发　哎呀，这个老太婆，走走走。

〔动作夸张地翻捡垃圾。

何志发　（唱）农妇变身垃圾婆，

　　　　　双手乱抓棍乱拨。

　　　　　五爪金龙黑嘛嘛，

　　　　　老脸变成煤炭坨。

方翠花　（唱）牛屎马粪做一锅，

　　　　　两样都是屎坨坨。

　　　　　团鱼莫把沙鳖笑，

　　　　　都在水里讨生活。

何志发　哈哈哈……老婆子你唱的采茶调，还是那么好听。

方翠花　老鬼，少拍马屁。那边还有两个桶，快点走，走。（拉何志发下）

〔何宝贵晃着矿泉水瓶，边打电话边上。

何宝贵　琴姨，琴姨……

陈扬琴　（压低声音，招手）嘘，在这边，在这边……

何宝贵　振铭叔，我阿爸阿妈呢？

张振铭　你看，在那边。（指前面）捡得正得意呢，你去做什么？

何宝贵　我去拉他们回去！（欲下）

陈扬琴　你先等一下。你阿爸脾气犟，你阿妈脸皮薄，你这样过去会伤了他们的面子。

何宝贵　那怎么办啊？

张振铭　我们先隐蔽，等待最佳时机再下手，来。

〔陈扬琴、张振铭急下。何宝贵躲到边幕旁。

〔何志发和方翠花提着沉甸甸的袋子上。

何志发　来，老婆子，喝口水，歇口气。
　　　　坐，等下我们卖破烂，数银子去。

方翠花　老鬼，你说怪不怪，捡了几天垃圾，腿不肿了，腰也不疼了。

何志发　这么说，垃圾当得药了。

方翠花　乡下人，天生劳碌命，享不起清福。

何志发　一个字，贱！

方翠花　贱是贱，但是划得来。（掏钞票）这几天，平均收入日日过百。

何志发　（掰手指）一天一百，十天一千，百天一万……这么说，我们能赚到全家伙食费了？

方翠花　宝贵、冬妮在乎你赚伙食费吗？老鬼，我有个十年计划……

何志发　十年计划？说来听听。

方翠花　我们捡上十年垃圾，宝贝孙女也该出嫁了，我们给她做件钞票嫁衣，怎么样？

何志发　钞票嫁衣？亏你想得出。

方翠花　好不好啊？

何志发　我同意。哈哈哈……

方翠花　（看见何宝贵）老鬼，不好，有情况！（拉何志发躲到垃圾桶后边）看，宝贵来了，快点走。

何志发　啊……（拉低帽檐）隐蔽好……

何宝贵　（上，想了想，担心两个老人难堪，假装没看到的走近垃圾桶）哎，矿泉水瓶，你们要吗？

何志发　（按方翠花，捏鼻子）啊，不要，不要……

何宝贵　不要那我就丢了。（定定地看着自己的父母，鼻子一酸）

方翠花　宝贵……

何宝贵　阿妈，你……我看看。阿爸，你们蹲在垃圾桶边，不怕臭气冲天吗？

何志发　呵呵，我们……（装笑）躲猫猫，玩游戏……

何宝贵　玩游戏，垃圾桶边玩游戏？（指袋子）这是什么？

方翠花　（用身子挡袋子）没，没什么……

何志发　呵呵，一些环保产品……

何宝贵　环保产品？阿爸，阿妈，你们在这捡破烂？

何志发　捡破烂，捡破烂怎么了？（拍胸脯）不偷不抢，劳动赚钱，光荣！

何宝贵　你是老爸，我犟不过你。来，你看看这个。

〔掏出手机。LED背景出现何志发、方翠花捡垃圾的情景。

何志发　看什么？

方翠花　哎，老鬼，你看我和你上电视了。

何志发　上什么电视？啊！（大惊失色）这……谁拍的？混蛋！我找他算账去！

何宝贵　（拉住）爸——

方翠花　老鬼。宝贵，我们想赚点小钱，把那笔冤枉钱补回来……

何宝贵　阿妈，你们还记得我考上大学的时候吗？

　　　　（唱）那个早上天晴朗，
　　　　　　　稻花远远扑鼻香。
　　　　　　　你们送我到村口，
　　　　　　　眼里隐隐闪泪光。
　　　　　　　手拉着手，难分又难舍，
　　　　　　　千叮万嘱，语重又心长。

方翠花　（唱）你爸讲干喉咙讲哑嗓，
　　　　　　　儿子远行挂肚又牵肠。
　　　　　　　家里的困难你不要想，
　　　　　　　只管发奋做好读书郎。

何志发　（唱）宝贵你把胸脯拍得砰砰响，
　　　　　　　发誓这生这世要闯出名堂。
　　　　　　　要给父母脚下草鞋换皮鞋，
　　　　　　　要让父母搬出土屋住洋房，
　　　　　　　餐餐鸡鸭鱼肉放开肚皮胀，
　　　　　　　馆子山珍海味任意去品尝。
　　　　　　　还说要接我们进城把老养，
　　　　　　　让我们的晚年日子甜过糖。

何宝贵　（唱）儿子我苦打苦拼二十载，
　　　　　　　多年的心愿终于如愿偿。
　　　　　　　儿不想一家老少没话讲，
　　　　　　　儿不想父母困守穷山乡。
　　　　　　　儿不想幸福家庭失和睦，
　　　　　　　儿不想多年打拼泡了汤。
　　　　　　　儿希望父母安把晚年享，
　　　　　　　儿希望父母快乐又健康。
　　　　　　　儿希望父母笑容挂脸上，
　　　　　　　儿希望父母守在儿身旁。

方翠花　宝贵……

何宝贵　阿妈……（手机响）

何志发　喂，谁啊？何总？何什么总，你

就总，你的……接接接。

方翠花　老鬼，是不是出了什么事？

何宝贵　喂，哦，我知道了，不管怎样，迟点再说。

方翠花　会不会很严重啊？

何志发　不知道。

方翠花　好像很严重。

方翠花　宝贵，是不是出了什么事？

何宝贵　阿妈，没事。

何志发　去吧，事情处理完早些回来啊。

何宝贵　阿妈，阿爸，我打电话叫冬妮来接你们。

〔何宝贵下。

何志发　走吧，走吧。

何宝贵　冬妮，麻烦你过来接阿爸阿妈。

方翠花　宝贵，早点回来啊。

何宝贵　知道了。

方翠花　乡下人有乡下人的苦处，城里人有城里人的苦恼……

何志发　老婆子，你说宝贵怎么知道我们在这里捡破烂的？他手机里的视频又是谁发给他的呢？

方翠花　逃学高手？

何志发　不对，挨人算计了！

方翠花　算计？哪个会算计你？算计你升得官，还是发得财？

何志发　啊，不对，是麻秆，是麻秆和琴子，一定是他们！好啊，敢算计老子，看我怎么收拾你们！

〔电话响。

何志发　又是谁啊？阿三，喂，阿三啊，哦哈哈哈，欢迎，当然欢迎。

方翠花　哎，老鬼，阿三说什么？

何志发　阿三说和几个老乡过几天要进城找工作，想来看看我们。

方翠花　好啊，一定要热情接待。

何志发　那是肯定的，走，回家。

方翠花　做什么菜呢？红烧还是清蒸呢？
　　　　白斩……哎，老鬼……

何志发　回家……

方翠花　破烂……

〔收光。幕间音乐起。

◦◦◦　第六场　家庭风暴　◦◦◦

〔启光。何家客厅。方翠花手忙脚
乱地上菜。

何志发　来来来，多吃点菜啊，今天的菜
　　　　好靓的。这个土鸡是我养的。

方翠花　（唱）煎炸红烧又清蒸，
　　　　　　　桌上杯子满满斟，
　　　　　　　美食佳肴摆满桌，
　　　　　　　招待乡党要尽心。

方翠花　来来来，菜来了，菜来了，吃咯，
　　　　吃多点啊。

何志发　哎，老婆子，干吗麻秆和琴子没
　　　　有来啊？

方翠花　琴子刚才来电话说，她和麻秆在
　　　　民政局领结婚证。

何志发　结婚了啊？

方翠花　他们还说明天请大家吃海鲜。

众　人　好啊好啊，吃海鲜。

何志发　我跟你们说，（端酒）今天，是我
　　　　进城以来最高兴的一天！大家放
　　　　开饮，来，饮。
　　　　（唱）琼浆玉液哪有家乡米酒醇？
　　　　　　　河深海深哪有乡亲情义深？
　　　　　　　饮一口农家米酒浑身是劲，
　　　　　　　听几声家乡土话老泪纵横。
　　　　　　　大碗酒大块肉诚心相敬，
　　　　　　　喝他个天昏地暗醉倒乾坤。

众村民　（唱）家乡米酒醇，
　　　　　　　乡党情义深。
　　　　　　　感情铁，喝出血，
　　　　　　　感情深，一口闷。

〔方翠花放下杯子。

何志发　老婆子，干吗不喝完？看不起老
　　　　乡们啊？

方翠花　又出卖我啊？

何志发　知道就好，不过迟了。饮醒！

众村民　饮醒……来来来。

〔众起哄，逼方翠花喝下。

何志发　敬来敬去没意思。（跳上椅子）阿
　　　　三，来，和你猜码。

村民甲　来，猜码！（撸袖子，跳上椅子）
　　　　来就来啊，哥俩好啊……

〔喊码猜拳，喝酒抽烟，一片混乱。
保安上，按门铃。

何志发　我的……

方翠花　谁啊？

何志发　肯定是麻秆发酒瘾，走过来了。
　　　　（开门）

方翠花　我去开门。

保　安　你好，我是小区保安。

方翠花　什么事啊？

保　安　我们小区严禁喊码，以免骚扰邻居。

方翠花　老鬼……

何志发　在自己家里饮酒猜码，关你什么
　　　　事？（关门）关门，关门，来，继
　　　　续！来就来啊……（猜码）

方翠花　不好意思……

保　安　（掏手机打电话）何总吗？我是小
　　　　区保安，有个情况要跟你汇报一
　　　　下……（下）

〔何宝贵与杨冬妮上，见状惊呆。

方翠花　你们吃啊，吃多点啊。

杨冬妮　阿爸、阿妈。

方翠花　冬妮，你回来了啊？

杨冬妮　阿爸、阿妈，你们在干什么？

〔静场。

何志发　老乡们进城找工作，我们请他们
　　　　吃饭……

杨冬妮　找工作去工厂，去劳务市场啊，
　　　　怎么找到家里来了？

何志发　（不满地）客人不带到家里，还能
　　　　带到哪里去？

杨冬妮　这是家，不是宾馆，不是收容站！
　　　　（生气下）

〔乡亲们纷纷提行囊下。

何志发　你，反了！

何志发、方翠花　不要走，你们不要走。
　　　　　　　　阿三，别走啊……

方翠花　这……老鬼。

何志发　走开走开。

方翠花　冬妮……

〔何宝贵上。

何宝贵　冬妮啊，今天我……阿妈，老乡
　　　　们呢？

方翠花　走了。

何宝贵　走了？怎么走了？

何志发　全部都赶走了。

何宝贵　阿爸，你听我解释……

何志发　（爆发地）解释，人都赶走了，你
　　　　还解释个屁啊！（狠打自己的脸）
　　　　你，这是打老子的脸啊！
　　　　（唱）乡下人亲帮亲来邻帮邻，
　　　　　　　邻里间沾着瓜藤柳叶亲。
　　　　　　　谁出门不要朋友来帮衬，
　　　　　　　活世间谁敢万事不求人？
　　　　　　　打虎亲兄弟，上阵父子兵；
　　　　　　　大树高万丈，全靠脚下根；
　　　　　　　远亲千千万，不如一近邻。
　　　　　　　宝贵啊，

你当年上大学家境穷困，
缺学费急得我急火攻心。
乡亲们十元八元滴水凑，
你才能顺利走进大学门。
不求你滴水之恩涌泉报，
没想你负了乡情又忘恩。

方翠花　（唱）人活脸皮树活根，
　　　　　　　做事最怕伤人心。
　　　　　　　你不怕人道长短，
　　　　　　　老娘怕人指背心。

何宝贵　阿妈、阿爸，你们误会了，我没
　　　　把老乡赶出门，我是安排他们住
　　　　宾馆、吃饭喝酒，还有帮他们找
　　　　工作。

何志发　那也不行。
　　　　（唱）进了家门是客人，
　　　　　　　不分贵贱富和贫。
　　　　　　　笑脸迎客三冬暖，
　　　　　　　冷眼待人寒透心。
　　　　　　　老乡不是叫化子，
　　　　　　　岂能把钱脚下扔？

杨冬妮　阿爸，话不能这么讲。
　　　　（唱）世界东西南北分，
　　　　　　　莫把城市比农村。
　　　　　　　吃喝住宿有宾馆，
　　　　　　　何必领人进家门？
　　　　　　　阿三阿四的人随便进，
　　　　　　　搅得举家不安宁。

何志发　什么？老乡们在你眼里，都是不三
　　　　不四的人？好，这样说我也是乡下
　　　　人，也是不三不四的人，老婆子，
　　　　卷铺盖走人！

何宝贵　阿爸……

方翠花　老鬼，有话好好讲嘛……

何志发　你跟他们好好讲，
　　　　老子不奉陪了！（欲下）

何宝贵　（拉）阿爸……

方翠花　老鬼……

〔改成道白，配上背景音乐。

杨冬妮　阿爸，现在城市和农村还是有些不一样的。老乡们到家里来看你们二老，我们也非常欢迎。但是城市不比农村，小区是有物业管理的，有管理就会有规定。小区里不准吵闹，不准猜码，否则会影响别人，我们也会遭到投诉的。阿爸，我们从农村来到了城市，就要融进这个城市，要遵守这个城市的规则啊。

何志发　这样说，又是我的错，好好好，都是我的错。

方翠花　老鬼！（夺酒）忍字心头上一把刀……

何志发　忍，忍，忍，老子忍！（抱起酒坛狂灌）

方翠花　老鬼……

何宝贵、杨冬妮　阿爸……

〔收光。幕间音乐起。

第七场　重回起点

〔一个不确定的空间。

〔整个舞台就一扇大门，一种寓意的象征。形形色色的走动的人，有出有进的穿过大门。

方翠花　老鬼，你要去哪里？

何志发　回家，回乡下去！这个城市我还能住得下去吗？

（唱）乡下生乡下长六十多春，
　　　早披星夜戴月春耕夏耘。
　　　雕成的菩萨像没法改变，
　　　乡巴佬进了城也是农民。
　　　白天想山泉水清澈纯净，
　　　梦中念竹篱笆爬满青藤。
　　　睁眼是菜园子四季葱翠，
　　　闭眼是后龙山竹林青青。
　　　夜里想草丛虫子把歌唱，
　　　早晨想门前溪水弹月琴。
　　　好想坐在月下喝杯酒，
　　　好想醉了月亮醉星星。

方翠花　（唱）你想家乡常揪心，
　　　　　　我也不是石头人。
　　　　　　城里日子不好过，
　　　　　　好像软索套上身。

邻里间头碰破互不相认，
不串门不往来如防贼人。
满街上人匆匆目光冰冷，
越热闹越孤独好像丢魂。

何志发　（唱）这种日子折阳寿，
　　　　　　熬过冬天难过春。
　　　　　　世世代代乡下过，
　　　　　　没见饿死几个人，几个人。

方翠花　（唱）日子再难也得过，
　　　　　　黄连再苦肚里吞。
　　　　　　心里难忍也得忍，
　　　　　　不要性急且耐心。
　　　　　　赶快回去道个歉，
　　　　　　还是和和美美一家人。

何志发　道歉？道了歉，就是城里人了？

〔陈扬琴、张振铭、何宝贵、杨冬妮上。

陈扬琴　阿墩哥，阿花姐，艺术团已经正式聘请你们当老师了，教我们唱采茶。

方翠花　什么？我们也当老师了？

张振铭　阿墩哥，阿花姐，我和琴子马上就要结婚了，到时请你们饮喜酒呢。

何志发　你们……你们的喜酒……

杨冬妮　阿爸，（鞠躬）媳妇有什么做得
　　　　不对的，你只管批评教育，你老
　　　　千万不要生气……

何宝贵　阿爸，冬妮讲得对，生气伤身体。
　　　　阿爸，刚才公安局给我来电话，
　　　　说那个老太是她自己跌倒的，她
　　　　不该冤枉您，她想当面向您赔礼
　　　　道歉，还要请您吃饭。

何志发　（一怔）吃饭，就免了吧，（大度地
　　　　摆手）道歉，道歉我接受。

陈扬琴　阿墩哥，难道你对自己这么没信
　　　　心？量死自己做不了城里人吗？

何志发　笑话，我没信心吗？

方翠花　老鬼，其实，城里也挺好的，城里
　　　　人也挺不错的……

何志发　好不好，我心里有数。（起身）走，
　　　　回家！

众　人　什么，你还要回家？

何志发　不回家去哪里？
　　　　（唱）不回乡下，不去农村，
　　　　　　重新回到城里那道门。
　　　　　　琴子妹，麻秆弟，

恭恭敬敬跟你们学做城里
人，城里人。
我不能贵气不讨偏讨贱，
我不能富人不做做穷人。
我不信走得出往日的穷日子，
难道还走不进今天的好光景？
吃得了过去的苦，
遭得起过去的罪，
难道敲不开今天的幸福门？
我不相信不相信，
我要拼一拼，
我要跟自己好好拼一拼，
拼一拼。

陈扬琴、张振铭　好啊，阿墩哥。

何宝贵、杨冬妮　阿爸阿妈，我们回家吧。

方翠花　老鬼，回家！
　　　　〔舞者回家舞蹈，城市与乡下的融合。
　　　　〔伴唱：
　　　　乡下人，城里人，
　　　　都是五谷养的人。
　　　　人与人比没两样，
　　　　城里乡下都是人。
　　　　〔渐渐收光。
　　　　〔幕落。

海歌剧

演出单位

钦州市非物质文化遗产传承保护中心

钦州市白海豚演艺有限公司

龙窑村的故事

内容简介

　　这是一部展现钦州坭兴陶人气节、家国情怀的传奇故事——身为古龙窑窑主的阿妹，一心继承父亲遗志，历经艰辛，终于烧造出了闻名遐迩的坭兴陶洒金皮葫芦瓶。不料订货的南洋客商竟然是践踏我国河山的日本侵略者。在生死存亡关头，阿妹大义凛然，以身殉义，保护了古龙窑、保护了坭兴陶、保护了龙窑村的乡亲们，谱写了一曲感天动地的悲壮颂歌……

主创团队

总 导 演：梁中骥
导　　演：王阳桂　李钦莲
编　　剧：蒋志伟　马 枥　林钦娟
作曲（唱腔设计）：苏宏发
音乐制作：傅 滔　罗 江
舞美设计：吕挺军
灯光设计：黄海洋
音响设计：宋知远
服装设计：黄静瑶
道具设计：黄培旭

主要演员

阿　妹——陆 燕
阿　海——梁日俊
阿　水——黄志宏
山　口——郭 强
阿　婶——吴丛花

时　间　1939年秋。

地　点　钦江边，龙窑村，古龙窑。

人　物

阿　妹　女，已故窑主的女儿。

阿　海　男，已故窑主的徒弟，阿水的师兄。

阿　水　男，已故窑主的徒弟，阿海的师弟。

山　口　男，日军少佐，制陶世家的子弟。

阿　婶　女，阿妹的干妈。

侍　卫　男，山口的副官。

村民甲、乙，男女村民，窑工若干。

傩舞者（火、泥）若干。

序

〔舞台上，钦江边桅杆三两根，古龙窑耸立。

〔画外，远处传来海鸥声，海歌声飘出。

〔光启，主题曲中群像制陶雕塑。

〔主题歌：

爱悠悠，情长长，

这里有我爹和娘。

钦江两岸望故土，

窑火升处是故乡。

海歌声声唱龙窑，

唱出几多磨难，

几多坚强。

〔收光。

〔此段为场上制陶雕塑画面，阿妹凝神看壶，阿海、阿水注视阿妹，雕塑动，阿海、阿水走向阿妹，三人造型，表现人物关系。

第一场

〔幕后声：开窑啰！

〔号角声声，锣鼓锵锵，傩舞者踏节而舞。（古朴的原生态）

〔音乐声中，手持陶器的男女窑工自窑中鱼贯而出。

众　人　（唱）一敬先祖传手艺，得生活！

　　　　　　　二敬火神降吉祥，出珍品！

　　　　　　　三敬窑神保平安，享太平！

〔神圣而虔诚的仪式感，新出窑陶器敬献神灵祖先。

众　人　有请窑主——

〔傩舞者簇拥着阿妹大步上前，阿妹大气洒脱而又有点威严。

阿　妹　乡亲们！马上开窑！（挥手）分头装船，运上南宁！

众　人　装船咯！

〔众人穿梭忙碌装好陶器，筐挑肩扛入平台后。（音乐延伸到这里，配合场上表演画面）

阿　妹　（四顾）阿海哥、阿水哥呢？

阿　婶　阿妹，我的好干女，不要急，你的阿海哥、阿水哥还在窑里呢。乡亲们，阿海、阿水这一窑一定会烧出那——

　　　　（唱）近看点点——

众　人　（唱和）金光闪。

阿　婶　（唱）远看片片——

众　人　（唱和）闪金光。

阿　婶　（唱）窑变一绝生万彩，

　　　　（白）坭兴陶窑变洒金皮——

众　人　（白）葫芦瓶——

　　　　　（接唱）威名震四方！

　　　　　〔阿妹拉阿婶至一旁。

阿　妹　（喜）干妈，你说阿海哥、阿水哥他们谁能先做出洒金皮葫芦瓶？

阿　婶　阿海、阿水都是你爹的亲传弟子，哪个厉害点都难讲啵。

阿　妹　（纠缠）干妈你说嘛！

阿　婶　要烧好陶器关键在火候，一要看火势，二要听火声。

阿　妹　阿海哥是金睛火眼——

阿　婶　拿手看火势！

阿　妹　阿水哥是顺风耳——

阿　婶　拿手听火声！

阿　妹　（气）但是他们两个成日顶颈（吵架），水火不相容，总是烧不成洒金皮！

阿　婶　乖女，你爸生前说过，谁最先把洒金皮做出来，就把你嫁给他。你说说，你愿意谁先烧出洒金皮呀？嘻嘻……

阿　妹　干妈，我有个心愿，不烧出祖传的洒金皮，女儿宁愿不嫁。我讲过，陶比天大嘛！

阿　婶　咦，我的傻阿妹呀，这嘴讲得好听，哪个女仔不怀春？哪个女人不嫁郎？

阿　妹　（害羞地捂脸，唱）

　　　　　心口怦怦地跳，面上辣辣地烧。

　　　　　盼望着窑变烧出洒金皮，

　　　　　盼望着早披嫁衣坐花轿。

　　　　　阿海他豪爽刚强有气魄，

　　　　　阿水他心细精灵手艺巧。

　　　　　两人偏偏互不相让窝里斗。

众　人　（调侃帮腔，唱）哎呀呀——

　　　　　烧不出洒金皮，嫁不出小娇娇。

阿　妹　（接唱）脸红心跳！

　　　　　阿妹我是哭还是笑！

阿海、阿水　（合唱）洒金皮，洒金皮，

　　　　　几时才能烧成你？

　　　　　这次功夫又白费。

　　　　　（白）愧对死去的师父，更无颜见阿妹。

　　　　　（接唱）恨不得一头撞窑死！

　　　　　〔阿海、阿水四目相对，互怼。

阿　水　（对阿海）哼！就是你没看好火候！

阿　海　（对阿水）哼！难道你就听好火声！

　　　　　〔阿海、阿水二人争吵，阿海撸袖欲揍阿水，阿水抱头躲闪。

阿　妹　（劝解）阿乜！你的两个师兄弟鸡同鸭斗，成日顶颈。

　　　　　〔阿海、阿水二人仍争吵不休。

阿　妹　你们再吵，就不要喊我阿妹。

　　　　　〔幕后音：不好了——不好了！日本仔就要打过来了！

众　人　啊？！

　　　　　〔远处，传来轮船的汽笛声声。

　　　　　〔众人惊慌失措，面面相觑。

　　　　　〔由远而近，由轻而重的弹拨乐音乐，预示山雨欲来风声疾。

　　　　　〔收光。

　　　　　〔伴唱：

　　　　　有枪能上山打虎，

　　　　　有叉可下海捕龙。

　　　　　用心烧好坭兴陶，

　　　　　再迎阿妹回家中。

第二场

〔龙窑。光启，秋风瑟瑟，冷雨凄凄。

〔少顷，天晴了，一束阳光照射在龙窑上。

〔幕后合唱：

三更灯火五更鸡，

夜不能寐有谁知。

烛光难燃千般苦，

残月影里长叹息！

〔音乐声中，山口带着侍卫上，惊见龙窑，急步上前。

山　口　（惊叹）龙窑啊龙窑，朝思暮想，今天我终于见到你了！（鞠躬）

（唱）几回龙窑入梦来，

　　　今日终能睹风采。

　　　窑身斑驳诉沧桑，

　　　傲然耸立好气派。

〔窑工三三两两送柴、挑土进进出出。

〔阿婶持扁担自窑内出。

阿　婶　（见山口）这位先生？

山　口　哦，我是慕名前来拜谒闻名于世的古龙窑的——

阿　婶　哦，这古龙窑啊，从明朝到如今，已经有四五百年了！

山　口　哦，您是——

阿　婶　（骄傲地）龙窑村人！

山　口　（谦恭地）那——这龙窑的窑主呢？

阿　婶　（笑）算你问对了，窑主就是我干女阿妹。喏，就是她——

阿　婶　阿妹——

阿　妹　（回头）干妈！

阿　婶　这位先生找你。

山　口　她就是窑主？

阿　妹　怎么，我就不能是窑主吗？

山　口　误会，误会，小窑主，（施礼）幸会幸会！

阿　妹　你有什么事？

山　口　久闻钦州坭兴陶名扬天下，我特意千里迢迢前来参观！

阿　妹　（止步）千里迢迢？

山　口　对，我从南洋来。

阿　妹　（打量山口）从南洋来的？

阿　婶　（惊呆）啊！兵荒马乱，到处都是日本仔，你还敢来？

山　口　哈哈哈！正所谓"富贵险中求"！本人常年在南洋做陶器生意，行内规矩略知一二，历来龙窑都是传男不传女，姑娘何以做了窑主？

阿　婶　告诉你，她父亲原是窑主，过世了，这龙窑窑主自然是我干女儿啦。

山　口　哦，原来如此。（转向阿妹）请求窑主姑娘成全一事！（作揖）

阿　妹　什么事？

山　口　听说这古龙窑能烧出窑变洒金皮，此次来特请姑娘为我烧造一尊窑变洒金皮——葫芦瓶！

阿　妹　（愣）洒金皮葫芦瓶？

〔众人议论。

阿　婶　你刚才还说龙窑历来传男不传女，老窑主从来都不让女人烧陶，她怎么会烧得出窑变洒金皮？（招呼众人）干女，我们回去！

山　口　（止）慢！真的烧不出？

阿婶、众人　烧不出！

山　口　这——

（唱）过千山，渡重洋，

只求能圆我梦想。
谁知当头冷水浇，
泼得我浑身上下好冰凉！
（对阿妹拱手）小窑主，无论如何，
还请帮我完成心中所愿！

阿　妹　（为难）这——

〔山口示意侍卫，侍卫拿出一根金条。

山　口　（双手捧上金条）请——

〔众人愕然，三婶上前，拿过金条，咬了一口。

阿　婶　哎吔！是真金啊！这次，大家发大财啰！阿乜！怪不得我左眼一早就密密跳。左跳财，右跳灾，原来今天财神到。（对阿妹）快点答应了喂！

〔众人七嘴八舌呼应。

阿　妹　（有点愠怒）干妈——我！我！烧不出来！

〔阿妹不接金条。

山　口　窑主姑娘！
（唱）坭兴陶在南洋名声久远，
　　　我爷爷梦寐以求欲遂心愿。
　　　只可叹临终前也无机缘，
　　　留下了终生遗憾梦难圆。
　　　我一心一意来贵地，
　　　求臻品尽孝心供奉灵前。
（此后对白部分一直轻轻垫着音乐，直至下一唱段过门是完整的一部分）
（作揖）还望窑主成全！

〔阿海和阿水上，见此情景，两人对视了一下，悄悄躲在众人后面。

阿　妹　（四处张望找阿海和阿水）阿海哥、阿水哥呢？

阿　妹　（急）他们真是——唉！

阿　妹　（为难，背唱）
面对他殷殷目光，阿妹我满面愁容。
（白）如果不答应——
（接唱）错过烧造好时机，
　　　辜负他千里来寻访。
（白）如果答应了——
（接唱）功夫全仗他师兄弟俩，
　　　但至今难见他们踪影。
　　　哎呀呀——
　　　我一个小女人，势单力薄、
　　　有心无力怎开腔？！

〔山口突然大笑，众人莫名其妙地看着他。

山　口　哈哈哈哈——
（唱）说什么坭兴陶四海占鳌头？！
　　　道什么洒金皮五洲美名扬？！
（白）我看哪，不过是——
（接唱）明日黄花已凋谢，
　　　今日烂泥难上墙。
　　　堪叹她日薄西山美人迟暮，
　　　枉费我千里迢迢日思夜想！

山　口　（转身）我们走！

阿　妹　（脱口而出）慢！

山　口　（止住）窑主姑娘，你——

阿　妹　南洋老板，本窑主为你烧造洒金皮葫芦瓶！

山　口　当真？

阿　妹　当真！

山　口　果然？

阿　妹　一言为定！

〔阿海、阿水愕然。

山　口　（大喜过望）好！

阿　妹　五天之内按时交货，决不食言！

〔阿海、阿水跌坐在地。（几段泄气搞笑的音乐）

〔收光。

⚘ 第三场 ⚘

〔夜，月朗星稀，秋虫吱吱。

〔音乐启。

〔阿妹家，阿妹焚香祭奠父亲。

〔幕后歌：

哎呀咧——

欲借东风出大海，

升帆偏遇顶头风。

两个和尚不抬水，

一肩难挑大水桶。

阿　妹　（忧心忡忡）阿爸——

（唱）白日借机把话应下，

　　　心忐忑好似水中月镜中花。

（白）阿海哥他练就一双火眼金睛——

（接唱）观窑火测火候分毫不差。

（白）阿水哥他练就一对顺风耳——

（接唱）听窑音辨窑声人人都夸。

（白）烧窑全靠他们两人掌火候，可他们——

（接唱）性不和，气相撞，

　　　鸡同鸭斗猫窜鼠爬。

　　　真是一对骂又骂不得，

　　　离又离不开，

　　　可恼可气、可憎可爱的前世小冤家……

（白）唉，要是他们两人能合成一个人就好了，咦！这么晚了，干妈为什么还不回来？

（此段有几个层次：忐忑不安、埋怨生气又心怀志向……表现小姑娘办大事的为难）

〔阿婶匆匆上。

阿　婶　阿妹叫我去找阿海、阿水，这两个衰仔呀，气死我了。

（阿婶进屋）

阿　婶　我干女真是可怜，小小年纪的时候，她阿妈就走了，是我一口水一口粥喂大的，现在她阿爸又走了，小小的年纪操那么大的心！唉！

阿　妹　干妈，你回来了呀？阿水哥、阿海哥呢？

阿　婶　不要说了！

阿　妹　怎么了？

阿　婶　阿海讲，他头痛，哎呀！阿水讲，他肚子痛，哎呀！好似缩头乌龟躲起来了。

阿　妹　唉——

村　民　（内叫）窑主——阿海和阿水又打起来了！

阿　妹　（对村民）你先把他们劝住！

村　民　哦！

阿　婶　阿吔，阴功啰！怎么办？

阿　妹　干妈不要急！我们想想办法！

阿　婶　有什么办法想？

阿　妹　（灵机一动）干妈，你看——

阿　婶　乌龟？

阿　妹　你说他们像不像缩头乌龟？

阿　婶　对对，像缩头乌龟。

阿　妹　缩头乌龟该不该打？

阿　婶　该打！该打！打！打！

阿　妹　我就拿乌龟去看看他们俩！

阿　婶　（转怒为笑）我的干女真是聪明！我拿罐装起来！

〔二人相视大笑。

（一点逗趣的音乐）

〔切光。

〔制陶坊内。

〔一点弹拨乐开场音乐接幕后唱。

〔阿海、阿水抓耳挠腮，不知所措。

〔幕后伴唱，数板：

哎呀呀——

阿妹今日信口应，

左右为难难死人。

接下只怕烧不出，

不接有负师父心。

烧坏脸上无光彩，

阿妹面前怎做人。

〔阿海、阿水两人互相埋怨。

阿　海　阿水，你鬼精灵，你去劝一下阿妹！

阿　水　你说你天不怕地不怕，为何要装病缩沙（躲起来）？

阿　海　你这个软脚鸡呀！

阿　水　硬颈鸭！

阿　海　（扬起拳头）你再说说看！

阿　水　我就说了，怎么样？硬颈鸭！

〔阿海怒，撸起衣袖，阿水躲。

阿　水　哎，你再动手，我就——

阿　海　（扬起拳头）你就怎么样？

阿　水　——我就告诉师父！

阿　海　（一怔）师父都过世几年了，怎么告诉？

阿　水　我清明烧纸钱时，顺便烧一张状纸给他！（扮鬼脸）让他半夜来找你算账！

阿　海　（气）这……找打！

阿　水　哎哎，说好不打脸啵！

〔两人追打。

〔阿妹上，阿水一个绊子，阿海趴在阿妹脚下。

阿海、阿水　（尴尬）阿妹——

阿　妹　（拿过一张凳子，反坐在上面看热闹）好！打！继续打啊！

〔阿海、阿水面面相觑，手足无措。

阿　妹　争呀！孙悟空斗牛魔王，好看，热闹！我还想看呢！

阿　水　我们——是师兄弟，怎么可能——打架呢！（用肘大力顶阿海）你说是不是？

〔阿水急忙抱住阿海，手在阿海后背大力拍，做出亲热的模样。阿海疼痛，也用力拍阿水的背。两人互相拍打，哇哇暗叫仍装出一副亲热的样子。

〔阿妹笑得直不起腰。

阿　妹　（唱）真好笑——

两人本像狗和猫，

难同窝来难同瓢。

今天见到稀奇事，

爪同伸来尾同摇。

阿　妹　（把罐子递上）好啦，别争了，知道你们都病了，给你们送药汤。

〔两人惊喜，上前打开，探出一个乌龟头。

阿海、阿水　多谢阿妹！乌——龟？！（面面相觑）

〔幕后歌：

哎呀咧——

你说奇怪不奇怪，

人家打架她卖乖。

送只乌龟为什么呢，

一头雾水实难猜。

阿　妹　（唱）说什么掏心又掏肺，

道什么今生紧相随。

遇到一点小难事，

伸不出手来，抬不起腿！

（正色地）我说你们呀，分明是个缩头乌龟！

阿海、阿水　（唱）千不该、万不该，

你不该信口应下来！

如今有如骑虎背，
难上难下难进退！

阿　妹　（唱）不是我一时信口应下来，
也不是我见钱眼就开！
（白）其实啊，要烧出洒金皮葫芦
瓶差的不仅是那么一点点火候，
差的是你们——口口声声情同手
足，称兄道弟，暗地里却貌合神
离，各怀鬼胎！
〔两人被点破心事，尴尬。

阿　妹　阿海哥，你不是缩头乌龟！阿水
哥，你也不是缩头乌龟！

阿　海　阿妹，我们是有心要烧出洒金皮
的……

阿　水　（急）可是要是烧出洒金皮——

阿海、阿水　（同）你嫁给我！（阿海、阿水
二人争吵）

阿　妹　（气）你，你……你们——

（唱）闻此言好叫人气闷烦，
想不到你们居然是小心眼。
枉费我敬你们称兄道弟，
盼望你们有风雨来为我遮挡。
枉费师父一腔热望，
坭兴陶艺要传扬，
我，怎么办?
古龙窑传到我手，
父训不忘，
为私情，把志气全丢丧！
〔阿海、阿水急忙安慰。

阿　妹　（哭诉）阿爸，阿海哥、阿水哥不
和，看来是烧不出洒金皮了！女
儿对不起你啊——

阿海、阿水　（又是道歉，又是赔理，左右
不是）阿妹——（坐地叹息）
〔切光。

✤ 第四场 ✤

〔海边，月挂半空。
〔海滩上的人们三三两两在聚集议
论。
〔阿水、阿海都喝得半醉，捧酒罐
上。

众　人　（唱）堂屋里面摆罗汉咧，
徒有其表装神威。
哎哟哎哟喂！
还没长毛的公鸡仔咧，
不会飞来只会啼。
哎哟哎哟喂！
〔阿海、阿水羞愧难当，手持酒葫芦
半醉上。

阿海、阿水　（合唱）一路走来一路行，
两耳都是数落声。
上天无路入地难，

进退不得真椤命（真要命）。
〔两人不期而遇，四目相对。

阿　水　你……

阿　海　你……
〔两人呆呆对立——
〔画外传来小时候阿妹、阿海、阿
水的嬉戏声。
〔画面幻出他们玩过家家，垫进轻
轻的有童趣的音乐。

阿　妹　阿海哥，阿水哥，我们来玩过家家。

阿海、阿水　我们来玩嫁新娘。

阿　妹　好嘛！

阿海、阿水　（争执）阿妹，你做我的新娘！

阿　妹　（调皮）不嘛，我要做你们的——
（阿妹低声跟他们耳语）

阿海、阿水、阿妹　（会意一笑）嘻嘻嘻

嘻——

〔一阵阵儿童欢快的笑声，响彻舞台。

〔幕后童谣唱：

三炷香，敬龙窑，

龙窑烧出神仙陶。

烧只鸭子嘎嘎叫，

烧只马骝（猴子）树上跑，

烧个铜鼓响山外，

烧条鱼儿水中游……

阿　海　（唱）想当年——

三人一起扮家家，

捏了一个泥娃娃。

阿　水　（唱）她讲我们合成一个家，

我当孩子她当妈，

阿　海　（唱）偏偏她不愿当新娘——

（白）要当一个——

阿海、阿水　（合唱）爱我、疼我、锡（亲）

我、护我的老阿妈！

〔阿海、阿水醉眼蒙眬，相顾苦笑，不由自主握着双手激动地摇晃。（音乐止）

阿　水　（感觉手疼）哎哟！

〔两人突然沉默下来，坐下喝酒。

阿海、阿水　（苦笑）我们好久都没有互称"师兄弟"了……

阿　海　（自责地）是呀，我们从小一起长大，同吃一个番薯……

阿　水　同喝一碗白水粥……

阿　海　同在水里摸鱼虾……摸来摸去鱼虾没摸到，却摸到你的小鸡鸡！

阿　水　是我先摸到你的小鸡鸡！

阿海、阿水　哈哈哈！

阿　海　唉！可是我们两个人因为争强斗胜，为了阿妹，暗中较劲，你不让我，我不让你……

阿　水　慢慢地，大家的心都疏远了……

〔两人不约而同地掏出一本"秘诀"。

〔阿妹暗上。

阿　海　师弟，师父也真是的，明明给了我们窑变秘诀，可怎么就做不出洒金皮呢！

阿　水　是呀，我都按照秘诀烧造，可怎么也做不出洒金皮！

〔两人又喝酒，把秘诀放在身边。

〔阿妹悄悄拿走二人的秘诀，反复察看。

阿　水　你说，难道是师父骗了我们，给了假的秘诀？

阿　海　不！师父给的秘诀，肯定都是真的！

阿　水　可怎么也做不出洒金皮啊！

阿　海　是哦是哦。

〔两人顺手去拿秘诀，发觉不在。

阿海、阿水　（找）哎，我的秘诀呢？

阿　妹　（示秘诀）在这里——

阿海、阿水　（惊）阿妹！你怎么来了？

阿　妹　（故意）怕两个哥哥又打架呗！

阿海、阿水　嘿嘿嘿……不打了，我们是亲亲两兄弟！

阿　妹　（机灵地）阿海哥、阿水哥，你们看看秘诀后面有个什么字？

阿　海　（看秘诀）一个"禾"字。

阿　水　（看秘诀）一个"口"字。

阿海、阿水　一个"和"字，和——和！

阿　妹　和为贵！和则生！和则利！只要你们两人合成一个人，何愁烧不成龙窑一绝——洒金皮！

阿海、阿水　阿妹——

阿　妹　哎，阿海哥，阿水哥。

阿海、阿水　哎！

〔伴唱：

夜里有光好走路，
白天日照好过桥，
如今云开雾散去，
和合一家乐逍遥。
〔切光。

第五场

〔月夜，龙窑。
〔音乐热烈，窑火旺旺，人头穿梭忙碌，一派热闹景象。
〔阿海通过窑眼观察窑火，阿水倾听窑内火势。
〔幕后歌：
哎呀咧——（轻快跳跃）
吃饭不能一支筷，
行路要用双脚踩。
添起柴火烧旺窑，
龙窑烧出绝品佳！
哎呀咧——

阿　海　（高声）窑火浑浊——

阿　水　（高声）火风轻飘——

阿　海　（高声）窑火光亮——

阿　水　（高声）火风起势——

窑　工　（高喊）加柴三担了啰！

阿　海　（高喊）窑火青青——

阿　水　（高喊）火风呼呼——

阿　妹　（兴奋）阿海哥、阿水哥，人心齐泰山移，这窑一定能烧出洒金皮！

阿　海　（兴奋）对对，好多年都没有烧过这么漂亮的窑火了。

阿　水　是啊！窑火三浴，到了“炉火纯青”这步，此窑肯定能成功！

阿　妹　全靠一个“和”字！

众　人　对对对，全靠一个“和”字，哈哈哈！

〔山口带着侍从上。

山　口　（对阿妹）哟，好热闹哦！窑主姑娘，洒金皮烧得怎么样了？

阿　妹　窑火三浴，火势正好，洒金皮一定能烧成！

山　口　（惊喜）好好好！我代我爷爷向您表示感谢了！窑主姑娘，我这里备有薄酒，大家解解乏。

〔侍从挥手，一老者从幕内挑上两坛酒。

阿　妹　好！我代表乡亲们谢过老板了！

众　人　多谢南洋老板！

〔音乐起，众人坐下喝酒，山口也与乡亲们敬酒叙谈。

山　口　乡亲们，听闻坭兴陶曾在1915年的巴拿马首届万国博览会，荣获陶瓷类金奖。

众　人　对！就是这个古龙窑做出来的！

一老者　古龙窑自明朝开窑以来，历经世代窑匠苦心钻研，终成洒金皮一绝。

一青年　不仅远销南洋，更是从钦江出海，行遍世界。

阿　妹　可是，自从日本仔打入中国，来要坭兴陶的老板就很少了！

〔众人纷纷附和“我们都没生意了”“连饭都吃不上了”“成天吃番薯白水粥”……

山　口　（略感尴尬）乡亲们，大家少安毋躁！很快好起来的。

阿　妹　只有赶走日本仔，我们古龙窑烧出来的坭兴陶、洒金皮才有出头之日！

〔众人纷纷附和。

山　口　呃……

阿　妹　到时就有劳您在南洋多多关照了。

山　口　（笑）一定一定！

〔侍卫急拉山口至一旁。

侍　卫　（日语）山口君，接到来电，大本营兵员已经逼近钦州湾，大佐命令我们尽快炸了这高高的龙窑，打通前进道路！

山　口　（日语）好！弄到洒金皮，就炸窑平村！

〔阿水上前敬山口酒。

阿　水　（惊）乡亲们！他们是日本仔。

〔众人乱成一团，有人害怕，有人愤怒。

山　口　乡亲们，不要乱！我叫山口，是大日本帝国皇军的少佐，大家不必惊慌！我们是奉命到龙窑村拿洒金皮葫芦瓶给天皇祝寿的！只要大家好好与皇军合作，我保证不会伤害大家！

山　口　（对阿妹）窑主姑娘，如果开窑不献出洒金皮葫芦瓶，这古龙窑、这龙窑村就保不住，全村老小也在劫难逃！

阿　妹　你——

山　口　小窑主，不要冲动，请到祠堂一叙！

众　人　窑主！阿妹！

〔一声炸雷。

〔切光。

〔音乐过渡。

〔祠堂内桌上摆放着茶具，山口伫立凝思。

〔侍卫内：带窑主——

〔阿妹内唱"闯龙潭入虎穴孤身前往"上

阿　妹　（唱）祠堂内香火点点余烟袅袅，
好似列祖列宗把我凝望。
心儿怦怦跳，手儿冰冰凉，
保龙窑护乡亲守我家乡，
舍出我小小身躯又何妨？！

山　口　（客气地）窑主姑娘，请坐！

阿　妹　（落落大方坐下）不知叫我来有何要事？

山　口　小窑主识陶爱陶，令我敬佩。今天请您过来，当是好好讨教。

阿　妹　如果我不过来呢？是不是要炸我窑场、平我村庄？

山　口　小窑主多虑了。要是您不来，我定登门拜访！

阿　妹　拜访？哈哈哈！
（唱）你若真是南洋来客，
我定会杀猪和宰羊。
（白）若是东洋倭寇来——

山　口　又待怎样？

阿　妹　（冷笑，唱）全村老少齐上阵，
拼将热血保家乡！

山　口　（轻视）哈哈哈！我敬佩你们的勇气，可你们手无寸铁，抵抗只是无谓的牺牲，小窑主三思！

阿　妹　（冷笑）哼，有什么话你就说吧！

山　口　实不相瞒，我也是制陶之人。今天我仅以制陶人的同道身份，向小窑主您讨教。何以我们做了一辈子，也做不出窑变洒金皮？

阿　妹　这么简单的道理你都不懂？哈哈哈！
（唱）鸟在天上飞，鱼在水里游。
若是颠倒来，江水也倒流。
（白）我们坭兴的陶土，江东泥软可为肉，江西泥硬可为骨。软硬结合，才能做出独具一格的窑变洒金皮。你们没有江东软泥、江西硬土，就算给你秘诀，也是画虎类犬，不伦不类！

山　口　（暗惊，日语旁白）哟西！小姑娘唇枪舌剑，果然厉害！（阴险地）小窑主，不幸的是，自从你父亲过世后，再没有人能做洒金皮葫芦瓶，只要你把洒金皮葫芦瓶秘诀交给我，不仅可以保住龙窑、保住全村老小的性命，还能让这洒金皮的技艺在我手上流传下去。

阿　妹　哼，这秘诀岂有失传的道理？

山　口　可悲可叹，你们号称大中华五千多年文明，可如今——
　　　　（唱）文明子虚乌有，
　　　　　　　古国徒有其表。
　　　　　　　泱泱大国五千年，
　　　　　　　何日再现瑰宝？！
　　　　小窑主，把洒金皮秘诀交出来吧！

阿　妹　（唱）你外表温文尔雅，孝心可彰，
　　　　　　　肚子里却原来一肚烂肠。
　　　　　　　你只知，一二三四五六七，
　　　　　　　孝悌忠信礼义廉少一样！

山　口　（怒）你——竟敢骂我忘（王）八！无耻！

侍　卫　（怒，欲拔刀）八嘎——

阿　妹　（白）想得到秘诀？痴心妄想！

山　口　（凶相毕露）小窑主，天道昭昭，变者恒通。我们大和民族，才是优秀的民族。我们这次来，就是帮助你们平蛮攘夷、推行王化、重拾当年的文明！

阿　妹　可笑——你们侵我家园、杀我同胞，这叫平蛮攘夷？

山　口　这……

阿　妹　你们烧杀抢掠，无恶不作，这叫推行王化？

山　口　这……

阿　妹　你们这般丧尽天良的禽兽行为，人神共愤，还配谈什么优秀民族？

山　口　（尴尬，跌坐）这……（险毒地）要想让中国人臣服，就得把他们的魂、他们的根统统毁灭！只有把他们的文明毁灭了，他们才会像猪狗一般，任我们驱使奴役！

侍　卫　（逼阿妹）你！五天限期已到，你要马上献出洒金皮葫芦瓶！不然——

阿　妹　怎么样？

山　口　（狠狠地）炸窑！毁村！

阿　妹　（怒）强盗——
　　　　（唱）说什么远渡重洋，
　　　　　　　道什么南洋客商。
　　　　　　　佯装道貌岸然，
　　　　　　　原来是蛇蝎心肠。
　　　　　　　撑支竹竿你要捕落天上的月亮，
　　　　　　　小小蛇口你贪心想吞大象。
　　　　　　　别看你恃强凌弱趾高气扬，
　　　　　　　待得钟馗挥剑上场，
　　　　　　　杀你们个哭爹喊娘无处躲藏，
　　　　　　　永不敢犯我泱泱国疆！
　　　　（大义凛然，痛斥魔鬼）
　　　　我们龙窑人历来有"三不烧"：
　　　　——为斗气不烧，为敛财不烧，为胁迫不烧！

山　口　交不出窑变洒金皮，你休想出得了这个大门！

阿　妹　大门是我开，任我自往来！我是窑主，明早天亮，开窑！
　　　　〔切光。

❧ 第六场 ❧

〔古龙窑前，月色昏黑。

〔紧张的音乐。

〔沉闷的号角声中传来低沉而有力的"开——窑——"声。

〔阿海、阿水捧着金光闪闪的洒金皮葫芦瓶上。

〔窑前，众窑工簇拥在葫芦瓶周围。

阿海、阿水　（捧着葫芦瓶）洒金皮葫芦瓶，终于烧出来了！

众　人　（低声、带着哭声的兴奋）终于烧出来了！

阿　妹　对！乡亲们，黑云压顶，虎狼横行。我们不能眼看着古龙窑毁于一旦，众乡亲遭受涂炭！

众　人　（呼应）对！

三　婶　（哭）但是日本仔有枪，呼呼，这怎么办哦……

阿　妹　走！

众　人　（诧异）走？

阿　妹　阿海哥、阿水哥，趁天还没亮，你们带领乡亲转移到十万大山暂避一时！

阿海、阿水　那你呢？

阿　妹　我留下来和日本仔周旋。

众　人　阿妹，你不能留下！

阿　海　阿妹、师弟你们带领大家进山，我留下来！

阿　水　阿妹、师哥你们带领大家进山，我留下来！

阿海、阿水　（争执）我留下来，我留下来！

阿　妹　（喝住）都别争啦！我是窑主！你们是龙窑的传人，以后，龙窑村还要靠你们啊！

阿海、阿水　（欲哭）阿妹！

阿　妹　几百年来，窑主离不开龙窑，生生死死在一起！但洒金皮葫芦瓶绝不能落在日本仔手中！

女窑工　（啼哭）窑主！（女窑工围在阿妹身边）

阿　妹　（深情地唱）

　　　曾经一起河边玩泥巴，

　　　曾经相约海滩摸鱼虾。

　　　沙滩上，月亮下，

　　　姐妹贴心讲着悄悄话。

　　　你说你的他，我说我的他，

　　　梦想坐上大红花轿，

　　　高高兴兴把自己来出嫁。

女窑工　（哭）阿——妹——

阿　婶　（呼）女儿——

阿　妹　干妈——

　　　（唱）阿妹自小没了妈，

　　　　　是您把我当亲娃。

　　　　　舍不得打，舍不得骂，

　　　　　一口水一口粥把我养大。

　　　　　操碎了心，熬白了发，

　　　　　不求回报只为能给我一个温暖的家！

　　　（跪）阿妈，女儿给您叩头了！

阿　婶　（抱着阿妹）我的傻阿妹哟——

阿海、阿水　阿妹——

阿　妹　（深情地）阿海哥、阿水哥！

　　　（唱）施一礼谢阿哥情深意长，

　　　　　不枉我们做兄妹敬爱一场。

　　　　　我走后，每年三月初三日，

　　　　　龙窑前替妹烧炷香，

　　　　　我想看你哥俩能齐心，

　　　　　窑火代代来传承，

　　　　　阿海哥，阿水哥，

　　　　　生前不能共白首，

　　　　　死后我们同坟场！

阿海、阿水　（伤心欲裂）阿妹——

众　　人　阿妹——窑主——

　　　　　〔画外，轮船的汽笛声响起。

阿　　妹　（激昂地）乡亲们！

　　　　　（唱）不用怕，别惊慌！

　　　　　　　龙窑村人一身胆，

　　　　　　　坯兴陶人头高昂。

　　　　　　　天塌下来当被盖，

　　　　　　　地陷落去当浴场。

　　　　　　　龙窑斑驳经风雨，

　　　　　　　千年不倒挺起脊梁向太阳！

众　　人　（唱）龙窑斑驳经风雨，

　　　　　　　千年不倒挺起脊梁向太阳！

阿　　妹　阿哥、乡亲们快走吧！

众　　人　（悲痛）阿——妹！窑——主！

　　　　　〔轮船声越来越近。

阿　　妹　日本仔要来了，乡亲们快走吧。

　　　　　〔离别悲怆的音乐起。

众　　人　阿妹！窑主——

阿　　妹　走吧！一路小心！

众　　人　（不舍）阿妹！窑主——

　　　　　〔阿妹接过葫芦瓶。

　　　　　〔画外：一声清脆的枪声“啪——”

阿　　妹　（撕心裂肺地大吼）走！走啊——

　　　　　阿海哥、阿水哥，你们是龙窑的传

　　　　　人，以后，龙窑还要靠你们啊！

　　　　　〔众人与阿妹依依惜别，阿妹目送

　　　　　蜿蜒的人群消失在茫茫大山中。

　　　　　（新《告别曲》）

　　　　　〔阿妹抱着葫芦瓶，深情地靠着龙

　　　　　窑、抚摸着龙窑。

　　　　　〔山口和侍卫上。

侍　　卫　人呢？

阿　　妹　（冷冷地）走了！

侍　　卫　走了？洒金皮葫芦瓶呢？

阿　　妹　（冷冷地）在这里！

山　　口　（惊喜）洒金皮葫芦瓶——天皇陛

　　　　　下，山口为你拿到洒金皮葫芦瓶

　　　　　了。

侍　　卫　（狂笑）洒金皮葫芦瓶！哈哈哈

　　　　　哈——

　　　　　〔侍卫贪婪地伸手抓葫芦瓶。

阿　　妹　（铿锵地）洒金皮葫芦瓶是我们龙

　　　　　窑村龙窑人的，陶比命大，你休

　　　　　想得到洒金皮葫芦瓶！

　　　　　〔侍卫猛扑过去抢夺葫芦瓶。

　　　　　〔阿妹举起葫芦瓶砸向地面，“咣

　　　　　当”一声巨响……

　　　　　〔山口趴在碎片上喊“洒金皮——

　　　　　葫芦瓶——”。

侍　　卫　（狂吼）八嘎！（掏出武士刀）你——

山　　口　（狰狞的笑声）哼哼哈哈哈——

侍　　卫　（大吼一声，冲向阿妹）八嘎——

阿　　妹　哈哈哈哈——

　　　　　〔山口、侍卫被镇住。

阿　　妹　（镇静地）干干净净地来，干干净

　　　　　净地去！

山　　口　（颓丧地）中国人太可怕了，太不

　　　　　可思议……

　　　　　〔阿妹摘下一朵小花戴在头上，从

　　　　　容走向龙窑——。

阿　　妹　（含笑）干妈、阿海哥、阿水哥、

　　　　　乡亲们，阿妹走了——

　　　　　〔两声枪响，几道闪电，众人凄厉

　　　　　地喊“阿——妹——”。

　　　　　〔音乐骤起，一束红光，后平台上

　　　　　窑工高举棍棒刀枪。

　　　　　〔幕后合唱：

　　　　　千般恨，万般仇，

一腔怒火涌心头。
头可断，血可流，
讨还血债洗国羞，
拼尽一命争自由！

〔歌声中山口、侍卫抱头逃窜，垂死挣扎，几声枪响后应声倒地。
〔切光。

·꙰ 尾　声 ꙰·

〔字幕：若干年后。
〔光启，天上飘荡着白幡，纸钱从天而降。

众　人　（唱）阿妹回来哦，回来哦——

阿　海　阿妹，今天又要开窑了，我同师弟两人合成一个人。

阿　水　烧出了一窑又一窑的祖传一绝洒金皮葫芦瓶！

阿海、阿水　你就放心吧！

阿　婶　阿女，奈何桥上喝碗孟婆汤，忘掉世间的忧和伤，早早前去投胎，来生又做个好姑娘。

众　人　（唱）一路走好！别彷徨！
　　　　　　来生又做个好姑娘！

阿海、阿水　开——窑——

众　人　（呼应）开——窑——啰——
　　　　　〔舞台光色转换，流光溢彩。
　　　　　（唱）爱悠悠，情长长，
　　　　　　　这里有我爹和娘。
　　　　　　　钦江两岸望故土，
　　　　　　　窑火升处是故乡。
　　　　　　　海歌声声唱龙窑，
　　　　　　　唱出几多磨难，
　　　　　　　几多坚强。

山那边

演出单位
柳州市演艺集团有限责任公司

内容简介

　　话剧《山那边》以一名投身革命的龙城中学女学生贺智的真实故事为截面，再现了柳州解放时期的峥嵘岁月，再现了千千万万个革命烈士的群像。在柳州解放七十周年这个特殊日子到来的时候，让我们在"山那边"寻求历史的回响。

　　"山那边"是进步的追求。

　　"山那边"是光明的理想。

　　"山那边"是革命的信仰。

主创团队

导　　演：封奇敏
编　　剧：梁星明
舞美设计：陈　刚　韦　婕
灯光设计：麦智祥
音响设计：李　君
道具设计：钟业登
服装设计：覃慧萍

主要演员

贺　　智——龙星羽
吴处长——周　杰
三　　姐——荣子淇
老年三姐——宋钰祺
老　　陈——林伟雄
罗老师——唐　敏
二　　哥——朱彦尉
赵队长——赵　奇
朱参谋长——张睿文
瑞　　明——覃晓艺

人　物

贺　智　革命烈士，龙城中学学生、广西爱国民主青年会会员。

三　姐　进步青年，贺智的三姐。

老年三姐　老年后的三姐。

老　陈　共产党员，中共柳州地下党领导人，龙城中学老师。

朱参谋长　中共地下党员，柳州警备司令部上校参谋长。

罗老师　中共地下党员，龙城中学老师。

二　哥　贺智的二哥，游击队员。

瑞　明　龙城中学进步女学生，贺智的同学、好友。

吴处长　中统特务，隐藏在龙城中学当老师。

赵队长　柳州警察局小队长。

老　李　叛徒。

特务若干。

市民若干。

小贩、摊主若干。

游击队员若干。

龙城中学师生若干。

国民党警察若干。

国民党兵若干。

❧·序　幕·❧

〔纱幕垂闭，投影剧名《山那边》。

〔灯光暗，开场。革命烈士纪念碑。

〔追光，纱幕前，老年三姐上。

老年三姐　小妹！小妹！我来看你了！解放已经七十二年了，你留在这里七十二年了，我们都很想你，很想你。

〔追光，纱幕后，贺智出现。

贺　智　三姐，你老了。

老年三姐　小妹，我已经93岁了，但是你，却永远都是19岁，永远留在了1949年。

贺　智　1949年，也是我离开家的那一年。

老年三姐　是啊，那年你离开了我们，去了"山那边"。"山那边"是你的追求，是你的理想，是你的信仰，你这一去，再也没有回家。小妹，你为什么要走啊？和我一起慢慢变老不好吗？

贺　智　三姐，这条路，总要有人走，总会有牺牲啊。

老年三姐　可是，你才19岁呀。

贺　智　你忘记了，其实，走上这条路，还是二哥影响我的。

老年三姐　二哥？我想起来了，那是1945年，他们在柳州的一次锄奸行动……

〔追光灭，老年三姐、贺智隐去。

❧·第一场　1945年　东门码头·❧

〔字幕：延安密令——老K同志，尽快与柳州地下党联系上，并不惜一切代价在柳州继续潜伏，等待时机，准备起义。

〔影光启。

吴处长　这是你最后一次机会，说，老K是谁？我给你五秒钟的时间。五、四、三、二、一。（枪响）他躲了，哈哈哈，他躲了。

〔舞台一角，朱参谋长的背影，缓

缓地转过身来，幕启，朱参谋长带兵下。老柳江的江边码头，码头的立竿上横七竖八地贴着一些破烂的广告。右侧是一个米粉摊，招牌写着"李姐米粉"，右侧偏中间的位置有一张桌子和几张板凳，左侧是个凉茶摊，招牌写着"老字号凉茶"。

〔吆喝声此起彼伏，三三两两的人来来往往，有摆摊做生意的、扛包的、卖报的、逛街的、吃粉的，一派繁忙的景象。

〔众小贩此起彼伏地吆喝"喝凉茶""吃米粉""螺蛳，嗦螺蛳""正宗柳城云片糕""卖草药"等。

〔众警察押着几个扛米袋的人从码头上，一路走进城门洞。

警察甲　走快点！走啊！

〔警察和扛米袋的人下。

〔二哥打扮成农民挑着柴，吴处长打扮成算命先生，两人同时上，边走边吆喝。

二　哥　卖柴！卖柴！

吴处长　铁口神算！看相算命！

〔二哥和吴处长相遇，互相挡了一下路。

二　哥　这位先生，你是要买柴吗？

吴处长　你的柴怎么卖呀？

二　哥　一个钱就行。

吴处长　柳州的柴真贵。

二　哥　打仗嘛，什么都贵。

吴处长　也是。发财啊。

二　哥　谢谢，你也发财。

吴处长　好，好。

〔吴处长走开，老陈上。

老　陈　小哥，这柴怎么卖啊？

二　哥　一个钱一担。

老　陈　这么贵了，能不能便宜点？

二　哥　老板，现在打仗，没办法。

老　陈　（看柴，左右看无人，小声）大家准备好了吗？

二　哥　准备好了。

老　陈　这次和老K接头，一定要确保万无一失。

二　哥　老陈，那个叛徒呢？

老　陈　等我命令，一定要除掉他，确保老K的安全。

二　哥　是。

老　陈　（大声）你这柴啊太贵了，不要不要。

〔老陈走开，二哥吆喝着下。

〔吴处长走到板凳处坐下，继续吆喝着，特务甲、老李上，凑过来。

特务甲　处长！

老　李　算命的，可不可以帮我算一卦？

吴处长　可以可以，来请坐。确定老K一定会现身？

老　李　你放心，我用的是最高级别的接头暗号。

吴处长　那我怎么确定他就是真正的老K？

老　李　你会知道的，一会你注意看我，我把帽子一戴上你就抓人。

吴处长　好，好好干，我不会亏待你的。

老　李　你答应我的，要说到做到。

特务甲　咦，你个龟孙……

吴处长　那就要看你的表现了。

〔吴处长挥手，特务甲示意，老李走到米粉摊旁坐下，摘下帽子反着放。

老　李　老板，来一碗米粉。

特务甲　处长，他要是骗我们怎么办？

吴处长　他不跟我们合作，就是死路一条。

特务甲　他可是共党的叛徒。

吴处长　叛徒？（冷笑一声）我要的就是叛徒。

〔朱参谋长从舞台后区上，赵队长带警察一瘸一拐地上。

警　察　让开，让开！把路给我让开！

赵队长　朱、朱、朱……

朱参谋长　怎么，瘸了？

赵队长　啊，不小心被驴踢的。朱参谋长，这点小事怎么还用您亲自来呢？

朱参谋长　这点小事还用您亲自来？征军粮是小事吗？

赵队长　大事！大事！但您今天不是休息嘛，交给兄弟办就行啦，我办事您放心。

朱参谋长　交给你办？这些粮食还真不知道会搬到谁家里去。

赵队长　军粮，就算给兄弟十个胆子也不敢动啊。

朱参谋长　敢不敢你心里清楚，去盯着点。

赵队长　这……（看看自己的伤脚）

朱参谋长　我扶你一把。

赵队长　谢谢兄弟。（对门洞里呵斥）里边的，快走啊！

〔赵队长给朱参谋长点烟，走到码头观看。

二　哥　（走到凉茶摊前坐下）老板，来碗凉茶。

〔音乐渐渐紧张起来。

二　哥　老陈，这里的人太杂了。

老　陈　注意警戒，不惜一切代价保护老K的安全。

二　哥　是。

朱参谋长　小心防范，一粒粮食都不能搞丢了。

赵队长　您老放心。

吴处长　给我盯紧了，一定要抓活的。

特务甲　明白。

二　哥　老陈，你看那个吃粉的人。

老　陈　注意观察。

赵队长　朱参谋长，我请您吃粉。

朱参谋长　你小子想贿赂我啊。

特务甲　处长，还是没有动静。

吴处长　别急，他们也在等。

二　哥　老陈，你看他的位置。

赵队长　参谋长，这刚好有个位置。

特务甲　处长，你看那个位置！

老　陈　这是个陷阱。

朱参谋长　这是个套吧。

吴处长　这是个聚会。

老　陈　明知是陷阱我们也要跳。

朱参谋长　你这个套，我接受了。

吴处长　进来了就别想再出去。

〔紧张音乐声渐大。

〔朱参谋长慢慢地朝老李走过去。老陈、吴处长看向老李，老李不动声色，手按住帽子。

贺　智　（画外音）三姐，三姐你快点。

〔所有人定格，音乐突然停。

二　哥　糟了，是她们！

老　陈　谁？

二　哥　我妹妹！

老　陈　想办法带她们走。

〔把帽子反过来放。

赵队长　老板娘，来两碗粉。

朱参谋长　还饱着呢，不吃了，走，回去看看。

赵队长　参谋长？参谋长？

特务甲　处长，怎么没动静了？

吴处长　来，我们换个地方。

〔所有人下。

〔贺智、三姐上。

三　姐　你，你放手，这马上要开学了，你不好好地待在家里看书，还到处乱跑什么啊！

贺　智　三姐，在家多闷啊。

三　姐　闷？什么事都不让你干，一心一意地读书，你还嫌闷？你呀，就是以前躲鬼子的时候野惯了。

贺　智　我哪里野了，我可是跟着你和二哥。

三　姐　嘘！

贺　智　（压低声音）跟着你和二哥打鬼子嘛，那是干革命啊。

三　姐　你呀，收敛着点，现在可是在柳州城里。

贺　智　三姐，我请你吃粉怎么样？这里的粉可好吃了。

三　姐　吃吃吃，你就知道吃，真是个小馋猫。

贺　智　三姐，那里有座位。

〔贺智走到老李坐的桌前。

老　李　哎！

贺　智　大叔，这里没人坐吧？

老　李　哎！这里……

贺　智　谢谢大叔，老板，两碗米粉。

〔贺智拉三姐坐下。

老　李　哎，哎……

〔发现老陈，慢慢地走向老陈。

〔二哥急上。

二　哥　三妹，小妹。

贺　智　二哥？你不是在……

二　哥　咱们先回家。

贺　智　可是……

三　姐　（突然醒悟）对对，先回家，有事回家再说。

〔二哥拉着贺智、三姐要走。

〔老陈站了起来，被老李发现。

老　李　站住！转过身来。

〔老陈停住，慢慢地转过身去。

老　李　是你！

〔急忙拔枪出来，群众看到枪，一阵慌乱。

特务甲　站住，别动，把手举起来。

老　陈　你这个叛徒。

〔老陈趁乱夺了老李的枪，开枪杀了老李。游击队员扑上来，和特务打成了一片。一特务上前朝老陈开枪，贺智看到扑上去抢枪，三姐趁机把特务推倒在地，枪响，人群四处逃散。

老　李　你……你……抓……抓……（倒下）

三　姐　小妹？小妹？

二　哥　先跟我走。

〔混乱中，二哥拉三姐下。

〔众警察上，拦特务，众特务把警察打翻在地，追下。

〔赵队长、朱参谋长上。

赵队长　他妈的，敢在老子地头撒野！

贺　智　跑了！跑了！

赵队长　往哪跑了？

贺　智　那边！（指相反方向）

赵队长　给我追！（一看自己的人全躺在地上）都他妈起来给我追！

〔众警察爬起来，赵队长带着一起追下，朱参谋长扔掉烟踩灭，下。

〔老陈上。

老　陈　小妹，跟我走。

贺　智　你是？

老　陈　这里不安全，快跟我走！

〔老陈、贺智下。

〔吴处长、特务甲上。

特务甲　吴处长，这……他……

吴处长　杀人灭口！共党已经知道他叛变

了。

特务甲　这条线就这么断了?

吴处长　断了!(冷笑一声)你们时刻给我记着,对付共党,可比对付日本人难多了,总有一天,不是他死就是我亡。蒋委员长说过,攘外必先安内,他老人家真是高明啊,你们要多学习,我们中统,一定要牢记蒋委员长的训示。

众特务　是!

吴处长　共产党,我们会见面的!

〔灯光暗。全体隐去。

〔追光,老年三姐、贺智上。

老年三姐　山那边……

贺　智　那是我第一次看见"山那边"的人。

老年三姐　所以,从那时候开始,你就对他们深深着迷。

贺　智　不,那是一种崇敬,是一种向往,

从那天起,我仿佛看见了一片蔚蓝的天空,看见了未来的希望。

老年三姐　你找到了内心理想的出路。

贺　智　可惜啊,那时候,我并没有真正遇见他们,我知道他们就在我们身边,但是,我不知道,他们是谁。

老年三姐　你那时候老缠着我,问我怎么才能接触到他们,我也不知道。

贺　智　二哥知道。

老年三姐　是的,他参加了游击队。

贺　智　听到二哥参加游击队的消息,我真想和他一起去,可是,我太小了,没有斗争经验。

老年三姐　你要读书。

贺　智　我按家里的要求,去了龙城中学,成了一名中学生。

〔追光灭,老年三姐隐去。

☙ 第二场　1948年　龙城中学 ❧

〔龙城中学图书室。在舞台前,有几张书桌拼成的大桌子,几把椅子。桌子上放着好几本书,还有书皮和一桶糨糊。

〔黑场,追光。贺智点亮手中的煤油灯,走到书架上拿出几本书。她走到书桌前,把煤油灯放在书桌上时,舞台灯亮。

瑞　明　贺智,我们去图书室。

贺　智　嗯。

瑞　明　我们来把这些书的封面换一下。

贺　智　这本是讲长征的书。

瑞　明　《西行漫记》不好。

贺　智　换成什么好呢……《金粉世家》?不好……《福尔摩斯探案集》?

不好……对了,就换这一本。好了,以后这本书就叫《拍案惊奇》。

〔贺智熟练地撕开书的封面,刷上糨糊,把一张书皮粘上。

〔罗老师上。

罗老师　贺智,瑞明。

贺　智　罗老师。

瑞　明　罗老师。

罗老师　做得怎么样了?

贺　智　我们利用下午和晚上的时间,已经做好好几本了。

罗老师　你们做得真不错。

贺　智　谢谢老师。

罗老师　这些书你们都看过了吗?

贺　智　看了,还没看完。

罗老师	觉得怎么样？

罗老师　觉得怎么样？

贺　智　真的是大开眼界呀。就拿这本《西行漫记》来说，以前，我只知道，红军在全州血战湘江，知道红七军是我们广西的子弟兵，嗯……

罗老师　攻打过融县的长安镇，他们在长征的路上遇到过这么多的磨难，克服了那么多的困苦，两万五千里呀，这真是人类的奇迹。

瑞　明　是啊，两万五千里呀，这真是人类的奇迹。

罗老师　是啊，他们发展到今天，非常不容易。毛主席领导的中国共产党，是人民的救星。

贺　智　他们国民党的报纸电台整天说"共军节节败退，国军又获全胜"，我看是他们被打惨了，死要面子。

〔老陈上，观察贺智和罗老师。

罗老师　贺智，瑞明，还记得前几天我们全年级去春游的事情吗？

贺　智　我记得。那天，我们去了鸡喇村的平川乡。

罗老师　印象很深刻吧？

贺　智　以前，我只在书上看到过"饥不择食""哀鸿遍野"，那一天，我是真真的看见了、明白了，什么叫做"惨"。

瑞　明　是啊，现在才是三月啊，一个个饿得骨瘦如柴的饥民，穿着破衣烂衫，在那寒风中，排着长长的队伍，就为了那像水一样的一口稀饭。

罗老师　还有在山坡上挖菜根充饥的那些穷苦工人，他们能生产出飞机、大炮，但是却养不活自己的妻儿老小。

贺　智　还有一个饿死的三岁孩子，只剩一张皮，他妈妈把他抱在怀里，往孩子发黑的嘴里喂着用草根煮出的汤水，"孩子，喝一口，喝一口你就能活了，喝一口你就不会离开妈妈了"。还有一个奄奄一息的老大爷，他饿得瘫坐在地上，手里举着一个破碗，"老爷，行行好，救命啊——老爷，行行好，救命啊"。

〔同学甲起身走向罗老师。

罗老师　那时候，你们问我，为什么，农民种出了粮食，还要挨饿。我说，你们不要问我，你们要去问他们。

贺　智　我去问了，他的家被日本鬼子一把火烧得精光；她的儿子被国民党抓壮丁成了炮灰；他辛辛苦苦种出的粮食，被地主逼债催租全部拿光，只能吃糠；她的救济粮被贪官污吏克扣，到她的手上只够塞牙缝。这是什么世道啊，人命还没有馒头值钱。这哪是吃粮啊，这是吃人啊！老天爷，你来一场暴风雨吧，把这个旧世界从里到外洗刷干净吧！

老　陈　说得好。

瑞　明　陈老师。

罗老师　老陈……陈老师，你什么时候来的？

老　陈　早就来了。小罗，我要批评你了，警惕性不高，敌人来了怎么办？

罗老师　是，我一定提高警惕。

贺　智　你是？

老　陈　你好，小妹，我们又见面了。

贺　智　是你……

老　陈　（制止）记住，要保守秘密。

贺　智　是。

罗老师	贺智同学，从今天开始，他就是你们班的陈老师。
贺　智	陈老师。
老　陈	贺智同学。
	〔敲门声。
罗老师	谁？
	〔画外音：老乡。
罗老师	他们来了。
	〔罗老师下。
贺　智	陈老师，你见到我二哥了吗？
老　陈	你二哥？
	〔罗老师带着老师甲、老师乙上。
罗老师	陈老师，他们是融县工委的，也是刚刚从融县过来。同志们，他就是老陈。
老师甲	老陈，盼星星盼月亮，可把你盼来了。
老师乙	是啊，等你好久了，融县工委的莫书记托我们向你问好。
老　陈	感谢莫书记。同志们，你们在融县和柳城的大山里打游击辛苦了。
老师乙	不辛苦，老陈。你们在柳州开展地下工作，那才是真正的危险啊！
老　陈	我们一起战斗。
老师甲	对，一起战斗。
贺　智	罗老师，他们都是"山那边"过来的？
罗老师	贺智，今天就这样吧，你回去吧。
贺　智	罗老师？
老　陈	不，罗老师，她可以留下来。
罗老师	好吧，记住，今晚的事，对谁也不能说。
贺　智	是。
	〔贺智继续包书皮。
老　陈	同志们，现在我们的华北战场、东北战场正和敌人艰苦战斗，上

	级指示我们，要争取让更多的群众走到正确的道路上来。
老师甲	我们在学校里面，就是要让更多的学生了解我们的主义，理解我们的牺牲。
老师乙	是的，就是要让大家了解敌人的虚伪，粉碎敌人的阴谋。
老　陈	说得好！同志们，学生运动是毛主席说过的重要的第二条战线，我们要把握好这条战线，配合好解放军的正面斗争。推翻国民党反动统治，解放全中国。
老师合	解放全中国！
贺　智	老师。
罗老师	怎么了？
贺　智	我可以帮上忙。我知道哪些同学是中立的，我可以想办法影响中立的同学也支持革命。
老　陈	哦，说说你的想法。
贺　智	就靠这些书。我想通过读书小组的活动影响大家，虽然不是什么大事，但是也可以出一份力。
	〔老陈和老师们用眼神交换了意见。
老　陈	好吧，贺智同学，这个办法可以试试。
瑞　明	但是要注意安全。
罗老师	是的，有的人可能会隐藏自己真正的倾向。
贺　智	不会的，我很熟悉他们。
老　陈	贺智同学，一定要谨慎，不能大意。
贺　智	好的。
	〔敲门声。大家鸦雀无声。
	〔吴处长画外音：谁在里面？开门。
罗老师	是他。
老　陈	是谁？

罗老师	新来的吴老师。

〔吴处长画外音：谁在里面？开下门。

贺　智	老师，让我来吧，我是个学生，他不会为难我的。来了，来了。
老　陈	隐蔽。

〔老陈、瑞明和老师们都躲到书架后面。贺智开门。吴处长上。

贺　智	吴老师……
吴处长	贺智同学，你一个人？
贺　智	是啊，吴老师。
吴处长	天这么晚了，你一个人在这里做什么？
贺　智	我把破损的书修补一下。
吴处长	修补书啊？
贺　智	嗯。
吴处长	呵呵，好……我来看看你都看些什么书啊？
贺　智	吴老师……
吴处长	噢，都是古典文学啊。（拿起一本）
贺　智	（抢过）是啊……《拍案惊奇》。
吴处长	看《拍案惊奇》干吗锁门啊？
贺　智	我一个人，不锁门，害怕。
吴处长	害怕？怕谁啊？
贺　智	吴老师，你不知道，上一次，有小偷翻墙进来，把学生宿舍偷了。
吴处长	真的？
贺　智	真的。有些同学一个月的伙食费都没了，还是我们筹钱，他才吃上饭的。
吴处长	贺智同学，你真的一个人？
贺　智	是啊。
吴处长	那这把椅子，怎么是热的？
贺　智	这……
吴处长	说实话，这里还有没有别人？
贺　智	吴老师……

吴处长	老师知道你是好孩子，别怕，你说实话。
贺　智	吴老师……
吴处长	你放心，我帮你保密。

〔吴处长说着就往书架方向走去。

贺　智	吴老师，我承认错误。
吴处长	好，知错就改，善莫大焉。你说吧。
贺　智	其实……
吴处长	其实什么？
贺　智	其实……
吴处长	没事，慢慢说。
贺　智	其实……真的保密？
吴处长	保密。
贺　智	不会告诉我家里人吧？
吴处长	你说出来，还会有奖励呢。
贺　智	我……我不是一个人在这里。
吴处长	好，好。
贺　智	其实，我锁门就是怕被别人看见。
吴处长	好，怕谁看见？
贺　智	是，我谈恋爱了，刚刚我就是和男朋友在这里……
吴处长	谈恋爱了？男朋友……人呢？
贺　智	谁？
吴处长	你男朋友。
贺　智	听见你敲门，他就翻窗户跑了，把我一个人留下。吴老师，你说，这样的男人是不是要不得？紧急关头就弃我而去，这种人是不是……
吴处长	行啦！
贺　智	吴老师，我错了。
吴处长	你是错了，你早恋了。

〔吴处长下。

贺　智	吴老师……

〔老陈、瑞明和老师们出。

贺　智　陈老师。

老　陈　贺智同学，你做得好，但是太鲁莽。

贺　智　陈老师……

老　陈　贺智同学，这是斗争。

贺　智　陈老师，我准备好了。

老　陈　今后的危险，要比今天晚上的更大。

贺　智　我不怕！

〔瑞明拉贺智走开。

老　陈　同志们，我有个建议。我建议吸收贺智同学为我们领导的广西爱国民主青年会的成员。

〔瑞明与老师们小声讨论。

老　陈　那大家表决一下。

瑞　明　我同意。

老师甲　可以。

老师乙　我同意。

罗老师　我觉得可以。

〔老陈、罗老师、瑞明、老师甲、老师乙举手。

老　陈　贺智同学，欢迎你加入广西爱国民主青年会。

贺　智　谢谢老师！请大家放心，我一定会努力的。

老　陈　很好。同志们，这里被盯上了，今晚就到这里，大家散了，注意安全。

罗老师　好。

〔罗老师、瑞明、老师甲、老师乙下。

老　陈　贺智同学，不早了，快回家吧。

贺　智　陈老师，我将来会有机会去"山那边"吗？

老　陈　现在你是爱青会的成员了，相信很快就会有机会。

贺　智　太好了。

老　陈　贺智同学，"山那边"也有跟你一样的热血青年，我们随时欢迎你的加入。但是，你要多学习、多历练，那才能合格。

贺　智　是。

老　陈　你要在斗争中学习和成长，要记住，保护自己，保护同志。

贺　智　是。

〔老陈拍拍贺智的肩膀，下。

〔追光，老年三姐上。

贺　智　太好了，二哥，我很快就可以和你一起战斗了。

老年三姐　所以，当时的你一直不知道二哥的事情。

贺　智　是的。三姐，你知道。

老年三姐　我知道，妈不让我告诉你，怕影响你读书。

贺　智　二哥牺牲了。

〔追光，二哥上。

二　哥　那是1945年的一天，我和游击队的战友们刚刚打了一个漂亮的伏击战。正当我们凯旋的时候，没有想到，在暗中，一个黑洞洞的枪口对准了我们。

〔追光，吴处长上，举枪瞄准二哥。

吴处长　兄弟，对不住了。

二　哥　大家都是打鬼子，为什么你的枪口要对着我。

吴处长　上峰有令，兄弟我身不由己。

二　哥　要杀，你就光明正大地杀，偷偷摸摸地，丢人。

吴处长　丢人不丢人不重要，重要的是交差。

二　哥　你的差事，真他妈的脏！

吴处长　对不住啦，兄弟借你的人头一用。

〔枪声响，二哥、吴处长的追光

灭，两人隐去。

老年三姐　你还记得那段时间，家里把你送回老家去了吗？

贺　智　记得，说是让我回去陪爷爷奶奶。

老年三姐　其实是因为，二哥的人头就悬挂在东门城楼上，妈怕你看见，吓到你。

贺　智　我记得，我记得！东门城楼上挂着几个笼子，每次我贴宣传单都会从下面经过。二哥，我不知道你就在那里呀，二哥！

〔追光灭，老年三姐下。

第三场　1948年　东门城楼

〔东门城楼。舞台同前场，背景的城墙变成了一个城门洞，上面写着"东门"两个字，城门上悬吊着几个空的竹笼子，城墙上横七竖八地贴着一些宣传单。

〔追光，贺智、三姐上。

三　姐　站住，你给我站住。

贺　智　三姐。

三　姐　现在外面兵荒马乱的，你出去乱跑什么？回家！

贺　智　我有任务。

三　姐　什么任务都不行，回家！

贺　智　三姐，你怎么落后了呢？

三　姐　我落后？

贺　智　当年你和二哥杀鬼子，那多勇敢、进步啊，现在怎么这样啦？

三　姐　我要不是为了这个家，我早就去那边了。回家！

贺　智　三姐……

三　姐　那你想想妈，妈身体不好，还要替你担惊受怕的，你好意思吗？

贺　智　你跟妈说啦？你出卖我！你是叛徒！

三　姐　什么叛徒啊？你还学会扣帽子啦？还用我跟妈说？你早就名声在外啦。我说，你长大了，也替妈想想。就因为二哥……

贺　智　二哥怎么了？二哥做得对。

三　姐　妈真是替你们操碎了心。

〔传来几声口哨。

贺　智　三姐，不跟你说了，我要走了。

三　姐　小妹！小妹！

〔追光灭，三姐下。

〔追光，贺智偷偷往城墙上贴宣传单。

〔警哨声。灯光亮。贺智下，赵队长、众警察上。

赵队长　撕，全部给我撕掉。谁贴的，给我找出来！

〔警察撕掉了宣传单，四处寻找。贺智悄悄上，又贴上几张。就这样一撕一贴，警察和贺智无意中撞在了一起。

警察甲　站住，站住……报告长官，人在这里！

赵队长　等什么，给我抓起来！

警察甲　站住，别跑！

〔贺智和警察你追我跑，贺智不时扔一些传单。

〔几番追逐之后，贺智下，警察追下。

〔幕后高唱《团结就是力量》。警察紧张地退了出来。紧跟着出来的，是边唱歌边举着标语的游行师生，老陈、罗老师、吴处长、贺智在其中。

老　陈　反饥饿!

游行师生　反饥饿!

罗老师　反内战!

游行师生　反内战!

老　陈　反迫害!

游行师生　反迫害!

〔赵队长组织好警察,和游行队伍对峙。

赵队长　全体立正,向左转,站好!诸位诸位,你们的游行示威是违法的,请大家回去。

老　陈　我们违法?我们要吃饭,要和平,要生活,有什么错!

游行师生　对,没错!

赵队长　你们违反了《维持秩序临时办法》,违反了国民政府的规定,非法请愿,这是违法。

贺　智　那你们用枪对付我们这些手无寸铁的学生就合法啦?

赵队长　我们是维持秩序,当然合法。

罗老师　你们欺负良善老百姓的法律,那是恶法,我们更加要反对!

游行师生　反对!

吴处长　反饥饿!

游行师生　反饥饿!

吴处长　反内战!

游行师生　反内战!

吴处长　反迫害!

游行师生　反迫害!

赵队长　你……你……你们学生,不老老实实上学,不知道报效国家,不知道孝敬父母,难道你们学校就教育出这种不忠不孝的人吗!

贺　智　我们为了国家不被你们败坏就是忠,我们为了父母不被你们欺压就是孝,这就是学校教育我们的

忠孝两全。看看你,败坏国家前途是不忠,枪口对着父老乡亲就是不孝,你才是不忠不孝!

游行师生　对!

吴处长　对,贺智同学说得好,同学们,兄弟姐妹们,我们不要怕,像这样的不忠不孝之人,我们要抗争到底!

游行师生　抗争到底!

吴处长　他们都是纸老虎,我们弱他们就强,我们强他们就弱,对不对?

游行师生　对!

吴处长　给他们看看,我们的气势!团结就是力量——唱!

〔游行人群合唱《团结就是力量》。

赵队长　不许唱!不许唱!(恼羞成怒)全体都有,听我口令,持枪!瞄准!

吴处长　大家不要怕!我们是打不倒的!(跟唱,往后退)

〔歌声继续,游行人群手挽手站在一起,警察举枪瞄准,气氛一时剑拔弩张。

〔汽车喇叭声,刹车声。

〔朱参谋长、众国民党兵上,迅速在双方中间建立隔离带。场面安静下来。

朱参谋长　都给我退后,把枪放下。

赵队长　朱参谋长,您可来了,兄弟我快扛不住啦。

朱参谋长　谁叫你用枪的?有用吗?

赵队长　没办法啊,他们一个个都不怕死啊。

朱参谋长　废话!

赵队长　他妈的!老子一枪一个,全摞倒了大家清净。

朱参谋长　愚蠢!

赵队长　兄弟帮帮忙，我也是混口饭吃啊。

朱参谋长　混口饭吃？小心你吃不了兜着走。

赵队长　怎么了？上峰有新的指示？

朱参谋长　现在不像前两年啦，游行的人你想抓就抓，想杀就杀。上峰有令，以后这样的游行，不能和他们起冲突，以免激化，给共产党口实。

赵队长　怎么？上面现在害怕这个？

朱参谋长　你不懂。（压低）东北快丢了。

赵队长　什么？

朱参谋长　小点声，现在是机密。

赵队长　不是说"戡乱得胜"吗？

朱参谋长　你没看见后面还有"转进"两个字吗？

赵队长　那上头还……

朱参谋长　别怪兄弟不提醒你，现在这个局势啊……要是共产党得了势，你今天开枪杀他们的人，那就是血债。给自己留条后路吧。

赵队长　可是，今天这样，兄弟也不好交代呀。

朱参谋长　我不是来帮你了吗。

赵队长　感谢兄弟，改天请你喝酒。

朱参谋长　免了免了，你记着就好，说不定哪天，兄弟还要你帮忙呢。

赵队长　没问题。

〔朱参谋长走到游行队伍之前。

朱参谋长　你们管事的是谁？

老　陈　是我。

朱参谋长　你是？

老　陈　我是学校老师。请问你是？

朱参谋长　兄弟我是柳州警备司令部上校参谋长。

老　陈　参谋长，我们是合理请愿。

朱参谋长　兄弟明白，但是你们不能闹事。

吴处长　不是我们闹事，是他们不讲道理，对不对？

游行师生　对！

朱参谋长　行了，大家少安毋躁，我不是来讲道理了吗？

吴处长　有拿着枪讲道理的吗？对不对？

游行师生　对！

朱参谋长　好，都把枪放下，人家是学生，是国家的未来，我们要尊重他们，放下枪。

赵队长　全体都有，枪上肩。

〔警察和国民党兵都把枪背起来。

朱参谋长　怎么样，可以讲道理了吧？

老　陈　同学们，大家稍等一下。

朱参谋长　请尊驾移步说话。

〔朱参谋长、老陈走上前，吴处长跟着过来，舞台灯变暗，前场灯亮，贺智走出人群，在外围偷听。

老　陈　有什么话你就说吧。不过，我可以告诉你，今天的游行请愿是我们所有爱国师生的决定。

吴处长　对，是大家的决定。

朱参谋长　我不管，我要秩序。

吴处长　你要秩序，枪口下能有什么秩序？那是压制，那是反动。

朱参谋长　我不管，我要秩序。

老　陈　你要什么秩序？

朱参谋长　你们必须在我们的看管下，不能扰乱治安。

吴处长　我们是囚犯吗？

朱参谋长　我抓你们了吗？我绑你们了吗？我上刺刀了吗？没有！你们也不是囚犯，我们只是在维持治安。

吴处长　参谋长，你是不是忘记了你的职责？你会这么好心？

朱参谋长　我的职责，是保证柳州不乱。你的职责又是什么呢？

吴处长　我们的……

老　陈　好吧，我们接受。

吴处长　陈老师！

老　陈　吴老师，麻烦你去组织一下大家。

〔吴处长无奈走回人群。

朱参谋长　这样就好嘛，你好，我好，大家好，何必呢？有时间游行，不如多去看看风景。

老　陈　那你好吗？

朱参谋长　你好，我就好。

老　陈　那今天，我们都好。

朱参谋长　这位老师，请管好你的人，不是你的人，你更要管好。

〔舞台灯亮，老陈走回游行人群，朱参谋长走回警察和国民党兵队伍。

老　陈　同学们，大家要记住，不能让别人有伤害我们的借口。我们是和平游行请愿的，谁要是搞破坏，往我们身上泼脏水，谁就是我们的敌人。对不对？

游行师生　对！

老　陈　记住，不能打扰商铺，不能和那些质疑我们的人起冲突，大家要小心谨慎，不能大意！来，我们手挽手，喊口号，一定要大声。

游行师生　好！

贺　智　反饥饿！

游行师生　反饥饿！

贺　智　反内战！

游行师生　反内战！

贺　智　反迫害！

游行师生　反迫害！

朱参谋长　全体都有，听我口令，列队！立正！

〔朱参谋长指挥军警列队，让开了路。游行人群边喊口号边下，朱参谋长、赵队长带军警跟下。老陈将罗老师、贺智拉到一旁。

老　陈　罗老师，你带着大家多注意，今天不太平。

罗老师　好，我知道了。

老　陈　千万小心。

罗老师　好。

〔罗老师下。

贺　智　陈老师，今天的队伍里面，有别人。

老　陈　贺智同学，你今天做得很好，已经在战斗中成长起来了。

贺　智　谢谢老师。

老　陈　组织上考虑，可以让你到"山那边"去革命。

贺　智　真的？太好了！什么时候出发？

老　陈　不急，你要等时机，到时候会有人联系你的。

贺　智　那我要准备什么？

老　陈　什么都不要做，和平时一样，上学，读书。

贺　智　陈老师？

老　陈　越是紧要关头，越要稳重，越要谨慎。保护好自己，等消息。

贺　智　是！

〔灯光灭，老陈下。

〔追光，老年三姐上。

老年三姐　你就这样等待着。

贺　智　我就这样等待着，等待着去往"山那边"那一天的到来。

老年三姐　是啊，我记得，那时候，你又开心又紧张，所有的心事只能跟我讲。

贺　智　三姐，所以你是最了解我的人。

老年三姐　那有什么用呢？又留不住你。

贺　智　三姐，你不会留我的。你知道，这是我的追求，我的理想。就算我留下了，说不定哪天也会失踪的，像许许多多上了敌人黑名单的同志一样。那时候他们不光暗杀共产党，还要公开处刑。

〔几名被捕的地下党员戴着手铐，被特务押解上。

特务乙　快走！赶紧的，快点！

〔女眷们挤上，被拦住。呼喊着丈夫、儿子的名字。

特务甲　走！走！散开！散开！国民政府令，阿勇等一众人犯，立即枪决！行刑队！准备！举枪……

地下党员甲　打倒国民党反动派，共产党万岁！

特务甲　瞄准……放！

〔舞台灯黑，枪响。特务、地下党员甲、女眷下。

〔追光。

贺　智　那时候，特务趁着夜色，到学校里抓人，老师不见了，同学不见了。特务到巷子里砸门，邻居不见了，熟人不见了。白天的大街上，会发现同志的遗体，晚上的柳江河里，不知道隐藏了多少秘密。罗老师不见了，陈老师给我安排了任务后，也再没有见过他了。

〔黑场，老年三姐、贺智隐去。

第四场　　1949年　　柳侯公园

〔追光，老陈坐在长椅上，帽子放在一旁，吴处长上。

吴处长　陈老师，这么巧啊？

老　陈　吴老师！

吴处长　在等人？

老　陈　不，看看风景。

吴处长　看风景？陈老师就是陈老师，就是和别人不一样。

老　陈　有什么不一样的？天不早了，我也该走了。（拿起帽子）

吴处长　别！别急啊。难得有机会，我们一起坐坐，交流交流嘛。

老　陈　天太晚了，改天吧。

吴处长　陈老师，来坐一下。

〔众特务上，拦住老陈，吴处长坐下。

老　陈　吴老师？你这是做什么？

吴处长　做什么？当然是向几个朋友介绍介绍你啊，大家认识一下，说不定可以交个朋友，也许还可以一起看看风景。

老　陈　吴老师太抬举我了，我有什么好介绍的，我就是一个老师。

吴处长　不不不，陈老师真是谦虚，你们都学着点，做人一定要像陈老师这样，低调。

老　陈　吴老师，你搞错了吧？

吴处长　没错，来来来，我们来认识一下，陈老师，老陈，著名的共产党干部陈书记。

〔所有特务拔枪对着老陈。

老　陈　吴老师，你又是谁？

吴处长　哎呀，忘了忘了，还没有自我介绍，失礼了，真不好意思，兄弟我是中统广西特别行动处特派员处长。

老　陈　原来你就是吴处长，久仰久仰！

吴处长　惭愧，惭愧啊，同事这么多年，

今天才算真正认识，怠慢了老兄，还望海涵。

老　陈　吴处长，你们中统胆子真大，敢在桂系的地盘撒野。

吴处长　和你们共产党比不值一提。陈老师，要不我们换个地方聊吧？请。

老　陈　（戴上帽子）带路。

吴处长　慢！（吴处长慢慢从老陈头上把帽子取下，轻轻放在长椅上）你看位置是不是和原来一模一样？

老　陈　你……

吴处长　不着急不着急，待会还有一个朋友要来。

老　陈　吴老师，你……

〔老陈想要抢帽子。

吴处长　（突然拔枪指着老陈）别动。嘘！看戏就要保持安静！

〔老陈被特务押着与吴处长站到一边，一束光照着他们，另外一束光照着长椅上摆着的帽子。

〔安静，鸦雀无声。

〔脚步声由远及近。

〔追光，朱参谋长带兵上。

〔看见朱参谋长，吴处长兴奋起来。特务们走神了，这时，老陈趁机用力挣脱束缚，推开特务跑向长椅，拿起帽子一扔。

〔特务甲慌乱中开枪。

吴处长　蠢货！（扇特务甲一巴掌）

〔老陈捂住胸口，一屁股坐在长椅上，吴处长上前。

吴处长　老陈，说话！说话！是谁？到底是谁？

〔老陈大笑几声，牺牲。

朱参谋长　住手！

〔特务们拔枪对着朱参谋长。

众特务　不许动！

朱参谋长　他妈个巴子的，敢在老子的地盘杀人？

吴处长　参谋长……

朱参谋长　吴老师？

吴处长　你们都把枪放下，参谋长他是自己人。

朱参谋长　自己人？吴老师你是谁的自己人啊？

吴处长　参谋长莫急，我这有个小本本，你看看就知道我是谁的自己人了。

朱参谋长　中统特派员处长？吴老师是吴处长，那么他是谁？

吴处长　他……你是说陈老师！

朱参谋长　陈老师？你们不是一起闹学潮的吗？

吴处长　是，但他是共产党。

朱参谋长　他是共产党！那你也是共产党啰？

吴处长　不不不，共产党，兄弟我可不敢当哦，倒是参谋长您……（有所暗示）来这里做什么？是来看风景吗？

朱参谋长　看风景，吴处长是来看风景的吗？

吴处长　对，对对，兄弟我觉得这里的风景确实不错。（指着老陈的尸体）

朱参谋长　（冷笑）风景不错，你们中统啊就是喜欢杀人，搞得到处都是尸体，风景再好也被你们给糟蹋了。（朱参谋长用手套拍了拍特务的脸，特务用枪对着朱参谋长）

众特务　你！

朱参谋长　（怒）怎么！这是桂系的地盘，你们中统还敢在老子的地盘撒野吗！

吴处长　哟哟哟，不敢不敢，参谋长你这

个桂系的老子比蒋总裁还要大。

朱参谋长　吴处长，你这是什么意思？

吴处长　没意思，没什么意思，参谋长您多虑了，兄弟也只是奉命行事。抓共产党，惊扰到参谋长了，参谋长请多包涵。来，参谋长请抽支烟，压压惊。

〔吴处长掏出火柴给朱参谋长点烟，两人对视。

〔灯光暗场，全体下。

〔追光，老年三姐、贺智上。

老年三姐　我记得那段时间，你经常很晚才回家，有时候晚上还会找各种借口出去。

贺　智　形势越来越艰难，敌人的手段更狡猾了，陈老师失踪以前，给我留下了任务，做好广西爱国民主青年会的工作，联络好进步的同学，等待时机，迎接解放。

老年三姐　那时候，我真的很担心你，但是却没有机会和你多说几句话。

贺　智　那时，敌人疯狂地到处抓人、杀人，情况在不断地恶化中。

老年三姐　你坚持了下来，直到那一天。

贺　智　对，那一天。

老年三姐　那一天，是你动身的日子，是我们的最后一次见面。

〔灯光灭，老年三姐、贺智下。

❧ 第五场　1949 年　柳江河边 ❧

〔夜晚的柳州码头。舞台如第一场，灯红酒绿，时不时传来嬉笑声和喧哗声，远处似乎有留声机唱着《何日君再来》。

〔舞台灯亮，赵队长带着几个警察上，沿着河边巡逻，用手电筒照着河面。

警察甲　头儿，你说这么一个小小的柳州城，中统的、警备司令部的，都在抓共产党，他们有肉吃了，我们连汤都喝不上啊。

赵队长　愚蠢，我们手里拿着家伙，还怕没汤喝？我告诉你们，都给我机灵点。喝汤？老子还要吃肉呢！

警察众　是！

警察乙　头儿，你看那艘船。

赵队长　嗯？

警察甲　黑灯瞎火的，还老有人上上下下，你看，又有个人偷偷摸摸上去了。

赵队长　好！跟我走！

〔赵队长掏出枪，带着警察急下。

〔贺智悄悄上，用手电筒在左边打信号，没有回应，又去右边打信号，还是没有回应。

〔三姐上。

三　姐　你要去哪？

贺　智　三姐？（想跑）

三　姐　站住！你长本事了，还想离家出走！

贺　智　三姐，我必须走。

三　姐　必须走？什么大事啊？好好的家都不要了？

贺　智　我要把东西带到"山那边"去。

三　姐　换别人去不行吗？

贺　智　是陈老师交代的。

三　姐　什么？我去跟你们陈老师讲，怎么让一个女孩子去那么远的地方？怎么当老师的，不像话……

贺　智　陈老师不见了。（三姐愣住）上面通知我今晚把东西带过河。

三　姐　不去，不去，跟我回家。

贺　智　三姐，你不是一直支持我的吗？

三　姐　此一时彼一时。连陈老师都……不见了，你又能做什么？我是支持你革命，但是现在这个局势……

贺　智　越是这个局势，我们越要和国民党反动派斗争到底。

三　姐　斗争也不是蛮干啊。你先和我回家商量商量，好不好？

贺　智　你相信我好不好？我已经长大了，不是以前那个跟在你屁股后面要糖吃的小孩了。三姐，难道你忘了吗？我们革命，是为了让劳苦大众吃上饱饭过上好日子，为了这个社会消除所有的不公，为了我们的国家和民族不再受人欺负，这是我们每个年轻人应该有的责任和担当。

三　姐　小妹……

贺　智　三姐，你就让我走吧。

　　　　〔吴处长上。

吴处长　这不是贺智同学吗？

贺　智　吴老师？

吴处长　这么晚了，你还出门呀？要过河？这位是谁呀？

三　姐　是老师啊，我是……

贺　智　她是我外婆家的邻居。

吴处长　邻居？

贺　智　我外婆病了，她来接我去看看。

吴处长　外婆病了？你的行李呢？

贺　智　看看就回家，哪需要带行李啊？

吴处长　哦。真是孝顺的好孩子。我一直都和陈老师说，贺智这孩子不错，是个好苗子。

贺　智　吴老师，我就是个普通学生。

吴老师　（假装赞许）谨慎！

贺　智　我和同学们一样，没有什么特别的。

吴处长　不，你和他们不一样，陈老师说过……

贺　智　吴老师，陈老师是调走了吗？

吴处长　啊，陈老师有新的安排，他嘱咐我，要好好照顾你们。

贺　智　三姐，太晚了，我们先回去吧。

三　姐　好。

吴处长　没事，没事，慢慢等。

三　姐　不用，不用，我们马上就回去了。

吴处长　放心，我会保护你们的，都是自己人。

贺　智　自己人？

吴处长　好警惕！你是我们党需要的人。

三　姐　你们党？

吴处长　（低声）共产党！

　　　　〔贺智和三姐交换眼神，赵队长、众警察上。

赵队长　妈的，在老子地盘上开赌场，还不想上供！

警察甲　还是头儿厉害，那帮人吓得半死，乖乖把钱就拿出来了，一个两个……

赵队长　拿来。

警察甲　（气馁）头儿。

赵队长　（权衡一下）喏，拿去。

警察甲　啊？才五个？

赵队长　啊？多了一个，拿来。怎么，还嫌多啊？

警察甲　谢谢头儿，谢谢头儿。

三　姐　长官！长官！

赵队长　喊什么？喊什么？

贺　智　他是共产党！

吴处长　你……

赵队长　好啊，对，我记得你，你就是带头游行的老师！

贺　智　刚刚他引诱我们参加共产党！

三　姐　是啊，是啊，他一直缠着我们。

贺　智　他自己都承认了。

赵队长　他说什么？

贺　智　他说我们是他们党需要的人才！

三　姐　我们问他什么党，他说是共产党！

赵队长　哈哈哈，好！来呀，给我抓起来！

吴处长　等一下！

赵队长　等什么？他是共产党！抓！

〔警察拿着绳子要捆吴处长，吴处长挣脱，扇赵队长耳光。

吴处长　他妈的！成事不足败事有余！

警察丙　头，他好像打你。

赵队长　我他妈知道。

警察甲　头儿，他有枪！

赵队长　我他妈也知道，抓！

吴处长　（掏枪）退后！

赵队长　我们也有！上！

吴处长　（拿出证件）睁大你的狗眼给我看好了！

警察甲　（看一眼，吓得退后）头儿，头儿……

赵队长　一个共产党你们怕成这样！

警察甲　他不是……他不是……他是……他是……

赵队长　不是什么？是什么？滚！

〔赵队长上前看证件，吓住了，敬礼。

赵队长　中统！长官，我不知道……

吴处长　废物，老子被你误了大事！行了，贺智，我们都别装了，你是共产党！

贺　智　吴老师……吴长官……

吴处长　你是共产党老陈的助手，今晚准备过河参加游击队。

三　姐　她去看外婆。

吴处长　别当我是傻子！你，把她们抓起来。

赵队长　抓女学生？

吴处长　女共产党！

赵队长　是，抓！你们还等什么？抓呀。

三　姐　长官，长官，她就是个孩子，不是共产党！

贺　智　三姐，跑啊，三姐，跑啊……

吴处长　抓！

〔贺智推开三姐，被警察抓住，三姐回头求吴处长。

三　姐　放了她吧，长官，她就是个孩子！长官！

吴处长　（吴处长用枪指着三姐的头）贺智啊，她说你是个娃娃，来，你告诉我，你是哪个？来，我给你点时间想一想，五、四、三、二……

〔远处一声枪响，众人急忙掩护。

〔朱参谋长上。

赵队长　长官，长官。

朱参谋长　你怎么在这？带上你的人快跟我走。

赵队长　啊！

吴处长　参谋长，你好啊，来看风景啊。

朱参谋长　是你？

赵队长　是中统的……

朱参谋长　吴处长。

赵队长　你们认识啊？

朱参谋长　老子今天接到线报，有共党分子要过江。吴处长，你又在这里做什么？

吴处长　抓共党。

赵队长　抓了两个共党。

朱参谋长　哟，吴处长，你不是抓共党吗，怎么抓起女学生来了？

吴处长　她们就是共党。

朱参谋长　她们是共党？

吴处长　她们是女共党。

贺　智　长官，我们不是共产党，我们是学生，长官。

吴处长　宁可杀错，不可放过。

朱参谋长　说得也对，宁可杀错，不可放过。真是辛苦吴处长了，你们带上她们跟我走。

赵队长　是。

吴处长　慢，参谋长你不厚道哦，你不能截胡哦。

朱参谋长　截胡？我说吴处长，你们中统的手伸得太长了吧？这是我们桂系的地盘，老子说了算。

吴处长　哟哟哟，参谋长哟，你这个桂系的老子难道……就算是在桂系的地盘，那也要讲个先来后到啊。人是我抓的，必须由我带走，你们带上她们跟我走。

赵队长　啊？

朱参谋长　既然是在我的地盘，就必须由我带走。愣着干吗？给我过去抓人啊。

赵队长　哦。

吴处长　中统办事，你们敢不服从？

赵队长　啊！

朱参谋长　赏钱你们不要啦？

赵队长　要！来啊，他妈的抓人啊！

吴处长　住手！参谋长，你还是不对劲啊！

朱参谋长　吴处长，我又哪不对劲了？

吴处长　参谋长，你是来抓人的，还是来救人的？

朱参谋长　救人？我救谁？

吴处长　救她们。

朱参谋长　救她们？笑话，我凭什么救她们。

吴处长　因为你是共产党。（枪口指着朱参谋长）

朱参谋长　我是共产党？

吴处长　你就是共产党！

朱参谋长　吴处长，我要是共产党，你还能站着说话吗？

吴处长　参谋长，我知道，你早就想把兄弟我给干掉了。不过，你不敢。这样吧，兄弟我卖个人情给参谋长，你替兄弟我把她杀了，杀了她你就可以把她带走，请。

朱参谋长　吴处长，我说你的脑子是不是被驴踢了？你们中统这么喜欢到处乱杀人吗？我们警备司令部要活的。

吴处长　哟哟哟，舍不得？还是不敢？哦！听说共党不会杀自己人。

朱参谋长　我不杀女学生我就是共党？（指赵队长）那他们是不是也是共党？

赵队长　（吓住）不是，我忠于党国，忠于总裁。

〔周围枪响，警察乱作一团。

赵队长　谁打枪？谁打枪？

朱参谋长　共产党的游击队！

赵队长　啊，游击队？游击队！

〔警察们抱头鼠窜。

吴处长　怕什么！

赵队长　处长……

〔赵队长跑过来，想跟吴处长说话，被朱参谋长从背后一推，赵队长和吴处长倒在一起。

〔朱参谋长大声喊。

朱参谋长　他们想跳河。跳！

〔贺智反应过来，往河里跳。吴处长冲过来没抓住，朱参谋长有意挡着，假意地往河里开了两枪。

吴处长　人呢？

朱参谋长　死了！

三　姐　小妹！

吴处长　参谋长，你……

朱参谋长　吴处长，你们中统连个女学生
　　　　都看不住啊？

吴处长　（对朱参谋长窝火，转身扯住赵队
　　　　长）格老子的龟儿子！是你搞脱
　　　　的，你是共党！你们警察局是共
　　　　党老窝！跟老子走！

赵队长　不是，不是，误会！误会！

众警察　长官，长官！

赵队长　参谋长，救我呀！参谋长！

朱参谋长　吴处长，你不能乱抓人。老赵
　　　　你放心，有我在，我他妈的倒想
　　　　看看有谁敢动你。
　　　　〔吴处长扯着赵队长下，众警察、
　　　　朱参谋长跟下。
　　　　〔三姐在河边疯找，哭泣。

三　姐　小妹！小妹啊！
　　　　〔罗老师、游击队员挽扶贺智上。

贺　智　三姐！

三　姐　（拥抱）小妹！你没事吧，你没事
　　　　吧！

贺　智　是罗老师把我救起来的。

三　姐　罗老师……

游击队员甲　此地不宜久留，快走。

贺　智　三姐……

三　姐　小妹，你走吧，记住，一定要安
　　　　全回来。

贺　智　嗯，我会带着胜利回来的。

罗老师　快走。

三　姐　小妹……
　　　　〔贺智依依不舍和罗老师下。
　　　　〔灯光灭。追光，三姐站立。
　　　　〔追光，老年三姐上。

老年三姐　当时，她就这么走了。

三　姐　你后悔吗？

老年三姐　后悔啊。

三　姐　后悔没有把她留下来？

老年三姐　后悔没有用力地再看她一眼。
　　　　谁能知道，这是我们这辈子的最
　　　　后一面呢？

三　姐　是啊，怎么可能会知道呢？

老年三姐　后来，发现了她留下来的一封信。

三　姐　在哪发现的？

老年三姐　就在她藏秘密资料的那个墙洞
　　　　里，你知道在哪儿。

三　姐　信上写了什么？

老年三姐　她说，"为了正义的行动，你无
　　　　须悲伤，我们年终终会再见的，
　　　　只要我没死。"
　　　　〔追光，照射在三姐和老年三姐之
　　　　间的空舞台上。

贺　智　（画外音）或许到那时，我会带给
　　　　你很多宝贵的、难以用钱买到的
　　　　东西。三姐，我一定不会使你失
　　　　望。

三　姐　小妹，你过得好吗？

贺　智　（画外音）很好。其实，我离你们
　　　　也就一百多里的距离，我在冷水
　　　　村里，每天都能呼吸到新鲜的空
　　　　气。

老年三姐　那里就是你向往的"山那边"
　　　　吗？

贺　智　（画外音）是啊，组织上给我分配
　　　　了任务，宣传革命道理，发动妇
　　　　女翻身闹革命，教农民识字，普
　　　　及文化知识。我跟村里的乡亲们
　　　　天天生活在一起，你看，我现
　　　　在像不像一个普通的村姑啊？

三　姐　像，真像。

贺　智　（画外音）三姐，我还学会了说壮话，等我回家我说给你们听。

老年三姐　小妹，我等着你说给我听，等了七十二年了。

贺　智　（画外音）三姐，对不起，我没办法说给你听了，我留在"山那边"了。

三　姐　小妹……

贺　智　（画外音）永别了，我亲爱的姐姐，可惜，我不能和你说一句"再见"了。

〔追光灭。

三　姐　小妹！小妹！她是怎么……牺牲的？

老年三姐　她到"山那边"的两个月之后，游击队要攻打敌人的交通线，本来她的任务是留守驻地，但是，她主动去找上级请求参战，她说"哪怕是运送弹药也好，哪怕是看管物资也好，哪怕是照顾伤员也好，我要在前线和同志们一起战斗"。

三　姐　是的，她很擅长说服别人。后来呢？

老年三姐　上级同意了她的请求，她参加了这次战斗。那一天，是1949年5月25日，他们和敌人正面交锋，那是一场十分激烈的阵地争夺战，打了一个下午。为了让游击队的战友们顺利转移阵地，她们几个队员主动吸引了敌人的火力。

〔灯光灭，三姐、老年三姐下。

❧ 第六场　1949年5月25日　大塘镇稀饭坳 ❧

〔山区溶洞内。

〔激烈枪战。

〔灯光亮，游击队员和国民党兵激烈交火，吴处长带着国民党兵，贺智、罗老师背着医疗包救助伤员。

罗老师　贺智，护送大家离开。

贺　智　是！

〔贺智扶伤员下，罗老师中弹倒下，贺智冲上扶住。

贺　智　罗老师！罗老师，你的伤……我去看看还有没有别的洞口。

罗老师　没有。这里我来过，就一个洞口。

贺　智　罗老师……

〔贺智扶起罗老师，罗老师体力不支，两人摔倒。

〔枪声停，吴处长上。

吴处长　你们被包围了，投降吧！

〔罗老师往外打了一枪。

吴处长　打偏啦。啧啧，罗老师，都是老相识啦，投降吧，我保证你们的安全。

罗老师　老相识啦，吴老师。

吴处长　罗老师，你憔悴啦。

罗老师　憔悴，还不是因为你们。

吴处长　我们？

罗老师　你们早点灭亡，那我就不用憔悴了！

吴处长　贺智，好久不见啦。自从柳江河边一别，两个多月了，我很想念你啊。

贺　智　我也想你啊，吴老师，我想你死啊。

吴处长　不会，算命的说，我长寿。

贺　智　长的是阴寿吧。

吴处长　何必呢？你们受伤了，投降，投

降我们就帮你们治疗。

〔罗老师往洞外打了一枪。

〔国民党兵甲：（画外音）啊！

吴处长　叫什么叫！他妈的，拖下去！今天你们是插翅难逃。贺智，其实我一直很欣赏你，只要你弃暗投明，我保证，帮你在中统谋个好位置。跟着我，穿金戴银、吃香喝辣的，有什么不好？

〔罗老师想开枪，但是没有子弹了。

吴处长　没子弹了，外面的，滚进来。罗老师，只要你回答我一个问题，我就帮你们治疗。我只要一个名字，告诉我，老K是谁？

罗老师　不知道！

吴处长　会知道的。贺智，你劝劝罗老师，让她把名字告诉我，告诉我你们就能活命了。

罗老师　同志们呢？

贺　智　他们安全了。

罗老师　那就好。

贺　智　罗老师，我帮你包扎。

罗老师　不用啦。没想到啊，我会死在这里。

贺　智　罗老师。

罗老师　贺智，来，举起你的右手，跟我念。我宣誓：终身为共产主义事业奋斗、党的利益高于一切。

贺　智　我宣誓：终身为共产主义事业奋斗、党的利益高于一切。

罗老师　遵守党的纪律、不怕困难。

贺　智　遵守党的纪律、不怕困难。

罗老师、贺智　永远为党工作，要做群众的模范，保守党的秘密，对党有信心，百折不挠，永不叛党。

〔群众跟着一起念誓词。

贺　智　罗老师，等新中国诞生了，你一定要去我家吃饭，我三姐能做一手好菜，特别会做鱼。

罗老师　贺智，你说新中国是什么样子？

贺　智　新中国，肯定是人人安居乐业，处处鸟语花香，大家脸上都是幸福的笑容，都能吃饱饭，都能穿上好衣裳，没有压迫，没有剥削，生活在温暖的阳光下。

罗老师　真美，我真想亲眼看看新中国……

〔罗老师伸向前的手无力地垂下，贺智抱住罗老师的身体。

吴处长　贺智，我也很遗憾，你说能怪谁呢？我只是想要一个名字，一个名字难道比自己的命重要吗？其实我也猜到老K是谁了，我现在需要一个证人。你告诉我，那天晚上，在柳江河边，谁放你走的？你说出来，保住一条命，回家孝顺父母，不好吗？

贺　智　（轻轻为罗老师整理衣服）罗老师，同志们，谢谢你们，谢谢你们带着我在战斗中成长。谢谢你们教会了我，人应该有什么样的追求，应该走什么样的路。这条路不好走，但是我会勇敢走下去。因为我希望，让我的同学、我的父母在一个充满阳光、充满希望的国家里幸福地生活，为了那一天的到来，我愿意付出一切，甚至生命。罗老师，我相信，到了那一天，大家不会忘记我们，我们会在新中国的温暖阳光里，永生！

吴处长　想好啦？

贺　智　吴老师，我告诉你。

吴处长　好，说！

贺　智　中国共产党万岁!

吴处长　什么?

贺　智　中国共产党万岁!

吴处长　你……

贺　智　中国共产党万岁!!

〔全体下,贺智站在高处。舞台变
　红光,定格。

〔灯光灭。

❧ 尾声　1949 年 11 月 25 日　柳州解放 ❧

〔字幕:解放前夕,老 K 成功潜
伏在国民党军队内,去了台湾,
继续隐姓埋名,为我党收集到很
多重要情报。

〔字幕:根据老 K 的情报,1951
年抓获了中统在大陆隐藏的高级
别特务吴处长,并于同年镇压。

〔黑场,锣鼓喧天,鞭炮齐鸣。

〔灯光亮,老年三姐伫立。

〔三姐上,寻找。

三　姐　小妹?小妹?你在哪?

〔三姐定格。

老年三姐　小妹,小妹,你在哪?小妹,
　　　　你去哪啦?我找了你七十二年啦。

〔音乐起,贺智上。

贺　智　三姐,我就在"山那边"呀。

三姐、老年三姐　(合)小妹,你的任务完
　　　　成了,回家吧。

贺　智　三姐。

三姐、老年三姐　(合)小妹!

〔三姐、老年三姐和贺智牵手向
　前,音乐继续。

〔一面五星红旗冉冉升起,革命先
　烈走上高台。

贺智、三姐、老年三姐　(合)我们回家
　　　　啦!

革命先烈　我们回家啦!

全体合　我们回家啦!

〔定格,剧终。

〔演员谢幕。

彩调剧

演出单位
来宾市文化广电和旅游局
来宾市群众艺术馆

多情的红河石

内容简介

　　彩调剧《多情的红河石》讲述的是广西红水河沿岸的扶贫故事。故事的主人公扶贫干部石奉之，遵循精准扶贫，追求时效，抛弃脱离实际的进村学文件、作报告的常规思维，深入调查，发现红水河有着丰富的奇石资源，适逢广西乃至全国奇石市场十分火爆之际，发动全村开发奇石，解决了群众生活困难的问题，又为全村发展生产提供了足够的资金。剧本以石奉之给本村第一贫困户送祝寿石为主线，展开矛盾，发展冲突。

主创团队

编　　剧：尹　永
导　　演：龙杰锋
副 导 演：郑华英　蓝雅丽
作曲（唱腔设计）：戴景强
舞美设计：刘鹏禹
灯光设计：吴建峰
音响设计：朱玉谋
道具设计：刘鹏禹
服装设计：欧阳娟

主要演员

石奉之——杨　锴
村　长——莫馥宁
石头仔——刘　伟
蓝木匠——蓝忠恒　周亚斌
韦阿婆——蓝雅丽　韦少艳
求　富——黄　鸿　姚朝东
妲　莲——韦婵婵　覃晶晶

时　间　广西奇石市场最红火的年代。

人　物

石奉之　30多岁，红河村扶贫干部，著名
　　　　奇石鉴赏家。

村　长　27岁，红河村村长。

韦阿婆　70多岁，红河村第一贫困户。

求　富　25岁，韦阿婆的孙子。

蓝木匠　50多岁，红河村村民。

妲　莲　21岁，蓝木匠之女，求富的对象。

石头仔　26岁，石奉之内弟，柳州石商。

村民、购石者若干。

〔幕后伴唱：

红水河的石头好诡怪，

它闯进我们的村子来，

有人说石头会说话，

有人说石头能生财，

有人把它丢在猪栏外，

有人抱它睡觉不离怀，

哎呀，哪嘀嗨，

个中奥妙谁能猜、谁能猜？

第一场

〔村长呼唤着"石疯子！"急匆匆
地上。

村　长　（唱）蚂蚁子掉进热锅里，

　　　　　　　找不见石疯子我着了急，

　　　　　　　石疯子有副怪脾气，

　　　　　　　红水河边跑得密，

　　　　　　　要想找他不容易，

　　　　　　　跑得我气喘叭哈汗水滴。

　　　　（唤）石疯子！石同志——

韦阿婆　（上）村长，你喊哪个啊？

村　长　韦阿婆，你看见石疯子吗？

韦阿婆　噢，就是那个石同志吧？他还讲
　　　　来帮我做七十大寿呢。你看，墙
　　　　上那个大大的寿字，就是他写好
　　　　贴上去的呢。

村　长　噢，想起来了，他就是柳州来找
　　　　石头、跌下红水河的那个同志
　　　　啊！要不是你把他救起来，他早
　　　　被水推走了。

韦阿婆　那是他的造化好啊，那时，天冷
　　　　得河水都要结冰了，石同志从水

里出来，大病了一场，回不去，
只好住在我这块，吃点红薯芋头，
真难为他啊！刚好，我那母鸡下
了几个蛋，要不，我还真的对不
起他啊！

村　长　韦阿婆啊，你也不容易啊，就靠
　　　　那几个蛋去换点油盐钱的啊。

韦阿婆　救人要紧嘛。

村　长　阿婆啊，他人是蛮好的，就是不
　　　　像是来扶贫的，不开会，又没带
　　　　钱来，以前扶贫工作的同志，总
　　　　带钱来救济，今天我一定要好好
　　　　追他要钱。没有钱救济，就是用
　　　　猪尿泡哄狗，光得个名声！我去
　　　　找他。（下）

〔妲莲拿着一匝面条上。

妲　莲　阿婆，祝你老人家生日快乐，健
　　　　康长寿！这是我爸喊我拿来的长
　　　　寿面。

韦阿婆　哟，你爸太讲礼了！妲莲啊，你
　　　　跟求富的事，你爸还有意见吗？

姐　莲　我不理他！阿婆，求富讲今天回来同你过生日的，恁子还没见到？

〔求富内呼："阿婆！阿婆！"急匆匆背着昏迷的石奉之奔上。

韦阿婆　啊！求富回来了。

求　富　阿婆，快！搬张凳子来。

〔韦阿婆、姐莲紧张地围过来，搬凳、送水。

姐　莲　啊？！他头上有点伤！我回家要点红汞来。（姐莲下。姐莲上，拿来红汞、纱布，为石奉之敷伤）

韦阿婆　求富，你在哪块看见这个石同志的？

求　富　就在红河边，他抱着一块石头，昏睡在地上。

韦阿婆　赶快送他到医院，送他到医院！

〔求富欲背石奉之，石奉之渐苏醒。

石奉之　哈哈哈，我没有病，没有病！（如梦如痴迫不及待地）

（唱）这几天我在河边转，
　　　耳旁像有话语喧，
　　　红水河的石头在说话，
　　　说得我心里滋滋滋的甜，
　　　四处张望人不见，
　　　话语却分明响耳边，
　　　它说道麒麟出世财神现，
　　　红河村发财的日子在今天。
　　　我看见眼前一道道金光闪，
　　　我看见河滩上遍地是金砖，
　　　我看见……

求　富　（打断石奉之的诉说）同志，同志，你醒醒！你醒醒！

石奉之　（异常激动）告诉你们，红河村发了！红河村发了！

求　富　啊？！莫非他真的疯了？

姐　莲　会不会吃着癫菌？

石奉之　莫乱讲，我哪里癫啦！今天是阿婆的生日！我要让阿婆不再贫困，年年生日都热热闹闹，快快活活；让我们红河村都发起来！我要给阿婆送……嗻？（环顾四周，寻找什么，追问）我的宝贝呢？我的宝贝呢？

〔众愕然。石奉之四处搜索，突然急速地跑下。

韦阿婆　（着急）求富，你赶快跟着他，千万不要有三长两短啊！

求　富　嗯。（追下）

〔韦阿婆、姐莲也焦急地目送石奉之、求富下，蓝木匠上。

蓝木匠　姐莲！（训斥）家里就剩下那一点红汞、纱布了，还往外拿，仔卖爷地不心痛！

〔姐莲与韦阿婆只顾盯着石奉之他们远去的方向，并不理睬蓝木匠。

蓝木匠　哎，你们看什么？（莫名其妙地跟着张望）

〔片刻，石奉之用外衣包裹着一块大石头扛上，求富紧随其后。

求　富　慢点！慢点！

石奉之　（把石头放在韦阿婆面前）阿婆，今天你老人家七十大寿，这块石头，就送给你做寿礼吧。

〔众人诧异，顿时音乐骤起，众人哄堂大笑，一个个前俯后仰……
〔伴唱：
　　　石头祝寿，石头祝寿，
　　　这个玩笑过了头。

石奉之　（唱）石头祝寿自古有，
　　　　　今天是"石"来运转好兆头；
　　　　　石头长存人长寿，
　　　　　愿阿婆甜甜蜜蜜，

活上一百九十九。

蓝木匠　（唱）见过天，见过地，

　　　　　　也见过皇帝老子穿蓑衣，

　　　　　　没见过石头来做礼。

妲　莲　（唱）笑得我眼泪鼻涕一起出。

求　富　（唱）石同志是不是有毛病，

　　　　　　劝你赶快去投医。

石奉之　（唱）我不傻，我不痴，

　　　　　　这块石头卖它个十万没问题。

妲　莲　（唱）石同志今天车大炮，

　　　　　　墙上画马哄人骑。

求　富　（唱）纸扎板凳哄人坐，

　　　　　　蚯蚓下水讲是鱼。

蓝木匠　（在一旁思考，若有所悟）

　　　　（唱）疯子讲话不无道理，

　　　　　　也许是这帮农伯少见识，

现在是改革开放新时代，

说不定石头真能出效益。

我不妨暗中打主意，

铲银子我要下好这着棋。

妲莲，快跟我回去！

石奉之　呃，呃，你们听我讲嘛！莫要走，
　　　　莫要走。

蓝木匠　我们有事，不陪你了。走，妲莲。

妲　莲　爸，又有什么事？

蓝木匠　（神秘地）回去再讲，回去再讲！
　　　　阿婆，我们夜晚再过来吃饭噢。

　　　　（强拉妲莲下）

韦阿婆　好走！（调解）好了好了！长短是
　　　　根棍，轻重是个礼，送石头给我，
　　　　我领情了。

第二场

〔蓝木匠背着一编织袋的石头，步
履艰难地上。

蓝木匠　（唱）一袋石头肩上扛，

　　　　　　背驼腰弯苦难当，

　　　　　　头上青筋现，汗水湿衣裳，

　　　　　　眼前金星冒，两脚在筛糠。

　　　　　　既然石头可赚钱，

　　　　　　莫怪我先下手为强。

　　　　（呼唤）妲莲——！你这个死妹仔，
　　　　慢吞吞的，捱命嘛！

妲　莲　（幕内）喊冤嘛！来了！来了！（上）

　　　　（唱）阿爸他昨晚算盘打得响，

　　　　　　他说到石头赚钱好主张。

　　　　　　天未亮跑到河滩上，

　　　　　　捡两袋石头就想把老板当。

　　　　　　我看他是做梦捡银子，

　　　　　　癞蛤蟆也想上天堂。

　　　　　　爸，人家两句疯话，

你当是圣旨，石头能卖钱，

我们早就发财了。

蓝木匠　你懂个屁！

　　　　（唱）为人就要多动脑，

　　　　　　想赚钱找窍门是第一条，

　　　　　　依我看石同志的想法好，

　　　　　　他大智若愚计谋高。

　　　　　　红河村年年种田老一套，

　　　　　　墨守成规怎能把钱捞。

妲　莲　（笑）爸，听你讲是一套一套的，
　　　　可是我听讲一件事——

蓝木匠　什么事？你讲。

妲　莲　有一次，你们三个老家伙，去柳
　　　　州耍，站在马路上，去数云天大
　　　　厦有多少层，警察过来罚款，数
　　　　一层罚十块，罚了你们四十块，
　　　　你还挺高兴地悄悄说："还讲柳
　　　　州仔精，我都数到八层了，他才收

我四层的钱。"

蓝木匠　没错啊，我少挨罚四十块钱，就等于赚了他四十块钱。

〔妲莲捧腹大笑。

蓝木匠　笑什么，笑什么！快，你帮我把两袋石头送到公路上。

妲　莲　这两袋石头，至少也有一两百斤！我喊个人帮一下——

蓝木匠　（忙制止）莫喊莫喊，不能给人家晓得。

妲　莲　怕什么，又不是去偷、去抢！

蓝木匠　我讲你没够秤，你又不服。我们现在是做独家生意，趁大家还没觉醒，我们先捞它一脚。

妲　莲　他又不是外人。

蓝木匠　我晓得你是喊求富。你少跟他来往。这种人，要文化没文化，要钱没钱，就有两斤死力气，哪个嫁给他，一辈子喝西北风。

妲　莲　（不悦）爸！我晓得，你看不起人家，可是，他老实、吃得苦，肯做活路。

蓝木匠　（作挥手欲打状）啊，你还给他脸上擦粉，你再跟他来往，老子打断你的脚！

〔妲莲极不高兴地噘着嘴巴欲走。

蓝木匠　（命令式）过来！把石头抬到那边，找一架板车，帮我送去。

〔父女俩跌跌撞撞地把石头抬下。

❧ 第三场 ❧

〔祝寿石躺在韦阿婆门外。

〔摩托声由远而近隐约传来。片刻，石头仔风尘仆仆地上。

石头仔　（唱）一路摩托到壮乡，

　　　　　果然是奇山异水不寻常，

　　　　　早听说红水河边多景象，

　　　　　滩滩都有怪石藏。

　　　　　千辛万苦来寻访，

　　　　　为的是采集精品走一场。

〔石头仔远远发现那块石头。

石头仔　一块好石头，怎丢在猪栏边，猪屎猪尿臭烘烘的！

〔石头仔仔细查看石头，顿时眼前一亮，扑向前从不同角度观赏、品玩，兴趣盎然，津津有味，几乎走火入魔，状态怪诞、滑稽。

〔韦阿婆端一碗水上，为石头仔的痴迷状而迷茫，不解地跟在其后观察。

石头仔　啊！（唱）是不是红运从天降？

　　　　　是不是麒麟送吉祥？

　　　　　我的眼前一阵亮，

　　　　　一块精美的妙石在发光。

　　　　　菩萨显灵财神到——

韦阿婆　（唱）莫非是又一个疯子在身旁。

〔痴憨入魔的石头仔，手舞足蹈，无意间撞翻了韦阿婆手中的水碗。

韦阿婆　同志，对不起，对不起！（忙为石头仔擦去身上的水）

石头仔　（回过神来，歉意地不断点头哈腰）不好意思，不好意思。

韦阿婆　同志，请喝水。同志啊，这块石头是我们昨晚丢出来的，是不是这块石头上画有花，你看上它了？

石头仔　（一怔，旋即装作若无其事）哪里哪里，一块石头有什么好看的。

韦阿婆　就是嘛！我见它在屋里太挡路了，才丢在这里的。

石头仔　（兴奋）对对对，石头又不值钱，
　　　　要来也无用。（不动声色地）不过，
　　　　阿婆，我想找一块石头来垫坐，
　　　　噢，不不不，其实是用来治病的。

韦阿婆　啊？石头能治病？

石头仔　（唱）我的老爸有痔疮，
　　　　　　　常常是又痛又辣真难当，
　　　　　　　找一块石头来垫坐，
　　　　　　　不用医师开药方。

韦阿婆　（唱）好一个孝顺儿子有教养，
　　　　　　　为父治病不怕路途长，
　　　　　　　劝你快到河滩上，
　　　　　　　遍地石头随你扛。

石头仔　（唱）这块石头正合适，
　　　　　　　还请阿婆帮个忙。
　　　　　　　只要阿婆把脸赏，
　　　　　　　你的好处我不忘。

韦阿婆　（关切地）哟！这样大的石头，扛
　　　　回柳州，人家见了定会笑掉牙的，
　　　　捡块小的吧，再讲，你也扛不动
　　　　啊！

石头仔　我也没时间去找了，这块正合适
　　　　咯。

韦阿婆　（慈祥地）合适就送给你吧。

石头仔　（万分高兴，手舞足蹈）多谢阿婆。
　　　　（掏出十块钱）给十块钱，表示感
　　　　谢。

韦阿婆　（拒绝）同志啊，你这是小看我了，
　　　　硬要给钱，石头我就不送了。

石头仔　好好好，不给钱、不给钱。阿婆
　　　　真是活雷锋。

〔石头仔忙跑去欲扛石头，一试重
　量，显然力不从心。

韦阿婆　（对内）求富！你帮这个同志，把
　　　　石头扛到公路边。

求　富　（上）这里离公路还有蛮远的呢，
　　　　（不好启齿）这块石头一百多斤，
　　　　总不能——

石头仔　对对对，总不能白打工。（掏出一
　　　　张十元钞票）喏，这是你的工钱。

〔求富接过钞票。

韦阿婆　（从求富手中夺过钞票退还石头仔，
　　　　数落求富）做点事就要钱，像话
　　　　吗？

求　富　我付出了劳动，就应该要。这合
　　　　情合理。

韦阿婆　人家要这块石头，是给老人治病的。

求　富　这就更应该要报酬了，人家广东
　　　　就是这样。

石头仔　好了，好了，应该要，应该要。
　　　　（递钱给求富）

求　富　（堂堂正正接过十元钞票，放在眼
　　　　前晃了两下）哈哈，今天的收入
　　　　还不错！（满意地塞进口袋，把石
　　　　头扛上肩）走！（随石头仔下）

韦阿婆　嗨，现在的后生家啊，见了钱，
　　　　眼睛都关不住了！

❦ 第四场 ❧

〔石奉之上。

石奉之　（念）献石祝寿成笑柄，我要把笑
话变成真。阿婆，求富呢？

韦阿婆　（上）没晓得他跑去哪块了，这几
天为钱，他烦得要死。

石奉之　阿婆，莫着急，我就是为这个事
来的。求富力气大，又肯做，我
带他到河边去搞石头，你们家是
全村最困难的，我同你们一起，
争取先富起来。

韦阿婆　（旁白）哟！他当真疯了，现在还
没醒。（笑）求富没有空，你的好
意，我们领了。（转身做自己的事
去了）

石奉之　啊？（自语地）真是秀才遇着兵，
有理讲不清了！（发现石头不见）
咦？阿婆，那块石头呢？你千万
不要丢了啵！这块石头可以帮你
家脱贫致富的啦！

韦阿婆　一块石头，值屁钱嘛！我送人了。

石奉之　（震惊）啊？！（着急）送给哪个了？

韦阿婆　一个过路的同志。

石奉之　他现在呢？

韦阿婆　刚走。

石奉之　阿婆啊，这可是十万、八万啊，
怎么能讲送就送！我去追回来！

〔石奉之欲追下，求富返上。

石奉之　求富，那个要石头的人，往哪里
走了？

求　富　他骑摩托走了。

石奉之　（十分懊恼，极为不悦，怪罪地）
你这是丢金猫下水啊！

　　　　（唱）今天的事冤枉多，
　　　　　　煮熟的鸭子飞下河，
　　　　　　我的话为什么你信不过，
　　　　　　就像那耳旁吹风白白说。

求　富　（唱）上山脚软莫怪路，
　　　　　　下水无船莫怪河；
　　　　　　一块石头要十万，
　　　　　　肚子笑破牙笑脱。

石奉之　（唱）你也应该问问我，
　　　　　　自作主张为什么？

求　富　（唱）石头既然送给我，
　　　　　　由我作主情理合。

韦阿婆　石同志啊，石头卖得钱，红河村
还会这样穷嘛！

求　富　你说那块石头值十万、八万，可
是，钱呢？钱在哪里？我帮他送
石头到公路，打一转，还得十块
钱呢。

韦阿婆　石同志，莫怪我多嘴，我们壮人
唱歌：谷子出碾才是米，灯草剥
皮才见心。只见石头，不见钱，
哪个信？连村长也这样讲。

〔韦阿婆、求富分头下。

石奉之　（唱）阿婆的一句话道理在，
　　　　　　问得我哑口无言头难抬，
　　　　　　我农村工作经验少，
　　　　　　下乡扶贫是初来，
　　　　　　石头扶贫事虽好，
　　　　　　农民不相信步子迈不开，
　　　　　　我就像狗吃粽子不会解，
　　　　　　化好了妆却登不了台。

❧ 第五场 ❧

〔蓝木匠扛着一根扁担，一头扎着空的编织袋，无精打采坐在地上。

蓝木匠　（唱）人世间个个想发财，
　　　　　　唯有我蓝木匠财路没打开，
　　　　　　原以为挑担石头城里卖，
　　　　　　一张张钞票滚滚来。
　　　　　　我把那石头摆在百货商店外，
　　　　　　又谁知这个踢、那个踩，
　　　　　　无人问津我好悲哀。
　　　　　　有个警察手脚快，
　　　　　　罚款十块我又挨，
　　　　　　两顿快餐吃青菜，
　　　　　　宿费十块住阳台，
　　　　　　这一回鸡飞蛋打我负了债，
　　　　　　弄得我两脚打绞、精疲力衰、
　　　　　　走路弓背、屙尿也要淋着鞋。
　　　　　　石疯子这一回把我害，
　　　　　　他嬉老牛下坎心眼歪，
　　　　　　找他算账，给他一顶帽子戴：
　　　　　　哄骗农民要制裁！

〔蓝木匠坐在路旁休息，抽烟。

村　长　（上）蓝叔，今天恁子这样清闲？

蓝木匠　（气不往一处来）村长，你来得正好，那个疯子工作队，不应该骗人！

村　长　恁子骗？

蓝木匠　他讲红水河的石头会说话。

村　长　什么？石头会说话？（大笑）哈哈哈……你也信？

蓝木匠　石头会说话，我没信，石头卖得钱，我信了。他讲一块石头值十万块钱，害得我挑一担石头去柳州卖，辛苦不讲，还挨倒贴了一百多块钱。

村　长　（忍俊不禁，捧腹）哈哈哈哈，真是肚饿想吃屁。蓝叔，还是老老实实搞你的木匠本行吧，那种邪门歪道，走不通的。

蓝木匠　一个工作队，讲话像放屁！我要告他！（扛起扁担，悻悻地下）

村　长　（目送蓝木匠远去，若有所思）
　　　　　（唱）蓝叔他挑担石头进城卖，
　　　　　　这真是睡梦讨老婆异想天开，
　　　　　　怪只怪石疯子拿着芭蕉叶当被盖。
　　　　　　石头生财道理歪，
　　　　　　眼前的事情是教训，
　　　　　　石疯子这回下不了台！
　　　　　　我要同他把道理摆，
　　　　　　来扶贫就要真心实意带钱来。

❧ 第六场 ❧

〔夜。一座泥屋大门上悬挂"奇石培训班"木牌。石奉之从屋内出来。

石奉之　哈哈哈！蓝木匠卖石头，笑得我肠子都打绞，这事提醒我，办个奇石培训班，普及奇石知识，要不，他们还不知道，什么是奇石。扶贫扶贫，扶助农民提高审美水平，嘻嘻，新鲜事噢！（看表）噢，都九点了，恁子没见人来？（眺望）喂，奇石培训班开班了，大家快来啊！（对内）覃水保、韦阿狗，奇石培训班要开始了，快来啊！阿古哥、牛下蛋，你们怎么不来参加学习？时间到了！

〔幕内妲莲声：石同志！

石奉之 （喜）呵呵，有人来了！（喜滋滋地迎上）

〔妲莲拿着几个熟红薯上。

妲　莲 石同志，几个红薯给你做宵夜，阿婆叫我送来的。

石奉之 多谢阿婆！（接过红薯）妲莲，欢迎你参加培训班。（热情招呼）

妲　莲 （笑）搞石头，娃仔弄家家，我没空，不参加了。（欲走）

石奉之 （拦住）妲莲，这个培训班很重要啵，帮助你们提高审美水平的啦！

妲　莲 审美审美，长的美不美，都是父母给的，还提得高嘛！（下）

石奉之 （懊丧）嗨！
（唱）独角戏我在台上唱，
　　　台下面空桌空椅一张张，
　　　观众的影子都没见，
　　　石奉之今天塌了场。
　　　想当初我在全市的赏石会上作报告，
　　　掌声如雷满脸光，
　　　现在我好比宴席上面吃火锅，
　　　嘴巴挨烫打泼汤。
　　　怪只怪这个不尽责任的村长，
　　　找他算账，打刀我要用好钢。

〔村长上。

石奉之 （发现村长）说曹操曹操到。（质问）村长，奇石培训班，你为什么不带头参加？

村　长 啊？好大的火气啊！
（唱）你讲一颗石头值得十万块，
　　　蓝木匠进城卖石退了财，
　　　他说你是个大骗子，
　　　哄骗农民要制裁。
　　　这样扶贫真可笑，

不开会、不学习、不带钞票空手来。

石奉之 （唱）蓝木匠想发财我理解，
　　　只怪我没把奇石知识讲明白，
　　　现如今奇石培训班已开班，
　　　为什么不见有人来？
　　　你是村长应该把头带，
　　　带头学习才应该。

村　长 呵呵，就靠你讲两句什么观赏石，什么廋、漏、透、皱，什么形、色、质、纹，就可得钱，你这是想用鞋底线钓桂花鱼，鬼才相信。

石奉之 村长，你第一天恋爱，就想人家给你生个娃仔！想得美！
（唱）插秧要三天，种果要三年；
　　　开发奇石事，万事起头难。

村　长 （唱）你说来扶贫，嘴巴讲得甜，
　　　没有救济款，扶贫空口谈。

石奉之 （唱）年年给救济，总想花现钱，
　　　靠吃剥皮粽，怎能不困难？

村　长 （唱）我们石头村，本来少耕田，
　　　全靠吃救济，群众笑开颜。

石奉之 （唱）石头是财富，脱贫好资源。
　　　村长要开窍，头脑不能太简单！

〔双方赌气如反贴的门神，冷场片刻。

石奉之 （手机响）喂，哦，赏石协会吗？在马鞍山奇石市场，好，知道了。村长——

村　长 （不应答，片刻）话不多讲，屁莫乱放。这是我们村申请扶贫款报告，（塞在石奉之手中）你有本事把石头变成钱，我就服你。（甩手欲溜）

石奉之 村长！（严肃地）明天跟我去柳州！

村　长 （一怔）我没空！（又欲走）

石奉之　（大喝一声）站住！我是市委下派的
　　　　工作队，命令你，跟我去柳州！

村　长　（一怔，渐软了下来）土地公喊
　　　　移山，下死命令了，胳膊扭不过

大腿啊。再讲申请扶贫款，他不
签字，还不是母鸡下寡蛋，没有
用！去就去吧。

·✵· 第七场 ·✵·

〔柳州市某奇石市场。一排排错落
有序、规格不一的个体石玩商店，
什么"奇石精品屋""赏石斋"等
各式招牌撩人眼目；店门内外、
地摊上，摆满了来自各地的奇形
怪状、色彩斑斓、大小不一的一
件件石玩，还有雕石座的、卖古
玩的、卖字画的，应有尽有，琳
琅满目，蔚为壮观。
〔石奉之推推拉拉地牵着村长上。

村　长　哦，石同志，带我来建材市场？
　　　　我们村又不起房子！

石奉之　你仔细看看嘛！

村　长　有什么好看的，你就是正当不当，
　　　　厕尿淋老糠。先办正事吧。

石奉之　这就是正事！（拉着村长指指点点）
　　　　你看看，你看看，这是什么？

村　长　（被吸引，眼花缭乱，惊诧不已）
　　　　噢？！噢……
　　　　（唱）遍地石头塞满道，
　　　　　　　这块大，那块小，
　　　　　　　矮的矮来高的高，
　　　　　　　是盖房子是砌灶？
　　　　　　　是铺路来是架桥？
　　　　　　　人来人往好热闹，
　　　　　　　这些人莫非个个发高烧？

石奉之　（唱）村长你少见多怪不开窍，
　　　　　　　金瓜你当成是粪瓢；
　　　　　　　这都是大自然赏赐的珍宝，
　　　　　　　你睁大眼睛瞧一瞧。

村　长　（唱）一块块石头好花哨，
　　　　　　　五颜六色就像彩笔描，
　　　　　　　问一问价钱要多少——
　　　　　　　（到幕侧问价，手势比拟，
　　　　　　　吃惊）哟！（接唱）
　　　　　　　成百上千的高价位，
　　　　　　　就像那火箭升天上云霄。

石奉之　（唱）这边的石头更精巧，
　　　　　　　既像龙来又像猫。

村　长　（唱）这活像一头金钱豹，
　　　　　　　这是十足的坐山雕。

石奉之　（唱）菊花石，花含笑，
　　　　　　　彩陶石，像彩陶，
　　　　　　　壮锦石，图案好，
　　　　　　　紫卵石，画难描，
　　　　　　　山水、人物、虫鱼、花鸟，
　　　　　　　石头上面都可找，
　　　　　　　你不妨慢慢看来细细瞄。

村　长　（感叹不已）啊！真是大开眼界！
　　　　（唱）我是黄花姑娘坐花轿，
　　　　　　　盘古开天第一遭；
　　　　　　　想不到烂贱的石头成了宝，
　　　　　　　叫花子翻身还穿上龙袍。

石奉之　（唱）如今时代不同了，
　　　　　　　精神享受是新潮，
　　　　　　　奇石精品价位好，
　　　　　　　村长啊，看准市场莫动摇。
　　　　（白）我们红水河的石头，比这还
　　　　要漂亮，有一种叫绿玉石，我送
　　　　给韦阿婆那块就是。（惋惜地）嗨，

真可惜！说什么石头治病，那是骗人的鬼话！村长啊，韦阿婆家是全村最贫困的，又是我的救命恩人，送那块石头给她，就想让她先富起来，要不，我早把石头扛回家了。

村　长　我们红水河的石头真能卖钱？

石奉之　当然啊。呃，我让你带来的那块石头在哪里？

村　长　（指幕内）就在那里。

石奉之　好，你就陪那块石头，在这里等着吧。

村　长　等哪个？

石奉之　等你要等的人啊！（欲走）

村　长　（拉住石奉之）喂喂喂，你莫戏老牛下坎啵！我又没同女朋友约会，等那个？别忘了扶贫款的报告啵，（用手示意钞票）关键是要解决这个。

石奉之　（笑，买来一瓶矿泉水给村长）你在这里等吧。我没哄你的，哄你是狗崽。（下）

村　长　你才是狗崽呢！石奉之这个人，讲话真真假假，套路就是多，想人家送钱给你，这是做梦打八更，睡进点。
　　　　〔村长从幕侧搬来那块石头，一屁股坐在上面。看着川流不息的人们。良久，一个路人走了过来，盯住村长坐的石头，接着又走来两个人，目光落在那块石头上，三人弓着腰、绕着村长细看，村长感到诧异，莫名其妙，有个人

为看清石头，干脆将村长拉了起来，三人不约而同地扑向石头观察。村长莫名其妙。

村　长　哎，你们抢什么？不就是一块石头吗！

路人甲　卖咩？

村　长　（受宠若惊，不知所措）这个……卖，呃，呃，不卖……

路人乙　（把石头夺过来）五百块我要！

路人丙　我给六百块！（拿过石头）

路人甲　老子给一千，拿过来！（又将石头夺回手中）
　　　　〔三购石者争抢石头。

村　长　（意料之外）噢？！

石奉之　（上）这真是一块好石头，这石种，第一次在柳州市场出现。

路人甲　你怎知道？

路人乙　（认出石奉之）啊，石老师！（向前握手）

路人甲　（问路人乙）他是谁？

路人乙　广西赏石界著名的鉴赏家！眼光一流！

路人甲　一千块卖咩？

路人乙　一千五！我要了。

路人甲　一千六，我要。

路人乙　一千八。（递钱给村长，夺过石头）
　　　　〔购石的人们，簇拥着路人乙散去。

村　长　（接钱）咦？……这石头不是你的吗？（将钱转给石奉之）你的钱。

石奉之　我不讲是我的，你就不会带来。这是我们红河村的钱啦！

村　长　（猛醒）啊！……哈哈，疯子哥，你这是一石二鸟啊，红河村有搞了！

第八场

〔奇石市场一隅。小店上挂"石友之家"木牌；墙上有一神龛，供有财神爷，香烟缭绕；醒目之处，安放着那块绿玉石，夺人眼球。

〔石头仔在打理门面，点燃三支香插在绿玉石旁。十分惬意地哼着歌、欣赏着。

石头仔　（唱）财神爷给我送来一个宝，

　　　　　　想不到我要把好运交，

　　　　　　这尊大神我要服侍好，

　　　　　　三炷高香按时烧。

　　　　　　只要是前世阴功已修到，

　　　　　　何愁今生不逍遥。

　　　　（突然感到眼睛不适，插白）

　　　　呃，怎么搞的？

　　　　为什么我的左眼密密跳？

　　　　大清早搬石头又挨扭着腰，

　　　　是不是今天的财运不可靠，

　　　　莫不是狗咬猪尿泡，

　　　　为了要把财运保，

　　　　让姐夫把我的手相瞧一瞧，

　　　　是祸是福早知晓，

　　　　逢凶化吉想高招。

　　　　（打手机，白）喂！姐夫吗？

　　　　姐夫吗？……啊！关机。

　　　　你看，是有点不顺。（隐下）

　　　　〔石奉之与村长巡视着上。

石奉之　（远远发现那块石头）啊？！那块石头怎子到了这里？（欲冲向前又止步，略思，对村长轻声地）村长，你看，我送给阿婆的那块石头！

村　长　对呀，怎子会到这里来？

石奉之　（打量了一下门面）嗯，是他。

好！（把村长拉到一边说着什么）

村　长　有办法吗？

石奉之　试试看。你先去打听一下，那石头是怎么来的，要多少钱。

　　　　〔石奉之背着石头仔在远处观察。

村　长　老板！

　　　　〔石头仔出。

石头仔　欢迎光临，欢迎光临！请，随便看，随便看。

村　长　请问，这块大石头几多钱？

石头仔　嗯！你问这个，（上下打量村长）说出来，吓你一大跳！

村　长　你说说看，要几百块钱？

　　　　〔石头仔伸出两根手指。

村　长　两百？（石头仔摇头）两千？（石头仔再摇头）难道要两万？

石头仔　你没有心脏病吧？

村　长　什么意思？

石头仔　怕你受不了。

村　长　几多钱？

石头仔　二——十——万！

村　长　（吓了一跳）嗯！蚂蚱打喷嚏，好大的口气！

石头仔　这是无价宝。懂咩？

村　长　你是怎样弄到这个无价宝的？

石头仔　我也花了十几万。

村　长　在哪里买的？

石头仔　这是商业秘密。（无意中发现了石奉之，如获至宝地呼唤）呃，姐夫！姐夫！

石奉之　哟！你什么时候开起门面来了？

石头仔　刚开的。我正要找你呢。

　　　　〔石奉之盯住那块石头。

石头仔　姐夫不愧是广西赏石界的大专家，

一眼就看中它。

石奉之　花多少钱弄来的?

石头仔　十多万。

石奉之　这可是无价之宝啊!

石头仔　我正担心自己的命水受不受得起
　　　　呢。

石奉之　是啊! 人的命运,就像后颈窝的
　　　　毛——摸得着看不到。有时是因
　　　　祸得福,有时是因福得祸。小心
　　　　总是好的。

石头仔　(颇受启发)对啵,还是姐夫有水
　　　　平。(见石奉之欲走,拉住)姐夫!
　　　　(唱)你看手相有一手,
　　　　　　　看看我是不是命水有油?
　　　　　　　倘若是这块石头我能承受,
　　　　　　　"石"来运转苦到头;
　　　　　　　万一是命中不曾有,
　　　　　　　请姐夫快帮我想计谋。

石奉之　(唱)迷信行为太丢丑,
　　　　　　　我不愿为它把面子丢。

石头仔　(唱)对外人我不把消息透,
　　　　　　　望姐夫莫给我担忧。

石奉之　(佯装无奈,看表)好吧,给你看看。

石头仔　(对村长)喂,你不买石头请走开。
　　　　〔村长在石奉之的暗示下走开。
　　　　〔石奉之给石头仔看手相。

村　长　(旁唱)看不出疯子有一手,
　　　　　　　装神弄鬼有人求,
　　　　　　　一句话刚刚飞出口,
　　　　　　　且看那家伙怎上钩。(隐退)

石奉之　(煞有介事地)
　　　　(唱)人的手相三条线,
　　　　　　　生命、感情、财富写上边,
　　　　　　　三衰六旺有改变,
　　　　　　　认真分析知周全。
　　　　　　　看得出你为人聪明有主见,

头脑灵活会赚钱。
　　　　　　　只可惜财富线上有裂断——
　　　　(佯装不好启齿,音乐过门)

石头仔　(紧张)怎么样?

石奉之　(故意不答)……

石头仔　(追问)讲啊!

石奉之　(一再拖延不语)……

石头仔　姐夫快说!

石奉之　(接唱)说出来怕你有负担。

石头仔　(惶恐,强作镇定)姐、姐夫,你
　　　　直说,我顶得住。

石奉之　(故意)算了算了,不说了。反正
　　　　都是迷信。(欲走)

石头仔　(拉住石奉之)姐夫! 你不说,
　　　　我的负担还要重呀!
　　　　(唱)是祸是福请说穿,
　　　　　　　不必要吞吞吐吐来隐瞒。

石奉之　好,告诉你吧。
　　　　(唱)这个裂断藏凶险,
　　　　　　　人财两空有一天,
　　　　　　　本来你命中好运要实现,
　　　　　　　又谁知一步路走偏。

石头仔　(唱)姐夫请说具体点,
　　　　　　　我好牢牢记心间。
　　　　　　　为什么我额头冒冷汗,
　　　　　　　两脚筛糠头昏眩。

石奉之　(唱)如果我不把手相看,
　　　　　　　也是蒙在鼓里边,
　　　　　　　常言道人算不如天来算。

石头仔　对对对,
　　　　(接唱)姐夫你要帮我渡过这一关。

石奉之　你啊! 我也是依手相来断,说错
　　　　了,就当耳旁风;说对了,你要
　　　　老实承认。

石头仔　一定,一定。

石奉之　这块石头你不是买来的。对吗?

石头仔　啊？！（旁白）真准啊！（对石奉之）对，不是买的。可是，我出了钱。

石奉之　出了多少？十万、八万？还是一千、两千？

石头仔　没有没有。

石奉之　多少？

石头仔　（不好启齿）……

石奉之　说啊！

石头仔　（吞吞吐吐）十、十块钱。

石奉之　亏你说得出口。上百斤重的石头，扛十多里，十块钱就打发了。你这是石灰擦嘴，白吃！

石头仔　我，我是小气了点。

石奉之　你说说，你用什么办法把石头弄到手的？

石头仔　这……

石奉之　这手相清清楚楚告诉我，石头是骗来的。

石头仔　（旁白）我的妈呀！真是神机妙算！——姐夫，我服你了。

石奉之　说说看，怎么骗？

石头仔　我，我是说，我老爸生痔疮，要块石头来治病。

石奉之　你老爸，八百年前，骨头就打鼓了，还治病！你这是伤天害理！

石头仔　是、是、是……想不到还这样严重。

石奉之　（唱）说你笨来你不蠢，
　　　　　说你精来又不聪明。
　　　　　石头的主人家贫困，
　　　　　温饱线下求生存，
　　　　　扶贫济困人人都有份，
　　　　　你却是心怀鬼胎坑别人，
　　　　　为人做事要诚恳，
　　　　　切莫要黄豆发芽两片心！

石头仔　哎呀！我错了，（哀求地）姐夫，你要帮我消灾呀！

石奉之　怎么帮，我又没学过逢凶化吉的本事。

石头仔　姐夫，求求你，你莫吊我的板呀！我听你的，快说怎子办吧！

石奉之　你如果真有悔改之意，只有把石头退掉。

石头仔　啊？退掉？这块肥肉都吞下肚了，还吐得出来吗！（走近那块石头，爱恋地抚摸，依依不舍）这……姐夫，还有别的办法没有？

石奉之　（不耐烦地）我问你，钱重要还是人重要？

石头仔　钱重要，钱重要！

石奉之　唔？！

石头仔　（忙改口）不不不，是人重要，人重要。（灵机一动）姐夫，这块石头落在别人手，我真的舍不得，你就留下吧。

石奉之　不义之财，不能要啊！告诉你，舍不得退财，消不了灾哦！（佯装要走）

石头仔　啊？！（吓了一跳，忐忑不安，求救无门，拉住石奉之，决心地）我，我……我退，连夜退！

第九场

〔深夜。韦阿婆家，那块祝寿石躺在堂屋。

〔求富匆匆回来，不小心绊着那块石头摔了一跤。

求　富　哎哟！撞着鬼！

〔韦阿婆急从房里出来。

韦阿婆　出什么事了？

求　富　哎哟！就怪这块短命的石头，痛死我了！

韦阿婆　走路要看路啊！这两天你去哪里了？村长四处找你参加石头学习班。

求　富　去隔壁村找朋友，商量外出打工的事。阿婆，这块石头恁子又回来了！

韦阿婆　是石同志喊人家退回来的咯！

求　富　这个石疯子啊，我看他自己就是一块石头！

（唱）石同志你疯得太古怪，
　　　又把这石头追回来，
　　　你拿着棒槌去吹火，
　　　你扯着草帽当锅盖，
　　　烂贱的石头怎是宝？
　　　半截筷子也讲是栋梁材，
　　　求富我虽然没文化，
　　　你这样要笑我太不该！

（搬起石头冲出门外，气急败坏地将石头丢在路边）丢你出去，免得挡路！

韦阿婆　求富，恁夜了，快睡吧。（回房）

第十场

〔夜，月色溶溶。

〔石奉之上。

石奉之　哈哈哈，村长从柳州回来，有了信心，在奇石培训班聊得起劲，想不到聊到了深夜，我得赶快回去睡了，明天还要起早呢。（遇见路旁祝寿石）啊？这块石头，不是送回韦阿婆家了吗？怎么会在这里？

（唱）只见石头污泥染，
　　　不由心中阵阵疼，
　　　石头也能通人性啊，
　　　带着美意走近你心灵。
　　　自古有米芾拜石传佳话，
　　　皇帝供石在宫廷，
　　　爱石者还有那平民百姓，
　　　陶冶情操、愉悦心智、驱烦解闷，
　　　这就是有滋有味的石头情。
　　　现如今奇石也是紧俏好商品，
　　　精美的石头价连城，
　　　我三番两次把石赠，
　　　他却把石头丢出门，
　　　一腔热情化灰烬，
　　　有谁能懂我的心！

（白）培训班上怎没见求富？我去找他！（来到韦阿婆家门口，拍门）求富，求富！

〔求富从幕内伸头出来谛听，无语。

石奉之　我是石奉之啊。我想同你讲讲石头的事。

求　富　（厌烦地）石同志，莫讲石头了，它是金子，你就扛回柳州吧！（缩回头）

石奉之　啊？！真是好心没好报，好柴烧烂灶，你以为我不想扛回去啊！其实，我早就想扛回去了。你不要，我要！（一气之下掏手机）喂，小王吗，车子空吗？明天过来帮我拉一块石头回去，我在红河村，好，谢谢！市里要搞全国石展，这块石头放出去，捞个金奖回来给你看看。噢，夜也深了，还是回去睡吧。（欲走，迟疑）呃，这石头丢在路边，万一给人扛走，我不是狗咬猪尿泡，空欢喜一场嘛！（略思）石头啊石头，别人把你当根草，我却把你当个宝，现在夜已深，那段路又不好走，今晚我就陪你睡在路边吧。

〔石奉之挨着石头躺下，哼唱着：石头石头我爱你，阿弥陀佛找到你……唱着唱着鼾声渐起，悄然入梦。

〔暗转，灯光悠幻，扑朔迷离。

〔石奉之梦境：韦阿婆端着一碗热乎乎的鸡蛋汤出现在石奉之旁。

韦阿婆　（唱）壮人自古客为上，
　　　　　　有客到家面有光，
　　　　　　热乎乎的蛋汤端上手，
　　　　　　给我的客人来补偿。

石奉之　（激动地接过汤）
　　　　（唱）双手接过鸡蛋汤，
　　　　　　两行珠泪挂脸庞，
　　　　　　那一天失足红河浪，
　　　　　　阿婆你冒险划船来相帮。

韦阿婆　（唱）只因是石同志你命大，
　　　　　　才能逢凶化吉祥。

石奉之　（唱）疗伤养病住你家，
　　　　　　日夜照护胜亲娘，
　　　　　　鲜鸡蛋天天供我补身体，
　　　　　　阿婆你红薯芋头充饥肠，

韦阿婆　（唱）只怪阿婆家贫困，
　　　　　　没有好东西给你尝，
　　　　　　亏待了客人我惭愧，
　　　　　　有缘才到我们这个穷地方。

石奉之　（唱）阿婆你人好心善穷不久，
　　　　　　你的救命之恩终难忘，
　　　　　　石奉之暗把决心下，
　　　　　　帮阿婆脱贫困我要百计千方。

〔鸡啼。韦阿婆隐退，石奉之恢复睡态。

〔暗转，曙光初现，红日东升，石奉之苏醒。

石奉之　（睡眼惺忪）啊，昨晚又梦见韦阿婆给我送鸡蛋汤了，阿婆啊，那块石头你一定要收下啊！（手机响）喂，你是小王啊，噢，你开车来啦？喂，小王，不好意思，你不用来了，石头不运了，不运了，对不起噢。（关机）这石头我一定要再送去。（扛起石头）

第十一场

〔村口。求富提着一旅行袋站在路边，焦急地等人。妲莲匆匆上。

妲　莲　求富，你还是不要走吧！

求　富　人挪活，树挪死，老待在这穷地方，外婆死崽没得救（舅），不走又怎办？

〔村长喊着"求富！求富！"奔上。

村　长　求富，找你两天了！大家都忙着参加奇石培训班，你还是不要走吧，石疯子的话有道理，我跟他去了一趟柳州，石头卖得出钱的啦！

求　富　你莫哄我啦，为什么妲莲她爸又没卖得，真是叫化子想吃天鹅肉！

村　长　哈哈哈哈，蓝木匠又不懂什么是奇石，随便捡两块石头，以为就可以赚钱，哈哈哈哈，他这是癞皮猴穿花衣想得美！

〔求富、妲莲也跟着笑了起来。

求　富　哦，不是块块石头都能卖钱的。

妲　莲　当然啊！块块石头都卖得钱，我们村早发财了。

村　长　选石头，要有眼光的啦！石疯子讲，靠石头致富，就是要有审美水平，懂得什么样的石头好看、值钱。昨晚学习班，怎子没见你？

求　富　一讲听课，我就痱子屙、头发昏，浑身不舒服咯！

妲　莲　求富，你就是这点不好，一讲学习，就像打摆子一样，浑身筛糠。没有知识，没有文化，一辈子就是穷光蛋。

求　富　学这样多，有什么用，有力气就得了。

村　长　石疯子讲，找石头，要讲审美。

求　富　什么审美？这和刚刚挖出来的生煤有什么关系？

村　长　（大笑）审美，就是审查石头美不美，美的就要。噢，告诉你，石疯子送给你们家那块石头，就在奇石市场发现的。

求　富　晓得了。他又喊人家把那石头退回来了。一块大大的石头，蹬在堂屋，差点我的脚没挨撞伤，痛得要死，我索性丢它到门外冲沟了！

村　长　呀！你怎子这样蠢！拿着金饭碗去讨饭，快快快，把它扛回来。

求　富　你以为我吃饱饭就等屎屙嘛！

村　长　你硬是个癫卵！那是宝贝，是钱啊！

求　富　哈哈哈哈，村长，你也吃着癫菌了？如果真是宝贝，他自己不要？三个坛子两个盖，好容易轮到我老三。

村　长　你这是小看人家！你晓得咩，那块石头开价多少？

妲　莲　最多一百块、一千块？

村　长　哈哈哈哈，（摇头）再猜。

妲　莲　肯定不到一万块。

求　富　莫非喊十万、八万？我看你呀，睡进点。

村　长　你们硬是戴草帽打泵（亲嘴），差得远！那块石头开价二——十——万！

〔妲莲惊叫起来，求富将信将疑。

求　富　（唱）这真是马长角来牛生蛋，
　　　　　　一块石头二十万。

妲　莲　（唱）吓得我额门冒冷汗，
　　　　　　他是傻来还是癫。

村　长　（唱）此事是我亲眼见，
　　　　　　千真万确摆面前。
　　　　　　我们是井底蚂拐看不远，
　　　　　　不知天外还有天。

求　富　成千上万，我不敢想，几百块钱也是个大数目，我去把那块石头扛回来先！

第十二场

〔红水河边。石头仔上。

石头仔　唉，一块宝贝石头退回去，害得我睡觉也要哭出声！看来，还得要放点血用钱买。行来走去，不觉来到红水河边，不妨到河滩碰碰运气。

〔蓝木匠悠闲地上。

蓝木匠　（唱）卖石头我上了当，
　　　　　　女儿笑我太窝囊，
　　　　　　这几天听了疯子把课讲，
　　　　　　我心里突然亮堂堂，
　　　　　　什么样的奇石能观赏，
　　　　　　形、色、质、纹有文章，
　　　　　　抓住时机河边逛——（发现石头仔）
　　　　　　是谁河滩捡石忙？

石头仔　（唱）这里的石头别有样，
　　　　　　石质坚硬石皮光，
　　　　　　好像彩陶黄爽爽，
　　　　　　放出去一定有市场，
　　　　　　心中暗把办法想，
　　　　　　回去后再找姐夫来商量。

〔石头仔背一袋石头欲走，蓝木匠挡住去路。

蓝木匠　袋里装的什么？

石头仔　石头。

蓝木匠　我看看。（拿出一块细瞧）喂，我们红河村贴有布告，不准到这里捡石头。

石头仔　瞎说！哪有这种鸟叫。你们的布告是怎子讲的？念来听听。

蓝木匠　（一时无言以对，略顿）好，你听着，（一板一眼地）红河村方圆百里的红水河河滩，属红河村地域，任何人不得在此捡运石头，否则罚款一千元至一万元。

石头仔　土政策！土政策！老子答你都困！（背起石头就走）

蓝木匠　（拉住袋子）罚款一千块，交来！

石头仔　老子不给！

蓝木匠　那天我在柳州数高楼，挨罚了四十块，卖石头又挨罚十块，这一次，老子也罚你一回，过过干瘾。拿钱来，没给，就到村公所去！

石头仔　老子是如来佛，难道还怕你观音老母。去就去！（走了两步，软下来）哎，和气生财，有话好好讲吧。我们交个朋友好咩？

蓝木匠　我只和钱交朋友！

石头仔　对对对，讲钱，眼前我就有个赚大钱的机会。

蓝木匠　你莫要吃鱼放屁让猫跟尾，哄我啵！

石头仔　（神秘地）我们两个夹手搞石头去卖？

蓝木匠　（兴趣来了，旁白）呵呵，又有一条赚钱的信息！快讲，怎子搞？

石头仔　河边码头那家，有一块大石头，你晓得咩？

蓝木匠　晓得晓得，那是求富家。

石头仔　我看那块石头可能值一两千块钱，你把它搞过来，我给你一千块。

蓝木匠　啊？！（激动）好好好！（旁白）我崽，做得过啊！求富同我的女谈恋爱，我要那块石头，那还不是坛子里头抓乌龟，稳拿嘛！（略思）喂，你这个卵崽，古灵精怪，诡诡码码的，你是不是放屁暖狗心？

石头仔　吃猪红，屙黑屎，当场兑现。(掏出一沓钞票) 喏，一千块，新崭崭的，(把钞票展开成扇状，帮蓝木匠搧凉)

　　　　当得扇子用的啵！

蓝木匠　好！哪个反悔，生仔没有屁股眼。(接钱)

第十三场

〔求富奔上。

求　富　(唱) 听了村长一席话，
　　　　乐得我心里开了花，
　　　　两脚生风回家转，
　　　　快把那石头扛回家。
　　　　莫说卖得十万块，
　　　　卖得五百我也笑哈哈。
　　　　(回到家，发现那块石头，顿时愕然) 啊？! 这块石头我昨晚丢出去了，怎子又回来了呢? 怪啦!
　　　　(喊) 阿婆，阿婆!
〔韦阿婆上。

求　富　阿婆，石头会走路的啵!

韦阿婆　讲鬼话! 石头会走路，它不变成妖精了? 我看，你也吃着癫菌吧!

求　富　这块石头昨晚我丢出门了的，怎子又回来了?

韦阿婆　求富啊! 你天没亮就走了，是人家石同志又扛回来的。

求　富　噢! 这块石头总是和石同志形影不离。

韦阿婆　你晓得咩? 昨晚，石同志怕石头给别人扛走，陪石头在路边睡了一夜。他讲，阿婆啊，我没哄你的，这块石头真是个宝啊，好值钱的，要我留下来。我看，石同志不像是癫的，他讲话好真心的，说不定，这块石头还真是个宝贝呢。

求　富　宝贝我没敢想，值几百块就满足了。这种石头，我一天可扛几十

块回来。

〔蓝木匠推推拉拉催着妲莲上。

蓝木匠　去去去，你同他讲。

妲　莲　爸! 那块石头，村长也讲是好值钱的，我怎子好开口。

蓝木匠　又不喊你在茅厕里吃粽子，有什么不好开口的。讲!

妲　莲　没讲，平时你总看不起人家，他喊你，你都不答应。现在又求人家，我没讲。(下)

蓝木匠　嘚，老子惯坏你了，有娘养，无娘教的东西!

韦阿婆　他阿叔，到门口了，进来坐坐啊!

蓝木匠　坐坐，坐坐。(旁白) 我这是旱田的螺蛳，想开口，也难啊，(尴尬，装着随意无话找话) 他阿婆，石疯子送的这块石头，蛮好看的啵，哦!

韦阿婆　哟! 怎多人喜欢这块石头。

蓝木匠　随便讲玩耍，卖咩?

求　富　(来了兴趣) 几多钱?

韦阿婆　(埋怨) 你这个娃仔，跟你阿叔，也讲钱!

蓝木匠　该讲，该讲。石头虽然不值钱，辛苦钱总是要的。

求　富　给几多?

韦阿婆　他阿叔要，就扛走，讲什么钱!

蓝木匠　我是帮朋友问问的。

求　富　给几多?

蓝木匠　他讲给一百，想吃我的空子，我答他就困! 我硬要他给五百!

求　富　五百，他愿给咩？

蓝木匠　钱他都交给我了。（亮钱）咧。

求　富　啊！好，五百卖给他。

蓝木匠　（给钱）喏，一手交钱，一手交货。你把石头送到公路边，我喊他在那等你。

求　富　好哩！

蓝木匠　（旁白）看看，舌头一伸出来，一块肥肉就进了嘴。（哼着彩调乐滋滋地下）

求　富　（十分惬意）轻轻松松就捞了五百块，呵呵，石奉之讲话起泡了！

石奉之　（上）求富！

求　富　（高兴地迎上）石同志，感谢你，感谢你！（紧握石奉之的手）

蓝木匠　（上，站在远处喊）求富，快点啊！

求　富　来了，来了！

〔求富欲将石头扛上肩。

石奉之　呃，扛这石头去哪块？

求　富　噢，石同志啊，我这块石头卖得钱了。多谢你啊！（欲扛起石头）

石奉之　（拦住）你卖了？

求　富　是啊！

石奉之　几多钱？

求　富　（兴奋不已）五百块啊！

石奉之　啊？！卖给哪个？

求　富　是蓝叔帮我卖的。

蓝木匠　这，是我的一个朋友。（催求富）快走，人家等好久了！

〔求富再扛起石头欲走。

石奉之　（气不往一处来，喝令）放下！（唱）求富你真是没头脑，贵贱不分太糟糕！这块石头价值连城是个宝，你却把它往路边抛，五百块钱快退掉，低价贱卖你是一个大草包！

求　富　（唱）五百块钱不算少，半年的辛苦也不过这样高，到手的钱我想要……（流泪，不舍退钱）

石奉之　（唱）你不退掉我不饶！

〔僵持良久，静场。

韦阿婆　（打破沉寂）听石同志的，退去。（强夺求富手中的钱，交给蓝木匠）

求　富　（一旁赌气，拭泪）还讲是来扶贫，吹牛！

蓝木匠　（不情愿地接钱，自语）周瑜打黄盖，一个愿打，一个愿挨，买卖自由嘛！

石奉之　（厉声）我们不卖了！

蓝木匠　（吓了一跳）噢？！（无奈摇头，旁白）算了，民莫与官斗。（下）

❧ 第十四场 ❧

〔村公所。电话响，村长上接电话。

村　长　哦，市扶贫办吗？对，我是红河村办公室。展销会按计划进行。好。（放电话）

〔石奉之怒气冲冲地从外面回来。

村　长　疯子哥，什么事惹你发气了？

石奉之　还不是为那块祝寿的石头。

村　长　呃，那块石头不是退回来了吗？

石奉之　你晓得咩？石头刚退到求富家，他连夜丢出去，我又扛到他家，他却五百块就卖掉了！你讲我气咩？

村　长　求富这个死癫仔！想钱想疯了！追回来！追回来！

石奉之　我把石头拦下了，狠狠批了他一

通！我是想在那块石头上做文章啊。韦阿婆是我的救命恩人，红河村又这样贫困，村里通国道的简易公路很快修通，通车那天，我们成立公司搞个红河奇石展销大会，我已电话联系了赏石界的朋友，柳州的、南宁的、桂林的石商和海外石商一定会来，那祝寿石定能出手，韦阿婆家有了致富的资本，开发石头的第一炮才会打响！

村　长　对对对！

石奉之　村长，我太困了，先去眯一下眼睛，有事喊我。（入内）

村　长　好吧。

〔石头仔上。

石头仔　（念）破网捞鱼鱼溜走，烂枪打鸟鸟又飞；再下一张拦江网，大鱼小鱼全捞回。
　　　　村长，村长！

村　长　有事吗？

石头仔　（认出村长）咦，是你？

村　长　没错，我是村长。

石头仔　呵呵，大水冲走龙王庙，自家人不认自家人。不好意思，村长！（恭敬地递烟）请抽烟。那天我要和一个朋友谈生意，没有好好接待你，请多包涵。（四周看了看）哟，你们这里还是好贫困的啵。

村　长　是啊，不过，今年市里又派来一个扶贫干部，我们很有信心啊！

石头仔　告诉你一条信息，我有个姐夫，在市里做领导，专管借钱贷款，村里要钱，我带你去找他，肯定得。以后有什么事，找我，我叫他帮你摆平。

村　长　（笑，故意地）你姐夫喊什么名字？

石头仔　姓石，石头的石，名奉之，奉献的奉，之乎者也的之。叫石奉之。

村　长　他当什么官？

石头仔　这个你就不用问了，反正是管钱的领导。

村　长　呵呵，那就是财政局长了。

石头仔　（含糊其词）差不多吧。

村　长　好啊，这回我算是跳水踩死鱼，巧啦！你要帮我们啵。

石头仔　酿豆腐，你放心好了。不过，有件小事，你看……？

村　长　什么事？

〔石头仔同村长耳语。

村　长　你是讲红水河的石头，由你一个人开发？

石头仔　对呀。反正石头又不值钱，放在那里也白放。到时，我会给点（用手作数钞票状）意思意思你。

村　长　（笑）好啊，我请个人同你谈。（欲走）

石头仔　等等。你向他透露，讲我姐夫是市里的领导，我们谈起来才有共同语言。

村　长　好。（笑，对内）石局长！石局长！

〔石奉之上。

石奉之　（对村长）你喊哪个？不要看见光头都喊和尚啵！（发现石头仔）噢？又是你。

石头仔　（吓了一跳）啊？！姐夫？

石奉之　（训斥石头仔）你是在城隍庙里装鬼——走错了地方吧！丑咩？！

村　长　你们聊吧。（笑着溜下）

石头仔　（难堪至极）我……姐夫，你是工作队，我恁子没晓得？我几次打电话给你，你总是关机。那块石头我退了。你说的，退财消灾嘛！

石奉之　你还想着那块石头吧？

石头仔　这样好的石头，就像初恋的情人，怎子没想。

石奉之　所以，你给五百块，叫蓝木匠帮你买？

石头仔　啊，我是给一千的啵！这回不是骗的啵！你都晓得了。

石奉之　总想吃人家的剥皮粽，占便宜，不应该呀！

石头仔　（回避）莫讲这个了！——姐夫，我有个想法。

石奉之　又有什么想法？

石头仔　（唱）红水河的奇石好精彩，
　　　　　像一座金矿等人开，
　　　　　只要你轻轻松松表个态，
　　　　　我就可把它拿下来。

石奉之　表什么态？

石头仔　（唱）当众宣布石头不给个人采，
　　　　　理由是石头也是国家财，
　　　　　全部资金由我贷，
　　　　　你在幕后我登台，
　　　　　我做卒仔你当帅，

手拿绸布慢慢裁，
不用三年和两载，
购别墅、买小车，
葡萄美酒天天筛。

石奉之　（唱）你有一个好脑袋，
　　　　　机灵过人是天才；
　　　　　滚水洗手你不怕烫，
　　　　　弯树架桥你不怕歪，
　　　　　石奉之我扶贫责任在，
　　　　　怎能乱用权力把口开。

石头仔　姐夫，这不叫乱用权力，而是开发权力，那些买官卖官的，那就是开发权力嘛。

石奉之　嗯，让我也开发开发权力？

石头仔　对！有权不用，过期作废。你是市委派下来的工作队，红河村哪个敢不听你的。姐夫，只要你表个态，我们两家都发了。（围绕石奉之祈求）姐夫、姐夫——

石奉之　（突然一吼）做梦！

石头仔　（吓了一跳，良久，旁白）怪啦，这个人怎子油盐不进，嘴边的肥肉，他望都不望一眼，疯子！一个疯子！（悻悻溜走）

第十五场

〔村口。悬挂"红河村奇石展销会"横额。村长领着大家忙着布置石展，村民们搬运石头过场，气氛欢快而热烈。

〔伴唱：
红河村，喜开颜，
抱着石头像过年，
过去石头比狗贱，
今天石头捧上天。
全村忙着搞石展，

要用石头去换钱。

〔石奉之扛着祝寿石奔上，蓝木匠拿着一个木制雕花底座紧跟。二人给祝寿石配装雕花底座。石奉之欣赏着聚光灯下祝寿石的不凡气质。

石奉之　漂亮！蓝叔，你有了审美眼光，手艺又好，专门做石座，不比柳州的差。

蓝木匠　那是当然。有你的指导，我做的座子，那是十八姑娘咳嗽——没得瘝（谈）！（耳语）不瞒你说，刚才我就卖了两块绿玉石，发了点小财。嘻嘻。

石奉之　好戏还在后头呢！你帮阿婆看好这块石头，不到十万绝不出手。小心求富这个蠢仔乱来。

蓝木匠　我晓得，为了阿婆先脱贫，你把心血放在这块石头上。放心，有我在，求富不敢乱来的。

村　长　（喜滋滋地跑上）疯子哥，石展还没开始，金狗苑、阿古哥的石头都卖得钱了啵！开口就是几千块，牛下蛋还卖了一块一万块钱的啵！我们村申请扶贫款的报告撤销吧，再申请要钱，真不好意思了。

石奉之　对！脱贫靠智慧啊！市委扶贫办的领导要到了，走，我们去接。（与村长下）

蓝木匠　阿婆，今天红河村的石头就要见"大蛇屙屎了"啵！

韦阿婆　话是这样讲，这块石头卖十万，我还不敢信，卖个三五万还差不多。

妲　莲　我也不信，你以为人家钞票是自己印的嘛！

〔石头仔一路寻觅地上。

石头仔　噢，怎不见那宝贝？难道真给台湾老板买走了！（突然发现，甚喜）啊，在这里，还配上黄花梨木的底座，漂亮！喂，这块石头卖给我吧！

蓝木匠　呵呵，又是你！你买得起咩？

石头仔　你不要狗眼看人低。（亮出一沓钞票）我买了！五万！

〔求富、韦阿婆、妲莲惊喜，齐

呼：好！卖卖卖……

蓝木匠　（拦住求富欲接钱的手）慢着。（旁白）这家伙，又想吃剥皮粽。我要他一回。（故意远眺）咦？台湾李老板怎么还没来？

〔众人莫名其妙望着蓝木匠。

妲　莲　（着急）阿爸，你还望什么！

蓝木匠　台湾李老板讲好十万块要买这块石头，我看他走到哪里了？

石头仔　（紧张）啊，说来就来啊！（哀求）求求你，这石头卖给我吧？

蓝木匠　（傲慢）市场经济，讲的是一分钱一分货。你走开点。

石头仔　万一给台湾老板买走，我只好拿竹篙戳天！十万块钱！我买了，我买了！

蓝木匠　唔，还有底座？不要钱吗？加一万。

石头仔　（无奈）唉，今天我是小螃蟹遇到老脚鱼了！十一万，给！（将几沓钞票交给求富）我晓得你们农民是要现钱的，老早我就把钱准备好。

求　富　（接钱，手颤抖）哟，好重啵，像两块砖头呢！阿婆，妲莲快来数钱！

蓝木匠　呵呵，数钱是最好的娱乐活动，我最喜欢啦。数起来呀！

〔众人夸张的数钱舞蹈。

众　人　（唱）数钱、数钱，
　　　　　　数钱、数钱，
　　　　　　自从盘古开天地，
　　　　　　红河村第一次见这样多钱。
　　　　　　数得我手打颤，
　　　　　　数得我眼发蓝……
　　　　　　哎呀哪嗬嗨，钱啊钱！
　　　　　　今天你跟我们真有缘。

〔鞭炮骤响，锣鼓喧天，人声：红
　河村奇石展销会开幕啰！众人欢
　呼，大幕徐闭。

蓝木匠　（大幕前）各位看官，（念）
　　　石头无语有灵性，

慧眼方见石头心，
人能通石入妙境，
红水河石头最多情。

〔幕落。

彩调剧

党员韦满意

演出单位
广西壮族自治区戏剧院彩调团

内容简介

　　彩调剧《党员韦满意》讲述了党员干部提高党性意识的小故事。老党员郝师傅是厂里车间的"老好人"，在厂里推选一位全市优秀党员之际，郝师傅感觉自己定能高票当选。谁知获得这个称号的却是为规范管理、提高生产时常提意见的徒弟韦满意。在与韦满意推心置腹地谈话后，郝师傅终于认识到：一身正气，敢于直言，才是党员干部党性纯洁的重要表现。

主创团队

编　　剧：马玉萍
导　　演：李　军
灯光设计：赵梓淞
音乐创作：罗　江
道具设计：韦卫皇
服装设计：卢　武

主要演员

韦满意——吴勇志
郝师傅——赵　迪

时　间　某天。

地　点　郝师傅家。

人　物

韦满意　男，35 岁，村厂纠风办主任。

郝师傅　男，55 岁，车间副主任。

〔郝师傅提着几袋东西上。

郝师傅　（唱）都说我郝师傅好人缘，

街坊邻居工友朋友的东西都

往我袋里装，

张家的萝卜，李家的腊肠，

西红柿、豆腐，还有土特

产。

尽心尽力帮大家，

与人为善人人夸。

〔画外音：郝师傅，听说今年你又

是优秀？

郝师傅　莫要乱讲，候选人而已……

〔画外音：郝师傅，听说还要上电

视的啵。

郝师傅　这个……先不要乱传，一切听组

织的。

〔画外音：郝师傅……

郝师傅　今天做糍粑给你们吃。（接手机）

李大炮，你妈又病了，又要请

假？特殊情况必须批。（挂电话，

又接一个）小吴，什么事？明天

早上你有事，迟一点点上班？好。

〔郝师傅进自家小院，院中间有一

个石臼和舂。郝师傅打糍粑。韦

满意上。

韦满意　郝师傅。

郝师傅　韦主任来了。

韦满意　郝师傅打糍粑啊？

郝师傅　大家想吃，我就做点。

韦满意　我帮你。

〔两人捶糍粑。

郝师傅　（唱）你一捶我一捶，

捶得糍粑软乎乎。

韦满意　（唱）你一捶我一捶，

捶得糍粑黏糊糊。

郝师傅　（唱）糍粑越捶越柔软，

千锤百炼白嘟嘟。

韦满意　（唱）人生就像做糍粑，

撞撞捶捶、揉揉捏捏，

敲敲打打、捶捶刮刮，

才能做出好糍粑。

郝师傅　满意……

韦满意　师傅你想说什么？

郝师傅　听说前几天开会，你给厂长提意

见。

韦满意　是的。

郝师傅　你给厂长提什么意见？

韦满意　完善厂规，规范管理。

郝师傅　你这样说，不是在指责领导没有

水平？

韦满意　厂是属于我们村的集体经济，现

在用的却是十几年前的管理制度，

要与时俱进，有罚就要有奖励。

郝师傅　你还指出几个部门存在的问题？

韦满意　是的。

郝师傅　（喝酒）满意，茶倒八分，酒要倒

满，说话你要看对象。

韦满意　民主生活会，就是要发现问题、

提出问题。

郝师傅　鸡毛蒜皮的事不用提。

韦满意　牛大壮三天两头迟到要不要提？

黄胜利上班打瞌睡要不要说？张

　　　　春民上班出勤不出力要不要讲?

郝师傅　私下说就得了,你在大会上说,
　　　　没得面子滴。

韦满意　(唱)炒菜越翻菜越香,
　　　　　　重捶敲锣锣才响。
　　　　　　开会个个不开腔,
　　　　　　避重就轻走过场。

郝师傅　(唱)都是街坊和乡亲,
　　　　　　总提意见伤感情。
　　　　　　抬头不见低头见,
　　　　　　何必要把老底掀。

韦满意　(唱)地板不扫就藏灰,
　　　　　　狗不偷吃不挨追。
　　　　　　石磨磨米要人推,
　　　　　　小鸟不赶不高飞。

郝师傅　(唱)谁都会有特殊情况,
　　　　　　依规处罚太难看。
　　　　　　别为小事伤和气,
　　　　　　不碰底线不用记。

韦满意　郝师傅,现在我们看到的都是小
　　　　事,如果不指出,就会变大事。安
　　　　全生产很重要,疲劳上岗有隐患。

郝师傅　这些我们都知道。

韦满意　厂里准备引进一批先进的设备,很
　　　　快就要取代我们人工操作,到时候
　　　　会有一大批工人要面临竞争上岗。
　　　　现在我们就要在"德能勤职廉"上
　　　　全面考核员工。他们所谓的小问题
　　　　都成了习惯,要不得。

郝师傅　(唱)难得糊涂为真理,
　　　　　　小的毛病不用提。

韦满意　(唱)白蚁虽小危害大,
　　　　　　小溪虽浅也藏虾。

郝师傅　(唱)到处树敌路难行,
　　　　　　少说几句行不行。

韦满意　(唱)吃到烂果难下肚,

　　　　　　真话就该往外吐。

郝师傅　(唱)大家感情都挺真,
　　　　　　相互都给打满分。

韦满意　郝师傅,就你们车间打的分最高,
　　　　个个都是 100 分。

郝师傅　都是一样上班,没有什么不一样。
　　　　工作都是一样干。

　　　　〔郝师傅走到一旁倒一碗米酒喝。

韦满意　你少喝点酒。

郝师傅　一点点没有关系滴,我连续上一
　　　　个月的班都得。李大炮的妈妈快
　　　　不行了,我现在要去帮他顶班。

韦满意　李大炮的妈不是早就死了吗?

郝师傅　好像是……他亲妈死了,也许他
　　　　爸又娶一个,后妈生病也要回去
　　　　照顾滴。

韦满意　就你信他。三天两头请假,不是
　　　　妈死就是老爸病。他们家的亲戚
　　　　有的都死了好几回了。郝师傅,
　　　　我今天就是来批评你的。
　　　　(唱)大小事情你都帮,
　　　　　　从来不曾细思量。
　　　　　　好心结果帮倒忙,
　　　　　　助纣为虐不应当。
　　　　　　郝师傅啊!
　　　　　　有错就该讲,不能老护短,
　　　　　　敢讲敢管敢作为,
　　　　　　才是党员应有的担当。
　　　　　　不怕把人来得罪,
　　　　　　不怕他们来作对,
　　　　　　不怕关系会变糟,
　　　　　　不怕选票会变少,
　　　　　　党员干部重担挑,
　　　　　　老好人的思想要先抛。

郝师傅　我帮他们不是为了选票。

韦满意　郝师傅,我知道你一辈子对人都

是客客气气的，你是车间副主任，你应该尽到你的职责。个个都当好人，出现的问题都没人敢提，长此以往后果不堪设想。

郝师傅 大事不究，小事不提。其实都是小问题。

韦满意 小问题堆积在一起就成大问题了。

郝师傅 有什么大问题，我看是你鸡蛋里面挑骨头。你当这个什么纠风办主任，到处找问题，见谁都把意见提。

韦满意 我这是对我们厂负责。现在经过技术改进，工厂的废物料，可以继续回炉重新利用，不许再有人拿去卖。

郝师傅 以前是废料，他们拿去卖没有问题，现在你说不得拿，我叫他们不拿就是了。

韦满意 以前拿废料成习惯了，现在你不严厉地说这件事，他们再拿就是盗窃，就是犯罪，就不是小错小事情了。

郝师傅 厂里一宣布，我就说了，什么事情都要有个过渡。有些人拿回去，又拿回来了，这不算偷吧？

韦满意 拿回去就叫偷，放回来那叫退赃。你要经常开会敲警钟才行啊！

郝师傅 我们经常开。

韦满意 都参加了吗？

郝师傅 基本上。

韦满意 什么叫基本上？
（唱）会议开得少，笔记太潦草，
　　　思想不上心，活动看心情。
　　　拖拖拉拉、稀稀疏疏、
　　　吊儿郎当、早该管。
　　　思想作风要常抓，

不能走走过场为应付检查。

郝师傅 那我现在就组织开个会。

韦满意 你现在开什么会？说什么？你准备好了没有？

郝师傅 那我先去上班。

韦满意 你不是刚刚下班吗？

郝师傅 我答应李大炮帮他顶班的。

韦满意 安全生产不允许疲劳上岗。你都连续上了几天班了。

郝师傅 我不去，没有人上班，不得滴。

韦满意 李大炮请假多次，按厂规是要处罚的。

郝师傅 请假而已，他打电话让我顶班滴。

韦满意 郝师傅，你知道他到底请假做什么吗？

郝师傅 回家照顾后妈。

韦满意 他没有照顾后妈，他是躲在家中看球赛。郝师傅……
（唱）说声郝师傅不应该，
　　　黑白不分，是非不辨，
　　　你不怕，
　　　你不怕办事不公心涣散？
　　　你不怕厂子厂风全变烂？
　　　你不怕苦活累活没人干？
　　　你不怕厂子倒闭全完蛋？

韦满意 你还推荐他当优秀。

郝师傅 是我们车间大家同意的，大家轮流当优秀。

韦满意 你这不是乱来吗？你让我怎么说你啊！优秀怎么能当人情送？

郝师傅 唉！
（唱）我做人一向都和善，
　　　大小事情抢着干。
　　　处处都为他人想，
　　　不求他人夸与赞。
　　　顺民意，解民忧，

　　　促团结，保和谐。
　　　惊惊惊，好心之下藏隐患，
　　　怕怕怕，毒瘤不除有后患。
　　　悔悔悔，害人害己方后悔，
　　　愧愧愧，愧对组织信任心有愧。

韦满意　战争年代，对共产党员最大的考验是牺牲，和平年代，对共产党员最大的考验是奉献。如果说，共产党员与人民群众有不同，就在于，觉悟要比群众高。

郝师傅　韦主任，我失职，我错了。

韦满意　郝师傅，新时期干部如果看见不足不敢说，发现错误不敢纠，面对问题退三舍，只做不担当不作为的"老好人"，危害丝毫不逊于腐败。

郝师傅　我知错了，自罚一杯（举杯喝酒）。

韦满意　你不要喝那么多酒。

郝师傅　喝醉了好安睡。

韦满意　你……不顶班了？

郝师傅　安全生产，拒绝疲劳上岗。（郝师傅打电话）李大炮，你准时上班。不然我记你旷工，三次以上开除你。

韦满意　郝师傅！

郝师傅　你喊我一声师傅，我有愧啊！一日为师终身为父，今天你指出我的问题，给我做了表率。（郝师傅下）

韦满意　郝师傅，不能再顶班了！

郝师傅　我看好废料，警告大家不能再拿了。（退）

韦满意　这糍粑就剩我一个人做啊？（韦满意自己捶起糍粑）
　　　〔伴唱：
　　　自律树形象，正气做表率。
　　　廉勤促作为，敢作敢当敢作为，
　　　为党旗添光辉！

小品

演出单位
南宁市文化广电和旅游局
南宁市艺术剧院有限责任公司

左林右李

内容简介

　　小品《左林右李》以林默默和李彩霞的邻里纠纷为切入点，阐述了在全面迎来小康社会的今天，文明的生活理念犹如一道道阳光、一缕缕春风，深入百姓生活点滴。该作品以小见大，反映了文明和谐、团结奋进的社会氛围。

主创团队

编　　剧：潘春竹　黄新兰　　　　　灯光设计：孙仰泰
导　　演：潘春竹　　　　　　　　　道具设计：陈虹启
音乐创作：林绍宁　　　　　　　　　服装设计：许丽雅
舞美设计：荀毅彬

主要演员

李彩霞——李桢毅
林默默——郭玉倩
七姑奶——徐艺瑗

时　间　某傍晚。

地　点　某小区单元楼。

人　物

李彩霞　男，28岁，IT公司职员。

林默默　女，23岁，歌手。

七姑奶　楼上邻居。

〔舞台上设置两个房门，左边1101林默默家，右边1102李彩霞家。

〔幕启，从1101房里传来巨大的音乐声《忐忑》，充斥着整个楼道。

〔李彩霞上，刚下班满身疲惫，巨大的音乐声让他非常难受。

李彩霞　又来了又来了！每天都在鬼哭狼嚎的！（本想敲1101的门，想想后掏钥匙进自己家门）

〔"啊！妈呀！""走开！""打死你！别过来！"从1101传来刺耳的叫声，然后是一阵叮叮咚咚的巨响。

李彩霞　是可忍孰不可忍！1101！1101！赶紧出来！！

〔过一会儿，1101的门开了一个门缝，露出一张贴着面膜的脸。

〔李彩霞被吓了一跳。

林默默　干吗？（没好气地）

李彩霞　小姐，能不能把音乐声关小一点，能不能不要制造噪音，能不能不要乱扔垃圾，能不能——

林默默　知道了！（欲关门）

李彩霞　你——和这种人做邻居真是倒了八辈子大霉！

〔林默默开门。

林默默　你说什么？

李彩霞　我说和你这种人做邻居真是倒了八辈子大霉！（说完回家）

〔林默默从屋里出来，穿着睡衣，用力地敲1102的门。

林默默　你给我把话说清楚了！什么叫倒了八辈子大霉！你出来！

〔门没开，里面传来李彩霞的声音。

李彩霞　小姐，这里是居民小区，你的行为已经严重影响到别人的生活。

林默默　我怎么影响你了？

李彩霞　每天音乐放那么大声，你开演唱会啊！

林默默　我在自己家里听音乐关你什么事！

李彩霞　你听音乐我管不着，可你已经严重影响到我了。

林默默　哦，不想听啊？不想听你就戴耳机啊，莫名其妙！

李彩霞　你！行了，我是斯文人，希望你下不为例。

林默默　切，你还斯文人，我看你就是个娘娘腔！

〔1102门"呼"的一下打开了，李彩霞冲出来。

李彩霞　谁！你说谁是娘娘腔！

林默默　谁答应我就说谁呗。（笑，撕下面膜转身回屋）

李彩霞　真是……你们说，我哪娘了，我哪里娘了？唉……

〔音乐起。

〔进家，拿出一张纸条贴在外墙上，上面写着"请不要大声喧哗"，贴完回屋。

〔林默默出来扔垃圾看到纸条，回屋拿口红把纸条上的"不要"划掉，回屋。

〔李彩霞听见声响出来，发现纸条被改，气得撕下来，重新贴了一张。

〔两人悄悄打开门缝想偷偷观察对方。

〔七姑奶上，以为有什么情况也悄悄地凑过头，三人同时被吓了一大跳"啊！"

林默默 七姑奶，你是从哪里飘过来的啊，吓死人了！

七姑奶 你们两个在玩躲猫猫啊？现在的年轻人真会玩。

林默默 不是，我……

七姑奶 （制止）七姑奶也年轻过，我懂滴！（走）垃圾在楼道容易生蚊子我拿去丢了啊！（说着把垃圾拿起来）

林默默、李彩霞 不是……

七姑奶 你们继续，继续啊！年轻人就是会玩哦！（七姑奶下）

林默默 七姑奶，这垃圾我一会自己会丢的。

林默默、李彩霞 （对看）切！

李彩霞 好意思吗！这么大的人了，满世界乱丢垃圾！

林默默 你好！在阳台抽烟，那烟味儿尽往我卧室里钻，我都快成吸烟机了！

李彩霞 你好！一天到晚音乐放那么大声！你这是严重扰民！

林默默 我那是陶冶情操，你懂吗！

李彩霞 哦，那是陶冶情操啊？

林默默 对！

李彩霞 那是神经！

林默默 你说谁神经呢？

李彩霞 谁答应就说谁呗！

林默默 我看你才神经，你们全家都是神经！

李彩霞 你！

〔忽然一阵风吹来把林默默家的门关上了。

〔李彩霞回屋。

〔林默默想了一会儿，只好硬着头皮去敲李彩霞的门。

林默默 1102，请你出来一下。（1102 没反应）1102，我有话对你说。

李彩霞 我要休息了！

林默默 之前都是我态度不好，您先出来一下好吗？

李彩霞 别打扰我。

林默默 帅哥……哥……哥哥……（李彩霞没反应）1102，我可告诉你，你要再不出来，我就在你们家门口大闹天宫。

李彩霞 请便！

〔林默默在 1102 门口一通乱唱乱跳，李彩霞实在受不了只好开门。

李彩霞 你有病啊？

林默默 你有药啊？

〔李彩霞扭头想关门，林默默一把拦住。

林默默 哥，钥匙锁屋里了，借你电话给我用一下可以吗？（打个喷嚏）

李彩霞 等一下。（回身进家，拿了一张毯子刚想给林默默披上）

〔七姑奶拎着一袋菜上。

七姑奶 暖哦！（两人吓得毯子掉地上，七姑奶笑）

李彩霞 七姑奶你误会了！

七姑奶 误会什么捏？七姑奶是过来人，不会看走眼的。

林默默 七姑奶，你可不能走啊，听我把

话解释清楚了。刚才这里风好大的，钥匙、钥匙锁屋里了，我没带手机，所以只好找 1102 借，他又怕我冷，这才把毛毯给我披上。

李彩霞 就是这样！

七姑奶 所以我才说暖嘛！

李彩霞 刚才风真的好大。

林默默 不信你看！

〔四处没有一丝风。

七姑奶 我看是你们想多了。（笑）都是住在一个小区的，你们又是左邻右里，俗话说"远亲不如近邻"，大家多点包容多点理解，能帮就帮一点，矛盾就少一点，那幸福指数不就噌噌噌地往上涨了，你们说是不是？哎呀，我知道你们年轻人在外面打拼也不容易，我看你们两个男才女貌的，一个未娶一个待嫁，要不——

林默默 七姑奶，我就说你误会了嘛……

七姑奶 （笑）得啦得啦，我家有开锁师傅的电话，我去给你拿啊。（刚想走忽然转身）对了，今晚你们别做饭了，一起来我家，七姑奶给你们做家常菜。（下）

林默默、李彩霞 不用了七姑奶！

〔二人略显尴尬。

林默默 谢谢你啊。

李彩霞 不客气。

林默默 之前是我态度不好，我以后一定改。

李彩霞 我也有做得不对的地方，虚心接受、坚决不改。

林默默 啊？！

李彩霞 坚决改、保证改……其实，你放的音乐还挺好听的，特别是那首《死了都要爱》。

林默默 其实，你也没有那么……娘。（笑）先自我介绍一下，我叫林默默，人送外号"林大胆"，你好。

李彩霞 鄙人 IT 男，姓李，名彩霞。请多多关照！

林默默 你好你好！李彩霞，你还别说，这名字真的挺适合你的。（笑）

李彩霞 这是我爷爷取的，希望我的生活灿烂美如霞！（造型）

〔忽然一阵风，"砰"把李彩霞的门也给锁上了。

〔林默默、李彩霞笑。

〔"啊！"楼上忽然传来七姑奶的尖叫声。

林默默、李彩霞 七姑奶，怎么啦？！

七姑奶 出门太急忘带钥匙啦！

林默默、李彩霞 七姑奶别着急，我们——来——啦！

小品

演出单位

广西壮族自治区群众艺术馆

红心

内容简介

新冠疫情期间，国家鼓励地摊经济，助力复工复市，灵活就业。一名女大学生希望通过直播带货的方式帮助果农销售水果，可身为城管的父亲坚决反对，并要求其在家复习、参加公务员考试，父女因此产生了矛盾。一天，执勤的父亲巧遇正与美女网红学习直播带货的女儿，三个人发生了一系列的误会。父亲在听取女儿的心声和美女网红的劝说后，改变了自己的想法……

主创团队

编　　剧：林起明
导　　演：林起明　张　帅
音乐创作：高　慧　黄方俊
舞美设计：刘　娜
灯光设计：欧阳方磊　韦永昌
道具设计：梁青山
服装设计：刘　娜

主要演员

大学生——韦蕴尹
老　板——王萨霓
城　管——张　帅

人　物

城　管　男，50岁，热爱本职工作，勤恳敬业、幽默的中年城管，同时也是古板、固执的父亲。

老　板　女，35岁，幽默风趣、才思敏捷、接地气的创业者。

大学生　女，21岁，城管的女儿，即将踏入社会的大学生，积极奋进。

〔老板在地摊对着手机直播带货。

老　板　哈喽，各位宝宝们，欢迎大家来到我的直播间！今天我要给大家强烈推荐一款全新的面膜！这款面膜在我的直播间全网最低价，线上线下就买它。买不买不要紧，了解一下新产品。往前走别后退，了解产品不收费。一分钱一分货，来的都是回头客！小姐姐小姐姐，要来两盒面膜吗？

大学生　(上场躲在摊位后面拿面膜挡脸)老板不好意思，我不买面膜！

老　板　不用不好意思。五块十块不算多，去不了美国新加坡。一片两片七八片，来买我家不受骗。买它买它买它！

大学生　老板，我真的不买面膜。(撕面膜)

老　板　不能撕不能撕，贴着才是小姐姐，撕了就是黄脸婆了，我这网络直播呢，你看这儿亿万网友可都看着你呢！

大学生　老板你这直播带货呢？

老　板　是啊。

大学生　老板，你这直播间都有多少人看啊？

老　板　50多万吧。

大学生　50多万呐？

老　板　这算啥？不是我跟你吹，姐的粉丝有两百多万呢。

大学生　两百多万？！那成交量得多少啊？

老　板　也就三四千片吧。

大学生　那得赚多少钱啊？

老　板　那不得……那能告诉你吗？

大学生　老板，我能去你直播间看看吗？

老　板　哎！小姐姐，这样吧，你帮姐打打广告，姐这面膜白送你。

大学生　不不不，我紧张！

老　板　紧张啥呀，放心说，大胆说，随便说，心里咋想就咋说！

大学生　心里咋想就咋说？！好！说到这个美容养颜啊，我在这里推荐——

老　板　对，强力推荐！

大学生　强力推荐！广西特色的纯天然、绿色的、无公害、有机水果。我保证我们的水果肯定物美价廉！机不可失，时不再来，得赶紧拨打订购热线，137……

〔两人抢夺。

老　板　给我！(变声)各位粉丝现在我们直播间……明天直播再见。拜！(转身冲来)

大学生　(小声嘀咕)不是你说心里咋想就咋说吗？

老　板　我也没让你说水果啊！你瞧你长得斯斯文文的，怎么竟干些偷鸡摸狗、暗度陈仓的事呢？说，你到底干嘛的！

大学生　我是个在校大学生……

老　板　大学生？

〔大学生掏出学生证。

大学生　这是我的学生证，其实啊，我和同学组建了"爱心助农项目小组"，准备在网上售卖水果，我们产品很多啊，比如荔枝、龙眼、香蕉……

老　板　停，简单说。

大学生　我们想找一个像您一样的有粉丝、有热度的大主播跟我们合作！

〔老板肚子疼，捂肚子、咬牙。

大学生　（拦着老板）我是认真的，你看，这是我写的计划书。

老　板　你先帮我看会儿摊。（老板准备离开）合作的事，回来再说。

大学生　不行的，你要是走了，城管来了，我……

老　板　城管你怕啥，城管又不是你爹！（跑下）

大学生　别走啊，城管还真是我爹……哎呀，我爹还真是个城管。（发现老爸上场，到摊位上贴好面膜）

城　管　（热情跟商贩打招呼）疫情防控期间，要戴好口罩，做好防护啊。

城　管　（走向摊位随手拿起一盒面膜）老板，新来的？第一天摆摊吧，有什么困难你直说啊！（拿起摊位上放着的学生证）诶，学生证？

大学生　这是我的，我是在校大学生。

城　管　哦，兼职创业。

大学生　对。（突然转头）

城　管　（被吓一跳）吓我一跳，你这个是……

大学生　样品展示！

城　管　我看你是不好意思！凭我多年的城管经验啊，你今天还没开摊吧？

大学生　爸！

城　管　啊？你说什么？

大学生　我……我怕。

城　管　不用怕！我这次不是来收摊的。在疫情防控期间，国家鼓励地摊经济，助力复工复市，灵活就业，激发市场活力，促进经济发展，这是好事啊。摆摊，得放下面子。首先，你得撕下这层伪装的面具，我来帮你啊！

大学生　不能撕！不能撕！

城　管　为什么？

大学生　贴着才是小鲜肉，撕了就是老腊肉了。

城　管　你得撕下面具才能……

大学生　可是……爸！

城　管　爸？是不是你爸不让你摆摊？

大学生　是啊！我爸说，这创业啊就是不务正业！

城　管　什么不务正业！大学生来摆地摊、来创业这是好事儿！不仅能积累社会经验，还能培养吃苦耐劳的优良品质！现在很多家长都把自己的想法强加给孩子，根本不顾孩子的感受和想法。

大学生　说得太对了，一旦不按照他们的想法做事，张口就来一句……

城管、大学生　我这都是为了你好——

城　管　（停顿）这话咋这么耳熟呢？我认为大学生嘛，就应该多闯闯、多看看，有想法就要付诸行动！我要是你爸，我肯定支持你去摆摊创业呢！

大学生　真的？

城　管　必须真啊，我要是有半句假话，我跟你姓！

大学生　（兴奋）说得好！

城　管　（还没注意到是他女儿）年轻人，吆喝起来，打响摆摊第一炮！

〔两人兴奋吆喝。

城　管　各位大哥！

大学生　各位大爷！

城管、大学生　各位漂亮的小姐姐！走一走转一转，你们来这看一看！

城　管　看也不要钱。

大学生　摸也不收费！

城　管　男人买了送女友，女友天天对你好！

大学生　女人买了送老公，老公回家把你宠！

城管、大学生　新产品，都知道，今天不买要后悔！新产品（大学生撕下面膜），做广告，便宜甩货要不要！耶！（两人很投入，城管发现女儿面膜掉了，两人停顿后反应过来）

〔女儿跑，父亲追，表现舞台追跑的幽默效果。

大学生　爸，你听我解释。

城　管　说好的在家复习公务员考试，你来摆地摊！还在我的辖区？

大学生　这不离家近嘛！（跑）

城　管　当初怎么说的！

大学生　当初也是您逼我的啊！

城　管　我逼你什么了！

大学生　我当初想创业，您非逼我参加公务员考试。

城　管　你一个女孩子，找个稳定的工作有什么不好的？非得像个男孩子一样，整天跑来跑去地瞎折腾！

大学生　爸，您刚才不都同意我创业了嘛！

城　管　（坐下来）我什么时候答应了？！

大学生　您还说有半句假话你跟我姓！

城　管　我本来就跟你姓！你跟我姓！

大学生　爸，别生气别生气！这个是我写的创业计划书，要不您先看看？

城　管　什么计划书，不就是卖面膜吗，摊我都给你掀了！

〔掀桌，女儿抬住另一边，老板上。

老　板　停停停，（指着城管）你是城管吧？

城　管　是啊。

老　板　你这是干什么呢？

城　管　（对着女儿）我掀摊！

老　板　（拿出手机）我可都录下来了啊！

〔父女俩放下桌子解释。

大学生　姐，你听我说……

老　板　不关你事啊……

城　管　这可能是误会！

大学生　姐，真是误会，他是我爸！

老　板　一个，蹭流量抢生意，一个，让我摆摊掀我摊，你们组团来的？

城　管　你的摊？

老　板　当然是我的摊！

城　管　这是怎么回事？

老　板　就在刚才我突然就想去嗯——，让她帮我看会儿摊，我去嗯——，我一嗯——回来你俩就要掀我摊儿！

城　管　是这样吗？

大学生　是啊！

城　管　那你怎么不早跟我说呢！

大学生　您也没让我说啊！

城　管　你不会自己主动说吗！

大学生　我主动说了可是您没给我机会说啊！

老　板　停！我看出来了，你俩这是有事啊！

〔父女两人气愤地坐下。

老　板　还挺默契啊，说吧！咋滴，沉默是金啊？（父亲刚要开口）闭嘴！（指着女儿）你先说。

大学生　我想自主创业，我爸想让我参加公务员考试，这就是我家的主要矛盾。

城　管　我们做父母的，都是过来人，规划下你的未来，指导你人生的道路，有什么问题吗？再说了，我们这么做，都是为了你好！我的意思是，当公务员有什么不好，就像我一样当个城管，为人民服务实现人生价值，多光荣多骄傲啊！

大学生　爸，我创业也能为人民服务，也能实现人生价值！

城　管　就你！

大学生　爸，您看看这是我的创业计划书，您能不能看一看！

老　板　爸！不是，你就看看！（老板过来推一下城管，示意城管看）

大学生　这次疫情让全国上下经济受损严重，尤其是果农，损失惨重。今年是建党100周年，也是"十四五"开局之年，振兴乡村的号角吹响了。可新鲜的荔枝滞销了、香甜的杧果坏掉了，一片片的龙眼、菠萝、香蕉眼看着就快要烂在地里了……为了把果农的损失降到最低，我和同学组成了"爱心助农项目小组"，我们计划通过互联网，让果农在疫情防控期间找到致富之路。

老　板　说得太好了，你这个创业计划非常好，既能带来经济效益，助力脱贫事业，又能……又能实现……

大学生　人生价值！

老　板　（过去推了推城管，示意他表示一下）表个态呀！

大学生　爸，您是一名党员干部，这么多年来，您一直坚守岗位为人民服务，疫情防控期间，为商户们在街头巷尾架起摊位，复苏了经济，更复苏了人心。其实我知道，您让我考公务员是为了我好，可是爸，我作为学生，也是想通过自己的专业知识，尽自己所能，为人民做点实实在在的事啊……（说话过程中老板悄悄架起了手机继续直播）

城　管　孩子，爸爸总想为这个社会做点有意义的事，也希望你长大后能多做点有意义的事，看了你这个项目，我觉得……行！老爸为你骄傲！

老　板　来来来，你们看看，网友听到了这个故事，都点赞留言呢。（大屏幕配合留言滚动，或者画外音表现）你们看，有人说他就爱广西灵山的桂味荔枝，准备定十箱！还有人留言百色杧果大又甜，桂七来五箱！

大学生　老板，我正式邀请您做我们创业项目的带货主播怎么样？

老　板　好呀！我决定了也加入你们那个"爱心助农项目小组"。不做"面膜皇后"了，以后我是"水果西施"！

城　管　好！那也算我一个！

老　板　同志们吆喝起来！

大学生、城管、老板　走一走转一转，欢迎来我直播间！买水果，献爱心，为人民服务谁都行！"十四五"，谋振兴，为果农点亮小红心！

演出单位

河池市罗城仫佬族自治县艺术团
河池市罗城仫佬族自治县文化馆

彩调剧

乡村之夜

内容简介

　　农村渐渐走向富裕，农民日子越过越好，提高精神文化生活的需求也越来越迫切。龙伯拉起了彩调队，凤婶成立了广场舞队。队伍有两支，场地只有一个，为了争夺排练场地，龙伯和凤婶经常产生矛盾。后来，文化站送来了乐器，一家公司送来了服装道具，两支队伍合二为一，成立农民艺术团，不但解决了争场地的矛盾，还提升了农民生活品质。

主创团队

编　　剧：唐建华
导　　演：余雯雯
音乐创作：胡　伟（音响）
舞美设计：梁筱敏
灯光设计：徐祥舜
道具设计：彭任光
服装设计：喻丹妮

主要演员

凤　婶——余雯雯
龙　伯——彭任光
山　哥——银帮东
水　妹——罗淑娇

时　间　当代。

地　点　广西西北地区某山村。

人　物

龙　伯　男，50多岁，村彩调队领队。

凤　婶　女，50多岁，村舞蹈队领队。

水　妹　女，20多岁，乡文化站站长，龙伯的女儿。

山　哥　男，20多岁，某企业员工，凤婶的儿子。

彩调队、舞蹈队成员若干人。

〔幕启。村文化活动中心，排练场。

〔伴唱：

长锣一打戏开场，

调胡一拉嗓子痒，

矮步一扭心里爽，

扇花一耍喜洋洋。

〔龙伯扭媒婆步，凤婶跳广场舞，自不同台口同上。

龙　伯　（挥烟杆）喂，喂，莫吹牛皮了！

〔众彩调演员上。

龙　伯　（唱）牛皮太厚吹不破，

快拉调胡快敲锣。

今晚排练《三看亲》，

彩调队　（合唱）龙伯反串王媒婆。

凤　婶　（拍彩扇）哎，哎，莫扯板路了！

〔众广场舞演员上。

凤　婶　（唱）板路再多先放脱，

打起精神站稳脚，

今晚排练《小苹果》，

歌舞队　（唱）跟着凤婶慢慢学。

龙　伯　起长锣！（进戏）媒婆媒婆，能讲会说，干了的旱田讲得出水，树上的鸟崽叽叽叽——也哄得落……

凤　婶　放音乐。（边跳边唱）你是我的小呀小苹果，怎么爱你不呀不为多……

〔两人相互影响对方，最后，龙伯跳起了广场舞，凤婶扭起了媒婆步。

龙　伯　（生气地）哎，哎，哎……

（唱）老太婆，莫捣乱，

彩调节目在排练，

矮步扭成广场舞，

不怕别人笑翻天？

凤　婶　喂，喂，干嘛，干嘛呢？

（唱）老东西，莫捣乱，

我们也在搞排练，

苹果唱出调子味，

笑死观众要命填。

龙　伯　（唱）我们早先有约定，

彩调队　（合唱）今晚调子占地盘。

凤　婶　（唱）六十花甲轮流转，

歌舞队　（合唱）转到我们这一边。

龙　伯　（唱）排练歌舞等明晚，

彩调队　（合唱）没事去把麻将玩。

凤　婶　（唱）今晚改排《小苹果》，

歌舞队　（合唱）你们去做醉八仙。

彩调队　（合唱）去把麻将玩。

歌舞队　（合唱）去做醉八仙。

彩调队　（合唱）莫捣乱。

歌舞队　（合唱）莫要蛮。

龙伯、凤婶　（大声地）莫吵了！

〔静场。

龙　伯　（讨好地）凤妹子，我们的节目蛮重要的啵。

（唱）县里就要搞会演，

争金夺银起烽烟。

调子窝里调子客，

不拿第一脸无颜。

凤　婶　龙哥子，我们的节目更重要。

（唱）市里也在搞会演，
　　　全面小康要宣传。
　　　影响我们拿名次，
　　　罚你一桌酒饭钱。

龙　伯　场地只一个，队伍有两支，怎么办？

众　人　是啊，怎么办？

龙　伯　（唱）彩调排练难度大，
　　　　　还请你们多海涵。

凤　婶　（唱）男人应该学绅士，
　　　　　凡事女士要优先。

龙　伯　那，就发扬民主，大伙举手表决。

凤　婶　好，好，民主表决，我来集中。

龙　伯　你……这不是蛮不讲理吗？

凤　婶　你叫大男子主义，歧视女性！

龙　伯　好，好，你有道理，行么？（对众人）大伙讲讲，到底怎么办？

彩调队　排练场地分两半。

歌舞队　井水不把河水犯。

龙　伯　好主意，井水河水，互不相干！

凤　婶　好办法，楚河汉界，互不侵犯！
　　　　〔众人扯皮尺，划分场地。凤婶和龙伯立柱桩，扯分界线。

众　人　（唱）尺子一拉动真格，
　　　　　堂屋打桩分秋色。
　　　　　白天太阳夜晚月，
　　　　　阴阳分明昼夜隔。

龙　伯　哎，哎，你们那边多了五公分。

凤　婶　你们那边灯光亮，再过来五公分。

龙　伯　好，好，好男不跟女斗，让你们五公分。

凤　婶　OK，轻松搞定！

龙　伯　（挥烟杆）彩调队，唱起来。

凤　婶　（拍彩扇）歌舞队，跳起来。

龙　伯　起长锣。媒婆媒婆，能讲会说……锣鼓敲响亮！

凤　婶　放音乐。你是我的小呀小苹果……开大音量！

龙　伯　干了的旱田讲得出水，树上的鸟崽叽叽叽——也哄得落……再敲响点！

凤　婶　怎么爱你也不为多……再放大些！

龙　伯　（唱）白银子来嗨嘛依子嗨，
　　　　　黑眼珠来嗨嘛依子嗨，
　　　　　只认银子嗨嗨哟……

凤　婶　（唱）你是我的小呀小苹果……
　　　　〔两人越唱越大声，越跳越起劲，都想压倒对方，最后气喘吁吁地都累倒在舞台上。

龙　伯　（喘粗气）莫逞能了，看你那个鬼样子，中间扯炉，两头出气了。

凤　婶　（喘粗气）莫逞强了，你也是老牛拉破车，只有进气，没有出气了。

龙　伯　你压不住我的，我的嗓子粗。

凤　婶　你盖不过我的，我的声音脆。

龙　伯　有本事继续叫？

凤　婶　有本事继续吼？
　　　　〔两人背对背，互不理睬。
　　　　〔山哥和水妹载歌载舞上。

山　哥　（唱）风风火火回家转，

水　妹　（唱）回乡来把喜讯传。

山　哥　（唱）忙得晕头又转向，

哥　妹　（合）再苦再累心也甜。

山　哥　阿妈。

凤　婶　山仔回来了。

水　妹　阿爸。

龙　伯　啊，水妹回来了。

水　妹　凤婶好。

山　哥　龙伯好。

龙　伯　好，好，好。哈哈哈……救兵到了，水妹，上！

水　妹　阿爸，你……

龙　伯　（唱）给爸扮演金满妹，
　　　　　　　唱他个月亮出西山。

水　妹　女儿遵命。（拉山哥）给我客串演
　　　　丁小哥。

凤　婶　哈哈哈……
　　　　（唱）哥子你有撒手锏，
　　　　　　　我有铜锤打八仙。
　　　　（对山哥）丁小哥，上！

山　哥　阿妈，有何指示？

凤　婶　（唱）你是拉丁小王子，
　　　　　　　跳他个太阳不落山。

山　哥　遵命。（拉水妹）你要给我配舞啊。

水　妹　好，那我们就唱起来。
　　　　〔山哥舞扇花，水妹舞手绢，翩翩
　　　　起舞。

山　哥　满妹。

水　妹　哎，小哥。
　　　　（唱）什么出来一点红，
　　　　　　　什么弯弯像把弓？
　　　　　　　什么圆圆倒转挂，
　　　　　　　风吹什么浪蓬松？

山　哥　（唱）妹妹嘴唇一点红，
　　　　　　　眉毛弯弯像把弓；
　　　　　　　耳环圆圆倒转挂，
　　　　　　　风吹罗裙浪蓬松。

凤　婶　糟了糟了，这娃仔，脑子出毛病
　　　　了。（拉开山哥）要你跳舞，干吗
　　　　唱起调子来了？

山　哥　我给水妹客串丁小哥。

凤　婶　跳拉丁。

山　哥　是。那，我们就跳起来！
　　　　〔音乐起。两人跳起了拉丁舞。

龙　伯　坏了坏了，这妹仔发癫了？（拉开
　　　　水妹）妹仔，要你唱金满妹，哪
　　　　个要你跳嘭嚓嚓？

水　妹　阿爸，我在给山哥客串拉丁公主。

龙　伯　不准跳。唱调子。

凤　婶　不准唱，跳拉丁。

龙　伯　哼！

凤　婶　哼！

彩调队　龙伯，还排不排啊？

龙　伯　不排了。

凤　婶　还排个鬼。
　　　　〔龙伯、凤婶背对背坐下，互不理
　　　　睬。
　　　　〔水妹、山哥上前。

水　妹　阿爸，该王媒婆上场了。

龙　伯　不上了。

山　哥　阿妈，该放音乐了。

凤　婶　不放了。

水　妹　阿爸，搞文化活动，本来图个开
　　　　心，你斗什么气嘛？

龙　伯　阿爸跟哪个斗气了？

山　哥　阿妈，排练文艺节目，是为了提
　　　　升生活品质，你逞什么强嘛？

凤　婶　好好看看，是哪个逞强？你这娃
　　　　仔，怎么胳膊往外拐？

水　妹　阿爸……

龙　伯　站一边去，阿爸心里有气，莫烦
　　　　我。

山　哥　阿妈……

凤　婶　滚一边去。阿妈心情不好，莫惹我。

龙　伯　水妹，你给阿爸评评理。当年我
　　　　带人唱调子，她讲我是老癫仔，
　　　　穷快活。今天，她拉队伍跳广场
　　　　舞，就不是老发癫了？

凤　婶　那是过去穷，没得心情搞娱乐。
　　　　如今日子好过了，当然也要文化
　　　　起来嘛。

龙　伯　我怕你，我惹不起，躲得起，好
　　　　不好？

凤　婶　我怕你，吃草不跟你同山，喝水
　　　　不跟你共河，行么？

水　妹　阿爸，你们吵完再排练，还是排
　　　　练完接着吵？

龙　伯　排什么排？排得了吗？

山　哥　阿妈，真的不排了？

凤　婶　你要我怎么排？

水　妹　山哥，让他们吵。你去交代司机，
　　　　把拉回来的东西送回去。你们公
　　　　司的捐款，也一起收回去吧。

龙　伯　什么？（翻身爬起来）水妹，你拉
　　　　什么东西回来了？

水　妹　反正用不上了，还问那么多干
　　　　吗？

凤　婶　山仔，（翻身爬起来）你带回了什
　　　　么捐款？

山　哥　用不上了，反正不是捐给你买肉
　　　　吃买酒喝的。

龙　伯　哎，妹仔，哪有东西用不上呢？

凤　婶　是啊，哪有钱用不上的？

水　妹　你们不是都不排练了吗？

山　哥　不排练就用不上了。

龙　伯　哪个讲不排练？（对众人）调子队，
　　　　唱起来。

凤　婶　（对众人）歌舞队，跳起来。

龙　伯　哎，又捣什么乱？

凤　婶　是你搅屎。

水　妹　还是排不成。山哥，我们走。

龙　伯　哎，哎，有话好好讲，有话好好
　　　　讲。

凤　婶　你们到底带回了什么宝贝？不要
　　　　叫老人家猜谜嘛。

水　妹　也行。那你们先表个态。

龙　伯　表什么态？

山　哥　从此之后，你们不许争场地，闹
　　　　得大家不和气。

龙　伯　这个……

凤　婶　这个……

山　哥　做不到吗？

龙　伯　这个……只要她不闹，我保证做
　　　　到。

凤　婶　只要他不闹，我也做得到。

水　妹　好，你们相互道个歉，当众表个
　　　　态。

龙　伯　表态就表态，这点风度，老爸还
　　　　是有的。（对凤婶）大妹子，
　　　　（唱）叫声大妹子莫见怪，
　　　　　　　我嘴巴欠抽心不坏。
　　　　　　　大家抬头不见低头见，
　　　　　　　两队闹出矛盾不应该。
　　　　　　　今后有事和你细商量，
　　　　　　　排练场地重新来安排。
　　　　　　　拿出绅士风度让着你，
　　　　　　　保证你的嘴巴都笑歪。

凤　婶　（笑）大哥子，这就对了。
　　　　（唱）我的心肠也不坏，
　　　　　　　脾气不好莫记怀。
　　　　　　　我也当着大伙表个态，
　　　　　　　排练场地时间巧安排，
　　　　　　　你有风度我也有肚量，
　　　　　　　桩子篱笆统统都拆开。
　　　　　　　调子歌舞排练两不误，
　　　　　　　齐齐整整比赛夺金牌。

水　妹　这就对了。好，拿上来！（群众演
　　　　员捧二胡、唢呐、月琴、锣鼓、
　　　　音响上）阿爸，凤婶，你们看。

龙　伯　乐器音响？

水　妹　对，是县文化部门拨给你们的，
　　　　一整套哪。
　　　　（唱）胡琴够数放心拉，（演员拉二
　　　　　　　胡）
　　　　　　　吹起唢呐呜哩哇。（演员吹唢

呐）

锣鼓敲得震天响，（演员敲锣鼓）

高级音响声色佳。（演员举麦克风唱歌）

龙　伯　好，太好了！

山　哥　我这里还有惊喜呢。

（唱）公司文化来扶贫，

捐款两万做基金，

服装道具办齐整，

舞台上下面貌新。

龙　伯　好，乐器音响归彩调队。

凤　婶　不，音响归歌舞队。

龙　伯　你……

凤　婶　你……

水　妹　又争了？

山　哥　那就收回去。

龙　伯　不争，不争，听你们安排。

凤　婶　不争，不争，由你们分配。

水　妹　这就对了。

（唱）亲帮亲来邻帮邻，

是邻沾着三分亲。

彩调歌舞是一家，

何必来把你我分？

山　哥　（唱）合并成立艺术团，

唱出农民精气神。

龙　伯　（唱）你当团长来做主，

凤　婶　（唱）你当领导我当兵。

众　人　（唱）又唱调子又跳舞，

快快乐乐小康奔。

水　妹　各位前辈尊长，这样处理，有问题吗？

众　人　没问题！

山　哥　有意见吗？

众　人　没意见。

龙　伯　好，山仔，你来宣布艺术团成立。

凤　婶　水妹，你是文化站站长，应该你来宣布。

龙　伯　手背手心都是肉，不能看轻看薄。你们一起宣布。

众　人　一起宣布！

水妹、山哥　好！现在我宣布，龙家坪农民艺术团，正式成立！

龙　伯　此处有掌声！

凤　婶　女同胞，掌声响起来，不要输给臭男人。

〔众人鼓掌。

龙　伯　拆掉桩子。

凤　婶　抹掉分界线！

水　妹　唱起来。

山　哥　跳起来！

众　人　（唱）刚才还把场地争，

转眼就成一家人。

你唱调子我跳舞，

唱出农民精气神。

〔众人载歌载舞。摆造型。

〔收光。

彩调剧

演出单位

桂林市恭城瑶族自治县文工团

六米街

内容简介

　　彩调剧《六米街》讲述了瑶寨的两户人家化解矛盾，打造特色旅游村、共同致富奔小康的故事。在新农村建设中，瑶族山村的盘、黄两家因为争地界，经常发生冲突，导致村里无法修马路。新上任镇长因势利导，巧妙化解矛盾，促使两家各自让步，使昔日的"肠梗阻"变成了六米宽的道路，也使两家真正意识到了"合则共赢，斗则俱伤"。

主创团队

编　　剧：唐建华　何细祥
导　　演：刘夏生　张　恒　尹　妮
舞美设计：刘章新
灯光设计：彭自立
音乐创作：全德胜　王新朝　莫绍儒
道具设计：陈　英
服装设计：倖玉兰

主要演员

盘一丁——张　恒
江静云——尹　妮
盘四方——滕　洪

时　间　当代。

地　点　某瑶寨。

人　物

盘一丁　男，40多岁，瑶寨村民。

盘四方　男，30多岁，新上任的镇长。

江静云　女，30多岁，村主任。

〔幕启。盘一丁家。

〔盘四方提着一袋礼物，和江静云上。

盘四方　（唱）建设旅游特色村。

江静云　（唱）一寸土地一寸金。

盘四方　（唱）为争村口几尺地，

　　　　　　　闹得邻里变仇人。

江静云　（指前面）就是这凯，你看你看，因为他们两家争夺祖传下来的几尺地，马路迟迟修不进村，这瑶乡特色旅游，乡村振兴哪搞得起来？真是神仙打架，凡人遭殃！

盘四方　村主任大人，我们把神仙改造成凡人，叫他们不再打架，问题不就解决了吗？

江静云　我是江郎才尽了，你二叔的这颗癞子头看你哪样子剃哦！

盘四方　几大的事，如此垂头丧气，（拍胸脯）包在我身上了！

江静云　莫讲大话先，盘一丁在家吗？（敲门）哎，盘一丁在家吗？

　　　　〔盘一丁（内）：盘一丁死了！

江静云　死人还能答话吗？（用力敲门）快点，快点开门！

盘一丁　（拿着打油茶的擂钵开门）唉，烦人不烦人啊？

　　　　（唱）叫什么鬼来喊什么魂？

　　　　　　　害得老子油茶喝不成。

　　　　　　　又没发请帖把你请，

　　　　　　　我喜欢关门就关门。

盘四方　二叔，（递礼物）侄仔来看你了。

　　　　送你一朵玫瑰花。

江静云　这是珠海订做的啵。

盘一丁　少来这套。（推礼物）你来走亲，二叔欢迎。如果来当说客，不要怪我翻脸不认人。

江静云　哎呀，你看你看，婶子不在家，这地邋里邋遢的。

盘四方　这桌子乱七八糟的，你也不嫌乱。

江静云　我来扫扫。（扫地）

盘四方　我来擦一擦。

盘一丁　莫献殷勤了，有话快讲，有屁快放。

盘四方　二叔啊，村主任都被你骂多少回了？

盘一丁　我还嫌骂得少了。你们想和稀泥也可以，先叫那个老东西把围墙拆了，把强占的地吐出来！

盘四方　二叔，能不能心平气和，坐下来好好聊聊？

盘一丁　聊聊？好，你们两个坐着慢慢聊，失陪！（赌气出门）

江静云　盘叔……你要克哪凯呀？

盘一丁　我要上访！喊冤！（扯开外衣，露出一个大"冤"字）青天大老爷啊！

　　　　（唱）千刀万剐的大老黄，

　　　　　　　强占路面把我婆娘伤。

　　　　　　　村里干部办事不公道，

　　　　　　　就晓得乱搅油茶汤。

　　　　　　　人争一口气，争口气呵！

　　　　　　　佛争一炉香！

如果不把公道还给我，
我告到市里省里再上北京找
中央。

盘四方 二叔啊，邻里乡亲之间，就像油
茶锅和油茶捶，哪有不碰撞的？

江静云 对，冤家宜解不宜结……

盘一丁 结个鸟……（发觉失口）啊，都怪
你们，害得我差点爆粗口，降低
了素质。

盘四方 二叔不愧是文化人，一点就醒水。

盘一丁 你就莫抛我的蛐蛐了！（招手）哎，
四方，过来！

盘四方 什么事啊？（上前）

盘一丁 （唱）二叔轻轻问一声，
你的手背疼不疼？

盘四方 （唱）我的手背没得伤，
中式按摩好爽神。

盘一丁 （把胳膊往外扭）
（唱）那就转个方向拐，
赌你忍着莫喊疼。

盘四方 哎哟，痛……

盘一丁 你也晓得痛呀。

江静云 放手，放手。我要报警了。

盘四方 小江……（暗示安静）二叔哎……
（唱）侄仔也算你的仔，
下手太重要你养一生。

盘一丁 这回你晓得了吧？只有胳膊往内
拐，哪有胳膊往外拐的道理，你
气死我了。

盘四方 二叔啊……
（唱）你的好处侄仔记在心，
你疼侄仔胜过老父亲。
没有你的银子资助我，
我哪读得成本科研究生？
二叔是侄仔的大恩人，
侄仔报恩不起也感恩。

盘一丁 晓得感恩就好！你好歹也是县里
派来的干部，二叔不要你徇私舞
弊，拉偏架搞腐败。可是，你总
该给我讨个公道吧？

盘四方 好，（有些生气）讲公道？那我问
你，你和老黄家的矛盾，你有没
有责任？

盘一丁 他做得初一，我就做得十五，我
有什么责任？

盘四方 你干嘛到他门口倒大粪，丢死老
鼠？

盘一丁 嘿嘿……老祖宗留下的路面，他
强占一米五起围墙，搞得脏水流
到了我家院子里。

江静云 所以你也强占一米五挖条沟，把
脏水灌到他家。

盘一丁 那叫活该，我还嫌灌得少了。

盘四方 你们争的那几尺地，本来就是一
笔糊涂账。

盘一丁 晓得是一笔糊涂账，那就难得糊
涂一回吧。

盘四方 我问你，大家都做糊涂人，世间
还有是非，还有公道吗？

江静云 讲得好！

盘一丁 少插嘴！（对盘四方）公道不公道，
只有天知道，我真的冤枉呀！

江静云 盘一丁——你太过分了！

盘一丁 你们……欺负人啊！

盘四方 二叔啊，刚才是我们的态度不好，
请你多多体谅。

江静云 对不起！得罪了……

盘一丁 好，这个公道老子也不要了。你
们喊老黄也到我家门口倒大粪，
丢死老鼠，我去把他老婆暴打一
顿，扯平得了！

盘四方 冤冤相报，亏你想得出。

盘一丁　哼!

盘四方　二叔,真的没得通融的余地了吗?

盘一丁　通融也不是不可以,除非……

盘四方、江静云　(同时)除非什么?

盘一丁　除非那老东西拆掉围墙,当面道歉,赔偿损失,否则就是弹花匠丢了弓——没得谈(弹)。

江静云　二叔,其实修路对你……

盘一丁　(电话响)请安静。(接电话)二弟啊,(惊叫)什么?又挨划了?哪个豆巴鬼干的好事……

盘四方　二叔,出什么事了?

盘一丁　昨天夜晚,你三叔来看我,把车停在村口过夜,又被人划了。补一次漆,一千多块呀……

盘四方　(看一眼江静云)机会来了。(对盘一丁)二叔哎,那就喊三叔把车停到院子里面,就没人敢划了嘛。

盘一丁　讲得真轻巧,你看,我们两家围墙挨得那么紧,车子……开得进来吗?(发觉失言,急忙捂嘴)

江静云　把路修通,车子就开得进了嘛。

盘四方　如果我有办法拆得了,你会听我的吗?

盘一丁　听,我也不是无理取闹的人。

盘四方　二叔,
　　　　(唱)对门老黄让两米。

江静云　(唱)二叔也把两米让。

盘四方　(唱)加上原来两米路。

盘四方、江静云　(唱)六米大道成坦荡。

盘一丁　哈哈哈……

盘四方　二叔,你笑什么?

盘一丁　我笑你们太自不量力,就算忽悠通了我,但老黄那头犟牛呢?

盘四方　二叔啊——
　　　　(唱)父老乡亲协力齐心,

奋斗了多年才脱贫,
村里旅游资源多丰富,
利用开发能把小康奔。
就因你们争地路不通,
游客车辆进不了村。
你不着急我心里急,
害怕父老乡亲再返贫。

江静云　村委会决定,只要你们两家各让出两米,那一片荒地就是停车场了!

盘四方　这路一通,你们村就成了游客打卡地。二叔的祖传油茶!

江静云　王家的柿饼!

盘四方　韦家的瑶药!

江静云　邓家的土鸡!

盘四方、江静云　(合唱)日落金来夜落银。

盘一丁　这个嘛……啊,让我好好想一下。(惊喜地)我的娘哎,噻死了,噻死了!

江静云　机不可失,失不再来。

盘四方　二叔,还划算吧?

盘一丁　哈哈,划算,划算……(发觉失态,故作平静地)哎,这个馊主意……啊,不,这条锦囊妙计真的不错,不晓得是哪个高人想出来的?

江静云　这位高人呀,远在天边,近在眼前。(指盘四方)我们的大镇长!

盘一丁　什么?四方,你当镇长了?

盘四方　是啊,(摆造型)不像吗?

盘一丁　哈哈,了不起了不起,盘家祖坟冒青烟了。(拱手作揖)小民拜见镇长大人!

盘四方　二叔,莫搞怪了。请回答我的问题。

盘一丁　我不是回答了吗?有钱赚的事,傻子才不愿干呢!

盘四方　好，上菜！

江静云　是。（拿出一个鼓囊囊的信封）二叔，这是老黄喊我们转交给你的——

　　　　（唱）赔偿大婶医药误工款，

　　　　　　　总共三千三百零八元。

盘一丁　（唱）他主动赔偿医药款，

　　　　　　　莫非是太阳出西边？

盘四方　（唱）钞票捧在你手里边，

　　　　　　　怀疑我们把假掺？

江静云　看看里面的道歉信吧。

盘一丁　道歉信？（念信）一丁老弟，对不起，多有得罪，我向你赔礼道歉来了。我已决定拆掉围墙，让出两米地给村里修路……呵呵，还真有这回事啊！四方，镇长你是怎么做通这头犟牛工作的？

江静云　二叔，你这个侄仔啊，耐心细致有绝招！他请老黄克十八弄参观学习了好几天，长了见识，开了眼界！还给他讲了一首古诗的故事。

盘一丁　古诗？那李白写的，还是苏东坡写的？

盘四方、江静云　哈哈……

盘一丁　那就是中央电视台的古诗词大会。

江静云　二叔，听好了！

　　　　（唱）千里修书只为墙，

　　　　　　　让他三尺又何妨？

　　　　　　　万里长城今犹在，

　　　　　　　不见当年秦始皇。

盘一丁　秦始皇？晓得，晓得，扫平六国，

一统华夏……

盘四方　二叔，这首诗不是讲秦始皇的。古代张李两家同时建房子，因为争地基打起了官司。张家写信去京城，向当大官的哥哥求援，哥哥什么也没讲，只寄回这首诗。弟弟明白了哥哥的用意，主动让出了三尺宅基地。李家见了，也让出三尺，让出了一条六尺巷……

盘一丁　（笑）啊，我懂了……你们这是古为今用！

江静云　你就莫抛蛐蛐了。

盘四方　（指盘一丁胸口"冤"字）还去上访，喊冤吗？

盘一丁　地都让出来了，还上访个鬼！大人不记小人过，我今天也来抓诗一首。

　　　　（唱）邻里争地和气伤，

　　　　　　　让他两米又何妨？

　　　　　　　和睦友善不记仇，

　　　　　　　携起手来奔小康。

盘一丁、盘四方、江静云　（合唱）携起手来奔小康。

盘一丁　现在我宣布——量地！

　　　　〔三人量地。

　　　　〔伴唱：

　　　　为人何必逞高强，

　　　　让他三尺又何妨？

　　　　各让两米成大道，

　　　　道路宽广奔小康。

　　　　〔收光。

陆川哑戏

乌豆与香草

演出单位
玉林市陆川县文化馆

内容简介

　　陆川哑戏《乌豆与香草》反映了当地异地搬迁户搬得出、留得住、能致富的扶贫主题。讲述了易地搬迁贫困户香草在驻村第一书记荷花的帮助下，从大山搬迁到城镇，住上了新楼房，生活便利了，就业门路也多了。香草在参观乌石豉油场时，与豉油王乌豆重逢，互生情愫，并找到了两人合作创业致富的发展道路。

主创团队

编　　剧：刘利曼
导　　演：吴　连　谢　影
舞美设计：徐宁华
灯光设计：李　超　谢　影
音乐创作：陈丽萍　宋伟敏
道具设计：张裕琼
服装设计：陈丽萍

主要演员

香　草——陈丽萍
乌　豆——徐宁华
荷　花——宋伟敏

时　间　当代。

地　点　乌石镇。

人　物

乌　豆　男，40多岁，豉油王，致富能人。

香　草　女，40岁，易地搬迁贫困户。

荷　花　女，25岁，春风新村第一书记。

〔光启。香草豉油场内外。

〔音乐声中荷花上。

荷　花　乌石豉油西山草，

　　　　合二而一有门道。

　　　　欲知其中因缘事，

　　　　豉油场里安排好。

　　　　（朝内）香草婶，快来呀——

〔香草上。

香　草　荷花!

荷　花　香草婶，你从西山搬到春风新村，生活上一切都便利了，脱贫以后还要致富呢!

香　草　第一书记，谢谢你! 政府帮我们摘掉了贫困的帽子，住进了做梦都想不到的新楼房，可是进了城我什么都不会做。

荷　花　香草婶，不要急，可以利用你的长处发家致富嘛!

香　草　发家致富?

荷　花　今天我带你去豉油场参观!

香　草　豉油场? 我只会种香草，不会做豉油……

荷　花　去看看就知道了，走嘛!

〔荷花拉香草上场。

荷　花　（喊）豉油大王……

乌　豆　（上）来——了!

　　　　（念）耳听荷花一声喊，

　　　　　　　欢迎客人来参观。

〔荷花向乌豆示意。

荷　花　豉油大王。

乌　豆　第一书记。

荷　花　参观的贵宾来了，来来来，介绍你认识一下，这是乌石豉油场场长——豉油大王。

乌　豆　不敢，不敢。

荷　花　这个是搬迁贫困户的参观代表。

乌　豆　（鼓掌）欢迎，欢迎! 热烈欢迎! 欢迎，欢迎! 热烈欢迎!

〔乌豆、香草见面。

　　　　（幕后唱）啊——

　　　　　　　　四目相对，无语。

　　　　　　　　历历往事，在眼前。

乌　豆　我终于见到日思夜想的香草妹了……

香　草　搞了半天你就是豉油王啊，好久不见了……

乌　豆　香草妹，这几年来我多次到西山找过你，都没见到……

香　草　泥石流把房子冲塌了，田地也没有了，我只好搬走了……

荷　花　你们有缘相识西山顶，今天也可以结缘豉油场嘛!

乌　豆　有请西山香草妹参观指教——请!

〔乌豆领香草参观——

〔荷花闪至一旁拿出手机。

荷　花　（直播）各位观众，这是在春风新村乌石豉油场进行的现场直播，主题是让搬迁的贫困户搬得出、留得住、能致富! 直播开始——

〔音乐起。

〔荷花直播。

〔幕后唱：陈年生晒豉油王，

豉油蘸料喷喷香。

神仙味道尝不忘，

令你舌头味蕾缴械投降。

〔荷花直播。

乌　豆　香草妹，我给你讲个故事。1958年的春天，从南宁"嘟嘟"开来了一辆汽车——

荷　花　乌豆在讲述豉油场的历史——

乌　豆　汽车穿过陆川县城，一直开进乌石镇豉油场，我阿公、阿爸装满了整整一车乌石豉油。

香　草　拉去给谁呀？

乌　豆　给我们敬爱的毛主席、周总理和在南宁开会的中央领导品尝！

香　草　毛主席都尝过哦！

乌　豆　（兴奋）此后，乌石豉油名声大振，供不应求！（打开酱缸盖）你来看——

（唱）绿色产品纯天然，

祖传秘方有来头。

（白）冇污染，冇勾兑，冇造假来冇自吹——

（唱）水是天泉水，

豆是土黄豆，

又浓又香靓豉油。

香　草　（闻）哇，味道好香啊！

香　草　讲得我口水都流了，好久没有尝过了……

乌　豆　（递给香草一壶豉油，深情地）香草，只要你留下来，包你餐餐有得吃……

直播间观众　是呀！留下来！

荷　花　（解说）乌豆叔和香草婶，当年相识西山，结缘香草，如今这戏要

怎么发展？请大家仔细观看——

乌　豆　香草妹！

香　草　（背躬唱）乌豆眼里真情露，

礼中之意扰心怀。

乌　豆　（背躬唱）香草含羞惹人爱，

推辞不受意难猜。

香　草　乌老板，我、我回去了……

乌　豆　（急拦）香草妹，我有好多事要和你讲……

香　草　参观完了，我就要回去了……

乌　豆　香草妹，香草妹……

荷　花　香草婶，先不走，再看看哈。

香　草　荷花，我要回去了。

荷　花　香草婶，再看看。

乌　豆　香草妹，你来看！

香　草　香草？

乌　豆　对！

香　草　我的香草啊！

〔香草趋前嗅闻，诧异。

香　草　（背躬唱）

酱缸里飘出来熟悉的味道，

分明是西山香草迷人的芬芳。

难道说酱缸里面有香草，

乌石豉油散发阵阵清香。

乌　豆　香草妹，你种植的香草就是乌石豉油最关键的天然香料！

荷　花　乌石豉油的祖传秘方！

香　草　祖传秘方？

荷花、乌豆　对！

乌　豆　唉！可惜，现在我很难、很难收到这种天然香草了。

香　草　是啊，西山水土流失，我再也没有田地种香草了。

乌　豆　这真是老天不长眼。

香　草　天灾专害穷苦人。

乌　豆　我收不了香草……

香　草　我种不了香草……

乌　豆　我们……

乌豆、香草　是同病相连。

荷　花　（唱）他二人说出了心里的话，
　　　　　　　激起我更觉得责任重大。
　　　　　　　扶上马还需要再送一程，
　　　　　　　脱困境甩开手大步前跨，
　　　　　　　大步前跨！

香　草　（突然跃起，拉着乌豆的手，激动
　　　　地）有了！

乌　豆　（懵）有了什么？

香　草　西山红土沟里还有野生香草！

乌　豆　（惊喜）什么？西山还有野生香草？

香　草　（兴奋地）对！不如我返回西山，
　　　　爬过西山绝壁，走进红土山沟，
　　　　把野生香草种子采集回来……

乌　豆　（跳起来）好哦！采集野生香草种
　　　　子，把它带回来，我们大面积种
　　　　植！

香　草　培育野生香草？

乌　豆　对，建立野生香草种植基地！

香　草　种香草？

直播间观众　好好好！

香　草　好主意！

乌　豆　对！你种好香草——

香　草　给你做豉油——

荷　花　你们联手合作！

乌豆、香草　联手合作？

荷　花　优势互补！

乌豆、香草　优势互补？

荷　花　我们一起！

乌豆、香草　一起干嘛？？

荷　花　创大业！

乌豆、香草　对！创大业！

乌　豆　（唱）早也盼来晚也盼。

香　草　（唱）豉油场遇着有心有意乌豆男。

乌　豆　（唱）军功章有你一大半。

香　草　（唱）哎呀呀，不知不觉上贼船。
　　　　〔乌豆、香草二人握手依偎。

乌　豆　（深情地）香草妹，在西山见你第
　　　　一面，我就喜欢上你了，几年来
　　　　天天想，日日念，一个人单相思
　　　　苦暗恋，不敢开口……

香　草　我也想你，念你，站在西山顶上
　　　　却见不到你……

乌　豆　香草妹，你还是那么漂亮！

香　草　你还是那么帅！

乌　豆　我们加个微信吧！（递手机给香草）

香　草　好！
　　　　〔LED 大屏幕现出乌豆、香草二
　　　　人亲密照。

荷　花　（兴奋）OK！水到渠成，一拍即
　　　　合！一个寡公佬，一个寡母婆，我
　　　　荷花今天就为你们提亲做媒了！

香　草　不行，不行的。

荷花、直播间观众　行的，行的，行的！

荷　花　你们刚才都牵手了！

直播间观众　是啊！

荷　花　亲热了！

直播间观众　是啊！

荷　花　网上刷屏都刷爆了！

直播间观众　对啊！

荷　花　赖婚不得啵！

直播间观众　哈哈哈……

乌　豆　香草配乌豆，瞌睡遇枕头。合适吗？

直播间观众　合适！呜……（起哄）

香　草　（哭笑不得）哎哟，你这个咸湿佬
　　　　乌豆！你……
　　　　〔荷花直播——

荷　花　各位观众，乌石豉油场原料供应
　　　　和搬迁贫困户就业问题都解决
　　　　了。香草婶、乌豆老板，来来来，

　　　　你们来讲两句。

香　草　感谢党和政府的脱贫好政策！感
　　　　谢第一书记带领我们走上致富
　　　　路！

乌　豆　（清清喉咙对着镜头）我也来讲两
　　　　句，今日我老乌哥吉星高照，双
　　　　喜临门。既得香草做豉油，又抱
　　　　得香草美人归！

直播间观众　呜……（起哄）

荷　花　（直播）各位观众，春风新村搬迁

贫困户实现了搬得出、留得住、
能致富阶段性目标！让我们满怀
信心，大步奔小康！

〔众举杯庆贺——

〔合唱：

你有情，我有意，

香草豉油香万里。

决胜小康同心干，

奋斗有我齐出力。

粤剧

演出单位

南宁市文化广电和旅游局

南宁市民族文化艺术研究院

催房租

内容简介

　　粤剧《催房租》讲述了大学毕业生就业难的热点话题。来自农村的姚大成和农丽毕业后留在城里工作，姚大成眼高手低，应聘屡屡受挫，没有收入、交不起房租，多次被包租婆催交房租。最终，姚大成放下身段，选择快递员这一平凡的职业，努力奋斗。反映了刚步入社会的大学毕业生，应当先就业再择业，勤劳务实最重要。

主创团队

编　　剧：张传强　许燕滨
导　　演：何维　方宁
舞美设计：潘长山
灯光设计：李杰
音乐创作：莫立宁
服装设计：李迎丽

主要演员

姚大成——黄俊成
农　丽——吴东梦
兰　姨——梁素梅

姚大成　十年寒窗，壮志未酬。
　　　　是留是走，何来良谋？
　　　　是走是留，何来良谋？

农　丽　老公，开饭了。

姚大成　来了。

农　丽　老公，你快点过来。

姚大成　来了。

农　丽　老公，你是不是忘记了，今天是什么日子？

姚大成　我怎么会忘记呢？今天是我们结婚一周年纪念日。你看，这么重要的日子，我怎么能忘记呢！

农　丽　来，今天我们要好好庆祝。

姚大成　那我干杯，你随意。

农　丽　好。老公，干杯！老公，昨天在南宁卖酸嘢的表妹，她打电话给我说，下周他们新房入伙，要邀请我们去吃饭呢。

姚大成　我就不去了，我约了别人打游戏。

农　丽　对了，早上兰姨也来找我了，她说……

姚大成　哼，她又来催房租了吧？我一大早就遇到她了，她像催命鬼那样催房租，我还被她教训了一通。

农　丽　老公，兰姨的话是多了点，可她也是口硬心软，要不然怎么能让我们拖欠半年的房租呢？

姚大成　你又不是不知道，我学的是城市规划建设专业，好单位没那么容易进去，先欠着吧。

农　丽　我知道。只不过兰姨催我们房租，也是件很正常的事情。她也是靠收租金来过生活的。老公，她能让我们欠半年房租，已经非常照顾我们了。

姚大成　照顾？你知道她怎么教训我的吗？

说我一天到晚都找不着北，找个工作，找了半年都没个着落，她就是存心赶我们走。

农　丽　怎么可能？

姚大成　怎么不可能，是你不明白而已。当初我向你求婚时，我向你承诺过，等我们结婚后，要在大城市里扎根。要用我的专业知识，融入南宁日新月异的大发展中，我要成为真正的南宁人！阿丽，你是知道的，扎根都市是你我的梦想。你我初中、高中皆是同窗，高考落榜你万千惆怅，考上大学我远离家乡。离开了穷乡僻壤，你到城里打工度日，我学费家中难供上，你主动接济我五年长，心心相印两惆怅。

农　丽　资助你毕业结成双，你我痴情早已酿。同窗多年诉衷肠，新婚之时共商量。大山雄鹰要翱翔，冲破那重峦叠嶂，扎根都市甘苦同享。我喜欢这南宁的模样。

姚大成　这是我心中的第二故乡。大都市处处时尚，我这城市规划精英，龙搁浅滩。数十年求学心头亮，盼早日定居都市凤愿偿。

兰　姨　大成，阿丽，你们在家吗？

农　丽　是兰姨。

姚大成　那我先藏起来。

兰　姨　阿丽，开门！开门！

农　丽　兰姨。

兰　姨　怎么这么久才开门啊？

农　丽　兰姨。

兰　姨　大成呢？

农　丽　他？还没回来，还没回来。

兰　姨　哎呀！没回来，你一个人在家喝

红酒？骗鬼啊！姚大成，你出来，出来啊！这个船模型做得不错哦，阿丽，一会我拿去给我孙子玩。

姚大成　兰姨，这个船模型你不能拿走，这是我准备送给农丽和孩子，一周年的礼物。

兰　姨　哎哟！你还好意思躲起来啊？我拿你一个半成品的破船，你还真舍不得啊？我的房租呢？

姚大成　兰姨，你早上不是说，再多给三天时间吗？这么急着催租金，还说不是想赶我们走。

农　丽　老公，你……兰姨，大成他喝多了，他一直都在想办法。

兰　姨　想办法，想办法，都想半年了。大成啊，你不要嫌我啰唆，更不要难为我包租婆。我知道你们不好过，但房租已拖半年多。是否眼高手又低，找工作屡屡受挫？你要学隔壁小王快递哥，他们租得起房来肚不饿，你没工作又怎能养老婆？

姚大成　兰姨，我不是一直在找工作吗？我找工作也是想成为，我们想成为南宁人。

兰　姨　那要先赚房租、生活费，读书贷款就快到期，四月孩子也苗壮成，为父为母要担责任。

姚大成　兰姨，你告诉我，我还能怎么做呀？

兰　姨　我看你是想等天上掉馅饼。大成，兰姨知你心良善，为人丈夫担责任，为兑诺言意志坚，扎根都市立宏愿。坐食山空怎改变？城里样样都要钱，柴米酱醋兼油盐，开门七大件。理想要实现，实干应为先。想进城，不敷衍，勤力开工才有钱。年轻人要有主见，踏踏实实每一天。你知不知道，这大半年来，为让你安心找份好工作，阿丽她悄悄去做兼职，补贴家用。她知道你自尊心太强，也不敢让你知道。可你就知道怨天尤人，在家打游戏，不想去打工。我来问你，当机遇到来的时候，你准备好了吗？

姚大成　阿丽，兰姨一番话，令我羞愧似哑巴。眼高手低真不假，屡屡踏错又行差。且把身段都放下，务实方可能兴家。山里人，天不怕来地不怕，融入都市要好好规划。

农　丽　对啊，当机遇来临的时候，我们真的准备好了吗？

姚大成　兰姨，只要你给我们再缓一缓，从明天始，我就去送外卖。

兰　姨　你去送外卖？

姚大成　是呀。阿丽，当你告诉我，你卖酸嘢的表妹，就要搬新房的时候，我就开始在想，应该如何才能摆脱现在的窘境。半年来寻寻觅觅，总以为精通专业，工作铁定。殊不知疫情下世界困境，一次次遭婉拒。我心怎安宁！我心怎安宁！非对口本专业从不应聘，预期高不调整，见工难成。今日里得兰姨一番点醒，动起来方能够雨过天晴。

为梦想，铆足劲。敢应战，是山鹰。脚踏实地度逆境，咬定青山业方兴。坚信理想能实现，奋斗路上再长征。

兰　姨　好！有骨气，我喜欢。

姚大成　兰姨，我想到了，我要开一家菜鸟驿站。我一定要踏踏实实，勤勤恳恳地做事。从我做起，从小事做起，从现在做起，投入到乡村城市建设的洪流中去。等我筹够资金之后，我要将驿站分站开回家乡。让家乡的土特产，以最快的速度销售到城里。这样的话，父老乡亲们，不就更加富裕了吗？那不就是共同富裕了吗？

兰　姨　对呀，共同富裕有奔头。

姚大成、农丽、兰姨　来，为共同富裕，为共同富裕，为共同富裕，干杯！有追求大胆上马，是金子终放光华，风云际会建功业，重整行装再出发！

弄巧成拙

演出单位

桂林市荔浦市文化广电体育和旅游局
桂林市荔浦市群众艺术馆

内容简介

　　彩调剧《弄巧成拙》讲述了在脱贫攻坚中驻村书记努力实现村民思想脱贫的小故事。曾经的贫困户莫建光在摘掉了贫穷的帽子后，仍然对今后的经济生活状况缺乏信心，整天喊穷、装穷。驻村刘书记通过发展乡村产业项目、培养村民技术的实际行动，解开了莫建光夫妇俩的心结，坚定了村民脱贫致富的决心，描绘了实现共圆小康梦的美好蓝图！

主创团队

编　　剧：周仕光
导　　演：杨建伟　周仕光
舞美设计：周仕光
灯光设计：黄金荣
音乐创作：罗　琰
道具设计：谢美玲
服装设计：袁　红
作　　曲：钟　捷　黄金荣
打 击 乐：司鼓—邱祖威
　　　　　大锣—陶彦伶
　　　　　大铙—李小平
　　　　　小锣—曾昭成

主要演员

莫建光——潘永生
春莲嫂——邹惠萍
刘书记——江金菊

时　间	周末傍晚。	春莲嫂	莫建光妻子，40多岁。
地　点	莫建光家中。	刘书记	那丰村第一书记，30岁左右。
人　物			
莫建光	那丰村农民，50岁左右。		

〔幕启：莫建光家里，中堂贴有伟人像，旁边有对联"坚定信念跟党走，脱贫致富奔小康"。屋中摆放有一张吃饭桌和三把椅子。

〔春莲嫂拿着一碟鸡肉上场。

春莲嫂 （唱）眼看太阳落下山，
　　　　早早我就把鸡杀，
　　　　这个骟鸡肥噜噜，
　　　　就盼女儿把家还。

〔莫建光围着围裙，拿着一碟荷包蛋上场。

莫建光 （唱）做菜看我莫建光，
　　　　鸡蛋煎得喷喷香。
　　　　又好吃来又营养，
　　　　十人看见九人馋。

春莲嫂 （唱）还有香菇豆腐酿，

莫建光 （唱）荔浦芋头瓜苗汤，

春莲嫂 （唱）样样东西准备好，

莫建光 （唱）你还要下厨房，
　　　　你还要下厨房来帮忙！

〔后场狗叫声。

莫建光 癫狗，我们唱你也唱啊！看好门口！

春莲嫂 这菜不是做好了吗？厨房还有什么事啊？

莫建光 我还蒸了女仔最爱吃的桂花鱼！

春莲嫂 你看你，女仔今天放假回家，看你高兴得……

莫建光 呀呀呀，我高兴？你不高兴？大清早你就去果园抓鸡了！

春莲嫂 那不是两个多月没有见女仔了吗？

莫建光 我们的女仔啊，现在在广西艺术学院读书，到时候说不定一出名，就像那个什么风火轮一样！

春莲嫂 什么风火轮？

莫建光 就是那个拿双节棍呼呼哈哈那个啊！

春莲嫂 那是周杰伦！

莫建光 就是那个轮了！

春莲嫂 等我们女仔出名了，当了歌星，我就去帮她收门票！

莫建光 呀，你有点出息好咩！女儿都是歌星了还要你去收门票吗？到时候我们就有大把钱了，我们就不用等这样那样的资助了！

春莲嫂 我们都脱贫了，还要装穷……

莫建光 你懂什么了？我们是刚刚脱贫！再讲最主要的不是钱的事，我是担心他们那些干部不会像以前那样那么热心帮我们了。

春莲嫂 不会吧？

莫建光 哎呀！

春莲嫂 等下子干部们来看我们吃的……

莫建光 厨房不是准备红薯了吗！再讲，这个扶贫干部现在搞那个乡村振兴，她忙得很！今天又是周末，她两个多月没回克（回家）啦，她娃仔还小，哪有父母不想娃仔的！肯定回家了！

〔屋外狗叫。

春莲嫂　（发现是刘书记）呀，是刘书记……

莫建光　怎么会是她呢？

春莲嫂　你不是讲她两个月没回克了，今天肯定回克的呀！

莫建光　我哪晓得，哎……哎呀！

春莲嫂　欢迎！欢迎！

莫建光　这凯，收东西！

〔莫建光和春莲嫂赶紧把菜藏起来！

莫建光　哎哎哎，我刚下克，你又拿出来！

〔春莲嫂拿出一篮红薯。

莫建光　哎呀！这个放那凯！

春莲嫂　哦哦哦。

莫建光　脱！——哎哎哎，围裙！

春莲嫂　哦哦哦。

〔莫建光赶紧脱围裙。

莫建光　给我搞什么？收起来！

〔刘书记上场。

刘书记　光哥、莲嫂，你们这是？

莫建光　刚刚忙完。

春莲嫂　刘书记，你来了？

刘书记　来了来了，来多了，你们家门口那个狗又好多了！

莫建光　狗东西……

刘书记　啊？

莫建光　不是，我讲狗。

春莲嫂　这狗本来养来就是通风报信的。

莫建光　哼，什么通风报信了，是在门口欢迎！（对春莲嫂）

春莲嫂　哦，对对对，欢迎的欢迎的。

莫建光　你去把它拉到厨房去，关起来，免得乱咬人！

春莲嫂　不会了，现在它跟刘书记也熟了！

莫建光　呀，喊你关，你就关，等下子刘书记召开重要会议又不用它参加，走来走去不好！（提醒春莲嫂关厨房门）

春莲嫂　哦。

〔春莲嫂下场去抱狗。

莫建光　刘书记，你坐！

刘书记　（发现桌子上的红薯）光哥，你们又吃红薯？

莫建光　哦，厨房还煮有——红薯。哎呀，刘书记，你坐你坐，家里穷啊！隔三岔五吃点米饭！（后场狗叫）你看，穷得只剩下篱笆、女人和狗了！

刘书记　意思讲你们还贫困？

莫建光　刚刚脱贫。哎！刘书记啊！

〔春莲嫂上场。

（唱）刘书记大人你来看，
　　　红薯拿来当米饭。
　　　十天半月没油水，
　　　就等你发"救济粮"。

刘书记　（唱）你山后果园把鸡养。

莫建光　（唱）昨天死了一大半。

刘书记　（唱）橘子今年也丰产。

春莲嫂　（唱）一斤能卖……

〔莫建光忙拦住春莲嫂。

莫建光　（唱）……两毛三。
　　　人家果子都饱满，
　　　我家的橘子像鱼丸，
　　　虫子咬，风刮烂，
　　　少肥料，被冻伤，
　　　事事都让我赶上。
　　　刘书记啊，就等你发补助款，
　　　补助款！哎！

刘书记　补助款？

春莲嫂　对啊！

刘书记　我了解的情况可不像你们讲的哦！

莫建光　什么？还不像！还不像吗？

刘书记　光哥！莲嫂！
　　　（唱）两位听我说分明，
　　　　　　如今乡村来振兴，

精准精确精到户，

振兴关键要靠人。

你们家从去年脱贫后的情况我是了解得一清二楚的哦。

春莲嫂　啊？

莫建光　啊什么啊！那不是以前的嘛。

春莲嫂　对啊，那是以前，现在我们返……返回来。噢，现在我们是回光返照！

莫建光　哎呀！

春莲嫂　那叫"返……"

刘书记　那叫"返贫"。

春莲嫂　对，刘书记讲得对——是我编得不好

莫建光　什么编？事实。

刘书记　果园有收入，果园里面又养鸡……

莫建光　哦哦，这不是娃仔读书吗？读书要花钱的哦。

刘书记　娃仔在艺术学校读书，学费是国家出的，每个月还有一定的经费补贴。

莫建光　哦，那不是娃仔在城里头东买西买，一个女娃仔买东西多啊，所以，就买穷了嘛！

刘书记　啊？哈哈哈，晓芬在学校可是个好孩子，学习成绩也好，从来不乱花钱！

春莲嫂　啊，哈哈哈！

莫建光　嘻嘻，你是她学校的老师吗？

刘书记　我不是。

春莲嫂　那你是？

刘书记　我是……

〔厨房传来碟子砸碎的声音！狗叫声！

〔春莲嫂冲进厨房。

莫建光　哎哎哎，刘书记你坐、你坐。（拦着刘书记）

春莲嫂　哎呀，光……光……光……那鸡肉让狗吃克了……（春莲嫂拿着几块狗啃过的鸡肉出场）

刘书记　鸡肉？

莫建光　哎呀！（闻到煳味）我的桂花鱼……（冲进厨房）

〔莫建光、春莲嫂从厨房走出来。

刘书记　光哥、莲嫂，你们不是讲天天吃红薯的吗？那……

刘书记　光哥、莲嫂！你们就莫要再装穷了。

（唱）光哥莲嫂听我讲，

贫困好比梦一场。

灯盏无油灯不亮，

人不奋斗也枉然。

扶贫如同春风暖，

贫穷好比冬雪寒。

只要大家肯努力，

乡村振兴百花香。

春莲嫂　刘书记，你讲得对。

莫建光　讲得对。

刘书记　光哥、莲嫂，你们家的条件还是不错的，你们要争当带头户。

莫建光　带头户？

春莲嫂　啊？带什么头啊？

刘书记　你们种果是能手，果园养鸡又有经验。我这次来就是想让你们带个头，带领更多的乡亲抱成团，把这个产业做大，到时候大把钱赚。

刘书记　哎！就怕——

莫建光　怕什么？

刘书记　就怕光哥水平不高，不会教大家技术哦！

莫建光　哪个讲，十里八乡你克打听下，我水平不高就没有哪个高的了！

刘书记	那这带头户?
莫建光	当定了!哈哈哈!
	(唱)老牛皮厚好做鼓,
	归田老马识征途。
	帮助大家早致富,
	看我建光展宏图。
春莲嫂	看来我们真的还是贫困哦!
莫建光	啊?
春莲嫂	思想贫困啊!
莫建光	(不好意思)刘书记,见笑了!
春莲嫂	刘书记,他是怕我们不是贫困户了,你就不管我们了。
刘书记	怎么会呢!
莫建光	真的?
刘书记	真的!
	(唱)共产党人敢担当,
	带领大家奔小康。
	不忘初心共患难,
	胸中常把百姓装。
	莫建光也是男子汉,
	莫建光也是热心肠。
	莫建光也想早致富,
	期盼幸福万年长,万年长!
莫建光	刘书记,我,谢谢你,辛苦你了!
刘书记	自己人莫讲辛苦!
春莲嫂	还讲不辛苦,你都两个月没有回家了!
刘书记	家里人都理解,都支持我的!
	〔春莲嫂手机响。
莫建光	快点!
春莲嫂	是女仔的电话。(接手机)喂,宝贝女儿啊,哦,再见!
莫建光	哎呀,给我讲两句啊!
春莲嫂	女仔讲快到家了。
莫建光	啊?
春莲嫂	带来一个重要客人。

莫建光	是什么重要客人?
春莲嫂	女仔的班主任,张明老师跟她回来。
莫建光	然后呢?
春莲嫂	让我们准备好饭菜。
莫建光	呀,你早讲这句话啊,这怎么来得及啊,这鱼……
春莲嫂	焦了!
莫建光	鸡……
春莲嫂	狗吃了!
莫建光	荷包蛋……
春莲嫂	狗吃了!
莫建光	这癫狗,今天我就杀了它做个干锅!
刘书记	得了,得了,我看还是给张老师吃红薯得了!
莫建光	那怎么得!哪有老师来家访让人家吃红薯的?
刘书记	没有关系咧,他一来家访,二来——探亲!
莫建光	探亲?
春莲嫂	张明老师……
刘书记	……是我爱人!
春莲嫂	啊!难怪你晓得晓芬的情况呢!
莫建光	张老师是你家那、那个,就更不能让他吃红薯了。你,再去抓一只鸡来。
春莲嫂	好!
莫建光	我再去买条鱼。
刘书记	真的不用了!吃红薯也不错,红薯红薯,同甘共苦!只要你们日子过好了,我们吃什么都是香的!
莫建光、春莲嫂	刘书记!讲得对!
莫建光、春莲嫂、刘书记	那我们就——煮红薯!
	〔大家高兴地笑起来。

小品

演出单位
来宾市群众艺术馆

早点来接我

内容简介

　　小品《早点来接我》讲述了老莫和美艳两位老人为了能让孩子安心工作主动来到疗养院养老，并希望孩子忙完后能早点接他们回家的故事。故事展现了中国千千万万奋战在扶贫一线和抗疫一线的同志舍小家为大家的奉献精神。

主创团队

编　　剧：陆　玄　王晓蕾
导　　演：王晓蕾
舞美设计：刘鹏禹
灯光设计：吴建峰
音乐创作：朱玉谋　欧　健
道具设计：刘鹏禹
服装设计：欧阳娟

主要演员

美　艳——蓝雅丽
老　莫——杨钢钢

时　间　黄昏时分。

地　点　疗养院。

人　物

老　莫　男，70多岁，性格乐观幽默，儿子是大岭村的第一书记。

美　艳　女，70多岁，老莫的舞伴，女儿是医务人员。

〔汽车鸣笛声，光启，美艳站起身焦急地望着远处，在等女儿接她回家。这时，远处传来歌声，老莫拿着小音箱迈着舞步上场。

老　莫　哟！今天你能站起来了？走走走，跟我跳舞去！

美　艳　我不去了，一会我女儿来接我回家。

老　莫　你又给你女儿打电话了呀？这回你又哪疼啊？（逗趣地说）

美　艳　你别管！

老　莫　你不是自己要求来疗养院住的吗？

美　艳　我那是看我女儿太忙了，不想让她为我操心，才主动说来这住，调养调养身体。谁知道她忙起来没完没了，我想见她一面都难。

老　莫　咱俩一样，我也是看儿子工作太忙了，才自己要求来的。不过，我不像你，一天到晚不是这疼，就是那疼，总折腾孩子。

美　艳　什么叫折腾啊？那是我女儿紧张我、关心我。

老　莫　我看你就是没事找事。

美　艳　我乐意！

〔汽车鸣笛声，美艳以为是女儿的车。

老　莫　别看了，那是阿平儿子的车，不是接你的。

美　艳　怪不得阿平昨晚睡不着觉，今早连药都没吃，自己拿个大包早早地就下楼了。你看人家阿平……（羡慕）

老　莫　今早到现在接走20个了，还剩咱们两，我数着呢。

〔美艳有些失望。

美　艳　那现在就剩咱俩了？

老　莫　是啊。

美　艳　现在几点了？

老　莫　快6点了。

美　艳　都这么晚了？我再打个电话。（拿出电话要打）

老　莫　你快别打了，你女儿每天在医院忙着给群众接种新冠疫苗，多忙啊！我看干脆别让孩子来接你了，就剩咱俩了挺好！这叫二人世界。（打趣地说）

美　艳　我才不跟你二人世界呢，我要回家！

老　莫　哎！你可真不够意思！上次你女儿有工作任务没来接你，是谁留下来陪你过节的？这次你要是也回去了，可就剩我自己了啊。

美　艳　那你也给你儿子打电话，让他来接呗。

老　莫　我才不打呢。（高兴地）

美　艳　怎么？你不想回家啊？

老　莫　（神秘地、高兴地）想啊！不过，嘿嘿……（欲言又止）

美　艳　你这个老家伙，什么好事？看给你乐得，你要是不告诉我，下次我有什么好事也不告诉你！

老　莫　你没看新闻吗？（得意地）

美　艳　什么新闻？

老　莫　你看看！（马上站起身从衣兜里拿出一张《新华日报》，郑重其事地读了起来）2021 年 2 月 25 日上午，在北京人民大会堂，中共中央总书记、国家主席、中央军委主席习近平向全国脱贫攻坚楷模荣誉称号获得者颁奖并发表重要讲话。

美　艳　哦……这个我看了。这个跟你有啥关系啊？

老　莫　哎呀，你看你这个脑子……你等着！我回房间给你拿个宝贝看！
　　　　〔老莫快速地跑下场，小心翼翼地拿上来一个精致的盒子和证书。

美　艳　宝贝？（琢磨着）
　　　　〔美艳想要动手打开。

老　莫　你别动！

美　艳　你吓我一跳！到底什么宝贝啊？

老　莫　给你看！你可得拿住了啊！

美　艳　（美艳小心翼翼打开证书读了起来）全国脱贫攻坚先进个人，中国共产党中央委员会，中华人民共和国国务院。

美　艳　哎呀！老莫啊！你儿子得奖了？

老　莫　对！是我儿子得的！

美　艳　真好！真好！

老　莫　你看这还有奖牌，你看看。

美　艳　哎呀！这是习近平总书记发的？

老　莫　对！你看这上面天安门，五角星。

美　艳　哎呀……（仔细地看着奖牌）老莫啊！我真是……真是替你高兴！太好了！太好了！（两个老人高兴得像个孩子）赶紧收好了，收好了，可别碰坏了。

老　莫　我儿子刚从北京回来，就跑来看我，还没说上两句话呢，村里就来电话找他有事，他放下证书和奖牌就跑回村里了。这小子是想哄我高兴，我知道滴！（得意地说）

美　艳　哎呀老莫啊，对咱们来讲有什么比孩子得了荣誉更高兴的事啊？

老　莫　是啊是啊，我琢磨着等他忙完了，自然就会来接我回家。我不着急，不给孩子添麻烦。

美　艳　我也不想给孩子添麻烦。

老　莫　那你还总打电话让她来接你？

美　艳　我就是看她太忙了，不放心她的身体，总惦记着。

老　莫　哎，我也不放心我儿子的身体！
　　　　〔两个老人同时唉声叹气。

美　艳　要不我也不回去了，在这跟你做伴，让孩子安心把工作忙完。

老　莫　这就对了！（老莫的手机响起）是我儿子。你也打电话给你女儿吧。
　　　　〔两个人各到一边接打电话。

老莫、美艳　喂？

美　艳　小雨啊。

老　莫　阿明啊。

美　艳　你别来接妈了。

老　莫　你这就来接我啊？

美　艳　你安心工作，我在养老院跟我的老伙伴们一起过节。

老　莫　好好，我这就收拾东西跟你走！
　　　　〔两人收起电话。

美　艳　我打完电话了。

老　莫　我也打完电话了。

美　艳　我不回去了。

老　莫　我马上就回去了。

美　艳　你……

老　莫　老妹啊，真对不起了，我儿子来

接我了，我得回屋拿点东西。

〔老莫急匆匆地下场。

美　艳　老莫，咱俩不是说好了吗？你怎么这样啊？

老　莫　我走了。

〔开开心心地跑下场。

〔美艳很想让老莫陪着她，但懂得老莫的心情，又不好意思说出口。

美　艳　哎……老莫，你不是要跟我二人世界吗？二人世界！

老　莫　下次吧。

美　艳　哎……你，你这个骗子！骗人啊！我也想回家。哎？我可以用手机导航自己回家啊。（对着手机）迎宾路961号。

〔手机：路线规划完毕，前方请出大门，200米处红绿灯左转，直行100米进入主干道后右转。然后进入环岛在第5路口驶出，左转后马上右转。

美　艳　算了算了，你这拐来拐去的，别再把我拐丢了。到时候我女儿就得急得满世界找我。算了，我还是老老实实在这等我女儿忙完来接我吧。

〔手机：好的。

〔老莫拿着自己的包失落地上场。

美　艳　老莫，你怎么又回来了？落东西了？

老　莫　哦，不是。我儿子又有新任务了，他让我回家，我一想我要是自己在

家待着，那我孩子肯定不放心，我还不如回这来，让他安心工作。这万一……要是你女儿一时不能来接你，咱俩还能说说话是不是？

美　艳　老莫，你……（看着老莫的泪花）

老　莫　没事，我没事。咱们国家现在已经全面脱贫了，我儿子马上就要回家了。你看，我特意买了烟花，我是想……哎，咱俩一起庆祝庆祝呗？

美　艳　好！一起庆祝庆祝。

〔舞台变光，老莫和美艳放着烟花，背景LED烟花绚烂，演员定格，传来画外音，配乐响起。

老莫儿子　（童声）爸爸，幼儿园就剩下我自己了。

美艳女儿　（童声）妈妈，你什么时候来接我？

老　莫　阿明，爸爸刚刚下班。

美　艳　小雨，妈妈马上就到。

老莫儿子　（童声）爸爸，你早点来接我。

美艳女儿　（童声）妈妈，你早点来接我。

老　莫　阿明啊，你要注意身体。

美　艳　小雨啊，你要安心工作。

老　莫　等你忙完了。

美　艳　早点来接我。

老　莫　等你忙完了。

美艳、老莫　早点来接我。

〔配乐延续，烟花延续，舞台渐渐收光。

演出单位
广西大学艺术硕士剧团

在那遥远的小山村

内容简介

　　研究生李想支教途中，追思孩童时期父母进城打工，他跟老木偶、老裁缝、老邮差三位留守老人相依为命。在老人们的歌唱中，把对妈妈的思念，幻化为"妈妈在月亮上打工"的奇妙梦境，顿悟"每一种美好的背后都有人在默默奉献"，从而克服自封和孤独。终于在学有所成后，感恩社会反哺家乡，投身于乡村振兴事业，帮助大山里渴望求知的孩子们。

主创团队

编　　剧：胡红一　张轶秋　高　洋
导　　演：胡红一　张轶秋　范雅洁
音乐创作：颜　宾（作曲）邱清阳
舞美设计：曾昭茂
灯光设计：刘北野
道具设计：曾昭茂
服装设计：谢霞霞

主要演员

小李想——张轶秋
大李想——刘　韬
老木偶——李　旭
老裁缝——王　萌
老邮差——王若伊
小母鸡——杨群群
妈　　妈——朱沛霈

时　间　现在和过去。

地　点　西南某乡村。

人　物

小李想　男，10岁，留守儿童。

老木偶　男，71岁，留守老人。

老裁缝　女，72岁，留守老人。

老邮差　男，73岁，留守老人。

大李想　男，22岁，硕士研究生，长大后的李想。

小母鸡　女，由演员扮演。

妈　妈　女，30岁，梦境和回忆中的母亲。

〔一束追光下，大李想身背硕大的双肩包，兴冲冲跑上。

大李想　我叫李想，被录取到研究生支教团啦！能够去乡下，帮助那些渴求知识的孩子们，是我最大的愿望。刚接到录取通知那一刻，我这个曾经的留守儿童，第一个念头就是：回到那个生我养我的小山村，重温终生难忘的——人生第一课……

〔音乐充满怀想，大李想隐去。

〔晨曦如梦，杂草丛生的乡村院落，窗纸已泛白。

〔小母鸡四顾无人，跳上丑石模仿公鸡打鸣。

小母鸡　喔喔喔——

老裁缝　吃饭喽——

老木偶　吃饭喽——

老邮差　吃饭喽——

〔老裁缝端着碗面条，老木偶耍木偶，老邮差拿水杯上。

小母鸡　喔喔喔——

众老人　李想啊，吃饭喽！

〔播放歌曲《差点见到我妈妈》。

众老人　（唱）乡亲打工都走了，

　　　　　　　赵钱孙李凑一家。

　　　　　　　不是亲人胜亲人，

　　　　　　　老头老太哄小娃。

老裁缝　（唱）李想呀——

老邮差　（唱）李想呀——

老木偶　（唱）李想呀——

众老人　（唱）吃饭喽！

〔老人们端着饭菜，冲小李想招手。

〔小李想在阳台上伸个懒腰。

小李想　爷爷奶奶，我吃不下。

老邮差　李想呀，你怎么啦？

小李想　后天就要开学了，可是语文老师布置的作文，我一个字也写不出来。

老木偶　李想呀，这作文题目是什么啊？

小李想　月亮的故事。

老邮差　这月亮上能有什么故事？

小李想　哼，我就知道。

老裁缝　嘿——

老木偶　月亮的故事嘛……（跟另两位老人交换眼色）可是我们仨的强项，等到晚上……（举木偶）我们给小李想唱一段？

小李想　真的？

老裁缝　嘿，晚上想听唱作文……（冲李想招手）现在先下来吃饭。

小李想　（充满期待）好吧。

〔收光。

〔传出大李想的画外音。

大李想　当时的我，非常好奇，老师在课堂上都是让我们用笔写作文，没有什么文化的爷爷奶奶们，怎么能够用嘴巴"唱作文"呢？那天，我从未有过的盼望天黑，太阳终于下山了……

〔一弯月牙儿，悬挂天边。

〔后场光启，三位老人手持木偶道具，精神抖擞。

老木偶 老裁缝、老邮差，你们都 OK 了吗？

老裁缝、老邮差 OK 啦，老木偶。

老木偶 那我们就——

众老人 唱起来呀！

〔小李想拉小母鸡坐板凳上，有些兴奋。

〔播放歌曲《月亮故事唱不完》。

老木偶 （唱）从前从前的从前，
　　　　　　十个太阳闹翻天。
　　　　　　后羿射日救苍生，
　　　　　　王母娘娘赏他一颗神药丸。

〔后羿、王母、嫦娥、吴刚、玉兔等形象，投映床单上。

众老人 （唱）这颗神药是真稀罕，
　　　　　　吃下肚就能飞上天。
　　　　　　后羿把药丸带回家，
　　　　　　交给那嫦娥来保管。

〔小李想追到被单后头，想看个明白。

小李想 那……后来呢？

老木偶 莫急莫急……（将小李想推出）听我慢慢讲嘛。

〔三位老人渐入佳境，载歌载舞。

老木偶 （唱）嫦娥手拿神药丸，
　　　　　　感到好奇放嘴边。
　　　　　　一不小心吞下肚，
　　　　　　像片羽毛飞上天。

众老人 （唱）月亮太高不胜寒，
　　　　　　蟾宫寂寞不好玩。

嫦娥越想越后悔，
从此有家难回还。

老木偶 （唱）会飞才能回人间，
　　　　　　嫦娥发誓造药丸。
　　　　　　吴刚帮忙砍桂树，
　　　　　　玉兔捣药熬红眼。

众老人 （唱）一天天呐一年年吔，
　　　　　　造药丸哎，实在难啊。
　　　　　　天上人牵动天下心，
　　　　　　月亮的故事唱不完。

〔小李想看得浮想联翩，眉头紧锁。

〔老人们一曲唱罢，直喘粗气，差点摔倒。

小李想 爷爷奶奶，你们没事吧？

老木偶 没事没事。

小李想 你们没事，我有事。

老木偶 李想，你怎么啦？

小李想 我……

众老人 说啊……

小李想 我在想妈妈……（众老人面面相觑）她在城里打工那么久，都不回家看我……（非常委屈）肯定不爱我了。

众老人 爱……

小李想 你们不要再骗我啦！我就是被妈妈丢弃不要的……（愈发伤心）累赘。

众老人 你不是累赘！你是——（急得乱转）

小母鸡 宝贝！

众老人 对，宝贝！

〔老人们突然惊呆，小母鸡被自己吓着，干张嘴不说话。

小李想 小母鸡……（难以置信）你居然会说人话？那往后我还怎么好意思……（手抓后脑勺）吃你下的蛋呐。

小母鸡	咯咯咯……吃吃吃……
	〔小母鸡试图继续说话，吓得老人东躲西藏，小李想求助地望着三位老人。
老裁缝	说不出来怎么办？
小母鸡	我唱——
	〔小母鸡一下子跳到石头上。
	〔播放歌曲《小母鸡在这里把歌唱》。
小母鸡	（唱）
	有一天我在鸡窝练唱歌，
	你妈妈拿着行李门前过。
	她一步三回头眼泪不住往下落，
	把儿子留在村里为娘舍不得。
	揣一张你的照片紧紧贴在心窝。
	在城里她想儿子是整夜睡不着。
	不管脏活累活妈妈努力工作，
	只为早点挣够钱，
	接你进城去上学！
老木偶	对，李想啊，小母鸡唱得对啊。
小李想	难道是我错怪妈妈了？
众老人	对呀。
李　想	妈妈，对不起，我错怪你了。
	〔收光。
	〔一束光笼罩丑石，大李想走上前去，凝视抚摸。
大李想	爱因斯坦说过，想象力能够带来事实。在我的童年记忆里，朝夕相处的小母鸡，真的能够开口说话唱歌，我也终于见到日思夜想的妈妈……
	〔石头收光，大李想下。
	〔小李想如同小狗小猫，蜷缩着睡在丑石上。
	〔天上月牙儿，变成一轮圆月。
	〔圆月幻化成美丽女子面容，慈爱地凝视着李想。
小李想	妈妈——（呢喃惊坐）妈妈……
	（不敢相信，欲哭又忍）我好想你。
妈　妈	儿子，妈妈更想你啊。
小李想	妈妈……（不解地）你不是在城里打工吗？怎么跑到月亮上去了？
妈　妈	这就是我的工作，用一张神奇的魔毯，去遮挡月亮。
小李想	为什么要遮挡月亮……（极其好奇）妈妈你能告诉我吗？
	〔妈妈舞动魔毯，月亮随之变化。
	〔小李想感到匪夷所思，惊讶得用手捂住嘴巴。
	〔播放歌曲《我的工作很平凡》。
妈　妈	（唱）我的工作很平凡，
	手中工具是魔毯。
	付出所有也无悔无怨，
	默默地为月亮代言。
	上弦月代表所有孩子，
	将自己的妈妈思念。
	下弦月证明天下的妈妈，
	把儿女都爱在心间。
	一轮明月当空，
	是祝福好人平安。
	几番阴晴圆缺，
	在提醒人生苦短。
	如果有那么一天，
	你抬头什么都看不见。
	肯定是妈妈太累太累了，
	没有力气舞动魔毯。
	〔妈妈收回魔毯，千变万化的月亮，还原成月牙儿。
	〔妈妈点头，隐去。
小李想	妈妈（梦中呢喃），妈妈（惊醒），妈妈，我明白了！
	〔小李想梦中醒来，仿佛长大许多。

〔播放歌曲《奉献》。

小李想　（唱）没有勤劳的农民伯伯，

就没有香甜的大米白面。

没有辛苦的清洁工阿姨，

就没有干净的街道公园。

如果没有慈爱的老师培养，

就没有美丽的书香校园。

没有平凡的科学研究，

就没有伟大的潜海飞天。

〔看到老人们，小李想充满阳光地
迎上去。

众老人　（唱）在每一种美好的背后，

都有人在默默无闻地奉献。

所有人　（唱）我（你）也要努力学习呀，

为创造新的美好出力流汗。

小李想　我也要努力学习，为创造新的美
好出力流汗！

众老人　（欣慰地笑了）李想，你真的长大
懂事了。

小李想　谢谢爷爷奶奶！

〔收光。

〔伴随口琴声，追光照亮木楼阳台。

〔大李想宛若当年的小李想，从木
楼上走下来。

〔光启，雾霭蒙蒙，铺满舞台。

大李想　我永远忘不了那个遥远的小山村，
忘不了和我相依为命的三位留守
老人。在脱贫攻坚收官之时，我
会把他们给予我的爱，用心传递
到乡村振兴的伟大事业中！爷
爷奶奶，如果我的梦想是天上的
月亮，你们就是为我摘月亮的
人……（哽咽含笑）爷爷奶奶，回
家吃饭喽——

〔大李想深情呼唤。

众老人　（画外音）哎——（老人们欣慰的
回答，似从天上传来）回家吃饭
喽！

毛南戏

将心比心

演出单位
河池市环江毛南族自治县
非物质文化遗产保护传承中心

内容简介

　　毛南戏《将心比心》以一个家庭因为老人的赡养问题而引发的矛盾与冲突，折射出人间万象，让观众于笑声中深思，于童语中醒悟，明白孝敬父母是我们这个时代的正能量，是我们中华民族的传统美德。

主创团队

编　　剧：唐振高　陆永华
导　　演：唐振高　余雯雯
音乐创作：覃杰锋　覃永超
舞美设计：韦庆华
灯光设计：谭　兵
服装设计：罗迪迪

主要演员

老　大——李云海
大　嫂——罗迪迪
弟　媳——谭思慧
老　二——陆艺刚
女　儿——胡素莹

时　间　现代。

地　点　老大家堂屋。

人　物

老大、大嫂　夫妻，40多岁。

女　儿　老大、大嫂的女儿，10多岁。

老二、弟媳　夫妻，30多岁。

〔幕启：堂屋中一张方桌，几张凳子。女儿在桌边做作业。

〔老二、弟媳夫妻出场。柳啷咧腔唱。

老　二　（唱）心中有事走得快，

弟　媳　（唱）大步紧跟赶上来；

老　二　（唱）为了抚养老娘事，

弟　媳　（唱）大哥提出再协商；

老　二　（唱）在家夫妻商量好，

弟　媳　（唱）凡事力争不退让；

老　二　（唱）谈判桌上如战火，

弟　媳　（唱）不获全胜不收场。

夫　妻　对——不获全胜不收场。

老　二　（咳）呃呵——

女　儿　叔，叔娘，来玩哦？（对内喊）爸、妈——我叔和叔娘来了！

〔老大、大嫂内出，夫妻各自分组坐，场面火药味十足。

〔女儿念：羔羊跪乳、乌鸦反哺，当乌鸦妈妈年老体衰，不能觅食的时候，它的子女就四处去寻找食物回来，嘴对嘴地喂到母亲的口中，回报母亲的养育之恩……

老　大　开会啦，前段时间我们两家闹点矛盾，这个事我们先放一边。今天叫你们两公婆过来，主要是谈谈怎样抚养妈的问题。

老　二　先谈财产的事！

大　嫂　财产还有什么事？钱，大家不是都分了吗？

弟　媳　分得不合理！

老　大　哪样又不合理？

老　二　爸还在世的时候都交代啦……

　　　　（相思调唱）等到老娘过世后，

　　　　　　　　　　财产我俩来平分；

　　　　　　　　　　如今老娘还健在，

　　　　　　　　　　为何先卖老祖房？

老　大　哟——

　　　　（唱）当初两家起新房，

　　　　　　　又缺钱来又缺粮；

　　　　　　　买屋之事商量过，

　　　　　　　为何又把这事谈？

弟　媳　商量是商量过，但钱分得不合理。老祖房卖得五万块钱，你们要两万六，只给我们两万四。

老　二　为什么你们多要两千块钱？

老　大　因为我是大哥！

老　二　哟——

　　　　（相思调唱）大哥处事不应该，

　　　　　　　　　　多要两千理何来？

老　大　（唱）因为我是你大哥，

　　　　　　　贡献自然比你多。

弟　媳　（唱）活路你多做两三年，

　　　　　　　多吃几年你不讲？

大　嫂　（唱）既然做事比你多，

　　　　　　　多拿两千又算什么？

老　二　这个事情不解决清楚，别的事就免谈！

大　嫂　免谈就免谈，又不是我妈。

弟　媳　（指大嫂）是你妈才养不出你这种

厕尿还用纱网来过滤的人！

大　嫂　（指弟媳）是你妈……是你妈才养不出你这种铁公鸡！

女　儿　你们的意思是讲，是我爸和我叔的妈，才养出这种铁公鸡和厕尿都还用纱网来过滤的人？

老二、老大　（指自己老婆）哎？刚才那句话，你是骂我还是骂我妈？

弟　媳　我骂你……

大　嫂　我骂你妈……

弟媳、大嫂　不是，我骂那个……

弟　媳　癫婆！

大　嫂　妖精！

女　儿　（哀求地）爸、妈、叔、叔娘，你们一个也别骂一个，也别骂我奶，我奶都老了！

老　大　好啦，我们吃亏点就算了，我拿一千块钱出来平分。

老　二　哈哈……这样就对啦！

弟　媳　没对，我们还是吃亏。老房子卖得五万块，你们分得两万六，我们才得两万四，现在你拿一千出来平分，你们得两万五千五，我们才得两万四千五，你们还多得五百块，应该全部给我们才对！

女　儿　对呀，爸，你把这一千块钱全部给我叔，这样就平均了呀。

大　嫂　做你的作业，嘴巴多！

老　二　如果你们多要这一千块钱，那你们就养老娘啦！
　　　　〔老二夫妇欲走。

老　大　哎呀——我怕你们了。（数钱给弟）这是一千块，你看我当哥的可以不可以？

老　二　（点钱）嘻嘻……现在可以谈谈怎样抚养妈的事啦！

（欢腔唱）赡养老妈理应该，
　　　　两家怎样来安排；
　　　　吃饭睡觉是回事，
　　　　老残病弱谁担待？

老　大　（唱）老妈今年七十多，
　　　　不能下地再干活；
　　　　养儿防老人间事，
　　　　我俩谁也别推托。
　　　　（白）我们两家每天轮流养，
　　　　中午在我们家吃，晚上在你们家。

女　儿　我们两家离得那么远，为这一餐饭，我奶跑来跑去那不累吗？

弟　媳　早餐呢？

大　嫂　老人家吃什么早餐！

弟　媳　晚上在哪个家睡？

大　嫂　晚上在哪个家吃就在哪个家睡咧。

弟　媳　那也得……（点钱、突然反应）哟，老娘天天晚上在我们家吃，那不是天天晚上在我们家睡？这个我不同意！

大　嫂　那就一个月一个月轮流养。

弟　媳　可以，下个月1月份从你们家开始，2月到我们家。

老　大　得得……

大　嫂　等下，（掐指）1月大，2月小，3月大，4月小，1月有31天是我们家养，2月28天是他们家，3月31天我们养，4月30天又是他们。哟——太刁了，妖精、地主、黄世仁，没懂得哪个厕尿还用纱网来过滤啦？

弟　媳　（火冒三丈）我就是厕尿还用纱网来过滤又哪样？癫婆！

大　嫂　那你厕过来呀，厕呀，我看你厕得多远？

弟　媳　（冲过去拉拉扯扯）我就是厕……

大　嫂　（站起来拉拉扯扯）我就是滤……

弟　媳　你滤咧？

大　嫂　你屙咧？

弟　媳　（骂腔唱）这个癫婆不讲理，

　　　　　出门做工挨雷劈；

　　　　　天打雷轰遭报应，

　　　　　做牛做马给人骑，给人

　　　　　骑！

大　嫂　你这个三八婆啊——

　　　　　（唱）半老母鸡太猖狂，

　　　　　跑到我家来闹场；

　　　　　劝你莫要太嚣张，

　　　　　小心炖你母鸡汤！

弟　媳　（板）你过街老鼠人喊打，

大　嫂　（板）你出门走路卡车压；

弟　媳　（板）月大月小你算得清，

大　嫂　（板）哪比你屙尿过滤人；

弟　媳　（板）比起我来你更抠门，

大　嫂　（板）你踩对狗屎还闻一闻。

　　　　　（白）哎，你怎么不吵啦？

弟　媳　累多，休息一下。

大嫂、弟媳　嘿——

　　　〔大嫂、弟媳背对背蹲下。

　　　〔女儿上前扶叔娘和妈。

女　儿　叔娘——

弟　媳　哎呀！

女　儿　妈——

大　嫂　莫吵多！

　　　〔大嫂、弟媳背对背蹲地不起。

老　二　哎呀，光荣多啦！

老　大　门外都是人，你们……

　　　〔大嫂、弟媳起来互相对对方拍拍

　　　屁股。

大　嫂　我踩死你！

弟　媳　你来踩啊？

大　嫂　就踩你扁扁的！

弟　媳　全中国都没有人敢踩我，你算老

　　　　几？

老　大　得啦，得啦，你们两个世界第一！

大　嫂　看来他们在家都算好的，这样做，

　　　　我们也太吃亏了。

老　二　好啦，今年元月从我们家开始，明

　　　　年到你们家，没有谁吃亏了吧？

弟　媳　我们家房子小，娃崽又准备读初

　　　　中了……

老　二　得了，得了！嘴巴叽里呱啦……

老　大　好啦，就这样定了，没有哪个吃

　　　　亏了！

弟　媳　大哥……

　　　〔四人凑在一起。

弟　媳　大哥，要不然给妈一个人住，这

　　　　样她就成了贫困户……

老　大　就住那个牛棚？

大　嫂　对对，给政府养，减轻我们的负

　　　　担！

老　大　你怎么和妈讲？

大　嫂　我讲，妈——

　　　　（板）独居住，独居好，

　　　　　独居生活没人吵。

弟　媳　若能当上贫困户，就像当了乡干部。

大　嫂　不忧吃来不愁穿，日子过得像神仙。

弟　媳　扶贫攻坚政策好，政府帮你来养老。

　　　〔四人脸上露出笑容。

女　儿　妈，我不读书了，长大了我也要

　　　　当贫困户！

老　大　呀——

大　嫂　你要认真读书，考上大学，去大

　　　　城市工作！

女　儿　不，我就要当贫困户！

老　大　当贫困户？以后我和你妈老了，

　　　　你拿什么赡养我们？

女　儿　以后你们老了，我也给你们当贫

困户！

大　嫂　你……

老　大　你看你们出的什么馊主意？就按
　　　　刚才的定了，今年元月从你们家
　　　　开始，明年到我们家！

大　嫂　（下场）哦，对啦……

女　儿　（念）羔羊跪乳，小羊每次吃奶都
　　　　跪着，跪着吃奶是感激妈妈的养
　　　　育之恩……

大　嫂　（上场）你看，这是老娘以后吃饭
　　　　用的碗，我都帮她准备好了！
　　　　〔拿出一个烂碗。

弟　媳　（看了看）以后老娘吃饭就用这个
　　　　碗？

大　嫂　对！

弟　媳　哎哟——

女　儿　（指碗）妈，这个碗……

大　嫂　做你的作业！爱用不用……
　　　　〔把碗丢在弟媳面前。

弟　媳　喂狗的碗，没给拿进我们家！
　　　　〔弟媳一脚把碗踢出门口。

女　儿　叔娘，（捡回）你把它踢烂了，以
　　　　后我爸我妈老了怎么用呀？

老大、大嫂　（指）你……

女　儿　爸、妈，奶用完，以后你们老了
　　　　不是也轮到你们用吗？
　　　　〔老大夫妻俩毛骨悚然……

女　儿　妈，我觉得我也亏了！

大　嫂　你亏什么？

女　儿　以后我养你和我爸，那我不是更
　　　　加亏吗？

大　嫂　（找扫把）我一把屎一把尿把你拉
　　　　扯大，养你老娘你还说吃亏，我
　　　　打死你。小都成这样，大了还得
　　　　了吗？自己的父母都不养，雷劈
　　　　你哦！

女　儿　爸！奶养你和我叔两个仔，每个月
　　　　轮流养奶，你们都还觉得这样吃
　　　　亏，现在你和我叔一个人只有一个
　　　　娃仔，以后我们一个人养你们两
　　　　个，那我们不是更加吃亏了吗？
　　　　爸、叔、叔娘，你们说对吗？

老大、老二　呀这个嘛，这个……我……

女　儿　妈——

大　嫂　你是我娃仔，养我是天经地义的
　　　　事，没养雷就劈！

女　儿　爸！我公死得早，是我奶一个人
　　　　把你和叔拉扯大，你们是同一根
　　　　藤上的苦瓜，苦命相连。爸、妈、
　　　　叔、叔娘，你们不养妈，难道就
　　　　不怕雷（背景音乐）……我记得有
　　　　一首歌这样写的：你入学的新书
　　　　包，有人给你拿，你雨中的花折
　　　　伞有人给你打，你爱吃的三鲜馅
　　　　有人给你包，你委屈的泪花，有
　　　　人给你擦……这就是妈！爸、妈，
　　　　我们老师讲过，孝顺父母是应该
　　　　的，因为父母养育了我们，给了
　　　　我们生命！
　　　　〔音乐中，大人们心里愧疚。

老　大　（对媳妇）我们就是孩子的榜样，
　　　　这不是搬起石头砸自己的脚吗？

女　儿　爸——

老　大　（相思调唱）听了女儿一席话，
　　　　　　　　　　我的身上起疙瘩；
　　　　　　　　　　今后我俩都老了，
　　　　　　　　　　就像如今咱的妈？

老　二　老娘的今天，不会就是我们的明
　　　　天吧？
　　　　（唱）当初两家本和顺，
　　　　　　　为养老妈闹纠纷；
　　　　　　　听了侄女一席话，

我们真是糊涂人。

大　嫂　女呀！刚才我们……

弟　媳　刚才我们没有吵架，只是……只是讲话声音大点而已。

老　大　对对对！

老大、大嫂、老二、弟媳　我们只是讲话声音大点而已！

大　嫂　弟妹，妈先跟我们住吧？

弟　媳　大嫂，先跟谁住由妈自己决定！

老大、大嫂、老二、弟媳　对对对！由妈自己决定！

女　儿　爸、妈、叔、叔娘，不管在谁家，奶想住多久就住多久！

老大、大嫂、老二、弟媳　对！妈想住多久就多久！哈哈……

老大、大嫂、老二、弟媳　（柳嘟咧调唱）
　　　　水有源头树有根，
　　　　儿女当报父母恩。
　　　　将心比心心换心，
　　　　劝你莫做糊涂人。

演出单位
广西壮族自治区群众艺术馆

小品

脱贫村的幸福生活

内容简介

　　金凤带铁树到城里找开影视工作室的小玉帮忙拍一部记录全村"脱贫致富奔小康"主题的电影。三人一拍即合，可是金凤和铁树提供的素材，小玉却不太满意，闹出了不少笑话。最后，金凤用最真实的脱贫生活给小玉上了一课，让小玉明白村里的变化，是党的支持和第一书记的付出，才换来了幸福生活。

主创团队

编　　剧：刘精精
导　　演：张　帅
音乐创作：黄方俊　高　慧
舞美设计：刘　娜
灯光设计：欧阳方磊　韦永昌
道具设计：梁青山
服装设计：刘　娜

主要演员

金　凤——黄海璐
小　玉——刘　爽
铁　树——郑志雄

人 物

金 凤　37岁，热心肠，大大咧咧的，以前家里是贫困户，儿子上学都供不起，通过第一书记的帮助，参与了政府的扶贫养殖产业，现在不仅有自己的养鸡场，还认领了肉牛，是兴利村的脱贫致富先锋。

小 玉　25岁，艺术学校毕业，她出来上学的时候第一书记还没到兴利村呢！小玉家虽然相对富裕些，但供她在城里生活，还是有些吃力。小玉懂事，寒暑假都在城里勤工俭学，毕业后还经常往家里寄钱，但是独自漂泊在外的日子不好受。

铁 树　30岁，村里刚脱贫的贫困户，没进过城，听说金凤嫂子要来城里办事，死皮赖脸地非要跟来，其实他是想去商场为刘书记买一个礼物。

〔小玉的工作室，里面有些乱，可以看出她应该就是住在这里，外卖和快递盒堆在办公桌上，电脑被埋在下面，旁边的双人沙发上搭着几件衣服。

铁 树　嘿嘿嘿！都说南宁风景好哦，还真是哦，有山有水有美女，人多车多高楼也多，就是这个天啊也热多哦。

金 凤　（对路人）谢谢你啊，阿妹！谢谢，拜拜。

金 凤　铁树，找到了，就在前面啊。走啊，走。

铁 树　嫂子，借我点钱喂！

金 凤　你要干嘛？

铁 树　这不是进城嘛，我就想着帮我们刘书记买双鞋，他不是每天入户走访啊，把鞋都走烂了。

金 凤　我们铁树长大啦。这样，等我们把村里面的事忙完了，我就跟你去商场买双好的。

铁 树　得得得。

金 凤　走啊。

（金凤和铁树撞在一起）

金 凤　哦呦，你看着点路啊。

铁 树　嫂子你怎么说掉头就掉头的呀。

金 凤　是这样子的，我有事交代你啊。这小玉啊，不是我们村的高才生嘛，这次拍电影的事情全靠她了，你不要乱讲话啊，听到没有？听我的。

铁 树　听你的听你的。

金 凤　走吧。

金 凤　不是这里捏，到啦，到啦，铁树就是这里。

铁 树　嗯。

〔金凤敲门声。

小 玉　（有些紧张地嘟囔着）来了。

〔小玉四下又打量了一遍，整理了一下衣服，开门的同时90度鞠躬。

小 玉　欢迎光临。

金 凤　小玉，我终于找到你了。

小 玉　（抬起头）嫂子，你怎么来了？

金 凤　我是专门来找你的呀。

小 玉　这位是……

铁 树　我是你铁树哥啊，你不记得啦？

金　凤　他呀，就是我们村最穷的那个贫困户啊。

铁　树　脱贫啦！

金　凤　去年他也脱贫了。多亏了我们刘书记。自从他来了之后，家家户户都有活干了，热闹得很。今年你家不是养了牛吗，年底得了分红。你寄回去的钱，你爸说都给你留着当嫁妆存起来啦。

〔铁树摸摄像机。

小　玉　铁树哥。

铁　树　诶。

小　玉　你也坐。

铁　树　好。

金　凤　哎呀，叫你坐呢！手多。他有点紧张。

小　玉　额……嫂子。（看表，欲言又止）

金　凤　对了，我还有好东西要给你。铁树快点。

铁　树　带了好多东西过来哦。

金　凤　这个是我们自己家种的菜，这个是自己家养的牛，对啦，这个最重要，是你阿妈亲手给你做的。

小　玉　（幸福地）真香。

金　凤　香吧，真的很好吃的哦。

小　玉　嫂子，我等一下约了个客户，要不……

金　凤　我知道，你那客户是不是在网上约的？

小　玉　是啊！

金　凤　是不是约了早上9点半商量拍电影的事？

小　玉　嫂子，这人该不会是你吧？

金　凤　那是我啦！

小　玉　嫂子你要见我，干嘛还在网上约啊？

金　凤　唉，不，不能马虎哦，这种事情啊，我们这也算是一次很严肃的项目洽谈。

小　玉　好好好，洽谈。嫂子，请坐。

〔小玉倒水。

金　凤　让你坐这里，过那边去呀。

小　玉　嫂子，怎么想着要拍电影了？

金　凤　是这样子的。我们村不是脱贫了吗，现在不是"十四五"开局之年吗，刘书记在我们这里也有两年多了，他是一步一步带领我们脱贫致富的。他呀，吃了很多的苦，那这份恩情我们是不能忘的，所以我们想把他拍成一部电影记录下来。

铁　树　是是是。

小　玉　你们这个想法太好了！我支持你们！

金　凤　你看吧，我说找小玉拍电影没错的呢。

铁　树　对啊。

小　玉　嫂子，那电影的时长要多长时间啊？

铁　树　6个钟。

小　玉　多少？（呛水）

金　凤　我让你说话了吗？喝水！我们计划6个小时就差不多了。

小　玉　嫂子，这正常的院线电影只要两小时，6个小时你们要拍什么呀？

金　凤　两个小时啊？那刘书记每天都走访、又修路又建桥的，做了那么多事情，两个小时不够啊！

铁　树　不够啊。（对小玉说）

小　玉　嫂子，我建议，咱们呀就用一件一件的小事来体现刘书记给咱们村做的贡献，反映党和政府对咱们的支持和关心。

金　凤　这个想法好，那听你的听你的。

小　玉　那这演员的阵容，是用专业的，还是用业余的？

金　凤　不用，用我们自己村的就得了。

小　玉　咱们自己村的人？

金　凤　你不要小看噢！咱们村现在成立了一个文艺队，我还是文艺队的队长呢。

小　玉　现在我们村都有文艺队啦！

金　凤　是啊！我们刘书记说了，我们除了要脱贫致富，最重要的是，要有那个精神追求。

铁　树　对，精神追求。

小　玉　还真像那回事儿的。铁树哥你现在不仅脱贫了，还会跳舞啦！

铁　树　那是。我跟你讲哦，我们村一到周末就有演出，金凤嫂还演了个小品呢！

铁　树　就是宋丹丹演的那个小品《懒汉相亲》，"俺叫魏淑芬，至今未婚……"

小　玉　哈哈哈哈。
　　　　〔两个人笑了，金凤脸上挂不住，把铁树拉到一边。

金　凤　越说越来劲了啊。喝水去！

铁　树　又喝啊，等下尿多。

金　凤　就你话多。

小　玉　嫂子，那就听你的，这演员啊就用咱们村的人。

金　凤　好。

小　玉　（领嫂子到座位坐）嫂子，那你跟我说一说咱们村刘书记的事迹，好给我一点灵感。

金　凤　这刘书记，那他事迹可多哦，那要不从他本人说起吧！他家境不

是很好，差点辍学了，然后幸好得到了资助。一听能够下乡扶贫，他第一个报名来了。

小　玉　受到过资助，还不忘回馈社会，懂得感恩。

铁　树　还有，我跟你讲哦，就是我们村路不好走是不是，我们刘书记就骑着个破摩托车到处去入户走访，那是跋山涉水、翻山越岭、天打雷劈……

金　凤　哎呀，劈你个头啊！

铁　树　不是！讲错了，我们村不是说下雨就下雨吗……

小　玉　我有灵感了，刘书记每天骑着个摩托车挨家挨户地走访，一天，下起了大雨，电闪雷鸣，刘书记的摩托车掉进了水沟里，刘书记的腿受伤了，住进了医院。然后他……

金　凤　等一下，怎么刚开始就住院啦？

小　玉　早了？

金　凤　早了点。

小　玉　好像是有点早，那你接着说。

金　凤　哦，那我们不是有危旧房吗？刘书记就每天用自己的手机拍照，整理资料。大家都说："村里来了个干部，没有架子，随叫随到！"

小　玉　我有灵感了。刘书记每天白天拿着手机帮村民的危旧房拍照，晚上就用电脑帮他们整理资料。

金　凤　对对对。

小　玉　夜以继日不辞辛劳，累得病倒了。

金　凤　怎么又病倒了？

小　玉　这样才能体现出刘书记为了咱们村脱贫坚持到底的决心。

金　凤　那他帮我们村联系资助，又修路

又建桥的，你要怎么写？

小　玉　夜以继日不辞辛劳，累得病倒了，合情合理嘛。

金　凤　那他引进合作社，扩大养殖产业，又养鸡又养牛的，你又怎么写？

小　玉　夜以继日不辞辛劳，最后累得病倒了。

金　凤　小玉啊！合着我们这个书记不是生病就是住院的，没好过了呢。

小　玉　那要不想生病或者住院，那就试试离婚。

铁　树　离什么婚！刘书记的爱人还帮我们村希望小学募捐了很多书籍呢，你不要乱讲。（指着金凤）你看你找的什么人，把我们书记搞离婚了。

〔见金凤生气了，小玉想解释。

小　玉　铁树哥，嫂子。（两人都不理小玉）

小　玉　嫂子，这拍电影不全都是真实的，它需要一点点虚构和升华，观众就想看到刘书记最脆弱的一面。

小　玉　（走向金凤解释）我的意思是，这刘书记做的这些事情，每个第一书记他都在做，我们体现刘书记的事迹，就要有一点点的提升和艺术的小创作，不然他不感人……

金　凤　你说得对。这刘书记做的事情是每个第一书记都做的，他非常的平凡。

小　玉　是啊，所以我……

金　凤　可是你不知道，就是这一点一滴的平常事情，才让我们过上好日子的。

〔小玉沉默了。

〔音乐起。

金　凤　我们村的水质不好，大家都知道，

但是没有办法。刘书记说，这个水喝了是要生病的，我也以为他只是说说而已，可是没想到他又是找单位，又去拉赞助，才一个月的时间，就把我们村几辈子人都做不来的事情给解决了，这难道不感人吗？

〔小玉低下头。

金　凤　疫情防控期间，学校都开不了学，孩子们着急，刘书记也着急，他到处去协调，弄了个共享课堂，让不能走出大山的孩子也能听到城里面老师上课，这换做是我们以前，那可是想都不敢想的事情，这难道不感人吗？

金　凤　他让我们看到了一个共产党员的脊梁有多硬，多担得起担子。这些你都不懂！铁树，我们走。（铁树停顿了一下）走啊……

铁　树　小玉，我是我们村最后一个脱贫的，刘书记总说，铁树都开花了，我们村一定能过上好日子。我看你这里也没有厨房，那东西我拿回去了。（铁树拿起大编织袋，把新鲜的蔬菜和肉装了回去）

小　玉　铁树哥……铁树哥你这是做什么呀……铁树哥……（铁树拿编织袋走）

小　玉　嫂子，你们这电影不拍了吗？

铁　树　不拍了，等下把我们书记拍走喽。

金　凤　铁树，这个电影我们要拍，我要把我们村修好的路拍下来，把建好的房子拍下来，我要把这一座座养鸡场、养牛场拍下来。我要把大伙儿奔向好日子的劲头也拍下来。最重要的是我们要把刘书记的身影留下来。

铁　树　嫂子，你讲得太好了。

金　凤　铁树，回家。

小　玉　嫂子，铁树哥，你们别走。我知道要拍什么了，就拍咱们村最真实的一面。电影的名字我想好了，就叫《脱贫村的幸福生活》。

铁　树　这个名字好。

〔金凤咧开了嘴。

小　玉　嫂子，我们现在就出发。

金　凤　铁树，快点去帮忙。

铁　树　我来我来！

小　玉　《脱贫村的幸福生活》……

金凤、铁树、小玉　开机！

小品

演出单位
巴马瑶族自治县文化广电体育和旅游局

杨干部的星期天

内容简介

　　杨光亮是一名驻村扶贫干部，深受村里群众的爱戴。某个星期天，在办公室加班的杨光亮、县城来的女朋友韦佳佳、"走后门"索要"脱贫光荣证"未果的贫困户罗大炮和帮杨光亮洗完衣服回来的金花，四人发生了一系列的情感误会。误会解开后，金花答应只要罗大炮脱贫，就接受他的追求，杨光亮也答应佳佳，等脱贫攻坚战结束后，就回去跟佳佳结婚。

主创团队

编　　剧：梁定潇
导　　演：梁定潇
舞美设计：莫福隆

主要演员

杨光亮——梁定潇
罗大炮——黄政瑞
韦佳佳——卢丽芳
金　花——罗爱梅

时　间　星期天上午。

地　点　弄山村部办公室。

人　物

杨光亮　男，32岁，驻村扶贫干部，也叫

"杨干部"。

韦佳佳　女，30岁，杨光亮的女朋友。

金　花　女，25岁，单身贫困户。

罗大炮　男，38岁，单身贫困户。

〔幕起：杨光亮在办公，金花拎着一篮火龙果藏在身后进。

金　花　杨干部！

杨光亮　嘿，原来是金花，吓死我！金花啊，我都到村里2年了，不要老是喊"杨干部杨干部"的，多见外，喊杨哥！

金　花　哎，杨哥！捏！给你。（拿出果篮）

杨光亮　哟，你怎么拿那么多的果来啊？我不能收。

金　花　不得，这个果是你帮扶我们种的，你必须收下，要不然你就是看不起我们贫困户。

杨光亮　（杨光亮电话响，金花偷拿杨光亮的脏衣服）喂，佳佳，我在村部办公室。你来看我？到半路啦？那我等你啊。金花啊，我今天……

金　花　懂啦懂啦，不就是嫂子来了，那我走啦，你记得吃果啊！（金花偷拿杨光亮的脏衣服出，韦佳佳偷偷进，蒙住杨光亮的眼睛）

韦佳佳　杨哥！（假声）

杨光亮　呀，金花，你又搞什么名堂……哎，佳佳，你刚才不讲到半路而已吗？

韦佳佳　哼，打电话给你的时候我都到村口了，哄你看你老不老实而已。我问你，刚才你喊的金花是哪个？

杨光亮　是……（吞吞吐吐）

韦佳佳　是不是上次帮你洗衣服的那个女的。

杨光亮　上次那个金花只不过人家见我忙多，就顺手帮我晒而已啦。

韦佳佳　哼，我不管，总之我不喜欢她帮你晒衣服。

杨光亮　好好好，下次我自己晒。跑那么远的山路累了吧？坐坐，我帮你切个果。

韦佳佳　这个火龙果那么大个，你克哪里买的啊？

杨光亮　哦，人家送的。

韦佳佳　哪个送的啊？

杨光亮　是那个金……额……

韦佳佳　不会是那个金花给的吧？

杨光亮　不是不是，是村里的那个罗大炮送的！

罗大炮　杨干部杨干部（罗大炮跑进），帮帮忙，帮帮忙啊。哎，嫂子。

韦佳佳　哎，罗大炮啊，你看你送那么一大篮果给杨哥，他哪里吃得完咧。

罗大炮　啊……

杨光亮　哎呀，你刚才不是拿一篮果来嘛，我讲不要你还硬放在这里。

罗大炮　（醒悟）哦，我懂得嫂子今天来，所以送点果来给嫂子尝尝。

韦佳佳　嘴巴真甜！来来来，你也吃。

罗大炮　那我不客气了哦。（欲吃）

杨光亮　咳咳！

罗大炮　哦，我拿来的时候吃过了，呵呵。杨干部啊，今天来啊，是想请你帮帮忙。

杨光亮　帮忙？

罗大炮　我想跟你要一本红本本。

杨光亮　红本本？什么红本本？

罗大炮　呀，就是发给脱贫户们的那本红本本啰。

杨光亮　哦！你是讲这本脱贫光荣证？（到办公桌拿起证书）

罗大炮　对对对，就是这本！（欲拿）

杨光亮　你都还没有脱贫，你要这个做什么？

罗大炮　我……

韦佳佳　人家积极要求脱贫是好事嘛。他脱贫了，那你的工作不也轻松一点嘛。

罗大炮　就是啊，杨哥，看在我送你果的份上，帮帮忙。（拿起果篮暗示）

杨光亮　不是我不帮你，你都还没达到脱贫的标准，怎么能给捏！

罗大炮　（又拿果威胁）这个果是我送的呗，我送这个果给你呗……

杨光亮　这样不合规定啊，你是贫困户……

罗大炮　（打断）嫂子，这个果……

杨光亮　好好好。呀！我就想不通啦，你为什么现在非要这本脱贫证咧。

韦佳佳　是啊，贫困户和脱贫户一样能享受国家的扶持政策啊。

罗大炮　哎呀，我直说了吧，当贫困户聊不得拐！

杨光亮、韦佳佳　什么？聊拐？

罗大炮　我喜欢村里面的金花，但是她嫌我是贫困户不愿跟我谈恋爱。

杨光亮　你看你平时也不注意点形象，脏兮兮的，哪个愿意跟你好咧。

罗大炮　但是她讲，如果我脱贫了，就跟我谈恋爱啵，所以只要杨哥把这本证给我，我就可以克聊她，呵呵呵。

韦佳佳　好！嫂子支持你，聊她。

罗大炮　杨干部啊，这回可以给我了吧？

杨光亮　你……不给。

罗大炮　呀，杨哥啊，你刚才不是答应给我了吗？

杨光亮　贫困户脱贫要经过严格的双认定，认定你达到"八有一超"的脱贫标准后，才能发给你光荣证。你都还没脱贫……

罗大炮　你……哎。（突然抢过证书）

杨光亮　你拿去也没有用，那本证都还没有盖章捏。

罗大炮　那你帮我盖。

杨光亮　不帮。

罗大炮　你……嫂子，这个果不是我送的，杨干部他骗你。

韦佳佳　什么？这个果不是你送的（罗大炮摇头），哪个送的？是不是那个金花送的？

罗大炮　啊，金花送的？金花为什么送果给你？

杨光亮　哎呀……你们听我……

金　花　杨哥，杨哥……（金花在门外喊，拿盆进）

罗大炮　金花来啦。（韦佳佳躲到衣架后，罗大炮躲到办公桌后，金花进）

金　花　杨哥……（杨光亮不敢说话，眼神不对）杨哥，你眼睛怎么啦？杨哥，刚才我帮你洗了件衣服，我帮你挂起来吧？

罗大炮　等下！（从桌后面出来）想不到啊想不到啊！

金　花　耶? 罗大炮，你怎么躲在这里啊?

罗大炮　金花，你……你怎么能帮别的男人洗衣服捏!

金　花　人家杨干部帮了我家那么多忙，我帮他洗衣服怎么样，关你什么事啊?

罗大炮　关我什么事……金花，我追你那么久，你……你……你是不是喜欢他。

金　花　我喜欢哪个，用你管吗? 我就喜欢他就喜欢他怎么样? (转身欲晒衣物突然见韦佳佳) 哎呀! 是嫂子吗? (韦佳佳拿起盆里的衣服看，丢给杨光亮，伤心流泪)

杨光亮　佳佳……(韦佳佳转身拿包走)

杨光亮　(拉住) 佳佳，衣服不是我给她洗的，她什么时候拿克的我不懂啊!

金　花　嫂子啊，这个是我刚才偷偷拿克洗的，杨哥不懂。

罗大炮　不可能，肯定是杨干部喊洗的。

杨光亮　罗大炮，你还嫌不够乱吗! 哎呀，佳佳，你听我解释。

韦佳佳　解释? 你有什么好解释的! 人家又帮你洗衣服，又喜欢你，你还解释什么!

金　花　嫂子，刚才我是故意气这个罗大炮，讲喜欢杨哥是假的。

韦佳佳　假的? 假的你帮他洗衣服做什么? 你是不是想做第三者!

杨光亮　嘿呀，人家只不过好心帮我洗了几件衣服，你怎么能这样讲人家捏!

韦佳佳　你还帮她讲话! 人家星期天都有男朋友陪逛街、陪看电影，几浪漫的，我呢! 要坐几个小时的车到那么远的地方来看你! 看你们! 哦，我懂了，不是她喜欢你，是你喜欢她!

罗大炮　杨干部啊，你不能吃着你那个碗里面的，还望着我这个锅里面的啊……

韦佳佳　杨光亮，我要和你分手!

杨光亮　什么!

罗大炮　嫂子啊，你不能跟杨干部分手啊，你们要是分手啦，那他们两个一好……我怎么办啊!

金　花　嫂子啊，你不能跟杨干部分手啊。

韦佳佳　那不正合你的意吗!

罗大炮　耶? 嫂子啊，你怎么这样讲我的金花呢? (金花、韦佳佳、罗大炮三人吵架)

杨光亮　听我说……听我……(上前制止，没人理他) 不要吵啦! (大声呵斥)

韦佳佳　你吼什么，你吼什么!

杨光亮　佳佳，我们都在一起那么多年了，我是什么样的人你不懂吗? 难道我是那种喜新厌旧、朝三暮四的人吗?

韦佳佳　你难道不是吗! 要不然还让人家帮你洗衣服做什么!

金　花　嫂子，你误会了，我帮杨哥洗衣服是因为杨哥的手受伤了!

韦佳佳　受伤? 受什么伤?

金　花　杨哥是我们村的扶贫驻村干部，为了帮助我们脱贫，他带领我们贫困户发展产业，大规模种植火龙果。前几天下大暴雨，杨哥组织大家抢收，由于路滑，他挨摔了一跤，手被地上的石头割破了，我怕杨哥伤口碰水挨感染……

韦佳佳　啊! 割哪里了? 严重不严重? 我看看。

金　花　在杨哥的帮扶下，今年我们村的火龙果大丰收，这都是杨哥的功劳。所以今天我送来的这篮果，代表的是我们村全体贫困户对杨哥的感谢。

罗大炮　哟，那我也帮挑了几回猪粪啊，也不见你送点果给我呢。

金　花　（拿个果给罗大炮）捏捏，爱要多，给你一个捏。

罗大炮　（又把果放回果篮）呵呵，还是不要啦。

韦佳佳　金花，嫂子刚才错怪你了，我……都怪嫂子。

金　花　哎呀，嫂子啊，怎么能怪你捏，要怪就怪这个罗大炮，癞蛤蟆掉粪坑，搅屎。

罗大炮　哟！我怎么又成癞蛤蟆啦？

韦佳佳　老杨，我刚才……对不起。

杨光亮　佳佳，应该是我跟你说对不起。这两年，我只顾工作把你给忽略了。但是我答应你，等我们村都脱贫了，我们就回去结婚。

罗大炮　好，好，老鼠配大米，我就来配你！

金　花　去去去，杨哥、嫂子，我们不打扰你们，我们走啦！

罗大炮　哎哎哎，金花啊，你看人家杨干部和嫂子那么幸福，我们是不是也……

金　花　想得美！

罗大炮　哎，你上次讲等我脱贫了就跟我谈恋爱，是不是真的啊？

金　花　哼！（跑出，罗大炮追下。在杨光亮、韦佳佳两人对视中切光，落幕）

彩调剧

演出单位

桂林市灵川县文化广电体育和旅游局

桂林市灵川县文化馆

三斗米

内容简介

　　彩调剧《三斗米》讲述了一支伤员惨重的红军小分队，经过灵川大瑶山时向当地瑶民借米的故事。大瑶山村民盘三娘母女在反动统治的苛捐杂税和宣传下，对红军产生误解。当女儿盘春梅看见红军纪律严明，不扰民、不抢民后，愿意将家里仅剩的三斗米送给红军。母女俩在与王小虎、陈海天的交谈中，重新认识到了红军与土匪、反动军队的不同，最后盘三娘主动将米送出，支持红军的抗日解放战争。

主创团队

编　　剧：易玉林

导　　演：周　泉　廖鸣舟

舞美设计：蒋转生　秦晓绯

灯光设计：韦　杰　杨晓峰

音乐创作：曹　斌

道具设计：黄九兰　蒙万林

服装设计：闫娅玲　苏丽芳

主要演员

盘三娘——傅　频

盘春梅——周美辰

王小虎——毛文龙

陈海天——唐宏杰

时　间　1934 年的严冬。

地　点　老山界下凤水村。

人　物

盘春梅　女，17 岁，瑶妹，盘三娘的女儿。

王小虎　男，18 岁，警卫员。

盘三娘　女，40 余岁，瑶族。

陈海天　男，50 余岁，红军炊事班班长。

〔启幕。

〔伴唱：一颗白米一颗星，

　　　　万颗红星万里行。

　　　　今时借得三斗米，

　　　　明朝还作满天星。

〔盘三娘背着背篓上。

〔盘春梅追上。

盘春梅　妈！

盘三娘　鬼妹仔，你吓我一跳。

盘春梅　妈，你这慌慌张张的，为什么啊？

〔盘三娘警惕地环顾四周。

盘三娘　你没看见吗，当兵的来了！

　　　　（唱）一听兵来胆战惊，

　　　　　　　兵荒马乱乱纷纷。

　　　　　　　瑶寨连连遭袭扰，

　　　　　　　不是土匪就是兵。

　　　　　　　抢钱抢粮抢女人，

　　　　　　　抓鸡抓鸭抓壮丁。

　　　　　　　一块光洋三斗米，

　　　　　　　你爸一去了无音。

盘三娘　当年你爸被抓去当了壮丁，一条
　　　　命换回三斗米，一定要藏起来！
　　　　这些当兵的，见东西就抢，见
　　　　房子就烧，见男人就杀，见女人
　　　　就……春梅，你也藏起来吧！

盘春梅　你去哪里啊？

盘三娘　家里还有一只老母鸡。春梅，你
　　　　躲好，躲好来，把米看住了！

盘春梅　哎，妈！

〔盘春梅抱着背篓望着盘三娘匆匆
　离去的背影，大雪纷飞，山风呼
　啸，忽听身后有声，便急忙连人
　带米躲藏起来。

〔幕唱：千山飞雪天地白，

　　　　万丈朝霞云雾开。

　　　　壮士逐鹿中原去，

　　　　清风随夜入梦来。

〔王小虎和陈海天上。

陈海天　（唱）一路战，一路转，

　　　　　　　部队挺进大瑶山。

　　　　　　　饥肠辘辘腿发软，

　　　　　　　缺衣少药眼望穿。

王小虎　（唱）吃不饱，穿不暖，

　　　　　　　野菜果腹睡不安。

　　　　　　　若能吃口白米饭，

　　　　　　　明日战死也坦然。

陈海天　想什么白米饭，米汤都没有。

王小虎　哪里没有，山下的寨子里不是有吗？

陈海天　你没见寨子里的人都跑光了？

王小虎　人跑光了，粮食又没跑，我们就
　　　　不能借人家一点粮食吗？

陈海天　主人家不在，那是借吗？那跟偷、
　　　　跟抢有什么分别？我们是红军，
　　　　不是土匪！

王小虎　你有理，你有理。你莫忘了，我
　　　　可是营长的警卫员！

陈海天　哟，警卫员了不起啊？我还是营里的炊事员，没有我，你吃什么喝什么？

王小虎　吃野菜，喝盐水，我们还能扛，可那些伤员呢？他们就快扛不住了！

陈海天　一边是肚子，一边是纪律！借不到粮我有什么办法？好歹挖些野菜，那些伤病员还等着呢！兵分两路，你在这里，我去那边看看。你倒是快点啊！

〔陈海天循着远处下。

王小虎　野菜，野菜，我都快成野人了。咳！

〔王小虎四下寻找野菜，不经意向藏米地走去。

盘春梅　（唱）方才我还是胆战心惊，
　　　　　　不知他们是匪还是兵。
　　　　　　暗下听二人细说分明，
　　　　　　却原来红军也是百姓。

王小虎　米，米，大白米！

盘春梅　不好！我的米！

〔王小虎从藏米地出。

王小虎　（唱）大白米，及时雨，
　　　　　　如获至宝心欢喜。
　　　　　　伤员吃了能得救，
　　　　　　战士吃饱能杀敌。

　　　　（念）好米！好米！谁放在这里的呢？有人吗？有人吗？没有人啊！拿走？未经人同意，那跟偷、跟抢有什么区别！还回去？可同志们都还饿着肚子，伤员们都还等着救命呢！不能看，不能看，越看越想，越想越饿！老天爷，没米难，有米也难！

〔盘春梅看着王小虎忍俊不禁，不由得扑哧一笑。

王小虎　谁？（拔枪）莫跑！老乡，我们是红军！

〔盘春梅被追得四下奔逃，王小虎将她叫住。

盘春梅　都说你们红军杀人放火，无恶不作。

王小虎　我们红军，是穷人的部队，是保护老百姓的！

盘春梅　那这米……

王小虎　是你的？

盘春梅　是我妈让我藏在这里的。

王小虎　那你怎么证明？

盘春梅　我姓盘，我叫盘春梅，这筐上有字。

王小虎　（唱）一见筐上写有字，
　　　　　　足见她言真不虚。
　　　　　　可是眼下急需米，
　　　　　　也不能，
　　　　　　不能安拿百姓半毫厘。

　　　　（念）还给你！

盘春梅　真的？

王小虎　如数奉还！

〔盘春梅接过背篓，简直不敢相信。

〔王小虎虽不情愿，但也无可奈何。饥肠辘辘，饿得咕咕叫。

盘春梅　你不饿吗？

王小虎　我去挖野菜！

盘春梅　（唱）虽然饿得已不轻，
　　　　　　他却不动米半丁。
　　　　　　都说红军似虎豹，
　　　　　　可眼前，
　　　　　　眼前却是不一样的兵！

　　　　（念）红军哥哥，拿去！

王小虎　什么？

盘春梅　米啊！

王小虎　给我的吗？

盘春梅　你们不是在找吃的吗？送给你们。

王小虎　算我借的。

盘春梅　算我送的。

王小虎　借的！

盘春梅　送的！

盘三娘　米是我的！

〔盘三娘跑上，夺下米来。抬手举高，轻打盘春梅。

盘三娘　你个败家女！

（唱）麻雀莫钻凤凰窝，

　　　穷人莫学富人歌。

　　　家中仅剩三斗米，

　　　我嫌不够你嫌多。

盘春梅　妈，我都答应人家了。

盘三娘　我没答应！

盘春梅　我们瑶家人讲话向来算数的。

王小虎　我们红军讲话也是算数的，今日借米，日后一定奉还。

盘三娘　日后奉还？哪个日后啊？这年头，你打枪，他放炮，今天还活着，明天就不一定了，自己都不顾上，哪顾得别人。

盘春梅　就是人人都像你一样，只顾自己，才会天下大乱。

盘三娘　你给我跪下。

盘春梅　妈！

盘三娘　跪下！

〔盘春梅跪下。

盘春梅　（唱）同是苦命遇苦命，

　　　　　见死不救心不宁。

　　　　　打坏女儿不要紧，

　　　　　就怕阿妈孤零零。

（念）你打！你打我吧！

〔王小虎跪下。

王小虎　（唱）阿妹赠我一片情，

　　　　　怎能替我再受刑。

　　　　　要打要罚我来领，

　　　　　是生是死任听凭。

（念）大娘，你打我吧！

盘春梅　打我！

王小虎　打我！

盘三娘　住口！

（唱）有情有义一身正，

　　　确实不是一般兵。

　　　女儿擅自作决定，

　　　出手相救也常情。

（念）你们俩都起来吧！

盘春梅　妈，你怎么不打了？

盘三娘　先记下这顿打，我来问问这位阿弟，怎么称呼啊？

王小虎　大娘，我叫王小虎。

盘三娘　果然是虎头虎脑，跟那戏里的人一样。家里还有什么人啊？

王小虎　咳，都不在了。

盘三娘　成家了没有啊？

王小虎　我才十八，还早着！

盘三娘　不早，不早，刚刚好！

盘春梅　妈，你到底要问什么？

盘三娘　蠢妹仔！问那么多干什么！

盘春梅　还说我问那么多，你怎么不说你，跟查户口似的。

盘三娘　小虎啊，你们这是要去哪里啊？

王小虎　北上抗日。

盘春梅　抗日？

王小虎　去打日本鬼子！

（唱）日寇侵我东三省，

　　　妄想华夏一并吞。

　　　红军北上赴国难，

　　　借道广西战场奔。

　　　救国救民救华夏，

　　　献身献血献青春。

（念）大娘，我们部队缺医少药，更缺粮食，我们还不要紧，可是那些病重伤员，他们还等着粮食充饥啊。

盘三娘 实不相瞒，这三斗米是他爸被抓去当壮丁后留下的，也是我们母女二人活命的口粮。

盘春梅 妈，他们都好几天没吃饭了，可是他们到了寨子，也没有破门而入，更没有抢钱抢粮，难道我们就不能借他们一点吗？

盘三娘 莫说借一点，就算全送也无妨。可是，要答应我一个条件！

王小虎 什么条件？

盘三娘 留下来，入赘！做我的上门女婿！

王小虎 （惊慌地躲开）这怎么行？

盘春梅 （害羞地躲开）妈！

盘三娘 我也实属无奈啊！

（唱）你爸一走到如今，
　　　生不知来死不明。
　　　你我母女同甘苦，
　　　家无男丁路难行。

（对盘春梅）都说养儿防老，也倒是一个女婿半个儿，我也要有人替我养老送终啊。（对王小虎）只要你答应，这米全部给你。（将米递过去）怎么样？

王小虎 这米……

（唱）双手捧过米一斗，
　　　半是欢喜半是忧。
　　　喜来伤员能得救，
　　　饥肠也得一时休。
　　　但见母女她二人，
　　　七尺男儿百般愁。
　　　舍己救人米收下，
　　　一身戎装何处投？

〔陈海天上。

陈海天 这米不能收！

王小虎 老陈，你终于回来了。

陈海天 我再不回来，恐怕你就要入洞房了！

盘三娘 你是？

王小虎 他是我们的炊事员。

陈海天 等下再跟你算账！大姐，我们红军有纪律，不能拿群众的一针一线，更不能……

盘三娘 不用多讲了，米拿走，人留下！

王小虎 我们有纪律，如果擅自脱离部队，就等于……

盘三娘 就等于什么？

王小虎 （故作大声）就等于是逃兵！

陈海天 （恍然大悟）对对对，把枪给我，跪下！

〔王小虎跪下。

盘三娘 这是做什么啊？

陈海天 逃兵，就要执行战场纪律，就地枪决！

盘春梅 （紧紧抓住陈海天的手）不关他的事，不关他的事，都是我妈的主意。

盘三娘 不要了，不要了，这个女婿我不要了。

陈海天 那就好，小虎，我挖了不少野菜，同志们也能顶一下了，走吧。

盘春梅 那这米呢？

盘三娘 女婿没有了，米更不能给了！

盘春梅 那好啊，这米你就自己留着，我呢……

盘三娘 你要做什么？

盘春梅 你们那里收女兵吗？

陈海天、王小虎 你要当红军？

盘春梅 我要跟你们去打鬼子！

盘三娘 你敢！

盘春梅 你看我敢不敢！

盘三娘 （急忙拉到一旁劝说）他们那里不收女的！

陈海天　我们红军的女战士可不少哩！

王小虎　而且个个都是神枪手！

盘三娘　她可是真的敢去的！不行，我不能让我女儿去当红军！

陈海天　参军自愿，入伍光荣，只要她愿意，我们热烈欢迎！

王小虎　热烈欢迎！

盘春梅　既然这样，我们走吧！

盘三娘　行，行，你们一个个的逼我是吧？好！米都给你们，女儿我留下！这总可以了吧？（撒泼）我的冤家！

盘春梅　妈，我哪里舍得离开你啊！

盘三娘　你硬是我的冤家！

盘春梅　（唱）一颗白米两头芒，
　　　　　　　心在两头情意长。

王小虎　（唱）今日借米战沙场，
　　　　　　　明朝还来谷满仓。

盘三娘　（唱）只愿红军打胜仗，
　　　　　　　定国安邦早还乡。

陈海天　（唱）滴水之恩永不忘，
　　　　　　　百姓就是亲爹娘。

〔王小虎鞠躬。

王小虎　大娘，等天下太平了，我一定回来孝敬您老人家！

陈海天　大姐，我写下了一张借条，等革命胜利了，我们一定如数奉还！

王小虎　我叫王小虎。

陈海天　我叫陈海天。

陈海天、王小虎　敬礼！

〔陈海天、王小虎下。

盘春梅　今借到大米三斗，日后一定奉还……

盘三娘　不对，他们写少了。

盘春梅　没少，就是三斗米啊。

盘三娘　蠢妹仔，他们还欠着我一个好女婿呢！

盘春梅　妈！

盘三娘　吃饱饭，打胜仗。打了胜仗早还乡！

〔盘三娘将借条慢慢撕碎，撒向天空。

〔伴唱：

一颗白米一颗星，

红星永远跟党行。

今时借得三斗米，

明朝还作满天星。

〔山歌萦绕，渐行渐远。

彩调剧

山楂之恋

演出单位

柳州市演艺集团有限公司

内容简介

　　彩调剧《山楂之恋》讲述了贫困户青年阿山和阿玲通过自身努力脱贫又脱单的故事。阿山和阿玲在依靠种植山楂脱贫的过程中互帮互助并产生了情愫。在一次举办的"山楂之恋"交友联谊活动中，经过村主任巧妙的设计，两人互诉衷肠，有情人终成眷属。

主创团队

编　　剧：梁星明
导　　演：覃月云　彭荣清
舞美设计：韦　婕
灯光设计：麦智祥
音乐创作：董　晖
道具设计：钟业登
服装设计：钟燕玲

主要演员

阿　山——叶健聪
阿　玲——杨光春
主　任——林彦龙

时　间　初春。

地　点　"山楂之恋"交友联谊活动现场。

人　物

阿　玲　25岁，先期脱贫户。

阿　山　30岁，新脱贫户。

主　任　40岁，村委主任。

〔幕启。

〔大屏幕：满山遍野的山楂花洁白如雪。一条横幅写着"'山楂之恋'交友联谊活动"。

〔幕前曲《十月花》：

艳阳高照暖洋洋，

山楂花开分外香；

脱贫攻坚得胜利，

幸福歌声满山乡，满山乡。

〔歌声中，阿玲、阿山分别从两侧上。

阿　玲　（唱）鸟儿成双叫喳喳。

阿　山　（唱）枝头盛开并蒂花。

阿玲、阿山　（唱）

交友大会觅知己，

心中装着那个他（她），

那个他（她）；

但愿鹊桥同飞渡，

共个屋檐共个家，共个家！

阿　山　咦？那不是阿玲吗！

阿　玲　咦？那不是阿山哥吗！

〔二人想走近打招呼，但又犹豫不决，走一步退两步。

〔主任上，一声喷嚏："阿——嚏！"阿山、阿玲一惊，散开。

主　任　哎呀呀，吃饭莫喷嚏，看戏莫打屁。你看我这个喷嚏打得真的不是时候，把这树上的两只鸟仔都惊飞了！

阿玲、阿山　主任！你找我们啊？

主　任　是啊，这交友大会开幕式一结束，你们两个鬼仔跑得影子都不见，害我到处找你们。

阿　山　是不是找我商量开办种植山楂果培训班的事？

阿　玲　是不是商量电商平台销售我们村山楂果的事？

主　任　不是，不是，都不是！

（唱，梁氏腔）

你二人先后都脱贫，

心里头总装着众乡亲。

唯独没有顾自己，

至今还在打单身。

阿　玲　主任，脱贫攻坚刚刚取得胜利，接着就要开始乡村振兴！你不是讲嘛，一花开放不是春，百花开放满园春。我个人的事慢点先。

阿　山　主任，早几年，为给我爸我妈治病，我们家欠了一屁股债。全靠你带领我种山楂果，帮我申请政府扶贫资金，现在总算脱贫摘帽，走上小康路。我还要为乡村振兴多做点事咧，哪有工夫谈个人问题咯。

主　任　脱贫脱单两不误嘛！我跟你们讲，今天就是你们脱单的好日子。

（唱，诉板）

你两人品杠杠的，

村民都竖大拇指。

如今脱贫已致富，
脱单也要争朝夕。
"山楂之恋"鹊桥会，
引来凤凰配山鸡。
（白）你俩的终身大事嘛——
（唱）我来唱出红娘戏，
　　　包你们找到好伴侣。

阿　山　主任，你为了村里的事情，天天
忙得脚后跟踢着屁股头，我的事
嘛，你就莫……

阿　玲　是呀是呀，主任，你是个大忙人，
我们的事……你就不用操心了哦。

阿　山　对呀对呀，主任呐，你的好意我
心领啦。

阿　玲　是啊是啊，主任呐，这点小事不
用麻烦你咯。

　　　　〔阿玲、阿山想溜走，被主任拦住。

主　任　什么话！不解决你们的终身大事，
我这个村委主任就是不称职！你
看，我把资料都拿来了，这些都
是今天要来交友相亲的人。你们
呐，先熟悉熟悉材料，等下子人
来了，才好对号入座。

阿玲、阿山　啊！主任！

主　任　啊什么啊？来来来，先看美女
先——
（课子）温柔贤惠三十八，
　　　　吃苦耐劳人人夸。
　　　　会养鸡来会种菜，
　　　　个个夸她会顾家，会顾家。

主　任　这个怎么样？

阿　玲　（撇嘴）咦哟，年纪更大，讨来做
小妈嘛。

主　任　年纪大了点是咩？还有还有，我
们再看看——
（课子）性格内向不叽喳，

平时喜欢待在家，
爱做家务爱安静，
不是那种交际花。

主　任　这个可以了吧？

阿　玲　（撇嘴）咦哟，脸上坑坑洼洼，撒
满芝麻！

主　任　哪里？我怎么没看见？还有还有！
（课子）走南闯北胆子大，
　　　　会做生意把钱抓，
　　　　算盘扒进不扒出，
　　　　包你发财又发家。
（白）这个你满意了吧？

阿　玲　（撇嘴）咦哟，这种人最抠门小气，
不爱沾家。

主　任　咦哟咦哟，你拆我的台呀？

阿　玲　参考，参考，仅供参考。

主　任　对对对，我们呐，就先参考你的。

阿　玲　啊？

主　任　这一个——
（课子）这一个，长得帅，
　　　　会投资，会理财，
　　　　彩票中了五百万，
　　　　嫁他能当阔太太。
（白）这个怎么样？

阿　山　（撇嘴）哼，坐吃山空，不靠谱！

主　任　你莫插嘴先，我们再看看这一
个——
（课子）这一个，口才好，
　　　　形象酷，心态潮，
　　　　天文地理都知晓，
　　　　幽默风趣逗你笑，逗你笑。
（白）这个可以了吧？

阿　山　（撇嘴）哼，四两鸭子半斤嘴——
贫嘴！

主　任　你莫贫嘴先，我们再看看这一
个——

（课子）这一个，学问大，

   读硕士，是学霸，

   外资企业是白领，

   马上升职要提拔。

  （白）这个你满意了吧？

阿　山 （撇嘴）哼，门不当，户不对，嫁他根本无地位！

主　任 你总在这里哼哼哼，你是小猪佩奇他爸啊？

阿　山 把关，把关。

主　任 我跟你们两个讲正事，你们两个正经点得咩？

阿　玲 主任哪！

  （唱，黄花腔）

  蹚水过河要知深浅，

阿　山 （唱）树高千尺要知根底呀；

阿玲、阿山 （唱）高不成来低不就，

      盲人瞎马莫乱骑呀。

阿　玲 主任，看材料，都是隔山估牛，不行的。

阿　山 主任，看材料，好比瞎子摸象，不行的。

阿　玲 要找，得找个知根知底的啵。阿山哥，你讲是咩？

阿　山 是啊，这样子一辈子才保险哪！

主　任 是倒是，你们的话倒是蛮有道理的，这个知根知底嘛……对了，阿山，我有个本家侄女，这个知根知底，她相貌端庄，温柔贤惠，这个和你般配了吧？

阿　玲 主任啊，光是你知根知底哪得咯，是要阿山哥知根知底才得。

主　任 哋，看不出你这么多名堂。阿玲呐，我有个战友的仔，在乡政府工作。身高，一米八几。工资，绝对不低，人品，没得问题，这

个，这个和你般配了吧？

阿　山 主任呐，没得滴，没得滴！

主　任 哋嘿！人家才貌双全，前途无量，怎么不行？怎么不行？

阿　玲 主任啊，更好的条件，讲不定人家已经有女朋友了，你不能强迫人家呀！

阿　山 对对对，俗话讲得好，强按牛头不喝水嘛！

阿　玲 是呀是呀，强扭的瓜不甜嘛！

主　任 哟呵，你们两个是开缸瓦铺的啊，一套一套的，一唱一和！我看哪，你们两个配对才最合适！

阿玲、阿山 我们两个？最合适？

  〔阿玲、阿山互瞥一眼，欲言还羞。

  〔比古调，幕后伴唱：

  一石激起千层浪呐儿哎哟，

  多年的相思涌心房，涌心房；

  爱情好比山楂树，

  花开如雪吐芬芳，吐芬芳。

主　任 （看阿玲、阿山，偷笑，动作表示继续推进）阿嚏！你看这两个鬼仔，明明有情有意，还在这里装模作样，没得，我撩一下他们先。嗯哼嗯哼，没管了没管了，真的是皇上不急太监急，你们的事我不管了！

阿　玲 （松一口气）主任，谢谢你了。

阿　山 （擦虚汗）主任，麻烦你了。

主　任 啊？不管了，这个村委主任啊，我也不当了。

阿玲、阿山 死马（什么）？

主　任 死马？死牛咧！你们这点小事我都解决不了，说明我没有能力，没有能力帮群众解决问题……

阿　玲 你帮乡亲们解决了很多困难，有能力，有能力。

阿　山　你帮我们村脱贫摘帽，有功劳，
　　　　有功劳。

主　任　莫讲啦，连你们脱单这点小事我
　　　　都解决不了，还有什么脸做村主
　　　　任啊？你们看啊，乡长马上就来
　　　　了，我现在就去找乡长辞职。（喊）
　　　　乡长！乡长！
　　　　〔主任要下，阿玲、阿山拉住。

阿玲、阿山　主任！主任！

主　任　你们莫拦我。

阿玲、阿山　我有话要讲。

主　任　什么话？

阿　山　其实……

主　任　嗯？

阿　玲　那个……

主　任　哦？

阿　山　我……

阿　玲　我……

主　任　讲啊？

阿玲、阿山　我……我心里有人。

主　任　好！鼓不打不响，话不讲不明。
　　　　（学古装戏曲坐）来来来，升呐——
　　　　堂！本官审案。讲！心里装着何
　　　　人？从实招来！

阿　玲　他先讲。

阿　山　她先讲。

主　任　莫忸怩好咩？一二……

阿玲、阿山　（背对背，互指）是……是他
　　　　（她）！（回头，惊讶）啊，你……

主　任　哈哈哈，你们两个闷葫芦啊，不
　　　　推一下不走路，不拉一把不上坡。
　　　　其实，今天我就是来撮合你们两
　　　　个的。

阿玲、阿山　撮合我们两个？

主　任　阿玲呐——
　　　　（唱，梁氏怀调黄花腔）

　　　　前年山楂大丰收，
　　　　你家采摘无人手。

阿　玲　（唱）他帮我家摘果子，
　　　　自己的果子误销路。

主　任　（唱）阿玲她为你找销路，
　　　　心血汗水没白流。

阿　山　（唱）我爸我妈病在床，
　　　　她嘘寒问暖常问候。

阿　玲　（唱）他刻苦钻学技术，
　　　　科学种果是能手。

阿　山　（唱）她为乡亲同致富，
　　　　电商平台显身手。

主　任　（唱）本是金鸡配凤凰，
　　　　为何迟迟不牵手？

阿　山　（唱）只因当初家贫困，
　　　　心中的"爱"字难出口。

阿　玲　（唱）山中只有藤缠树，
　　　　我想表白又害羞。

主　任　（唱）一对金童和玉女，
　　　　乡亲父老放心头。
　　　　如今攻坚夺胜利，
　　　　终身大事莫落后。

　　　　（白）哈哈哈，你们两个啊，明明
　　　　两情相悦，但犹豫不决。一个有
　　　　情一个有意，村里头个个都懂了，
　　　　就是你们自己扭扭捏捏的，看得
　　　　我啊都心毛了，真是那个船上死
　　　　仔干着急哟！

阿　山　阿玲，你晓得我嘴巴笨嘛。

阿　玲　那我脸皮也薄滴呀！

主　任　好了，我帮你俩捅破这层窗户纸
　　　　了，我这个不是红娘的红娘任务
　　　　完成了！我做主，正好今年是建
　　　　党一百周年，是大喜事，你们也
　　　　莫挑日子了，今年把婚事办了，
　　　　我也好讨杯喜酒来喝。

阿　玲　主任！到时候你就来做我们的证
　　　　婚人。

阿　山　主任，你等着，到时候我敬你米
　　　　酒十八大碗哦！

主　任　你想搞蒙我去嘛！

阿　山　你啊，你跑不脱的啵！

　　　　〔三人大笑。

　　　　〔《十月花》，幕后歌声：

　　　　山楂花开白如雪，

　　　　山楂花开迎春天；

爱情好比山楂树，

芬芳扑鼻满呀人间。

呐嗬了嗨衣支呐嗬了嗨衣支呐嗬
了嗨。

　　　　〔歌声中，三人起舞。

　　　　〔三人造型，定格。

壮剧

演出单位
百色市地方戏曲传习所

一双绣花鞋

内容简介

　　在抗战时期某部队，红军小战士二喜和医疗队小护士绣红互有爱慕之情。某天，憨厚的二喜鼓起勇气，要把母亲做给未来儿媳的绣花鞋送给绣红，绣红却被这突如其来的表白惊到，慌乱中婉拒了二喜。当绣红无意中得知，二喜当晚就要参加突击队执行任务，送鞋其实是告别后，震惊之余，绣红穿上了绣花鞋，送二喜上战场。

主创团队

编　　剧：陈志飞
导　　演：陈万斌　黄麟闰
音乐创作：黄平畅
舞美设计：冉　望
灯光设计：陈万斌
道具设计：马庆柏
服装设计：农　颖

主要演员

二　喜——常　彪
绣　红——何佳姿

时　间　抗战时期。

地　点　某战区医疗处。

人　物

二　喜　男，红军小战士。

绣　红　女，红军小护士。

〔开场曲：一双鞋儿精又巧，

　　　　　好似人儿貌如娇。

　　　　　一颗心儿咚咚跳，

　　　　　欲把话儿向她抛。

〔黄昏下，破旧的军装与医疗纱布在木架上面摇摆着。

〔二喜上场，突然发现有人来，欲藏石头后，发现躲不了，想走已经来不及，只能藏身衣架后。

〔绣红上场，发现二喜。

绣　红　（明知故问）哪个啊？再不出来，我喊人啦！

二　喜　莫喊，绣红，是我。

绣　红　哦，二喜啊，（发现二喜身后藏东西，假装不知）你来干什么啊？

二　喜　（思索）连长刚刚给我们开完作战会，就让我们自由活动，我走着走着，就走到这里了，顺便看你干什么，还有……

绣　红　还有什么啊？

二　喜　（思索）呃，还有跟你拿点绷带。

绣　红　（紧张）绷带？你受伤了？

二　喜　没有啊，我没受伤啊。

绣　红　你的手……

二　喜　哦，我的手没事，我就是想跟你要点绷带！

绣　红　给你。

二　喜　哦。（接绷带，绣红趁机迅速看了一下二喜身后）

绣　红　鬼鬼祟祟，你后面是什么东西？

二　喜　没有啊。

绣　红　没有？我不信，让我帮你检查检查。

〔冲上前抓二喜，二喜躲。

绣　红　（命令式）刘二喜，稍息，立正，向后转，不许动。绣花鞋？可以啊你刘二喜，说，这双鞋哪来的？

二　喜　你先说好看吗？

绣　红　好看啊。

二　喜　那你喜欢吗？

绣　红　喜欢啊。

二　喜　喜欢你就拿着，我就是送给你的。

绣　红　送给我？为什么要送给我？

二　喜　没有什么为什么，就是想送给你。

绣　红　（害羞）哎呀，这双鞋我不要，我不要，我不要……

二　喜　你先拿着，你先拿着。

绣　红　我穿不了，你拿走吧。

二　喜　你试都没有试，怎么知道穿不了？

绣　红　哎呀，我就是穿不了，你拿走吧。

二　喜　绣红……

绣　红　你拿走，你拿走。

二　喜　（失落）这双鞋，你还是拿着吧。

〔绣红偷偷查看，二喜再递鞋。

绣　红　（慌张）二喜，这双鞋我……我不喜欢。

二　喜　不喜欢？刚刚还说喜欢呢，怎么现在又说不喜欢了？

绣　红　刚才是刚才，现在是现在。我现在不喜欢了。

二　喜　绣红。

（唱）红绣鞋上绣着游龙戏凤，

　　　穿上它定然会迥然不同。

　　　这双鞋自参军贴身携带，

　　　为的是有一日物有所属。

二　喜　你还是先拿着。

绣　红　二喜！你……你，你要是打仗也能这样就好了。

二　喜　我打仗又怎么了？

绣　红　你打仗……你每次打仗冲锋的时候，都看到你在我眼前晃来晃去，你说，你怎么不冲啊？

二　喜　（激动）哪里嘛，打仗的时候，我都是冲在最前面，你们医疗队在后面，哪里看得到我嘛。

绣　红　哎呀，反正这双鞋我不要，你赶快走，赶快走。（推走）

二　喜　（笑呵呵）绣红，我只有一个小小请求，这双鞋，你能不能穿一下。

绣　红　我不穿……

二　喜　就一下。

绣　红　我不穿……

二　喜　你穿一下嘛……

绣　红　我不穿！

　　　〔绣红顺手推开，不慎把鞋打掉。

二　喜　你不穿就不穿，为什么要扔掉，你知道它对我多重要吗？

　　　（唱）它本是我母亲一针一线亲手缝，

　　　　　盼望着刘二喜将来儿媳相伴行。

　　　（白）我就是想把它送给我喜欢的人，难道这也有错吗？

绣　红　二喜，我知道你的心思，可是现在行军打仗……我不能穿！

　　　（唱）绣鞋鲜艳似牡丹，

　　　　　想穿它来实不安。

　　　　　如今队伍正作战，

　　　　　绣鞋怎能上前线。

　　　　　待到革命胜利日，

　　　　　有缘再把绣鞋穿。

（白）这鞋对你这么重要，你还是把它收起来吧。这双鞋，我穿着它怎么行军，怎么打仗，怎么抢救战士啊？再说这么好看的绣鞋，我也舍不得穿。等到战争胜利……我去忙了。

二　喜　等等，我……

绣　红　怎么了？

二　喜　我……

绣　红　你想说什么就说啊。

二　喜　我……

绣　红　你真是……我去忙了。

　　　〔假装下场，后悄悄上场。

二　喜　（失落）我今晚就走了。

绣　红　走？你要去哪里？

二　喜　（一惊）我跟着突击队一起走。

　　　〔"咣"绣红手里木盆掉落。

绣　红　你是说，你参加了今晚战斗的突击队？

二　喜　嗯！所以我今天来就是想送你这双绣花鞋，我想看你穿上它是什么样子，我怕我以后……

绣　红　你……你知道突击队是要去干什么吗？

二　喜　我知道。

绣　红　你知道这次战斗有多危险吗？

二　喜　我知道。

绣　红　你知道这次去了可能就回不来了吗？

二　喜　我知道。

绣　红　二喜……

二　喜　（阻止）绣红，不管敌人有多少队伍，枪炮有多么厉害，我们都会比他们强千倍强万倍，因为我是一名红军战士。

绣　红　二喜……

　　　　（唱）一番话顿教我内心惊颤，

　　　　　　　欲张口又觉得难把话言。

　　　　　　　平日艰辛他总是笑着面对，

　　　　　　　实则是时刻让我牵挂心肠。

　　　　　　　现报名突击队就要上战场，

　　　　　　　原来他心中也有烈火一团。

　　　　　　　绣红我并非是草木枯杆，

　　　　　　　怎能不明白他情深意长。

　　　　　　　今晚要赴前线恐难回返，

　　　　　　　（他赴前线恐难回返）

　　　　　　　红绣鞋（眼含泪），

　　　　　　　带在身（表真心），

　　　　　　　待日后革命胜利（眼含泪、表

　　　　　　　真心），

　　　　　　　再表衷肠（一诉衷肠）！

二　喜　（下定决心）绣红，我走了！

绣　红　等等！把鞋让我试试……

二　喜　（惊讶过后）嗳！

　　　　〔穿好鞋之后，二人翩翩起舞。

　　　　〔二喜欣然离去，绣红目送他奔赴

　　　　　战场。

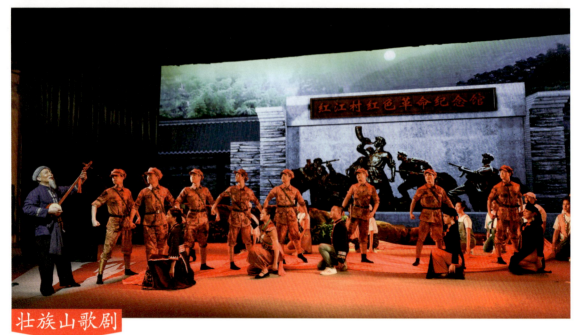

壮族山歌剧

演出单位

崇左市花山民族文化艺术传承创作中心

壮金角

内容简介

　　每一件红色革命文物都承载着党和人民英勇奋斗的光荣历史，记载着中国革命的伟大历程和事迹。在红色革命纪念馆的开馆仪式上，年迈的长星爷爷看到父亲当年参加抗战时带去的壮族号角——壮金角，睹物思人，执意要拿走。几经周折和说明，长星爷爷终于颔首释然……

主创团队

编　　剧：韦逢民
导　　演：吴丹萍　黄振光
音乐创作：卢素珍
舞美设计：廖师捷　白　刃
灯光设计：白海杰　罗嘉杰
道具设计：周　旋
服装设计：覃玉媛

主要演员

阿　公——韦逢民
李　响——吴丹萍
王大刀——罗嘉杰

时　间　当代。

地　点　广西崇左市红江村。

人　物

阿　公　李长星，男，83岁，红江村老人。

李　响　女，28岁，红江村第一书记。

王大刀　男，30岁，红江村村长。

小　林　女，25岁，驻村工作队队员。

参军战士6名，游客8人，村民10人。

〔幕启。

〔屏幕：屹立着一座壮家男儿吹着牛角参军的铜像雕塑。

〔幕后合唱：

天边，晚霞，照耀大地，

红了青山，红了江河。

明月星光，你带我穿过，

黎明前的黑暗。

天边啊，晚霞啊，沐浴清晨，

暖暖的朝阳。啊……

〔昏暗的红光中，歌声里，8名红军战士浴血奋战，战士们一个接一个倒下，金角也一次次从牺牲的战士手中接过。一位老人仿佛于梦中追寻，呐喊。最后在幕后伴唱歌声中走到铜像下的文物陈列架前伫立凝视，悲痛中抱着金角颤颤巍巍地走远。切光。鸡叫声。

王大刀　喂喂，红江村的各位父老乡亲，我是村长王大刀，今天是咱们村红色革命纪念馆的开馆仪式，非常重要啊。第一批游客马上就到了，请大家喂完猪之后，尽快穿上服装，到文化广场做好准备。

〔纪念馆前敲锣打鼓，抚琴歌舞，热闹非凡。

游　客　（唱）抖音网红小山村，

朋友圈里都在传。

游　客　（唱）看不尽的绿水和青山，

弹着天琴还把山歌唱。

王大刀　（唱）打了一场漂亮的仗，

红江村它变了样。

李　响　（唱）不仅风景很好看，

还有革命纪念馆。

游　客　（唱）听说这里不简单，

免费参观不收钱。

馆里有个冲锋号。

网上说它……（说它啥？）

说它是个大牛角，

大牛角！

李　响　（唱）各位朋友好好看，

免费参观不收钱。

你们说的大牛角，

就是镇馆之宝，壮金角！

〔庆祝仪式结束，游客、记者拍照的闪光灯刷刷地闪着。音舞静止。李响与王大刀分边站在展示架两旁，各拉红布左右。小林拍了两拍手中的话筒开始主持纪念馆开馆仪式。

小　林　喂喂，一二，一二，嗯嗯……尊敬的各位领导，各位来宾，乡亲们，游客朋友们，非常高兴大家光临我们红江村革命纪念馆的开馆仪式。此刻，我的心情跟大家一样激动，咱们这件镇馆之宝名为"壮金角"。它，曾经跟随着红军战士经历了无数次战争。接下来有请咱们红江村的村长、书记，为镇馆之宝，揭幕！

小　林　据资料介绍，这把壮金角就来自咱们广西，是当年红军战士参加革命的时候从家乡带到战场上的，曾作为冲锋号使用。后来，又为广西多名司号员使用，革命胜利后，辗转回到了咱们广西。

〔李响与王大刀刚拉下红布，阿公跑出把壮金角抱走就跑，被众人围过来拦住（方阵队形展示）。

游　客　（唱）别跑，别跑，别跑，
　　　　　　　抢了金角你别想跑。
　　　　　　　哪里跑出个老大爷，
　　　　　　　抢了东西还想逃！
　　　　　　　盗抢文物，抓起来！

〔阿公又往村民方向逃，又被村民拦住。

村　民　（唱）长星爷爷你别跑，
　　　　　　　现在不能开玩笑。
　　　　　　　开馆仪式在进行。
　　　　　　　镇馆之宝，不能少！

阿　公　（唱）金角是我传家宝，
　　　　　　　它对我也很重要。
　　　　　　　战士冲锋要吹号，
　　　　　　　上战场诶，它不能少。

游　客　（唱）文物说是传家宝，
　　　　　　　一本正经胡说八道。

村　民　长星爷爷你别闹，
　　　　盗抢文物要坐牢。

李　响　长星爷爷……

网　红　各位老铁大家好，欢迎大家来到我的直播间，我现在正在广西崇左市红江村红色革命纪念馆的开馆仪式现场。特别情况，特别情况啊，现在镇馆之宝，重要的革命文物壮金角，竟然被一位身手矫健、飞檐走壁的神秘蒙面大汉当众抢走……刚进来的老铁麻烦加个关注，双击666，给个小红心啊，我八卦小王子给你们持续关注……

阿　公　我没蒙面，也没抢东西。

网　红　这位大侠，东西就在你手上，还不承认？

游　客　（全体游客）对！你，抢劫！

王大刀　不好意思啊各位，这是我们村的李长星爷爷，八十多了，人老了，精神不大好。

游　客　年纪大也不能出来抢劫啊。

阿　公　我没抢，这是我家的，是我阿爸的。

游　客　你家的？我还说长江七号是我发明的呢，可惜国家不承认。

李　响　长星爷爷，话可不能乱说啊。壮金角是省博物馆捐赠给咱们村的，这可是咱们红江村红色革命纪念馆的镇馆之宝，听话，赶紧把金角还回去。

阿　公　不行，金角怎么能放在这里？得送回战场上去，他们打仗要用的。

李　响　我知道，这是因为当年咱们红军战士资源缺乏，用来作冲锋号用的。

阿　公　对啊，所以我要把它送回去。战士们要听着壮金角的声音冲锋杀敌的。

王大刀　爷爷，仗已经打完了，我们胜利了！

阿　公　胜利了，那我阿爸怎么还没回来？

李　响　您别急，可能啊，太公他们已经在回来的路上了。

| 阿　公 | 那万一路上碰到敌人怎么办？不行，金角得送回去。还有这把长命锁，阿爸要带在身边的。 |

李　响　这把长命锁，一直别在金角上的，您可千万别弄坏了呀。

游　客　（小白）对，破坏革命文物可是要负法律责任的。咱们得赶快报警。

阿　公　这把长命锁是我的。

游　客　是是是，整个广西都是你的。

游　客　（小白）我看啊，得先送派出所去。

众游客　对，送派出所。走！

李　响　各位，他没有恶意的，我劝一下他就好了。

游　客　（小白）光天化日之下，盗抢文物，还不够恶意啊？抓起来！（游客们把阿公围了起来推推搡搡地就要抓人，村民在一边不知所措，帮忙解围）

阿　公　我没抢东西，这上面刻有我的名字。
〔众人安静，阿公小心翼翼地打开别在牛角上的长命锁给李响看。

李　响　李长星？这……

阿　公　看到没有？我没偷东西，这是我的。

游　客　（小白）这真是他名字啊？

李　响　对，长星爷爷，这怎么回事啊？

阿　公　长命锁是我的，壮金角，是我们村的。

李　响　这把金角，是咱们村的人带出去的？

阿　公　对，是我阿爸带去的，但他没回来。

李　响　那这把长命锁……

阿　公　是我出生的时候阿妈给我打的。那天，阿爸说要出远门，阿妈说，给阿爸带着保平安。当年，他们就在这里，一起出去的，咱们村63个人参加抗日战争，活着回来的，只剩下17个人哪。

〔音乐起，双人舞演绎阿妈送阿爸参军。天幕现战争画面。
那年的红江村山下，
壮家许多许多好儿郎。
没有犹豫，没有害怕，
一刻都没有停下。
阿爸出发到山下，
阿妈追啊追到了山下，
长命锁，从我身上取下，
别在阿爸的壮金角。
出发了，他们说，
为了家，多少英雄没回家。
他们说，为了家，
几多壮家好儿郎，
英雄埋骨在他乡。
〔双人舞隐去。
〔屏幕：再现壮家男儿吹着牛角铜像雕塑，与前造型一致。

阿　公　（唱）你怎么还没有回家？
阿妈等你好久了。
壮金角它回来了，
你应该也准备回家了。
放心好了，
放心好了，
儿孙已经长大了。
壮金角，再出发，
我来帮你冲锋啊！

李　响　长星爷爷，您也放心，咱们的祖国强大了，我们也强大了，以后换我们冲锋。

阿　公　那，谁来吹冲锋号啊？我阿爸还没回来呢。

李　响　以后，我们会时刻准备着，我们都是司号员。

阿　公　你们都是司号员？

李　响　对！现在太公的金角传到我们的

手里，只要国家有需要，我们随时都会吹响金角，像太公他们一样，勇往直前，冲上去。

（唱）一把壮金角，

经过多少司号员的手啊。

虽然已是记忆，

我一定铭记于心。

为守护家园安宁，

我们还会和你们一样，

一样勇敢冲上去，冲上去。

（齐唱）我们在这里，

只要号角响起，

我们在这里，

再次冲锋杀敌。

我们在这里，

只要号角响起，

我们在这里，

时刻准备冲上去！

李　响　每一件革命文物，都承载着党和人民英勇奋斗的光荣历史，记载着中国革命的伟大历程和意志。他们的精神将永远鞭策着我们，时刻做好冲锋的准备！

王大刀　对！

众　人　时刻做好冲锋的准备。

李　响　长星爷爷，太公他们的仗胜利了，他们应该回家了，以后的仗我们来打。

阿　公　胜利了，他们可以回家了？

李　响　可以回家了！

阿　公　我可以接他们回家了？

李　响　接他们回家。

阿　公　回家！回家了！

〔音乐起，盖金角的红布扬起，众人搭起一座桥。阿公把金角交给李响，阿公拿起天琴弹唱。

阿　公　（唱）嘿……嘿……

阿公对着大山唱起嘿，

山歌祝我壮家阿哥哟，

山高高咯，

水长长哎，

脚下有平路哎，

归家有明灯哟。

（齐唱）阿哥嘿，

壮家好儿郎，

山前有路河有桥哎，

冬有暖衣夜有灯哟，

我的壮家好儿郎，

一路追着最亮的星光。

嘿……

阿　公　不管山再高，路再远，五星红旗下，都是你们的家！

李　响　我宣布，红江村红色革命纪念馆——

众　人　开——馆——了！

山歌剧

盼

演出单位
广西艺术学校

内容简介

　　山歌剧《盼》讲述了红军战士覃勇与新婚妻子小梅分离，小梅留在家乡支持与等待丈夫抗战胜利的故事。小梅每年为覃勇做一双新布鞋，盼望丈夫归家团聚，她等了一年又一年，等到头发都白，等到革命胜利，却等来了丈夫英勇牺牲的消息。在等待中，小梅与丈夫思想和情感上的交流，展现了革命先烈舍小爱为大爱的坚定信念。

主创团队

编　　剧：杨建伟　吕媛宁
导　　演：杨建伟　黄　恕　吕媛宁
舞美设计：廖师捷
灯光设计：王　昭　郑任辛
音乐创作：龙宪国　农余彬　农紫毫
道具设计：魏　华
服装设计：阳晓青

主要演员

小梅（青年）——吕媛宁
小梅（中年）——王湘莲
小梅（老年）——李春燕
覃　勇——黄　恕
小朋友——刘慧琨

地　点　村口小石墩处。

人　物

小　梅　覃勇的妻子。

覃　勇　红军战士。

小朋友。

〔舞台上有一棵小杜果树，树下有个小石墩。

〔伴唱：

人留英明树留根，

树留萌芽待来春，

花草盼来满山茂，

人只叹，短短暂暂无重生。

〔播放《我添新鞋为何人》。

小梅（青年）（拿着一双新布鞋上场，唱）

七星北斗共南辰，

日月星辰来回轮，

东海年年添新水，

我添新鞋为何人？

杜果树，小石墩，

就在这……当年送哥登路程。

登路程，

每年新鞋为哥缝，

等哥一年做一对，

等哥两年双又成，

一等等哥三四年，

妹的鞋子左左右右上上下下叠一层。

盼哥你……

传来喜报、多杀敌人、

平平安安早日凯旋归家门！

未曾想，红军一走七年整，

我年年缝鞋把哥等，

年年缝鞋把哥等！

等来的是，鞋子满筐未见人！

〔小梅坐在石墩上。

〔覃勇上场。

覃　勇　依梅！

小梅（青年）　哥勇！

覃　勇　依梅！

小梅（青年）　你回来啦？

覃　勇　回来啦！

小梅（青年）　哥勇，你们这一走整整七年，我天天盼着你们回来，我有多少心里话想对你说呀！

覃　勇　依梅啊，我也有好多话想跟你说啊！

小梅（青年）　哥勇，你带我走吧，我要离开村里面，我要去一个没有人欺负人的地方！

覃　勇　没有人欺负人的地方？依梅啊，我们现在的离开就是为了将来。

小梅（青年）　我知道，你跟我说过，红军是为了解放我们穷人，为了让我们翻身做主。等你们走后，那些坏人又来欺负我，我怕呀！

覃　勇　怕？怕能吓到那些坏人吗？

小梅（青年）　可我一个弱女子，我能怎么样呢？

覃　勇　依梅啊！

〔播放《为捆柴火买把刀》。

覃　勇（唱）为捆柴火买把刀，

为担石灰挖个窑。

为找幸福跟着党，

道路只有这一条。

小梅（青年）　我……

覃　勇　你可以的，记得我们常唱的那首山歌吗?

〔播放《种子飞满天》(主题歌)。

覃　勇　(唱)小小红木棉,根扎石崖边。
　　　　　　　花开在高处,种子飞满天!

小梅(青年)(唱)小小红木棉,

覃　勇　(唱)根扎石崖边,

小梅(青年)、覃勇　(二重唱)
　　　　　　　花开在高处,种子飞满天!

〔覃勇隐去,青年小梅也隐去。

〔中年小梅从石墩上起来,看看自
　己手中的布鞋。

小梅(中年)　唉,又在做梦。哥勇啊,你
　　　　　参加红军一走就没有回来过,现
　　　　　在解放了,你该回来了吧?

〔播放《小布鞋》。

小梅(中年)(唱)小布鞋,千层底,
　　　　　　　千针万线连着你。
　　　　　　　人缝布鞋针连线,
　　　　　　　我是针针扎心里。

〔覃勇上场。

覃　勇　依梅!

小梅(中年)　哥勇!

覃　勇　依梅!

小梅(中年)　哥勇!

〔播放《一起共度好时光》。

小梅(中年)(唱)天天盼来天天盼,
　　　　　　　盼哥早日回家乡。
　　　　　　　新鞋做了一箱子,
　　　　　　　随手一拿都是双。

覃　勇　(唱)妹莫忙,
　　　　　　　让哥好好来端详。
　　　　　　　如今妹你怎么样?
　　　　　　　为何泪水满腮旁?

小梅(中年)(唱)妹的泪水满腮旁,
　　　　　　　点点泪滴涌心上。
　　　　　　　点点泪滴心上涌,

颗颗泪滴赛蜜糖。

覃　勇　(唱)知妹天天把哥盼,
　　　　　　　知哥让妹挂心肠。
　　　　　　　如今盼来新生活,
　　　　　　　一起共度好时光!

小梅(中年)　(发现覃勇还穿着红军服装)
　　　　　哥勇,你怎么还穿着离开时的红
　　　　　军服啊?

覃　勇　哈哈哈,我怕回来你认不出我来,
　　　　　所以还是穿着离开时的衣服。

小梅(中年)　怎么会认不出来呢?你走了
　　　　　以后我经常梦到你。有一次我梦
　　　　　到你,我说我很害怕,让你带我
　　　　　走,后来是你鼓励我,叫我参加
　　　　　了革命。对了,我告诉你个好消
　　　　　息,我也像你一样加入了中国共
　　　　　产党!

覃　勇　依梅,好啊!

小梅(中年)　原来还有人说你牺牲了,可
　　　　　我不信!好人怎么会死呢?

覃　勇　不,好人也会死,可好人是为了让
　　　　　大家过上好日子死去的,死得有意
　　　　　义!而我们这些活着的党员应该做
　　　　　什么,我们都应该清楚啊!

小梅(中年)　我明白!

覃　勇　我们就像红木棉一样,不管条件多
　　　　　么艰苦都要把根深深扎在土里,长
　　　　　成参天大树,把种子洒满大地!

〔播放《种子飞满天》。

小梅(中年)(唱)小小红木棉,根扎石崖边。
　　　　　　　花开在高处,种子飞满天!

小梅(中年)、覃勇　(唱)
　　　　　　　小小红木棉,根扎石崖边。
　　　　　　　花开在高处,种子飞满天!

〔覃勇和中年小梅隐去。

〔一个小朋友上场,发现老年小梅

伏在石墩上。

小朋友　奶奶！奶奶！

小梅（老年）（抬起头看看小朋友）哦！

小朋友　你怎么躺在这呀？天气凉了，我还是送你回去吧！

小梅（老年）　不了。放学了？你赶紧回去吧！回去吧！奶奶在村口坐坐，晚点自己回去！

小朋友　那……我先回去了。奶奶再见！

小梅（老年）　再见！（拿出布鞋，要缝鞋底，发现眼睛已经很模糊）唉！老了，不中用了，看不清了，缝不动了！

〔播放《诉说衷肠却相隔阴阳》。

小梅（老年）（唱）一生已过，几多薄凉。
　　　　　　　　曾记得克己奋发胸怀激荡，
　　　　　　　　如今两鬓风霜。
　　　　　　　　终怕至亲牵挂，
　　　　　　　　归来时却空空荡荡。
　　　　　　　　命如纸薄，
　　　　　　　　却屈心不甘终究再盼。
　　　　　　　　无奈何，
　　　　　　　　诉说衷肠却相隔阴阳。

〔覃勇穿着红军服上场。

覃　勇　依梅！

小梅（老年）　哥勇！

覃　勇　依梅！还在等我啊？

小梅（老年）　哥勇！我给你做鞋子呢！满满一柜子！

覃　勇　依梅呀依梅，你用一生盼我回，为什么啊？

小梅（老年）　哥勇，你看——这棵杧果树是你们红军种下的。当年我就是在这棵杧果树下送你参加红军，也是在这棵杧果树下送你跟部队北上。如今这棵杧果树成了一片

杧果林。哥勇啊，如今我们生活好啦！人留英明树留根，树留萌芽待来春，花草盼来满山茂，人只叹，短短暂暂无重生。我是怕呀！

覃　勇　怕什么？

小梅（老年）　我是怕我死了以后，就没有人知道你哥勇了！就没有人知道你长什么样了！就没有人知道你们给我们种下的这些杧果树了！

覃　勇　不会的，我们没有走，我们在家乡红红的木棉里，我们在杧果园的笑声里！我们都在党员胸前佩戴的党徽里！我们在每天早上升起的太阳里！

〔播放《因为信仰让我们走到了一起》。

覃　勇　（唱）从小生长在这里，
　　　　　　　入党才知道活着的意义，
　　　　　　　走的时候我才二十几，
　　　　　　　也许我就把生命定格在那里。
　　　　　　　知道我名字的只有你，
　　　　　　　我身边也有许多不知名的好兄弟，
　　　　　　　我们没有后悔过，
　　　　　　　因为信仰让我们走在了一起！

小梅（老年）、覃勇（唱）从小生长在这里，
　　　　　　　入党才知道活着的意义！
　　　　　　　走的时候你（我）才二十几。

覃　勇　（唱）也许我把生命定格在那里！

小梅　（唱）你（我）就把生命定格在那里！

覃　勇　（唱）知道我名字的只有你！

小梅　（唱）只有我知道你知道你！

覃　勇　（唱）我身边也有许多不知名的好兄弟！

小梅　（唱）我们还有多少不知名的好兄弟!

覃勇、小梅　（唱）

　　　　　　我们没有后悔过!

　　　　　　因为信仰让我们走在一起!

　　　　　　因为信仰让我们走在一起!

　　　　　〔青年小梅和中年小梅同时出来，
　　　　　都看着碎片杧果林。一群孩子给
　　　　　杧果林浇水。

　　　　　〔播放《种子飞满天》。

小梅、覃勇　（四重唱：童声、青年小梅、
　　　　　　　中年小梅、老年小梅）

　　　　　　小小红木棉，根扎石崖边。

　　　　　　花开在高处，种子飞满天!

演出单位
贺州市群众艺术馆

城乡恋

内容简介

　　《城乡恋》讲述的是年轻的驻村第一书记在完成脱贫攻坚任务后，依然积极响应国家"巩固拓展脱贫攻坚成果同乡村振兴有效衔接"的重大战略部署号召，再次放弃回城升职的机会，主动申请继续驻村带领村民巩固脱贫攻坚成果，实现乡村振兴发展目标，并与其帮扶的村民碰出爱情火花的动人故事。戏剧谱写了一曲新时代"城与乡、工与农、干与群"的和谐新恋曲。

主创团队

编　　剧：陈发昱　陈玥伊
导　　演：龙杰锋　陈玥伊　陈发昱
　　　　　周　波　覃庆原　聂辛宇
音乐创作：曾龙城　秦长发
舞美设计：黄晓兰
灯光设计：钟　耿
道具设计：张志荣
服装设计：张相梅

主要演员

赖　子——刘少林
郝　妹——巫东媛

时　间　当下。

地　点　乡村农场。

人　物

郝　妹　驻村第一书记。

赖　子　村民。

众村姑 8 ~ 10 人（歌舞队）。

〔音乐起，春天的早晨，阳光明媚、鸟语花香。

众村姑　（歌舞）

山清水秀太阳照，好呀么好风光啰，

振兴乡村铺大道，喜呀么喜洋洋啰。

感恩驻村好干部啰，

帮扶致富（就）过小康。

城乡干群心连心啰，

不羡神仙（就）羡鸳鸯。

郝　妹　（对手机）王总，刚才您看到的就是我们村现有产业规模和扩建项目的实况。好，我等您回复。

〔众村姑议论——

村姑甲　哎，听说郝妹书记明天就要回城了？

村姑乙　那可不，都脱完贫了，人家书记也要回城高升了。

村姑丙　那咱们的产业扩大项目、合作社怎么办？

村姑丁　哎，那你们说，她和赖子哥……

村姑乙　肯定没戏啦，一个城里高才生姑娘怎么可能和你乡巴佬"烂仔"呢？

村姑甲　喂，吐字清楚点，是"lai zi"，烂仔那是三年前，现在的赖子哥可是咱们村的致富能手了！

村姑丙　是啊，多亏遇上郝书记，要不，可能还是个整天无所事事、游手好闲、好吃懒做、吊儿郎当……

村姑丁　停！赖子哥那是命苦，从小就没了爹妈……

村姑甲　是呀，三岁就寄养给光棍懒汉赖伯父……

村姑乙　哎，你们说，这郝书记真的能耐大噢，她一来，这对伯侄完全就是脱了胎换了骨。

村姑丙　这叫一物降一物。

村姑丁　错！这是爱的力量！

村姑甲　对！是爱情的力量！

郝　妹　（自语）咦？赖子哥，这一大早去哪了？

众村姑　（一村姑发现赖子，众呼）赖——子——哥！

〔郝妹闻声，偷偷地躲在村姑身后，赖子挑着蔬果哼曲上。

赖　子　（唱）同甘共苦三年载，

促膝并肩两无猜，

历经磨难真情在，

天长地久不分开。

（白）哪个喊我？快来喽，有新鲜水果喽！

众村姑　（众呼上）赖子哥，我要，我要。

村姑甲　我要圣女果。

村姑乙　我要草莓。

村姑丙　我要棵大白菜和白萝卜。

村姑丁　我要这个大哈密瓜！

赖　子　这瓜……不给，我自己要。

村姑丁　赖子，这大热天的那么大个瓜，

你一个人吃得了吗?

赖　子　我……

村姑甲　(对村姑丁耳语)肯定是留给郝书记的。

村姑丁　哦——

赖　子　(泄气地)说什么呢,咱们都脱贫了,人家要回城了,再说,咱乡下的瓜哪有城里的甜……

村姑甲　赖子哥,这你就错了,现在城里人都爱跑乡下吃土货了。

赖　子　好了,今后不许再拿人家说我了,传出去对她影响不好。来来来,吃水果。

村姑乙　(口无遮拦地边吃边说)我说赖子哥,这郝书记,人真是好得没得说!我家如果没有她的帮扶,我那湖南老……老公也不会到我家倒插门。(众村姑笑)去去去……不过你也识相点,人家郝书记年轻漂亮,高才生,国家干部,她回城后前途无量,大把靓仔追,是吧?(指舞队)看看这里面你看上哪个?我帮你做主!

赖　子　(难受)我走了,(转回)瓜不要了,谁要谁拿去。

郝　妹　(悄然闪出夺瓜)我要!这甜蜜蜜的瓜谁也别想抢!

赖　子　郝妹,不,郝书记,你怎么在这?

众村姑　赖子哥,人家找你……可急了……(众笑)

郝　妹　去去去。

赖　子　看,我们大棚种的,多好。这些都是我刚摘的,趁新鲜给学校送去。

郝　妹　干嘛不回我微信也不接电话?

赖　子　这不……忙着嘛……我走了。(挑担欲走,众村姑拦)

〔音乐起。

郝　妹　我……要回城了你就没话对我说?

赖　子　我……

郝　妹　(唱)脱贫攻坚遇知音,
　　　　　　一路走来一路情。
　　　　　　风雨同行三年整,
　　　　　　几多风雨几多晴。

赖　子　(唱)妹有情来哥有意,
　　　　　　自古多情伤别离。
　　　　　　天长地久梦不断,
　　　　　　前程似锦多珍惜。

众村姑　(伴唱)天长地久梦不断,
　　　　　　　前程似锦多珍惜,多珍惜。

赖　子　希望以后常回来看看我们这些……农民朋友。

众村姑　对对对,欢迎常回来。

郝　妹　什么农民朋友?赖子哥,你跟我说过的那些承诺和未来,都是假的?

赖　子　都是心里话!可惜是……现实是……你我不同道,是两种人,不可能……

郝　妹　知道我为什么几次主动申请继续留村吗?因为我想将两种人变成一种人!

众村姑　一种什么人?

郝　妹　共同富裕的一家人!

众村姑　共同富裕的一家人!说得太好了!

郝　妹　三年前,我面向党旗宣誓,我负责的村不仅要全部脱贫摘帽,还要全富起来!

赖　子　转眼三年了,你看,这变化,像放电影一样,你真是咱们村的大恩人啊。

众村姑　对!郝书记就是我们的大恩人!

郝　妹　看你们说的,我是大恩人,那赖子哥也是。

赖　子　我……我只是个农民烂仔而已。

众村姑　（众笑）哈哈……

郝　妹　捋直舌头说话，不许你再提"烂"字！

赖　子　说真的，要是没遇上你，我不敢想象自己会颓废成什么样。

郝　妹　这叫浪子回头金不换！

众村姑　对！浪子回头金不换！

郝　妹　当初征集土地修产业路、建新农场，如果没你带头、帮协调，我们的工作也不会那么顺利。姐妹们说，对不对？

众村姑　对！对！对！

赖　子　惭愧，当初……那是村民惧怕我……烂仔。

郝　妹　又来！讨厌！我想大伙服你，主要是你洗心革面，能识大体！

赖　子　哦哟，我有那么能干？

郝　妹　三年以前我不敢说，可现在你是村里的致富能手、致富带头人啦！习近平总书记说得好，"小康不小康，关键看老乡"！

赖　子　乡村富不富，还得看干部。多亏有你，如果没有你，我什么都不是。

郝　妹　（试探地）那，我回城后你怎么办？

赖　子　就怕我会……返烂。

村姑甲　这"返贫"听说过，"返烂"……就难搞噢。（众笑）

赖　子　去去去……
　　　　　〔音乐起——

郝　妹　（唱，试探地）
　　　　　　　　千亩果园万亩粮，
　　　　　　　　鸡鸭猪兔牛和羊，
　　　　　　　　不负韶华（我）三年汗，
　　　　　　　　难舍难分（我）牵断肠。

赖　子　（唱）哥有福缘遇阿妹，

　　　　　　　　妹为我励志，引我正道，
　　　　　　　　助我展翅飞翔。
　　　　　　　　你的恩，你的情，哥终生永铭记，
　　　　　　　　你走天涯，哥在心里，哥在梦中，与你一生永相随。

众村姑　（伴唱）我的妹呀，你走天涯，
　　　　　　　　我在心里，我在梦中，
　　　　　　　　与你一生永相随。

郝　妹　赖子哥，和我一起回城吧？

赖　子　我一个没进大学门的乡巴佬，到城里使不上劲。好了，我去干活了。

郝　妹　等等，一起去……帮我摘一筐哈密瓜。

赖　子　一筐？带回城？好！
　　　　　〔音乐起，众人劳动场面舞，赖子郝妹深情对望，边摘瓜，边慢慢沉浸在美好的回忆中……

郝　妹　（唱）岸头放牛的哥哥哟，
　　　　　　　　叫你看牛你看我。
　　　　　　　　看得哥的魂儿哟，
　　　　　　　　骨碌骨碌滚下河。

赖　子　（唱）河里洗头的妹妹哟，
　　　　　　　　快把魂儿捞上来。
　　　　　　　　揣进妹的心窝窝，
　　　　　　　　噗通噗通睡不着。

赖　子　时间过得真快啊，那时候可真快活！

郝　妹　赖子哥……

赖　子　（唱）往事一幕幕涌上心头，
　　　　　　　　走村串户，调查研究。
　　　　　　　　田间地头，镰锄舞弄。
　　　　　　　　妹带哥哥学习哟，
　　　　　　　　哥装糊涂呀就是听不懂。
　　　　　　　　白天要妹反复把手教，
　　　　　　　　夜晚盼妹给哥来补课。

郝　妹　（唱）记得一回回去小凉河，

磨镰锄，刷粪桶。

摸河鱼，晒被窝。

哥哥背妹过河哟，

妹的腰儿呀扭呀扭。

想哥背妹上花轿哟，

亲手揭下红盖头。

众村姑 （伴唱）哥哥背妹过河哟，

　　　　妹的腰儿呀扭呀扭。

　　　　想哥背妹上花轿哟，

　　　　亲手揭下红盖头。

　　　〔雷雨声，赖子郝妹躲到旁边的稻
　　　　草棚下避雨。

郝　妹 赖子哥，还记得三年前的那场大
　　　　雨吗？

赖　子 一辈子都忘不了。

郝　妹 一辈子也不会忘。

　　　〔情景再现——雷、电、雨交加，
　　　　雨声、建筑物倒塌声、叫喊声、
　　　　小孩哭号声。

　　　〔画外音：

　　　　（男）郝书记，别进去危险！

　　　　（女）快，快离开房屋。来，把小
　　　　孩给我。

　　　　（男）郝书记，抱紧小孩，慢点，
　　　　河水太猛，小心。

　　　　（女）啊……救命啊！救命啊……

　　　　（男）快把孩子给我！

郝　妹 孩子得救了，我眼一黑没入洪水。
　　　　当时我就在想，这算英勇就义了
　　　　吧！永别了，我的亲人们。突然，
　　　　一双大手抱住了我的腰，把我拉出
　　　　了水面，迅速用肩膀把我顶上了
　　　　岸。我本能地回头去拽他，只见一
　　　　张泥水模糊却棱角分明坚毅的脸，
　　　　瞬间被洪水吞没，消失在我眼前。
　　　　那一瞬间起，那张坚毅的脸庞从此

深深地刻在了我心里……

赖　子 瞧你，把我这张赖皮脸刻画得
　　　　那么生动，好了，一切都过去
　　　　了……明天你就要回城了……

郝　妹 抱紧我……不要放开我好吗？

赖　子 （音乐起，内心激烈矛盾——
　　　　（唱）两相青涩两相知，
　　　　　　　对妹的恩爱我心痴。
　　　　　　　可妹是优秀干部高才生，
　　　　　　　我怎能因私情毁妹好前程？
　　　　　　　我要把情爱藏心底，
　　　　　　　我不能自私，误妹好前程。
　　　　　　　我衷心祝愿，
　　　　　　　祝愿郝妹前程似锦花满枝。

郝　妹 赖子哥，你……

赖　子 郝妹，等我把村里建设好，大伙
　　　　都富裕了，我再去城里找你，如
　　　　果你愿等我……的话……

郝　妹 都说男人有钱就变坏，说不定，
　　　　我一走，你就……（看舞蹈队，心
　　　　里不是滋味）

赖　子 你瞎说什么呀。

郝　妹 你看，这小脸嫩水嫩水的，小腰
　　　　一扭一扭的，一撩一个准。

赖　子 谁也不会撩！

郝　妹 真的吗？

赖　子 就撩你……只要你愿等我！我发
　　　　誓！

郝　妹 （故意地）可我不——想——等！

赖　子 雨停了，去挑瓜吧（赖子脚一滑
　　　　跌倒，众村姑扶，同时郝妹手机
　　　　来电）

郝　妹 喂，王总好，听得见吗？什么？现
　　　　场招商会？还要现场直播？哎呀，
　　　　真是太好了！好的，我等您！（挂
　　　　电话，吻手机，接着继续发信息）

赖　子　（疑惑）你……现在要约会？

郝　妹　是呀。

赖　子　还现场直播？

郝　妹　对呀。

赖　子　（泄气）难怪……不——想——等！（趔趄欲走）

众村姑　（众村姑拦）赖子哥，你……

郝　妹　（挂手机发现）赖子哥，你怎么了？（心疼地）

赖　子　不关你事！

村姑甲　刚才你在打电话时，他摔了一跤。

郝　妹　我看看伤哪了……（郝妹手机又响）

赖　子　（生气）看你的视频吧……

郝　妹　（忙接电话）喂，同意了？收到批复文了？太好了！

赖　子　我就知道，不同道就是不同道。（说完掉头就走）

村　姑　（众拦）赖子哥……

郝　妹　你说什么？什么不同道？

村姑乙　赖子哥是见你刚才……你和你城里的男朋友通电话……

郝　妹　什么什么？我城里的男朋友？

村姑丙　刚才你和人家视频，还"嗯吗"（学吻手机）他看见了……

〔众村姑笑。

郝　妹　（笑）刚才我太高兴啦！

赖　子　（突然地）来，咱们一起祝愿郝书记回城后前程似锦！爱情甜蜜！

郝　妹　前程与你们一样！爱情甜不甜蜜，那要看……

众村姑　看什么？

郝　妹　看……（含情脉脉地看着赖子）

赖　子　看我干嘛？

村姑甲　（意会到）就看你呗！

赖　子　人家都已经有了……

众村姑　啊？！

村姑乙　到底是谁？

郝　妹　哎呀，你们在胡说八道些什么？我有了……什么呀？

赖　子　男朋友！刚才都看到听到了，大伙祝福你！

郝　妹　哎呀，你们……刚才那是一个广东大老板和我视频呢，正谈产业营销的事呢。

赖　子　那……怎么还约会……现场直播……还"嗯吗"的……

郝　妹　什么乱七八糟的？是刚才老板说明天要来咱村召开现场农副产品招商会，还带电商媒体来现场直播！

村姑丙　那你明天不回城了？

郝　妹　明天不回，后天也不回，大大大大……后天都不回！

赖　子　那组织上同意吗？

郝　妹　刚才最后那个电话，就是乡政府办公室打来的，说已经收到组织批准我继续留下来的文件了。

赖　子　原来你……早已申请了？

村姑乙　太好了，大伙正愁你要走……

郝　妹　我怎么能走呢！姐妹们，下一步我们的乡村振兴战略是再扩大集约化生产，扩大特色种养规模，做大做强合作社，全力招商引资，加快村容村貌的改造，争取再用三年咱们村也和城里一样的漂亮！

赖　子　那你的前途就搭在这旮旯了……

郝　妹　赖子哥，这次接到回城升职通知，我也思考了很久，也征求了父母的意见。你看，虽然大伙都脱贫了，可都还没致富，国家乡村振兴战略才刚刚起步。所以我决定继续留下来巩固拓展我们的脱贫攻坚成果同乡村振兴有效衔接，继续带领大伙发展!（掏出材料）你看，这是我们合作社扩大项目招商引资的材料，这个是已签定了的多项营销合同，这些我都交给组织上看了，还受到了市委组织部的表彰呢！这些项目、合同，就是我的前途！再说，还有……还有你……我……

赖　子　别说了，我也要和你签个合同。

郝　妹　什么合同？

赖　子　终身爱情承包合同！

郝　妹　那合同内容？

众村姑　相亲相爱一辈子！一百年不变！对吧？

赖　子　对！

郝　妹　慢着！赖子哥意志还不够坚定，我还要……考察他一段时间！

赖　子　随时接受组织检察！

众村姑　（大笑）哈哈哈……

郝　妹　（害羞）讨厌……

〔音乐起，众歌舞。

〔结束曲：

山清水秀太阳照，
好呀么好风光啰，
振兴乡村铺大道，
喜呀么喜洋洋啰。
感恩驻村好干部啰，
帮扶致富（就）过小康。
城乡干群心连心啰，
不羡神仙（就）羡鸳鸯。

〔演员定格，收光。

小戏

天琴声声

演出单位
崇左市龙州县天琴艺术传承中心
崇左市龙州县文化馆

内容简介

　　壮族山歌小戏《天琴声声》讲述了龙州地区的一对壮族姐妹从救助红军伤员到一起参军的故事。为了救治和保护一名负伤的红军战士，阿爸引开民团被杀害，姐妹俩想方设法喂药、取暖、弹天琴，终于用智慧、真情和美妙琴声唤醒了负伤的红军，并跟着红八军踏上了革命征程。

主创团队

编　　剧：包晓泉　韦逢民
导　　演：梁中骥
舞美设计：廖师捷
灯光设计：王　昭　郑任辛
音乐创作：卢素珍　傅　滔
道具设计：谭丽莹　颜春妮
服装设计：黄静瑶

主要演员

娅　春——农卫恋
娅　夏——秦　荔
阿　爸——冯　培
德生（红军）——何　晓
民团队长——翁明先
民团甲——翁振海
民团乙——黄志刚

时　间　1930 年春。

地　点　龙州左江河畔壮族村屯。

人　物

娅　春　姐姐。

娅　夏　妹妹。

阿　爸　娅春、娅夏的爸爸，50 余岁。

德　生　红军伤员。

天琴歌队。

民团队长、民团甲、民团乙。

〔天琴声中光启。

〔农家干栏茅屋，两把天琴挂在墙上分外显眼。

〔娅春在深情地折叠喜被。

〔娅夏抱禾草上。

娅　夏　（调皮地）阿姐，你都到出嫁年纪了，赶快找个好哥哥把自己嫁出去吧！阿妈在天上看着你。

娅　春　我才不嫁呢。

娅　夏　这么冷的天，找个哥哥两个人靠在一起多暖和呀！

娅　春　阿妈不在了，我要守着阿爸！

娅　夏　你不嫁，我倒是想嫁呢。

〔远处传来隆隆的枪炮声。

娅　春　龙州城打起来了！

娅　夏　阿姐，阿爸到城里卖药大半天了，怎么还不回来？

娅　春　阿爸很快就回来了。来，我们弹琴！

娅　夏　弹琴？兵荒马乱的还弹什么琴呀？

娅　春　天琴是我们壮家人的神琴，阿姐给你弹琴唱歌！（弹奏天琴）

〔视频：美丽的左江山水。

〔开场前黑屏，场上表演区定点光，群演出坐好，恢复大屏。

娅　夏　阿姐，坐。

娅　春　（唱）壮家嫩嫩女妹仔，

　　　　　　巧指纤纤弄曲牌。

　　　　　　琴声飘过龙州去，

　　　　　　山山水水笑开怀。

娅　夏　阿爸听到琴声很快就会回来的。

娅　春　这就对了，来，我们收拾收拾。

〔视频：一声炸雷，大雨倾盆。

〔狗吠声，阿爸背伤员上。

阿　爸　（敲门）开门！

娅春、娅夏　阿爸回来了！（开门）

〔阿爸背伤员入屋。

娅春、娅夏　（惊）阿爸，这、这是谁？

阿　爸　不要多问，娅春、娅夏快让他躺下！

〔娅春、娅夏展开草垫扶伤员躺下。

阿　爸　娅夏，快烧热水！

娅　夏　阿爸，家里已经没有柴火了。

阿　爸　把草垫烧了，生火取暖，快！

娅　春　山里民团正在抓人，不能生火起烟。

〔狗吠声。

阿　爸　该死的民团。

〔娅春、娅夏查看伤员。

娅　春　阿爸，这人浑身是血，伤得很重呀。

阿　爸　娅春、娅夏，他就是阿爸跟你们说过的，带领我们打土豪、分田地，为穷人打天下的红军。

春　夏　红军？

阿　爸　对。情况紧急，我上山采药，你
　　　　们要想尽办法叫醒他！保护他！

娅春、娅夏　（对视）叫醒他！保护他！

阿　爸　受伤的人一旦昏迷不醒就难救了。
　　　　〔阿爸出门，急下。
　　　　〔姐妹俩忙乱地给伤员包扎伤口。

娅　夏　姐，他真的是红军？

娅　春　是的，你看他扎着红领带，佩着
　　　　红领章，背着枪，他就是红军！

娅　夏　红领带——红领章——
　　　　〔视频：红八军飘扬的军旗。

娅　春　（唱）红军故事我听过，
　　　　　　　威风凛凛人马强。
　　　　　　　红旗飘飘红领带，
　　　　　　　穷人救星气昂昂。

娅　夏　（惊）姐，你看他，他浑身发抖得
　　　　厉害……

娅春、娅夏　红军哥哥，醒醒，你醒醒！

娅　春　（急）他的伤势这么重，没有火取
　　　　暖，真是急死人了……

娅　夏　你看，他还在打抖……
　　　　〔娅春不假思索抱起喜被，娅夏阻止。

娅　夏　娅春姐，这是阿妈生前给你缝的
　　　　喜被，要留到你嫁人的时候压箱
　　　　子的！

娅　春　人命关天，救人要紧！
　　　　〔娅夏一把夺过喜被。

娅　夏　不行，阿妈说了，妹仔出嫁如果
　　　　没有喜被压箱，就会一世倒霉，
　　　　生不了娃仔！

娅　春　没事，到时把喜被洗干净不是一
　　　　样嘛。

娅　夏　（生气）这怎么能一样呢！娅春姐的
　　　　喜被，怎么能盖在一个外人身上？
　　　　而且……而且……还是个男人。
　　　　〔娅春捧着喜被，百感交集。

娅　春　（柔声）娅夏……
　　　　（唱）我的好妹妹，你莫要哭，
　　　　　　　莫要啼哭成泪人。
　　　　　　　红军本是英雄汉，
　　　　　　　鱼水相融一家亲。
　　　　　　　土豪劣绅虎狼心，
　　　　　　　穷人祖辈受欺凌。
　　　　　　　面朝黄土背朝天，
　　　　　　　没吃没穿泪淋淋。
　　　　　　　霹雳一声震天响，
　　　　　　　龙州来了救命人。
　　　　　　　带领穷人闹翻身，
　　　　　　　打土豪，分田地，
　　　　　　　红红火火冬似春。
　　　　　　　救我穷人出火坑，
　　　　　　　恩深似海暖人心。
　　　　　　　红军啊救命星，
　　　　　　　红军啊领头人。
　　　　　　　只有跟着红军走，
　　　　　　　世世代代才太平。

娅　夏　（点头）娅春姐，听你一说，喜被
　　　　是盖在救我们出苦海的红军哥哥
　　　　身上……阿妈在天上也会答应的，
　　　　（将喜被递给娅春）给！
　　　　〔音乐起。光色要有变化，暖色光。
　　　　〔娅春、娅夏为伤员盖上喜被。
　　　　〔伤员仍在发抖。

娅　夏　娅春姐，他、他的手好冰凉呀！
　　　　（摸伤员额头）啊，他在发烧！

娅　春　那怎么办？阿爸上山采药，肯定
　　　　没那么快回来，要是阿爸在，就
　　　　可以给红军哥哥以身暖身，救活
　　　　红军哥哥！

娅　夏　以身暖身？

娅　春　对，以身暖身。

娅　夏　（生气）啊，这怎么行？喜被给他

盖了就算了，你还要……还要用
自己身子去暖一个男人，你还是
个黄花闺女，还没出嫁呢……

娅　春　出嫁……

〔后区出现娅春待嫁画面，歌声起。

〔幕后唱：山青青水清清……

娅　夏　（扑向娅春，跪哭）姐……

娅　春　（为娅夏揩泪）阿妹，红军为壮家，
我们壮家要爱红军啊！

娅　夏　（点头）嗯……

〔娅夏为娅春掀开被子……

娅　夏　（扑向娅春）阿姐——

〔音乐起，娅春走向伤员——

〔视频：很纯美的情感画面。

歌　队　（唱）山青青，水清清，
干干净净女儿心。
崖上鲜花月上影，
清清白白待嫁人。
到如今见红军，
万分紧急是伤情。
古有云，今有训，
难得横下一条心。
啊——

娅　夏　（跪）娅春姐……

〔歌声中，娅春、娅夏掀开喜被……

〔一束暖光照在喜被上，渐收。

〔光暗。幕外传来狗叫声和吆喝声。

〔民团队长率民团甲、民团乙上。

民团甲　队长，这里有户人家！

民团队长　搜！

民团甲、民团乙　是！（敲门）开门开门！

娅　夏　（惊恐）谁？

民团甲、民团乙　搜查红军伤员，快开门！

娅　夏　（急忙用草席盖住伤员）来了！

民团甲、民团乙　再不开老子砸门了！

〔民团砸门而入。

民团队长　给我搜！

阿　爸　（持草药上）老总！

民团队长　（惊）谁？

阿　爸　老总！我看见你们要抓的人了！

民团队长　在哪里？

阿　爸　就在羊角山下。

民团队长　真的？

阿　爸　真的，我亲眼看见一个穿军装的
满身是血，倒在地上！

民团队长　咦！看来老子走狗屎运了！好！
抓到红军伤员，重赏！你要是骗
我，小心脑袋！

阿　爸　是是是！

民团队长　带路！

阿　爸　好好好！（故意大声暗示）老总，
雨天路滑，你要多加小心！

民团队长　少啰唆，快走！

〔阿爸趁机留下草药，引民团下。

娅　夏　娅春姐，民团走了！

娅　春　（掀开草垫）阿爸呢？

娅　夏　被民团带走了！

〔姐妹跑出门外张望。

〔阿爸引民团远去——

娅春、娅夏　阿爸——

〔幕后"砰砰"几声枪响。

娅春、娅夏　（撕心裂肺）阿——爸——

〔视频：雷鸣闪电，狂风暴雨摇撼
大树。

〔娅春缓缓把草药捧起来……

天琴歌队　（幕后唱）高山呻吟大树倾，
大地沉沉无语啊。
从此不见阿爸面，
哭干眼泪心如绞。
别过阿妈又别阿爸，
孤苦姐妹无依靠……

〔光暗，音乐过渡。

〔稍倾，雄鸡啼鸣，一抹朝阳映入木屋。

〔视频：变暖调子。

〔娅夏抽泣着端上一碗药汤。娅春强忍悲痛，给伤员喂药。

娅　夏　（抽泣）阿姐，阿爸、阿妈都不在了，我们怎么办？

娅　春　（坚定地）救醒红军哥哥，逃出大山，一生一世跟着红军走！

娅　夏　红军在哪里呀……

娅　春　红军就在这里（指伤员）！

娅　夏　可是，他一直没醒过来。

娅　春　一定会醒的！

娅　夏　（双手合十祈祷）老天爷保佑，红军哥哥快醒过来吧！

娅　春　（见状计起）阿夏，你还记得吗？小时候我们受惊吓病了，阿妈总是弹起鼎叮给我们唱——

娅春、娅夏　《醒神曲》！

娅　春　说是能消灾祛病……

娅　夏　逢凶化吉！

娅　春　那，我们也给红军哥哥弹一曲……

娅春、娅夏　《醒神曲》！

〔娅春、娅夏极具民间仪式感地弹唱原生态的《醒神曲》。

〔视频：神奇而虚幻的动感画面。

〔音乐起，侧面投入两束金黄色电脑灯，演员举琴向光束走去，坐下，后场上走电脑灯。

（歌词大意：左江清清向东流，
　　　　　　琴声勾得水回头，
　　　　　　鼎叮声声亲人醒，
　　　　　　琴声能把红军救。

〔姐妹起来后先向前走，祈求天神保佑，再转身向红军。

〔音乐结束，群演到山片和房片造型。

〔不久，德生苏醒——

娅　夏　（惊喜）阿姐，他醒了！

娅　春　（惊喜）真的醒了！

众　人　（壮语）尼呀咯！

〔《醒魂曲》又起，后区投入一片光幕，山片、房片、床、箱子、草垫移下，红军起身。

〔音乐顿起——

德　生　（苏醒）这是哪里？

春　夏　这是我们家。

德　生　（环顾）家？我记得是一位阿叔救了我……

娅　春　他，是我阿爸……

德　生　你阿爸？那，他人呢？

娅　春　为了救你，他……他……（泣）

德　生　（呆住，然后朝着大山庄重地敬了一个军礼，扑倒在地）阿——爸！

〔山谷回荡着回声。

娅春、娅夏　红军哥哥！

德　生　阿妹！

　　　　（唱）情真真，意浓浓，
　　　　　　壮家姐妹情意重。
　　　　　　一身暖流催奋进，
　　　　　　革命路上往前冲，往前冲！

〔一束斜射的金色光芒，三双手紧紧握到一起。嘹亮的军号声响起。

娅春、娅夏　红军哥哥，我们要参加红八军！

德　生　你们……好，我们一起跟着红八军闹革命！

〔音乐起。人物下场，同时群演上场造型。

〔天幕上垂下一幅巨大的红八军军旗。颂歌式的音乐骤起。

歌　队　（合唱）啊——
　　　　　　天琴声声听进耳。

千年万年壮人歌，
唱来自家红军哥。
唱得红军大胜利，
红红一片好山河。

〔这段歌词较长，造型也很久，视频转换增加冲击力。

〔旭日东升，层林尽染。

（注：这个戏要着力通过光色变化烘托气氛，描摹人物心理跌宕和冲突，要讲究光色的分区和对比，大开大合。重点设计好盖喜被、以身暖身、《醒神曲》和最后结束的灯光效果，为戏助力并形成自己的风格。）

报以一生

演出单位

崇左市扶绥县文化旅游和体育广电局

崇左市扶绥县教育局

内容简介

　　《报以一生》讲述爱国青年、职业革命家张报将一生奉献给党和革命事业，为新中国革命成功和新中国成立贡献自己的伟大感人故事，讴歌弘扬他苏武牧羊的爱国精神和对党忠贞不渝的革命理想信念，激励全县各族人民在建设中国特色社会主义的新征程上不忘初心、牢记使命。

主创团队

编　　剧：何伟豪
导　　演：梁中翼　庞成珊
音乐创作：傅　滔　华　伟（音响设计）
舞美设计：廖师捷
灯光设计：黄　斌
道具设计：廖师捷
服装设计：卢　武

主要演员

少年张报、青年张报——甘洋旭
老年张报——玉家龙
娜　嘉——李宗莹

时　间　20 世纪初至 20 世纪末。

地　点　广西扶绥，芝加哥，莫斯科，西
　　　　伯利亚。

人　物

张　报　原名莫国史，又名莫震旦，后改
　　　　名张报。（剧中张报在扶绥时 15
　　　　岁左右，在芝加哥时 25～29 岁，
　　　　在莫斯科时 32 岁，在西伯利亚时
　　　　35 岁，回国时 53 岁。）

张　父　张报的父亲。

十三妹　与张报定下娃娃亲的女子（少
　　　　年—中年），十五六岁。

冀朝鼎　张报的清华大学校友，二十五六岁。

章友江　张报的清华大学校友，二十五六岁。

鲁登科　剧中名为"娜嘉"，二十五六岁。

歌队若干，警察、囚徒、特务若干。

注：全剧以晚年张报回忆的倒叙方式串联，
　　其余不同年龄的张报，则按照剧情线
　　索顺序上场表演。

序幕

〔晚年张报端详着群像。画外音：
我张报，原名莫国史，1903 年出
生于广西扶绥县一个小山村。17
岁那年，我告别了生我养我的家
乡，踏上了漫漫的人生颠沛之
路……

〔天幕：广西扶绥左江边一个青山
绿水的壮族小山村。

〔优美的壮族山歌由远而近。

〔幕内传来张父"国史"的呼唤
声——

张　父　国史！

张　报　阿爸！

张　父　国史，你也不小了，我和你十三
　　　　叔是世交，所以在你小时候，就
　　　　定下了这门娃娃亲。等过几年，
　　　　择个好日子，给你把婚事办了。

张　报　阿爸，我不，我不！

张　父　休再多言，这件事情就这么定了！

张　报　（恳求）阿爸，我对十三妹……只
　　　　是当成姐姐！

〔音乐起，灯亮，清纯的十三妹和
姐妹们缝制绣球。

〔幕后唱：

左江河水清又长咧，
妹做绣球送情郎咧。
一针一线是妹心咧，
等哥迎娶入洞房，
入洞房。

左江河水清又长咧，
妹做绣球送情郎咧。
一针一线是妹心咧，
等哥迎娶入洞房，
入洞房。

一针一线是妹心咧，
等哥迎娶入洞房，
入洞房。

〔张报手持报纸兴奋上。

张　报　（读报）Democracy（民主）！ Science
　　　　（科学）！德先生？ 赛先生？ 陈独秀
　　　　先生敬告青年，十八路诸侯欲前
　　　　往会盟！（兴奋地）上京城，考清
　　　　华！寻找德先生、赛先生！

张　报　阿姐，莫仔去读书了！

十三妹　（娇声地）读书？ 读书好啊！你还年
　　　　轻，古人说，男儿读书志在四方，

读书才能求取功名，干成大事！

张　报　我要到好远好远、下雪的地方读书，要好久好久才回来！

十三妹　好久？那是多久啊？

张　报　找到心中的明灯，干成大事的那一天！（下）

十三妹　（含泪而深情地）好，我就在这里等，每天都等，等你回来娶我……

〔《男儿志在四方》歌声起：

　　男儿志在四方，

忧国忧民寻曙光。

家国动荡，雨暴风狂，

且学那前朝陆放翁。

男儿年少志四方，

忧国忧民寻曙光。

家国动荡，雨暴风狂，

抛去了缠绵悱恻儿女情长，

儿女情长。

〔收光。

第一幕

❧ 第一场 ❧

〔光圈里，晚年张报站着，画外音：1920年我以广西第一名的成绩考上了清华大学。那里每天都有听不尽的新鲜事，看不完的热闹戏——游行的学生、觉醒的工人，我看到中国正在面临转变之大机，我感觉只有教育才能挽救衰败的中国，拯救愚昧贫穷的同胞……1922年，我以全国第一名的成绩考上天津南开大学。1924年，我考上国立北京师范大学，学成后我回到了我的家乡广西。为寻求真理，1926年，我又漂洋过海来到了美国芝加哥。

❧ 第二场 ❧

〔灯起，冀朝鼎在椅子上坐立不安，章友江来回踱步。

章友江　国内最近有什么消息？

冀朝鼎　北伐军一路北上，进军湖南，接着会攻武汉，取江西。周恩来、赵世炎等领导上海工人第三次武装起义，占领了上海，北伐军占领了长江下游全线，接下来……

章友江　接下来应该是挥师南京。国共两党合作，军阀官僚气数尽矣！

〔章友江激动挥拳。

〔音乐停，敲门声响。

〔章友江上前开门，张报提着行李站在门口。

章友江　你是？国史！快进来！

冀朝鼎　国史，你来了？

张　报　朝鼎、友江，我们又见面了。

〔三人热烈拥抱转圈。

张　报　朝鼎，我现在改名莫震旦，梵文"中国"的意思。

冀朝鼎　震旦，你来得正是时候。现在国内外都在关注中国的革命之事，这次你来……

张　报　（摘下围巾，坐下来，打断冀朝鼎的话）朝鼎，我不知道什么叫革命，我也对政治不感兴趣。此番来美国，我只想研究教育学。自从离开清华后，我深信，唯有教育，才能开民智、振科学、兴实业、布民主，强兵富国！

章友江 我不同意你的观点。教育固然重要，但每逢改朝换代，必少不了革命流血。巴黎公社运动、大沽口事件、"三一八"惨案，李大钊等无数走在革命前列的同志们身陷囹圄，抛洒热血，不打倒帝国主义和军阀，教育救国就无从谈起。只有先提倡革命救国，然后才有可能振兴教育事业！

张　报 千百年来，中国的落后根源无非在于教育制度上的落后，少年强则国强，教育事业是我们国家民族振兴的根基，没有教育启迪思想……

章友江 你口口声声说教育理想，那我问你，在清华，在广西，你的教育理想实现了吗？

〔张报一怔。

冀朝鼎 震旦，你好好想想吧！不信你走出房门看看，看看这个千疮百孔的时代，究竟应该是教育救国还是革命救国？

〔窗外响起街头游行声音，报童："号外！号外！惊天新闻！"三人朝外望去。

章友江 我去看看！（下）

冀朝鼎 （对张报）看吧！革命风起云涌，势不可挡！革命是暴动，是一个阶级推翻一个阶级的暴烈的行动！要拯救积贫积弱、病入膏肓的中国，只有在共产党领导下的

革命道路才是救国救民唯一的希望！

〔章友江拿着报纸，冲上台。

章友江 国内……传来最新消息……李大钊先生被军阀杀害，英勇就义了！

〔一声霹雳，音乐骤起。

歌　队 （唱）"四一二"反革命政变，图穷匕见，
白色恐怖笼罩，天昏地暗。
同志们，
拿起枪，建立自己的武装，
用武力推翻祸国殃民的反动派。

章友江 （唱）魔鬼将李大钊先生残忍杀害，
革命的路途茫茫谁来引带？
唯有中国共产党是中流砥柱！

张　报 （唱）难道我真的错了吗？
挽狂澜，救危亡，
披荆斩棘，云消雾散。

冀朝鼎 （唱）义愤填膺，恨不能以身赴死，
弃文从武，手刃屠夫蒋介石。

歌　队 （唱）头可断，血可流，
革命烈火要熊熊燃烧。

〔章友江拿出党旗——

章友江、冀朝鼎 （唱）革命的道路，
必须接受血的洗礼，
在党的旗帜下愈加要眼亮心明。

张报、章友江、冀朝鼎 同志们你们害怕吗？

歌　队 时刻听从党的安排！

〔张报被众人气势所撼动，冀朝鼎将《共产党宣言》郑重地交到张报的手中。

冀朝鼎 震旦。

张　报 《共产党宣言》？

章友江 震旦，拯救国家，解放中国的道路只有一条，那就是革命！加入共产党，才是走上革命唯一正确

的道路！

冀朝鼎　震旦，考验你的时刻到了！

〔《国际歌》起。

章友江　我谨代表美国威斯康星大学的中国支部，向您诚挚邀请，加入共产党！

〔天幕现巨幅党旗，张报面对党旗庄严地举手宣誓："我志愿加入中国共产党……"

〔音乐起：《我的两个生日》。

张　报　（唱）1903 年 11 月中旬的那一天，

母亲给了我生命，

我却白白活了二十多年，

一半糊涂一半痴，

于国于家于人皆无利。

1928 年 2 月 5 日的这一天，

我的母亲，我的母亲，

共产党，

您是我的灵魂，真理之光照亮心田。

涓涓细流归大海，

这就是人生的全部意义。

永远，永远，和革命在一起。

永远，永远，和革命在一起。

章友江、冀朝鼎　同志！

张　报　同志！

〔枪声突响，光复明，章友江急上。

章友江　震旦，我们被 FBI（美国联邦调查局）发现了！快，我们分开走！

冀朝鼎　组织决定，对你进行秘密转移，前往苏联莫斯科！

〔三人握手互道"保重"。

〔音乐《急急急》起，幕后歌队合唱。

歌　队　（唱）急急急，一波未平又一波起。

急急急，逼上漫漫逃亡路。

急急急，组织要转移。

急急急，必须战斗下去。

急急急，同志需谨记。

急急急，革命洪流奔腾疾。

第二幕

第一场

〔张报画外音：1932 年为躲避美国当局的搜捕，我在党组织的秘密安排下来到莫斯科，受命筹办《救国时报》。为了革命，为了国家，我再次改名为张报，又踏上了茫茫的漂泊之路……

第二场

〔幕后：巴阳奔放的舞曲，舞会的喧闹声混杂。

〔娜嘉画外音：我要休息一下，你们太疯狂了（俄语）。

〔光启，舞台是书房，张报坐在沙发上看书，一个公文包在他身边。

娜嘉边擦汗边走进书房，她从桌上倒了一杯酒，转身看见仍旧聚精会神看书的张报。

〔抒情的音乐起：

假如生活欺骗了你，

不要忧郁，也不要愤慨，

不顺心时暂且克制自己，

相信吧！快乐之日就会到来。

〔娜嘉跟着张报一起朗诵。

张报、娜嘉 相信吧！快乐之日就会到来。

娜　嘉 张，你也喜欢普希金的诗？

张　报 我最喜欢他的诗了！

〔朗诵毕，两人深深沉浸在一种美好的情境中。音乐延续着，良久。

娜　嘉 张，我听说你是《救国时报》的副主编？我能看看你们的报纸吗？

张　报 当然可以。

〔张报从公文包里拿出一份报纸递给娜嘉。

娜　嘉 哈！有你的文章！

〔张报不好意思地笑笑。

娜　嘉 "从《苏维埃社会主义共和国联盟宪法》看苏联的社会发展"……

〔娜嘉聚精会神看着报，张报起身去桌边给她续酒。当张报拿着酒杯走回沙发时，娜嘉抬眼凝视着他。张报明显感觉到了，他放下酒杯离开沙发。

娜　嘉 张，你写得太精彩了……

（唱）你的文字点燃了我的心，

在广袤的冰天雪地，

亲爱的，敞开你的心扉，

让我今夜彻彻底底地了解你。

张　报 （唱）我没想过会在这里，

遇见这样的你。

我曾想过会是在芝加哥，

或者是在梦里。

此刻我竟希望，

我的娜嘉，变成一块冰，

好让我冷静，

不让爱情冷却了我那炽热的心。

娜　嘉 （唱）这是我见过最勇敢的男人，

他向我诉说的曾经令我动容。

张报、娜嘉 （合唱）

这个东方汉子跳动着热烈的红心，

（这个北疆姑娘融化了冬天的寒冰）

他的睿智和赤诚，

令人敬慕的真正英雄。

（青春如火　渴望心中的红颜知己）

懂我（懂我），

爱着我（爱着我），

懂我（懂我），

爱着我（爱着我），

滚烫的心想抱着你沉沉睡去。

〔两人徐徐走近，娜嘉深情地投入张报怀抱。娜嘉含泪点头，"嗯！"两人相拥，灯暗。

〔静止，舞台光色变幻。

〔低沉的音乐声次递上推，一声清脆的婴儿啼哭声划破天际，一个重音和弦，音乐戛然而止。

歌　队 你被逮捕了！

歌　队 把他抓起来！

歌　队 他是日本特务！

歌　队 托洛茨基分子！

〔聚光灯起，急促的音乐，娜嘉蓬头散发，惊恐地在四周寻找张报。

娜　嘉 张——报！

〔娜嘉似乎发现什么，惊叫："张报、张报，张报你在哪？……"猛地瘫倒在地，灯暗。

〔风雪声，光起，张报戴着手铐脚镣，被人押送着，走在白雪皑皑的通往西伯利亚的路上。

〔幕内喊声："有人逃跑了！""抓住！"

看押员 哈哈！（俄语）你们听着，就是能飞上天的苍鹰也飞不出西伯利亚！哈哈哈……

〔张报一步一步回头，看着身后，光暗，众人下。

·◦ 第三场 ◦·

〔舞台一隅，晚年张报神色沉重，望着远方："回忆、回忆……苦难、苦难……这段岁月，我怎么都不能忘记……"张报抬头，收光。

〔张报朝着舞台右边看去，欣慰一笑，娜嘉倒在了地上……

〔低沉压抑的音乐。

〔张报慢慢醒来。

〔音乐风格骤变。

〔非现实空间：丙、丁两个人出现在张报身边。

丙、丁 哈哈哈……

丙 张报，你想不想你的儿子张华里？

丙、丁 哈哈哈……

张 报 你们……你们是什么人？儿子！儿子！儿子！你在哪里？你在哪里？

〔张报艰难地爬起来，呼喊着"儿子"，在舞台四处疯狂寻找着。丙、丁不断在张报身旁发出戏谑的笑声。张报筋疲力尽摔倒在地，大口喘息。

丁 张报，你想不想你的娜嘉？

〔张报听到娜嘉的名字，猛然抬头，眼里迸发出希望的光。

张 报 娜嘉……我的娜嘉……娜嘉……娜嘉，你在哪娜嘉……

〔张报在舞台上爬着，寻找着……呼唤着……绝望地拼尽全力大喊。

张 报 娜——嘉——

丁 嗯，签字。

〔一声钢琴的和弦重音，转为低沉压抑的旋律，渐渐消失。

〔张报晕倒在地，丙、丁隐去。

张 报 （铿锵有力地）为共产主义奋斗终身，随时为党和人民牺牲一切，永不叛党！永不叛党！（回响）

〔丙、丁同时用脚踹倒张报，姑娘们惊叫，光暗。

〔音乐起：《爱你的人》。

娜 嘉 （唱）无论是过了多久，

我也还是在等你。

从相遇的那一天起，

我的心早已紧紧跟随你。

我知道你不会轻易说放弃，

爱你的人又怎么会出卖你？

相信相聚的日子总会来临，

告诉我，一切都值得期许。

歌 队 （唱）我知道你不会轻易说放弃，

我不愿看着你偷偷地哭泣。

相信相聚的日子总会来临，

告诉我一切都值得期许。

相信相聚的日子总会来临，

告诉我，一切都值得期许。

〔慢慢地音乐起，灯光暗。

〔惨淡的光圈中伏着虚弱的张报，艰难地向前爬着……

〔画外音：不知道过了多久，我活了下来。我仿佛听到娜嘉在呼唤……我听见他们说，中国在打仗，全民都在抗战……后来，日本投降了……毛主席带领着中国人民解放军，打过了长江……

〔音乐渐起。

张　报　同志，现在中国怎样了？

〔窗外投进一束金黄色的阳光。

〔画外音：中国……解放了！《义勇军进行曲》响起……

尾声

〔字幕：1956年张报在中国大使馆的斡旋下终于无罪获释，从流放地回到莫斯科。

〔暗场，广播传来"各位旅客，从莫斯科开往北京的国际列车快要开车了……"的声音，站台上，张报与娜嘉四目相对。

〔光渐收。

〔音乐《别了》起：

并非我翻脸无情，

不愿和你白头偕老，

并非我推卸责任不给儿子以父爱和支持。但我必须忠于党，忠于人民，忠于革命。

我少小离家老大回，为党、为祖国做的太少。

现在，我只想把生命的每一分、每一秒都献给党，对我来说中国就是最需要、最适宜的。

〔天幕叠进火车飞驰在茫茫雪原、辽阔草原和东北大地的画面——

〔张报画外歌声：

别了，我亲爱的娜嘉。

不是，不愿与你共白头。

并非我的秉性极端孤僻，

只是我，必须忠于祖国。

别了，我亲爱的娜嘉。

我不愿，再漂泊流离。

我只想把自己奉献给党，

我只想把自己奉献给党，

我只想把自己奉献给党，

奉献给党！

报以一生，直到死去。

报以一生，直到死去。

报以一生，直到死去。

报以一生，直到死去。

报以一生，直到死去。

报以一生，直到死去。

报以一生，直到死去。

〔演员谢幕。

彩调剧

演出单位
桂林市永福县非物质文化遗产（彩调）传承保护中心

我等你

内容简介

　　彩调剧《我等你》讲述了儿子在为官之后，忘却初心，行差踏错以致丢了官职，在进监狱前与父亲相见的故事。父子俩回忆往昔，儿子忆起父亲的养育与教诲，悔不当初；父亲追忆父辈的共产党员精神和事迹，勉励儿子重新做人。一句"我等你"道出父亲对儿子的谆谆教诲与殷切期盼。

主创团队

编　　剧：蒋　演
导　　演：封奇敏
舞美设计：刘王宣
灯光设计：唐丽梅
音乐创作：韦　妮　　戴景强　周尚辉
　　　　　唐志英　　伍义华　赵丽蜂
　　　　　杨燕婷
道具设计：李海英
服装设计：伍义华

主要演员

父　　亲——李义芳
儿　　子——毛双明
检察官——王　芳

时　间　现代。

地　点　某乡村院落。

〔光启。深秋，晚上。

〔乡村庭院外，两个穿着普通的人走到门前停下来，一个人打开了中间男人的手铐，并示意刚被打开手铐的男人进庭院。

检察官　你记住，天亮就要走。

〔检察官下。

〔男人感谢地点点头，敲门。

儿　子　爸……爸!

〔父亲从屋内端菜出，把菜放在院中桌子上。

父　亲　哎，来了，来了!

儿　子　爸! 我回来了!

父　亲　回来就好，回来就好!

儿　子　爸，怎么这么晚了才吃饭啊?

父　亲　嘿，忙果园去了!

儿　子　爸，你要多注意身体啊!

父　亲　晓得啰。仔啊，难得你回来，来来来，我们两爷仔可以好好喝两杯! 我去拿酒，我去拿酒。

儿　子　(朝屋里喊道)爸，拿茅台! (转身，自言自语)我该不该讲啊?

(唱)一夜时间来告别，

　　　一夜时间来尽孝。

　　　一夜时间如何够，

　　　如热锅蚂蚁好心焦!

〔父亲拿着用矿泉水瓶装的米酒出。

父　亲　酒来了，酒来了!

儿　子　爸，怎么又喝这个，我拿回来的茅台咧?

父　亲　你爸我就爱喝这个!

〔儿子无奈地摇摇头，拿过瓶子倒酒。

儿　子　爸，我这次出差，顺道回来看你

一眼，是临时决定的，没来得及给你带点东西。

父　亲　带什么东西，你回来我就最高兴了!

儿　子　(举杯)爸，仔敬你一杯，感谢你的养育之恩。(仰脖喝完，倒酒)爸，这第二杯，祝你能够长命百岁。(仰脖喝完)爸，这第三杯……

父　亲　(打断)慢，仔啊，这第三杯酒，老爸我敬你!

儿　子　爸……

父　亲　仔啊!

(唱)可怜你小小年纪娘早逝，

　　　留下我父子相依伴。

　　　我起早贪黑忙果园，

　　　你小身板挑起家务事。

　　　上完学堂又洗衣做饭，

　　　乡亲们都对你竖起大拇指。

　　　我既欣慰来又心酸。

儿　子　爸!

(唱)母亲她早去世，

　　　责任你一人承担。

　　　既当爹来又当娘，

　　　从早到晚不得闲。

　　　为我能吃饱穿暖，

　　　你操劳得一双手长满老茧。

　　　供我读书去上学，

　　　你脚上的水泡从没好全。

　　　这天大的养育恩，

　　　叫我如何还得清?

　　　爸，这酒我敬你! (喝酒)

父　亲　我敬你!

儿　子　我敬你!

父　亲　我敬你!

儿　子　爸!

父　亲　仔呀,你工作上是不是遇到困难了?

儿　子　(掩饰着)爸,我……没得事……

父　亲　莫哄我,你我还不了解嘛,讲吧!

儿　子　(欲言又止)我……我……只是点小问题,我能解决。

父　亲　好,你工作上的事,老爸我也帮不上忙,今天只有陪你喝点酒了。仔啊,我们家果园的橙子还有个把月就可以摘了,到时候我寄点给你的仔和你的媳妇吃!

儿　子　爸,你种的橙子是最甜的。

父　亲　两爷仔还讲什么客气啊!

儿　子　爸,我好久没给你洗脚了,今晚就让我好好给你洗个脚。

父　亲　好!

儿　子　我去打水!

父　亲　好!今晚我也要好好地享受享受。

〔儿子端着木盆出屋,看见父亲一头白发被月光照得闪闪发光,眼眶顿时红了。

儿　子　爸,让我来。

父　亲　爸常年在果园,脚臭。

儿　子　(唱)见老父亲满头白发苍苍,
　　　　　　不由我心如刀绞好悲凉。
　　　　　　父亲他含辛茹苦将我养大,
　　　　　　不求我成大才只求我安康。
　　　　　　他本应该享清福儿孙满堂,
　　　　　　可我却行差踏错走进牢房。
　　　　　　弄得个妻离子散,
　　　　　　老父亲无法奉养。

〔儿子含泪缓缓走到父亲跟前,放好木盆,蹲下来给父亲脱了鞋,又脱了袜子,把父亲的脚抬到木盆上,用手拂了些水到父亲脚上。

儿　子　爸,水温合适吗?

父　亲　(双脚放进盆里)合适得很,合适得很!

　　　　(唱)曾记当年小儿郎,
　　　　　　夜夜端来洗脚汤。
　　　　　　帮我洗脚挑水泡,
　　　　　　一天疲惫全扫光。
　　　　　　日子虽苦心如蜜,
　　　　　　全靠有你暖心房。

〔儿子轻轻地帮父亲洗着脚,眼泪像一滴滴珠子一样落在盆里。

儿　子　(唱)阿爸起早贪黑都为我,
　　　　　　儿子孝顺理应当。

父　亲　仔啊,还记得你小时候帮我洗脚,缠着我讲你爷爷的故事吗?

儿　子　记得!

　　　　(唱)爷爷是个老红军,
　　　　　　只因受伤留在山乡。
　　　　　　从此与部队失去联系,
　　　　　　可他未将自己是党员忘。
　　　　　　每月党费都存好,
　　　　　　日子再苦未曾动念想。
　　　　　　直到他老人家离世前,
　　　　　　嘱咐你把党费捐给政府来建设家乡。
　　　　　　说他虽然未曾找到部队,
　　　　　　可他共产党员的身份永记心房。

父　亲　(唱)当时你听得两眼放光,
　　　　　　说长大要以爷爷为榜样。
　　　　　　一定要当上共产党员,
　　　　　　努力建设国家建设家乡。
　　　　　　仔啊,
　　　　　　你还记得种橙子的口诀吗?

儿　子　记得。

　　　　(念)春天花授粉,
　　　　　　盛夏修剪枝。
　　　　　　金秋果熟莫得意,

施肥备冬才是理。

（白）爸，你还讲过，每一棵果树上都有辛勤汗水的浇灌，这样种出来的果子才会更加的甜！

父　亲　这是你爷爷教我的。你爷爷就是靠种果子攒下来的钱交的党费。你爷爷还讲过，这做人做事就和种果树一样，要踏踏实实，一分耕耘一分收获，投机取巧种出来的果子是不好吃的！

儿　子　爸，我……

父　亲　仔，记得你刚参加工作的时候，我给了你一袋橙子，你结婚生子，我也只给你一袋橙子，你当上领导之后，我还是给你一袋橙子，是希望你吃着橙子的时候，想想橙子是如何种出来的。橙心是甜，诚信做人更是要如铁一样烙在心啊！莫忘初心……

〔儿子如雷击一般怔住了。

儿　子　莫忘初心，莫忘初心！爸，我……明白了！（满脸愧色）

父　亲　今晚的脚洗得真舒服。

儿　子　（边擦脚边讲）爸，天一亮我就要走了。

父　亲　我晓得你要去……

儿　子　爸！单位派我去国外工作。

父　亲　哦，我晓得你工作忙，整天建设这个建设那个的，这回啊都建设到国外去了。好，公家的事是大事。

儿　子　爸，我这一走啊，估计得……好几年。以前我要接你到城里你不愿意去，以后……你要自己多保重啊。

父　亲　那你媳妇和我的孙子呢？

儿　子　他们……他们不去。

父　亲　好，你放心去吧，他们……我来

照顾！

儿　子　爸！

（唱）儿不孝，未能将你来照料。
　　　儿不该，出国把父亲妻儿抛。
　　　儿有愧，让你一把年纪还为我操劳。
　　　儿有罪，不知何日尽孝道。

父　亲　（唱）你爸的身板还很好。
　　　尽管去，
　　　我这一双手两只脚，
　　　把你的儿子我的孙子，
　　　供给他读大学读硕士戴上博士帽！

（白）养儿一百岁，长忧九十九。天下父母心，哪有不挂心头。

儿　子　（无比愧疚）爸！我其实不是出国，我是……

父　亲　仔！你是出国！记住！你只是出国了！

〔一声鸡鸣，划破了黑夜，即将破晓。

父　亲　仔啊，你也该走了。

〔儿子哽咽地点点头。

〔父亲踉跄地去开门，始终没有再看儿子一眼。儿子刚走出门，父亲就把门关上了。

〔检察官上。

检察官　你的事，你父亲早就晓得了。你这次能回来，是他老人家来恳求过组织了，他讲，子不教父之过啊。

〔儿子泪流满面，悔恨不已，猛地转身，朝着门跪下磕着头。

儿　子　爸……

〔伴唱：天上星子朗朗稀。

〔门里传出一个坚定有力的声音。

〔儿子失声痛哭。

儿　子　爸！

父　亲　仔啊，老爸我等你！

　　　　〔咔嚓，一副闪着寒光的手铐锁住
　　　　了他。黎明的早晨，那咔嚓声很
　　　　清脆。同时，一缕阳光穿破云层，
　　　　洒在大地之上。

哈调小戏

演出单位
防城港市群众艺术馆

同船共渡

内容简介

　　哈调小戏《同船共渡》讲述了广西防城港市北仑河畔边境地区一个跨国家庭夫妻在第一书记陈文铸的帮助下复合并脱贫致富的故事。陈文铸在乡村振兴工作中，以技扶贫、以情扶贫，积极培育新业态，帮助廖三和阮氏凤的贫困家庭和村民探索生产发展、生活富裕、生态良好的绿色发展之路。

主创团队

编　　剧：邓珍珍　刘子木
导　　演：卢　浩　庞成珊
舞美设计：吕挺军
灯光设计：黄杰成　黄　炜
音乐创作：李勉新　农余彬
道具设计：唐　培　廖玉宇
服装设计：余泽龙

主要演员

陈书记——张振东
廖　三——李思才
阮氏凤——张柳月
独弦琴演奏员——赵　霞
德朗琴演奏员——王　宇

时　间	现代。
地　点	中越边界北仑河畔。
人　物	

廖　三　男，42 岁，北仑河畔某村贫困户。

阮氏凤　女，39 岁，廖三老婆（越南籍）。

陈书记　男，30 岁，驻村第一书记。

〔哈调唱：

相爱把衣服赠送，

回家撒谎骗爹娘，

今天过桥遇大风，

风吹了风吹了，

衣服被吹上了天空。

〔伴随着古老的哈调《过桥风吹》，幕启。

〔字幕：中越边界北仑河上。

〔舞台上泊着一艘小船，船上放着两根竹篙，界河两岸芦苇丛生。

〔廖三幕后喊：书记……书记……

〔廖三推着陈书记急上船。

陈书记　慢一点，慢一点……

廖　三　帮人帮到底，扶上马送一程。别让那件嫁衣给风吹跑了。（哼《过桥风吹》——吹上了天空）

陈书记　我这还有很多事呢，船都给你借好了，你自己去不就行了嘛。

廖　三　书记书记，好不容易揾到个愿意跟我搭伙的，人家还愿意带着钱来搭伙，你说我能不着急嘛？再说你不是也支持我扩大规模嘛，这人也是你介绍的，你不去哪里行？

陈书记　早让你养牛你不做，尝到甜头知道急了吧？

廖　三　（念）以前的我是混蛋，

　　　　不但人懒嘴还馋。

　　　　苦活累活不想干，

搞得妻离子也散。

亏你进村把我管，

工作一天做八遍。

我们现在一条船，

你来指路我撑竿。

〔独弦琴情绪音乐。

〔书记惊讶！上下打量廖三，随即会心一笑。

陈书记　哟，行，我跟你去。

〔二人上船。

陈书记　那走吧。

廖　三　好，走！

（唱）北仑河畔幸福天，

　　　养牛书记把线牵。

　　　介绍美女合伙人。

陈书记　哎！你是不是想美女想疯了……

廖　三　唉！管她是美女还是丑女，是越南的、老挝的，还是柬埔寨的，只要她愿意和我搭伙，嘿嘿——

（唱）我就把她接上船。

陈书记　（唱）这人不一般，

　　　　勤劳能干相貌端。

　　　　跨国寻人谋发展，

　　　　跟你确实很有缘。

〔独弦琴音效。

〔船在河中行走一段，到达鸳鸯滩，阮氏凤在河滩上等。

陈书记　鸳鸯滩到了。

廖　三　哇，书记选的地方，有情调啊！

〔陈书记挥手示意廖三快去。

〔廖三欢喜上前。

〔阮氏凤背对观众，缓缓转身。

廖　三　你？！（转头对陈书记说）她不是在越南吗？

陈书记　是我请过来的。

阮氏凤　我一早就到界河这边来等着了。

〔廖三生气、跺脚，转身跳回船上。

〔阮氏凤委屈地望着廖三。

陈书记　廖三！刚刚是你着急来，现在你又着急走。

〔陈书记横竿拦住廖三。廖三抢竿，陈书记一推，廖三向后踉跄。

廖　三　（念）书记真是帮倒忙，
　　　　　船搁浅滩难再航。
　　　　　早知要见这婆娘，
　　　　　打死不走这一趟。

〔廖三也是一副委屈的样子。

陈书记　（念）廖三别把死理盘，
　　　　　陈年旧账莫要翻。
　　　　　船出险滩会有道，
　　　　　你得体谅她的难。
　　　　　（白）别跟她计较。

阮氏凤　（念）曾经蜜语誓旦旦，
　　　　　哄我上了他的船。
　　　　　他还说明年过河接父母，
　　　　　后年他准赚大钱。
　　　　　说这说那一箩筐，
　　　　　三年一样都没见。
　　　　　一心渡向幸福岸，
　　　　　却一头陷进了——
　　　　　这贫困的滩——泥——间！
　　　　　（背过身去）

陈书记　阮大姐，我们上船聊。

阮氏凤　（唱）我心愧疚气也短，
　　　　　见你大气不敢喘。

当年只求得饱暖，
无奈带仔回越南。

廖　三　（唱）你莫再提那从前，
　　　　　当年是你走在先。
　　　　　害我一人打郎当，
　　　　　村寨内外没脸面。
　　　　　不是书记撑住船，
　　　　　多停一秒都嫌烦。

陈书记　廖三，怎么还是这个犟脾气。

廖　三　（唱）书记莫怪老三犟，
　　　　　你不知她狠心肠。
　　　　　嫁来不满两三年，
　　　　　嫌这地穷山也荒。
　　　　　带走孩子七八年，
　　　　　不见消息传耳旁。
　　　　　今番想要同船渡，
　　　　　又是演的哪一场？
　　　　　若要留这负心人，
　　　　　除非北仑流西方。
　　　　　（白）仲有面来，让她滚！

〔阮氏凤马上转身，惊怒，陈书记拦住，安慰。

陈书记　廖三，当年阮大姐为什么走？你心里不清楚吗？怎么现在还是烂泥扶不上墙！

阮氏凤　（唱）你站着讲话不腰疼，
　　　　　养家糊口你哪样行？
　　　　　柴米油盐你从不管，
　　　　　好吃懒做你出了名。
　　　　　受苦受穷我咬牙挺，
　　　　　饿坏孩子我不答应！
　　　　　不、答、应！

〔廖三顿时没了气势，扶着陈书记的竹竿蹲下，头靠着竹竿。

廖　三　我都想让你们过好日子，那不是赚不到钱嘛。

陈书记　你呀!

阮氏凤　我也不指望你赚什么大钱,只想一
　　　　家人吃得饱、穿得暖,平平安安。

〔阮氏凤幽怨地、伤心地。

阮氏凤　(唱)带仔揾食日子难,
　　　　　　这边苦过了那边酸。
　　　　　　汗往土里滴,泪往肚里咽。
　　　　　　梦里有思念,醒后放一边。
　　　　(哈调唱)抬头路不见,仰头空看天。
　　　　　　一水相隔隔数年,
　　　　　　几回遥望望穿眼。
　　　　　　独自想,苦与甜。
　　　　(唱)宁可累死河对面,
　　　　　　胜过饿死你跟前。
　　　　(哈调唱)跟前……廖三那是以前!
　　　　(哈调唱)以前……

廖　三　你还翻那旧账干嘛?这眼前的日
　　　　子不是要好了嘛?!
　　　　(哈调唱)眼前……

阮氏凤　你是好了,有政府帮,我这些年
　　　　拼命打工也赚不得什么钱。还好
　　　　在父母身边,有家人接济,还能
　　　　勉强养活孩子。

陈书记　回来就好,回来就好。

阮氏凤　(唱)界河两岸命相连,
　　　　　　扶贫政策暖边关。
　　　　　　书记辛苦把线牵,
　　　　　　我看到希望在眼前。

阮氏凤　你看,如果你还是以前那个样,真
　　　　是拖了大家的后腿!你丢不丢人?

陈书记　廖三,阮大姐讲得对。你以前不
　　　　只拖了我们村、我们乡的后腿,
　　　　往大了讲是拖了中国的后腿啊。

廖　三　我……我现在不是准备要好好做
　　　　工了吗?我一个人这些年也不好
　　　　过,我也想仔啊。

〔阮氏凤想起儿子,缓缓拿出手
机,打开儿子照片。

陈书记　靓仔哦!

〔陈书记拿过手机,上前递给廖三。

陈书记　你儿子真是靓仔哦。

〔廖三惊,抢过手机,颤抖着紧
握,盯着,跑向阮氏凤。

廖　三　都这么大了?

阮氏凤　(唱)孩子没爹日子难,
　　　　(廖三重唱)日子难,
　　　　　　一直把那亲情盼。
　　　　(廖三跟唱)一直把那亲情盼。
　　　　　　常常呆望河对岸,
　　　　(廖三重唱)我也呆望河对岸。
　　　　　　母子祈望把家还。
　　　　(廖三重唱)梦里祈望把家还。

〔阮氏凤转身,倚到廖三怀里,两人
对视。

〔廖三放手,扭头叹气。

廖　三　(唱)喝醉了盼,睡着了想,
　　　　　　从来没把你们忘。
　　　　　　多少年来没要过强,
　　　　　　吃饭住房靠政府帮。
　　　　　　为还欠下的良心账,
　　　　　　踏踏实实干一场。

陈书记　廖三,这就对了!

阮氏凤　书记,这是我凑的一点养牛钱。
　　　　等我们过好了,也请书记您把中
　　　　国的经验给我那边的亲人讲讲,
　　　　让我的亲人们过上更好的生活。

陈书记　没问题,我们都是好邻居、好伙伴,
　　　　我们的经验愿意和所有人分享。

廖　三　书记,我们家愿意做"活教材"。

〔独弦琴音效。

陈书记　廖三,那这搭伙人……

廖　三　回家,回家。

陈书记　我怎么感觉我有点多余啊？

廖　三　书记一点都不多余。

　　　　（唱）今天不是您在场，

　　　　　　　老婆搭档都泡汤。

阮氏凤　（唱）为了我们家团圆，

　　　　　　　跨国跨界来帮忙。

陈书记　（唱）扶贫一户不能少，

　　　　　　　扶情更能添保障。

廖　三　书记这情扶得好啊。

陈书记　那……回家？

　　　　〔廖三乐着后退，去拿竹竿。

阮氏凤、廖三　好，回家！

廖　三　（唱）书记扬篙撑两旁。

阮氏凤　（唱）阮氏廖三（夫妻双双）坐船帮。

陈书记　（唱）命运相连心相系，

陈书记、廖三、阮氏凤　（唱）

　　　　同船共渡去远航。

　　　　（哈调唱）相爱把衣服赠送，

　　　　　　　　　命运从此生死同，

　　　　　　　　　过桥难免遇大风，

　　　　　　　　　风吹了风吹了，

　　　　　　　　　衣服被吹上了天空。

　　　　〔独弦琴与德朗琴交响并重唱。

　　　　〔字幕过了一段时间后。

　　　　〔阮氏凤和廖三一前一后，边争论

　　　　　边走向北仑河畔。

廖　三　（唱）吹，吹吹吹，

　　　　　　　你让牛吹跑，

　　　　　　　我们会白忙。

阮氏凤　（唱）人无我有是最棒，

　　　　　　　谈好兰花要种养。

廖　三　（唱）船行高低莫凭想，

　　　　　　　种养哪样要在行。

阮氏凤　（唱）船高船低看水涨，

　　　　　　　是种是养看市场。

廖　三　（唱）我今养牛已入行，

卖牛还有政府帮。

大家都养我争优，

不信卖牛没市场。

阮氏凤　（唱）市场终有需求量，

　　　　　　　货好多了价会降。

　　　　　　　利薄价贱难发展，

　　　　　　　瞅准商机转转行。

廖　三　阿凤，阿凤，别再吹你那个转行

　　　　的风了，好不好？

　　　　〔起德朗琴的伴奏。

廖　三　（念）转行哪有那么容易，

　　　　　　　种植兰花哪能比？

　　　　　　　这牛肉是刚需，

　　　　　　　赚多赚少都不会再掉进那个

　　　　　　　穷窝里。

　　　　　　　那蝴蝶兰——

　　　　　　　看得饱？当饭吃？

　　　　　　　多少人要？说来就有气！

　　　　　　　别听他们乱放屁，

　　　　　　　那是吃饱了撑出的泡泡机！

　　　　　　　好不容易脱了贫，

　　　　　　　保住这个胜利成果是硬道

　　　　　　　理！（越说越得意）

　　　　　　　硬——道——理！

阮氏凤　（一时也不知怎么说得清楚）我是

　　　　感觉这牛这么养下去会——

廖　三　（念）这感觉能当饭吃？

　　　　　　　那蝴蝶兰里是一片雾蒙蒙。

　　　　　　　还是随我转家里，

　　　　　　　用心打理咱们那一亩三分地。

阮氏凤　可让我一辈子守着这一亩三分地，

　　　　挤在那过剩卖不动的市场里洒

　　　　泪……我还是心不甘。

阮氏凤　（念）吃饱穿暖是重要，

　　　　　　　生活水平要比较。

　　　　　　　哪家不想过更好？

我们呀，

种植兰花要趁早。

〔廖三上前一步刚欲反驳，阮氏凤接着说。

阮氏凤 （念）再说了，

这蝴蝶兰颜值高，

百花丛中它最俏。

上网查它口碑好，

国内国外都畅销。

（白）现在不比从前。你看，日子都越过越好，花也会成为必需品，买盆花可不是什么"吃饱了撑着"。咱们抓紧种蝴蝶兰准能赚得钱。

廖 三 （念）养牛脱贫心舒畅，

牛在牛栏心不慌。

兰花哪比牛犊壮？

搞不好手里这点钱啊——

全部都要赔光光。

阮氏凤 你怎么都不听讲呢？这种蝴蝶兰的事我都谈得差不多了。无论如何我都要试一试，就是用十头牛都拉不回我。

〔阮氏凤一跺脚，跳上了船，廖三忙跟上拦住。

廖 三 书记，快点，快点啊！要出大事啦！

（焦急地喊）

〔陈书记急上。

陈书记 来啦，来啦。廖三，你这又唱的哪一出啊？电话里催得那么急，我那里还有好多事呢。

廖 三 事再多，也没我这个重要。阿凤她……

〔陈书记望了一眼阮氏凤，笑着问廖三、阮氏凤，难道是吵架了要回娘家？

〔廖三不好意思地盯着书记，又回头看看阮氏凤。

〔阮氏凤瞪廖三一眼。

阮氏凤 书记，不是吵架，也不是要回娘家，我只是想转行试一试种兰花。

廖 三 书记，当初是你让我们养牛的。这牛我养得好好的，可是阿凤她偏要种什么蝴蝶兰。书记，你帮我劝劝阿凤。

〔廖三既滑稽又急切地望着书记。

陈书记 哦，原来是这事，是我鼓励阮大姐尝试种蝴蝶兰的。哟，再不走，正事都要误了……

廖 三 那这牛不养了？

陈书记 养啊！

廖 三 哦，我明白了！现在不光是我们村，全中国都脱贫了。你是急着脱身回城里，以后不管事了吧？

〔陈书记无奈，摇头苦笑。

陈书记 廖三啊，廖三！虽然说，脱贫致富见成效，可巩固成果更重要。再说了，廖三你得往前看。

廖 三 看什么？

陈书记 （念）乡村振兴的新跑道啊！

廖 三 新跑道好啊，我骑着牛和你一起跑啊。

阮氏凤 书记，他就是懒，不想改变，我想尝试种一种蝴蝶兰，可怎么也说不动这头犟牛。

〔转头，冲着廖三。

阮氏凤 我听说大桥村有人种了，卖得很好。

陈书记 是啊，不光是咱们国家的人喜欢蝴蝶兰，欧美国家，还有东南亚很多国家的人都很喜欢兰花。赶上节庆，广场上简直就成了兰花的海洋……（还没说完就被廖三打断）

廖 三 不行，不行啊。

（唱）书记不是我唱反调，
　　　种兰花稳赚谁能保？
　　　就算养牛赚得少，
　　　起码全家得温饱。

（白）以前不怕赔，就是赔了还有政府兜底。现在突然转行种兰花。你让我这颗心啊，好比坐过山车，再说了……

（唱）赚钱的事都不简单，
　　　种花想想就很麻烦。
　　　本钱不够，还没经验，
　　　赔了贷款谁来还？

阮氏凤 （唱）亏你还是个男子汉，
　　　　碰到个小事就犯难。
　　　　本不够可以凑，
　　　　没经验可以学。
　　　　只要勤劳——
　　　　准能赚个盆满钵满。

（哈调唱）同船过险滩，
　　　　　共盼幸福岸。
　　　　　廖三养牛求保险，
　　　　　阮氏执意蝴蝶兰。
　　　　　忆往昔，看当前。

廖 三 书记，这乡村振兴，我也想振，可万一没振起来，又给我振回去了，我……

陈书记 （唱）有了顾虑就该讲，
　　　　赔了钱谁都不想。
　　　　种植兰花有风险，
　　　　可你心也不要慌。

廖 三 （背过身自言自语）怎么能不慌？之前扶贫那时候国家有政策，现在……

陈书记 现在力度更大了，我们做过市场调查，也争取到海关、运输等部门的支持。东兴种植蝴蝶兰最有优势了，过了口岸就能远销东南亚，到时候你们只管种好蝴蝶兰就行了。

廖 三 我们能种好？

阮氏凤 今天就有专家在大桥村介绍种植经验。

陈书记 通过先进技术培育的花苗独一无二，很有市场竞争力。

阮氏凤 那里的兰花跨境贸易种植基地已经初具规模。

陈书记 我们一起依托技术、依托市场打造跨境农业。

廖 三 那就做大了。要不我也跟你们去看看呗？

陈书记、阮氏凤 好！

陈书记 哎呀，来不及了，我跟你们的船走。

阮氏凤 好。

陈书记 （唱）打造产业是良方，
　　　　我来掌舵你划桨。
　　　　第一书记不下岗，
　　　　为你保驾又护航！

〔前台、幕后合唱：
扬起竹篙荡起桨，
同船共渡再启航，
振兴乡村共圆梦，
乘风破浪向远方。

〔幕闭。

瑶族音乐剧

瑶绣图

演出单位
金秀瑶族自治县文化馆

内容简介

　　瑶族音乐剧《瑶绣图》讲述解放军小分队进入大瑶山剿匪的故事。金秀县解放前期，一支国民党残余部队退守大瑶山，瑶族青年游击队员哥端与未婚妻绣花巧设新婚宴席盗取匪首彪爷身上的"瑶山防御作战图"。绣花机智地把地图绣在新婚盖头上，在与彪爷斡旋中，决然烧掉婚房、带着新婚盖头成功脱逃。

主创团队

编　　剧：李青峰　齐福伟
导　　演：郝　芸　叶明峰
舞美设计：吕挺军　庞晓华
灯光设计：龚兴华　包世龙
音乐创作：戴景强　苏胜利　冯薏霖
道具设计：冯文标　兰　怡
服装设计：梁李春　苏荞蕾

主要演员

绣　花——盘梅燕
哥　端——吴科民
彪　爷——陶嘉程
匪兵甲——李青峰
匪兵乙——叶明峰

时　间　金秀县解放前期。

地　点　大瑶山中某瑶寨。

人　物

绣　花　女，18 岁，哥端的未婚妻。

哥　端　男，20 岁，游击队员，绣花的未婚夫。

彪　爷　男，50 岁，残匪团长。

匪兵甲、匪兵乙。

〔幕启：远处大瑶山夜景，台中一座紧连山边的瑶寨木屋，屋中有瑶式火盆、水缸等，屋内绣花在整理新婚嫁妆。

〔幕后伴唱：金鸡报晓黎明现，
　　　　　　婚约如期心里甜。
　　　　　　瑶山喜迎春天到，
　　　　　　双喜临门满心欢。

〔远处枪声"砰——砰——"，绣花急忙放下手中针线。

〔哥端匆忙上，敲门。

哥　端　（小声地）绣花，绣花……

绣　花　（开门）哥端！你伤着了吗？

哥　端　没有，绣花。我搞到了山上土匪的防御图，被他们发现了，他们正在找我。

绣　花　那你快点躲到后山去。

〔旁白：封锁所有的路口，挨家挨户搜！

哥　端　绣花（把图交给绣花），你一定要想办法把图送到山外的解放大军手上！我把敌人引开。

绣　花　那你……

哥　端　他们跑不过我的。记住，东边金鸡峰、西边松树岭，有土匪重兵布防，北边的月亮洞是弹药库！万一我回不来，你一定要把这图送出去！

绣　花　嗯！你赶快从后窗走！

〔哥端从后门下。

绣　花　哥端，你一定要回来呀！

哥　端　（点头）嗯！

〔彪爷、匪兵上。

彪　爷　（快板）想当年虎踞中原，
　　　　　　现如今龟缩山间。
　　　　　　瑶山它易守难攻，
　　　　　　哥端他盗图坏我事情。
　　　　　　（起乐：曲 1）
　　　　　　小小蚂蚁六只爪，
　　　　　　本司令要踩死他。

彪　爷　（白）老子聪明一世，糊涂一时，竟然栽在一坛酒上！你们两个跟我搜这家！

匪兵甲、匪兵乙　是！

匪兵甲　（大喊）开门！

绣　花　（内应）哪个？

匪兵乙　不然我砸了！

匪兵甲　瑶妹子？

绣　花　（镇定开门）你们这是要干什么？

彪　爷　哼！找对人了！我认得你！你是哥端的相好，闻名百里的瑶绣能手——绣花。

〔匪兵甲、匪兵乙紧张，用枪指绣花。

彪　爷　一个女人，慌什么！

绣　花　长官，我也认得你，我和哥端给你们山上送过松脂油的呀！

彪　爷　你们那是黄鼠狼给鸡拜年，没安好心！哥端在里面吗？

绣　花　长官，你应该知道我们瑶家的规矩，我俩明天成亲啦，他今晚是不能来绣楼的啊！长官，你找他要松脂油吗？

彪　爷	要松脂油？老子今天要他的命！他今天拿两坛酒上山来报喜，把我搞得大醉，趁我酒醉，他偷了我身上的防御图！
绣　花	防御图？那是干什么用的呀？
彪　爷	少废话！给我搜！
匪兵甲、匪兵乙	是！

〔匪兵四处搜，一匪兵撩开瑶锦，发现门，一脚踢开。大屏幕背景远山中有一火把在移动。

匪兵乙	那边山有人！
彪　爷	快追！你给我等住！

〔三人同时从后门追下去。

绣　花	（焦急地）哥端应该走远了吧？（出门，发现路口有敌人，返回）敌人在路口都设了卡，我又不能下山啊！怎么办？

〔绣花来回踱步，拿起头盖，突然有了主意。

〔绣花摊开图比画低语：金鸡峰在这，这是松树岭，这里绣月亮洞。

〔绣花摆开盖头、防御图，边绣边唱。起乐：曲2。

绣　花	（唱）一绣金鸡峰凤舞， 　　　二绣飞龙松林盘。 　　　两地藏有恶狼犬， 　　　大军攻山要安全。 　　　三绣月亮洞中悬， 　　　洞中存有枪炮弹。 　　　飞针走线图形现， 　　　送给大军把匪歼。

〔绣花绣完，把防御图烧掉。彪爷与匪兵们气喘吁吁上。

匪兵甲	追了几十里山路，还是让这小子跑了！
匪兵乙	山那么陡，也可能摔死了。
匪兵甲	这小子从小生活在山里面，我们哪追得上他咯！
彪　爷	哼！跑了和尚跑不了庙！你们两个继续给我搜！

〔匪兵破门而入。

绣　花	啊！
彪　爷	讲！哥端留下了什么？
绣　花	他都没有来过，能留下什么呀。
彪　爷	他通共匪，你会不知道？
绣　花	哥端经常在外面采松脂、卖松油，他通什么匪的，我真不晓得啊！我整天在绣楼里绣花。
彪　爷	（翻看桌上的绣品）绣花？盖头？（拿过盖头看）我倒要看看你都绣了些什么。
绣　花	瑶族图腾，花鸟虫鱼、日月天象、民族传说！
彪　爷	嗯？你这上面绣的怎么会这么古怪啊！我来问你，若回答有半点含糊，老子一枪崩了你！
绣　花	绣女绣花是画随心走，美从心来，长官，你问吧！

〔彪爷把盖头翻来覆去地看。起乐：曲3。

彪　爷	（唱）这凤凰鸟下是什么山？
绣　花	（唱）是瑶家神圣的金鸡山。
彪　爷	（唱）为何绣上金鸡山？
绣　花	（唱）金鸡报晓天将亮， 　　　勤劳耕作家美满。
彪　爷	（唱）这飞龙下是什么树？
绣　花	（唱）苍松翠柏一片片。
彪　爷	（唱）为何绣上松柏树？
绣　花	（唱）青松不老寓长寿， 　　　龙飞凤舞瑶山中。
彪　爷	这还有月亮？月亮洞！ （唱）为何月亮挂空中？

绣　花 （唱）星星追着月亮走,
　　　　　　哥妹百年情意浓!

彪　爷 （唱）为何绣龙又绣凤?

绣　花 （唱）男绣龙头女绣凤。

彪　爷 （唱）为何绣松又绣山?

绣　花 （唱）寿比南山不老松。

彪　爷 （唱）盖头图案谁安排?

绣　花 （唱）美好愿望心中来。
　　　　　　绣山绣水绣人心,
　　　　　　绣出人间好风景。

　　　　〔彪爷狠狠地把盖头摔在地上。

彪　爷 真是瑶山的百灵鸟,能说会道!
不管你怎么叫,你是哥端的相好,
他通共匪,你就是同伙!

　　　　〔起乐:曲4。

彪　爷 （唱）谜底当开你不开,
　　　　　　聪明反被聪明害。
　　　　　　盖头图中有蹊跷,
　　　　　　看你明天怎么戴。

　　　　（对匪兵）你们听好了,今天晚上把
这房前屋后都给我看好了,再能扑
腾的鸟,也让它飞不出去! 走!

匪兵甲、匪兵乙　是! （众匪出门）

匪兵甲　司令,不杀了?

彪　爷 （诡秘地）对! 不——杀——

匪兵甲、匪兵乙 （丈二和尚摸不着头脑地）
啊? 不——杀?

彪　爷 瑶妹子已经把地图绣在了盖头上,
只要这张盖头还在,哥端一定还
会再来,到那时候一网打尽,这
叫做魔高一尺道高一丈!

匪兵乙　司令真的是高啊!

彪　爷 呵呵……

　　　　〔彪爷下,匪兵甲、匪兵乙守在房
子前后。绣花在门内一侧偷听,
心急如焚,看见灯火,木门,想
到主意,但看着屋内的嫁妆,不

舍,最后下决心。起乐:曲5。

绣　花 （唱）哥端生死我不明,
　　　　　　匪兵困我难出行。
　　　　　　为解放,大军进山救瑶民。
　　　　　　为解放,哥端冒死察敌情。
　　　　　　为解放,我烧房子引开匪,
　　　　　　断他念想不跟随。
　　　　　　哥为解放不怕死,
　　　　　　妹不惜命紧相随。
　　　　　　明天不能成婚配,
　　　　　　来生与哥梦里飞。

　　　　〔绣花展开新婚棉被,用水缸中
的水淋湿,再把屋中间的火盆推
到门前,堆上新婚衣物等嫁妆,
把盖头揣在怀中,用湿被子盖在
身上,躲在后门边。房子前门起
火,后门的匪兵忙跑到前门。铜
锣和众村民的叫喊声起,“铛!
铛……”,众人声:“着火了! 着
火了,大家快来救火啊!”两个匪
兵跑出来到前门看火。绣花披着
被子从后门出,消失在山中。

　　　　〔彪爷上。

彪　爷 （怒）烧了! 烧了好! 赶快进去给
我抢东西!

匪兵甲、匪兵乙　是!

　　　　〔暗。

　　　　〔起,黎明,冲锋号角声响起。

　　　　〔音乐中哥端着解放军装,绣花着
民族装从上下场门分别上。

哥　端　绣花!

绣　花　哥端!

　　　　〔两人相拥。起乐:曲6。
　　　　　　哥似瑶山龙,
　　　　　　妹似瑶山凤。
　　　　　　龙凤烘托太阳升,
　　　　　　照得大地一片红。

文场小戏

演出单位
桂林市临桂区文化广播体育和旅游局
桂林市临桂区非物质文化遗产保护传承中心

小别离

内容简介

　　全国突发新冠疫情，在祖国和人民最需要的时候，作为医护工作者的雅琴及其未婚夫王涛，毅然决然地推迟婚礼，毫不犹豫地奔赴疫情前线，为患者争取时间，拯救生命！《小别离》讴歌了这场没有硝烟的战争，正是千千万万的无名英雄团结一致、默默付出，才赢得了最后的胜利！

主创团队

编　　剧：蒋　演
导　　演：封奇敏　陆志康
　　　　　刘　群（舞蹈创作）
　　　　　左　涵（舞蹈创作）
音乐创作：林　华　封家驹（作曲）
　　　　　吕　璇（司鼓）
舞美设计：马　斌
灯光设计：刘汝嘉
道具设计：韦满城
服装设计：陈子雄

主要演员

王　涛——王贵波
雅　琴——蒋　俐

人 物

雅　琴　90后，女护士。

王　涛　90后，雅琴的未婚夫。

医护人员若干。

〔光启。舞台中间一堵用救援物资堆起来的墙，视频声音传来报道抗疫情况。

雅　琴　涛，我们的婚期要往后延了。

王　涛　琴，这也是我想和你说的，我……

雅　琴　对不起，原谅我的不辞而别……

王　涛　对不起，这是我的使命所在……

〔这时警笛声和救援的声音响起，所有人员都开始在台上忙碌起来。台上放满了救援物资，形成了一道直的墙体，把舞台从中间分开，几名正在值夜班的医护人员穿着防护服，戴着口罩睡着了。有的靠在凳子上，有的趴在桌子上，其中一名趴在桌子上的护士手中还握着笔，面前放着刚登记完的信息表。

雅　琴　（闪出）我叫雅琴，是一名护士。来到火神山医院有多久我已记不清了，或许十几天也许二十几天……（看向睡着的护士们）像这样的情形，我已司空见惯，因为护士站和病房就是我们的战场。

〔救援声再次响起，另一表演区光启。ICU门外，几名医护人员穿着防护服，戴着口罩、护目镜坐在墙角边，相互倚靠着睡了。

王　涛　（闪出）我叫王涛，是一名医生。来到雷神山医院有多久我已记不清了，或许是十几天又或许是二十几天……（看向睡着的同事们）情况已经逐渐好转，因为我们靠着墙角已经睡了十多分钟。

〔救援声音转换成一个鞭炮声，全场光过渡，舞台中区光启。物资变成了一条弯曲的小路，两条红绸，和一间贴着"囍"字的婚房。

〔雅琴、王涛二人分站在红绸中间，看向贴着的"囍"字。

雅　琴　这是我每天都想梦到的地方……

（唱）新春来闹疫情忙不能停，

　　　　除夕夜受召集赶赴听命，

　　　　为抗疫热血涌豪言请缨，

　　　　马不停蹄赴武汉战疫情。

王　涛　琴，小别胜新婚，更何况我们并没有分离！

（唱）你夜奔而去，我破晓前行，

　　　　这是本职更是使命，

　　　　赴汤蹈火保安宁。

〔两人走到婚纱照片前。

雅　琴　（唱）我与他相识在医学院校，

　　　　　他外科我内科本不相交。

王　涛　（唱）只因为同加入志愿协会，

　　　　　才邂逅终生的爱情美好。

雅　琴　（唱）想当年他可是品学兼优的校草，

　　　　　多少漂亮女孩整天围在身边绕。

　　　　　却不料他竟先开口将情意表。

王　涛　（唱）弱水三千我独爱你长发飘飘。

雅　琴　（唱）惹得我小鹿乱撞、害羞欲逃，

　　　　　从此后形影不离、相约到老。

王　涛　（唱）万事俱备，婚期定好，

雅　琴　（唱）欢天喜地，等待花轿。

王　涛　（唱）不承想，武汉疫情突然闹。

雅琴、王涛　（唱）不得已，

　　　　　　　　婚期临时往后捎。

雅　琴　涛，有件事，没有和你商量，我
自己就决定了。

　　　（唱）为战疫，须从简，

　　　　　　及腰长发来剪掉，

　　　　　　瞬间变成一光头……

　　　〔雅琴脱下无菌帽。

王　涛　（接唱）这样的你更美好！

王　涛　琴，你比过去更美了（心疼地抚
摸雅琴的头）。原本你是不用去的，
你后悔吗？

雅　琴　涛，你也是主动请战的，你比我
更累更辛苦，你后悔吗？

王　涛　使命当前，责任在肩！只是……
苦了你了。

雅　琴　涛，你还记得我们在哪初遇的吗？

王　涛　当然记得，是加入志愿者协会相
遇的。

雅　琴　（唱）遥想当年在协会相遇，

　　　　　　志同道合言语多投机，

　　　　　　我爱你德才兼备品貌佳，

　　　　　　我爱你古道热肠有志气。

　　　　　　图书馆你我互相勉励，

　　　　　　操场上我们追逐嬉戏，

　　　　　　多么轻松美好，

　　　　　　多么快活写意。

　　　　　　如今多年已过去，

　　　　　　我更应严格律己，

　　　　　　热心肠怎能生凉意，

　　　　　　好志气怎能渐消弭。

　　　　　　更何况校园将你我培育，

　　　　　　岂可忘医者仁心四个字。

　　　　　　疫情当前怎能独善其身，

　　　　　　若不请战将后悔一辈子！

　　　（白）涛，等回去后，我一定再为
你留一头长发，然后……（害羞）
嫁给你！

　　　〔王涛被雅琴深深地震撼与感动。

王　涛　有妻如此，夫复何求！

　　　（唱）初见时我爱你轻盈美丽，

　　　　　　长发飘笑容甜眼含善意。

　　　　　　而如今愈发觉你坚强本心，

　　　　　　短发时也显得飒爽英气。

　　　　　　从此后头发长短皆由你，

　　　　　　我誓言永与你同舟共济、

　　　　　　生死相依！

雅　琴　（唱）亲爱的，你在那边可好？

　　　　　　我忙得忘了给你打电话发信息。

王　涛　（唱）我又何尝不是忙得昏天黑地，

　　　　　　刚刚才回复你三天前的信息。

雅琴、王涛　（唱）不过，没关系！

　　　　　　　　我们已在梦里相依。

　　　　　　　　虽然你（我）

　　　　　　　　在火神山（雷神山），

　　　　　　　　虽然只有 22 公里距离。

　　　　　　　　你一定会保重自己，

　　　　　　　　为了那场迟到的婚礼！

　　　〔两人深情相拥。

　　　〔突然间，隐隐约约传来"嘀嘀嘀"
的呼叫铃声。

雅　琴　我们要忙去了。

王　涛　嗯，又要小别离了。

雅琴、王涛　下次梦里见！

　　　〔加上歌曲背景音乐，两人慢慢分
开走到红绸下，默契地会心一笑。
红绸慢慢升起，两人回到各自的
工作区，遥遥相望。

雅　琴　（大声地）我在火神山！

王　涛　（高声地）我在雷神山！

雅　琴　（念）我住长江头，

王　涛　（念）我住长江尾。

雅　琴　（念）此水几时休？

王　涛　（念）此恨何时已？

雅琴、王涛　（同念）只愿君心似我心，定不负相思意。

〔两人戴好帽子、口罩、护目镜。随即，加入到忙碌的医护人员队伍中，消失不见。

〔幕后声唱：

这次小别离，证明了真心，
来时孤身影，去时两相依。
这次小别离，是为了团聚，
心有悬壶志，济世做仁医。
这次小别离，世间永铭记，
大爱传千秋，动容天与地。

〔突然间，一个穿着防护服，戴着口罩、护目镜，不知是谁的医护人员冲到台前。

医护人员　（高吼）老婆，我学会穿纸尿裤啦！等以后我们有了孩子，他（她）的纸尿裤我来换！

小品

突围

演出单位
柳州市艺术剧院

内容简介

　　小品《突围》根据全国道德模范、广西日报社驻柳州记者站站长谌贻照的真人真事改编。2017年，融水县杆洞乡爆发特大洪水，电力、通讯、交通中断达四十个小时，为了及时将灾区的情况传递出去，给救援队伍争取时间，谌贻照不顾村民劝阻，冒着塌方、滑坡的危险坚持突围，为后续的救援工作提供了重要帮助。

主创团队

编　　剧：梁星明
导　　演：赵　奇
舞美设计：韦　婕
灯光设计：麦智祥
音乐创作：董　晖
道具设计：陈　立
服装设计：钟燕玲

主要演员

照　哥——赵　奇
老　林——周　杰
三　嫂——龙星羽

时　间　清晨6点。

地　点　受灾现场。

人　物

照　哥　50多岁，老记者。

老　林　40多岁，乡政府干部，和照哥是

　　　　　多年老朋友。

三　嫂　40多岁，苗族女性，是刚"摘帽"
　　　　　的贫困户。

群众演员若干。

〔灯光暗。

〔大屏幕：电闪雷鸣，杆洞乡洪
水泛滥，群众撤离，乡干部救援
受困群众，道路塌方，情况凶险
危急。10秒左右的视频（含音效）
后转救灾现场安全点图片。

〔灯光亮，幕启。

〔照哥和老林，两人满身泥泞。

老　林　站住，把帽子摘下来，如果我没有
猜错的话，眼前这个身高五尺的大
光头一定就是照哥吧？照哥啊照
哥，昨天就这个点，你就成功突围
了我的警戒线，要不是我及时把你
拉回来，你这条老命就没了。

照　哥　我不去谁去？老林，真的等不了
啦，再让我闯一次。

老　林　闯什么闯？现在多危险啊，不准去。

照　哥　我不去谁去？老林，我是一名记
者对不对？

老　林　对。

照　哥　对吧？

老　林　但你更是一名受灾群众。

照　哥　好，你听我说。及时地向外界传递
我们这儿的受灾情况，应不应该？

老　林　应该。

照　哥　好，完成一个记者的报道任务应
不应该？

老　林　应该。

照　哥　我们这儿受灾了，我们大家都为
灾区做出一点贡献应不应该？

老　林　应该。

照　哥　Goodbye！哈拉哨！

老　林　站住，还Goodbye、哈拉哨呢！照
哥，从我们杆侗乡到滚贝乡一路
上都是塌方。

照　哥　明知山有虎，偏向虎……

老　林　不许去。

照　哥　哎呀，我不去谁去啊？老林啊，
我们这儿已经失联了，我出去就
是要通过我的报道，让所有人都
知道当地政府和乡亲们都在积极
地救灾。

老　林　对对对。

照　哥　对吧？

老　林　回去。

照哥、老林　我不去谁去？

照　哥　你看……

老　林　我就知道。

照　哥　知道就好办了。

老　林　回去！

照　哥　让我去吧。

〔三嫂拿着电筒上。

三　嫂　好哇！你们果然在这儿！

老林、照哥　三嫂？

三　嫂　找你们半天啦！说，又是谁想跑
出去啊？

老　林　三嫂来了，你还想跑。三嫂是……

照　哥　是他，他想往外跑。

三　嫂　老林？

老　林　我……

照　哥　我刚才都和他说了，从我们杆洞
　　　　乡到滚贝乡一路上全都是塌方。
　　　　他倒好，还跟我说，"明知山有
　　　　虎，偏向虎山行"，就在刚才这
　　　　个点，他成功突围了我的警戒线，
　　　　要不是我把他拉回来，他这条老
　　　　命就没了！三嫂，赶紧把他带走，
　　　　太危险了！

三　嫂　太危险了！

照　哥　对。

三　嫂　你也跟我回去。

照　哥　啊？不是，三嫂，你想啊，他绝
　　　　对不会是一个人往外跑，肯定有
　　　　余党。这样，你先把他带回去，
　　　　我再去找找。

三　嫂　阿照，你看你像不像那个余党？

照　哥　三嫂……

三　嫂　阿照啊，你就等挖掘机把路挖通
　　　　了再出去。

照　哥　等不了啦，你看，这一塌方，我
　　　　们乡的电力啊、通信啊、交通啊，
　　　　全部都断了。没人知道我们现在
　　　　是什么状况，没人知道我们现在
　　　　是什么处境，什么灾情，我一定
　　　　要去。

三　嫂　我就不信了，你今天要是不出去，
　　　　那救援队就不来了？

照　哥　三嫂……

三　嫂　阿照……

老　林　照哥，回去吧。

照　哥　老林，那些转移出来的受伤群众，
　　　　还有安置在三嫂家老房子过夜的
　　　　乡亲们，他们怎么办？

老　林　最起码他们没有生命危险。

照　哥　我们已经和外界失联30多个小
　　　　时，断水又断电。米没了，面没

了，能吃的都被水泡了，再这么
耗下去，吃什么？怎么办？就连
医院都被淹了。还有8个伤员等
着救命呢，现在缺粮少药啊。

老　林　至少他们安全。

照　哥　老林，我在灾区采访这么多年，我
　　　　非常清楚，当灾难来的时候，大家
　　　　真正需要的是什么。只有把消息传
　　　　出去，联系上了，食物和药品运进
　　　　来了，那才是真正的安全。

三嫂、老林　你想过你自己吗？万一塌方
　　　　了，万一滑坡了，你怎么办？

照　哥　三嫂！

三　嫂　不行，不许去。

照　哥　三嫂，别闹啦。

三　嫂　我别闹？你别闹！快跟我回去。

照　哥　这雨好不容易停了，再不走就来
　　　　不及了。

三　嫂　不准去。

照　哥　这是大事啊。

三　嫂　天大地大，命最大！

照　哥　三嫂！

三　嫂　有本事你从我身上踩过去。

照　哥　三嫂，你想想，昨晚我们在你家老
　　　　房子过夜，黑压压的一屋子人啊，
　　　　没有一个人说话，就只听见外面打
　　　　雷下雨的声音，你知道大家都是什
　　　　么心情吗？你再看那些在洪水边抢
　　　　险的乡干部，再看那些转移出来的
　　　　乡亲们和几个受伤的群众，你知道
　　　　他们在看什么吗？

三　嫂　看洪水咧。

照　哥　他们是在看希望。

三　嫂　希望？

照　哥　三嫂，我是一名记者，这是我的
　　　　本职工作，我不能对灾情坐视不

理啊。

三　嫂　阿照，这么多年了，就不说其他地方，我们融水县，哪个乡哪个村你没去过？哪里受灾了你一定到，哪里有事你也一定来，多亏了你的宣传报道，才让更多人愿意来帮助我们。你看，我家能够脱贫，也是多亏了你呀。阿照，你是我们的朋友，更是我们的家人啊，我们不能让你冒险啊。

照　哥　既然我们是好朋友、是家人，那我更不能看着我的朋友受苦受难无动于衷。

老　林　行了行了，我陪你去。

三　嫂　林干部！

照　哥　我看行。

三　嫂　阿照……

老　林　照哥，我们走。

照　哥　好，走。

三　嫂　林干部……阿照，你家里还有个老母亲，她都九十岁了！你要是真出事可怎么办？

照　哥　（音效 1 起）三嫂，从小我妈教育我，做人做事，要对得起自己的良心。我已经当了 30 多年的记者，我在尧告村工作 6 年了，我的镜头记录下了乡亲们那一个个喜怒哀乐的瞬间，记录下了那一张张脱贫之后的笑脸。这次突围，前面是高山滚石、洪流泥泞，但是我认为，这是对一名共产党员的考验。在专业的责任面前，在对乡亲们的担当面前，我不能后退。我还是那句话：我不去谁去啊。老林，走。

三　嫂　照哥，注意安全。（音效收）

照　哥　好！

〔照哥站定脸转向观众。音效 2 起，同时视频起。

〔大屏幕视频：装载机、挖掘机、救援队伍接应，道路挖通，食品药品运输进乡。震撼的场面。

〔灯光灭。

〔幕落。

音乐剧

我们的○○一

演出单位
贵港市群众艺术馆

内容简介

　　音乐剧《我们的○○一》通过谭寿林母亲的回忆，讲述了谭寿林毅然决然投身共产主义革命事业的感人故事。1925年，谭寿林和同志们筹建广西第一个党委机关——中共梧州地委。1926年被捕，为不拖累家人与其"断绝关系"。1931年在上海被捕，后在南京雨花台英勇就义。1954年，毛泽东主席签发了谭寿林的革命牺牲军人家属光荣纪念证，字第○○一号。

主创团队

编　　剧：潘汛洪　陈　强　黄新兰
导　　演：龙杰锋
舞美设计：王　冠
灯光设计：姜胜辉　李笑菊
音乐创作：杨敬军　韦浩洋
道具设计：黄如岳　吴文汉
服装设计：谢权珍　颜　伟

主要演员

谭寿林——姚纪旭
军　官——陈　强
谭母（老年）——黄新兰
谭母（青年）——谭飞飞

人　物

谭寿林　男，中共党员，中共梧州特委书
　　　　记、全国总工会秘书长。
谭　母　女，谭寿林母亲。
军　官　男，国民党军官。
小　谭　男，谭寿林儿子。
5 个狱友、9 个黑衣特务、4 个国民党警察。

〔时间：1954 年。

〔舞台中间，一道光打在谭母和小
　谭身上。谭母颤抖的手捧着烈士
　证书。

谭　母　（缓缓地）来了，这沉甸甸的烈士
　　　　证书终于来了……

小　谭　奶奶，对不起，其实，爸爸在
　　　　二十多年前就牺牲了，我们当时
　　　　就商量好了，一直瞒着你，瞒了
　　　　您二十多年！

谭　母　（摇了摇头）其实呀，我早就猜到
　　　　了，你爸爸牺牲的那一年我有预
　　　　感的。

小　谭　我们一直以为您认为爸爸还活
　　　　着……

谭　母　都说母子心连心，哪有母亲不懂
　　　　孩子的！

小　谭　爸爸走的时候，我还很小。奶奶，
　　　　可不可以跟我说一说爸爸的故事呀？

谭　母　那得从你爸回来跟我绝情地诀别
　　　　的那年说起……

〔谭母回忆当年。

〔时间：1927 年 5 月。

〔地点：贵县（今贵港市）。

〔夜色沉沉，风声、雷声中隐约传
　来几声犬吠。

〔幕后合唱：

夜色笼罩在大地上。

无边的黑暗淹没人间，
谁来打破夜的铁壁铜墙，
谁把光明的火炬点亮。

〔两个黑影一前一后上。后者似乎
　在跟踪前者。前者有所察觉，忽
　然转身。后者在舞台一侧隐去。

〔光启，留在舞台上的黑影正是谭
　寿林。

〔谭母从舞台另一侧追上。

谭　母　寿林呀，你等等妈妈呀！

谭寿林　妈妈，您回家去吧！

　　　　（唱）孩儿这一别，水远山又长。
　　　　　　双亲恩情难以报，
　　　　　　唯有来生再报偿。
　　　　　　今日生离与死别，
　　　　　　唯愿妈妈永平安。
　　　　　　妈妈呀，就当少生一个儿，
　　　　　　不孝孩儿别亲娘。
　　　　　　孩儿一别路茫茫，
　　　　　　四海奔波走他乡。
　　　　　　我将更换姓名抛籍贯，
　　　　　　谭寿林从此别人间，
　　　　　　唯愿亲人别牵挂。

　　　　（白）妈妈，您就当少生一个儿子吧！

谭　母　少生一个儿子？（激动地拍拍谭寿林
　　　　肩膀）寿林，这是什么糊涂话呀？

　　　　（唱）十月怀胎，二十年生养，
　　　　　　哪有母亲孩儿俩相忘！

说什么生离死别，
说什么音讯断绝，
说什么更换姓名抛籍贯，
世上哪有孩儿不认爹娘！

谭寿林　妈妈……妈！您别再劝我了！孩儿既然加入了中国共产党，永不忘入党初衷，也永不背离党的事业！

谭　母　可你现在为了你的党，在引火烧身呀！

谭寿林　引火烧身？
（唱）孩儿已决意选择，
　　　即使是腥风血雨，
　　　也要走光明的荆棘路，
　　　哪怕引火烧身，
　　　我也愿意当火炬。
　　　孩儿不怕燃烧自己，
　　　只要能照亮黑暗，
　　　照亮更多像我一样的人。

谭　母　哪有明知是火坑还往里跳的人呀！寿林，你可是咱们县第一个考上北京大学的学子，多少族人盼着你立功名，爹娘也盼着你兴家业。

谭寿林　您不懂，我在北大的第一个功业，就是加入了中国共产党。

谭　母　可是你现在东躲西藏的，这算什么功业呀？

谭寿林　妈妈，我在梧州筹建中国共产党广西第一个党支部，发动工农翻身做主，因此被国民党反动派通缉。他们对光明力量的恐惧，就是我不断进取的功业！
〔风声渐紧，几声闷雷。
〔一黑衣人从母子两人身后蹑手蹑脚闪过，又隐到一旁暗中观察。
〔谭寿林察觉。

〔幕后合唱：寿林身后有豺狼。
　　　　　　当机立断亲娘。

谭　母　孩子，妈妈不懂你加入的共产党……

谭寿林　（语气突然变得严肃）你确实不懂！你和天下浑浑噩噩的人一样！

谭　母　（愣了一下）妈妈没什么见识，不懂你的事业……

谭寿林　你确实也不懂！你的见识和乡村老太太一样，头发长，见识短，就知道家长里短，哪有什么理想信念！

谭　母　孩子，你这是在责怪妈妈跟不上你的想法？

谭寿林　老太太，谈不上责怪，你我不是同路人！

谭　母　老太太——（拉着谭寿林）寿林，你管妈妈叫老太太？

谭寿林　是的，老太太！
（唱）你我从此陌路人，
　　　再没有母子情分。
　　　我走我的路，
　　　从此不必再找寻。

谭　母　谭寿林，你这是大不孝呀你！

谭寿林　我为天下孝，不再为一家孝！

谭　母　（唱）听儿言，心痛万分，
　　　　　　母子怎能是路人？

谭母、谭寿林　（唱）抛家弃母他怎狠心？
　　　　　　（抛家弃母我怎狠心？）
　　　　　　难道他有难言之隐？
　　　　　　（她可知我难言之隐？）

谭　母　（想拉着谭寿林）寿林，不管你走怎样的路，首先都是妈妈的孩子呀！
〔犬吠声渐近。

谭寿林　（躲开）不，老太太。（从怀里掏出一把长命锁）老太太，这是小时候您传给我的长命锁。（抛过去）

现在还给你们，我的生死性命和这个家再没有任何牵连。

谭　母　（捡起）长命锁……

谭寿林　从此恩义两断，谭寿林没有家，没有妻儿，没有爹娘！愿你老人家长命百岁！（跑下）

谭　母　（欲追下，忽又发现了什么）寿林，孩子……孩子，妈妈明白了。

〔舞台侧边，一个黑衣人朝远处招手。一群黑衣人上。

〔光暗。

〔风声、雨声、雷声夹杂。

〔闪电光和手电光中，一群黑影追逐。

〔一道强闪电光划过。光启。

〔一群黑衣人围起来。

〔黑衣人散开。中间跌坐着谭母。

〔一个黑衣人头头打了黑衣人甲三个耳光。

黑衣人头头　闪开闪开，（指着谭母）这就是谭寿林？

黑衣人甲　报、报、报长官，风雨交加，天色太暗，追、追、追错了人了，她、她、她是谭寿林的老母亲。

黑衣人头头　（对谭母）谭寿林的老母亲——老太太，你这是故意替你儿子打掩护吧？

谭　母　我没有谭寿林这个儿子！

黑衣人头头　这……（望向黑衣人甲）

黑衣人甲　报、报、报长官，谭寿林他、他、他和家里断绝关系了……

黑衣人头头　断绝关系？（摸了摸脑袋）这又是哪出戏？这些共产党……连自己老娘都不要啦？（对众黑衣人）不对，继续追！（对谭母）老东西……（对众黑衣人）给我抓住谭寿林，格杀勿论！

〔众黑衣人下。

〔风雨声中。

谭　母　寿林，我的孩儿呀！妈妈等你回来，等你回家！

谭寿林　妈妈……

〔谭寿林复上，悲痛地向母亲方向深深鞠一躬，下。

〔收光。

〔时间：1954 年。

〔一束光打着，小谭扶着谭母上。

小　谭　奶奶，听说爸爸在梧州也被国民党当局关进过监狱……

谭　母　是的。1925 年，他和同志们筹备建立了广西第一个党委机关——中共梧州地委，你爸爸任地委书记。

小　谭　从此红色火种在广西渐渐发展壮大。

谭　母　是呀！你爸爸他们不断发动农工开展革命运动，在两广影响越来越大，反动派当局越来越恐惧，于是在 1926 年 12 月逮捕了你的爸爸……

小　谭　爸爸被组织营救出来之后，又冒着生命危险，继续从事革命工作，那时候您担心吗？后来他和您诀别，你能理解他吗？

谭　母　我能不担心他吗？能不理解他吗？（陷入沉思）

小　谭　奶奶……

〔收光，两人下。

〔时间：1931 年 5 月。

〔地点：南京。

〔几个囚犯戴着镣铐，囚衣血迹斑斑，站在舞台一侧。

狱友甲　谭寿林又被抓去拷打，这么久了还没放回来……

狱友乙　　谭兄！要撑住呀！

众狱友　　（合唱）夜色笼罩在大地上，
　　　　　　　　　　无边的黑暗淹没人间，
　　　　　　　　　　谁来打破夜的铁壁铜墙，
　　　　　　　　　　谁把光明的火炬点亮。

狱友丙　　为了咱们的理想，同志们，撑住呀。
　　　　　〔谭寿林穿着血迹斑斑的囚衣，戴
　　　　　　着镣铐，被一个国民党军官押着
　　　　　　踉踉跄跄上。

军　官　　带上来——

众狱友　　寿林——

军　官　　谭寿林，我们已经没耐心再等下
　　　　　去了，今天就是你最后的机会，
　　　　　要么——
　　　　　（唱）要么放弃你的理想，
　　　　　　　　要么雨花台是你的断头台！

谭寿林　　（领唱）我生是共产党员，
　　　　　　　　　　我生而无憾，
　　　　　　　　　　我死也是共产党员，
　　　　　　　　　　我死而无憾！

众狱友　　（合唱）我生是共产党员。

军　官　　别唱了！

众狱友　　（合唱）我生而无憾。
　　　　　　　　　　我死也是共产党员，
　　　　　　　　　　我死而无憾！

军　官　　谭寿林！你也不想想——
　　　　　（唱）你妻儿也是否无憾？
　　　　　　　　你老娘也是否无憾？

谭寿林　　不劳您操心，我早已与家里老母
　　　　　亲断绝关系了！

众狱友　　寿林……

军　官　　断绝关系？
　　　　　〔光束分别打在谭寿林和军官身
　　　　　　上。另一束光在舞台另一侧引出
　　　　　　了想象中的谭母。

谭　母　　（唱）血浓于水亲情怎能断？

军　官　　（唱）人非草木恩情怎能裂？

谭寿林　　（唱）为革命志如钢心如铁！

谭　母　　（唱）你对娘亲的心我了解！

军　官　　（唱）我不信铁人没有泪和血！

谭寿林　　（唱）革命要成功要有生死别！

军　官　　（把鞭子指向谭母）她可是你的母
　　　　　亲呀！

谭寿林　　天下的娘亲，都是我的母亲！

军　官　　（唱）你也不过是个普通人，
　　　　　　　　不信你一点不胆寒！

谭　母　　（唱）你绝不是一个普通人，
　　　　　　　　你是妈妈永远的牵挂！

谭寿林　　（唱）我只是个普通的共产党员，
　　　　　　　　心有信念浑身都是胆！

军　官　　（唱）闹革命，闹革命，
　　　　　　　　苦了妻儿害了娘！
　　　　　　　　你也是个血肉之躯，
　　　　　　　　不信你一点不悲伤！

谭寿林　　（领唱）没有眼泪没有悲伤，
　　　　　　　　　　只有仇恨满胸膛！

众狱友　　（合唱）没有眼泪没有悲伤，
　　　　　　　　　　只有仇恨满胸膛！
　　　　　〔谭母隐去。光启。

军　官　　你你你……你参加共党的广州暴
　　　　　动，试图武装颠覆党国；你在上
　　　　　海，指挥共党控制的全国总工
　　　　　会不断闹事，蛊惑人心，危害党
　　　　　国！你犯下的罪行，就是有几个
　　　　　人头也不够砍呀！

谭寿林　　哼哼，砍下了谭寿林，还有千千
　　　　　万万的人站出来！

军　官　　你……好了好了，你也别再说你
　　　　　们的口号了！我再做一次好人，
　　　　　我不要你供出同党，也不要你投
　　　　　诚党国，我只要你脱离共党，我
　　　　　只要你一纸悔过！（从包里掏出纸

笔）我就饶你不死，如何？

谭寿林　哈哈哈！

军　官　怎样？

谭寿林　这个回答用不着纸和笔，看我脚下。（开始用脚在地上划字）

军　官　一横，一撇，一竖，一点……不？

谭寿林　哈哈哈！

军　官　不写？

谭寿林　不悔！我既不悔，又如何写悔过书！

〔众狱友戴着镣铐，学着谭寿林的脚步。（舞蹈化）

众狱友　一横！

谭寿林　（唱）我不悔，
　　　　　　　　不悔用生命将火炬点亮！

众狱友　一撇！

谭寿林　（唱）我不悔，
　　　　　　　　不悔用鲜血染红旗帜飘扬！

众狱友　一竖！

谭寿林　（唱）我不悔，
　　　　　　　　不悔我是一个共产党员！

众狱友　一点！

谭寿林　（唱）我不悔，
　　　　　　　　哪怕生命只剩下最后一天！
　　　　　　　　杀头当作风吹帽，
　　　　　　　　坐监也要闯上天！

众狱友　（唱）我生是共产党员，
　　　　　　　　我生而无憾，
　　　　　　　　我死也是共产党员，
　　　　　　　　我死而无憾！

军　官　（气急败坏）无药可救，无药可救啊！

谭寿林　拿纸笔来，我要写！

军　官　哦？哈哈哈……终于肯写了。

〔军官递给谭寿林纸笔。

〔光暗。音乐中一束光打在谭寿林身上。谭寿林盘腿坐下伏地书写。

书写完毕，站起，走到舞台一侧，隐在黑暗中。

〔军官从黑暗中走出，手拿纸。

军　官　（自言自语）写给妻子的遗书。（看了一会，念信）亲爱的，我们未竟的事业，我们满怀憧憬的未来，还有我们的孩子，只有靠你一人去奋斗了，但请相信……

谭寿林　（在黑暗中唱）
　　　　在看得见你的地方，
　　　　我的眼睛和你在一起。
　　　　在看不见你的地方，
　　　　我的心和你在一起。

军　官　（朝谭寿林方向望去，叹了一口气，略带复杂的口吻）咳，为了信仰，真是苦了妻儿和家里的老娘呀！

〔隐去。

〔光启，白发苍苍的谭母、谭寿林分别从舞台两侧走向舞台中间。

谭寿林　（对谭母一侧，唱）
　　　　妈妈呀妈妈，不孝孩儿不再归来，
　　　　您已经等到头发雪白！
　　　　妈妈呀妈妈，当年狠心分开，
　　　　伤透娘心负娘爱！

谭　母　（唱）孩儿呀，门前风儿告诉我，
　　　　　　　我的孩儿已经归来！
　　　　　　　孩儿呀孩儿，当年狠心分开，
　　　　　　　娘懂儿有人间爱！

谭寿林　（唱）妈妈呀妈妈，当年狠心分开，
　　　　　　　娘懂儿有人间爱！

〔幕后合唱：
　　　　孩儿呀孩儿，
　　　　当年狠心分开。
　　　　娘懂儿有人间爱！

〔母子两人走到了一起，仿佛久别

重逢。谭母把革命牺牲军人家属
光荣纪念证展示给谭寿林看。

谭 母 林儿，你听……

〔谭寿林慢慢走上平台，走到高处
回头，回头与谭母微笑相对。

〔幕后音：革命牺牲军人家属光
荣纪念证，字第○○一号，查
谭寿林同志在革命斗争中光荣牺
牲，丰功伟业，永垂不朽，其家
属当受社会上之尊崇。除依中央
人民政府《革命军人牺牲病故褒
恤暂行条例》发给恤金外，并发
给此证以资纪念。主席：毛泽东。
一九五四年八月九日。

〔幕后合唱：
在看得见你的地方，
我的眼睛和你在一起。
在看不见你的地方，
我的心和你在一起。
〔所有演员上。谢幕。

情景剧

演出单位
广西演艺集团木偶剧团

力量

内容简介

    2019年6月16日深夜，百坭村第一书记黄文秀，趁父亲节返回家中探望身患癌症刚动手术的父亲，一心想部署抗洪，于是深夜独自驾车赶回村里。谁知路上暴雨如注，电闪雷鸣，汹涌的洪水漫过眼前，黑压压的模糊了世界……

主创团队

编　　剧：赵　东
导　　演：褚家设
音乐创作：邱清阳　庞先佑
舞美设计：黄国庆　韦佳宁
灯光设计：刘北野　林　涛
道具设计：欧　斌
服装设计：余泽龙

主要演员

黄文秀——余雨璐
思　勤——田　园
郝教授——杨建宏

人　物

黄文秀　女，30 岁，百坭村第一书记，活泼开朗，责任心强。

思　勤　女，31 岁，黄文秀北京师范大学同学，沉稳世故，比较现实。

郝教授　女，50 岁左右，黄文秀导师，智慧，通情达理。

父　亲　男，60 岁左右，黄文秀父亲，坚强理性。

班统茂　男，45 岁左右，百坭村那用屯致富带头人，做事谨慎小心。

老　铁　男，50 岁左右，那用屯砂糖橘种植户，脾气急躁，嗓门大。

水　哥　男，35 岁左右，那用屯砂糖橘种植户，胆小怕事，只听老婆的。

文　嫂　女，30 岁左右，水哥的妻子，性格爽快，知错就改。

胡　总　男，35 岁左右，宝农科技公司总经理。

梁技术员　女，25 岁左右，宝农科技公司技术员。

同事、哥哥等若干。

〔雷雨声。

〔舞台 LED 天幕上漆黑一片，电闪雷鸣中，山间公路旁的小河沟中已是洪水汹涌，在洪水的冲击下道路被淹，洪水裹挟着断木残枝、泥沙石块横冲直撞而下。

〔舞台正中一对车灯直射台前。

〔舞台口的纱幕上是被洪水冲毁的山路及众多被洪水隔阻的车辆……

〔幕启。

〔场上电闪雷鸣，声音嘈杂，洪水的咆哮声、断木沉闷的冲击声、人们受惊的呼喊声交织在一起，显得既紧张又恐怖。

〔车子发动，加大油门，渐远……

〔前台纱幕缓缓拉开。

〔黄文秀独自站在舞台中间，口中喃喃。

黄文秀　天真黑呀！这雨可真大呀！这洪水也越来越凶猛了！刚才，就在刚才，我，我眼睁睁地看着一辆越野车被洪水无情地卷走了……这实在是太残酷了，太令人害怕

了……连续几天的暴雨，凶猛的洪水还把我们那用屯的水利渠道冲断了。在暴怒的大自然面前，我竟然是那样的无力。我就这么眼睁睁地看着那辆车和那辆车上的人被无情的洪水冲走，直到消失在那无尽的黑暗中。我就这么眼睁睁地看着我们村的那用水利设施被洪水无情地冲走了，我是那么的无力，我是那么的渺小，（哽咽地）我是那么的微不足道。但是，无论如何都要把那用屯的水利渠道给修好，那可是关系到那用屯群众 200 多亩稻田恢复灌溉的大问题啊，我要赶回去。

〔手机中女声急促地："文秀，你那怎样了？如果有必要，你要果断地弃车，弃车，弃车呀！"

黄文秀　（用手背擦眼泪）山洪越来越大，路也被冲断了，现在的状况确实很危险，请大家为我，为身处险境的所有人，祈祷吧！

〔又是一声炸雷，巨大的霹雳声。

黄文秀　（黄文秀内心的声音）这闪电如

此刺眼，这雷声如此震耳，这大雨倾盆而下，这山洪凶猛无阻！可我不能乱，我不能乱啊！文秀，文秀，文秀啊！你，你害怕吗？你害怕吗？你真的害怕了吗……？是的，我害怕了，我是害怕了！可我知道，害怕只是一种心理活动，害怕是突发事件对人心理造成的应激反应，是正常的，黄文秀，你不必感到羞愧，你只需要临危保持冷静，你只需要保持冷静……

〔郝教授出现在舞台的右侧，她的身边是黄文秀的同学思勤。

思　勤　老师老师，快，快来呀！

郝教授　文秀，文秀！

黄文秀　（反应过来）郝老师？

郝教授　快过来拍照啊！

思　勤　文秀，还愣着干嘛，快来一起拍照。西瓜甜不甜？

众　人　甜！

〔思勤和黄文秀一起选照片。

郝教授　文秀，你刚才愣着干嘛啊？

黄文秀　郝老师，我刚刚在想我的毕业论文……

郝教授　（笑了）文秀，我告诉你，你的硕士毕业论文《广西壮族优秀传统文化中德育资源的开发》已经通过答辩，成绩优秀，评价很高呀！

黄文秀　（乐得一跳老高）真的？太好了！

思　勤　（满不在乎地）行了，文秀，至于嘛？

黄文秀　（一把抓住思勤）思勤，你什么意思？我毕业论文评优你不乐意？你眼馋，你嫉妒……

思　勤　（甩开文秀）我一不眼馋，二不嫉妒，我呀……

黄文秀　怎么样？你怎么样？

思　勤　我膜拜！噢，老天爷呀！你怎么能只眷顾黄文秀一个疯丫头，而弃我们于不顾呢……

黄文秀　（咯咯笑着追打思勤）我叫你贫，叫你贫……

思　勤　（躲到郝教授身后）老师，救我呀！救我呀……

郝教授　（乐得嘴都合不拢）好了好了，你们这俩疯丫头呀！别闹了，别闹了。

黄文秀　老师，你看思勤，她老欺负我！

郝教授　文秀，大家都一致认为，你不但勤于学习，还善于学习，就你的表现和实际能力，留在北京不成问题！怎么样？要不要老师给你推荐，你自己定。

思　勤　老师，这您就别操心了，人家黄文秀同学早被一家国字号的大企业拿下了！

郝教授　什么大企业？我怎么不知道？思勤，你快说，让老师也跟着高兴高兴！

思　勤　国家电网。

郝教授　（兴奋地）是真的吗，文秀？

黄文秀　老师，别听思勤瞎说，一切都还没定呢！

郝教授　那你的意思……

黄文秀　作为选调生，回广西、进基层、下农村仍然是我最重要的选项……

思　勤　文秀，你现在的选择可是决定你的一生，节骨眼上你可不能犯傻呀。你没听人说吗？中国农村是3亿人出走后的世界，人家都往外走，你怎么还往里钻呀？

黄文秀   思勤，都走了，农村怎么办？党中央扶贫攻坚目标任务谁来完成？习近平总书记的殷切期望谁来实现？老师，思勤，我相信，这走出去的人肯定会有一部分要回来的，我黄文秀愿意做那个走出去又回来的人！

郝教授   文秀，你想好了吗？

黄文秀   我不知道，我还需要思考，我还需要慎重地选择……

〔舞台左侧是文秀家堂屋，父亲独自坐在一张破旧的竹椅上吸着竹筒烟，发出阵阵"呼噜噜"的声音……

〔黄文秀走进屋子，静静地看着父亲虚弱的样子。父亲咳嗽起来。黄文秀连忙上前为父亲捶背，一边从父亲手中夺过竹水烟筒，一边埋怨。

黄文秀   爸，叫您少抽烟，少抽烟，您偏不听。都咳成这样了，您让我怎么能放心离开您回校？

父 亲   （笑了）没事，老毛病，一时半会儿也好不了，你放心回校吧。对了，你毕业后的去向定了吗？

黄文秀   （扶着父亲坐下）爸，有几个方向可以选择。

父 亲   噢？说说看。

黄文秀   我老师说了，我可以留在北京，而且中国电网公司也已经有接收我的意向，还有……还有一个……

父 亲   还有？说嘛，别吞吞吐吐地……

黄文秀   广西方面已经找我谈了。

父 亲   找你谈什么了？

黄文秀   他们动员我以定向选调生的方式回广西工作。

〔父亲不说话了，他站起身来，手捂着右上腹走了几步。

黄文秀   （上前轻唤）爸，你的意见……

父 亲   秀呀，你还记得你是怎样上的大学吗？是怎样一步步走到今天的吗？

黄文秀   爸，记得，铭心刻骨，永生不忘！

父 亲   秀呀，咱们家穷呀！为了供你上学，你哥你姐做了不少的牺牲！为了你坚持学业，咱们家是拿着国家的补贴，吃着国家的救济，靠着乡亲们的恩惠，受着政府的帮扶，才一步一步走到今天的。如今你上了大学，进北京，读了研究生，咱可不能忘本，做人要懂得感恩啊！

黄文秀   爸，秀明白您的意思！

父 亲   爸爸不是共产党员，可当年爸爸坚持要你在学校争取入党，那是因为爸爸看得明白，跟着共产党你就能做一个好人！秀呀，回来吧，爸爸只有一个心愿，就是希望你能回家乡报党的恩，还人民的情！做一个干干净净的人民公仆！

黄文秀   爸，秀答应您，我决定回广西，返家乡，进村屯，做扶贫攻坚带头人！尽孝敬父母女儿责！爸，世人都说忠孝难两全，我黄文秀偏要做一个忠孝两全的好女儿！

父 亲   （呵呵笑道）好！好啊！我黄家前世有德，出了你这么一个有出息的好女儿呀！

〔音效：鸟儿叫声。音乐情绪：清晨美好。

黄文秀 偶遇上山采茶的嫂子，和她体验了采茶的晨间时光。对面山那边，桥下养鱼的黄哥音响真棒，在这边也能听到他播放着的李玟的《美丽的笨女人》。林间的小鸟欢鸣，桥下的鸡、鸭、鹅以及猪一起叫着，百坭村的一天就这样开始了。

〔舞台正中，老铁拎着斧子在大喊大叫，班统茂在旁拉劝，水哥在旁低头听着，文嫂在和老铁吵架。

班统茂 （紧拉老铁）老铁，不能砍，不能砍啊！

老　铁 这树，我种不成了！

文　嫂 （一拨拉老铁）老铁，你说明白，怎么就种不成了？啊？

班统茂 是呀，这果树都种了四年多了，你就真下得去手呀？

老　铁 统茂，前几年，我可是听了扶贫小组和你班统茂的话，才腾出这十五亩地种了砂糖橘，我可是苦熬了三四年呀！可算是熬到了挂果年，心里想着能够收上他几万斤果，收他个几万块钱好早日脱贫奔小康。可结果呢？啊？十五亩的地，这才收了几斤果？啊？十五亩的地，才收了两千多斤，还一半有虫。你说，你们说，你这让我一家老小可怎么活呀！

文　嫂 是呀，我们家的二十亩砂糖橘也就只收三千多斤，我连死的心都有了……

水　哥 老婆，你死了我和孩子怎么办……

文　嫂 （一推水哥）去去去……我只是打个比方嘛！

老　铁 砍！大不了这果树我不要了，咱

们啊打工去，走……

水　哥 老铁，不能砍，不能砍啊。这新来的文秀书记不是说了嘛，那是因为养护不好，做得不够科学……

文　嫂 （一把将水哥推到一边）科科科你个头啊！

班统茂 文妹，阿水说得对，果树砍不得呀！

文　嫂 茂哥，你家三十亩砂糖橘去年收了多少？

班统茂 两万多斤，可文秀书记说了，如果养护得好，去年我能收十万斤以上。

老　铁 统茂，你这是吹牛不要本！

老　铁 走……咱们砍树去。

班统茂 老铁……

〔黄文秀领着胡总和梁技术员上。

黄文秀 （叫住老铁）老铁叔！

黄文秀 （笑吟吟地）老铁叔、茂哥、水哥、文嫂，班统茂没有吹牛。你们那用屯的两百多亩砂糖橘去年收成不好，根本原因就是缺少科学养护。种果树就像养孩子，那是要精心护理，科学种养的，要根据季节长势，剪枝打叶，疏花间果，松土施肥，灭虫除草，一样都不能马虎，只有这样，才能让果树苗壮成长，果满枝头。

老　铁 文秀书记，您才来几天呀？我们大伙可是熬了三四年了……

水　哥 那也不能砍树呀！

文　嫂 （一拱水哥）你少说话！

水　哥 （一梗脖子）我咋还不能说话……（文嫂又腰一瞪眼，水哥一缩脖子）不说就不说，有什么了不起。

黄文秀 （笑了）老铁叔、茂哥、水哥、文嫂，你们别着急啊，来，我来介

绍一下，这位是百色市宝农科技公司的胡总，这位是果树专家梁技术员。我和胡总商量好了，今后我们百坭村的砂糖橘产业将采用"公司＋贫困户＋基地"的模式，建立咱们百坭村那用屯砂糖橘产业基地，还请茂哥担任致富带头人。让我们一起在胡总和梁技术员的指导下，争取今年砂糖橘大丰收，好不好？

众　人　（齐声响应）好！

〔老铁还在犹豫地看着手中的斧头。

黄文秀　（上前抓住斧头说）老铁叔，这斧头是用来砍开我们脱贫致富路上的荆棘阻碍的，可千万不能用来砍断我们脱贫致富的根呀！

〔老铁下意识地赶紧松开了手。

黄文秀　我都想好了，如果今年砂糖橘大丰收了，我同学多，人脉广，到时候微信、微博一发，销售肯定没问题，这就是吃着碗里的看着锅里的。

老　铁　好，这事要是完成了，到时候我要为你摆庆功宴，我还要敬你三碗土茅台！

胡　总　（上前）文秀书记说得非常好，这样吧，茂哥、老铁、水哥、文嫂，你们带我和梁技术员去看看基地果树吧……

〔众人在胡总引领下走出表演区。

〔起乐，音乐情绪：抒情地念日记。

黄文秀　（走上两步）我们村产业园的牌子一直在努力中，五位致富带头人也在培养中，每天都很辛苦，但心里很快乐！对了，我发现我的方言进步了，我可以和贫困户完整用桂柳话交流了。习近平总书记关于"六个精准"的论述，一直是我开展扶贫工作的方法论。扶贫之路对我而言更像是心中的长征。说来挺有意思，就在我驻村满一年的那一天，我的汽车仪表盘里程数正好增加了二万五千公里，这就是我心中的长征啊！

〔一阵电闪雷鸣，山洪的咆哮声、人们的呼喊声、汽车的轰鸣声再次响了起来。

〔山体塌方的巨响。

〔随着一声惊天动地的巨响，有人嘶喊："不好了！公路被洪水冲毁了！"

众　人　（齐呼）文秀，文秀，文秀书记……

〔父亲一个人独自站在高处，眼望远方，一言不发，如塑像一般。众人在四处寻找文秀……

班统茂　（哭喊着）文秀书记，你不能走啊！你走了，我们那用屯的砂糖橘基地可怎么办啊？

文　嫂　（哭喊着）秀啊秀，你不能走啊！我们基地今年的砂糖橘要收五十万斤，你走了，这么多砂糖橘让我们往哪儿卖呀……

老　铁　文秀书记，你不能走呀！你走了，我老铁怎么向你报喜，怎么向你谢恩呀！

郝教授　文秀，你不能走啊，全校师生都惦记着你呢。

思　勤　（哭诉）文秀，你不能走呀！你跟我们说过，脱贫攻坚任务不获全胜，你绝不收兵……文秀，你就这么走了，你这心里放得下嘛？

黄文秀　（将吉他放下，深叹一口气说）是

呀，我这心里确实有许多许多的放不下！

众　人　（轻呼）文秀……

黄文秀　（深情地）我放不下，我放不下百坭村还有十五户五十六人未能脱贫，我没还能完成习近平总书记的嘱托，我还没能实现我的奋斗目标啊！

众　人　文秀书记……

〔起乐，音乐情绪：深情的惦念。

黄文秀　我放不下，我放不下的是那条连接着百坭村十一个自然屯的产业路还没有动工，这条产业路可是百坭村彻底脱贫的生命路，是通向小康的光明大道啊！

黄文秀　（走到班统茂面前）我放不下，我放不下那用屯大丰产的砂糖橘该往哪儿销，放不下那拉屯的断渠该怎么修，放不下那一万八千亩的杉木，两千亩的油茶，那一千八百亩的砂糖橘，六百二十亩的茶叶，一百五十亩的烟叶，还有那四百亩满坡的枇杷。（音乐停）

父　亲　（颤抖着声音）秀，秀啊……

黄文秀　（上前深情）我放不下，我放不下我的母亲和爸爸，你们生我养我，教育我走正道，嘱咐我做好人……我放不下我那身患癌症的老父亲，您能否经得起化疗的折磨……

父　亲　（哽咽地）秀啊，爸知道，你是个孝顺的好女儿。昨天，你是为了我的病才回的家，你喂我吃药，为我捶腰，现如今却是白发人送黑发人，你叫你的爹妈怎么经受得起这塌天的大祸？我知道你心里明白，没有共产党，我黄家还在巴别贫困的山村里受穷，现在我们能搬到城里过好日子。我为有你这样的好女儿感到欣慰！秀啊，你是为党的扶贫事业牺牲的，我为你感到骄傲！

〔起乐，音乐情绪：深情、激昂。

黄文秀　爸爸，请原谅女儿无法尽孝了……

黄文秀　爸爸，我答应您，来生我还做您的女儿，我向您保证，我还要做一个干干净净的人民公仆！

〔起乐，烘托音乐。

众　人　文秀，文秀书记……

〔激越的音乐声中，纱幕落下，上面是四个大字：时代楷模。

演出单位

梧州岑溪市群众艺术馆

戏剧

戏缘

内容简介

　　李桂花和张有才都是牛娘戏的能手，他们因戏而相识、相爱、成家，并育有一女张小娜。张有才下海后与戏比天大的李桂花产生矛盾从而最终离婚。十多年来，李桂花含辛茹苦地把小娜拉扯大，张有才也割舍不了对牛娘戏的情和李桂花的爱。文化馆馆长莫嘉丽看在眼里，有意使这一对有情之人和好，因此，经过一番安排，李桂花与张有才终于破镜重圆，唱响牛娘曲调。

主创团队

编　　剧：陈　强
导　　演：陈　强　李　理
音乐创作：冯子桂　孔　峥
舞美设计：卢　瑜
灯光设计：冯　坚

主要演员

张有才——王国强
李桂花——杨红丽
莫馆长——蓝后妮
张小娜——吴金萍

时　间　现代的某一天。

地　点　某县文化馆。

人　物

李桂花　牛娘戏能手，张有才妻。

张有才　牛娘戏能手，李桂花夫。

莫馆长　文化馆馆长。

张小娜　刚报到的艺术生，张有才、李桂
　　　　花之女。

年轻时的李桂花和张有才。

六位群众演员。

〔启幕，文化馆排练场，分别挂着
"牛娘之乡""群文之家"等条幅。

〔音乐中，六位演员正在排练新戏
《新编〈天仙配〉戏缘》片段。

〔文化馆馆长莫嘉丽从里出来，边
鼓掌边赞叹。

莫馆长　不错，不错！

〔众人围上去打招呼：馆长。

演员甲　馆长呀，《新编〈天仙配〉戏缘》
我们都排好了，那两个主演还没
到呀？

莫馆长　到了，到了。

（唱）基层会演身手显，

再唱牛娘谱新篇。

男女主角是关键，

今日到来光彩添。

众演员　他们是谁呀？

莫馆长　到了你们就知道了。（对众人）哎，
你们先到服装间试试服装吧。

〔众演员下。

〔张小娜上。

张小娜　馆长，我报到来了。

莫馆长　小娜，这么快就来了？来来，先
喝口水。

张小娜　不了，有什么工作，馆长尽管吩咐。

莫馆长　小娜呀，群众文化工作虽然辛苦，
但大有用武之地。你学的虽是戏
曲研究，但你对我们牛娘戏是很
有了解的呀，你的毕业论文《牛
娘戏的传承与发展》我看过了，
不错。

张小娜　馆长我……

莫馆长　我相信你一定行的。况且呀，你
阿爸阿妈也是唱牛娘戏的高手呀。
这次排的新戏，男女主角就是你
爸妈。

张小娜　可是我爸妈……

（白榄）爸妈因唱戏已分开，

至今已经有十载。

如今叫他们来主演，

不知是否合得来。

莫馆长　小娜……（耳语）

张小娜　啊？好！

〔李桂花兴冲冲地上。

李桂花　莫馆长，我到了。

莫馆长　桂花姐来了。

张小娜　妈！

李桂花　小娜，你来报到了？你今后呀，
一定要好好工作，不要令莫馆长
失望呀。

莫馆长	怎么会呢？有道是虎母无犬女嘛。对了，新的剧本看过没有？
李桂花	看了，看了。未知男主角是……
张小娜	他是……
莫馆长	（打断地）等一下你就知道了。桂花姐，不如我们去服装室试一试服装好吗？
李桂花	好的。

〔三人下。

〔张有才边解开袖套边上。

张有才	（唱）放低屠刀赶这边， 　　　　只为新戏叫《戏缘》。

〔张有才进门。

张有才	馆长，我来了！没人的？（张望四周，感慨万千） （唱）从小爱唱牛娘戏， 　　　　与花和唱结姻缘。 　　　　后来学人赶下海， 　　　　最终与花断姻缘。 　　　　日前莫馆相邀请， 　　　　主演新戏叫《戏缘》。

〔莫馆长上。

莫馆长	有才大哥，你来了。
张有才	莫馆长，刚卖完猪肉就赶这来了，是迟到了吧？
莫馆长	不迟，刚好。哎，那剧本你看了吗？
张有才	看了。对了，女主演来了？
莫馆长	来了。（对里面）小娜，你们过来。

〔张小娜与李桂花上。

张小娜	爸，我今天报到了。
张有才	哦，好好干呀。
莫馆长	（拉着李桂花上前）这就是我们这部新戏的女主角。

〔张有才与李桂花打照脸。

张有才、李桂花	是你？
莫馆长	对，是你们。

〔一段《天仙配》的音乐，勾起两人的回忆。回到现实。

张有才	（借故地）我卖猪肉去了。
张小娜	（连忙挡住）爸，你的猪肉都卖完了，还卖什么猪肉呀？
李桂花	（回避地）莫馆长，这戏我演不了。
莫馆长	哎哎，刚才你还说都背熟了，怎么演不了呢？
李桂花	与他演，我觉得……别扭。
张有才	不自在。
莫馆长	有才哥，桂花姐。 （唱）你们之事已十年， 　　　　除却巫山云暗天。 　　　　你未再娶独自过， 　　　　你未再嫁孤自怜。 　　　　皆因两人不舍弃， 　　　　暗自关心两相连。 　　　　当日因戏两分手， 　　　　今天因戏续前缘。
张有才、李桂花	莫馆长，我……
莫馆长	所以今天呀，一来想请你们帮帮忙，二来嘛，也请你两坐下来好好地谈一谈，或许，当中有不少的误会呢？我记得小时候经常去看你们的演出，你们的表演是珠联璧合，特别是你俩演的《天仙配》，真是绝配呀。

〔莫馆长话语，勾起了两人的回忆。音乐起，莫馆长、张小娜悄悄地下。

李桂花	那时，我演七仙女。
张有才	我演董永。
李桂花	你扮相英俊，飘逸潇洒。
张有才	你人靓歌甜，柔情似水。

〔张有才、李桂花定格，灯光转化，年轻时的张有才与李桂花古装打扮表演起《天仙配》。

李桂花 (唱《夫妻双双把家还》)深林中小鸟相爱恋,

张有才 (接唱)迎春花绽放满山川。

李桂花 (接唱)伸手采摘山花一朵,

张有才 (接唱)娘子我为你伴丝边。

张有才、李桂花 (接唱)你我犹似鸳鸯鸟,比翼双飞在天边。

〔两人翩翩起舞。

〔灯光转化,年轻张有才与李桂花隐去,回到现实。

张有才 桂花,你知道吗?十年了,其实我心里只有你。

李桂花 (来气地)心里只有我?既然心中只有我,当年你就不该离我母女而去……

张有才 我……我知我不该动手打你,更不应该舍弃牛娘,你是戏比天大,但是当年穷啊。

(唱)唱牛娘,你才与我结鸳鸯,
唱牛娘,不能糊口把家养,
原谅我,抛妻弃子一时火盛,
我悔恨,离开舞台离开牛娘。

李桂花 我记得,我们曾山盟海誓说过,唱牛娘,一生一世。可你不但抛下你的挚爱,更抛下我们母女俩,你还……

〔张有才自己打自己一巴掌。

李桂花 当时女儿正准备读初中,你知道这几年我是怎样度过的吗?

(唱)一年三百六十天,
天天叹息泪涟涟。
记得小娜那一年,
高烧不退整三天。
怕她三长和两短,
我三天三夜守身边。
等她退烧人醒来,

我一头栽倒在床前。

(哭泣)可出院的时候,到哪去付治疗费呀?后来,有一位好心人帮垫付了所有的费用。小娜读大学时,边读书边勤工俭学,从来没花过我一分钱。这个时候你在哪了?哼,与你演《戏缘》?除非日出在西边!

〔李桂花转身就走,张小娜与莫馆长冲出来。

张小娜 妈!你错怪爸了。你知道,我读大学这几年的学费是怎么得来的吗?

李桂花 嗯?

张小娜 这都是爸爸给的呀。

李桂花 你不是说你勤工俭学得来的吗?

张小娜 爸爸当年离开我们俩,我也怨过他,恨过他。可他也是生活所逼呀。我读大学这几年的学费,都是爸爸给的,他不让我告诉你,我才撒了个谎,说是勤工俭学得来的钱。

李桂花 啊?

莫馆长 桂花姐,当年是我陪你去医院为小娜治病的。还记得在医院帮垫付所有医药费的好心人吗?他,就是有才大哥。

李桂花 哦?

莫馆长 这证明,有才大哥一直惦记着这个家呀。

张有才 唉,算了,不说这些了。

张小娜 (恳求地)妈,你就原谅爸吧。你就答应吧,有爸在,有妈在,有我在,才是一个完整的家呀。

莫馆长 桂花姐?

〔李桂花不吭声。

张有才 (沮丧地)唉,莫馆长,看来我是

完成不了你的任务了，再见。（转
身就走）

李桂花　等等！（含蓄地）你走了，谁来演
这个戏的男主角呀？

张小娜　（高兴地）妈，你原谅爸爸了？
〔李桂花点点头。

张小娜　（跳起来）噢，妈妈原谅爸爸啰！
妈妈原谅爸爸啰！
（唱）爸妈和好心欢畅，
　　　一家欢笑喜洋洋。

李桂花　（唱）恨他又爱他，
　　　心里千万言。

张有才　（唱）有戏有爱更有家，
　　　有情有义好妻贤。
〔张有才想上前拥抱李桂花。

李桂花　等等！

张小娜　啊，妈？

李桂花　当年，你爸打了我一巴掌，今天，
我要回敬他一巴掌。

张有才　别说一巴掌，就是十巴掌我也愿
意。（跪下）老婆，你打吧。
〔李桂花举手慢落，轻轻地在张有
才脸上打了一下。

张小娜　（扶起爸爸）起来吧，爸，妈又哪
舍得打你呢！

莫馆长　（高兴地）好啊——
（唱）千里姻缘牛娘牵，
　　　舞台上下再结鸾。
　　　虽是好事有多磨，
　　　如今再续戏中缘。

张有才　（等不及地）莫馆长呀，还等什么
呀？开始排练啦！

莫馆长　哦哦，姐妹们，快上来，一起排
练新戏《天仙配》呀。
〔众演员上场，音乐中，李桂花、
张有才穿起戏服。

众演员　（唱《夫妻双双把家还》）
姐妹相携人间去，
只羡鸳鸯不羡仙。

张有才、李桂花　（唱）你我犹似鸳鸯鸟，
　　　比翼双飞在天边。
〔张有才、李桂花亲近时不好意思
地分开，张小娜把两人推合在一
起，众人欢笑。

演出单位

钦州市群众艺术馆

小品

淡泊明志

内容简介

　　最近，老王又一幅新作获了大奖。老李平日喜欢上老王家串门，也总仗着和老王是老朋友，拿了老王的字画从不给钱。这天，老王和妻子知道了老李偷偷拿字画去卖钱，便琢磨着要老李留下点墨水钱。急中生智的老王想到了一招写字不盖章的办法，想以此逼迫老李给钱，却以失败告终。最后，老李终于道出卖掉老王字画是为了救助贫困村失学女孩的真相。

主创团队

编　　剧：蒋志伟　罗　云
导　　演：罗　云
音乐创作：石富文
舞美设计：刘伟业
道具设计：罗　云
服装设计：石富文

主要演员

老　李——罗　云
老　王——刘伟业
王　妻——唐书群

时　间　当代。

地　点　老王客厅。

人　物

老　王　男，46岁，书法家。

王　妻　女，40岁，老王之妻。

老　李　男，45岁，老王的好朋友。

〔幕启。老王家客厅，摆有写字台、椅子、长沙发和茶几等。

〔墙上挂着"淡泊明志"书法条幅。

老　王　（欣赏新作）完美，太 Very good beautiful，令人感动了。

王　妻　（手擦着围裙上）哟，感动谁？感动中国啊？

老　王　感动自己不行啊？没有艺术细胞，不懂艺术！

王　妻　艺术也得要钱啊，人家的字值钱，你的字值钱吗？

老　王　俗！开口闭口钱钱钱！我说过多少次了，我的字不卖。（指墙上的字）这是什么？淡泊明志！不追求名利，才能使人志趣高洁，高洁！

王　妻　高洁也有个价吧？可那个老李拿你的字给过一分钱吗？

老　王　老朋友嘛，送几幅字又怎样！

王　妻　可我听说他把这些字拿去卖，还得了不少钱。

老　王　不可能，我可告诉过他我的字不能卖的。

王　妻　有什么不可能。不怕一万就怕万一，你还是把这幅字收好，要不他来……（把字卷起来）

老　李　（上，进家）老王，哈哈哈，我听说你的书法又获全国大奖了？特地来恭喜！（擦身而过）嫂子，刚才在门外我听见你说收什么？

王　妻　收，收衣服。（无意将字举起来，又迅速藏身后）

老　李　有东西？

王　妻　没有。

老　李　手。（王妻将字迅速换手）这边。（发现后抢过来）还说没有，哎呀！又有新作了，（看字）不得了，完美，太 Very good beautiful，令人感动了。

老　王　老婆，看见了吧，不是感动中国，是感动老李。

王　妻　（对老王）感动也不能白送。

老　李　老王，你这幅字我实在太喜欢了。

老　王　喜欢就拿去……

王　妻　你！（掐老王）

老　王　（忍痛）拿去……看一眼！

老　李　（欣赏条幅）嗯，老王现在这字写得入木三分、行云流水、栩栩如生、胆大妄为……

夫　妻　啊？

老　李　胆大包天。

夫　妻　什么？

老　李　胆大心细啊。

老　王　老朋友过奖了。

王　妻　老李啊，你看这字能值多少钱？

老　李　嫂子，在老王面前，我可不敢提这么俗的问题，那等于扇他艺术家的耳光啊。

老　王　（扇耳光）该扇的时候还得扇哟。

王　妻　老李，你知道的，我家老王是个书呆子，平时也就爱写个字什么的，一不小心还获个奖。

老　李　嫂子，获全国大奖不容易！你不知道老王现在的字，可值钱了。

王　妻　（兴奋）真的？能值多少钱？

老　李　一百万！（两人吓一跳）我是说，有些字画是值这个价的，可别老跟老王谈钱啊，多俗啊。哟，我有事该走了。

〔老李拿着字画，转身就走，王妻示意老王阻止老李。

老　王　老李……

老　李　哎，有事？

老　王　啊……（支支吾吾）

老　李　还是这么幽默，没事我走了，拜拜。（甩门而出）

王　妻　你怎么没跟他谈钱？又白拿了一幅。

老　王　这么多年的朋友了，怎么好开口？

王　妻　他拿你的字去卖，你跟他要钱，天经地义，有什么不好开口？

老　王　再说，也不知道要多少钱合适。

王　妻　你是获过大奖的人，不讲多，起码五百，不，一千！

老　王　一千他老李要给早就给了。

老　李　（上，一拍脑袋）老王！哎哟，瞧我这记性，忘给钱了。（掏出一沓钱塞老王手里）三千块，你数数。

王　妻　三千？（愣了一下）

老　王　你看你，以小人之心，度君子之腹了吧，这三千块……（欲退老李）

王　妻　（阻止）哟，老李，实在不好意思，要不一千得了？

老　李　不行！三千就三千，哪能一千？

王　妻　你看人家老李，大气！

老　王　谢谢啊。

老　李　谢什么谢？这钱本来就是你们的！

夫　妻　（莫名其妙）我们的？

老　李　上次我急用钱，不是跟你们借了

三千块嘛，一直没还，这下两清了，我走了。有借有还，再借不难。（下）

王　妻　（拍大腿）哎哟，我还以为是那幅字的钱。（追着骂）都是你……

老　王　站住！

王　妻　什么？

老　王　老婆，我是说老李他要再回来管他要不就行了吗？

王　妻　你有病？哪有狗抢到包子还会还回来？

老　李　老王！忘……忘……忘……（推门，直奔写字台）

老　王　老婆，狗回来了。

老　李　我忘记重要的事了。

王　妻　忘给这个了？（手势）

老　李　钱？我刚刚不是给钱你了吗？

王　妻　给了。

老　李　那就行了。我怎么就忘记了那么重要的事情呢？

王　妻　多重要？

老　李　哎呀，老王写的这幅字忘记盖印章了。

王　妻　（喜）哦，原来是这样啊，好说好说。

老　李　一幅字，没盖印章不完整。

王　妻　来来来，坐下喝茶。（硬是要递上一杯茶）

老　李　（一口喝完）行了，老王赶紧把章拿来盖上。

老　王　也不知道放哪里了……（故意东找西找）

老　李　（看见印章挂在老王裤头）在这！哈……

〔老王磨磨蹭蹭，久久解不开。

老　李　哎哟，我来！（解下印章"啪"一

声盖上了）

夫　妻　哎……（来不及阻止）

老　李　欧了，我先走了。（吹吹未干的印章，卷起字画欲下）

王　妻　（急了）老李……

老　李　嫂子，怎么了？（疑惑看王妻）

王　妻　（不自然地）嗯，钟汉常你认识吗？〔王妻示意老王。

老　王　哦，五马路那个钟汉常。

老　李　自称"古有神笔马云良，今有大师钟汉常"那个？

老　王　对对对，现在他的字已经卖到一千块一尺了。

老　李　我呀，对他最有看法，书法就好好写字嘛，偏发明什么气功书法、街舞书法、太极书法。最近听说还研究出了什么倒立写书法、俩鼻孔插毛笔写书法、臭脚丫子夹毛笔写书法。你说，这不是打着书法艺术的旗号，净搞那些乱七八糟的东西嘛。

老　王　书法是高雅的艺术，他们怎么可以这样？

老　李　对！（反应过来）我听说，钟汉常好像是你的……

老　王　不是！

老　李　不是什么？

老　王　不是我学生。

老　李　嫂子，像老王这样淡泊明志、不谈金钱的人，现如今可是太少了，好好珍惜……哟，我得赶时间，那边买家还在等着我呢。（欲下）

老王、王妻　买家？

王　妻　老李，你还真把老王的字给卖了？

老　李　这个、那个、这个……

老　王　吞吞吐吐，有还是没有？痛快点！

老　李　没有、有、没有……有！

老　王　到底有没有？（生气）

老　李　有。

老　王　老李呀，我不是说过我的字不卖吗？我这淡泊明志的名声全让你给毁了。

王　妻　就是，卖了也不分点钱给我们。

老　王　还提钱？！

老　李　老王，我错了，是我把你的字给卖了，可我都把钱给了小芳啊。

王　妻　哪个小芳？

老　李　就老王的那个小芳。（脱口而出）

王　妻　哪个小芳？

老　王　小芳？你给我说清楚啊，哪个小芳？

老　李　你还记得那年我们去盛花村吗？遇到的那个孤儿小芳，老王还说过要资助她。

老　王　记得呀！

王　妻　那个村特别贫困。

老　王　哎，那孩子现在怎样了？

老　李　她已经大学毕业了，今天还特地给我发来了视频，你们看。

〔老李打开手机，大屏幕呈现小芳的视频。小芳："王叔叔，谢谢您。虽然我从未见过您，但李叔叔告诉我，您是一位很有爱心的大书法家，您用卖字的钱供我读书，我从心里感激您，也替我在天堂的父母感谢您。有了您的资助，我今天顺利师范毕业了，明天我就要去大山村小学支教了，等我安排好，一定去看望您。王叔叔，谢谢您！"小芳鞠躬。

〔音乐起。追光和定位光照着三人。

〔落幕，切光。